KB083360

역주 악서 1

譯註樂書

예기훈의(禮記訓義)

Treatise on Music

지은이 진양(陳暘)은 북송말의 복주(福州) 사람으로 자는 진지(晉之)이다. 생몰 연대는 1040(+30)∼1110(+30) 무렵이며, 휘종대(徽宗代, 1100∼1125)에 태상박사 겸 비서성정자(太常博士兼秘書省正字)와 예부시랑(禮部侍郎) 등을 지냈다.

옮긴이 조남권(趙南權)은 1989년 溫知서당을 개설하여 후학들을 위한 漢籍講讀과 漢籍 國譯事業을 추진하여 왔으며, 1995년에 한서대학교 부설 동양고전연구소 초대 소장에 취임하여 2012년 6월까지 재직하였다. 국역서로『紀年通攷』,『趙龍門先生集』,『竹溪日記』,『韓史綮』등 다수가 있다.

옮긴이 김종수(金鍾洙)는 1979년에 서울대 독문과 졸업한 후에 동 대학원 국악과에서 석사와 박사학위를 취득했다. 저서로『조선시대 궁중연향과 여악연구』가 있으며, 국역서로『增補文獻備考 · 樂考』와『戊申進饌儀軌』,『大禮儀軌』등이 있다. 현재 한서대학교 부설 동양고전연구소 소속의 학술연구교수로 재직하고 있다.

역주 악서譯註樂書 **1**—예기훈의(禮記訓義)

1판 1쇄 인쇄 2012년 11월 30일 **1판 1쇄 발행** 2012년 12월 10일

지은이 진양 **옮긴이** 조남권 · 김종수 **펴낸이** 박성모 **펴낸곳** 소명출판
등록 제13-522호 **주소** 137-878 서울시 서초구 서초동 1621-18 (란빌딩 1층)
대표전화 (02) 585-7840 **팩시밀리** (02) 585-7848
이메일 somyong@korea.com **홈페이지** www.somyong.co.kr

ISBN 978-89-5626-771-5 94820 **값** 53,000원 ⓒ 2012, 한국연구재단
ISBN 978-89-5626-770-8 (세트)

이 번역도서는 2007년도 정부재원(교육인적자원부 학술연구조성사업비)으로 한국연구재단의 지원에 의하여 연구되었음.

역주 악서 1

예기훈의(禮記訓義)

진양 지음 | 조남권 · 김종수 옮김

譯註樂書

소명출판

◆ 일러두기

1. 본서는 진양(陳暘)이 1103년에 송(宋) 휘종(徽宗)에게 헌정한『악서(樂書)』200권을 역주(譯註)한 것이다. 대본은 국립국악원에서 광서 병자년(光緒丙子年, 1876) 판본의『악서』를 영인(影印)하여『韓國音樂學資料叢書』제8·9·10권으로 발행한 것이다.

2. 연구자들에게 도움이 될 수 있도록 필요한 경우 각 경전의 출처를 밝혀 놓았는데, 한국사사료연구소 인터넷사이트의 '國學 東洋學 研究資料集成'의 분류번호를 따랐다.
   실례)『論語』述而 7-1 :『論語』권7 述而의 첫 번째 대문.
   　　　『禮記』曲禮上 1-19 :『禮記』권1 曲禮上의 19번째 대문.
   　　　『春秋左氏傳』桓公 9년(4) :『春秋左氏傳』桓公 9년 4번째 기사.
   　　　『荀子』樂論 20-5 :『荀子』제20편 樂論 5번째 내용.
   　　　『史記』樂書 24 / 1236쪽 : 24는 권수, 1236은 쪽수임.

3. 한국사사료연구회에 자료가 올려 있긴 하나, 분류번호를 매겨 놓지 않은 경우나, 한국사사료연구회에 올려 있지 않은 자료는 권수와 편명만을 명시하였다.
   실례)『列子』권5 湯問.

4. 편의상『대본』에 분류번호를 매겨놓았다.
   실례)『樂書』3-2 :『樂書』권3의 2번째 대문.

5. 번역문에서 출처를 밝힐 때 범위를 알 수 있는 경우는 범위를 표시하지 않았고, 범위를 명확히 알 수 없는 경우는 범위를 표시하였다.
   실례) 상사(喪事)에 임해서 웃지 않으며, 상엿줄을 잡고 갈 때 웃지 않으며, 널을 바라볼 때 노래하지 않으며, 묘소에 갈 때 노래하지 않았거늘,[1] 하물며 기일에서랴.「제의(祭義)」에 "기일(忌日)에 다른 일을 하지 않는 것은 기일이 상서롭지 않아서가 아니라, 기일에 어버이에 대한 생각이 간절하여 감히 개인적인 일에 마음을 쏟을 수 없음을 말한다"[2]라고 하여, 기일에 제사 외의 일을 하지 않았으니, 악을 즐기지 않았음을 미루어 알 수 있다.
   　1) 상사(喪事)에~않았거늘 :『禮記』曲禮上 1-35.
   　2)『禮記』祭義 24-6.

6. 대본으로 삼은 광서 병자년(光緒丙子年, 1876) 판본의『樂書』에 궐문(闕文)이나 오자(誤字)가 있는 경우, 건륭 신축년(乾隆辛丑年, 1781) 판본의『樂書』및 인용된 경전을 참조하여 바로잡았다. 건륭 신축년 판본은 사고전서에 수록되어 있다.

7. 악기(樂器)·무구(舞具)·예기(禮器)·관면(冠冕)·의장(儀仗) 등의 그림 자료를 책 말미에 부록으로 첨부하였다.

8. 참고한 번역서는 다음과 같다.
   金碩鎭 譯,『大産周易講解』, 大有學堂, 1993.
   成百曉 譯註,『書經集傳』, 전통문화연구회, 1998.
   吳江原 譯註,『儀禮』, 청계, 2000.
   安炳周·田好根 共譯,『譯註 莊子』, 전통문화연구회, 2001~2006.
   鄭太鉉 譯,『譯註 春秋左氏傳』, 전통문화연구회, 2001~2008.
   宋明鎬·文志允 共譯,『禮記集說大全』, 높은 밭, 2002~2006.
   李相玉 譯著,『新完譯 禮記』, 明文堂, 2003.
   이충구·임재완·김병헌·성당제 공역,『이아주소』, 소명출판, 2004.
   靑儒經傳研究會 譯,『論語集註』, 文耕出版社, 2005.
   신동준 역주,『국어』, 인간사랑, 2005.
   김학주 역,『순자』, 을유문화사, 2008.
   실시학사 경학연구회 역,『역주 시경강의』, 사암, 2008.

1103년에 송(宋) 휘종(徽宗)에게 헌정된 『樂書』는 진양(陳暘)이 40여 년에 걸쳐 쓴 200권에 이르는 방대한 역작이다. 권1에서 권95까지는 『禮記』・『周禮』・『儀禮』・『詩經』・『尙書』・『春秋』・『周易』・『孝經』・『論語』・『孟子』 등의 경전에서 악(樂)과 관련된 내용을 뽑아 풀이한 훈의(訓義)이고, 권96에서 권200까지는 악(樂)을 시행하는데 필요한 실질적인 사항을 서술한 악도론(樂圖論)이다. 악도론에서 권96에서 권108까지는 12율(十二律)・5성(五聲)・8음(八音)과 같은 음악이론을 서술하였고, 권109에서 권188까지는 아부(雅部)・호부(胡部)・속부(俗部)로 나누어서 악기・노래・춤・잡악(雜樂)을 그림과 함께 상세히 설명해놓았으며, 권189에서 권200까지는 오례(五禮)를 서술하였다.

따라서 『樂書』는 동양의 음악사상 뿐 아니라, 한족(漢族)과 중국 주변 민족의 악가무(樂歌舞) 전반에 대한 정보 및 예악 제도 등을 고찰할 수 있는 귀중한 자료라 할 수 있다. 한국음악사와 관련된 것을 예로 들자면, 『樂書』 권158 호부(胡部)의 가(歌) 항목에는 예맥(獩貊)・마한(馬韓)・부여(夫餘)・신라(新羅)・백제(百濟)・고려(高麗) 등의 항목이 있어, 고대 한민족

(韓民族) 음악의 편린을 엿볼 수 있을 뿐 아니라, 조선 세종대(1418~1450)에 아악(雅樂)을 정비할 때 『周禮』·『律呂新書』 등과 더불어 『樂書』를 많이 참조했으므로, 조선전기의 아악을 심도 있게 연구할 수 있는 바탕이 되기도 한다.

또한 사상면에서는 유가철학과 노장철학을 융합하여 설명한 점이 돋보인다. 예를 들면, 장자가 "자연 그대로의 통나무를 해치지 않고서 누가 희준(犧樽) 같은 제기(祭器)를 만들 수 있으며, 백옥(白玉)을 훼손하지 않고서 누가 규장(珪璋)을 만들 수 있으며, 도덕을 버리지 않고서 어떻게 인의(仁義)를 취할 수 있으며, 성정(性情)을 떠나지 않고서 어떻게 예악을 쓸 수 있는가"라며, 인의예악을 비판한 것에 대해, 진양은 "진실로 장주(莊周)는 사리를 모르는 자가 아니니, 어찌 참으로 인의예악을 아름답지 않은 것으로 여겼겠는가? 이는 문(文)이 질(質)보다 지나치게 되는 폐단을 구제하여, 진실로 천하 사람들이 순박한 마음을 갖기를 바란 것뿐이다"라고 평하고, 『禮記』「樂記」의 "예의(禮義)가 서면 귀천의 등급이 정해지고, 악문(樂文)이 같으면 상하가 화합하게 되고, 호오(好惡)가 드러나면 현명하고 어리석음이 분별되고, 형벌로 난폭함을 금지하고 벼슬로 현명한 인재를 들어 쓰면 정치가 공정하게 행해진다"라는 구절을 『장자』「天道」의 "어리석은 자와 지혜로운 자가 마땅한 평가를 받고 귀하고 천한 사람이 마땅한 자리에 있으며 어진 사람과 불초한 사람이 실정(實情)에 부합되면 태평하게 되어 지극한 정치에 이른다"라는 구절을 인용하여 설명하고 있다.

난해한 문장이 많은 데다 책의 권수가 많아 혼자 공부했다면 도저히 번역할 엄두를 못 냈을 것이나, 다행히 온지서당(溫知書堂)에서 훌륭한 스승님과 학우(學友)들을 만나 『樂書』를 공부할 수 있는 행운을 누리게 되었다. 맹자께서 "부모 형제가 무고(無故)한 것이 첫 번째 즐거움이요, 하늘과 사람들에게 부끄럽지 않은 것이 두 번째 즐거움이요, 천하의 영재(英才)를 얻어 교육하는 것이 세 번째 즐거움이다"라고 하였는데, 배움의 즐거움 또한 인생의 삼락(三樂)에 비견될 것이다.

일평(一平) 조남권(趙南權) 선생님의 지도 아래 온지서당 반장인 박노욱님, 국악 분야의 정화자님·성영애님·김수현님, 국문학과 한문학 분야의 윤세형님·한진희님·주영아님, 무용 분야의 이종숙님 등이 같이 『악서』를 강독했으며, 다양한 전공자들의 보충 설명과 날카로운 지적은 『악서』를 이해하는 데 많은 도움이 되었다. 이 자리를 빌어 선생님과 학우들에게 깊은 감사를 드린다.

강독한 것을 책으로 펴낼 수 있도록 지원을 해준 한국연구재단에 깊은 감사를 드린다. 또한 같이 공역을 하게 된 이후영님은 한학을 전공하고, 또 대전에서 한밭정악회라는 풍류모임에서 대금을 연주하고 계신 분인데, 지인을 통해 알게 된 이후 뜻이 서로 통하여 교류하던 차에, 마침 기회가 되어 작업을 같이 하게 되었다. 이문회우(以文會友)라는 말처럼, 그렇게 글을 통해 벗이 된 분이다. 좋은 인연을 맺게 되어 고맙다.

방대한 양을 번역하기에 힘에 부쳤으나 마냥 늦출 수 없어서 부족한 대로 출판하게 되어 부끄러움이 앞선다. 인문학(人文學)은 사람 사는 세상을 아름답게 만드는 학문이다. 『樂書』 또한 그렇게 인문학의 하나로서, 아름다운 세상을 만들어가는 데 일조할 수 있기를 바라는 마음으로 번역하였다. 신영복님의 《처음처럼》을 읊으며 서문을 마무리 짓는다.

처음으로 하늘을 만나는 어린 새처럼
처음으로 땅을 밟고 일어서는 새싹처럼
우리는 하루가 저무는 저녁 무렵에도
아침처럼 새봄처럼
처음처럼 다시
새 날을 시작하고 있다.

2012년 11월
공동 번역자 김종수 삼가 씀

예기훈의(禮記訓義)

진양(陳暘)의 『악서(樂書)』 해제

김종수(한서대 동양고전연구소 학술연구교수)

1. 『악서(樂書)』 편찬과 판본 비교

1) 『악서(樂書)』 편찬[1]

진양(陳暘)은 북송말의 복주(福州) 사람으로 자는 진지(晉之)이다. 생몰 연대는 1040(+30)~1110(+30) 무렵이며, 휘종대(徽宗代, 1100~1125)에 태상박 사 겸비서성정자(太常博士兼秘書省正字)와 예부시랑(禮部侍郎) 등을 지냈다.[2]

그의 형 진상도(陳祥道)는 철종대(哲宗代, 1085~1100)에 태상박사(太常博士) 를 지냈고 『예서(禮書)』 150권을 편찬하였는데, 자신이 악에 관심을 가졌

---

[1] 해제의 제1장 1항과 제3장은 〈김종수, 「세종대 雅樂 整備와 陳暘의 『樂書』」 『溫知論 叢』(온지학회, 2006 11), 제15집, 89~125쪽〉에서 발췌한 것이다.

[2] 鄭花順, 「陳暘」의 學問과 樂觀」 『韓中哲學』 제2집(韓中哲學會, 1996), 147~151쪽.

지만, 정력이 미치지 못했다라며 동생에게 『악서』 편찬을 권유하였다. 이에 진양이 40여 년에 걸쳐 역작을 완성하여 예부시랑 조정지(趙廷之)에 게 바쳤다. 1101년 정월에 조정지가 휘종에게 필리(筆吏)[3]와 화공(畫工)을 보내주어 그림과 글을 기록할 수 있도록 지원을 요청함에 따라, 진양은 『악서』 200권을 정서하여 1103년(崇寧 2)에 휘종에게 헌정(獻呈)할 수 있었 다.[4]

이 당시의 재상 채경(蔡京, 1047~1126)은 신법당(新法黨)과 구법당(舊法黨) 사이에서 유리한 쪽에 붙어 승진을 거듭하고 환관 동관(童貫)과 결탁해 정권을 독점한 사람으로서, 『악서』 헌정 당시는 신법을 옹호하여 구법당 을 철저히 탄압했으므로 보수적인 입장에서 쓰인 『악서』 또한 배척되어 송나라 악제(樂制)에 반영되지는 못했다.

한편 휘종은 도교에 심취하여 과거(科擧)를 모방하여 도관(道官)을 채용 하여 봉록을 주었으며, 자신을 교주도군황제(敎主道君皇帝)로 자처하였다.[5] 이에 맞추어 채경은 방사(方士) 위한진(魏漢津)을 불러들였고,[6] 휘종은 그 의 설을 채택하여 1105년에 새로이 아악을 정비하고 '대성(大晟)'이라는 이름을 붙였다.

이즈음 여진족의 금(金)이 강성해지고 있는데도 휘종은 정치에는 뜻을 두지 않고 호사스런 풍류에 탐닉하다 1125년(宣和 7)에 금의 침입을 받자 서둘러 황태자(欽宗)에게 제위를 선양하고 도피하였다. 그러나 결국에는 흠종과 함께 금의 포로로 끌려가는 수모를 당하고, 흠종의 동생인 고종 (高宗)이 남쪽으로 쫓겨 내려가 송의 명맥을 유지하였다.[7]

---

3 필리(筆吏) : 글을 베껴 쓰는 일을 맡은 구실아치.
4 『宋史』 권80. "(徽宗崇寧 二年 九月) 禮部員外郞 陳暘上所撰樂書二百卷."
5 徐連達·吳浩坤·趙克堯 지음, 중국사연구회 옮김, 『중국통사』(청년사, 1989), 528~ 531쪽.
6 『宋史』 권126. 樂1. "徽宗銳意制作以文太平. 於是蔡京主魏漢津之說, 破先儒累黍之非, 用夏禹以身爲度之文, 以帝指爲律度."
7 『중국통사』 527~528, 537~543쪽.

이런 혼란한 정치적 상황으로 인해 진양의 『악서』는 완성된 지 100년이 지나도록 간행되지 않았으나, 드디어 이 책의 진가를 알아주는 학자가 나타났다. 즉 "어떻게 해야 선비가 악(樂)에서 완성됩니까?"라고 묻는 진기(陳岐)에게 그의 부친은 『악서』가 디딤돌 역할을 해줄 것이라고 적극 권유하였고, 이를 읽은 진기는 '어떤 보물도 『악서』에 비하면 진귀한 것이 못된다'라며, 1200년에 목판본으로 간행하였다.[8]

이후 원대(元代, 1347년)와 명대(明代) 및 청대(淸代)에 간행되었는데, 우리나라에는 청대인 1876년(光緒 2)에 방공혜(方功惠)의 주선으로 목판본으로 간행된 것이 국립국악원과 서울대 규장각 한국학연구원에 소장되어 있다.[9] 또한 1982년에 국립국악원에서는 『악서』가 조선의 세종대 아악정비 및 성종대 『악학궤범(樂學軌範)』 편찬에 끼친 영향의 중요성 때문에 이를 영인(影印)하여 학국음악학자료총서 8·9·10권으로 간행하였다.

『악서』는 크게 훈의(訓義)와 악도론(樂圖論)으로 나뉜다. 훈의(訓義)에서는 『예기(禮記)』·『주례(周禮)』·『의례(儀禮)』·『시경(詩經)』·『상서(尙書)』·『춘추(春秋)』·『주역(周易)』·『효경(孝經)』·『논어(論語)』·『맹자(孟子)』 등의 경전에서 악(樂)과 관련된 내용을 뽑아 풀이함으로써 악을 통해 추구하는 이상향(理想鄕)을 서술하였다. 악도론(樂圖論)에서는 실질적으로 악을 시행하는 데 필요한 사항을 서술하였는데, 악률이론(樂律理論)·악기(樂器)·가(歌)·무(舞)·잡악(雜樂)·오례(五禮)로 세분하였으며, 아부(雅部)·속부(俗部) 외에 호부(胡部)까지 포괄하여 중국의 한족(漢族) 뿐 아니라 중국 주변민족의 악가무(樂歌舞) 일체에 대한 정보를 제공해주고 있다. 예를 들면 호부(胡部)의 가(歌) 항목에는 예맥(濊貊)·마한(馬韓)·부여(夫餘)·신라(新羅)·왜국(倭國)·백제(百濟)·고려(高麗)·서량(西涼)·안국(安國)·천축(天竺)·구자(龜玆)·고창(高昌)·선비(鮮卑) 등의 노래에 관한 것이 실려 있다.

『악서』의 총목(總目)은 다음과 같다.

---

8   『樂書』三山陳先生樂書序.

9   宋芳松,「國立國樂院所藏 『樂書』 解題」,『樂書』(국립국악원 영인, 1982), 6~8쪽.

진기(陳岐)의 부탁으로 1200년에 『악서』 서문을 쓴 양만리(楊萬里, 1127~
1206)는 다음과 같이 '요순시대부터 송에 이르기까지, 육경(六經)에서부터
사서(史書)에 이르기까지, 천자의 제도로부터 오랑캐제도에 이르기까지
악(樂)과 관련된 것이 망라되어 있고, 선왕의 음악이 쟁쟁히 울리고 춤이
너울거리는 듯 하니 후일에 음악을 짓는 자는 이 책을 참조하면 될 것이
다'라고 평하였다.

〈인용 1〉 나는 책을 꺼내 펼쳐서 세 번이나 읽었다. 멀게는 요순시대와 삼대
로부터 가깝게는 한 · 당 · 본조(本朝 : 宋)에 이르기까지, 위로는 육경(六經)에서
부터 아래로는 제자백가(諸子百家)와 사서(史書)까지 포괄하고, 안으로 천자의
제도로부터 밖으로 오랑캐 제도까지 다루었고, 유실된 것을 망라하고 복잡한
것을 잘 종합하여, 음란한 정나라 음악을 추방하여 아정한 음악으로 만들고, 지
금의 음악을 이끌어서 옛날의 음악을 되살리도록 하였으니, 사람들로 하여금
『악서』의 논설을 음미하고 그림을 완상하게 하면, 홀연히 선왕의 금종(金鐘)과
천구(天球)[10] 소리가 좌우에서 쟁쟁하게 울리는 듯 하고, 찬란히 전대(前代)에

10　금종은 특종(特鐘) 또는 편종(編鐘)의 미칭(美稱)이고, 천구는 특경(特磬) 또는 편경

백로깃을 들고 추던 문무(文舞)와 옥으로 장식한 도끼를 들고 추던 무무(武舞)가 앞뒤에서 펼쳐지는 듯 할 것이다. 따라서 후에 음악을 제작하는 자는 굳이 선진(先進)의 야(野)한 예악에서 구하거나 기(杞)나 송(宋)에서 증거를 찾지 않더라도, 무엇을 덜고 무엇을 더해야 할지 알 수 있을 것이다.[11]

2) 건륭신축년(乾隆辛丑年, 1781)과 광서병자년(光緖丙子年, 1876) 판본의 비교

본 역주서는 광서 병자년(光緖丙子年, 1876) 판본을 대본으로 삼았는데, 대본에 궐문(闕文)이나 오자(誤字)가 있는 경우, 건륭 신축년(乾隆辛丑年, 1781) 판본의 『악서(樂書)』 및 인용된 경전을 참조하여 바로잡았다. 건륭 신축년 판본은 사고전서에 수록되어 있다. 따라서 본 역주서 곳곳에 '사고전서 『樂書』에 의거하여 바로잡았다'라는 구절이 보이는데, 얼핏 이를 보면 대본으로 삼은 광서 병자년 판본보다 사고전서의 건륭 신축년 판본이 훨씬 정확하다고 여겨질 수도 있다.

그러나 보다 정확한 원문에 의거하여 번역하는 것이 목적이므로, 대본이 잘못된 경우에는 바로잡았지만, 병자년 판본이 옳고 신축년 판본이 잘못된 경우는 지적할 필요가 없어서 본문에서 언급하지 않았기 때문에 그런 오해를 불러일으킨 것일 뿐이고, 실상은 병자년 판본이 정확하고 신축년 판본이 잘못된 경우가 있는가 하면, 반대로 신축년 판본이 정확하고 병자년 판본이 잘못된 경우도 있다. 후자의 경우는 본문에 누차 언급되어 있으므로 해제에서는 전자의 경우만 실례로 들어 비교하겠다.

(編磬)의 미칭이다.
11 『樂書』三山陳先生樂書序.

(1) 건륭 신축년 판본의 궐문(闕文)

신축년 판본에 궐문(闕文)이 있는 경우에 다음과 같이 '闕'이라 표시되어 있다.

※ 〈인용2〉『樂書』 禮記訓義 18-3[12]

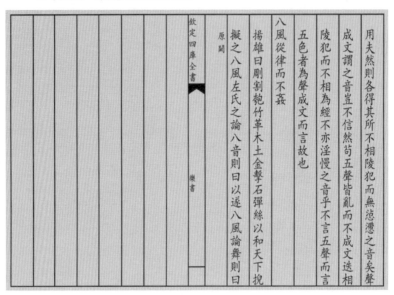

12 18-3은 역자가 편의상 붙인 번호로『樂書』 권18의 세 번째 대문을 뜻한다. 이후도 마찬가지이다. 본 역주서 〈일러두기〉 참조.

〈인용 3〉 『樂書』 周禮訓義 40-1

文以示之禮繼之
雜服達
之以安禮學操縵
終以
樂豈持國子而已
以王禮教
之中六樂教之和
德也蓋并
與樂語樂舞而教之
此邪以經
求之詩言志歌永
舞非無樂
舞也特舉樂德
和者樂為
中和之紀故也荀
以樂語教國之興道諷誦言語
興道諷為樂語之蘊誦言語為樂語之用其實一也
文王世子曰凡學世子及士必時春誦夏弦大師詔
之贊宗大樂正學舞干戚語說命乞言皆大樂正授
數又言天子視學養老之禮登歌清廟既歌而語以
成之也言父子君臣長幼之道合德音之致禮之大
者也鄕射記曰古者於旅也語樂記曰樂語終可以語
可以道古賛瞍掌弦歌諷誦詩傳曰樂語有五均是

欽定四庫全書
樂書

이와 같은 신축년 판본의 궐문은 병자년 판본에 의거하여 보완될 수 있는데, 『樂書』 18-3, 40-1, 43-6, 43-7 등을 실례로 들면 다음과 같다. 밑줄로 처리된 부분이 신축년 판본의 궐문으로서 병자년 판본에 의거하여 보완한 것이다.

〈인용 4〉 『樂書』 禮記訓義 18-3.

八風從律而不姦.

揚雄曰:"剛割匏竹革木土金, 擊石彈絲, 以和天下, 挽擬之八風." 左氏之論八音則曰:"以遂八風." 論舞則曰:"節八音而行八風." 白虎通曰:"八風象八卦." 由是觀之, 八風象八卦者也, 其所以擬而遂之者八音, 所以節而行之者八佾之舞而已.

蓋主朔易者坎也, 故其音革, 其風廣莫. 爲果蓏者艮也, 故其音匏, 其風融. 震爲竹, 故其音竹, 其風明庶. 巽爲木, 故其音木, 其風淸明. 兌爲金, 故其音金, 其風閶閣. 乾爲玉, 故其音石, 其風不周. 瓦土器也, 故坤音瓦, 而風涼. 蠶火精也, 故離音絲, 而風景.

是正北之風從黃鍾之律, 而黃鍾冬至之氣也. 東北之風從大呂太簇之律, 而大呂太簇大寒啓蟄之氣也. 正東之風從夾鍾之律, 而夾鍾春分之氣也. 東南之風從姑洗仲呂之律, 而姑洗仲呂榖雨小滿之氣也. 正南之風從蕤賓之律, 而蕤賓夏至之氣也. 西南之風從林鍾夷則之律, 而林鍾夷則大暑處暑之氣也. 正西之風從南呂之律, 而南呂秋分之氣也. 西北之風從無射應鍾之律, 而無射應鍾霜降小雪之氣也. 豈非傳所謂樂生於風之謂乎? 八方之風周於十二律如此, 則順氣應之, 和樂興, 而正聲格矣. 尙何姦聲之有乎? 傳曰: "律呂不易無姦事也", 如此而已.

大司樂以六律六同五聲八音六舞, 大合樂, 凡六樂, 文之以五聲, 播之以八音. 大師 掌六律六同以合陰陽之聲, 皆文之以五聲宮商角徵羽, 皆播之以八音金石土革絲木匏竹. 以是求之, 五色成文而不亂, 文之以五聲之和也. 八風從律而不姦, 播之以八音之諧也. 百度得數而有常, 節之以十二律之度也.

吳季札觀樂於魯而曰: "五聲和, 八風平, 節有度, 守有序, 盛德之所同也." 五色成文而不亂, 五聲和之謂也, 八風從律而不姦, 八風平之謂也, 百度得數而有常, 節有度守有序之謂也. 昔人嘗謂, '顓帝始作樂風承雲之樂, 以效八風之音' '舜以夔爲樂正, 正六律, 和五聲, 以通八風, 而天下服', 此之謂歟!

且古人之制聲律, 蓋皆有循而體自然, 不可得而損益者也. 何則? 五聲在天爲五星, 在地爲五行, 在人爲五常. 以五聲可益而爲七音, 然則五星之於天·五行之於地·五常之於人, 亦可得而益之乎? 十有二律, 以應十有二月之氣. 以十二律可益而爲六十律·三百六十律. 然則十二月之於一歲, 亦可得而益之乎? 劉焯以京房爲妄, 田琦以何安爲當, 可謂知理矣.

〈인용 5〉『樂書』周禮訓義 40-1.

以樂德敎國子, 中和祗庸孝友.

(…中略…) 帝則德全而敎略, 故舜命夔, 敎胄子以直寬剛簡之四德. 王則業大而敎詳, 故周命大司樂, 敎國子以中和祗庸孝友之六德. 古者敎人之道, 未嘗不始終以樂. 文王世子曰:"三王之教世子, 必以禮樂." 孔子曰 "成於樂." 則樂固教之始終也!

大學之教先入學, 釋菜以示之禮, 繼之小雅肄三, 以示之樂. 學雜服者, 達之以安禮,

學操縵者, 達之以安樂. 是知教人始終以樂. 豈特國子而已哉? 雖萬民之衆, 司徒固

以五禮教之中, 六樂教之和矣.

周之教國子, 非特樂德也. 蓋幷與以樂語樂舞而教之, 豈舜教胄子不足於此邪? 以

經求之:"詩言志, 歌永言." 非無樂語也. "樂則韶舞" 非無樂舞也, 特擧樂德, 該之

而已. 樂德必始於中和者, 樂爲中和之紀故也. 荀卿亦曰:"樂者中和之紀也."

〈인용 6〉『樂書』周禮訓義 43-6.

樂師掌國學之政, 以教國子小舞.

學記曰:"家有塾, 黨有庠, 術有序", 所謂設庠序以教於邑也. "國有學", 所謂立大

學以教於國也. 蓋王國有邦國, 學之政則王國而已. "大司樂掌成均之法, 以治建國

之學政." 則成均者國學也. 建國之學政, 則邦國之學亦豫焉. 以成均之法, 治建國

之學政, 故諸侯必命之教, 然後爲學. 此則政教一於天子, 國無異政, 家無殊習矣.

〈인용 7〉『樂書』周禮訓義 43-7.

凡舞, 有帗舞, 有羽舞, 有皇舞, 有旄舞, 有干舞, 有人舞.

哀則辟踊, 樂則舞蹈, 則舞者蹈厲有節, 非若詩言其志, 歌詠其聲也, 一於動容而

已. 帗舞鼓人鼓帗舞是也, 羽舞籥師鼓羽籥之舞是也, 皇舞舞師以舞旱暵是也, 旄舞

旄人所教之舞是也, 干舞司干授舞器是也, 人舞所謂手舞足蹈是也.

(2) 건륭 신축년 판본의 오자(誤字)

신축년 판본 오자(誤字)의 실례를 경전(經傳) 및 병자년 판본과 비교하
여 일부 지적하면 다음과 같다. 밑줄 처리한 것이 오자이다.

	신축년 판본의 『악서』	병자년 판본의 『악서』	경전
樂書 12-6	若夫休樂而無形, 幽昏而無聲於人	若大林樂而無形, 幽昏而無聲於人	若大林樂而無形, 幽昏而無聲於人〈『國語』〉
樂書 45-6	蓋縣鐘十二爲一堵, 如墻堵然, 二堵爲一律, 春秋傳歌鐘二肆是也	蓋縣鐘十二爲一堵, 如墻堵然, 二堵爲一肆, 春秋傳歌鐘二肆是也	凡縣鐘磬, 半爲堵, 全爲肆.〈『周禮』〉
樂書 46-2	中聲之所畱	中聲之所寓	
樂書 68-3	樅之爲木, 松葉柏身, 則葉與身皆直, 以直而從之, 故音從客之從	樅之爲木, 松葉柏身, 則葉與身皆直, 以直而從之, 故音從容之從	
樂書 119-2	詩曰, 椅桐梓漆, 爰及琴瑟.	詩曰, 椅桐梓漆, 爰伐琴瑟.	椅桐梓漆, 爰伐琴瑟.〈『詩經』〉

　　이렇듯 신축년 판본의 궐문과 오자를 제시한 이유는, 본 역주서 곳곳에 '사고전서 『樂書』(신축년 판본)에 의거하여 바로잡았다'라는 구절로 인해 얼핏 대본으로 삼은 광서 병자년 판본보다 사고전서의 신축년 판본이 훨씬 정확하다고 여길지도 모르는 오해를 불식시키기 위해서이다. 또 다른 이유는 병자년 판본을 바탕으로 하고 신축년 판본과 경전을 참조하여 궐문을 보충하거나 오자를 바로잡은 원문을 번역문 앞에 싣게 된 당위성을 말하기 위해서이다.

2. 진양의 악론(樂論)

　　진양 악론의 특징을 대략 거론하자면, 유가사상의 바탕 위에 노장(老莊)사상을 수용하여 발전시켰다는 점, 악기제도나 연주방법 이면에 있는 본질을 수(數)를 통해 밝히려 했다는 점, 5성(五聲)·12율(十二律)을 철저하게 고수했다는 점, 철저한 문헌 고증을 통해 선유(先儒)의 학설을 예리하게 비판한 점 등이다.

1) 유가(儒家)사상과 노장(老莊)사상의 결합

진양은 유가의 기본적인 바탕 위에서 자연스럽게 노장사상을 흡수하고 있으니, 몇 가지 실례를 들어보겠다.

「악기(樂記)」의 "악이 지극하면 원망이 없고, 예가 지극하면 다투지 않으니, 읍양(揖讓)하는 일만으로 천하가 다스려진다고 하는 말은 예와 악의 효과를 말한 것이다"[13]라는 구절에 대해 진양은 읍양(揖讓)하여 천하를 다스리고 잘못되지 않을 수 있는 방법은 예악뿐이라며 예악을 적극 긍정하면서,[14] 다음과 같이 예악이 온전하게 시행되기 위해서는 도(道)와 덕(德)이 바탕이 되어야 함을 강조하였다.

〈인용 8〉 안이 지극히 화(和)하면 마음과 어긋나지 않을 것이니 무슨 원망이 있겠는가? 밖이 지극히 순하면 행실을 거스르지 않을 것이니 무슨 다툼이 있겠는가? 악으로 안(마음)을 다스리면 같게 되고, 예로 밖(행실)을 닦으면 다르게 된다. 같으면 서로 친해져 원망이 없고, 다르면 서로 공경하여 다툼이 없다. 대개 원망은 도에 어긋나기 때문에 생기니, 원망이 없다는 것은 도(道)가 극진한 것이다. 다툼은 덕에 거슬리기 때문에 빚어지니, 다툼이 없다는 것은 덕(德)이 지극한 것이다. …… 전(傳)에 "예악에만 치우쳐 행하면 천하가 어지러워진다"라고 한 것은 도(道)와 덕(德)은 소홀히 하고 예악만 시행하는 폐단을 바로 잡기 위해 강조한 것이다.[15]

---

13 『禮記』樂記 19-1. 「樂至則無怨, 禮至則不爭, 揖讓而治天下者, 禮樂之謂也.」
14 『樂書』禮記訓義 11-5. 「揖遜而治天下, 動無我非者, 禮樂而已.」
15 『樂書』禮記訓義 11-5. 「內極和, 則不乖於心, 何怨之有? 外極順, 則不逆於行, 何爭之有? 樂以治內爲同, 禮以修外爲異. 同則相親而無怨, 異則相敬而不爭. 蓋怨乖道也, 無怨則人道盡矣. 爭逆德也, 無爭則人德極矣. …… 傳謂, '禮樂偏行則天下亂矣', 其亦矯

더 나아가 진양은 〈인용 9〉에서 보듯이 '예악에서 도덕으로 나아가게
되면 바로 무위(無爲)를 하는 것이다'라고 하여, 유가와 노장사상을 대립
적인 것으로 보지 않고 같은 방향으로 연결될 수 있는 것으로 보았다.
바로 앞에서 '예악을 시행하여 원망과 다툼이 없는 것은 도(道)와 덕(德)
이 극진하기 때문'임을 밝혔으므로, 예악에서 도와 덕으로 나아가 무위
를 하는 것이 자연스럽게 연결된다. 장자에 따르면, 덕이란 사람들을 조
화시키는 것이고, 도란 사람들에게 질서를 부여하는 원리이다.[16]

〈인용 9〉 예악에서 도덕으로 나아가면, 무위(無爲)를 하여 천하를 있는 그대
로 놓아두어도 되니, 수고롭게 읍양하면서 다스릴 필요가 있겠는가? 그러므로
장주는 "천하를 그대로 놓아둔다는 말은 들었어도 천하를 다스린다는 말은 듣
지 못했다"라고 했던 것이다.[17]

또 다른 예를 들어보도록 하겠다. 〈인용 10〉은 『예기』「악기」의 내용
이며, 〈인용 11〉은 진양이 이를 풀이한 것이다.

〈인용 10〉 사람은 즐거움이 없을 수 없고, 즐거움은 형용하지 않을 수 없다.
형용하되 인도하지 않으면 난잡해진다. 선왕은 그 난잡함을 부끄럽게 여겨 아
(雅)와 송(頌)의 성음을 지어 인도하여, 그 소리를 즐거우면서도 방종에 흐르지
않게 하고, 문채[文]를 논할 만하여 사라지지 않게 했으며, 부드럽고 강하며 화
사하고 조촐하며 맑고 탁한 소리를 풀고 맺는 것이 사람의 선한 마음을 감동시
킬 수 있도록 했을 뿐, 방자한 마음과 사특한 기운이 접하지 않게 했으니, 이것
이 선왕이 악을 세운 방법이다.[18]

枉之過論歟!」

16 『莊子』繕性 16-1.「夫德和也, 道理也.」

17 『樂書』禮記訓義 11-5.「苟自禮樂而進於道德, 則無爲而在宥天下, 尙何事揖遜之勞,
以治之乎? 莊周曰 : "聞在宥天下, 不聞治天下."」

18 『禮記』樂記 19-23, 24.「故人不耐無樂, 樂不耐無形, 形而不爲道, 不耐無亂. 先王耻其

〈인용 11〉 정(情)이 마음에서 움직여 말로 형용되므로 사람이 시를 짓게 되고, 정이 안에서 즐거워 밖으로 형용되므로 사람이 악을 짓게 된다. 이는 천기(天機)가 발동되어 절로 그런 되는 것이지 고의로 하는 것이 아니다. 이것이 '사람은 즐거움이 없을 수 없고, 즐거움은 형용하지 않을 수 없다'는 것이다. 형용하되 잘 인도하지 않으면 조리 있게 시작해도 항상 난잡하게 끝나니, 선왕이 아와 송의 성음을 지어 인도하지 않을 수 있었겠는가?[19]

〈인용 11〉에서 보듯이 진양은 '천기(天機)가 발동되면 절로 마음이 움직여 악(樂)으로 표현되는데, 이를 바르게 인도하기 위해서 선왕이 아(雅)와 송(頌)을 지었다'라고 하여, 아와 송의 효용을 긍정적으로 말하고 있다. 즉, 유가의 학설을 인정하고 따르고 있다. 이를 이어서 진양은 다음과 같이 아와 송은 하나의 방편일 뿐이며, 궁극적으로는 도(道)와 더불어 하나가 되는 경지를 추구해야 함을 말하고 있다.

〈인용 12〉 그러나 선왕이 아(雅)와 송(頌)의 성음을 지어 인도한 것은 성음으로 나타내고 동정으로 형용한 것에 지나지 않으니, 악(樂)의 한 방법일 뿐이고 도(道)의 온전한 전체는 아니다. 온전한 전체란 바로 '도에 내 몸을 싣고 더불어 하나가 되는 것'이다. '만물의 합주가 일어나 모두 즐거워하여 성난 소리를 찾을래야 찾을 수 없는 것'에 비하면, '사람은 즐거움이 없을 수 없고 즐거우면 형용하지 않을 수 없는 것'은 말할 것이 못된다. '그윽하고 어두운 가운데 아무 소리도 없는 것'에 비하면, '그 소리가 즐거우면서도 방종에 흐르지 않고, 그 문(文)이 논할 만하여 사라지지 않는 것'은 말할 것이 못된다. '천지 사이에 충만하여 넓은 우주를 감싸는 것'에 비하면, '사람의 선한 마음을 감동시키는 것'은 말할

亂, 故制雅頌之聲以道之, 使其聲足樂而不流, 使其文足論而不息, 使其曲直繁瘠廉肉節奏, 足以感動人之善心而已矣, 不使放心邪氣得接焉. 是先王立樂之方也.」

19 『樂書』禮記訓義 29-3. 「情動於中而形於言, 人之所以爲詩也. 情樂於內而形於外, 人之所以爲樂也. 凡此 天機之發而不能自已, 非有以使之然也. 是人而不耐無樂, 樂不耐無形. 形而不爲之道達, 則始乎治, 常卒乎亂矣. 先王得不制爲雅頌之聲以道之乎?」

것이 못된다. '무한한 경지에서 움직여 다니다가 그윽하고 어두운 근원의 세계에서 조용히 머무는 것'에 비하면, '악을 세운 방법'은 말할 것이 못된다.[20]

진양은 「악기」에서 말하는 '선왕이 악을 세워 사람의 선한 마음을 감동시킨 단계'를 뛰어넘어 '도에 내 몸을 싣고 더불어 하나가 되는 단계'를 지향하고 있는데, 그 단계는 '만물의 합주가 일어나 모두 즐거워하여 성난 소리를 찾을래야 찾을 수 없고, 그윽하고 어두운 가운데 아무 소리도 없으며, 천지 사이에 충만하여 넓은 우주를 감싸며, 무한한 경지에서 움직여 다니다가 그윽하고 어두운 근원의 세계에서 조용히 머무는 것'이다. 그런데 이는 〈인용 13〉에서 보듯이 장자가 말한 '함지악(咸池樂)을 통해 도달하게 되는 천지 대자연과 일체가 되는 도(道)의 경지'이다.

〈인용 13〉 북문성(北門成)이 황제(黃帝)에게 물었다.

"황제께서 동정의 들녘에서 함지악(咸池樂)을 연주하시거늘, 저는 처음에 그 소리를 듣고서 두려웠고, 다시 듣고서 두려움이 사라져 나른해지고, 끝까지 듣고는 얼빠진 듯하였으니, 정신을 차릴 수가 없고 말이 나오지 않아 스스로를 어찌할 바를 몰랐습니다."

황제가 말했다.

"너는 아마도 그랬겠지. 나는 먼저 인간 세상의 규율에 따라 연주하고, 자연의 흐름에 따라 소리가 울리게 하고, 예의로써 표현했으며, 태청(太淸)의 맑고 맑은 무위자연의 경지에 맞게 그것을 맺어나갔다. …… 그리하여 변화가 무궁하여 전혀 예측할 수 없었다. 너는 그 때문에 두려웠던 것이다.

나는 또 음양의 조화에 따라 연주하고, 해와 달의 밝음에 따라 연주하였다.

---

20 『樂書』 禮記訓義 29-3. 「雖然先王制雅頌之聲以道之, 不過發之聲音, 形之動靜, 特樂之一方, 非道之大全也. 語其大全, 則道可載而與之俱. 林(대본에는 '休'로 되어 있으나, 『莊子』에 의거하여 '林'으로 바로잡았다)樂而無形, 則人不能無樂, 樂而不能無形, 不足道也. 幽昏而無聲, 則其聲足樂而不流, 其文足論而不息, 不足道也. 充滿天地, 包裹六極, 則感動人之善心, 不足道也. 動於無方, 居於窈冥, 則立樂之方, 不足道也.」

…… 그리하여 몸이 공허함으로 가득 차서 마침내 자연스럽게 홀가분해졌다. 너는 그 때문에 나른해졌던 것이다.

　나는 또 나른함조차 없는 소리를 연주하고, 자연의 명에 따라 조화롭게 하였다. 그랬더니 만물이 서로 어우러져 만물의 합주가 일어나 모두 즐거워하여 성난 소리를 찾을래야 찾을 수 없으며, 널리 울려 퍼지는데도 자취를 남기지 않으며, 그윽하고 어두운 가운데 아무 소리도 없으며, 무한한 경지에 움직여 다니다가 그윽하고 어두운 근원의 세계에 조용히 머물렀다. …… 이것을 일러 천락(天樂)이라 하니, 말없이 마음으로 기뻐할 따름이다. 그러므로 그 옛날 유염씨(有焱氏 : 신농씨)도 이 함지악을 칭송하기를 '들으려 해도 그 소리가 들리지 않고, 보려 해도 그 모습이 보이지 않고, 천지 사이에 충만하여 넓은 우주를 감싼다'고 하였다. 너는 이 음악을 들으려 해도 접할 수 없었으니 얼빠진 듯했던 것이다. …… 얼이 빠지면 어리숙해진다. 어리숙하여 분별의식이 없어지면 도를 터득하게 된다. 이렇게 되면 도에 내 몸을 싣고 더불어 하나가 될 것이다.[21]

　진양은 「악기」의 내용을 아예 장자의 말로 풀이하기도 하였다. 「악기」의 "악은 천지의 조화이고, 예는 천지의 질서이다. 조화로우므로 백물(百物)이 모두 화생(化生)하고 질서가 있으므로 군물(群物)이 구별된다"[22]라는 구절을 진양은 다음과 같이 풀이하였다.

　〈인용 14〉 지음(至陰)은 고요하고 차며 지양(至陽)은 밝게 빛나고 뜨겁다. 고요하고 찬 음기는 하늘에서 나와 땅으로 내려오고, 밝게 빛나고 뜨거운 양기는

21　『莊子』天運 14-3.「北門成問於黃帝曰 : "帝張咸池之樂於洞庭之野, 吾始聞之懼, 復聞之怠, 卒聞之而惑. 蕩蕩默默, 乃不自得. 帝曰 : "汝殆其然哉! 吾奏之以人, 徵之以天, 行之以禮義, 建之以太淸. …… 所常无窮, 而一不可待. 汝故懼也. 吾又奏之以陰陽之和, 燭之以日月之明. …… 形充空虛, 乃至委蛇. 汝委蛇, 故怠. 吾又奏之以无怠之聲, 調之以自然之命, 故若混逐叢生, 林樂而无形. 布揮而不曳, 幽昏而无聲. 動於无方居於窈冥. …… 此之謂天樂, 无言而心說. 故有焱氏爲之頌曰 : '聽之不聞其聲, 視之不見其形, 充滿天地, 苞裹六極.' 汝欲聽之而無接焉, …… 惑故愚. 愚故道, 道可載而與之俱也.」

22　『禮記』樂記 19-4.「樂者天地之和也, 禮者天地之序也. 和故百物皆化, 序故群物別別.」

땅에서 나와 하늘로 올라간다. 이 두 기(氣)가 서로 통해서 이루어지는 것이 천지의 화합이니, 악(樂)이 실로 함께 한다. 하늘이 높고 땅이 낮은 것은 신명의 위계이고 봄과 여름이 먼저 오고 가을과 겨울이 뒤에 오는 것은 사시(四時)의 차례이다. 천지자연은 지극히 신묘한데도 존비(尊卑)와 선후(先後)가 있는 것이 천지의 질서이니, 예가 실로 함께 한다. 따라서 악은 천지의 조화이고 예는 천지의 질서이다.[23]

그런데 『장자』 「전자방(田子方)」과 「천도(天道)」에

〈인용 15〉 "지음(至陰)은 고요하고 차며 지양(至陽)은 밝게 빛나고 뜨겁다. 고요하고 찬 음기는 하늘에서 나와 땅으로 내려오고, 밝게 빛나고 뜨거운 양기는 땅에서 나와 하늘로 올라간다. 이 두 기(氣)가 서로 통해서 화합을 이루어 만물이 생긴다."[24]

〈인용 16〉 "존비(尊卑)의 차별과 선후(先後)의 순서가 있는 것은 천지자연의 운행 법칙이다. 그 때문에 성인(聖人)이 본보기를 취한 것이다. 하늘이 높고 땅이 낮은 것은 신명(神明)의 위계이고 봄과 여름이 먼저 오고 가을과 겨울이 뒤에 오는 것은 사시(四時)의 차례이다. 만물이 변화 발생함에 싹이 트고 순이 나는 모양은 여러 가지가 있으니 피었다가 시드는 차례가 있는 것은 변화의 흐름이다. 천지자연은 지극히 신묘한데도 존비선후의 서열이 있는데 하물며 인도(人道)이겠는가."[25]

---

[23] 『樂書』禮記訓義 12-4. 「至陰肅肅, 至陽赫赫. 肅肅出乎天, 赫赫發乎地, 兩者交通而成者, 天地之和也, 樂實與之俱焉. 天尊地卑, 神明位矣, 以春夏先秋冬後, 四時序矣, 天地至神, 而有尊卑先後者, 天地之序也, 禮實與之俱焉. 是樂者天地之和, 禮者天地之序.」

[24] 『莊子』田子方 21-4. 「至陰肅肅, 至陽赫赫, 肅肅出乎天, 赫赫發乎地, 兩者交通成和而物生焉.」

[25] 『莊子』天道 13-2. 夫尊卑先後, 天地之行也, 故聖人聚象焉. 天尊地卑, 神明之位也. 春夏先, 秋冬後, 四時之序也. 萬物化作, 萌區有狀, 盛衰之殺, 變化之流也. 夫天地至神, 而有尊卑先後之序, 而況人道乎.

라 하였으니, 진양은 장자의 말을 빌려 천지의 조화인 악과 천지의 질
서인 예를 설명한 것이다.[26] 더 나아가 진양은 "하늘은 무위(無爲)하므로
맑고, 땅은 무위하므로 편하다. 두 무위(無爲)가 서로 합해져 만물이 화생
(化生)하여 지락(至樂)이 얻어지니, 이는 '조화를 이루므로 백물이 모두 화
생한다'는 것을 일컫는다"[27]라고 하여 「악기」의 '백물이 모두 화생한다'
는 것을 장자가 말하는 바 '무위(無爲)를 통해 이르는 지락(至樂)'과 자연
스럽게 연결시키고 있다.

『예기』 「악기」의 정수(精髓)는 악을 통해 마음을 수양하면 인격이 하
늘과 같아지고 신(神)과 같아진다고 하는 내용일 것이다.

〈인용 17〉 악의 이치를 다하여 마음을 다스리면 평이하고 곧고 자애롭고 선
량한 마음이 무럭무럭 생겨나고, 평이하고 곧고 자애롭고 선량한 마음이 생겨
나면 즐겁고, 즐거우면 편안하고, 편안하면 오래 가고, 오래 가면 마음이 하늘
과 같아지고, 하늘과 같아지면 신(神)과 같아진다. 마음이 하늘과 같아져 말하
지 않아도 신뢰를 받고 신과 같아져 노하지 않아도 위엄이 있는 것은 악의 이
치를 다하여 마음을 다스린 결과이다.[28]

진양은 이에 대한 풀이를 〈인용 18〉에서 보는 바와 같이 노장 사상과
연결시키고 있다.

〈인용 18〉 노자가 "사람은 땅을 본받고, 땅은 하늘을 본받으며, 하늘은 도(道)

---

26 「樂記」의 악론은 인간 정신의 감동에 바탕을 두지만, 때로 천지와의 조화를 인간 생
    존의 근원으로 인식하는 내용이 나오기도 하는데, 이를 노장철학의 영향으로 보기
    도 한다.〈조민환, 『중국철학과 예술정신』(예문서원, 1997), 302쪽〉
27 『樂書』禮記訓義 12-4. 「天無爲以之淸. 地無爲以之寧. 兩無爲相合, 萬物以化而至樂
    得矣, 和故百物皆化之謂也.」
28 『禮記』樂記 19-23. 「致樂以治心, 則易直子諒之心, 油然生矣, 易直子諒之心生則樂,
    樂則安, 安則久, 久則天, 天則神. 天則不言而信, 神則不怒而威, 致樂以治心者也.」

를 본받고, 도는 자연을 본받는다"²⁹라고 하였으니, 이에 비추어 볼 때 오래 지
속하는 것은 지도(地道)이고, 마음이 하늘과 같은 것은 천도(天道)이다. 그렇다
면 인(仁)·지(智)는 인도(人道)이고, 신(神)은 바로 자연이 되지 않겠는가? 대개
도(道)의 대종(大宗)에서 벗어나지 않는 것을 하늘이라 하고, 도의 정수(精髓)에
서 벗어나지 않는 것을 신(神)이라 한다.³⁰

〈인용 18〉에서 '도(道)의 대종(大宗)에서 벗어나지 않는 것을 하늘이라
하고, 도의 정수(精髓)에서 벗어나지 않는 것을 신(神)이라 한다'는 것은
『장자』「천하(天下)」에서 천인(天人)·신인(神人)·지인(至人)·성인(聖人)·
군자(君子)를 설명할 때 나온 개념이다.

〈인용 19〉 대개 도(道)의 대종(大宗)에서 벗어나지 않는 사람을 천인(天人)이
라 하고, 도의 정수(精髓)에서 벗어나지 않는 사람을 신인(神人)이라 하고, 도의
진수(眞髓)에서 벗어나지 않는 사람을 지인(至人)이라 하고, 하늘을 도(道)의 대
종(大宗)으로 삼고, 도의 체득을 자기의 근본으로 삼으며, 도를 문으로 삼아 출
입하여 우주 만물의 변화 조짐을 미리 아는 사람을 성인(聖人)이라 하고, 인애
(仁愛)로 은혜를 베풀며, 정의로 조리를 세우며, 예를 행위의 기준으로 삼으며,
악으로 조화를 이루어 따뜻하게 자애로운 사람을 군자라 한다.³¹

그런데 진양은 유가적 사고의 바탕에 노장 사상을 흡수한 사람답게
또 다시 이를 맹자와 순자의 사상과 결합시키고 있다.

29　『道德經』25.

30　『樂書』禮記訓義 28-1.「老子曰:"人法地, 地法天, 天法道, 道法自然." 由是觀之, 久則
地道, 天則天道. 然則仁智有人道, 而神有不爲自然者邪? 蓋不離於宗謂之天, 不離於精
謂之神.」

31　『莊子』天下 33-1.「不離於宗, 謂之天人. 不離於精, 謂之神人. 不離於眞, 謂之至人.
以天爲宗, 以德爲本, 以道爲門, 兆於變化, 謂之聖人. 以仁爲恩, 以義爲理, 以禮爲行,
以樂爲和, 薰然慈仁, 謂之君子.」

〈인용 20〉 옛날에 배우는 자들은 인(仁)을 따라서 천도(天道)에 이르고, 선(善)을 확충해서 신(神)에 이르며, 악의 이치를 다하여 마음을 다스려 하늘에 이르렀으니, 신(神)은 바로 이치이다. 맹자는 "즐거워하면 이러한 마음이 생겨날 것이니, 생겨난다면 이러한 행실을 어찌 그만둘 수 있겠는가?"[32]라고 하였고, 순경은 "정성스런 마음으로 인(仁)을 지키면, 그것이 겉으로 드러나고, 겉으로 드러나면 신묘해진다"[33]라고 하였으니, 이같이 할 따름이다.[34]

〈인용 20〉에 나오는 '선(善)을 확충해서 신(神)에 이른다'는 것은 바로 〈인용 21〉에서 보듯이 맹자의 핵심 사상이다.

〈인용 21〉 맹자가 말하였다. …… "할 만한 가치가 있는 것을 '선(善)'이라 하고, 선을 몸에 지니고 있는 것을 '신(信)'이라 하고, 충만하게 채워져 있는 것을 '미(美)'라 하고, 충만하게 채워져 있으면서 광휘가 있는 것을 '대(大)'라 하고, 위대하여 남을 감화시키는 것을 '성(聖)'이라 하고, 성스러우면서 사람들이 알 수 없는 것을 '신(神)'이라 한다."[35]

『예기』「악기」에서 말한 바 '악을 통해 마음이 수양되는 최고 단계인 신(神)'을 진양은 노장처럼 자연이나 도의 정수로 보기도 하지만, 유학자답게 이를 이치로 보고, 이에 이르는 방법으로는 맹자가 말한 대로 선을 확충하거나, 순자가 말한 대로 정성스런 마음으로 인(仁)을 지키는 것이라고 하고 있다.

---

32 『孟子』離婁上 7-27.
33 『荀子』不苟 3-9.
34 『樂書』禮記訓義 28-1.「古之學者, 自仁率之, 至於天道, 自善充之, 至於神, 致樂以治心, 而至於天, 則神固其理也. 孟子曰: "樂則生矣, 生則惡可已?" 荀卿曰: "誠心守仁則形, 形則神." 如此而已.」
35 『孟子』盡心章下 14-25.「孟子曰 …… "可欲之謂善, 有諸己之謂信, 充實之謂美, 充實而有光輝之謂大, 大而化之之謂聖, 聖而不可知之之謂神."」

결론적으로 진양의 음악관은 유가의 방법을 따라 수양을 하되, 이를 뛰어 넘어 궁극적으로 도(道)와 일체가 되는 경지에 이르는 것이라 할 수 있다.

2) 상수학(象數學)의 전개

형(形)은 보이는 세계이고, 상(象)은 보이는 세계의 이면(裏面)에 있는 본질이다. 상수학은 그 본질을 수로 표현해낸 것이며, 전한(前漢) 말부터 후한(後漢)과 삼국시대에 걸쳐 성립·전개된 학설로서, 북송대(北宋代)의 소옹(邵雍, 1011~1077)이 상수학의 체계를 완성했다. 그에 따르면, 여러 가지 다른 요소들을 숫자로 분류하는 법을 알면 모든 존재의 밑바탕에 깔려 있는 정신을 이해할 수 있다고 한다.

진양은 악기의 제도와 시행을 상수학에 근거를 두고 설명함으로써, 악의 본질에 접근하고자 했다. 우선 연주를 시작하게 하거나 그칠 때 쓰는 축(柷)과 어(敔)에 대한 설명을 보도록 하겠다.

〈인용 22〉 축(柷)의 형상은 사방(四方) 2척 4촌, 깊이가 1척 8촌이다. 가운데에 몽치자루가 있어 그것을 밑바닥까지 내려치고 나서 좌우로 친다. 음(陰)은 2·4에서 시작하여 8·10에서 마친다. 음수(陰數)는 4·8인데, 양(陽) 1로써 이를 주관한다. 음악을 시작하게 하니, …… 궁현(宮懸)의 동쪽에 위치하여 봄철 만물의 생성이 시작되는 것을 상징한다.

어(敔)의 형상은 엎드린 호랑이와 같으니, 서방(西方)의 음물(陰物)이다. 등에는 톱니 같은 차어(鉏鋙)가 27개 있는데, 그것은 3·9의 수(數)요, 채[籈]의 길이는 1척(尺)이니 10의 수이다. 양(陽)은 3에서 이루어지고 9에서 변하는데, 음(陰) 10이 이를 이긴다. 음악을 그치게 하니, …… 궁현(宮懸)의 서쪽에 위치하여 가을철 만물의 성숙이 마치는 것을 상징한다.[36]

축(柷)은 연주를 시작하게 하고 어(敔)는 연주를 그치게 하는 악기이므로, 축은 양(陽)이 주도하고, 어는 음(陰)이 주도한다. 그러므로 축에서는 내려치는 몽치자루가 양의 역할을 하고, 어에서는 호랑이 형상과 채[櫟]의 길이 1척(10촌)이 음의 역할을 한다. 그러나 음양의 조화가 이루어져야 천지자연이 화평하므로, 축에서는 몸체의 수치가 2척 4촌과 1척(10촌) 8촌으로 이루어져 음수(陰數)로 이루어지고, 어에서는 호랑이 형상의 등에 꽂아놓은 차어(鉏鋙) 27개가 3×9의 수로 양수(陽數)로 이루어졌다는 것이다.

나무틀에 여러 개의 관대를 꽂아서 만든 소(簫)의 형태는 봉황의 날개와 같으며 길이는 1척 4촌이다. 진양은 봉황은 남방의 주조(朱鳥)이고, 남방은 오행으로는 화(火)에 속하는데, 화(火)의 생수(生數)는 2이고, 성수(成數)는 7이니,[37] 소의 길이 1척 4촌은 2×7에서 나온 수라고 설명하고 있다.[38] 하지(夏至)는 화(火)가 활발하게 작용하는 때이므로, 2×7의 수를 써야 남방의 주조(朱鳥)인 봉황이 활발히 활동하여 소리가 맑게 드날릴 수 있다는 논리이다.

흙을 구워 저울추 모양으로 만든 훈(壎)은 6공(孔)이다. 진양은 훈의 6공은 물[水]의 수이고, 가운데가 비어 있고 위는 뾰족한 것은 불꽃 형상이니, 물과 불이 합하여 훈이 이루어진 것으로 설명한다.[39] 물과 불이 합한

36　『樂書』124-1.「柷之爲器, 方二尺四寸, 深一尺八寸, 中有椎柄, 連底桐¹之, 令左右擊也. 陰始于二四, 終于八十, 陰數四八, 而以陽一主之. 所以作樂, …… 此柷所以居宮縣之東, 象春物之成始也. 敔之爲器, 狀類伏虎, 西方之陰物也. 背有二十七鉏鋙, 三九之數也. 擽之長, 尺十之數也. 陽成于三, 變于九, 而以陰十勝之. 所以止樂, …… 此敔所以居宮縣之西, 象秋物之成終也.

37　오행과 수의 관계는 다음과 같다.

방위	북	동	남	서	중
오행	水	木	火	金	土
수	1・6	3・8	2・7	4・9	5・10

38　『樂書』121-1.「其狀鳳翼, 其音鳳聲, 中呂之氣, 夏至之音也. 然鳳凰聲中律呂, 以五行推之, 迺南方朱鳥, 則火禽也. 火生數二成數七, 而夏至又用事之時. 二七十四, 則簫之長尺有四寸 蓋取諸此.」

다는 것은 음과 양의 조화를 뜻한다. 음과 양이 조화를 이루면 만물의 생성이 이루어져 세상이 생기(生氣)로 가득차게 되리라는 기대감이 투영된 것이다.

제사에서의 강신(降神) 절차에 연주되는 악조(樂調)와 변수(變數)를 살펴보겠다. 진양은 상제(上帝)가 진방(震方)에서 나오므로[40] 진방에 해당하는 협종궁(夾鍾宮)[41]을 연주하면 천신(天神)이 내려오고, 6월에 만물이 무성하게 자라나므로 6월에 해당하는 임종궁(林鍾宮)을 연주하면 지기(地祇)가 나오고, 죽은 사람이 머리를 두는 정북에 해당하는 황종궁(黃鍾宮)[42]을 연주하면 인귀(人鬼)가 나오며,[43] 협종·임종·황종이 묘(卯)·미(未)·자(子)의 위치에 해당하고, 정(丁)·을(乙)·갑(甲)을 줄기로 삼는데, 그 수가 각각 6·8·9이므로, 천신·지기·인귀의 강신에 6변(變)·8변·9변을 한다고 설명하고 있다.[44]

---

39 『樂書』115-4.「塤之爲器, 立秋之音也. 平底六孔, 水之數也, 中虛上銳, 如秤錘錘然, 火之形也. 塤以水火相合而後成器, 亦以水火相和而後成聲.」

40 『周易』說卦傳 5. "帝出乎震, 齊乎巽, 相見乎離, 致役乎坤, 說言乎兌, 戰乎乾, 勞乎坎, 成言乎艮"

41 文王八卦方位之圖에서 震卦는 정동(正東)에 해당한다. 정동은 달로는 2월이고 율로는 협종에 해당한다.

42 정북은 달로는 11월이고 율로는 황종에 해당한다.

43 『樂書』41-4.「蓋天以圓覆爲體, 其宮之鍾不謂之夾而謂之圜, 與易乾爲圜同意, 爲其爲帝所出之方也. 地以含容爲德, 其宮之鍾不謂之林而謂之函, 與易坤含弘同意, 爲其萬物致養之方也. 人位天地之中以成能, 其宮之鍾稱黃, 與易黃中通理同意, 爲其爲死者所首之方也.」『世宗實錄』12年 2月 19日(庚寅).

44 『樂書』42-5.「聲本於日, 律本於辰. 故甲己之數九, 乙庚八, 丙辛七, 丁壬六, 戊癸五, 此聲之數也. 子午之數九, 丑未八, 寅申七, 卯酉六, 辰戌五, 巳亥四, 此律之數也. 蓋圓鍾卯位之律也, 而丁爲之幹, 故其樂六變. 函鍾未位之律也, 而乙爲之幹, 故其樂八變. 黃鍾子位之律也, 而甲爲之幹, 故其樂九變.」

3) 5성(五聲)・12율(十二律) 고수

진양은 궁(宮)・상(商)・각(角)・치(徵)・우(羽)의 5성만 인정하고 변궁(變宮)과 변치(變徵)의 2변성(二變聲)은 악을 해치는 것이라 하여 배척하였으며, 황종(黃鍾)・대려(大呂)・태주(太蔟)・협종(夾鍾)・고선(姑洗)・중려(仲呂)・유빈(蕤賓)・임종(林鍾)・이칙(夷則)・남려(南呂)・무역(無射)・응종(應鍾)의 12율 정성(正聲)만 인정하고, 청황종・청대려・청태주・청협종의 4청성(四淸聲)은 악을 해치는 것이라 하여 배척하였다.[45] 2변성과 4청성에 대한 진양의 견해를 소개하면 다음과 같다.

〈인용 23〉 고악(古樂)은 6율(六律)이 진실로 바른데 후세에 4청성(四淸聲)을 두어 율이 바르지 않게 되고, 5성(五聲)이 진실로 조화로운데 후세에 2변성(二變聲: 변치・변궁)을 두어 소리가 조화롭지 않게 되었다.[46]

〈인용 24〉 5성이 악에서 다섯 발가락과 손가락이라면, 2변성은 쓸데없이 발가락에 붙어있는 물갈퀴 모양의 군더더기 살이나 손가락에 붙어 있는 육손이다. 물갈퀴 모양의 군더더기 살이나 육손이는 태어날 때부터의 본성(本性)에서 나왔지만 보통 사람들이 타고난 것보다 많아 무익하므로 없애는 것이 옳은 것처럼, 2변성은 5성에서 나왔지만 5성보다 너무 지나쳐 무익하므로 없애는 것이 옳다. 악에 있어서 5성은 오성(五星)이 하늘에 있고, 오행(五行)이 땅에 있고, 오상(五常)이 사람에게 있는 것 같다. 만약 5성(五聲)을 더해서 7음(七音)으로 할 수 있다면, 오성(五星)・오행・오상도 또한 더해서 일곱으로 할 수 있는가? 이 설(說)은 기필코 행해질 수 없다.[47]

---

45 『樂書』樂書序「五聲十二律樂之正也, 二變四淸聲樂之蠹也.」
46 『樂書』24-2.「今夫古樂之發, 六律固正矣, 而後世四淸興焉, 律之所以不正也. 五聲固和矣, 而後世二變興焉, 聲之所以不和也.」
47 『樂書』107-8.「五聲者, 樂之指拇也, 二變者, 五聲之騈枝也. 騈拇枝指, 出於性1而侈於德, 存之無益也, 去之可也, 二變出乎五聲, 而淫於五聲, 存之亦無益也, 削之可也. 盖五

〈인용 25〉 하늘에는 두 해가 없고 땅에는 두 임금이 없는 것이니, 궁이 임금 역할을 하는데, 또 변궁이 있다면 이는 두 임금이 있는 것이다. 풍교(風敎)를 해침이 매우 심하니, 어찌 선왕이 악을 제정한 뜻이겠는가?[48]

〈인용 26〉 이조(李照)가 『주례』「전동(典同)」에 의거하여 논하기를 "12종(鐘) 외의 나머지 4종은 모두 청성(淸聲)으로서 중성(中聲)이 아니니, 바로 정(鄭)·위(衛)의 악이다. 4청성의 종을 제거하면 애달프고 편벽된 소리가 일어나지 않을 것이다"라고 하였으니, 악을 깊이 잘 알고 있는 것이다! 어찌되었든 기이한 것을 좋아하는 선비가 이 말을 배격하여 비난하면 참으로 묵자(墨子)의 무리일 것이다.[49]

이렇듯 철저하게 2변성과 4청성을 배척하고 5성(五聲)과 12율 정성(正聲)을 고수한 이유는 무엇일까? 진양은 『악서』서문에서 분명한 어조로 하늘에 두 해가 없듯이 임금 또한 둘이 없을 수 없으니, 임금을 상징하는 궁 외에 변궁이 있을 수 없고, 임금을 상징하는 황종 외에 청황종이 있을 수 없다는 논리를 펼치고 있다.

〈인용 27〉 대개 2변성에서는 변궁을 임금으로 삼고, 4청성에서는 청황종을 임금으로 삼는데, 일은 때에 맞게 해야 하니 진실로 변경할 수 있으나 임금은 변경할 수 없고, 태주·대려·협종은 혹 나눌 수 있으나 황종은 나눌 수 없습니다. 이미 궁이 있는데 또 변궁이 있고, 이미 황종이 있는데 또 청황종이 있으면,

---

聲之於樂, 猶五星之在天, 五行之在地, 五常之在人也. 五聲可益爲七音, 然則五星五行五常, 亦可益而七之乎? 其說必不行矣.」

48 『樂書』107-8.「今夫天無二日, 土無二君, 宮旣爲君, 而又有變宮, 是二君也. 害敎莫甚焉, 豈先王制樂之意哉?」

49 『樂書』101-5. 李照據周禮典同而論之謂 "十二鍾之外, 其餘四鍾, 皆是淸聲, 非中聲, 乃鄭衛之樂也. 若去四淸之鍾, 則哀思邪辟之聲, 無由而起", 何知樂之深耶! 奈何好異之士, 排而非之, 眞墨子之徒也.

이는 임금이 둘이 있는 것이니, 어찌 옛사람이 이른 바 '지존(至尊)은 둘이 있을 수 없다'는 뜻이겠습니까? 2변성과 4청성을 주장하는 자는 옛날에 없었을 뿐더러 성인도 논하지 않았으니, 이는 한(漢)·당(唐)의 유학자들이 견강부회한 설입니다. 이것(2변 4청성)을 그대로 두면 풍교(風敎)를 손상시키고 도를 해치지만, 이를 삭제하면 율이 바르게 되고 성(聲)이 조화롭게 되므로, 신이 과감하게 말하여 물리치려는 것이지, 따지기를 좋아해서 그런 것이 아닙니다. 오직 나라를 빛내는 데 뜻을 두고 임금을 높이는 데 의의를 두었을 뿐입니다.[50]

4) 철저한 문헌 고증

박(鎛)이라는 금부(金部) 악기에 대해, 『주례(周禮)』에 주를 낸 정현(鄭玄), 127~200)은 "종과 같은데 크다"라고 설명하였고, 그 이후 『이아(爾雅)』에 주를 낸 손염(孫炎)과 곽박(郭璞, 276~324) 또한 박(鎛)을 큰 종으로 풀이하였다. 그러나 이와 달리 『국어』에 주(註)를 낸 위소(韋昭, 204~273)와 『춘추좌씨전』에 주를 낸 두예(杜預, 222~284)는 박(鎛)을 작은 종으로 풀이하였다.

이에 대해 진양은 『국어(國語)』에 "세균(細鈞)에는 종(鐘)은 있어도 박(鎛)이 없으니, 큰 음색을 드러내기 위해서이다. 대균(大鈞)에는 박(鎛)은 있어도 종이 없으며, 심대균(甚大鈞)에는 박(鎛)도 없으니, 가는 악기 소리들이 잘 들리게 하기 위해서이다"라고 한 것에 근거하여, 다음과 같이 박을 작은 종으로 풀이하였다.

〈인용 28〉 세균은 각조(角調)와 치조(徵調)이니, 반드시 큰 음색으로 조화롭

---

50 『樂書』樂書序「蓋二變以變宮爲君, 四清以黃鍾清爲君. 事以時作, 固可變也, 而君不可變. 太簇大呂夾鍾或可分也, 而黃鍾不可分. 旣有宮矣又有變宮焉, 旣有黃鍾矣又有黃鍾清焉, 是兩之也. 豈古人所謂尊無二上之旨哉? 爲是說者古無有也, 聖人弗論也, 其漢唐諸儒傅會之說歟! 存之則傷敎而害道, 削之則律正而聲和, 臣是敢辭而闢之, 非好辯也. 志在華國, 義在尊君.」

게 해야 하므로 박을 쓰지 않고 종을 쓰는 것이다. 대균은 궁조(宮調)와 상조(商調)이니, 반드시 가는 음색으로 조화롭게 해야 하므로 종을 쓰지 않고 박을 쓰는 것이다. 즉 박(鎛)은 작은 종이다.[51]

정현은 『주례』에 주(注)를 달면서, 『의례』 「대사의(大射儀)」에 '활쏘기 하루 전날 동계(東階)의 동쪽에 서향으로 생경(笙磬)을 설치하고, 서계(西階)의 서쪽에 동향으로 송경(頌磬)을 설치한다'라고 한 것을 근거로 "경(磬)이 동쪽에 있는 것을 생경(笙磬)이라 하니, 생(笙)은 '낳는다'는 뜻이다. 서쪽에 있는 것을 송경(頌磬)이라 한다. 송(頌)은 혹 용(庸)으로도 쓰니 용(庸)은 공(功)이다"라고 풀이하였다. 즉, 동쪽에 설치되어 생성한다는 뜻을 지닌 것을 생경이라 하고, 서쪽에 설치되어 결실을 맺는다는 뜻을 지닌 것을 송경이라 한다고 하였다.

그러나 진양은 『의례』 「대사의」 구절 외에 『주례』 「생사(笙師)」의 "모든 제사와 향사(饗射)에 생종(笙鐘)의 악을 제공한다"라는 구절에 의거하여, 생(笙)에 응하는 종·경을 생종(笙鐘)·생경(笙磬)으로 풀이하고, 이와 마찬가지로 아(雅)·송(頌)의 성음에 어울리는 것을 송종(頌鐘)·송경(頌磬)·아금(雅琴)·송금(頌琴)이라 한다고 풀이하였다. 진양은 '동쪽과 서쪽에 있는 경을 각각 생경과 송경이라 한다'는 정현의 견해를 반박하는 근거로 『의례』 「대사의」의 "도(鼗)를 송경의 서쪽 끝에 기대어 놓는다"[52]라는 구절을 들고 있다. 도(鼗)를 송경의 서쪽 끝에 기대어 놓는다는 것은 송경이 동쪽에 진설되어 있음을 간접적으로 시사해준다고 간주했기 때문이다. 즉, 송경은 서쪽에 진설하기도 하지만 동쪽에 진설하기도 하므

---

51 『樂書』 51-7. 「今夫細鈞有鐘無鎛, 昭其大也. 大鈞有鎛無鐘, 甚大無鎛, 鳴其細也. 細鈞角徵也, 必和之以大, 故有鐘無鎛. 大鈞宮商也, 必和之以細, 故有鎛, 則鎛小鐘也. 晉語左氏："鄭伯嘉納寶鎛." "鄭人賂晉侯, 歌鐘二肆及其鎛." 韋昭杜預皆以爲小鐘, 言歌鐘及其鎛, 則鎛小鐘可知. 鐘師掌金奏則大鐘也, 鎛師掌金奏則小鐘也. 鄭康成曰："鎛如鐘而大." 孫炎郭璞釋爾雅大鐘謂之鏞, 鏞亦名鎛, 不亦失小大之辨乎?」

52 『儀禮』 大射儀 7-3.

로, 정현의 견해는 잘못되었다는 것이다.[53]

천신(天神)·지기(地祇)·인귀(人鬼)의 제사에 각각 뇌고(雷鼓)·뇌도(雷鼗),
영고(靈鼓)·영도(靈鼗), 노고(路鼓)·노도(路鼗)를 쓰는데, 정중(鄭衆, ?~83)은
이들 악기의 두드리는 면수(面數)를 각각 6면(面)·4면·2면이라 하였고,
정현은 정중의 설을 부정하고 각각 8면·6면·4면이라 하였다. 정현은
제사가 아닌 조회·연향 등에 쓰는 북의 면수가 2면이므로, 인귀 제사에
쓰는 노고·노도는 그보다 2면을 더 늘려 4면으로 하고, 지기 제사에 쓰
는 영고·영도는 그보다 2면을 더 늘려 6면으로 하고, 천신 제사에 쓰는
뇌고·노도는 그보다 2면을 더 늘려 8면으로 했다고 설명하였다.[54]

그러나 진양은 정중과 정현의 설을 모두 비판하고, 〈인용 29〉에서 보
는 바와 같이 각각 6면·8면·4면이라 주장하였다.

〈인용 29〉 뇌(雷)는 하늘의 소리, 영(靈)은 땅의 덕, 노(路)는 사람이 다니는
길을 뜻한다. 천신의 악은 6변(變)을 하므로 뇌고·뇌도는 6면(面)이고, 지기의
악은 8변을 하므로 영고·영도는 8면이다. 인귀의 악은 9변을 하는데, 노고·노
도가 4면인 이유는 금(金)의 속성은 화(化)할 수는 있어도 변할 수는 없는데 인
귀도 그러하기 때문이다. 또한 금은 흙이 아니면 산출되지 않으므로 토(土)의 5
에 금의 4를 더해서 인귀의 악에 9변을 하게 된 것이다. 정사농(鄭司農 : 鄭衆)
이 뇌고·뇌도를 6면이라 한 것은 옳으나, 영고·영도를 4면, 노고·노도를 2면
이라 한 것은 틀린 것이다.[55]

---

53 『樂書』48-3. 「大射儀曰 : "樂人宿縣, 于阼階東笙磬西面, 其南笙鐘, 其南鏄, 皆南陳."
    又曰 : "西階之西, 頌磬東面, 其南鐘, 其南鏄, 皆南陳." 笙師 : "凡祭祀饗射, 共其笙鐘之
    樂." 蓋鐘磬之應歌者爲頌鐘頌磬, 應笙者爲笙鐘笙磬. 記曰 : "人不耐無樂, 樂不耐無形,
    形而不爲道, 不耐無亂. 先王惡其亂也, 故制雅頌之聲以道之." 然則頌鐘頌磬雅琴頌琴
    之類, 豈非合雅頌之聲然邪? 頌磬與春秋傳歌鐘同意, 笙磬與詩笙磬同音同意. 先儒謂 :
    "磬在東曰笙, 笙生也, 在西曰頌, 頌或作庸, 庸功也." 豈其然哉? 儀禮大射 : "鼗倚于頌
    磬西紘."」

54 『周禮』春官 / 大司樂 2에 대한 鄭玄의 注와 賈公彦의 疏

55 『樂書』42-1. 「雷天聲也, 靈地德也, 路人道也, 天神之樂六變, 而雷鼓雷鼗六面. 地祇

소략하나마 진양의 악론에 대해서는 이 정도로 그치고, 이제 조선전기의 아악(雅樂) 정비에 끼친 『악서』의 영향을 살펴도록 하겠다.

3. 조선전기(朝鮮前期)의 아악(雅樂) 정비에 끼친 『악서(樂書)』의 영향

조선왕조는 성리학(性理學)을 국시(國是)로 표방했으므로, 건국하자 우선적으로 예악제도를 마련하기 시작하였다. 즉 태종대(1400~1418)부터 예전(禮典) 편찬을 착수하여 1474년(성종 5)에 『국조오례의(國朝五禮儀)』를 완성하였고, 세종대(1418~1450)에 아악(雅樂)을 일대 정비했는데, 아악을 정비할 때 『주례(周禮)』·『율려신서(律呂新書)』 등과 더불어 많은 영향을 끼친 것이 진양의 『악서』이다. 이는 『세종실록(世宗實錄)』 권128의 악기도설(樂器圖說)에 가장 많이 인용된 문헌이 『악서』인 것에서 확인된다.

또한 성종대(1469~1494)에 편찬된 『국조오례의서례(國朝五禮儀序例)』와 『악학궤범(樂學軌範)』에서 뇌고(雷鼓)·뇌도(雷鼗), 영고(靈鼓)·영도(靈鼗), 노고(路鼓)·노도(路鼗), 토고(土鼓), 축(柷), 어(敔), 관(管), 부(缶), 훈(塤), 금(琴), 슬(瑟), 독(纛), 정(旌), 휘(麾), 탁(鐸), 요(鐃), 탁(鐲), 아(雅), 독(牘), 간(干), 척(戚)과 같은 아악기 및 무구(舞具)를 설명할 때 『악서』를 인용한 것에서도 『악서』의 직·간접적인 영향을 알 수 있다.

之樂八變, 而靈鼓靈鼗八面. 人鬼之樂九變, 而路鼓路鼗四面者, 金之爲物能化不能變, 鬼亦如之. 金非土不生, 以土之五加金之四, 其樂所以九變歟! 鄭司農 謂雷鼓雷鼗六面則是, 靈鼓靈鼗四面·路鼓路鼗兩面, 非也.」

1) 악기 제작

1370년(공민왕 19)에 명(明) 태조(太祖)가 고려에 보내준 편종(編鐘)과 편경(編磬) 및 1406년(태종 6)에 명 성조(成祖)가 조선에 보내준 편종과 편경은 16매(枚)짜리였다.[56] 1430년(세종 12)에 만든 것 또한 16매짜리이고,[57] 1474년에 편찬된 『국조오례의서례』에도 16매의 편종과 편경이 실려 있다.[58]

『國朝五禮儀序例』권1 편종

『國朝五禮儀序例』권1 편경

그러나 이와 달리 1427년(세종 9) 5월에 박연이 만들어 올린 편경은 12매였고,[59] 『세종실록』권128 악기도설에 실린 편종과 편경도 각각 12매이다.

즉, 세종초에는 '2변성과 4청성이 풍교와 도(道)에 해롭다'며 5성·12율을 주장하는 진양의 설을 따라서 편종과 편경을 제작했던 것이다.

1430년(세종 12) 당시의 뇌고·뇌도, 영고·영도, 노고·노도의 북면은 후한(後漢) 정현의 설을 따라 각각 8면·6면·4면이었다.[60] 『세종실록』권128 악기도설에 이것이 반영되어 실려 있다.

---

56 『高麗史』권70.15ab. 『太宗實錄』태종 6년 윤7월 13일(庚午).
57 『世宗實錄』세종 12년 8월 18일(丙戌).
58 『國朝五禮儀序例』권1.75ab.
59 『世宗實錄』세종 9년 5월 15일(壬寅).
60 『世宗實錄』세종 12년 2월 19일(庚寅).

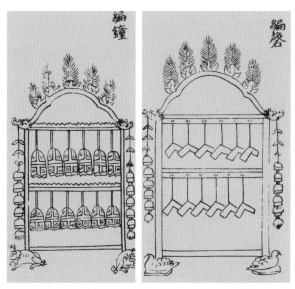

『世宗實錄』권128 편종　　　　　　『世宗實錄』권128 편경

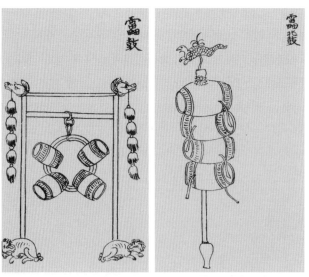

『世宗實錄』권128 뇌고　　　　　　『世宗實錄』권128 뇌도

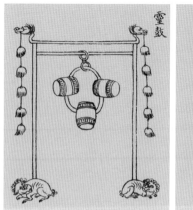
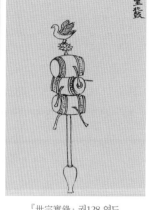

『世宗實錄』권128 영고   『世宗實錄』권128 영도

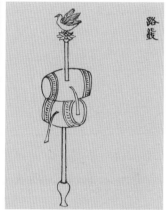

『世宗實錄』권128 노고   『世宗實錄』권128 노도

　　노고・노도에 대해서는 정현과 진양이 모두 4면을 주장하였지만, 뇌
고・뇌도와 영고・영도에 대해서는 서로 달랐는데, 세종대의 아악정비
에서 중추적 역할을 한 박연(朴堧)은 1430년(세종 12)과 1441년(세종 23)에
진양의 설을 따를 것을 건의하였다.

〈인용 30〉 1430년(세종 12) 2월 19일. 박연이 말하길, "천신(天神) 제사에 묘궁 (卯宮)의 원종율(圜鍾律 : 협종)을 쓰는데, 음악을 6변(變)하고 북면을 6면(面)으 로 한 것은 선천(先天)의 수 묘(卯)가 6이기 때문이고, 지기(地祇) 제사에 미궁 (未宮)의 함종율(函鍾律 : 임종)을 쓰는데, 음악은 8변하고 북면을 8면으로 한 것 은 선천의 수 미(未)가 8이기 때문입니다. 진양의 이 설(說)은 근거가 있는 듯합 니다"라고 하였다.[61]

〈인용 31〉 1441년(세종 23) 정월 6일. 첨지중추원사 박연이 상언(上言)하였다. "천신 제사에 쓰이는 뇌고 3틀을 진양도설에 따라 6면고(六面鼓)로 만들고 뇌도 또한 이같이 하며, 지기 제사에 쓰이는 영고 3틀을 진양도설에 따라 8면고로 만 들고 영도 또한 이같이 하며, 인귀 제사에 쓰이는 노고 3틀을 진씨와 정씨의 설 을 따라 4면고로 만들고 노도 또한 이같이 하소서."[62]

이 건의가 받아들여져, 뇌고·뇌도와 영고·영도가 각각 6면과 8면으 로 제작되어 조선시대 내내 통용되었으며, 이는 『국조오례의서례』 권1 아부악기도설(雅部樂器圖說)에 반영되어 있다.

『國朝五禮儀序例』 권1 뇌고　　　　　『國朝五禮儀序例』 권1 뇌도

61　『世宗實錄』 세종 12년 2월 19일(庚寅).
62　『世宗實錄』 세종 23년 정월 6일(甲辰).

『國朝五禮儀序例』권1 영고   『國朝五禮儀序例』권1 영도

　흙을 구워서 만든 훈(塤)이 1430(세종 12) 당시에는 크기가 일정하지 않은 데다 형체가 위와 아래가 모두 뾰족하기도 하고 모두 둥글기도 했는데, 박연은 다음과 같이 진양 설을 근거로 밑을 평평하게 하고 구멍은 6개를 만들며 위를 뾰족하게 하여서 물과 불의 결합을 상징하는 형체를 갖추어야 한다고 건의하였다.

　〈인용 32〉 1430년(세종 12) 2월 19일. 박연이 또 말하기를, "훈이란 악기는 예전에 '길이가 3촌 반이고, 둘레가 5촌 반이라'고 하였고, 진양은 말하기를, '밑이 편평하고 구멍이 6개 있는 것은 물[水]의 수이요, 가운데가 비고 위가 뾰족한 것은 불의 형상이니, 훈은 물과 불이 서로 합하여 악기가 되었고, 또한 물과 불이 서로 조화되어 소리를 만들어낸다'라고 하였으니, 제작법이 모두 근거가 있어서 제멋대로 만들어서는 안 됩니다. 지금 악현(樂懸)에 쓰는 훈은 그 제도가 큰 것도 있고 작은 것도 있으며, 긴 것도 있고 짧은 것도 있으니 치수에 맞지 않으며, 혹은 위와 아래가 모두 뾰족하기도 하고, 위와 아래가 모두 둥글기도 하여, 밑이 편평하고 위가 뾰족하다는 제도에 어긋나고, 또 질을 구워 만든 솜씨가 매우 거칠며, 구멍을 뚫은 것도 전혀 법에 틀렸사오니, 율과 성(聲)이 조화롭기를 어찌 감히 바랄 수 있겠습니까. 선현의 도설에 의거하여 고쳐 만들어 쓰소서."[63]

이 건의가 받아들여져, 밑은 평평하게 하고 위는 뾰족하게 하여 불꽃 형태로 만들어진 훈이 『국조오례의서례』 권1 아부악기도설에 실려 있다.[64]

2) 악기 편성

『고려사』 악지(樂志)의 아악 악현은 등가(登歌)나 헌가(軒架)에 모두 현(絃)·가(歌)·포(匏)·죽(竹)이 혼합 편성되어 있으나, 『세종실록』 권128의 길례서례(吉禮序例)의 악현은 '등가는 현·가를 중심으로 편성되어 포·죽이 없고, 헌가는 포·죽을 중심으로 편성되어 현·가가 없는 고제(古制)의 원칙'을 준수하고 있다.

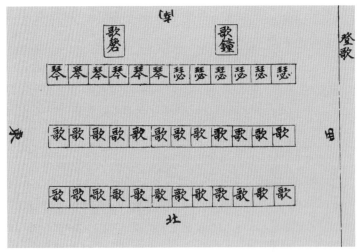

『세종실록』 권128 등가

---

63 『世宗實錄』 세종 12년 2월 19일(庚寅).

64 『國朝五禮儀序例』 권1,84b-85a. 「樂書云, "塤之爲器, 立秋之音也. 平底六孔, 水之數也. 中虛上銳, 火之形也. 塤以水火相合而後成器, 水火相和而後成聲."」

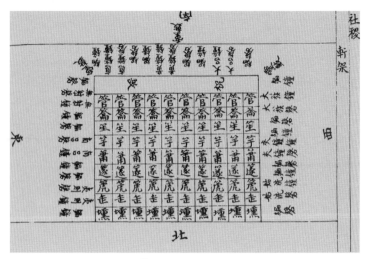

『세종실록』 권128 헌가

그런데 『세종실록』 권128의 악현은 다음과 같이 『악서』의 악현과 거의 같으므로, 『악서』의 영향을 받았음을 확인할 수 있다.

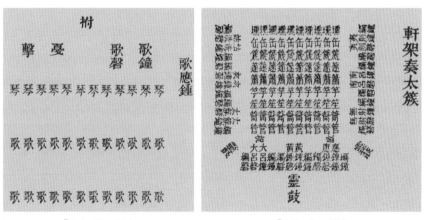

『악서』 권191 등가　　　　　　『악서』 권191 헌가

1430년(세종 12) 이후 약간 변화가 있었지만,[65] 전반적으로 조선전기 아
악의 악현은 여전히 『악서』의 영향이 유지되었다.[66]

---

65   김종수, 「朝鮮前期 雅樂樂懸에 對한 研究」, 『韓國音樂研究』(서울 : 한국국악학회,
      1986) 第15 · 16輯, 23쪽.
66   『國朝五禮儀序例』 권1, 94a-95b. 『樂學軌範』 권2a-3a.

송 진진지[1] 『악서』 200권

宋陳晋之樂書 二百卷

光緒丙子春, 刊于廣州板存菊坡精舍. 巴陵方功惠署.

광서(光緒)[2] 병자년(1876) 봄에 국파정사에 있던 광주판본을 간행하였다.
파릉(巴陵) 방공혜(方功惠)[3] 서(署 : 서명).

---

1   진지(晋之) : 진양(陳暘)의 자(字)이다.
2   광서(光緒) : 1875∼1908. 청(淸) 덕종(德宗)의 연호.
3   방공혜(方功惠) : 청나라 학자로 20만권의 장서를 갖고 있었다고 한다. 파릉(巴陵)은
    동정호 근처에 있는 고을로 방공혜의 본관이다.

중침[1] 『악서』서문

重鋟樂書序

大司徒以鄕三物教萬民, 三曰六藝, 禮樂射御書數. 而六藝之中, 獨
申禮樂, 以防萬民之僞之情, 蓋化民之急, 無逾禮樂也. 漢藝文志列樂
六家凡百六十五篇, 今可攷者唯樂記耳. 恭讀欽定四庫全書總目, 以辨
律呂明雅樂者, 著錄經部, 不與藝術同科. 次宋陳晋之樂書二百卷, 於
皇祐新樂圖記后, 稱其遺文緖論條理可徵. 大哉王言! 一經品題, 陳氏
爲不朽矣. 顧不解陳振孫書彔解題, 獨本鄭子敬說, 退入音樂目中. 我
朝朱氏彝尊, 撰經義攷, 遂亦置之不錄審, 是周官六藝不幾廢其一耶?

陳氏書兵燹以來, 流傳愈少. 乙亥冬予權兩廣運使, 爰出匣中舊藏,
請於大府籌貲校刻, 俾公海內. 其間二變四淸之謬, 四庫總目已備言之,

---

1   중침(重鋟) : 거듭 판목(版木)에 글을 새김. 중국 북경도서관에 송각본(宋刻本), 일본
    정가당문고(靜嘉堂文庫)에 명판본(明版本), 미국 하바드 연경도서관과 미국회도서관
    및 한국의 국립국악원과 규장각에 청 광서병자판본(淸光緖丙子版本)이 있다. 〈宋芳
    松, 「國立國樂院所藏 樂書 解題」『韓國音樂學資料叢書』제8권, 7쪽〉

毋庸再爲置喙. 昔司馬溫公范蜀公論律呂, 終身不合. 蜀公無論, 已溫公編資治通鑑, 詳述梁武所定四通十二笛之制. 及觀陳氏書, 則於梁武之說多所糾正, 益見其心力精深, 不隨人步趨也.

李安溪記顧亭林之言曰 "吾於經史略能記誦, 都是零碎工夫. 至律曆禮樂, 整片稽攷, 便不耐心." 亭林問學浩博, 所言如此, 矧下此者乎? 聖主中興, 大合樂以和邦國, 悅遠人, 作動物, 方且奮威揚武, 盪滌邪穢. 聽鼓鼙而思將帥, 執經之士必有繼江漢常武, 作歌以臻干羽兩階之盛者, 豈徒習其鏗鏘鼓舞已哉? 是爲序. 大淸光緖二年太歲丙子三月癸巳朔越七日庚子, 定遠方濬師書於傳運公廨之退一步齋.

대사도(大司徒)[2]가 향삼물(鄕三物)[3]로 만민을 가르쳤는데, 셋째가 예(禮)·악(樂)·사(射)·어(御)·서(書)·수(數)의 육예(六藝)이다. 육예 가운데 예악을 밝혀 만민(萬民)의 거짓된 정(情)을 막은 것은 대개 백성을 교화하는 데 있어 예악보다 나은 것이 없기 때문이다. 『한서(漢書)』 「예문지(藝文志)」에 '육가(六家)가 악(樂)에 대해 지은 것이 165편이 있다'[4]라고 하였지만 지금 상고할 수 있는 것은 「악기(樂記)」[5]뿐이다.

『흠정사고전서(欽定四庫全書)』[6] 총목을 삼가 읽어보니, 율려(律呂)를 변별

2　대사도(大司徒): 주대(周代)에 교육의 일을 맡았던 관직 이름.

3　향삼물(鄕三物): 고대에 향학(鄕學)에서 가르치던 교육과정이다. 첫째는 육덕(六德)이니, 지(知)·인(仁)·성(聖)·의(義)·충(忠)·화(和)이고, 둘째는 육행(六行)이니, 효(孝)·우(友)·목(睦)·인(婣)·임(任)·휼(恤)이고, 셋째는 육예(六藝)이니, 예(禮)·악(樂)·사(射)·어(御)·서(書)·수(數)이다.

4　『前漢書』 권30 藝文志.

5　유향(劉向, B.C. 77~B.C. 6)이 얻어서 정리한 것은 「樂記」 23편이다. 유향의 저서로는 『별록(別錄)』·『신서(新序)』·『설원(說苑)』·『열녀전(列女傳)』 등이 있다.

6　흠정사고전서(欽定四庫全書): 흠정은 황제가 친히 만들거나 명령하여 제정하는 것을 말한다. 청 건륭제(乾隆帝)가 1741년에 천하의 서적을 수집한다는 조서를 내려 1772년에 편찬소(編纂所)인 사고전서관이 개설되었고, 1781년에 『사고전서』의 첫 한 벌이 완성되었다. 그 후 궁정에 4벌(熱河의 文津閣, 北京圓明園의 文源閣, 紫禁城 안의 文淵閣, 奉天의 文溯閣), 민간 열람용 3벌 등 7벌이 만들어졌다. 수록된 책은 3458종, 7만 9582권에 이르며, 경(經)·사(史)·자(子)·집(集)의 4부로 분류 편집되었다.

하고 아악을 밝힌 것은 경부(經部)에 기록하고 예술과 동급(同級)으로 보지 않았다. 송의 진진지(陳晉之)가 쓴 『악서』 200권은 『황우신악도기(皇祐新樂圖記)』[7] 뒤에 편집되어 있는데,[8] 그 유문(遺文 : 樂書)이 조리있게 서술되어 있어서 증거로 삼을 만하다는 평을 받았다. 위대하도다, 왕의 말씀이여! 한번 이런 평가를 받자 『악서』는 불후의 명작으로 남게 되었다.

다만 진진손(陳振孫)[9]이 쓴 『서록해제(書彔解題)』의 내용을 이해하지 못하고, 정자경(鄭子敬)[10]의 학설만을 근거로 하여, 『악서』를 뒤로 물려 음악 항목에 넣었고, 우리 조정(淸)의 주이준(朱彛尊)이 『경의고(經義攷)』를 지을 때 또한 『악서』를 버려두고 기록하지 않았으니, 이는 주관(周官)의 육예(六藝) 가운데서 한 가지를 폐기한 것에 가깝지 않겠는가?

진양의 『악서』는 병란을 겪은 후 세상에 전해지는 것이 매우 적게 되었으므로, 을해년(1875) 겨울에 내가 잠시 양광운사(兩廣運使)[11]로 있을 때, 상자에 보관해오던 옛 서적을 꺼내 태부(大府)에 비용을 요청하여 교정하고 판각(板刻)하여 세상에 널리 반포하였다.

그 가운데 2변성(二變聲)[12]과 4청성(四淸聲)[13]의 잘못에 대해 사고총목(四

---

7   황우신악도기(皇祐新樂圖記) : 송(宋) 황우(皇祐 : 1049～1053) 연간에 완일(阮逸)과 호원(胡瑗) 등이 인종(仁宗)의 명을 받고 지은 음악이론서.

8   『景印文淵閣 四庫全書』(臺灣 : 商務印書館, 서울 麗江出版社, 1988)에서는 『皇祐新樂圖記』와 함께 진양의 『樂書』가 제211책에 실려 있으며, 경부(經部) 악류(樂類)로 분류되어 있다.

9   진진손(陳振孫) : 송인(宋人)으로 자는 백옥(白玉), 호는 직재(直齋). 저서로 『직재서록해제(直齋書錄解題)』가 있다.

10 정자경(鄭子敬) : 송인(宋人). 자경은 정인(鄭寅)의 字.

11 양광운사(兩廣運使) : 양광은 광동성과 광서성이며, 운사는 양식의 운반을 일을 맡은 관리이다.

12 2변성(二變聲) : 변치(變徵)와 변궁(變宮). 아악의 음계는 '궁·상·각·변치·치·우·변궁'으로 이루어졌다. 궁과 상, 상과 각, 각과 변치, 우와 변궁 사이의 음정은 2율(二律 : 서양 음악용어로 온음)이나, 변치와 치, 변궁과 궁 사이의 음정은 2율이 되지 못하고 1율(一律 : 반음)뿐이다. 그리하여 '변'이란 명칭을 붙이게 되었다.

13 4청성(四淸聲) : 한 옥타브 높은 음고(音高)를 청성(淸聲)이라 한다. 사청성은 4개의 청성, 즉 청황종·청대려·청태주·청협종을 가리킨다.

庫總目)에서 이미 상세히 말했으므로 또 언급할 필요는 없을 것이다. 옛날에 사마온공(司馬溫公)[14]과 범촉공(范蜀公)[15]이 율려를 논했는데 끝내 의견이 합치되지 않았다. 촉공은 말할 것도 없고, 온공은『자치통감』을 편찬하면서 양(梁) 무제(武帝)가 정한 4통 12적(四通十二笛)의 제도를 상세히 기술하였다. 진양『악서』를 살펴보면, 양 무제의 설을 많이 바로잡았으니, 진양의 심력(心力)이 정밀하고 깊이가 있어서 남을 무턱대고 따르지 않았음을 잘 알 수 있다.

이안계(李安溪)[16]는 고정림(顧亭林)[17]이 "나는 경서(經書)와 사서(史書)에 대해서는 조금 알지만 모두 보잘 것 없는 공부였고, 율력과 예악에 대해서는 아무리 고심해도 이해할 수 없었다"라고 말했다고 기록한 바 있다. 정림은 해박(該博)한데도 이렇게 말했는데, 하물며 정림보다 못한 자는 말할 나위가 있겠는가?

훌륭하신 임금께서 중흥하시어 대합악(大合樂)으로 나라를 화평하게 하고, 먼 데 있는 사람을 기쁘게 하여 만물을 진작시켰으며, 바야흐로 또 위엄을 떨치고 무공(武功)을 드날려 사특한 무리를 소탕하시었다. 고(鼓)·비(鼙)[18]의 소리를 들으면 장수를 생각하니,[19] 경서를 공부하는 선비

14　사마온공(司馬溫公) : 송인(宋人). 이름은 광(光), 자는 군실(君實)이다. 『자치통감(資治通鑑)』을 편찬하였다.

15　범촉공(范蜀公) : ?~1088. 송인(宋人). 자(字)는 경인(景仁), 이름은 진(鎭)이다. 인종대(1022~1063)에 지간원(知諫院)과 한림학사를 지냈다. 왕안석(王安石)의 신법(新法)에 반대하다가 벼슬에서 물러났다. 저서에 『동재기사(東齋記事)』가 있다.

16　이안계(李安溪) : 1642~1718. 안계(安溪)는 이광지(李光地)의 호이다. 강희제 때 황태자 윤잉의 스승으로 초청되었다. 저서에 『대학고본설(大學古本說)』, 『주역절중((周易折中)』 등이 있다.

17　고정림(顧亭林) : 1613~1682. 본명은 강(絳)이고 자(字)는 충청(忠淸)이다. 명나라 멸망 이후 이름을 염무(炎武), 자를 영인(寧人)으로 고쳤다. 정림(亭林)은 그의 호이다. 고염무는 명나라 멸망과 함께 청 순치(順治) 원년(1644)부터 약 12년간 두 차례 무장투쟁과 비밀결사인 복사(復社)에도 간여했고, 청조 출사를 거부했다. 『일지록(日知錄)』, 『천하국군이병서(天下國君利病書)』, 『음학오서(音學五書)』 등은 그 대표작이다. 청대 고증학의 개조(開祖)로 평가된다

18　비(鼙) : 군중에서 쓰는 작은 북.

들이 반드시 《강한(江漢)》[20]과 《상무(常武)》[21]의 정신을 계승하여 노래를 지어 방패와 꿩깃을 들고 양쪽 섬돌에서 무무(武舞)와 문무(文舞)를 추는 성대한 일[22]이 어찌 한갓 음악을 연주하고 춤추는 것만 익히는 것이겠는 가? 이에 이것을 서문으로 삼는다.

대청(大淸) 광서(光緖) 2년 병자년(1876) 3월 초하루에서 7일이 지난 경자일(庚子日)에 정원(定遠)의 방준사(方濬師 : 方功惠)가 전운사 관청의 퇴일보재(退一步齋)에서 쓰다.

---

19 고(鼓)·비(鼙)~생각하니 : 군자가 음악을 들으면, 단순히 소리만을 듣는 것이 아니라 그 소리 속에 담긴 뜻을 생각한다는 말이다.〈『禮記』 樂記 19-22〉

20 강한(江漢) : 『詩經』 大雅의 편명으로서, 선왕(宣王)이 소목공(召穆公)에게 명하여 회수(淮水) 남쪽의 오랑캐를 평정한 것을 찬미한 것이다. 1장은 다음과 같다. 「江漢浮浮, 武夫滔滔. 匪安匪遊, 淮夷來求. 旣出我車, 旣設我旟. 匪安匪舒, 淮夷來鋪【강한(江漢)이 넘실넘실 흐르니 무부(武夫)들이 배를 타고 도도히 내려가도다. 편안하며 한가이 놀려는 것이 아니라 회숫가의 오랑캐를 와서 찾으려 함이니라. 이미 수레를 내려 깃발을 설치하니, 편안하며 느긋하게 하려는 것이 아니라 오랑캐를 와서 정벌하려 함이니라.】」

21 상무(常武) : 『詩經』 大雅의 편명으로서, 선왕이 스스로 군대를 거느리고 회수(淮水)의 오랑캐를 정벌한 것을 찬미했는데, 먼 지방까지 회유된 것은 단지 군대의 위엄 때문이 아니라 왕도(王道) 때문이었음을 말하고 있다. 1장은 다음과 같다. 「赫赫明明, 王命卿士, 南仲大祖, 大師皇父, 整我六師, 以修我戎, 旣敬旣戒, 惠此南國【빛나고 밝은 왕께서 경사(卿士) 중에 남중(南仲)을 태조로 하는 태사(太師) 황보를 명하사 우리 육군(六軍)을 정비하고 병기를 수선해서 공경하고 경계하여 남국을 은혜롭게 하셨네.】」

22 『書經』 虞書 / 大禹謨 3. 「三旬苗民逆命, 益贊于禹曰 "惟德動天, 無遠弗屆, 滿招損, 謙受益, 時乃天道. …… 至誠感神, 玆有苗!" 禹拜昌言曰 "俞! 班師振旅, 帝乃誕敷文德, 舞干羽于兩階, 七旬有苗格【30일을 유묘(有苗)의 백성들이 명을 거역하자, 익(益)이 우(禹)를 도와 이르기를 "덕은 하늘을 감동시켜 멀어도 이르지 않음이 없으니, 자만하면 손해를 보고 겸손하면 이익을 보는 것이 바로 천도(天道)입니다. …… 지극한 정성은 신명(神明)도 감동시키는데, 하물며 묘족이겠습니까." 하였다. 우(禹)가 절하며 "아! 너의 말이 옳다" 하고는 회군하고 군대를 거두자, 제(帝)가 마침내 문덕(文德)을 펼치고, 방패와 꿩깃을 들고 무무(武舞)와 문무(文舞)를 양쪽 섬돌에서 추게 하니, 70일 만에 묘족이 와서 항복하였다.】」

삼산 진선생이 보내온 『악서』에 대한 서문

三山陳先生樂書序

宋自藝祖基命, 順應天人. 太宗集統, 淸一文軌. 眞宗懿文, 倬彼雲漢. 仁宗深仁, 天地大德. 英宗廣淵, 克省四聖. 至于神宗, 厲精天綱, 發憤王道, 丕釐制作, 緝熙百度. 集五朝之大成, 出百王而孤雄, 聲明文物煥乎有章. 相如所謂五三六經之傳·揚[1]雄所謂泰和在唐虞成周乎,[2] 在我宋熙豐之隆其將焉在. 於是太常博士臣陳祥道, 上體聖意, 作爲禮書一百有五十卷, 其弟太學博士臣陳暘, 作爲樂書二百卷. 然未就也, 至哲宗時, 祥道以禮書獻, 至徽宗時, 暘以樂書獻. 中更多難, 二書見之者鮮焉.

今年二月丙子, 朝奉大夫權發遣建昌軍事三山陳侯岐, 送似樂書一編. 且以書抵萬里曰 "岐學殖荒落, 稽古刺經則岐豈敢, 然幼師先君樞密, 嘗因請業而問焉曰 '士奚若而成於樂?' 先君曰 '聖門之樂, 驟而語

---

1   대본에는 '楊'으로 되어 있으나, '揚'으로 바로잡았다.
2   대본에는 '不'로 되어 있으나, 사고전서 『法言』에 의거하여 '乎'로 바로잡았다.

未可也, 抑從先儒而問津焉, 則鄕先生陳公晉之, 有樂書在, 小子志之'
岐自是求其書, 老而後得之, 舒鼎昭兆不足爲古, 璀璧紀甗不足爲珍.
然不敢私也, 是用刻棗, 與學者公之. 願執事發揮而潤色之, 以詮次于
先生序篇之左方, 俾學者有稽焉."

萬里發書披編而三讀之, 蓋遠自唐虞三代, 近逮漢唐本朝, 上自六經,
下逮子史百氏, 內自王制, 外逮戎索, 網羅放失, 貫綜煩悉, 放鄭而壹之
雅, 引今而復之古. 使人味其論, 玩其圖, 忽乎先王金鐘天球之音, 鏘如
於左右也, 粲乎前代鷺羽玉戚之容, 躍如於前後也. 後有作者, 不必求
之於野, 證之於杞宋, 而損益可知矣. 讀之至女樂之篇, 曰 "女樂之爲
禍大矣. 齊人遺魯, 孔子行, 秦人遺戎, 由余去, 晉出宋禕, 帝疾愈, 虞
受二八, 邦政亂." 則執編而歎曰 "鑠哉! 言乎其有國者之膏肓, 而醫國
者之玉札丹砂乎! 斯人也不有斯疾也上也, 斯人也有斯疾也而服斯藥
也次也, 斯人也有斯疾也而吐斯藥也無次矣." 慶元庚申, 通議大夫寶
文閣待制致仕楊萬里序.

송은 태조(太祖, 재위 960~976) 때부터 천명(天命)을 닦아 천심(天心)과 인
심(人心)을 얻었고, 태종(太宗, 재위 976~997)은 천하를 통일하여 문자와 수
레바퀴의 치수를 같게 했으며,[3] 진종(眞宗, 재위 997~1022)은 저 높은 은하
수처럼 아름답게 문채를 냈고, 인종(仁宗, 재위 1022~1063)은 매우 어질어
천지처럼 큰 덕을 지녔으며, 영종(英宗, 재위 1063~1067)은 넓고 깊어 앞의
네 임금의 업적을 살펴 발전시켰다.

신종(神宗, 재위 1067~1085)에 이르러 천강(天綱)[4]을 힘쓰고 왕도(王道)를
발분(發憤)하시어 문물제도를 크게 바로잡고 모든 법도를 계승하여 밝혔
으며, 앞의 다섯 임금께서 크게 이루신 것을 집대성하여 모든 임금 가운
데 특별히 뛰어난 영웅이었기에 명성과 문물이 찬란하게 빛났다. 사마상

---

3 『禮記』中庸 31-27의 「今天下車同軌, 書同文, 行同倫【지금의 천하는, 수레는 바퀴 치
   수가 같고, 글은 문자가 같으며, 행동은 윤리가 같다.】」
4 천강(天綱) : 하늘의 기강, 즉 천도(天道)를 가리킨다.

여(司馬相如)[5]가 "오제(五帝)[6]와 삼왕(三王)[7]의 치적은 육경(六經)에 전한다"[8]라고 하고, 양웅(揚雄)[9]이 "태평성세는 요순시대와 주나라 초기의 융성한 때를 말한다"[10]라고 하였는데, 우리 송(宋) 희풍(熙豊)[11] 연간의 융성함이 거의 그것에 가까울 것이다.

이에 태상박사 진상도(陳祥道)가 위로 성상(聖上)의 뜻을 받들어 『예서(禮書)』150권을 짓고 그 동생 태학박사 진양(陳暘)이 『악서(樂書)』200권을 지었으나, 당시에는 미처 완성하지 못했으며, 철종(哲宗, 재위 1085~1100) 때에 이르러 진상도가 『예서』를 바쳤고, 휘종(徽宗, 재위 1100~1125) 때에 이르러 진양이 『악서』를 바쳤다. 그러나 중간에 어려운 일을 많이 겪게 되면서, 이 두 저서를 보는 사람이 드물었다.

올해(1200년) 2월 병자일에 조봉대부(朝奉大夫)로서 임시로 건창군사(建昌軍事)로 파견된 삼산 진기(三山 陳岐)가 『악서』1편(編)을 보내면서 나(양만리)에게 서신(書信)으로 말하기를, "학식이 천박한 제가 옛 것을 상고하고 경서를 탐구하는 일을 어찌 감히 하겠습니까마는, 어릴 때 선군(先君)[12] 추밀(樞密)께 일찍이 학업을 청하면서 '선비가 어떻게 해야 악(樂)에서 완

---

5   사마상여(司馬相如) : B.C. 179~B.C. 118. 전한(前漢)의 문인으로 자(字)는 장경(長卿)이다. 《자허부(子虛賦)》와 《상림부(上林賦)》 등의 작품은 풍유가 뛰어나고 글이 화려하여 한(漢)·위(魏)·육조(六朝) 문인들의 모방대상이 되었다.

6   오제(五帝) : 황제(黃帝)·전욱(顓頊)·제곡(帝嚳)·요(堯)·순(舜)이다. (『史記』 五帝本紀) 소호(少昊)·전욱(顓頊)·제곡(帝嚳)·요(堯)·순(舜)이라는 설(『帝王世紀』(晉 皇甫謐 撰)〉 및 복희씨(伏羲氏)·신농씨(神農氏)·황제·요·순이라는 설도 있다. 〈『周易』 繫辭下傳〉

7   삼왕(三王) : 하(夏)의 우왕(禹王)·상(商)의 탕왕(湯王)·주(周)의 문왕과 무왕.

8   사마상여(司馬相如)의 봉선문(封禪文).

9   양웅(揚雄) : B.C. 53~A.D. 18. 자는 자운(子雲). 30여 세에 비로소 급사황문랑(給事黃門郞)이 되었으며, 왕망(王莽)이 정권을 찬탈한 뒤 그 아래에서 벼슬을 하였으므로 비난받았다. 『역경(易經)』을 모방하여 『태현경(太玄經)』을 지었고, 『논어(論語)』를 모방하여 『법언(法言)』을 지었는데, 그의 사상은 유가와 도가를 절충한 것이 많았다.

10   『法言』 孝至 13-23.

11   희풍(熙豊) : 송 신종(神宗)의 연호인 희녕(熙寧, 1068~1077)과 원풍(元豊, 1078~1085)을 가리킨다.

12   선군(先君) : 돌아가신 아버지.

성됩니까?' 하고 여쭈니, 선군께서 '성문(聖門 : 공자)의 악에 대해 갑자기 말할 수는 없지만, 또한 선유(先儒)를 따르는 방법을 묻는다면, 향리의 선생인 진공 진지(陳公晉之 : 진양)가 쓴 『악서』가 있으니, 너는 이를 기억하라'고 하셨습니다. 제가 이때부터 『악서』를 구했지만 나이든 뒤에야 입수할 수 있었습니다. 『악서』에 비하면, 서(舒)나라에서 만든 솥과 점치는 거북등딱지[13]도 예스럽지 않고, 옥으로 만든 술잔[14]과 기(紀)나라에서 얻은 시루[15]도 진귀하지 않을 정도입니다. 그래서 『악서』를 혼자만 보기에는 너무나 아까와, 이를 목판에 새기어 학자들과 같이 보고자 하니, 원컨대 집사(양만리)께서는 이러한 뜻을 발휘하고 윤색하여, 선생께서 서문(序文)을 쓰시고 이 책을 잘 엮어서 학자로 하여금 상고할 수 있게 해주십시오" 하였다.

나는 책을 꺼내 펼쳐서 세 번이나 읽었다. 멀게는 요순시대와 삼대로부터 가깝게는 한·당·본조(本朝 : 宋)에 이르기까지, 위로는 육경(六經)에서부터 아래로는 제자백가(諸子百家)와 사서(史書)까지 포괄하고, 안으로

---

13 『春秋左氏傳』定公 6년(2). 「衛侯怒, 使彌子瑕追之. 公叔文子老矣, 輦而如公曰 : "尤人而效之, 非禮也. 昭公之難, 君將以文之舒鼎·成之昭兆·定之鞶鑑, 苟可以納之, 擇用一焉【위후(衛侯)가 노하여 미자하에게 그 뒤를 추격하게 했다. 그 때 위나라 공숙문자가 연로하여 가마를 타고 임금에게 가서 말했다. "남의 잘못을 꾸짖다가 그 잘못을 본받는 것은 예가 아닙니다. 노나라 소공이 곤경에 처했을 때 임금님(衛侯)께서는 우리 문공의 사당에 있는 '서나라에서 만든 솥과 성공의 사당에 있는 '점치는 거북등딱지'와 정공의 사당에 있는 '거울로 장식한 가죽띠'를 상으로 걸으시어, 소공을 도웁안으로 들어가게 할 수만 있다면 이 세 가지 보물 중 한 가지를 택하여 갖게 한다고 하시었습니다. ……"】」

14 『春秋左氏傳』昭公 17년(5). 「鄭神竈言於子産曰 : "宋衛陳鄭將同日火. 若我用瓘斝玉瓚, 鄭必不火." 子産弗與【정나라 비조가 자산에게 말하기를, "송·위·진·정나라에 같은 날 화재가 날 것입니다. 그러나 우리가 옥으로 만든 술잔과 술구기를 신에게 바치고 기도한다면 정나라에는 화재가 나지 않을 것입니다"라고 하니, 자산은 허락하지 않았다.】」

15 『春秋左氏傳』成公 2년(3)「晉師從齊師, 入自丘輿, 擊馬陘. 齊侯使賓媚人賂以紀甗玉磬與地【진(晉)나라 군대가 제(齊)나라 군대를 추격하여 구여로부터 들어와 마형을 공격하니, 제나라 임금이 빈미인(賓媚人)을 진나라 진영에 보내 기나라에서 얻은 시루와 옥경 및 토지를 뇌물로 주어 화해하게 했다.】」

천자의 제도로부터 밖으로 오랑캐 제도까지 다루었고, 유실된 것을 망라하고 복잡한 것을 잘 종합하여, 음란한 정나라 음악을 추방하여 아정한 음악으로 만들고, 지금의 음악을 이끌어서 옛날의 음악을 되살리도록 하였으니, 사람들로 하여금 『악서』의 논설을 음미하고 그림을 완상하게 하면, 홀연히 선왕의 금종(金鐘)과 천구(天球)[16] 소리가 좌우에서 쟁쟁하게 울리는 듯 하고, 전대(前代)에 백로깃[鷺][17]을 들고 추던 문무(文舞)와 옥으로 장식한 도끼[戚][18]를 들고 추던 무무(武舞)가 앞뒤에서 찬란히 펼쳐지는 듯 할 것이다. 따라서 후에 예악을 제작하는 자는 굳이 선진(先進)의 야(野)한 예악에서 구하거나[19] 기(杞)나 송(宋)에서 증거를 찾지 않더라도,[20] 무엇을 덜고 무엇을 더해야 할지 알 수 있을 것이다.

읽어 내려가다 여악(女樂) 편에 이르니, "여악의 폐해는 크다. 제나라 사람이 노나라에 여악을 보내자 공자가 떠났고,[21] 진(秦)나라 사람이 융(戎)에 여악을 보내자 유여(由余)가 떠났으며,[22] 진(晉) 명제(明帝, 재위 323~

---

16 금종은 특종(特鐘) 또는 편종(編鐘)의 미칭(美稱)이고, 천구는 특경(特磬) 또는 편경(編磬)의 미칭이다.

17 백로깃[鷺] : 〈그림 1-1 참조〉.

18 도끼[戚] : 〈그림 1-2 참조〉.

19 『論語』 先進 11-1. 「子曰 "先進於禮樂野人也, 後進於禮樂君子也, 如用之則吾從先進【공자께서 말씀하셨다. "선진(先進)이 예악에는 질박한 야인이고, 후진(後進)이 예악에는 세련된 군자라고 하는데, 만일 예악을 쓴다면 나는 선진을 따르겠다."】 이는 공자가 '주나라 말기에 문채에만 치중하여, 문채와 본질이 마땅함을 얻은 선대의 예악을 오히려 야(野)하게 여긴 것'을 비난한 것으로, 선대의 야한 예악을 따른다고 말함으로써, 문채에 치중하는 당시의 예악을 중도에 맞게 하고자 한 것이다.

20 『論語』 八佾 3-9「子曰 : "夏禮吾能言之, 杞不足徵也, 殷禮吾能言之, 宋不足徵也. 文獻不足故也. 足則吾能徵之矣【공자께서 말씀하셨다. "하나라의 예를 내가 능히 말할 수 있으나 기나라에서 증거를 댈 수 없으며, 은나라의 예를 내가 능히 말할 수 있으나 송나라에서 증거를 댈 수 없는 것은, 문헌이 부족하기 때문이다."】」

21 『論語』 微子 18-4「齊人歸女樂, 季桓子受之, 三日不朝, 孔子行【제나라 사람이 여악을 보냈는데, 계환자가 받고 3일을 조회하지 않자 공자께서 떠나셨다.】

22 유여(由余)는 본래 진(晉)나라 사람으로서 융(戎)에 망명해 있었다. 진(秦)에서 융을 합병하려고 여악을 보내자, 유여가 융왕에게 진(秦)의 속셈을 알고 간(諫)했으나 듣지 않자 떠났다. 훗날 유여는 진(秦) 목공(穆公)에게 등용되어 패업을 이루게 했다. 〈『前漢書』 卷22 禮樂志〉

325)기[23] 송위(宋褘)[24]를 내보내자 임금의 병이 나았고, 우공(虞公)이 16명의 여악을 받아들이자 나라의 정사가 어지럽게 되었다"라고 쓰여 있었다. 나는 책을 잡고서 탄식하기를, "훌륭하다! 불치병에[25] 걸린 통치자에게 참으로 일침(一針)을 가하니, 나라를 치유하는 단사(丹砂)[26]와 같은 귀한 글이로다! 여색에 빠지는 병에 걸리지 않는 사람이 최상이고, 이런 병에 걸려 약을 복용하는 사람은 그 다음이며, 이런 병에 걸렸으면서도 약을 토해내는 사람은 순서를 매길 필요조차 없는 하찮은 자이다" 하였다.

통의대부(通議大夫) 보문각 대제(寶文閣待制)로 치사(致仕)[27]한 양만리(楊萬里)[28]가 경원(慶元)[29] 경신년(1200)에 서문을 쓰다.

楊文節此序, 馬貴與文獻通考引之, 今所行. 乾隆乙卯年, 文節裔孫振麟等重刊文集中, 獨無是篇. 按劉煒叔編誠齋著作, 計一百三十三卷, 後因散佚, 僅得八十四卷, 則是篇遺失有由來矣. 文節當寧宗時, 引年乞休, 詔進寶文閣待制致仕, 序後所書慶元庚申及官階, 均與史合云. 光緒丙子二月方濬師識.

양문절(楊文節)[30]이 쓴 이 서문은 마귀여(馬貴與)[31]의 『문헌통고』에 인용

23　『樂書』185-1에 의거하여 명제(明帝)를 보충하여 번역하였다.

24　송위(宋褘) : 서진(西晉)의 부호(富豪) 석숭(石崇, 249~300)의 기녀인 녹주(綠珠)에게 기예(技藝)를 배웠으며, 적(笛)을 아주 잘 불었다고 한다.

25　원문의 '고황(膏肓)'을 불치병으로 번역하였다. 고황은 심장과 격막 사이의 명치로서, 침이나 약으로 고치지 못하는 부위이다. 여기서 불치병이란 여악을 좋아하는 것을 가리킨다.

26　단사(丹砂) : 수은과 유황의 화합물로 적색 물감의 원료이다. 부적을 쓸 때 이것을 쓴다.

27　치사(致仕) : 나이가 많아 벼슬을 사양하고 물러남.

28　양만리(楊萬里) : 1127~1206. 1154년(남송의 高宗 紹興 24년)에 급제하여 효종(孝宗, 1162~1189)과 광종(光宗, 1189~1194) 때 근시(近侍)의 관직을 지냈으며, 그 사이에 주희(朱熹)를 비롯하여 많은 인재를 천거하였다. 시문에 뛰어나 육유(陸游)·범성대(范成大)·우무(尤袤)와 함께 남송 사대가로 일컬어진다. 저서에 『誠齋易傳』과 『誠齋集』 등이 있다.

29　경원(慶元) : 송 영종(寧宗)의 연호, 1195~1200.

되어 지금까지 전해졌다. 그러나 건륭(乾隆)³² 을묘년(1795)에 문절의 후손 양진린(楊振麟) 등이 거듭 발간한 문집에는 이 서문이 없다. 생각건대, 유위숙(劉煒叔)이 성재(誠齋: 양만리)의 저작을 편집할 적에 133권이었는데, 후에 흩어져 없어져 겨우 84권만 남았으니, 서문이 유실된 것은 아마 이때일 것이다.

문절이 영종(寧宗, 재위 1194~1224) 때에 늙었다는 이유로 쉬기를 원하자, 조칙(詔勅)을 내려서 보문각 대제로 승진시켜서 치사(致仕)하도록 했으니, 서문 말미에 쓰인 경원(慶元)과 경신(庚申) 및 직함이 모두 역사의 기록과 합치된다.

광서(光緒) 병자년(1876) 2월에 방준사(方濬師: 方功惠)가 기록한다.

---

30   양문절(楊文節): 문절은 양만리의 시호이다.
31   마귀여(馬貴與): 마단림(馬端臨). 1254~1323. 귀여는 마단림의 자(字)이다. 휘주(徽州)의 조경(曹涇)에게 주자학을 수학했다. 음서로 승사랑(承事郞)이 되었으나, 남송이 멸망한 후에는 원 조정에 나아가지 않고, 자호서원(慈湖書院)과 가산서원(柯山書院)의 산장(山長)으로서 재야에 머물렀다. 이후 태주로(台州路) 교수가 되었다. 당나라의 두우가 지은 『通典』의 빠진 부분을 보충하여 『文獻通考』를 편찬하였고, 이를 1317년에 인종에게 진상하였다.
32   건륭(乾隆): 청 고종(高宗)의 연호. 1736~1795.

악서 서문

樂書序

臣聞 "先天下而治者在禮樂, 後天下而治者在刑政." 三代而上, 以禮
樂勝刑政, 而民德厚, 三代而下, 以刑政勝禮樂, 而民風偸. 是無他, 其
操術然也. 恭惟神宗皇帝超然遠覽, 獨觀昭曠之道, 革去萬蠹, 鼎新百
度, 本之爲禮樂, 末之爲刑政, 凡所以維綱治具者, 靡不交修畢振, 而典
章文物一何煥歟! 臣先兄祥道, 是時直經東序, 慨然有志禮樂, 上副神
考修禮文正雅樂之意, 旣而就禮書一百五十卷. 哲宗皇帝祗遹先志, 詔
給筆札, 繕寫以進, 有旨下太常議焉, 臣兄且喜且懼.

一日語臣曰 "禮樂治道之急務, 帝王之極功, 闕一不可也. 此雖籠絡
今昔上下數千載間, 殆及成書亦已勤矣. 顧雖癏痗在樂, 而情力不逮
也." 屬臣其勉成之. 臣應之曰 "小子不敏, 敬聞命矣." 臣因編修論次,
未克有成, 先帝擢寘上庠, 陛下陞之文館. 積年於玆, 著成樂書二百卷,
曲蒙陛下誤恩特給筆札, 俾錄上進. 庶使臣兄弟以區區所聞, 得補聖朝
制作, 討論萬一, 其爲榮幸, 可勝道哉? 雖然纖埃不足以培泰華之高, 勺

水不足以資河海之深, 亦不敢不盡心焉爾.

臣竊謂, 古樂之發, 中則和, 過則淫. 三才之道, 參和爲冲氣, 五六之數, 一貫爲中合. 故冲氣運而三宮正焉, 參兩合而五聲形焉, 三五合而八音生焉, 二六合而十二律成焉. 其數度雖不同, 要之一會歸中聲而已. 過此, 則胡鄭哇淫之音, 非有合於古也.

是知樂以太虛爲本, 聲音律呂以中聲爲本, 而中聲又以人心爲本也. 故不知情者, 不可與言作, 不知文者, 不可與言述, 況後世泯泯棼棼復有不知而述作者乎? 嗚呼! 樂經之亡久矣, 情文本末湮滅殆盡. 心達者體知而無師, 知之者欲敎而無徒, 後世之士雖有論譔, 亦不過出入先儒臆說而已. 是以聲音所以不和者, 以樂不正也, 樂所以不正者, 以經不明也.

臣之論載, 大致據經攷傳, 尊聖人, 折諸儒, 追復治古而是正之. 囊括載籍, 條分彙從, 總爲六門, 別爲三部. 其書冠以經義所以正本也, 圖論冠以雅部所以抑胡鄭也. 經義已明, 而六律六呂正矣, 律呂已正, 而五聲八音和矣. 然後發之聲音而爲歌, 形之動靜而爲舞, 人道性術之變蓋盡於此. 苟非寓諸五禮, 則樂爲虛器, 其何以行之哉? 是故 循乎樂之序, 君子以成焉, 明乎樂之義, 天下以寧焉. 然則樂之時用, 豈不大矣哉?

繇是觀之, 五聲十二律樂之正也, 二變四淸聲樂之蠹也. 蓋二變以變宮爲君, 四淸以黃鍾淸爲君. 事以時作, 固可變也, 而君不可變. 太簇大呂夾鍾或可分也, 而黃鍾不可分. 旣有宮矣又有變宮焉, 旣有黃鍾矣又有黃鍾淸焉, 是兩之也. 豈古人所謂尊無二上之旨哉? 爲是說者古無有也, 聖人弗論也, 其漢唐諸儒傅會之說歟! 存之則傷敎而害道, 削之則律正而聲和, 臣是敢辭而闢之, 非好辯也. 志在華國, 義在尊君, 庶幾不失仲尼放鄭聲惡亂雅之意云爾. 臣謹序.

신이 들으니, "천하에 문제가 발생하기 전에 다스리는 방법은 예악(禮樂)에 있고, 천하에 문제가 발생한 뒤에 다스리는 방법은 형정(刑政)에 있다"고 합니다. 삼대 이전은 예악이 형정보다 우세하여 백성의 덕이 두터웠고, 삼대 이후는 형정이 예악보다 우세하여 백성의 풍속이 각박(刻薄)했으니, 이는 다른 데 원인이 있는 것이 아니라 다스리는 방법이 그랬던 것입니다.

삼가 생각건대, 신종황제(재위 1067~1085)께서 뛰어나게 원대한 식견이 있어 홀로 환히 밝은 도를 살펴 온갖 병통을 개혁하시고 모든 제도를 혁신했으며, 예악을 근본으로 삼고 형정을 말단으로 삼아, 나라의 기강과 치구(治具)[1]를 정비하여 떨치지 않음이 없었으니, 전장(典章)과 문물(文物)이 한결같이 어찌 그리도 빛났던지요!

신(臣)의 선형(先兄) 진상도(陳祥道)가 당시에 동서(東序)[2]에서 경서를 담당하고 있었는데, 개연히 예악에 뜻을 두어 위로는 예문(禮文)을 정비하고 아악을 바로 잡고자 하신 신종의 뜻에 부응하여, 이윽고 『예서』 150권을 완성하였습니다. 철종황제(재위 1085~1100)께서는 선왕(神宗)의 뜻을 공경히 받들어 조칙을 내려 붓과 종이를 지급하시고, 잘 써서 바치게 하시고, 태상시에 유지(有旨)를 내려 의논하게 하셨으니, 신의 형은 한편으로는 기뻐하면서도 한편으로는 두려워했습니다.

어느 날 형이 신에게 "예악은 치도(治道)의 급선무(急先務)이고 제왕이 지극히 공(功)들여야 하는 것이니, 하나라도 없어서는 안 된다. 이는 고금(古今)의 수천년 동안 일어난 일을 망라하는 것이어서, 책으로 완성하는 것이 너무나 힘들다. 자나 깨나 악에 관심을 가졌지만, 정력이 미치지 못했다"라고 하면서, 그것을 힘써 이루어주기를 신에게 부탁하므로, 신이 이에 응하여 "소자가 영민하지 못하나 말씀대로 하겠습니다"라고 하였습니다.

신이 차례를 정하고 편찬에 들어갔으나 미처 완성하지 못했는데, 선

---

1   치구(治具) : 나라를 다스리는 시책(施策)이나 조치.
2   동서(東序) : 동쪽에 있는 학교. 주(周)의 학교제도에는 오학(五學)이 있다. 중앙에 있는 태학(太學)을 벽옹(辟雍), 동학(東學)을 동서(東序), 서학(西學)을 고종(瞽宗), 남학(南學)을 성균(成均), 북학(北學)을 상상(上庠)이라 부른다.

제(先帝 : 철종)께서는 신을 발탁해서 상상(上庠)[3]에 두셨고, 폐하(휘종)께서는 문관(文館)으로 승진시키셨습니다. 이렇게 몇 년이 흐른 뒤 『악서』 200권을 완성하자, 황공하게도 폐하께서 분에 넘치는 은혜를 베풀어 특별히 붓과 종이를 주시면서 신으로 하여금 기록하여 올리도록 하셨습니다.

그리하여 신의 형제가 여기저기서 들은 보잘 것 없는 지식으로써 성조(聖朝 : 宋)의 문물제작에 도움이 되고자 만 분의 일이나마 토론하게 되었으니, 그 영광스러운 행운을 이루 말할 수 있겠습니까? 그리하여 작은 티끌이 태산(泰山)과 화산(華山)을 높이는 데 보탬이 안 되고, 적은 물이 강과 바다를 깊게 하는 데 도움이 안 될지라도, 또한 그 일에 감히 진심을 다하지 않을 수 없었습니다.

신이 가만히 생각건대, 고악(古樂)이 발(發)하여 중정(中正)하면 조화를 이루고 지나치면 음란해집니다. 삼재(三才)의 도(道)는 천(天)·지(地)·인(人)이 화합하여 충기(冲氣)[4]가 되고, 5·6의 수는 한결같이 천지(天地)의 중합(中合)[5]이 됩니다. 그러므로 충기가 운행하여 삼궁(三宮)[6]이 바르게 되고, 하늘의 수 3과 땅의 수 2가 합하여 오성(五聲)이 형성되고, 3과 5가 합하여 팔음(八音)[7]이 생성되고, 6의 수를 두 번 더하여 12율이 이루어졌습니다. 그 도수(度數)는 다를지라도, 요컨대 중성(中聲)으로 귀착할 따름이

---

3 상상(上庠) : 북쪽에 있는 학교.

4 충기(冲氣) : 충화지기(冲和之氣). 천지간의 조화된 기(氣).

5 양수(陽數)인 1·3·5·7·9와 음수(陰數)인 2·4·6·8·10에서 각각 5와 6이 그 가운데 있는데, 양은 하늘과 통하고 음은 땅과 통하므로, 5와 6을 천지의 중합(中合)이라 하는 것이다.

6 삼궁(三宮) : 천신(天神)·지기(地祇)·인귀(人鬼)에 제사지낼 때 쓰이는 강신악(降神樂)의 주요 악조(樂調)는 협종궁(夾鍾宮)·임종궁(林鍾宮)·황종궁(黃鍾宮)인데, 이를 각각 천궁(天宮)·지궁(地宮)·인궁(人宮)이라 부르고, 합해서는 삼궁이라 부른다.

7 팔음(八音) : 악기의 소재가 되는 금(金)·석(石)·사(絲)·죽(竹)·포(匏)·토(土)·혁(革)·목(木)의 8종류 물질을 가리키며, 때로 8종류 물질로 만든 악기를 뜻하기도 한다.

니, 이에서 지나치면 오랑캐와 정나라의 음란한 음악처럼 되어 고악(古樂)에 합치되지 않습니다.

악(樂)은 태허(太虛)를 근본으로 삼고, 성음과 율려는 중성(中聲)을 근본으로 삼으며, 중성은 또 인심(人心)을 근본으로 삼는다는 것을 알 수 있습니다. 따라서 정(情 : 본질)을 알지 못하는 자와는 창작을 말할 수 없고, 문(文 : 문채)을 알지 못하는 자와는 조술(祖述)[8]을 말할 수 없는데, 하물며 후세에 뭐가 뭔지도 모르고 조술하고 창작하는 자는 말할 나위가 있겠습니까?

아! 악경(樂經)이 없어진지 오래되어, 정과 문, 본(本)과 말(末)이 인멸되어 거의 없어진데다가, 마음으로 통달한 자가 체득하여 알고자 해도 가르치는 스승이 없었고, 아는 자가 가르치고자 해도 따르는 무리가 없었으니, 후세의 선비들 중 찬술(撰述)한 자가 있었을지라도, 또한 선유들의 억설(臆說)을 짜맞춘 것에 불과합니다. 결국 성음이 조화를 이루지 못한 것은 악이 바르지 않았기 때문이고, 악이 바르지 않은 것은 경(經)에 밝지 않았기 때문입니다.

신이 논하여 실은 것은 대략 경(經)에 근거하고 전(傳)을 참고해서 성인의 설을 존중하고 여러 유학자들의 말을 절충했으며, 옛날의 치세(治世)를 회복하고자 잘못된 것을 바로잡은 것들입니다. 책으로 편집함에 조목별로 나누고 무리별로 모아서 총 6개 부문[9]으로 만들고, 악(樂)을 3부(雅部 · 俗部 · 胡部)로 구분하였습니다.

책의 맨 앞에 경전훈의(經典訓義)를 배치한 것은 근본을 바로 잡기 위함이고, 또 악도론(樂圖論)의 맨 앞에 아부(雅部)를 배치한 것은 오랑캐 음악과 정나라 음악을 억제하기 위함입니다. 경전의 뜻에 밝으면 6율 6려가 바르게 되고, 율려가 바르게 되면 오성과 팔음이 조화를 이룰 것입니

---

8   조술(祖述) : 선인(先人)의 설을 본받아서 서술하여 밝힘.

9   경전에서 뽑은 악과 관련된 내용(권1~권95), 음악이론(권96~권107), 樂器(권108~권150), 노래와 춤(권151~권184), 雜樂(권185~권188), 五禮(권189~권200).

다. 그런 뒤에 성음(聲音)으로 발현되어 노래가 되고, 동작으로 드러나 춤이 되면, 사람의 도리와 마음 씀씀이의 변화가 다 여기(춤과 노래)에 표현될 것입니다. 이런 것들이 오례(五禮)로 시행되지 않으면 악(樂)은 빈 그릇이 될 것이니, 어떻게 행할 수 있겠습니까? 악(樂)의 차서를 따라 군자가 인격을 이루고 악(樂)의 뜻을 밝혀 천하를 편안하게 하면, 때에 따라 악을 쓰는 것이 어찌 성대하지 않겠습니까?

이로 보건대, 5성과 12율은 악(樂)을 바르게 하는 것이고, 2변성(변치·변궁)과 4청성(청황종·청대려·청태주·청협종)은 악을 해치는 것입니다. 대개 2변성에서는 변궁을 임금으로 삼고 4청성에서는 청황종을 임금으로 삼는데, 일은 때에 맞게 해야 하니 진실로 변경할 수 있으나 임금은 변경할 수 없고, 태주·대려·협종은 혹 나눌 수 있으나 황종은 나눌 수 없습니다.[10] 이미 궁이 있는데 또 변궁이 있고, 이미 황종이 있는데 또 청황종이 있으면, 이는 임금이 둘이 있는 것이니, 어찌 옛사람이 이른 바 '지존(至尊)은 둘이 있을 수 없다'[11]는 뜻이겠습니까? 2변성과 4청성을 주장하는 자는 옛날에 없었을 뿐더러 성인도 논하지 않았으니, 이는 한(漢)·당(唐)의 유학자들이 견강부회한 설입니다. 이것(2변성과 4청성)을 그대로 두면 풍교(風敎)를 손상시키고 도를 해치지만, 이를 삭제하면 율이 바르게 되고 성(聲)이 조화롭게 되므로 신이 과감하게 말하여 물리치려는 것이지, 따지기를 좋아해서 그런 것이 아닙니다.

오직 나라를 빛내는 데 뜻을 두고 임금을 높이는 데 의의를 두었으니, 아마 '중니께서 정나라 음악을 내치고 아악을 어지럽히는 것을 미워한 뜻'[12]을 잃지 않았다고 할 수 있을 것입니다. 신이 삼가 서문을 씁니다.

---

10 대려·태주·협종은 나뉘어 청대려·청태주·청협종이 있을 수 있으나, 황종의 경우는 청황종이 있게 되면 임금이 둘이 되어 안 된다는 것이다.

11 『禮記』 坊記 30-5.

12 『論語』 衛靈公 15-11; 陽貨 17-16.

첩문(牒文 : 공문)

牒[1]

尙書禮部近准建中靖國元年正月九日勅. 中書省禮部侍郎兼侍讀實錄修撰趙挺之, 箚子奏: "臣聞, 六經之道禮樂爲急. 方當盛時所宜, 稽考情文以飾治具. 然非博洽該通之士, 莫能盡也. 臣竊見, 秘書省正字陳暘著成樂書二百卷, 貫穿載籍, 頗爲詳備. 陳暘制策登科. 其兄祥道亦著禮書, 講閱古今制度曲盡, 元祐中嘗因臣寮薦擧, 蒙朝廷給筆札畫工, 錄其書以付太常寺. 今暘所著樂書卷帙旣多, 無力繕寫以進, 臣欲乞依祥道例, 特賜筆吏畫工三五人, 寫錄圖書進獻. 如蒙聖覽以爲可采, 乞付太常寺, 與祥道所著禮書, 同共施行取進止."

正月八日, 三省同奉聖旨依奏, 本部尋下太常寺抄錄.

상서예부(尙書禮部)에서 건중정국(建中靖國) 원년(1101) 정월 9일에 칙서를 받았다.

---

1   대본의 본문에는 없고 책갈피에 쓰여 있을 뿐이나, 편의상 본문에 '牒'을 보충하였다.

중서성(中書省) 예부시랑 겸 시독관 실록수찬(禮部侍郎兼侍讀官實錄修撰) 조정지(趙挺之)가 차자(箚子)를 올려 아뢰기를,

"신이 들으니, 육경(六經)의 도(道) 가운데 예악이 가장 시급한 것이라고 합니다. 태평성세에 마땅히 할 바는 정(情 : 본질)과 문(文 : 문채)을 상고하여 치구(治具)를 정비하는 것이나, 박학하고 두루 통달한 선비가 아니면 제대로 할 수 없습니다. 신이 가만히 살펴보니, 비서성 정자(秘書省正字) 진양이 지은 『악서』 200권이 온갖 책을 두루 꿰뚫어 자못 상세히 갖추어져 있습니다. 진양은 책문(策文)을 지어 등과(登科)하였고, 그의 형 진상도(陳祥道) 또한 『예서』를 지어, 고금의 제도를 자세하고 간곡하게 살폈으므로, 원우(元祐)[2] 연간에 신료(臣寮)들의 천거를 받아 조정에서 붓과 종이 및 화공(畵工)을 지원해주고 그 책을 기록하여 태상시에 비치하게 한 적이 있었습니다. 지금 진양이 지은 『악서』 또한 분량은 많은데 정서하여 바칠 여력이 없으니, 진상도에게 했던대로 특별히 필리(筆吏)[3]와 화공을 3~5명을 보내주어, 그림과 글을 기록하여 바치게 하소서. 성상께서 보시고 채택할 만하다고 여기시면, 태상시에 비치하여 진상도가 지은 『예서』와 함께 시행되게 하소서."

하였다. 정월 8일에 삼성(三省)[4]이 다같이 '아뢴대로 하라는 성지(聖旨)[5]'를 받들었고, 예부에서 곧 태상시에 초록(抄錄)을 내렸다.

到元祐四年十二月二十三日勅.

中書省臣寮上言: "曾論奏乞朝廷量給筆札及差楷書畵工等,　付太常博士陳祥道, 錄進禮書, 未蒙降勅指揮. 方今朝廷講修治具, 以禮書爲先. 臣切知所撰禮書累歲方成, 用功精深. 頗究先王之蘊, 然而卷帙浩大, 又

2　원우(元祐) : 송 철종(哲宗)의 연호. 1086~1094.
3　필리(筆吏) : 글을 베껴 쓰는 일을 맡은 구실아치.
4　삼성(三省) : 최고의 정치기구인 중서성(中書省)·상서성(尙書省)·문하성(門下省).
5　성지(聖旨) : 황제의 뜻.

圖寫禮器之屬不一, 祥道家貧, 無錄上進, 伏望聖慈, 特降指揮量給紙札, 幷差楷書三五人畫工一二人, 付祥道處俾圖錄, 進以備聖覽. 必有所補."

取進止. 十二月二十二日, 三省同奉聖旨依奏內楷書許差三人畫工一人.

원우(元祐) 4년(1089) 12월 23일에 칙서를 받았다.

중서성 신료가 상언(上言)하기를,

"일찌기 조정에서 붓과 종이를 지급하고 필사자(筆寫者)와 화공(畫工) 등을 차출(差出)하여 태상박사 진상도에게 붙여주어 『예서』를 기록하여 바치게 할 것을 청했으나, 아직 이에 대한 칙서를 받지 못했습니다. 지금 조정에서 치구(治具)를 정비할 방도를 강구하는 중이니, 『예서』를 우선으로 삼아야 할 것입니다. 신은 진상도가 지은 『예서』가 여러 해에 걸쳐 이루어졌으며, 그에 들인 노력이 매우 정밀하고 깊음을 잘 알고 있습니다. 선왕의 훌륭한 제도를 꽤 연구하여 분량이 방대하고 또 예기(禮器)의 종류를 그려야 하는 것이 한 둘이 아닌데, 상도는 집안이 가난하여 기록하여 올리지 못하고 있습니다. 부디 특별히 종이를 지급하도록 지시하고, 아울러 필사자 3~5인과 화공 1~2인을 차출하여 진상도에게 붙여주고, 성상(聖上)께서 보실 수 있도록 책을 기록하여 바치게 하면, 반드시 도움될 것입니다."

하였다.

12월 22일에 삼성(三省)이 함께 '필사자 3인과 화공 1인을 차출하라'는 성지(聖旨)를 받들었다.

須知公文牒, 請照會施行謹牒. 建中靖國元年 正月二十七日牒.

朝散郎員外郎許幾. 朝請郎員外郎宋景. 郎中闕. 侍郎闕. 朝散大夫權尙書兼侍讀豐稷.

모름지기 공문으로 알리니, 청컨대 조회하여 시행할 것. 건중정국 원년(1101) 정월 27일 공문:

조산랑원외랑(朝散郎員外郎) 허기(許幾)

조청랑원외랑(朝請郎員外郎) 송경(宋景)

낭중(郎中) 궐(闕)함.

시랑(侍郎) 궐(闕)함.

조산대부 권상서 겸 시독(朝散大夫[6]權尙書兼侍讀) 풍직(豊稷)

吏部尙書臣執中等一十九人同議. 竊聞, 近降朝旨, 令講議司臣寮詳定樂制, 其陳暘所撰樂書二百卷元係, 朝廷特給筆札, 許繕寫進呈. 於四月二十三日, 奉聖旨送臣等看詳. 臣等竊謂, 朝廷講明制作之時, 而暘獨能考古按經, 不牽傳注之習, 積年成書, 獻於朝廷, 有補治體, 欲乞朝廷察其勞効, 特加優奬, 以爲多士之勸所有. 暘欲考定音律以正中聲, 更乞送講議司, 令知音律之人, 相度施行. 詔從之.

이부상서(吏部尙書)[7] 신(臣) 집중(執中) 등 19인이 함께 의논하였다. 근래 조정에서 명을 내려 강의사(講議司)의 신료들로 하여금 악제(樂制)를 상정(詳定)하게 하였는데, 진양이 지은 『악서』200권이 크게 관련되므로, 조정에서 특별히 붓과 종이를 지급하여 잘 베끼어 올리도록 하였다고 한다. 4월 23일에 신 등을 보내어 상세히 살피도록 하는 내용의 성지(聖旨)를 받들었다. 신들이 그윽이 아뢰기를, "조정이 예악의 제도를 정비하고자 하는데, 진양이 홀로 옛일을 상고하고 경전을 고찰하여, 기존의 관습적인 주석에 이끌리지 않고서 오랜 세월에 걸쳐 책을 완성하여 조정에 바치어 다스림에 도움이 되게 했으니, 조정에서는 그 노고를 살피어, 넉넉히 포상하여 많은 선비들을 권면하고, 진양이 음률을 고찰하여 중성(中聲)을 바르게 하고자 하니, 강의사를 보내 음률을 아는 사람으로 하여금 헤아려 시행하게 하소서"라고 하니, 윤허하였다.

---

6 조산대부(朝散大夫) : 수대(隋代)에 두었던 산관(散官)의 이름. 당·송대에는 종5품 하(下), 원대에는 종4품 하(下)에 해당되었으며, 명대에 폐지되었다.

7 이부상서(吏部尙書) : 이부(吏部)의 으뜸 벼슬.

조칙

詔勅

宣德郞守尙書禮部員外郞陳暘先生制作之文, 隕缺弗嗣, 後世澆汩
寖日益微, 搢紳先生難言之. 以爾學博聞多誦, 說有法, 究觀樂律本末,
該明攘斥諸家, 考證六藝成書, 甚富衆論所稱差. 進厥官以爲爾寵, 毋
忘稽古, 服我茂恩.

선덕랑 수상서예부 원외랑(宣德郞守尙書禮部員外郞) 진양선생이 지은 글
이 없어져 계승되지 않는다면, 후세에는 날로 쇠미해져 명망있는 선생들
이 언급조차 하지 않게 될 것이다. 그대의 학문은 박학다식하여 설명이
조리가 있고, 악률의 본말을 살펴 제자백가의 학설을 자세히 밝히거나
논박하여 육예(六藝)를 고증해서 책을 완성하였으니, 뭇사람들의 자자한
칭찬에 참으로 부합된다. 이에 관직을 내려 총애를 보이니, 옛 일을 상고
하여 연구하는 것을 잊지 말고, 나의 은혜를 받도록 하라.

『악서』를 바치면서 올린 표문[1]

進樂書表

臣某言. 臣聞, 百王之治, 一是無尙文明, 六經之旨, 同歸莫先禮樂.
將光華於盛旦, 必若稽於大猷, 固豈小臣所所宜輕議? 臣誠惶誠懼, 頓
首頓首. 臣竊以禮因天澤而制, 樂象地雷而成, 實本自然, 非由或使. 帝
王殊尙, 不相襲而相沿, 文質從宜, 爲可傳而可繼. 自商周之損益, 更秦
漢而陵遲, 樂謝夔襄, 音流鄭衛, 浸廢修聲之瞽, 上下何幾更乖? 旋律之
宮尊卑莫辨, 或指胡部爲和奏, 或悅俗調爲雅音. 二[2]變興而五序愆期,
四清作而中氣爽應, 欲召和於天地, 其道無緒, 思饗德於鬼神, 何修而
可? 是故, 稽度數以適正, 省文采而趨中, 勿用夷以亂華, 罔俾哇而害
雅. 息諸儒好異之說, 歸大樂統同之和, 自然百獸舞庭, 符虞帝九成之
奏, 四靈覽德, 顯周王六變之功.

---

1 표문(表文): 문체의 하나로, 아랫 사람이 윗사람에게 올리는 글이다. 속에 있는 생각
   을 밖으로 발표한다는 뜻이다.
2 대본에는 '一'로 되어 있으나, 문맥상 '二'로 바로잡았다.

恭維皇帝陛下席奕世積累之基, 御百年富庶之俗, 恩涵萬國之雨露, 威霽四夷之雷霆. 期月之間, 大功數十, 寰海之內萬物盛多, 將畢入於形容, 宜莫如於制作. 斯文未喪, 俟君子而後成, 與治同興, 豈腐儒之能預? 如臣學非精博, 才昧變通, 黽勉父兄之義方, 寤寐聖賢之彝訓, 夷考治世之成法, 紹復先王之舊章.

志大而心愈勞, 力多而功益少, 閉孫敬之戶餘四十年, 廣姬公之書, 成二百卷. 人多嗤爲傳癖, 世或指爲經癡, 自信皓首而不疑. 孰意近臣之過採? 囊章朝奏, 俄簡在於宸衷, 筆札暮班, 靡遑遺於瞽說. 雖無裨於國論, 庶有紹於家聲, 私竊爲榮, 居懃浮實. 敢擬倫於玉爵? 甘並質於瓦甌. 仰瀆離明, 俯增震恐. 萬幾多暇儻垂甲夜之觀, 一得不遺, 願贊太平之化. 臣所撰樂書幷目錄二百二十卷, 謹繕寫成一百二十冊, 隨表上進以聞, 臣誠惶誠懼, 頓首頓首謹言. 宣德郎祕書省正字臣陳暘上進.

신 모(某)가 아뢰나이다. 신이 들으니, "백왕(百王)의 다스림은 문명을 숭상하는 것 만한 것이 없고, 육경(六經)[3]의 취지는 예악보다 우선하는 것이 없다"고 합니다. 장차 왕조를 빛내고자 한다면 반드시 원대한 계책을 상고해야 할 것이니, 진실로 어찌 소신(小臣)과 같은 보잘 것 없는 사람이 경솔하게 논할 수 있는 것이겠습니까? 신이 참으로 황공하고 송구하여 머리를 조아리고 조아립니다.

신이 그윽이 생각하건대, 예(禮)는 천택(天澤) 이괘(履卦)[4]로 인해 제정되었고, 악(樂)은 지뢰(地雷) 복괘(復卦)[5]를 본떠 이루어졌으니,[6] 실로 자연에

---

3   육경(六經) : 시경(詩經)·서경(書經)·역경(易經)·춘추(春秋)·예경(禮經)·악경(樂經).

4   『伊川易傳』履卦. 「履禮也, 禮人之所履也. 爲卦天上澤下, 天而在上, 澤而處下, 上下之分尊卑之義, 理之當也, 禮之本也, 常履之道也. 故爲履【이(履)는 예이니, 예는 사람이 행하는 것이다. 괘(卦)됨이 하늘이 위에 있고 못이 아래에 있으니, 하늘이 위에 있고 못이 아래에 처한 것은 상하의 구분과 존비의 의(義)이니, 이치의 마땅함이요 예의 근본이요 떳떳이 행해야 할 도(道)이다. 그러므로 이(履)라 한 것이다.】

5   『伊川易傳』復卦. 「爲卦一陽, 生於五陰之下, 陰極而陽復也. 歲十月, 陰盛旣極, 冬至則一陽復生於地中. 故爲復也. 陽君子之道, 陽消極而復反, 君子之道消極而復長也. 故

근본을 둔 것이며 누가 시켜서 그렇게 된 것이 아닙니다.

제왕들이 숭상하는 것이 달라서 서로 답습하지 않았지만, 문(文 : 문채)과 질(質 : 본질)은 마땅한 바를 따라 전승해왔습니다. 그러나 상(商)과 주(周)에서 손익(損益)했던 것이 진(秦)과 한(漢)을 거치면서 쇠퇴했고, 음악은 기(夔)[7]와 양(襄)[8]같은 훌륭한 악관(樂官)을 본받지 않아서 정(鄭)·위(衛)의 음악처럼 음란해졌으며, 음악을 익히는 장님악공을 점차 폐지했습니다. 그리하여 윗사람이나 아랫사람들이 모두 고악(古樂)에서 심히 벗어나고 말았습니다.

선율에서 존비(尊卑)를 구분하지 않고, 호부악(胡部樂)을 조화로운 연주로 여기거나 속조(俗調)를 좋아하여 이를 아정한 음악으로 여겼습니다. 2변성(二變聲)이 흥기하자 5성(五聲)의 차서가 어그러지고, 4청성(四淸聲)이 만들어지자 중기(中氣)가 어그러졌습니다. 천지를 조화롭게 하고자 하나 말미암을 방도가 없으니, 귀신에게 제사를 올리려한들 어찌 할 수 있겠습니까?

그러므로 음률의 도수를 헤아려 적합하게 하고, 문채를 살펴서 중도에 맞게 해야지, 오랑캐 음악으로 중화 음악을 어지럽게 해서는 안 되며, 음란한 음악으로 아정한 음악을 해쳐서는 안 됩니다. 기이한 것을 좋아하는 제유(諸儒)의 설을 종식시켜, 만물을 화합하게 하는 조화로운 대악(大樂)을 회복하면, 자연히 온갖 짐승들이 뜰에서 춤추고, 순임금의 구성(九成)[9] 음악과 부합하며, 사령(四靈)[10]이 덕을 드러내 보이고, 주(周) 왕실

爲反善之義【괘(卦)됨이 한 양(陽)이 다섯 음(陰)의 아래에서 생기니, 음이 지극함에 양이 회복된 것이다. 10월에 음의 성함이 이미 지극했다가 동지가 되면 한 양(陽)이 다시 땅 속에서 생기므로 복(復)이라 한 것이다. 양은 군자의 도이니, 양의 사라짐이 지극하다가 다시 돌아옴은 군자의 도가 사라짐이 지극하다가 다시 자라나는 것이다. 그러므로 선(善)으로 돌아오는 뜻이 된다.】

6   지뢰(地雷) 복괘(復卦)는 선(善)을 회복하는 뜻이 있으므로, 『禮記』樂記 19-24의 '樂은 사람의 善心을 감동시킬 따름이다'라는 글과 일맥상통한다.

7   기(夔) : 순임금 시대의 악관.

8   양(襄) : 공자에게 금(琴)을 가르친 노나라의 악관.

의 6변(變)[11]의 공(功)을 나타내게 될 것입니다.

삼가 생각건대, 황제폐하께서는 여러 대에 걸쳐 쌓아 올린 기반을 바탕으로, 여유롭고 풍족한 풍속을 만드셨으니, 은혜는 모든 나라를 촉촉이 적시는 비와 이슬[12] 같고, 위엄은 사방 오랑캐를 잠잠하게 하는 천둥벼락과 같습니다. 1년 사이에 수십 가지 큰 공이 이루어지고 천하에 만물이 풍성하게 되었으니, 이를 다 형용하려면 악을 짓는 것 만한 것이 없습니다. 이 문(文)이 없어지지 않도록 하는 것은 군자만이 할 수 있는 일이니,[13] 태평성세를 흥기시키는 대업에 어찌 저처럼 용렬한 선비가 참여할 수 있겠습니까? 저는 학문이 정밀하거나 넓지도 않고 재주 또한 변통할 줄도 모르므로, 부형들이 행한 옳은 방법을 힘써 따르고, 성현의 떳떳한 교훈을 자나 깨나 생각하고, 치세의 성법(成法)을 고찰하며, 선왕의 옛 법을 계승하여 회복시키고자 하였습니다.

뜻은 컸으나 마음은 더욱 힘들고, 노력은 많이 했으나 공(功)은 더욱 보잘 것 없어서, 손경(孫敬)[14]처럼 두문불출 책을 쓰기 시작한 지 40여년이 지나, 희공(姬公)의 글[15]을 넓혀서 책 200권을 완성하니, 전(傳)[16]에 너

---

9   『書經』虞書 / 益稷 2 註에 '악은 이룸을 형상하므로 성(成)이라 한다. 순임금의 공(功)이 9번 퍼졌기 때문에 그 음악을 소소구성(簫韶九成)이라 한다'라고 하였다.

10   사령(四靈) : 전설상의 네 가지 신령한 동물인 기린·봉황·거북·용.

11   6변(變)은 6성(成)과 같다. 무왕(武王)이 은나라의 주왕(紂王)을 정벌하여 천하를 편안하게 안정시킨 것을 6변(變)의 춤으로 표현했다.

12   비와 이슬은 만물을 화육(化育)하는 은택을 상징한다.

13   『論語』子罕 9-5. 「子畏於匡, 曰 "文王旣沒, 文不在玆乎? 天之將喪斯文也, 後死者不得與於斯文也, 天之未喪斯文也, 匡人其如予何?"【양호(陽虎)가 일찍이 광(匡) 지역에서 포악한 짓을 했었는데, 공자의 모습이 양호와 비슷하여 광 사람들이 오인하여 포위하자, 공자께서 경계심을 품으시더니 말씀하셨다. "문왕이 이미 돌아가셨으니, 문(文)이 나에게 있지 않느냐? 하늘이 장차 이 문(文)을 없애려 하실진댄, 내가 이 문(文)에 참여하지 못하려니와. 하늘이 이 문(文)을 없애려 하지 않으시니, 광 사람들이 나에게 어떻게 하겠는가?"】

14   손경(孫敬) : 한인(漢人). 자는 문보(文寶). 졸음이 올 때 새끼줄을 목에 매고, 이를 대들보에 걸어놓고 책을 읽을 정도로 두문불출 책을 읽었으므로 폐호선생(閉戶先生)으로 불렸다.

15   희공(姬公) : 희(姬)는 주나라 왕실의 성이므로, 희공은 주공(周公)을 가리키고, 희공

무 집착한다고 사람들이 비웃기도 하고 경(經)을 모른다고 세상이 손가락질하기도 했습니다. 그러나 늙은 저 자신의 신념을 믿고 의심하지 않았습니다.

그렇긴 하나 근신(近臣)이 분에 넘치게 제 책을 채택해줄 줄 누가 생각이나 했겠습니까? 낭장(囊章)[17]을 아침에 아뢰자, 바로 임금님의 마음에 들게 되어 저녁에 붓과 종이를 보내주시어, 변변치 못한 학설을 내치지 않으셨습니다. 비록 이 책이 국론(國論)에 도움이 될 것은 없으나, 집안의 명성을 이어주었으니 저에게는 무한한 영광이지만, 실상보다 과대평가된 것이라 부끄럽기 짝이 없습니다.

제 책이 감히 옥술잔에 비길 수야 있겠습니까? 자배기로 여겨질지라도 감지덕지합니다. 밝으신 임금님께 변변치 못한 것을 올리고 나니 두려운 마음에 더욱 떨립니다. 정무(政務)가 많으신 중에 틈이 나 혹시라도 밤중에 이 글을 보시고, 아주 조금일지라도 채택되어 태평한 세상을 만드는 데 도움이 되기를 바랍니다.

신이 찬술한 악서와 목록 220권을 깨끗이 정서하여 120책으로 만들어, 표문(表文)과 함께 올려 보고하오니, 신은 진실로 황송하고 송구스러워 머리를 조아리고 조아려 삼가 아룁니다. 선덕랑(宣德郎) 비서성 정자(秘書省正字) 진양이 올립니다.

의 글은 주공이 쓴 『주례』를 가리킨다.

16   전(傳): 경서(經書)의 뜻을 주해(註解)한 글.

17   낭장(囊章): 주머니 속에 넣어 보낸 장주(章奏). 장주는 신하가 임금에게 시정(時政) 등에 대해 글로 아뢰는 것.

예기훈의(禮記訓義)

권1 예기훈의(禮記訓義)

곡례상(曲禮上) · 곡례하(曲禮下) · 단궁상(檀弓上) · 단궁하(檀弓下)

곡례상(曲禮上)

1-1. 先生書策琴瑟在前, 坐而遷之, 戒勿越.

선생의 서책과 금·슬이 앞에 놓여있거든, 앉아서 이를 옮겨 놓고 넘어 다니지 않도록 조심해야 한다.[1]

道雖不在書策, 而學道者必始於書策. 道雖不在琴瑟, 而樂道者必始於琴瑟. 古之所謂先生者, 非爲其長於我也, 爲其聞道先乎吾而已. 聞道先乎吾, 吾從而師之, 不特見其人而尊敬之也, 雖見其載道之書策·樂道之琴瑟, 亦必尊而敬之, 非敬書策琴瑟而已, 所以敬道也. 道之所

---

[1] 『禮記』曲禮上 1-19.

在, 聖人尊之, 而況其凡乎? 先生書策琴瑟, 在前, 坐而遷之, 戒勿越, 其斯以爲敬之至歟!

今夫爲人子者, 於父植之桑梓則必敬, 於三賜之車馬則不及, 爲人婦者, 於舅姑之席簟枕几則不傳, 於杖屨則不敢近, 爲人臣者, 見君之几杖則起, 遭乘輿則下, 皆以其所敬在此而敬之在彼. 況弟子之於先生書策琴瑟, 其可不以越之爲戒乎? 雖然琴瑟先生所常御焉. 故詩曰: "琴瑟在御 莫不靜好." 然亦有所謂不御者, 其惟親疾之時乎!

도(道)는 서책에 있지 않으나 도를 배우는 것은 반드시 서책에서 시작되며, 도는 금·슬에 있지 않으나 도를 즐기는 것은 반드시 금·슬에서 시작된다. 이른 바 '선생'은 나보다 나이가 많기 때문이 아니라, 나보다 도를 먼저 들었기 때문에 붙여진 호칭이다. 도를 나보다 먼저 들었으니 내가 그를 좇아 선생으로 섬기는데, 사람을 보고서 존경할 뿐만 아니라, 도가 실려 있는 그의 서책과 도를 즐길 때 쓰는 그의 금·슬을 보더라도 또한 반드시 높여서 공경하는 것은 서책과 금·슬을 공경할 뿐만 아니라 도를 공경하는 것이다. 도가 있는 바를 성인도 존경했거늘 더군다나 보통 사람은 말할 나위가 있겠는가? 선생의 서책과 금·슬이 앞에 있거든 앉아서 이를 옮겨놓고 넘어 다니지 않도록 조심해야만 지극히 공경하는 태도가 될 것이다.

자식 된 자는 아버지가 심은 것이면 뽕나무나 가래나무라도 반드시 공경하고,[2] 삼명(三命)을 하사 받을 때는 거마(車馬)까지 함께 받지 않으며,[3] 며느리 된 자는 시부모의 대자리·베개·안석을 남에게 주지 않고 시부모의 지팡이와 신발을 감히 가까이 하지 않으며, 신하 된 자는 임금의 안석이나 지팡이를 보면 일어나고 임금의 수레를 만나면 타고 있던

---

2 자식~공경하고: 『詩經』 小雅 / 小弁.

3 삼명(三命)을~않으며: 『禮記』 曲禮上 1-11. 주대(周代)에는 신분을 일명(一命)에서 구명(九命)까지 나누고 명수(命數)에 따라 복장이나 하사하는 물품 등을 다르게 하였다. 임금이 삼명(三命)의 신분인 자에게 거마(車馬)를 하사하는데 아들이 받지 않는 것은 감히 어버이와 나란히 존귀하게 되지 않으려는 것이다.

수레나 말에서 내린다. 이렇듯 모두 물건을 공경하는 것 같지만 실은 사람을 공경하는 것이다. 그러니 제자가 선생의 서책과 금·슬을 넘어 다니는 것을 조심하지 않을 수 있겠는가?

금·슬은 선생이 항상 가까이 하는 것이므로 『시경』에 "금·슬을 타니 고요하면서 아름답네"[4]라고 하였다. 금·슬을 타지 않는 경우는 오직 어버이가 아플 때뿐이다.

1-2. 臨樂不歎, 當食不歎.[5]

악(樂)에 임해서는 탄식하지 않아야 하고, 음식 앞에서는 탄식하지 않아야 한다.[6]

樂生於情之所有餘, 歎起於言之所不足. 臨樂不歎, 則言無不足而情爲有餘矣. 故誠於執紼者, 不期哀而哀, 何笑之有, 誠於臨樂者, 不期樂而樂, 何歎之有? 執紼不笑 臨樂不歎, 非爲安而行之者言之, 爲勉强而行之者言故也. 中庸曰 : "喜怒哀樂之[7]未發謂之中 發而皆中節謂之和", 臨樂而歎, 非所謂發而中節者也, 其去中和, 不亦遠乎? 昔曹太子來朝, 亨, 初獻樂奏而歎, 施父曰 : "曹太子其有憂乎? 非歎所也", 何曹太子之不知禮, 施父之知禮邪? 臨樂而歎, 則心存憂患而不知樂, 當食而歎, 則口含芻豢而不知味. 雖未害乎禮之大體, 亦非所以爲禮之委曲者歟!

악(樂)은 정이 넘치는 데서 생기고, 탄식은 말이 부족한 데서 일어난다. 악에 임해서 탄식하지 않는 것은 말이 부족함이 없고 정이 넘치기 때문이다. 그러므로 진심으로 상엿줄을 잡는 자는 슬퍼하려고 애쓰지 않아도 절로 슬프니 어찌 웃음이 나올 것이며, 진심으로 악에 임하는 자는 즐거

---

4   『詩經』 鄭風 / 女曰鷄鳴.
5   『禮記』에는 '當食不歎'이 '臨樂不歎'보다 앞에 있다.
6   『禮記』 曲禮上 1.35.
7   대본에는 '之'가 없으나, 『禮記』에 의거하여 보충하였다.

위지려고 애쓰지 않아도 절로 즐거우니 어찌 탄식이 나오겠는가? '상엿 줄을 잡고서는 웃지 않아야 하고, 악에 임해서는 탄식하지 않아야 한다' 고 한 것은 이미 몸에 배어 절로 그렇게 행하는 자들을 위해 말한 것이 아니고, 힘껏 노력해야만 행할 수 있는 자들을 위해 말한 것이다.

「중용」에 "희로애락(喜怒哀樂)의 정(情)이 발하지 않은 것을 중(中)이라 하고, 발(發)하여 모두 절도(節度)에 맞는 것을 화(和)라 한다"[8]라고 하였다. 악에 임하여 탄식하는 것은 이른바 '정(情)이 발하여 절도에 맞는 것'이 아니니, 이는 또한 중화(中和)와 동떨어진 것이 아니겠는가?

옛날에 조나라 태자가 노나라에 와서 임금을 알현하고 향연을 받을 때, 초헌(初獻)의 예(禮)에서 악이 연주되는데 태자가 탄식하자, 노나라의 대부 시보(施父)가 "조나라 태자는 걱정거리가 있는가? 탄식할 자리가 아니다"[9]라고 했다. 어찌하여 조나라 태자는 예를 모르고 시보만 예를 알았는가?

악에 임해서 탄식하면, 마음에 걱정거리가 있게 되어 즐거움을 느끼지 못하고, 음식 앞에서 탄식하면 맛있는 고기를 먹어도 맛을 알지 못한다. 이런 것들이 예의 대체(大體)를 해치지는 않지만, 예를 정밀하게 행하지 못하는 원인이 될 것이다.

곡례하(曲禮下)

1-3. 喪復[10]常, 讀樂章. 居喪不言樂.

---

8   『禮記』中庸 31-1.
9   옛날에~아니다:『春秋左氏傳』桓公 9년(4).
10 대본에는 '服'으로 되어 있으나 사고전서 『樂書』와 『禮記』에 의거하여 '復'으로 바로

상(喪)을 마치고 평상시로 돌아왔으면 악장을 읽는다. 상중(喪中)에는 악에 대해 말하지 않는다.[11]

非喪而讀喪禮, 則非人子之情. 居喪而不讀喪禮, 不失之過, 則失之不及. 未葬而讀祭禮, 則非孝子之情. 旣葬而不讀祭禮, 不失之黷, 則失之怠. 喪未除而讀樂章, 則哀不足, 喪復常而不讀樂章, 則樂必崩. 故曰 : "居喪未葬[12], 讀喪禮, 旣葬, 讀祭禮, 喪復常, 讀樂章." 宰予欲短喪而爲樂, 孔子以爲不仁, 閔子[13]騫子夏援琴而哀樂, 孔子皆以爲君子, 則喪復常, 讀樂章, 先王之中制也. 夫斬衰之喪, 唯而不對, 齋衰之喪, 對而不言, 大功之喪, 言而不及議, 小功之喪, 議而不及樂, 又況大於此而可言樂乎?

상중(喪中)이 아닌데 상례(喪禮)에 관한 책을 읽는 것은 자식의 마음가짐이 아니다. 반면에 상중인데도 상례에 관한 책을 읽지 않는 것은 지나치게 잘못한 것은 아니나, 미치지 못하는 실수를 저지른 것이다. 장사(葬事)를 지내지 않았는데 제례에 관한 책을 읽는 것은 효자의 마음가짐이 아니다. 반면에 이미 장사를 지냈는데도 제례에 관한 책을 읽지 않는 것은 신을 업신여기는 실수를 저지른 것은 아니나 소홀히 하는 실수를 저지른 것이다.

상을 마치지 않았는데도 악장을 읽으면 슬픔이 부족한 것이고, 상을 마치고 평상시로 돌아왔는데도 악장을 읽지 않으면 악(樂)이 무너지고 말 것이다. 그러므로 "상중에 있으면서 장례를 치루기 전에는 상례에 관한 책을 읽고, 이미 장사지냈으면 제례에 관한 책을 읽으며, 상을 마치고 평상시로 돌아왔으면 악장을 읽는다"[14]라고 한 것이다.

잡았다.
11 『禮記』 曲禮下 2-5.
12 대본에는 '未葬'이 없으나, 『禮記』 曲禮下 2-5에 의거하여 보충했다.
13 대본에는 '閔騫'으로 되어 있으나, 『孔子家語』에 의거하여 '子'를 첨가했다.
14 『禮記』 曲禮下 2-5.

재여(宰予)가 3년의 상기(喪期)를 줄이고 악을 연주하려고 하자, 공자가 어질지 못하다고 나무란 반면에,[15] 민자건(閔子騫)과 자하(子夏)가 3년상을 마친 후 금(琴)을 당겨 각각 애절하거나 화락하게 연주하니 공자가 모두 군자라고 칭찬했으니,[16] 상기가 끝나 평상시로 돌아왔으면 악장을 읽는 것은 선왕의 마땅한 제도이다.

참최상(斬衰喪)[17]에는 묻는 말에 '예'라고 답은 하지만 응대(應對)는 하지 않고, 자최상(齊衰喪)[18]에는 응대는 하지만 먼저 말을 걸지는 않으며, 대공상(大功喪)[19]에는 말은 걸지만 의논은 하지 않고, 소공상(小功喪)[20]에는 의논은 하지만 즐기는 데에 이르지는 않는다.[21] 그런데 하물며 이(소공상)보다 중대한 상인 경우에 악에 대해 말할 수 있겠는가?

1-4. 祭事不縣.

흉년이 들어 곡식이 잘 익지 않았으면[22] 제사지낼 때에 종(鐘)과 경(磬)

---

15 재여(宰予)가~반면에 : 『論語』 陽貨 17-19.

16 민자건(閔子騫)과~칭찬했으니 : 『孔子家語』 권4 六本에 '상(喪)을 마친 자하에게 공자가 금(琴)을 주자, 자하가 금을 당겨 연주하였는데, 소리가 화락(和樂)했고, 상을 마친 민자건에게 공자가 금을 주자, 민자건이 금을 당겨 연주하였는데, 소리가 절절히 슬펐다.'라는 글이 있다. 자하와 민자건이 상을 치름에 각각 슬픔이 못 미치거나 남는 차이가 있었지만, 둘 다 3년상을 치루고 예법에 따라 일상생활로 돌아와 금을 연주했으므로 공자가 칭찬한 것이다.

17 참최상(斬衰喪) : 참최는 3년상에 입는 상복으로 매우 거친 생베로 짓되 아랫단을 접어서 꿰매지 않으며, 아버지·남편·맏아들·시아버지의 상에 입는다.

18 자최상(齊衰喪) : 자최는 거친 생베로 짓되 아랫단을 좁게 접어 꿰맨 것이다. 어머니 상에는 3년을 입으나, 아버지가 살아계시는데 어머니가 돌아가신 경우에는 1년, 증조부모 상에는 5개월, 고조부모상에는 3개월을 입는다.

19 대공상(大功喪) : 9개월간 입는 복(服)으로 종형제자매·중자부(衆子婦)·중손(衆孫)·질부(姪婦)·남편의 조부모·백숙부모 등의 상에 입는다.

20 소공상(小功喪) : 5개월 동안 입는 복으로 종조부모(從祖父母)·재종형제·종질(從姪)·종손(從孫) 등의 상에 입는다.

21 참최상(斬衰喪)에는~않는다 : 『禮記』 喪服四制 49-7.

22 대본에는 없으나, 문맥상 『禮記』에 의거하여 '歲凶年穀不登'이란 구절을 보충하여 번역했다.

을 연주하지 않는다.[23]

通變之謂事, 鐘磬之謂縣. 周官大司樂, 大札大凶大災令弛縣. 古者
歲凶年穀不登, 君膳不祭肺, 祭事不縣. 按, 特弛而不用, 通變以憂民而
已. 司巫大旱則舞雩, 女巫大災歌哭而請, 則所謂不縣, 固非無樂. 其祭
則有禱而無祀, 其樂則有歌舞而無縣故也. 大司徒荒政十有二, 而眚[24]
禮蕃樂豫焉. 君膳不祭肺, 眚禮也, 祭事不縣, 蕃樂也. 然大夫以粱爲加
食, 君膳不祭肺, 故大夫不敢食粱. 士無故, 不去琴瑟, 君弛縣, 故士不
敢飲酒以樂. 是大夫所視而效之者在君, 士所視而效之者在大夫. 然則
爲人上者, 可不謹歟?

변화에 통달한 것을 '사(事)'라 하고,[25] 종(鐘)과 경(磬)처럼 매달아놓고
연주하는 악기를 '현(縣)'이라 한다. 주관(周官)의 대사악(大司樂)은 대찰(大
札 : 심한 전염병) · 대흉(大凶 : 심한 흉년) · 대재(大災 : 큰 재앙)에 종과 경을 풀
어놓았다.[26] 옛날에 흉년이 들어 곡식이 잘 익지 않았으면, 군선(君膳)[27]에
짐승의 폐(肺)[28]로 제(祭)[29]를 지내지 않았고, 제사(祭事)에 종 · 경을 연주

---

23 『禮記』 曲禮下 2-10.

24 대본에는 '靑'으로 되어 있으나, 사고전서 『樂書』에 의거하여 '眚'으로 바로잡았다.

25 『周易』 繫辭上傳 5.

26 매달았던 악기를 풀어놓는다는 것은 실제로 종 · 경과 같은 악기를 풀어놓는 것이
아니라, 악기를 진설하긴 하나 연주하지 않는 것을 상징적으로 표현한 말이다.

27 군선(君膳) : 임금의 성찬(盛饌)을 가리킨다. 정현(鄭玄)의 주에 따르면, 성찬을 위해
희생(犧牲)을 죽이면 먼저 제(祭)를 지냈는데, 유우씨(有虞氏)는 짐승의 머리로, 하
후씨(夏后氏)는 심장으로, 은인(殷人)은 간으로, 주인(周人)은 폐로 지냈다.

28 폐는 기(氣)의 주(主)가 되기 때문에 주나라 사람이 중히 여겼다. 그러므로 먹을 때
반드시 짐승의 폐로 먼저 제(祭)를 지냈으니, '폐로 제(祭)를 지내지 않는다'고 한 것
은 성찬을 위해 희생을 죽이지 않는다는 뜻을 보인 것이다. (『禮記集說大全』 曲禮下
2-10의 陳澔 集說)

29 제(祭) : 첫 숟가락의 음식을 신에게 바치는 제의(祭儀) 습속이다. 민간의 풍속에서
야외에서 음식을 먹을 때, 먹기 전에 자리 밖으로 '고수레' 하고 음식을 던지는 것이
이에 해당한다. 전해오는 말로는 옛날 고씨(高氏) 성을 가진 지주가 있었는데, 마음
이 후덕하여 소작인의 사정을 참작하여 소작료를 감하여 주거나 면제해주었으므로,
그 지방의 농민들은 그를 존경하였다고 한다. 그 후부터는 그 지방의 농민들은 물론

하지 않았다. 생각건대, 종·경을 풀어 놓고 연주하지 않는 것은 평상시 의식을 변통해서 백성을 걱정하는 것이다.

큰 가뭄이 들면 사무(司巫)가 비를 내려달라고 춤추고, 큰 재앙이 들면 여무(女巫)가 노래하고 곡(哭)하며 하늘에 간청하니, 이른 바 '종과 경을 연주하지 않는다'는 것은 악이 전혀 없는 것이 아니다. 제(祭)를 지낼 때 기도만 하고 사(祀)가 없듯이,[30] 큰 가뭄이나 큰 재앙에 춤과 노래만 하고 종·경과 같은 악기 연주를 하지 않을 뿐이다.

대사도(大司徒)가 행하는 황정(荒政)[31]에 12가지가 있는데, 생례(眚禮)[32]와 번악(蕃樂)[33]이 포함된다. 군선(君膳)에 짐승의 폐(肺)로 제(祭)를 지내지 않는 것이 생례이고, 제사에 종·경을 연주하지 않는 것이 번악이다.

대부는 양(粱 : 조)[34]을 가찬(加饌)으로 먹으나,[35] 흉년이 들면 군선(君膳)에 짐승의 폐로 제(祭)를 지내지 않으므로 대부도 감히 양(粱)을 먹지 않고, 선비는 변고가 없으면 금·슬을 멀리 하지 않으나, 흉년이 들면 임금이 종·경을 연주하지 않으므로 선비도 감히 술 마시고 악을 연주하지 않는다. 이는 대부는 임금을 보고 본받고, 선비는 대부를 보고 본받기 때문이다. 그러니 윗사람이 삼가지 않을 수 있겠는가?

1-5. 君無故, 玉不去身. 大夫無故, 不徹縣. 士無故, 不徹琴瑟.

다른 지방의 사람들까지, 언제 어디서든 음식물이 생기면 먼저 고마운 고씨에게 감사의 뜻으로 '고씨례(高氏禮)' 하고 음식을 조금씩 던졌다고 한다.

30 도(禱)는 복을 구하는 데 뜻을 두고, 제(祭)는 봉양하는 것을 일삼고, 사(祀)는 귀신을 편안하게 하는 것을 도(道)로 여긴다.〈『禮記集說大全』曲禮上 1-6의 陳澔 集說〉

31 황정(荒政) : 흉년에 백성을 구제하는 정치.

32 생례(眚禮) : 예를 간소하게 줄여서 함.

33 번악(蕃樂) : 악기를 갈무리하여 두고 연주하지 않음.

34 양(粱) : 조의 일종. 알이 굵고 까끄라기가 억세며 향기가 난다. 중국에서 조를 귀히 여겼으므로 전(轉)하여 좋은 곡식 또는 좋은 쌀의 뜻으로도 쓰인다.

35 대부는 서직(黍稷)을 먹고 양(粱)을 가찬(加饌)으로 먹는다. 『儀禮』公食大夫禮에 정찬(正饌)을 차린 후에 도(稻 : 벼)와 양(粱)을 차린다고 한 것이 이른 바 가찬(加饌)이다.〈『禮記集說大全』曲禮下 2-10의 陳澔 集說〉

임금은 변고(變故)가 없으면 옥을 몸에서 떼지 않으며,[36] 대부는 변고가 없으면 종·경을 거두지 않으며, 선비는 변고가 없으면 금·슬을 거두지 않는다.[37]

君子不可斯須離禮, 斯須離禮, 則易慢之心入之矣. 不可斯須離樂, 斯須離樂, 則鄙詐之心入之矣. 故君無故玉不去身, 禮也. 大夫無故不徹縣, 士無故不徹琴瑟, 樂也. 鐘尙羽而象地, 磬尙角[38]而象水, 皆待縣之以致用也. 瑟亦琴類也, 其所異者, 特絲分而音細爾. 樂之大者, 在鐘磬. 大夫以智帥人之大者, 故不徹縣. 其常御者, 在琴瑟. 士則事人有常心者也, 故不徹琴瑟.

於玉言君, 則大夫士可知. 玉藻謂, '天子佩白玉, 公侯佩山元玉, 大夫佩水蒼玉, 士佩瓀玟' 是也. 於樂言大夫士, 則天子諸侯可知. 周官謂, '王宮縣, 諸侯軒縣, 卿大夫判縣, 士特縣' 是也. 太史公言, '古者, 天子諸侯聽鐘磬, 未嘗離於庭, 卿大夫聽琴瑟之音, 未嘗離於前' 與此異者. 曲禮別而言之, 大夫不徹鐘磬之縣, 士不徹琴瑟. 太史公通而言之, 大夫未必不用縣.

군자는 잠시도 예를 벗어나서는 안 되니, 잠시라도 예를 벗어나면 경솔하고 거만한 마음이 생긴다. 군자는 잠시도 악을 벗어나서는 안 되니, 잠시라도 악을 벗어나면 비루하고 거짓된 마음이 생긴다. 그러므로 임금이 변고가 없으면 옥을 몸에서 떼지 않는 것은 예를 지키기 위함이다. 대부가 변고가 없으면 종·경을 거두지 않고, 선비가 변고가 없으면 금·슬을 거두지 않는 것은 악을 가까이 하기 위함이다.

종(鐘)은 우(羽)를 숭상하고 땅을 닮았으며, 경(磬)은 각(角)을 숭상하고 물을 닮았는데,[39] 모두 악기틀에 매달아서 쓴다. 슬(瑟)은 금(琴) 종류인데, 줄 수가 많고 음이 섬세한 점이 다를 뿐이다.[40]

종·경은 악기 중 큰 것인데, 대부는 지혜로 사람을 통솔하는 뜻이 커야 하므로, 변고가 없으면 종·경을 거두지 않는 것이다. 금·슬은 늘 가까이 두고 연주하는 것인데, 선비는 사람 섬기기를 늘 한마음으로 해야 하므로, 변고가 없으면 금·슬을 거두지 않는 것이다.

옥(玉)의 경우 임금을 말했으니, 대부와 사(士)도 미루어 알 수 있다. 「옥조(玉藻)」에 "천자는 백옥(白玉)을 차고, 공후(公侯)는 산원옥(山元玉)을 차고, 대부는 수창옥(水蒼玉)을 차고, 선비는 연매(瑌玫)[41]를 찬다"[42]라고 한 것이 이것이다.

악의 경우 대부와 선비를 말했으니, 천자와 제후도 미루어 알 수 있다. 『주례(周禮)』에 "왕은 궁현(宮縣)을 갖추고, 제후는 헌현(軒縣)을 갖추고, 경대부는 판현(判縣)을 갖추고, 사(士)는 특현(特縣)[43]을 갖춘다"[44]라고 한 것이 이것이다.

태사공(太史公)[45]이 "옛적에 천자와 제후는 늘 종·경의 음악을 들었으

---

39   『國語』周語下 3-6. 「故樂器重者從細, 輕者從大. 是以金尙羽, 石尙角【묵직한 소리를 내는 악기는 가는 소리를 따르고, 가벼운 소리를 내는 악기는 큰 소리를 따른다. 그러므로 묵직한 소리를 내는 종(鐘)은 높고 가는 소리인 우(羽)를 숭상하고, 묵직하지도 가볍지도 않은 소리를 내는 경(磬)은 중간 정도 높은 소리인 각을 숭상한다.】;『荀子』樂論 20-10. 「鐘統實, 磬廉制, …… 故鐘似地, 磬似水【종은 여러 악기를 통솔하여 충실하게 하고, 경은 소리가 맑고 분명하다. …… 그러므로 종은 땅을 닮았고 경은 물을 닮았다.】」

40   금은 7현인데, 슬은 25현이다.

41   연매(瑌玫) : 아름다운 옥돌의 한 종류.

42   『禮記』玉藻 13-19.

43   궁현(宮縣)은 천자를 위한 것으로 종·경을 4면(四面)에 배치하고, 헌현(軒縣)은 제후를 위한 것으로 천자가 바라보는 방향인 남쪽을 제외한 3면에 배치하고, 판현(判縣)은 경대부를 위한 것으로 북쪽과 남쪽을 제외한 2면에 배치하고, 특현(特縣)은 선비를 위한 것으로 1면에 배치한다.

44   『周禮』春官 / 小胥 0.

45   태사공(太史公) : 한나라 사마천(司馬遷)의 아버지 사마담(司馬談)이 태사령(太史令)의 직에 있었으므로 사마담을 가리키는데 그의 아들 사마천 또한 태사공으로 불린

므로 뜰에서 종·경을 거둔 적이 없고, 경대부는 늘 금·슬의 음악을 들었으므로 자신의 곁에서 금·슬을 거둔 적이 없었다"[46]라고 하여 본문(「곡례」)과 다르다. 즉, 「곡례」에서는 대부와 선비를 구별하여 "대부는 종·경을 거두지 않고, 선비는 금·슬을 거두지 않는다"라고 하였다. 태사공이 대부와 선비를 뭉뚱그려 말했다고 해서, 대부가 종·경을 반드시 쓰지 않았다는 뜻은 아니다.

단궁상(檀弓上)

1-6. 君子有終身之憂, 而無一朝之患. 故忌日不樂.

군자는 평생의 근심[終身之憂][47]은 있어도 하루아침의 걱정[一朝之患][48]은 없다. 그러므로 기일(忌日)[49]에 악을 연주하지 않는다.[50]

君子之於親, 有終制之喪, 有終身之喪. 終制之喪, 三年是也. 終身之喪, 忌日是也. 人之有哀樂, 猶天之有陰陽. 陰陽不同時, 哀樂不同日. 文王之於親忌日, 必哀而不樂, 豈非能全終身之憂乎? 昔人, 隣有喪舂

다. 여기서는 사마천을 가리킨다.

46 『史記』樂書 24 / 1236쪽.

47 평생의 근심[終身之憂] : 종신토록 어버이의 기일에 어버이를 생각하며 슬픔에 잠기는 것.

48 하루아침의 걱정[一朝之患] : 무덤이 무너지는 것과 같은 뜻밖의 일. 죽은 사람의 몸에 입히는 의금(衣衾)이나 관곽(棺槨) 안에 넣는 명기(明器) 및 무덤 만드는 일 등, 상사(喪事)와 관련된 일을 정성스럽고 미덥게 하면 뜻밖에 일어나는 하루아침의 걱정이 없게 된다.

49 기일(忌日) : 어버이나 친척이 세상을 떠난 날. 이날은 음주(飮酒)와 음악연주 등을 금한 데서 이름.

50 『禮記』檀弓上 3-9.

不相, 里有殯不巷歌, 況親喪乎? 臨喪不笑, 執紼不笑, 望柩不歌, 適墓
不歌, 況忌日乎? 祭義曰 : "忌日不用, 非不祥也, 言夫日, 志有所至, 而
不敢盡其私也." 忌日猶不擧事, 其不樂可知矣. 古者, 有忌月無忌年,
有忌日無忌月. 當[51]於忌日欲不合樂, 可謂知終身之憂矣. 申屠蟠於忌
日三日不食, 非禮意也. 禮不云乎 : "毁不滅性" "忌日歸哭於宗室" 蓋
有終身之憂, 仁也, 無一朝之患, 義也. 此主忌日不樂言之, 孟子主憂不
如舜言之, 其辭雖同, 其意則異.

군자가 어버이에 대하여 제도적으로 마치는 상(喪)과 평생의 상(喪)이
있으니, 제도적으로 마치는 상은 3년상이고, 평생의 상은 기일(忌日)이다.

사람에게 슬픔과 즐거움이 있는 것은 하늘에 음(陰)과 양(陽)이 있는 것
과 같다. 그런데 음과 양이 때를 함께 하지 않듯이, 슬픔과 기쁨이라는
상반된 감정을 같은 날 느낄 수 없다. 문왕이 어버이의 기일(忌日)에는 반
드시 슬픔에 잠겨 악(樂)을 연주하지 않았으니, 어찌 평생의 근심을 온전
히 한 것이 아니겠는가?

옛날 사람들은 이웃에 초상이 나면 절구질할 때 힘을 돋우기 위해 장
단 맞춰 소리를 지르지 않았고, 마을에 빈소(殯所)가 있으면 거리에서 노
래하지 않았는데,[52] 더군다나 어버이의 상(喪)은 말할 나위가 있겠는가?
상사(喪事)에 임해서 웃지 않고, 상엿줄을 잡고 갈 때 웃지 않으며, 널을
바라볼 때 노래하지 않고, 묘소에 갈 때 노래하지 않았는데,[53] 기일은 말
할 나위가 있겠는가?

「제의(祭義)」에 "기일(忌日)에 다른 일을 하지 않는 것은 기일이 상서롭
지 않아서가 아니라, 기일에 어버이에 대한 생각이 간절하여 감히 개인
적인 일에 마음을 쏟을 수 없음을 말한다"[54]라고 하여, 기일에 제사 외의

---

51 대본에는 '唐'으로 되어 있으나, 문맥이 통하지 않으므로 '當'으로 바로잡았다.
52 이웃에~않았는데 : 『禮記』 曲禮上 1-35.
53 상사(喪事)에~않았는데 : 『禮記』 曲禮上 1-35.
54 『禮記』 祭義 24-6.

일을 하지 않았으니, 악을 연주하지 않았음을 미루어 알 수 있다. 옛날에 상(喪)과 관련하여 기월(忌月)[55]은 있어도 기년(忌年)은 없었고, 제사와 관련하여 기일은 있어도 기월은 없었다.[56] 기일에 합악(合樂)을 하지 않고자 한 것은 종신토록 하는 근심을 안 것이라 할 수 있다.

신도반(申屠蟠)[57]이 기일에 3일 동안 밥을 먹지 않은 것은 올바른 예의 (禮意)가 아니다. 『예기』에 "지나치게 슬퍼하여 자기 몸을 돌보지 않아서 죽어서는 안 된다"[58]라고 하고, "기일에 종실(宗室)[59]에 와서 곡(哭)한다"[60]라고 하지 않았던가.

대개 평생의 근심이 있는 것은 인(仁)이고, 하루아침의 걱정이 없는 것은 의(義)이다. 본문(『예기』「단궁상」)에서는 기일에 악을 연주하지 않는 것을 위주로 말했고, 『맹자』에서는 순임금과 같지 못함을 걱정하는 것을 위주로 말하였으니,[61] 그 말은 비록 같으나 그 뜻은 다르다.[62]

---

55 기월(忌月) : 임금이나 왕비의 상(喪)이 든 1개월간 왕실과 여러 관아에서 육식을 삼가고 근신하는 일.

56 진양은 진(晉)과 당(唐)에서 제사가 있는 달에 악을 연주하지 않으려 한 일은 선왕(先王)의 제도가 아니라며 비판하였다.〈『樂書』197-6〉

57 신도반(申屠蟠) : 후한 사람. 자는 자룡. 9세에 아버지를 여의고 지나치게 슬퍼하여 상기가 끝난 뒤 10여 년 동안 술을 마시지 않았고, 기일(忌日)마다 3일동안 음식을 먹지 않았다.

58 『禮記』喪服四制 49-4.

59 종실(宗室) : 종자(宗子)의 집. 종자(宗子)는 본가(本家)의 대(代)를 이을 적장자이다.

60 『禮記』喪大記 22-61.

61 『孟子』離婁下 8-28.「君子有終身之憂, 無一朝之患也. 乃若所憂則有之. 舜人也, 我亦人也, 舜爲法於天下, 可傳於後世, 我由(猶)未免爲鄕人也, 是則可憂也. 憂之如何, 如舜而已矣. 若夫君子所患則亡矣. 非仁無爲也, 非禮無行也, 如有一朝之患, 則君子不患矣【군자는 평생의 근심은 있어도, 하루아침의 걱정은 없다. 그러나 이와 같은 근심은 있다. 순임금도 사람이며 나도 또한 사람인데, 순임금은 천하에 모범이 되어서 후세에 전해지는데, 나는 아직도 평범한 촌부(村夫)를 면치 못하고 있으니, 이런 것은 근심할 만한 일이다. 이를 근심한다면 어떻게 하는가? 순임금과 같이 할 뿐이다. 군자는 걱정하는 일이 없다. 인(仁)이 아니면 하지 않으며, 예(禮)가 아니면 행하지 않을 뿐이니, 하루아침의 걱정거리 같은 것은 군자는 걱정하지 않는다.】

62 『孟子』離婁下와 『禮記』檀弓上에 다같이 '君子有終身之憂, 無一朝之患'이란 말이 나오지만, 뜻하는 바가 서로 다르다. 『孟子』에서는 '군자는 순임금처럼 성인이 되고

1-7. 魯人有朝祥暮歌者, 子路笑之. 夫子曰 : "由! 爾責人, 終無已夫. 三年之喪, 亦已久矣夫!" 子路出. 夫子曰 : "又多乎哉? 踰月則其善也."

노나라 사람 중에 아침에 대상(大祥)⁶³을 지내고 그날 저녁에 노래한 자가 있었다. 자로가 그것을 보고 비웃자, 공자가 말하였다. "유야, 네가 남을 책망하는 것이 너무 지나치구나! 그가 3년상을 지냈으니 또한 이미 오래한 것이다." 자로가 나가자, 공자가 말하였다. "담제(禪祭)⁶⁴까지 얼마 남았겠는가? 달을 넘겼더라면 좋았을 것을!⁶⁵

喪凶禮也, 祭吉禮也. 畢凶禮之喪, 猶爲吉祭之禪, 未全乎吉也. 吉事兆見於此矣, 得不謂之祥乎? 魯人祥歌同日, 失之太速, 不足爲善禮. 子路笑之, 失之太嚴, 不足爲知時. 此孔子所以恕⁶⁶魯人, 而抑子路之責人無已也. 記曰 : 制'祥之日, 鼓素琴瑟不爲非, 而歌則爲未善者' 琴自外作, 歌由中出故也. 孔子五日而彈琴, 十日而成笙歌, 則琴與歌不同, 可知矣. 孔子十日而成笙歌, 不待踰月者, 蓋十日, 固已踰月矣. 記曰 : "祥而縞, 徙月樂."

상(喪)은 흉례(凶禮)이고 제사는 길례(吉禮)이다. 흉례인 상(喪)을 마쳤는데도(즉 大祥을 지냈는데도) 또 길제(吉祭)인 담제(禪祭)를 지내는 것은 아직 완전하게 길(吉)하지 않기 때문이다. 길사(吉事)의 조짐이 여기(大祥)에 나타나므로 '상(祥)'이라고 일컬은 것이 아니겠는가?⁶⁷ 따라서 노나라 사람

자 하는 평생의 근심은 있지만, 세속의 자잘한 걱정은 없다는 의미이고, 『禮記』에서는 '군자는 기일(忌日)에 어버이를 생각하며 슬픔에 잠기는 평생의 근심은 있지만, 상사(喪事)를 정성껏 미덥게 했으므로 무덤이 무너지는 것과 같은 뜻밖의 걱정은 없다'는 의미이다.

63　대상(大祥) : 죽은 지 두 돌 만에 지내는 제사.
64　담제(禪祭) : 대상(大祥)을 지낸 뒤에 지내는 제사로, 이 제사를 지낸 후 상복을 벗는다.
65　『禮記』 檀弓上 3-16.
66　대본에는 '怒'로 되어 있으나, 사고전서 『樂書』에 의거하여 '恕'로 바로잡았다.

이 대상을 지낸 바로 그날에 노래한 것은 너무 조급하게 행동한 실수를 한 것이므로 예를 잘 지켰다고 할 수 없고, 자로가 비웃은 것은 너무 엄격하게 비판한 실수를 한 것이므로 당시의 실정을 잘 알았다고 할 수 없다.[68] 이 때문에 공자가 노나라 사람을 너그러이 이해한 반면에 남을 지나치게 책망한 자로를 나무란 것이다.

『예기(禮記)』「상복사제(喪服四制)」에 '대상(大祥)을 치른 날에 금(琴)·슬(瑟)을 타는 것은 그르지 않으나 노래하는 것은 옳지 않다'[69]고 한 것은 금은 손으로 타므로 밖에서 소리를 만들어 내는 것이고, 노래는 마음에서 나오는 것이기 때문이다. 공자가 대상(大祥)을 지내고 5일 만에 금을 타고, 10일 만에 생(笙)에 맞추어 노래를 했으니,[70] 금을 타는 것과 노래하는 것이 다름을 알 수 있다. 공자가 10일 만에 생에 맞추어 노래하여 달을 넘기는 것을 기다리지 않은 이유는 대개 열흘이면 실제로 그 달을 넘기기 때문이다. 그러므로 『예기』에 "대상을 지낸 후에 호관(縞冠)을 쓰고 그 달을 넘긴 뒤에 악을 연주한다"[71]라고 하였다.

1-8. 孟獻子禫, 縣而不樂, 比御而不入, 夫子曰 : "獻子加於人一等矣."[72]

---

67 소상(小祥)에 최복(衰服)을 연복(練服)으로 갈아 입고, 대상(大祥)에 연복을 담복(禫服)으로 갈아 입는다.

68 대상을 지낸 날에 노래한 것은 잘못이지만, 예교(禮敎)가 쇠하여 무너지던 시기에 이 사람이 홀로 3년상을 지켰으니, 자로가 비웃은 것은 당시의 실정을 도외시한 채 엄격한 잣대로 판정한 것이라고 나무란 것이다.

69 『禮記』喪服四制 49-4. 「祥之日鼓素琴, 告民有終也 以節制者也【대상(大祥)을 지낸 날에 노래 없이 금을 타는 것은 상(喪)이 끝났음을 백성에게 알리는 것이니, 예로 슬픔을 절제하는 것이다.】

70 공자가~했으니:『禮記』檀弓上 3-23. 진양(陳暘)은 대상(大祥)을 지낸 달에 담제를 지낸다고 풀이했으나, 정현(鄭玄)은 대상을 지내고 한 달을 사이에 두고 담제를 지낸다고 풀이했다. 그리하여 이 문장에 정현은 "10일은 대상을 지낸 달(25개월)의 열흘이 아니라 그로부터 한 달을 건너 뛴 27개월째의 열흘을 뜻한다"라고 주를 달았다.

71 『禮記』檀弓上 3-110.

맹헌자(孟獻子)[73]가 담제(禫祭)를 지내고 종·경을 매달아 놓긴 하였으나 연주하지 않고, 부인을 가까이 하면서도 침실로 들이지는 않았으니, 공자가 말하였다. "헌자는 다른 사람들보다 한 등급을 더 하였구나!"[74]

三年之喪, 二十五月而祥, 中月而禫. 期之喪, 十三月而祥, 十五月而禫. 父在爲母爲妻, 亦如之. 蓋三年之喪則久矣, 故祥月而禫者, 以義斷恩也. 期之喪則近矣, 故間月而禫者, 以恩伸義也. 記曰 : "禫而內無哭者, 樂作矣." 又曰 : "禫而從御, 吉祭而復寢." 由此觀之, 孟獻子禫縣而不樂, 比御而不入, 則過乎此矣. 故孔子稱之. 夫先王制禮, 以中爲界. 子夏子張, 援琴於除喪之際, 孔子皆以爲君子. 伯魚子路過哀於母姊之喪, 孔子皆非之. 然則孟獻子之過於禮, 孔子反稱之者, 非以爲得禮也, 特稱其加諸人一等而已.

3년상은 25개월 만에 상제(祥祭)를 지내고, 그 달에 담제(禫祭)를 지낸다.[75] 기년상(1년상)은 13개월 만에 상제를 지내고, 15달 만에 담제를 지내는데, 아버지가 살아 계신 동안에 어머니의 상이나 아내 상을 당한 경우도 이같이 한다. 대개 3년상은 기간이 길므로 상제를 지낸 달에 담제를 지내어 의(義)로 은혜를 단절하고, 기년상은 기간이 짧으므로 1달을 사이에 두고 담제를 지내어 은혜로 의(義)를 펴게 한 것이다.

---

72 대본에는 없으나, 사고전서 『樂書』와 『禮記』에 의거하여 '矣'를 보충하였다.

73 맹헌자(孟獻子) : 노나라 대부 중손멸(仲孫蔑).

74 『禮記』 檀弓上 3-22.

75 『禮記集說大全』 檀弓上 3-22의 진호(陳澔) 집설(集說)에서 「禫者澹澹然平安之意. 大祥後間一月而禫. 故云中月而禫, 或云祥月之中者非. 小記云 中一以上而祔, 亦謂間一世也【담(禫)이란 담담하고 편안하다는 뜻이다. 대상을 지낸 후에 한 달을 사이에 두고 담제를 지낸다. 그러므로 '中月而禫'이라고 한 것이다. 어떤 이는 이것을 해석하여 말하길, '대상(大祥)을 지낸 달에 하는 것'이라고 하는데 옳지 않다. 상복소기(喪服小記)에 '1대(代) 이상 건너뛰어 합사(合祀)한다'고 하였으니, 이 역시 중(中)의 의미는 대(代)를 건너뛰는 것을 말한다』라고 하여, 진호(陳澔, 1261~1341)는 중월(中月)을 한 달을 건너뛰는 것으로 풀이했다. 그러나 진양(陳暘)은 중월을 대상을 지낸 달로 풀이했으므로 그 설을 따라 번역하였다.

『예기』에 "담제를 지낸 후에 중문(中門) 안에서 곡(哭)하지 않는 것은 악을 연주해도 되기 때문이다"라고 했고, 또 이어서 "담제를 지낸 후에 부인을 가까이 하는 것은 길제를 지낸 후에는 평소의 거처로 돌아가기 때문이다"[76]라고 했다. 이로 보건대, 맹헌자가 담제를 지내고 종·경을 매달아 놓긴 하였으나 연주하지 않고, 부인을 가까이 하면서도 침실에 들이지 않은 것은 이보다 지나친 것이다. 그러므로 공자가 칭찬하였다.

선왕이 제정한 예는 중(中)으로 표준을 삼는다. 그리하여 자하(子夏)와 자장(子張)이 상(喪)을 마치고 금(琴)을 타자, 공자는 군자라며 칭찬했지만,[77] 백어(伯魚)와 자로(子路)가 각각 어머니와 누이의 상에 지나치게 슬퍼하자, 비판했다.[78] 그렇다면 맹헌자가 정해진 예보다 지나치게 한 것을 공자가 도리어 칭찬한 것은 예에 합당하다는 것이 아니라, 다만 다른 사람보다 한 등급을 더한 것을 칭찬한 것뿐이다.

1-9. 孔子旣祥, 五日彈琴而不成聲, 十日而成笙歌.
공자가 이미 대상(大祥)을 지내고 5일이 지나 금(琴)을 탔으나 소리가 제대로 나지 않고, 10일이 지나서야 생(笙)에 맞추어 노래가 제대로 되었다.[79]

---

76 『禮記』喪大記 22-58.
77 자하(子夏)와~칭찬했지만: 『禮記』檀弓上 3-52. 『樂書』 1-12 참조.
78 백어(伯魚)와~비난했다: 『禮記』檀弓上 3-27. 「伯魚之母死, 期而猶哭. 夫子聞之曰: "誰與哭者?" 門人曰: "鯉也." 夫子曰: "嘻! 其甚也." 伯魚聞之, 遂除之【백어의 어머니가 세상을 떠났는데, 백어가 1년상을 지낸 뒤에도 여전히 곡을 했다. 공자가 듣고 "곡하는 자가 누구인가?"라고 물으니, 문인이 "아드님입니다"라고 대답했다. 공자가 "아! 너무 지나치구나"라고 말하자, 백어가 듣고 드디어 곡을 그치었다.】; 『禮記』檀弓上 3-25. 「子路有姊之喪, 可以除之矣而弗除也. 孔子曰: "何弗除也?" 子路曰: "吾寡兄弟而弗忍也." 孔子曰: "先王制禮, 行道之人皆弗忍也." 子路聞之, 遂除之【자로가 누이의 상복을 벗을 때가 되었는데도 벗지 않았다. 공자가 "어찌 상복을 벗지 않는가?"라고 물으니, 자로가 "형제가 줄었으므로 차마 상복을 벗지 못하겠습니다"라고 답했다. 공자가 말하길, "선왕이 제정한 예는 어기면 안 된다. 도를 행하는 사람이라면 모두 친족에 대해 차마 상복을 벗지 못하는 마음이 있다"라고 하니, 자로가 듣고서 드디어 상복을 벗었다.】

舜琴歌南風, 有孝思之意存焉. 笙象物生於東方, 有生意存焉. 故孔子旣祥五日, 則於去喪爲未遠, 其心不絶乎孝思, 猶未全於生意也. 雖彈琴矣, 而聲不成焉. 十日, 則 於去喪爲遠, 而有全於生意. 故笙歌之聲成焉.

蓋制'祥之日可以鼓素琴', 君子所以與人同. 五日彈琴, 君子所以與人異. 彈之者, 禮之所不可廢也. 不成聲者, 仁之所不忍也. 絲不如竹, 竹不如肉. 故彈琴而後成笙歌. 此言彈琴後成笙歌, 儀禮鄕飮酒言 授瑟而後成笙歌者. 二十五絃之瑟, 比五絃之琴, 則琴小而瑟大. 或擧大見小, 或擧小見大, 其成笙歌, 一也.

순임금이 금(琴)을 타며 노래한 《남풍》에는 어버이에 대한 그리움이 담겨 있다. 생(笙)은 만물이 동방에서 생겨나는 것을 상징하므로 생기(生氣)의 뜻이 담겨 있다.[80] 공자가 대상(大祥)을 지내고 5일이 지난 날은 탈상한 지 얼마 되지 않아 어버이에 대한 그리움을 떨칠 수 없었다. 그리하여 아직 생기를 온전히 갖추지 못했으므로 금을 탔으나 소리가 제대로 나지 않았다. 10일이 지난 날은 탈상한 지 시간이 어느 정도 지나 생기를 온전히 갖추었으므로, 생에 맞추어 노래가 제대로 되었다.

「상복사제(喪服四制)」에 "대상(大祥)을 지낸 날에 노래 없이 금(琴)만 타는 것은 괜찮다"[81]라고 했으니, 이렇게 하는 것은 군자가 여느 사람과 같은 점이다. 5일이 지나서야 금을 타는 것은 군자가 여느 사람과 다른 점이다. 금을 타는 것은 예법상 폐할 수 없기 때문이고, 소리가 제대로 나지 않은 것은 인정상 차마 그렇게 되지 않기 때문이다.

마음을 표현하는 데 있어서, 사(絲)로 만든 악기는 죽(竹)으로 만든 악

---

79   『禮記』 檀弓上 3-23.
80   생(笙)을 만드는 재료인 포(匏)는 간괘(艮卦 : 북동)와 입춘에 배합된다. 생은 길고 짧은 여러 관대[管]를 한 개의 박[匏]에 둘쭉날쭉 꽂아, 봄볕에 모든 생물이 자라는 형상을 상징한 것으로, 만물을 자라게 하는[生] 뜻이 있기 때문에 생이라 부르는 것이다.〈그림 1-3 참조〉
81   『禮記』 喪服四制 49-4.

기만 못하고 죽(竹)으로 만든 악기는 목소리만 못하다.[82] 그러므로 금(琴)을 타고서 며칠 지난 뒤 생에 맞추어 노래한 것이다.

본문(『예기』「단궁상」)에는 금을 탄 뒤에 생에 맞추어 노래한 것으로 되어 있는데, 『의례(儀禮)』「향음주례(鄕飮酒禮)」에는 슬(瑟)을 건네준 뒤에 생에 맞추어 노래한 것으로 되어 있다.[83] 25현의 슬을 5현의 금과 비교하면, 금은 작고 슬은 크다. 후자는 큰 것[슬]만 거론했지만 실은 작은 것[금]까지 포함하고, 전자는 작은 것만 거론했지만 실은 큰 것까지 포함한 것이며, 생에 맞추어 노래한 점은 같다.

1-10. 太公封於營丘, 比及五世, 皆反葬於周. 君子曰 "樂樂其所自生, 禮不忘其本. 古之人有言曰 : '狐死, 正丘首, 仁也.'"

태공이 영구(營丘)[84]를 분봉 받아 제나라를 세웠는데 5대(代) 동안 제나라 임금이 죽으면 모두 주나라에 돌아가서 장례를 지냈다. 군자가 말하였다. "악은 자신이 말미암아 생겨난 바를 즐기는 것이고, 예는 자신의 근본을 잊지 않는 것이다. 옛사람들은 '여우가 죽을 때 자기가 살던 굴 쪽으로 머리를 두는 것은 인(仁)이다'라고 하였다."[85]

君子之所爲禮, 言而履之者也. 所爲樂, 行而樂之者也. 書曰 : "以禮制心" 記曰 : "樂者其本在人心之感於物也" 禮樂同出於人心. 而仁者人也, 亦出於人心而已. 故 "人而不仁, 如禮何, 人而不仁, 如樂何?" 則禮樂之道, 不過章德報情而反始也. 太公封於營丘, 比及五世, 皆反葬

82　노래는 직접 사람의 목소리로 내는 것이므로, 가장 직접적으로 마음을 표현할 수 있고, 그 다음 입김으로 부는 관악기[竹]와 손으로 타는 현악기[絲] 순으로 마음을 표현할 수 있다는 뜻이다.

83　『儀禮』 鄕飮酒禮 4-11, 12.

84　영구(營丘) : 제(齊)나라의 땅이름. 태공이 제에 봉해졌지만 주(周)에 머물면서 태사(太師)를 지냈으므로, 5대(代) 동안 모두 주에 돌아가 장례를 지냈다.

85　『禮記』 檀弓上 3-26.

於周, 夫豈僞爲之哉? 行吾仁, 以全禮樂之道而已. 狐死猶正丘首, 況仁
人君子乎?

군자가 예를 행하는 것은 말한 바를 실천하는 것이고, 악을 행하는 것
은 행한 바를 즐기는 것이다. 『서경(書經)』에 "예로 마음을 제어한다"[86]라
고 했고, 『예기(禮記)』에 "악의 근본은 인심이 외물(外物)에 감응하는 데에
있다"[87]라고 했으니, 예악은 다 같이 인심에서 나온다. 그런데 인(仁)은
인(人)과 통하니, 인(仁) 또한 인심(人心)에서 나올 따름이다. 그러므로 "사
람으로서 불인(不仁)하면 예가 무슨 소용이며, 사람으로서 불인하면 악이
무슨 소용이겠는가?"[88]라고 한 것이다. 예악의 도는 덕을 빛내고 정(情)에
보답하여 처음으로 돌아가는 것에 불과하다.

태공(太公)이 영구에 봉해졌는데, 5대 동안 모두 주나라 호경(鎬京)[89]에
돌아가 장례를 지냈으니, 어찌 마음에도 없이 거짓으로 한 것이겠는가?
내게 있는 인(仁)을 행해서 예악의 도를 온전히 했을 따름이다. 여우도
죽을 때면 오히려 자기가 살던 굴 쪽으로 머리를 두는데, 하물며 어진
군자는 말할 나위가 있겠는가?

1-11. 顔淵之喪, 饋祥肉. 孔子出受之, 入彈琴而后食之.

안연이 죽은 지 두 해가 지나 대상(大祥)을 지낸 뒤 제육(祭肉)을 공자에
게 보내왔다. 공자가 나와서 그것을 받고 방으로 들어가 금(琴)을 탄 후
에 먹었다.[90]

儀禮曰 : "朞而小祥曰[91] 薦此常[92]事, 又期而大祥, 又曰薦此祥[93]事."

---

86 『書經』 商書 / 仲虺之誥 3.
87 『禮記』 樂器 19-1.
88 『論語』 八佾 3-3.
89 호경(鎬京) : 주나라 무왕이 도읍한 서울.
90 『禮記』 檀弓上 3-41.
91 대본에는 없으나, 『儀禮』에 의거하여 '朞而小祥'을 보충하였다.

奠虞祔祥, 祥祭而饋, 則鬼事畢而人事始矣. 顔淵之喪, 饋祥肉, 孔子必
出受之, 仁也, 必彈琴而後食之, 義也. 禮之道, 無他, 節文仁義而已矣.

『의례(儀禮)』에 "1년이 지나 소상(小祥)을 지내는 것을 '상사(常事)를 올
린다'고 하고, 또 1년이 지나서 대상(大祥)을 지내는 것을 '상사(祥事)를 올
린다'고 한다"[94]라고 하였다. 상(喪)을 당하면 전제(奠祭)[95]·우제(虞祭)[96]·
부제(祔祭)[97]·상제(祥祭)[98]을 지내는데, 상제(祥祭)를 지낸 뒤에 제물(祭物)
을 친지나 이웃과 나누어 먹는 것은 이때부터 귀신의 일이 끝나고 사람
의 일이 시작된다는 의미이다.

안연의 상(喪)에 대상(大祥)을 지낸 뒤 제육(祭肉)을 공자에게 보내왔을
때 공자가 나가서 받은 것은 인(仁)이고, 금을 탄 후에 먹은 것은[99] 의(義)
이다. 예(禮)의 도(道)는 다름 아니라 인의(仁義)를 절문(節文)한 것일 따름
이다.

---

92 대본에는 '甞'으로 되어 있으나, 『儀禮』에 의거하여 '常'으로 바로잡았다.

93 대본에는 '甞'으로 되어 있으나, 사고전서 『樂書』와 『儀禮』에 의거하여 '祥'으로 바로
    잡았다.

94 『儀禮』士虞禮 14-23.

95 전제(奠祭) : 장례 때 제물을 마련하여 지내는 제사.

96 우제(虞祭) : 장례를 지내어 육신을 땅 속에 묻음으로써 비로소 육신과 혼이 분리되
    는데, 그 혼을 신주(神主)로 상징하여 혼전(魂殿)에 모신다. 장사지낸 날 혼전에서
    지내는 제사가 초우제(初虞祭)인데, 천자는 구우제까지, 제후는 칠우제까지 지낸다.
    이우제(二虞祭)에서 육우제(六虞祭)까지는 유일(柔日 : 日辰 중에서 乙·丁·己·
    辛·癸가 되는 날)에 지내고, 칠우제(七虞祭)는 강일(剛日 : 日辰 중에서 甲·丙·
    戊·庚·壬이 되는 날)에 지내며, 졸곡제(卒哭祭)는 우제를 모두 지낸 후의 강일(剛
    日)에 지내는데, 졸곡제를 지낸 다음부터는 아침과 저녁에 곡(哭)하지 않는다.

97 부제(祔祭) : 졸곡제를 지낸 다음날 신주를 사당에 모시면서 지내는 제사. 그러나 우
    리나라에서는 삼년상을 마친 뒤에 부제를 지내 사당에 모셨다.

98 상제(祥祭) : 대상(大祥)이라고도 부른다. 상제(祥祭)는 죽은 지 만 2년이 지난 기일
    (忌日)에 지내는데, 내상(內喪 : 부녀자의 초상)이 먼저 있으면 첫 기일에 상제를 지
    낸다.

99 금(琴)을 탄 뒤에 제육을 먹은 것은 화평한 소리로 슬픈 감정을 흩어버리기 위한 것
    이다.〈『禮記集說大全』 檀弓上 3-41의 陳澔 集說〉

1-12. 子夏旣除喪而見. 予之琴, 和之而不和, 彈之而不成聲. 作而曰 : "哀未忘也, 先王制禮, 而弗敢過也." 子張旣除喪而見. 予之琴, 和之而和, 彈之而成聲. 作而曰 : "先王制禮, 不敢不至焉."

자하가 상기(喪期)를 마치고 공자를 뵈었다. 공자가 그에게 금(琴)을 주니, 자하가 조율했으나 소리가 조화되지 않고, 금을 탔으나 곡조가 이루어지지 않았다. 공자가 일어나 말하였다. "슬픔이 아직 가시지 않았으나, 선왕이 제정한 예를 감히 지나치게 하지 않은 것이구나."

자장이 상기를 마치고서 공자를 뵈었다. 공자가 그에게 금을 주니, 자장이 조율하자 소리가 조화되고, 금을 타자 곡조가 이루어졌다. 공자가 일어나 말하였다. "선왕이 제정한 예를 감히 따르지 않을 수 없었던 것이구나."[100]

子夏之喪親, 曾子責其無聞其除喪, 家語·毛氏傳謂 : "其援琴而歌."[101] 是子夏忘哀於纔三年之際. 子張割哀於已三年之後. 然則師之於喪也過, 商之於喪也不及. 竊意, 檀弓誤以子夏爲子張, 子張爲子夏歟! 子騫之於親, 有類子張. 故檀弓, 擧子張以見子騫, 家語·毛氏傳, 擧子騫以見子張. 彼其於哀樂之分, 皆能以禮終. 故或言 : "先王制禮弗敢過也." 或言 : "先王制禮, 弗敢不至焉." 孔子皆以爲君子. 豈非無所不用其極邪! 記曰 : "惟君子爲能知樂, 知樂則幾於禮矣." 三子與有焉.

자하가 어버이 상(喪)을 잘 치렀다는 소문이 없는 것을 증자가 책망했고, 『공자가어(孔子家語)』와 『모씨전(毛氏傳)』에 "그가 금(琴)을 당겨 노래했다"라고 했으니, 자하는 3년상을 마치자마자 슬픔을 잊은 것이다. 자장은 3년상을 마친 후에도 슬픔이 남아 있어 억지로 슬픔을 잘라 냈다. 그렇다면 사(師 : 자장)가 상(喪)을 치를 땐 정도가 지나쳤고, 상(商 : 자하)이 상

---

100 『禮記』 檀弓上 3-52.
101 대본에는 '援琴而樂'으로 되어 있으나, 『孔子家語』 권4 六本에 의거하여 '援琴而歌'로 바로잡았다.

을 치를 땐 정도에 미치지 못한 것이다. 내 생각에는 「단궁(檀弓)」에서는 자하를 자장으로 착각하고, 자장을 자하로 착각한 것 같다. 민자건이 부모상을 치른 태도는 자장과 닮은 점이 있다. 그래서 「단궁」에서는 자장을 거론하여 민자건을 보였고, 『공자가어』와 『모씨전』에서는 민자건을 거론하여 자장을 보인 것이다.

저들은 슬픔과 즐거움이 갈리는 데에서 모두 예로써 마쳤다. 그러므로 "선왕이 제정한 예를 감히 지나치게 하지 않은 것이구나"라고 하거나 "선왕이 제정한 예를 감히 따르지 않을 수 없었던 것이구나"라고 하여, 공자가 모두 군자라고 칭찬했으니, 최선을 다했기 때문이 아니겠는가! 『예기』에 "군자만이 악(樂)을 알 수 있으니, 악을 알면 예에 가까워진다"[102]라고 했으니, 세 사람[103]이 이에 해당된다.

단궁하(檀弓下)[104]

1-13. 弔於人, 是日不樂.
조문(弔問)하는 날에는 음악을 연주하지 않는다.[105]

天之道, 陰陽不同時, 則當寒而燠者, 逆道也. 人之理, 哀樂不同日, 弔日而樂者, 逆理也. 隣有喪舂不相, 里有殯不巷歌, 況弔日乎? 行弔之日, 不飮酒食肉, 況樂乎? 論語 : "子於是日哭則不歌", 曲禮亦曰 : "哭

---

102 『禮記』樂記 19-1.
103 자하·자장·민자건을 말한다.
104 대본에는 없으나, 이 아래 문장부터는 「檀弓下」의 내용이므로 '檀弓下'를 보충하였다.
105 『禮記』檀弓下 4-6.

日不歌", 用其至故也.

　하늘의 도(道)는 음과 양이 때를 함께 하지 않으니, 추워야 마땅할 때 따뜻한 것은 도를 거스르는 것이다. 사람의 이치는 슬픔과 기쁨이라는 상반된 감정을 같은 날 느낄 수 없으니, 조문한 날에 악을 즐기는 자는 이치를 거스르는 것이다. 이웃에 초상이 나면 절구질할 때 힘을 돋우기 위해 장단 맞춰 소리를 지르지 않고, 마을에 빈소가 있으면 거리에서 노래하지 않는 법인데,[106] 하물며 조문하는 날이겠는가? 조문하는 날에는 술을 마시거나 고기를 먹지 않는 법인데, 하물며 악을 즐길 수 있겠는가? 『논어』에 "공자는 곡(哭)한 날에는 노래하지 않았다"[107]라고 하고, 「곡례」에도 또한 "곡(哭)하는 날에 노래하지 않는다"[108]라고 했으니, 마음의 정성을 다하기 위해서이다.

106　이웃에~법인데 : 『禮記』 曲禮上 1-35.

107　『論語』 述而 7-10.

108　『禮記』 曲禮 1-35.

권2 예기훈의(禮記訓義)

단궁하(檀弓下) · 왕제(王制)

단궁하(檀弓下)

2-1. 人喜則斯陶, 陶斯咏, 咏斯猶, 猶斯舞, 舞斯慍, 慍斯戚, 戚斯歎, 歎斯辟, 辟斯踊矣. 品節斯, 斯之謂禮.

사람이 기쁘면 가슴이 벅차게 되고, 벅차면 노래를 흥얼거리게 되고, 흥얼거리면 몸이 들썩거리게 되고, 들썩거리면 춤추게 되고, 춤추면 마음이 격앙되고, 마음이 격앙되면 슬퍼지고, 슬프면 탄식하게 되고, 탄식하면 가슴을 치게 되고, 가슴을 치다 보면 슬픔이 북받쳐 발을 구르게 된다. 이것을 알맞게 절제하는 것을 예라고 한다.[1]

---

[1] 『禮記』檀弓下 4-27.

其喜心感者, 其聲發以散. 發以散陽也, 其極必反陰焉. 其慍心感者, 其聲粗以厲, 粗以厲陰也, 其極必反陽焉. 蓋喜氣不泄則已, 泄則口不得不咏. 慍氣不震則已, 震則氣不得不歎. 咏文事, 心志猶其優游. 咏武事, 心志猶其奮疾.

夫然則憂患去, 而樂生矣, 樂生而舞. 樂至於手之舞之, 則樂極, 而哀從之矣. 故舞斯慍, 慍斯歎, 歎斯戚, 戚斯辟, 辟斯踊, 則不知胸之撫之, 足之踊之. 雖正明目而視, 不可得而見也, 傾耳而聽, 不可得而聞也. 豈非陽極反陰, 樂極反哀之意邪? 左傳所謂 '樂有歌舞, 哀有哭泣者', 此歟! 品於斯哀樂, 莫不有隆殺, 節於斯哀樂, 莫不中節, 則知禮之爲道, 其去戎狄之道遠矣.

今夫陶, 包陰陽之氣, 憂樂無所泄如之. 喜斯陶, 樂之無所泄者也. 鬱陶乎予心, 憂之無所泄者也. 爾雅以鬱陶爲喜, 其有見乎一偏歟! 傳曰: "齊楚燕趙之歌, 異傳而皆樂, 九夷八蠻之聲, 異哭而皆哀." 夫何故? 哀樂之情, 同也. 然而君子不與之者, 爲其不能品節於斯以爲禮, 未免爲戎狄之道也.

기쁜 마음이 일어나면 그 소리가 퍼져서 흩어진다. 퍼져서 흩어지는 것은 양(陽)이니, 극에 달하면 반드시 음(陰)으로 돌아간다. 격앙된 마음이 일어나면 그 소리가 거칠고 사납다. 거칠고 사나운 것은 음(陰)이니, 극에 달하면 반드시 양(陽)으로 돌아간다. 기쁜 기분이 표출되지 않으면 모르지만, 표출되면 흥얼거리지 않을 수 없다. 격앙된 기분이 떨쳐지지 않으면 모르지만, 떨쳐지면 탄식하지 않을 수 없다. 문사(文事)를 읊을 때에는 심지(心志)가 유유자적(悠悠自適)해지고, 무사(武事)를 읊을 때에는 심지가 격분된다.

따라서 우환(憂患)이 사라지면 즐거움이 생기고, 즐거우면 춤추게 된다. 즐거움이 손을 움직여 춤추는 데까지 이르면, 즐거움이 극에 달하여 슬픔이 따른다. 그러므로 격렬하게 춤추다 보면 격앙되고, 격앙되면 탄식하게 되고, 탄식하다 보면 슬퍼지고, 슬프면 가슴을 치게 되고, 가슴을 치다 보면 슬픔이 북받쳐 발을 구르게 된다.

자기도 모르게 가슴을 치고 발을 구르는 지경에 이르면, 눈을 크게 뜨고 보더라도 제대로 볼 수 없고, 귀 기울여 듣더라도 제대로 들을 수 없으니, 어찌 양이 극에 달하면 음으로 돌아가고, 즐거움이 극에 달하면 슬픔으로 돌아간다는 뜻이 아니겠는가? 『춘추좌씨전』에 "즐거우면 노래하며 춤추게 되고, 슬프면 흐느껴 울게 된다"[2]라고 한 것이 이것이다.

슬픔과 즐거움을 헤아려 적절히 후하게도 하고 박하게도 하며, 슬픔과 즐거움을 절제하여 절도(節度)에 맞게 하는 것은, 예(禮)가 도(道)가 됨을 아는 것이니, 감정을 무절제하게 표출하는 융적(戎狄)의 도와는 거리가 멀다.

'도(陶)'는 음양(陰陽)의 기(氣)를 감싸고 있으니, 근심과 즐거움이 표출되지 않은 상태이다. '기쁘면 벅차다[喜斯陶]'는 것은 즐거움이 아직 밖으로 표출되지 않은 상태이고, '마음에 무언가 꽉차있다[鬱陶乎予心]'는 것은 근심이 밖으로 표출되지 않은 상태이다. 따라서 『이아』에 '울도(鬱陶)'를 기쁨으로 풀이한 것[3]은 한쪽의 치우친 견해이다.

전(傳)에 "제·초·연·조나라의 노래가 다르지만 모두 즐겁고, 구이(九夷)[4]와 팔만(八蠻)[5]의 곡(哭) 소리가 다르지만 모두 슬프다"라고 한 것은 무슨 까닭인가? 슬픔과 즐거움의 감정이 같기 때문이다. 그런데 군자가 이들의 노래와 곡 소리를 좋지 않게 여긴 것은 감정을 절제하여 예로 만

2 『春秋左氏傳』昭公 25년(3).「簡子曰 : "敢問, 何謂禮?" 對曰 : "吉也聞諸先大夫子産曰 : '…… 哀有哭泣, 樂有歌舞, 喜有施舍, 怒有戰鬪, …… 哀樂不失, 乃能協于天地之性, 是以長久"【조간자(趙簡子)가 "감히 묻습니다. 무엇을 예라고 이르는 것입니까" 하니, 길이 답하였다. "제가 선대부(先大夫) 자산(子産)에게 들으니, '…… 슬프면 흐느껴 울고 즐거우면 노래하고 춤추며, 기쁘면 혜택을 베풀게 되고 노하면 다투는데 …… 슬픔과 즐거움이 예를 잃지 않아야 천지의 본성과 화합하여 오래갈 수 있다'고 했습니다."】」

3 『爾雅』釋詁 1-143.「鬱陶·繇, 喜也」

4 구이(九夷) : 중국에서 동방에 있는 아홉 이민족(異民族)을 가리키는 말이다.

5 팔만(八蠻) : 중국에서 남방의 여덟 이민족을 가리키는 말이다.

들지 못하여 융적(戎狄)의 도를 면(免)하지 못했기 때문이다.

2-2. 知悼子卒, 未葬, 平公飮酒. 師曠·李調侍, 鼓鐘. 杜蕢自外來, 聞鐘聲. 曰：“安在?” 曰：“在寢.” 杜蕢入寢, 歷階而升, 酌曰：“曠! 飮斯.” 又酌曰：“調! 飮斯.” 又酌, 堂上北面坐, 飮之, 降趨而出.

平公呼而進之 曰：“蕢! 曩者, 爾心或開予. 是以不與爾言, 爾飮曠何也?” 曰：“子卯不樂. 知悼子在堂, 斯其爲子卯也, 大矣. 曠也大師也, 不以詔, 是以飮之也.” “爾飮調何也?” 曰：“調也君之褻臣也, 爲一飮一食, 忘君之疾, 是以飮之也.” “爾飮何也?” 曰：“蕢也宰夫也, 非刀⁶匕是共, 又敢與知防, 是以飮之也.” 平公曰：“寡人亦有過焉, 酌而飮寡人.” 杜蕢洗而揚觶. 公謂侍者曰：“如我死, 則必毋廢斯爵也.” 至于今, 旣畢獻, 斯揚觶, 謂之杜擧.

지도자(知悼子)[7]가 죽어 아직 장례도 지내지 않았는데 평공(平公)이 술을 마시니, 사광(師曠)과 이조(李調)가 모시고 음악을 연주했다[鼓鐘]. 두궤(杜蕢)가 밖에서 오다가 음악소리를 듣고 “어디서 나는 소리인가?”라고 물으니, 누군가 “임금의 연침(燕寢)[8]에서 들립니다”라고 답했다.

두궤가 연침에 들어가 계단을 뛰어 올라가서 술을 따르며“광아, 마셔라”라고 말하고, 또 술을 따르며 “조야, 마셔라”라고 말하였다. 또 술을 따라 당(堂)에 올라 북쪽을 향해 앉아서 마신 뒤, 내려와 성큼성큼 걸어 밖으로 나갔다.

평공이 불러서 앞으로 오게 하고는 물었다.

“궤야, 아까는 네가 혹 나를 일깨워주려는 것 같았다. 그래서 네가 하는 대로 내버려두고 잠자코 있었다. 네가 광에게 술을 먹인 이유가 무엇이냐?”

---

6   대본에는 ‘力’으로 되어 있으나, 사고전서 『樂書』에 의거하여 ‘刀’로 바로잡았다.

7   지도자(知悼子)：진(晉)나라 대부로 이름은 앵(罃)이다.

8   연침(燕寢)：임금이 쉬는 궁전을 말한다.

"자묘(子卯)[9]에는 음악을 연주하지 않습니다. 지도자의 시신이 빈소(殯所)에 있으니, 큰 흉사(凶事)입니다. 그런데 사광은 태사(大師)이면서도, 임금님께 간하여 알리지 않았으므로 술을 마시게 한 것입니다."

"네가 조에게 술을 먹인 이유는 무엇이냐?"

"조는 임금님의 가까운 신하로서, 마시고 먹는 일에만 관심을 갖고 임금님의 잘못[10]을 잊었으므로 술을 마시게 했습니다."

"너는 왜 술을 마셨느냐?"

"저는 요리를 담당하는 재부(宰夫)인데 주방 일을 하지 않고, 주제넘게 감히 임금님의 잘못을 방지하는 일에 간섭했으므로 술을 마셨습니다."

평공이 "과인에게도 과실이 있으니 술을 따라 과인에게도 벌주(罰酒)를 마시게 하라"라고 말하니, 두궤가 잔(觶)을 닦아서 올렸다. 평공이 시자(侍者)에게 이르기를, "내가 죽더라도 이 술잔을 절대 없애지 말라"라고 했다.

지금까지도 진나라에서는 연례(燕禮)를 마치고, 이 잔을 들고서는 두거(杜擧)라고 일컫는다.[11]

周官大司樂, 凡諸侯薨, 令去樂, 大臣死, 令弛縣. 故叔弓卒, 魯昭公去樂卒祭. 君子善之. 仲遂卒, 宣公萬入猶繹, 君子非之. 然則知悼子之未葬, 斯其爲子卯大矣, 如之何鼓鐘而燕樂乎? 此杜蕢所以升酌而譏之也. 古者以晉鼓鼓金奏, 燕禮賓入門而金奏肆夏, 則平公飮酒, 而至於鼓鐘, 豈非鼓金奏邪?

今夫爲人臣者, 患於不忠, 忠而患於不勇, 爲人君者, 患於不智, 智而患於不義, 則杜蕢所存者, 忠也, 所敢爲者, 勇也, 平公之知悔者, 智也,

---

9　자묘(子卯) : 불길한 날을 뜻한다.
10　임금은 경대부의 상(喪)에 장례 때까지 고기를 먹지 않고 졸곡(卒哭) 때까지 음악을 연주하지 않는 것이 예이다.
11　『禮記』檀弓下 4-31.

不掩善者, 義也. 非杜蕡之忠勇, 不能改平公之過於當時, 非平公之智義, 不能彰杜蕡之善於後世. 左傳謂 : "杜蕡責樂工以不聰, 責嬖叔以不明, 責己以不善." 味其傳聞, 雖不同, 其實一也.

鄭司農以爲 : "五行, 子卯自刑." 翼奉亦曰 : "貪狼必待陰賊而後動, 陰賊必待貪狼而後用, 二[12]陰並行. 是以王者忌子卯是也." 鄭康成曰 : [13] "紂以甲子死, 桀以乙卯亡, 失之矣. 昔魏道武, 以甲子討賀麟, 晁崇曰 : '紂以甲子死, 兵家忌之.' 道武曰 '周武, 不以甲子勝乎?' 是後世之所忌子卯者, 不爲桀紂也."

주관(周官)의 대사악(大司樂)은 제후가 죽으면 악기를 철거하게 하고, 대신이 죽으면 종(鐘)·경(磬)을 풀어놓게 하였다.[14] 그러므로 숙궁(叔弓)이 죽자 노나라 소공(昭公)이 음악을 철거하고 제사를 마치니 군자가 훌륭하게 여겼고,[15] 중수(仲遂)[16]가 죽었는데 선공(宣公)이 《만무(萬舞)》[17]를 추게 하고 역제(繹祭)[18]를 지내니 군자가 비난했다.[19] 지도자(知悼子)를 장사지내기 전은 슬픔이 큰데, 어떻게 음악을 연주하여 즐길 수 있는가? 이 때문에 두궤가 당(堂)에 올라가서 벌주(罰酒)를 따르며 비난한 것이다.

옛날에 "진고(晉鼓)를 두드려 금주(金奏)[20]를 이끈다"[21]라고 했고, 「연례(燕禮)」에 "빈(賓)이 문에 들어오면 금주로 《사하(肆夏)》를 연주한다"[22]라

---

12 대본에는 '一'로 되어 있으나, 사고전서 『樂書』에 의거하여 '二'로 바로잡았다.
13 대본에는 없으나, 사고전서 『樂書』에 의거하여 '曰'을 보충했다.
14 『周禮』春官 / 大司樂 3.
15 『春秋左氏傳』昭公 15년(1)
16 중수(仲遂) : 노나라 장공(莊公)의 아들인 동문양중(東門襄仲)을 말한다.
17 만무(萬舞) : 방패와 도끼를 잡고서 추는 춤.
18 역제(繹祭) : 정제(正祭)를 지낸 다음날 지내는 제사.
19 『春秋左氏傳』宣公 8년(2).
20 금주(金奏) : 글자 그대로 풀이하면 종(鐘)이나 박(鎛)과 같은 금부(金部) 악기를 연주하는 것이다. 그러나 『樂書』 52-1에 따르면 종은 항상 경(磬)과 같이 연주하므로 금주(金奏)에는 금부의 악기뿐 아니라 돌로 만든 경도 포함된다고 한다. 따라서 '금부악기를 연주하는 것'이라고 번역할 경우 금부의 악기만을 한정지어 생각할 수 있으므로 '金奏'라는 말을 그대로 살렸다.
21 『周禮』地官 / 鼓人 0.

고 했으니, 평공이 술을 마실 때 '음악을 연주했다[鼓鐘]'는 것은 북을 쳐서 금주를 이끈 것이 아니겠는가?

대체로 신하된 자는 충성스럽지 못하거나, 충성스럽지만 용기가 없는 것이 걱정거리이며, 임금된 자는 지혜롭지 못하거나, 지혜롭지만 의롭지 못한 것이 걱정거리이다. 그런데 두궤에게 있는 것은 충성이며, 과감하게 행동한 것은 용기이다. 평공이 뉘우칠 줄 아는 것은 지혜이며, 선(善)을 덮어두지 않는 것은 의리이다. 두궤의 충성과 용기가 아니었으면 평공의 과실을 당시에 고칠 수 없었을 것이고, 평공의 지혜와 의리가 아니었으면 두궤의 선(善)을 후세에 드러낼 수 없었을 것이다.

『춘추좌씨전』에 "두궤가 악공이 총명하지 못함을 책망하고, 폐숙(嬖叔 : 李調)이 명철하지 못함을 책망하고, 자신이 선(善)하지 못함을 책망했다"[23]라고 기록하였다. 이를 음미하면, 「단궁하(檀弓下)」와 꼭 같지는 않으나 실은 같은 이야기이다.

정사농(鄭司農)[24]은 "오행(五行)에 있어서 자(子)와 묘(卯)는 스스로 형벌을 내린다"라고 했고, 익봉(翼奉)[25]도 "탐욕스런 이리[貪狼 : 子]는 반드시 음험한 적[陰賊 : 卯]을 기다린 뒤에야 움직이고, 음험한 적은 반드시 탐욕스런 이리를 기다린 뒤에야 작용하니, 이음(二陰)이 아울러 행해진다. 임금이 자묘일을 꺼리는 것은 이때문이다"라고 하였다. 정강성(鄭康成)[26]은

22　『儀禮』燕禮 6-31.

23　『春秋左氏傳』昭公 9년(5). 진나라 순영(荀盈)이 제나라에 가서 아내를 맞이하여 돌아왔는데, 6월에 희양(戱陽)에서 세상을 떠났다. 강(絳)에 빈소를 차려 아직 장사를 지내지 않고 있는데, 진후(晉侯)가 술을 마시며 음악을 즐겼다. 이에 선재(膳宰)인 도괴(屠蒯)가 들어와 악공과 폐숙 및 자신을 책망하였다. 이 말을 들은 임금은 기뻐하며 바로 술자리를 치우게 했다.

24　정사농(鄭司農) : ?~83. 후한(後漢)의 학자인 정중(鄭衆). 자(字)는 중사(仲師)이다. 사농(司農)이라는 관직을 역임하였으므로 정사농으로 불린 것이다. 정현(鄭玄)보다 시기가 앞서므로 선정(先鄭)으로도 불린다.

25　익봉(翼奉) : 서한(西漢) 사람으로 자는 소군(小君)이다. 역학과 음양점괘에 능숙했다.

26　정강성(鄭康成) : 127~200. 후한(後漢)의 학자인 정현(鄭玄). 강성은 그의 자(字)이다. 경학대사(經學大師)라는 별호가 있다. 『毛詩箋』『周禮』『儀禮』『禮記』의 주(注)가 전

"자묘(子卯)를 꺼리는 것을 주왕(紂王)[27]이 갑자일에 죽었고 걸왕(桀王)이 을묘일에 망했기 때문이라고 말하는 것은 잘못이다. 옛날에 위(魏) 도무제(道武帝)가 갑자일에 하린(賀麟)을 치려할 때 조숭(晁崇)이 '주왕이 갑자일에 죽었으므로 병가(兵家)에서 이날을 꺼린다'라고 간하자, 위도무가 '그렇지만 주나라 무왕은 갑자일에 이기지 않았느냐?'라며 반박하였다. 이후로 세상에서 자묘일을 꺼리던 사람들이 걸왕과 주왕을 핑계대지 않게 되었다"라고 하였다.

2-3. 仲遂卒於垂, 壬午猶繹, 萬入去籥. 仲尼曰 : "非禮也. 卿卒不繹."

중수(仲遂)가 수(垂)[28]에서 죽으니, 노나라 임금이 그 다음날인 임오일(壬午日)에 역제(繹祭)를 지내면서《만무(萬舞)》만 추게 하고《약무(籥舞)》[29]는 제거했다.[30] 이에 대해 중니(공자)는 "이는 예가 아니다. 경(卿)이 죽으면 역제를 지내지 않는 것이다"라고 말하였다.[31]

爾雅曰 : "繹又祭也, 周曰繹, 商曰肜, 夏曰復胙." 古者復祭, 必賜胙焉. 夏禮尚質, 故以復胙名之. 肜有飾物之文. 商禮浸文, 故以肜日名之, 商書高宗肜日是也. 繹有端緒之義, 周禮則極文矣. 故以繹其義名之, 周頌絲衣繹賓尸是也.

한다.
27 주왕(紂王) : 포악한 정치를 하여 백성의 원망을 샀으며, 목야의 전투에서 무왕에게 패한 은나라의 마지막 임금이다.
28 수(垂) : 제나라의 지명이다.
29 약(籥) : 죽부(竹部) 관악기에 속하는 아악기(雅樂器)이다. 고대의 약은 갈대로 만들었기 때문에 위약(葦籥)이라고도 하였으나, 지금은 대(竹)로 만든다.〈그림 1-4 참조〉
30 《만무》는 방패를 잡고서 추는 춤이고,《약무》는 약(籥 : 피리의 종류)을 불면서 추는 춤이다. 역제를 지낼 때 중수가 죽었으므로 소리가 나지 않는《만무》만 쓴 것이라고 한다.〈『禮記集說大全』檀弓下 4-39의 陳澔 集說〉
31 『禮記』檀弓下 4-39.

春秋宣公³²八年辛巳, 有事於太廟, 仲遂卒於垂. 壬午猶繹, 萬入去籥. 蓋祭吉禮, 臣卒凶禮也, 固不可以同日. 故宣公有事於太廟, 仲遂卒於垂, 則壬午繹祭可已, 而不已, 且萬入去籥而卒事, 無乃戾於周官弛縣之意歟? 古者君之於臣, 疾必問, 卒必弔, 比葬不食肉, 比卒哭不擧樂, 比祭而聞其卒. 如之何不輟吉禮之祭而去樂乎? 此孔子所以謂之非禮, 而有卿卒不繹之說也. 以春秋之法繩之, 宣公難免乎當世之誅矣.

傳曰 : "萬者何? 干³³舞也." 說者謂 : "武王以萬人定天下, 故其舞謂之萬舞." 然則商頌嘗謂 : "庸鼓有斁³⁴, 萬舞有奕." 孰謂萬舞始於武王耶?

『이아』에 "역(繹)은 또 제사를 지내는 것이니, 이를 주나라에서는 역(繹)이라 하고, 상나라에서는 융(肜)이라 하며, 하나라에서는 복조(復胙)라고 한다"³⁵라고 했다. 옛날에 본 제사 다음날 또 제사를 더 지내고 반드시 조(胙 : 제사지낸 고기)를 하사했다. 하(夏)나라 예는 질박함을 숭상했으므로 더 지내는 제사를 복조라고 이름 지었다. 융(肜)에는 물건을 아름답게 꾸민다는 문채의 뜻이 있다. 상(商)나라 예는 점차 문채를 내기 시작했으므로 더 지내는 제사를 융일(肜日)이라 이름 지었으니, 「상서(商書)」의 '고종융일(高宗肜日)'³⁶이 이것이다. 역(繹)에는 실마리라는 뜻이 있다. 주(周)나라 예는 문채를 지극하게 했으므로 더 지내는 제사를 역(繹)이라 이름 지었으니, 「주송(周頌)」에 '《사의(絲衣)》는 시(尸)에게 역빈(繹賓)³⁷하는 시(詩)이다'³⁸라고 한 것이 이것이다.

---

32 대본에는 없으나, 문맥상 '公'을 보충하였다.
33 대본에는 'エ'으로 되어 있으나, 『春秋公羊傳』에 의거하여 '干'으로 바로잡았다.
34 대본에는 '繹'을 되어 있으나, 『詩經』에 의거하여 '斁'으로 바로잡았다.
35 『爾雅』釋天 8-41.
36 『書經』商書의 제15편의 이름이 '高宗肜日'이다. 고종이 융제(肜祭)를 지내던 날에 꿩이 우는 이변(異變)이 있었으므로 조기(祖己)가 왕을 훈계했는데, 사관(史官)이 이것을 편명(篇名)으로 삼은 것이다.
37 역빈(繹賓) : 본 제사 외에 더 지내는 제사 이름. 제왕은 역(繹)이라 하여 본 제사 다음날 지내고, 경대부는 빈(賓)이라 하여 본 제사를 지낸 당일에 지낸다.

『춘추』선공(宣公) 8년 신사일(辛巳日)에 태묘에서 제사지냈는데, 이날 중수(仲遂)가 수(垂)에서 죽었다. 경(卿)이 죽었으므로 선공은 다음날인 임오일에 역제를 지내면서,《만무(萬舞)》를 추게 하고《약무(籥舞)》만 제거했다. 일반적으로 제사는 길례(吉禮)이고 신하의 죽음은 흉례(凶禮)이니, 같은 날 함께 행해서는 안 된다. 따라서 선공이 태묘에서 제사를 지낼 때 중수가 수에서 죽었으니, 임오일의 역제는 중지해야 마땅했다. 그러나 중지하지 않고,《약무》만 제거하고《만무》를 추게 하며 제사를 마쳤으니,『주례』의 "흉사(凶事)에 종과 경을 풀어 놓는다"[39]라는 뜻에 어긋나지 않겠는가?

옛날에는 임금이 신하에 대하여 질병이 있으면 반드시 문병하고, 죽으면 반드시 조상(弔喪)하며, 장례 때까지 고기를 먹지 않았고, 졸곡(卒哭) 때까지 악을 듣지 않았으며, 제사 때까지 이를 잘 지켰다는 말이 들리도록 했다. 그런데 선공은 어찌하여 길례의 제사를 중지하지 않고 악기를 철거하지 않았는가? 이 때문에 공자가 "이는 예(禮)가 아니다. 경(卿)이 죽으면 역제를 지내지 않는 것이다"라고 말한 것이다. 춘추의 법으로 판단한다면, 선공은 그 시대 사람들의 비난을 면하기 어렵다.

전(傳)에 "《만무》는 무엇인가? 방패를 들고 추는 춤이다"[40]라고 하였다. "무왕이 만인(萬人)으로 천하를 평정하였으므로, 그 춤을《만무》라고 한다"라고 설명하는 자도 있지만, 상송(商頌)에 이미 "용(庸)[41]과 북이 성하게 울려 퍼지며《만무》가 질서정연하도다"[42]라고 하였으니, 어느 누가 '무왕 때부터《만무》가 시작되었다'고 말할 수 있겠는가?

---

38 『詩經』周頌 / 絲衣, 毛序.
39 『周禮』春官 / 大司樂 3.
40 『春秋公羊傳』宣公 8년(5).
41 용(庸) : 용(庸)은 용(鏞)과 통하며, 큰 종이란 뜻이다.
42 『詩經』商頌 / 那. 那는 탕왕을 제사지내는 시이다.

왕제(王制)

2-4. 天子五年一巡守. 命典禮考時月, 定日, 同律禮樂制度衣服, 正之. 變禮易樂者, 爲不從. 不從者, 君流.

천자는 5년에 한 번씩 순수(巡守)[43]한다. 전례(典禮)에게 명하여 사시(四時)와 달[月]을 상고하게 하여 날짜를 정하고, 법률·예악·제도·의복을 통일하여 바로잡는다. 예를 변경하고 악을 바꾸는 것은 부종죄(不從罪)로 다스린다. 순종하지 않은 제후는 유배보낸다.[44]

天下有道, 禮樂自天子出, 天下無道, 禮樂自諸侯出. 故天子巡諸侯所守, 考時月定日, 所以和天道於上. 正同律禮樂制度衣服, 所以齊人道於下. 諸侯之於邦國, 一有襲禮沿樂, 而君爲之加地進律, 一有變禮易樂, 而君流之於四裔. 然則禮樂之權, 有不管於一人者乎? 故賜諸侯樂, 則以柷將之, 賜伯子男樂, 則以鼗將之. 四時始於春, 天道兆於北. 春爲四時之長, 而柷之爲樂, 春分之音也. 北爲四方之兆, 而鼗之爲樂, 冬至之音也. 柷先衆樂, 有兄之道焉, 諸侯之於伯子男則兄道也. 故天子賜之樂, 而以柷 將之. 伯子男之於諸侯, 則於五等爲之兆而已. 故天子賜之樂, 而以鼗將之. 柷則三擊而止, 鼗則九奏乃成, 豈非名位不同, 樂亦異數邪?

記曰 : "德盛而教尊者, 賞之以樂." 傳曰 : "能使民和樂者, 賜以樂." 然則, 賜樂必有以將之與! 獻車馬者執策綏以將之[45], 獻甲者執胄以將之, 同意. 言諸侯伯子男而不及公者, 擧卑以見尊也, 與書擧六宗, 以見

---

43 순수(巡守) : 천자가 제후의 나라를 순회(巡廻)하며 시찰하는 것이다.
44 『禮記』 王制 5-21, 22.
45 대본에는 '執策綏之'로 되어 있으나, 사고전서 『樂書』에 의거하여 '執策綏以將之'로 바로잡았다.

太祖同意. 賜樂不稱王, 而稱天子者, 以柔克待之也, 與覲禮稱天子同
意. 羲兆在上, 與磬[46]聲在上, 同意, 鞀兆在右, 與韶音在左, 同意. 虞書
: "下管羲鼓, 合止柷敔." 周官 : "小師掌教羲鼓柷敔." 是羲之與鼓‧柷
之與敔, 未有獨用者也. 然此言柷不言敔, 以敔[47]非以先之故也, 言羲不
言鼓, 以鼓非兆奏故也.

천하에 도(道)가 있으면 예악이 천자로부터 나오고, 천하에 도가 없으
면 예악이 제후로부터 나온다.[48] 그러므로 천자가 제후들의 영토를 순행
하는 것이다. 사시(四時)와 달을 상고하여 날짜를 정하는 것은 위에서 천
도(天道)를 조화롭게 하는 것이고, 법률‧예악‧제도‧의복을 통일하는
것은 아래에서 인도(人道)를 가지런히 하는 것이다.

제후가 나라를 다스리면서 천자가 정한 예를 계승하고 악을 따르면
그에게 영지를 넓혀주고 작위를 올려주었으나, 만약 예를 변경하고 악을
바꾸면 그를 먼 지역으로 유배보냈다. 이렇게 하면 예악의 권한이 천자
한 사람에 의해 주관되지 않겠는가?

제후에게 악을 하사할 때는 사자(使者)가 축(柷)[49]을 들고 명(命)을 전하
고, 백작‧자작‧남작에게 악을 하사할 때는 사자가 도(羲)[50]를 들고 명
(命)을 전했다.[51] 사계절은 봄에서 시작되고 천도(天道)는 북쪽에서 시작된
다.[52] 봄은 사계절의 으뜸인데, 축이란 악기는 춘분의 음(音)이다.[53] 북쪽

---

46 대본에는 '磬'으로 되어 있으나, 문맥상 '聲'으로 바로잡았다.
47 대본에는 없으나, 사고전서 『樂書』에 의거하여 '以敔'를 첨가했다.
48 천하에~나온다 : 『論語』季氏 16-2.
49 축(柷) : 궤짝 모양의 나무로 만든 타악기의 하나로 윗면 중앙에 둥근 구멍이 뚫려
    있고, 나무로 된 몽치로 그 밑바닥을 내리쳐서 소리를 낸다.〈그림 1-5 참조〉
50 도(羲) : 타원형의 작은북을 긴 나무자루에 꿰뚫어 단 것으로, 나무로 된 북통에 고리
    를 두개 박고 그 고리에 가죽끈을 달았다. 이 나무자루를 땅에 세우고 좌우로 나무
    자루를 돌리면 북통 고리에 달린 가죽끈이 북면을 때려서 소리를 낸다.〈그림 1-6 참
    조〉
51 제후에게~전했다 : 『禮記』王制 5-24.
52 11월의 동지부터 양기가 싹트기 시작하여 점차 낮이 길어지므로, 천도는 북쪽에서
    시작된다고 한 것이다. 동지의 방위는 북쪽, 춘분은 동쪽, 하지는 남쪽, 추분은 서쪽

은 사방의 출발점인데,[54] 도(鼗)란 악기는 동지의 음(音)이다.[55] 축이 다른 어떤 악기보다 먼저 시작하는 것은 형(兄)의 도(道)가 있기 때문인데,[56] 제후는 백작·자작·남작에 대해 형의 도(道)가 있다. 따라서 천자가 음악을 하사할 때 사자(使者)가 축을 들고 명(命)을 전했다. 백작·자작·남작은 제후에 대해서 5등의 작위(爵位)[57] 중 아랫 등급이다. 그러므로 천자가 음악을 하사할 때 사자(使者)가 도(鼗)를 들고 명(命)을 전했다.

축은 3번을 치고 그치며, 도는 9번 연주하여 마치니, 어찌 명칭과 지위가 다르면 악(樂)도 수(數)를 달리 하는 것이 아니겠는가?

『예기』에 "덕이 성대하고 가르침이 높은 자에게 악으로 상을 준다"[58]라고 했고, 전(傳)에 "백성을 화락(和樂)하게 한 자에게 악을 하사한다"[59]라고 했다. 그렇다면 악을 하사할 때 반드시 명(命)을 전하는 체제가 있었을 것이다. 이는 수레와 말을 바치는 자는 채찍과 수레 손잡이 줄을 잡고서 전하고, 갑옷을 바치는 자는 투구를 잡고서 전하는 것과 같은 뜻이다.[60] 제후·백작·자작·남작을 말하고 공작을 언급하지 않은 것은 낮은 것을 들어서 높은 것을 보인 것이니, 『서경』에서 육종(六宗)[61]을 들

에 해당한다.

53 『樂書』 권106의 팔음도(八音圖)에서는 진양이 '대[竹]는 춘분(春分)에, 나무[木]는 입하(立夏)에 배합된다'라고 했는데, 여기(樂書 2-4)에서는 나무로 만든 축을 춘분의 음(音)이라 하여 미심쩍다. 여기서 음(音)은 악기를 뜻한다.

54 북쪽은 오행으로는 물[水]에 해당하고 절후로는 동지에 해당하는데, 물은 모든 생명의 원천이 되고, 동지는 양기(陽氣)가 처음 싹트는 때이다.

55 『樂書』 권106의 팔음도(八音圖)에 따르면 도(鼗)를 만드는 가죽[革]은 동지에 배합된다.

56 '柷'이란 글자는 '木+兄'으로 되어 있다.

57 공작(公爵)·후작(侯爵)·백작(伯爵)·자작(子爵)·남작(男爵)이다. 『禮記』 王制 5-1에 따르면, 천자의 영토는 사방이 천리, 공후의 영토는 사방이 백리, 백(伯)은 사방이 70리, 자(子)와 남(男)은 사방이 50리이다.

58 『禮記』 樂記 19-8.

59 『白虎通義』(漢 班固 撰) 제20편 考黜.

60 수레와 말은 너무 크므로 뜰에 둔 채 채찍과 수레 손잡이 줄만 가지고 가서 전달하고, 갑옷도 너무 무거우므로 뜰에 둔 채 투구만 가지고 가서 전달한다.

61 『書經』 虞書 / 舜典 2. 「肆類于上帝, 禋于六宗, 望于山川, 徧于群神【드디어 상제(上

어서 태조를 보인 것과 같은 뜻이다.

악을 하사할 때 왕이라고 일컫지 않고 천자라고 일컬은 것은 유극(柔克)[62]으로 대우하는 것이니, 제후들이 알현하는 예에서 천자라고 일컬은 것과 같은 뜻이다.

도(鼗)라는 글자에서 '조(兆)'가 위에 있는 것은 소(聲)에서 '성(聲)'이 위에 있는 것과 같은 뜻이고, 도(鞉)라는 글자에서 '조(兆)'가 오른쪽에 있는 것은 소(韶)에서 '음(音)'이 왼쪽에 있는 것과 같은 뜻이다.

「우서(虞書)」에 "당하에서 관(管)[63]·도(鼗)·고(鼓)를 연주하는데, 음악을 시작하고 그치는 것은 축(柷)과 어(敔)[64]로 한다"[65]라고 하고, 『주례』에 "소사(小師)는 도·고와 축·어를 가르치는 것을 관장한다"[66]라고 하였으니, 도와 고, 축과 어는 각각 홀로 쓰이지 않는다. 그런데 여기에서[67] 축만을 말하고 어를 언급하지 않은 이유는 어는 다른 악기보다 먼저 치는 악기가 아니기 때문이고, 도(鼗)만을 말하고 고(鼓)를 언급하지 않은 이유

帝)에게 유제사(類祭祀)를 지내며 육종(六宗)에게 인제사(禋祭祀)를 지내며 산천에 망제사(望祭祀)를 지내며 여러 신에게 두루 제사하였다.】 채침(蔡沈)은 육종을 다음과 같이 설명하고 있다. "종(宗)은 높임이니, 높여 제사하는 것이 여섯 가지가 있다. 제법(祭法)에 이르기를 '소뢰(少牢)를 태소(泰昭)에 묻음은 사시(四時)를 제사함이요, 감단(坎壇)에 기도함은 한서(寒暑)에 제사함이요, 왕궁(王宮)에 기도함은 해에 제사함이요, 야명(夜明)에 기도함은 달에 제사함이요, 유종(幽宗)에 기도함은 별에 제사함이요, 우종(雩宗)에 기도함은 수한(水旱)에 제사함이다'라고 하였다."

62 유극(柔克) : 부드러움으로 다스림. 『書經』周書/洪範 7에 강하여 순하지 않은 자는 강(剛)으로 다스리고, 화(和)하여 순한 자는 유(柔)로 다스린다고 하였다.

63 '筦'은 2개의 관대를 붙여서 만든 '관(管)'이란 특정 악기를 뜻하기도 하고 입김을 불어서 내는 관악기를 통칭하기도 한다. 당하악(堂下樂)은 관악기 위주로 편성되므로, '下筦'에서 '筦'은 문맥상 관악기로 풀이하는 것이 합당할 것 같으나, 진양의 설을 따라 특정 악기를 뜻하는 '관'으로 번역하였다.〈『樂書』42-2〉

64 어(敔) : 목부(木部) 타악기에 속하는 아악기. 엎드린 호랑이의 모양으로 나무를 깎아 그 등에 27개의 톱니를 세운 것이다.〈그림 1-7 참조〉

65 『書經』虞書 益稷 2.

66 『周禮』春官 / 小師 0.

67 진양이 해설하면서 인용한 『禮記』王制 5-24 「天子賜諸侯樂, 則以柷將之, 賜伯子男樂, 則以鼗將之.」를 뜻한다.

는 고(鼓)는 조짐을 보이기 위해 연주하는 악기가 아니기 때문이다

2-5. 三年耕, 必有一年之食, 九年耕, 必有三年之食. 以三十年之
通, 雖有凶旱水溢, 民無菜色. 然後天子食日擧以樂.

3년간 농사지으면 반드시 1년 동안 먹을 양식을 비축해야 하고, 9년
간 농사를 지으면 반드시 3년 동안 먹을 양식을 비축해야 한다. 이렇게
30년을 지내면 가뭄과 홍수가 닥치더라도 백성들이 굶주려 얼굴이 누렇
게 뜰 일이 없다. 이런 뒤에야 천자는 날마다 음악을 들으며 성찬(盛饌)[68]
을 먹을 수 있다.[69]

古者天子大喪大荒大札則不擧, 天地有災, 邦有大故則不擧. 至於荒
政則蕃樂, 大凶則弛縣. 然則以三十年之通, 雖有凶旱水溢, 民無菜色.
然後天子食日擧以樂, 豈不宜哉? 蓋天子能承順天地, 和理神人, 使無
災害變故, 然後可以饗備味, 聽備樂. 故饋用六穀, 膳用六牲, 飮用六
淸, 珍用八物, 羞百有二十品, 醬百有二十器, 齊醯六十物, 鼎十有二
物. 其擧備味如此, 則侑以備樂可知.

豈非王者憂以天下, 樂以天下之意乎? 膳夫: "嘗食[70]王乃食, 卒食以
樂徹於造", 大司樂: "王大食, 皆令奏鐘鼓" 夫以天子一飮食之際, 未嘗
不關天下憂樂, 與夫獨樂而不與民同者, 豈不有間歟?

옛날에 천자는 대상(大喪)·대황(大荒: 큰 흉년)·대찰(大札: 큰 전염병)이
있으면 성찬(盛饌)을 먹지 않고, 천지에 재앙이 있거나 나라에 큰 사고가
있으면 또한 성찬을 먹지 않았다.[71] 황정(荒政)[72]을 펼 때에도 악기를 간

---

68 희생을 잡아 성찬(盛饌)을 마련하는 것을 '擧'라 한다.(『禮記集說大全』 5-29의 陳澔
    集說)
69 『禮記』 王制 5-29.
70 대본에는 없으나, 『周禮』에 의거하여 '嘗食'을 보충하였다.
71 옛날에~않았다.: 『周禮』 天官 膳夫 0.
72 황정(荒政): 흉년에 백성을 구제하는 정치.

무리해두고 음악을 연주하지 않았으며,[73] 심한 흉작(凶作)일 때도 매달았던 악기를 풀어놓았으니,[74] 이렇게 30년을 지내면 가뭄과 홍수가 닥칠지라도 백성들이 굶주려 얼굴이 누렇게 뜰 일이 없다. 이런 뒤에 천자가 매일 음악을 들으며 성찬(盛饌)을 먹는다면, 어찌 마땅치 않겠는가?

천자는 천지의 도(道)를 받들어 신(神)과 화합하고 사람을 다스려 재해와 변고를 없게 한 뒤에 풍성한 음식과 성대한 음악을 누릴 수 있다. 그러므로 주식[饋]으로 육곡(六穀)[75]을 쓰고 희생으로 육생(六牲)[76]을 쓰고, 음료(飮料)로 육청(六淸)[77]을 쓰고 진미(珍味)로 팔물(八物)[78]을 써서, 음식이 120종류가 되고, 장(醬)이 120그릇이나 되고, 맛을 내는 젓갈이 60물(物)이나 되고, 정(鼎)[79]이 12물(物)이나 되었다.[80] 성찬에 풍성한 음식이 이와 같았으니 성대한 음악으로 식사를 권유했으리라는 것을 알 수 있다.

어찌 '왕은 온 천하와 함께 근심하고 온 천하와 함께 즐거워한다'[81]는 뜻이 아니겠는가? 『주례』에 "선부(膳夫)가 먼저 맛을 본 뒤에 왕이 식사를 한다. 식사를 마치면 음악이 연주되는 가운데 음식상을 수라간으로 물린다"[82]라고 하고, "왕이 대식(大食)을 할 때 대사악(大司樂)이 종(鐘)・고(鼓)를 연주하게 한다"[83]라고 했다. 천자는 한끼의 음식을 먹을 때조차도

---

73 황정(荒政)을~않았으며:『周禮』地官 / 大司徒 10.
74 심한~풀어놓았으니:『周禮』春官 / 大司樂 3. 매달았던 악기를 풀어놓는다는 것은 실제로 종・경과 같은 악기를 풀어놓는 것이 아니라, 악기를 진설하긴 하나 연주하지 않는다는 것을 상징적으로 표현한 말이다.
75 육곡(六穀) : 대맥(大麥 : 보리)・소맥(小麥 : 밀)・서(黍 : 기장)・도(稻 : 벼)・양(粱 : 조)・직(稷 : 메기장, 일설에는 조 또는 수수).
76 육생(六牲) : 제사에 쓰는 여섯 가지 희생. 말・소・양・돼지・개・닭.
77 육청(六淸) : 수(水)・장(漿)・예(醴)・이(酏)・량(酉+京)・의(醫) 등 6종류의 마실 것.
78 팔물(八物) : 여덟 가지의 맛있는 음식.
79 정(鼎) : 음식을 끓이는 데 쓰거나 종묘에 비치하였던 보배로운 기물(器物).
80 주식[饋]으로~되었다:『周禮』天官 膳夫 0. 단『周禮』膳夫에는「齊醢六十物」이란 문구는 없다.
81 『孟子』梁惠王下 2-4.
82 『周禮』天官 / 膳夫 0.
83 『周禮』春官 / 大司樂 3.

온 천하와 함께 근심하고 즐거워했으니, 혼자만 즐기어 백성과 동고동락 (同苦同樂)하지 않는 자와는 어찌 다르지 않겠는가?

2-6. 樂正崇四術立四教, 順先王詩書禮樂以造士. 春秋敎以禮樂, 冬夏敎以詩書.

악정(樂正)은 『시(詩)』·『서(書)』·『예(禮)』·『악(樂)』의 사술(四術)을 숭상하고 사교(四敎)를 세워, 선왕의 『시』·『서』·『예』·『악』을 따라 조사(造士)[84]를 양성하는데, 봄과 가을에는 『예』·『악』을 가르치고 겨울 과 여름에는 『시』·『서』를 가르친다.[85]

樂工之所取正者, 小樂正也, 小樂正之所取正者, 大樂正也. 昔舜命 夔爲樂正, 則樂正之職, 二帝之世已然, 三王特因而循之而已. 蓋詩者 中聲之所止也, 說志者莫辨焉. 書者政事之紀也, 說事者莫辨焉. 禮之 敬文也, 說禮者莫辨焉. 樂之中和也, 說樂者莫辨焉. 崇之爲四術, 使士 有所尊, 立之爲四敎, 使士有所從.

順先王詩書禮樂以造士, 崇四術以造之也, 春秋敎以禮樂, 冬夏敎以 詩書, 立四敎以敎之也. 樂正之職有在於是, 豈非人君有樂育人材之意, 而樂正有以輔成之歟? 周官 大司樂掌成均之法以敎國子, 蓋本諸此 詩書禮樂謂之四術, 亦謂之四敎, 猶父子君臣夫婦長幼朋友謂之五典, 亦謂之五敎也.

然不言易與春秋者, 爲其非造士之具, 不可驟而語之故也. 孔子之於 易, 必待五十而後學, 游夏之於春秋, 雖一辭莫贊, 其意蓋可見矣. 荀卿

84　조사(造士) : 향대부(鄕大夫)가 향학(鄕學)의 사(士) 중에서 재덕(才德)이 뛰어난 자를 사도(司徒)에게 추천하고, 사도는 그들의 재주를 헤아려 향(鄕)과 수(遂)의 관리가 되게 하는데, 이들을 선사(選士)라 한다. 선사 중에서 재덕이 뛰어난 자를 국학(國 學)에 추천하는데, 이들을 준사(俊士)라 한다. 선사와 준사를 '재덕을 성취했다'는 뜻 으로 조사(造士)라 한다.〈『禮記集說大全』 王制 5-42의 陳澔 集說〉

85　『禮記』 王制 5-42.

欲隆禮樂殺詩書, 是不知崇四術之意也.

악공이 모범으로 삼는 자는 소악정(小樂正)이고, 소악정이 모범으로 삼는 자는 대악정(大樂正)이다. 옛날에 순임금이 기(夔)를 악정으로 삼은 사실로 미루어 악정이란 관직은 요순시대에 이미 있었으며, 삼왕(三王)[86]은 옛 제도를 따랐을 뿐이다.

『시(詩)』란 중성(中聲)이 깃든 것이니[87] 뜻을 말한 것이 이보다 더 분명한 것이 없고, 『서(書)』란 정사(政事)를 기록한 것이니[88] 일을 말한 것이 이보다 더 분명한 것이 없으며, 『예(禮)』란 공경히 문채낸 것이니[89] 예를 말한 것이 이보다 더 분명한 것이 없고, 『악(樂)』이란 중정(中正)하고 화평(和平)한 것이니[90] 악을 말한 것이 이보다 더 분명한 것이 없다. 따라서 이를 높여서 사술(四術)로 삼아 선비들로 하여금 존숭하게 하고, 이를 세워서 사교(四教)로 삼아 선비들로 하여금 따르게 한 것이다.

선왕의 『시』·『서』·『예』·『악』을 따라 조사(造士)를 양성하는 것이 사술을 숭상하여 양성하는 것이고, 봄과 가을에 『예』·『악』을 가르치고 겨울과 여름에 『시』·『서』를 가르치는 것이 사교를 세워 가르치는 것이다. 악정의 직무는 바로 여기에 있으니, 어찌 임금이 악(樂)으로 인재를 육성할 뜻을 지니면, 악정이 이를 도와 이루게 한 것이 아니겠는가? 주관(周官)의 대사악(大司樂)이 성균(成均)[91]의 법을 관장하여 국자(國子)[92]를 가르친 것[93]도 여기에 근본을 둔다.

---

86 삼왕(三王) : 하나라 우왕(禹王), 은나라 탕왕(湯王), 주나라의 문왕(文王)·무왕(武王).
87 시(詩)란~것이니 : 『荀子』 勸學 1-8.
88 서(書)란~것이니 : 『荀子』 勸學 1-8.
89 예(禮)란~것이니 : 『荀子』 勸學 1-8.
90 악(樂)이란~것이니 : 『荀子』 勸學 1-8.
91 성균(成均) : 조율하여 맞춘다는 뜻으로 어그러짐을 바로잡아 이루고 과불급(過不及)을 고르게 함을 의미한다.
92 국자(國子) : 왕족의 친척 또는 공경대부(公卿大夫)의 자제.
93 『周禮』 春官 / 大司樂 1.

『시』·『서』·『예』·『악』을 '사술'이라 하고, 또 '사교'라 한 것은 부자(父子)·군신(君臣)·부부(夫婦)·장유(長幼)·붕우(朋友)의 도리를 오전(五典)이라 하고 또 오교(五敎)라고 한 것과 같다.

『주역』과 『춘추』를 말하지 않은 이유는 사(士)를 양성하는 교재가 아니어서 갑자기 언급할 수 없기 때문이다. 공자도 50세가 되어서야 『주역』을 배웠고, 자유와 자하는 『춘추』에 대해 한마디 말도 하지 않았으니 그 뜻을 짐작할 수 있다. 그런데 순경(荀卿)[94]은 『예』·『악』을 높이고자 『시』·『서』를 낮추었으니,[95] 이는 사술을 숭상하는 의미를 알지 못한 것이다.

2-7. 凡入學以齒. 將出學, 小胥·大胥·小樂正, 簡不帥敎者, 以告於大樂正, 大樂正以告於王. 王命三公九卿大夫元士皆入學. 不變, 王親視學. 不變, 王三日不擧, 屛之遠方. 西方曰棘, 東方曰寄, 終身不齒.

입학은 나이순으로 한다. 국학(國學)을 졸업할 때에 소서(小胥)·대서

---

[94] 순경(荀卿) : B.C. 298?~B.C. 238? 이름은 황(況)이고, 순경(荀卿)은 존칭이다. 저서로 『순자』가 있다. 공자와 맹자는 모두 인의(仁義)와 도덕을 높이 평가했고, 공리(功利)와 욕망(欲望)의 추구에 대해 부정적인 태도를 취했으나, 순자는 이와 달리 이익과 편안함을 좋아하는 것을 인간의 자연 본성으로 보아 부정하지 않고, 다만 예의에 부합되게 욕망을 추구할 것을 주장했다.

[95] 『荀子』 勸學 1-10.「學之經, 莫速乎好其人, 隆禮次之. 上不能好其人, 下不能隆禮, 安特將學雜識志, 順詩書而已耳. 則末世窮年, 不免爲陋儒而已. 將原先王本仁義則禮正其經緯蹊徑也. …… 不道禮憲, 以詩書爲之, 譬之猶以指測河也. 以戈舂黍也, 以錐飡壺也, 不可以得之矣【학문의 방법은 스승이 될 만한 이를 좋아하는 것보다 빠른 길이 없으며, 예를 존중하는 것이 그 다음이다. 위로는 스승이 될 만한 이를 좋아하지 못하고 아래로는 예를 존중하지 못한다면, 다만 잡된 기록의 책이나 공부하고 『시경』과 『서경』을 따를 뿐일 것이니, 세상이 끝나고 나이가 다하도록 비루한 선비를 면치 못할 것이다. 선왕을 근원으로 삼고 인(仁)과 의(義)를 근본으로 삼으려 한다면, 예가 바른 지름길이 될 것이다. …… 예의 규범을 따르지 않고 『시경』과 『서경』만 따른다면, 그것은 마치 손가락으로 황하를 측량하거나 창으로 기장을 절구질하거나 송곳으로 병속의 밥을 먹으려는 것처럼 불가능한 일이다.】

(大胥)·소악정(小樂正)이 가르침을 따르지 않은 자를 가려서 대악정에게 보고하면, 대악정이 왕에게 보고한다. 왕은 삼공(三公)·구경(九卿)[96]·대부(大夫)·원사(元士)[97]에게 명하여 모두 입학시켜 학업을 다시 시켜 허물을 고치게 한다. 이렇게까지 했는데도 변하지 않으면 왕이 국학(國學)에 나아가 친히 살펴본다. 그래도 변하지 않으면 왕이 3일 동안 성찬(盛饌)을 먹지 않고, 먼 지방으로 내친다. 서쪽으로 내치는 것을 극(棘)이라 하고, 동쪽으로 내치는 것을 기(寄)라 하는데, 내쳐진 사람들을 평생토록 선비의 반열에 끼워주지 않는다.[98]

周官大胥掌學士之版, 以待致諸子. 春入學釋菜合舞, 秋頒學合聲. 小胥掌學士之徵令而比之, 觥其不敬者, 巡舞列而撻其怠慢者. 大胥待致以教之, 小胥觥撻以贊之, 則簡不帥教者, 小胥大胥預有力焉. 樂師掌國學之政以教國子, 凡樂官掌其政令, 聽其治訟, 則簡不帥教者, 小樂正亦預有力焉.

大司樂掌成均之法, 以治建國之學政. 凡王之事皆在所令焉, 則簡不帥教, 以告於大樂正者, 小胥·大胥·小樂正也, 以之告於王者, 大樂正也. 鄕簡不帥教者, 耆老皆朝於庠. 大樂正告不帥教者, 王命三公九卿大夫元士, 皆入學, 而王又親視學焉. 蓋重棄之也, 與周官鄕士遂士, 王命三公, 會其期同意. 王三日不擧, 與文王世子不擧爲之變同意. 蓋教之仁也, 簡不帥義也, 王親視學三日不擧仁也, 屏之遠方終身不齒義也.

주관(周官)의 대서(大胥)는 학사(學士)의 호적(戶籍)을 관장하여 제자(諸子)의 소집을 대비하였다. 봄에 제자가 국학(國學)에 들어오면 석채(釋菜)[99]를

---

96   구경(九卿): 총재(冢宰)·사도(司徒)·종백(宗伯)·사마(司馬)·사구(司寇)·사공(司空)·소사(少師)·소보(少保)·소부(少傅).

97   원사(元士): 주대(周代)에 천자의 사(士)를 이르던 말이다.

98   『禮記』王制 5-42.

99   석채(釋菜): 처음 입학할 때 선성(先聖)과 선사(先師)에게 올리던 제례로서, 제물(祭

지내고 합무(合舞)하며, 가을에 재능에 따라 배울 것을 나누고[100] 합성(合聲)하였다.[101] 소서(小胥)는 학사의 소집 명령을 관장하여 이들을 살펴서 제 시간에 오지 않는 자에게 벌주(罰酒)를 내리며 춤 대열을 순찰하여 태만한 자에게는 종아리를 쳤다.[102] 대서는 소집하여 가르치고, 소서는 태만한 자에게 벌주(罰酒)를 내리고 종아리를 쳐서 가르치는 것을 도왔으니, 가르침을 따르지 않은 자를 가리는 일에 소서와 대서가 관여했음이 분명하다.

악사(樂師)는 국학의 정(政)을 관장하여 국자(國子)를 가르치고, 악관(樂官)의 정령(政令)을 관장하고, 송사(訟事)의 처리를 살폈으니,[103] 가르침을 따르지 않은 자를 가리는 일에 소악정(小樂正)이 관여했음이 분명하다.

대사악(大司樂)은 성균(成均)의 법을 관장하여 나라를 세우는 학정(學政)을 다스렸다. 모든 왕사(王事)는 명하는 바에 있으니, 가르침을 따르지 않은 자를 가려서 대악정(大樂正)에게 보고하는 일은 소서 · 대서 · 소악정이 하고, 이를 왕에게 고하는 일은 대악정이 하였다.

향(鄕)에서는 가르침을 따르지 않은 자를 가려내면, 기로(耆老)들이 상(庠 : 학교 이름)에 모여서 이들의 허물을 고칠 방안을 논의하였다.[104] 국학

物)로 소나 양 따위의 희생을 생략하고 간략하게 나물 등을 쓴다.

100 주나라 때 중앙에는 벽옹(辟雍), 남쪽에는 성균(成均), 북쪽에는 상상(上庠), 동쪽에는 동서(東序), 서쪽에는 고종(瞽宗)이 있어서 오학(五學) 제도가 있었는데, 봄에 학사(學士)가 입학하면 모두 벽옹에 머물다가, 가을에 각각의 능력을 살펴서 마땅한 곳에서 공부하도록 하였다. 예를 배우기에 마땅한 자는 고종, 서(書)를 배우기에 마땅한 자는 상상, 간과무(干戈舞)를 배우기에 마땅한 자는 동서, 어(語)를 배우기에 마땅한 자는 성균에서 배우도록 하였다.〈『周禮訂義』(宋 王與之 撰) 권40〉
101 대서(大胥)는~ 합성(合聲)하였다 : 『周禮』 春官 / 大胥 0.
102 소서(小胥)는~ 쳤다 : 『周禮』 春官 / 小胥 0.
103 악사(樂師)는~살폈으니 : 『周禮』 春官 / 樂師 0. 정현과 진양은 악사(樂師)와 소악정(小樂正)을 같은 관직으로 보았다. 『禮記』 文王世子 8-2 鄭玄의 注「小樂正樂師也」; 『樂書』 45-1.「文王世子曰 : "凡學世子及學士必時, 春夏學干戈, 秋冬學羽籥, 皆於東序. 小樂正學干, 大胥贊之, 胥鼓南." 言大胥則知胥小胥也, 言大胥贊小樂正, 則知小樂正樂師也.」
104 원문의 내용은 '상(庠)에 모였다'에서 끝나지만, 이해를 돕고자 〈『예기집설대전』

에서는 대악정이 가르침을 따르지 않은 자를 보고하면, 왕이 삼공·구경·대부·원사에게 명하여 모두 다시 입학시켜 학업을 다시 시키게 하고, 왕이 또 국학에 나아가 친히 살펴보았다. 이는 낙오자를 버리는 것을 신중히 함이니, 『주례』의 「향사(鄕士)」와 「수사(遂士)」에 '왕이 삼공에게 명하여 모이게 하여 사면(赦免)을 상의한다'[105]라고 한 것과 같은 뜻이다. 왕이 3일 동안 성찬(盛饌)을 먹지 않는 것은 「문왕세자」에 '임금이 성찬을 먹지 않고 평소의 예를 바꾼다'[106]라고 한 것과 같은 뜻이다.

가르치는 것은 인(仁)이고, 따르지 않은 자를 가려내는 것은 의(義)이며, 왕이 학업을 몸소 살펴보는 것과 3일 동안 성찬을 먹지 않는 것은 인이고, 먼 지방으로 내쳐서 종신토록 선비의 반열에 끼워주지 않는 것은 의이다.

5-42의 集說)에 의거하여 보완하였다.

[105] 『周禮』 秋官 / 鄕士 0; 遂士 0. 향사(鄕士)와 수사(遂士)는 주대(周代)에 각각 향(鄕)과 수(遂)에서 송사(訟事)를 맡았던 관직이다. 향은 왕성(王城)에서 100리까지의 행정구역이고, 수는 왕성 100리 밖에서 200리 사이의 행정구역이다.

[106] 공족(公族) 중에 죽을 죄를 범하면 전인(甸人)에게 넘겨 목매어 죽이고, 형벌 받을 죄를 범하면 문신을 그리거나 코를 벤다. 임금은 처벌에 대한 보고를 받으면 흰옷을 입고 성찬(盛饌)을 먹지 않으며, 그를 위해 평소의 예를 바꾼다. 사형당한 공족을 위해 친족의 상(喪)과 같이 하는데, 상복은 입지 않고 친히 곡(哭)한다.〈『禮記』文王世子 8-10〉

권3 예기훈의(禮記訓義)

왕제(王制) · 증자문(曾子問) · 문왕세자(文王世子)

왕제(王制)

3-1. 大樂正論造士之秀者, 以告於王, 而升諸司馬, 曰進士.

대악정이 조사(造士) 중에 뛰어난 자를 의논하여 왕에게 보고하고 사마(司馬)에게 추천하는데, 추천된 사람을 진사(進士)라고 한다.[1]

論造士之秀者, 以告於王, 而升諸司馬曰進士, 所以勸之也. 簡不帥教者, 以告於王, 屏之遠方, 終身不齒, 所以沮之也. 王者勸沮天下之術, 大樂正實預焉, 其職豈不重哉? 後世有樂正氏・司馬氏, 豈因其世官名之耶!

---

[1] 『禮記』王制 5-42.

조사(造士) 중에 뛰어난 자를 의논하여 왕에게 보고하고 사마에게 추천하는데, 추천된 사람을 진사(進士)라고 부르는 것은 재능을 권면하는 것이다. 가르침을 따르지 않은 자를 가려서 왕에게 보고하여 먼 지방으로 내쳐서 종신토록 선비의 반열에 끼워주지 않는 것은 태만을 막는 것이다.

왕이 온 천하 사람들을 권면하거나 막는 일에 대악정이 실제로 참여했으니, 그 직책이 어찌 중요하지 않겠는가? 후세에 악정씨(樂正氏)와 사마씨(司馬氏)가 있는 것은 어쩌면 대대로 지낸 관직을 성씨로 삼았기 때문인지도 모른다.

증자문(曾子問)

3-2. 孔子曰 : "嫁女之家, 三夜不息燭, 思相離也, 取婦之家, 三日不擧樂, 思嗣親也.

공자가 말하였다. "딸을 시집보내는 집에서 사흘 밤을 촛불을 끄지 않는 것은 서로 헤어지는 것을 생각하느라 잠을 이루지 못하기 때문이고, 며느리를 맞이하는 집에서 사흘 동안 음악을 연주하지 않는 것은 어버이를 잇는 것을 생각하느라 감상(感傷)에 젖기 때문이다."[2]

古者婚禮在所不賀, 嘉事在所不善, 況取婦之家可擧樂乎? 蓋取婦之禮, 本以嗣親也. 親旣老矣, 而以子婦嗣之, 傷之可也, 樂之非也. 昔裴嘉有婚會, 薛方士預焉, 酒中而樂作, 方士非之而出. 王通聞之曰 : "薛

2   『禮記』曾子問 7-13.

方士知禮矣. 然猶在君子之後乎” 蓋善其知禮而不善其不預告之也. 雖然娶婦之家, 必爲酒食以召鄕黨僚友, 雖曰以厚其別, 亦不擧樂也. 擧之, 其在三日之後乎! 前乎三日而擧樂, 是忘親也, 後乎三日而不擧, 是忘賓也. 不忘親仁也, 不忘賓義也. 先王制禮, 豈遠乎哉! 節文仁義而已矣.

옛날에 혼례(婚禮)는 축하할 일이 아닌 것으로 여겼고,[3] 관혼(冠婚) 등의 가례(嘉禮)는 당연히 할 일이지 특별히 좋은 일로 여기지 않았는데,[4] 하물며 며느리를 맞이하는 집에서 음악을 연주할 수 있겠는가? 며느리를 맞이하는 예는 본래 어버이를 계승하는 것이다. 혼인이란 어버이가 늙어 아들·며느리가 부모를 잇는 것이니, 감상(感傷)에 젖는 것이 마땅하지, 즐거워한다면 잘못이다.

옛날에 배가(裵嘉)에게 혼사(婚事)가 있어 설방사(薛方士)가 참석했는데, 술자리가 무르익어 음악이 연주되자, 설방사가 이를 그르게 여겨 나와 버렸다. 왕통(王通)[5]이 이를 듣고 말하기를, “설방사가 예를 아는구나! 그러나 아직 군자라고 할 수는 없다”라고 하였다.[6] 예를 아는 것은 좋게 여겼지만, 혼례에 음악을 연주하면 안 된다는 것을 미리 알려주지 않은 점은 좋게 여기지 않았기 때문이다.

며느리를 맞이하는 집에서 반드시 술과 음식을 장만하여 친지와 벗들

---

3 혼례를 축하하지 않는 것은 사람의 한 세대가 바뀌기 때문이다.〈『禮記』 郊特牲 11-25〉 참조.

4 20세면 성인(成人)이니 관례를 치르는 것이 당연하고, 30세면 대(代)를 이어야 하니 혼례를 치르는 것이 당연하다. 만약 어버이가 없는 사람은 혼례를 치른 지 3개월이 지나 제사를 지내 가묘(家廟)에 고하고, 관례를 마친 다음 땅을 쓸고 아버지 사당에 제사지낸다. 이것은 모두 당연히 할 일이지, 특별히 좋은 일은 아니다.〈『禮記註疏』 禮器 10-20의 주)

5 왕통(王通) : 584~617. 자(字)는 중엄(仲淹)이다. 604년 태평십이책(太平十二策)을 상주(上奏)하여 수(隋) 문제(文帝)의 인정을 받았으나 등용되지 못하였다. 가르치는 일에 전념하여, 설수(薛收)·방교(房喬)·이정(李靖)·위징(魏徵) 등을 배출했다. 『中說』을 지었다.

6 배가(裵嘉)에게~하였다:『中說』 권8 魏相.

을 불러 잔치하는 것은 부부유별의 인륜을 강조하는 것이지만,[7] 음악을 연주하지는 않는다. 음악은 3일 후에나 연주한다. 3일 안에 음악을 연주하는 것은 어버이를 잊는 것이고, 3일 뒤에도 음악을 연주하지 않는 것은 손님을 잊는 것이다. 어버이를 잊지 않는 것은 인(仁)이고, 손님을 잊지 않는 것은 의(義)이다. 선왕이 예를 제정한 것이 얼마나 심원한가! 인의(仁義)를 절문(節文)했을 따름이다.

문왕세자(文王世子)

3-3. 凡學世子及學士必時. 春夏學干戈, 秋冬學羽籥, 皆於東序.

세자(世子)와 학사(學士)를 가르치는 것은 반드시 때에 맞게 해야 한다. 봄과 여름에는 방패[干]와 창[戈]을 들고 추는 춤을 가르치고, 가을과 겨울에는 꿩깃[羽][8]과 약(籥)을 들고 추는 춤을 가르치는데, 모두 동서(東序)에서 한다.[9]

世以傳父統, 而子則事父者也. 學以致其道, 而士則事道者也. 凡學先世子, 貴貴也, 次學士, 尊賢也, 貴貴尊賢, 其義一也. 其可不均以時敎於東序乎? 春夏陽用事之時也, 必敎以干戈之武舞, 天事武故也. 秋冬陰用事之時也, 必敎以羽籥之文舞, 地事文故也. 東序夏后氏之學, 而序之爲言射也. 敎異異用, 用異異功. 然則行同能偶者, 舍射何別乎?

---

7   며느리를~것이지만 : 『禮記』曲禮 1-24.
8   꿩깃[羽] : 막대기에 꿩깃을 단 것으로 문무(文舞)를 출 때 손에 든다. 적(翟)이라고도 한다.〈그림 1-8 참조〉
9   『禮記』文王世子 8-2.

然干戈羽籥, 樂之器, 而樂豈器哉? 凡斅世子及學士, 必以是者, 欲其因器以達意故也. 王制之敎造士, 春秋以禮樂, 冬夏以詩書, 文王世子之斅世子, 春夏以干戈, 秋冬以羽籥者. 升於學之造士, 則其才嚮於有成, 其敎之也易, 故先其難者, 而以詩書, 後於禮樂. 貴驕之世子, 則其性誘於外物, 其斅之也難, 故先其易者, 而以干戈羽籥, 先於禮樂詩書.

周官師氏敎國子, 在司徒敎民之後, 記言敎國之子弟, 在鄕遂之後, 其敎之難易蓋可見矣. 雖然王制主於敎造士, 而王太子·王子·群后之太子·卿大夫元士之適子亦預焉. 文王世子主於斅世子, 而國之學士亦及焉. 特其所主者異, 敎之所施有先後爾.

세(世)는 부통(父統)을 전하는 것이니 세자(世子)는 아버지를 섬기는 자이다. 학(學)은 도(道)를 이루는 것이니 학사(學士)는 도를 섬기는 자이다. 가르치는 것에서 먼저 세자를 말한 것은 귀인(貴人)을 귀하게 여기는 것이고, 그 다음에 학사를 말한 것은 현인(賢人)을 높이는 것이니, 귀인을 귀하게 여김과 현인을 높임은 그 뜻이 한 가지이다.

동서(東序)에서 가르치는 것을 때에 맞지 않게 할 수 있겠는가? 봄과 여름은 양(陽)이 활발하게 작용하는 때이다. 봄과 여름에 반드시 방패와 창을 들고 추는 무무(武舞)를 가르치는 것은 하늘의 일은 건무(健武 : 강건)하기 때문이다.[10] 가을과 겨울은 음(陰)이 활발하게 작용하는 때이다. 가을과 겨울에 반드시 꿩깃과 약을 들고 추는 문무(文舞)를 가르치는 것은 땅의 일은 온문(溫文 : 온화)하기 때문이다.[11]

동서(東序)는 하(夏)나라의 학교 이름인데,[12] '서(序)'는 활쏘기를 익힌다는 뜻이다. 가르치는 것이 다르면 하는 일이 다르고, 하는 일이 다르면 공(功)이 다르다. 그러니 하는 일이 같아서 짝이 된 자들을 활쏘기가 아닌 다른 어떤 것으로 구별하겠는가?

---

10   하늘의~ 때문이다 : 『國語』楚語下 18-2

11   땅의~ 때문이다 : 『國語』楚語下 18-2.

12   이와 달리 서(序)를 은나라 학교 이름으로 본 경우도 있다.〈『孟子』滕文公上 5-3〉

방패[干]·창[戈]·꿩깃[羽]·약(籥)은 악(樂)의 도구이다. 악의 본질이 어찌 도구에 있겠는가? 세자와 학사를 가르칠 때 반드시 이를 쓰는 것은 이 도구로 인해 그 뜻에 도달하게 하려는 것이다.

「왕제(王制)」에서는 조사(造士)에게 봄과 가을에 『예(禮)』와 『악(樂)』을 가르치고, 겨울과 여름에 『시(詩)』와 『서(書)』를 가르쳤다고 했는데, 「문왕세자」에서는 세자에게 봄과 여름에 간과무(干戈舞 : 武舞)를 가르치고 가을과 겨울에 우약무(羽籥舞 : 文舞)를 가르쳤다고 했다. 이는 국학(國學)에 추천되어 올라온 조사(造士)는 재능이 거의 이루어 있어서 가르치기 쉬우므로 어려운 것을 먼저 하여 『예』·『악』을 『시』·『서』보다 먼저 가르친 것이다. 신분이 귀하여 교만하기 쉬운 세자는 성품이 외물에 유혹되어 가르치기 어려우므로 쉬운 것을 먼저 하여, 간과무·우약무 등의 춤을 『예』·『악』·『시』·『서』보다 먼저 가르친 것이다.

『주례』에 사씨(師氏)가 공경대부(公卿大夫)의 자제를 가르치는 조항이 사도(司徒)가 백성을 가르치는 조항보다 뒤에 서술되어 있고, 『예기』에도 공경대부의 자제를 가르치는 조항이 향수(鄕遂)[13]의 자제를 가르치는 조항보다 뒤에 서술되어 있으니, 가르치기 어렵고 쉬움을 볼 수 있다.

「왕제(王制)」는 조사(造士)를 가르치는 것을 주(主)로 하지만 왕태자, 왕자, 군후(群后)의 태자, 경대부와 원사(元士)[14]의 적자(嫡子)도 언급했고,[15] 「문왕세자」는 세자를 가르치는 것을 주로 하지만 나라의 학사도 언급했다. 다만 주로 하는 것이 달라서 가르치는 것에 선후가 있을 뿐이다.

3-4. 小樂正學干, 大胥贊之, 籥師學戈, 籥師丞贊之.

---

13 향수(鄕遂) : 주대(周代)의 행정 구역 이름. 향은 왕성 밖 100리 이내의 구역, 수는 왕성 밖 100리에서 200리 사이의 구역.
14 원사(元士) : 주대(周代)에 천자의 사(士)를 이르던 말.
15 『禮記』王制 5-42 「升於司徒者不征於鄕, 升於學者不征於司徒, 曰造士. 樂正崇四術, 立四敎. 順先王詩書禮樂以造士. 春秋敎以禮樂, 冬夏敎以詩書, 王大子·王子·群后之大子·卿大夫元士之適子·國之俊選, 皆造焉. 凡入學以齒.」

소악정(小樂正)이 간무(干舞: 방패를 들고 추는 춤)를 가르치면 대서(大胥)가 돕고, 약사(籥師)가 과무(戈舞: 창을 들고 추는 춤)를 가르치면 약사승(籥師丞)이 돕는다.[16]

以政正之謂之正, 以教教之謂之師. 大胥之所相者, 小樂正也, 籥師丞之所奉者, 籥師也. 蓋干陽戈陰也.[17] 干謂之干, 盾亦謂之干, 兵戈勾戟矛也. 書曰: "比爾干, 稱爾戈." 干則直兵而其形欲立, 戈則勾兵而其形欲倒, 皆自衛之兵, 非伐人之器也. 古之教舞者, 朱其干, 玉其戚, 則尚道不尚事, 尚德不尚威. 是以敷干在小樂正, 而以大胥贊之, 敷戈在籥師, 而以籥師丞贊之. 干戈之事寓之於樂如此, 則武不可黷之意覩矣.

周官: "樂師掌國學之[18]政, 教國子以干籥之小舞": "大胥掌學士之版, 以待致諸子, 春入學, 舍菜合舞, 秋頒學, 合聲": "籥師掌教國子舞羽吹籥" 由此觀之, 小樂正不特敷干, 籥師不特敷戈也. "春夏敷干戈, 秋冬敷羽籥", 言敷干戈則羽籥擧矣. 周官有樂師而無小樂正, 有籥師而無丞, 豈三代之制因革, 固不同邪!.

정사(政事)로 바르게 하는 자를 정(正)이라 하고, 교육으로 가르치는 자를 사(師)라 한다. 대서(大胥)가 돕는 자는 소악정(小樂正)이고, 약사승(籥師丞)이 받드는 자는 약사(籥師)이다.

방패[干]는 양(陽)이고, 창[戈]은 음(陰)이다. 간(干)은 방패이고, 순(盾) 또한 방패이며, 병과(兵戈)와 구극(勾戟)[19]은 창[矛]이다. 『서경』에 "너의 방패를 나란히 하고 너의 창을 들라"[20]라고 하였다. 방패는 세로로 세우는 병

---

16 『禮記』文王世子 8-2.
17 대본에는 '蓋干陰干陽也'로 되어 있으나, 문맥이 통하지 않으므로 사고전서 『樂書』에 의거하여 '蓋干陽戈陰也'로 바로잡았다.
18 대본에는 '之學'으로 되어 있으나, 『周禮』에 의거하여 '學之'로 바로잡았다.
19 과[戈]는 갈고랑이처럼 굽고 날이 없는 창이고, 극(戟)은 끝이 좌우로 갈라진 창이다.〈그림 6-1, 6-2 참조〉
20 『書經』周書 / 牧誓 1.

기(兵器)로 그 모양이 세우도록 되어 있고, 창[戈]은 갈고리 같은 것이 달린 병기로 그 모양이 눕히도록 되어 있으니, 모두 자신을 방어하는 병기이지 남을 공격하는 병기가 아니다. 옛날에 춤을 가르치는 자들이 방패를 붉게 칠하고 도끼를 옥으로 장식했으니, 이는 도(道)를 숭상할 뿐이고 기능은 숭상하지 않은 것이며, 덕을 숭상할 뿐이고 위엄은 숭상하지 않은 것이다. 그러므로 간무(干舞)를 가르치는 것은 소악정이 하고 대서(大胥)가 도우며, 과무(戈舞)를 가르치는 것은 약사가 하고 약사승이 도왔다. 방패와 창을 쓰는 일을 이처럼 악무(樂舞)로 표현했으니, 무(武)를 함부로 써서는 안 된다는 뜻을 볼 수 있다.

『주례』에 "악사(樂師)는 국학(國學)의 정(政)을 관장하여 국자(國子)에게 방패와 약(籥)을 들고 추는 소무(小舞)를 가르친다."[21] "대서(大胥)는 학사(學士)의 호적(戶籍)을 관장하여 제자(諸子)의 소집을 대비하며, 제자가 봄에 입학하면 석채(釋菜)를 지내고 합무(合舞)하며, 가을에 재능에 따라 배울 것을 나누고 합성(合聲)한다."[22] "약사(籥師)는 국자에게 우약무(羽籥舞)를 가르치는 일을 관장한다"[23]라고 하였다. 이로 보건대, 소악정은 방패를 들고 추는 간무(干舞)만을 가르친 것이 아니고, 약사 또한 창을 들고 추는 과무(戈舞)만을 가르친 것이 아니다

앞(『악서』 3-3)에서 "봄과 여름에 방패와 창을 들고 추는 춤을 가르치고, 가을과 겨울에 꿩깃과 약(籥)을 들고 추는 춤을 가르친다"라고 했으니, 여기(『樂書』 3-4)에서 '방패와 창을 들고 추는 춤을 가르친다'라고만 말했어도, 꿩깃과 약을 들고 추는 춤까지도 포함한 것으로 보아야 한다.

주관(周官)에는 악사(樂師)는 있어도 소악정(小樂正)은 없고, 약사(籥師)는 있어도 약사승(籥師丞)은 없으니, 아마 삼대(三代 : 하 · 은 · 주)의 제도를 그대로 따르기도 하고 개혁하기도 하여서 달라졌기 때문일 것이다.

---

21 『周禮』春官 樂師 0.
22 『周禮』春官 大胥 0.
23 『周禮』春官 籥師 0.

3-5. 胥鼓南.

남쪽 지역의 음악을 가르칠 때는 서(胥)가 북을 두드려 가락을 조절한다.[24]

周官：“大胥以六樂之會, 正舞位, 凡祭祀之用樂者, 以鼓徵學士.” “小胥掌學士之徵令”, 而胥以鼓徵學士而令之者, 不過六代之樂. 所謂象箾南者而已, 非鄭康成所謂南夷之樂也. 鞮鞻氏掌四夷之樂, 旄人敎舞夷樂, 則夷樂固鞮鞻氏所掌, 旄人所敎, 非大胥小胥之職也. 上言小樂正敎干, 大胥贊之則所謂胥鼓南之胥, 豈小胥歟! 周之化自北而南, 則文王象箾所奏亦不是過也.

『주례』에 “대서(大胥)는 육악(六樂)[25]을 연주할 때 무위(舞位)를 바르게 하며, 모든 제사에서 악을 쓰는 일에 북을 두드려 학사(學士)를 소집한다”라고 하고, “소서(小胥)는 학사의 소집령을 관장한다”라고 했으니, 서(胥)가 북을 두드려 학사들을 소집하여 명령하는 것은 육대(六代)의 악으로 했을 뿐이다. 따라서 ‘남쪽 지역의 음악’이란 이른바 문왕의 악인 《상소(象箾)》[26]가 남쪽으로 퍼진 것을 뜻하지, 정강성(鄭康成)의 말처럼 ‘남이(南夷)의 음악’이 아니다.

제루씨(鞮鞻氏)가 사이(四夷)의 음악을 관장했고,[27] 모인(旄人)이 이악(夷

24　『禮記』文王世子 8-2.
25　육악(六樂)：『周禮』春官 / 大司樂 1에 따르면, 육악은 《운문대권(雲門大卷)》 또는 《운문(雲門)》, 《대함(大咸)》 또는 《함지(咸池)》, 《대소(大韶)》, 《대하(大夏)》, 《대호(大濩)》, 《대무(大武)》이다. 정현(鄭玄)은 『주례』에 注를 내면서 악곡 순으로 황제(黃帝) · 요(堯)임금 · 순(舜)임금 · 우왕(禹王) · 탕왕(湯王) · 무왕(武王)의 악으로 풀이했다. 참고로 『禮記』注에서 정현은 《대장(大章)》은 요임금 악인데, 『주례』에는 빠져 있다. 혹 《대권(大卷)》이라고도 한다. 《함지(咸池)》는 황제(黃帝)가 지은 악곡 명이지만, 요임금이 증수(增修)해서 쓴 것이다'라고 했고, 진양(陳暘)은 『樂書』15-4에서 《운문대권(雲門大卷)》을 요임금 악으로 풀이하기도 했다.
26　상소(象箾)：문왕의 악으로 무무(武舞)이다.(『春秋左氏傳』襄公 29년(13) 杜預 注와 孔穎達 疏)
27　『周禮』春官 / 鞮鞻氏 0.

樂)에 맞추어 추는 춤을 가르쳤으니,[28] 이악(夷樂)은 제루씨가 관장하고 모인이 가르쳤지, 대서(大胥)나 소서(小胥)의 직무가 아니었다.

위에서(『악서』 3-4) '소악정(小樂正)이 방패를 들고 추는 춤을 가르치면 대서(大胥)가 돕는다'라고 했으니, 그렇다면 '남쪽 지역의 음악을 가르칠 때에 서(胥)가 북을 두드려 가락을 조절한다'라고 할 때의 서(胥)는 아마 소서(小胥)일 것이다.

주나라의 교화가 북방에서부터 남방으로 퍼졌으니, 문왕의 《상소》가 공연된 것은 당연한 일이지 지나친 추정이 아니다.

3-6. 春誦, 夏弦, 大師詔之瞽宗.
봄에는 시를 낭송하고 여름에는 현악기를 타는데, 태사(大師)가 고종 (瞽宗)[29]에서 가르친다.[30]

樂語有六, 誦居一焉. 樂音有八, 弦居一焉. 誦則詩頌人聲也, 弦則琴瑟樂聲也. 溫柔敦厚詩教也, 以春誦之, 春溫故也. 鼓鼙北方革音, 而其聲讙, 主陽生而言也. 琴瑟南方絲音, 而其聲哀, 主陰生而言也, 夏弦之義, 有見於此.

商人尙聲, 名學以瞽宗. 是瞽宗主以樂教, 衆瞽之所宗也. 春教以樂語, 夏教以樂音, 其義爲難知. 非大師詔之瞽宗, 孰知其所以然哉? 周官 : "大司樂死, 爲樂祖而祭之瞽宗", 則春誦夏弦, 太學之教, 非小學之道也. 詔樂於瞽宗, 又言禮在瞽宗者, 古之教人, 興於詩者, 必使之立於禮, 立於禮者, 必使之成於樂. 故周之辟雍, 亦不過辟之以禮, 雍之以樂, 使之樂且有儀, 而瞽宗, 雖主以樂, 教禮在其中矣. 周官禮樂同掌於

28　『周禮』 春官 / 旄人 0.
29　고종(瞽宗) : 은나라의 학교 이름인데, 주나라 때도 그 이름이 존치하였다. 악사(樂師)와 고몽(瞽矇 : 장님 악공)이 종주(宗主)로 삼는 곳이므로 '고종(瞽宗)'이라 하게 된 것이다.
30　『禮記』 文王世子 8-2.

春官, 禮記禮樂同詔之瞽宗, 其義一也. 斅舞於東序, 而別之以射, 斅禮
樂於瞽宗, 而詔之以義, 君子之深敎也.

此言春誦夏弦, 秋學[31]禮冬讀書, 王制言春秋敎以禮樂, 冬夏敎以詩
書者. 言書禮則知誦之爲詩・弦之爲樂, 言弦誦則知禮之爲行・書之爲
事也. 蓋春秋陰陽之中, 而禮樂皆欲其中, 故以二中之時敎之. 冬夏陰
陽之至, 而詩書皆欲其至, 故以二至之時敎之. 凡此合而敎之也, 分而
敎之, 則誦詩以春, 弦樂以夏, 學[32]禮以秋, 讀書以冬. 學記曰: "太學之
敎也時", 以此

악어(樂語)[33]에 여섯 가지가 있는데, 송(誦)이 그중 하나이며, 악음(樂
音)[34]에 여덟 가지가 있는데 현악기(絃)가 그중 하나이다. 송(誦)은 시송(詩
頌)이니 사람 목소리이고, 현(弦)은 금(琴)・슬(瑟)이니 악기 소리이다.

온유(溫柔)와 후덕은 시의 가르침이니, 봄에 시를 낭송하는 것은 봄이
온화하기 때문이다. 고(鼓)와 비(鼙)가 북방 혁음(革音)으로 그 소리가 떠들
썩한 것은 북방에서 양(陽)이 생겨나기 시작하기 때문이다.[35] 금과 슬이
남방의 사음(絲音)으로서 그 소리가 애절한 것은 남방에서 음(陰)이 생겨
나기 시작하기 때문이다.[36] 이것이 여름에 현악기를 연주하는 이유이다.

상나라 사람은 소리를 숭상했으므로 학교 이름을 고종(瞽宗)이라 했다.
고종은 악교(樂敎)를 주로 하므로 고몽(瞽矇: 장님 악공)이 종주(宗主)로 여기
는 바이다. 봄에 악어(樂語)를 가르치고 여름에 악음(樂音)을 가르치는 이
유는 알기 어려우니, 고종에서 가르치는 태사(大師)가 아니면 누가 그 이

---

31 대본에는 '讀'으로 되어 있으나, 사고전서 『樂書』와 『禮記』에 의거하여 '學'으로 바로
    잡았다.
32 대본에는 '讀'으로 되어 있으나, 사고전서 『樂書』와 『禮記』에 의거하여 '學'으로 바로
    잡았다.
33 악어(樂語): 흥(興)・도(道)・풍(諷)・송(誦)・언(言)・어(語).(『周禮』 春官 / 大司樂 1)
34 악음(樂音): 악기를 만드는 재료인 금(金)・석(石)・사(絲)・죽(竹)・포(匏)・토(土)・
    혁(革)・목(木).
35 정북에 해당하는 11월의 동지를 기점으로 양(陽)이 생성되기 시작한다.
36 정남에 해당하는 5월의 하지를 기점으로 음(陰)이 생성되기 시작한다.

유를 알겠는가? 『주례』에 "대사악(大司樂)이 죽으면 악조(樂祖)로 삼아 고종에서 제사지낸다"[37]라고 했으니, 봄에 시를 낭송하고 여름에 현악기를 타는 것은 태학(太學)의 교육이지, 소학(小學)의 도(道)는 아니다.

악(樂)을 고종에서 가르치는데, 또 '예(禮)의 학습을 고종에서 한다'[38]고 한 것은 옛날에 사람을 가르칠 적에 시에서 흥기된 자를 반드시 예로써 서게 하고, 예에 선 자를 악으로써 이루게 했기 때문이다.[39] 그러므로 주나라의 벽옹(辟雍)에서는 예로 질서 있게 하고 악으로 화락하게 하여 즐거우면서 예의가 있도록 가르쳤으며,[40] 상나라의 고종(瞽宗)에서는 악을 주로 가르치긴 하지만, 예교(禮敎)가 그 안에 포함되도록 하였다. 『주례』에 따르면 춘관(春官)에서 예악을 모두 관장했고,[41] 『예기』에 따르면 고종(瞽宗)에서 예악을 모두 가르쳤으니, 그 뜻은 한 가지이다. 동서(東序)에서 춤을 가르치면서 아울러 활쏘기를 통해 덕을 살피고,[42] 고종에서 예악을 가르치면서 아울러 의(義)를 깨우치도록 한 것은 군자의 깊은 가르침이다.

「문왕세자」에서는 "봄에 시를 낭송하고 여름에 현악기를 타며, 가을에 예(禮)를 배우고 겨울에 글[書]을 읽는다"라고 하고, 「왕제」에서는 "봄과 가을에는 『예』와 『악』을 가르치고 겨울과 여름에 『시(詩)』와 『서(書)』를 가르친다"[43]라고 하였다. 서(書)와 예(禮)가 공통으로 나오니, 낭송

---

37 『周禮』春官 / 大司樂 1.

38 『禮記』文王世子 8-2「春誦夏弦, 大師詔之瞽宗, 秋學禮, 執禮者詔之, …… 禮在瞽宗.」

39 시에서~ 때문이다 : 『論語』泰伯 8-8.

40 『樂書』68-5에 따르면, 「辟者法之所自出, 本之以爲禮. 廱者和之所自生, 本之以爲樂.」이라 하여 '辟廱'이란 이름 자체에 예악의 근원이란 뜻이 포함되어 있다.

41 『周禮』春官에는 예(禮)를 관장하는 대종백(大宗伯)과 악(樂)을 관장하는 대사악(大司樂)이 있다.

42 동서(東序)에서 봄과 여름에는 방패[干]와 창[戈]을 들고 추는 춤을 가르치고, 가을과 겨울에는 꿩깃[羽]과 약(籥)을 들고 추는 춤을 가르쳤는데, '서(序)'는 활쏘기를 익힌다는 뜻이므로 동서에서 활쏘기를 했음을 알 수 있다.(『禮記』文王世子 8-2, 『樂書』3-3)

43 『禮記』王制 5-42.

하는 것이 시이고 현악기를 타는 것이 악임을 알 수 있고, 현악기를 타고 시를 낭송한다고 말했으니, 예는 행(行)이 되고 서(書)는 사(事)가 됨을 알 수 있다.

봄·가을은 음양이 중간인 때이다. 예(禮)·악(樂)은 모두 중(中)을 지향하므로 음양이 중간인 계절에 가르친다. 여름·겨울은 음양이 극에 이른 때이다. 시(詩)·서(書)는 지극함을 지향하므로 음양이 극에 이른 계절에 가르친다. 무릇 이런 것들은 함께 가르치지만, 나누어서 가르친다면 시 낭송은 봄에 하고, 현악기 연주는 여름에 하고, 예의 학습은 가을에 하고, 독서는 겨울에 한다. 「학기」에 "태학의 교육은 사시(四時)의 수업이 있다"[44]라고 한 것은 이 때문이다.

3-7. 凡祭與養老乞言·合語之禮, 皆小樂正詔之於東序. 大樂正學 舞干戚·語說·命乞言, 皆大樂正授數.

제사를 지내는 예법, 양로(養老)를 행할 때 덕담(德談)을 청하는 일, 합어(合語)의 예[45]는 모두 소악정(小樂正)이 동서(東序)에서 가르친다. 대악정 (大樂正)이 방패와 도끼를 들고 추는 무무(武舞)와 도리에 맞는 이야기를 하는 것과 덕담을 청하는 예를 가르치는데, 모두 대악정이 학업의 진도를 지시한다.[46]

周官大司樂敎國子, 始之以樂德, 中之以樂語, 卒之以樂舞. 故凡祭 與養老之禮乞言語說, 古之樂語也. 敄舞干戚, 古之樂舞也. 蓋德爲樂 之實, 樂爲德之華, 則樂語德言也, 樂舞德容也. 凡祭與養老乞言·合

---

44 『禮記』學記 18-3.
45 합어(合語)의 예: 제사·양로(養老)·향사(鄕射)·향음(鄕飮)·대사(大射)·연사(燕 射)의 예를 치른 후, 잔을 돌려가며 술을 마실 때에 선왕의 법도에 대해 말하는 것 이다. 의리에 맞게 서로 말하므로 그 사이에 각각 위엄 있는 거동과 모습이 있다.(『 禮記集說大全』文王世子 8-3의 集說)
46 『禮記』文王世子 8-3.

語之禮, 其命之在大樂正, 而小樂正特以儀[47]詔之東序而已, 敫舞授數不與焉. 大樂正敫舞干戚‧語說‧命乞言, 以數授之而已, 論其道而說之不與焉. 此論說在東序, 所以責之大司成也.

經曰 : "天子視學, 適東序, 釋奠於先老, 遂設三老五更群老之席位焉. 適饌, 省醴養老之珍具. 遂發詠焉. 反, 登歌淸廟. 旣歌而語, 以成之也. 言父子君臣長幼之道, 合德音之致, 禮之大者也. 下管象, 舞大武, 大合衆以事." 由是觀之, 凡祭豈釋奠之禮與! 凡養老豈老更群老歟! 合語之禮豈德音之致歟! 敫舞干戚, 豈舞大武之舞歟! 言舞則歌可知矣. 王制曰 : "夏后氏養國老於東序, 養庶老於西序." 然此下管象舞大武, 周樂而已, 以東序言之, 豈周人兼用之耶?

『주례』에 "대사악(大司樂)이 국자(國子)를 가르치는데, 악덕(樂德)으로 시작해서 중간에 악어(樂語)를 가르치고 악무(樂舞)로 마친다"[48]라고 하였다. 그러므로 제사를 지내는 예법과 양로를 행할 때 덕담을 청하는 일 및 합어(合語)의 설(說)은 옛날의 악어(樂語)이고, 방패와 도끼를 들고 추는 무무(武舞)를 가르치는 것은 옛날의 악무(樂舞)이다. 덕은 악(樂)의 열매이고, 악은 덕의 꽃이니, 악어(樂語)는 덕언(德言)이고 악무(樂舞)는 덕용(德容)이다.

제사를 지내는 예법과 양로를 행할 때 덕담을 청하는 일과 합어(合語)의 예는 대악정이 명하고, 소악정은 다만 동서(東序)에서 위의(威儀)로 가르칠 뿐, 춤을 가르치거나 학업 진도를 지시하는 데에는 관여하지 않는다. 대악정이 방패와 도끼를 들고 추는 무무(武舞)와 합어(合語)의 설(說)과 덕담을 청하는 예를 가르치는데, 학업의 진도를 지시할 뿐, 배우는 자들의 의리와 재능의 정도를 평가하는 데에는 관여하지 않는다. 동서(東序)에서 배우는 자들에 대한 평가[49]는 대사성(大司成)의 책임이기 때문이다.

---

47 대본에는 '義'로 되어 있으나, 『禮記集說』(宋 衛湜 撰) 권51에 의거하여 '儀'로 바로잡았다.

48 『周禮』 春官 / 大司樂 1. 「大司樂 …… 以樂德敎國子中和祇庸孝友, 以樂語敎國子興道諷誦言語, 以樂舞敎國子舞雲門大卷大咸大韶大夏大濩大武.」

49 의리의 깊고 얕음과 재능의 우열을 평가하는 것이다.

경(經)에 이르기를 "천자가 국학(國學)을 시찰할 때에는 동서(東序)에 가서 선로(先老)[50]에게 석전(釋奠)[51]을 지내고, 이어서 삼로(三老)·오경(五更)[52]과 군로(群老)의 자리를 위차(位次)에 맞게 마련한다. 친히 음식을 차려 놓은 곳에 가서 단술과 노인을 봉양할 진수(珍羞)를 살핀다. 마침내 음악이 연주되고 노래가 시작된다. 천자가 단술을 노인들에게 하사하여 이를 받은 노인들이 제자리로 돌아오면, 악공이 당상(堂上)에서 《청묘(清廟)[53]를 노래한다. 노래가 끝나면 도리에 맞는 이야기를 하여 천자의 양로례를 이루게 한다. 부자·군신·장유의 도리를 이야기하여 덕음(德音)의 극치에 합치하니, 예의 성대한 것이다. 당하(堂下)에서 관악기로 《상(象)》을 연주하며[54] 《대무(大武)》를 춤춘다. 학사(學士)들을 많이 모아 양로례를 행한다"[55]라고 하였다.

이로 보건대, 아마 본문에 언급된 '제사'는 석전(釋奠)의 예이고, '양로'는 삼로(三老)·오경(五更)과 군로(群老)를 봉양하는 것이며, '합어(合語)의 예'는 덕음의 극치이며, '방패와 도끼를 들고 추는 무무(武舞)를 가르친 것'은 《대무(大武)》의 춤일 것이다. 춤을 말했으니 노래 또한 가르쳤으리라는 것을 알 수 있다.

「왕제」에 "하후씨(夏后氏)는 동서(東序)에서 국로(國老)를 봉양하고, 서서

---

50 선로(先老) : 선대(先代)의 삼로(三老)·오경(五更)에 해당되는 자.
51 석전(釋奠) : 봄과 가을에 학궁(學宮)에서 선성(先聖)과 선사(先師)에게 올리던 제례.
52 삼로(三老)·오경(五更) : 고대에 천자가 부형의 예로써 우대한 덕망 높은 어른. 하늘이 삼신(三辰 : 해·달·별)과 오성(五星 : 木星·火星·金星·水星·土星)으로 천하를 밝힌 것에서 뜻을 취했다. 정현(鄭玄)은 삼로와 오경을 각 1명으로 보고, 채옹(蔡邕)과 진양(陳暘)은 3명과 5명으로 본다.
53 청묘(清廟) : 문왕(文王)에게 제사지낼 때의 악가(樂歌)로『詩經』周頌에 실려 있다.
54 '下管象'에서 '管'을 송대(宋代)의 진양(陳暘)은 2개의 관대를 붙여 만든 특정 악기로 보고, 송말 원초(宋末元初)의 진호(陳澔)는 '管籥竹也'라고 하여 입김을 불어서 내는 악기의 통칭으로 본다. 역자는 후자의 입장에 동조를 하므로 여기에서는 '管'을 관악기로 번역했다. 그러나 이 책이 진양의 저서인만큼 때로 진양의 논리를 따라야 문맥이 통하는 경우에는 관(管)으로 번역했다.〈『樂書』42-2,『禮記』14-5에 대한 陳澔의 集說〉
55 『禮記』文王世子 8-13.

(西序)에서 서로(庶老)를 봉양했다"[56]라고 했다. 그러나 바로 위에서 언급한 '당하에서 연행(演行)된 《상》과 《대무》'는 주나라 악인데, 하나라 학교인 동서(東序)에서 연행되었으니, 아마 주나라 사람들은 하나라 제도를 겸해서 쓴 것 같다.[57]

3-8. 凡釋奠者必有合也, 有國故則否. 凡大合樂必遂養老.

석전제(釋奠祭)를 지낼 때 반드시 합악(合樂)을 한다. 그러나 나라에 변고가 있으면 음악을 연주하지 않는다. 무릇 대합악(大合樂)을 할 때는 반드시 양로례(養老禮)를 행한다.[58]

學者禮樂之教所自出. 故凡釋奠於先聖先師者, 必有合也. 釋奠者禮也, 必有合者樂也. 周官大胥, 春入學舍菜合舞, 秋頒學合聲, 所謂必有合者, 合舞與聲而已. 有國故則否, 與大司樂國有大故去樂弛縣, 曲禮凶年祭事不縣, 同意. 凡大合樂必遂養老, 與周官大司樂以六律六同五聲八音六舞大合樂, 同意. 必遂養老者, 特釋奠先聖先師, 而天子視學實與焉. 故下文言 "天子視學, 命有司行事興秩節, 祭先師先聖焉. 有司卒事, 適東序, 釋奠於先老, 適饌, 省醴養老之珍具. 遂發咏焉. 登歌清廟, 下管象, 舞大武, 大合衆以事, 終之以仁而已." 蓋釋奠於先聖先師先老, 所以教敬也, 必遂養老, 所以教孝也. 一釋奠合樂之故, 而孝敬之教行焉如此, 則禮樂豈不爲天下大教歟? 凡釋奠必有合者, 主行禮以合樂也, 凡大合樂必遂養老者, 主合樂以行禮也.

학교는 예악의 가르침이 나오는 곳이다. 그러므로 선성(先聖)과 선사(先師)에게 석전제를 지낼 때 반드시 합악(合樂)한다. 석전은 예(禮)이고, 합악

---

56   『禮記』 王制 5-50.

57   주나라 때 중앙에는 벽옹(辟雍), 남쪽에는 성균(成均), 북쪽에는 상상(上庠), 동쪽에는 동서(東序), 서쪽에는 고종(瞽宗)이 있어서 오학(五學) 제도가 있었다.〈『周禮訂義』(宋 王與之 撰) 권40〉

58   『禮記』 文王世子 8-5, 6.

은 악(樂)이다. 『주례』에 "봄에 제자(諸子)가 국학(國學)에 들어오면 대서(大
胥)가 석채(釋菜)를 지내고 합무(合舞)하며, 가을에 재능에 따라 배울 것을
나누고 합성(合聲)한다"[59]고 했으니, 이른바 '반드시 합악(合樂)을 한다'는
것은 춤추고 노래 부르는 것이다.

'나라에 변고가 있으면 음악을 연주하지 않는다'는 것은 「대사악」에
'나라에 큰 변고가 있으면 악기를 철거하거나 매달았던 종(鐘)·경(磬)을
풀어놓는다'[60]라고 한 것과 「곡례」에 '흉년에 제사지낼 때에는 종·경을
연주하지 않는다'라고 한 것과 같은 뜻이다.

'무릇 대합악(大合樂)을 할 때는 반드시 양로례(養老禮)를 행한다'고 할
때의 대합악은 『주례』 「대사악」에 '육률육동(六律六同)·오성(五聲)·팔음
(八音)·육무(六舞)로 대합악을 한다'고 한 것과 같은 뜻이다.

'반드시 양로례를 행한다'는 것은 선성(先聖)과 선사(先師)에게 지내는
석전제와 달리 천자가 국학(國學)에 가서 실제로 노인을 봉양하는 예에
참여하는 것이다. 그러므로 아래 문장(『禮記』文王世子 8-13)에 "천자가 국
학을 시찰할 때 유사(有司)에게 명하여 행사를 상례(常禮)대로 거행하게
하고, 선사(先師)와 선성(先聖)에게 석전제를 지내게 한다. 유사가 일을 마
치고 천자에게 복명(復命)한다. 처음 학교를 세우고 양로례(養老禮)를 행할
때는[61] 천자가 동서(東序)에 가서 선로(先老)에게 석전제를 지내고, 친히
음식을 차려 놓은 곳에 가서 단술과 노인을 봉양할 진수(珍羞)를 살핀다.
마침내 음악이 연주되고 노래가 시작된다. 악공이 당상(堂上)에서 《청묘
(淸廟)》를 노래한다. 당하(堂下)에서 관악기로 《상(象)》을 연주하며 《대무
(大武)》를 춤춘다. 학사들을 많이 모아 양로례를 행하고 인(仁)으로써 마
친다"[62]라고 하였다.

---

59 『周禮』 春官 大胥 0.
60 매달았던 종(鐘)·경(磬)을 풀어놓는다는 것은, 악기를 진설하긴 하나 연주하지 않
   는다는 것을 상징적으로 표현한 말이다.
61 대본에 없으나, 문맥상 『禮記』에 의거하여 '反命, 始之養也'를 보충하여 번역했다.
62 『禮記』 文王世子 8-13.

선성(先聖)·선사(先師)·선로(先老)에게 석전제를 지내는 것은 공경을 가르치는 것이고, 반드시 양로의 예를 행하는 것은 효(孝)를 가르치는 것이다. 석전제를 지내고 합악을 하여 효도와 공경을 가르치는 것이 이와 같았으니, 예악이 어찌 천하의 큰 가르침이 되지 않겠는가?

'석전제를 지낼 때 반드시 합악을 한다'는 것은 행례(行禮)에 초점을 맞추어 합악하는 것이고, '대합악에는 반드시 양로례를 행한다'는 것은 합악에 초점을 맞추어 행례하는 것이다.

3-9. 始立學者, 旣興⁶³器用幣, 然後釋菜, 不舞不授器. 乃退, 儐於東序, 一獻, 無介語可也.

처음 학교를 세울 때는 기물(器物)에 희생(犧牲)의 피를 바르고, 선성(先聖)·선사(先師)에게 폐백을 바치는 의식을 행하고, 그런 뒤에 석채(釋菜)의 예를 행한다. 석채는 간소하여 춤을 추지 않으므로 무구(舞具)를 주지 않는다. 물러나 빈(賓)을 동서(東序)로 인도하여 술을 한 번 바칠 뿐[一獻],⁶⁴ 개(介)⁶⁵가 답례로 술을 올리거나 합어(合語)의 예를 하지 않아도 된다.⁶⁶

凡家造祭器爲先, 養器爲後, 國亦如之. 諸侯之國命之敎而始立學者, 亦必以祭器爲先, 則興器者, 造祭器之謂也. 大胥春入學釋菜合舞, 司戈盾祭祀授舞者兵, 是釋菜未嘗不舞不授器. 其所以不舞不授器者, 非四時釋菜之中祀, 特始入學者, 行一獻之禮而已, 與周官凡小祭祀不興舞, 同意.

授數則天子八佾·諸侯六佾之類. 授器則文以羽籥·武以干戚之類

---

63 '흔(釁)'으로 읽는다.
64 주인이 빈(賓)에게 술을 돌리는 것을 헌(獻), 빈이 주인에게 술을 돌리는 것을 작(酢), 주인이 술을 마시고 다시 빈에게 돌리는 것을 수(酬)라 한다.
65 개(介) : 빈(賓)을 돕는 사람.
66 『禮記』文王世子 8-7.

也. 數則可陳, 其義爲難知, 器則可用, 其象爲難求. 苟由可陳之數, 精難知之義, 因可用之器, 得難求之象. 則禮由己而已, 豈淺識之士所能豫哉?

무릇 가정에서 제기(祭器)를 먼저 만들고 양기(養器)[67]를 나중에 만드는데, 나라도 마찬가지이다. 제후국에서 교육을 시키라는 명(命)을 받고 처음으로 학교를 세울 때 반드시 제기를 먼저 만드니, '기물에 희생의 피를 바른다'는 것은 제기를 만드는 것을 뜻한다.

「대서(大胥)」에 "봄에 입학할 때 석채(釋菜)를 지내고 합무(合舞)한다"[68]라고 했고, 「사과순(司戈盾)」에 "제사지낼 때 춤추는 자에게 무구(舞具)로 쓸 병기(兵器)를 준다"[69]라고 했으니, 석채를 지낼 때 춤을 추고 무구(舞具)를 주었다. 따라서 본문의 '춤을 추지 않으므로 무구를 주지 않는다'는 것은 춘하추동 사시(四時)에 지내는 중사(中祀)로서의 석채가 아니고 처음 입학할 때 일헌(一獻)을 올리는 예를 뜻한다. 이는 『주례』에 "모든 소제사(小祭祀)에는 춤추지 않는다"[70]라고 한 것과 같은 뜻이다.

수(數)는 천자의 팔일무(八佾舞, 8×8) 및 제후의 육일무(六佾舞, 6×6)와 같은 것이고, 무구(舞具)는 문무의 꿩깃·약(籥) 및 무무의 방패·도끼와 같은 것이다. 수는 늘어놓을 수 있으나 그 뜻은 알기 어렵고, 무구는 쓸 수 있으나 그 상징은 이해하기 어렵다. 따라서 늘어놓을 수 있는 수로 말미암아 알기 어려운 뜻을 정밀하게 하고, 쓸 수 있는 무구로 인해 이해하기 어려운 상징을 알도록 한 것이다. 즉, 예는 자신의 진정한 마음으로 행하는 것이니, 어찌 식견이 얕은 선비들이 기꺼이 할 수 있는 것이겠는가?

---

67   양기(養器): 일상 음식을 담는 그릇.
68   『周禮』春官 / 大胥 0.
69   『周禮』夏官 / 司戈盾 0.
70   『周禮』地官 / 舞師 0.

권4 예기훈의(禮記訓義)

문왕세자(文王世子) · 예운(禮運)

문왕세자(文王世子)

4-1. 凡三王敎世子, 必以禮樂. 樂所以修內也, 禮所以修外也. 禮樂
交錯於中, 發形於外. 是故其成也懌恭敬而溫文.

　무릇 삼대(三代 : 하·은·주)의 왕들이 세자를 가르칠 때 반드시 예악으
로 했다. 악은 안(마음)을 닦게 하고, 예는 밖(행실)을 닦게 하니, 예악이 마
음속에서 교착(交錯)하여 밖으로 발현된다. 따라서 그 덕이 이루어지면
기쁨이 피어 오르고 공경하여 온화하면서도 기품있게 된다.[1]

　古之人, 致樂以治心, 致禮以治躬. 故心中斯須不和不樂, 而鄙詐之

心入之矣. 非樂, 何以修內乎? 外貌斯須不莊不敬, 而易慢之心入矣. 非禮, 何以修外乎? 樂雖修內, 未嘗不發形於外, 禮雖修外, 未嘗不交錯於中. 易曰: "蒙雜而著." 交錯於中, 所以爲雜, 發形於外, 所以爲著.

教世子以禮樂, 使之至於雜而著, 則其德成矣. 故樂之成也, 心術形而悅懌, 禮之成也, 恭敬而溫文. 三王之於世子, 必始終於此而已, 不易之道也. 故曰: "樂正司業, 父師司成. 一有元良, 萬國以正, 世子之謂也." 非特王德之人爲然. 雖帝舜命夔, 教胄子以樂而曰: "直而溫, 寬而栗, 剛而無虐, 簡而無傲." 則其成也懌恭敬而溫文, 禮樂亦無乎不備矣. 保氏養國子以六藝, 而禮樂居其先, 亦此意也. 盖禮樂法而不說, 其法也, 發形於外, 天下共由之, 其不說[2]也, 心術形而悅懌恭敬而溫文, 有天下至賾存焉.

옛 사람들은 악을 지극하게 하여 마음을 다스리고, 예를 지극하게 하여 몸가짐을 다스렸다. 마음이 잠시라도 화평하지 못하거나 즐겁지 않으면 비열하고 간사한 마음이 생기니, 악이 아니면 무엇으로 마음을 닦겠는가? 외모가 잠시라도 장중(莊重)하지 못하거나 공경스럽지 못하면 경솔하고 거만한 마음이 생기니, 예가 아니면 무엇으로 몸가짐을 닦겠는가?

악은 마음을 닦는 것이지만 밖으로 발현되지 않은 적이 없고, 예는 몸가짐을 닦는 것이지만 마음속에서 교착(交錯)하지 않은 적이 없다. 『주역』에 "몽괘(蒙卦)는 섞여서 드러난다"[3]라고 했는데, '마음속에서 교착(交錯)한다'는 것은 섞이는 것이고, '밖으로 발현된다'는 것은 드러나는 것이다.

세자에게 예악을 가르친 결과 예악이 섞여서 밖으로 드러나면, 그 덕이 이루어진 것이다. 그러므로 악이 이루어지면 마음이 밖으로 드러나 자연스레 기쁨이 피어오르고, 예가 이루어지면 공경하여 온화하면서도 기품 있게 된다. 삼대의 임금들이 세자를 가르칠 적에 반드시 예악으로

---

2   대본에는 '悅'로 되어 있으나, 『樂書』 5-6에 의거하여 '說'로 바로잡았다.
3   『周易』 雜卦傳 0.

했을 따름이니, 이는 바꿀 수 없는 도(道)이다. 그러므로 "악정(樂正)은 세자의 학업을 담당하고 부사(父師: 태자의 師傳)는 세자의 덕행을 담당한다. 한 사람이 크게 선량하면 만국(萬國)이 바르게 된다고 하니, 한 사람은 바로 세자를 일컫는다"[4]라고 한 것이다.

왕으로서의 덕을 지녀야 하는 사람에게만 이렇게 한 것이 아니고, 순임금이 기(夔)에게 명하여 주자(冑子)[5]에게 악(樂)을 가르치게 할 때도 "곧으면서도 온화하고, 너그러우면서도 엄하고, 강직하면서도 사납지 않으며, 간략하면서도 오만함이 없게 해야 한다"[6]라고 했다. 그 덕이 이루어져 기쁨이 피어오르고 공경하여 온화하면서도 기품 있게 되려면, 예악 또한 갖추지 않을 수 없다. 보씨(保氏)[7]가 국자(國子)에게 육예(六藝: 禮樂射御書數)를 가르치는데, 예악을 맨 앞에 둔 것도 이런 뜻이다.

대개 예악은 모범으로 삼지만 쉽게 설명할 수 없다.[8] 모범으로 삼는다는 것은 밖으로 표현하여 온 천하가 함께 따르는 것이다. 쉽게 설명할 수 없는 것은 마음씀이 드러나 자연스레 기쁨이 피어오르고 공경하여 온화하면서도 기품있으며, 천하의 지극한 이치가 담겨 있는 것이다.

4-2. 天子視學, 大昕鼓徵, 所以警衆也. 衆至然後天子至, 乃命有司行事 興秩節, 祭先師先聖焉. 有司卒事, 反命. 始之養也, 適東序, 釋奠於先老, 遂設三老五更群老之席位焉. 適饌, 省醴養老之珍具. 遂發詠焉, 退, 修之以孝養也. 反, 登歌淸廟. 旣歌而語, 以成之也, 言父子君臣長幼之道, 合德音之致, 禮之大者也. 下管象, 舞大武. 大合衆以事, 達有神, 興有德也. 正君臣之位·貴賤之等焉, 而上下之義行

4　『禮記』文王世子 8-8.
5　주자(冑子): 임금이나 귀족의 맏아들. 후에 맏아들의 범칭으로 쓰임.
6　『書經』虞書 / 舜傳 3.
7　보씨(保氏): 주대(周代)에 왕의 나쁜 점을 간(諫)하고 국자를 도(道)로써 양성하여 육예(六藝)와 육의(六儀)를 가르치는 일을 관장하는 관직.〈『周禮』地官 / 保氏 0〉
8　예악은~없다: 『荀子』勸學 1-10.

矣. 有司告以樂闋, 王乃命公侯伯子男及群吏, 曰: "反, 養老幼于東
序." 終之以仁也.

是故, 聖人之記事也, 慮之以大, 愛之以敬, 行之以禮, 修之以孝養,
紀之以義, 終之以仁. 是故, 古之人一擧事, 而衆皆知其德之備也. 古
之君子擧大事, 必愼其終始, 而衆安得不喩焉?

천자가 국학(國學)을 시찰할 때 아침 일찍 북을 치는데, 학사(學士)들을
불러서 준비시키기 위함이다. 학사들이 모인 뒤에 천자가 도착하면 유
사(有司)에게 명하여 행사를 상례(常禮)대로 거행하게 하고, 선사(先師)와
선성(先聖)에게 석전제(釋奠祭)를 지내게 한다. 유사가 일을 마치고 천자
에게 복명(復命)한다.

처음 학교를 세우고 양로례(養老禮)를 행할 때는 천자가 동서(東序)에
가서 선로(先老)[9]에 석전제를 지낸 다음 삼로(三老)·오경(五更)과 군로
(群老)의 자리를 위차(位次)에 맞게 마련하고, 음식을 차려 놓은 곳에 몸소
가서 단슬 및 노인을 봉양할 진수(珍羞)를 살핀다. 마침내 음악이 연주되
고 노래가 시작되면 천자는 물러나와 단슬을 노인들에게 바친다.

천자로부터 단슬을 받은 노인들이 제자리로 돌아가면 악공이 당상(堂
上)에서 《청묘(淸廟)》를 노래한다. 노래가 끝나면 의리에 맞는 이야기를
나누어 천자의 양로례를 이루게 한다. 부자(父子)·군신(君臣)·장유(長
幼)의 도리를 이야기하여 덕음(德音)의 극치에 합치하니, 예의 성대한 것
이다. 당하(堂下)에서 관악기로 《상(象)》을 연주하며 《대무(大武)》를 춤춘
다. 학사들을 많이 모아 양로례를 행하니 신명(神明)에 통하고 덕이 흥기
되며, 군신(君臣)의 지위와 귀천의 등급을 바르게 하니 상하의 의리가 행
해진다.

유사가 악(樂)을 마쳤다고 아뢰면, 왕이 공(公)·후(侯)·백(伯)·자
(子)·남(男)의 제후와 향(鄕)·수(遂)[10]의 관리들에게 "돌아가서 노인과

---

9   선로(先老) : 선대의 삼로(三老)·오경(五更)에 해당하는 자.
10 향(鄕)은 왕성(王城)에서 100리까지의 행정구역이고, 수(遂)는 왕성 100리 밖에서 200

어린아이를 동서(東序)에서 봉양하라"¹¹고 명하여 인(仁)으로 마친다.

그러므로 성인이 양로례에 대해 적은 것을 보면, 생각하는 것은 크게 하고, 사랑하는 것은 공경스럽게 하고, 행하는 것은 예로써 하고, 자신을 닦는 것은 효양(孝養)으로써 하고, 표준을 세우는 것은 의(義)로써 하고, 마치는 것은 인(仁)으로써 하였다.

그러므로 옛사람이 양로례를 한번 거행하면 뭇사람들은 모두 그 안에 덕이 갖추어져 있음을 알았다. 옛군자가 큰 일을 거행할 때는 반드시 처음부터 끝까지 삼갔으니, 뭇사람들이 어찌 깨우치지 않을 수 있겠는 가?¹²

天子莫重於視學, 亦莫重於養老. 故老更者, 爲其血氣旣衰而養以佚之, 仁也. 飮食之珍具親執而奉之, 禮也. 憲行以善吾之行, 乞言以廣吾之聞, 智也. 父事之, 不疑其所謂父, 兄事之, 不疑其所謂兄, 義也. 有親者視之而興孝, 有兄者視之而興悌, 信也. 夫以一擧養老之事, 衆皆知其德之備者, 以此而已.

蓋釋尊於先老, 所以明其不忘本也, 適饌省醴, 所以明其不敢慢也. 樂則淸廟象武之頌, 所以示德與事也, 詔則父子君臣長幼之道, 所以辨君與親也. 然咏歌者樂之聲, 管者樂之器, 舞者樂之容. 養老之樂, 始而發咏, 中而管舞, 卒而樂闋, 則堂上堂下之樂和, 樂而不流也. 其所以命群后群吏, 反養老幼于東序者, 不過示父子君臣長幼之道, 合德音之致, 始之以養, 終之以仁而已. 古之君子, 必愼其終始如此, 而衆安得不喩之乎?

然則養老必歌淸廟, 下管象者, 以文王善養老故也, 舞大武者, 以武

리 사이의 행정구역이다.

11　『예기집설』에는 '養老幼于東序'에 대해 정현(鄭玄)·석량선생(石梁先生)·풍씨(馮氏)가 '幼는 잘못 끼어들어간 것 같다'고 한 견해가 소개되어 있지만, 역자는 진양의 설을 따라 '幼'를 포함하여 번역하였다.

12　『禮記』文王世子 8-13~15.

王善繼志述事故也. 雖然養老於東序, 必兼幼言之何邪? 曰, 先王之於耆老孤子, 未嘗不兼所養. 特其所重者, 老而已.

천자는 국학을 시찰하는 것보다 더 중히 여기는 일은 없으며, 또한 노인을 봉양하는 것보다 더 중히 여기는 일은 없다. 혈기가 쇠약해진 삼로(三老)·오경(五更)을 잘 봉양해서 편안하게 하는 것은 인(仁)이다. 음식의 진수(珍羞)를 친히 들어서 권하는 것은 예(禮)이다. 행동을 바르게 하여 내 행실을 선(善)하게 하고 충고의 말을 부탁하여 식견을 넓히는 것은 지(智)이다. 노인을 아버지처럼 섬기되 자기 아버지에게 하는 것과 같이 하고, 연장자를 형으로 섬기되 자기 형에게 하는 것과 같이 하는 것은 의(義)다. 어버이가 있는 자가 이를 살펴 효(孝)를 일으키고, 형이 있는 자가 이를 살펴 공경을 일으키는 것은 신(信)이다. 양로례를 한번 거행한 것만으로도 뭇사람들이 모두 '덕이 갖추어져 있음'을 안 것은 이 때문이다.

선로(先老)에게 석전(釋奠)을 지낸 것은 근본을 잃지 않음을 밝힌 것이고, 음식을 차려 놓은 곳에 몸소 가서 단술을 살핀 것은 감히 태만히 할 수 없음을 밝힌 것이다. 악(樂)으로 《청묘(淸廟)》《상(象)》《대무(大武)》[13]를 연주한 것은 덕과 업적을 보이기 위함이고, 부자·군신·장유의 도리를 이야기한 것은 임금과 어버이를 분변(分辨)하기 위함이다.

노래는 악(樂)의 소리이고, 관악기는 악의 그릇이며, 춤은 악의 모습이다. 양로에서 악은 처음에 노래를 하고, 중간에 관악기 연주에 맞추어 춤추며, 마지막에 잘 마무리했으니, 당상악과 당하악이 조화되어 즐겁되 방종에 흐르지 않은 것이다.

여러 제후와 관리들에게 '돌아가서 노인과 어린이를 동서(東序)에서 봉양하라'고 명한 것은 부자·군신·장유의 도리를 보여서 덕음(德音)의 극치에 합치하니, 봉양으로 시작하여 인(仁)으로 마친 것이다. 옛 군자들이

---

13   『禮記』文王世子 8-13의 '下管象, 舞大武.' 明堂位 14-5의 '升歌淸廟, 下管象, 朱干玉戚, 冕而舞大武, 皮弁素積, 裼而舞大夏.' 仲尼燕居 28-6의 '下而管象示事也'라는 구절에 근거하여 '象武'를 《상(象)》과 《대무(大武)》로 번역하였다.

처음부터 끝까지 이처럼 삼갔으니, 학사들이 어찌 깨우치지 않을 수 있 겠는가?

양로례를 행할 때 반드시 당상에서 《청묘》를 노래하고 당하에서 관악 기로 《상》을 연주한 것은 문왕이 노인을 잘 봉양했기 때문이고, 《대무》 를 춤춘 것은 무왕이 문왕의 뜻을 이어 사업을 계승했기 때문이다.

그런데 동서(東序)에서 양로의 예를 행할 적에 반드시 어린사람까지 아울러 말한 것은 무엇 때문인가? 선왕이 노인과 고자(孤子)[14]를 아울러 봉양하지 않은 적이 없기 때문이다. 양로라고만 말한 것은 특히 중요하 게 여긴 것이 노인이기 때문이다.

예운(禮運)

4-3. 夫禮之初始諸飮食. 其燔黍捭豚, 汙尊而抔飮. 蕢桴而土鼓, 猶 若可以致其敬於鬼神.

예의 시초는 음식에서 비롯되었다. 기장을 돌 위에 얹어 굽고 돼지고 기를 찢어서 익히며, 땅을 파서 웅덩이를 만들어 손으로 물을 떠 마셨으 며 괴부(蕢桴 : 짚과 흙을 빚어서 만든 북채)를 만들어 토고(土鼓)[15]를 두드렸을 뿐이지만, 이런 소박한 것으로도 공경하는 마음을 귀신에게 바칠 수 있 었다.[16]

---

14   고자(孤子) : 나라 일에 죽은 사람의 자손.
15   토고(土鼓) : 『禮記』 「禮運」 주(註)에는 '흙을 쌓아서 만든 북'이라 하였고, 『周禮』 주 에서는 '질[瓦]로 통[囯]을 만들고 가죽으로 면(面)을 메운 북'이라고 하였다.
16   『禮記』 禮運 9-4.

飮食者養人之本, 人之大欲存焉. 禮者飮食之節, 豈人所大欲哉? 古之聖人, 以人之所大欲者, 寓之於非所欲之禮, 則人情必至於不相悅者矣. 是故禮之所設, 樂必從之, 此禮樂之所由始也. 蓋食之禮始於燔黍捭豚, 飮之禮始于汙尊杯飮. 禮之所始, 樂亦始焉. 蕢桴而土鼓, 其樂之始歟! 明堂位曰:"土鼓·蕢桴·葦籥, 伊耆氏之樂也." 然樂以中聲爲本, 土於位爲中央, 於氣爲沖氣, 而籥之爲器 又所以通中聲者也. 伊耆氏之樂, 始於土鼓中聲作焉, 中於蕢桴中聲發焉, 終於葦籥中聲通焉. 樂之所始, 本於中聲如此, 豈不爲中和之紀乎?

周官籥章:"中春晝擊土鼓, 吹豳詩以逆暑, 中秋夜迎寒亦如之. 凡國祈年于田祖, 吹豳雅, 擊土鼓以樂田畯. 國祭蜡則吹豳頌, 擊土鼓以息老物." 其意以謂, 王業之起本於豳, 樂之作本於籥, 始於土鼓, 逆暑·迎寒·祈年·祭蜡, 皆本始民事而息老物.[17] 故所擊者土鼓·所吹者豳籥·所歌者豳詩, 有報本反始之義焉. 豈在夫聲音節奏之末節哉? 此所以猶若可以致其敬於鬼神.

먹고 마시는 것은 사람을 기르는 근본이니, 사람들의 큰 욕구가 바로 여기에 있다. 그런데 예(禮)는 먹고 마시는 것을 절제하니, 어찌 사람들이 이를 원하겠는가? 옛 성인이 사람들의 큰 욕구를 '원하지 않는 예'에 기탁했으니, 사람들이 기뻐하지 않는 것은 인정상 당연한 귀결이다. 그러므로 예를 베푸는 곳에 악이 반드시 따르도록 했다. 이것이 예와 악이 시작된 이유이다.

대개 먹는 예는 기장을 돌 위에 굽고 돼지고기를 찢는 것에서 시작되었고, 마시는 예는 땅을 파서 웅덩이를 만들어 손으로 물을 떠 마시는 것에서 시작되었다. 예가 시작되는 곳에서 악도 시작되었으니, 괴부(蕢桴)를 만들어 토고를 두드린 것이 악의 시작이다.

「명당위」에 "토고와 괴부 및 위약(葦籥)은 이기씨(伊耆氏)[18]의 악기이

---

17 대본에는 '老幼'로 되어 있으나, 사고전서 『樂書』에 의거하여 '老物'로 바로잡았다.
18 황제헌원의 증손인 요(堯)임금. 이(伊)에서 태어나 기(耆)로 옮겼기 때문에 이기씨

다"[19]라고 하였다. 악은 중성(中聲)으로 근본을 삼는데, 흙[土]은 위치로는 중앙이 되고 기(氣)로는 충기(冲氣)[20]가 되며, 약(籥)이란 악기는 또 중성을 통하게 한다. 따라서 이기씨의 악기는 중성을 만드는 토고, 두드려 중성을 내게 하는 괴부, 중성을 통하게 하는 위약으로 구성되었다. 악의 시초가 이와 같이 중성에 근본을 두었으니, 어찌 중화(中和)의 벼리가 되지 않았겠는가?

『주례』「약장(籥章)」에 "중춘(中春 : 2월)의 낮에 토고를 두드리고, 빈시(豳詩)를 연주하여 더위를 맞이한다. 중추(中秋 : 8월)의 밤에 추위를 맞이하는 일도 이와 같이 한다. 나라에서 전조(田祖)[21]에게 풍년을 빌 때 빈아(豳雅)를 연주하고, 토고를 두드려서 전준(田畯)[22]을 즐겁게 한다. 나라에서 사제(蜡祭)[23]를 지낼 때 빈송(豳頌)을 연주하고 토고를 두드려 노물(老物)을 쉬게 한다"[24]라고 하였다.

이는 왕업(王業)이 빈(豳)에서 시작되었고, 악의 제작은 약(籥)에 근본을 두고 토고에서 시작되었으며, 더위와 추위를 맞이하며 풍년을 빌고 사제(蜡祭)를 지낸 것은 모두 백성의 농사일을 근본으로 했으므로 노물(老物)[25]을 쉬게 했음을 뜻한다. 따라서 토고를 두드리고 빈약(豳籥)을 관악기로 연주하며 빈시(豳詩)를 노래한 것은 보본반시(報本反始)[26]의 뜻이 있는 것

(伊耆氏)라고 하고, 도(陶)에 봉해졌다가 당(唐)에 봉해졌으므로 도당씨라고도 한다. 고대에 토고(土鼓)와 괴부(蕢桴 : 짚과 흙을 빚어 만든 북채) 및 위약(葦籥)을 만들었다.

19 『禮記』明堂位 14-17.
20 충기(冲氣) : 음(陰)과 양(陽)의 두 기운이 부딪쳐서 조화를 이룬 기운.
21 전조(田祖) : 처음으로 농사짓는 방법을 가르쳤다는 신농씨(神農氏).
22 전준(田畯) : ① 주대(周代)에 농업을 장려하는 일을 맡은 권농관. ② 전조(田祖) ③ 농민의 범칭.
23 사제(蜡祭) : 감사의 뜻으로 1년 농사에 공을 끼친 모든 신을 찾아서 섣달에 지내는 제사이다. '蜡'는 찾는다는 뜻이다.
24 『周禮』春官 / 籥章 0.
25 노물(老物) : 하늘을 도와 1년 농사를 이루게 하는 만물의 신.
26 보본반시(報本反始) : 근본에 보답하여 처음으로 돌아감. 즉 천지와 선조의 은공에 보답함.

이지, 어찌 성음절주(聲音節奏)의 말단적인 것에 뜻을 둔 것이겠는가? 이 때문에 공경하는 마음을 귀신에게 바칠 수 있었던 것이다.

4-4. 列其琴瑟管磬鐘鼓.

금(琴)·슬(瑟)·관(管)·경(磬)·종(鐘)·고(鼓)를 벌여 놓는다.[27]

先王作樂, 莫不文之以五聲, 播之以八音. 故列琴瑟於南, 列管於東, 列磬於西北, 列鐘於西, 列鼓於北, 所以正其位也. 然琴瑟絲音也, 與瓦同於尙宮. 管竹音也, 與匏同於利制. 鼓革音也, 與木同於一聲. 磬石音也, 鐘金音也. 故擧絲以見瓦, 擧竹以見匏, 擧革以見木, 而五聲八音具矣. 後聖有作, 爲樂如此其備, 則蕢桴土鼓, 雖鄙樸不足尙, 先王必存而不廢者, 貴本始之意也. 與用二酒, 不廢玄酒, 用簋蕢, 不廢藁秸, 同意.

선왕이 악을 지을 적에 오성(五聲)으로 문채내고 팔음(八音)으로 연주하지 않음이 없었다. 그러므로 금·슬은 남쪽에, 관은 동쪽에, 경은 서북쪽에, 종은 서쪽에, 고(鼓)는 북쪽에 진열했으니, 그 위치를 바르게 하기 위해서이다.[28]

금·슬은 사음(絲音)이니 궁(宮)을 숭상하는 점에서 와(瓦)[29]와 같다. 관은 죽음(竹音)이니 조화롭게 소리를 맞추는 점에서 포(匏)와 같다.[30] 고(鼓)는 혁음(革音)이니 일정한 음정만 나는 점에서 목(木)과 같다. 경은 석음(石

---

27 『禮記』 禮運 9-7.
28 『樂書』 104-3에 따르면, 팔음(八音)은 팔괘(八卦)와 팔풍(八風)에 배합(配合)된다.

괘	☵	☶	☳	☴	☲	☷	☱	☰
	감(坎)	간(艮)	진(震)	손(巽)	이(離)	곤(坤)	태(兌)	건(乾)
팔음	革	匏	竹	木	絲	土	金	石
팔풍	廣莫風	融風	明庶風	淸明風	景風	涼風	閶闔風	不周風
방위	북	동북	동	동남	남	남서	서	서북

29 와(瓦):瓦는 팔음(八音) 중의 토(土)이며, 훈(壎)과 부(缶)가 이에 속한다.
30 종과 같은 무거운 악기는 높은 음을 숭상하고 금·슬처럼 가벼운 악기는 낮은 음을 숭상한다. 무겁지도 가볍지도 않은 포죽(匏竹)과 같은 악기는 융통성있게 소리를 맞춘다.〈『國語』 周語下 3-6〉

音)이고, 종은 금음(金音)이다. 그러므로 사(絲)를 거론하여 와(瓦)를 아울러 보이고, 죽(竹)을 거론하여 포(匏)를 아울러 보이고, 혁(革)을 거론하여 목(木)을 아울러 보여서, 오성(五聲)과 팔음(八音)을 갖추었다.

후세의 성인(聖人)이 문물제도를 제작하여 이처럼 악기를 두루 구비하였다. 그런데 괴부(蕢桴)와 토고(土鼓)는 투박하고 질박하여 숭상할 것이 못되지만 선왕이 반드시 존속시켜 폐지하지 않은 것은 예의 시초를 귀하게 여기는 뜻이다. 이는 단술을 쓰더라도 맑은 물을 폐지하지 않고, 삿자리를 쓰더라도 짚자리를 폐지하지 않은 것[31]과 같은 뜻이다.

4-5. 五聲六律十二管, 旋相爲宮.

오성(五聲)·육률(六律)·십이관(十二管)이 돌아가면서 서로 궁(宮)이 된다.[32]

周官 : "凡樂 圜鐘爲宮·黃鍾爲角·太蔟爲徵·姑洗爲羽. 凡樂 函鐘爲宮·太蔟爲角·姑洗爲徵·南呂爲羽. 凡樂 黃鍾爲宮·大呂爲角·太蔟爲徵·應鍾爲羽." 蓋天五地六, 天地之中合也. 故律不過六, 而聲亦不過五. 其旋相爲宮又不過三, 以備中聲而已. 樂以中聲爲本, 而唱和淸濁, 迭相爲經. 故以仲春之管爲天宮, 仲冬之管爲人宮, 中央長夏之管爲地宮. 國語有四宮之說, 不亦妄乎?

今夫旋宮之樂, 十二律以主之, 五聲以文之. 故圜鐘爲宮而無射爲之合, 黃鍾爲角而大呂爲之合, 太蔟爲徵而應鍾爲之合, 姑洗爲羽而南呂爲之合. 凡此宮之旋而在天者也, 故其合別而爲四.[33] 函鐘爲宮, 蕤賓爲

---

31 단술을~않은 것 : 『禮記』 禮器 10-25.
32 『禮記』 禮運 9-25.
33 대본에는 없으나, 『樂書』 41-4에 의거하여 '故其合別而爲四'를 보충했다. '『樂書』 41-4'이라고 굳이 권수와 대문의 순서를 밝힌 이유는 사고전서 『樂書』 권4도 대본과 마찬가지로 잘못되어 있어서, 『樂書』 권41을 참조했음을 밝히기 위해서이다. 이하도 마찬가지이다.

之合,³⁴ 大蔟爲角, 應鍾爲之合,³⁵ 姑洗爲徵·南呂爲羽, 而交相合焉.
凡此宮之旋而在地者也, 故其合降而爲三. 黃鍾爲宮·大呂爲角·太蔟
爲徵·應鍾爲羽, 而兩相合焉. 凡此宮之旋而在人者也, 故其合又降而
爲二. 在易, 上經言天地之道, 下經言人道, 而元亨利貞之德, 乾別爲
四, 坤降爲二, 咸又降爲一, 亦此意也.

蓋一陰一陽之謂道. 天法道, 其數參而奇. 雖主乎三,³⁶ 陽未嘗不以
一³⁷陰成之. 故其律先陰而後陽. 地法天, 其數兩而偶. 雖主乎二, 陰未
嘗不以二陽配之. 故其律或上同於天, 而以陰先陽, 或下同於人, 而以
陽先陰. 人法地, 則以同而異. 此其律所以一於陽先乎陰歟. 大抵旋宮
之制, 與蓍卦六爻之數, 常相爲表裏. 蓍卦之數, 分而爲二, 以象兩儀,
掛一以象三才, 揲之以四以象四時, 歸奇於扐以象閏, 而六爻之用, 抑
又分陰分陽, 迭用柔剛. 則知陰陽之律, 分而爲二, 亦象兩儀之意也, 其
宮則三, 亦象三才之意也, 其聲則四, 亦象四時之意也, 餘律歸奇,³⁸ 亦
象閏之意也. 分樂之序, 則奏律歌呂, 亦分陰分陽之意也, 三宮之用, 則
三才迭旋, 亦迭用柔剛之意也.

十有二律之管, 禮天神以圜鍾爲首, 禮地祇以函鍾爲首, 禮人鬼以黃
鍾爲首. 三者旋相爲宮, 而商角徵羽之管, 亦隨而運焉. 則尊卑有常而
不亂, 猶十二辰之位, 取三統三正之義, 亦不過子丑寅而止耳. 禮運曰:
"五聲六律十二管旋相爲宮", 如此而已. 先儒以十有二律, 均旋爲宮,
又附益之以變宮變徵, 而爲六十律之準不亦失聖人取中聲, 寓尊卑之
意邪? 後世之失, 非特此也. 復以黃鍾爲宮爲羽, 大呂爲二商, 太蔟爲商
爲徵, 圜鍾爲徵爲羽, 姑洗爲宮爲羽, 仲呂爲宮爲商,³⁹ 蕤賓爲徵爲角,

---

34 대본에 없으나, 『樂書』 41-4에 의거하여 '蕤賓爲之合'을 보충했다.
35 대본에 없으나, 『樂書』 41-4에 의거하여 '應鍾爲之合'을 보충했다.
36 대본에는 '三'이 없으나, 『樂書』 41-4에 의거하여 '三'을 보충했다.
37 대본에는 없으나 사고전서 『樂書』에 의거하여 '一'을 보충했다.
38 대본에는 '音'으로 되어 있으나, 사고전서 『樂書』에 의거하여 '奇'로 바로잡았다.
39 대본에는 '姑洗爲宮爲商'으로 되어 있으나, 『樂書』 41-4에 의거하여 '姑洗爲宮爲羽,

函鍾爲徵爲羽, 夷則爲羽爲角, 南呂爲徵爲商, 無射爲角爲商, 應鍾爲
角爲羽, 抑又甚矣.

然則天人之宮, 一以太蔟爲徵者, 祀天於南郊, 而以祖配之, 則天人
同致故也. 三宮不用商聲者, 商爲金聲, 而周以木王, 其不用, 則避其所
剋而已. 大師[40]掌六律六同, 以合陰陽之聲, 皆文之以五聲宮商角徵羽,
則五聲之於樂, 闕一不可. 周之作樂, 非不備五聲, 其無商者, 文去實不
去故也. 荀卿以審詩商, 爲太師之職, 然則詩爲樂章, 商爲樂聲, 樂章之
有商聲, 大[41]師必審之者, 爲避所剋而已, 與周之佩玉, 左徵角右宮羽,
亦不用商, 同意. 夫豈爲祭尙柔而商堅剛也哉? 先儒言, 天宮不用仲呂
函鍾南呂無射, 人宮避函鍾南呂姑洗蕤賓. 不用者卑之也, 避之者尊之
也. 以謂天地之宮不用人宮[42]之律, 人宮避天地之律. 然則人宮用黃鍾,
孰謂避天地之律耶?

『주례』에 "천신(天神)의 강신악(降神樂)은 《원종위궁(圜鍾爲宮)》·《황종
위각(黃鍾爲角)》·《태주위치(太蔟爲徵)》·《고선위우(姑洗爲羽)》이고, 지기(地
祇)의 강신악은 《함종위궁(函鍾爲宮)》·《태주위각(太蔟爲角)》·《고선위치(姑
洗爲徵)》·《남려위우(南呂爲羽)》이며, 인귀(人鬼)의 강신악은 《황종위궁(黃鍾
爲宮)》·《대려위각(大呂爲角)》·《태주위치(太蔟爲徵)》·《응종위우(應鍾爲羽)》
이다"[43]라고 하였다.

대개 천(天) 5와 지(地) 6은 천지의 중(中)에 해당하는 수이므로[44] 율(律)
은 여섯을 넘지 않고,[45] 성(聲)도 다섯을 넘지 않는다.[46] 따라서 선상위궁

仲呂爲宮爲商'으로 바로잡았다.

40 대본에는 '太'로 되어 있으나, 『周禮』에 의거하여 '大'로 바로잡았다.

41 대본에는 '太'로 되어 있으나, 『周禮』에 의거하여 '大'로 바로잡았다.

42 대본에는 '地'로 되어 있으나, 『樂書』 41-4에 의거하여 '人'으로 바로잡았다.

43 『周禮』 春官 / 大司樂 2.

44 천수(天數)는 1·3·5·7·9이고, 지수(地數)는 2·4·6·8·10이다. 5와 6은 각각
천수와 지수의 중간이 된다.〈『周易』 繫辭上傳 9〉

45 황종(黃鍾)·태주(太蔟)·고선(姑洗)·유빈(蕤賓)·이칙(夷則)·무역(無射)은   양성
((陽聲)으로 6율(六律)이 되고, 대려(大呂)·협종(夾鍾)·중려(仲呂)·임종(林鍾)·남

(旋相爲宮)은 셋을 넘지 않게 하여[47] 중성(中聲)을 갖출 따름이다.

악은 중성(中聲)으로 근본을 삼고, 선창(先唱)과 화답(和答), 청성(淸聲)과 탁성(濁聲)이 번갈아 서로 경(經)이 된다.[48] 그러므로 중춘(仲春 : 2월)의 율관인 원종(圜鍾 : 협종)을 천궁(天宮)으로 삼고, 중동(仲冬 : 11월)의 율관인 황종을 인궁(人宮)으로 삼으며, 중앙 장하(中央長夏 : 6월)의 율관인 임종을 지궁(地宮)으로 삼았으니,[49] 『국어』에 실린 사궁(四宮)의 설[50]은 또한 터무니없지 않은가?

선궁지악(旋宮之樂)은 12율로 주관하고 5성으로 문채낸다. 그러므로 《원종위궁(圜鍾爲宮)》의 원종은 무역과 합(合)하고, 《황종위각(黃鍾爲角)》의 황종은 대려와 합하고, 《태주위치(大蔟爲徵)》의 태주는 응종과 합하고, 《고선위우(姑洗爲羽)》의 고선은 남려와 합한다. 이는 선궁(旋宮)이 하늘에 있으므로 그 합성(合聲)이 각각 달라서 넷이 된 것이다.

《함종위궁(函鍾爲宮)》의 함종(函鍾 : 임종)은 유빈과 합하고 《태주위각(太蔟爲角)》의 태주는 응종과 합하고, 《고선위치(姑洗爲徵)》의 고선과 《남려위우(南呂爲羽)》의 남려는 서로 교차하여 합한다. 이는 선궁이 땅에 있으므로 합성이 줄어서 셋이 된 것이다.

《황종위궁(黃鍾爲宮)》의 황종과 《대려위각(大呂爲角)》의 대려가 서로 합하고, 《태주위치(大蔟爲徵)》의 태주와 《응종위우(應鍾爲羽)》의 응종이 서로 합한다. 이는 선궁이 사람에게 있으므로 합성이 또 줄어서 둘이 된 것이

려(南呂) · 응종(應鍾)은 음성(陰聲)으로 6려(六呂)가 된다. 그러나 음과 양을 나누지 않고 6율과 6려를 합하여 12율이라 부르기도 한다.

46   궁 · 상 · 각 · 치 · 우의 오성(五聲)을 가리킨다.

47   천신(天神) · 지기(地祇) · 인귀(人鬼)의 강신악(降神樂)의 궁조는 각각 원종궁(圜鍾宮 : 협종궁) · 함종궁(函鍾宮 : 임종궁) · 황종궁(黃鍾宮)으로서, 셋이라는 뜻이다.

48   선창(先唱)과~된다 : 『禮記』樂記 19-13.

49   중하(仲夏 : 5월)의 율관인 유빈을 쓰지 않고 6월의 율관인 임종을 쓰는 이유는 6월에 토기(土氣)가 가장 성하기 때문이다.

50   『國語』에 이칙지상궁(夷則之上宮) · 황종지하궁(黃鍾之下宮) · 태주지하궁(太蔟之下宮) · 무역지상궁(無射之上宮)에 대해 언급한 내용이 나온다.〈『國語』周語下 3-7〉

다.

『주역』의 상경(上經)⁵¹은 천지의 도(道)를 말하고, 하경(下經)⁵²은 사람의 도를 말했는데, 원(元)·형(亨)·이(利)·정(貞)의 덕이 건괘(乾卦)에서는 구별되어 넷이 되고,⁵³ 곤괘(坤卦)에서는 줄어서 둘이 되며,⁵⁴ 함괘(咸卦)에서는 또 줄어서 하나가 된 것⁵⁵도 이와 같은 뜻이다.

한번 음(陰)이 되고 한번 양(陽)이 되는 것을 도(道)라 이른다.⁵⁶ 하늘은 도(道)를 법으로 삼으니, 그 수가 3이면서 홀수이다. 비록 3을 주장하나 양(陽)은 하나의 음(陰)과 함께 이루지 않은 적이 없으므로 천신의 강신악(降神樂)은 음(陰)의 율 하나가 앞에 있고 양(陽)의 율 셋이 뒤에 있다.⁵⁷

땅은 하늘을 법으로 삼으니, 그 수가 2이면서 짝수이다. 비록 2를 주장하나 음(陰)은 두 개의 양(陽)과 짝하지 않은 적이 없으므로 지기의 강신악은 혹 위에 있는 천신처럼 음(陰)의 율이 양(陽)의 율보다 앞에 있기도 하고, 혹 아래에 있는 인귀처럼 양(陽)의 율이 음(陰)의 율보다 앞에 있기도 한다.⁵⁸

사람은 땅을 법으로 삼으니, 땅과 같으면서도 다르다. 이 때문에 인귀의 강신악은 한결같이 양(陽)의 율이 음(陰)의 율보다 앞에 있다.⁵⁹

---

51 상경에는 건괘(乾卦)에서 이괘(離卦)까지의 30괘가 있다.

52 하경에는 함괘(咸卦)에서 미제괘(未濟卦)까지의 34괘가 있다.

53 『周易』乾卦 1.「乾, 元亨利貞【건(乾)은 원(元)하고 형(亨)하고 이(利)하고 정(貞)하다.】」

54 『周易』坤卦 1.「坤, 元亨, 利牝馬之貞【곤(坤)은 원(元)하고 형(亨)하니, 암말의 정(貞)함이 이롭다.】」

55 『周易』咸卦 1.「咸, 亨, 利貞, 取女吉【함(咸)은 형통하니 정(貞)함이 이로우니, 여자를 취하면 길(吉)하리라.】」

56 한번~이른다：『周易』繫辭上傳 5.

57 천신의 강신악인 원종위궁·황종위각·태주위치·고선위우에서 원종은 음(陰)이고, 황종·태주·고선이 양(陽)이므로, 음의 율이 앞에 있고 양의 율이 뒤에 있다는 뜻이다.

58 지기(地祇)의 강신악인 함종위궁·태주위각·고선위치·남려위우에서 함종은 음(陰)이고 태주는 양(陽)이며, 고선은 양(陽)이고 남려는 음(陰)이므로, 음의 율이 양의 율보다 앞에 있기도 하고 양의 율이 음의 율보다 앞에 있기도 한다는 뜻이다.

59 인귀의 강신악인 황종위궁·대려위각·태주위치·응종위우에서 황종은 양(陽)이고

대체로 선궁(旋宮) 제도는 점괘(占卦)에 나타난 육효(六爻)의 수와 언제나 서로 표리(表裏)가 된다. 점대의 수를 둘로 나누어 양의(兩儀 : 陰陽)를 상징하고, 하나를 걸어서 삼재(三才 : 天地人)를 상징하고, 넷씩 점대를 세어서 사시(四時 : 春夏秋冬)를 상징하고, 나머지 점대를 손가락 사이에 끼워서 윤달을 상징하는데,[60] 육효의 작용은 음과 양으로 나뉘어 번갈아 유(柔)와 강(剛)을 쓴다.[61]

따라서 율이 음(陰)과 양(陽)의 둘로 나뉜 것은 양의(兩儀)를 상징하는 뜻이고, 궁이 셋인 것은 삼재(三才)를 상징하는 뜻이며, 성(聲)이 넷인 것은[62] 사시(四時)를 상징하는 뜻이고, 강신악의 중심음으로 쓰이지 않은 나머지 율은[63] 윤달을 상징하는 뜻이다. 악의 차서(次序)를 나눈 것은 율(律)을 연주하고 여(呂)를 노래하는 것이니[64], 음과 양으로 나뉜 뜻이고, 삼궁(三宮)을 쓰는 것은 삼재(三才)가 번갈아 도는 것이니, 또한 번갈아 유(剛)와 강(柔)을 쓰는 뜻이다.

12율관은 천신에 예(禮)를 올릴 때는 원종을 으뜸으로 삼고, 지기에 예를 올릴 때는 함종을 으뜸으로 삼으며, 인귀에 예를 올릴 때는 황종을 으뜸으로 삼는다. 이 셋이 돌아가며 서로 궁이 됨에 따라 상·각·치·우의 율관도 이에 따라 바뀌므로,[65] 존비(尊卑)가 떳떳하여 문란하지 않다. 이는 12진(辰)의 위(位)에서 삼통삼정(三統三正)[66]의 뜻을 취한 것이 자

대려는 음(陰)이며 태주가 양(陽)이고 응종이 음(陰)이니, 양의 율이 음의 율보다 앞에 있다는 뜻이다.

60 점대의~상징하는데 : 『周易』繫辭上傳 9.

61 음과~쓴다 : 『周易』說卦傳 2.

62 천신·지기·인귀의 강신악에 상조를 제외한 궁조·각조·치조·우조만 쓰는 것을 말한다.

63 12율 중 중려·유빈·이칙·무역이 강신악의 중심음으로 쓰이지 않았다.

64 예를 들면, 천신(天神)에는 당하에서 첫 번째 양률인 황종궁을 연주하고, 당상에서는 대려궁을 노래한다. 지기(地祇)에는 당하에서 두 번째 양률인 태주궁을 연주하고, 당상에서 응종궁을 노래한다. 사망(四望)에는 당하에서 세 번째 양률인 고선궁을 연주하고, 당상에서 남려궁을 노래한다.

65 협종궁·임종궁·황종궁을 예로 들어 보겠다.

(子)·축(丑)·인(寅)에 지나지 않은 것과 같다. 「예운(禮運)」에 "5성·6
률·12관이 돌아가며 서로 궁이 된다"[67]라고 했을 뿐인데, 선유(先儒)가
"12율이 골고루 번갈아 궁이 될 수 있다"라고 주장하고, 또 거기에 변궁
과 변치를 덧붙이고, 60율을 산정해낸 준(準)을 만들었으니,[68] 또한 '성인
이 중성(中聲)을 취해 존비(尊卑)를 나타낸 뜻'을 잃은 것이 아니겠는가?

후세의 잘못은 이 뿐만이 아니다. 또 황종으로 궁(宮)도 삼고 우(羽)도
삼으며, 대려로 두 번이나 상(商)을 삼으며, 태주로 상(商)[69]도 삼고 치(徵)
도 삼으며, 원종으로 치(徵)도 삼고 우(羽)도 삼으며, 고선으로 궁(宮)도 삼
고 우(羽)도 삼으며, 중려로 궁도 삼고 상(商)도 삼으며, 유빈으로 치(徵)도
삼고 각(角)도 삼으며, 함종으로 치도 삼고 우도 삼으며, 이칙으로 우도
삼고 각도 삼으며, 남려로 치도 삼고 상도 삼으며, 무역으로 각도 삼고 상
도 삼으며, 응종으로 각도 삼고 우도 삼았으니, 또한 잘못이 너무 심하다.

그런데 천궁(天宮 : 天祀)과 인궁(人宮 : 人享)에 다같이 《태주위치》의 음악
을 쓴 것[70]은 남교(南郊)에서 하늘에 제사지낼 때 조상을 배향(配享)한 것
에서 보듯이[71] 천신과 인귀가 다 함께 이르기 때문이다. 삼궁(三宮)에 상
성(商聲)을 쓰지 않은 것은, 상성은 금(金)인데 주나라가 목덕(木德)으로 왕

	궁	상	각	변치	치	우	변궁
협종궁	협	중	임	남	무	황	태
임종궁	임	남	응	대	태	고	유
황종궁	황	태	고	유	임	남	응

66 삼통삼정(三統三正) : 하·은·주 삼대에 정월을 정할 때 기준으로 삼은 것. 하는 인
   통(人統), 은은 지통(地統), 주는 천통(天統)을 주장하여 각각 인(寅 : 1월)·축(丑 : 12
   월)·자(子 : 11월)를 세수(歲首)로 삼았다.
67 『禮記』禮運 9-25.
68 전한(前漢)의 사상가이자 음악이론가인 경방(京房, B.C. 77~B.C. 37)은 전통적인 죽
   관(竹管)을 버리고 새로이 현(絃)에 의한 음률측정기인 준(準)을 발명하여 60을 산정
   하였다.
69 『樂書』100-2에는 '각(角)'으로 되어 있다.
70 천신과 인귀의 영신악에 다같이 《태주위치(太族爲徵)》의 음악을 쓴 것을 가리키다.
71 주공(周公)이 남교(南郊)에서 하늘에 제사지낼 때 후직(后稷)을 배향(配享)하였다.
   〈『孝經』聖治章 9〉

이 되었으므로, 상극(相剋)을 피한 것일 뿐이다.

태사(大師)가 육률육동(六律六同)을 관장하여 음양의 소리를 합하고, 궁·상·각·치·우로 문채냈으니,[72] 음악에서 오성(五聲)이 하나라도 빠져서는 안 된다. 주나라에서 만든 음악이 오성을 갖추지 않은 것이 아닌데 '상(商)이 없다'고 한 것은 형식적으로는 없애고 실제로는 없애지 않은 것이다.[73]

순경(荀卿)은 '시(詩)와 상(商)을 살피는 것이 태사의 직분이라'[74]고 하였다. 시는 악장이고 상은 악성(樂聲)이니, 악장에 상성이 있는지를 태사가 반드시 살핀 것은 상극을 피하기 위한 것일 뿐이다. 주나라에서 허리에 차는 장식용 옥(玉)이 왼쪽의 것은 치성(徵聲)과 각성(角聲)을 내고 오른쪽의 것은 궁성(宮聲)과 우성(羽聲)을 내어 상성이 쓰이지 않은 것과 같은 뜻이니, 어찌 '제사는 부드러운 것을 숭상하는데 상성은 강하기 때문에 쓰지 않은 것'[75]이겠는가?

선유(先儒)는 '천궁에서 중려·함종·남려·무역을 쓰지 않고, 인궁에서 함종·남려·고선·유빈을 피한다'[76]라고 하였다. 쓰지 않은 것은 낮기 때문이고 피한 것은 높기 때문이니, 천궁과 지궁에서는 인궁의 율을 쓰지 않고 인궁에서는 천궁과 지궁의 율을 피했음을 뜻한다. 그러나 실은 인궁에서 황종을 쓰니, 어찌 선유의 말대로 천궁과 지궁의 율을 피한 것이라고 할 수 있겠는가?

---

72 태사(太師)가~문채냈으니 : 『周禮』春官 / 大師 0.
73 '상(商이 없다'는 것은 상조(商調)를 쓰지 않았다는 뜻이지 상성(商聲)이 없다는 뜻이 아니다. 진양이 착각한 것 같다.
74 『荀子』 王制 9-18.
75 『周禮』春官 / 大司樂 2의 鄭玄 注.「此樂無商者祭尙柔商堅剛也」
76 『周禮』春官 / 大司樂 2의 鄭玄 注.「天宮夾鍾, 陰聲其相生從陽數, 其陽無射, 無射上生中呂, 中呂與地宮同位不用也, 中呂上生黃鍾, 黃鍾下生林鍾, 林鍾地宮又不用, 林鍾上生大蔟, 大蔟下生南呂, 南呂與無射同位又不用, 南呂上生姑洗. 地宮林鍾, 林鍾上生大蔟, 大蔟下生南呂, 南呂上生姑洗. 人宮黃鍾, 黃鍾下生林鍾, 林鍾地宮又辟之, 林鍾上生大蔟, 大蔟下生南呂, 南呂與天宮之陽同位又辟之, 南呂上生姑洗, 姑洗南呂之合又辟之, 姑洗下生應鍾, 應鍾上生蕤賓, 蕤賓地宮林鍾之陽也又辟之, 蕤賓上生大呂.」

4-6. 天子以德爲車, 以樂爲御.

천자는 덕(德)을 '수레'로 삼고, 악(樂)을 '수레를 모는 기술'로 삼는다.[77]

德者性之端, 樂者德之華. 故古之人安德以樂, 而聞樂知德. 是德之
與樂, 未嘗不相須而成也. 蓋一器之成, 而工聚焉者車也, 疏數疾徐, 而
有度數存焉者御也.

天子之於天下, 所以安而行之者在德, 不在車. 然非車, 不足以喩德.
所以行而樂之者在樂, 不在御. 然非御, 不足以喩樂. 車者器也, 御者人
也, 德者實也, 樂者文也. 車非御不運, 德非樂不彰. 以德爲車, 則無運
而非德也, 法何與焉? 以樂爲御, 則無作而非樂也, 禮何與焉? 若夫大
夫以法相序, 諸侯以禮相與, 其去德不亦遠乎?

덕은 성(性)의 싹이고, 악(樂)은 덕의 꽃이다.[78] 그러므로 옛사람은 덕을
굳게 지켜 악을 즐겼고, 악을 듣고 덕을 알았다. 즉, 덕과 악은 서로 의
지하여 완성되는 것이다. 공력(工力)을 모아 완성한 기구는 수레이고, 천
천히 또는 빨리 수레를 모는 것은 마부의 기술이다.

천자가 천하를 다스릴 때 편안히 행할 수 있는 근원은 덕에 있고 수레
에 있지 않지만 수레만큼 이를 적절히 비유할 만한 용어가 없다. 행해서
즐겁게 되는 근원은 악에 있고 수레를 모는 기술에 있지 않지만 수레를
모는 기술만큼 악을 충분히 비유할 만한 용어가 없다. 즉, 수레는 기구이
고 수레를 모는 것은 사람의 기술인 것처럼, 덕은 본질이고 악은 문채내
는 것이다.

수레는 말을 몰지 않으면 움직이지 않고, 덕은 악이 아니면 빛나지 않
는다. 덕을 수레로 여기면 행동하는 것마다 덕 아닌 것이 없을 것이니,
법이 어찌 끼겠는가? 악을 수레를 모는 기술로 여기면 하는 일마다 즐겁
지 않은 것이 없을 것이니, 형식적인 예가 어찌 끼겠는가? 만약 대부가

---

77 『禮記』 禮運 9-35.
78 덕은~꽃이다: 『禮記』 樂記 19-15.

법으로만 서로 서열을 지키고, 제후가 형식적인 예로만 서로 대한다면, 덕과 동떨어진 것이 아니겠는가!

권5 예기훈의(禮記訓義)

예기(禮器)·교특생(郊特牲)

예기(禮器)

5-1. 故禮有擯詔, 樂有相步, 溫之至也.

그러므로 예(禮)에 빈객(賓客)을 안내하는 빈조(擯詔)가 있고, 악(樂)에 고몽(瞽矇: 장님 악공)을 인도하는 상보(相步)가 있는 것은 온후(溫厚)함이 지극한 것이다.[1]

擯所以輔賓, 相所以導瞽. 孟子曰 : "禮之於賓主." 有擯以輔賓, 而詔之以其義, 則賓主之情通矣. 故曰 : "禮有擯詔." 周官 : "眡瞭凡樂事相瞽." 有相以導瞽而使之步, 亦步, 則周旋之節得矣. 故曰 : "樂有相步."

---

1   『禮記』禮器 10-25.

蓋禮以和爲用, 而有擯以詔之, 則凡自外作者, 罔不和矣. 樂以和爲體, 而有相以導之, 則凡由中出者, 罔不和矣. 外和而內或否焉·內和而外或否焉, 皆非所以爲溫之至也. 然則所謂溫之至者, 得非內外俱進於和歟? 雖然禮有擯詔, 亦有所謂不詔者, '凶事不詔 朝事以樂' 是也.

빈(擯)은 빈객을 안내하고, 상(相)은 고몽(瞽矇)을 인도한다. 『맹자』에 "빈객과 주인 사이의 예(禮)"[2]에 대해 언급하였는데, 빈(擯)이 빈객을 도와서 의(義)로써 고하면 빈객과 주인 사이의 정(情)이 통하게 된다. 그러므로 '예에 빈조(擯詔)가 있다'고 한 것이다.

『주례』에 "시료(眂瞭)가 모든 악사(樂事)에서 고몽을 돕는다"[3]라고 하였는데, 상(相)이 고몽을 인도하여 걷게 하면 주선(周旋)하는 것이 절도가 있게 된다. 그러므로 '악에 상보(相步)가 있다'고 한 것이다.

대개 예는 화(和)를 용(用)으로 삼으므로, 빈(擯)이 고(告)하면 밖의 행실이 화(和)하지 않은 것이 없게 된다. 악은 화(和)를 체(體)로 삼으므로, 상(相)이 인도하면 안에서 우러나오는 마음이 화(和)하지 않은 것이 없게 된다.

밖은 화(和)하면서 안은 혹 그렇지 않은 것과 안은 화(和)하면서 밖은 혹 그렇지 않은 것이 모두 온후함이 지극하지 않은 것이다. 그렇다면 이른바 온후함이 지극하다는 것은 안과 밖이 모두 화(和)한 데로 나아가는 것이 아니겠는가?

그런데 예에 빈조(擯詔)가 있지만 또한 고하지 않는 경우도 있으니, 흉사(凶事)에 다른 사람이 고(告)하는 것을 기다리지 않고 곡읍(哭泣)하며, 조정에서 현인을 봉양할 때 음악으로 즐겁게 한다[4]라고 한 것이 이 것이다.

---

2 『孟子』 盡心下 14-24.
3 『周禮』 春官 / 眂瞭 0.
4 『禮記』 禮器 10-25.

5-2. 廟堂之上, 罍尊在阼, 犧尊在西. 廟堂之下, 縣鼓在西, 應鼓在東. 君在阼, 夫人在房, 大明生於東, 月生於西. 此陰陽之分, 夫婦之位也. 君西酌犧象, 夫人東酌罍尊, 禮交動乎上, 樂交應乎下, 和之至也.

묘당(廟堂) 위에는 뇌준(罍尊)[5]이 동쪽에 있고 희준(犧尊)[6]이 서쪽에 있으며, 묘당 아래에는 현고(縣鼓)가 서쪽에 있고 응고(應鼓)가 동쪽에 있다. 임금은 조(阼)[7]에 있고 부인은 방에 있으며, 대명(大明 : 해)은 동쪽에서 생기고 달은 서쪽에서 생긴다. 이것은 음양의 분별이며 부부의 자리이다.

임금은 서쪽으로 가서 희준(犧尊)과 상준(象尊)[8]에 술을 따르고, 부인은 동쪽으로 가서 뇌준(罍尊)에 술을 따른다. 예가 당상에서 교류하여 움직이고 악이 당하에서 교류하여 응하는 것은 화(和)가 지극한 것이다.[9]

道之在天爲陰陽, 在人爲禮樂. 故陰陽之辨, 象爲日月, 分爲夫婦, 位爲上下, 方爲東西, 居爲阼房, 器爲鼓尊. 是以廟堂之上, 罍尊象陽動而在東, 夫人在房而東, 酌之, 是陰上交乎陽也. 犧尊象陰靜而在西, 君在阼而西, 酌之, 是陽下交乎陰也. 禮交動乎廟堂之上者如此. 縣鼓以陽唱始而在西, 是以陽下交乎陰也. 應鼓以陰和終而在東, 是亦陰上交乎陽也. 樂之所以交動乎廟堂之下者如此. 蓋禮由陰作而極下, 有以交乎上, 樂由陽來而極上, 有以交乎下. 天地交通, 成和之道, 盡於此矣, 有不爲和之至邪? 周官太宰之禮·與宗伯之大司樂, 皆曰 : "以和邦國以諧萬民." 是禮樂之情同, 明王以相沿也, 均謂和之至不亦可乎?

禮器之論禮樂, 有言溫之至, 有言和之至, 何也? 曰 : 四時之運, 春則

---

5   뇌준(罍尊) : 구름이나 번개 무늬를 그린 술잔.
6   희준(犧尊) : 소 모양으로 만들거나 배면(背面)에 소 그림을 새긴 술잔.
7   조(阼) : 제왕의 자리.
8   상준(象尊) : 코끼리 혹은 봉황을 새긴 술잔. 일설에는 상아로 장식한 잔이라고도 한다.〈그림 2-1 참조〉
9   『禮記』 禮器 10-29, 30.

陽中, 而暄氣以爲溫, 夏居中央, 而沖氣以爲和. 語曰 : "色思溫." 莊子曰 : "心莫若和." 是溫在外而爲和之始, 和在內而爲溫之成. 或問泰和. 揚[10]子對曰 : "其在唐虞成周乎! 觀書及詩, 溫溫乎其和可知也." 然則唐虞之所以致溫和者, 其在禮樂之備乎! 上言禮樂之末節, 故言溫. 此言禮樂之妙用, 故言和.

祭義言 : "日出於東 月生於西." 此言 : "大明生於東 月生於西者." 言月, 則知大明之爲日, 言大明, 則知月之爲小明[11]而已. 在易坎爲月, 離爲日. 晉之爲卦, 離上坎[12]下, 而曰 : "順而麗乎大明." 則日之明大於月也信矣.

도(道)가 하늘에서는 음양으로 나타나고 인간세상에서는 예악으로 나타난다. 그러므로 음양의 분별이 상(象)으로는 해와 달이 되고, 분의(分義)로는 부부가 되고, 자리로는 상하가 되고, 방위로는 동서가 되고, 거처로는 조(阼)와 방이 되고, 기구로는 고(鼓)와 준(尊)이 된다.

따라서 묘당 위에서 뇌준이 활발한 양(陽動)을 상징하여 동쪽에 있는데 부인이 방에서 동쪽으로 가서 술을 따르는 것은 음(陰)이 양(陽)과 상교(上交)[13]하는 것이며, 희준이 고요한 음(陰靜)'을 상징하여 서쪽에 있는데 임금이 조(阼)에서 서쪽으로 가서 술을 따르는 것은 양이 음과 하교(下交)하는 것이다. 예가 묘당 위에서 교류하여 움직이는 것이 이와 같다.

현고(縣鼓)는 양(陽)으로써 선창하여 먼저 치는 북인데, 이를 서쪽에 진설한 것은 양이 음과 하교(下交)하는 것이다. 응고(應鼓)가 음(陰)으로써 화답하여 나중에 치는 북인데, 이를 동쪽에 진설한 것은 또한 음이 양과

---

10   대본에 '楊'으로 되어 있으나, '揚'으로 바로잡았다.
11   대본에는 '明小'로 되어 있으나, 사고전서『樂書』에 의거하여 '小明'으로 바로잡았다.
12   대본에는 '坎'으로 되어 있으나, '火地晉'이므로 '坤'이어야 맞다. 사고전서『樂書』에도 '坤'으로 되어 있다. 그러나 '坤'으로 바로잡을 경우 앞 문장과 잘 연결되지 않으므로, 바로잡지 않고 그대로 두었다.
13   상교(上交) : 윗사람과 사귀는 것을 상교(上交), 아랫사람과 사귀는 것을 하교(下交)라 한다. 여기서는 음(陰)이 양(陽)과 교류하는 것을 상교, 양이 음과 교류하는 것을 하교라 하였다.

상교(上交)하는 것이다. 악이 묘당 아래에서 교류하여 움직이는 것이 이와 같다.

대개 예는 음(陰)으로 말미암아 만들어져 지극히 낮으므로 위에서 교류하고, 악은 양(陽)으로 말미암아 생겨서 지극히 높으므로 아래에서 교류한다. 하늘과 땅이 서로 통하여 조화를 이루는 도가 여기에 극진히 표현되어 있으니, 화(和)가 지극하지 않은가?

『주례』「태재(太宰)」의 예전(禮典)과 「대사악(大司樂)」에 모두 "나라를 화평하게 하고 만민을 화합하게 한다"[14]라고 한 것은 예악의 정(情: 본질)이 같아서 명철한 왕이 서로 계승한 것이니, '화(和)가 지극하다'고 한 것이 또한 옳지 않은가?

「예기(禮器)」에서 예악을 논할 때에 '온후(溫厚)함이 지극하다'고 하고 또 '화(和)가 지극하다'고 한 것은 무엇 때문인가? 사시(四時)가 운행하는 데 봄은 양중(陽中)에 있어서 훤기(暄氣: 따뜻한 기운)로 온후하게 하고, 여름은 중앙에 있어서 충기(沖氣)[15]로 화(和)하게 하기 때문이다. 『논어』에 "얼굴빛은 온후하게 할 것을 생각한다"[16]라고 했고, 『장자』에 "마음은 화(和)보다 더 좋은 것이 없다"[17]라고 했으니, 온후(溫厚)함은 밖에 나타나는 것으로 화(和)의 시초가 되고, 화(和)는 안에 있는 것으로 온후함의 완성이 된다. 어떤 사람이 태화(泰和)에 대하여 물으니, 양자(揚子)가 "요순시대와 주나라 초기의 융성하던 때의 태평성세를 가리키니, 『서경』과 『시경』을 읽으면 온후하고 화평한 것을 알 수 있다"[18]라고 대답하였다. 요순시대에 온후하고 화평했던 까닭은 예악이 갖추어졌기 때문이다. 위

14　『周禮』天官 / 大宰 1. 「三曰禮典以和邦國以統百官以諧萬民.」；『周禮』春官 / 大司樂 1. 「以六律六同五聲八音六舞大合樂, 以致鬼神祇, 以和邦國, 以諧萬民, 以安賓客, 以 說遠人, 以作動物.」

15　충기(沖氣): 음양의 두 기운이 부딪쳐서 조화를 이룬 기운.

16　『論語』季氏 16-10.

17　『莊子』人間世 4-3.

18　『法言』孝至 13-23.

에서(『악서』5-1)는 예악의 말절을 논한 것이므로 '온후함[溫]'을 말했고, 여기에서는 예악의 묘용(妙用)을 논한 것이므로 '화(和)'를 말한 것이다.

「제의(祭義)」에 "해는 동쪽에서 생기고 달은 서쪽에서 생긴다"[19]라고 말했는데, 여기에서는 "대명(大明)은 동쪽에서 생기고 달은 서쪽에서 생긴다"라고 말했다. 달을 말했으니, 대명은 해가 됨을 알 수 있고, 대명을 말했으니 달은 소명(小明)이 됨을 알 수 있다. 『주역』에서 감괘(坎卦)는 달이 되고, 이괘(離卦)는 해가 된다.[20] 진괘(晉卦)는 이괘(離卦)가 위에 있고 감괘(坎卦)[21]가 아래에 있는 괘인데, "순종하여 대명(大明)에 붙는다"[22]라고 했으니, 해가 달보다 밝다는 것은 확실하다.

5-3. 禮也者反其所自生, 樂也者樂其所自成. 是故, 先王制禮以節事, 修樂以道志. 故視其禮樂, 而治亂可知也.

예란 말미암아 생겨난 바로 돌아가는 것이고, 악이란 말미암아 이루어진 바를 즐거워하는 것이다. 그러므로 선왕이 예를 제정하여 일을 절제하며 악을 만들어 뜻을 인도했으니, 예악을 보면 치란(治亂)을 알 수 있다.[23]

禮反本者也, 故必反其所自生. 樂象成者也, 故必樂其所自成. 是以, 醴酒之用, 必尙玄酒, 割刀之用, 必貴鸞刀, 莞[24]簞之安, 必設藁秸, 以至俎尙腥魚, 鼎尙大羹, 無非反其所自生之意也. 黃帝之咸池·堯之大章·舜之大韶·禹之大夏, 樂雖不同, 而同於昭文德, 湯之大濩·武之

---

19 『禮記』祭義 24-18.
20 감괘(坎卦)는 ~ 된다: 『周易』 困卦의 鄭玄 注.
21 앞 문장과의 연결을 위해 대본대로 '감(坎)'으로 번역했으나, 진괘(晉卦)는 '위가 이괘(離卦), 아래가 곤괘(坤卦)'로 이루어진 괘이다. 진양의 착각에서 빚어진 일이다.
22 『周易』晉卦 2.
23 『禮記』禮器 10-31.
24 대본에 '莌'으로 되어 있으나, 사고전서『樂書』에 의거하여 '莞'으로 바로잡았다.

大武, 樂雖不同, 而同於耀武功, 無非樂其所自成之意也.

　禮自外作, 先王以之節事以治外. 樂由中出, 先王以之道志以治內. 反是, 未有不兆亂者矣. 是禮樂者, 治亂之聲形, 治亂者, 禮樂之影響也. 然則觀其禮樂, 而不知治亂者, 古今未諸! 雖然, 禮以節事於外, 未嘗不施於內. 書曰'以禮制心', 是也. 樂以道志於內, 未嘗不施於外. 記曰'樂和民聲', 是也.

　예는 근본으로 돌아가는 것이므로 반드시 말미암아 생겨난 바로 돌아간다. 악은 공(功)이 이루어진 것을 형상한 것이므로 반드시 말미암아 이루어진 바를 즐거워한다. 그러므로 단술을 쓰더라도 반드시 맑은 물을 숭상하여 윗자리에 진설하며, 할도(割刀)가 쓰기 편하더라도 종묘에서 반드시 난도(鸞刀)를 귀하게 여기며, 왕골자리나 대자리가 편안하더라도 교제(郊祭)에서 짚자리를 깔며,[25] 조(俎)[26]에 날고기를 진설하고 정(鼎)[27]에 대갱(大羹)[28]을 담는 것에 이르기까지 말미암아 생겨난 바로 돌아가지 않음이 없다. 황제(黃帝)의 《함지(咸池)》, 요임금의 《대장(大章)》, 순임금의 《대소(大韶)》, 우왕(禹王)의 《대하(大夏)》는 악은 비록 같지 않으나 문덕을 밝게 드러낸다는 점에서는 같으며, 탕왕(湯王)의 《대호(大濩)》와 무왕(武王)의 《대무(大武)》는 악은 비록 같지 않지만 무공(武功)을 빛낸다는 점에서는 같으니, 악은 말미암아 이룬 바를 즐거워하지 않음이 없다.

　예는 밖에서 만들어지므로 선왕이 이것으로 일을 절제하여 밖(행실)을 다스리고, 악은 마음에서 나오므로 선왕이 이것으로 뜻을 인도하여 안(마음)을 다스렸다. 이렇게 하지 않고서 혼란해지지 않을 자는 없다. 예악은 치란(治亂)의 모습과 소리이고, 치란은 예악의 그림자와 메아리이다. 그러므로 예악을 보고서 치란을 알지 못하는 경우는 고금에 없다!

25　단술을~깔며 : 『禮記』 禮器 10-25.
26　조(俎) : 〈그림 2-2 참조〉.
27　정(鼎) : 〈그림 2-3 참조〉.
28　대갱(大羹) : 제사에 바치는 국으로 양념을 넣지 않고 고기만 넣어 끓인다.

그러나 '예로써 밖의 행실을 절제한다'고 하지만 안(마음)에서 시행되지 않은 적이 없으니, 『서경』에 '예로 마음을 절제한다'[29]고 한 것이 이것이다. 또한 '악으로 안의 뜻을 인도한다'고 하지만 밖에서 시행되지 않은 적이 없으니, 『예기』에 '악으로 백성의 소리를 온화하게 한다'[30]고 한 것이 이것이다.

5-4. 大饗其王事與! 三牲魚腊, 四海九州之美味也. 籩豆之薦, 四時之和氣也. 內金示和也, 束帛加璧尊德也, 龜爲前列先知也, 金次之見情也. 丹漆絲纊竹箭, 與衆共財也. 其餘無常貨, 各以其國之所有, 則致遠物也. 其出也, 肆夏而送之, 蓋重禮也.

대향(大饗)은 제왕의 일이다! 소·양·돼지의 3가지 희생과 물고기 및 말린 고기는 사해구주(四海九州)의 진미(珍味)이고, 변(籩)·두(豆)[31]에 담아 올리는 제물은 네 계절의 화(和)한 기(氣)로 만들어진 것이다. 제후가 황금을 바치는 것은 화순(和順)함을 보이는 것이고, 폐백 위에 옥을 놓는 것은 덕을 높이는 것이다.[32] 거북등딱지를 앞줄에 진설하는 것은 길흉을 미리 알기 때문이고, 황금을 그 다음에 진설하는 것은 정(情)을 드러내기 때문이다.[33] 단칠(丹漆)[34]한 기명(器皿), 실과 솜, 대나무 화살 등을 진설하는 것은 천하 만민의 공공 재물인 것을 보이는 것이다. 구주 밖의 만이(蠻夷)의 나라에서 바치는 공물(貢物)은 일정하게 정해진 것이 없고, 각각 그 나라의 산물을 바치는데, 이를 진설하는 것은 먼 지역에서 공물이 이르렀음을 보이는 것이다. 제후들이 예를 마치고 나갈 때에 《사하(肆

---

29 『書經』 商書 / 仲虺之誥 3.
30 『禮記』 樂記 19-1.
31 변(籩)·두(豆): 변(籩)은 대를 결어 만든 제기(祭器)이고, 두(豆)는 나무로 만든 제기이다. 〈그림 2-4, 2-5 참조〉
32 옥은 덕으로 비유되기 때문이다.
33 황금은 물건을 환하게 비추기 때문에 정을 드러내줄 수 있는 것으로 간주되었다.
34 단(丹): 적색보다 옅은 색깔의 붉은 색.

夏)》³⁵를 연주하며 전송하는 것은 중요한 예이기 때문이다.³⁶

孝莫大於寧親, 寧親莫大於寧神, 寧神莫大於得四表之懽心. 故孔子
曰: "明王之以孝治天下也, 不敢遺小國之臣, 而況公侯伯子男乎? 故得
萬國之懽心, 以事其先王." 此大饗先王所以爲王事歟! 明王行大饗之
禮, 四海諸侯各以其職來祭其祭, 而入也, 各貢國之所有以修職, 其畢
而出也, 王奏肆夏之樂而送之. 國語曰: "金奏肆夏, 天子所以享元侯
也." 大饗之禮, 天子以所以享元侯之樂, 送所以來祭之諸侯, 非重禮而
何?

今夫歌皇華以送之, 天子所以待使臣也, 歌采薇以送之, 天子所以待
帥臣也, 奏肆夏以送之, 天子所以待諸侯也. 於大饗言肆夏以送之, 則
有送而無迎, 臣之而弗賓故也. 於饗燕言賓入門而奏肆夏, 則有迎而無
送, 賓之而弗臣故也. 若夫兩君相見之禮, 入門而縣興, 客出以雍而肆
夏不預焉. 此諸侯之樂所以不敢抗天子歟! 晉侯以之享穆叔, 春秋罪之,
趙文子奏之於家禮, 經非之, 爲僭天子故也.

효(孝)는 어버이를 편안히 하는 것보다 더 큰 것이 없고, 어버이를 편
안히 하는 것은 신(神)을 편안히 하는 것보다 더 큰 것이 없으며, 신을 편
안히 하는 것은 온 세상 사람들의 환심(懽心)을 얻는 것보다 더 큰 것이
없다. 그러므로 공자는 "명철한 왕이 효로 천하를 다스릴 적에 감히 작
은 나라의 신하도 소홀히 하지 않았는데, 하물며 공(公)·후(侯)·백(伯)·
자(子)·남(男)이겠는가? 그러므로 만국의 환심을 얻어서 선왕을 섬겼
다"³⁷라고 하였다. 이 때문에 선왕에게 대향(大饗)을 지내는 것을 제왕의
일이라고 한 것이다.

---

35 참고로 정현(鄭玄)은 『禮記注疏』권24에서 《사하(肆夏)》를 《해하(陔夏)》로 써야 한
    다고 주장한 바 있다.
36 『禮記』禮器 10-34.
37 『孝經』孝治章 8.

명철한 왕이 대향의 예를 행할 적에 사해(四海)의 제후가 와서 제사에 참여하였는데, 들어올 때는 자기 나라의 산물을 공물로 바쳐 직분을 행하고, 예를 마치고 나갈 때는 왕이《사하(肆夏)》의 악을 연주하여 전송하였다. 『국어』에 "종(鐘)으로 사하를 연주하는 것은 천자가 원후(元侯)[38]를 대접하는 것이다"[39]라고 하였다. 천자가 원후를 대접하는 음악으로 제사에 참여한 제후를 전송했으니, 대향의 예가 중요한 예가 아니고 무엇이 겠는가?

《황황자화(皇皇者華)》를 노래하여 전송하는 것은 천자가 사신(使臣)을 대접하는 것이고, 《채미(采薇)》를 노래하여 전송하는 것은 천자가 장수를 대접하는 것이고, 《사하》를 연주하여 전송하는 것은 천자가 제후를 대접하는 것이다.

'대향(大饗)에서《사하》를 연주하여 전송한다'고 말한 것은 전송은 하나 맞이하지는 않은 것이니, 이는 신하로 대접하고 빈(賓)으로 대접하지 않은 것이다. '향연(饗燕)에서 빈(賓)이 문에 들어올 때《사하》를 연주한다[40]고 말한 것은 맞이하기는 하나 전송하지는 않은 것이니, 이는 빈(賓)으로 대접하고 신하로 대접하지 않은 것이다. 두 나라 임금의 상견례(相見禮)에서 문에 들어올 때 종·경의 악(樂)을 연주하고, 객이 나갈 때《옹(雍)》을 연주하여《사하》를 연주하지 않은 것[41]은 제후가 감히 천자의 악을 써서는 안 되기 때문이다. 따라서 진후(晉侯)가 천자의 악으로 목숙(穆叔)을 대접한 것을 『춘추』에서 그르게 여겼으며,[42] 조문자(趙文子)가 가례

38 　원후(元侯) : 제후의 장(長).
39 　『國語』 魯語下 5-1.
40 　『禮記』 郊特生 11-5. 『儀禮』 燕禮 6-31.
41 　두 나라~것 : 『禮記』 仲尼燕居 28-6.
42 　목숙(穆叔)이 진(晉)에 갔을 때 진후(晉侯)가 베푼 연향에서《사하(肆夏)》등 3곡과 《문왕》등의 3곡이 연주되었을 때 목숙이 감사의 표시를 하지 않다가《녹명(鹿鳴)》 등 3곡이 연주되었을 때 비로소 감사의 표시를 하였다. 삼하(三夏)는 천자가 원후 (元侯)에게 연회를 베풀 때 연주되는 악곡이고, 《무왕》은 두 나라의 임금의 상견례 (相見禮)에서 연주되는 악곡이므로 감히 사신이 들을 수 있는 음악이 아니기 때문이

(家禮)에 《사하》를 연주한 것을 경(經 : 예기)에서 비난한 것[43]은 천자의 악을 참람(僭濫)하게 썼기 때문이다.

교특생(郊特牲)

5-5. 饗禘有樂而食嘗無樂, 陰陽之義也. 凡飮養陽氣也, 凡[44]〈食養陰氣也. 故春禘而秋嘗 · 春饗孤子 · 秋食耆老, 其義一也. 而食嘗無樂. 飮養陽氣也, 故有樂. 食養陰氣也, 故無聲. 凡聲陽也.

향(饗)[45]과 체(禘)[46]에 악(樂)이 있고, 사(食)[47]와 상(嘗)[48]에 악이 없는 것은 음양의 이치를 따른 것이다. 술은 양기(陽氣)를 기르고 음식은 음기(陰氣)를 기르므로 양기가 왕성한 봄에 체제(禘祭)를 지내고 음기가 왕성한 가을에 상제(嘗祭)를 지내며, 봄에 고자(孤子)에게 술을 베풀며 향응하고 가을에 기로(耆老)에게 음식을 대접하는 것은 그 뜻이 한 가지이다. 사(食)와 상(嘗)에는 악이 없다. 술은 양기를 기르는 것이므로 술을 위주로 하여 베푸는 향(饗)에는 악을 연주하지만, 음식은 음기를 기르는 것이므로 음식을 위주로 하여 베푸는 사(食)에는 악을 연주하지 않는다. 소리는

었다.〈『春秋左氏傳』 襄公 4년(3)〉

43 조문자(趙文子)가~것 : 『禮記』 郊特牲 11-7.

44 대본에는 『樂書』 5-5와 5-6의 일부 문장이 빠져 있으나, 사고전서 『樂書』에 의거하여 보충하였다. 보충한 부분을 〈 〉으로 표시하였다.

45 향(饗) : 봄에 고자(孤子)에게 향응(饗應)을 베푸는 예. 고자는 나라 일에 죽은 사람의 자손이다.

46 체(禘) : 봄에 지내는 종묘 제사. 때로 여름에 지내는 종묘 제사를 가리키기도 한다. 〈『樂書』 33-2〉

47 사(食) : 가을에 기로(耆老)에게 음식을 대접하는 예.

48 상(嘗) : 가을에 지내는 종묘 제사.

양(陽)이기 때문이다.[49]

饗食之禮所以仁賓客也, 禘嘗之禮所以仁昭穆也. 饗以飮爲主, 有鄕
之之意, 所以養陽氣而致敬也. 食以食爲主, 有養之之意, 所以養陰氣
而致愛也. 凡礿禘皆陽義也, 莫盛於禘, 嘗烝皆陰義也, 莫盛於嘗. 春陽
中也, 秋陰中也, 凡聲陽也, 凡味陰也. 故禘以享先王・饗以待孤子, 皆
用樂焉, 所以象雷之發聲於春也. 嘗以享先王・食以待耆老, 皆不用樂
焉, 所以象雷之收聲於秋也. 月令, 於仲春雷乃發聲, 言習樂, 於仲秋雷
乃收聲, 而不及樂, 豈亦饗禘有樂・食嘗無樂之意歟!

記曰 : ‘凡養老, 周[50]人以食禮食老更於大學, 冕而摠干.’ 商頌言, ‘顧
予烝嘗 有輅鼓筦磬之聲.’ 周雅言, ‘以往烝嘗, 有鐘鼓送尸之樂.’ 則嘗
非無樂也. 周官, ‘凡饗食樂師鐘師奏燕樂, 籥師鼓羽籥之舞.’ 則食非
樂也. 然則食嘗無樂, 非商周之制歟! 凡食嘗無樂兩言之者, 疑下衍文
也. 此與祭義, 言春禘秋嘗, 王制祭統, 言夏禘秋嘗者. 以周官考之, 周
人春祠夏禴, 則春夏之禘, 非周制也.

향례(饗禮)와 사례(食禮)는 빈객에게 인(仁)을 베푸는 것이고, 체제(禘祭)
와 상제(嘗祭)는 소목(昭穆)[51]에게 인을 베푸는 것이다.[52] 향(饗)은 술을 마
시는 것을 위주로 하여 향음주례(鄕飮酒禮)의 뜻이 있으니 양기(陽氣)를 길
러 공경을 지극하게 하는 것이다. 사(食)는 음식을 먹는 것을 위주로 하
여 봉양하는 뜻이 있으니 음기(陰氣)를 길러 사랑을 지극하게 하는 것이
다.

---

49 『禮記』郊特牲 11-3.
50 대본에 ‘商’으로 되어 있으나, 『禮記』에 의거하여 ‘周’로 바로잡았다. 『禮記』 樂記
 19-23. 「食三老五更於大學, 天子袒而割牲, 執醬而饋, 執爵而酳, 冕而摠干, 所以敎諸
 侯之弟也. 若此則周道四達, 禮樂交通.」
51 소목(昭穆) : 사당에 신주를 모시는 차례. 시조를 중앙에 두고, 2세・4세・6세를 시조
 의 왼쪽에 두는데 이를 ‘소(昭)’라 하고, 3세・5세・7세를 시조의 오른쪽에 두는데 이
 를 ‘목(穆)’이라고 한다.
52 향례(饗禮)와 ~것이다 : 『禮記』仲尼燕居 28-5.

약(祠 : 봄제사)·체(禘 : 여름제사)는 모두 양의(陽義)를 지니고 있으나 체(禘)가 더욱 성하고, (嘗 : 가을제사)·증(烝 : 겨울제사)은 모두 음의(陰義)를 지니고 있으나 상(嘗)이 더욱 성하다. 봄은 양중(陽中)이고 가을은 음중(陰中)이며, 소리는 양(陽)이고 음식은 음(陰)이다. 그러므로 체제를 지내어 선왕(先王)을 제사지내고, 향례를 베풀어 고자(孤子)를 대접할 때 모두 악을 쓰는 것은 봄에 우레가 소리를 내는 것을 상징한다. 상제를 지내어 선왕을 제사지내고 사례를 베풀어 기로를 대접할 때 악을 쓰지 않는 것은 가을에 우레가 소리를 거두는 것을 상징한다.

「월령」 중춘(仲春) 조항에는 우레가 소리를 낸다고 하고 이어 습악(習樂)을 말했지만,[53] 중추(仲秋) 조항에는 우레가 소리를 거둔다고만 하고 악을 언급하지 않았으니,[54] 또한 '향(饗)과 체(禘)에는 악이 있고 사(食)와 상(嘗)에는 악이 없는 뜻'과 같다.

그러나 상송(商頌)에 의하면, '증제(烝祭)와 상제(嘗祭)를 지낼 때 도(鞉)·고(鼓)·관(管)·경(磬)을 연주했으며,[55] 주나라의 소아(小雅)에 의하면 증제와 상제를 지낼 때 종(鐘)·고(鼓)로 악을 연주하여 시(尸)를 전송했으니,[56], 상(嘗)에 악이 없었던 것은 아니다. 『예기』에 의하면, 양로례를 행할 때 주나라 사람이 사례(食禮)로 삼로(三老)·오경(五更)에게 태학에서 음식을 대접하고 면류관 차림에 도끼와 방패를 들고 춤추었고,[57] 『주

---

53 『禮記』月令 6-17.「是月也, 日夜分, 雷乃發聲, 始電, 蟄蟲咸動, 啓戶始出.」;『禮記』月令 6-20.「上丁, 命樂正習舞, 釋菜. 天子乃帥三公九卿諸侯大夫親往視之. 仲丁, 又命樂正, 入學習舞.」

54 『禮記』月令 6-75.「是月也, 日夜分, 雷始收聲, 蟄蟲坏戶, 殺氣浸盛, 陽氣日衰, 水始涸.」

55 『詩經』商頌 / 那.「猗與那與, 置我鞉鼓. 奏鼓簡簡, 衎我烈祖. 湯孫奏假, 綏我思成. 鞉鼓淵淵, 嘒嘒管聲. 旣和且平, 依我磬聲. 於赫湯孫, 穆穆厥聲. 庸鼓有斁, 萬舞有奕. 我有嘉客, 亦不夷懌. 自古在昔, 先民有作. 溫恭朝夕, 執事有恪. 顧予烝嘗, 湯孫之將.」

56 『詩經』小雅 / 楚茨.

57 '記曰, 凡養老, 周人以食禮食老更於大學, 冕而摠干.'이란 구절이 '商頌言, 顧予烝嘗 有鞉鼓筦磬之聲.'란 구절 앞에 있지만, 문맥이 통하지 않아서 약간 뒤로 물리어 번역했다.

례』에 의하면, 향(饗)·사(食)에 악사(樂師)와 종사(鐘師)가 연악(燕樂)을 연주하고 약사(籥師)가 우약무(羽籥舞)에 북을 쳤으니,[58] 사(食)에 악이 없었던 것은 아니다. 따라서 사(食)와 상(嘗)에 악이 없는 것은 상(商)나라와 주(周)나라의 제도가 아니다.

'사(食)·상(嘗)에 악이 없다'는 구절이 두 번 나오는데, 아마 두 번째 나오는 문장은 연문(衍文)일 것이다.

여기(「郊特牲」)와 「제의(祭義)」에서는 '체(禘)를 봄제사, 상(嘗)을 가을 제사'[59]라고 하고 「왕제(王制)」와 「제통(祭統)」에서는 '체(禘)를 여름제사, 상(嘗)을 가을제사'[60]라고 했는데, 『주례』를 상고해보면, 주나라 사람들은 '사(祠)를 봄제사, 약(禴)을 여름제사'[61]라고 했으니, 체(禘)를 봄 또는 여름 제사로 보는 것은 주나라 제도가 아니다.

5-6. 賓入大門而奏肆夏, 示易以敬也. 卒爵而樂闋, 孔子屢歎之. 奠酬而工升歌, 發德也. 歌者在上, 匏竹在下, 貴人聲也. 樂由陽來者也, 禮由陰作者也, 陰陽和而萬物得.

빈(賓 : 제후)이 대문에 들어설 때 《사하(肆夏)》를 연주하는 것은 화기애애한 가운데 공경을 보이는 것이다. 술을 마시어 잔을 비우면 악(樂) 또한 마치는데, 공자는 이 의식이 잘 만들어졌다고 누차 감탄하였다. 천자가 빈에게 술을 권하고 빈이 이를 받아 자리에 놓을 때, 악공이 당(堂)으로 올라가 노래하는 것은 빈과 주인의 덕을 발양(發揚)하는 것이다. 노래하는 사람이 당상(堂上)에 있고, 포(匏)·죽(竹)을 연주하는 사람이 당하

---

58 『周禮』春官 / 樂師 0. 「樂師, 掌國學之政以教國子小舞. …… 饗食諸侯序其樂事令奏鍾鼓, 令相如祭之儀.」; 『周禮』春官 / 鐘師 0. 「鐘師, 掌金奏. …… 凡祭祀饗食奏燕樂.」; 『周禮』春官 / 籥師 0. 「籥師, 掌教國子舞羽吹籥. 祭祀則鼓羽籥之舞. 賓客饗食則如之.」

59 『禮記』祭義 24-1.

60 『禮記』王制 5-31; 祭統 25-21.

61 『周禮』春官 / 大宗伯 2. 「以祠春享先王, 以禴夏享先王, 以嘗秋享先王, 以烝冬享先王.」

(堂下)에 있는 것은 사람 목소리를 귀하게 여기기 때문이다. 악은 양(陽)으로 말미암아 나오고 예는 음(陰)으로 말미암아 생기는데, 음과 양이 조화를 이루어야 만물이 마땅한 바를 얻는다.[62]

古者燕饗之賓, 情意之所未通·懽忻之所未接, 不必親相與言也, 以禮樂相示而已. 故賓至而饗之所以爲禮, 奏樂以樂之所以爲樂. 賓始入門, 則奏肆夏以〉[63] 示[64]易敬之意. 旣卒爵之後則奠酬, 升歌以發賓主之德.

卒爵則以進爲文, 而禮意有所不傳, 樂闋則以反爲文, 而樂意有所不喩, 是相與之誠. 言常不足於意, 而意常有餘於言. 故言之發, 有不足以盡意, 其聲至於嗟, 其氣至於歎者, 豈言之不足, 故嗟嘆之之謂乎? 孔子於饗賓之際, 卒爵而樂闋, 其歎且至於屢者, 蓋異乎觀上之歎, 豈一唱而三歎之謂乎! 言孔子屢歎之, 繼以工之升歌, 豈嗟嘆之不足, 故咏歌之謂乎!

樂以無所因爲上, 以有所待爲下. 歌者在上, 貴人聲故也, 匏竹在下, 賤器用故也. 記曰'聲莫重於聲歌者'此歟! 蓋賓入門而奏肆夏, 示情也, 奠酬而工升歌, 示德也, 匏竹在下, 示事也. 樂由天作, 其來自乎陽, 禮以地制, 其作自乎陰. 陰陽不和, 萬物不得, 禮樂不交, 賓主不懽. 是饗燕朝聘之設, 在禮樂不在陰陽. 然非陰陽, 吾無以見禮樂矣, 在賓主不在萬物, 然非萬物, 吾無以見賓主矣. 傳曰: "禮樂法而不說." 其法也, 可視而見, 可聞而知, 其不說也, 有天下至賾存焉. 非得意忘象之士, 惡足與議此?

仲尼燕居[65]言入門而金作 不止於肆夏, 言升歌止於淸廟, 言下管止

---

62 『禮記』 郊特牲 11-5.
63 『樂書』 5-5의 '食養陰氣也'부터 『樂書』 5-6의 '奏肆夏以'까지 대본에는 빠져 있으나, 사고전서 『樂書』에 의거하여 보충하였다. 보충한 부분을 〈 〉로 표시하였다.
64 대본에는 '元'으로 되어 있으나, 사고전서 『樂書』에 의거하여 '示'로 바로잡았다.
65 대본에는 '哀公問'으로 되어 있으나, 『禮記』에 의거하여 '仲尼燕居'로 바로잡았다.

於象篇. 此言入門而奏止於肆夏, 言升歌不及淸廟, 言匏竹不及象簫者.
仲尼燕居[66]言大饗之禮, 此兼燕禮而言故也.

옛날에 빈(賓)에게 연향(燕饗)을 베풀 적에 아직 정(情)이 통하지 않고 기쁨이 우러나오지 않았을 때에는 서로 친히 말하지 않고 예악으로 서로 뜻을 전했을 따름이다. 빈이 왔을 때 술과 음식으로 대접하는 것은 예이고, 음악을 연주해서 즐겁게 하는 것은 악이다. 따라서 빈이 문에 처음 들어설 때 《사하(肆夏)》를 연주하여 온화하고 기쁜 가운데 공경이 있음을 보였고, 술을 마시어 잔을 비운 뒤에 천자가 빈에게 술을 권하고 빈이 이를 받아 자리에 놓을 때, 악공이 당(堂)으로 올라가 노래하여, 빈과 주인의 덕을 발양(發揚)하였다.

술을 마시어 잔을 비우는 것은 나아감을 아름다움으로 삼은 것인데, 예의(禮意)로는 전하지 못하는 점이 있다. 악을 연주하여 마치는 것은 돌아감을 아름다움으로 삼은 것인데,[67] 악의(樂意)로는 깨우쳐 주지 못하는 점이 있다. 이 때문에 예와 악이 서로 함께 쓰인다.

말은 항상 뜻을 설명하기에 부족하고, 뜻은 항상 말보다는 넘친다. 그러므로 말로는 뜻을 다 표현하기에 부족하여 절로 탄성(歎聲)이 터져 나오는 것은 '말로는 부족하므로 차탄(嗟歎)하게 된다'는 것을 가리킨다. 그런데 빈에게 연향(燕饗)을 베풀 적에 술을 마시어 잔을 비우면 악(樂)을 마치는 것에 대해 공자가 이 의식이 잘 만들어졌다고 누차 감탄한 것은 위에서 말한 차탄과는 달리, '한 사람이 노래하면 세 사람이 화답한다'[68]는 것을 가리킨다. '공자가 누차 감탄했다'고 하고, 이어서 '악공이 당으

---

66 대본에는 '哀公問'으로 되어 있으나, 문맥상 '仲尼燕居'로 바로잡았다.
67 『禮記』樂記 19-23. 「故禮主其減, 樂主其盈. 禮減而進, 以進爲文. 樂盈而反, 以反爲文. 禮減而不進則銷, 樂盈而不反則放【예는 덜어내는 것을 주로 하고, 악은 채우는 것을 주로 한다. 예는 덜어내되 나아가니[進], 나아감을 문채[文]로 삼고, 악은 채우되 돌아가니[反], 돌아감을 문채로 삼는다. 예가 덜어내기만 하고 나아가지 않으면 소진(消盡)하고, 악이 채우기만 하고 돌아가지 않으면 방탕(放蕩)해진다.】」
68 『禮記』樂記 19-1.

로 올라가 노래를 부른다'고 말한 것은 '차탄하는 것으로는 부족하여 노래를 부른다'는 것을 가리킨다.

악(樂)에서는 도구를 매개로 하지 않고 바로 이루어지는 것[노래]을 높게 여기고, 도구가 있어야만 이루어지는 것[악기연주]을 낮게 여긴다. 따라서 노래가 당상에 있는 것은 사람 목소리를 귀하게 여기기 때문이고, 포(匏)・죽(竹)이 당하에 있는 것은 도구를 천하게 여기기 때문이다. 기(記)에 "소리는 노래보다 더 중요한 것이 없다"라고 말한 것이 바로 이 뜻이다.

빈객이 문에 들어설 때 《사하》를 연주하는 것은 정(情)을 보이는 것이고, 천자가 빈에게 술을 권하고 빈이 이를 받아 자리에 놓을 때, 악공이 당(堂)으로 올라가 노래하는 것은 덕을 보이는 것이며, 포・죽이 아래에 있는 것은 일을 보이는 것이다.

악은 하늘을 말미암아 지어졌으니 양(陽)에서 나온 것이고, 예는 땅을 본받아 제정되었으니 음(陰)에서 만들어진 것이다. 음과 양이 조화롭지 못하면 만물이 마땅함을 얻지 못하고 예와 악이 어우러지지 않으면 빈과 주인이 즐거울 수 없다. 음양과 만물을 이끌어 설명한 이유는 연향(燕饗)과 조빙(朝聘)[69]의 제도가 예악에 있고 음양에 있는 것은 아니나 음양이 아니면 예악을 나타낼 수 없고, 빈과 주인에게 있고 만물에 있는 것은 아니나 만물이 아니면 빈과 주인에게 보여줄 수 없기 때문이다. 전(傳)에 "예악은 모범으로 삼지만 쉽게 설명할 수 없다"[70]라고 했으니, 모범으로 삼을 수 있는 것은 볼 수 있고 들어서 알 수 있기 때문이며, 설명할 수 없는 것은 천하의 지극한 이치가 담겨 있기 때문이다. 뜻을 이해하고 나서 상(象)을 잊는 선비[71]가 아니면 어찌 이에 대해서 함께 의논할

---

69   조빙(朝聘): 제후가 직접 또는 사신을 보내어 천자를 알현하는 일.
70   『荀子』勸學 1-10.
71   득의망상(得意忘象): 삼국시대 위(魏)의 철학자인 왕필(王弼, 226~249)은 『주역』을 해석할 때 '의미'를 얻는 일이 가장 중요하므로, 의미를 얻었으면 상(象)은 잊어야한다고 주장하였는데, 이것이 바로 득의망상설이다. 여기에는 상(象)을 논하느라 『주

수 있으리오?

「중니연거」에서는 문에 들어설 때 종을 연주한다고만 했을 뿐《사하》
를 언급하지 않았고, 당상악에서《청묘(淸廟)》를 언급하고, 당하악에서[72]
《상(象)》과《약무(龠舞 : 文舞)》를 언급하였다.[73] 그러나 여기(「교특생」)에서
는 문에 들어설 때《사하》를 연주한다고 하였고, 당으로 올라가 노래한
다고만 했을 뿐《청묘》를 언급하지 않았으며, 포 · 죽만 말했을 뿐《상》
과《약무》를 언급하지 않았다. 이는 「중니연거」는 대향(大饗)의 예를 말
한 것이고, 여기에서는 연례(燕禮)를 겸해서 말한 것이기 때문이다.

5-7. 庭燎之百, 由齊桓公始也, 大夫之奏肆夏也, 由趙文子始也.

제후가 뜰에 100개의 햇불을 밝히는 것[74]은 제나라 환공(桓公)으로부
터 시작되었고, 대부가 빈객을 맞이하고 보낼 때《사하(肆夏)》의 곡을 연
주하는 것은 조문자(趙文子)로부터 시작되었다.[75]

禮樂之所謹者, 名數而已. 齊桓公始用庭燎之百, 是諸侯僭用天子禮
之數也. 趙文子始奏肆夏, 是大夫僭用天子樂之名也. 後世之失, 非特
大夫僭天子之樂, 而諸侯亦用之以享大夫矣. 然則穆叔所以不敢當晉
之享者, 孰謂穆叔而不知禮乎? 齊桓公僭其數, 與季氏八佾同意, 趙文
子僭其名, 與三家以雍徹同意.

역』의 의미를 상실한 한대의 상수역학(象數易學)을 비판하는 의미도 담겨 있다.

72 등가(登歌)에 '올라가서 노래하다'란 뜻도 있지만, 노래 위주로 편성되는 당상악(堂
上樂)의 개념도 있는 것처럼, 하관(下管)에는 '당하에서 관악기를 연주하다' 라는 뜻
도 있지만, 관악기 위주로 편성되는 당하악(堂下樂)의 개념도 있다고 보아, 여기에
서 '升歌'와 '下管'을 당상악과 당하악으로 번역하였다.

73 『禮記』 仲尼燕居 28-6. 「大饗有四焉 …… 兩君相見, 揖讓而入門, 入門而縣興, 揖讓而
升堂, 升堂而樂闋, 下管象武夏籥序興, 陳其薦俎, 序其禮樂, 備其百官 …… 入門而金
作, 示情也. 升歌淸廟, 示德也. 下而管象, 示事也.」

74 『大戴禮』에 따르면, 천자는 햇불을 100개 밝히고, 상공은 50개, 후(侯) · 백(伯) · 자
(子) · 남(男)은 30개를 밝히는 것이 합당하다. 〈『禮記大全』(明 胡廣等撰) 권11〉

75 『禮記』 郊特牲 11-7.

예악에서 삼가는 것은 명호(名號)와 예수(禮數)이다. 제환공이 뜰에 100개의 횃불을 밝히는 예를 처음 쓴 것은 제후가 천자의 예수(禮數)를 참람하게 쓴 것이다. 조문자가 《사하》를 처음 연주한 것은 대부가 천자의 악을 참람하게 쓴 것이다. 후세의 잘못은 대부가 천자의 악을 참람하게 썼을 뿐 아니라 제후가 천자의 악을 써서 대부에게 연향을 베풀어주기도 한 것이다. 이런 와중에 목숙(穆叔)은 진후(晉侯)의 지나친 호의를 감히 받아들이지 않았으니,[76] 누가 '목숙이 예를 모른다'고 비난할 수 있겠는가?

제 환공이 예수(禮數)를 참람하게 쓴 것은 계씨(노나라 대부 季孫氏)가 팔일무(八佾舞)를 쓴 것[77]과 같은 뜻이고, 조문자가 천자의 악을 참람하게 쓴 것은 삼가(三家)[78]가 변(籩)·두(豆)를 거두는 절차에서 《옹(雍)》을 노래하게 한 것[79]과 같은 뜻이다.

5-8. 諸侯之宮縣而祭以白牡·擊玉磬·朱干設錫·冕而舞大武·乘大輅, 諸侯之僭禮也.

제후가 궁현(宮縣)[80]을 진설하고, 제례에 흰 수소를 희생으로 바치며, 옥경(玉磬)을 치고, 붉은 칠에 금장식을 한 방패[朱干]를 들고 면복(冕服) 차림으로 《대무(大武)》를 추며, 대로(大輅)[81]를 타는 것은 제후로서 예를 참람하게 쓴 것이다.[82]

76　『春秋左氏傳』襄公 4년(3). 목숙이 진(晉)에 갔을 때 진후가 베푼 연향에서 자신의 신분에 맞지 않는 음악이 연주될 때 이를 받아들이지 않았다. 『樂書』 5-4 각주 참조.
77　노나라 대부 계손씨(季孫氏)가 천자가 쓰는 팔일무를 뜰에서 추게 하였다. 팔일무는 8열을 이루어 추는 춤인데 각 열에 8명씩 총 64명이 춘다.〈『論語』八佾 3-1〉
78　삼가(三家): 노나라 대부인 맹손(孟孫)·숙손(叔孫)·계손(季孫)의 세 집안.
79　주송(周頌)인 옹(雍)에는 '제후들이 제사를 돕거늘 천자는 엄숙하게 계시다'라는 구절이 나오므로 감히 대부가 써서는 안되는데 삼가(三家)가 썼기 때문에 공자가 비난하였다.〈『論語』八佾 3-2〉
80　궁현(宮縣): 당하(堂下)의 사면(四面)에 종·경을 비롯한 여러 악기를 배치한 것으로 천자의 경우에 쓴다. 제후의 경우는 천자가 바라보는 방향인 남쪽을 제외한 3면에 악기를 배치하는데, 이를 헌현(軒縣)이라 한다.
81　대로(大輅): 천자가 하늘에 제사지낼 때 타는 수레.

周官: "小胥正樂縣之位, 王宮縣, 諸侯軒縣", 則諸侯之宮縣, 僭天子
樂縣也. 舜之鳴球, 以象天帝玉磬之音, 諸侯之擊玉磬, 僭天子樂器也.
天子朱干玉戚冕而舞大武, 諸侯亦設錫而用之, 僭天子樂舞也. 祭以白
牡, 僭天子用牡之禮也. 乘以大輅, 僭天子乘車之禮也.

蓋天下有道, 禮樂自天子出, 諸侯莫得而僭, 天下無道, 禮樂自諸侯
出, 其不僭竊, 而用之, 未之有也. 言諸侯僭禮, 則樂可知矣. 朱干用白
金以覆其背, 所謂朱干設錫, 是也. 玉戚用玉以飾其柄, 楚工[83]尹路謂剝
圭以爲戚柲, 是也. 凡此魯不特用於周公之廟, 而群公之廟亦用焉. 故
子家駒譏之. 不特用於魯之群廟, 而諸侯廟亦用焉. 故於此譏之. 循緣
積習, 八佾作於季氏之庭, 萬舞振於文夫人之側, 而先王之樂, 自是掃
地矣.

『주례』에 "소서(小胥)는 악현의 등급을 바르게 하니, 왕은 궁현(宮縣)을
쓰고 제후는 헌현(軒縣)을 쓴다"라고 했으니, 제후가 궁현을 진설한 것은
천자의 악현을 참람하게 쓴 것이다. 순임금의 명구(鳴球)는 천제(天帝)의
옥경(玉磬)을 본뜬 것이니, 제후가 옥경을 친 것은 천자의 악기를 참람하
게 쓴 것이다. 천자가 주간(朱干)[84]과 옥척(玉戚)을 들고 면류관 차림으로
《대무(大武)》를 추니, 제후가 또한 양(錫)[85]으로 장식한 방패를 든 것은 천
자의 악무(樂舞)를 참람하게 쓴 것이다. 제후가 제사에 흰 수소를 희생으
로 바친 것은 '천자가 수소를 쓰는 예'를 참람하게 쓴 것이고, 제후가 대
로(大輅)를 탄 것은 '천자가 수레를 타는 예'를 참람하게 쓴 것이다.

대개 천하에 도가 있으면 예(禮)가 천자로부터 나오므로 제후가 참람
하게 쓸 수 없으나, 천하에 도가 없으면 예악이 제후로부터 나와[86] 참람
하게 훔쳐 쓰지 않은 적이 없다. 제후가 예를 참람하게 쓴 것을 말했으

82　『禮記』郊特牲 11-10.
83　대본에는 '土'로 되어 있으나, 사고전서 『樂書』에 의거하여 工으로 바로잡았다.
84　주간(朱干): 〈그림 1-9 참조〉.
85　양(錫): 방패 뒷면 장식.
86　천하에~나와:『論語』季氏 16-2.

니, 악 또한 그러했으리라는 것을 알 수 있다.

주간(朱干)은 백금으로 뒷면을 덮어씌운 것이니, 이른 바 '양(錫)'으로 장식한 주간(朱干 : 붉은 방패)'을 말한다. 옥척(玉戚)은 옥으로 도끼자루를 장식한 것이니, 초나라의 공윤(工尹) 노(路)가 '규옥(圭玉)을 깎아 도끼자루를 장식한다'[87]고 말한 것이 이것이다.

무릇 이런 천자의 예를 노나라에서는 주공(周公) 사당에서만 쓴 것[88]이 아니라 노나라 임금들의 사당에서도 썼으므로 자가구(子家駒)가 기롱했고,[89] 노나라 사당에서만 쓴 것이 아니라 다른 제후국의 사당에서도 썼으므로 여기서 기롱한 것이다. 이런 잘못이 이어져 습성이 되어 계씨(季氏)의 뜰에서 팔일무를 추고, 문부인(文夫人) 주위에서 《만무(萬舞)》를 추기까지 했으니,[90] 선왕의 악이 이때부터 없어진 것이다.

5-9. 昏禮不用樂, 幽陰之義也, 樂陽氣也.

혼례에 악(樂)을 쓰지 않는 것은 혼례는 유음(幽陰)의 예인데, 악은 양기(陽氣)이기 때문이다.[91]

樂由陽來, 而聲爲陽氣, 禮由陰作, 而昏爲陰義. 故周官大司徒 : "以

---

87 『春秋左氏傳』昭公 12년(11).

88 주공(周公)이 어린 성왕(成王)을 잘 보필했으므로, 성왕이 특별히 이를 치하하여 주공(周公)을 노나라에 봉하고 천자의 예악을 허락해주었다.

89 소공(昭公)이 노나라의 공실(公室)을 참람하였다는 이유로 계씨를 죽이고자 하니, 자가구가 '소공 또한 대로(大路)를 타며, 주간(朱干)과 옥척(玉戚)을 가지고 《대하(大夏)》를 추며, 팔일(八佾)로 《대무(大武)》를 추어 천자의 예를 참람하였다'며 기롱하였다.〈『春秋公羊傳』昭公 25년(6)〉

90 초나라 영윤(令尹) 자원(子元)이 문부인을 유혹하고자 부인이 거처하는 궁 옆에다 관사를 마련하고 《만무(萬舞)》를 추게 했다. 부인은 '선군께서 이 춤을 추게 한 것은 군비(軍備)를 익히기 위해서였는데, 영윤은 원수에게는 마음을 쓰지 않고 미망인 곁에서 이 춤을 추게 하니 이상하지 않은가?'라고 울면서 말했다. 이를 전해 들은 영윤은 자신의 잘못을 깨닫고 정나라를 정벌하러 갔다.〈『春秋左氏傳』莊公 28(3)〉

91 『禮記』郊特牲 11-25.

陰禮敎親, 則民不怨." 然則昏之爲禮, 其陰禮歟! 曾子曰 : "娶婦之家三
日不擧樂, 思嗣親也." 然則昏禮不用樂, 其思嗣親歟! 古之制禮者, 不
以吉禮, 干凶禮, 不以陽事, 干陰事. 故昏禮不用樂, 幽陰之義也. 昔裴
嘉有婚會, 酒中而樂作, 薛方士非之, 可謂知其義矣.

악(樂)은 양(陽)으로 말미암아 나온 것이므로 성(聲)은 양기가 되고 예
(禮)는 음(陰)으로 말미암아 제정된 것이므로 혼례는 음의(陰義)가 된다.
『주례』「대사도(大司徒)」에 "음례(陰禮)로 친함을 가르치면 백성이 원망하
지 않는다"[92]라고 하였으니, 혼인의 예는 음례(陰禮)이다. 증자는 "며느리
를 맞이한 집에서 3일간 악을 연주하지 않는 것은 어버이 잇는 것을 생
각하기 때문이다"[93]라고 말하였다. 그렇다면 혼례에 악을 쓰지 않는 것
은 어버이를 잇는 것을 생각하기 때문이다. 옛날에 예를 제정한 자는 길
례(吉禮)로 흉례(凶禮)를 범하지 않았고, 양사(陽事)로 음사(陰事)를 범하지
않았다. 그러므로 혼례에 악을 쓰지 않는 것은 유음(幽陰)의 뜻이 있기 때
문이다. 옛날에 배가(裴嘉)에게 혼사(婚事)가 있었는데, 술자리가 무르익어
음악이 연주되자 설방사가 그르게 여겼으니,[94] 의리를 알았다고 할 만하
다.

---

92   『周禮』 地官 / 大司徒 4.
93   『禮記』 曾子問 7-13.
94   배가(裴嘉)에게~여겼으니 : 『中說』 권8 魏相.

권6 예기훈의(禮記訓義)

교특생(郊特牲) · 내칙(內則) · 옥조(玉藻) · 명당위(明堂位)

교특생(郊特牲)

6-1. 殷人尙聲, 臭味未成, 滌蕩其聲, 樂三闋, 然後出迎牲. 聲音之
號, 所以詔告於天地之間.

은나라 사람은 소리를 숭상하여 희생을 죽이기 전에 음악을 연주하여
사방에 울리게 했으니, 3곡(曲)을 연주한 다음 주인이 묘문(廟門)을 나와
서 희생을 맞아들였다. 성음을 울리는 것은 하늘과 땅 사이의 귀신에게
알리는 것이다.[1]

易曰 : "雷出地奮豫, 先王以, 作樂崇德, 殷薦之上帝, 以配祖考." 盖

周人郊祀后稷以配天, 宗祀文王於明堂以配上帝. 均配以祖考者, 惟商人爲然, 以其尙聲故也. 凡聲陽也, 商人之祭, 先求諸陽而已. 商頌那祀成湯也, 樂之所依磬聲. 其名學以瞽宗, 則主以樂教, 瞽之所宗, 皆尙聲之意也. 盖日三成朒, 月三成時, 歲三成閏, 然則樂不三闋, 何以成樂哉? 今夫禮減而進,[2] 以進爲文, 樂盈而反, 以退爲文. 滌蕩其聲則盈矣, 必繼以三闋者, 以反爲文也. 樂三闋則減矣, 然後出迎牲者, 以進爲文也.

然明則有禮樂, 幽則有鬼神. 鬼者歸也, 歸之以從地, 神者申也, 申之以從天. 詔告鬼神於天地之間, 捨聲音之號, 何以哉? 凡樂皆文之以五聲, 播之以八音. 禽獸知聲而不知音, 衆庶知音[3]而不知樂, 通聲音之號而知樂者, 其惟鬼神之靈乎! 如之何不詔以此? 傳曰 : "樂所以蕩滌, 反其邪惡也" 其說是歟!

『주역』에 "우레가 땅에서 나와 분발한 것이 예괘(豫卦)이니, 선왕이 이를 보고 악(樂)을 지어 덕을 높였다. 은나라는 상제(上帝)에게 제사지낼 때 조고(祖考 : 조상)를 배향(配享)하였다"[4]라고 했는데, 주나라 사람은 후직(后稷)에게 교사(郊祀)를 지내 하늘에 배향(配享)하고, 문왕(文王)을 높이 받들어 명당(明堂)[5]에서 제사지내 상제(上帝)에 배향했을 따름이다.[6] 모든 조고(祖考)를 배향한 것은 상나라 사람들만 그렇게 한 것이니 소리를 숭상했기 때문이다. 소리는 양(陽)이니, 상나라 사람이 제사지낼 때는 양(陽)에서 먼저 구하였다. 따라서 상송(商頌) 《나(那)》는 탕왕(湯王)을 제사지내는 시인데 '옥경(玉磬) 소리에 의지하도다'[7]라고 하였다. 학교 이름을 고종(瞽宗)

---

2 대본에는 '退'로 되어 있으나, 사고전서 『樂書』에 의거하여 '進'으로 바로잡았다.
3 대본에는 '聲'으로 되어 있으나, 사고전서 『樂書』에 의거하여 '音'으로 바로잡았다.
4 『周易』 豫卦 3. '殷'을 '성대하다'는 뜻으로 보고, 『周易』의 '殷薦之上帝以配祖考'란 구절을 '성대하게 상제(上帝)에게 올리어 조고(祖考)를 배향(配享)한다'라고 풀이하는 것이 일반적이나, 여기에서는 진양의 견해에 따라 '殷'을 은나라로 풀이하였다.
5 명당(明堂) : 고대에 제왕이 정교(政教)를 행하던 곳으로 조회(朝會)·제사·상여(賞輿)·선사(選士)·양로(養老)·교학(教學) 등의 큰 전례를 여기서 행했다.
6 주나라~따름이다 : 『孝經』 聖治章 9.

이라 한 것은 악교(樂敎)를 주로 하고 고몽(瞽矇 : 장님 악공)이 종주(宗主)로 삼기 때문이니, 모두 소리를 숭상하는 뜻이 있다.

대개 3일이 지나야 초생달이 이루어지고 3달이 지나야 한 계절이 이루어지고 3년이 지나야 윤달이 이루어지니, 3곡을 연주하지 않고서 어떻게 악(樂)을 이룰 수 있겠는가? 예는 덜어내되 나아가서[進], 나아감을 문채로 삼고, 악은 채우되 돌아가서[反], 돌아감을 문채로 삼는다.[8] 음악을 연주하여 사방에 울리게 하는 것은 채우는 것이고, 3곡을 연주하여 마치는 것은 돌아감을 문채로 삼은 것이다. 3곡을 연주하여 마치는 것은 덜어내는 것이고, 그런 뒤에 나가서 희생을 맞이하는 것은 나아감을 문채로 삼은 것이다.

밝은 곳에는 예악이 있고, 그윽한 곳에는 귀신이 있다.[9] 귀(鬼)는 귀(歸)이니 돌아가서 땅을 따르고, 신(神)은 신(申)이니 펴서 하늘을 따른다. 하늘과 땅 사이의 귀신에게 알리고자 한다면, 성음을 버리고 무엇으로 하겠는가?

악은 모두 오성(五聲)으로 문채내고 팔음(八音)으로 연주한다. 금수(禽獸)는 성(聲)은 알되 음(音)을 알지 못하며, 보통사람들은 음은 알되 악(樂)을 알지 못한다. 성음(聲音)에 통달하여 악을 아는 자는 오직 귀신의 영(靈)뿐이니,[10] 어떻게 악으로 알리지 않겠는가? 전(傳)에 "악(樂)은 나쁜 것을 씻어내어 사악한 것을 물리친다"[11]라고 했으니, 옳은 말이다!

---

7 『詩經』商頌 / 那. 「猗與那與, 置我鼗鼓. 奏鼓簡簡, 衎我烈祖. …… 鼗鼓淵淵, 嘒嘒管聲. 既和且平, 依我磬聲.」
8 예는~삼는다 : 『禮記』樂記 19-23.
9 밝은~있다 : 『禮記』樂記 19-2.
10 『禮記』樂記 19-1에서는 「知聲而不知音者, 禽獸是也. 知音而不知樂者, 衆庶是也. 唯君子爲能知樂.」이라 하였다.
11 『白虎通義』(後漢 班固 撰) 제6편 禮樂.

내칙(內則)

6-2. 十有三年, 學樂誦詩舞勺, 成童, 舞象, 二十而冠, 始學禮, 舞大夏.

13세가 되면 악(樂)을 배우고 시(詩)를 읊고 《작(勺)》을 춘다. 성동(成童 : 15세 이상)이 되면 《상(象)》을 춘다. 20세가 되면 관례(冠禮)를 하고 비로소 예를 배우며 《대하(大夏)》를 춘다.[12]

人之生也, 比形天地以成體, 受氣陰陽以成性. 彼其所學, 曷嘗不因時循理, 以順陰陽之數哉? 十三陽數也, 二十陰數也. 樂由陽來, 而十三學之, 禮由陰作, 而二十學之, 其理斷可識矣. 且成王之勺, 告成大武, 則武舞也. 其顯在事而易習, 故十三可以敎之. 文王之維淸, 奏象舞, 則文舞也. 其微在理而難知, 故十五而後敎之. 禹之大夏, 則適文武之中而大焉, 非童子所能盡, 成人所及者而已. 故二十而後舞之. 周官以羽舞干舞爲小舞, 則夏爲大舞可知. 此夏所以特言大, 而異於勺象也.

樂記曰 : "凡音之起, 由人心生也. 感物而動, 故形於聲. 聲相應, 故生變. 變成方謂之音. 比音而樂之, 及干戚羽旄謂之樂." 樂以聲音爲始, 以舞爲成. 敎人, 必期成人而後已, 此所以必先舞也. 虁敎冑子, 大司樂敎國子, 皆先樂者, 仁言不如仁聲之入人深故也.

始學者, 必由樂以之乎禮, 及其成也, 又立禮, 而後成於樂, 所謂樂者, 有不爲學者終始歟? 以先後序之, 大夏而後象, 象而後勺, 以義序之, 勺而後象, 象而後大夏. 蓋敎者其施欲不陵節, 學者其進欲不躐等. 故不序以先後, 特以義序之也. 墨子謂 : "武王自作樂曰象 成王因先王之樂曰騶虞." 誤矣.

---

[12] 『禮記』 內則 12-52.

사람이 태어날 때 천지(天地)의 형상을 본떠 형체를 이루고[13] 음양의 기(氣)를 받아 성(性)을 이루었으니, 배우는 것을 어찌 때에 맞추어 순리대로 하여 음양의 수(數)를 따르지 않겠는가? 13은 양수(陽數)이고 20은 음수(陰數)이다. 악(樂)은 양으로 말미암아 생긴 것이니 13세에 배우고, 예(禮)는 음으로 말미암아 만들어진 것이니 20세에 배운다. 이는 이치로 구분한 것임을 알 수 있다.

또 성왕(成王)의 《작(勺)》은 대무(大武)를 이룬 것을 고한 시이니,[14] 무무(武舞)[15]이다. 무무는 일이 뚜렷이 드러나 익히기 쉬우므로 13세에 배울 수 있다. 문왕(文王)의 《유청(維清)》은 《상무(象舞)》를 출 때 연주한 시이니,[16] 문무(文舞)이다. 문무는 이치가 미묘하여 알기 어려우므로 15세 이후에 배운다. 우왕(禹王)의 《대하(大夏)》는 문(文)과 무(武)를 다 포함하여 광대하므로 동자(童子)가 알기에는 역부족이고 성인(成人)이라야 알 수 있으므로 20세 이후에 춘다.

『주례』에 《우무(羽舞)》와 《간무(干舞)》를 소무(小舞)라고 하였으니,[17] 《하(夏)》는 대무(大舞)가 됨을 알 수 있다. 이것이 《하(夏)》에 '대(大)'를 붙여 《작(勺)》이나 《상(象)》과 차별지어 말한 이유이다.

---

13 『淮南子』精神訓.「故頭之圓也象天, 足之方也象地. 天有四時五行九解三百六十六日, 人亦有四支五藏九竅三百六十節【머리의 원형은 하늘을 상징하고, 발의 방형(方形)은 땅을 상징한다. 하늘에 사시四時·오행五行·구해(九解 : 九天)·366일이 있듯이 사람에게는 사지(四肢)·오장(五藏)·구규(九竅)·366 관절이 있다.】」 구규(九竅)는 인체에 있는 9개의 구멍(귀 2, 눈 2, 코 2, 입 1, 배설구 2)이다.

14 『詩經』周頌 / 酌의 毛序에「酌, 告成大武也. 言能酌先祖之道, 以養天下也」라고 하였다. 진양은 주송(周頌)의 《작(酌)》을 《작(勺)》과 같은 것으로 간주하고 이렇게 서술한 것 같다.

15 『小學』立敎 2의 吳訥 註에서는「勺卽酌, 周頌酌之詩也. 舞勺者, 歌酌之爲節而舞文舞也【《작(勺)》은 곧 《작(酌)》이니 주송(周頌)의 《작(酌)》 시이다. 《작(勺)》을 춤춘다는 것은 《작(酌)》을 노래하여 절도로 삼아 문무(文舞)를 추는 것이다.】」라고 하여, 진양이 《작(勺)》을 무무(武舞)로 보는 것과는 견해를 달리 한다.

16 『詩經』周頌 / 維清 毛詩序에「維清 奏象舞也」라고 하였다.

17 『周禮』春官 / 樂師 0.「樂師, 掌國學之政以敎國子小舞. 凡舞有帗舞·有羽舞·有皇舞·有旄舞·有干舞·有人舞.」

「악기(樂記)」에 "음(音)은 인심(人心)에서 말미암아 생긴 것이다. 인심이 물(物)에 감응하면 움직여 소리[聲]로 표현되고, 소리[聲]가 서로 응하여 여러 가지 소리가 생긴다. 여러 가지 소리가 아름답게 조화된 것을 음(音)이라 한다. 음을 배열하여 악기로 연주하며 간(干)·척(戚)을 잡고 무무(武舞)를 추고 우(羽)[18]·모(旄)[19]를 잡고 문무(文舞)를 추는 것을 악(樂)이라고 한다"[20]라고 하였으니, 악은 성음으로 시작하여 춤으로 완성된다.

사람을 가르치는 것은 반드시 인격 완성을 목표로 하므로 반드시 춤을 중시하였다. 기(夔)가 주자(胄子)를 가르치고 대사악(大司樂)이 국자(國子)를 가르칠 때 악(樂)을 중시한 것은, 사람을 깊이 감동시키는 데는 인언(仁言)이 인성(仁聲: 樂)만 못하기 때문이다.

처음 배우는 자는 반드시 악으로 말미암아 예에 이르고, 이루어질 무렵 또 예(禮)를 익혀 몸가짐을 세운 뒤에 악으로 덕성(德性)을 완성하니,[21] 이른바 악이란 학자가 처음부터 끝까지 해야 하는 것이 아니겠는가?

선후(先後)로 차례를 매기면 《대하》 다음에 《상》, 《상》 다음에 《작》이 되나,[22] 뜻으로 차례를 매기면 《작》 다음에 《상》, 《상》 다음에 《대하》가 된다.[23] 가르치는 자는 교육할 때 절차를 뛰어넘으려 하지 않고 배우는 자는 진도를 나아갈 때 등급을 건너뛰려 하지 않는다. 그러므로 춤의 교육 과정을 시대순으로 정하지 않고 뜻의 순서로 정한 것이다. 묵자가 "무왕(武王) 자신이 만든 악이 《상(象)》이고, 성왕(成王)이 선왕의 악으로 인해 만든 악이 《추우(騶虞)》이다"[24]라고 한 것은 잘못이다.

---

18 우(羽): 〈그림 1-8 참조〉.
19 모(旄): 〈그림 1-10 참조〉.
20 『禮記』 樂記 19-1.
21 예(禮)를~완성하니: 『論語』 泰伯 8-8.
22 진양의 설에 따르면, 《대하》는 우왕의 악, 《상》은 문왕의 악, 《작》은 성왕의 악이다. (『樂書』 70-1)
23 진양의 설에 따르면, 《작》은 무무(武舞), 《상》은 문무(文舞), 《대하》는 문(文)과 무(武)를 다 포함한다.
24 『墨子』 권1 三辯 第七.

옥조(玉藻)

6-3. 御瞽幾聲之上下.
어고(御瞽)는 소리의 높고 낮음을 살핀다.[25]

周官典同言 : "高聲碼, 下聲肆, 正聲緩." 則所謂中聲者, 非高而碼,
非下而肆, 一適於正緩而已. 盖樂以中聲爲本, 而一上一下, 非所以爲
中也. 古者, 神瞽考中聲, 以作樂, 盖本諸此. 然則御於君所之瞽, 其察
樂聲, 有不以中聲爲量乎?
今夫齊音敖僻驕志, 則聲失之高而上者也. 宋音燕女溺志, 則聲失之
卑而下者也. 上非中聲也, 下亦非中聲也, 御瞽在所幾焉. 若夫不上不
下, 而要宿於中, 則中和之紀, 於是乎在, 尙何幾察爲哉? 有瞽以幾聲
樂, 則人主無流湎之心, 有史以書言動, 則人主無過擧之行.

『주례』「전동(典同)」에 "종(鐘)은 형체가 높으면 소리가 둔탁하고, 낮으
면 소리가 경박하며, 알맞으면 소리가 완만하다"[26]라고 했으니, 이른바
중성(中聲)이란 종의 형체가 높아서 둔탁한 소리를 내지도 않고, 낮아서
경박한 소리를 내지도 않으며, 한결같이 알맞아서 완만한 것이다. 대개
악은 중성을 근본으로 삼으므로 높거나 낮은 것은 중성이 될 수 없다.
옛날에 신고(神瞽)가 중성을 살펴서 악을 지었다는 것은 대개 여기에 근
거한 것이다. 그러니 임금을 모시는 고몽(瞽矇 : 장님 악공)이 악성(樂聲)을
살필 적에 중성으로 헤아리지 않았겠는가?
제나라 음(音)은 오만하고 편벽되어 마음을 교만하게 하니 소리가 너
무 높고, 송나라 음은 여색을 좋아하여 뜻을 빼앗으니 소리가 너무 낮다.
높은 소리는 중성이 아니고 낮은 소리 또한 중성이 아니므로 어고(御瞽)

---

25 『禮記』玉藻 13-1.
26 『周禮』春官 / 典同 0.

가 살피는 것이다. 만약 높지도 낮지도 않아서 딱 알맞으면 중화(中和)의
벼리가 여기에 있게 된다. 그러니 어찌 살피지 않을 수 있겠는가? 고몽
이 성악(聲樂)을 살피면 임금이 방종에 빠지는 마음이 생기지 않고, 사관
(史官)이 임금의 언동을 기록하면 임금이 잘못된 행동을 하지 않게 된다.

6-4. 年不順成, 則天子素服, 乘素車, 食無樂.
한해 농사가 잘 되지 않으면 천자는 흰 옷을 입고 꾸미지 않은 수레를
타며, 음악 없이 식사하였다.[27]

年順成, 則通蜡祭以移民, 所以備禮也, 而樂可知矣. 年不順成, 則天
子食無樂, 所以蕃樂, 而禮可知矣. 周官, 蕃樂於大司徒其政謂之荒, 弛
縣於大司樂其凶謂之大. 然則侑食之樂, 安得不徹之乎? 此所以見天子
憂樂, 不在一身, 而在天下也. 夫以天子, 受天下備味, 享天下備樂, 年
不順成, 而食且無樂, 況士之飲酒, 其可樂耶?
한해 농사가 잘 되면 사제(蜡祭)[28]를 지내는 것을 허락하여 백성들이
풍요의 기쁨을 한껏 발산하도록 하여[29] 예를 갖추었으니 악(樂) 또한 연
주했으리라는 것을 알 수 있다. 한해 농사가 잘 되지 않으면 천자가 음
악 없이 식사하여 번악(蕃樂)[30]했으니, 예(禮) 또한 그에 맞추어 간소하게
했으리라는 것을 알 수 있다.
『주례』 「대사도(大司徒)」에 번악하는 경우를 황정(荒政)[31]이라 일컫고,
「대사악(大司樂)」에 종·경을 풀어 놓는 경우를 대흉(大凶)이라 일컬었으

---

27 『禮記』玉藻 13-1.
28 사제(蜡祭) : 감사의 뜻으로 1년 농사에 공을 끼친 모든 신을 찾아서 섣달에 지내는
    제사이다. '蜡'는 찾는다는 뜻이다.
29 이와 반면에 수확이 좋지 않은 지방은 사제를 지내지 못하게 하여 백성이 재물을
    함부로 쓰지 못하게 근신시킨다.(『禮記』郊特牲 11-22)
30 번악(蕃樂) : 악기를 갈무리하여 두고 연주하지 않는 것으로 황정(荒政)의 하나이다.
31 황정(荒政) : 흉년에 백성을 구제하는 정치.

니, 어찌 식사 때의 음악을 철거하지 않았겠는가? 이는 바로 천자가 근심하고 즐거워하는 것이 자신의 한 몸에 있지 않고 천하에 있기 때문이다. 천하의 온갖 산해진미를 받고 천하의 훌륭한 악을 누릴 수 있는 천자라 할지라도, 한해 농사가 잘 되지 않으면 식사할 때 음악을 쓰지 않는데, 하물며 선비가 술 마실 때 음악을 쓸 수 있겠는가?

6-5. 古之君子, 必佩玉. 右徵角, 左宮羽. 趨以采齊, 行以肆夏, 周旋中規, 折旋中矩, 進則揖之, 退則揚之. 然後玉鏘鳴也. 故君子在車, 則聞鸞和之聲, 行則鳴佩玉. 是以, 匪僻之心, 無自入也.

옛날의 군자는 반드시 옥[32]을 찼다. 오른쪽에는 치성(徵聲)과 각성(角聲)이 나는 옥을 차고, 왼쪽에는 궁성(宮聲)과 우성(羽聲)이 나는 옥을 찼다.[33] 문 밖에서는 《채제(采齊)》에 맞추어 성큼성큼 걷고, 문 안에서는 《사하(肆夏)》에 맞추어 다소곳이 걸었으며, 몸을 돌릴 때는 원을 그리듯이 하고, 좌우로 꺾어갈 때는 직각을 그리듯이 하였으며, 나아갈 때는 몸을 조금 굽혀서 읍(揖)하듯이 하고, 뒤로 물러날 때는 몸을 조금 치켜들었다. 이렇게 모든 행동거지가 절도에 맞은 뒤에 옥 소리가 맑게 울렸다. 그러므로 군자가 수레를 타고 있으면 수레에 단 방울 소리가 들리고, 걷고 있으면 허리에 찬 옥소리가 울렸으므로, 그릇되고 편벽된 마음이 생기지 않았다.[34]

在易之乾, 以純粹精爲德, 以金玉爲象. 金陰精之純者也, 玉陽精之純者也. 君子體乾象以爲德, 所以必佩玉者, 比德故也. 盖環佩之聲, 莫不各有所合. 合徵者, 其德爲禮. 合角者, 其德爲仁. 合宮者, 其德爲信.

---

32 패옥(佩玉) : 〈그림 3-1 참조〉.
33 일을 상징하는 치(徵)와 백성을 상징하는 각(角)은 수고로워도 되므로 오른쪽에 차고, 임금을 상징하는 궁(宮)과 물건을 상징하는 우(羽)는 편안해야 하므로 왼쪽에 찬다.(《禮記注疏正 鄭玄 注)
34 『禮記』 玉藻 13-18.

合羽者, 其德爲智. 右則有事於用, 故其德出, 而爲仁禮. 左則無事於用, 故其德復而爲智信.

周以木德, 王天下, 其不用商者, 避所剋者而已, 與周官三宮不用商音, 同意. 荀子曰: "審詩商, 太師之職也." 詩有商音, 必審而去之者, 其意亦若此歟! 三宮不用商者, 樂也, 佩玉不用商者, 禮也. 主乎樂者, 未必不因乎禮, 主乎禮者, 未必不兼乎樂. 故趨以采齊, 行以肆夏, 是佩之聲, 中乎樂之節也. 周還中規, 折還中矩, 是佩之容, 中乎禮之節也. 進則揖之於前, 退則揚之於後, 然後玉鏘鳴焉, 則仁智禮信之德, 不離於身, 而非僻之心, 無自入也. 古之君子, 必佩玉. 右徵角, 左宮羽者, 君之佩也. 君在, 不佩玉, 左結佩, 右設佩者, 臣之佩也.

『주역』의 건괘(乾卦)는 순수(純粹)한 정기(精氣)를 덕(德)으로 삼고,[35] 금(金)과 옥(玉)을 상(象)으로 삼았으니,[36] 금(金)은 순수한 음(陰)의 정기이고, 옥(玉)은 순수한 양(陽)의 정기이다. 군자는 건괘의 상(象)을 체득하여 덕으로 삼으니, 반드시 옥을 차는 것은 옥이 덕에 비유되기 때문이다.

대개 패옥 소리는 각각 합치되는 바가 있다. 치성(徵聲)이 나는 것은 그 덕이 예(禮)와 합치되고, 각성(角聲)이 나는 것은 그 덕이 인(仁)과 합치되며, 궁성(宮聲)이 나는 것은 그 덕이 신(信)과 합치되고, 우성(羽聲)이 나는 것은 그 덕이 지(智)와 합치된다. 오른쪽은 일하는 데 쓰이므로 그 덕이 발현하여 인(仁)과 예(禮)가 되고, 왼쪽은 일하는 데 쓰이지 않으므로 그 덕이 복귀하여 지(智)와 신(信)이 된다.

주나라는 목덕(木德)으로 천하에 왕 노릇 하였으므로 상(商)을 쓰지 않은 것은 상극(相剋)을 피한 것일 뿐이다. 『주례』삼궁(三宮)에 상조(商調)를 쓰지 않은 것과 같은 뜻이다.[37] 순자가 "시(詩)에서 상성(商聲)을 살피는

---

35 『周易』乾卦 21.

36 『周易』 說卦傳 11「乾爲天, 爲圜, 爲君, 爲父, 爲玉, 爲金…….」

37 삼궁(三宮)은 천신(天神)·지기(地祇)·인귀(人鬼)의 강신악(降神樂)으로 쓰이는 협종궁·임종궁·황종궁을 뜻하는데, 여기서는 천사(天祀)·지제(地祭)·인향(人享)의 강신악이란 뜻으로 쓰였다. 『주례』에 따르면 각 제사의 강신악으로 궁조·각조·치

것은 태사(太師)의 직분이다"[38]라고 했으니, 시에 상성이 있으면 반드시 살펴서 없앴던 뜻도 이와 같을 것이다.

삼궁에 상조(商調)를 쓰지 않은 것은 악(樂)이고, 패옥에 상성(商聲)을 쓰지 않은 것은 예(禮)이다. 악을 주로 하는 것은 반드시 예에서 연유하지 않은 것이 없고, 예를 주로 하는 것은 반드시 악과 겸하지 않는 것이 없으므로 문 밖에서 《채제》에 맞추어 성큼성큼 걷고 문 안에서 《사하》에 맞추어 다소곳이 걸으면 패옥 소리가 악의 절도에 맞았으며, 몸을 돌릴 때는 원을 그리듯이 하고 좌우로 꺾일 때는 직각을 그리듯이 하면 패옥을 찬 용모가 예의 절도에 맞았다. 나아갈 때는 몸을 조금 굽혀서 읍하듯이 하고 뒤로 물러날 때는 몸을 조금 치켜들어, 모든 행동거지가 절도에 맞은 뒤에 옥 소리가 맑게 울렸으니, 인(仁)·지(智)·예(禮)·신(信)의 덕이 몸에서 떠나지 않아 그릇되고 편벽된 마음이 생기지 않았던 것이다.

'옛날의 군자는 반드시 옥을 찼다. 오른쪽에 치성과 각성이 나는 옥을 차고 왼쪽에 궁성과 우성이 나는 옥을 찼다'[39]라고 한 것은 임금의 예이고, '임금의 곁에 있을 때는 옥을 차지 않았다.[40] 왼쪽에 찬 것은 끈을 매어 소리 나지 않도록 하고, 오른쪽에는 송곳과 부싯돌을 찼다'[41]라고 한 것은 신하의 예이다.

조·우조만 썼다. 〈『周禮』春官 / 大司樂 2〉

38 『荀子』王制 9-18.

39 『禮記』玉藻 13-18.

40 세자가 임금의 곁에 있을 때 덕을 상징하는 옥[德佩]을 차지 않고 일을 상징하는 송곳과 부싯돌 등[事佩]을 찬 것은 일에 나아감을 보이는 것이다. (『禮記』玉藻 鄭玄 註)

41 『禮記』玉藻 13-19.

명당위(明堂位)

6-6. 周公六年, 朝諸侯於明堂, 制禮作樂, 頒度量, 而天下大服.

주공이 천하를 다스린 지 6년 만에 제후를 명당(明堂)에서 조회하게 하고 예악을 제정하고 도량형을 반포하니, 천하가 모두 믿고 복종했다.[42]

昔周公將作禮樂, 以爲將大作, 恐天下莫我知也, 將小作, 是爲人子, 不能揚父之功德也. 故優游之三年, 不能作. 然後營洛以期天下之心, 而四方諸侯, 各率其黨, 以攻其庭. 示之力役, 且猶至此, 況導之以禮樂乎? 此六年朝諸侯於明堂, 所以制禮作樂, 頒度量於天下也.

盖律呂之器, 寓於陰陽, 陰陽之數, 周於十二. 陽六爲律, 陰六爲呂, 其本於黃鍾, 一也. 故度起於黃鍾之長, 其方象矩, 所以度長短也, 禮之意寓焉. 量起於黃鍾之龠, 其員象規, 所以量多寡也, 樂之意寓焉. 禮雖起於度, 未有不資於量. 故荀卿論禮, 必齊以度量. 樂雖起於量, 未有不資於度. 故樂記論樂, 必稽之度數. 王制謂 : '用器 · 兵車不中度, 布帛廣狹, 不中量', 皆禮之所禁. 典同, 以十有二律爲之度數, 十有二聲爲之齊量, 皆樂之所本. 是禮樂道也, 度量器也. 周公制禮作樂, 而頒度量, 則以道寓器, 以器明道. 夫然後天下得以因器會道, 中心悅而誠服矣. 語所謂 : "謹權量 四方之政行焉者." 此也.

方其始頒也, 出以內宰, 掌以司市. 及其旣頒也, 慮其或不一也, 以合方氏一之, 慮其或不同, 以行人同之. 其同民心, 出治道如此, 天下惡有不大服者哉? 然此特禮樂與政而已, 未及乎[43]刑也. 禮樂刑政, 相爲表裏, 而王道備, 其極未始不一也. 故又以服大刑, 而天下大服終焉. 莊周乃欲絶滅禮樂, 剖斗折衡, 而天下人始不爭. 彼非不知, 周公不能捨是

---

42   『禮記』明堂位 14-3.
43   대본에는 '夫'로 되어 있으나, 사고전서 『樂書』에 의거하여 '乎'로 바로잡았다.

服天下也, 彼然而言之者, 將以使民反素復樸, 救末世文勝之弊故也.

옛날에 주공이 예악을 제정할 적에 성대하게 만들면 천하가 자신의 본뜻을 몰라줄까 염려되고, 소규모로 만들면 자식으로서 아버지의 공덕을 드날리지 못할 것이라 여겨, 3년 동안 어물어물하다가 만들지 못하였다. 그 뒤에 낙양을 도읍으로 조성하여 천하의 마음을 얻고자 했더니,[44] 사방 제후가 각각 그 무리를 이끌고 궁궐 역사(役事)에 참여했다. 역사(役事)에서 보여준 것이 이와 같았는데, 예악으로 인도하면 어떻겠는가? 이것이 6년 만에 제후를 명당에서 조회하게 하고, 예악을 제정하고 천하에 도량형을 반포한 이유이다.

대개 율려(律呂)의 악기는 음양(陰陽)에 가탁(假託)했으며, 음양의 수는 12에서 순환한다. 양(陽) 여섯이 율(律)이 되고 음(陰) 여섯이 여(呂)가 되지만, 황종에 근본한 점에서는 한 가지이다.

도(度 : 자)는 황종관(黃鍾管)의 길이에서 기원했다.[45] 구(矩 : 직각자)를 본떠 모나게 만들어 길고 짧음을 재니, 예(禮)의 뜻을 나타낸다. 양(量)은 황종관의 용적에서 기원했다.[46] 규(規 : 컴퍼스)를 본떠 둥글게 만들어 많고 적음을 헤아리니, 악(樂)의 뜻을 나타낸다. 예는 비록 도(度)에서 기원했으나 양(量)에 힘입지 않은 적이 없으므로 순경(荀卿)이 예를 논할 때 반드시 도량으로 가지런히 했다.[47] 악이 비록 양(量)에서 기원했으나 도(度)에 힘입지 않은 적이 없으므로 「악기(樂記)」에서 악을 논할 때 반드시 도수를 헤아렸다.[48]

---

44 성왕은 풍(豐)에 머무르며 소공으로 하여금 낙양을 건설하게 했으며, 주공이 완공했다. 주공은 "낙양이 천하의 중심이어서 사방에서 공물을 바치러 오는 거리가 모두 같다"라고 말하고, 소고(召誥)와 낙고(洛誥)를 지었다.〈『史記』周本紀 4 / 133쪽〉

45 황종관을 만들 때 사용한 기장 낱알 1개의 길이가 1분(分)이고, 10분이 1촌, 10촌이 1척, 10척이 1장(丈)이 된다.〈『書經集傳』 虞書 / 舜典2, 蔡沈註〉

46 기장 1200개가 들어가는 황종관의 용적이 1약(龠)이 되고, 10약이 1홉[合]이며, 10홉이 1되[升]이고, 10되가 1말[斗]이 된다.〈『書經集傳』 虞書 / 舜典2, 蔡沈註〉

47 『荀子』禮論 19-1. 「禮起於何也? 曰 : 人生而有欲, 欲而不得, 則不能無求, 求而無度量分界, 則不能不爭, 爭則亂, 亂則窮, 先王惡其亂也.」

「왕제(王制)」에서 말한 '용기(用器)와 병거(兵車)가 척도에 맞지 않고, 포백(布帛)의 폭이 양에 맞지 않는 것'[49]은 모두 예에서 금하는 것이다. 「전동(典同)」에서 '12율로 도수(度數)를 삼고 12성(聲)으로 제량(齊量)[50]을 삼은 것'[51]은 모두 악에서 근본으로 삼는 것이다.

예악은 도(道)이고 도량은 기(器)이다. 주공이 예악을 제정하고 도량형을 반포한 것은 도(道)를 기(器)에 가탁하고 기(器)로 도(道)를 밝히기 위함이었으니, 그런 뒤에 천하 사람들이 기(器)로 인해 도를 환히 이해하고 기쁜 마음으로 진실로 흠복(欽服)하게 되었던 것이다. 『논어』에 이른바 "저울과 됫박을 신중히 하니 사방의 정치가 제대로 행해졌다"[52]라고 한 것이 이것이다.

처음 반포할 적엔 내재(內宰)가 영(令)을 알리고, 사시(司市)[53]가 관장하며, 이미 반포한 뒤에는 혹 한결같지 않을까 염려하여 합방씨(合方氏)[54]가 한결같게 하고, 혹 똑같지 않을까 염려하여 행인(行人)[55]이 그것을 똑같이 하였다. 민심(民心)을 합하여 치도(治道)를 실현시키는 것을 이와 같이 했으니, 천하에 어찌 믿고 복종하지 않은 자가 있었겠는가?

이는 다만 예(禮)·악(樂)·정(政)일 뿐이고 형(刑)은 포함되어 있지 않다. 그러나 예·악과 형·정이 서로 표리(表裏)가 되어야 왕도(王道)가 갖춰지는 법이며, 궁극의 목표는 처음부터 하나이므로 '백관이 직무를 소홀히 하면 대형(大刑)에 처했으니, 천하가 모두 믿고 복종했다'[56]는 것으

48　『禮記』樂記 19-12. 「是故先王本之情性, 稽之度數, 制之禮義, 合生氣之和, 道五常之行.」
49　『禮記』王制 5-45.
50　제량(齊量) : 표준이 되는 도량.
51　『周禮』春官 / 典同 0.
52　『論語』堯曰 20-1.
53　사시(司市) : 시장을 관장하던 주대(周代)의 벼슬.
54　합방씨(合方氏) : 사방의 일을 같게 하는 것을 관장하던 주대(周代)의 벼슬.
55　행인(行人) : 각 나라의 제후와 빈객을 대접하고 친하게 지내는 일을 관장하던 주대(周代)의 벼슬.
56　『禮記』明堂位 14-6.

로 마치었다.

장주(莊周)[57]는 예악을 없애고자 했으니, 됫박을 부수고 저울을 부러뜨려야 천하 사람들이 다투지 않을 것이라고 했다.[58] 주공이 예악을 버리고서 천하를 복종시킬 수 없었다는 것을 장주가 모른 것은 아니나, 그가 이렇게 말한 것은 백성들로 하여금 소박함을 회복하게 하여 말세의 겉만 번드르르한 폐해를 구제하고자 함이다.

6-7. 升歌清廟, 下管象, 朱干玉戚, 冕而舞大武, 皮弁素積, 裼而舞大夏.

당상(堂上)에 올라가 《청묘(清廟)》를 노래하고 당하(堂下)에서 관악기로 《상(象)》을 연주하며, 곤룡포와 면류관 차림으로 주간(朱干 : 붉은 방패)과 옥척(玉戚 : 옥으로 자루를 장식한 도끼)을 잡고 《대무(大武)》를 춤추며, 피변(皮弁)과 소적(素積) 차림에 석의(裼衣)를 드러내고 《대하(大夏)》를 추었다.[59]

魯以禘禮, 祀周公於太廟, 自牲用白牡, 至俎用梡嶡, 無非天子之禮也. 自升歌清廟, 至納夷蠻之樂於太廟, 無非天子之樂也. 周公有人臣不可及之勳勞, 成王賜之, 以人臣不得行之禮樂. 蓋所以褒康周公, 非廣魯於天下也, 言廣魯於天下, 豈非魯儒誇大其國而溢美之邪?

周官,[60] "太師之職, 大祭祀, 帥瞽登歌, 下管播樂器." 於歌言升, 則知管之爲降, 於管言下, 則知歌之爲上. 升歌清廟, 所以示德, 堂上之樂也. 下管象, 所以示事, 堂下之樂也. 歌永其聲, 管播其器, 舞動其容.

---

57 장주(莊周) : 정확한 생몰연대는 미상이나 맹자(孟子)와 거의 비슷한 시대에 활약한
    것으로 전한다. 초(楚)나라의 위왕(威王)이 그를 재상으로 맞아들이려 하였으나 사
    양하였다. 저서인 『장자』는 원래 52편이었다고 하는데, 현존하는 것은 진대(晉代)의
    곽상(郭象)이 산수(刪修)한 33편(內篇 7, 外篇 15, 雜篇 11)이다.
58 『莊子』胠篋 10-1.
59 『禮記』明堂位 14-5.
60 대본에는 '公'으로 되어 있으나, 사고전서 『樂書』에 의거하여 '官'으로 바로잡았다.

大武武樂也, 所以象征誅. 必朱干玉戚, 冕而舞之者, 以武不可觀故也.
大夏文樂也, 所以象揖遜. 必皮弁素積, 裼而舞之者, 以文不可匿故也.
今夫裼襲, 未嘗相因也, 干戚羽籥, 未嘗並用也. 於大夏, 言裼而舞, 則
大武冕而舞, 必用襲也. 於大武之舞, 言干戚, 則大夏之舞, 必用羽籥
也. 公羊謂, 朱干玉戚以舞大夏, 八佾以舞大武, 誤矣.

노나라[61]는 태묘에서 주공(周公)에게 체제(禘祭)를 지냈는데, 희생으로
흰 황소를 쓰는 것에서부터 제기(祭器)로 관조(梡俎)와 궐조(嶡俎)[62]를 쓰는
것에 이르기까지 천자의 예가 아닌 것이 없었고, 당상에서 《청묘》를 노
래한 것에서부터 태묘에서 동이(東夷)와 남만(南蠻)의 악을 연주한 것에
이르기까지 천자의 악이 아닌 것이 없었다. 주공이 신하로서 할 수 있는
공적 이상의 것을 세웠으므로 성왕(成王)이 '신하가 행할 수 없는 천자의
예악'을 노나라에 하사하였다. 이는 주공을 기리어 성대하게 제사지내게
한 것이지, 노나라의 공업(功業)을 천하에 널리 알리려는 것은 아니었다.
그런데 '노나라의 공업이 천하에 널리 미쳤음을 말한다'[63]고 한 것은 노
나라 유학자들이 자기 나라를 과대평가하여 지나치게 찬미한 것이 아니
겠는가?

『주례』에 "태사(太師)의 직분은 대제사(大祭祀)에 고몽(瞽矇: 장님 악공)을
인솔하여 당상에서 노래하게 하고 당하에서 관악기를 연주하게 한다"라
고 하였다. '올라가서 노래한다[升歌]'고 말했으니, 관악기 연주는 내려와
서 연주했음을 알 수 있고, '당하에서 관악기를 연주한다[下管]'고 말했으
니, 노래는 당상에서 불렀음을 알 수 있다. 올라가 《청묘》를 노래한 것
은 덕을 보인 것이니 당상악(堂上樂)이고, 당하에서 관악기로 《상》을 연
주한 것은 일을 보인 것이니 당하악(堂下樂)이다.

---

61 노(魯): 주(周) 무왕(武王)의 아우 주공(周公) 단(旦)이 봉해졌던 나라. 지금의 산동성
　　(山東省)과 강소성(江蘇省)·안휘성(安徽省) 일대의 땅을 영유하였다.
62 관(梡)·궐(嶡): 관(梡)은 순임금 때 쓰던 제기(祭器) 이름이고 궐(嶡)은 하나라에서
　　쓰던 제기 이름이다. 〈그림 2-2 참조〉
63 『禮記』明堂位 14-5.

노래는 목소리를 길게 내는 것이고, 관(管)은 악기를 연주하는 것이며, 춤은 용모를 움직이는 것이다. 《대무(大武)》는 무악(武樂)으로서 정벌하고 베는 것을 형상화한 것이다. 반드시 곤룡포와 면류관 차림으로 주간(朱干)과 옥척(玉戚)을 잡고 《대무》를 춘 것은 무(武)는 드러내서는 안 되는 것이기 때문이다. 《대하(大夏)》는 문악(文樂)으로서 읍하고 사양하는 것을 형상화한 것이다. 반드시 피변(皮弁)[64]과 소적(素積) 차림에 석의(裼衣)를 드러내고 《대하》를 춘 것은 문(文)은 숨겨서는 안 되는 것이기 때문이다.

석의(裼衣)와 습의(襲衣)는 같이 쓰인 적이 없고, 간(干)·척(戚)과 우(羽)·약(籥)은 같이 쓰인 적이 없다. 따라서 석의를 입고 《대하》를 춘다고 했으니 면류관을 쓰고 《대무》를 출 적에는 분명 습의를 입었을 것이고, 간·척을 잡고 《대무》를 춘다고 했으니 《대하》를 출 적에는 분명 우·약을 잡았을 것이다. 따라서 『공양전』에서 "붉은 방패와 옥 장식 도끼를 잡고 《대하》를 춤추고 팔일(八佾)로 《대무》를 춤춘다"[65]라고 한 것은 잘못이다.

6-8. 昧東夷之樂也, 任南蠻之樂也. 納夷蠻之樂於太廟, 言廣魯於天下也.

매(昧)는 동이(東夷)의 악이고, 임(任)은 남만(南蠻)의 악이다. 동이와 남만의 음악을 태묘에서 연주한 것은 노나라의 공업(功業)이 천하에 널리 미쳤음을 말한다.[66]

四夷之樂, 周官, 掌之以鞮鞻氏, 敎之以旄人韎師. 是東夷之樂爲韎, 南蠻之樂爲任, 西戎之樂爲株離, 北狄之樂爲禁. 盖萬物出乎震, 則草昧而已. 相見乎離, 則任孕而長矣. 說乎兌, 則成實而離根株. 勞乎坎,

---

64   피변(皮弁) : 〈그림 3-2 참조〉.
65   『春秋公羊傳』昭公 25년(6).
66   『禮記』明堂位 14-5.

202 역주 악서(譯註樂書) 1

則收藏而閉禁於下矣. 樂元語, 先儒謂: "東夷之樂曰昧, 持矛[67]助時生. 南夷之樂曰任, 持弓助時養. 西夷之樂曰株離, 持鉞助時殺. 北夷之樂曰禁, 持楯助時藏. 皆於四門之外右辟." 於義或然.

其意以爲夷不可亂華, 哇不可雜雅. 四夷之樂, 雖在所不可廢, 盖亦後之而弗先, 外之而弗內也. 是故, 夾谷之會, 侏儒之樂, 奏於前, 孔子誅之. 元日之會, 撣國之樂, 陳於庭, 陳禪非之. 然則魯納夷蠻之樂於太廟, 而不外之, 雖欲廣魯於天下, 其能不爲君子譏歟?

然天子用先王之樂, 明有法也. 用當代之樂, 明有制也. 用四夷之樂, 明有懷也. 魯廟特用夷蠻之樂, 不及戎狄者, 以魯於周公之廟, 雖得用天子禮樂, 亦不敢用備樂以明分故也. 虞傳曰: "伯陽之樂舞株離." 是不知, 株離西夷之樂, 非東夷之樂也. 白虎通, 亦株離爲東樂, 昧爲南樂. 班固以侏爲兜, 以禁爲佅, 以靺爲侏. 是皆臆說以滋惑後世歟!

『주례』에 따르면, 사이(四夷)의 악(樂)을 제루씨(鞮鞻氏)가 관장하고, 모인(旄人)과 매사(靺師)가 가르쳤다. 동이(東夷)의 악은 매(靺)이고 남만(南蠻)의 악은 임(任)이며 서융(西戎)의 악은 주리(株離)이고 북적(北狄)의 악은 금(禁)이다.

만물은 진괘(震卦: 동방)에서 나오니 처음으로 시작하고[草昧], 이괘(離卦: 남방)에서 서로 만나니 잉태하여 성장하고[任孕而長], 태괘(兌卦: 서방)에서 기뻐하니 열매를 맺어 뿌리와 줄기에서 분리되고[離根株], 감괘(坎卦: 북방)에서 위로받으니[68] 거두어들여 땅 속에 저장하여 둔다[閉禁].

『악원어(樂元語)』에서 선유(先儒)가 이르기를, "동이의 악을 매(昧)라고 하니, 창[矛]을 가지고 봄에 만물이 생성되는 것을 돕는다는 뜻이다. 남이(南夷)의 악을 임(任)이라 하니, 활을 잡고 여름에 만물이 성장하는 것을

---

67 『樂書』6-8에는 '干'으로 되어 있으나 『樂書』53-5과 126-1에 의거하여 '矛'로 바로잡았다.

68 『周易』 說卦傳 5. 「帝出乎震, 齊乎巽, 相見乎離, 致役乎坤, 說言乎兌, 戰乎乾, 勞乎坎, 成言乎艮.」

돕는다는 뜻이다. 서이(西夷)의 악을 주리(株離)라고 하니, 도끼를 가지고 가을에 만물의 기운이 쇠락하는 것을 돕는다는 뜻이다. 북이(北夷)의 악을 금(禁)이라고 하니, 방패[楯]를 가지고 겨울에 만물이 저장되는 것을 돕는다는 뜻이다. 모두 사문(四門) 밖의 오른쪽 벽에서 연주한다"[69]라고 했으니, 이치에 그럴 듯하다.

염두에 두어야할 점은 오랑캐의 악이 중화의 악을 어지럽혀서는 안 되고 음란한 악이 아정(雅正)한 악에 섞여서는 안 된다는 것이다. 사이(四夷)의 악을 없앨 수는 없을지라도, 대개 뒤에 하고 우선시하지 않았으며 곁다리로 하고 중심으로 하지 않았던 것이다. 그러므로 협곡(夾谷)의 회동 때 광대의 잡희가 연행되자, 공자(孔子)가 꾸짖었으며,[70] 원일(元日 : 정월 초하루)의 회동 때 탄국(揮國)[71] 악이 뜰에서 연주되자, 진선(陳禪)이 그르게 여겼다.[72] 그런데 노나라에서 동이와 남만의 악을 태묘에서 연주하여 내치지 않음으로써 노나라의 위세를 과시하려 했으니, 군자의 기롱을 받지 않을 수 있겠는가?

그러나 천자가 선왕의 음악을 쓴 것은 법이 있음을 밝힌 것이고, 당시 악을 쓴 것은 제도가 있음을 밝힌 것이며, 사이(四夷)의 악을 쓴 것은 널리 포용함을 밝힌 것이다. 노나라 태묘에서 동이와 남만의 악만을 쓰고 서융과 북적의 악을 언급하지 않은 것은 노나라가 주공의 사당에서 비록 천자의 예악을 쓰더라도 또한 감히 다 구비하지 않음으로써 분수를 밝힌 것이다.

「우전(虞傳)」[73]에 "백양(伯陽)의 악무(樂舞)를 주리(株離)라고 한다"라고

---

69   『白虎通義』에 인용된 『樂元語』의 내용은 이와 약간 달리 다음과 같이 되어 있다.
      「樂元語曰 : 東夷之樂, 持矛舞助時生也, 南夷之樂, 持羽舞助時養也, 西夷之樂, 持戟舞
      助時煞也, 北夷之樂, 持干舞助時藏也.」
70   노나라 정공(定公) 10년 여름에 제나라 임금과 협곡에서 회동하였다.
71   탄국(揮國) : 한(漢) 나라 때 서남쪽에 있던 나라.
72   『後漢書』 권81 陳禪傳.
73   현재 전하지는 않는다.

하였는데, 이는 주리가 서이의 악이지 동이의 악이 아님을 모른 것이다. 『백호통의(白虎通義)』[74]에서도 주리를 동이의 악이라 하고 매(昧)를 남이의 악이라고 했고,[75] 반고(班固)[76]는 또 주(侏)를 두(兜)라 하고, 금(禁)을 검(佅)이라 하며, 매(靺)를 주(侏)라고 하였다. 이는 모두 후세 사람들을 더욱 미혹시키는 억지 주장이다.

---

74 백호통의(白虎通義) : 『백호통(白虎通)』이라고도 한다. 후한의 장제(章帝)가 79년에 북궁(北宮)의 백호관(白虎觀)에 여러 유학자들을 모아 놓고 오경(五經)의 다른 점을 강론하게 해 『백호통덕론(白虎通德論)』을 만들고, 반고(班固)에게 명하여 찬집하게 한 것이다.
75 『白虎通義』 제6편 禮樂.
76 반고(班固) : 32~92. 부친이 쓴 역사서를 계승하여, 20년이 걸려 『한서(漢書)』를 완성하였고. 이와 아울러 『백호통의(白虎通義)』도 저술하였다.

권7 예기훈의(禮記訓義)

명당위(明堂位)·소의(小儀)

명당위(明堂位)

7-1. 土鼓·蕢桴·葦籥, 伊耆氏之樂也.

토고(土鼓)와 괴부(蕢桴: 짚과 흙을 빚어 만든 북채) 및 위약(葦籥)[1]은 이기씨(伊耆氏)의 악기이다.[2]

中央爲土, 天地沖和之氣在焉. 樂也者, 鍾沖氣之和者也. 以土爲鼓, 則中聲具焉, 以蕢爲桴, 則中聲發焉, 以葦爲籥, 則中聲通焉. 籥之爲器, 如笛而三孔, 通中聲故也. 古之作樂, 自伊耆氏始, 而蜡祭之禮, 亦始於此. 故周官, 有伊耆氏之職, 而以下士爲之, 則伊耆氏, 非古有天下

---

1 위약(葦籥): 갈대로 관악기로서 지공(指孔)이 셋이다.
2 『禮記』明堂位 14-17.

者之號也, 特古之本始禮樂者而已. 周官 : "籥章掌土鼓豳籥." 以爲[3]周
之王業始於豳, 樂之作本於籥, 始於土鼓, 逆暑迎寒祈年, 皆本始民事
之祭, 有復本反始之義. 然則伊耆氏, 本始禮樂者也, 推而名之, 不亦可
乎? 禮運曰 "夫禮之初, 始諸飮食, 其燔黍捭豚汙尊而抔飮, 蕢桴而土
鼓, 猶若可以致敬於鬼神." 豈非伊耆氏, 本始禮樂之迹邪? 後聖有作,
而八音備, 豈特土鼓葦籥而已哉?

중앙의 토(土)에는 천지의 충화(沖和)한 기운이 있으며, 악(樂)은 충기(沖
氣)의 화(和)를 모은 것이다. 따라서 흙으로 북을 만들면 중성(中聲)이 갖
추어지고, 흙을 빚어 북채를 만들면 중성을 낼 수 있으며, 갈대로 약(籥)
을 만들면 중성(中聲)에 통한다. 약(籥)이란 악기는 적(笛)과 같은데 구멍이
셋이며 중성에 통하는 것이기 때문이다.

옛날에 악기는 이기씨(伊耆氏)로부터 시작되었으니, 사제(蜡祭)의 예도
또한 여기에서 시작되었다. 그러므로 주관(周官)에 이기씨라는 관직이 있
으며, 하사(下士)가 이를 맡았다.[4] 따라서 이기씨는 옛날에 천하를 통치한
자의 호칭이 아니라 다만 옛날에 예악을 처음으로 창제한 자를 가리킬
뿐이다.

『주례』에 "약장(籥章)은 토고(土鼓)와 빈약(豳籥)을 관장한다"[5]라고 하여,
'약(籥)' 앞에 '빈(豳)'을 붙인 것은 주나라 왕업이 빈(豳)에서 시작되었고,
악의 제작은 약(籥)에 근본하고 토고(土鼓)에서 시작된 것으로 여겼기 때
문이다. 더위를 맞이하고 추위를 맞이하며, 풍년을 비는 것은 모두 농사
와 관련된 제사에서 시작된 것이니, 근본을 회복하고 시작으로 돌아간다
는 뜻이 있다. 그렇다면 이기씨는 예악을 처음으로 창제한 자이니, 이를
유추하여 이름을 붙였다고 보는 것이 또한 옳지 않겠는가?

「예운(禮運)」에 "예의 시초는 음식에서 비롯되었다. 기장을 돌 위에 얹

---

3   대본에는 '謂'로 되어 있으나, 사고전서 『樂書』에 의거하여 '爲'로 바로잡았다.
4   『周禮』秋官 / 第五 0. 「伊耆氏下士一人, 徒二人.」
5   『周禮』春官 / 籥章 0.

어 굽고 돼지고기를 찢어서 익히며, 땅을 파서 웅덩이를 만들어 손으로
물을 떠 마셨으며 짚과 흙을 빚어 북채를 만들어 토고를 두드렸을 뿐이
지만, 이런 소박한 것으로도 공경하는 마음을 귀신에게 바칠 수 있었
다"[6]라고 했으니, 이기씨가 예악을 시작했다는 흔적이 아니겠는가? 후대
에는 성인이 악기를 만들어 팔음(八音)을 갖추었으니, 어찌 토고와 위약
뿐이겠는가?

7-2. 拊搏・玉磬・揩・擊・大琴・大瑟・中琴・小瑟, 四代之樂器 也.

부박(拊搏)・옥경(玉磬)・개(揩 : 敔)・격(擊 : 柷)・대금(大琴)・대슬(大
瑟)・중금(中琴)・소슬(小瑟)은 사대(四代)[7]의 악기이다.[8]

樂記曰 : "金石絲竹, 樂之器也." 荀卿曰 : "樂者所以道樂也, 金石絲
竹所以道德也."[9] 蓋先王本道以制器, 因器以導樂. 凡爲樂器, 數度齊
量, 雖本於鍾律, 要皆文以五聲, 播以八音. 然則四代之樂器, 雖損益不
同, 其能外乎八物哉? 虞書迹舜樂曰 : "戞擊鳴球搏拊琴瑟以詠." 是樂
器成於有虞氏, 備於三代也.

拊之爲器, 韋表糠裏, 狀則類鼓, 聲則和柔, 唱而不和. 或搏或拊所以
作樂也. 書傳謂以韋爲鼓, 白虎通謂拊韋而糠, 是已. 荀卿曰 : "縣一鐘
而尙拊." 大戴禮曰 : "縣一磬而尙拊." 一鐘一磬, 特縣之樂也, 拊設於
一鐘一磬之東, 其爲衆樂之倡歟! 書謂搏拊, 此謂拊搏者, 以其或搏或
拊, 莫適先後故也. 磬之爲器, 尙聲, 衆聲之依也. 呂不韋曰 : "昔堯命
夔, 擊石拊石, 以象上帝玉磬之音, 以舞百獸." 春秋 : "臧文仲以玉磬如

---

6 『禮記』 禮運 9-4.
7 사대(四代) : 우(虞 : 舜)・하(夏)・은(殷)・주(周).
8 『禮記』 明堂位 14-18.
9 대본에는 '金石絲竹, 所以道樂也.'로 되어 있으나, 『荀子』에 의거하여 '樂者所以道樂
也, 金石絲竹, 所以道德也.'로 바로잡았다.

齊, 告繹." 則玉磬, 書之鳴球, 是也. 玉之於石類也, 玉磬則出乎其類矣. 柷敔之爲器, 樂之合止, 用焉. 柷也者, 擊之以合樂者也, 敔也者, 揩之以止樂者也. 書言[10]憂擊, 此言揩擊者, 以樂勝則流, 而以反爲文故也. 凡言樂, 皆先節後奏, 與此同意.

書大傳曰: "大琴練絃達越, 大瑟朱弦達越." 爾雅: "大琴謂之離, 大瑟謂之灑." 琴之器, 士君子常御焉, 所以導心者也. 故用大琴. 必以大瑟配之, 用中琴, 必以小瑟配之, 然後大者不陵, 細者不抑, 聲應相保而爲和矣.

自拊搏至琴瑟, 皆堂上樂也, 自土鼓至葦籥, 皆堂下樂也. 魯之用樂, 推而上之, 極於伊耆氏, 推而下之, 及於四代, 則文質具矣. 施之周公之廟, 固足以報功. 施之魯國, 亦難乎免於僭矣.

「악기(樂記)」에 "금(金)·석(石)·사(絲)·죽(竹)은 악기이다"[11]라고 하고, 순경은 "악은 즐거움을 인도하는 것이고, 금·석·사·죽은 덕을 인도하는 것이다"[12]라고 했으니, 선왕은 도(道)에 근본해서 악기를 제작하고 악기를 가지고 즐거움을 인도했던 것이다.

악기를 만들 때 수도(數度)와 제량(齊量)이 종률(鍾律)에 근본했을지라도, 요컨대 모두 오성(五聲)으로 문채내고 팔음(八音)[13]으로 연주했으니, 사대(四代)의 악기가 시대마다 손익(損益)하여 꼭 같지는 않지만 팔물(八物:八音)에서 벗어날 수 있겠는가? 「우서(虞書)」에 순임금 음악에 대해 "알(憂:敔)·격(擊:柷)·명구(鳴球:玉磬)·박부(搏拊)·금(琴)·슬(瑟)을 연주하며 노래한다"[14]라고 했으니, 이 악기들은 순임금 때에 이루어졌고, 이후 삼

---

10 대본에는 '言'이 없으나, 사고전서 『樂書』에 의거하여 보충하였다.
11 『禮記』 樂記 19-15.
12 『荀子』 樂論 20-8.
13 팔음(八音): 악기의 소재가 되는 금(金)·석(石)·사(絲)·죽(竹)·포(匏)·토(土)·혁(革)·목(木)의 8종류 물질을 가리키며, 때로 8종류 물질로 만든 악기를 뜻하기도 한다.
14 『書經』 虞書 / 益稷 2. 채침(蔡沈)이 주에 따르면 "옥경을 치고 금·슬을 타며 노래한다"로 번역되나, 여기서는 진양의 설을 따라서 번역하였다.

대(三代:하·은·주)에 갖추어진 것이다.

부(拊)라는 악기는 무두질한 가죽으로 겉을 싸고 속에 겨를 넣었다. 모양은 북과 비슷하고 소리는 부드러우며 선창만 하고 화답하지는 않는다. 세게 두드리기도 하고[搏] 가볍게 두드리기도 하여[拊] 음악을 시작하게 한다. 『서전(書傳)』에 "무두질한 가죽으로 북을 만든다"[15]라고 하고, 『백호통의』에 "부(拊)는 무두질한 가죽으로 싸고 겨를 넣은 것이다"[16]라고 한 것이 이것이다. 순경이 "한 개의 종을 달아 놓고 부(拊)를 그 동쪽에 진설한다"[17] [18]라고 하고, 『대대례(大戴禮)』에 "한 개의 경(磬)을 달아 놓고 부(拊)를 그 동쪽에 진설한다"라고 하였다. 한 개의 종과 한 개의 경이란 특종(特鐘)과 특경(特磬)을 가리킨다. 부(拊)를 특종과 특경의 동쪽에 진설한 것은 아마 여러 악기들을 시작하게 하기 때문일 것이다. 『서경』에서는 '박부(搏拊)'라고 하였는데, 여기에서는 '부박(拊搏)'이라고 한 것은 세게 두드리거나 가볍게 두드리는 것이 선후가 정해져 있는 것이 아니기 때문이다.

경(磬)이란 악기는 소리를 숭상하므로, 여러 악기가 경에 의존한다. 여불위(呂不韋)[19]가 "옛날에 요임금이 기(夔)[20]에게 명하여 악을 짓도록 하자, 기가 돌로 만든 악기를 세게 치거나 가볍게 두드려 상제(上帝)의 옥경(玉磬) 소리를 본뜨니, 온갖 짐승들이 모여들어 춤추었다"[21]라고 하고, 『춘추』에 "장문중(藏文仲:노나라 대부)이 옥경을 가지고 제나라로 가서 양곡

---

15 『尚書大傳』 권1 夏書.

16 『白虎通義』 제6편 禮樂.

17 『荀子』 禮論 19-6.

18 진양은 '尚拊'를 동쪽에 진설하는 것으로 풀이하였다. 동쪽이 서쪽에 비해 높은 자리이기 때문이다. 본고는 진양의 설을 따라 번역하였다.

19 여불위(呂不韋) : ?~B.C. 235. 진(秦)의 재상. 본디 거상(巨商)으로, 진의 장양왕(莊襄王)이 조(趙)에 볼모로 있을 때 귀국시켜 왕위에 오르게 한 공으로 재상이 되고 문신후(文信侯)에 봉해졌으며, 학자를 모아 『呂氏春秋』를 편찬하였다.

20 『呂氏春秋』에는 '夔'가 아니라 '質'로 되어 있다.

21 『呂氏春秋』 仲夏紀 / 古樂.

(糧穀) 판매를 요청하였다"22라고 했는데, 옥경은 『서경』의 명구(鳴球)를 가리킨다. 옥은 돌과 같은 종류이니, 옥경은 돌 종류로 만든 악기이다.

축(柷)과 어(敔)는 음악을 시작하게 하거나 그치게 할 때에 쓰이는 악기이다. 축은 그것을 쳐서 음악을 시작하게 하고, 어는 그것을 문질러서 음악을 그치게 한다. 『서경』에서 '알(戛: 敔)·격(擊: 柷)'이라 하고 여기에서 '개(揩)·격(擊)'이라 하여, 어(敔)를 축(柷)보다 먼저 말한 것23은 악(樂)이 지나치면 방종에 흐르므로 돌아감을 문채로 삼기 때문이다. 악을 말할 적에 '절주(節奏)'라고 하여 절(節)을 앞에 두고 주(奏)를 뒤에 둔 것24도 이와 같은 뜻이다.

『상서대전(尙書大傳)』25에 "대금(大琴)은 명주실을 누여서26 현(絃)을 만들고 악기 밑판의 구멍을 크게 하며, 대슬(大瑟)은 현(絃)을 붉게 하고27 악기 밑판의 구멍을 크게 한다"28라고 하고, 『이아』에 "대금(大琴)을 이

22　노나라 장공(莊公) 28년에 흉년이 들자 장문중이 나라의 귀한 기물(器物)인 창규(瓚圭)와 옥경(玉磬)을 가지고 제나라에 가서 양곡을 사게 해달라고 요청하였는데, 제나라는 기물을 돌려주면서 양곡을 보내주었다.〈『國語』魯語上 4-5, 『春秋左氏傳』莊公 28년(4)〉

23　진양의 설을 따르면 '알(戛)·격(擊)'과 '개(揩)·격(擊)'은 표현의 차이만 있을 뿐 모두 어(敔)와 축(柷)을 가리킨다. 음악을 그치게 할 때 쓰는 어를 먼저 말하고, 음악을 시작할 때 쓰는 축을 뒤에 말한 것에 대한 설명이다.

24　음악을 연주하는 것을 절주(節奏)라고 말하는데, '절'은 선율을 마디지어 단락을 지어주는 것이고, '주'는 선율을 진행시켜 나가는 것이다.

25　『상서대전(尙書大傳)』: 한대(漢代)의 경학자 복생(伏生)이 지었다고 전해지는 4권으로 된 『상서(尙書)』의 주석서이다. 『한서(漢書)』「예문지(藝文志)」에서는 "복생이 『상서전(尙書傳)』41편을 만들어 장생(張生)에게 주었고 장생은 구양생(歐陽生)에게 주었다"라고 하였으나, 정현(鄭玄)이 쓴 이 책의 서문에서는 장생과 구양생이 복생의 유설(遺說)을 기록한 것이라고 하였다.

26　누이다 : 피륙을 잿물에 담갔다가 솥에 찌는 것이다.

27　주현(朱絃) : 『尙書大傳』에는 「朱絃, 練而朱之也【주현(朱絃)은 명주실을 누여서 붉게 만드는 것이다」라고 하였는데, 『禮記集說大全』에는 「練朱絲以爲絃【붉은 실을 누여서 絃을 만드는 것이다」라고 하여, 생명주실을 누이면 붉은빛이 생기는 것인지, 아니면 붉은 빛이 도는 생명주실을 누이는 것인지, 혼동된다. 실제 악기제작자에게 물어보니, 명주실을 누이면 약간 붉은빛이 돈다고 한다. 따라서 본고에서는 『상서대전』을 따라 번역하였다.

(離)라고 하고 대슬(大瑟)을 쇄(灑)라고 한다"[29]라고 하였다. 금과 슬은 사군자(士君子)가 항상 연주하며 마음을 다스리는 악기이다. 대금(大琴)을 연주할 때는 반드시 대슬(大瑟)과 짝하고 중금(中琴)을 연주할 적에는 반드시 소슬(小瑟)과 짝하니, 그런 뒤에야 큰 악기가 작은 악기를 능멸하지 않고 작은 악기가 큰 악기에 억눌리지 않아서 소리가 응하여 서로 보존되어 조화를 이루기 때문이다.

부박에서 금·슬까지는 모두 당상의 악기이고, 토고(土鼓)에서 위약(葦籥)까지는 당하의 악기이다. 노나라에서 쓴 악기는 위로는 이기씨의 악기를 포함하고, 아래로는 사대(四代)의 악기를 포함했으니, 후대의 세련된 악기와 선대의 질박한 악기가 구비되어 있다. 그러나 이 악기들을 주공(周公) 사당에서 연주한 것은 주공의 공로에 보답하기 위한 것이지만, 노나라 모든 임금의 사당에 연주한 것은 또한 참람(僭濫)을 면하기 어렵다.

7-3. 夏后氏之鼓足, 殷楹鼓, 周縣鼓.

하후씨(夏后氏)의 북은 족고(足鼓)이고, 은(殷)나라 북은 영고(楹鼓)이고, 주(周)나라 북은 현고(縣鼓)이다.[30]

正北之坎, 爲革, 則鼓爲冬至之音. 而冒之以啓蟄之日, 其聲象雷, 其形象天. 其於樂象君, 故鼓柷鼓敔鼓瑟鼓琴鼓鐘鼓簧鼓缶, 皆謂之鼓, 以聲非鼓不和故也. 學記曰 : "鼓無當於五聲, 五聲弗得不和." 此其意歟!

蓋鼓制, 自伊耆氏始, 夏后氏加四足, 謂之足鼓, 商人貫之以柱, 謂之楹鼓, 周人縣而擊之, 謂之縣鼓. 春秋之時, '楚〈子與若敖氏戰于夢皐滸〉, 伯棼射王〈汰輈及〉[31]鼓跗', 豈夏后氏遺制歟! 周官'太僕建路鼓大

---

28   『尙書大傳』夏書.
29   『爾雅』釋樂 7-2, 3.
30   『禮記』明堂位 14-22.
31   대본에는 '楚伯棼射王鼓跗'로 되어 있으나, 문맥이 통하지 않으므로 『春秋左氏傳』을 참고하여 〈 〉안의 구절을 보충하였다.

寢之門外' 儀禮‘大射建鼓在阼階西南鼓' 則其所建, 楹也. 是楹鼓, 爲一楹而四稜[32]焉, 貫鼓於其端, 猶四植之桓圭也. 莊子曰‘負建鼓' 建鼓可負, 則以楹貫而置, 可知. 商頌曰 : "置我鞉鼓" 是也. 周官鼓人晉鼓鼓金奏, 鎛師掌金奏之鼓, 所謂縣鼓也. 禮曰 : "縣鼓在西, 應鼓在東" 詩曰 : "應田縣鼓" 則縣鼓周人新造之器, 始作而合乎祖者也. 以應鼓爲和終之樂, 則縣鼓其倡始之樂歟!

蓋宮縣設之四隅, 軒縣設之三隅, 判縣設之東西.[33] 說者謂 : "西北隅之鼓, 合應鍾黃鍾大呂之聲, 東北隅之鼓, 合太蔟夾鍾姑洗之聲, 東南隅之鼓, 合仲呂蕤賓林鍾之聲, 西南隅之鼓, 合夷則南呂無射之聲, 依月均而考擊之." 於義或然. 且三代所尙之色, 夏后氏以黑, 商人以白, 周人以赤. 鼓之色稱之, 亦可知矣.

夏后稱氏而商周稱人者, 蓋后者繼體之名, 氏派嗣之別, 而人則盡人道而已. 三王皆繼體也, 夏獨曰后氏者, 以別無其繼而不禪, 自此始也. 王皆人道也, 商周獨曰人者, 以其盡人道而人歸之, 自此始也. 春秋之法, 凡繼世者皆氏, 凡微者皆人, 其稱氏, 與夏后同稱, 人與商周異. 古之命氏者, 固不一矣. 姜氏李氏, 以氏配姓. 臧州氏, 以氏配族. 哭於賜[34]氏, 以氏配名. 不念伯氏, 以氏配字. 滅赤狄潞氏, 以氏配國. 母氏聖善, 以氏配親. 言告師氏, 以氏配尊. 夏后氏所配, 皆非此族, 特別世代所繼而已, 其不稱人者, 以上文見之.

정북(正北)에 위치한 감괘(坎卦)는 팔음(八音)으로는 혁(革 : 가죽)에 해당하므로, 가죽을 메워 만든 북(鼓)은 동지(冬至)의 음(音)이 된다. 계칩(啓蟄)에 가죽을 메우니[35] 북 소리는 우레를 상징하고,[36] 북의 둥근 형체는 하

---

32 대본에는 ‘稜’으로 되어 있으나, 사고전서 『樂書』에 의거하여 ‘稜’으로 바로잡았다.
33 대본에는 ‘西’가 없으나, 사고전서 『樂書』에 의거하여 보충하였다.
34 대본에는 ‘賜’으로 되어 있으나, 사고전서 『樂書』에 의거하여 ‘賜’로 바로잡았다.
35 계칩에~메우니 : 『周禮』 冬官 / 韗人 0.
36 겨울잠을 자던 동물이 계칩에 처음으로 천둥소리를 듣고 움직이는데, 북은 이를 형

늘을 상징한다. 따라서 북은 임금을 상징하는 악기이다. 그러므로 '축을 두드리고 어를 긁으며[鼓柷鼓敔] 금과 슬을 타며[鼓瑟鼓琴] 종을 치고 생황을 불고 부를 두드린다[鼓鍾鼓簧鼓缶]'라고 하여, 악기를 연주한다는 뜻으로 모두 '고(鼓)'라는 표현을 쓰고 있는데, 악기 소리는 북[鼓]이 아니면 조화되지 않기 때문이다. 「학기(學記)」에 "북은 궁(宮)·상(商)·각(角)·치(徵)·우(羽)의 오성(五聲)을 내지는 못하지만, 오성은 북이 아니면 조화를 이루지 못한다"[37]라고 한 것은 바로 이런 뜻이다.

북의 제도는 이기씨(伊耆氏)에서부터 시작되었는데, 하후씨(夏后氏)가 이 북에 4개의 다리를 붙이고 족고(足鼓)라고 불렀고, 은나라 사람들[殷人]은 북을 기둥에 꿰어놓고 영고(楹鼓)라고 불렀으며, 주나라 사람들[周人]은 북을 매달아 놓고 현고(縣鼓)라고 불렀다.

춘추시대에 자작(子爵) 신분의 초나라 왕이 약오씨(若敖氏)와 고호(皐滸)에서 교전(交戰)할 때 백분(伯棼)이 초나라 왕을 향해 활을 쏘니, 그 화살이 수레의 끌채를 지나 북의 발등에 꽂힌 일[38]이 있는데, 이 북이 어쩌면 하후씨의 유제(遺制)일 것이다.

『주례』에 "태복(太僕)이 노고(路鼓)를 대침(大寢)[39]의 문 밖에 세운다"[40]라고 하였고, 『의례』에 "대사(大射)를 할 때 건고(建鼓)를 조계(阼階 : 東階)의 서쪽에 남향하여 세운다"[41]라고 하였는데, 세운다는 것은 기둥[楹]이 있다는 뜻이다. 영고(楹鼓)는 한 개의 기둥을 세우고 그 위에 네모난 틀을 만들고 북을 기둥의 끝에 꿴 것이니, 네모난 환규(桓圭)[42]와 같다. 『장자』에

상화한 것이다. 〈『周禮注疏』 권40〉

37 『禮記』學記 18-10.
38 『春秋左氏傳』宣公 4년(3).
39 대침(大寢) : 임금이 정사(政事)를 처리하는 정전(正殿).
40 『周禮』夏官 / 太僕 0.
41 『儀禮』大射 7-3.
42 환규(桓圭) : 다섯 등급의 작위(爵位) 중 공작이 지니던 의물(儀物). 〈그림 3-3 참조〉
    왕은 진규(鎭圭)를 지니고, 공(公)은 환규(桓圭)를 지니고, 후(侯)는 신규(信圭)를 지니고, 백(伯)은 궁규(躬圭)를 지니고, 자(子)는 곡벽(穀璧)을 지니고, 남(男)은 포벽

"건고(建鼓)를 짊어진다"⁴³라고 했는데, 건고를 등에 졌다면 필시 북을 기둥에 꿴 것이었음을 알 수 있다. 상송(商頌)에 "도(鞉)·고(鼓)를 벌여놓도다"⁴⁴라고 한 것이 바로 이것이다.

『주례』「고인(鼓人)」에 "진고(晉鼓)는 금주(金奏)⁴⁵를 할 때 치는 북이다"⁴⁶라고 하고,「박사(鎛師)」에 "금주(金奏)를 이끄는 북을 관장한다"⁴⁷라고 했는데, 여기에 언급된 북이 이른바 현고(縣鼓)이다. 『예기』에 "현고는 서쪽에 있고 응고(應鼓)는 동쪽에 있다"⁴⁸라고 하고, 『시경』에 "응고·전고(田鼓)·현고를 연주하도다"⁴⁹라고 했으니, 현고는 주나라 사람들이 새로 만든 악기이지만 선대의 제도에 합치된다. 응고가 음악을 마칠 때 치는 악기이니, 현고는 음악을 시작할 때 치는 악기일 것이다.

대개 궁현(宮縣)은 사방(四方)에 설치하고 헌현(軒縣)은 삼방에 설치하며 판현(判縣)은 동서에 설치한다. '서북쪽의 북은 응종·황종·대려에 합치되고, 동북쪽의 북은 태주·협종·고선에 합치되고, 동남쪽의 북은 중려·유빈·임종에 합치되고, 서남쪽의 북은 이칙·남려·무역에 합치되어, 달에 따라 북을 두드린다'라는 설(說)이 있는데, 혹 그럴 법도 하다.

또 삼대에 숭상한 색으로는, 하후씨(夏后氏)는 검은색, 은인(殷人)은 흰색, 주인(周人)은 붉은색이었으니, 북의 색도 이와 같았으리라고 짐작된다.

하후는 '씨(氏)'라고 칭하고 은과 주는 '인(人)'이라고 칭한 이유는 대개 '후(后)'는 체(體)를 계승한 명칭이고 '씨(氏)'는 파생을 구별한 것이며, '인

(蒲璧)을 지닌다.〈『周禮』春官 / 大宗伯 8)
43   『莊子』天運 14-6.
44   『詩經』商頌 / 那.
45   금주(金奏): 글자 그대로 풀이하면 종(鐘)이나 박(鎛)과 같은 금부(金部) 악기를 연주하는 것이다. 그러나 『樂書』 52-1에 따르면 종은 항상 경(磬)과 같이 연주하므로 금주(金奏)에는 금부의 악기뿐 아니라 돌로 만든 경도 포함된다고 한다.
46   『周禮』地官 / 鼓人 0.
47   『周禮』春官 / 鎛師 0.
48   『禮記』禮器 10-29.
49   『詩經』周頌 / 有瞽.

(人)'은 인도(人道)를 극진히 했다는 뜻이기 때문이다. 삼왕(三王)이 모두 체(體)를 계승했지만, 하(夏)만 '후씨'라고 말한 것은, 계승하고 선양(禪讓)하지 않은 것이 이때부터 시작되었기 때문이다. 왕들이 모두 인도(人道)를 행했지만 은과 주에만 '인'이라고 붙인 것은 인도를 극진히 행하여 사람들이 귀의한 것이 이때부터 시작되었기 때문이다.

춘추의 법에 세대를 잇는 자는 모두 '씨(氏)'라고 했고 미미한 자는 모두 '인(人)'이라고 하여, '씨'의 경우는 하후씨라고 일컬은 배경과 마찬가지이나 '인'의 경우는 은인(殷人)·주인(周人)이라고 일컬은 배경과는 다르다.

옛날에 '씨'를 쓴 경우는 일정하지 않다. '강씨·이씨'의 경우는 씨를 성(姓)에 붙인 것이고, '장주씨(臧州氏)'의 경우는 씨를 족(族)에 붙인 것이며, '사씨(賜氏)에게 가서 울어야겠다'[50]라고 한 경우는 씨를 이름에 붙인 것이다. '백씨를 생각하지 않았다'라고 한 경우는 씨를 자(字)에 붙인 것이고, '적적(赤狄)과 노씨(潞氏)를 격멸하였다'라고 한 경우는 씨를 나라 이름에 붙인 것이고, '모씨(母氏)가 성스럽고 선량하다'[51]라고 한 경우는 씨를 어버이에 붙인 것이고, '사씨(師氏)에게 고했다'[52]라고 한 경우는 씨를 존경하는 사람에게 붙인 것이다. 그러나 하후씨의 씨는 이런 부류가 아니다. 윗 문장에서 본 바와 같이, 다만 세대를 계승한 것을 구별하기 위해 '인'이라고 하지 않은 것이다.

7-4. 垂之和鐘, 叔之離磬.
수(垂)[53]가 만든 화종(和鐘)과 숙(叔)이 만든 이경(離磬)이 있다.[54]

---

50   『孔子家語』권10 曲禮子貢問.
51   『詩經』邶風 / 凱風.
52   『詩經』周南 / 葛覃.
53   수(垂): 순임금 때 공공(共工) 벼슬에 임명되었던 사람. 활과 화살을 잘 만들었다.
54   『禮記』明堂位 14-23.

禮器曰: "內金示和也." 郊特牲曰: "以鐘次之, 以和居參之也." 蓋鐘
之爲樂, 過則聲淫, 中則聲和. 垂之和鐘, 和聲之鐘, 非淫聲之鐘也. 磬
之爲樂, 編之則雜, 離之則特. 叔之離磬, 特縣磬, 非編縣之磬也.

鐘秋分之音也. 大者, 十分其鼓間, 以其一, 爲之厚. 小者, 十分其鉦
間, 以其一, 爲之厚. 已厚則石, 已薄則播. 侈則柞, 弇則鬱. 長甬則震.
大而短, 聲疾而短聞, 小而長, 聲舒而遠聞. 所謂和鐘者, 一適厚薄侈弇
小大長短之齊, 以合六律六同之和而已. 左傳謂: "鐘音之器也 小者不
窕 大者不槬 則和於物者." 此也.

磬立冬[55]之音也. 倨句一矩有半, 以其博爲一, 股爲二, 鼓爲三. 參分
其股博, 去一以爲鼓博, 參分其鼓博, 以其一, 爲之厚. 已上則摩其旁,
已下則摩其耑. 所謂離磬者, 一適博厚上下淸濁之齊, 以爲專簨之器而
已. 磬師掌敎擊磬者, 此也. 爾雅曰: "大鐘謂之鏞, 大磬謂之馨." 然則
垂之和鐘·叔之離磬, 皆非小而編縣之者, 特縣之大者而已. 和鐘始於
垂, 或謂之鼓延景爲之, 或謂營援爲之, 離磬始於叔, 或謂古母句氏爲
之, 或謂伶倫爲之. 皆有所傳聞然邪?

「예기(禮器)」에 "제후국에서 바친 금(金)을 받아들여 진열한 것은 화순
(和順)함을 보인 것이다"[56]라고 하고, 「교특생(郊特牲)」에 "종을 두 번째 줄
에 놓는 것은 조화의 덕을 중하게 여기기 때문이다"[57]라고 하였다. 대개
종(鐘)은 형체가 균형이 맞지 않으면 소리가 음란하고, 균형이 잘 맞으면
소리가 조화롭다. 따라서 수(垂)가 만든 화종(和鐘)이란 조화로운 소리가
나는 종이지 음란한 소리가 나는 종이 아니다.

경(磬)을 엮어놓는다는 것[編]은 여러 개의 경을 같이 매어 놓는 것이고,
따로 떼어놓는다는 것[離]은 하나씩 매어 놓는다는 뜻이다. 따라서 '숙(叔)

---

55 대본(『樂書』 7-4)에는 '立秋'로 되어 있으나, 『樂書』 75-1, 106-1에 의거하여 '立冬'으
    로 바로잡았다.
56 『禮記』 禮器 10-34.
57 『禮記』 郊特牲 11-6.

이 만든 이경(離磬)'이란 특경이지 편경이 아니다.

　종은 추분의 음(音)이다. 큰 종은 고간(鼓間)의 10분의 1로 두께를 삼고, 작은 종은 정간(鉦間)[58]의 10분의 1로 두께를 삼는다. 너무 두꺼우면 돌을 치는 것처럼 잘 울리지 않고 너무 얇으면 소리가 흩어진다. 종의 가운데 부분이 좁으면 소리가 촉박하고, 종의 가운데 부분이 불룩하면 소리가 답답하다. 꼭지가 길면 소리가 너무 흔들린다. 종이 크면서 짧으면 소리가 빨라 짧게 들리고, 반대로 작으면서 길면 소리가 퍼져 멀리 들린다.[59]

　이른바 화종이란 한결같이 두께, 종구(鐘口)와 몸통의 비율, 대소장단을 알맞게 해서 육률육동(六律六同)의 조화에 합치되게 한 것이다. 『좌씨전』에 "종은 음(音)을 내는 기구이다. 종이 작더라도 소리가 너무 가늘지 않고 크더라도 소리가 너무 굵지 않아야 여러 악기와 조화를 이룬다"[60]라고 한 것이 이것이다.

　경(磬)은 입동(立冬)의 음이다. 거(倨 : 鼓)는 구(句 : 股)[61]의 한배 반이 된다. 즉 고(股)의 너비를 1이라 하면 고(股)의 길이는 2, 고(鼓)의 길이는 3이 된다. 고(股)의 너비를 셋으로 나눈 뒤 그 하나를 덜어 고(鼓)의 너비로 삼고, 고(鼓)의 너비를 셋으로 나누어 그 하나로 두께로 삼는다.[62] 너무 소리가 높으면 그 곁을 갈아내고 너무 낮으면 그 끝을 갈아낸다.[63]

　이른바 이경(離磬)이란 너비·두께·상하청탁(上下淸濁)을 알맞게 만들어 악기틀에 하나를 매달고 치는 악기이다. "경사(磬師)가 경(磬)을 치는

58　종체(鐘體)는 선(銑)·우(于)·고(鼓)·정(鉦)·무(舞)로 구분된다. 선(銑)은 종구(鐘口)의 양 모퉁이다. 우(于)는 선(銑) 사이의 굽은 소매아귀 같은 것이고, 고(鼓)는 우(于) 위의 치는 곳이고 정(鉦)은 고(鼓)와 무(舞)의 한가운데 있으며, 무(舞)는 소리가 진동하는 부분이다. 〈그림 1-11 참조〉

59　큰 종은~들린다:『周禮』冬官 / 鳧氏 0.

60　『春秋左氏傳』昭公 21년(1).

61　경(磬)은 아래로 드리워지는 형상을 하였는데, 위로 굽은 부분이 구(句 : 股))이고, 아래로 곧게 내려 뜨려진 부분이 거(倨 : 鼓)이다. 〈그림 1-12 참조〉

62　『宋史』권127에 따르면, 고(股)의 너비는 4촌 5푼, 고(股)의 길이는 9촌, 고(鼓)의 길이는 1척 3촌 5푼, 고(鼓)의 너비는 3촌, 두께는 1촌이다.

63　거(倨 : 鼓)는~갈아낸다:『周禮』冬官 / 磬氏 0.

법을 가르치는 일을 관장한다"[64]라고 한 것이 이것이다.

『이아』에 "대종(大鐘)을 용(鏞)이라 하고 대경(大磬)을 효(毊)라 한다"라고 하였다. 그렇다면 수의 화종과 숙의 이경은 모두 작은 것 여러 개를 매단 편종·편경이 아니라 큰 것 하나를 매단 특종·특경일 것이다.

화종은 수(垂)로부터 시작된 것인데, '고연경(鼓延景)이 만들었다'는 설도 있고 '영원(營援)이 만들었다'는 설도 있다. 이경은 숙으로부터 시작된 것인데, '옛날에 모구씨(母句氏)가 만들었다'는 설도 있고 '영윤(伶倫)이 만들었다'는 설도 있으니, 아마 모두 각기 전해들은 바가 있어서인가?

7-5. *女媧之笙簧.*
여와(女媧)[65]의 생황이 있다.[66]

古者造笙, 以匏爲母, 列管匏中, 施簧管端. 宮管在中, 道達陰陽之冲氣, 象物之植而生, 故有長短焉, 太蔟[67]之音也. 蓋其制法鳳凰, 以象其鳴. 大者十九簧而以巢名之, 以其衆管在匏, 有鳳巢之象也. 小者十三簧而以和名之, 以其大者唱則小者和也. 鄉[68]射禮 '三笙一和而成聲', 是已.

詩曰：“吹笙鼓簧.” 則笙簧笙中之簧也. 笙簧始於女媧, 而世本謂：“隋爲之” 豈隋因而循之者歟? 詩曰：“並坐鼓簧.” 又曰：“左執簧.” 傳曰 “鼓震[69]虞之簧.” 則簧又非笙中之簧也. 簧之爲物, 非特施於笙, 又施於竽. 笙簧, 十三或十九, 水火合數也, 竽簧三十六, 水數也.

---

64 『周禮』春官 / 磬師 0.
65 여와(女媧) : 중국 신화에 나오는 여신, 또는 복희씨의 누이라는 등 여러 설이 있다. 오색의 돌을 반죽하여 하늘을 깁고, 큰 자라의 발을 잘라서 사극(四極)을 세웠다고 함.
66 『禮記』明堂位 14-23.
67 대본에는 '簇'로 되어 있으나, 사고전서 『樂書』에 의거하여 '蔟'로 바로잡았다.
68 대본에는 '大'로 되어 있으나, 『儀禮』에 의거하여 '鄉'으로 바로잡았다.
69 대본에 '振'으로 되어 있으나, 『樂書』 131-4에 의거하여 '震'으로 바로잡았다.

옛날에 생(笙)을 만든 법은 박통을 몸통으로 삼고, 박통에 관대를 둘러 꽂은 다음 관대 끝에 황(簧 : 울림쇠)을 붙였는데, 궁관(宮管)을 가운데에 두어 음양의 충기(冲氣)를 통달하게 하고, 식물이 뿌리내려 자라는 것을 상징하여 관대를 길고 짧게 만들었다. 생(笙)은 태주(太蔟)의 음에 해당하고,[70] 봉황의 우는 소리를 본떴다. 큰 것은 19황(簧)인데, 소(巢 : 둥지)라는 이름을 붙인 것은 박통에 여러 관대가 박혀 있는 모습이 봉황새 둥지와 같기 때문이다. 작은 것은 13황인데, 화(和)라는 이름을 붙인 것은 대생(大笙)이 선창하면 소생(小笙)이 화답하기 때문이다. 「향사례(鄕射禮)」에 "3개의 생(笙)과 1개의 화(和)가 조화롭게 소리를 낸다"[71]라고 한 것이 이것이다.

『시경』에 "생(笙)을 불어서 황(簧)을 울리게 한다"[72]라고 하였으니, 황(簧)은 생(笙)의 관대 끝에 붙인 얇은 금속판을 말한다. 생황은 여와씨에서 시작되었는데, 『세본(世本)』에 "수(隋)가 생황을 만들었다"라고 하였으니, 어쩌면 수(隋)가 여와씨의 악기를 따라서 만든 것인가?

『시경』에 "함께 앉아서 황(簧)을 연주한다",[73] "왼손으로 황을 잡는다"[74]라고 하고, 『전(傳)』에 "진거지황(震虡之簧)을 연주한다"라고 했는데, 여기에서의 황은 생(笙)의 관대 끝에 붙인 황을 말하는 것이 아니다.

황은 생(笙)에만 있는 것이 아니라 우(竽)에도 있다. 생의 황은 13개 혹은 19개이니, 이는 물과 불을 합한 수이고, 우의 황은 36개이니, 물의 수이다.[75]

7-6. 夏后氏之龍簨虡, 殷之崇牙, 周之璧翣.

---

70 박은 간괘(艮卦 : 동북방)와 입춘(立春)에 배합되므로, 정월의 율(律)인 태주에 해당한다고 한 것이다.〈『樂書』104-3, 106-1 참조〉

71 『儀禮』鄕射禮 5-52.

72 『詩經』小雅 / 鹿鳴.

73 『詩經』秦風 / 車隣.

74 『詩經』王風 / 君子陽陽.

75 물의 수 6에 불의 수 7을 합한 수이고, 19는 물의 수 6을 두 번 곱한 뒤 불의 수 7을 더한 수이며, 36은 물의 수 6을 제곱한 수이다.

하후씨의 용순거(龍簨虡)와 은의 숭아(崇牙)와 주의 벽삽(璧翣)이 있다.[76]

樂出於虛, 而寓於器, 本於情, 而見於文. 寓於器, 則器異異虡, 見於文, 則文同同筍. 鐘虡飾以臝屬, 磬虡飾以羽屬, 器異異虡故也. 鐘磬之筍, 皆飾以鱗屬, 其文若竹筍然, 文同同筍故也. 筍則橫之. 設以崇牙, 則其形高以峻. 虡則植之. 故以業則其形直以舉. 是筍之上, 有崇牙, 崇牙之上, 有業, 業之兩端, 又有璧翣. 鄭氏謂, 戴璧垂羽, 是也.

蓋筍虡, 所以縣鐘磬, 崇牙璧翣, 所以飾筍虡. 夏后氏飾以龍而無崇牙, 殷飾以崇牙而無璧翣. 至周則極文, 而三者具矣, 設業設虡, 崇牙樹羽, 是也. 鬻子謂 : "大禹銘於筍虡曰, 教我以道者擊鼓, 教我以義者擊鐘, 教我以事者振鐸, 教我以憂者擊磬, 教我以獄者揮鞀." 其言雖不經見, 彼蓋有所授, 亦足考信矣. 周官典庸器, 祭祀帥其屬設筍虡, 吉禮也. 大喪廞筍虡, 凶禮也. 喪禮, 旌旐之禮飾, 亦有崇牙, 棺牆之飾, 亦有璧翣, 與筍虡同者, 爲欲使人, 勿知[77]有惡焉爾. 筍[78]亦爲簨者, 竹生東南故也, 虡亦爲虛者, 樂出虛故也.

악(樂)은 허(虛)에서 나와 악기로 표현되고, 정(情)에 근본해서 문채로 나타난다. 악기로 표현되므로 악기가 다르면 거(虡)[79]도 다르고, 문채로 나타나므로 문채가 같으면 순(筍)[80]도 같다.

종거(鐘虡)는 나속(臝屬 : 털 짧은 짐승)으로 장식하고, 경거(磬虡)는 우속(羽屬 : 날짐승)으로 장식한다. 악기가 다르면 거(虡)도 달리 하기 때문이다. 종·경의 순(筍)은 모두 인속(鱗屬 : 비늘달린 짐승, 즉 용)으로 장식해서 무늬가 죽순(竹筍)과 같다. 문채가 같으면 순(筍)도 같기 때문이다.

순(筍)은 막대를 가로댄 것이며, 그 위에 숭아(崇牙)를 설치하는데, 그

---

76 『禮記』 明堂位 14-24.
77 대본(『樂書』 7-6)에는 '之'로 되어 있으나, 『樂書』 70-5에 의거하여 '知'로 바로잡았다.
78 대본에는 '筍' 다음에 '有'가 있으나, 사고전서 『樂書』에 의거하여 '有'를 뺐다.
79 거(虡) : 북이나 종·경 등을 거는 틀의 양쪽 기둥.
80 순(筍) : 거(虡)에 가로 댄 나무.

모습이 높으면서 길다. 거(虡)는 기둥을 세운 것이며, 그 위에 업(業)을 설치하는데, 그 모습이 곧으면서 받칠 수 있게 되어 있다. 순 위에 숭아가 있고, 숭아 위에 업이 있으며, 업의 양끝에 벽삽(璧翣)이 있으니, 정씨[鄭玄]가 "구슬을 이고 깃털을 늘어뜨렸다"라고 한 것이 이것이다.

대개 순(筍)과 거(虡)는 종·경을 매다는 것이고, 숭아와 벽삽은 순·거를 장식하는 것이다. 하나라는 용으로 장식하되 숭아가 없고, 은나라는 숭아로 장식하되 벽삽이 없었다. 주나라에 이르러서는 문채를 극진히 하여 이 셋을 다 갖추었는데, '업(業)을 설치하고 거(虡)를 설치하고 숭아에 공작새를 꽂아놓았네'[81]라고 한 것이 이것이다.

『육자(鬻子)』[82]에 "우왕(禹王)이 순거(筍虡)에 명(銘)을 새기기를 '과인에게 도(道)를 가르치려는 자는 북을 울리고, 과인에게 의(義)를 깨우치려는 자는 종을 치며, 과인에게 일을 보고하려는 자는 탁(鐸)을 흔들고, 과인에게 걱정거리를 말하려는 자는 경(磬)을 치며, 소송할 일이 있는 자는 와서 도(鞀)를 흔들라'고 하였다"라고 했다. 이 말이 비록 경전에 보이지 않으나, 그가 전해들은 바가 있었을 것이니, 또한 믿을만하다.

주관(周官)의 전용기(典庸器)가 제사 때에 소속 관원을 거느리고 순거(筍虡)를 설치한 것은 길례(吉禮)이고, 대상(大喪)에 순거를 진열한 것[83]은 흉례(凶禮)이다. 상례(喪禮)에서 정기(旌旗)의 장식에도 숭아가 있고, 관장(棺牆)[84]의 장식에도 벽삽이 있어서 순거(筍虡)의 장식과 같게 한 것은 사람들에게 싫어하는 마음이 생기지 않게 하려는 것이다.

'순(筍)'을 '순(篔)'으로 쓰기도 하니, 대나무가 동남쪽에서 나기 때문이고[85] '거(虡)'를 '허(虛)'로도 쓰니, 악이 허(虛)에서 나오기 때문이다.

---

81 『詩經』周頌 / 有瞽.
82 육자(鬻子) : 주대(周代)의 사상가 육웅(鬻熊 : 생몰년 미상)이 정치의 요체를 논한 책. 그러나 오래된 제자서(諸子書)로 보지 않고, 전국시대나 한대(漢代) 또는 당(唐) 이후의 호사가(好事家)의 가탁(假託)으로 보는 학자들도 있다.
83 전용기(典庸器)가~것 : 『周禮』春官 / 典庸器 0.
84 관장(棺牆) : 관을 에워싸는 가리개.

7-7. 凡四代之服·器·官, 魯兼用之. 是故魯王禮也. 天下傳之久矣. 君臣未嘗相弒也, 禮樂刑法政俗, 未嘗相變也. 天下以爲有道之國, 是故天下資禮樂焉.

사대(四代)의 의복·기물(器物)·관직 등을 노나라에서 모두 사용했다. 따라서 노나라의 예는 왕례(王禮)이며, 천하에 전해진 지 오래되었다. 노나라에서는 일찍이 군신(君臣)이 서로 시해(弒害)한 적이 없으며, 예악·형법·정치·풍속을 바꾼 적이 없다. 그리하여 천하는 노나라를 도가 있는 나라로 인정하고, 그 예악을 모범으로 삼았다.[86]

天下有道, 禮樂自天子出, 天下無道, 禮樂自諸侯出. 魯侯國也, 安得用天子禮, 兼四代服器官爲哉? 蓋周公有王者勳勞, 其祭之也, 報以王者禮樂. 故用之周公廟則可, 用之魯國則僭矣. 孰謂魯王禮乎? 春秋之時, 魯君三弒, 孰謂君臣未嘗相弒乎? 士之有諫, 由莊公始, 婦之髽而弔, 由臺[87]駘始, 孰謂禮樂刑法政俗, 未嘗相變乎? 由是觀之, 天下不道之國, 莫甚於魯. 苟資禮樂焉, 亦不免於僭矣. 鄭氏以爲近誣, 眞篤論歟! 然而魯頌, 頌僖公君臣有道, 是亦彼善於此而已.

천하에 도가 있으면 예악이 천자로부터 나오고, 천하에 도가 없으면 예악이 제후로부터 나온다.[88] 노나라는 제후국인데, 어떻게 천자의 예를 써서 사대의 의복·기물·관직을 모두 사용할 수 있었는가? 주공(周公)이 왕의 업적에 비견될 만한 공훈(功勳)을 세웠으므로, 이에 보답하여 주공의 제사에 왕의 예악을 쓰도록 했기 때문이다. 따라서 주공의 사당에서 쓴 것은 옳지만 노나라의 다른 임금들 제사에까지 쓴 것은 참람한 것인데, 누가 '노나라는 왕례(王禮)를 쓸 수 있다'라고 말했는가? 춘추 때에 노

---

85 '箕'은 '竹+巽'으로 이루어진 글자이다. 손괘(巽卦)는 동남방에 해당한다.
86 『禮記』 明堂位 14-33.
87 『春秋左氏傳』 襄公 4년(8)에는 '臺'가 아니라 '狐'로 되어 있다.
88 『論語』 季氏 16-2.

나라 임금이 3명이나 시해되었는데,[89] 누가 '군신이 서로 시해한 적이 없다'라고 말했는가? 사(士)에게 뇌문(誄文)[90]을 지어준 것은 노 장공(莊公)에게서 시작되었고[91] 부인이 북상투 차림으로 조문한 것은 호태의 전투에서 시작되었는데,[92] 누가 '예악·형법·정치·풍속을 바꾼 적이 없다'고 말했는가?

이로 보건대, 천하에 노나라보다 더 무도한 나라가 없는데, 노나라 예악을 모범으로 삼는다면 또한 참람함을 면치 못할 것이다. 따라서 정씨가 '속이는 것에 가깝다'라고 평한 것은 참으로 정곡을 찌른 논의이다. 그런데 노송(魯頌)에서 희공(僖公) 때 군신 간에 도(道)가 있음을 송축한 것은[93] 다른 때보다 좀 나았기 때문이다.

---

89 노나라 은공 11년에 우보(羽父)가 환공(桓公)을 죽이자고 요청하자, 은공은 "내가 임금이 된 것은 그가 어렸기 때문이다. 이제 그에게 자리를 물려주려고 한다'라고 하면서 거절하였다. 이에 두려워진 우보는 도리어 환공에게 은공을 모략하여 그를 시해할 것을 요청했다. 결국 우보는 도적을 시켜 은공을 시해하고 환공을 임금으로 세웠다.《『春秋左氏傳』隱公 11년(8)》 장공 32년 8월에 장공이 노침(路寢)에서 훙(薨)했고, 그 아들 자반(子般)이 즉위했는데 그 해 10월에 공중(共仲)의 사주를 받은 어인(圉人) 낙(犖)에 의해 시해되었다.《『春秋左氏傳』莊公 32년(5)》 예전에 민공(閔公)의 스승이 복기(卜齮)의 밭을 빼앗은 일이 있었는데 민공이 이를 막지 않았다. 민공 2년 8월에 공중(共仲)의 사주를 받은 복기가 민공을 해쳤다. 민공은 숙강(叔姜)의 아들이고, 숙강의 언니인 애강(哀姜)은 공중과 정을 통하고 있었으므로 애강은 공중을 임금으로 세우고자 했기 때문에 이런 일이 발생한 것이다.《『春秋左氏傳』閔公 2년(3)》

90 뇌문(誄文): 죽은 이를 애도하는 글. 또는 죽은 이의 생전의 공덕을 찬양하는 글.

91 노나라 장공이 송나라 군사들과 승구(乘丘)에서 전투할 때 현분보(縣賁父)와 복국(卜國)이 말을 몰았다. 그런데 말이 놀라 수레가 쓰러지는 바람에 장공이 말에서 떨어졌다. 장공은 이들을 나무랐고, 이들은 자신들의 잘못을 만회하고자 열심히 전쟁터에서 싸우다 죽었다. 나중에 마부가 말을 씻기는데 말의 사타구니 깊숙한 곳에 화살이 꽂혀있는 것을 발견했다. 장공은 그들의 실수로 수레가 쓰러진 것이 아님을 알고, 그들을 위해 뇌문을 지어주었다.《『禮記』檀弓上 3-17)

92 흉시(凶時)에 머리쓰개를 쓰지 않고 묶는 머리 모양을 북상투라고 한다. 노나라 양공(襄公) 4년에 노나라가 증(鄫)나라를 구원하기 위해 주(邾)나라를 침공했다가 호태(狐鮐)에서 패하였다. 북상투 차림으로는 조문하지 않는 것이 예인데, 이때 집집마다 상(喪)이 있었으므로 상복(喪服)인 북상투 차림으로 조문하게 되었다.《『禮記集說大全』檀弓上 3-20의 集說)

93 『詩經』魯頌 / 有駜.

소의(小儀)

7-8. 問大夫之子長幼, 長則曰. "能從樂人之事." 幼則曰 : "能正於
樂人." "未能正於樂人."

대부의 아들 나이를 물으면, 장성한 경우는 "악인(樂人)의 일을 할 수
있습니다"라고 답하고, 어린 경우는 "악인에게 가르침을 받고 있습니다"
혹은 "아직 악인에게 가르침을 받지 못합니다"라고 답한다.[94]

古之學校, 樂正崇四術, 立四教, 以造士. 將出學, 小樂正, 簡不帥教
者, 以告于大樂正. 是樂正之職, 主於正國子而教之者也. 大夫之子, 國
子之次者也. 古之教國子, 始之以樂德, 中之以樂語, 終之以樂舞. 樂人
之事, 盡於此矣. 故問大夫之子長幼, 長則曰 : "能從樂人之事矣." 幼則
曰 : "能正於樂人." "未能正於樂人." 樂記曰 : "樂者, 非謂黃鍾大呂絃
歌干揚也, 樂之末節也. 故童者舞之." 內則曰 : "十三舞勺, 成童舞象,
二十舞大夏." 自成童而上皆長, 自成童而下皆幼. 曰能正於樂人, 以其
能舞勺故也, 未能正於樂人, 未能舞象故也.

蓋樂者, 人之所成終始也. 始乎樂, 舜命夔, 以樂教胄子, 是也. 終于
樂, 孔子曰 "成於樂." 是也. 三王之於世子教之, 必以禮樂, 況大夫之
子教之, 不以是乎? 然則曲禮, 言問大夫之子, 長曰能御矣, 幼曰未能御
也, 與此異, 何邪? 曰 : 禮樂射御書數, 無非藝也. 禮然後樂, 言樂則禮
舉矣, 射然後御, 言御則射舉矣. 人之於六藝, 闕一不可. 大夫之子既能
禮樂射御, 則書數蓋亦無不能矣, 其不言者, 以人生六年, 固已教之名
數, 十年, 固已學書計故也. 曲禮言, 能御未能御而不及事, 則禮而已,
非儀也. 少儀言, 能從樂人之事, 能正於樂人, 則儀而已, 非禮也.

94　『禮記』少儀 17-16.

옛날에는 학교에서 악정(樂正)이 『시(詩)』·『서(書)』·『예(禮)』·『악(樂)』을 숭상하여 네 가지 가르침을 세워서 조사(造士)를 양성하였다. 학업을 마치고 나갈 때 소악정(小樂正)이 가르침을 따르지 않은 자를 가려서 대악정(大樂正)에게 보고했으니,[95] 악정의 직무는 국자(國子)[96]를 바르게 인도하고 가르치는 것이다. 대부의 아들은 국자 다음으로 중요한 신분이다. 옛날에 국자를 가르칠 때 처음에 악덕(樂德)[97]을 가르치고, 중간에 악어(樂語)[98]를 가르치며, 마지막에 악무(樂舞)를 가르쳤으니,[99] 악인(樂人)의 일은 이것이 최상이다. 그러므로 대부 아들의 나이를 물으면, 장성한 경우는 '악인(樂人)의 일을 할 수 있습니다'라고 답하고, 어린 경우는 '악인에게 가르침을 받고 있습니다' 혹은 '아직 악인에게 가르침을 받지 못합니다'라고 답했다.

「악기(樂記)」에 "악이란 황종·대려의 율에 맞춰 현악기를 타며 노래하고, 방패와 도끼를 들고 춤추는 것을 일컫는 것이 아니다. 이런 것들은 악의 말절이므로 동자(童者)가 춤춘다"[100]라고 하고, 「내칙(內則)」에 "13세가 되면 《작(勺)》을 추고, 성동(成童 : 15세 이상)이 되면 《상(象)》을 추며, 20세가 되면 《대하(大夏)》를 춘다"[101]라고 하였으니, 성동 이상은 장성한 것이고 성동 이하는 어린 것이다. 따라서 '악인에게 가르침을 받고 있습니다'라고 답한 것은 《작》을 출 수 있기 때문이고, '아직 악인에게 가르침을 받지 못합니다'라고 답한 것은 아직 《상》을 추지 못하기 때문이다.

대개 악이란 인격을 이루는 시발점이기도 하고 최종 단계이기도 하다. 악에서 시작된다는 것은 순임금이 기(夔)에게 명하여 악으로 주자(冑子)를

95 악정이(樂正이)~보고했으니 : 『禮記』 王制 5-42.
96 국자(國子) : 왕족의 친척 또는 공경대부(公卿大夫)의 자제.
97 악덕(樂德) : 중(中)·화(和)·지(祗)·용(庸)·효(孝)·우(友).
98 악어(樂語) : 흥(興)·도(道)·풍(諷)·송(誦)·언(言)·어(語).
99 옛날에~가르쳤으니 : 『周禮』 春官 / 大司樂 1.
100 『禮記』 樂記 19-20.
101 『禮記』 內則 12-52.

가르치게 했던 것[102]을 가리키고, 악에서 완성된다는 것은 공자가 "악에서 이루어진다"[103]라고 말한 것을 가리킨다.

삼왕(三王)[104]이 세자에게 반드시 예악을 가르쳤는데, 대부의 아들에게 이것을 가르치지 않았겠는가? 그런데 「곡례」에서는 "대부의 아들에 대해서 물으면 장성한 경우 '말을 몰 수 있습니다'라고 답하고, 어린 경우 '아직 말을 몰지 못합니다'라고 답한다"[105]라고 하여, 이것(「小儀」)과 다른 것은 무엇 때문인가? 예(禮)·악(樂)·사(射)·어(御)·서(書)·수(數)는 사람들이 꼭 익혀야 하는 기예(技藝)이다. 예를 먼저 행한 뒤에 악을 행하니 악을 말했으면 예는 이미 거론된 것이고, 활쏘기를 익힌 뒤에 말을 모니 말을 몬다고 말했으면 활쏘기는 이미 거론된 것이다. 사람은 육예(六藝) 중 한 가지라도 빠트려서는 안 되니, 대부의 아들이 예(禮)·악(樂)·사(射)·어(御)를 익혔으면 서(書)·수(數)도 잘 할 터인데 이를 언급하지 않은 것은, 사람이 6살이 되면 이미 물명(物名)과 수(數)를 배우고 10살이 되면 이미 글씨 쓰고 계산하는 것을 배우기 때문이다.

「곡례」에서 '말을 몰 수 있다' 또는 '아직 말을 몰지 못한다'라고 말하기만 하고 구체적인 일은 언급하지 않은 것은 「곡례」는 예에 관한 것이지 의식에 관한 것이 아니기 때문이다. 반면에 「소의(小儀)」에서 '악인(樂人)의 일을 할 수 있다' 또는 '악인에게 가르침을 받고 있다'라고 말한 것은 「소의」는 의식에 관한 것이지 예에 관한 것이 아니기 때문이다.

---

102 순임금이~것 : 『書經』 虞書 / 舜典 3.
103 『論語』 泰伯 8-8.
104 삼왕(三王) : 삼대(三代)의 성왕(聖王). 하(夏)의 우왕(禹王), 은(殷)의 탕왕(湯王), 주(周)의 문왕(文王) 또는 무왕(武王).
105 『禮記』 曲禮下 2-19.

권8 예기훈의(禮記訓義)

학기(學記)·악기(樂記)

학기(學記)

8-1. 宵雅肄三, 官其始也.

『시경』의 소아(小雅) 3편을 익히게 하는 것은 관직에 들어가는 첫걸음을 가르치기 위함이다.[1]

儀禮鄕飮酒燕禮, 皆工歌鹿鳴四牡皇皇者華, 春秋襄四[2]年, 穆叔如晉, 亦歌是三篇而已. 蓋鹿鳴主於和樂, 四牡主於君臣, 皇皇者華主於忠信. 習小雅之三, 則和樂君臣忠信之道得, 而可以入官矣. 以此勸始入學之士, 則所入易以深矣.

---

1   『禮記』 學記 18-3.
2   대본에는 '三'으로 되어 있으나, 『春秋左氏傳』에 의거하여 '四'로 바로잡았다.

古之敎世子, 必以禮樂, 則其敎學者, 亦必以禮樂. 故皮弁祭菜而示
之使敬, 敎以禮也, 小雅肄三而誘之使勸, 敎以樂也. 禮以敎性之中, 而
易慢之心不萌, 樂以敎情之和, 而鄙詐之心不入. 則由敎者在所進, 而
不帥者在所懲. 故入學鼓篋而孫以出其業, 所以進之也, 夏楚二物而扑
以收其威, 所以懲之也. 周官小胥'掌學士之徵令而比之撻其怠慢者'
徵而比之, 鼓篋孫業之謂也, 撻其怠慢者, 夏楚收其威之謂也. 然則敎
之大倫, 先禮樂者, 六經之道同歸禮樂之用, 爲急故也. 天子之學曰辟
雍, 辟之以禮, 雍之以樂, 則太學始敎以禮樂可知. 由是觀之, 禮樂豈不
爲敎之始終歟?

『의례』의 「향음주례(鄕飮酒禮)」와 「연례(燕禮)」에 모두 '악공이 《녹명(鹿
鳴)》·《사모(四牡)》·《황황자화(皇皇者華)》를 노래한다'라고 하고, 춘추시
대 양공(襄公) 4년에 목숙(穆叔)이 진(晉)에 갔을 때도 또한 이 3편을 노래
했다.[3] 《녹명》의 주제는 화락(和樂)이고, 《사모》의 주제는 군신(君臣)이며,
《황황자화》의 주제는 충신(忠信)이다. 소아(小雅)의 이 3편을 익히면, 화
락·군신·충신의 도를 체득하여 관직을 잘 수행할 수 있고, 처음에 입
학하는 선비들에게 이것을 권하면 학업의 첫걸음이 쉽고 넉넉할 것이다.

옛날에 세자에게 반드시 예악을 가르쳤으므로,[4] 학생들에게도 반드시
예악을 가르쳤다. 그러므로 피변(皮弁)[5] 차림으로 석채(釋菜)[6]를 지내는 것
을 보여줌으로써 공경하게 하는 것은 예를 가르친 것이고, 소아 3편을

---

3 목숙(穆叔)이 진(晉)에 갔을 때 진후(晉侯)가 베푼 연향에서 《사하(肆夏)》 등 3곡과
   《문왕》 등의 3곡이 연주되었을 때 목숙이 감사의 표시를 하지 않다가 《녹명(鹿鳴)》
   등 3곡이 연주되었을 때 비로소 감사의 표시를 하였다. 삼하(三夏)는 천자가 원후
   (元侯)에게 연회를 베풀 때 연주되는 악곡이고, 《문왕》은 두 나라의 임금의 상견례
   (相見禮)에서 연주되는 악곡이므로 감히 사신이 들을 수 있는 음악이 아니기 때문이
   었다. 〈『春秋左氏傳』 襄公 4년(3)〉
4 옛날에~하였으므로: 『禮記』 文王世子 8-8.
5 피변(皮弁): 〈그림 3-2 참조〉.
6 석채(釋菜): 처음 입학할 때 선성(先聖)과 선사(先師)에게 올리는 제례로서, 제물(祭
   物)로 소나 양 따위의 희생을 생략하고 간략하게 나물 등을 쓴다.

익히게 하여 이끌어 권장하는 것은 악을 가르친 것이다.

예로 중정(中正)한 성(性)을 가르치면 경솔하고 거만한 마음이 싹트지 않고, 악으로 화평(和平)한 정(情)을 가르치면 비루하고 거짓된 마음이 들어가지 않는다. 가르침을 따르는 자는 진취시키고 따르지 않는 자는 징계했으니, 입학할 때 북을 두드려 상자에서 책을 꺼내게 하여 공손한 마음으로 학업에 나아가게 한 것[7]은 진취시킨 것이고, 개오동나무와 가시나무로 회초리를 만들어 위엄을 세운 것[8]은 징계한 것이다. 주관(周官)의 소서(小胥)는 학사(學士)의 소집령을 관장하고 점검하여 태만한 자는 종아리를 쳤는데,[9] '소집하고 점검하는 것'은 '북을 쳐서 상자에서 책을 꺼내게 하여 학업에 공손한 마음으로 나아가게 하는 것'을 가리키고, '태만한 자를 종아리 친 것'은 '개오동나무와 가시나무로 회초리를 만들어 위엄을 세운 것'을 가리킨다.

교육에서 예악을 제일 우선시 하는 것은 육경(六經)의 도가 모두 예악의 실현을 급하게 여기기 때문이다. 천자의 학교 이름인 벽옹(辟雍)은 예로 다스리고[辟] 악으로 화목하게 한다[雍]는 뜻이니, 태학(太學)에서 예악을 우선적으로 가르쳤음을 알 수 있다. 이로 보건대, 예악이 교육의 시종(始終)이 아니겠는가?

8-2. 不學操縵, 不能安弦. 不學博依, 不能安詩. 不學雜服, 不能安禮. 不興其藝, 不能樂學.

현(絃)을 죄고 푸는 법을 배우지 않으면 금·슬을 자연스럽게 탈 수 없고, 널리 자연이나 인사(人事)에 비유하여 표현하는 법을 배우지 않으면 시(詩)를 잘 구사할 수 없으며, 관례(冠禮) 전에 착용하는 잡복(雜服)[10]을

---

7   입학했을~것:『禮記』學記 18-3.
8   개오동나무와~것:『禮記』學記 18-3.
9   소서(小胥)는~쳤는데:『周禮』春官 / 小胥 0.
10 잡복(雜服): 각종 의복에 대해 규정한 여러 가지 제도. 면복(冕服)이나 피변(皮弁) 등의 제도.

배우지 않으면 예(禮)를 자연스럽게 행할 수 없다. 이와 같이 실제적인 기술과 기교 및 지식 등과 같은 예(藝)를 흥미를 갖고 익히지 않으면 배우는 것을 즐길 수 없다.[11]

不學操縵不能安弦, 以至不學雜服不能安禮, 學者之於業也. 不興其藝, 不能樂學, 敎者之於人也. 凡物操之則急, 縱之則慢. 故縵之爲樂, 鐘師磬師敎而奏[12]之. 所謂操縵則燕樂而已, 此固音之所存而易學者也. 凡物雜爲文, 色雜爲采, 古者冠而後服備. 未冠則衣冠不純素, 所服采服之雜服而已, 此固[13]禮之所存而易學者也. 子衿之詩曰 : "靑靑子衿! 子寧不嗣音." 蓋嗣音絃歌之音也, 靑衿雜服之類也. 未冠之士, 責以嗣音, 服以靑衿, 則安弦安禮, 始學者之事也. 然則安詩安樂, 何獨不然?

詩有六義, 比興與存焉. 學博依, 則多識鳥獸草木之名, 比興以名之也. 敎有三物, 六藝與存焉. 興其藝, 則德行成於外, 賓興以勸之也. 賓興以勸之, 則人人未有不自勸而樂學矣. 然操縵博依雜服之類, 音學之末節, 始學者之所及也. 故安弦必始於操縵, 安詩必始於博依, 安禮必始於雜服. 是皆先其易者, 後其節目, 可謂善學矣. 安弦而後安詩, 學樂誦詩之意也. 安詩而後安禮, 興詩而後立禮之意也. 夒敎冑子, 必始於樂, 孔子語學之序, 則成於樂, 內則就外傅必始於書計, 孔子述志道之序則終於游藝. 豈非樂與藝, 固學者之終始歟?

'현을 죄고 푸는 법을 배우지 않으면 금·슬을 자연스럽게 탈 수 없다'고 하는 것에서부터 '각종 의복 제도를 배우지 않으면 예(禮)를 자연스럽게 행할 수 없다'고 하는 것까지는, 배우는 자와 학업사이의 관계이다. 예(藝)로 흥미를 일으키지 않으면 배우는 것을 즐길 수 없다는 것은 가르치는 자와 사람 사이의 관계이다.

---

11 『禮記』學記 18-3.
12 대본에는 '委'로 되어 있으나, 사고전서 『樂書』에 의거하여 '奏'로 바로잡았다.
13 대본에는 '因'으로 되어 있으나, 사고전서 『樂書』에 의거하여 '固'로 바로잡았다.

대체로 물건을 잡아당기면 빡빡해지고[急] 놓으면 느슨해진다[慢]. 그러므로 종사(鐘師)와 경사(磬師)가 만악(縵樂)을 가르쳐서 연주하게 했으니,[14] 이른바 '죄고 푸는 것[操縵]'은 연악(燕樂)일 따름이니, 음악 중에서 참으로 배우기 쉬운 것이다.

여러 가지 물(物)이 아름답게 섞여있는 것을 문(文)이라 하고, 여러 가지 색이 아름답게 섞여있는 것을 채(采)라 한다. 옛날에 관례(冠禮)를 한 뒤에야 의복을 갖추어 입었다. 관례를 하기 전에는 의관에 흰색으로 선을 두르지 않고 채색옷을 입었을 따름이니, 예 중에서 참으로 배우기 쉬운 것이다.

《자금(子衿)》이라는 시에 "푸르고 푸른 그대의 옷깃이여! 그대는 어찌 음(音)[15]을 계속하지 않는가?"[16]라고 했는데, '음을 계속한다'는 것은 현가(絃歌)의 음(音)을 가리키고 푸른 옷깃은 잡복(雜服)의 종류이다. 따라서 아직 관례를 치르지 않은 선비에게 현가의 음을 연주하기를 요구하고 푸른 옷깃의 옷을 입도록 했던 것이니, '금·슬을 자연스럽게 타는 것' 과 '예를 자연스럽게 행하는 것'은 초학자(初學者)가 하는 일이다. 그렇다면 시를 잘 구사하고 악을 자연스럽게 즐기는 일도 어찌 이와 다르겠는가?

시에 육의(六義)[17]가 있는데, 그중에 비(比)[18]와 흥(興)[19]이 포함되어 있다. 널리 자연이나 인사(人事)에 비유해서 표현하는 법을 배우면, 조수(鳥獸)와 초목(草木)의 이름을 많이 알게 되어, 자연적으로 어떤 사물을 끌어다 비유하거나 먼저 유사한 것을 읊고 이와 연계하여 마음속에 품은 심

---

14 종사(鐘師)와~했으니: 『周禮』春官 / 磬師 0.
15 '子寧不嗣音'은 '그대는 어찌 소식을 전하지 않는가?'로 번역하기도 하는데, 여기에서는 진양의 설을 따라 번역하였다.
16 『詩經』鄭風 / 子衿.
17 육의(六義): 시의 여섯 가지 체. 풍(風)·아(雅)·송(頌)·부(賦)·비(比)·흥(興).
18 비(比): 유사한 사물을 끌어대어 그에 비유하여 표현하는 시체(詩體).
19 흥(興): 노래하려는 것과 유사한 다른 것을 먼저 읊고 이어서 마음속에 품은 심정을 읊는 시체(詩體).

정을 읊게 된다.

백성에게 가르치는 삼물(三物)[20]에 육예(六藝)가 포함되어 있다. 예(藝)를 흥미를 갖고 익히어 덕행(德行)이 밖에서 이루어지면, 그를 빈객으로 예우하여 국학에 들어가게 하여[賓興][21] 권면하였다. 빈객으로 예우하여 권면하면 사람마다 절로 흥기되어 배우기를 좋아하지 않는 이가 없게 된다.

그러나 현을 죄고 푸는 법, 널리 자연이나 인사에 비유하여 표현하는 법, 관례(冠禮) 전에 착용하는 복식(服飾) 같은 것은 음악과 학문의 말단에 속하니, 초학자들이 할 일이다. 그러므로 금·슬을 자연스럽게 타는 것은 현을 죄고 푸는 것에서 시작하고, 시를 잘 구사하는 것은 널리 비유하여 표현하는 법에서 시작하며, 예를 자연스럽게 행하는 것은 반드시 관례 전의 복식을 바르게 하는 것에서 시작하였다. 이는 모두 쉬운 것을 먼저하고, 절목(節目)을 뒤에 한 것이니, 배우는 순서가 올바르다고 할 수 있다.

금·슬을 자연스럽게 탄 뒤에 시를 잘 구사하는 것은 '음악을 배우고 시를 읊는다'[22]는 뜻이다. 시를 잘 구사한 뒤에 예를 자연스럽게 행하는 것은 '시에서 흥기된 뒤에 예(禮)에서 선다'[23]는 뜻이다.

기(夔)[24]가 주자(胄子)[25]를 가르칠 때에 반드시 악에서부터 시작했고,[26] 공자가 학문의 순서를 말할 때 '악에서 완성한다'라고 했으며, 「내칙(內則)」에 '남자가 10세가 되면 집을 나가 스승에게 나아가 배우는데, 반드시 글씨 쓰고 셈하는 것에서부터 시작한다'[27]라고 했으며, 공자가 도에

---

20 삼물(三物) : 백성에게 가르치는 세 가지 일. 육덕(六德)·육행(六行)·육예(六藝)
21 빈흥(賓興) : 주대(周代)의 인재 선발법. 향대부(鄕大夫)가 그 고을의 소학(小學)에서 어질고 유능한 인재를 천거하여 빈객으로 예우하여 국학에 들어가게 하였다.
22 『禮記』 內則 12-52.
23 『論語』 泰伯 8-8. 「子曰 : "興於詩, 立於禮, 成於樂."」
24 기(夔) : 순(舜)임금 시대의 악관(樂官).
25 주자(胄子) : 임금이나 귀족의 맏아들. 후에 맏아들의 범칭으로 씀.
26 『書經』 虞書 / 舜典 3.

뜻을 두는 순서를 서술할 적에 '예(藝)에서 노닌다'[28]는 것으로 마쳤으니, 어찌 악(樂)과 예(藝)가 진실로 배우는 자의 처음과 끝이 되지 않겠는가?

8-3. 善歌者使人繼其聲, 善教者使人繼其志.

노래를 잘 하는 자는 사람들로 하여금 그 소리를 잇게 하여 세상에 퍼지도록 하고, 잘 가르치는 자는 사람들로 하여금 그 뜻을 잇게 하여 세상에 퍼지도록 한다.[29]

善歌者直己而陳德, 未嘗無可繼之聲. 善教者易直以開道人, 未嘗無可繼之志. 其聲爲可繼, 則氣盛而化神, 其志爲可繼, 則德盛而教尊. 其故何哉? 其爲言也, 約而達, 微而臧, 罕譬而喩故也.

노래를 잘 부르는 사람은 자신을 곧게 하고 덕을 펼치므로 계승할 만한 소리가 없던 적이 없고, 잘 가르치는 사람은 평이하고 바르게 사람을 인도하므로 계승할 만한 뜻이 없던 적이 없다. 그 소리가 이어갈 만한 것은 기(氣)가 성대하여 감화가 신묘하고, 그 뜻이 이어갈 만한 것은 덕이 성대하여 가르침이 높다. 그 이유는 무엇인가? 말이 간략하면서 뜻이 통하고, 은미(隱微)하면서 이치가 깊고, 비유가 적으면서 명확하게 깨우쳐 주기 때문이다.[30]

8-4. 古之學者, 比物醜類. 鼓無當於五聲, 五聲弗得, 不和. 水無當於五色, 五色弗得, 不章. 學無當於五官, 五官弗得, 不治. 師無當於五服, 五服弗得, 不親.

옛날에 배우는 자들은 사물을 비교하여 지식을 정리하였다. 북은 음

---

27 『禮記』 內則 12-52.
28 『論語』 述而 7-6. 「子曰 : "志於道, 據於德, 依於仁, 遊於藝."」
29 『禮記』 學記 18-6.
30 간략하면서~것이다 : 『禮記』 學記 18-6.

의 고저(高低)가 없어서 오성(五聲)[31]에 해당하는 것이 없으나 북소리가
없으면 오성이 조화되지 않는다. 물[水]은 무색이어서 오색(五色)[32]에 해
당하는 것이 없으나 물이 없으면 오색이 빛나지 않는다. 학문은 오관(五
官)[33]에 해당하는 것이 없으나 학문적 바탕이 없으면 오관이 다스려지지
않는다. 스승은 오복(五服)[34]의 친족에 들어가지 않으나, 스승의 가르침
이 없으면 오복의 친족이 친하게 지내지 못한다.[35]

夫聲, 中於宮, 觸於角, 驗於徵, 章於商, 宇於羽. 倡和淸濁迭相爲經,
非得鼓爲之君, 而唱節之, 則五聲雖奏而不和者有矣. 夫色, 靑於震, 白
於兌, 赤於離, 黑於坎, 黃於坤. 相有以章, 相無以晦, 非得水爲之主而
潤色, 雖施而不章者有矣. 耳目鼻口形 能, 各有接而不相能者, 是之謂
天官. 心居中虛, 以治五官, 是之謂天君. 蓋五官, 不思而蔽於物, 物交
物, 則引之而已. 善假學以治之, 使目非是無欲見, 斯徹而爲明矣. 使耳
非是無欲聞, 斯徹而爲聰矣. 使口非是無欲言, 斯隷乎善矣. 使心非是
無欲慮, 斯凝於神矣. 莊子曰 : "五官皆備謂之天樂", 蓋本諸此, 不然則
六鑿相攘, 心從而攘矣.

喪有斬有齊, 功有大有小, 而總則一焉, 所謂五服也. 或以恩以義而
制, 或以節以權而制, 升數有多寡, 歲月有久近, 凡稱情爲之隆殺而已.
非假師以訓廸之, 而五服之制 不明於天下, 而學士大夫, 欲短喪者有
之, 此百姓不親, 五品不遜, 所以有待契之敷敎也.

總而論之, 鼓非與乎五聲, 而五聲待之而和. 水非與乎五色, 而五色

---

31 오성(五聲) : 궁(宮)・상(商)・각(角)・치(徵)・우(羽).
32 오색(五色) : 청(靑)・적(赤)・황(黃)・백(白)・흑(黑).
33 오관(五官) : 오감(五感)을 일으키는 다섯 감각 기관. 눈(시각)・귀(청각)・코(후각)・
    혀(미각)・피부(촉각). 참고로 왕씨금주(王氏今注)에서는 사도(司徒)・사마(司馬)・
    사공(司空)・사사(司士)・사구(司寇)의 오관직(五官職)으로 풀이한다.
34 오복(五服) : 다섯 가지 상복(喪服). 참최(斬衰)・자최(齊衰)・대공(大功)・소공(小
    功)・시마(緦麻).
35 『禮記』 學記 18-10.

待之而章. 學非與乎五官, 而五官待之而治. 師非與乎五服, 而五服待之而親. 是五聲·五色·五官·五服, 雖不同, 而同於有之以爲利. 鼓也·水也·學也·師也, 雖不一, 而一於無之以爲用. 然則古之學者, 比物醜類, 而精微之意有寓於是. 非夫窮理之至者, 孰能與此?

성(聲)으로 말하면, 궁(宮)은 중앙에 있는 임금의 형상이고, 각(角)은 잘 부딪치어 부리기 어려운 백성의 형상이며, 치(徵)는 무(無)에서 나와 징험이 있는 일의 형상이고, 상(商)은 유능하여 밝은 신하의 형상이며, 우(羽)는 모아서 덮는 물(物)의 형상이다.[36] 선창하기도 하고 화답하기도 하며 청성(淸聲)을 내기도 하고 탁성(濁聲)을 내기도 하여 번갈아 서로 경(經 : 주축)이 되는데, 북이 임금 역할을 하여 앞장서서 조절하지 않으면, 오성이 조화되지 않는다.

색(色)으로 말하면, 청(靑)은 진방(震方 : 동)에 해당하고, 백(白)은 태방(兌方 : 서)에 해당하며, 적(赤)은 이방(離方 : 남)에 해당하고, 흑(黑)은 감방(坎方 : 북)에 해당하며, 황(黃)은 곤(坤 : 土, 중앙)[37]에 해당한다. 서로 배색(配色)이 되어 밝아지기도 하고, 서로 보색(補色)[38]이 되어 어두워지도 하는데, 물이 주인 역할을 하여 색을 적시지 않으면, 오색이 빛나지 않는다.

귀·눈·코·입·몸체는 각각 사물에 접촉하여 기능을 발휘하나, 그 기능만 할 뿐 다른 것을 다스릴 수는 없으니, 이를 천관(天官)이라 한다. 마음은 가운데 빈곳에 위치하여 오관(五官)을 다스리니, 이를 천군(天君)이라 한다.[39] 대개 오관(五官)은 생각하는 기능이 없어 외물에 좌우되므로, 물(物)과 물(物)이 교제하면 끌어당길 따름이다. 따라서 학문의 힘을 빌어서 그것을 다스려서, 눈이 옳지 않은 것을 보지 않도록 해야만 명철해져

---

36 궁(宮)은~형상이다:『前漢書』권21上 律曆志.
37 곤괘(坤卦)는 문왕의 후천팔괘(後天八卦)에서 남서쪽에 해당하므로, 중앙색인 황(黃)과 맞지 않으므로, 곤(坤 : 土)으로 번역했다. 오행에서 토(土)는 중앙에 해당한다.
38 보색(補色) : 색상이 다른 두 가지 빛을 합하여 흑색 또는 회색의 한 빛을 이룰 때, 이 두 빛을 서로 일컫는 말. 곧 빨강과 초록, 주황과 파랑 등.
39 귀·눈~한다:『荀子』天論 17-4.

밝게 보게 되고, 귀가 옳지 않은 것을 듣지 않도록 해야만 명철해져 밝
게 듣게 되며, 입이 옳지 않은 것을 말하지 않도록 해야만 선(善)하게 되
고, 마음이 옳지 않은 것을 생각하지 않도록 해야만 신묘해진다. 장자(莊
子)가 "오관이 조화롭게 잘 작용하는 것을 천락(天樂)이라 한다"[40]라고 한
것은 대개 여기에 근거한 것이다. 그렇지 않으면 눈·귀·코 등 여섯 개
의 구멍이 서로 다투게 되고[41] 마음도 따라서 다투게 된다.

상(喪)에는 참최(斬衰)[42]와 자최(齊衰)[43]가 있고 공(功)[44]에는 대공(大功)[45]
과 소공(小功)[46]이 있으며, 시마(緦麻)[47]는 하나뿐이니, 이것이 이른바 오복
(五服)이다. 혹 은혜나 의리로 제정하고 혹 절도(節度)나 권도(權度)로 제정
하여, 승수(升數)[48]에 많고 적음이 있고 기간에 길고 짧음이 있으니, 인정
에 맞게 할 따름이다. 스승이 이를 가르쳐서 잘 이끌지 않으면 오복 제
도의 의미를 제대로 알지 못하여, 학사(學士)와 대부(大夫) 중에 상기(喪期)
를 단축하려는 자가 있게 된다. 이렇게 되면 백성이 친목하지 않고 오품
(五品)[49]이 순조롭지 않게 되므로, 설(契)[50]이 가르침을 폈던 것이다.[51]

---

40 『莊子』 天運 14-3.
41 여섯~되고:『莊子』 外物 26-9.
42 참최(斬衰): 부(父)·부(夫)·적장자 등의 3년상에 입는 복제. 참최복은 거친 베로
　　짓되 아랫도리를 접어서 꿰매지 않는다.
43 자최(齊衰): 모(母)·조부모·백숙부모·형제자매 등의 상사(喪事)에 입는 복제. 자
　　최복은 약간 굵은 생베로 짓되 아래 가를 좁게 접어 꿰맨다. 친소원근에 따라 3년,
　　1년, 5개월, 3개월간 입는다.
44 공(功): 참최나 자최보다 더 가는 삼베로 만든 상복. 또는 그 상복을 입는 상의 이
　　름.
45 대공(大功): 종형제자매·중자부(衆子婦)·중손(衆孫)·중손녀·질부(姪婦), 남편의
　　조부모·백숙부모(伯叔父母) 등의 상사(喪事)에 9개월간 입는 복제(服制).
46 소공(小功): 종조부모·재종 형제·종질(從姪)·종손(從孫) 등의 상사(喪事)에 5개월
　　간 입는 복제.
47 시마(緦麻): 종증조(從曾祖)·삼종형제·중증손(衆曾孫)·중현손(衆玄孫)의 상사(喪
　　事)에 3개월간 입는 복제.
48 승수(升數): 직물의 날실 80올을 1승이라고 한다.
49 오품(五品): 부자(父子)·군신(君臣)·부부(夫婦)·장유(長幼)·붕우(朋友)의 오륜(五
　　倫) 관계.

종합적으로 논하건대, 북[鼓]에 오성(五聲)이 없지만 오성은 북이 있어야만 조화를 이루고, 물[水]에 오색(五色)이 없지만 오색은 물이 있어야만 밝게 빛나며, 학문[學]에 오관(五官)의 기능이 없지만 오관은 학문이 있어야만 다스려지고, 스승[師]에게 오복(五服)이 없지만 오복은 스승의 가르침이 있어야만 친하게 된다. 오성(五聲)·오색(五色)·오관(五官)·오복(五服)이 서로 다르지만, 이것이 있음으로써 이롭다는 점에서 같으며, 북·물·학문·스승이 서로 다르지만 '무(無)가 바로 유(有)의 용(用)이 된다'[52]는 점에서는 한가지이다. 그리하여 옛날의 학자들이 여러 사물을 비교하여 종류를 나누어서 정미(精微)한 뜻을 여기에 붙였으니, 궁리를 지극히 한 자가 아니면 누가 할 수 있었겠는가?

악기(樂記)

8-5. 凡音之起, 由人心生也. 人心之動, 物使之然也. 感於物而動, 故形於聲. 聲相應, 故生變. 變成方謂之音. 比音而樂之, 及干戚·羽旄謂之樂.

무릇 음(音)이 일어나는 것은 마음으로 말미암아 생긴 것이며, 마음이 움직이는 것은 물(物)이 그렇게 만든 것이다. 마음이 물(物)에 감응하면 움직이어 소리[聲]로 형용되고, 소리[聲]가 서로 응하여 변화가 생긴다. 변화된 여러 소리가 아름답게 조화되어 방(方:곡조)을 이룬 것을 음(音)이라

---

50 설(契): 요순(堯舜) 시대에 교육을 담당한 사람.
51 백성이~것이다:『書經』虞書 / 舜典 3.
52 무(無)가~된다:『道德經』11. 북·물·학문·스승이 실제로 오성·오색·오관·오복에 참여하지는 않지만[無], 이것이 있어야만 오성·오색·오관·오복이 유용하게 작용할 수 있다는 뜻이다.

하고, 음을 배열하여 악기로 연주하며, 방패와 도끼를 들고 무무(武舞)를 추고 꿩깃과 모(旄)를 들고 문무(文舞)를 추는 것을 악(樂)이라고 한다.[53]

禮自外作而文, 樂由中出而靜, 虛一而靜者, 其人心乎! 此凡音之起所以由人心生也. 人心離靜而動, 豈自爾哉? 有物引之而已. 今夫去心以感物, 雖動猶靜. 由心以感物, 無靜而非動. 無靜而非動, 則物足以撓之, 其能不形於聲乎? 形於聲. 故有鼓宮宮動, 鼓角角應, 而以同相應也. 彈羽而角應, 彈宮而徵應, 而以異相應也. 以同相應, 則一倡一和而未始不有常. 以異相應, 則流行散徙, 不主故常而生變矣.

然心動, 不生心而生聲, 聲動, 不生聲而生音, 語樂則未也. 比音而樂之, 動以干戚之武舞, 飾以羽旄之文舞, 然後本末具而樂成焉. 是豈不謂發於聲音, 形於動靜, 有以盡性術之變歟? 由是觀之, 樂者心之動也, 聲者樂之象也, 文采·節奏聲之節也, 羽籥·干戚樂之器也. 君子動其本, 樂其象, 然後治其飾, 擧其器. 則凡音之起由人心生者, 其本也. 形於聲而生變者, 其象也. 變成方者, 其節也. 比音而樂之, 及干戚羽旄者, 其器也. 四者備矣, 樂之所由成也. 周官大司樂, 以五聲敉八音, 以八音節六舞, 而大合樂焉, 是樂至舞然後大成也. 舜作樂以賞諸侯, 而曰視其舞而知其德, 孔子語樂於顏淵, 而曰樂則韶舞, 其知此歟!

言變成方謂之音, 又言聲成文謂之音, 何也? 曰 : 方有東西南北之異域, 非變之曲折, 不足以成之, 則倡和有應, 回邪曲直各歸其分, 聲之所以成方也. 文有靑黃赤黑之異飾, 非聲之雜比, 不足以成之, 則比物以節節, 節奏合以成文, 聲之所以成文也. 變成方, 將以成樂, 音之始也. 聲成文, 必寓於政, 音之終也. 經不云乎? "審樂以知政, 而治道備矣."

言凡音之起由人心生, 不言聲者. 音之所起由乎聲, 聲之所起由乎心, 聲音具而樂成, 言音之所起由人心生, 則聲固不待言而喩矣.

53   『禮記』 樂記 19-1.

예는 밖에서 만들어지므로 문채가 나고, 악은 마음속에서 나오므로 고요하다.[54] 텅 비고 고요한 것은 마음이다. 음이 일어나는 것은 마음으로 말미암아 생겨난 것이다. 그런데 마음이 고요한 상태에서 벗어나 움직이는 것은 어찌 저절로 된 것이겠는가? 외물(外物)이 마음을 이끌어냈기 때문에 움직인 것이다.

마음에서 벗어나 외물과 접하면 외물이 아무리 움직인다 할지라도 마음이 여전히 고요하나, 마음으로 말미암아 외물과 접하면 고요해도 움직이지 않는 적이 없다. 고요해도 움직이지 않는 적이 없으니 외물이 마음을 흔들어 소리로 형용되지 않을 수 있겠는가?

소리로 형용되므로, 궁(宮)을 치면 궁이 움직이고, 각(角)을 치면 각이 응하니, 이는 같은 것이 서로 응하는 것이다. 우(羽)를 타면 각이 응하고, 궁을 타면 치(徵)가 응하니, 이는 다른 것이 서로 응하는 것이다. 같은 것끼리 서로 응하면 선창하고 화답하는 것이 일정하나, 다른 것이 서로 응하면 이리 저리 움직이고 흩어져 앞의 선율을 따르지 않으므로 변화가 생긴다.

마음이 움직이면 마음이 생기는 것이 아니라 소리가 생기고, 소리가 움직이면 소리가 생기는 것이 아니라 음(音)이 생긴다. 그러나 아직 이를 악(樂)이라고 말할 수는 없다. 음을 배열하고 악기로 연주하며 방패와 도끼를 들고 무무(武舞)를 추고 꿩깃과 모(旄)를 들고 문무(文舞)를 춘 후에 본말이 갖추어져 악이 이루어진다. 이것이 어찌 '성음(聲音)'에 나타나고 동정(動靜 : 춤동작)에 형용되어 성술(性術 : 마음의 작용)의 변화가 다 드러난 것'[55]을 일컫는 것이 아니겠는가?

이로 보건대, 악은 마음의 움직임이고, 소리는 악의 형상이며, 문채와 절주는 소리의 장식이고, 꿩깃·약(籥)·방패·도끼는 악의 도구이다. 군자는 근본을 움직이고 그 형상을 즐거워한 뒤에 장식하며 도구를 쓴다.

---

54   예는~고요하다 : 『禮記』 樂記 19-1.
55   『禮記』 樂記 19-23.

음이 마음으로 말미암아 생긴다는 것은 근본을 말한 것이고, 소리로 형용되어 변화가 생긴다는 것은 형상을 말한 것이며, 변화된 여러 소리가 조화를 이룬다는 것은 장식을 말한 것이고, 음을 배열하여 악기로 연주하고, 방패와 도끼 및 꿩깃과 모(旄)를 들고 무무(武舞)와 문무(文舞)를 춘다는 것은 도구를 말한 것이다. 이 네 가지가 갖추어져야 악이 이루어진다.

『주례』「대사악」에 "오성(五聲)으로 팔음(八音)을 상고하고, 팔음으로 육무(六舞)를 절주하여 대합악(大合樂)을 한다"[56]라고 했으니, 악(樂)은 춤을 포함해야 크게 이루진다. 순임금은 악을 지어서 제후에게 상을 주면서 "춤을 살펴보면 덕을 알 수 있다"라고 했고,[57] 공자가 안연(顔淵)에게 악에 대해 말하면서 "악은 소무(韶舞)를 추어야 한다"라고 한 것에서도[58] 알 수 있다.

'변화된 여러 소리가 방(方)을 이룬 것을 음이라 한다'라고 하고, 또 '소리가 문채[文]를 이룬 것을 음이라 한다'[59]라고 한 것은 무엇 때문인가? 방위에는 동서남북의 다른 영역이 있으니, 여러 가지 변화가 없으면 그것을 이룰 수 없는데, 선창하고 화답할 때 회사곡직(回邪曲直)[60]이 각각 그 분수로 돌아가므로[61] 소리가 방(方 : 곡조)을 이루게 되는 것이다. 문채에는 청황적흑(靑黃赤黑)의 다른 꾸밈이 있으니, 소리[聲]를 섞어서 배열하지 않으면 그것을 이룰 수 없는데, 악기를 배열하여 절주를 꾸미고, 절주가 합해져서 문채를 이루므로[62] 소리가 문채를 이루게 되는 것이다.

변화된 여러 소리가 방(方)을 이루어 악(樂)이 이루어지는 것은 음의 시작이고, 소리가 문채[文]를 이루어 정치에 반영되는 것은 음의 종결이다.

---

56 『周禮』 春官 / 大司樂 1.
57 순임금은~했고:『禮記』樂記 19-7, 8.
58 공자가~것에서도:『論語』衛靈公 15-11.
59 『禮記』樂記 19-1.
60 회사곡직(回邪曲直) : 회(回)는 도리에 어긋난 것. 사(邪)는 사악한 것. 곡(曲)은 굽은 것. 직(直)은 곧은 것.
61 선창하고~돌아가므로:『禮記』樂記 19-13.
62 악기를~이루므로:『禮記』樂記 19-25.

그러므로 경(經 : 예기)에 "악을 살펴서 정치를 알아야 치도(治道)가 갖추어
진다,"[63]라고 했던 것이다.

본문에 '음이 일어나는 것은 마음으로 말미암아 생긴 것이다'라고 하
여 성(聲)을 말하지 않았다. 그러나 음은 성으로 말미암아 일어나고, 성은
마음으로 말미암아 일어나며, 성음이 갖추어져 악이 이루어지므로, '음
이 일어나는 것은 마음으로 말미암아 생긴 것이다'라고 하여 성(聲)을 말
하지 않았어도 당연히 거기에 포함되어 있는 것이다.

8-6. 樂者音之所由生也, 其本在人心之感於物也. 是故, 其哀心感
者, 其聲噍以殺. 其樂心感者, 其聲嘽以緩. 其喜心感者, 其聲發以散.
其怒心感者, 其聲粗以厲. 其敬心感者, 其聲直以廉. 其愛心感者, 其
聲和以柔. 六者非性也, 感於物而後動. 是故, 先王慎所以感之者.

악이란 음으로 말미암아 생기는 것이니, 그 근본은 마음이 물(物)에 감
응하는 데에 있다. 그러므로 슬픈 마음을 느끼면 그 소리가 메마르면서
쇠미하고, 즐거운 마음을 느끼면 그 소리가 밝으면서 완만하고, 기쁜 마
음을 느끼면 그 소리가 퍼지면서 흩어지고, 성난 마음을 느끼면 그 소리
가 거칠면서 사납고, 공경하는 마음을 느끼면 그 소리가 곧으면서 맑고,
사랑하는 마음을 느끼면 그 소리가 온화하면서 부드럽다. 이 여섯 가지
는 본성이 아니라 물(物)에 감응한 뒤에 움직인 것이다. 이런 까닭에 선
왕은 감응시키는 바를 신중히 했다.[64]

樂出於虛, 必托乎音, 然後發. 音生於心, 必感乎物, 然後動. 是樂者
音之所由生, 其本在人心之感於物也. 蓋人心其靜乎, 萬物無足以撓之,
而性情之所自生者也. 攝動以靜, 則喜怒哀樂未發而爲中則性也, 君子
不謂之情. 離靜[65]以動, 則喜怒哀樂中節而爲和則情也, 君子不謂之性.

---

63   『禮記』 樂記 19-1.
64   『禮記』 樂記 19-1.

其故何哉?

人函天地陰陽五行之氣, 有哀樂喜怒敬愛之心. 然心以情變, 聲以心變. 其哀心感者, 未始不戚戚, 故其聲噍以殺. 其樂心感者, 未始不蕩蕩, 故其聲嘽以緩. 其喜心感者, 多毗於陽, 故其聲發以散. 其怒心感者, 多毗於陰, 故其聲粗以厲. 敬心感者, 內直而外方, 故聲必直以廉. 愛心感者, 內諧而外順, 故聲必和以柔. 則志微噍殺之音作, 而民憂思, 哀心所感然也. 嘽諧易簡之音作, 而民康樂, 樂心所感然也. 流散滌濫之音作, 而民淫亂, 喜心所感然也. 粗厲猛起之音作, 而民剛毅, 怒心所感然也. 廉直莊誠之音作, 而民肅敬, 敬心所感然也. 寬裕順和之音作, 而民慈愛, 愛心所感然也. 凡此六者, 非性之正也, 感於物而後動, 則其情而已.

乃若其情, 則能愼其所以感之者. 窮人心之本, 待六者之變, 使姦聲不留聰明, 淫樂不接心術, 合生氣之和, 道五常之行, 使之陽而不散, 陰而不密, 剛氣不怒, 柔氣不懾, 各安其位而不相奪, 則正人足以副其誠, 邪人足以防其失, 而治道舉矣. 若夫不知愼所以感之, 則彼必有悖逆詐僞之心·淫佚作亂之事, 以强脅弱, 以衆暴寡, 以智詐愚, 以勇苦怯, 窮人欲, 滅天理者矣. 其欲君子以好善, 小人以聽過, 移風易俗, 天下皆寧, 不尤難哉?

此言哀樂喜怒敬愛, 感物之序也. 禮運言喜怒哀懼愛惡欲, 自然之序也.

악(樂)은 허(虛)에서 나오지만 반드시 음(音)에 의탁한 뒤에 발생하며, 음은 마음에서 나오지만 반드시 물(物)에 감응한 뒤에 움직인다. 따라서 '악은 음으로 말미암아 생기는데, 그 근본은 마음이 물에 감응하는 데에 있다'고 한 것이다.

대개 마음은 고요하여 만물이 흔들 수는 없다. 마음에서 성정(性情)이 생겨나는데, 움직이지 않아 고요하고 희로애락(喜怒哀樂)이 발하지 않아서

---

65 대본에는 '情'으로 되어 있으나, 사고전서 『樂書』에 의거하여 '靜'으로 바로잡았다.

중(中)의 상태이면 성(性)이니, 군자가 이것을 정(情)이라 하지 않으며, 고요에서 벗어나 움직여 희로애락이 절도에 맞아서 조화를 이루면 정(情)이니, 군자는 이것을 성(性)이라 하지 않는다. 그 이유는 무엇인가?

사람은 천지간(天地間) 음양오행(陰陽五行)의 기운을 지녀서, 슬픔·즐거움·기쁨·분노·공경·사랑의 마음을 가지고 있다. 그런데 마음은 정(情)으로 인해 변하고 소리는 마음으로 인해 변한다. 슬픈 마음을 느끼면 서글픔에 잠기게 되어 그 소리가 메마르면서 쇠미하고, 즐거운 마음을 느끼면 활발해져서 그 소리가 밝으면서 완만하고, 기쁜 마음을 느끼면 날아갈 것 같은 기분이 되어 그 소리가 퍼지면서 흩어지고, 성난 마음을 느끼면 암울한 기분이 들어 그 소리가 거칠면서 사납고, 공경하는 마음을 느끼면 마음이 곧고 행실이 똑바르게 되어 그 소리가 곧으면서 맑고, 사랑하는 마음을 느끼면 마음이 조화롭고 행실이 유순하게 되어 그 소리가 온화하면서 부드럽다.

다급하면서[66] 가늘며 메마르고 쇠미한 음(音)이 유행하면 백성이 시름겹고 수심에 잠기는 것은 슬픈 마음을 느껴서 그렇게 된 것이다. 너그럽고 조화로우며 평이하며 단순한 음이 유행하면 백성이 편안하며 즐거운 것은 즐거운 마음을 느껴서 그렇게 된 것이다. 방종에 흐르고 산만하며 분별없는 음이 유행하면 백성이 음란해지는 것은 기쁜 마음을 느껴서 그렇게 된 것이다. 거칠고 사나우며 맹렬하게 떨치는 음이 유행하면 백성이 굳세지는 것은 분노하는 마음을 느껴서 그렇게 된 것이다. 맑고 곧으며 장엄하고 정성스런 음이 유행하면 백성들이 공손해지는 것은 공경하는 마음을 느껴서 그렇게 된 것이다. 느긋하고 여유 있으며 순조롭고 조화로운 음이 유행하면 백성이 자애로워지는 것은 사랑하는 마음을 느껴서 그렇게 된 것이다. 이 여섯 가지는 순수한 성(性)이 아니고, 물(物)에 감응한 뒤에 움직인 것이니 정(情)이다.

---

66 원문의 志를 '急'의 오자로 보는 유이(劉彝)의 설을 따라 번역하였다.

정(情)과 같은 것은 감응시키는 바를 삼가면 바르게 된다. 마음의 근본을 궁구하고 여섯 가지의 감정 변화(哀·樂·喜·怒·敬·愛)를 대비하여, 간성(姦聲)이 총명을 가리지 않게 하고 음악(淫樂)이 마음에 접촉하지 않게 하며, 생기(生氣)의 화(和)를 합치고 오상(五常)의 행실을 인도하여, 양(陽)이 흩어지지 않게 하고 음(陰)이 밀폐되지 않게 하여, 강기(剛氣)가 노하지 않게 하고 유기(柔氣)가 두려워하지 않게 해서 각각 제자리에 편안하여 서로 침탈하지 않으면,[67] 바른 사람은 성실을 북돋게 되고 간사한 사람은 잘못을 막게 되어 치도(治道)가 실현된다.

만약 감응시키는 바를 삼갈 줄 모르면, 반드시 거스르고 속이는 마음과 음일(淫洪)하고 혼란을 일으키는 일이 생겨서, 강한 자가 약한 자를 위협하고, 다수의 사람이 소수의 사람에게 횡포를 부리며, 지략이 있는 자가 어리석은 자를 속이고, 용맹한 사람이 겁 많은 사람을 괴롭히며, 인욕(人欲)을 맘껏 채우고 천리(天理)를 없애게 된다.[68] 이렇게 되면 군자가 선(善)을 좋아하고 소인이 허물을 고치어 아름다운 풍속으로 바뀌어 천하가 모두 편안하고자 한들 어렵지 않겠는가?

여기서 말한 애락희로경애(哀樂喜怒敬愛)는 물(物)에 감응된 순서이고, 「예운(禮運)」에서 말한 희로애구애오욕(喜怒哀懼愛惡欲)[69]은 자연적인 순서이다.

8-7. 故禮以道其志, 樂以和其聲, 政以一其行, 刑以防其姦. 禮樂刑政, 其極一也, 所以同民心而出治道也.

그러므로 예로 그 뜻을 인도하고 악으로 그 소리를 조화롭게 하며, 정(政)으로 그 행실을 한결같게 하고 형(刑)으로 그 간사함을 막았다. 예(禮)·악(樂)·형(刑)·정(政)이 그 궁극의 목표는 하나이니, 민심을 합하

---

67 간성(姦聲)이~않으면: 『禮記』樂記 19-12, 13.
68 거스르고~된다: 『禮記』樂記 19-1.
69 『禮記』禮運 9-23.

고 치도(治道)를 실현하는 것이다.[70]

聖人之於易, 制禮於謙, 作樂於豫, 明政於賁, 致刑於豐. 則禮樂者政
刑之本, 政刑者禮樂之輔. 古之人所以同民心, 出治道, 使天下如一家,
中國如一人者, 不過擧而錯之而已. 今夫姦聲感人, 而逆氣應之, 逆氣
成象, 而淫樂興焉. 正聲感人, 而順氣應之, 順氣成象, 而和樂興焉. 先
王之作樂也, 必謹所以感之. 故禮自外作, 而道志於內, 樂由中出, 而和
聲於外, 政以一不齊之行, 刑以防不軌之姦, 謹所以感之之術也. 其極,
則一於同民心, 使之無悖逆詐僞之心, 一於出治道, 使之無淫佚作亂之
事, 謹所以感之之效也. 易曰'聖人感人心而天下和平', 本諸此歟!

此 因人心之感物而動, 故先王謹所以感之, 而以禮樂政刑出治道.
下文因人之好惡無節, 故先王以人爲之節, 而以禮樂政刑備治道, 相爲
終始故也.

역(易)으로 설명하면 성인은 겸괘(謙卦)의 도(道)로 예(禮)를 만들고, 예
괘(豫卦)의 도로 악(樂)을 짓고, 비괘(賁卦)의 도로 정사를 밝히고, 풍괘(豐
卦)의 도로 형벌을 집행했으니,[71] 예와 악은 정치와 형벌의 근본이고, 정

---

70 『禮記』樂記 19-1.
71 地山謙卦(☷☶) : 산은 높고 큰데도 땅 아래에 있으니, 겸의 상이 된다. 산이 땅 아래에
있는 것은 높은 것은 내려가고 낮은 것은 올라간 것이니, 군자는 높은 것은 억제하
고 낮은 것은 들어올리며, 지나친 것은 덜고 모자란 것은 더하는 뜻을 알아서 일을
처리할 때 공평하게 한다. 雷地豫卦(☵☷) : 우뢰가 위에 있고 땅이 아래에 있으니 순
하게 움직이는 상이고, 움직여서 화순(和順)한 까닭에 즐거운 것이다. 선왕이 우뢰
가 땅에서 나와 떨치는 상을 관찰하여 음악을 제작하되 덕을 높여 성대히 상제(上
帝)께 천신(薦新)하고 조상을 배향한다. 山火賁卦(☶☲) : 산이 위에 있고 불이 아래에
있어, 산에는 초목과 백물(百物)이 모두 모여 있고, 불이 그 위를 밝게 비추어 초목
등속이 다 그 광채를 입으니 꾸미는 상이 된다. 군자가 산 아래 불이 있어 밝게 비
추는 상을 관찰함으로써 뭇 정사를 닦아 밝게 해서 문명한 다스림을 이룬다. 雷火豐
卦(☳☲) : 우뢰가 위에 있고 불이 아래에 있어, 밝으면서 움직이고 움직이면서 밝으니
풍성함을 이루는 방도가 된다. 진(震)은 움직임이니 위엄있게 결단하는 상이고, 이
(離)는 밝음이니 밝게 살피는 상이다. 옥사를 판결하는 것은 반드시 그 정실을 밝혀
야 하니 오직 밝아야 믿을 수 있고, 형벌을 집행하는 것은 간악한 자에게 위엄을 보

치와 형벌은 예와 악의 보조 수단이다. 옛사람이 민심을 통합하고 치도를 실현하여 천하를 한 집처럼 중국을 한 사람처럼 만들 수 있었던 것은 예·악·형·정을 들어서 조처한 것에 지나지 않는다.

간성(姦聲)이 사람을 감응시키면 역기(逆氣)가 응하고 역기(逆氣)가 상(象)을 이루어 음란한 음악이 일어나며, 정성(正聲)이 사람을 감응시키면 순기(順氣)가 응하고 순기(順氣)가 상(象)을 이루어 화평한 음악이 일어나므로,[72] 선왕은 반드시 감응시키는 바를 신중히 했다.

그러므로 예는 밖에서 만들어져 안(마음)에서 뜻을 인도하고, 악은 마음속에서 나와 밖에서 성(聲)을 조화롭게 하며, 정치는 고르지 못한 행실을 한결같게 하고, 형벌은 법을 따르지 않는 간사함을 막았으니, 이는 감응시키는 것을 신중하게 한 방법이다. 그 목표는 한결같이 민심을 통합하여 거스르고 속이는 마음을 품지 않게 하고, 한결같이 치도(治道)를 실현시켜서 음일(淫佚)하고 혼란을 일으키는 일이 없도록 했으니, 이는 감응시키는 것을 신중하게 한 효과이다. 『주역』에 "성인(聖人)이 인심(人心)을 감동시키면 천하가 화평(和平)하다"[73]라고 말한 것은 이것에 근거한 것이다.

여기(『樂書』 8-7)에서는 마음이 물(物)에 감응하여 움직이므로 선왕이 감응시키는 바를 삼가서 예·악·형·정으로 치도(治道)를 실현시킨 것을 설명하였고, 아래(『樂書』 10-4)에서는 사람들이 좋아하고 싫어하는 것에 절제가 없으므로 선왕이 인정에 맞게 조절하여 예·악·형·정으로 치도를 갖춘 것을 설명하였으니, 서로 처음과 끝이 된다.

이는 것이니 오직 결단해야 이룰 수 있는 것이다.

72 간성(姦聲)이~일어나므로: 『禮記』 樂記 19-13.
73 『周易』 咸卦 2.

권9 예기훈의(禮記訓義)

악기(樂記)

악기(樂記)

9-1. 凡音者生人心者也. 情動於中, 故形於聲. 聲成文謂之音. 是故, 治世之音安以樂, 其政和. 亂世之音怨以怒, 其政乖. 亡國之音哀以思, 其民困. 聲音之道與政通矣.

　무릇 음(音)이란 마음에서 생긴 것이다. 정(情)이 마음속에서 움직이기 때문에 소리[聲]로 형용된다. 소리가 문채를 이룬 것을 음이라 한다. 그러므로 치세(治世)의 음은 편안하고 즐거우니 그 정치가 화평하기 때문이다. 난세(亂世)의 음은 원망과 분노에 차있으니 그 정치가 어그러져 있기 때문이다. 망국(亡國)의 음은 애달프고 시름겨우니 백성들이 괴롭기 때문이다. 이같이 성음(聲音)의 도(道)는 정치와 서로 통한다.[1]

心以感物而動爲情, 情以因動而形爲聲. 聲者情之所自發, 而音者又雜比而成者也. 治世以道勝欲, 其音安以樂. 雅頌之音也, 政其有不和乎? 亂世以欲勝道, 其音怨以怒. 鄭衛之音也, 政其有不乖乎? 亡國之音, 則桑間濮上, 非特哀以思而已, 其民亦已困矣.

孔子曰: "君子之音, 以養生育之氣. 憂愁之感不加乎心, 暴厲之動不有乎體, 治安之風也. 小人之音, 以象殺伐之氣. 中和之感不載於心, 溫柔之動不存乎體, 爲亂之風也." 由是觀之, 世異異音, 音異異政. 夫豈聲音自與政通耶? 蓋其道本於心與情然也. 書曰'八音在治忽' 國語曰'政象樂', 亦斯意歟! 自繼代以論, 世未嘗無治亂, 自封域以論, 國未嘗無興亡. 治亂言世不言國, 則國以世擧, 亡國不言世, 則國亡而世從之矣. 治亂言政, 不言民, 亡國言民, 不言政, 亦可類推也.

言樂者音之所由生, 繼之以六者之聲, 言宮商角徵羽, 繼之以五者之音, 何也? 曰: 聲以單出爲名, 音以雜比爲辨. 論音之散而單出, 雖音也, 亦可謂之聲, 論聲之合而雜比, 雖聲也, 亦可謂之音.

此言情動於中, 又言形於聲, 詩序言情動於中而形於言, 又言情發於中而形於聲[2]者, 動者喜怒哀樂之未發而發者也,[3] 發而中節, 動不足以言之. 動發於中而形於言與聲, 詩之所以寓於音也. 動於中而形於聲, 樂之所以通於政也. 詩序兼始終言之, 樂記特原其始而已, 故其辨如此.

마음이 외물(外物)에 감응하여 움직이면 정(情)이 되고, 정이 움직이면 소리[聲]로 형용된다. 따라서 성(聲)은 정에서 나온 것이고, 음(音)은 성(聲)을 배열하여 이루어진 것이다.

치세에는 도(道)가 욕망을 이기므로 그 음이 편안하고 즐겁다. 이는 바로 아(雅)·송(頌)의 음(音)이니, 정치가 화평하지 않을 수 있겠는가? 난세

---

1 『禮記』樂記 19-1.
2 『詩經』序에는 '情發於中而形於聲'이란 구절이 나오지 않아 미심쩍다.
3 대본에는 '喜怒哀樂之未發者也發者'로 되어 있으나, 『樂書』 61-2에 의거하여 '喜怒哀樂之未發而發者'로 바로잡았다.

에는 욕망이 도를 이기므로 그 음이 원망과 분노에 차있다. 이는 바로 정(鄭)・위(衛)의 음이니 정치가 어그러지지 않을 수 있겠는가? 망국의 음 은 상간복상(桑間濮上)[4]의 음이니, 노래만 슬프고 시름겨운 것이 아니라 백성들 또한 매우 괴롭다.

공자는 "군자의 음(音)은 생육(生育)하는 기운을 길러서, 음울한 느낌을 스미게 하지 않고 사나운 행동을 하지 않게 하니, 안정된 풍속을 이루게 한다. 소인의 음은 살벌한 기운을 형상하여, 중정화평(中正和平)한 느낌을 스미게 하지 않고 유순한 행동을 하지 않게 하니, 혼란스런 풍속을 이루 게 한다"[5]라고 하였다. 이로 보건대, 세상이 다르면 음(音)이 다르고, 음 이 다르면 정치가 달라진다.

그런데 성음(聲音)이 어떻게 해서 정치와 통하는가? 성음이 마음과 정 (情)에 근본을 두었기 때문에 통하는 것이다. 『서경』에 "팔음(八音)으로 정치의 잘잘못을 살핀다"[6]라고 하고, 『국어』에 "정치는 악(樂)을 반영한 다"[7]라고 한 것은 바로 이를 뜻한다.

세대로 논하면 세상(世)에 치란(治亂)이 없던 적은 없고, 영토로 논하면 나라(國)에 흥망(興亡)이 없던 적은 없다. 그런데 치란에 세상만 언급하고 나라는 언급하지 않은 것은 세상이란 단어에 나라가 포함되어 있기 때 문이고, 망국(亡國)에 세(世)를 말하지 않은 것은 나라가 망하면 세상은 절 로 따라서 망하기 때문이다. 치란에 정치만 언급하고 백성을 언급하지 않고, 망국에 백성만 언급하고 정치를 언급하지 않은 것도 또한 그 이유 를 유추(類推)할 수 있다.

---

4 상간복상(桑間濮上) : 복수(濮水)의 물가 뽕나무 숲 사이. 복수는 황하(黃河)의 지류 로 춘추시대의 위나라 지역에 있다. 은의 폭군 주왕(紂王)은 악사 연(延)이 만든 음 란한 음악에 도취되어 주지육림(酒池肉林) 속에 빠져 지내다가 주나라 무왕에게 주 벌(誅伐) 당하자, 악사 연이 악기를 들고 투신하여 죽은 곳이다. 이와 달리 상간(桑 間)과 복상(濮上)의 음악을 별개의 음악으로 간주하는 학자도 있다.

5 『孔子家語』권8 辯樂解.

6 『書經』虞書 / 益稷 1.

7 『國語』周語下 3-6.

악(樂)은 음(音)으로 말미암아 생긴다고 말하고 나서 바로 이어 여섯 종류의 성(聲)에 대해 설명하고,[8] 궁ㆍ상ㆍ각ㆍ치ㆍ우의 오성(五聲)에 대해 말하고 나서 바로 이어 다섯 종류의 음에 대해 설명한 것[9]은 어째서인가? 성(聲)은 개별적인 소리이고, 음(音)은 여러 소리가 배합된 것이다. 그렇지만 음(音)이 흩어져서 개별적으로 나오는 것을 논할 때는 음일지라도 성(聲)이라 말해도 되고, 성(聲)이 합쳐져서 배합되어 나오는 것을 논할 때는 성일지라도 음(音)이라 말해도 되기 때문이다.

여기(「樂記」)에서는 '정(情)이 마음속에서 움직인다'라고 하고, 또 '소리로 형용된다'라고 했는데, 『시경』 서(序)에서는 '정이 마음속에서 움직이면 말로 형용된다'라고 하고, 또 '정이 마음속에서 발현되면 소리로 형용된다'[10]라고 하였다. '움직인다'는 것은 희로애락이 아직 발현되지 않았던 것이 발현되었다는 뜻이므로, 발현되어 절도에 맞았으면, '움직인다'는 것은 말할 필요가 없기 때문이다.

마음속에서 움직이고 발현되어 말과 소리로 형용되므로 시(詩)가 음(音)으로 표현된 것이다. 마음속에서 움직여 소리로 형용되므로 악(樂)이 정치와 통하는 것이다. 『시경』 서(序)는 시종을 겸해서 말하고 「악기」는 다만 시작에 초점을 맞추었으므로, 서술한 것이 이같이 다르다.

9-2. 宮爲君, 商爲臣, 角爲民, 徵爲事, 羽爲物. 五者不亂, 則無怗懘之音矣.

궁(宮)은 임금이요, 상(商)은 신하요, 각(角)은 백성이요, 치(徵)는 일이

---

8 『禮記』樂記 19-1. 「樂者, 音之所由生也, 其本在人心之感於物也. 是故其哀心感者, 其聲噍以殺. 其樂心感者, 其聲嘽以緩. 其喜心感者, 其聲發以散. 其怒心感者, 其聲粗以厲. 其敬心感者, 其聲直以廉. 其愛心感者, 其聲和以柔」

9 『禮記』樂記 19-1. 「宮爲君, 商爲臣, 角爲民, 徵爲事, 羽爲物. 五者不亂則無怗懘之音矣. 宮亂則荒, 其君驕. 商亂則陂, 其官壞. 角亂則憂, 其民怨. 徵亂則哀, 其事勤. 羽亂則危, 其財匱. 五者皆亂, 迭相陵, 謂之慢.」

10 『詩經』 周南 / 關雎, 毛序.

요, 우(羽)는 물(物)이다. 이 다섯 가지가 어지럽지 않으면 막히어 조화롭지 않은 음이 없을 것이다.[11]

先王作樂, 以聲配日, 以律配辰. 原樂聲之始, 五聲未始不先律, 要樂器之成, 十二律未始不先聲. 書曰 : "詩言志 歌永言 聲依永 律和聲", 原樂聲之始也. 周官 : "大師掌六律六同 以合陰陽之聲 皆文之以宮商角徵羽之聲", 樂器之成也.

古者考律均聲, 必先立黃鍾以本之. 黃鍾之管, 以九寸爲度, 觸類而長之. 數多者上生而有餘, 數少者下生而不足. 一損一益皆不出三才之數而已, 故參分益一, 上生之數也, 參分損一, 下生之數也. 今夫樂始於聲, 聲始於宮. 宮土音也, 其數八十一, 其聲最大而中, 固足以綱四聲, 覆四方, 君之象也. 參分宮數, 損一而下生徵, 徵火音也, 其數五十四. 其聲微淸而生變, 事之象也. 參分徵數, 益一而上生商, 商金音也, 其數七十二. 其聲則濁而下次於宮, 臣之象也. 參分商數, 損一而下生羽, 羽水音也, 其數四十八. 其聲最淸, 而足以致飾, 物之象也. 參分羽數, 益一而上生角, 角木音也, 其數六十四. 其聲一淸一濁, 其究善觸而已. 宮徵商羽角, 上下相生之次也. 宮商角徵羽, 君臣民事物之次也. 傳曰 : "宮者音之主", 蓋商非宮, 則失其所守, 不足以爲臣. 角非宮, 則失其所治, 不足以爲民. 徵非宮, 則失其所爲, 不足以爲事. 羽非宮, 則失其所生, 不足以爲物. 五行主土,[12] 五事主思,[13] 亦由是也. 晏子道景公, 以徵招角招, 作君臣相說之樂. 雖主興發以爲事, 補不足以爲民, 亦擧中見上下之意歟.

然角調於春, 徵調於夏, 宮調於季夏, 商調於秋, 羽調於冬, 此五聲適四時之正也. 若夫師文之鼓琴, 當春而叩商弦, 凉風隨至, 當夏而叩羽

---

11 『禮記』樂記 19-1.
12 대본에는 '上'으로 되어 있으나, 사고전서 『樂書』에 의거하여 '土'로 바로잡았다.
13 대본에는 '恩'으로 되어 있으나, 사고전서 『樂書』에 의거하여 '思'로 바로잡았다.

弦, 雪霜交下, 當秋而叩角弦, 溫風徐廻, 當冬而叩徵弦, 陽光熾烈, 命宮而總四弦, 則景風慶雲不旋踵而會, 是又五聲召四時之妙, 非所以爲常也, 語其常, 則五者之音, 倡和淸濁迭相爲經而不亂, 尙何有惉懘之淫聲乎?

선왕이 악(樂)을 지어 성(聲)을 해[日]에 배합하고, 율(律)을 진(辰)[14]에 배합하였다. 악성(樂聲)의 시초에 근원하면 오성(五聲)이 율보다 앞서지만, 완성된 악기에 초점을 맞추면 12율이 성(聲)보다 앞선다. 『서경』에 "시(詩)는 뜻을 말한 것이요, 노래는 말을 길게 읊은 것이요, 성(聲)은 길게 읊은 것에 의지한 것이요, 율(律)은 성(聲)을 조화시키는 것이다"[15]라고 한 것은 악성의 시초에 근원한 것이다. 『주례』에 "태사(大師)가 육율(六律)·육동(六同)을 관장해서 음양의 소리를 합치고, 모두 궁·상·각·치·우의 오성(五聲)으로 문채낸다"라고 한 것은 완성된 악기에 초점을 맞춘 것이다.

옛날에 율(律)을 상고하여 성(聲)을 고르게 할 때 반드시 먼저 황종을 확립하여 근본으로 삼았다. 황종관은 9촌으로 도수를 삼아서, 다른 율(律)을 만들어낸다. 수(數)가 많은 것은 상생(上生)하여 늘어난 것이며, 수가 적은 것은 하생(下生)하여 줄어든 것이다. 한번 덜고 한번 더하는 것이 모두 삼재(三才 : 天地人)의 수(數)에서 벗어나지 않으니, 삼분익일(參分益一)은 상생하는 수이고 삼분손일(參分損一)은 하생하는 수이다.

악(樂)은 성(聲)에서 시작되고, 성(聲)은 궁(宮)에서 시작된다. 궁은 토(土)에 속하는 소리이며 그 수는 81이다. 그 소리가 가장 크면서도 가운데에 있어서 진실로 상·각·치·우 사성(四聲)의 벼리 노릇을 하고, 사방을 덮으니 인군의 상(象)이다. 궁(宮)의 수를 삼분손일하여 치(徵)를 하생한다. 치는 화(火)에 속하는 소리이며 그 수는 54이다. 그 소리는 약간 높으며

---

14 진(辰) : 자(子)·축(丑)·인(寅)·묘(卯)·진(辰)·사(巳)·오(午)·미(未)·신(申)·유(酉)·술(戌)·해(亥)의 12지지(地支)를 일컫는다.

15 『書經』虞書/舜典 3.

변화를 일어나게 하니 일[事]의 상이다. 치의 수를 삼분익일하여 상(商)을 상생한다. 상(商)은 금(金)에 속하는 소리이며 그 수는 72이다. 그 소리는 낮아서 궁에 버금가니 신하의 상이다. 상(商)의 수를 삼분손일하여 우(羽)를 하생한다. 우는 수(水)에 속하는 소리이며 그 수는 48이다. 그 소리는 가장 높아서 꾸밈을 이루니, 물(物)의 상이다. 우의 수를 삼분익일하여 각(角)을 상생한다. 각은 목(木)에 속하는 소리이며 그 수는 64이다. 그 소리는 높고 낮은 중간이니, 잘 접촉하기를 궁구할 따름이다.

궁·치·상·우·각은 상생과 하생의 순서이고, 궁·상·각·치·우는 군(君)·신(臣)·민(民)·사(事)·물(物)의 순서이다. 전(傳)에 "궁은 오성의 주음(主音)이다"[16]라고 했으니, 상은 궁이 아니면 지킬 바를 잃어 신하가 될 수 없고, 각은 궁이 아니면 다스림을 잃어 백성이 될 수 없고, 치는 궁이 아니면 할 바를 잃어 일이 될 수 없고, 우는 궁이 아니면 생산할 바를 잃어 물(物)이 될 수 없다. 오행(五行)에서 토(土)가 중심이 되고, 오사(五事)[17]에서 사(思)가 중심이 되는 것도 이 때문이다.[18]

안자(晏子)가 경공(景公)을 바르게 인도하여 군신상열지악(君臣相說之樂)인 치소각소(徵招角招)를 만들게 하였다.[19] 악곡 이름에 치와 각이 들어간

---

16 『國語』周語下 3-6.

17 오사(五事) : 모(貌)·언(言)·시(視)·청(聽)·사(思).〈『書經』周書 / 洪範 3〉

18 土와 思는 五聲에서 궁에 해당하므로, 중앙에 해당하는 것이다.

성(聲)	궁(宮)	상(商)	각(角)	치(徵)	우(羽)
위(位)	중(中)	우(右)	좌(左)	상(上)	하(下)
성(性)	신(信)	의(義)	인(仁)	예(禮)	지(智)
행(行)	토(土)	금(金)	목(木)	화(火)	수(水)
사(事)	사(思)	언(言)	모(貌)	시(視)	청(聽)
시(時)		가을	봄	여름	겨울

19 제(齊) 선왕(宣王)이 맹자에게 이궁(離宮)을 두는 즐거움을 누려도 되는지 물으니, 맹자는 「옛날에 제(齊) 경공(景公)이 안자(晏子)에게 어떻게 해야 선왕의 관광(觀光)에 견줄 수 있는지 물었을 때, 안자가 '선왕은 유련(流連)의 즐거움과 황망(荒亡)한 행실이 없으셨다'고 대답하자, 경공이 기뻐하여 교외(郊外)로 나가 머물면서 창고를 열어 부족한 백성들을 보태주고, 태사(太師)에게 군신(君臣)이 서로 좋아하는 음악인 치소각소(徵招角招)을 짓게 하였다」라는 제경공의 고사를 실례로 들면서, 백성들

이유는 창고를 연 것은 일이고, 부족하여 도와준 대상은 백성이기 때문이니, 이 또한 가운데를 들어서 위아래를 보여주는 뜻이다.

각은 봄에 어울리고, 치는 여름에 어울리고, 궁은 늦여름에 어울리고, 상은 가을에 어울리고, 우는 겨울에 어울리는 것이 오성(五聲)이 바르게 4계절과 조화되는 것이다. 사문(師文)[20]이 금(琴)을 탈 때 봄에 상현(商弦)을 타면 서늘한 바람이 뒤따라 불어오고, 여름에 우현(羽弦)을 타면 눈과 서리가 번갈아 내리고, 가을에 각현(角弦)을 타면 따뜻한 바람이 서서히 돌아오고, 겨울에 치현(徵弦)을 타면 햇볕이 따갑게 비추다가, 궁(宮)에 명해서 상·각·치·우 4현을 총괄하게 하면, 상서로운 바람과 구름이 어느새 모여들었다.[21] 이는 오성이 4계절을 불러들이는 신묘한 경우이지, 일상적인 것은 아니다. 일상적인 것을 말하면, 오성이 선창하기도 하고 화답하기도 하며 청성(淸聲)을 내기도 하고 탁성(濁聲)을 내기도 하여 번갈아 서로 경(經)이 되어 어지럽지 않으니, 어찌 막히어 조화롭지 않은 음란한 소리가 있을 수 있겠는가?

9-3. 宮亂則荒, 其君驕. 商亂則陂, 其臣壞. 角亂則憂, 其民怨. 徵亂則哀, 其事勤. 羽亂則危, 其財匱. 五者皆亂, 迭相陵, 謂之慢. 如此, 則國之滅亡無日矣. 鄭衛之音, 亂世之音也, 比於慢矣. 桑間濮上之音, 亡國之音也, 其政散, 其民流, 誣上行私, 而不可止也.

궁(宮)이 어지러우면 소리가 거칠어지는데 임금이 교만하기 때문이고, 상(商)이 어지러우면 소리가 평형을 잃는데 신하가 책임을 다하지 못하기 때문이며, 각(角)이 어지러우면 소리가 근심스러운데 백성이 원망하기 때문이고, 치(徵)가 어지러우면 소리가 슬픈데 일이 힘들기 때문이

과 더불어 기쁨을 나눈다면 즐거움을 누려도 된다고 대답하였다.(『孟子』 梁惠王下 2-4)

20　사문(師文) : 춘추시대 정나라의 악사 문(文).

21　사문(師文)이~모여들었다 : 『列子』 권5 湯問.

고, 우(羽)가 어지러우면 소리가 위태로운데 재물이 궁핍하기 때문이다. 이 다섯 가지가 모두 어지러워 서로 능멸하는 것을 '만(慢)'이라 한다. 이와 같이 되면 나라가 언제 망할지 모른다. 정(鄭)·위(衛)의 음(音)은 난세(亂世)의 음이니 만성(慢聲)에 가까우며, 상간복상(桑間濮上)의 음은 망국의 음이니 그 정치가 어수선하고 백성이 방종에 흘러 윗사람을 속이고 사욕(私欲)을 부려도 이를 막지 못한다.[22]

天五與地十合, 而生土於中, 其聲爲宮. 地四與天九合, 而生金於右, 其聲爲商. 天三與地八合, 而生木於左, 其聲爲角. 地二與天七合, 而生火於上, 其聲爲徵. 天一與地六合, 而生水於下, 其聲爲羽. 天數五奇, 地數五偶, 奇偶相資而五聲成焉. 蓋宮商角徵羽, 五聲之名也. 君臣民事物, 五聲之實也. 實治則聲從而治, 實亂則聲從而亂. 宮亂聲荒而不治, 則君驕而不敬. 商亂聲陂而不斂, 則臣壞而不修. 角亂聲憂而不喜, 則民怨而不和. 徵亂聲哀而不樂, 則事勤而不濟. 羽亂聲危而不平, 則財匱而不給. 國語曰'有和平之聲 則有蕃殖之財', 豈不信歟?

傳曰: "聞宮音, 使人溫舒而廣大. 聞商音, 使人方正而好義. 聞角音, 使人惻隱而愛人. 聞徵音, 使人樂善而好施. 聞羽音, 使人整齊而好[23]禮." 宮亂而君驕, 失溫舒廣大之意也. 商亂而臣壞, 失方正好義之意也. 角亂而民怨, 失惻隱愛人之意也. 徵亂而事勤, 失好施而爲之之意也. 羽亂而財匱, 失好禮而節之之意也. 先儒謂'宮聲方正而好義, 角聲堅齊而率[24]禮', 誤矣.

傳曰'聲應[25]相保曰和, 細大不踰[26]曰平', 細抑大陵非和也, 聽聲越遠非平也. 五聲 皆亂而不治, 則倡和淸濁迭相陵犯, 而不相以經. 非所謂

22　『禮記』樂記 19-1.
23　대본에는 없으나, 사고전서 『樂書』에 의거하여 '好'를 보충하였다.
24　대본에는 '好'로 되어 있으나, 『宋書』(梁 沈約 撰) 卷19에 의거하여 '率'로 바로잡았다.
25　대본에는 '音'으로 되어 있으나, 사고전서 『樂書』에 의거하여 '應'으로 바로잡았다.
26　대본에는 '踰'로 되어 있으나, 사고전서 『樂書』에 의거하여 '踰'로 바로잡았다.

聲應相保而爲和, 細大不踰而爲平. 氣有滯陰, 亦有散陽, 而愁懣之淫聲作矣. 慢孰甚焉? 如此, 則國之滅亡, 無日矣. 鄭音好濫淫志, 衛音趨數煩志, 內足以發疾, 外足以傷人, 亂世之音也. 雖未全於亡國之慢, 亦比近於慢而已. 師延爲桑間濮上之音, 則紂朝歌北鄙[27]靡靡之樂, 亡國之音也. 其政散而無紀, 其民流而不反, 誣上行私, 而不可止者也.

大司樂·凡建國, 禁其淫聲·過聲·凶聲·慢聲', 淫聲不止, 過聲不中, 凶聲不善, 慢聲不肅. 是聲莫輕於淫, 莫甚於慢. 亂國之淫聲, 未至於慢, 亡國之慢聲, 其去淫遠矣, 記者所以再言之. 大司樂所以禁之者, 示深戒之意也.

極而論之, 大司樂凡圜鍾爲宮·黃鍾爲角·太簇爲徵·姑洗爲羽 以禮天神, 繼之 以函鍾爲宮·太簇爲角·姑洗爲徵·南呂爲羽 以禮地祇, 終之以黃鍾爲宮·大呂爲角·太簇爲徵·應鍾爲羽 以禮人鬼. 所謂五聲十二律, 還相爲宮, 不過是三宮而已, 猶之夏商周三正三統之義也. 孰謂五聲之外, 復有變宮變徵, 而十二律之外, 復有六十律三百六十音邪? 漢焦廷壽京房之徒謂, 宓犧作易, 紀陽氣之初, 以爲[28]律法, 建日至之聲黃鍾爲宮, 太簇爲商, 姑洗爲角, 林種爲徵, 南呂爲羽, 應鍾爲變宮, 蕤賓爲變徵. 甚者爲律有六十音, 因而六之, 爲三百六十音, 以當一歲之日. 考之於經則無據, 施之於樂則不龢, 豈非遷就傅會, 以滋後世之惑歟?

천(天) 5와 지(地) 10이 합하여 중앙에서 토(土)를 낳으니, 그 소리는 궁(宮)이다. 지 4와 천 9가 합하여 서방에서 금(金)을 낳으니, 그 소리는 상(商)이다. 천 3과 지 8이 합하여 동방에서 목(木)을 낳으니, 그 소리는 각(角)이다. 지 2와 천 7이 합하여 남방에서 화(火)를 낳으니, 그 소리는 치(徵)이다. 천 1과 지 6이 합하여 북방에서 수(水)를 낳으니, 그 소리는 우(羽)이다. 하늘의 수(1, 3, 5, 7, 9) 다섯은 홀수이고, 땅의 수(2, 4, 6, 8, 10) 다

---

27 대본에는 '鄙'가 두 번 반복되었으나, 사고전서 『樂書』에 의거하여 하나를 삭제했다.
28 대본에는 '六十'이 있으나, 『後漢書』 권11 律曆志에 의거하여 이를 삭제했다.

섯은 짝수이니, 홀수와 짝수가 서로 도와서 오성(五聲)을 이루는 것이다.

궁·상·각·치·우는 오성의 이름이고, 군(君)·신(臣)·민(民)·사(事)·물(物)은 오성의 실체이다. 실체가 잘 다스려지면 소리도 따라서 다스려지고, 실체가 어지러우면 소리도 따라서 어지러워진다. 궁성이 어지럽고 거칠어 다스려지지 않은 것은 임금이 교만하여 공경하지 않기 때문이다. 상성이 어지럽고 간사하여 수습되지 않는 것은 기강이 무너져 신하가 직분을 행하지 못하기 때문이다. 각성이 어지럽고 근심스러워 기쁘지 않은 것은 백성들이 원망하여 화평하지 않기 때문이다. 치성이 어지럽고 슬퍼서 즐겁지 않은 것은 일이 힘만 들고 이루어지지 않기 때문이다. 우성이 어지럽고 위태로워 평온하지 않은 것은 재물이 궁핍하여 넉넉하지 않기 때문이다. 『국어』에 "화평한 소리가 있으면 재물이 늘어난다"[29]라고 하였으니, 참으로 그렇지 아니한가?

전(傳)에 "궁음(宮音)을 들으면 마음이 따뜻하고 광대해지며, 상음(商音)을 들으면 마음이 방정(方正)하고 의(義)를 좋아하게 되며, 각음(角音)을 들으면 측은한 마음이 일어나 사람을 사랑하게 되고, 치음(徵音)을 들으면 선(善)을 즐겁게 여겨 남에게 베풀기를 좋아하게 되며, 우음(羽音)을 들으면 마음이 반듯하게 되어 예(禮)를 좋아하게 된다"[30]라고 하였다. 궁이 어지럽고 임금이 교만한 것은 따뜻하고 광대한 뜻을 잃었기 때문이다. 상이 어지럽고 신하의 기강이 무너진 것은 방정하고 의(義)를 좋아하는 뜻을 잃었기 때문이다. 각이 어지럽고 백성이 원망하는 것은 측은한 마음이 일어나 사람을 사랑하는 뜻을 잃었기 때문이다. 치가 어지럽고 일이 힘든 것은 남에게 베풀기를 좋아하여 사람을 위하는 뜻을 잃었기 때문이다. 우가 어지럽고 재물이 궁핍한 것은 예를 좋아하여 절제하는 뜻을 잃었기 때문이다. 따라서 선유(先儒)가 "궁성은 방정하여 의(義)를 좋아하며 각성은 가지런하여 예를 따른다"[31]라고 한 것은 잘못이다.

---

29 『國語』周語下 3-6.
30 『史記』樂書 24 / 1236쪽.

전(傳)에 "소리가 응하여 서로 보전되는 것을 화(和)라 하고, 가는 소리와 큰 소리가 서로 넘지 않는 것을 평(平)이라 한다"[32]라고 했으니, 가는 소리를 억누르거나 큰 소리를 능멸하는 것은 조화로운 것이 아니고, 소리가 서로 심하게 넘는 것은 공평한 것이 아니다.

오성(五聲)이 모두 어지러워 다스려지지 않으면, 창화청탁(倡和淸濁)이 서로 침범하여 서로 경(經)이 되지 못하니, 이른바 '소리가 응하여 서로 보전되어 조화롭고, 가는 소리와 큰 소리가 서로 넘지 않아서 공평한 것'이 아니다. 꽉 막힌 음기(陰氣)와 흩어져 버리는 양기(陽氣)가 있으면 가락이 막혀서 조화를 잃은 음란한 소리가 만들어진다. 만성(慢聲)은 가장 어지러운 소리이니, 이렇게 되면 나라가 곧 망한다.

정나라 음(音)은 방종에 흘러 뜻을 음란하게 하고 위나라 음은 빨라서 뜻을 번잡하게 하여, 안으로는 내 마음을 병들게 하고 밖으로는 남들을 해치니, 난세(亂世)의 음이다. 이는 망국(亡國)의 만음(慢音)은 아니지만 만음에 가깝다. 은나라 악사 연(延)이 만든 상간복상(桑間濮上)의 음(音)은 주(紂)가 즐긴 조가(朝歌)와 배비(北鄙)와 같은 퇴폐적인 음악이니, 망국의 음이다. 그 정치는 산만하여 기강이 없고 그 백성들은 방종에 빠져 돌이킬 줄 모르고 윗사람을 속이고 사욕(私欲)을 행해도 이를 막을 수 없었다.

나라를 세움에 대사악(大司樂)이 음성(淫聲)·과성(過聲)·흉성(凶聲)·만성(慢聲)을 금지했으니,[33] 음성(淫聲)은 적절하게 그치지 않고 과성은 알맞지 않으며 흉성은 선(善)하지 않고 만성은 엄숙하지 않기 때문이다. 소리는 음성(淫聲)보다 더 경박한 것은 없고 만성(慢聲)보다 더 심한 것은 없다. 난국(亂國)의 음성(淫聲)은 만성(慢聲)까지 이르지는 않으며 망국(亡國)의 만성(慢聲)은 음성(淫聲)과는 비교가 되지 않을 정도로 퇴폐적이므로,

---

31   『宋書』卷19 志第9 / 樂1. 진(晉) 성제(成帝) 함강(咸康) 7년에 산기시랑(散騎侍郎)인 고주(顧臻)가 표문(表文)을 올려 한 말이다.
32   『國語』周語下 36.
33   나라를~금지했으니 : 『周禮』春官 / 大司樂 3.

기록하는 자가 만성을 거듭 말하였다. 대사악이 금지한 것은 깊이 경계하는 뜻을 보인 것이다.

더 말하자면, 대사악은 《원종위궁(圜鍾爲宮)》·《황종위각(黃鍾爲角)》·《태주위치(太蔟爲徵)》·《고선위우(姑洗爲羽)》의 악으로 천신에 예를 올리고, 《함종위궁(函鍾爲宮)》·《태주위각(太蔟爲角)》·《고선위치(姑洗爲徵)》·《남려위우(南呂爲羽)》의 악으로 지기(地祇)에 예를 올리고, 《황종위궁(黃鍾爲宮)》·《대려위각(大呂爲角)》·《태주위치(太蔟爲徵)》·《응종위우(應鍾爲羽)》의 악으로 인귀(人鬼)에 예를 올렸다.[34] 이른바 '5성 12율이 돌아가며 서로 궁이 된다'는 것은 이 삼궁(원종위궁·함종위궁·황종위궁)에 지나지 않으니, 이는 하·은·주의 삼정삼통(三正三統)[35]의 뜻과 같은 것이다.

누가 오성 외에 다시 변궁과 변치가 있고, 12율 외에 다시 60율(律)과 360음(音)이 있다고 말했는가? 한(漢)의 초연수(焦延壽)[36]와 경방(京房)[37] 같은 무리들이 '복희씨(宓犧氏)[38]가 역(易)을 만들 적에 양기(陽氣)의 처음을

---

34 대사악은~올렸다: 『周禮』春官 / 大司樂 2.

35 삼정삼통(三正三統): 하·은·주 삼대에 정월을 정할 때 기준으로 삼은 것. 하는 인통(人統), 은은 지통(地統), 주는 천통(天統)을 주장하여 각각 인(寅: 1월)·축(丑: 12월)·자(子: 11월)를 세수(歲首)로 삼았다.

36 초연수(焦延壽): B.C. 70~A.D. 10. 양국(梁國) 사람으로 빈천하게 태어났으나 어려서 학문을 좋아해서 양왕(梁王)의 도움을 받아 공부를 하였다. 소제(昭帝) 때에 소황(小黃)의 영(令)이 되었는데 백성을 사랑해서 교화가 군내에 미쳤다. 뒤에 임기가 만료되어 다른 곳으로 옮기려하자 백성들이 상소를 해서 그대로 머물러있게 해달라고 탄원하여 죽을 때까지 소황의 영으로 있었다. 그는 오로지 역학을 연구하였는데, 스스로 말하기를 일찍이 孟喜(B.C. 90~B.C. 40년경)의 전수를 받았다고 하였다. 뒤에 경방(京房)에게 역학을 전수하였는데, 경방에게서 그의 역학은 크게 융성하였으며 한대(漢代) 상수역학의 주류를 형성하게 되었다.

37 경방(京房): B.C. 77~B.C. 37. 한(漢)의 돈구(頓邱) 사람. 본성은 이(李)인데 자신이 경씨로 고쳤다. 초연수(焦延壽)에게 『주역(周易)』을 배웠고, 역점(易占)을 행하기 위해 12율을 수정확대해서 60율의 작성 기법을 개발하였다. 역학에 능통하여 금문역학(今文易學)인 경씨학을 창시하였고, 자연계의 재변을 조정의 정사에 부회하여 설명하는 천인감응설(天人感應說)을 주장하였다.

38 복희(宓犧): 伏羲. 삼황(三皇) 중의 한 사람으로 처음으로 백성에게 어렵(漁獵)·농경·목축 등을 가르치고, 팔괘(八卦)와 문자를 만들었다고 함.

기준으로 하여서 율법을 만들었다' 하여, 동지(冬至)의 소리인 황종(黃鍾)을 세워 궁으로 삼고, 태주(太簇)를 상으로 삼고, 고선(姑洗)을 각으로 삼고, 임종(林鍾)을 치로 삼고, 남려(南呂)를 우로 삼고, 응종(應鍾)을 변궁으로 삼고, 유빈(蕤賓)을 변치로 삼았으며, 더 심하게는 율을 60음(音)으로 만들고 이를 근거로 6배 하여 360음을 만들어, 1년의 날짜에 맞추고 있는데, 경(經)을 살펴보아도 근거가 없고 음악에 적용해도 조화를 이루지 못하니, 견강부회하여 후세에 의혹을 증가시킨 것이 아니겠는가?

9-4. 凡音者生於人心者也, 樂者通倫理者也.

무릇 음은 사람의 마음에서 생기는 것이고 악은 윤리와 통하는 것이다.[39]

樂爲音之蘊, 音爲樂之發. 故樂足以該音, 而音不足以盡樂. 音雖生於人心, 未始不通於倫理, '八音克諧, 無相奪倫', 是也. 樂雖通倫理, 未始不生於人心, '樂者心之動', 是也. 蓋倫則天人之道存而有先後. 理則三才之義貫而有度數. 故行而倫淸以爲樂, 論倫無患以爲情. 近而親疎貴賤之理形, 遠而天地萬物之理著. 然則樂通倫理, 雖不離先後度數之間, 蓋將載道而與之俱, 往來而不窮矣. 彼禽獸知聲而不知音, 衆庶知音而不知樂, 豈足與語此?

凡音由人心生, 以心[40]爲主也. 凡音生於人心, 以音爲主也.

악(樂)은 음(音)에 심오한 이치가 담긴 성과이고, 음은 악이 발현되는 바탕이다. 그러므로 악은 음을 포괄하지만 음 자체는 악이 되지 못한다. 음은 인심(人心)에서 생겨난 것일지라도 처음부터 윤리와 통하지 않은 적이 없다. "팔음(八音)의 악기가 잘 어울려 서로 저마다 지닌 조리(條理)를 빼앗지 않아야 한다"[41]라는 것이 이것이다. 악은 윤리와 통하는 것일지

---

39 『禮記』樂記 19-1.
40 대본에는 '之'로 되어 있으나, 사고전서 『樂書』에 의거하여 '心'으로 바로잡았다.

라도 처음부터 인심에서 생겨나지 않은 적이 없다. "악은 마음의 움직임
이다"[42]라는 것이 이것이다.

윤(倫)에는 하늘과 사람의 도(道)가 존재하여 선후(先後)가 있고, 이(理)
에는 삼재(天·地·人)의 뜻이 관통하여 도수(度數)가 있다. 그러므로 행해
서 윤(倫)이 맑아지는 것은 악(樂)이 되고,[43] 조리(條理)를 논해서 해롭지
않은 것은 정(情)이 된다.[44] 가깝게는 친소(親疎)·귀천(貴賤)의 이치가 나
타나고, 멀게는 천지만물의 이치가 드러난다. 따라서 악은 윤리와 통하
므로 선후(先後)와 도수(度數)를 벗어나지 않으며 도(道)를 싣고 도와 일체
가 되어[45] 끝없이 왕래한다. 금수(禽獸)는 성(聲)은 알지만 음(音)은 알지
못하고, 보통사람들은 음은 알지만 악은 알지 못하니, 어찌 더불어 이에
대해 이야기할 수 있겠는가?

'음(音)은 인심으로 말미암아 생긴다'고 한 것은 마음을 위주로 말한
것이고, '음은 인심에서 생긴다'고 한 것은 음을 위주로 말한 것이다.

9-5. 是故, 知聲而不知音者, 禽獸是也. 知音而不知樂者, 衆庶是
也. 惟君子爲能知樂. 是故, 審聲以知音, 審音以知樂, 審樂以知政,
而治道備矣.

그러므로 성(聲)은 알아도 음을 모르는 것은 금수(禽獸)이고, 음은 알아
도 악을 모르는 것은 보통사람들이다. 오직 군자만이 악을 알 수 있다.
그러므로 성을 살피어 음을 알고, 음을 살피어 악을 알고, 악을 살피어
정치를 알면, 치도(治道)가 갖추어진다.[46]

---

41 『書經』虞書 / 舜典 3.
42 『禮記』樂記 19-16.
43 『禮記』樂記 19-13. 「故樂行而倫淸, 耳目聰明, 血氣和平, 移風易俗, 天下皆寧.」
44 『禮記』樂記 19-4. 「論倫無患, 樂之情也.」
45 도(道)를~되어: 『莊子』天運 14-3.
46 『禮記』樂記 19-1.

心感於內, 情形於外, 而單出者樂之聲也, 曲折成方, 交錯成文而雜比者, 樂之音也. 樂發於聲, 則中之爲宮, 章之爲商, 觸之爲角, 驗之爲徵, 宇之爲羽, 此五聲原於五行者也. 聲寓於器, 則金石以動之, 絲竹以行之, 匏以宣之, 瓦以贊之, 革木以節之, 此八音以逐八風者也. 大司樂曰'凡樂皆文之以五聲 播之以八音' 傳曰'五聲和八音諧 而樂成' 則樂者比五聲八音而成之者也.

國語曰'政象樂 樂從和' 經曰'聲音之道 與政通', 則政者通乎聲音之道而正之者也, 是不知聲者不可與言音, 不知音者不可與言樂. 禽獸知聲而不知音, 六馬仰秣於伯牙之琴, 流魚出聽於瓠巴之瑟是已. 衆庶知音而不知樂, 魏文倦於聽古樂, 晉平喜於聞新聲是已. 君子則不然, 仁足以盡性術, 智足以通倫理, 其於知樂也何有? 孔子聞韶於齊, 爲之三月不知肉味, 非窮神知化, 孰究此哉? 然聲樂之象, 音樂之興[47]. 故審聲之淸濁, 則知音之高下, 審音之高下, 則知樂之和否, 審樂之和否, 則知世之得失, 而治道備矣, 豈非所謂和大樂, 以成政道之意歟?

觀大司樂, '以五聲・八音・六舞大合樂, 以致鬼神示, 以和邦國, 以諧萬民, 以安賓客, 以說遠人, 以作動物', 則五聲所以成八音, 審聲以知音也, 八音所以節舞而合樂, 審音以知樂也. 幽足以致鬼神示, 明足以和邦國, 內足以諧萬民, 外足以安賓客, 遠足以說遠人, 微足以作動物, 是則審樂以知政, 而治道備. 豈外是歟?

子張問政, 孔子對之以明禮樂之道, 此論知政, 特言審樂者, 審樂則禮可知矣.

마음이 안에서 감동하면 정이 밖에서 표현된다. 이 때 하나 하나 나오는 소리는 악의 성(聲)이 되고, 여러 소리가 아름답게 어울려서 곡조를 이루면 악의 음(音)이 된다.

악이 성(聲)으로 발현될 때 가운데에 있는 것이 궁(宮)이고, 빛나는 것

---

47 대본에는 '與'로 되어 있으나, 사고전서 『樂書』에 의거하여 '興'로 바로잡았다.

이 상(商)이고, 부딪치는 것이 각(角)이고, 징험이 있는 것이 치(徵)이고, 덮는 것이 우(羽)이다. 이 오성(五聲)은 오행(五行)에 근원한 것이다.

악기로 성(聲)을 연주할 때 금(金：鐘)・석(石：磬)으로 악곡을 인도하고, 사(絲：琴・瑟)・죽(竹：簫・管)으로 악곡을 진행시키며, 포(匏：笙)로 악곡을 드러내고, 토(土：塤)로 악곡을 돕고, 혁(革：鼓)・목(木：柷・敔)으로 악곡을 절도 있게 한다.[48] 이 팔음(八音)[49]은 팔풍(八風)을 따른다. 「대사악」에 "악은 모두 오성으로 문채내고 팔음으로 연주한다"[50]라고 했고, 전(傳)에 "오성이 조화를 이루고, 팔음이 어울려 악이 이루어진다"[51]라고 했으니, 악이란 오성과 팔음을 조화롭게 배열해서 이룬 것이다.

『국어』에 "정치는 악(樂)을 반영하고, 악은 조화를 추구한다"[52]라고 하고, 『예기』에 "성음(聲音)의 도(道)는 정치와 통한다"[53]라고 했으니, 정치란 성음의 도에 통달하여 바르게 하는 것이다.

성(聲)을 알지 못하는 자하고는 더불어 음을 말할 수 없고, 음을 알지 못하는 자하고는 더불어 악을 말 할 수 없다. 금수(禽獸)는 성(聲)은 알지만 음을 알지 못한다. 백아(伯牙)[54]가 금(琴)을 타자 여섯 마리 말[六馬]이 고개를 번쩍 쳐들고 먹이를 먹고, 호파(瓠巴)[55]가 슬(瑟)을 타자 헤엄쳐 다니던 물고기가 수면 위로 머리를 내밀고 소리를 들은 것에서 알 수 있다. 보통 사람들은 음은 알아도 악은 알지 못한다. 위(魏) 문후(文侯)가 고악(古樂)을 들으면 권태로움을 느끼고,[56] 진(晉) 평공(平公)이 신성(新聲)을

---

48 금(金：鐘)・석(石：磬)으로~한다：『國語』周語下 3-6.
49 팔음(八音)：악기의 소재가 되는 금(金)・석(石)・사(絲)・죽(竹)・포(匏)・토(土)・혁(革)・목(木)의 8종류 물질을 가리키며, 때로 8종류 물질로 만든 악기를 뜻하기도 한다.
50 『周禮』春官／大司樂 1.
51 『前漢書』권21上 律歷志.
52 『國語』周語下 3-6.
53 『禮記』樂記 19-1.
54 백아(伯牙)：춘추시대 금(琴)의 명수(名手). 그가 금을 연주하면 친구 종자기(鍾子期)는 백아의 뜻이 어디에 있는지 알았다고 함.
55 호파(瓠巴)：춘추시대 초나라의 슬(瑟)의 명수.

듣기를 좋아한 것[57]에서 알 수 있다.

군자는 이와 달라서, 인(仁)이 성술(性術: 마음)을 다하고, 지(智)가 윤리와 통하니, 악을 아는 데에 무슨 어려움이 있겠는가? 공자가 제나라에서 순임금의 악인 소(韶)를 듣고 그 때문에 석 달 동안 고기 맛을 느끼지 못했으니,[58] 천지의 신묘한 이치를 궁구하여 변화를 아는 자가 아니라면 누가 이렇게 할 수 있겠는가?

그런데 성(聲)은 악(樂)의 상(象)이고, 음은 악을 실어 나르는 수레이다. 그러므로 성의 청탁(淸濁)을 살피면 음의 고하(高下)를 알게 되고, 음의 고하를 살피면 악의 조화 여부를 알게 되며, 악의 조화 여부를 살피면 세상의 잘잘못을 알게 되어서 치도(治道)가 갖추어진다. 이것이 어찌 이른바 '대악(大樂)을 조화롭게 하여 정도(政道)를 이룬다'[59]는 뜻이 아니겠는가?

「대사악」을 살펴보건대, "오성(五聲)·팔음(八音)·육무(六舞)로 대합악(大合樂)을 하여, 인귀(人鬼)·천신(天神)·지기(地祇)를 이르게 하고, 방국(邦國)을 화평하게 하며, 만민을 화합하게 하고, 빈객을 편안하게 해주며, 먼 나라 사람들을 기쁘게 해주고, 동물을 진작(振作)시킨다"[60]라고 하였다. 즉, 오성은 팔음을 이루는 바탕이므로 성(聲)을 살펴서 음(音)을 알고, 팔음은 춤을 절도 있게 하고 합악을 하는 바탕이므로 음을 살펴서 악을 아는 것이다. 그윽한 곳에서는 인귀·천신·지기를 이르게 하고 밝은 곳에서는 나라를 화평하게 하고, 안으로는 만민을 화합하게 하고 밖으로는 빈객을 편안하게 하며, 멀게는 먼나라 사람들을 기쁘게 해주고 미미하게는 동물을 진작시키니, 이것이 악을 살펴서 정치를 알면 치도(治道)가 갖추어진다는 것이다. 그러니 이것을 버리고 어떻게 할 수 있겠는가?

---

56 위(魏) 문후(文侯)가~느끼고:『禮記』樂記 19-21.
57 진(晉) 평공(平公)이~것:『史記』樂書 24 / 1235쪽
58 공자가~못하였으니:『論語』述而 7-14.
59 『晉書』권16 律曆上.
60 『周禮』春官 / 大司樂 1.

자장(子張)이 정치에 대해 물었을 때 공자는 "예악의 도를 밝혀야 한다"[61]라고 답하였다. 그러나 여기(「樂記」)에서는 정치를 논하면서 '악을 살피는 것'만 말한 것은 악을 살피면 예는 절로 알 수 있기 때문이다.

9-6. 是故, 不知聲者, 不可與言音, 不知音者, 不可與言樂, 知樂則幾於禮矣.

그러므로 성(聲)을 알지 못하는 자와는 더불어 음(音)에 대하여 말할 수 없고, 음을 알지 못하는 자와는 더불어 악(樂)에 대하여 말할 수 없으니, 악의 본질을 알면 예의 본질에 가까워진다.[62]

宮主周覆, 生於黃鍾之九寸, 而其聲宏以舒. 徵主合驗, 生於林鍾之六寸, 而其聲貶以疾. 商主商度, 生於太蔟之八寸, 而其聲散以明. 羽主翕張, 生於南呂之五寸, 而其聲散以虛. 角主善觸, 生於姑洗之七寸, 而其聲防以約. 凡此雖度數不同, 其因而九之則一也. 凡物皆動而有聲, 聲變而成音. 故金尙羽, 石尙角,[63] 瓦絲尙宮, 匏竹尙議,[64] 而無淸濁之常, 革木一聲, 而無淸濁之變. 此傳所謂以律呂和五聲, 施之八音, 合之成樂也.

是知音必自聲始, 故不知聲, 不可與言音. 知樂必自音始, 故不知音, 不可與言樂. 蓋禮主節, 樂主和. 和勝則流, 而有以節之, 則不至慢易以犯節, 流湎以亡本, 其於禮也, 何嘗遠之有? 且幾者, 近而不遠之辭, 知樂之情, 則樂常幾於禮, 而未嘗遠禮. 是樂不徒作, 必有禮焉. 豈非以禮爲理, 以樂爲節之意歟?

自迹求之, 聖人作爲鞉・鼓・椌[65]・楬・塤・篪, 以道德音之音, 然

---

61 『禮記』仲尼燕居 28-9.
62 『禮記』樂記 19-1.
63 대본에는 '金尙角'으로 되어 있으나, 『國語』에 의거하여 '金尙羽 石尙角'으로 바로잡았다.
64 대본에는 '徵'로 되어 있으나, 『國語』에 의거하여 '議'로 바로잡았다.

後鐘磬竽瑟以和之, 干戚[66]旄狄以舞之. 執其干戚, 習其俯仰詘伸, 容貌得莊焉, 行其綴兆, 要其節奏, 行列得正焉, 進退得齊焉. 施之祭祀, 所以獻酬交酢也. 施之饗燕, 所以官序貴賤得其宜也. 施之鄉射, 所以示後世有尊卑長幼之序也. 然則樂之所樂禮之所節, 未始不行於其間, 曷嘗不幾於禮歟!

周官‘以樂禮敎和則民不乖’ 荀卿曰‘先王貴禮樂而賤邪音 禮樂廢而邪音起 危削侮辱之本也’, 可謂知樂矣. 何妥謂‘知樂則幾於道’ 詭哉. 此言 "君子爲能知樂." 孔子閒居言 "君子達禮樂者." 莊子曰 "知道者必達於理 達理者必明於權." 是知之者不如達之者, 達之者不如明之者. 君子之於禮樂, 知之於始, 達之於中, 明之於終, 其序然也.

궁(宮)은 널리 보호하고 감싸는 것을 주관하는데, 9촌 길이의 황종에서 나오며, 소리가 커서 널리 퍼진다. 치(徵)는 징험되는 것을 주관하는데, 6촌 길이의 임종에서 나오며 소리가 작아서 빠르다. 상(商)은 헤아리는 것을 주관하는데, 8촌 길이의 태주에서 나오며 소리가 흩어져 밝다. 우(羽)는 모아서 성대해지는 것을 주관하는데, 5촌 길이의 남려에서 나오며 소리가 흩어져 없어진다. 각(角)은 부딪치는 것을 주관하는데, 7촌 길이의 고선에서 나오며 소리가 막혀 간략하다. 이같이 도수(度數)는 달라도 9를 근원으로 한 점은 같다.

물(物)이 움직이면 성(聲)이 생기고, 성(聲)이 여러 가지로 변화하면 음(音)이 이루어진다. 그러므로 금(金 : 鐘)은 우(羽)를 숭상하고, 석(石 : 磬)은 각(角)을 숭상하며, 사(絲 : 금 · 슬)는 궁(宮)을 숭상한다. 포죽(匏竹 : 笙 · 簫 · 管)은 조화를 숭상하여 청탁(淸濁 : 音의 높낮이)이 일정하지 않고, 혁목(革木 : 鼓 · 柷 · 敔)은 하나의 소리만 내어 청탁의 변화가 없다.[67] 이것이 전(傳)

---

65 대본에는 ‘控’으로 되어 있으나 사고전서 『樂書』에 의거하여 ‘椌’으로 바로잡았다.
66 대본에는 ‘干戚’이 없으나, 사고전서 『樂書』와 『禮記』에 의거하여 보충하였다.
67 금(金 : 鐘)은~없다 : 『國語』 周語下 3-6. 「是以金尙羽, 石尙角, 瓦絲尙宮, 匏竹尙議, 革木一聲.」

에 이른바 '율려(律呂)로 오성(五聲)을 조화롭게 하고 팔음(八音)으로 연주하여 악(樂)을 이룬다'라고 한 것이다.

음(音)을 아는 것은 반드시 성(聲)으로부터 시작하므로, 성을 모르면 더불어 음을 말할 수 없다. 악(樂)을 아는 것은 반드시 음(音)으로부터 시작하므로 음을 모르면 더불어 악을 말 할 수 없다. 대개 예(禮)는 절제를 주로 하고 악(樂)은 화(和)를 주로 한다. 화(和)가 지나치면 방종에 흐르지만, 알맞게 절제하면 오만하고 경솔하여 절도(節度)를 무너뜨리거나 방종에 빠져서 근본을 잊는 데에 이르지 않으니, 어찌 예를 멀리할 수 있겠는가? 또 '기(幾)'는 '가까워서 멀지 않다'는 뜻이다. 악(樂)의 정(情 : 본질)을 알면, 악은 항상 예와 가까워 예를 멀리할 수 없다. 악은 악(樂)만으로 지어진 것이 아니라 반드시 예가 포함되어 있으니, 어찌 '예는 이(理)이고 악은 절(節)이다'[68]라는 뜻이 아니겠는가?

옛일을 살펴보면, 성인(聖人)이 도(鞀)·고(鼓)·강(控)·갈(楬)·훈(塤)·지(箎)를 만들어 덕음(德音)의 음을 인도한 뒤에 종(鐘)·경(磬)·우(竽)·슬(瑟)로 조화롭게 하고, 방패와 도끼를 들고 무무(武舞)를 추고 모(旄)와 꿩깃을 들고 문무(文舞)를 추게 했는데,[69] 방패와 도끼를 잡고 고개를 숙였다 쳐들며 몸을 구부렸다 펴는 동작을 익히어 용모를 장엄하게 하고, 춤추는 동작을 절주에 맞추어 행렬을 바르게 하고 진퇴를 가지런히 했다.[70] 제사에서 연주하여 신에게 공경히 술을 올리거나 음복하였고, 향연(饗燕)에서 연주하여 관직의 서열과 신분의 귀천에 알맞게 행동했으며, 향사(鄕射)에서 연주하여 존비(尊卑)와 장유(長幼)에 차례가 있음을 후세에 보였다. 따라서 악의 즐거움과 예의 절제가 같이 행해지지 않은 적이 없었으니, 어찌 악이 예에 가깝지 않겠는가!

『주례』에 "악례(樂禮)로 화(和)를 가르치면 백성들이 어긋나지 않는

---

68 『禮記』仲尼燕居 28-7.
69 성인(聖人)이~했는데 : 『禮記』樂記 19-22.
70 방패와~했다 : 『禮記』樂記 19-25.

다"[71]라고 하였고, 순경이 "선왕은 예악(禮樂)을 귀하게 여기고 사음(邪音)을 천하게 여겼다. 예악이 폐지되고 사음이 일어나는 것은 나라가 침략당하고 모욕받는 근원이 된다"[72]라고 했으니, 악(樂)을 안다고 이를 만하다. 그러나 하타(何妥)[73]가 "악(樂)을 알면 도(道)에 거의 가깝다"라고 말한 것은 납득하기 어렵다.

여기(「樂記」)에서는 "군자라야 능히 악을 안다"라고 했는데, 「공자한거(孔子閒居)」에는 "군자는 예악에 통달한 자이다"[74]라고 했으며, 『장자』에는 "도를 아는 자는 반드시 이치에 통달하며, 이치에 통달하는 자는 반드시 권도(權道)에 밝다"[75]라고 했으니, 아는 것은 통달하는 것만 못하고 통달한 것은 밝은 것만 못하다. 군자가 예악에 대하여 처음에는 알고 중간에는 통달하며 끝에 가서는 밝게 되는 것이다.

---

71 『周禮』地官 / 大司徒 4.
72 『荀子』樂論 20-5.
73 하타(何妥) : 수(隋)나라에서 국자좨주(國子祭酒)·용주자사(龍州刺史)를 지냈다. 본래 호인(胡人)으로 통상(通商)하러 촉(蜀)에 들어왔다가 비현(郫縣)에 살게 되었다. 어려서 총명하고 말재주가 있었으며 악률(樂律)을 알았다. 저서에 『주역강소(周易講疏)』·『효경의소집요(孝經義疏集要)』와 문집 등이 있다.
74 『禮記』孔子閒居 29-1.
75 『莊子』秋水 17-1.

권10 예기훈의(禮記訓義)

악기(樂記)

악기(樂記)

10-1. 禮樂皆得, 謂之有德, 德者得也.

예와 악을 모두 체득한 사람을 유덕하다고 한다. 덕(德)이란 체득한 것이다.[1]

揚[2]子曰 : "人而無禮, 焉以爲德?" 易曰 : "先王以, 作樂崇德", 則禮爲德之容, 樂爲德之華. 人而不仁, 如禮樂何哉? 今夫伯夷得於禮而不得於樂, 非有德也, 夔得於樂而不得於禮, 亦非有德也, 所謂有德者, 禮樂皆得於身而已. 關雎之詩, 以樂而不淫, 美[3]后妃之德, 則樂者樂也, 不

---

1   『禮記』樂記 19-1.
2   대본에는 '楊'으로 되어 있으나, 사고전서 『樂書』에 의거하여 '揚'으로 바로잡았다.

淫者禮也. 靜女之詩, 以城隅彤管, 刺夫人無德, 則俟我城隅禮也, 貽我彤管樂也. 后妃以得禮樂爲有德, 豈不信哉?

老子曰:"上德不德, 是以有德, 下德不失德, 是以無德." 由是觀之, 德者得也, 能無失乎禮樂, 皆得謂之有德. 未能以無德爲德, 而德乎不德, 非體道者也, 同於不失德者而已. 其德雖與上德同, 其所以有德則異矣. 莊周謂:"性情不離 安用禮樂." 固非不知言也, 其亦救文勝之弊歟!

양자(揚子)[4]는 "사람으로서 예가 없으면 어찌 덕을 쌓겠는가?"[5]라고 했고, 『주역』에 "선왕이 이로써 악을 지어 덕을 숭상했다"[6]라고 했으니, 예는 덕의 모습이고 악은 덕의 꽃이다. 사람이 어질지 못하면 예악을 어떻게 쓰겠는가?[7] 백이(伯夷)[8]가 예를 체득했더라도 악을 체득하지 못했다면 유덕(有德)한 것이 아니고, 기(夔)[9]가 악을 체득했더라도 예를 체득하지 못했다면 이 또한 유덕한 것이 아니니, 이른바 유덕하다는 것은 예악을 모두 체득한 것이다.

《관저(關雎)》[10]란 시는 즐겁되 지나치지 않으니, 후비(后妃)의 덕을 찬양한 것이다. 즐거운 것은 악이고 지나치지 않은 것은 예이다. 《정녀(靜女)》[11]란 시는 여인이 성 모퉁이에서 기다린 것과 동관(彤管)을 선물한 것

---

3   대본에는 '矣'로 되어 있으나, 사고전서 『樂書』에 의거하여 '美'로 바로잡았다.

4   양자(揚子):B.C. 53∼A.D. 18. 양웅(揚雄). 자는 자운(子雲). 30여 세에 급사황문랑(給事黃門郞)이 되었으며, 왕망(王莽)이 정권을 찬탈한 뒤 그 아래에서 벼슬을 하였으므로 비난받았다. 『易經』을 모방하여 『太玄經』을 지었고, 『論語』를 모방하여 『法言』을 저술하였는데, 그의 사상은 유가와 도가를 절충한 것이 많았다.

5   『法言』問道 4-4.

6   『周易』豫卦 3.

7   사람이∼쓰겠는가:『論語』八佾 3-3.

8   백이(伯夷):순임금 때의 예관. 질종(秩宗)이란 관직에 임명되어 예(禮)를 맡아서 백성들이 형벌을 받지 않도록 하였다.

9   기(夔):순임금 때의 악관.

10 『詩經』周南 / 關雎.

11 『詩經』邶風 / 靜女.

을 읊음으로써 제후 부인의 덕이 없음을 풍자하였다. 성 모퉁이에서 기다린 것은 예이고 붉은 대통을 선물한 것은 악이다. 후비가 예악을 체득해야 유덕하게 된다는 것을 어찌 믿지 않을 수 있겠는가?

노자(老子)는 "상덕(上德)은 덕을 의도적으로 추구하지 않으므로 진실한 덕이 보존되고, 하덕(下德)은 덕을 잃지 않고자 의도적으로 애쓰므로 진실한 덕이 없어진다"[12]라고 하였다. 이로 보건대, 덕이란 자연스럽게 체득하는 것이다. 예악을 잃지 않으면 유덕하다고 할 수는 있으나, 무위(無爲)[13]를 덕으로 여겨 덕을 의도적으로 추구하지 않는 자가 아니어서 도를 체득한 자가 아니므로, 의도적으로 덕을 잃지 않고자 애쓰는 자와 같을 따름이다. 이런 덕은 그 덕이 비록 상덕(上德)과 같을지라도 유덕하게 된 바탕은 다르다.

장주(莊周)는 "타고난 성정(性情)을 떠나지 않고서 어떻게 예악을 쓸 수 있겠는가?"[14]라고 했는데, 진실로 장주는 사리를 모르는 자가 아니니, 이 또한 문(文)이 질(質)보다 지나친 폐단을 구제하고자 한 말이다.

10-2. 是故, 樂之隆非極音也, 食饗之禮非致味也. 淸廟之瑟, 朱絃而疏越, 壹倡而三歎, 有遺音者矣. 大饗之禮, 尙玄酒而俎腥魚, 大羹不和, 有遺味者矣.

그러므로 악의 융성함은 음(音)의 극치를 이루는 것이 아니며, 사향(食饗)의 예[15]는 맛의 극치를 이루는 것이 아니다. 《청묘(淸廟)》를 연주하는

---

12 『道德經』38.
13 대본에는 '無德'으로 되어 있으나, 윗 문장과 맥락이 연결되지 않아서 '無爲'로 번역하였다.
14 『莊子』馬蹄 9-1. 장주는 "자연 그대로의 통나무를 해치지 않고서 누가 희준(犧樽) 같은 제기(祭器)를 만들 수 있으며, 백옥(白玉)을 훼손하지 않고서 누가 규장(珪璋)을 만들 수 있으며, 도덕을 버리지 않고서 어떻게 인의(仁義)를 취할 수 있으며, 성정(性情)을 떠나지 않고서 어떻게 예악을 쓸 수 있는가"라고 하여, 인의예악을 행한다는 명목 아래 자연스런 천성을 해칠 수도 있음을 경계하였다.
15 사향(食饗)의 예 : 보통은 빈객을 접대한다는 뜻으로 쓰이지만, 여기에서는 신을 흠

슬(瑟)은 현(絃)을 붉게 하고 악기 밑판의 구멍[越]^{16}을 크게 했으며, 한 사람이 선창하면 세 사람이^{17} 화답하여 유음(遺音)이 있다. 대향(大饗)의 예는 맑은 물을 바치고 날생선을 올려놓으며 대갱(大羹)^{18}에 양념을 섞지 않아 유미(遺味)가 있다.^{19}

德爲禮樂之本, 禮樂爲德之文. 樂之隆在德, 不在音, 非極五音之鏗鏘而已. 大饗之禮在德, 不在味, 非致五味之珍美而已. 淸廟之瑟, 爲樂之隆, 則大饗之禮, 其禮之隆歟! 傳曰 : "淸廟之歌, 一倡而三歎, 朱弦而疏越, 一也." 蓋淸廟頌文王之德. 升歌淸廟, 而以朱弦疏越之瑟和之. 弦朱則其音濁而不淸, 越疏則其音遲而不數, 倡之一而歎之者三而止耳. 使人知樂意所尙, 非在乎極音者也, 且得無遺音乎? 老子所謂大音希聲此也.

周官大宗伯,^{20} "以肆獻祼享先王, 以饋食享先王." 蓋天祀用物氣而貴精, 地祭用物形而貴幽,^{21} 鬼享用人義而貴時. 故羞其肆而酌獻焉則以祼, 猶生事之有饗也. 羞其孰而饋食焉則以食, 猶生事之有食也. 饗以陽爲主, 故禘以夏^{22} 食以陰爲主, 故祫以冬.^{23} 由是觀之, 食饗之禮未嘗不致味, 謂之非致味者, 豈大饗之禮而誤爲食饗歟! 曲禮 : "大饗不饒富." 郊特牲曰 : "郊血, 大饗腥." 故大饗之禮, 尊尙玄酒, 俎尙腥魚,

---

향(歆饗)하는 예, 즉 제사를 뜻한다.

16 악기 밑판의 구멍[越] : 현악기의 공명통 바닥에 있는 구멍이니, 현이 진동하면서 내는 울림이 공명통의 구멍을 통해 나온다.

17 세 사람은 적은 수이니, 소박하게 하는 것을 뜻한다.

18 대갱(大羹) : 제사에 바치는 국으로 양념을 넣지 않고 고기만 넣어 끓인 것이다.

19 『禮記』 樂記 19-1.

20 대본에는 '大司樂'으로 되어 있으나, 『周禮』에 의거하여 '大宗伯'으로 바로잡았다.

21 대본에는 '函'으로 되어 있으나, 사고전서 『樂書』에 의거하여 '幽'로 바로잡았다.

22 대본에는 '而其祭爲禘'로 되어 있으나, 『周官新義』에 의거하여 '故禘以夏'로 바로잡았다.

23 대본에는 '而其祭爲祫'으로 되어 있으나, 『周官新義』에 의거하여 '故祫以冬'으로 바로잡았다.

豆尙大羹, 貴飮食之本也. 聖人爲禮, 貴本始以示之, 使人知禮意所尙, 非在乎致味者也, 且得無遺味乎? 左傳所謂'大羹不致', 此也.

傳曰: "朱弦洞越大羹玄酒, 所以防其淫侈, 救其彫弊." 則淸廟之瑟 至於遺音者, 防其淫侈之意也, 大饗之禮至於遺味者, 救其彫弊之意也. 列子曰:[24] "有聲者, 有聲聲者, 有味者, 有味味者, 聲之所聲者聞矣, 而聲聲者未嘗發, 味之所味者嘗矣, 而味味者未嘗呈." 然則未嘗發之 聲・未嘗呈之味, 豈所謂有遺音遺味者乎!

昔朱襄氏之時, 陽氣凝積, 物鮮成實. 故使士達制爲五弦之瑟, 以來 陰氣, 以定群生. 然後四時和, 萬物成, 而天下治也. 後世瞀瞶, 判五弦 之瑟而爲十五弦, 舜益以八而爲二十三弦, 莫不寓君臣之節臣子之義, 固足以絜齊人情, 使之淳一於行也. 觀大司樂'以雲和之琴瑟祀天神, 空 桑之琴瑟祭地祇, 龍門之琴瑟享人鬼'是知. 書大傳, 擧淸廟大琴練弦 以見瑟, 此擧淸廟之瑟以見琴矣, 漢武帝作十五弦之瑟, 以祠太一后土 而已, 其去古也遠矣.

今夫大饗之名則一, 而其別有四. 郊明堂之饗帝, 宗廟之享先王, 王 之饗諸侯, 兩君之相見而已. 易曰'饗于帝' 月令'季秋饗上帝', 饗帝之 禮也. 此與禮器所謂大饗, 饗先王之禮也. 大司樂所謂大饗, 饗諸侯之 禮也. 仲尼燕居[25]所謂大饗, 兩君相見之禮也. 與春秋之饗老孤・諸侯 之饗聘・大夫之相饗, 異矣.

淸廟之瑟, 一倡而三歎, 有遺音者, 以寓至樂有無窮之意也, 與所謂 五帝三代之遺音者, 異矣.

덕은 예악의 근본이고 예악은 덕의 문채이다. 악의 융성함은 덕에 있고 음에 있지 않으므로 오음(五音)의 아름다운 소리를 지나치게 추구하지

---

24 대본에는 '田'으로 되어 있으나, 사고전서 『樂書』에 의거하여 '曰'로 바로잡았다.
25 대본에는 '哀公問'으로 되어 있으나, 「哀公問」에는 '大饗'이라는 말이 나오지 않는다. 「仲尼燕居」에 두 나라 임금이 만나는 예를 '大饗'이라 한 기록이 있으므로 '仲尼燕居' 로 바로잡았다.

않으며, 대향(大饗)의 예는 덕에 있고 맛에 있지 않으므로 오미(五味)의 진기한 맛을 지나치게 추구하지 않는다.

《청묘(淸廟)》를 연주하는 슬(瑟)이 악의 융성한 것이니, 대향(大饗)의 예가 예의 융성한 것이다. 전(傳)에 "《청묘》를 한 사람이 선창하고 세 사람이 화답한 것과 현(絃)을 누여서 붉게 하고 악기 밑판의 구멍[越]을 크게 한 것은 본질을 중시한 것이다"[26]라고 하였다. 《청묘》는 문왕의 덕을 칭송한 시이다. 당상에 올라가 《청묘》를 노래할 때 붉은 현과 큰 악기구멍[越]을 지닌 슬(瑟)[27]로 반주하였다. 현을 누여서 붉게 하면 음(音)이 탁하여 맑지 않고, 악기구멍을 크게 하면 음이 느려서 빠르지 않게 된다. 또한 사람이 선창하면 세 사람이 화답했을 뿐이다. 이는 사람으로 하여금 악에서 숭상하는 바가 음의 극치에 있지 않다는 것을 알게 하는 것이니, 유음(遺音)이 없을 수 있겠는가? 노자가 "대음(大音)은 소리가 없다"[28]라고 한 것이 이것이다.

『주례』의 「대종백(大宗伯)」에 "척(肆)·헌(獻)·관(祼)[29]으로 선왕에게 제향을 지내고 궤식(饋食)[30]으로 선왕에게 제사지낸다"[31]라고 하였다. 대개 천사(天祀)는 물기(物氣)를 써서 정(精)을 귀하게 여기고, 지제(地祭)는 물형(物形)을 써서 유(幽)를 귀하게 여기며, 귀향(鬼享)은 인의(人義)를 써서 때를 귀하게 여긴다. 희생을 해체하여 올리고 작헌(酌獻)을 하여 관향(祼享)하는 것은 산 사람을 섬길 때의 향례(饗禮)와 같다. 익힌 음식을 올리고 궤식(饋食)을 하여 사향(食享)하는 것은 산사람을 섬길 때의 사례(食禮)와 같다. 향례(饗禮)는 양(陽)을 위주로 하니 체(禘)는 여름에 지내고, 사례(食禮)는 음

---

26 『史記』禮書 23 / 1169쪽.
27 악기구멍[越]을 지닌 슬(瑟) : 〈그림 1-13 참조〉.
28 『道德經』 41.
29 척(肆)·헌(獻)·관(祼) : 척(肆)은 희생을 해체하여 올리는 일. 헌(獻)은 예주(醴酒)를 올리는 일. 관(祼)은 울창주(鬱鬯酒)를 제상(祭床) 앞의 모래그릇에 뿌려 신의 강림을 비는 일.
30 궤식(饋食) : 익힌 음식을 올리는 일.
31 『周禮』 春官 / 大宗伯 2.

(陰)을 위주로 하니 협(祫)은 겨울에 지낸다.[32] 이로 보건대, 사향(食饗)의 예는 맛의 극치를 이루려고 하지 않은 적이 없는데 '맛의 극치를 이루는 것이 아니다'라고 하였으니, 어쩌면 대향(大饗)을 사향(食饗)으로 잘못 쓴 것일 수도 있다.

「곡례」에 "대향(大饗)은 풍요롭게 차리지 않는다"[33]라고 하고, 「교특생」에 "교사(郊祀)에서는 희생의 피를 쓰고 대향(大饗)에는 날고기를 쓴다"[34]라고 했으니, 대향(大饗)의 예에서 준(尊)[35]에 맑은 물을 담고, 조(俎)[36]에 날고기를 담으며, 두(豆)[37]에 대갱(大羹)을 담은 것은 음식의 근본을 귀하게 여긴 것이다. 성인(聖人)이 예를 행함에 근본과 시초를 귀하게 여김을 보여주어, 사람들로 하여금 예에서 숭상하는 바가 맛의 극치에 있지 않음을 알게 했으니, 유미(遺味)가 없을 수 있겠는가? 『좌씨전』에 "대갱은 조미(調味)하지 않는다"[38]라고 한 것이 이것이다.

전(傳)에 "누인 붉은 현, 악기 밑판의 큰 구멍, 대갱, 맑은 물은 음란을 방지하고 사치를 막는 것이다"[39]라고 했으니, 《청묘》를 연주하는 슬에 유음(遺音)이 있게 한 것은 음란을 방지하고자 함이고, 대향의 예에 유미(遺味)가 있게 한 것은 사치를 막고자 함이다.

열자(列子)[40]는 "소리가 있으면 소리를 소리나게 하는 것이 있고, 맛이

---

32 천사(天祀)는~지낸다:『周官新義』(宋 王安石 撰) 권8.「天祀用物氣而貴精, 地祭用物形而貴幽, 鬼享用人義而貴時. 羞其肆而酌而獻焉, 則以祼享先王, 其祼也猶事生之有饗也. 羞其熟而饋食焉, 則以食享先王, 其食也猶事生之有食也. 饗以陽爲主, 故禘以夏. 食以陰爲主, 故祫以冬.」

33 『禮記』曲禮下 2-27.

34 『禮記』郊特牲 11-1.

35 준(尊):〈그림 2-1 참조〉.

36 조(俎):〈그림 2-2 참조〉.

37 두(豆):〈그림 2-5 참조〉.

38 『春秋左氏傳』桓公 2년(2).

39 『史記』禮書 23 / 1158쪽.

40 열자(列子): 전국(戰國) 시대의 사상가인 열어구(列御寇). 그의 학문은 황제(黃帝)·노자(老子)에 기초하였다. 저서로 도가 사상을 논한 8권으로 된 『열자(列子)』가 있다. .

있으면 맛을 맛나게 하는 것이 있다. 소리나는 것은 들을 수 있지만 소리를 소리나게 하는 것은 나타나지 않으며, 맛은 맛볼 수 있지만 맛을 맛나게 하는 것은 드러나지 않는다"[41]라고 하였다. 그렇다면 나타나지 않는 소리와 드러나지 않는 맛이 이른바 유음(遺音)과 유미(遺味)일 것이다.

주양씨(朱襄氏)[42] 때에 양기(陽氣)가 누적되어 만물이 열매를 잘 맺지 못하자, 사달(士達)로 하여금 5현의 슬(瑟)을 만들게 하여 음기(陰氣)를 불러들여 뭇 생물들을 안정되게 하였다.[43] 그런 뒤에 사시(四時)가 조화하고 만물이 잘 자라 천하가 다스려졌다. 후세에 고수(瞽瞍)가 5현의 슬을 개량하여 15현으로 만들고, 순(舜)이 8현을 더해서 23현으로 만들어 군신(君臣)의 절도와 신하의 의리를 표현하지 않음이 없었다. 진실로 인정(人情)을 맑게 하여 사람들로 하여금 행실을 순일(淳一)하게 했으니, 대사악(大司樂)이 운화(雲和)의 금·슬로 천신(天神)에 제사지내고 공상(空桑)의 금·슬로 지기(地祇)에 제사지내며 용문(龍門)의 금·슬로 인귀(人鬼)에 제사지낸 것[44]을 보면 이를 알 수 있다.

『상서대전(尙書大傳)』에서는 '《청묘》를 연주하는 대금(大琴)에서 현(絃)을 누인다는 것을 말하여 슬(瑟) 또한 그러리라는 것을 암시하였고, 여기(「樂記」)에서는 《청묘》를 연주하는 슬을 거론하여 금 또한 그러리라는 것을 암시하였다. 한(漢) 무제(武帝)가 15현의 슬을 만들어 태일(太一)과 후토(后土)에 제사지냈으니, 옛 제도와는 거리가 멀다.

대향(大饗)이라는 명칭 하나에 4가지의 다른 뜻이 있으니, '교(郊)와 명당(明堂)에서 상제(上帝)에게 지내는 제사', '종묘에서 선왕에게 지내는 제사', '왕이 제후에게 베푸는 향연', '두 나라 임금의 상견례(相見禮)'가 그

---

41 『列子』 권1 天瑞.
42 주양씨(朱襄氏) : 전설에 나오는 중국 고대의 제왕인 신농씨(神農氏). 화덕(火德)으로 나라를 세웠으므로 염제(炎帝)라고도 한다.
43 주양씨(朱襄氏)∼하였다 : 『呂氏春秋』 仲夏紀 / 古樂.
44 대사악(大司樂)이∼것 : 『周禮』 春官 / 大司樂 2.

것이다. 『주역』에 "상제(上帝)에게 대향(大饗)을 지낸다"[45]라고 한 것과
「월령(月令)」에 "9월에 상제에게 대향을 지낸다"[46]라고 한 것은 상제에게
제사지내는 예이고, 여기(「樂記」)에서와 「예기(禮器)」에서 말하는 대향[47]은
선왕에게 제사지내는 예이다. 「대사악(大司樂)」에서 말하는 대향[48]은 제후
에게 향연을 베푸는 예이다. 「중니연거(仲尼燕居)」에서 말하는 대향[49]은
두 나라 임금의 상견례이니, 이는 봄·가을에 고자(孤子)와 기로(耆老)에게
베푸는 향응이나 제후가 사신에게 베푸는 향응, 대부(大夫)들이 서로 베
푸는 향응과는 다르다.

슬로 《청묘》를 연주할 때 '한 사람이 선창하면 세 사람이 화답하여
유음(遺音)이 있다'는 것은 지락(至樂)은 무궁하다는 뜻을 표현한 것이니,
이른바 '오제(五帝)와 삼대(三代)의 유음(遺音)'[50]이라는 뜻과는 다르다.[51]

10-3. 是故, 先王之制禮樂也, 非以極口腹耳目之欲也. 將以敎民平

---

45 『周易』益卦 6.

46 『禮記』月令 6-86.

47 『禮記』禮器 10-34.

48 『周禮』春官 / 大司樂 3. 「大饗不入牲其他皆如祭祀【대향에는 희생을 들이지 않고 그
밖의 것들은 다 제사 지낼 때와 같이 한다.】

49 『禮記』仲尼燕居 28-6. 「子曰 : " …… 大饗有四焉. …… 兩君相見, 揖讓而入門, 入門而
縣興, 揖讓而升堂, 升堂而樂闋【대향에는 네 가지가 있다. …… 두 임금이 서로 볼 때
에는 읍양하고서 문에 들어가고, 문에 들어가서는 종·경의 음악이 연주된다. 읍양
하고 당에 오르고 당에 오르면 음악이 끝난다.】

50 오제(五帝)와 삼대(三代)의 유음(遺音) : 오제의 악은 황제(黃帝)의 《함지(咸池)》, 전
욱(顓頊)의 《육경(六莖)》, 제곡(帝嚳)의 《오영(五英)》, 요(堯)의 《대장(大章)》, 순(舜)
의 《소(韶)》라는 설도 있고, 복희씨(伏羲氏)의 《부래(扶來)》, 신농씨(神農氏)의 《하
모(下謀)》, 황제(黃帝)의 《함지(咸池)》, 요(堯)의 《대장(大章)》, 순(舜)의 《대소(大韶)》
라는 설도 있다. 삼왕의 악은 하우(夏禹)의 《대하(大夏)》, 상탕(商湯)의 《호(濩)》, 주
무왕(周武王)의 《무(武)》이다.

51 극도의 만족감을 추구하면 언젠가 그것에 질리게 되지만, 탁하면서도 빠르지 않고
한 사람이 선창하면 세 사람이 화답하는 정도의 조촐한 음악은 약간 아쉬운 듯한
감을 주게 되어, 그 음악에 물리지 않게 된다. 《청묘》를 연주할 때의 '유음(遺音)'은
'약간 아쉬운 듯한 음악'이라는 뜻이다. 그러나 오제(五帝)와 삼대(三代)의 遺音은
'전해져 내려오는 음악'이라는 뜻이다.

好惡, 而反人道之正也. 人生而靜, 天之性也, 感於物而動, 性之欲也.

그러므로 선왕이 예악을 제정한 것은 입과 배와 귀와 눈의 욕구를 만족시키기 위해서가 아니라 호오(好惡)[52]를 합당하게 하도록 백성을 가르쳐서 인도(人道)의 올바름을 회복하기 위해서였다. 사람이 태어나면서 간직하고 있는 고요한 마음은 하늘로부터 받은 성(性)이고 외물(外物)에 감응하여 움직여진 정(情)은 성(性)에서 나온 욕구이다.[53]

淸廟之歌, 一倡而三歎, 朱弦而疏越, 一也. 尊之尙玄酒, 俎之尙腥魚, 豆之先大羹, 一也. 然則先王因人性而制禮, 順人情而制樂, 非以極音致味, 窮口腹耳目之欲也, 將以敎民平好惡, 而反人道之正而已. 蓋各當其分之謂平, 復其本之謂反. 平其好, 非作好也, 遵王之道而已. 平其惡, 非作惡也, 遵王之路而已. 敎民如此, 有不反人道之正耶? 易曰 '利貞[54]者性情也' 利動而主情, 貞[55]靜而主性. 平其好惡, 而使人各當其分, 則情有所若矣, 反人道之正, 而使人止於一, 則性有所復矣. 然則以五禮防民之僞, 而敎之中, 以六樂防民之情, 而敎之和, 非本此歟!

今夫人生而靜, 書所謂'惟民生厚也' 有不爲天之性乎? 感於物而動, 書所謂'因物有遷也' 有不爲性之欲乎? 史遷以性之動, 爲性之頌【音容】, 誤矣. 夫道有君子, 必有小人, 性有善, 必有惡, 知〈惻隱之爲仁, 羞惡之爲義, 是非之爲知, 辭讓之爲禮, 此知性之本也. 知耳之欲聲, 目之欲色, 鼻之欲臭, 口之欲味, 此知性之欲也. 知性之本, 循而充之, 爲君子. 知性之欲, 循而充之, 爲小人.〉[56]

---

52 호오(好惡) : 좋아하고 싫어함.
53 『禮記』樂記 19-1.
54 대본에는 '正'으로 되어 있으나, 사고전서 『樂書』에 의거하여 '貞'으로 바로잡았다.
55 대본에는 '正'으로 되어 있으나, 사고전서 『樂書』에 의거하여 '貞'으로 바로잡았다.
56 대본에는 '知則如此'로 되어 있으나 문맥이 통하지 않고, 사고전서 『樂書』에도 '知惻(原闕)'으로 끝나 참고할 수 없으므로, 『禮記集說』(宋 衛湜 撰) 권92에 인용된 장락진씨(長樂陳氏)의 설(說)에 의거하여 '知惻隱之爲仁, 羞惡之爲義, 是非之爲知, 辭讓之爲禮, 此知性之本也. 知耳之欲聲, 目之欲色, 鼻之欲臭, 口之欲味, 此知性之欲也.

《청묘》를 한 사람이 선창하고 세 사람이 화답하며, 현(絃)을 누여서 붉게 하고 악기 밑판의 구멍을 크게 한 것은 본질을 중시한 것이다. 준(尊)에 맑은 물을 담고, 조(俎)에 날고기를 담으며, 두(豆)에 대갱(大羹)을 담는 것은 본질을 중시한 것이다.[57] 선왕이 인성(人性)에 기초해서 예를 제정하고, 인정(人情)을 따라 악을 제정했으니, 음(音)과 맛의 극치를 이루어 입과 배와 귀와 눈의 욕망을 만족시키기 위해서가 아니라 백성으로 하여금 호오(好惡)를 합당하게 하는 것을 가르쳐서 인도(人道)의 올바름을 회복하기 위해서였다.

각각 분수에 합당하게 하는 것을 일러서 '평(平)'이라 하고, 근본으로 돌아가는 것을 '반(反)'이라고 한다. '평기호(平其好 : 좋아하는 것을 공평하게 하는 것)'는 사의(私意)로 좋아하는 것이 아니라 왕도(王道)를 준수하는 것이며, '평기오(平其惡 : 싫어하는 것을 공평하게 하는 것)'는 사의(私意)로 싫어하는 것이 아니라 왕도를 준수하는 것이다 백성들을 이와 같이 가르치면 인도의 올바름을 회복하지 않겠는가?

『주역』에 "이정(利貞)은 성(性)과 정(情)이다"[58]라고 했으니, 이(利)는 움직이어 정(情)을 주장하고 정(貞)은 고요하여 성(性)을 주장한다. 호오를 공평하게 하여 사람들로 하여금 각각 그 분수에 합당하게 하면 정(情)이 알맞게 되고, 인도의 올바름을 회복하여 사람들로 하여금 본질을 지키게 하면 성(性)이 회복된다. 그렇다면 '오례(五禮)로 백성들의 거짓을 막아서 그들에게 중(中)을 가르치고, 육악(六樂)[59]으로 백성들의 지나친 정(情)을

知性之本, 循而充之爲君子, 知性之欲循而充之爲小人'을 보충하고 〈 〉로 표시해놓았다.

57 청묘란~것이다 : 『史記』 禮書 23 / 1168, 1169쪽.

58 『周易』 乾卦 21.

59 육악(六樂) : 『周禮』 春官 / 大司樂 1에 따르면, 육악은 《운문대권(雲門大卷)》 또는 《운문(雲門)》, 《대함(大咸)》 또는 《함지(咸池)》, 《대소(大韶)》, 《대하(大夏)》, 《대호(大濩)》, 《대무(大武)》이다. 정현(鄭玄)은 『주례』에 注를 내면서 악곡 순으로 황제(黃帝)·요(堯)임금·순(舜)임금·우왕(禹王)·탕왕(湯王)·무왕(武王)의 악으로 풀이했다.

막아서 화(和)를 가르친 것'[60]은 바로 이것(예악)에 근본한 것이 아니겠는가?

'사람이 태어나면서 간직하고 있는 고요한 마음'은『서경』에 이른바 "백성은 태어나면서부터 후덕하다"[61]라는 것이니 하늘로부터 받은 천성(天性)이 아니겠는가? '외물(外物)에 감응하여 움직여진 정(情)'은『서경』에 이른바 "외물로 말미암아 바뀐다"[62]는 것이니 본성에서 나온 욕구가 아니겠는가? 따라서 사마천(司馬遷)이 '사람이 태어나면서 간직하고 있는 고요한 마음은 성(性)이고, 외물에 감응하여 움직이는 것은 성(性)의 모습이다'[63]라고 한 것은 틀린 말이다.

도(道)를 추구하는 데에, 군자가 있는가 하면 소인이 있는 것처럼, 성(性)에도 선(善)이 있는가 하면 악(惡)도 있다. 측은지심(惻隱之心)이 인(仁)이 되고, 수오지심(羞惡之心)이 의(義)가 되고, 시비지심(是非之心)이 지(知)가 되고, 사양지심(辭讓之心)이 예(禮)가 되는 것을 알면, 이는 성(性)의 근본을 아는 것이다. 귀로 소리를 듣고자 하고, 눈으로 색을 보고자 하고, 코로 냄새를 맡고자 하고, 입으로 맛보고자 하는 것을 알면, 이는 성(性)의 욕구를 아는 것이다. 성의 근본을 알아서 이를 따라 채워 가면 군자가 되고, 성의 욕구를 알아서 이를 따라 채워 가면 소인이 된다.

10-4.〈是故, 先王之制禮樂, 人爲之節. 衰麻哭泣, 所以節喪紀也. 鐘鼓干戚, 所以和安樂也. 昏姻冠笄, 所以別男女也. 射鄉食饗, 所以正交接也.〉[64]

---

60 『周禮』地官 / 大司徒 17,18.
61 『書經』周書 / 君陳 4.
62 『書經』周書 / 君陳 4.
63 『史記』樂書 24 / 1186쪽.「人生而靜, 天之性也. 感於物而動, 性之頌也.」
64 대본에도 없고 사고전서『樂書』에도 없으나, 문맥상『禮記』「樂記」에 의거하여 '是故先王之制禮樂, 人爲之節. 衰麻哭泣, 所以節喪紀也. 鐘鼓干戚, 所以和安樂也. 昏姻冠笄, 所以別男女也. 射鄉食饗, 所以正交接也'를 보충하고,〈 〉표시를 해놓았다. 이 아래 진양이 해설해 놓은 글들이 바로 새로 보충해 넣은『樂書』10-4를 설명한 것으

이 때문에 선왕이 예악을 제정하여 사람이 행해야 할 절도로 삼았다. 최마(衰麻)[65]와 같은 상복(喪服)과 곡읍(哭泣)은 상사(喪事)를 절제하는 것이고, 종(鐘)·고(鼓)의 음악과 간척무(干戚舞)는 안락(安樂)을 화평하게 하는 것이며, 혼인(婚姻)·관계(冠笄)[66]는 남녀를 분별하는 것이고, 향사례(鄕射禮)·향음주례(鄕飮酒禮)와 사례(食禮)·향례(饗禮)[67]는 교제를 바르게 하는 것이다.[68]

婦曰昏, 陰爲昏故也, 夫曰姻, 陽爲大故也. 陽大而小因之, 陰昏而明合之, 則二姓之好, 自此和, 室家之道, 自此正, 所以別男女之親也. 男娶以三十, 則參天之陽數, 女嫁以二十, 則兩地之陰數. 則陽數者必成以陰, 故始之以二十之冠. 則陰數者必成以陽, 故始之以十五之笄, 所以別男女之成也. 周禮所謂'婚冠親成男女', 如此而已.

諸侯之射, 先行燕禮, 卿大夫之射, 先行鄕飮酒禮. 旌以詔之, 鼓以節之, 朴以戒之, 定其位有物, 課其功有筭,[69] 使人存爭心於揖遜之間, 奮武事於燕樂之際. 德行由是可觀, 齒位由是可正, 所以正交接於鄕黨也. 食以養陰而食在所主焉, 饗以養陽而飮在所主焉. 故諸侯饗禮七獻, 食禮七擧, 而諸伯如之. 諸子饗禮五獻, 食禮五擧, 而諸男如之. 禮事相於世婦, 樂事序於樂師, 所以正交接於賓客也.

로 보이기 때문이다.

65 최마(衰麻) : 최복(衰服)인 베옷. 참최(斬衰)는 거친 베로 짓되 아랫단을 접어서 꿰매지 않은 상복으로 아버지 상에 입고, 자최(齊衰)는 거친 베로 짓되 아랫단을 좁게 접어서 꿰맨 상복으로 어머니 상에 입는다.

66 관계(冠笄) : 남자의 나이가 20세가 되면 땋아 내렸던 머리를 올려 상투를 틀고 관을 쓰며, 여자의 나이 15세가 되면 머리를 올려 쪽을 지고 비녀를 꽂는 성인식을 했다. 관례와 계례를 행하는 참뜻은 외모를 바꾸는 것보다 어른으로서의 책임과 의무를 일깨우는 데에 있다.

67 사례(食禮)·향례(饗禮) : 사례(食禮)는 가을에 기로(耆老)에게 음식을 대접하는 것이고, 향례(饗禮)는 봄에 고자(孤子)에게 향응(饗應)을 베푸는 것이다.

68 『禮記』樂記 19-1.

69 대본에는 '等'으로 되어 있으나, 사고전서 『樂書』에 의거하여 '筭'으로 바로잡았다.

然亂多而刑五, 治多而禮五. 故天之所秩, 不過五禮有庸而已. 大宗伯: "以吉禮事邦國之鬼神祇, 以凶禮哀邦國之憂, 以賓禮親邦國, 以軍禮同邦國, 以嘉禮親萬民." 由是觀之, 節喪紀而使之不過者, 凶禮也. 和安樂而使之不乖者, 吉禮也. 別男女而使之不雜者, 嘉禮也. 正[70]交接而使之不瀆者, 賓禮也. 不言軍禮者, 擧戚干與射, 以見之. 禮運言: "禮必本於天, 殽於地, 列於鬼神, 達於喪祭射御冠婚朝聘." 又言: "禮必本於天, 動而之地." 繼之: "以其居人也曰養, 其行之以飮食冠婚喪祭射御朝聘." 然則樂記不及祭御朝聘者, 擧喪以見祭, 擧射以見御, 擧和樂以見朝聘故也. 言衰麻哭泣之禮於其始, 言婚姻冠笄射饗食饗之禮於其終, 而以鐘鼓干戚之樂, 居其中者, 以明有禮必有樂以和之, 亦擧中見上下之意也.

부인 쪽을 혼(婚)이라 한 것은 음(陰)이 어둡기 때문이고, 남편 쪽을 인(姻)[71]이라 한 것은 양(陽)이 크기 때문이다. 양(陽)은 크지만 작은 것에 의지하고 음(陰)은 어둡지만 밝은 것과 합쳐 다른 성씨가 만나 조화롭게 되고 가정의 도(道)가 바르게 되어, 남녀의 친함이 분별 있게 된다.

남자가 30세에 장가드는 것[72]은 3이 하늘의 양수(陽數)이기 때문이고 여자가 20세에 시집가는 것[73]은 2가 땅의 음수(陰數)이기 때문이다. 양수는 반드시 음(陰)이 있어야 완성되므로 20세에 관례(冠禮)를 하고, 음수는 반드시 양(陽)이 있어야 완성되므로 15세에 계례(笄禮)를 하니, 남녀의 성숙이 분별 있게 된다. 『주례』에 이른바 "혼례와 관례는 남녀를 친하게 하고 성숙시켜준다"[74]라고 한 것은 이 때문이다.

제후가 활쏘기를 할 때에는 연례(燕禮)를 먼저 행하고, 경대부가 활쏘

---

70 대본에는 '上'으로 되어 있으나 사고전서『樂書』에 의거하여 '正'으로 바로잡았다.
71 혼인(婚姻): 혼(婚)은 아내의 친정 또는 아내의 친정 살붙이를 뜻하고, 인(姻)은 사위의 집 또는 사위의 아버지를 뜻한다.
72 남자가 30세에 장가드는 것:『禮記』曲禮 1-8;內則 12-52.
73 여자가 20세에 시집가는 것:『禮記』內則 12-54.
74 『周禮』春官 / 大宗伯 6.

기를 할 때에는 향음주례(鄕飮酒禮)를 먼저 행한다.[75] 정(旌)[76]으로 알리고, 북을 쳐서 절도 있게 하고, 종아리채로 경계하며, 합당한 물건으로 자리를 정하고, 산가지로 점수를 매기어, 사람들로 하여금 읍하며 사양하는 가운데 경쟁하게 하고, 편안히 즐기는 가운데 무사(武事 : 활쏘기)를 떨치도록 하였다. 향사례와 향음주례를 통해 덕행(德行)을 볼 수 있고 연장자의 대우를 바르게 할 수 있으니, 향당(鄕黨)에서 교제를 바르게 하는 바가 된다.

사례(食禮)는 음(陰)을 기르는 것이므로 먹는 것이 위주이고, 향례(饗禮)는 양(陽)을 기르는 것이므로 마시는 것이 위주이다. 그러므로 제후의 향례(饗禮)는 7헌(七獻)[77]을 하고 사례(食禮)는 7거(七擧)[78]를 하며, 백작들도 이와 같이 한다. 자작들의 향례는 5헌을 하고 사례는 5거를 하며, 남작들도 이와 같이 한다.[79] 예(禮)에 관한 일은 세부(世婦)[80]가 돕고 악(樂)에 관한 일은 악사(樂師)가 차례를 정하니, 빈객(賓客)과의 교제를 바르게 하는 바가 된다.

난(亂)이 많아도 형벌은 다섯 가지이고, 다스리는 일이 많아도 예(禮)는 다섯 가지이다. 그러므로 하늘이 질서를 정하는 것은 오례(五禮)를 떳떳이 하는 것에 지나지 않는다.[81] 「대종백(大宗伯)」에 "길례(吉禮)로 방국(邦國)의 인귀(人鬼)・천신(天神)・지기(地祇)를 섬기고, 흉례(凶禮)로 방국의 근심을 슬퍼하며, 빈례(賓禮)로 방국과 친하게 지내고, 군례(軍禮)로 방국을 단합시키며, 가례(嘉禮)로 만민을 친하게 한다"[82]라고 하였다. 이로 보건대, 상사(喪事)를 절제하여 지나치지 않게 하는 것은 흉례이고, 안락(安樂)

---

75 제후가~행한다 : 『禮記』 射義 46-1.
76 정(旌) : 〈그림 5-1 참조〉.
77 7헌(七獻) : 7차례 술을 마시는 일.
78 7거(七擧) : 7차례 음식을 먹는 일.
79 제후의~한다 : 『周禮』 秋官 / 大行人 2.
80 세부(世婦) : 궁중의 여관(女官).
81 하늘이~않는다 : 『書經』 虞書 / 皐陶謨 1. 「天秩有禮, 自我五禮有庸哉.」
82 『周禮』 春官 / 大宗伯 2~6.

을 화평하게 하여 어긋나지 않게 하는 것은 길례이고, 남녀를 분별하여 어지럽게 하지 않는 것은 가례(嘉禮)이고, 교제를 바르게 하여 욕되지 않게 하는 것은 빈례이다. 여기(「樂記」)에서 군례(軍禮)를 말하지 않은 것은 간척무(干戚舞)와 향사례(鄕射禮)가 거론된 가운데 포함되어 있기 때문이다.

「예운(禮運)」에 "예는 반드시 하늘에 근본을 두고, 땅의 높고 낮은 형세를 본받고, 여러 귀신을 공경하며, 상(喪)·제(祭)·사(射)·어(御)·관(冠)·혼(婚)·조빙(朝聘)[83]에 이르기까지 천하에 두루 통한다"[84]라고 하고, 또 "예는 반드시 하늘에 근본을 두고, 움직여서 땅에까지 미친다. 사람에게는 의(義)로 나타나며, 음식·관·혼·상·제·사·어·조빙 등에 행해진다"[85]라고 하였다. 그런데 「악기(樂記)」에서 제사와 말타기[御] 및 조빙을 언급하지 않은 것은 상(喪)을 들어 제사를 나타내고, 활쏘기[射]를 들어 말타기를 나타냈으며, 안락하고 화평한 것을 들어서 조빙을 나타냈기 때문이다.

최마(衰麻)·곡읍(哭泣)의 예를 맨 먼저 말하고, 혼인(婚姻)·관계(冠笄)·향사례(鄕射禮)·향음주례(鄕飮酒禮)·사례(食禮)·향례(饗禮)의 예를 끝에 말하고, 종(鐘)·고(鼓)와 간(干)·척(戚)의 악(樂)을 중간에 말한 것은 '예가 있으면 반드시 악으로 조화롭게 해야 한다는 것'을 밝힌 것이니, 중간에 거론하여 위·아래에 다 적용됨을 나타낸 것이다.

10-5. 禮節民心, 樂和民聲, 政以行之, 刑以防之. 禮樂刑政四達而
不悖, 則王道備矣.

예로 사람의 마음을 절제하고, 악으로 사람의 소리를 조화롭게 하며, 정치로 실행하고, 형벌로 방비하여, 예(禮)·악(樂)·형(刑)·정(政)의 네 가지가 다 천하에 두루 시행되어 어긋나지 않게 하면 왕도(王道)[86]가 갖

---

83 조빙(朝聘) : 제후가 직접 또는 사신을 보내어 정해진 시기에 천자를 알현하는 일.
84 『禮記』 禮運 9-2.
85 『禮記』 禮運 9-32.

추어진다.[87]

帝道成於虞, 王道備於周. 周之時禮掌於宗伯, 樂掌於司樂, 政掌於
司馬, 刑掌於司寇. 以謂化民於未僞之前者, 在禮樂, 而不在刑政. 治民
於已僞之後者, 在刑政, 而不在禮樂. 四者交達, 順理而不悖, 則王道備
而無缺矣. 禮樂譬則陽也, 刑政譬則陰也. 陰積於無用之地, 不時出以
佐陽, 則天道不成. 刑政委於不急之務, 不時用以佐禮樂, 則王道備. 然
則急刑政緩禮樂, 其霸道歟!

禮自外作而節民心, 以外節內也, 與書以禮制心同意. 樂由中出而和
民聲, 以內和外也, 與書以義制事同意. 然志氣之帥也 心形之君也. 君
行而師從, 心動而志隨, 樂以道其志, 順而出之也, 禮以節民心, 逆而反
之也. 禮樂刑政一也, 所以同民心於內, 則治道之所自出, 王道之始也.
四達不悖於其外, 則天下往矣, 王道之所由備, 豈特出治道而已哉? 詩
序言'王道成' 此言'王道備'者는 成則無虧而已, 備則成不足言之.

제도(帝道)는 우(虞)[88]에서 이루어지고 왕도(王道)는 주(周)에서 갖추어졌
다. 주나라 때에는 예(禮)는 종백(宗伯)이 관장하고 악(樂)은 사악(司樂)이
관장했으며, 정(政)은 사마(司馬)가 관장하고 형(刑)은 사구(司寇)가 관장했
다. 잘못을 저지르기 전에 백성을 교화시키는 것은 예악(禮樂)에 있고 형
정(刑政)에 있지 않으며, 잘못을 저지른 뒤에 백성을 다스리는 것은 형정
에 있고 예악에 있지 않다. 따라서 이 네 가지가 두루 시행되어 이치에
맞고 어긋나지 않으면 왕도가 완전무결하게 갖추어질 것이다.

예악은 양(陽)에 비유되고 형정은 음(陰)에 비유된다. 음(陰)이 쓸모없는
곳에 쌓였다가 뜻하지 아니한 때에 나와서 양(陽)을 돕게 되면 천도(天道)
가 이루어지지 않듯이, 형정(刑政)으로 시급하지 않은 것까지 처리하다가

---

86   왕도(王道) : 선왕(先王)이 행한 바른 도(道)로서 인의(仁義)에 바탕을 둔 정치.
87   『禮記』 樂記 19-1.
88   우(虞) : 순임금이 세운 왕조.

뜻하지 아니한 때에 형정으로 예악을 도우면 왕도(王道)가 갖추어지지 않는다. 그러므로 형정을 힘쓰고 예악을 소홀히 하는 것은 패도(霸道)이다.

예가 밖에서 작용하여 사람의 마음을 절제하는 것은 외부의 행실로 내면을 절제하는 것이니, 『서경』에서 '예로 마음을 제재(制裁)한다'[89]고 한 것과 같은 뜻이다. 악이 마음속에서 나와 사람의 소리를 조화롭게 하는 것은 내면의 마음으로 밖의 행실을 조화롭게 하는 것이니, 『서경』에서 '의(義)로 일을 제재한다'[90]는 것과 같은 뜻이다.

그런데 의지[志]는 기(氣)의 장수이고,[91] 마음은 육체의 임금이다.[92] 임금이 행차하면 장수가 따르는 것이니, 마음이 움직이면 의지가 뒤따른다. 악(樂)으로 의지를 인도하는 것은 순조롭게 우러나오게 하는 것이고, 예(禮)로 마음을 절제하는 것은 거슬러서 돌이키게 하는 것이다.

예·악·형·정의 궁극적 목표는 하나이다. 안에서 민심(民心)을 합하면 치도(治道)가 실현되니, 왕도(王道)의 시작이 된다. 밖에서 네 가지가 두루 시행되어 어긋나지 않으면 천하만민이 귀의(歸依)하여[93] 왕도가 갖추어질 것이니, 어찌 치도만 실현될 뿐이겠는가? 『시경』 서(序)에서는 '왕도가 이루어졌다'[94]고 하였는데 여기에서는 '왕도가 갖추어졌다'고 하였다. '이루어졌다'는 것은 결함이 없다는 것을 뜻할 뿐이지만, '갖추어졌다'는 것은 이루어진 뒤의 일이므로, 이루어진 것은 말할 필요도 없다.

---

89 『書經』 商書 / 仲虺之誥 3.
90 『書經』 商書 / 仲虺之誥 3.
91 의지[志]는~장수이고: 『孟子』 公孫丑上 3-2.
92 마음은~임금이다: 『荀子』 解蔽 21-9.
93 천하만민이 귀의(歸依)하여: 『道德經』 35.
94 『詩經』 召南 / 騶虞, 毛序.

권11 예기훈의(禮記訓義)

악기(樂記)

악기(樂記)

11-1. 樂者爲同, 禮者爲異. 同則相親, 異則相敬. 樂勝則流, 禮勝則離. 合情飾貌者, 禮樂之事也.

　　악은 같게 하고, 예는 다르게 한다. 같으면 서로 친해지고, 다르면 서로 공경한다. 악이 지나치면 방종에 흐르고, 예가 지나치면 인심이 떠난다. 정(情)을 화합하게 하고 용모와 태도를 단정하게 하는 것은 예와 악의 일이다.[1]

　　雷出地奮豫之所以作樂也, 先王以之, 道天地之和. 上天下澤履之所

1　　『禮記』樂記 19-1.

以爲禮也, 先王以之, 明天地之別. 故樂主和而爲同, 凡天下所謂同者
麗也. 禮主別而爲異, 凡天下所謂異者麗焉. 周官大司徒以樂禮敎和,
以儀辨等. 記曰 : "仁近於樂, 義近於禮." 敎和則其仁足以相親而不乖,
辨等則其義足以相敬而不越. 二者不可偏勝也, 樂勝禮, 無以節之, 則
流而忘本. 禮勝樂, 無以和之, 則離而乖義.

詩曰'好樂無荒', 戒其流也. 易曰'履和而至', 戒其離也. 樂者爲同而
有異焉, 故樂雖合愛, 未嘗不異文. 禮者爲異而有同焉, 故禮雖殊事, 未
嘗不合敬. 要之, 樂同禮異者, 特其所主爾. 以樂防情而敎之和, 故足以
合相親之情, 以禮防僞而敎之中, 故足以飾相敬之貌. 是禮樂之事, 非
禮樂之道也. 及其至也, 極乎天蟠乎地, 行乎陰陽通乎鬼神, 窮高極遠
而測深厚, 斯所以爲禮樂之道歟!

然立於禮成於樂, 學道之序也. 樂者爲同, 禮者爲異, 先樂而後禮者,
樂記以樂爲主故也. 言樂由中出, 禮自外作, 大樂必易, 大禮必簡之類,
亦此意歟!

우레가 땅에서 나와 떨치는 것을 형상한 예괘(豫卦)[2]는 악(樂)을 짓는
근원이니, 선왕이 이것으로 천지의 화(和)를 인도하였다. 위에 하늘이 있
고 아래에 못이 있는 것을 형상한 이괘(履卦)[3]는 예(禮)를 제정하는 근원
이니, 선왕이 이것으로 천지의 구별을 밝혔다. 그러므로 악은 화(和)를 위
주로 하여 같게 하니 천하의 같은 것들과 짝이 되고, 예는 구별을 위주
로 하여 다르게 하니 천하의 다른 것들과 짝이 된다.

주관(周官)의 대사도(大司徒)는 악례(樂禮)로 화(和)를 가르치고 의(儀)로
상하의 등급을 구분하였으며,[4] 『예기』에 "인(仁)은 악에 가깝고 의(義)는
예에 가깝다"[5]라고 하였다. 화(和)를 가르치면 서로 친하고 어긋나지 않

2 『周易』 豫卦 3.
3 『周易』 履卦 3.
4 『周禮』 地官 / 大司徒 4.
5 『禮記』 樂記 19-6.

아 인(仁)이 길러지며, 등급을 구분하면 서로 공경하고 자기의 분수를 넘지 않아 의(義)가 길러진다. 따라서 예와 악, 이 두 가지는 어느 한쪽으로 치우치면 안 된다. 악이 예를 이겨 절제하지 못하면 방종에 흘러 근본을 잊게 되고, 예가 악을 이겨 조화롭지 않으면 인심이 떠나 의(義)에 어긋나게 된다.

『시경』에 "즐기되 너무 지나치게 하지 않는다"[6]라고 한 것은 방종에 흐르는 것을 경계한 것이고, 『주역』에 "이괘(履卦)[7]는 화(和)하되 지극하다"[8]라고 한 것은 인심이 떠나는 것을 경계한 것이다. 악은 사람의 마음을 같게 만들면서도 다르게 하여 절제하기도 한다. 따라서 악은 사랑을 합치는 것이지만 문채를 달리하지 않은 적이 없다. 예는 신분과 나이에 따라 다르게 하면서도 사람의 마음을 같게 만들기도 한다. 따라서 예는 일을 달리하는 것이지만 공경을 합치지 않은 적이 없다. 요컨대 '악은 같게 하고 예는 다르게 한다'는 것은 주된 것을 말한 것뿐이다.

악으로 지나친 감정을 방지하여 화(和)를 가르치므로 서로 친근히 하는 정을 합칠 수 있고, 예로 거짓을 방지하여 중(中)을 가르치므로 서로 공경하는 모습을 가다듬을 수 있다. 이것은 예악의 일이지, 예악의 도는 아니다. 지극하게 되면 예악이 하늘에 이르고 땅에 서려서 음양에 유행하고 귀신에 통하여, 지극히 높고 먼 곳까지 이르고 깊고 두터운 곳까지 살피니,[9] 이것이 바로 예악의 도이다!

예에서 서고 악에서 완성되는 것[10]이 도를 배우는 순서인데, '악은 같

---

6 『詩經』唐風 / 蟋蟀.
7 天澤履卦(☰) : 위로는 하늘이 있고 아래로는 못이 있는 상(象)으로, 하늘이 못에 비치듯 천리를 따라 행한다는 뜻이다. 이괘는 하괘가 태(兌 : 澤)이므로 안으로 화열(和悅)하고, 상괘가 건(乾 : 天)이므로 밖으로 굳건히 실천하는 상이니, 기뻐하고 화합하는 마음으로 굳건히 중정(中正)의 도를 행해가는 덕이 있다. 또 하늘이 위에 있고, 못이 아래에 있으니, 상·하의 나눔과 귀하고 천한 것을 구별하는 뜻이 있으므로 예를 회복 실행하는 괘이기도 하다.
8 『周易』繫辭下傳 7. 「履和而至」.
9 지극하게~살피니 : 『禮記』樂記 19-6.

게 하고 예는 다르게 한다'고 하여 악을 먼저 말하고 예를 뒤에 말한 것은 「악기(樂記)」는 악을 위주로 설명한 것이기 때문이다. '악은 안에서 나오고 예는 밖에서 만들어진다. 대악(大樂)은 반드시 쉽고 대례(大禮)는 반드시 간단하다'[11]라고 말한 것도 또한 같은 뜻이다.

11-2. 禮義立, 則貴賤等矣. 樂文同, 則上下和矣. 好惡著, 則賢不肖別矣. 刑禁暴, 爵擧賢, 則政均矣. 仁以愛之, 義以正之. 如此, 則民治行矣.

예의(禮義)가 서면 귀천의 등급이 정해지고, 악문(樂文)이 같으면 상하가 화합하게 되고, 호오(好惡)가 드러나면 현명하고 어리석음이 분별되고, 형벌로 난폭함을 금지하고 벼슬로 현명한 인재를 들어 쓰면 정치가 공정하게 행해진다. 인(仁)으로 사랑하고 의(義)로 바르게 하면 백성들이 잘 다스려질 것이다.[12]

禮者外作, 有數存焉, 而其本在義. 樂由中出, 有情存焉, 而其末在文. 禮粗而顯 而以義微之, 樂妙而幽而以文闡之. 故禮非義立, 則貴賤之位不等, 樂非文同, 則上下之情不和. 天尊地卑, 而君臣定, 卑高以[13]陳, 而貴賤位, 禮義立則貴賤等之謂也. 節奏合而成文, 父子以之和親, 君臣以之和敬, 樂文同則上下和之謂也.

好賢如緇衣, 好之至也, 惡惡如巷伯, 惡之至也. 因禮樂以好惡, 則好惡著而賢不肖別矣. 刑以禁暴, 與衆棄之也, 爵以擧賢, 與士共之也. 因好惡以施刑爵, 則人人勸賞畏刑而政擧矣, 爵以擧賢, 仁不可勝用也, 刑以禁暴, 義不可勝用也. 仁以立人而有以愛之, 義以立我而有以正之,

---

10   예에서~것 : 『論語』 泰伯 8-8.
11   『禮記』 樂記 19-1.
12   『禮記』 樂記 19-1.
13   대본에는 '已'로 되어 있으나, 『禮記』에 의거하여 '以'로 바로잡았다.

則禮樂刑政四達而不悖, 固足以同民心, 出治道, 而民治不行, 未之有
也. 莊周謂'愚智處宜, 貴賤履位, 仁賢不肖襲情, 終之以太平治之至者'
此歟! 前言政以一其行, 刑以防其姦, 別而言之, 此兼刑以爲政, 何哉?
曰 : 孔子將爲政於衛, 嘗謂 : "禮樂不興則刑罰不中", 子張問政於孔子,
則對之明於禮樂而已. 是禮樂者, 政之本, 刑罰者, 政之助. 以刑爲政,
古人有之, 而非所以先之也. 故孔子論爲政, 齊之以禮爲先, 而刑次之.

　예는 밖에서 만들어지는 것이므로 예수(禮數)[14]가 거기에 존재하나, 그
근본은 의(義)에 있다. 악은 마음속에서 나오는 것이므로 정(情)이 거기에
존재하나, 그 말단은 문(文)에 있다. 따라서 예는 거칠면서 겉으로 드러난
것이지만 의(義)로 은미하게 하고, 악은 묘하면서 그윽한 것이지만 문채
로 밝게 드러낸다. 그러므로 예에 의(義)가 확립되어 있지 않으면 귀천의
지위가 등급지어지지 않고, 악이 문채가 같지 않으면 상하의 정(情)이 화
합되지 않는다.

　'하늘은 존귀하고 땅은 비천하니 임금과 신하가 정해지고, 낮은 못과
높은 산 등이 벌여 있으니 귀한 것과 천한 것이 자리 잡는다'[15]는 것은
'예의가 서면 귀천의 등급이 정해지는 것'을 가리킨다. '절주가 합해져서
문채를 이루며, 부자가 이로써 화친(和親)하며 군신이 이로써 화경(和敬)한
다'[16]는 것은 '악문(樂文)'이 같으면 상하가 화합하는 것'을 가리킨다.

　현인(賢人)을 좋아하기를 《치의(緇衣)》[17]와 같이 하는 것은 지극히 좋아
하는 것이요, 악인(惡人)을 미워하기를 《항백(巷伯)》[18]과 같이하는 것은 지

14　예수(禮數) : 지체에 따라 각각 달리하는 예절상의 제도.
15　『禮記』樂記 19-6.
16　『禮記』樂記 19-25.
17　『詩經』鄭風 / 緇衣. 정나라 환공(桓公)과 무공(武公)이 서로 이어 주나라의 사도(司
徒)가 되어 직책을 잘 수행하므로 주나라 사람들이 그들을 사랑하여 이 시를 지었다
고 한다. 1장을 소개하면 다음과 같다. 「緇衣之宜兮, 敝, 予又改爲兮. 適子之館兮,
還, 予授子之粲兮【검은 옷이 잘 맞네! 해지면 내 또다시 만들어 주리라. 공무를 보러
관사에 가시네. 돌아오시면 내 그대에게 음식을 장만해드리리라.】」
18　『詩經』小雅 / 巷伯. 6장을 소개하면 다음과 같다. 「彼譖人者, 誰適與謀. 取彼譖人,

극히 미워하는 것이다. 예악으로 인해 좋아하고 미워하면, 호오(好惡)가 드러나서 현명한 자와 어리석은 자가 분별된다.

형벌로 난폭함을 금지하는 것은 뭇사람들과 함께 버리는 것이고, 벼슬로 현명한 인재를 들어 쓰는 것은 선비들과 함께 천거하는 것이다. 호오(好惡)를 공평하게 하여 형벌이나 벼슬을 주면 사람마다 상을 받고자 힘쓰고 형벌을 두려워하여 정치가 잘 행해진다. 벼슬을 주어 현명한 인재를 들어 쓰면 인(仁)을 이루 다 쓸 수 없고, 형벌로 난폭함을 금지하면 의(義)를 이루 다 쓸 수 없다. 인(仁)으로 사람을 세우고 사랑하며 의(義)로 나를 세우고 바르게 하면, 예·악·형·정의 네 가지가 다 천하에 두루 시행되어 어긋나지 않아서 진실로 민심(民心)이 통합되어 치도(治道)가 실현될 것이니, 백성들이 잘 다스려지지 않을 수 없다.

장주(莊周)가 "어리석은 자와 지혜로운 자가 마땅한 평가를 받고 귀하고 천한 사람이 마땅한 자리에 있으며 어진 사람과 불초한 사람이 실정(實情)에 부합되면 태평하게 되어 지극한 정치에 이른다"[19]라고 말한 것이 바로 이것이다!

앞에서는 '정(政)으로 그 행실을 한결같게 하고 형(刑)으로 그 간사함을 막는다'라고 하여, 정과 형을 구별하여 말했는데, 여기에서는 형을 정에 포괄하여 말한 것은 무엇 때문인가? 공자가 위나라에서 정치에 참여하려고 할 적에 "예악이 일어나지 않으면 형벌이 합당하지 않다"[20]라고 말했고, 자장이 공자에게 정치에 대해 물으니 "예악을 밝힐 따름이다"[21]라고 말했으니, 예악은 정치의 근본이고 형벌은 정치의 보조수단이 되기

投畀豺虎. 豺虎不食, 投畀有北. 有北不受, 投畀有昊【저 남을 참소하는 자는 누구와 더불어 꾀하는가? 저 참소하는 자를 취하여 승냥이와 범에게 던져주리라. 승냥이와 범이 먹지 않거든 북방의 불모지에 던져주리라. 북방이 받아주지 않거든 하늘에 던져주리라.】」

19 『莊子』 天道 13-2.
20 『論語』 子路 13-3.
21 『禮記』 仲尼燕居 28-9.

때문이다. 옛사람 중에 형벌 위주로 정치를 한 사람이 있긴 하지만 먼저 할 만한 것은 아니다, 그러므로 공자가 정치를 논할 적에 예로 가지런히 하는 것을 먼저 하도록 하고, 형벌은 그 다음에 쓰도록 했던 것이다.[22]

11-3. 樂由中出, 禮自外作. 樂由中出, 故靜, 禮自外作, 故文.

악은 마음속에서 나오고 예는 밖에서 만들어진다. 악은 마음속에서 나오므로 고요하고, 예는 밖에서 만들어지므로 문채난다.[23]

瑩天功, 明萬物, 陽之道也. 樂由之來焉, 則域乎動矣. 幽無形, 深不測, 陰之道也, 禮由之作焉, 則域乎靜矣. 方陽之復也, 雖動而靜, 此樂由中出所以爲靜也. 方陰之出也, 雖靜而動, 此禮自外作所以爲文也. 易言'乾之靜專' '坤之爲文' 如此而已, 言靜則知文爲動, 言文則知靜爲質. 人之心也, 靜而與物辨, 則在性而質. 動而與物雜, 則在貌而文.

原樂之始則靜而已, 及要終焉, 未始不動乎外也. 要禮之終則文而已, 及原始焉, 未始不中正以爲質也. 以易求之, 樂生於天一之水, 而其聲爲可聽, 禮生於地二之火, 而其形爲可視. 坎水也, 於卦爲陽, 而至陰藏焉, 故靜. 離火也, 於卦爲陰, 而至陽出焉故文. 豈非坎者物之所以歸根而復靜, 離者物之所以嘉會而文明故耶?

천공(天功: 자연의 造化)을 빛내고 만물을 밝히는 것은 양(陽)의 도(道)이다. 악(樂)은 이로 말미암아 생겨난 것이니 움직이는 영역에 속한다. 그윽하여 형체가 없고 깊어서 헤아릴 수 없는 것은 음(陰)의 도(道)이다. 예(禮)는 이로 말미암아 만들어진 것이니 고요한 영역에 속한다. 양(陽)이 돌아갈 적에는 움직일지라도 고요하니, 이것이 마음속에서 나온 악이 고요한 이유이다. 음이 나올 적에는 고요할지라도 움직이니, 이것이 밖에서 만

---

22   공자가~것이다: 『論語』 爲政 2-3 「子曰: "道之以政, 齊之以刑, 民免而無恥, 道之以德, 齊之以禮, 有恥且格."」

23   『禮記』 樂記 19-1.

들어진 예가 문채나는 이유이다. 『주역』에 "건(乾)이 고요할 때는 순수함이 한결같다"[24]라고 한 것과 "곤(坤)이 문채난다"[25]라고 한 것도 이와 같다. 즉, 고요함을 말했으니 문채는 움직임이 됨을 알 수 있고, 문채를 말했으니 고요함은 본질이 됨을 알 수 있다. 사람의 마음은 고요할 때는 외물(外物)과 구별되니, 성(性)에서는 본질이 된다. 움직일 때는 외물과 섞이니, 모습에서는 문채가 된다.

악의 시초는 고요할 따름이나 마지막을 보면 처음부터 밖에서 움직이지 않은 적이 없고, 예의 마지막은 문채날 따름이나 시초를 보면 처음부터 중정(中正)을 본질로 삼지 않은 적이 없다. 『주역』으로 그 이치를 구해 보면, 악은 천(天) 1의 수(水)에서 나와 그 소리를 들을 수 있고, 예는 지(地) 2의 화(火)에서 나와 그 형체를 볼 수 있다.[26] 감괘(坎卦)는 수(水)의 속성이 있어서 괘로는 양(陽)에 속하지만 지음(至陰)이 간직되어 있으므로[27] 고요하다. 이괘(離卦)는 화(火)의 속성이 있어서 괘로는 음(陰)에 속하지만 지양(至陽)이 나오므로[28] 문채난다. 어찌 물(物)이 뿌리로 돌아가 고요함을 회복하는 것이 감괘의 속성이고, 물(物)이 아름다움을 모아서 문채내는 것이 이괘의 속성이 아니겠는가?

11-4. 大樂必易, 大禮必簡.
대악(大樂)은 반드시 쉽고 대례(大禮)는 반드시 간단하다.[29]

---

24 『周易』繫辭上傳 6. 「夫乾, 其靜也專, 其動也直, 是以大生焉, 夫坤, 其靜也翕, 其動也闢, 是以廣生焉【건은 고요할 때는 순일하고 움직임일 때는 곧다. 그러므로 큼이 생겨난다(만물을 다 감쌈). 곤은 고요할 때는 닫히고(겨울에 만물을 수장함) 움직일 때는 열린다(봄에 만물을 내놓음). 그러므로 넓음이 생겨난다(만물을 다 실어 화육함).】」
25 『周易』說卦傳 12.
26 수(數)와 오행(五行)의 관계는 다음과 같다.

수(水)	목(木)	화(火)	금(金)	토(土)
1·6	3·8	2·7	4·9	5·10

27 坎(☵)은 小陽(⚎)에서 분화되었으므로 소양괘에 속한다.
28 離(☲)는 小陰(⚍)에서 분화되었으므로 소음괘에 속한다.

夫乾天下之至健, 其德行常易以知險, 所以示人者, 一於易而已요
夫坤天下之至順, 其德行常簡以知阻, 所以示人者, 一於簡而已. 易則
於性有所因, 簡則於理有所循.

樂也者性之不可變者也, 其作自乎天, 其來自乎陽, 其所以著者, 在
於太始, 未嘗不與乾同德焉, 此大樂所以必易也. 禮也者理之不可易者
也, 其制自乎地, 其作自乎陰, 其所以居者, 在乎成物, 未嘗不與坤同德
焉, 此大禮所以必簡也. 清廟之瑟, 朱弦而疏越, 一倡而三歎, 有遺音者
矣, 非易而何? 大饗之禮, 尚玄[30]酒而俎腥魚, 大羹不和, 有遺味者矣,
非簡而何?

然樂失則奢, 非樂之大也. 禮失則煩, 非禮之大也. 禮樂之所以大者,
未離於域中, 其聲可得而聞也, 其形可得而見也. 若夫聲泯於不可聞之
希, 形藏於不可見之夷, 言所不能論, 意所不能致, 又所以禮樂之妙歟!
大樂之易·大禮之簡, 言必者, 不易之理也. 易曰: "易簡之善, 配至德."
然則禮樂皆得, 豈不謂之有德邪?

건(乾☰)은 천하에서 지극히 강건한 것으로, 그 덕행(德行)은 항상 쉬우
면서도 위험을 아는 것이다.[31] 그러므로 사람에게는 한결같이 쉽게 보일
따름이다. 곤(坤☷)은 천하에서 지극히 유순한 것으로, 덕행이 항상 간단
하면서도 장애를 아는 것이다.[32] 그러므로 사람에게는 한결같이 간단하
게 보일 따름이다. 쉬운 것은 성(性)에 기인(起因)하기 때문이고 간단한 것
은 이치를 따르기 때문이다.

악이란 변경할 수 없는 성(性)이다.[33] 하늘로부터 지어지고 양(陽)에서
나오며 만물을 낳으므로, 건(乾)과 덕이 같지 않은 적이 없다. 이 때문에

---

29 『禮記』樂記 19-1.
30 대본에는 '元'으로 되어 있으나, 사고전서 『樂書』에 의거하여 '玄'으로 바로잡았다.
31 건(乾☰)은~한다: 『周易』繫辭下傳 12.
32 곤(坤☷)은~한다: 『周易』繫辭下傳 12.
33 『禮記』樂記 19-18에는 「樂也者, 情之不可變者也.」라 하여, 여기(『樂書』11-4에)서
    「樂也者, 性之不可變者也」라고 한 것과 약간 다르다.

대악은 반드시 쉽다. 예란 바뀔 수 없는 이치이다. 땅으로부터 만들어지고 음(陰)에서 만들어지며, 만물을 이루므로 곤(坤)과 덕이 같지 않은 적이 없다. 이 때문에 대례는 반드시 간단하다.

'《청묘(淸廟)》를 연주하는 슬(瑟)은 현(絃)을 누여 붉게 하고 악기 밑판의 구멍을 크게 하였으며, 한 사람이 선창하면 세 사람이 화답하여 유음(遺音)이 있다'[34]고 한 것이 쉬운 것이 아니고 무엇이겠는가? '대향(大饗)의 예는 맑은 물을 바치고 날생선을 올려놓으며 대갱(大羹)에 양념을 섞지 않아 유미(遺味)가 있다'[35]고 한 것이 간단한 것이 아니고 무엇이겠는가?

악이 잘못되면 사치스러우니, 이는 대악(大樂)이 아니다. 예가 잘못되면 번잡하니, 이는 대례(大禮)가 아니다. 대악과 대례는 상식적인 영역에서 벗어나지 않아 소리를 들을 수 있고 형체를 볼 수 있는 것이다. 이와 반면에 들을 수 없는 희성(希聲)과 볼 수 없는 이형(夷形)[36] 같은 것은 말로 논할 수 없고 뜻을 이해할 수 없으니, 이는 예악의 묘한 것이다!

'대악은 쉽고 대례는 간단하다'고 말할 적에 '반드시'라는 표현을 쓴 것은 바뀌지 않는 이치가 있기 때문이다. 『주역』에 "쉽고 간단한 선(善)은 지덕(至德)에 짝한다"[37]라고 했으니, 어찌 예악을 체득한 자를 유덕(有德)하다고 일컫지 않겠는가?

11-5. 樂至則無怨, 禮至則不爭, 揖讓而治天下者, 禮樂之謂也.

악이 지극하면 원망이 없고, 예가 지극하면 다투지 않으니, 읍양(揖讓)만으로 천하를 다스리는 것은 예악을 일컫는다.[38]

---

34 『禮記』樂記 19-1.
35 『禮記』樂記 19-1.
36 『道德經』14에서 소리가 아주 미세하여 들을 수 없는 것을 '希'라 하고, 형체가 너무 나 커서 볼 수 없는 것을 '夷'라 하였다.
37 『周易』繫辭上傳 6.
38 『禮記』樂記 19-1.

樂不至, 不可以言極和. 禮不至, 不可以言極順. 內極和, 則不乖於心, 何怨之有? 外極順, 則不逆於行, 何爭之有? 樂以治內爲同, 禮以修外爲異. 同則相親而無怨, 異則相敬而不爭. 蓋怨乖道也, 無怨則人道盡矣. 爭逆德也, 無爭則人德極矣. 揖遜而治天下, 動無我非者, 禮樂而已. 此傳所謂 : "陳禮樂, 盛揖遜之容, 而天下治也." 堯舜至治之極, 不過法度彰, 禮樂著, 拱視天民之阜而已, 豈非得古人所謂揖遜而治天下者, 其惟禮樂乎? 荀卿曰 : "樂者, 出以征誅則莫不聽從, 入以揖遜則莫不從服." 記言治天下, 及揖讓[39]而不及征誅者, 禮樂以文德爲備故也.

對而言之, 樂主於無怨, 禮主於不爭. 通而言之, 禮亦可以無怨, 樂亦可以不爭. 故經言 : "樂則曰瞻其顏色而民不與爭." 禮器言 : "禮則曰外諧內無怨[40]也." 言無怨則容或有焉, 與詩稱無妬忌同意. 言不爭則直不爲爾, 與詩稱不妬忌同意. 周道之衰, 民之無良, 相怨一方, 則樂不至可知. 受爵不遜, 至于已斯亡, 則禮不至可知. 傳謂, '禮樂偏[41]行則天下亂矣', 其亦矯枉之過論歟!

言禮樂之至, 先樂而後禮, 言治天下, 先禮而後樂者. 樂出於虛, 載道而與之俱, 形而上者也. 禮成於實, 與器而大備, 形而下者也. 自形而上言, 則樂先乎禮, 與易繫言易簡, 先乾後坤同. 自形而下言, 則禮先乎樂, 與易言闔闢, 先坤後乾同. 然治天下, 在禮樂而不在道德, 在宥天下, 在道德而不在禮樂. 苟自禮樂而進[42]於道德, 則無爲[43]而在宥天下, 尚何事揖遜之勞以治之乎? 莊周曰 : "聞在宥天下, 不聞治天下."

악이 지극하지 않으면 극화(極和)를 말할 수 없고, 예가 지극하지 않으

---

39 대본에는 '遜揖'으로 되어 있으나, 사고전서 『樂書』와 『禮記』에 의거하여 '揖讓'으로 바로잡았다.
40 대본에는 '內諧外無怨'로 되어 있으나, 『禮記』에 의거하여 '外諧內無怨'으로 바로잡았다.
41 대본에는 '徧'으로 되어 있으나, 문맥상 '偏'으로 바로잡았다.
42 대본에는 '退'로 되어 있으나, 사고전서 『樂書』에 의거하여 '進'으로 바로잡았다.
43 대본에는 '爲無'로 되어 있으나, 사고전서 『樂書』에 의거하여 '無爲'로 바로잡았다.

면 극순(極順)을 말할 수 없다. 안이 지극히 화(和)하면 마음과 어긋나지 않을 것이니 무슨 원망이 있겠는가? 밖이 지극히 순하면 행실을 거스르지 않을 것이니 무슨 다툼이 있겠는가? 악으로 안(마음)을 다스리면 같게 되고, 예로 밖(행실)을 닦으면 다르게 된다. 같으면 서로 친해져 원망이 없고, 다르면 서로 공경하여 다툼이 없다. 대개 원망은 도에 어긋나기 때문에 생기니, 원망이 없다는 것은 도(道)가 극진한 것이다. 다툼은 덕에 거슬리기 때문에 빚어지니, 다툼이 없다는 것은 덕(德)이 지극한 것이다.

읍양(揖讓)하여 천하를 다스리고 잘못되지 않을 수 있는 방법은 예악뿐이다. 그리하여 전(傳)에 '예악을 베풀어서 읍양하면 천하가 다스려진다'라고 했던 것이다. 요순의 지극한 정치는 법도를 밝히고 예악을 드러내며 백성들의 편안한 삶을 팔짱끼고 바라본 것에 지나지 않으니, 옛 사람들이 이른바 '읍양만으로 천하를 다스리는 것'의 바탕이 어찌 예악이 아니겠는가? 순경은 "악이란 밖으로 나가서 적을 정벌하면 명령에 따르지 않는 자가 없게 하고, 안으로 들어와서 읍양하면 복종하지 않는 자가 없게 한다"[44]라고 하였는데, 『예기』에서는 천하를 다스리는 것을 말하면서 읍양만 언급하고 정벌을 언급하지 않은 이유는 예악은 문덕(文德)을 갖추는 것이기 때문이다.

대조하여 말하면, 악은 '원망이 없는 것'이 주(主)가 되고, 예는 '다투지 않는 것'이 주가 되지만, 통괄하여 말하면, 예 또한 원망이 없게 할 수 있고 악 또한 다투지 않게 할 수 있다. 그러므로 경(經)에 "악을 행하면 백성이 그 안색을 보고 더불어 다투지 않는다"[45]라고 하고, 「예기(禮器)」에 "예를 행하면 외부 사람들과 화합하고 가족과 친척 간에 원망이 없다"[46]라고 했다. '원망이 없다'고 말한 것은 혹시라도 있지 않다는 뜻이니 시에 '투기함이 없다'[47]라고 한 것과 같은 뜻이다, '다투지 않는다'

---

[44]   『荀子』樂論 20-3.
[45]   『禮記』樂記, 19-23.
[46]   『禮記』禮器 10-1.

고 말한 것은 하지 않는다는 뜻이니, 시에 '투기하지 않는다'[48]라고 한 것과 같은 뜻이다.

주나라의 도(道)가 쇠퇴하자, 선량하지 못한 사람들이 서로 상대방을 원망했으니,[49] 악이 지극하지 않았음을 알 수 있고, 작위(爵位)를 받고 사양할 줄 몰라 제 몸을 망쳤으니,[50] 예가 지극하지 않았음을 알 수 있다. 전(傳)에 "예악에만 치우쳐 행하면 천하가 어지러워진다"[51]라고 한 것은 도(道)와 덕(德)은 소홀히 하고 예악만 시행하는 폐단을 바로 잡기 위해 강조한 것이다.

본문에서 예악의 지극함을 말할 적에는 악을 먼저 말하고 예를 뒤에 말한 반면에,[52] 천하가 다스려지는 것을 말할 적에는 예를 먼저 말하고 악을 뒤에 말하였다.[53] 이는 악은 빈곳[虛]에서 나와서 도(道)를 싣고 도와 일체가 되는 것이므로 형이상적(形而上的)이고, 예는 구체적인 행위로 이루어져서 의물(儀物)과 함께 크게 갖추는 것이므로 형이하적(形而下的)이기 때문이다. 형이상적으로 말할 적에 악을 예보다 먼저 말한 것은 『주역』 「계사(繫辭)」에서 쉽고 간단한 것을 말할 적에 건(乾)을 곤(坤)보다 먼저 말한 것과 같다.[54] 형이하적으로 말할 적에 예를 악보다 먼저 말한 것은

---

47 『詩經』 召南 / 小星, 毛序.
48 『詩經』 周南 / 螽斯, 毛序.
49 선량하지~원망했으니 : 『詩經』 小雅 / 角弓.
50 작위(爵位)를~망쳤으니 : 『詩經』 小雅 / 角弓.
51 『莊子』 繕性 16-1.
52 樂至則無怨, 禮至則不爭.
53 揖讓而治天下者, 禮樂之謂也.
54 『周易』 繫辭上傳 1. 『乾以易知, 坤以簡能, 易則易知, 簡則易從, 易知則有親, 易從則有功, 有親則可久, 有功則可大, 可久則賢人之德, 可大則賢人之業. 易簡, 而天下之理得矣, 天下之理得, 而成位乎其中矣【건은 쉬움으로써 주장하고 곤은 간단함으로써 능하다. 쉬우니 쉽게 주장하고 간단하니 쉽게 따르며, 쉽게 주장하니 친함이 있고, 쉽게 따르니 공이 있다. 친함이 있으니 오래할 수 있고, 공이 있으니 클 수 있으며, 오래 하니 현인의 덕이 되고, 클 수 있으니 현인의 업이 된다. 쉽고 간단하여 천하의 이치를 얻으니, 사람이 하늘과 땅의 이간(易簡)의 도를 체득하여 천지의 도에 참여하여 비로소 삼재(三才)의 도가 이루어지는 것이다.】」

『주역』에서 닫고 여는 것을 말할 적에 곤을 건보다 먼저 말한 것과 같다.[55]

그런데 천하를 다스리는 것은 예악에 있고 도덕에 있지 않으며, 천하를 있는 그대로 놓아두는 것[56]은 도덕에 있고 예악에 있지 않다. 예악에서 도덕으로 나아가면, 무위(無爲)를 하여 천하를 있는 그대로 놓아두어도 되니, 수고롭게 읍양하면서 다스릴 필요가 있겠는가? 그러므로 장주는 "천하를 그대로 놓아둔다는 말은 들었어도 천하를 다스린다는 말은 듣지 못했다"[57]라고 했던 것이다.

11-6. 暴民不作, 諸侯賓服, 兵革不試, 五刑不用, 百姓無患, 天子不怒. 如此則樂達矣. 合父子之親, 明長幼之序, 以敬四海之內. 天子如此, 則禮行矣.

포악한 백성이 생기지 않고, 제후가 마음으로 우러나 복종하고, 전쟁이 일어나지 않고, 오형(五刑)[58]을 쓸 일 없고, 백성에게 근심이 없고, 천자가 노(怒)할 일이 없는 세상이면, 악의 감화가 두루 미친 것이다. 아버지와 아들 사이의 친한 정이 합쳐지고, 연장자와 젊은이들 사이의 차서가 분명해져, 온 세상 사람들이 서로 공경하는 세상을 천자가 만들면, 예

---

55 『周易』繫辭上傳 11.「是故闔戶謂之坤, 闢戶謂之乾, 一闔一闢謂之變, 往來不窮謂之通, 見乃謂之象, 形乃謂之器【이런 까닭으로 문을 닫은 것을 곤이라 하고, 문을 연 것을 건이라 한다. 한번 닫고 한번 여는 것을 변이라 하고, 가고 오는데 궁하지 않음을 통이라 하고, 나타나는 것을 상(象)이라 하고, 형체를 기(器)라 한다.】

56 『莊子』在宥 11-1.「聞在宥天下, 不聞治天下也. 在之也者, 恐天下之淫其性也., 宥之也者, 恐天下之遷其德也. 天下不淫其性, 不遷其德, 有治天下哉!【천하를 그대로 놓아둔다는 말은 들었어도 천하를 다스린다는 말은 듣지 못했다. 천하를 있는 그대로 놓아두는 까닭은 천하 사람들이 타고난 본성을 어지럽힐까 염려해서이고, 놓아두는 까닭은 천하 사람들이 타고난 덕을 바꿀까 염려해서이다. 천하 사람들이 자기 본성을 어지럽히지 않고 자신의 덕을 바꾸지 않는다면 천하를 다스릴 일이 있겠는가.】

57 『莊子』在宥 11-1.

58 오형(五刑): 묵(墨: 얼굴이나 팔뚝에 흠을 내어 죄명을 찍어 넣는 형벌)·의(劓: 코 베는 형벌)·월(刖: 발뒤꿈치를 베는 형벌)·궁(宮: 남자는 去勢하고 여자는 幽閉하는 형벌)·대벽(大辟: 사형).

가 행해진 것이다.[59]

先王之於天下[60], 達禮樂之原, 擧而錯之而已. 擧樂而錯之, 則暴民不
作於下, 諸侯賓服於上, 大則兵革不試, 小則五刑不用, 百姓無患, 而有
所謂和, 天子不怒, 而有所謂威. 如此則樂無不達矣. 擧禮而錯之, 則父
子天性也, 有以合其親而不離, 長幼天倫也, 有以明其序而不亂, 以敬
四海之內. 則立愛自親始, 而足以敎民睦, 立敬自長始, 而足以敎民順.
天子如此, 則德敎加於百姓, 刑於四海, 而禮無不行矣.

蓋達者必行, 行未必達. 禮爲樂之始, 故言行. 樂爲禮之成, 故言達.
樂雖達矣, 有所謂行, 禮雖行矣, 有所謂達. 樂行而倫淸, 則中國如出乎
一人. 故言諸侯百姓, 而以天子不怒終焉. 禮達而分定, 則天下如出乎
一家. 故言父子長幼, 而以敬四海之內終焉. 然則兵革言試, 五刑言用
者, 兵革必試而後用, 與詩言師干之試同義, 五刑用而不必試, 與書言
五刑五用同義.

선왕이 천하를 다스린 방법은 예악의 근원에 통달하여 그것을 들어서
조처했을 따름이다. 악을 들어서 조처하면, 아래에서는 포악한 백성이
생기지 않고, 위에서는 제후가 마음으로 우러나 복종하며, 크게는 전쟁
이 일어나지 않고, 작게는 오형(五刑)이 필요하지 않고, 백성이 근심이 없
어 태평하고, 천자가 노하지 않아도 위엄이 있게 된다. 이와 같으면 악의
감화가 두루 미치지 않음이 없는 것이다.

예를 들어서 조처하면, 아버지와 아들 사이에 본래부터 있는 친한 정
이 합쳐져 멀어지지 않고, 연장자와 젊은이들 사이의 변할 수 없는 차서
가 분명해져 어지러워지지 않아서, 온 세상 사람들이 서로 공경하게 된
다. 즉, 사랑을 확립하기 위해 부모를 사랑하는 것부터 시작하여 백성들
이 화목하게 지내도록 가르치고, 공경을 확립하기 위해 연장자를 공경하

---

59 『禮記』 樂記 19-1.
60 대본에는 '子'로 되어 있으나, 사고전서 『樂書』에 의거하여 '下'로 바로잡았다.

는 것부터 시작하여 백성들이 유순하도록 가르친다.[61] 천자가 이와 같이 하면, 덕교(德敎)가 백성들에게 행해져 온 세상이 바로잡히니, 예가 행해 지지 않음이 없는 것이다.

두루 미치는 것[達]은 반드시 행하는 것[行]이 전제되어야 하지만, 행한 다고 해서 반드시 두루 미치는 것은 아니다. 예는 악의 시작이 되므로 '행해진다'고 말했고, 악은 예의 완성이 되므로 '두루 미친다'고 말한 것 이다. 따라서 악이 두루 미치는 것일지라도 그 전에 이른바 행함이 있고, 예가 행해지는 것일지라도 언젠가 이른바 두루 미침이 있게 된다. 악이 행해져 윤리가 밝아지면, 중국이 마치 한 사람에게서 나온 것과 같게 된 다. 그러므로 제후와 백성을 말한 뒤 '천자가 노하지 않는다'는 것으로 맺었다. 예가 두루 미치어 분수가 정해지면 천하가 한 집안에서 나온 것 과 같게 된다. 그러므로 아버지와 아들 및 연장자와 젊은이들을 말한 뒤 '온세상 사람들이 공경한다'는 것으로 맺었다.

병장기[兵革]에 대해서는 '익힌다[試]'라고 하고, 오형(五刑)에 대해서는 '쓰다[用]'라고 한 것은, 병장기는 반드시 익힌 뒤에 쓰기 때문이니, 『시 경』에 "군사들이 적을 막는 것을 익히도다"[62]라고 한 것과 같은 뜻이다. 오형은 쓰되 익힐 필요는 없기 때문이니, 『서경』에 "오형을 다섯 등급으 로 나누어 쓰소서"[63]라고 한 것과 같은 뜻이다.

11-7. 大樂與天地同和, 大禮與天地同節. 和故百物不失, 節故祀天 祭地.

대악(大樂)은 천지와 조화를 함께 하고, 대례(大禮)는 천지와 절도(節度) 를 함께 한다. 조화로우므로 백물(百物)이 본성을 잃지 않고, 절도가 있으 므로 천지에 제사지낸다.[64]

---

61 사랑을~가르친다: 『禮記』 祭義 24-15.

62 『詩經』 小雅 / 采芑.

63 『書經』 虞書 / 皋陶謨 1.

天地之氣, 春夏與物交而爲和, 秋冬與物辨而爲節. 和則有聲而大樂
出焉, 節則有形而大禮出焉. 樂之本出於天地自然之和, 禮之本出於天
地自然之節, 而其用實同之. 故同於和者和亦得之, 同於節者節亦得之,
非成天地之能而官之者也, 故可名於大矣.

乃若樂者天地之和, 禮者天地之序, 則直與之爲一, 非特同之而已.
同之, 與易所謂與天地相似同意, 與易所謂與天地準同意. 中庸言:"溥
博如天, 淵泉如淵." 繼之:"淵淵其淵, 浩浩其天." 豈不終始一致歟? 樂
以統同其和, 則百物不失, 禮以辨異其節, 則祀天祭地. 易曰:"乾道變
化, 各正性命, 保合太和, 乃利貞." 和故百物不失之謂也. 孔子曰:"非
禮無以節事[65]天地之神." 節故祀天祭地之謂也. 天神遠人而尊, 致禮以
祀之, 是以道寧之也. 地祇近人而親, 致禮以祭之, 是以物接之也. 或致
道以寧之, 或備物以接之, 非特報其生成百物之功而已, 亦所以寓節莫
重於祭之意也.

均是和也, 或謂百物不失, 或謂百物皆化者, 蓋樂也者, 道天地沖氣
之和, 所以合天地之化百物之産者也. 故其大與天地同和, 其妙爲天地
之和. 與天地同和, 其功淺, 故止於百物不失. 爲天地之和, 其功深, 故
至於百物皆化. 自天地訴合, 陰陽相得, 至胎生者不殰, 卵生者不殈, 所
謂百物皆化也. 百物不失, 則不能與此, 特不失其道理而已, 故詩序曰:
"崇丘廢則萬物 失其道理矣."

大樂必易, 大禮必簡, 禮樂之德也. 大樂與天地同和, 大禮與天地同
節, 禮樂之功也.

천지(天地)의 기(氣)는 봄과 여름에는 백물(百物)과 함께 교류하여 화합
하고, 가을과 겨울에는 백물과 함께 분별하여 절도가 있다. 화합하면 소
리가 있어 대악(大樂)이 나오고, 절제하면 형체가 있어 대례(大禮)가 나온
다. 악의 근본은 천지자연의 조화에서 나오고 예의 근본은 천지자연의

---

64 『禮記』樂記 19-2.
65 대본에는 '祀'로 되어 있으나, 『禮記』에 의거하여 '事'로 바로잡았다.

절도에서 나오지만, 그 작용은 실로 같다. 그러므로 조화를 함께 하여 조화를 얻고 절도를 함께 하여 절도를 얻는 것이지, 천지의 전능(全能)함을 이루어서 발휘된 것이 아니다. 그러므로 '대(大)'라는 수식어를 붙인 것이다.

악은 천지의 조화이고 예는 천지의 질서이니,[66] 바로 천지와 하나인 것이지 함께 하는 것뿐만이 아니다. 함께 한다는 것은 『주역』에 "천지와 서로 똑같다"[67]라고 한 것과 같은 뜻이고, 또 『주역』에 "천지를 그대로 본뜬 것이다"[68]라고 한 것과 같은 뜻이다. 『중용』에 "그 덕이 두루 넓은 것은 하늘과 같고, 고요하고 깊고 근원이 있는 것은 못과 같다"라고 했으며, 이어서 "고요하고 깊은 못이며 크고 넓은 하늘이다"[69]라고 했으니, 어찌 예악이 처음부터 끝까지 천지와 일치하지 않겠는가?

악으로 통합하여 조화를 함께하니 백물이 본성을 잃지 않고, 예로 분별하여 절도를 다르게 하니 천지에 제사지내는 것이다. 『주역』에 "건도(乾道)가 변화함에 각기 성명(性命)을 바르게 하나니, 태화(太和)를 보합(保合)하여 이롭고 바른 것이다"[70]라고 한 것은 '조화로우므로 백물이 본성을 잃지 않는다'는 것을 일컫는다. 공자가 "예가 아니면 천지의 신을 섬기는 일에 절도를 잃게 된다"[71]라고 한 것은 '절도가 있으므로 천지에 제사지낸다'는 것을 일컫는다.

천신(天神)은 사람과 멀리 떨어져 있어서 높으니, 극진한 예로 제사지내는 길은 도(道)로 천신을 편안하게 하는 것이다. 지기(地祇)는 사람과 가까이 있어서 친근하니, 극진한 예로 제사지내는 길은 물건으로 지기와 접촉하는 것이다. 도를 다해서 편안하게 하거나 물건을 갖추어 접촉하는

---

66   악은~질서이니 : 『禮記』 樂記 19-4.
67   『周易』 繫辭上傳 4.
68   『周易』 繫辭上傳 4.
69   『禮記』 中庸 31-29.
70   『周易』 乾卦 9.
71   『禮記』 哀公問 27-1.

것은 백물을 낳아서 길러준 공에 보답하는 것일 뿐 아니라 또한 절도는 제사보다 더 중한 것이 없다는 뜻을 나타낸다.

화(和)를 언급할 때, '조화로우므로 백물이 본성을 잃지 않는다'[72]라고도 하고, '조화로우므로 백물이 모두 화생(化生)한다'[73]라고도 한 것은, 악이 충기지화(沖氣之和)를 인도하여 천지가 백물(百物)을 변화시키는 것과 합치되기 때문이다. 그러므로 위대하기로는 천지와 조화를 함께 하고, 묘하기로는 천지의 조화를 행한다. 천지와 조화를 함께 하는 것은 그 공이 얕아서 백물이 본성을 잃지 않게 하는 데 그치지만, 천지의 조화를 행하는 것은 그 공이 깊어서 백물이 모두 화생하는 데 이른다.

천지가 화합하고 음양이 서로 조화되는 것에서부터 태생(胎生)하는 것이 낙태되지 않고 난생(卵生)하는 것이 알이 깨지지 않게 되는 것까지[74]는 이른바 '백물이 화생(化生)하는 것'이다. '백물이 본성을 잃지 않는 것'은 이런 일까지는 하지 못하고, 다만 도리를 잃지 않는 것을 의미한다. 그러므로 『시경』서(序)에 "《숭구(崇丘)》[75]가 폐기되면 만물이 도리를 잃게 된다"[76]라고 하였다.

'대악은 반드시 쉽고 대례는 반드시 간단하다'[77]고 한 것은 예악의 덕이고, '대악은 천지와 조화를 함께 하고 대례는 천지와 절도를 함께 한다'는 것은 예악의 공(功)이다.

---

72 『禮記』樂記 19-2.
73 『禮記』樂記 19-4.
74 천지가~것까지:『禮記』樂記 19-20.
75 《숭구(崇丘)》는 만물이 그 고대(高大)함을 지극히 한 것을 읊은 것으로 생시(笙詩)이다.『儀禮』「鄕飮酒」와「燕禮」에 따르면《어리(魚麗)》를 노래로 읊고《유경(由庚)》을 생(笙)으로 연주하며,《남유가어(南有嘉魚)》를 노래로 읊고《숭구》를 생으로 연주하며,《남산유대(南山有臺)》를 노래로 읊고《유의(由儀)》를 생으로 연주한다고 하였다.
76 『詩經』小雅 / 六月, 毛序.
77 『禮記』樂記 19-1.

11-8. 明則有禮樂, 幽則有鬼神. 如此, 則四海之內, 合敬同愛矣.

밝은 곳에는 예악이 있고 그윽한 곳에는 귀신이 있다.[78] 이와 같이 하면, 온 세상 사람들이 서로 공경하고 사랑하게 될 것이다.[79]

大樂與天地同和而主乎施, 大禮與天地同節而主乎報. 主乎施, 則生成百物而無所失, 主乎報, 則祀天祭地以報其生成之功而已. 用是以觀, 明則有禮樂, 幽則鬼神, 得非傳所謂動天地感鬼神莫近於禮樂, 經所謂極乎天蟠乎地通乎鬼神者歟! 萬物莫不尊天而親地, 樂由天作, 而其道尊, 禮以地制, 而其道親. 神則聖人之精氣, 屬乎陽而尊, 鬼則賢智之精氣, 屬乎陰而親. 彼尊而我尊之, 敬之所由生也, 彼親而我親之, 愛之所由生也. 經曰 : "樂者敦和, 率神而從天, 禮者別宜, 居鬼而從地." 是禮樂則合敬同愛於其明, 鬼神則合敬同愛於其幽. 明寓愛敬於禮樂, 幽寓愛敬於鬼神. 如此, 則推而放諸四海之內, 未有不合敬同愛者也.

然仁近於樂而同愛者, 仁之情也, 義近於禮而合敬者, 義之情也. 仁於愛親, 有以同四海之愛, 義於敬長, 有以合四海之敬. 則是人人親其親, 長其長, 而天下平矣. 孔子曰 : "愛敬盡於事親, 德敎加於百姓, 刑于四海." 如此而已. 兩謂之合, 一謂之同. 禮主敬而爲異, 故言合, 樂主愛而爲同, 故言同. 與儒有合志同方, 同意. 若夫自禮樂之情同 言之, 則禮之敬也樂之愛也, 以異而同而已, 均謂之合, 不亦可乎? 雖然合敬同愛, 禮樂之情, 非禮樂之文也. 合情飾貌, 禮樂之事, 非禮樂之道也.

대악(大樂)은 천지와 조화를 함께 하여 베풂을 주로 하고, 대례(大禮)는 천지와 절도를 함께 하여 보답을 주로 한다. 베풂을 주로 하는 것은 백물을 생성하여 본성을 잃지 않게 하는 것이고, 보답을 주로 하는 것은 천지에 제사지내 생성한 공에 보답하는 것이다. 이로 보건대, 밝은 곳에

---

78 밝은 곳에서는 예악이 천지의 조화를 이루고, 그윽한 곳에서는 귀신(陰陽의 氣)이 천지의 조화를 이룬다는 뜻이다.

79 『禮記』 樂記 19-2.

는 예악이 있고 그윽한 곳에는 귀신이 있으니, 전(傳)에 "천지와 귀신을 감동시키는 것은 예악보다 가까운 것이 없다"[80]라고 하고, 경(經)에 "예악이 하늘에 이르고 땅에 서리어 귀신에 통한다"[81]라고 한 것이 아니겠는가!

만물은 하늘을 높이고 땅을 친근히 하지 않는 것이 없다. 악은 하늘을 말미암아 지어졌으므로 그 도가 높고, 예는 땅을 본받아 만들어졌으므로 그 도가 친근하다. 신(神)은 성인(聖人)의 정기(精氣)로서 양(陽)에 속하며 높다. 귀(鬼)는 현지(賢智)의 정기로서 음(陰)에 속하며 친근하다. 높은 대상을 높이는 데서 공경이 생기고, 친근한 대상을 친근히 하는 데서 사랑이 생긴다.

경에 "악은 화(和)를 돈후하게 하여 신(神)을 좇고 하늘을 따르며, 예는 마땅함을 분별하여 귀(鬼)에 머물고 땅을 따른다"[82]라고 한 것은, 예악은 밝은 곳에서 서로 공경하고 사랑하는 것이며, 귀신은 그윽한 곳에서 서로 공경하고 사랑하는 것이라는 뜻이다. 이와 같이 밝은 곳에서는 사랑과 공경이 예악으로 나타나고, 그윽한 곳에서는 사랑과 공경이 귀신으로 나타나니, 이를 미루어 온 누리에 펼쳐나가면 서로 공경하고 사랑하지 않음이 없게 된다.

인(仁)은 악에 가까우니, 서로 사랑하는 것은 인(仁)의 정(情)이다. 의(義)는 예에 가까우니, 서로 공경하는 것은 의(義)의 정(情)이다. 어버이를 인(仁)으로 사랑하면 온 세상을 사랑할 수 있고, 어른을 의(義)로 공경하면 온 세상을 공경할 수 있으니, 이것이 "사람마다 그 어버이를 친근히 하고 어른을 어른으로 섬기면 천하가 화평하게 된다"[83]라는 것이다. 공자가 "사랑과 공경을 어버이 섬기는 데에 극진히 하고, 덕교(德敎)를 백성에

80　『隋書』(唐 魏徵 撰) 권75 列傳 제40 何妥.
81　『禮記』樂記 19-6.
82　『禮記』樂記 19-6.
83　『孟子』離婁上 7-11.

게 베풀면 온세상에 본보기가 된다"[84]라고 하였으니, 이같이 할 따름이다.

둘은 '합친다[合]'고 하고, 하나는 '함께 한다[同]'고 한다. 예는 공경하여 다르게 하는 것이므로 서로 공경하는 것을 '합경(合敬)'으로 표현하고, 악은 사랑하여 같게 하는 것이므로 서로 사랑하는 것을 '동애(同愛)'로 표현하였다. 이는 "선비는 뜻을 합하여 학업을 함께 한다"[85]라는 말과 같은 뜻이다. 그러나 예악의 정(情)은 같다는 측면에서 말하면, '예에서의 공경'과 '악에서의 사랑'은 다르게 하면서 함께 하는 것이니, 똑같이 '합친다'라고 말하는 것도 옳지 않은가?[86]

서로 공경하고 사랑하는 것은 예악의 정이지 예악의 문채가 아니며, 정을 화합하고 용모와 태도를 단정하게 하는 것은 예악의 일이지 예악의 도(道)가 아니다.

---

84   『孝經』天子章 2.
85   『禮記』儒行 41-17.
86   『禮記』樂記 19-2에 「禮者, 殊事合敬者也. 樂者, 異文合愛者也. 禮樂之情同【예는 일이 달라도 공경을 합치는 것이고, 악은 문채가 달라도 사랑을 합치는 것이니 예악의 정은 같다】」라고 하였기 때문이다.

권12 예기훈의(禮記訓義)

악기(樂記)

악기(樂記)

12-1. 禮者殊事合敬者也, 樂者異文合愛者也.

예는 일이 달라도 서로 공경하는 것이고, 악은 문채가 달라도 서로 사랑하는 것이다.[1]

無事而不有禮, 無文而不有情. 禮也者理之不可易者也, 語其事, 未嘗不通變以從宜, 如之何不殊乎? 樂也者情之不可變者也, 語其文, 未嘗不比物以飾節, 如之何不異乎? 禮雖殊事, 而不殊乎合敬, 禮之本故也. 樂雖異文, 而不異於合愛, 樂之本故也. 禮雖殊事, 而有所謂文, 所

---

1   『禮記』樂記 19-2.

謂升降上下周旋裼襲, 禮之文是也. 樂雖異文, 而有所謂事, 大司樂凡
樂事遂以聲展之是也.

特絶謂之殊, 不同謂之異. 禮之事, 則相絶遠矣, 故言殊. 樂之文, 特
不同而已, 故言異. 別言之如此, 合言之一也. 故詩曰 : "殊異乎公路."
"五帝殊時, 三王異世", 亦可類推矣.

일에는 예가 없을 수 없고, 문채에는 정이 없을 수 없다. 예란 바꿀 수
없는 이치이다. 그러나 일은 변통해서 마땅함을 따르는 것이니 어찌 다
르지 않겠는가? 악이란 변경할 수 없는 정이다.[2] 그러나 문채는 악기를
배열하여 절주를 장식하는 것이니 어찌 다르지 않겠는가? 예는 일이 다
를지라도 서로 공경한다는 점에서 다를 것이 없으니, 이것이 예의 본질
이기 때문이다. 악은 문채가 다를지라도 서로 사랑한다는 점에서 다를
것이 없으니, 이것이 악의 본질이기 때문이다.

예는 일이 달라도 이른바 문채가 있으니, "계단을 오르내리고 당을 오
르내리며 나아가고 물러서며 석의(裼衣)와 습의(襲衣)[3]를 차려 입는 것은
예의 문채이다"[4]라고 한 것이 그 실례이다. 악은 문채가 달라도 이른바
일이 있으니, "대사악(大司樂)이 모든 악사(樂事)에서 소리를 살핀다"[5]라고
한 것이 그 실례이다.

---

2   樂은 마음[中]에서 나오는데, 절도에 맞는 정(情)에 근본하므로 '정감이 변할 수 없는
     것이다'라고 했다. 만약 변할 수 있으면, 정(情)의 화(和)가 아니므로, 樂이 될 수 없
     다.〈『禮記集解』孫希旦(淸)의 풀이〉
3   석습(裼襲) : 『禮記』曲禮下에 다음과 같은 글이 있다. 「執玉其有藉則裼, 無藉則襲
     【옥을 잡을 때 옥받침이 있으면 석의(裼衣)로 하고, 옥받침이 없으면 습의(襲衣)로
     한다】.」 석의는 갖옷[裘 : 겨울에 입음]이나 갈옷[葛 : 여름에 입음] 위에 입는 화려한
     옷이고, 습의는 석의(裼衣) 위에 입는 정복(正服)이다. 성례(盛禮)는 질박을 숭상하
     므로 습의를 잘 여미서 화려한 석의가 드러나지 않게 하고, 경례(輕禮 : 가벼운 예)는
     문식(文飾 : 아름답게 꾸밈)을 숭상하므로, 습의(襲衣)의 앞 옷깃을 풀어서 화려한 석
     의를 드러낸다. 또한 성례(盛禮)에서는 옥받침을 쓰지 않고, 경례(輕禮)에서는 아름
     다운 옥받침을 쓴다.
4   『禮記』樂記 19-3.
5   『周禮』春官 / 大司樂 3.

매우 다른 것을 '수(殊)'라고 하고, 같지 않은 것을 '이(異)'라고 하니, 예의 일은 서로 현격히 다르므로 '수(殊)'라고 말하고, 악의 문채는 같지 않을 뿐이므로 '이(異)'라고 말한 것이다. 구별해서 말하면 이와 같으나 합해서 말하면 하나이다. 그러므로 『시경』에 "공로(公路)⁶와는 자못 다르도다[殊異]"⁷라고 하였다. 따라서 『예기』에 "오제(五帝)가 때를 달리 하고[殊時] 삼왕(三王)이 세대를 달리 한다[異世]"⁸라고 한 것도 미루어 알 수 있다.

12-2. 禮樂之情同, 故明王以相沿也. 故事與時並, 名與功偕.
예와 악의 정(情)은 같으므로 명철한 임금이 이를 서로 계승했다. 그러므로 예(禮)의 일은 시세(時勢)에 적합하고 악(樂)의 명칭은 공적(功績)에 걸맞았다.⁹

莊敬恭順皆禮也, 情主於合敬. 欣喜歡愛皆樂也, 情主於合愛. 禮樂殊事而同道, 異物而合用, 其情所以同也. 天官大宰, 以禮典和邦國, 諧萬民. 春官大司樂, 以六樂 和邦國, 諧萬民. 則禮以和爲用, 樂以和爲體, 其情同故也. 明王之於禮樂, 有改制之名, 無變情之實. 禮之損益, 雖事與時並, 樂之象成, 雖名與功偕, 要其情同, 明王未嘗不相沿也.
今夫禮以時爲大, 而先王因時以作事. 故堯舜之時, 有事於揖遜, 無事於征伐. 湯武之時, 有事於征伐, 無事於揖遜. 則事曷嘗不與時並哉? 樂以功爲主, 而先王因功成以作樂. 故堯舜功成於揖遜, 而樂以大章大磬名之. 湯武功成於征伐, 而樂以大濩大武名之. 則名曷嘗不與功偕哉? 蓋事在人, 時在天, 事與時並, 則與之倂而爲一也. 名在彼, 功在我, 名

---

6   공로(公路) : 공(公)의 노거(路車)를 맡은 관원.
7   『詩經』 魏風 / 汾沮洳.
8   『禮記』 樂記 19-5. 「五帝殊時, 不相沿樂. 三王異世, 不相襲禮.」
9   『禮記』 樂記 19-2.

與功偕, 則與之偕[10]而相比也.

今夫明王所以相沿者, 禮樂之情也, 所以不相襲者, 禮樂之文也. '五帝殊時, 不相沿樂, 三王異世, 不相襲禮', 豈曰情之云乎? 經曰: "事不節則無功" 孟子曰: "有其事, 必有其功" 荀子曰: "無惛惛[11]昏昏之事者, 無赫赫之功" 莊周曰: "聖人躊躇以興事以每成功", 是事者功之始, 功者事之成. 禮制於治定, 而爲功之始. 故以事言, 樂作於功成, 而爲事之成, 故以功言. 散而言之如此, 總而言之, 雖發揚蹈厲之蚤, 亦曰及時事也.

장경(莊敬)·공순(恭順)이 모두 예이지만, 그 정(情 : 본질)은 서로 공경하는 것이다. 흔희(欣喜)·환애(歡愛)가 모두 악이지만, 그 정은 서로 사랑하는 것이다. 예와 악은 일이 달라도 도(道)가 같고 물(物)이 달라도 작용이 합치하는 것은 그 정이 같기 때문이다. 따라서 천관(天官)의 태재(大宰)가 예전(禮典)으로 나라를 화평하게 하고 만민을 화합시켰고,[12] 춘관(春官)의 대사악(大司樂)이 육악(六樂)으로 나라를 화평하게 하고 만민을 화합시켰던 것이다.[13] 즉, 예가 화(和)를 용(用)으로 삼고 악이 화(和)를 체(體)로 삼는 것은 그 정이 같기 때문이다.

명철한 임금은 예악에 있어서 제도는 개정했으나 본질적인 정(情)은 변경하지 않았다. 손익(損益)한 예의 일이 시세(時勢)에 적합하고 성공을 형상한 악의 명칭이 공적(功績)에 걸맞았으나, 요컨대 그 정(情 : 본질)은 어느 시대나 같으므로 명철한 임금이 서로 계승하지 않은 적이 없다.

예는 시대에 맞게 하는 것을 중시한다. 그러므로 선왕은 시대적 상황에 맞게 일을 하였다. 요·순 시대에는 읍양(揖讓)을 하고 정벌하지 않았으며, 탕·무 시대에는 정벌을 하고 읍양하지 않았으니, 일이 어찌 시세

---

10 대본에는 '皆'로 되어 있으나, 사고전서 『樂書』에 의거하여 '偕'로 바로잡았다.
11 대본에는 '昏昏'으로 되어 있으나, 『荀子』에 의거하여 '惛惛'으로 바로잡았다.
12 『周禮』 天官 / 大宰 1.
13 『周禮』 春官 / 大司樂 1.

에 적합하지 않겠는가?

악은 공(功)을 위주로 한다. 그러므로 선왕은 공을 이루고 나서 악을 지었다. 요임금과 순임금은 읍양하여 공을 이루었으므로 악을 《대장(大章)》·《대소(大韶)》라 이름 짓고, 탕왕과 무왕은 정벌하여 공을 이루었으므로 악을 《대호(大濩)》·《대무(大武)》라 이름 지었으니, 악의 명칭이 어찌 공적에 걸맞지 않겠는가?

대개 일은 사람에게 달려 있고 때는 하늘에 달려 있으니, 일이 시세에 적합하다는 것은 어우러져 하나가 됐다는 뜻이다. 명칭은 악곡에 있고 공적은 나에게 있으니, 명칭이 공적에 걸맞는다는 것은 서로 잘 합치한다는 뜻이다.

명철한 임금이 계승한 것은 예악의 정이고, 답습하지 않은 것은 예악의 문채이다. '오제(五帝)는 때가 다르므로 악을 계승하지 않았고 삼왕(三王)은 세대가 다르므로 예(禮)를 답습하지 않았다'[14]라고 한 것이 어찌 정을 말한 것이겠는가?

경(經)에 "일이 절도에 맞지 않으면 공(功)이 없게 된다"[15]라고 하고, 『맹자』에 "일을 하면 반드시 공이 있게 된다"[16]라고 하고, 순자는 "온 마음을 기울이지 않는 자는 혁혁한 공도 없다"[17]라고 하고, 장주는 "성인은 무심한 마음으로 일을 하므로 매양 공을 이룬다"[18]라고 하였다. 따라

---

14 『禮記』 樂記 19-5.
15 『禮記』 樂記 19-9.
16 『孟子』 告子下 12-6. 「曰 : "昔者王豹處於淇, 而河西善謳, 緜駒處於高唐, 而齊右善歌, 華周杞梁之妻善哭其夫而變國俗. 有諸內, 必形諸外. 爲其事而無其功者, 髡未嘗覩之也. 是故無賢者也, 有則髡必識之"【순우곤(淳于髡)이 말하였다. "옛날에 왕표 기수(淇水) 가에 살자 하서 지방 사람들이 동요를 잘하였고, 면구가 고당에서 살자 제나라 서쪽 지방 사람들이 노래를 잘 불렀고, 화주와 기량의 아내가 남편의 상(喪)에 곡(哭)을 잘하자, 나라의 풍속이 변했습니다. 안에 가지고 있으면 반드시 밖에 나타나는 것이니, 그러한 일을 하고서 그러한 공효가 없는 자를 제가 일찍이 보지 못했습니다. 따라서 이 세상에는 현자(賢者)가 없는 것이니, 있다면 제가 반드시 알 것입니다."】
17 『荀子』 勸學 1-6.

서 일은 공(功)의 시작이고 공은 일의 완성이다. 예는 정치가 안정되면 만들어져 공의 시작이 되므로 '일'이라 말한 것이고, 악은 공적이 이루어지면 지어져서 일의 완성이 되므로 '공'이라 말한 것이다. 나누어서 말하면 이렇지만, 총괄해서 말하면 《대무(大武)》를 출 때 손을 뻗어 떨치고 발을 세차게 빨리 딛는 것은 그 때의 기세를 타고 단숨에 일을 이루려는 것이다'[19]라고 하여, 악에서도 '일'이란 말을 쓰기도 한다.

12-3. 故鍾鼓管磬·羽籥干戚, 樂之器也. 屈伸俯仰·綴兆舒疾, 樂之文也. 簠簋俎豆·制度文章, 禮之器也. 升降上下·周旋裼襲, 禮之文也. 故知禮樂之情者能作, 識禮樂之文者能述. 作者之謂聖, 述者之謂明, 明聖者述作之謂也.

그러므로 종(鐘)·고(鼓)·관(管)·경(磬)과 우(羽)·약(籥)·간(干)·척(戚)[20]은 악(樂)의 도구[器]이고, 몸을 구부렸다 펴고 고개를 숙였다 쳐들며 행렬을 짓고 느리거나 빨리 움직이는 것은 악의 문채[文]이다. 보(簠)·궤(簋)[21]·조(俎)·두(豆)[22]와 제도(制度)·문장(文章)[23]은 예(禮)의 도구이고, 계단을 오르내리고 당을 오르내리며 나아가고 물러서며 석의(裼衣)와 습의(襲衣)[24]를 차려 입는 것은 예의 문채이다. 그러므로 예악의 정(情)을 아

---

18 『莊子』外物 26-5.
19 손을~것이다:『禮記』樂記 19-23.
20 종·고·관·경은 음악을 연주할 때 쓰는 도구이고, 우·약·간·척은 춤출 때 쓰는 도구이다.
21 보(簠)·궤(簋): 벼와 기장 등 마른 제수를 담는 데 쓰는 제기.〈그림 2-6, 2-7 참조〉
22 조(俎)·두(豆): 나무로 만든 제기(祭器)로, 조(俎)에는 날고기를 담고, 두(豆)에는 말린 고기를 담는다.〈그림 2-2, 2-5 참조〉
23 제도(制度)·문장(文章): 제도는 수레나 궁실 등의 크기나 모양을 규정한 것이고, 문장은 기물(器物)이나 의복의 장식이다.
24 석습(裼襲):『禮記』曲禮下에 다음과 같은 글이 있다. 「執玉其有藉則裼, 無藉則襲【옥을 잡을 때 옥받침이 있으면 석의(裼衣)로 하고, 옥받침이 없으면 습의(襲衣)로 한다.】석의는 갖옷裘: 겨울에 입음 이나 갈옷葛: 여름에 입음 위에 입는 화려한 옷이고, 습의는 석의(裼衣) 위에 입는 정복(正服)이다. 성례(盛禮)는 질박을 숭상하므로 습의를 잘 여미서 화려한 석의가 드러나지 않게 하고, 경례(輕禮: 가벼운 예)는

는 자는 만들 수 있고, 예악의 문채를 인식하는 자는 계술(繼述)할 수 있다. 만든 사람을 '성인(聖人)'이라 하고, 계술한 사람을 '명인(明人)'이라 한다. '명(明)'·'성(聖)'은 예악을 계술하거나 만든 사람을 이른다.[25]

先王之爲樂也, 發之聲音, 則鑄之金而爲鐘, 其用統實以象地, 節之革而爲鼓, 其用 大[26]麗以象天, 越之竹而爲管籥, 則發猛以象星辰日月, 磨之石而爲磬, 則廉制以象水. 形之動靜, 則羽籥以舞大夏, 干戚以舞大武, 此樂之器也而象實寓焉. 執其干戚, 習其俯仰屈伸, 容貌得莊焉, 行其綴兆, 要其節奏, 行列得正焉, 進退得齊焉. 其治逸者, 其行綴遠, 其治勞者, 其行綴短. 一舒一疾, 莫不要鍾鼓附會之節, 而兼天道焉, 此樂之文也而質實寓焉.

其爲禮也, 著之齊量, 則外方以正, 內圓以應, 有父道焉, 有夫道焉, 簠之所以爲器也. 內方以守, 外圓以從, 有子道焉, 有妻道焉, 簋之所以爲器也. 暉之度數, 其數以陽奇, 俎之所以爲器也. 其數以陰[27]偶, 豆之所以爲器也. 又制度以等異之, 文章以藻色之, 禮之器然也, 象在其中矣. 龍之爲物, 出入隱見, 莫之能制, 而裼襲如之, 裼則見而成章, 襲則隱而成體. 故一升一降, 上下周旋, 以合其儀, 裼襲以美其身, 禮之文然也, 質在其中矣.

然禮樂之情, 寓於象質之微而難知, 其文顯於器數之粗而易識. 故知其情者能作之於未有, 則聖之事, 非明之所及也. 識其文者, 能述之於已然, 則明之事而已, 聖不與焉. 蓋聖者明之出, 明者神之顯. 故知而作之者爲聖, 識而述之者爲明, 其知神之所爲乎! 曲禮曰 "聖人作, 爲禮

문식(文飾 : 아름답게 꾸밈)을 숭상하므로, 습의(襲衣)의 앞 옷깃을 풀어서 화려한 석의를 드러낸다. 또한 성례(盛禮)에서는 옥받침을 쓰지 않고, 경례(輕禮)에서는 아름다운 옥받침을 쓴다.

25   『禮記』樂記 19-3.
26   대본에는 '文'으로 되어 있으나 사고전서 『樂書』에 의거하여 '大'로 바로잡았다.
27   대본에는 '音'으로 되어 있으나, 사고전서 『樂書』에 의거하여 '陰'으로 바로잡았다.

以敎人." 又曰 "君子退遜以明禮", 聖作明述之辨也.

別而言之, 先作後述者, 聖明之序也. 合而言之, 先明後聖者, 述作之
序也. 古之制器者, 智創之, 巧述之, 創業者父作之, 子述之. 然則禮樂
以聖作以明述亦豈異? 此孔子述而不作, 非不足於聖也, 特不居而已.
蓋有不知而作者, 又在所不與焉. 詩曰 : "不識不知." 知則知人所爲, 識
則識其面目而已. 是識之外矣, 知之內矣, 識之淺矣, 知之深矣. 禮樂之
情存乎內而深, 故稱知. 其文存乎外而淺, 故稱識.

선왕이 악(樂)을 만들 때 성음(聲音)을 내게 했으니, 쇠를 주조하여 만
든 종은 그 작용이 여러 악기를 통솔하여 충실하게 하니 땅을 닮고, 가
죽을 무두질하여 만든 북은 그 작용이 소리가 커서 여러 악기를 따르게
하니 하늘을 닮고, 대나무에 구멍을 뚫어 만든 관(管)·약(籥)은 소리가
멀리 드날리니 일월성신(日月星辰)을 닮고, 돌을 갈아 만든 경(磬)은 소리
가 맑고 분명하니 물[水]을 닮았다.[28] 동작으로 형용했으니, 우(羽)·약(籥)
을 들고 《대하(大夏)》를 추고, 간(干)·척(戚)을 들고 《대무(大武)》를 추었
다. 이런 것들은 악의 도구이니, 상(象)이 표현되어 있다.

방패와 도끼를 잡고 고개를 숙였다 쳐들며 몸을 구부렸다 펴는 동작
을 익히면 용모(容貌)가 장엄해지고, 춤추는 동작을 절주(節奏)에 맞추면
행렬이 바르게 되고 진퇴(進退)가 가지런해진다.[29] 정사(政事)를 태만히 한
자는 춤 행렬이 듬성듬성하고 정사를 부지런히 한 자는 춤 행렬이 촘촘
하다.[30] 느리게 하고 빨리 하는 것이 종(鐘)·고(鼓)의 절주에 맞아서 천도
(天道)를 겸하지 않은 것이 없다. 이런 것들은 악의 문채이니, 질(質)이 표

---

[28] 『荀子』樂論 20-10. 「聲樂之象, 鼓大麗, 鐘統實, 磬廉制, 竽笙簫和, 筦籥發猛 …… 故
鼓似天, 鐘似地, 磬似水, 竽笙簫和筦籥似星辰日月.」

[29] 방패와~가지런해진다 : 『禮記』樂記 19-25.

[30] 『禮記集說大全』에서는 '遠'을 춤추는 사람 수가 많아 행렬이 긴 것으로 풀이하고,
'短'을 춤추는 사람 수가 적어 행렬이 짧은 것으로 풀이하였으나, 진양은 이와 달리
'遠'을 춤추는 사람 수가 적어 행렬이 듬성듬성한 것으로 풀이하고, '短'을 춤추는 사
람 수가 많아 행렬의 간격이 촘촘한 것으로 풀이하였다. 역자는 진양의 설을 따라
번역하였다.

현되어 있다.

예를 만들 때 제량(齊量)을 나타냈으니, 밖이 모나서 바르고 안이 둥글어서 융통성 있게 대응하여 아버지의 도와 남편의 도가 있는 것은 보(簠)[31]의 속성이다. 안이 모나서 바르게 지키고 밖이 둥글어서 순종하여 자식의 도와 아내의 도가 있는 것은 궤(簋)[32]의 속성이다. 도수(度數)를 밝혔으니, 그 수(數)가 양(陽)인 홀수가 되는 것은 조(俎)의 속성이다. 그 수가 음(陰)인 짝수가 되는 것은 두(豆)의 속성이다. 또 제도로 등급을 다르게 하고 문양으로 아름답게 꾸몄다. 이런 것들은 예의 도구이니, 상(象)이 그 가운데 있다.

용(龍)의 속성은 들고 나며 숨고 나타나는 것을 제어할 수 없는데, 석의(裼衣)와 습의(襲衣) 차림이 그러하다. 습의의 앞 옷깃을 풀면 안에 입은 석의(裼衣)가 드러나 화려한 무늬가 드러나고, 습의를 여미면 석의가 보이지 않아 정복(正服) 차림이 된다. 그러므로 계단을 오르내리고 당을 오르내리며 나아가고 물러나는 것을 의젓한 거동에 합치되게 하고, 석의와 습의 차림을 하여 모습을 아름답게 하는 것은 예의 문채이니, 질(質)이 그 가운데 있다.

예악의 정(情)은 상(象)과 질(質)에 은미하게 나타나 알기 어렵지만, 그 문채[文]는 도구와 수(數)에 뚜렷이 드러나 알기 쉽다. 그러므로 정을 아는 자는 무(無)에서 새로 만들 수 있으니, 이는 성인(聖人)의 일이고 명인(明人)이 미칠 수 없다. 문채를 아는 자는 이미 있는 것을 계술할 수 있으니, 명인이 하는 일일 뿐 성인이 참여하지 않는다. 대개 성인은 밝음이 뛰어나고, 명인은 정신이 훌륭하다. 그러므로 본질을 알아서 예악을 만드는 자는 성인이고, 이를 계술하는 자는 명인이니, 훌륭한 정신의 소유자가 하는 바를 알 수 있다. 「곡례」에 "성인이 예를 만들어 사람을 가르친다"[33]라고 하고, 또 "군자는 물러나 겸양하여 예를 밝힌다"[34]라고 했으

---

31   보(簠): 〈그림 2-6 참조〉.
32   궤(簋): 〈그림 2-7 참조〉.

니, 성인이 예악을 만들고 명인이 계술하는 것을 구분한 것이다.

나누어 말할 때 '작(作)' '술(述)'의 순으로 거론한 것은 성(聖)・명(明)의 순서를 밝힌 것이고, 합해서 말할 때 명(明)・성(聖)의 순으로 거론한 것은 술(述)・작(作)의 순서를 밝힌 것이다. 옛날에 도구는 지혜로운 자가 처음 만들고 훌륭한 기술자가 그것을 계술했으며, 창업은 아버지가 처음 시작하고 자식이 그것을 계술했으니, 성인이 예악을 만들고 명인이 계술한 것이 어찌 이상한 일이겠는가? 그러나 공자가 예악을 계술하기만 하고 만들지 않은 것은 성인에 못 미쳐서가 아니라 다만 그 지위에 있지 않았기 때문이다. 제대로 알지도 못하면서 만드는 자는 논할 필요도 없다.

『시경』에 "인식하지 못하고 알지 못했다[不識不知]"[35]라고 하였는데, 안다는 것[知]은 사람이 할 바를 아는 것이고 인식한다는 것[識]은 면목(面目)을 지각한다는 것이다. 식(識)은 외면을 아는 것이고 지(知)는 내면을 아는 것이니, 식(識)은 얕게 아는 것이고 지(知)는 깊이 아는 것이다. 예악의 정은 내면에 있어서 깊으므로 안다[知]고 말했고, 문채는 외면에 있어서 얕으므로 인식한다[識]고 말하였다.

12-4. 樂者天地之和也, 禮者天地之序也. 和故百物皆化, 序故群物皆別.

악은 천지의 조화이고, 예는 천지의 질서이다. 조화로우므로 백물이 모두 화생(化生)하고 질서가 있으므로 군물(群物)이 구별된다.[36]

至陰肅肅, 至陽赫赫. 肅肅出乎天, 赫赫發乎地, 兩者交通而成者, 天

33　『禮記』曲禮上 1-6.
34　『禮記』曲禮上 1-6.
35　『詩經』大雅 / 皇矣.
36　『禮記』樂記 19-4.

地之和也, 樂實與之俱焉. 天尊地卑, 神明位矣, 以春夏先秋冬後, 四時序矣. 天地至神, 而有尊卑先後者, 天地之序也, 禮實與之俱焉. 是樂者天地之和, 禮者天地之序. 和則不乖, 故百物因形移易而皆化. 序則不亂, 故群物萌區有狀而皆別. 樂之敦和, 禮之別宜, 亦如此而已.

天無爲以之淸. 地無爲以之寧. 兩無爲相合, 萬物以化而至樂得矣, 和故百物皆化之謂也. 天高地下, 萬物散殊而禮制行矣, 序故群物皆別之謂也. 樂統同也, 嫌於不異, 故言百物以辨之, 與易乾稱六龍同意. 禮辨異也, 嫌於不同, 故言群物以統之, 與易乾稱群龍同意.

言禮者天地之序, 又言天地之別, 何也? 曰天地故有序矣, 所謂別者, 因其序以別之. 原禮之始則爲天地之序, 要禮之終則爲天地之別. 經不云乎? "序故群物皆別" "祭有昭穆, 所以別父子遠近長幼親疏之序而無亂也"

지음(至陰)은 고요하고 차며 지양(至陽)은 밝게 빛나고 뜨겁다. 고요하고 찬 음기는 하늘에서 나와 땅으로 내려오고, 밝게 빛나고 뜨거운 양기는 땅에서 나와 하늘로 올라간다. 이 두 기(氣)가 서로 통해서 이루어지는 것[37]이 천지의 화합이니, 악(樂)이 실로 함께 한다. 하늘이 높고 땅이 낮은 것은 신명의 위계이고 봄과 여름이 먼저 오고 가을과 겨울이 뒤에 오는 것은 사시(四時)의 차례이다. 천지자연은 지극히 신묘한데도 존비(尊卑)와 선후(先後)가 있는 것[38]이 천지의 질서이니, 예가 실로 함께 한다. 따라서 악은 천지의 조화이고 예는 천지의 질서이다.

조화를 이루면 어긋나지 않으므로 형체가 바뀌어 백물이 변화한다. 질서가 있으면 어지럽지 않으므로 만물이 싹이 터서 형체를 이루어[39] 모두 구별된다. 악에서 화합을 돈독히 하는 것과 예에서 마땅함을 분별하는 것도 또한 이 같을 따름이다.

---

37 지음(至陰)은~것:『莊子』田子方 21-4.
38 하늘이~것:『莊子』天道 13-2.
39 싹이 터서 형체를 이루어:『莊子』天道 13-2.

하늘은 무위(無爲)하므로 맑고, 땅은 무위하므로 편하다. 두 무위(無爲)가 서로 합해져 만물이 화생하여 지락(至樂)이 얻어지니, 이는 '조화를 이루므로 백물이 모두 화생한다'는 것을 일컫는다. 하늘은 높고 땅은 낮으며 만물이 각양각색이어서 자연의 예제(禮制)가 행해지니, 이는 '질서가 있으므로 군물이 구분된다'는 것을 일컫는다.

악은 통합하여 같게 하되 개별 특성이 없어지는 것을 꺼리기 때문에 백물(百物)을 말하여 구별하였으니, 『주역』 건괘에서 육룡(六龍)이라고 일컬은 것[40]과 같은 뜻이다. 예는 구별하여 다르게 하되 이질적으로 되는 것을 꺼리기 때문에 군물(群物)을 말하여 통합했으니, 『주역』 건괘에서 군룡(群龍)이라고 일컬은 것[41]과 같은 뜻이다.

'예는 천지의 질서이다'[42]라고 말하고, 또 '천지의 구별이다'[43]라고 말한 것은 무엇 때문인가? 천지는 본디부터 질서가 있다. 이른바 구별이란 질서로 인해 구별되는 것이다. 따라서 예의 시초를 따지면 '천지의 질서'가 되고 예의 끝을 따지면 천지의 구별이 된다. 그러므로 경(經)에 "질서가 있으므로 군물이 모두 구별된다." "제례에 소목(昭穆)이 있으니, 이것은 부자(父子)·원근(遠近)·장유(長幼)·친소(親疎)를 구별하여 혼란이 없게 하는 것이다"[44]라고 말한 것이다.

12-5. 樂由天作, 禮以地制. 過制則亂, 過作則暴. 明於天地, 然後能興禮樂也.

악은 하늘을 말미암아 지어지고 예는 땅을 본받아 만들어진다. 예를

---

[40] 『周易』 乾卦 9. 「象曰 …… 大明終始, 六位時成, 時乘六龍以御天【마침과 시작을 크게 밝히면 여섯 위(位)가 때에 따라 이루어지며, 그 때를 따라 육룡(六龍)을 타고 하늘을 거느리니라.】」

[41] 『周易』 乾卦 8. 「用九, 見群龍无首, 吉【용구(用九)는 여섯 양효(陽爻)가 모두 발동하여 군룡(群龍)이 나타나는 때이니 서로 머리가 되고자 다투지 않으면 길하리라.】」

[42] 『禮記』 樂記 19-4.

[43] 『禮記』 樂記 19-6.

[44] 『禮記』 祭統 25-15.

잘못 만들면 혼란이 생기고, 악을 잘못 지으면 무람없어진다. 따라서 천지의 이치에 밝아야 예악을 일으킬 수 있다.[45]

樂者天地之和, 禮者天地之序, 則合異以爲同. 樂由天作, 禮以地制, 則散同以爲異. 蓋由天作則有所循而體自然, 與孟子稱由仁義之意同. 以地制則有所裁而節之, 與孟子稱行仁義之意同. 對之則其辨如此, 通之則禮亦可以言由與作矣. 故曰 : "樂由陽來, 禮由陰作."

古者治定制禮, 功成作樂, 禮未可制而制之, 是過制也, 樂未可作而作之, 是過作也. 過制則失序矣, 離而爲慝, 禮能無亂乎? 過作則失和矣, 流而爲淫, 樂能無暴乎? 孟子曰 "文武興則民好善, 幽厲興則民好暴." 好暴反乎好善, 而過作則暴, 豈非未盡善之意歟?

樂由天作, 禮以地制, 先作後制, 禮樂之序也. 過制則亂, 過作則暴, 先制後作, 制作之序也. 由是觀之, 明於天地, 然後能興禮樂而制之, 非成能之聖人, 疇克之哉? 明於天地, 然後能興禮樂, 明王制作之始也. 擧禮樂而天地將爲昭焉, 明王制作之效[46]也, 故曰 : "禮樂之情同, 明王以相沿也."

악은 천지의 조화이고 예는 천지의 질서이니, 다른 것을 합해서 같게 만든다.[47] 악은 하늘을 말미암아 지어지고 예는 땅을 본받아 만들어지니, 같은 것을 분산시켜 다르게 만든다.[48] 하늘을 말미암아 짓는다는 것은

45 『禮記』樂記 19-4.
46 대본에는 '故'로 되어 있으나, 사고전서 『樂書』에 의거하여 '效'로 바로잡았다.
47 다른~만든다 : 『莊子』則陽 25-10.
48 같은~만든다 : 『莊子』則陽 25-10. 『장자』의 '合異以爲同, 散同以爲異'에 대한 설명을 『莊子』則陽 25-10에 의거하여 보충하면 다음과 같다. 「今指馬之百體而不得馬, 而馬係於前者, 立其百體而謂之馬也. 是故丘山積卑而爲高, 江河合小而爲大, 大人合幷而爲公. 是以自外入者, 有主而不執, 由中出者, 有正而不距【지금 말의 백체(百體)를 각각 따로 지적하여 명명하면 말이 될 수 없겠지만, 앞에 매여져 있는 말의 백체를 총체적으로 모아서 말하면 그것을 말이라고 할 수 있다. 그러므로 언덕이나 산은 낮은 토지가 쌓여서 높게 된 것이고, 장강과 황하는 작은 물이 모여서 크게 된 것이고, 대인은 만물의 '사(私)'를 하나로 병합하여 공평하게 베푼 자이다. 그리하여 대인은

따르는 바가 있어서 저절로 그렇게 되는 것이니, 『맹자』에 '인의를 따라 행한다'[49]라고 한 것과 같다. 땅을 본받아 만든다는 것은 이치를 헤아려 절제하는 것이니, 『맹자』에 '인의를 힘써 행한다'[50]라고 한 것과 같다.

예와 악을 대비하면 이같이 구별하지만, 통괄하면 예에 대해서도 '말미암아 짓는다'라고 말하기도 하니, "악은 양(陽)을 말미암아 나오고, 예는 음(陰)을 말미암아 지어진다"[51]라고 한 것이 그 실례이다.

옛날에 정치가 안정되면 예를 만들고 공(功)이 이루어지면 악을 지었다.[52] 예를 만들 만한 상황이 아닌데 만드는 것은 잘못 만드는 것이고, 악을 지을 만한 상황이 아닌데 짓는 것은 잘못 짓는 것이다. 잘못 만들면 질서가 없어져 인심이 떠나고 사특해질 것이니, 예가 혼란스럽지 않겠는가? 잘못 지으면 조화를 잃어서 방종에 흐르고 음란해질 것이니, 악이 무람하지 않겠는가? 『맹자』에 "문왕이나 무왕처럼 현명한 임금이 다스리면 백성들이 선을 좋아하고 유왕(幽王)[53]이나 여왕(厲王)[54]처럼 탐욕스럽고 어리석은 임금이 다스리면 백성들이 포악함을 좋아한다"[55]라고 하

밖에서 들어오는 의견을 들을 때 마음속에 주관이 있지만 어느 하나만을 고집하지 않으며, 안에서 밖으로 생각을 발설할 때 올바름을 지키지만 거부당하지 않는다.】

49 『孟子』離婁下 8-19.「舜明於庶物, 察於人倫, 由仁義行, 非行仁義也【순임금은 여러 사물의 이치에 밝으시며 인륜을 특히 살피셨으니, 인의(仁義)를 따라 행하신 것이요. 인의를 행하려고 하신 것은 아니었다."】, '인의를 따라 행한다'는 뜻은 인의가 마음속에 뿌리박혀 있어 행하는 바가 모두 이로부터 나온다는 뜻이다.

50 『孟子』離婁下 8-19.

51 『禮記』樂記 19-2 蔡氏註.

52 정치가~지었다 : 『禮記』樂記 19-5.

53 유왕(幽王) : 주나라 제12대 왕으로 재위 기간은 B.C. 782~B.C. 771이다. 황후와 황태자를 폐위시키고, 총희(寵姬) 포사(褒似)와 그 아들을 황후와 태자로 봉하는 등 방자한 짓을 행하여 외척 신후(申侯)에게 살해되었다.

54 여왕(厲王) : 주나라 제10대 왕으로 재위 기간은 B.C. 878~B.C. 828이다. 여왕은 이익을 탐내고 백성들의 언로를 막았다가, 백성들에게 쫓겨났다. 소공(召公)과 주공(周公)의 두 대신이 나라를 이끌어갔는데, 공화(共和) 14년인 B.C. 828년에 여왕이 사망하자, 소공 집에서 성장한 태자 정이 왕위를 이으니, 이가 바로 주를 중흥시킨 선왕(宣王)이다.

55 『孟子』告子上 11-6.

였다. 무람없는 것은 선을 좋아하는 것과 반대가 된다. 잘못 지어지면 무
람없어진다는 것은 선(善)에 미진하다는 뜻이 아니겠는가?

'악은 하늘을 말미암아 지어지고 예는 땅을 본받아 만들어진다'라고
하여, 악을 짓는 것이 앞에 있고 예를 만드는 것이 뒤에 있는 것은 예악
의 순서이다. '예를 잘못 만들면 혼란이 생기고, 악을 잘못 지으면 무람
없어진다'라고 하여, 예를 만드는 것이 앞에 있고 악을 짓는 것이 뒤에
있는 것은 제작의 순서이다.

이로 보건대, 천지의 이치에 밝아야 예악을 일으켜 제작할 수 있으니,
성인이 아니면 누가 할 수 있겠는가? '천지의 이치에 밝아야 예악을 일
으킬 수 있다'는 것은 명철한 왕이 제작을 시작하는 단계이고, '악을 거
행하면 천지가 밝아진다'[56]는 것은 제작의 효과가 나타난 단계이다. 그
러므로 "예와 악의 정이 같으므로 명철한 왕이 서로 계승하였다"[57]라고
말한 것이다.

12-6. 論倫無患, 樂之情也. 欣喜歡愛, 樂之官也.
조리(條理)를 논하여 해롭지 않은 것은 악(樂)의 정(情)이고, 기쁨[欣喜]
과 사랑[歡愛]은 악의 기능[官]이다.[58]

樂有情有文. 微情文之顯, 以之神, 則非意之所能致, 言之所能論也.
闡情文之幽, 以之明, 則意之所能致, 言之所能論也. 故其文不息, 其情
無患, 皆得而論焉. 詩曰 : "於論鼓鐘" 豈兼情文之義而論之歟? 蓋八音
克諧, 無相奪倫, 論乎陰陽而無散密之患, 論乎剛柔而無怒懼之患, 各
安其位, 而其倫清矣, 非樂之文也, 樂之情而已. 孟子曰 : "欣欣然皆有
喜色." 傳曰 : "歡然有恩以相愛." 則欣喜在色, 而主乎外, 歡愛在心, 而

---

56 『禮記』 樂記 19-20.
57 『禮記』 樂記 19-2.
58 『禮記』 樂記 19-4.

主乎內. 非樂之君也, 樂之官而已.

莫非樂之情也, 論倫無患者, 情之和, 窮本知變者, 情之中. 和則審一而足以率一道, 中則通上下, 而足以理萬變, 此樂所以爲中和之紀歟! 若大林樂而無形, 幽昏而無聲於人, 論者謂之冥冥, 所以論情而非情也.

악에는 정(情)과 문(文 : 문채)이 있다. 정과 문채의 밝은 것을 은미하게 해서 신묘하게 한 것은 이해하거나 말로 논할 수 없다. 그러나 정과 문채의 그윽한 것을 드러내어 밝게 한 것은 이해할 수 있고 말로 논할 수 있다. 그러므로 문채가 사라지지 않고 그 정이 해롭지 않아 모두 논할 수 있다. 『시경』에 "아, 북과 종을 논함이여!"[59]라고 한 것은 아마 정과 문채의 뜻을 겸해서 논한 것일 것이다.

대개 '팔음(八音)의 악기가 잘 어울려 서로 저마다 지닌 조리(條理)를 빼앗지 않아야 한다'[60]고 한 것은 음(陰)·양(陽)을 논하여 흩어지거나 밀폐되는 근심이 없고, 강(剛)·유(柔)를 논하여 노하거나 두려워하는 근심이 없게 하여, 각각 제 위치에서 안정되어 윤리가 맑은 것이니, 이는 악의 문채가 아니고 악의 정(情)이다.

『맹자』에 "흔연히 기뻐하는 기색이 있다[欣欣然皆有喜色]"[61]라고 하고, 전(傳)에 "환연히 은혜가 있어서 서로 사랑한다[歡然有恩以相愛]"[62]라고 했으니, 기쁨[欣喜]은 얼굴빛에 나타나 밖을 주관하고, 사랑[歡愛]은 마음속에 있어 안을 주관하는 것이다. 이는 악의 주재(主宰)가 아니고 악의 기능[官]이다.

그러나 악의 정(情)이 아닌 것이 없으니, 조리를 논하여 해롭지 않은 것은 정의 화(和)이고, 근본을 궁구해서 변화를 아는 것은 정의 중(中)이다. 화(和)는 하나[마음]를 살펴서 하나의 도(道)를 따르는 것이고, 중(中)은

---

59 『詩經』大雅 / 靈臺. 주자는 '論'을 '倫[질서 있다]'으로 풀이했지만, 진양은 글자 그대로 '논하다'로 풀이했으므로 본고는 진양 설을 따라 번역했다.

60 『書經』/ 虞書 / 舜典 3.

61 『孟子』梁惠王下 2-1.

62 『前漢書』권56 董仲舒傳.

위와 아래에 다 통하여 온갖 변화를 다스리는 것이다. 이것이 악이 중화(中和)의 벼리가 되는 이유이다.

그런데 대림(大林)과 같은 것은 악성(樂聲)이지만 형체가 없고 그윽하고 어두워서 사람에게 들리지 않는다.[63] 그러므로 의논하는 자들이 그것을 어둡다고 한 것은 정을 논했지만 정이 아니기 때문이다.

12-7. 中正無邪, 禮之質也.

중정(中正)하여 사특(邪慝)함이 없는 것은 예의 바탕[質]이다.[64]

誠非禮不著, 僞非禮不去, 誠著則中正, 僞去則無邪. 中正無邪, 則釋回增美質矣, 豈不爲禮之質乎?

禮非特有質, 蓋亦有本焉. 夫禮本於太一, 成於太素, 則太一本之始也, 太素質之始也. 禮運言 : "五行四時十二月, 還相爲本." 繼之 : "五味六和十二食, 還相爲質." 聖人作, 則必以天地爲本, 繼之五行以爲質. 語曰 : "本立而道生." 傳曰 : "性者生之質." 是本先於根而存乎道, 質先於幹而存乎性. 忠則不欺於道而爲德之正, 信則不疑於道而爲德之固. 此禮之在道者也, 故謂之本. 行有所修而不廢, 未必不顧言, 言有所道而由行之, 未必不顧行. 此禮之在性者也, 故謂之質.

本固不止於忠信. 故孔子之言儉戚·左氏之言孝, 謂之本焉. 質固不止於言行, 故其德中正, 其行無邪, 亦謂之質焉. 蓋儉戚非禮之中, 孝非禮之末. 故與忠信同爲禮之本. 乾之九三, 重剛不中, 而與時行, 忠信以進德, 修辭立誠以居業, 其於禮之本可謂體之矣. 擬言於法, 言得其正, 擬行於德, 行得其中, 故中正無邪, 與行修言道同爲禮之質. 乾之九二, 龍德而正中, 抑又閑邪存其誠, 言行勤信而不伐, 其於禮之質可謂體之矣,

---

63   대림(大林)과~않는다:『國語』周語下 3-6.
64   『禮記』樂記 19-4.

以行修言道爲禮之質, 則修身踐言爲禮之文可也, 以忠信爲禮之本, 以義理爲之文, 則不可矣. 今夫義出於道德, 理出於性命, 人心之所固然, 聖人之所先得者也. 以之爲禮之文, 殆非聖人之言, 豈漢儒附益之妄邪?

성실은 예가 아니면 나타나지 않고 거짓은 예가 아니면 제거되지 않는다. 성실하면 중정(中正)하고, 거짓이 제거되면 사특함이 없어진다. 따라서 중정하고 사특함이 없으면 간사함을 제거하고 아름다운 바탕을 증가시키니,[65] 어찌 예의 바탕이 되지 않겠는가?

그러나 예에는 바탕[質]만 있는 것이 아니고 본(本)도 있다. 예는 태일(太一)[66]에 근본하고 태소(太素)[67]에서 이루어졌으니, 태일은 본의 시초이고 태소는 바탕의 시초이다. 「예운(禮運)」에 "오행(五行)・사시(四時)・12월이 돌아가며 서로 본(本)이 된다"라고 하고, 이어서 "오미(五味)[68]・육화(六和)[69]・십이식(十二食)[70]이 돌아가며 서로 바탕이 된다"[71]라고 했으니, 성인이 제작할 때 반드시 천지를 본으로 삼고 오행(五行)을 바탕으로 삼았다. 『논어』에 "본(本)이 확립되면 도(道)가 생긴다"[72]라고 하고, 전(傳)에 "성(性)은 생명의 바탕이 된다"[73]라고 하였다. 따라서 본(本)은 뿌리[根]보다 앞선 것이니 도(道)에 있고, 바탕[質]은 몸체[幹]보다 앞선 것이니 성(性)에 있다.

충실하면 도(道)를 속이지 않아 덕이 바르게 되고, 신의가 있으면 도를

---

65 간사함을~증가시키니 : 『禮記』 禮器 10-1.
66 태일(太一) : 천지(天地)가 일체(一體)로서 분화되지 않아 혼돈・소박하며 아직 물체가 만들어지지 않은 상태. 우주 만물의 근원.
67 태소(太素) : 우주를 구성하는 원초적인 물질.
68 오미(五味) : 신맛・쓴맛・매운맛・짠맛・단맛.
69 육화(六和) : 봄에는 신맛, 여름엔 쓴맛, 가을엔 매운 맛, 겨울엔 짠맛이 강한데, 여기에 모두 부드러운 맛[滑]과 단맛[甘]이 섞여 있는 것.
70 십이식(十二食) : 12달에 매달 먹는 음식.
71 『禮記』 禮運 9-25.
72 『論語』 學而 1-2.
73 『大戴禮記』 권8.

의심하지 않아 덕이 견고해진다. 이는 예가 도에 있는 것이니 본(本)이라 일컫는다. 행실을 닦아 폐하지 않으면 말[言]을 돌아보지 않음이 없고, 말을 바르게 하고 이에 따라 행하면 행실을 돌아보지 않음이 없다. 이는 예가 성(性)에 있는 것이니 바탕[質]이라 일컫는다.

본(本)은 충신(忠信)에만 있는 것이 아니다. 그러므로 공자가 예(禮)를 검소하게 하고 상(喪)을 참으로 슬퍼하는 것을 예의 본(本)이라 하였고,[74] 좌씨가 '효(孝)'를 예의 본이라 일컬었다. 마찬가지로 바탕[質]은 언행(言行)에만 있는 것이 아니다. 그러므로 그 덕이 중정하고 행실이 사특하지 않은 것을 또한 바탕[質]이라 일컬은 것이다.

'예를 검소하게 하고 상을 참으로 슬퍼하는 것'은 예의 중(中)이 아니고, '효'는 예의 말단이 아니므로 충신(忠信)과 함께 예의 본이 된다. 건괘(乾卦)의 구삼(九三)은 거듭 강하여 중(中)에 처하지 않았으나, 때와 더불어 함께하여 충신(忠信)으로 덕에 나아가며, 말을 신중히 하고 정성을 쏟아 매진하니,[75] 예의 본을 체득하였다고 이를만하다.

말을 법도에 맞게 하면 말이 바르고 행실을 덕에 맞게 하면 행실이 적중하므로, '중정(中正)하고 사특함이 없는 것'이 행실을 닦고 말을 도리에 맞게 하는 것과 함께 예의 바탕이 된다.[76] 건괘의 구이(九二)는 용(龍)의 덕으로 정중(正中)하며 간사함을 막고 정성을 보존하여 말을 미덥게 하고 행실을 삼가서 자랑하지 않으니,[77] 예의 바탕을 체득하였다고 이를만하다.

따라서 행실을 닦고 말을 도리에 맞게 하는 것이 예의 바탕이니, 자신을 닦고 말을 실천하는 것이 예의 문채가 되는 것은 옳지만, 충신(忠信)을

---

74 『論語』八佾 3-4. 「林放問禮之本. 子曰: "大哉問! 禮, 與其奢也寧儉, 喪, 與其易也寧戚[임방이 예의 근본을 묻자, 공자는 "크구나, 물음이여! 예는 사치하기보다는 차라리 검소해야 하고, 상(喪)은 절차에 익숙하기 보다는 차라리 슬퍼해야 한다.]」

75 건괘(乾卦)의~매진하니: 『周易』乾卦 24, 20, 15.

76 행실을 닦고~된다: 『禮記』曲禮上 1-5.

77 건괘의~않으니: 『周易』乾卦 14.

예의 본으로 삼고, 의리(義理)를 예의 문채로 삼는 것[78]은 옳지 않다. 의(義)가 도덕에서 나오고 이(理)가 성명(性命)에서 나오는 것은 인심이 본래 그러한 바로서 성인이 먼저 체득한 것이다. 따라서 의리를 예의 문채로 보는 것은 성인의 말씀이 아니라 어쩌면 한나라 유학자들이 덧붙인 망녕된 말일 것이다.

---

[78] 『禮記』禮器 10-2. 「忠信, 禮之本也. 義理, 禮之文也.」

권13 예기훈의(禮記訓義)

악기(樂記)

악기(樂記)

13-1. 莊敬恭順, 禮之制也.

장경(莊敬) · 공순(恭順)은 예의 절제(節制)이다.[1]

坤也者地也, 以敬爲德, 以順爲道. 故言敬以直內而莊擧矣, 言坤道
其順乎而恭擧矣. 外貌斯須不莊不敬, 則易慢之心入. 而臨之以莊則敬
矣, 是外莊則內敬也. 貌曰恭, 恭近於禮, 而禮又極順焉, 是外恭而內順
也. 禮以地制, 莊恭乎其外, 敬順乎其內, 則因物以裁之而已, 有不爲之
制乎?

---

1 『禮記』 樂記 19-4.

易曰 : "巽德之制" 表記曰 : "義者天下之制" 蓋巽不主一節, 因物而已, 義不主故常, 度宜而已, 禮之因物節文以從宜, 亦何異此? 禮之制, 先莊敬後恭順, 禮之教, 先恭儉後莊敬, 何也? 曰責難之謂恭, 閑邪之謂敬, 其教則閑邪後於責難, 其制則德先於道. 故其異如此. 言樂則情而後官, 言禮則質而後制者. 蓋司伺末者也, 官探本者也. 樂之情, 則易流而已, 無官以主之, 或至於忘本, 此官所以後乎情. 禮之質, 則撲素而已, 無制以裁之, 或不足於華藻, 此制所以後乎質.

곤(坤)은 땅이니, 경(敬)을 덕으로 삼고 순(順)을 도(道)로 삼는다. 그러므로 요컨대 경(敬)으로 마음을 곧게 하면 장(莊)이 드러나고, 곤도(坤道)를 따르면 공(恭)이 드러난다. 외모가 잠시라도 장경(莊敬)하지 않으면 경솔하고 거만한 마음이 들어간다. 장(莊)으로 임하면 곧 경(敬)이 되니, 이는 밖이 장엄하여 안(마음)이 경건해진 것이다. 모습은 공손해야 하니,[2] 공손함이 예에 가까우면,[3] 예 또한 지극히 순하게 된다. 이는 밖이 공손하여 안이 순해진 것이다. 예는 땅을 본받아 만들어졌으므로 밖은 장엄하면서 공손하고 안은 경건하면서 순하다. 따라서 일마다 알맞게 조절할 것이니 절제되지 않음이 있겠는가?

『주역』에 "손(巽)은 덕을 만드는 것이다"[4]라고 하고, 「표기(表記)」에 "의(義)는 천하를 제어하는 것이다"[5]라고 했으니, 손(巽)은 고집하지 않고 각 사물에 따라 알맞게 할 따름이며, 의(義)는 옛 관습을 주장하지 않고 마땅함을 헤아릴 따름이다. 예가 사물에 따라 알맞게 절문(節文)하여 마땅함을 따르는 것도 이와 무엇이 다르겠는가?

예제(禮制)에서는 장경(莊敬)이 공순(恭順)보다 앞에 있고, 예교(禮敎)에서는 공검(恭儉)이 장경(莊敬)보다 앞에 있는 것[6]은 무엇 때문인가? 어려운

2　모습은 공손해야 하니 : 『書經』周書 / 洪範 3.
3　공손함이 예에 가까우면 : 『論語』學而 1-13.
4　『周易』繫辭下傳 7.
5　『禮記』表記 32-10.
6　『禮記』經解 26-1. 「恭儉莊敬, 禮敎也.」

일을 요구하는 것을 공(恭)이라 하고 사심(邪心)을 막는 것이 경(敬)이라 하는데,[7] 가르칠 때[敎]는 어려운 일을 요구하기를 사심(邪心)을 막는 것보다 먼저 하고, 행할 때[制]는 덕을 도(道)보다 우선시하므로 이같이 다른 것이다.

악에서는 정(情) 다음에 기능[官]을 말하고, 예에서는 바탕[質] 다음에 절제를 말하였다. 대개 사(司)는 끝을 살피고 관(官)은 근본을 탐구한다. 악의 정은 방종에 흐르기 쉬우므로 근본을 탐구하지 않고 주장하면 혹 근본을 잊게 된다. 이 때문에 기능[官]을 정(情) 뒤에 말한 것이다. 예의 바탕은 소박할 뿐이니 절제하지 않고 재단하면 문채가 부족하게 된다. 이 때문에 절제를 바탕 뒤에 말한 것이다.

13-2. 若夫禮樂之施於金石, 越於聲音, 用於宗廟社稷, 事乎山川鬼神, 則此所與民同也.

금(金)·석(石)의 악기[8]로 연주하고 성음(聲音)으로 표현하여, 종묘와 사직의 제사에 쓰고, 산천과 귀신을 섬겼으니, 이는 예악을 백성들과 함께 한 것이다.[9]

均是樂也, 施於金石樂之器也, 越於聲音樂之象. 均是禮也, 用之宗廟社稷內祭之禮也, 事乎山川鬼神外祭之禮也. 禮運曰 : "夫禮之初, 始諸飮食, 其燔黍捭豚, 汙樽抔飮, 蕢桴而土鼓, 猶若可以致敬於鬼神." 由是觀之, 金石聲音雖主乎樂, 禮在其中矣.

7　『孟子』離婁上 7-1. 「故曰責難於君謂之恭, 陳善閉邪謂之敬, 吾君不能謂之賊【그러므로 '어려운 일을 임금에게 요구하는 것을 공(恭)이라 이르고, 선(善)한 것을 말하여 사심(邪心)을 막는 것을 경(敬)이라 이르고, 우리 임금은 불가능하다고 하는 것을 적(賊, 해침)이라 이른다'라고 한 것이다.】」

8　쇠로 만든 악기에 특종(特鐘)·편종(編鐘)·요(鐃)·탁(鐸) 등이 있고, 돌로 만든 악기에 특경(特磬)·편경(編磬)이 있다.

9　『禮記』樂記 19-4.

周官大司樂:"分樂而序之, 乃奏黃鍾, 歌大呂, 舞雲門, 以祭祀天神, 乃奏太蔟, 歌應鍾, 舞咸池, 以祭地祇, 乃奏姑洗, 歌南呂, 舞大磬, 以祀四望, 乃奏蕤賓, 歌函鍾, 舞大夏, 以祭山川, 乃奏夷則, 歌小呂, 舞大濩, 以享先妣, 乃奏無射 歌夾鍾鍾, 舞大武, 以享先祖." 凡六樂皆文之以五聲, 播之以八音, 此樂施於宗廟社稷山川鬼神者也. 於器舉金石則絲竹之類舉矣, 於象舉聲音則歌舞之類舉矣.

大宗伯之職, 掌建邦之天神地祇人鬼之禮, 以禋祀祀昊天上帝, 以實柴祀日月星辰, 以槱燎祀司中司命風師雨師, 以血祭[10]祀社稷五祀五嶽, 以貍沈祭山林川澤, 以疈辜祭四方百物, 以肆獻祼饋食祠禴嘗蒸以享先王. 小宗伯掌建國之神位, 右社稷左宗廟, 兆五帝於四郊, 四望四類亦如之, 兆山川丘陵墳衍, 各因其方. 此禮施於宗廟社稷山川鬼神者[11]也.

凡祭祀以天地宗廟爲大, 日月星辰社稷五祀五嶽爲次, 司中司命風師雨師山川百物爲小. 於大祭祀舉宗廟則天神地祇之類舉矣, 於小祭祀舉山川鬼神則風雨百物之類舉矣. 書曰 '禋于六宗 類于上帝', 則用之宗廟社稷矣, '望秩于山川'則事于山川矣, '徧于群神'則事乎鬼神矣. 神無方也, 在天所謂天神, 在人所謂乃聖乃神, 在鬼凡所謂鬼神, 是也. 然則謂之山川鬼神者, 其山林川谷丘陵能出雲, 爲風雨, 見怪物者之謂歟!

禮運[12]曰: "夫政必本於天, 殽以降命. 命降于社之謂殽地, 降于祖廟之謂仁義, 降于山川之謂興作, 降于五祀之謂制度." 又曰: "禮行於郊而百神受職焉, 禮行於社而百貨極焉, 禮行於祖廟而孝慈服焉, 禮行於五祀而正法則焉." 蓋禮樂用之宗廟, 則仁義而孝慈服, 用之社稷, 則殽地而百貨極, 事乎山川鬼神, 則興作制度而百度正. 凡此無非寅之政治

---

10 대본에는 '祀'로 되어 있으나, 『周禮』에 의거하여 '祭'로 바로잡았다.
11 대본에는 '示(祇)'로 되어 있으나, 사고전서『樂書』에 의거하여 '者'로 바로잡았다.
12 대본에는 '器'로 되어 있으나, 『禮記』에 의거하여 '運'으로 바로잡았다.

而與民同者也.

論倫無患至於莊敬恭順者, 禮樂之本, 先王之所以與人異, 及施於金石越於聲音, 用之宗廟社稷, 事乎山川鬼神者, 禮樂之用, 先王所以與人同. 不以所異者與人, 不以所同者處己, 夫是之謂議道自己, 置法以民. 然則記禮者先宗廟後社稷, 周官先社稷後宗廟, 何也? 曰, 社則五土之神生物之主者也, 稷則五穀之神養人之本者也, 宗廟則祖妣所居族類之本者也. 周官先社稷後宗廟, 以位左右序之, 記禮者先宗廟後社稷, 以本仁義序之. 於宗廟社稷言用以見事, 於山川鬼神言事以見用, 互備故也.

다 같은 악이지만 금석(金石)의 악기로 연주하는 것은 악의 그릇이고, 성음(聲音)으로 표현하는 것은 악의 상(象)이다. 다 같은 예지만 종묘·사직에 제사지내는 것은 내제(內祭)의 예이고, 산천·귀신을 섬기는 것은 외제(外祭)의 예이다.

「예운(禮運)」에 "예의 시초는 음식에서 비롯되었다. 기장을 돌 위에 얹어 굽고 돼지고기를 찢어서 익히며, 땅을 파서 웅덩이를 만들어 손으로 물을 떠 마셨으며 짚과 흙을 빚어 북채를 만들어 토고(土鼓)[13]를 두드렸을 뿐이지만 공경하는 마음을 귀신에게 바칠 수 있었다"[14]라고 하였다. 이로 보건대, 금석과 성음은 비록 악을 주로 하지만 예가 그 가운데에 있다.

『주례(周禮)』「대사악(大司樂)」에 "악(樂)을 나누고[15] 차서(次序)를 매겨[16]

---

13 토고(土鼓):『예기』「예운」주(註)에는 '흙을 쌓아서 만든 북[築土爲鼓也]'이라 하였고, 『주례』주에서는 '질[瓦]로 통[匡]을 만들고 가죽으로 면(面)을 메운 북'이라고 하였다.

14 『禮記』禮運 9-4.

15 악을 당상악(堂上樂)과 당하악(堂下樂)으로 나누어, 당상에서는 음려(陰呂)를 중심음으로 하는 악조, 당하에서는 양률(陽律)을 중심음으로 하는 악조를 쓴다.

16 천신(天神)에는 첫 번째 양률인 황종, 지기(地祇)에는 두 번째 양률인 태주, 사망(四望)에는 세 번째 양률인 고선, 산천에는 네 번째 양률인 유빈, 선비(先妣)에게는 다섯 번째 양률인 이칙, 선조(先祖)에게는 여섯 번째 양률인 무역을 쓴다.

제사지낸다. 황종궁(黃鍾宮)[17]을 연주하고 대려궁(大呂宮)을 노래하고 《운문(雲門)》을 춤추어 천신(天神)에 제사지낸다. 태주궁(太族宮)을 연주하고 응종궁(應鍾宮)을 노래하고 《함지(咸池)》를 춤추어 지기(地祇)에 제사지낸다. 고선궁(姑洗宮)을 연주하고 남려궁(南呂宮)을 노래하고 《대소(大韶)》를 춤추어 사망(四望)[18]에 제사지낸다. 유빈궁(蕤賓宮)을 연주하고 함종궁(函鍾宮)을 노래하고 《대하(大夏)》를 춤추어 산천(山川)에 제사지낸다. 이칙궁(夷則宮)을 연주하고 소려궁(小呂宮)을 노래하고 《대호(大濩)》를 춤추어 선비(先妣)[19]에 제향을 지낸다. 무역궁(無射宮)을 연주하고 협종궁(夾鍾宮)을 노래하고 《대무(大武)》를 춤추어 선조(先祖)에 제향을 지낸다"[20]라고 했으니, 육악(六樂)은 모두 오성(五聲)[21]으로 문채내고 팔음(八音)[22]으로 연주되었다. 이것이 종묘·사직·산천·귀신의 제사에 연주된 악의 실례이다. 따라서 악(樂)의 그릇으로 금석(金石)만 거론되었지만 사죽(絲竹)의 부류도 포함되고, 상(象)으로 성음(聲音)만 거론되었지만 가무(歌舞)의 부류도 포함된다.

대종백(大宗伯)의 직분은 나라를 세운 지역의 천신(天神)·인귀(人鬼)·지기(地祇)에 대한 예를 관장하는 것이다. 인사(禋祀)[23]로 호천상제(昊天上

---

17 '奏黃鍾'을 '황종궁을 연주한다'로 번역한 이유는 황종을 중심음으로 하는 악조의 음악을 연주한다는 것을 명시하기 위해서이다.

18 사망(四望) : 천자가 사방의 산천을 바라보고 지내는 제사. 정현(鄭玄)은 사망을 오악(五嶽)·사진(四鎭)·사독(四瀆)으로 보는데, 정중(鄭衆)은 이와 달리 일(日)·월(月)·성(星)·해(海)로 본다.

19 선비(先妣) : 돌아가신 어머니. 여기서는 주(周)나라의 시조(始祖)인 후직(后稷 : 棄)을 낳은 강원(姜嫄)을 가리킨다. 강원은 야외에 나갔다가 거인(巨人)의 발자국을 밟고 후직을 낳았다고 한다.

20 『周禮』 春官 / 大司樂 1.

21 오성(五聲) : 궁(宮)·상(商)·각(角)·치(徵)·우(羽).

22 팔음(八音) : 악기의 소재가 되는 금(金)·석(石)·사(絲)·죽(竹)·포(匏)·토(土)·혁(革)·목(木)의 8종류 물질을 가리키며, 때로 8종류 물질로 만든 악기를 뜻하기도 한다.

23 인사(禋祀) : 우주만물을 생육하는 주재천인 호천상제(昊天上帝)에게 지내는 최고의 제사이다. 희생과 옥백(玉帛)을 섶나무 위에 놓고 태워 연기를 올려 하늘에 고한다.

帝)에 제사지내고, 실시(實柴)²⁴로 일월성신(日月星辰)에 제사지내고, 유료(槱燎)²⁵로 사중(司中)·사명(司命)²⁶·풍사(風師)·우사(雨師)에 제사지내며, 혈제(血祭)²⁷로 사직·오사(五祀)²⁸·오악(五嶽)에 제사지내고, 매침(貍沈)²⁹으로 산림·천택(川澤)에 제사지내고, 벽고(疈辜)³⁰로 사방의 백물에 제사지낸다. 척(肆)·헌(獻)·관(祼)·궤식(饋食)·사(祠)·약(禴)·상(嘗)·증(蒸)³¹으로 선왕에 제사지낸다.³² 소종백(小宗伯)은 나라의 신위(神位)에 제사지내는 것을 관장하는데, 오른쪽에는 사직을 두고 왼쪽에는 종묘를 두며, 사교(四郊)에 제단을 만들어 오제(五帝)³³에 제사지낸다. 사망(四望)과 사류(四類)³⁴에도 이와 같이 하며, 산천(山川)·구릉(丘陵)·분연(墳衍)³⁵ 등에도 각

---

24 실시(實柴) : 일월성신에 지내는 차상(次上)의 제사로 섶나무 위에서 희생을 태워 연기를 올려 지낸다.

25 유료(槱燎) : 풍운뇌우(風雲雷雨)에 지내는 차하(次下)의 제사로 화톳불을 놓아 지낸다.

26 사중(司中)·사명(司命) : 삼태성(三台星)은 태미원에 속하는 별자리로 국자 모양의 북두칠성의 물을 담는 쪽에 길게 비스듬히 늘어선 세 쌍의 별이다. 위의 두 별은 '상태(上台)'라 하고 사명(司命)이 되는데 수명(壽命)을 주관한다. 다음 두 별은 '중태(中台)'라고 하고 사중(司中)이 되는데 종실(宗室)을 주관한다. 그 다음 두 별은 '하태(下台)'라고 하고 사록(司祿)이 되는데 군대를 주관한다.

27 혈제(血祭) : 희생을 잡아 피로 지내는 제사.

28 오사(五祀) : 출입문·지게문·우물·부엌·방안과 같은 집 안팎의 다섯 신에게 지내는 제사.

29 매침(貍沈) : 희생을 땅에 묻어 산림에 제사지내고 옥을 물에 가라앉혀 천택에 지내는 제사.

30 벽고(疈辜) : 희생을 잡아 각 뜨는 일.

31 척(肆)·헌(獻)·관(祼)·궤식(饋食)·사(祠)·약(禴)·상(嘗)·증(蒸) : 척(肆)은 해체한 희생을 올리는 것이고, 헌(獻)은 단술을 올리는 것이며, 관(祼)은 울창주를 땅에 부어 땅속의 신령이 냄새 맡고 오도록 하는 것이고, 궤식(饋食)은 익힌 음식을 올리는 것이다. 사(祠)·약(禴)·상(嘗)·증(蒸)은 각각 봄·여름·가을·겨울에 지내는 제사이다.

32 대종백(大宗伯)의~제사지낸다 : 『周禮』 春官 / 大宗伯 1,2.

33 오제(五帝) : 사방 및 중앙을 주재한다고 하는 다섯 신. 창제(蒼帝 : 동방)·적제(赤帝 : 남방)·황제(黃帝 : 중앙)·백제(白帝 : 서방)·흑제(黑帝 : 북방).

34 사류(四類) : 사교(四郊)에서 일월성신(日月星辰) 등에 제사지내는 것. 일월성신의 운행이 무상(無常)하여 기류(氣類)로 위치를 정하여 해는 동교(東郊)에서 제사지내고, 달과 풍사(風師)는 서교(西郊)에서, 사중(司中)과 사명(司命)은 남교(南郊)에서, 우사

각 그 방향을 따라 제단을 만들어 제사지낸다.[36] 이는 예를 종묘·사직·산천·귀신에 쓴 것이다.

제사 가운데 천지와 종묘의 제사가 가장 크고, 일월성신·사직·오사(五祀)·오악(五嶽)에 대한 제사가 그 다음이며, 사중(司中)·사명(司命)·풍사(風師)·우사(雨師)·산천·백물(百物)에 대한 제사는 작다. 대제사(大祭祀)로 종묘만 거론했지만 천신과 지기(地祇)도 포함되고, 소제사(小祭祀)로 산천과 귀신만 거론했지만 풍우와 백물도 포함된다. 『서경』에 '육종(六宗)[37]에 인사(禋祀)를 지내고 상제(上帝)에 유제(類祭)[38]를 지낸다'[39]라고 한 것은 종묘·사직에 지내는 것이고, '산천에 망질(望秩)[40]을 지낸다'[41]라고 한 것은 산천을 섬기는 것이고, '군신(群神)에 두루지낸다'[42]라고 한 것은 귀신을 섬기는 것이다.

신(神)은 방향이 없으니, 하늘에 있으면 '천신'이라 하고, 사람에게 있으면 '성신(聖神)'[43]이라 하고, 귀(鬼)에 있으면 '귀신'이라 한다. 그렇다면 산천·귀신이란 산림·하천·계곡·구릉에서 구름을 만들고 비바람을 일으켜 기이한 현상을 일으키는 것일 것이다.

「예운(禮運)」에 "정치는 반드시 하늘에 근본을 두고 하늘을 본받아 아

<hr />

(雨師)는 북교(北郊)에서 제사지낸다.(『周禮注疏』鄭玄의 注)

35 분연(墳衍) : 물가와 평지를 아울러 이르는 말.

36 소종백(小宗伯)은~제사지낸다 : 『周禮』春官 / 小宗伯 1.

37 육종(六宗) : 높이어 제사지내는 여섯 신. 『禮記』「祭法」에 "소뢰(少牢)를 태소(泰昭)에 묻음은 사시(四時)에 제사하는 것이고, 감단(坎壇)에 기도함은 한서(寒暑)에 제사하는 것이고, 왕궁에 기도함은 해에 제사하는 것이고, 야명(夜明)에 기도함은 달에 제사하는 것이고, 유종(幽宗)에 기도함은 별에 제사하는 것이고, 운종(雩宗)에 기도함은 수한(水旱)에 제사하는 것이다'라고 하였다.

38 유제(類祭) : 천신(天神)과 오제(五帝)에게 지내는 제사 이름.

39 『書經』虞書 / 舜典 2.

40 망질(望秩) : 산천의 신(神) 등급에 따라 멀리 바라보면서 지내는 제사. 오악(五嶽)은 삼공(三公), 사독(四瀆)은 제후, 나머지는 백(伯)·자(子)·남(男)이 지낸다.

41 『書經』虞書 / 舜典 2.

42 『書經』虞書 / 舜典 2.

43 『書經』虞書 / 大禹謨 1.

래에 명령을 내려야 한다. 사직에서 내리는 명(命)은 땅을 본받게 하고, 조묘(祖廟)에서 내리는 명은 인의(仁義)를 일으키고, 산천에서 내리는 명은 초목과 금수(禽獸)를 흥작(興作)시키고, 오사(五祀)에서 내리는 명은 제도(制度)를 바르게 한다"[44]라고 하고, 또 "교(郊)에서 제사지내면 백신(百神)이 직분을 다하고, 사(社)에서 제사지내면 토지신이 땅의 산물을 풍부하게 하고, 조묘에서 제사지내면 선조와 자손 간에 효순(孝順)과 자애(慈愛)가 넘쳐흐르고, 오사(五祀)에서 제사지내면 바른 풍속이 정착된다"[45]라고 하였다.

따라서 예악을 종묘에서 쓰면 인의(仁義)가 행해져 효순과 자애가 넘쳐흐르고, 사직에서 쓰면 땅을 본받아 산물이 풍부해지며, 산천·귀신을 섬기면 초목·금수가 흥작되고 제도가 잘 시행되어 온갖 법도가 바르게 된다. 이런 것들은 정치에 반영되어 백성과 함께 한다.

'논륜무환(論倫無患)'에서 '장경공순(莊敬恭順)'까지는 예악의 본(本)이니, 선왕이 백성들과 달리 하였다. 그러나 금석(金石)의 악기로 연주하고 성음에 드날리며 종묘와 사직의 제사에 쓰고 산천과 귀신을 섬기는 것은 예악의 용(用)이니, 선왕이 백성들과 함께 하였다. 즉, 백성들과 달리 할 수밖에 없는 것을 함께 하지는 않았고, 백성들과 함께 할 수 있는 것을 자신만 누리지는 않았으니, 이를 일러 "도를 우선 자신이 먼저 시행하고, 이를 법칙으로 삼아 백성들에게 베푼다"[46]라고 하는 것이다.

『예기』에서 종묘를 먼저 서술하고 사직을 뒤에 서술했는데, 『주례』에서 사직을 먼저 서술하고 종묘를 뒤에 서술한[47] 이유는 무엇인가? 사(社)는 오토(五土)[48]의 신(神)으로 생물을 주관하고, 직(稷)은 오곡(五穀)의 신으로 사람을 먹여 살리는 근본이며, 종묘는 조상들이 모셔져 있는 곳으로

44　『禮記』禮運 9-17.
45　『禮記』禮運 9-30.
46　『禮記』表記 32-11.
47　『周禮』春官 / 小宗伯 1.「小宗伯之職, 掌建國之神位右社稷左宗廟.」
48　오토(五土): 다섯 가지 토지. 산림·천택(川澤)·구릉·물가의 평지·낮은 지대.

족류(族類)의 근본이다. 『주례』에서 사직을 종묘보다 먼저 서술한 것은 좌우에 위치한 순서를 따른 것이고,[49] 『예기』에서 종묘를 사직보다 먼저 서술한 것은 인의(仁義)에 근본한 순서를 따른 것이다.

종묘·사직에서는 쓰는 것[用]을 말하여 섬기는 것[事]을 보이고, 산천·귀신에서는 섬기는 것[事]을 말하여 쓰는 것[用]을 보인 것은 상호 보완을 위해서이다.

13-3. 王者, 功成作樂, 治定制禮.
왕이 된 자는 공(功)이 이루어지면 악을 짓고, 정치가 안정되면 예를 만든다.[50]

不有王者之德, 而有王者之位, 不敢作禮樂焉, 不有王者之位, 而有王者之德, 亦不敢作禮樂焉. 故孔子有德無位, 於禮不敢作也, 執之而已, 於樂不敢作也, 正之而已, 況其每下者乎? 蓋功不至於鳧鷖, 不可以言成, 治不至於旣濟, 不可以言定. 王者德位兼隆於天下, 雖有可以製作之道, 必適乎可以制作之時, 故禮雖可以義起, 必待乎治定, 樂雖可以理作, 必待乎功成, 此周之禮所以備於內外之旣治, 而樂所以聲於無競維[51]烈之後也. 揚子曰："周之禮樂, 庶事之備." 不其然乎? 王通嘗謂："五行不相沴, 則王者可以制禮矣. 四靈以爲畜, 則王者可以作樂矣." 是雖拘之三十年, 不猶愈於齊魯二生期之以百年邪? 漢去三代雖近, 然兵革未偃於天下, 遽起綿蕝之制, 其爲智亦疏矣. 然則如之何而可? 宜莫若效周公所爲而已.

中庸言："非天子, 不敢作禮樂." 此特言王者, 天子以德, 王者以功故

---

49 사직은 도성 서쪽에 있고, 종묘는 도성의 동쪽에 있다. 지기(地祇)는 음(陰)을 숭상하고 인귀(人鬼)는 양(陽)을 숭상하는데, 서쪽은 음(陰)이고, 동쪽은 양(陽)이기 때문이다.

50 『禮記』 樂記 19-5.

51 대본에는 '惟'로 되어 있으나, 『詩經』에 의거하여 '維'로 바로잡았다.

也.

왕다운 덕이 없으면 왕의 지위에 있더라도 감히 예악을 제작하지 않으며, 왕의 지위에 있지 않으면 왕다운 덕이 있더라도 또한 감히 예악을 제작하지 않는다. 공자는 덕이 있었지만 지위가 없었으므로 예를 감히 만들지 않고 집행만 했으며, 악을 감히 짓지 않고 바로잡기만 했을 뿐이니, 그 보다 못한 사람들은 말할 나위가 있겠는가?

대개 공(功)이 《부예(鳧鷖)》[52]의 경지에 이르지 못하면 공이 이루어졌다고 말할 수 없고, 정치가 기제(旣濟)[53]에 이르지 못하면 정치가 안정되었다고 말할 수 없다. 왕의 덕과 지위가 천하에 높아서 예악을 제작할 수 있더라도, 반드시 제작할 만한 때가 되어야 한다. 그러므로 예를 의(義)로 일으킬 수 있어도 반드시 정치가 안정되기를 기다려야 하고, 악을 이치로 지을 수 있어도 반드시 공이 이루어지길 기다려야 한다. 이 때문에 주나라 예는 안팎이 잘 다스려졌을 때 갖추어졌고 악은 더할 나위 없는 공렬(功烈)[54]이 있은 뒤에 지어졌다. 양자(揚子)[55]가 "주나라 예악은 온갖 일을 갖추었다"[56]라고 한 것은 참으로 옳은 말이다.

왕통(王通)[57]이 일찍이 "오행(五行)이 서로 해치지 않으면 왕이 예를 만들 수 있고, 사령(四靈)[58]이 나타나면 왕이 악을 지을 수 있다"라고 한 것

---

52 『詩經』大雅 / 鳧鷖. 성공을 지킨 것을 읊은 시이다.

53 기제(旣濟, ䷾) : 물(☵)이 올라가고 불(☲)이 내려왔으니, 모든 것이 해결된 상(象)이다. 모든 효(爻)가 제자리를 바르게 얻어 완벽한 조화를 이루고 있다.

54 『詩經』周頌 / 執競. 「執競武王, 無競維烈. 不顯成康, 上帝是皇.」

55 양자(揚子) : B.C. 53~A.D. 18. 양웅(揚雄). 자는 자운(子雲). 30여세에 급사황문랑(給事黃門郎)이 되었으며, 왕망(王莽)이 정권을 찬탈한 뒤 그 아래에서 벼슬을 했으므로 비난받았다. 『易經』을 모방하여 『太玄經』을 지었고, 『論語』를 모방하여 『法言』을 저술하였는데, 그의 사상은 유가와 도가를 절충한 것이 많았다.

56 『法言』問神 5-21.

57 왕통(王通) : 584~617. 자(字)는 중엄(仲淹)이다. 604년 태평십이책(太平十二策)을 상주(上奏)하여 수(隋) 문제(文帝)의 인정을 받았으나 등용되지 못하였다. 가르치는 일에 전념하여, 설수(薛收)·방교(房喬)·이정(李靖)·위징(魏徵) 등을 배출했다. 『中說』을 지었다.

58 사령(四靈) : 전설상의 네 가지 신령한 동물인 기린·거북·봉황·용을 말한다.

은 30년의 세월이 걸릴지언정, 노나라의 두 선비가 100년을 기다려야 한다고 말한 것보다는 낫지 않은가?[59] 한(漢)은 삼대(하·은·주)와 가깝긴 해도, 전란(戰亂)이 세상에서 사라지지 않은 상황에서 서둘러 전장(典章)을 제정했으므로 또한 엉성하였다. 그렇다면 어찌해야 하는가? 주공(周公)이 행한 바를 본받는 것보다 좋은 것이 없다.

「중용」에는 "천자가 아니면 감히 예악을 제작하지 못한다"[60]라고 했는데, 여기(「樂記」)에서는 '왕'이란 호칭을 썼다. 천자는 덕을 위주로 한 호칭이고, 왕은 공(功)을 위주로 한 호칭이다.

13-4. 其功大者其樂備, 其治辨者其禮具. 干戚之舞非備樂也, 孰亨 [烹]而祀非達禮也.

공(功)이 크면 악이 완비되고 정치가 두루 미치면 예가 구비된다. 그런데 간(干)·척(戚)을 들고 추는 무무(武舞)만으로는 완비된 악[備樂]이 되지 못하며, 희생을 익혀서 제사지내는 것만으로는 두루 통용되는 예[達禮]가 되지 못한다.[61]

功有小大, 治有詳略, 功大者其樂備, 治辨者其禮具. 周之興也, 作樂合乎祖, 而簫管備舉, 樂之所以備也, 烝畀祖妣, 以洽百禮, 禮之所以具也. 蓋全之之謂備, 小備之謂具. 祭義曰 : "比時具物, 不可以不備." 荀卿曰 : "始終具, 而聖人之道備." 是具於備爲微, 備於具爲全也.

"聲變成方謂之音, 比音而樂之, 及干戚羽旄謂之樂." 然則文武之舞不全, 非所以爲備樂也. 治人之道, 莫急於禮, 禮有五經, 莫重於祭, 然則腥熟之薦不兼, 非所以爲具禮也. 周官以六代文武之舞, 爲大合樂,

---

59 숙손통이 한 고조의 명을 받고 예를 제정하고자 노나라에 가서 선비 30여 인을 모았는데, 두 선비는 '덕을 100년 동안 쌓은 뒤에 예악을 일으킬 수 있다'라며 숙손통을 따라가는 것을 거절하였다.〈『史記』 권99 劉敬叔孫通列傳〉

60 『禮記』 中庸 31-27.

61 『禮記』 樂記 19-5.

禮運以血毛腥熟合亨, 爲禮之大成, 則備樂具禮於是觀矣. 變其禮爲達禮者, 禮不具, 不足爲天下之通禮故也.

古者之舞, 有以干配戚者, 朱干玉戚以舞大武是已. 有干配戈者, 春夏學干戈是也. 有兼而用之者, 干戈戚揚是已. 干則朱飾之盾也, 有扞蔽之材而仁禮之意寓焉, 戚則玉飾之斧也, 有剛斷之材而仁義之意寓焉. 彼其於武舞之器如此, 豈非有武事, 必有文備之意歟! 今夫冕而總干以樂皇尸而天下樂之者, 天子之所獨而人臣無與焉, 惟周公有大勳勞於天下, 魯得以用而祀之. 然則隱公考仲子之宮, 楚子元館於王宮之側而將振干戚之萬焉, 且得逭春秋之誅耶? 對而言之, 樂言備, 禮言具, 散而言之, 樂亦可謂之具, 詩曰'樂具入奏'是也, 禮亦可謂之備, 經曰'禮備而不偏'是也.

공(功)에는 크고 작음이 있고, 정치에는 상세함과 소략함이 있다. 공이 크면 악이 완비되고, 정치가 두루 미치면 예가 구비된다. 주나라가 흥기한 뒤 악을 지어 조묘(祖廟)에서 합주할 때 소(簫)·관(管)까지 갖추어 연주했으니,[62] 악이 완비된 것이다. 조비(祖妣)[63]에게 나아가 올려서 백례(百禮)를 모두 흡족하게 했으니,[64] 예가 구비된 것이다. 완전하게 갖추어진 것을 '완비되었다[備]'라고 하고, 어느 정도 갖추어진 것을 '구비되었다[具]'라고 한다. 「제의(祭義)」에 "때가 되면 물품을 구비하여 완비하지 않으면 안 된다"[65]라고 하였고, 순경(荀卿)이 "시종(始終)을 구비하면 성인의 도가 완비된다"[66]라고 하였다. 따라서 구비는 완비에 비해 부족하고, 완비는 구비에 비해 온전하다.

"여러 소리가 아름답게 조화되어 방(方: 곡조)을 이룬 것을 음(音)이라

---

62 악을~연주하였으니: 『詩經』 周頌 / 有瞽.
63 조비(祖妣): '妣'는 돌아가신 어머니, 또는 할머니란 뜻이므로, 조비(祖妣)는 남녀의 조상을 두루 일컫는 말이다.
64 조비(祖妣)에게~하였으니: 『詩經』 周頌 / 豐年.
65 『禮記』 祭義 24-10.
66 『荀子』 禮論 19-15.

하고, 음을 배열하여 악기로 연주하며, 간(干) · 척(戚)을 잡고 무무(武舞)를
추고 우(羽) · 모(旄)를 잡고 문무(文舞)를 추는 것을 악(樂)이라고 한다"[67]라
고 했으니, 문무와 무무가 갖추어지지 않으면 완비된 악이 되지 못한다.

"사람을 다스리는 방법으로 예보다 긴요한 것이 없다. 예에는 오경(五
經)[68]이 있는데, 그중 길례인 제사보다 중요한 것이 없다"[69]라고 했으니,
날고기와 익힌 음식을 두루 올리지 않으면 구비된 예가 되지 못한다. 『주
례』에서 육대(六代)의 문무무(文武舞)[70]를 대합악(大合樂)으로 삼았고, 「예운
(禮運)」에 "희생의 피와 털, 희생의 날 것, 데친 것, 삶아서 익힌 것을 모
두 바치는 것을 예의 대성(大成)이다"[71]라고 했으니, 완비된 악과 구비된
예를 여기에서 볼 수 있다. 그런데 예에서는 '구비된 예'라고 하지 않고
'두루 통용되는 예[達禮]'라고 한 것은 예는 구비되지 않으면 절로 천하에
통용되는 예가 될 수 없기 때문이다.

옛날에 춤출 때 방패[干]와 도끼[戚]를 든 경우가 있으니, '주간(朱干)과
옥척(玉戚)을 잡고 대무(大武)를 춘다'[72]라고 한 것이 이것이다. 방패와 창
을 든 경우가 있으니, '봄과 여름에는 방패와 창을 잡고 추는 춤을 가르
친다'[73]라고 한 것이 이것이다. 간(干)은 붉은색으로 꾸민 방패로서 막고
가리는 물건이니, 인(仁)과 예(禮)의 뜻이 있고, 척(戚)은 옥으로 장식한 도
끼로서 단호하게 자르는 물건이니, 인(仁)과 의(義)의 뜻이 있다. 무무(武
舞)에 쓰는 도구가 이와 같으니, 어찌 무사(武事)가 있는 곳에 반드시 문
비(文備)가 있다는 뜻이 아니겠는가!

---

67   『禮記』樂記 19-1.
68   오경(五經): 국가가 규정한 길례(吉禮) · 가례(嘉禮) · 빈례(賓禮) · 군례(軍禮) · 흉례
     (凶禮).
69   『禮記』祭統 25-1.
70   육대(六代)의 문무무(文武舞):《운문대권(雲門大卷)》·《대함(大咸)》·《대소(大韶)》·
     《대하(大夏)》·《대호(大濩)》·《대무(大武)》.
71   『禮記』禮運 9-8, 9.
72   『禮記』祭統 25-23.
73   『禮記』文王世子 8-2.

면류관을 쓰고 방패를 들고 황시(皇尸)를 즐겁게 하며 천하와 더불어 즐거움을 함께 하는 것[74]은 천자만이 할 수 있고 인신(人臣)은 할 수 없다. 다만 주공(周公)이 천하에 커다란 공훈이 있으므로 노나라는 천자의 예로 제사지내는 것이 허락되었다. 은공(隱公)이 중자(仲子)의 사당[宮][75]을 짓고,[76] 초나라 자원(子元)이 왕궁의 곁에 관사를 짓고 《만무(萬舞)》를 추려고 했으니,[77] 『춘추』의 비난을 피할 수 있겠는가?

대조해서 말하면, 악은 '완비되었다'라고 하고, 예는 '구비되었다'라고 하지만, 뭉뚱그려 말하면 악에 대해서 '구비되었다'라고도 하니, '악기를 구비하여 연주한다'[78]라고 한 것이 이것이다. 예에 대해서 '완비되었다'라고도 하니 '예를 완비하여 편벽되지 않게 한다'[79]라고 한 것이 이것이다.

---

74 면류관을~것 : 『禮記』 祭統 25-6.
75 노나라 혜공(惠公)의 원비(元妃)는 맹자(孟子)이다. 맹자가 졸(卒)하자 성자(聲子)를 계실(繼室)로 삼아 은공을 낳았다. 중자는 송(宋) 무공(武公)의 딸인데, 태어나면서 부터 손바닥에 '노부인(魯夫人)'이 된다는 글모양이 있었으므로, 혜공에게 시집와서 환공(桓公)을 낳았다. 얼마 뒤 혜공이 죽었다. 은공은 계실의 아들이니 혜공의 뒤를 이어 임금이 되는 것은 당연하다. 그러나 혜공이 생전에 중자의 손에 쓰여 있는 글자를 상서로운 징조로 여겼으므로, 은공은 환공을 임금으로 세워 아버지의 뜻을 이루어 주고자 하였다. 그러나 환공이 아직 어리므로 그를 태자로 세우고 나라사람들을 거느리고 그를 받들었다.
76 『春秋左氏傳』隱公 5년(7). 9월에 중자(仲子)의 사당을 짓고 《만무(萬舞)》를 추고자 하여 은공이 중중(衆仲)에게 꿩깃을 들고 추는 사람 수에 대해 물었다. 중중이 "천자는 8일(佾), 제후는 6일, 대부는 4일, 士는 2일입니다. 춤은 八음을 절주로 삼아 팔방의 풍기(風氣)를 나타내는 것입니다. 그러므로 천자만이 8일을 쓸 수 있고, 제후 이하는 품계에 따라 2일씩 줄어드는 것입니다"라고 대답하였다. 은공은 중중의 말에 따라 처음으로 6일무를 올렸으니, 노나라가 비로소 6일을 쓰게 된 것이다.
77 『春秋左氏傳』莊公 28년(3). 초나라 영윤(令尹) 자원(子元)이 문부인(文夫人)을 유혹하고자 부인이 거처하는 궁전 옆에다 관사를 마련하고 만무를 추게 했다. 부인이 이 소식을 듣고 울면서 말했다. "선군(先君)이 《만무(萬舞)》를 추게 한 것은 군비(軍備)를 익히기 위해서였는데 영윤은 원수를 갚을 생각은 않고 미망인 곁에 있으니 이상하지 않은가?" 이 말은 전해들은 자원은 자신의 부끄러워하고 정나라를 정벌하러 나갔다.
78 『詩經』小雅 楚茨.
79 『禮記』樂記 19-5.

13-5. 五帝殊時, 不相沿樂, 三王異世, 不相襲禮.

오제(五帝)[80]는 때가 다르므로 서로 악을 그대로 이어받지 않았고, 삼왕(三王)[81]은 세대가 다르므로 예를 답습하지 않았다.[82]

五帝體天道而官天下, 故以帝號而同乎天. 三王盡人道而家天下, 故以王號而應乎人. 蓋三月成時, 三十年成世. 時則陰陽運量, 有法度存焉, 天之所爲也. 世則前後推遷, 有歷數存焉, 人之所因也. 五帝傳賢, 同乎天而殊時, 非不用禮也, 而莫尙乎樂, 樂由天作故也. 三王傳子, 應乎人而異世, 非不用樂也, 而莫尙乎禮, 禮因人情, 爲之節文故也. 詳而求之, 伏羲之扶來, 神農之下謀, 黃帝之咸池, 堯舜之大章, 舜之大韶, 皆因時作之, 以象成而已, 惡得而相沿? 夏后氏之禮尙質, 周人尙文, 商人文質之中. 皆因世制之, 以從宜而, 惡得而相襲? 顔淵問爲邦, 孔子告之以夏時商輅周冕之禮有虞氏韶舞之樂, 語樂於帝, 語禮於王, 亦與是相爲表裏矣.

觀孔子之論五帝, 以謂法始乎伏羲, 著於神農, 而成於黃帝堯舜, 蓋嘗詳之於易矣, 孔安國以唐虞預五帝則是少昊顓頊[83]高辛爲之, 不知奚據而云. 是亦不求聖人之意也.

오제(五帝)는 천도(天道)를 체득하여 천하를 관청 다스리듯이 했으므로 제(帝)라는 호칭에는 하늘과 같이 한다는 뜻이 담겨 있다. 삼왕(三王)은 인도(人道)를 다하여 천하를 한 집안 다스리듯 했으므로 왕이란 호칭에는 사람에게 응한다는 뜻이 담겨 있다. 대개 세 달은 때[時 : 계절]가 되고 삼

---

80 오제(五帝) : 복희씨(伏羲氏) · 신농씨(神農氏) · 황제(黃帝) · 요(堯) · 순(舜)이라는 설도 있고, 황제(黃帝 : 軒轅氏) · 전욱(顓頊 : 高陽氏) · 제곡(帝嚳 : 高辛氏) · 요(堯) · 순(舜)이라는 설도 있다.

81 삼왕(三王) : 하(夏)의 우왕(禹王), 상(商)의 탕왕(湯王), 주(周)의 문왕(文王) · 무왕(武王). 문왕과 무왕은 부자(父子)이므로 한 임금으로 본다.

82 『禮記』 樂記 19-5.

83 대본에는 '帝'으로 되어 있으나, 『禮記集說』(宋 衛湜 撰)에 의거하여 '頊'으로 바로잡았다.

십 년은 한 세대[世]가 된다. 때[時]는 음양의 움직임에 따른 것으로 법도가 있으니, 하늘의 작용에 의한 것이다. 세대[世]는 전후 이어가는 것으로 역수(歷數)가 있으니, 사람에 기인(起因)한 것이다. 오제는 천하를 현인(賢人)에게 전했으니, 이는 하늘의 마음으로 행한 것이므로 계절이 바뀌듯 때[時]가 달라진 것이다. 이 경우 예를 쓰지 않은 것은 아니지만 악보다 숭상하지는 않았으니, 악은 하늘을 말미암아 지어진 것이기 때문이다. 삼왕은 천하를 아들에게 전했으니, 이는 사람에게 응한 것이므로 세대[世]가 달라진 것이다. 이 경우 악을 쓰지 않은 것은 아니지만 예보다 숭상하지는 않았으니, 예는 인정(人情)으로 인해 절문(節文)한 것이기 때문이다.

자세히 살펴보면, 복희씨(伏羲氏)의 《부래(扶來)》, 신농씨(神農氏)의 《하모(下謀)》, 황제(黃帝)의 《함지(咸池)》, 요(堯)의 《대장(大章)》, 순(舜)의 《대소(大韶)》는 모두 당시에 이룬 공을 형상했으니, 어찌 서로 그대로 이어받았겠는가? 하후씨(夏后氏)의 예는 질박함을 숭상했고, 주나라 사람들은 문채를 숭상했으며, 상나라 사람들은 어느 정도 문채나기도 하고 어느 정도 질박하기도 했다. 모두 그 세대에 맞게 제작하여 마땅함을 따랐으니, 어찌 서로 답습했겠는가?

안연(顔淵)이 나라 다스리는 것에 대해 묻자, 공자가 예로는 하나라의 책력(冊曆), 은나라의 수레, 주나라의 면류관을 따르고 악으로는 순임금의 《소무(韶舞)》를 따라야 한다고 답했으니,[84] 악에 대해서는 제(帝 : 순임금)를 언급하고 예에 대해서는 삼왕을 언급한 것이 이(「樂記」)와 서로 표리(表裏)가 된다.

공자가 오제를 논한 것을 살펴보면, 복희씨 때 법이 시작되고, 신농씨때 드러나고, 황제와 요·순 때에 완성되었다[85]고 하였다. 이는 『주역』에 상세히 나와 있다. 그런데 공안국(孔安國)[86]은 소호(少昊)·전욱(顓頊)·고

---

84 안연(顔淵)이~답했으니:『論語』 衛靈公 15-11.
85 복희씨~완성되었다:『周易』 繫辭下傳 2.

신(高辛)·요·순을 오제로 언급했으니,[87] 무엇에 근거한 것인지 모르겠다. 이는 성인(聖人)의 뜻을 구한 것이 아니다.

13-6. 樂極則憂, 禮粗則偏矣. 及夫敦樂而無憂, 禮備而不偏者, 其唯大聖乎!

악이 극에 달하면 근심이 생기고, 예가 거칠고 소략하면 편벽되니, 악을 돈후하게 하여 근심이 없게 하고, 예를 갖추어 편벽되지 않게 하는 사람은 오직 위대한 성인(聖人)뿐이다.[88]

樂由陽來, 而主乎盈, 不期極而極焉. 禮由陰作, 而主乎減, 不期粗而粗焉. 樂極矣, 而不以反爲文, 則冥豫而已, 能無憂乎? 禮粗矣, 而不以進爲文, 則跛履而已, 能無偏乎? 及夫敦樂而不偸, 則適吾之性, 何憂之有? 禮備而不缺, 則情文俱盡, 何偏之有? 今夫樂道極和, 禮道極中. 極和則樂而不憂, 極中則正而不偏. 致中和以位天地, 育萬物者, 大聖人之事也. 自非以禮樂[89]合天地之化·百物之産者, 疇克爾哉?

악은 양(陽)으로 말미암아 나와서 채움을 주장하므로 극에 달하고자 하지 않아도 극에 달한다. 예는 음(陰)으로 말미암아 지어져 덜어내는 것을 주장하므로 소략하고자 하지 않아도 소략해진다. 악이 극에 달했는데도 돌이킴을 문채로 삼지 않으면 즐겁되 불안할 뿐이니,[90] 근심이 없을

---

86 공안국(孔安國) : 공자의 제11대 손(孫)으로 공자가 살던 옛집에서 발견된 과두문자
    (蝌蚪文字)로 쓰여진 『상서』『예기』『논어』『효경』 등의 책을 해독하고 주석(註釋)
    을 붙였다. 이때부터 고문학이 시작되었다고 한다. 『史記』를 저술한 사마천(司馬遷)
    의 스승이다.
87 『尙書注疏』(漢 孔安國 撰) 尙書序. 「伏犧神農黃帝之書, 謂之三墳, 言大道也. 少昊顓
    頊高辛唐虞之書, 謂之五典, 言常道也.」
88 『禮記』樂記 19-5.
89 대본에는 '禮以樂'으로 되어 있으나, 사고전서 『樂書』에 의거하여 '以禮樂'으로 바로
    잡았다.
90 『周易』豫卦 14. 「上六, 冥豫成, 有渝无咎【상육이 음유(陰柔)한 재질로 중정(中正)을
    얻지 못하고 예괘의 극에 처했으므로 지나치게 즐거움에 빠져 불안하다. 그러나 변

수 있겠는가? 예가 소략한데도 나아감을 문채로 삼지 않으면 절뚝거릴 뿐이니[91] 편벽되지 않을 수 있겠는가?

악을 돈후하게 하여 구차하지 않으면 나의 성(性)에 적합할 것이니 어찌 근심이 있겠는가? 예가 갖추어져 모자람이 없으면, 정(情)과 문채가 다 극진할 것이니 어찌 편벽됨이 있겠는가? 따라서 악도(樂道)가 지극히 조화롭고 예도(禮道)가 지극히 중정(中正)하게 된다. 지극히 조화로우면 즐겁고 근심이 없으며, 지극히 중정하면 바르고 편벽되지 않는다. 중(中)과 화(和)를 지극히 하여 천지가 제 기능을 온전히 발휘하게 하고 만물을 잘 자라게 하는 것[92]은 위대한 성인만이 할 수 있는 일이다. 그러니 예악으로 천지의 변화와 백물의 생산을 합당하게 하는 자[93]가 아니면 누가 이렇게 할 수 있겠는가?

13-7. 天高地下, 萬物散殊, 禮制行矣. 流而不息, 合同而化, 樂興焉.

하늘은 높고 땅은 낮으며 만물이 각양각색이므로 예제(禮制)가 행해지고, 유행하여 쉬지 않고 화합하여 화생(化生)하므로 악이 흥기된다.[94]

天高地下, 尊卑奠矣, 禮所以爲天地之序也. 萬物散殊, 小大分矣, 禮所以爲天地之別也. 流而不息, 陰陽運矣, 樂所以爲天地之和也. 合同

하여 성실해지면 허물이 없어질 것이다.】

91 『周易』 履卦 8. 「六三, 眇能視, 跛能履, 履虎尾咥人, 凶, 武人爲于大君【육삼은 음이 양자리에 있어서 위(位)를 얻지 못하고 또 중(中)을 잃은 상태이니, 소인이 분수 밖의 일을 하는 경우이다. 소인이 분별의 지혜가 없는데 뜻만 강해 앞으로 나아가고자 하니, 애꾸눈이 보고자 하고 절름발이가 걷고자 하는 것에 비유된다. 따라서 호랑이 꼬리를 밟아 물리는 격으로 해롭고, 포악한 무인(武人)이 대군(大君)이 되고자 제멋대로 전횡을 일삼는 상(象)이다.】」

92 중(中)과~것 : 『禮記』 中庸 31-1.

93 예악으로~자 : 『周禮』 春官 / 大宗伯 11.

94 『禮記』 樂記 19-6.

而化, 形質易⁹⁵矣, 樂所以合天地之化也. 在易 : "上天下澤履, 君子以, 辨上下, 定民志", 豈不爲禮制行乎? 在記 : "陰陽相摩, 天地相蕩而百化興焉", 豈不爲樂之興乎?

禮以相敬爲異, 必資制而後行. 樂以相親爲同, 無所資而自興. 故於禮之行, 言制, 而異於樂之興也. 會而言之如此, 通而言之, 明於天地, 然後能興禮樂, 則禮非不可以言興, 樂行而倫淸, 則樂非不可以言行. 天高地下以位言, 天尊地卑以分言, 流而不息以氣言, 論而不息以文言.

하늘은 높고 땅은 낮아 존비(尊卑)가 정해져 있으니, 예는 천지의 질서이다. 만물이 각양각색이어서 대소(大小)가 분별되니, 예는 천지의 구별이다. 유행하며 끊임없이 음양(陰陽)이 운행하니, 악은 천지의 조화이다. 화합하여 화생(化生)하여 형질(形質)이 바뀌니 악은 천지의 화생(化生)에 합치한다.

『주역』에 "위가 하늘이고 아래가 못이면 이괘(履卦)가 되니, 군자가 이를 살펴 위·아래를 분별하여 백성의 뜻을 정한다"[96]라고 했으니, 어찌 예제(禮制)가 행해지지 않겠는가? 『예기』에 "음과 양이 서로 부딪치고 하늘과 땅의 기운이 서로 움직여 백물(百物)이 화생(化生)한다"[97]라고 했으니, 어찌 악이 흥기되지 않겠는가?

예는 서로 공경하여 다르게 하는 것이므로 반드시 제도의 뒷받침이 있어야만 행해지고, 악은 서로 친하게 하여 같게 하는 것이므로 아무런 도움이 없어도 절로 흥기된다. 그러므로 예가 행해지는 것에 대해서는 '제(制)'라는 말을 덧붙여 악이 흥기되는 것과는 달리 표현하였다. 각각 대조해서 말하면 이와 같지만, 두루 통합하여 말하면, "천지의 이치에 밝아야 예악을 흥기시킬 수 있다"[98]라고 하여, 예에 '흥기된다'는 말을

---

95 대본에는 '異'로 되어 있으나, 사고전서 『樂書』를 참조하여 '易'으로 바로잡았다.
96 『周易』 履卦 3.
97 『禮記』 樂記 19-6.
98 『禮記』 樂記 19-4.

쓰기도 하고, "악이 행해지면 인륜이 맑아진다"[99]라고 하여, 악에 '행해진다'는 말을 쓰기도 한다.

'하늘은 높고 땅은 낮다'는 것은 위치로 말한 것이고, '하늘은 존귀하고 땅은 비천하다'[100]는 것은 분수로 말한 것이다. 유행하여 쉬지 않는다는 것은 기(氣)를 말한 것이고, '논하여 그치지 않는다'[101]는 것은 문채를 말한 것이다.

13-8. 春作夏長仁也, 秋斂冬藏義也. 仁近於樂, 義近於禮.

봄에 싹터 여름에 자라는 것은 인(仁)이고, 가을에 거두어 겨울에 저장하는 것은 의(義)이니, 인은 악에 가깝고, 의는 예에 가깝다.[102]

春則物作而始之, 天造草昧之時也. 秋則物斂而實之, 人爲輔成之時也. 夏則物出而相見, 人道之戒也. 冬則物藏而相辨, 天道之復也. 自春徂夏, 爲天出而之人, 所以爲仁. 自秋徂冬, 爲人反而之天, 所以爲義. 蓋樂由陽來, 而仁近之, 仁陽屬故也. 禮由陰作, 而義近之, 義陰屬故也. 仁主乎愛而樂合之, 義主乎敬而禮合之, 豈亦仁義近禮樂之意歟! 然仁近於樂, 而樂非仁也. 義近於禮, 而禮非義也. 仁義非禮樂不行, 禮樂非仁義不立, 此荀卿所以言仁義禮樂其致一也. 凡此論四時之仁義爲然, 若夫語仁義大全, 豈止近禮樂而已哉?

孔子以人而不仁如禮樂何, 合而言之也, 與言堯舜之道孝弟同意, 孟子以禮節文仁義, 而樂以樂之, 別而言之也, 與言孝近王弟近霸同意. 莊周謂: "道德不廢, 安取仁義, 性情不離, 安用禮樂?" 雖退而擯可也, 彼豈以仁義禮樂爲不美哉? 誠欲悵悵爲天下渾心而已. 鄕飮酒義, 以天

99 『禮記』樂記 19-13.
100 『禮記』樂記 19-6.
101 『禮記』樂記 19-24.「先王恥其亂, 故制雅頌之聲以道之, 使其聲足樂而不流, 使其文足論而不息.」
102 『禮記』樂記 19-6.

子之立, 左聖鄕仁, 右義背藏, 配四時之序, 與此異者, 彼主鄕飮酒之禮
言之, 非別禮樂而言故也.

만물이 생겨나는 봄은 하늘의 조화(造化)가 처음 시작되는 때이고, 만
물이 열매를 맺는 가을은 사람이 하늘을 보좌하여 완성하는 때이다. 여
름에는 만물이 쑥쑥 자라나니 인도(人道)가 일깨워지고, 겨울에는 만물이
씨로 저장되어 서로 분변하니 천도(天道)가 회복된다. 봄에서 여름까지는
하늘에서 나와서 사람에게 가는 것이니 인(仁)이 되고, 가을에서 겨울까
지는 사람에게서 돌이켜 하늘로 가는 것이니 의(義)가 된다.

대개 악(樂)은 양(陽)으로 말미암아 나오니 인은 악에 가깝다. 인은 양
에 속하기 때문이다. 예는 음(陰)으로 말미암아 만들어지니 의는 예에 가
깝다. 의는 음에 속하기 때문이다. 인은 사랑을 주장하여 악에 합치되고,
의는 공경을 주장하여 예에 합치되니, 인의는 예악에 가깝다. 인이 악에
가깝지만 악이 인 자체는 아니고, 의가 예에 가깝지만 예가 의 자체는
아니다. 그렇지만 인의는 예악이 아니면 행해지지 않고 예악은 인의가
아니면 서지 못한다. 따라서 순경(荀卿)은 "인의와 예악은 그 목표가 하나
이다"[103]라고 말한 것이다. 여기(「樂記」)에서는 사시(四時)의 인의(仁義)가
그렇다는 것을 논한 것이다. 만약 인의(仁義) 전체를 말한다면 어찌 예악
에 가깝다고만 할 뿐이겠는가?

공자가 "사람으로서 불인(不仁)하면 예악이 무슨 소용이겠는가?"[104]라
고 한 것은 합하여 말한 것이니, "요순의 도는 효제(孝弟)이다"[105]라고 한
것과 같은 뜻이다. 맹자가 "예는 인의(仁義)를 절문(節文)한 것이고, 악은
인의를 즐거워하는 것이다"[106]라고 한 것은 구별하여 말한 것이니, "효
(孝)는 왕도(王道)에 가깝고 제(弟)는 패도(覇道)에 가깝다"[107]라고 한 것과

---

103 『荀子』 大略 27-14.
104 『論語』 八佾 3-3.
105 『孟子』 告子下 12-2. 효(孝)는 인의 바탕이 되고 제(弟)는 의(義)의 바탕이 된다.
106 『孟子』 離婁上 7-27.
107 『論語全解』(宋 陳祥道 撰) 권1 學而.

같은 뜻이다.

장주(莊周)는 "도덕을 버리지 않고서 어떻게 인의를 취할 수 있으며, 타고난 성정(性情)을 떠나지 않고서 어떻게 예악을 쓸 수 있는가?"[108]라고 하여, 인의와 예악을 배척하였다. 그렇지만 장주가 어찌 참으로 인의예악을 아름답지 않은 것으로 여겼겠는가? 진실로 천하 사람들이 순박한 마음을 갖기를 바란 것뿐이다.[109]

「향음주의(鄕飮酒義)」에서는 "천자가 서려면, 성(聖)을 왼편에 두고 인(仁)을 향하고 의(義)를 오른편에 두고 장(藏)을 등져야 한다"[110]라고 하여, 사시(四時)에 배합한 순서가 여기(「樂記」)와 다른 이유는 저기에서는 향음주례를 중심으로 말한 것이지, 예악을 구별하여 말한 것이 아니기 때문이다.

---

108 『莊子』馬蹄 9-1.
109 진실로~것뿐이다:『道德經』49.
110 『禮記』鄕飮酒義 45-15.「是以天子之立也, 左聖, 鄕仁, 右義, 偝藏也.」성(聖)은 만물을 낳는 것이며 봄에 해당한다. 인(仁)은 만물을 기르고 성장시키는 것이며 여름에 해당한다. 의(義)는 가을에 해당하고, 저장은 겨울에 해당한다.

권14 예기훈의(禮記訓義)

악기(樂記)

악기(樂記)

14-1. 樂者敦和, 率神而從天. 禮者別宜, 居鬼而從地.

악은 화합을 돈독하게 하므로 신(神)을 좇아 하늘을 따르고, 예는 마땅함을 분별하므로 귀(鬼)에 머물어 땅을 따른다.[1]

樂極和, 不有以惇之, 未必能統同. 禮從宜, 不有以別之, 未必能辨異. 天法道者也, 人法地者也. 神由天道而無方, 非樂之員而神, 不足以率之. 鬼由人道而有歸, 非禮之方以智, 不足以居之. 率則有循而體自然, 非有以强之也. 居則有方而止其所, 非有以行之也. 明有禮樂, 幽有

---

1   『禮記』 樂記 19-6.

鬼神, 而其從天地如此, 亦各從其類故也.

樂陽也, 主於率神以從天, 而鬼與焉. 禮陰也, 主於居鬼以從地, 而神與焉. 莊子以鬼神守其幽爲樂, 禮器以順於鬼神爲禮, 然則禮樂之用, 豈不殊事而同道哉?

악은 화(和)를 지극하게 하는 것이니, 돈독하게 하지 않으면 반드시 통괄하여 같게 할 수 없다. 예는 마땅함을 따르는 것이니, 분별하지 않으면 반드시 분별하여 다르게 할 수 없다. 하늘은 도(道)를 본받고, 사람은 땅을 본받는다. 신(神)은 천도(天道)를 말미암아 방향이 없으니, 악이 둥글어서 신묘하지 않으면 신을 따를 수 없다. 귀(鬼)는 인도(人道)를 말미암아 돌아감이 있으니, 예가 모나서 지혜롭지 않으면 귀(鬼)에 머물 수 없다. 좇는다는 것은 순리대로 저절로 그렇게 되는 것이지 억지로 따른 것이 아니다. 머문다는 것은 점유하여 그 곳에 있는 것이지 그곳으로 가는 것이 아니다. 밝은 곳에는 예악이 있고 그윽한 곳에는 귀신이 있는데,[2] 예와 악이 각각 하늘과 땅을 따른 것은 또한 각각 유(類)를 따른 것이다.

그런데 악은 양(陽)이므로 주로 신(神)을 좇고 하늘을 따르지만 귀(鬼)가 더불어 있고, 예는 음(陰)이므로 주로 귀에 머물고 땅을 따르지만 신(神)이 더불어 있다. 『장자(莊子)』에 귀신이 그윽한 곳을 지키는 것을 악으로 여겼고,[3] 「예기(禮器)」에 귀신을 따르는 것을 예로 여겼으니,[4] 예악을 쓰

---

2   밝은~있는데: 『禮記』樂記 19-2.
3   『莊子』天運 14-3. '吾又奏之以陰陽之和, 燭之以日月之明, 其聲能短能長, 能柔能剛, 變化齊一, 不主故常, 在谷滿谷, 在阬滿阬, 塗却守神, 以物爲量, 其聲揮綽, 其名高明, 是故鬼神守其幽, 日月星辰行其紀. 吾止之於有窮, 流之於無止【나는 또 음양의 조화에 따라 연주하고, 해와 달의 밝음을 따라 음악을 화려하게 연주하였더니, 그 소리를 짧게 끊어지게 할 수도 있고, 길게 늘어지게 할 수도 있으며, 부드럽게 할 수도 있고, 굳세게 할 수도 있게 되어 일제히 변화하여 옛가락에 구애받지 않아서 골짜기를 만나면 골짜기를 채우고 작은 구덩이를 만나면 구덩이를 채우다가 욕망의 틈을 막고 정신을 지켜서 대상 사물의 있는 그대로에 순응해 나가니 그 소리는 맑게 울리고 그 《함지악(咸池樂)》이라는 이름도 높고 밝게 빛났다. 그 때문에 귀신도 그윽한 곳을 지켜 떠나지 않고 일월성신도 제 길을 따라 움직이는데, 나는 연주를 어느 때는 유한의 세계에 그치기도 하고 어느 때는 그침이 없는 무한의 세계에까지 흘려보

임이 일은 달라도 도(道)는 같기 때문이다.

14-2. 故聖人作樂以應天, 制禮以配地, 禮樂明備, 天地官矣.

그러므로 성인이 악을 지어서 하늘에 응하고 예를 만들어 땅과 짝했다. 예악을 밝게 갖추면 천지가 직분을 다하게 된다.[5]

天以至陽而職氣覆, 地以至陰而職形載. 樂由天作, 而至陽之氣存焉. 禮以地制, 而至陰之形存焉. 聖人職教化者也, 爲能因陰陽以統形氣. 故作樂以應天, 制禮以配地. 蓋樂有聲而無形, 作之以應天, 則聲氣同故也. 禮有形而無聲, 制之以配地, 則形體異故也.

禮樂明矣而不昧, 備矣而不偏, 非徒足以官天地, 天地亦將爲我官矣. 聖人始而應配之以成位, 終而官之以成能, 庸詎知禮樂非天地耶, 天地非禮樂耶? 荀卿謂: "聖人淸其天君以至養其天情, 則天地官而萬物役矣." 是雖非主禮樂而言, 要之, 爲聖人之事一也. 作樂以應天, 制禮以配地, 別而言之. 禮樂明備, 天地官矣, 合而言之. 聖人制禮作樂而天地官者, 作者之事也. 大人擧禮樂, 而天地昭者, 述者之事也. 言天地官, 則天地雖大, 亦受於禮樂矣, 言天地昭, 則天地雖幽, 亦不能匿其情矣.

하늘은 지양(至陽)이고, 기(氣)를 덮는 일을 한다. 땅은 지음(至陰)이고, 형체를 싣는 일을 한다. 악은 하늘을 말미암아 지어졌으므로 지양의 기가 존재하고, 예는 땅을 본받아 만들어졌으므로 지음의 형체가 존재한다. 성인(聖人)은 교화(敎化)를 하는 자이다. 음양으로 인해 형체와 기를 통괄하므로, 악을 지어서 하늘에 응하고 예를 만들어 땅과 짝하였다. 악은 소리만 있고 형체가 없다. 따라서 악을 지어 하늘에 응하는 것은 성

내기도 한다네.】」

4 『禮記』禮器 10-3. 「禮也者, 合於天時, 設於地財, 順於鬼神, 合於人心, 理萬物者也【예란 천시(天時)에 합치하고, 땅에서 생산되는 재화로 설행하며, 귀신을 따르고, 인심과 화합함으로써, 만물을 다스리는 것이다.】」

5 『禮記』樂記 19-6.

기(聲氣)가 같기 때문이다. 예는 형체는 있으나 소리가 없다. 따라서 예를 만들어 땅과 짝하는 것은 형체가 다르기 때문이다.

예악을 밝혀서 어둡지 않게 하고 갖추어서 편벽되지 않게 하면, 천지로 하여금 직분을 다하게 할 수 있을 뿐만 아니라, 천지 또한 나로 하여금 직분을 다하게 할 수 있다. 성인이 처음에는 하늘에 응하고 땅과 짝해서 자리를 마땅하게 하고, 마지막에는 하늘과 땅이 직분을 다하여 성능을 다하게 했으니, 어찌 예악이 천지가 아니며 천지가 예악이 아니겠는가? 순경이 "성인은 천군(天君, 마음)을 맑게 하고 천정(天情)을 기르면, 천지가 직분을 다하여 만물을 부릴 수 있게 된다"[6]라고 한 것은 예악을 위주로 말한 것은 아니지만, 요컨대 성인의 일이라는 점에서 같다.

'악을 지어서 하늘에 응하고 예를 만들어 땅과 짝한다'는 것은 구별하여 말한 것이고, '예악을 밝게 갖추면 천지가 직분을 다한다'는 것은 합하여 말한 것이다.

'성인이 예를 만들고 악을 지어서 천지가 직분을 다하게 되는 것'은 창작하는 자의 일이고, '대인(大人)이 예악을 거행하면 천지가 밝아지는 것'[7]은 계술(繼述)하는 자의 일이다. '천지가 직분을 다하게 된다'고 했으니, 천지가 비록 크지만 또한 예악으로부터 직분을 받고, '천지가 밝아진다'고 했으니, 천지가 비록 그윽하지만 또한 정(情)을 숨길 수 없는 것이다.

14-3. 天尊地卑, 君臣定矣. 卑高以已陳, 貴賤位矣.

하늘은 존귀하고 땅은 비천하니 임금과 신하가 정해지고, 낮은 못과 높은 산 등이 벌여 있으니 귀한 것과 천한 것이 자리 잡는다.[8]

---

6   『荀子』天論 17-4.
7   『禮記』樂記 19-20.
8   『禮記』樂記 19-6.

分無兩隆, 有尊必有卑, 位無兩盛, 有貴必有賤. 貴以高爲本, 賤以卑爲基, 是高卑以天地尊卑而後陳, 貴賤以君臣定而後位. 言定則知位爲辨, 言位則知定爲分, 分位不同, 禮亦異數, 此君臣所以別於朝廷, 貴賤所以別於天下也.

然卑高者位之積, 貴賤者位之序. 貴以卑而後形, 故言卑以敵貴. 賤以高而後顯, 故言高以敵賤. 詩曰: "穆穆皇皇, 宜君宜王." 蓋穆穆者王德之容, 皇皇者君德之容. 穆穆而後皇皇, 貴賤之序也, 宜君而後宜王, 卑高之序也, 與此同意. 然君可以言貴, 貴不必皆君也, 臣可以言賤, 賤不必皆臣也. 故於君臣言尊卑, 於貴賤言卑高以別之, 天尊地卑自然之分也, 天高地下自然之位也. 易言乾坤, 此言君臣者, 易以乾坤爲首, 禮以君臣爲大故也.

신분은 둘 다 높을 수는 없으므로 존귀한 것이 있으면 반드시 비천한 것이 있고, 지위는 둘 다 성대할 수는 없으므로 귀한 것이 있으면 반드시 천한 것이 있다. 귀한 것은 높은 것을 근본으로 삼고, 천한 것은 낮은 것을 기반으로 삼는다. 따라서 높은 것과 낮은 것은 하늘과 땅이 존귀하고 비천한 뒤에 펼쳐지고, 귀하고 천한 것은 임금과 신하가 정해진 뒤에 자리 잡는다.

'정해진다'고 했으니 지위가 구별됨을 알 수 있고, '자리 잡는다'고 했으니 정해진 것이 구분됨을 알 수 있다. 신분과 지위가 다르면 예(禮) 또한 수(數)가 달라져야 한다. 임금과 신하가 조정에서 구별되고 귀한 것과 천한 것이 천하에서 구별되는 이유이다.

비고(卑高)는 낮은 것부터 말하고, 귀천(貴賤)은 높은 것부터 말하였는데, 귀한 것은 낮은 것이 있어야 형용되므로 비(卑)를 귀(貴)와 대비한 것이고, 천한 것은 높은 것이 있어야 드러나므로 고(高)를 천(賤)과 대비한 것이다. 『시경』에 "공경스럽고[穆穆] 아름다우시니[皇皇] 임금 노릇 잘하시고[宜君] 왕 노릇 잘하시도다[宜王]"[9]라고 하였는데, 목목(穆穆)은 왕(천자)의 덕을 형용한 것이고 황황(皇皇)은 임금(제후)의 덕을 형용한 것이다. 목목을 먼저 말하고 황황을 뒤에 말한 것은 귀천(貴賤)의 순서이고, '임금 노릇 잘한다'는 것을 '왕 노릇 잘한다'는 것보다 먼저 말한 것은 비고(卑高)의 순서이니, 이것과 같은 뜻이다.

그런데 임금에 대해 '귀하다'고 말할 수 있으나 귀하다고 해서 반드시 모두 임금이 되는 것은 아니다. 신하는 '천하다'고 말할 수 있으나 천하다고 해서 반드시 모두 신하가 되는 것은 아니다. 그러므로 임금과 신하에서는 존비를 말하고, 귀한 것과 천한 것에서는 비고(卑高)를 말하여 구별하였다.

하늘이 존귀하고 땅이 비천한 것은 자연의 분수이며, 하늘이 높고 땅이 낮은 것은 자연의 지위이다. 『주역』에서는 건곤(乾坤)을 말하였는데[10] 여기(『예기』「樂記」)에서는 군신(君臣)을 말한 것은 역(易)에서는 건곤을 으뜸으로 여기고 예(禮)에서는 군신을 중대하게 여기기 때문이다.

14-4. 動靜有常, 小大殊矣.
동(動)과 정(靜)[11]에 떳떳한 원칙이 있으므로 소(小)와 대(大)가 달라진다.[12]

天道成規, 其常在動. 地道成矩, 其常在靜. 以動爲常, 無小而不大, 凡物之所謂大者皆麗焉. 以靜爲常. 無大而不小, 凡物之所謂小者皆麗焉. 因其大而大之, 因其小而小之, 則大小殊矣, 然則禮豈不爲天地之別乎? '禮者天地之序故群物皆別' '天高地下萬物散殊而禮制行', 如此而已.

變易之剛柔斷, 言小大殊者. 此主禮有小大言之, 異乎易主乾坤而言

9　　『詩經』 大雅／假樂. 朱子 註에 따르면, 군(君)은 제후이고, 왕은 천자이며, 목목(穆穆)은 공경함이고 황황(皇皇)은 아름다움이라고 한다.

10　　『周易』 繫辭上傳 1.「天尊地卑, 乾坤定矣. 卑高以陳, 貴賤位矣.」

11　　동(動)과 정(靜)은 음양의 유행(流行)을 가리킨다.

12　　『禮記』 樂記 19-6.

也. 動靜有常, 小大殊者禮也. 一動一靜天地之間者, 禮樂也. 由是觀
之, 禮由陰作, 雖主乎靜, 未始不動. 樂由陽來, 雖主乎動, 未始不靜.
經曰 : "禮動於外故文,[13] 樂由中出故靜." 不其然乎?

천도(天道)는 규(規 : 원)를 이루니 떳떳함이 움직임에 있고, 지도(地道)는
구(矩 : 네모)를 이루니 떳떳함이 고요함에 있다. 움직임을 떳떳함으로 삼
으면 작아도 커지지 않을 수 없으니, 이른바 물(物)의 큰 것은 모두 이와
관련된다. 고요함을 떳떳함으로 삼으면 커도 작아지지 않을 수 없으니,
이른바 물(物)의 작은 것은 이와 관련된다. 크게 되는 요인으로 말미암아
커지고 작게 되는 요인으로 말미암아 작아지니 대소(大小)가 달라진다.
그러하니 어찌 예가 천지의 구별이 되지 않겠는가? '예는 천지의 질서이
므로 군물(群物)이 구별된다'[14]고 한 것과 '하늘은 높고 땅은 낮으며 만물
이 각양각색이므로 예제(禮制)가 행해진다'[15]고 한 것도 이와 같을 뿐이
다.

한편 『주역』에서는 "강유(强柔)가 나뉜다"[16]라고 하여 '소(小)와 대(大)
가 달라지는 것'을 말했다. 여기(『禮記』「樂記」)에서는 예를 주로 하여 소
와 대가 있다고 말했지만, 『주역』에서는 이와 달리 건곤을 주로 하여 말
했기 때문이다.

'동(動)과 정(靜)에 떳떳한 원칙이 있으므로 소(小)와 대(大)가 달라진다'
는 것은 예이고, '한 번 움직이고 한 번 고요한 것[一動一靜]은 천지 사이
의 만물이다'[17]라는 것은 예악이다. 이로 보건대, 예는 음(陰)으로 말미암
아 만들어져 고요함을 주로 하긴 하지만 처음부터 움직이지 않은 적은
없고, 악은 양(陽)으로 말미암아 생겨나 움직임을 주로 하긴 하지만 처음

---

13 대본에는 없으나, 『禮記』에 의거하여 '故文'을 보충하였다. 『禮記』 樂記 19-1. 「樂由
中出, 禮自外作. 樂由中出, 故靜. 禮自外作故文.」
14 『禮記』 樂記 19-4.
15 『禮記』 樂記 19-6.
16 『周易』 繫辭上傳 1. 「動靜有常, 剛柔斷矣.」
17 『禮記』 樂記 19-6.

부터 고요하지 않은 적은 없다. 경(經)에 "예는 밖에서 움직이므로 문채나고 악은 마음속에서 나오므로 고요하다"[18]라고 한 것이 그 실례이다.

14-5. 方以類聚, 物以群分, 性命不同矣.
방(方)이 같은 종류로 모이고 물(物)이 무리로 나뉘는 것은 성명(性命)이 같지 않기 때문이다.[19]

天地之間有域者, 必有方, 而方不能無類聚. 有生者必有物, 而物不能無群分. 蓋獨陽不生, 獨陰不成, 相辨以成體, 相與以致用. 相辨以成體, 則陽與陽爲類, 凡非陽類者, 斯乖而不親, 陰與陰爲類, 凡非陰類者, 斯離而不合. 故乾位西北至陽也, 震坎艮之陽聚焉, 坤位西南至陰也, 巽離兌之陰聚焉, 豈非方以類聚邪? 揚雄謂'人人物物各由厥彙'是也. 相與以致用, 則陽物不能無偶, 分之以群乎陰, 陰物不能獨立, 分之以群乎陽. 則天地以道相際, 山澤以氣相通, 雷風以聲相搏, 水火以性相逮, 豈非物以群分耶? 揚雄謂'分群隅物'是也.

方以類聚, 物以群分, 豈天地使然哉? 各因性命不同而已. 禮之道以敬爲體, 而有以相辨, 以和爲用而有以相與, 使天下之衆·萬物之繁, 靜安性命之理, 動安性命之情, 亦何異? 此言性命不同, 不言吉凶生者, 易原吉凶所生以同民患, 禮推[20]性命不同以辨名分故也.

하늘과 땅 사이의 영역에는 반드시 방(方)이 있으니, 방(方)이 같은 종류끼리 모이지 않을 수 없다. 생명이 있는 것은 반드시 물(物: 형체)이 있으니, 물(物)이 무리로 나뉘지 않을 수 없다. 양(陽)은 홀로 낳지 못하고 음(陰)은 홀로 이루지 못하니, 서로 변별하여 체(體)를 이루고 서로 함께하여 용(用)을 이룬다.

---

18   『禮記』 樂記 19-1.
19   『禮記』 樂記 19-6.
20   대본에는 '惟'로 되어 있으나, 사고전서 『樂書』에 의거하여 '推'로 바로잡았다.

서로 변별하여 체(體)를 이룬다는 것은 양(陽)과 양(陽)이 같은 유(類)가 되어 양의 종류가 아닌 것과는 어긋나서 친하지 못하고, 음(陰)과 음(陰)이 같은 유가 되어 음의 종류가 아닌 것과는 분리되어 합하지 못하는 것이다. 그러므로 서북에 위치한 건(乾)은 지양(至陽)이므로 양(陽)인 진(震)·감(坎)·간(艮)이 모이고,[21] 서남에 위치한 곤(坤)은 지음(至陰)이므로 음(陰)인 손(巽)·이(離)·태(兌)가 모인다.[22] 이것이 어찌 방(方)이 같은 종류끼리 모이는 것이 아니겠는가? 양웅(揚雄)이 "사람을 비롯한 만물이 각각 같은 무리끼리 모인다"[23]라고 말한 것이 이것이다.

서로 함께 하여 용(用)을 이룬다는 것은 양물(陽物)은 짝이 없을 수 없으므로 나뉘어 음(陰)과 어울리고, 음물(陰物)은 홀로 설 수 없으므로 나뉘어 양과 어울리는 것이다. 그러므로 하늘과 땅이 도(道)로 서로 사귀고, 산과 못이 기운을 통하며, 우레와 바람이 소리로 서로 부딪치며[24] 물과 불이 성(性)으로 서로 영향을 끼치나니, 어찌 물(物)이 무리로 나뉘는 것이 아니겠는가? 양웅이 "나뉘고 무리지어 물(物)과 짝한다"라고 말한 것이 이것이다.

21　문왕후천팔괘(文王後天八卦)에서 감(坎)은 북쪽, 간(艮)은 북동쪽, 진(震)은 동쪽에 위치한다. 진(☳)은 이음(二陰) 속에 일양(一陽)이 처하여 문이 열려 있는 상이니, 일양(一陽)이 밖으로 강건히 움직여 나가는 뜻이 있다. 우뢰가 진동하는 상(象)이며, 장남(長男)에 해당한다. 감(☵)은 일양(一陽)이 이음(二陰) 사이에 빠져 험난함을 뜻한다. 양이 비록 음 사이에 빠져 있으나 중심이 견실하고 안이 밝고 밖이 어두운 상이므로, 물(水)이 그 상을 대표하며 중남(中男)에 해당한다. 간(☶)은 일양(一陽)이 이음(二陰) 위에 거처하여 더 나아가지 못하고 그치는 상이니, 우뚝 그쳐 있는 산으로 대표한다. 소남(小男)에 해당한다. (『大山周易講解』(大有學堂, 1994 재판), 48~49쪽)

22　문왕후천팔괘(文王後天八卦)에서 손(巽)은 동남쪽, (離)는 남쪽, 태(兌)는 서쪽에 위치한다. 손(☴)은 일음(一陰)이 이양(二陽) 아래 엎드려 숨어 있는 상이니, 겸양하는 뜻이 있다. 바람의 상이며 장녀에 해당한다. 이(☲)는 일음(一陰)이 이양(二陽) 사이에 있어 밖이 밝고 안이 어두우므로 불이 환히 비추는 상이며 중녀에 해당한다. 태(☱)는 일음(一陰)이 이양(二陽) 위에 처하여 속이 건실하고 기쁨을 누리는 뜻이 있다. 아래는 양(陽)으로 막혀 있고 위로 유약한 음(陰)이 있어서 못의 물이 출렁이는 상이며, 소녀에 해당한다.

23　『太玄經』(漢 揚雄 撰) 권9 玄攡.

24　산과~부딪치며 : 『周易』 說卦傳 3.

방(方)이 같은 종류끼리 모이고 물(物)이 무리로 나뉘는 것이 어찌 천지가 시켜서 그렇게 되는 것이겠는가? 각각 성명(性命)이 같지 않으므로 그렇게 되는 것이다. 예(禮)의 도(道)는 경(敬)을 체(體)로 삼아서 서로 구별하고, 화(和)를 용(用)으로 삼아서 서로 함께 한다. 이는 천하의 무리와 다양한 만물로 하여금 성명(性命)의 이(理)를 고요하게 하여 안정되게 하고, 성명(性命)의 정(情)을 움직이어 안정되게 하는 것과 무엇이 다르겠는가?

여기(「樂記」)에서는 '성명이 같지 않다'는 것만 말하고 『주역』처럼 '길흉(吉凶)이 생겨난다'[25]는 것은 말하지 않은 것은 역(易)은 길흉이 생겨나는 것에 근본하여 사람들의 근심을 함께 하는 것임에 반해, 예(禮)는 성명이 같지 않은 것을 추론하여 명분을 분별하는 것이기 때문이다.

14-6. 在天成象, 在地成形. 如此, 則禮者天地之別也.
하늘에서는 상(象)을 이루고, 땅에서는 형체를 이룬다.[26] 이와 같으니 예란 천지의 구별이다.[27]

夫禮必本於太一. 分而爲天地. 在天成象, 則凡物有象者皆資成焉, 非特日月星辰之垂象而已. 在地成形, 則凡物之有形者皆資成焉, 非特山川草木之流形而已. 象成而上, 形成而下, 暉之本數・條之末度, 孰非天地之別乎? 在易繼之變化見, 在禮繼之 天地別者, 易員而神, 禮方以智. 故言妙於易, 言粗於禮.

예는 태일(太一)[28]에 근본하였고, 태일이 나뉘어 천지(天地)가 되었다.[29]

---

25 『周易』繫辭上傳 1.「天尊地卑, 乾坤定矣. 卑高以陳, 貴賤位矣. 動靜有常, 剛柔斷矣. 方以類聚, 物以群分, 吉凶生矣.」
26 하늘에서는 해・달・별들이 빛나며 상(象)을 이루고, 땅에서는 산천초목과 동물과 인간이 형체를 이룬다는 뜻이다.
27 『禮記』樂記 19-6.
28 태일(太一) : 천지(天地)가 일체(一體)로서 분화되지 않아 혼돈・소박하며 아직 물체가 만들어지지 않은 상태. 우주 만물의 근원.
29 예는~되었다:『禮記』禮運 9-31.

하늘에서 상(象)을 이루면, 상(象)이 있는 모든 사물이 모두 이를 바탕으로 이루어지니, 해·달·별만이 상(象)을 드리우는 것은 아니다. 땅에서 형체를 이루면, 형체가 있는 모든 사물이 모두 이를 바탕으로 이루어지니, 산천초목(山川草木)만이 형체를 나타내는 것은 아니다. 상(象)을 이루면 위에 있고 형체를 이루면 아래에 있으니, 빛나는 본수(本數)[30]와 지엽적인 말도(末度)가 어느 것인들 천지의 구별이 아니겠는가?

『주역』에서 이를 이어 '변화가 나타난다'[31]라고 하고, 『예기』에서 이를 이어 '천지가 구별된다'라고 한 것은 역(易)은 둥글어서 신묘하고 예는 모나서 지혜로우므로 『주역』에서는 신묘한 것을 말하고 『예기』에서는 거친 것을 말하였기 때문이다.

14-7. 地氣上齊, 天氣下降, 陰陽相摩, 天地相蕩, 鼓之以雷霆, 奮之以風雨, 動之以四時, 煖之以日月, 而百化興焉. 如此則樂者天地之和也.

땅의 기(氣)는 위로 올라가고 하늘의 기(氣)는 아래로 내려와서 음(陰)과 양(陽)이 서로 부딪치고, 하늘과 땅의 기운이 서로 움직이며, 천둥·번개로 고동시키고, 비바람으로 분발시키며, 사시(四時)로 움직이고, 해와 달로 따뜻하게 하여, 백물이 화생(化生)한다. 이와 같으니 악(樂)이란 천지의 화(和)이다.[32]

樂之道形而爲天地, 氣而爲陰陽. 天地譬形體也, 待陰陽而後變化, 陰陽譬榮衛也, 待天地而後流通. 故地氣不上隮, 則肅肅之陰, 何以出乎天, 天氣不下降, 則赫赫之陽, 何以發乎地? 兩者交通成和, 一上一下, 陰陽所以相摩也, 一先一後, 天地所以相蕩也. 相摩, 與易言'剛柔

30 　본수(本數) : 대도(大道)의 근본.
31 　『周易』繫辭上傳 1.「在天成象, 在地成形, 變化見矣.」
32 　『禮記』樂記 19-6.

相摩’·‘莊周言‘木與木相摩’, 同意. 相蕩, 與易八卦相盪·太玄言歲歲
相盪, 同意.

蓋陰陽之氣運行乎天地之間, 其相薄也, 感而爲雷, 激而爲霆, 其偏
勝也, 怒而爲風, 和而爲雨. 雷霆以震之, 凡物之有聲者, 莫不鼓矣. 風
雨以潤之, 凡物之有心者, 莫不奮矣. 一噓爲春夏, 一吸爲秋冬, 四時之
行也, 有以動化之. 或循星以進退, 或應日以死生, 日月之運, 有以煖煊
之. 如此, 則一寒一暑, 一晝一夜, 而百物之化興焉. 然則樂有不爲天地
之和邪? 莫神於易, 莫明於禮, 微之而爲乾坤, 顯之而爲禮樂. 其所以同
異詳略, 亦相爲表裏而已. 煖之者日也, 月亦預焉, 潤之者雨也, 風亦預
焉, 相須而成故也.

악(樂)의 도(道)는 형체로는 천지가 되고, 기(氣)로는 음양(陰陽)이 된다.
천지는 형체에 비유되니 음양을 기다린 뒤에 변화하고, 음양은 영위(榮
衛)[33]에 비유되니 천지를 기다린 뒤에 유통된다. 그러므로 땅의 기운이
위로 올라가지 않으면 고요하고 차가운 음(陰)이 어떻게 하늘에서 나오
며, 하늘의 기운이 아래로 내려오지 않으면 빛나고 따뜻한 양(陽)이 어떻
게 땅에서 나오겠는가? 음양이 서로 통해서 화합을 이루어 한번은 오르
고 한번은 내려와서 음과 양이 서로 부딪치고, 한번은 먼저 하고 한번은
뒤에 하여서 하늘과 땅의 기운이 서로 움직인 것이다.

서로 부딪친다는 것은 『주역』에서 "강(剛)과 유(柔)가 서로 부딪친다"[34]
라고 한 것과 장주(莊周)가 "나무와 나무가 서로 부딪치면 불타오른다"[35]
라고 한 것과 같은 뜻이다. 서로 움직인다는 것은 『주역』에서 "팔괘가
서로 움직인다"[36]라고 한 것과 『태현경(太玄經)』에 "해마다 서로 움직인
다"[37]라고 한 것과 같은 뜻이다.

33　영위(榮衛): 혈기. 영(榮)은 혈(血)의 순환이고 위(衛)는 기(氣)의 순환이다.

34　『周易』 繫辭上傳 1.

35　『莊子』 外物 26-1.

36　『周易』 繫辭上傳 1. 「是故剛柔相摩, 八卦相盪.」

37　『太玄經』 권10 玄告. 「明晦相推, 而日月逾邁, 歲歲相盪.」

음양의 기가 하늘과 땅 사이에서 운행하면서 가까워진 것이 감응(感應)하면 천둥이 되고, 격렬하면 번개가 된다. 한쪽으로 치우친 것이 노하면 바람이 되고, 화합하면 비가 된다. 천둥번개로 떨치면 소리 나는 모든 것들이 고동되지 않을 수 없고, 비바람으로 윤택하게 하면 마음이 있는 모든 것들이 분발되지 않을 수 없다.

한번 숨을 내쉬면 봄과 여름이 되고 한번 들이쉬면 가을과 겨울이 되어, 사시(四時)가 움직여 변화한다. 별을 따라 진퇴하기도 하고 해에 응하여 죽거나 사는데, 해와 달이 운행하여 따뜻하게 한다. 이와 같이 하면 한번 춥고 한번 더우며 한번 낮이 되고 한번 밤이 되어서 만물의 화생(化生)이 일어난다. 이러하니 악이 천지의 화(和)가 되지 않겠는가?

역(易)보다 신묘한 것이 없고 예(禮)보다 밝은 것이 없으니, 은미하면 건곤(乾坤)이 되고 드러나면 예악이 된다. 따라서 천지와 예악은 상세하고 거친 차이가 있지만 또한 서로 표리(表裏)가 될 따름이다.

따뜻하게 하는 것은 해이지만 달 또한 여기에 참여하며, 윤택하게 하는 것은 비이지만 바람 또한 여기에 참여하니, 서로 기다려서 이루어지는 것이기 때문이다.

14-8. 化不時則不生, 男女無辨則亂升, 天地之情也.

화생(化生)이 때에 맞지 않으면 자라지 못하고, 남녀 사이에 분별이 없으면 혼란해지니, 이것이 천지의 정(情)이다.[38]

禮儥天地之情, 非特與之同節而已, 實天地之序也. 樂儥天地之情, 非特與之同[39]而已, 實天地之和也. 和故百物皆化, 化不時則不生, 樂失其和故也. 序故群物皆別, 男女無辨則亂升, 禮失其別故也. 列子曰: "常生常化者, 無時不生, 無時不化, 陰陽爾, 四時爾." 然則化不時則不

---

38 『禮記』 樂記 19-6.
39 대본에는 '化'로 되어 있으나, 사고전서 『樂書』에 의거하여 '和'로 바로잡았다.

生, 有不本天地之情邪! 易曰 : "男正位乎外, 女正位乎內, 天地之大義
也." 然則男女無辨則亂升, 有不本天地之情邪!

蓋天地之情, 去心以感物, 於卦爲咸, 存心以久其道, 於卦爲恒. 咸言
男女之感, 彖[40]曰 : "天地感而萬物生" 恒言男女之常, 彖[41]曰 : "天地之
道, 恒久而不已." 由是觀之, 善言天地者以人事, 善言人事者以天地.
化不時則不生, 以天地明人事也, 男女無辨則亂升, 以人事明天地也.

예는 천지의 정(情)을 본뜬 것이므로,[42] 천지와 절(節)을 함께 할 뿐만
아니라 실로 천지의 질서이다. 악은 천지의 정을 본뜬 것이므로, 천지와
화(和)를 함께 할 뿐만 아니라 실로 천지의 화(和)이다. 화(和)하므로 백물
이 모두 화생(化生)하는데, 화생이 때에 맞지 않으면 자라지 못한다. 악이
화(和)를 잃었기 때문이다. 질서가 있으므로 군물(群物)이 구별되는데, 남
녀가 분별이 없으면 혼란해진다. 예가 분별을 잃었기 때문이다.

『열자(列子)』에 "항상 생성되고 항상 변화하는 것은 생성되지 않는 때
가 없고 변화하지 않는 때가 없다. 음양(陰陽)이 그러하고 사시(四時)가 그
러하다"[43]라고 하였으니, 화생이 때에 맞지 않으면 자라지 못하는 것은
천지의 정에 근본하지 않았기 때문이다! 『주역』에 "남자는 밖에서 자리
를 바르게 하고 여자는 안에서 자리를 바르게 하는 것이 천지의 큰 의리
이다"[44]라고 하였으니, 남녀가 분별이 없으면 혼란해지는 것은 천지의
정(情)에 근본하지 않았기 때문이다!

대개 천지의 정은 마음을 떠나서 외물(外物)에 감응하면 함괘(咸卦)가
되고, 마음을 보존하여 도(道)를 오래 유지하면 항괘(恒卦)가 된다.[45] 함(咸)

---

[40] 대본에는 '易'으로 되어 있으나, 사고전서 『樂書』에 의거하여 '彖'으로 바로잡았다.
[41] 대본에는 '象'으로 되어 있으나, 사고전서 『樂書』에 의거하여 '彖'으로 바로잡았다.
[42] 예는~것이므로 : 『禮記』 樂記 19-19.
[43] 『列子』 권1 天瑞.
[44] 『周易』 家人卦 2.
[45] 咸(䷟)은 산(☶) 위에 못(☱)이 있는 괘로, 산과 못의 기운이 오르내려 통기(通氣)하
고, 남녀가 서로 마음을 구하여 교애(交愛) 하는 상(象)이다. 恒(䷟)은 바람(☴) 위에
우레(☳)가 있는 괘로, 하늘의 도가 바람을 통해 아래로 행하고 땅의 도가 우레를 통

은 '남녀의 감응'을 말하니, 단(彖)에 "천지가 감응하여 만물이 태어난다"[46]라고 하였다. 항(恒)은 '남녀의 떳떳함'을 말하니, 단(彖)에 "천지의 도는 항구해서 그치지 않는다"[47]라고 하였다. 이로 보건대, 천지의 이치를 잘 설명할 수 있는 것은 인사(人事)이고, 사람의 일을 잘 설명할 수 있는 것은 천지이다. '화생이 때에 맞지 않으면 자라지 못한다'는 것은 천지로 인사를 밝힌 것이고, '남녀가 분별이 없으면 혼란해진다'는 것은 인사로 천지를 밝힌 것이다.

14-9. 及夫禮樂之極乎天而蟠乎地, 行乎陰陽而通乎鬼神, 窮高極遠而測深厚.

예악은 하늘에 이르고 땅에 서리어 음양에 유행하고 귀신에 통하니, 지극히 높고 먼 곳까지 이르고, 깊고 두터운 곳까지 살핀다.[48]

禮樂之道, 建神而天之有以極乎天之所覆, 觸地而田之有以蟠乎地之所載, 與陰陽埏其化, 行之於無止, 與鬼神卽其靈, 通之於不窮. 窮高極遠, 其運無乎不在也, 測深與厚, 其至無乎不察也. 由是觀之, 禮樂之道其可以方體求耶? 黃帝張咸池之樂於洞庭之野, 充滿天地, 包裹六極, 上極乎天, 下蟠乎地也. 陰陽調和, 流光其聲, 行乎陰陽也, 鬼神守其幽, 通乎鬼神也. 動於無方, 居於杳冥, 窮高極遠而測深厚也. 言樂如此, 則禮可知也. 窮高極遠, 況下且近者乎? 測深與厚, 況淺且薄者乎? 極乎天蟠乎地者禮樂也, 上極於天下蟠於地者精神也, 測深極遠者禮樂也, 鉤深致遠者蓍龜也. 莊周以明道故言精神, 易以窮神故言蓍龜, 記言人道而已, 此所以詳於禮樂歟!

─────────
하여 위로 오름으로써 만물을 항구하게 생성(生成)·화육(化育)하는 상이다.

46 『周易』咸卦 2.
47 『周易』恒卦 2,
48 『禮記』樂記 19-6.

예악의 도는 신(神)을 세워서 하늘이 덮고 있는 것에 이르고 땅에 닿아서 땅이 싣고 있는 것에 서리며, 음양(陰陽)과 더불어 조화(造化)를 빚어서 끊임 없이 유행하고, 귀신과 더불어 영(靈)에 나아가 어디나 통한다. '지극히 높고 먼 곳까지 이른다'는 것은 운행하지 않는 곳이 없다는 뜻이고, '깊고 두터운 곳까지 살핀다'는 것은 살피지 못하는 것이 없다는 뜻이다. 이로 보건대, 예악의 도는 방법을 체득하여 알 수 있는 것이 아니다.

"황제(黃帝)가 《함지악(咸池樂)》을 광대한 동정(洞庭)의 들판에서 연주하자 천지 사이에 충만하여 육극(六極)을 감싸 안았다"[49]라는 것이 바로 '위로 하늘에 이르고 아래로 땅에 서린다'는 것이다. "음양이 조화되고 잘 조화된 음악소리가 널리 흘러 퍼진다"[50]라는 것이 바로 '음양에 유행한다'는 것이다. "귀신이 그윽한 곳을 지켜 떠나지 않는다"[51]라는 것이 바로 '귀신에 통한다'는 것이다. "일정한 방향 없이 움직이고 그윽하고 어두운 근원의 세계에 조용히 머물러 있다"[52]는 것이 바로 '지극히 높고 먼 곳까지 이르고 깊고 두터운 곳까지 살핀다'는 것이다. 악에 대해 말한 것이 이와 같으니, 예 또한 알 수 있다. 지극히 높고 먼 곳까지 이르는데 낮고 가까운 곳에 있어서랴! 깊고 두터운 곳까지 살피는데 얕고 얇은 곳에 있어서랴!

'하늘에 이르고 땅에 서리는 것'은 예악이고, '위로 하늘에 이르고 아래로 땅에 서리게 하는 것'은 정신(精神)[53]이며, '깊은 곳까지 살피고 지극히 먼 곳까지 이르는 것'은 예악이고, '깊고 먼 것을 환히 알게 하는 것'은 시초점과 거북점이다.[54] 장주(莊周)는 도(道)를 밝히기 위해 정신을

---

49 『莊子』天運 14-3.
50 『莊子』天運 14-3.
51 『莊子』天運 14-3.
52 『莊子』天運 14-3.
53 『莊子』天道 13-1. 「水靜則明燭鬚眉, 平中準, 大匠取法焉, 水靜猶明, 而況精神!【물이 고요하면 그 밝음이 수염이나 눈썹까지도 비추어 주고 그 평평함이 수준기에 딱 들어맞아 목수가 기준으로 채택한다. 물이 고요해도 이처럼 맑은데 하물며 맑고 고요한 정신이겠는가!】」

말했고, 『주역』에서는 신(神)을 궁구(窮究)하므로 시초점과 거북점을 말했다. 그러나 『예기』에서는 인도(人道)만을 말했으므로 예악에 대해 상세하다.

14-10. 樂著太始, 而禮居成物.
악은 태시(太始)[55]를 드러내고, 예는 성물(成物)[56]을 머물게 한다.[57]

一陰一陽之謂道. 麗乎一陽者, 其道謂乾, 麗乎一陰者, 其道謂坤. 蓋
生於子, 成於丑, 而乾位亥前, 故所知者始. 生於午, 成於未, 而坤位未
後, 故所作者成物. 然太始形之始, 未離乎象. 成物器之終, 未離乎形.
乾能知太始, 不能著其微而顯之, 著其微而顯之者樂也. 坤能作成物,
不能居其所而有之, 居其所而有之者禮也.

樂以陽來, 以天作, 凡在天成象者, 皆資之顯焉, 豈非著太始之意歟?
禮以陰作, 以地制, 凡在成形者, 皆資之居焉, 豈非居成物之意歟? 太始
父道也, 尊而不親. 成物母道也, 親而不尊. 樂尊而不親, 太始待之以
著, 自形而上言之. 禮親而不尊, 成物待之以居, 自形而下者言之. 凡物
以陽顯, 以陰晦, 以陽流, 以陰止. 樂陽以顯, 故言著, 與樂著[58]萬物之
理同. 禮陰以止, 故言居, 與禮別宜居鬼同.

乾知太始, 坤作成物, 天地之道. 樂著太始, 禮居成物, 禮樂之道也.
言樂著太始, 則禮之所著者太一也. 故曰 "禮必於本於太一" 言禮居成
物, 則樂之所居者化物也. 故曰 "和故百物皆化." 不言太初而言太始

---

54 『周易』繫辭上傳 11. 「探賾索隱, 鉤深致遠, 以定天下之吉凶, 成天下之亹亹者, 莫大乎
    著龜【깊숙하게 숨겨져 보이지 않는 것을 찾아내고, 깊고 먼 뜻을 환히 앎으로써 천
    하의 길흉을 정하고, 수없이 많은 일을 이루게 하는 것은 시초와 거북 등딱지보다
    큰 것이 없다.】」
55 태시(太始): 만물을 처음 낳는 것.
56 성물(成物): 만물을 완성하는 것.
57 『禮記』 樂記 19-6.
58 대본에는 '著'로 되어 있으나, 사고전서 『樂書』에 의거하여 '著'로 바로잡았다.

者, 有初然後有始. 太初氣之始也, 太始形之始也. 形之始, 故可得而著. 氣之始, 則未形, 孰得而著之邪?

한번 음(陰)이 되고 한번 양(陽)이 되는 것을 도(道)라고 한다.[59] 양이 되게 하는 도를 건(乾)이라 하고, 음이 되게 하는 도를 곤(坤)이라 한다. 대개 자(子)에서 생겨나 축(丑)에서 이루어지는데, 건(乾)이 해(亥) 앞에 위치하므로[60] 태시(太始)를 주관한다. 오(午)에서 생겨나 미(未)에서 이루어지는데, 곤(坤)이 미(未) 뒤에 위치하므로[61] 성물(成物)을 담당한다. 태시(太始)는 형(形)의 시초이니[62] 상(象)과 분리되지 않은 것이고, 성물(成物)은 기(器)의 끝이니 형(形)과 분리되지 않은 것이다.

건(乾)은 태시를 주관할 수 있으나 은미한 것을 드러내어 나타낼 수는 없다. 은미한 것을 드러내어 나타내는 것은 악이다. 곤(坤)은 성물(成物)을 담당할 수 있으나 그 자리에 머물러 있을 수는 없다. 머물러 있게 하는 것은 예이다.

악은 양(陽)에서 나오고 하늘의 이치로 지어진 것이다. 하늘에서 상(象)을 이루는 것이 모두 이것에 힘입어 나타나니, 어찌 '태시(太始)를 드러낸다'는 뜻이 아니겠는가? 예는 음(陰)으로 만들어지고 땅의 이치로 제작된 것이다. 땅에서 형체를 이루는 것이 모두 이것에 힘입어 머무니, 어찌 '성물(成物)을 머물게 한다'는 뜻이 아니겠는가?

태시는 아버지의 도(道)이니 높되 친근하지 않고, 성물은 어머니의 도이니 친근하되 높지 않다. 악이 높되 친근하지 않은데, 태시가 이를 기다려 드러난다는 것은 형이상(形而上)의 관점에서 말한 것이다. 예는 친근하되 높지 않은데, 성물이 이를 기다려 머문다는 것은 형이하(形而下)의 관점에서 말한 것이다.

---

59   한번~한다: 『周易』繫辭上傳 5.
60   문왕후천팔괘(文王後天八卦)에서 건(乾)은 서북쪽에 위치하여 해(亥)의 앞이 된다.
61   문왕후천팔괘(文王後天八卦)에서 곤(坤)은 남서쪽에 위치하여 미(未)의 뒤가 된다.
62   태시(太始)는 형(形)의 시초이니: 『列子』권1 天瑞.

무릇 물(物)은 양으로 나타나고 음으로 어두워지며, 양으로 유행하고 음으로 그친다. 악은 양으로 나타나므로 '드러낸다[著]'라고 말하였으니, '악은 만물의 이치를 드러낸다'[63]라고 한 것과 같은 뜻이다. 예는 음으로 그치므로 '머문다[居]'라고 말하였으니, '예는 마땅함을 분별하여 귀(鬼)에 머문다'[64]라고 한 것과 같은 뜻이다.

'건(乾)은 태시(太始)를 주관하고 곤(坤)은 성물(成物)을 맡는다'[65]라는 것은 천지의 도이고, '악은 태시를 드러내고 예는 성물을 머물게 한다'는 것은 예악의 도이다. '악이 태시(太始)를 드러낸다'라고 했으니, 예가 드러내는 것은 태일(太一)이다. 그러므로 "예는 반드시 태일에 근본한다"[66]라고 한 것이다. '예는 성물(成物)을 머물게 한다'라고 했으니 악이 머물게 하는 것은 화물(化物)이다. 그러므로 "조화로우므로 백물이 모두 화생(化生)한다"[67]라고 한 것이다.

태초를 말하지 않고 태시를 말한 것은 '초(初)'가 있고나서 '시(始)'가 있기 때문이다. 태초는 기(氣)의 시작이고, 태시는 형체의 시작이다. 형체의 시작이므로 드러낼 수 있는 것이다. 기의 시작은 형체가 없는데 어떻게 드러낼 수 있겠는가?

14-11. 著不息者天也, 著不動者地也. 一動一靜者天地之間也. 故聖人曰 "禮樂云."

분명하게 드러나 쉬지 않는 것은 하늘이고, 분명하게 드러나 움직이지 않는 것은 땅이다. 한 번 움직이고 한 번 고요한 것[一動一靜]은 천지 사이의 만물이다. 그러므로 성인이 이를 예악이라고 하였다.[68]

---

63 『禮記』 樂記 19-13.
64 『禮記』 樂記 19-6.
65 『周易』 繫辭上傳 1.
66 『禮記』 禮運 9-31.
67 『禮記』 樂記 19-4.
68 『禮記』 樂記 19-6.

乾則自强不息, 坤則至靜德方. 天確而動, 故其運不息, 著不息者, 樂之所以宜乎天也. 地隤而靜, 故其處不動, 著不動者, 禮之所以宜乎地也. 有天地, 然後有萬物, 萬物之情, 非動則靜,[69] 而禮樂如之. 樂主動, 由中出則靜. 禮主靜, 交乎下則動矣. 萬物盈於天地之間, 或類聚, 或群分, 或動者有時而靜, 或靜者有時而動, 一動一靜而不主故常者, 無適而非禮樂也, 非聖人知禮樂之情, 其孰能究此? 故此繼之, 聖人曰禮樂云. 然則禮樂有不爲天地之父母, 聖人有不爲禮樂之君師邪?

言著不息者天也, 著不動者地也, 與易闢戶謂之乾, 闔戶謂之坤, 同意. 一動一靜天地之間, 與易一闔一闢謂之變, 同意. 樂主於著, 未始不居, 莊周言咸池之樂曰'居於窈冥' 是也. 禮主於居, 未始不著, 此言'著不動者地'是也.

건(乾)은 스스로 굳세어 쉬지 않고,[70] 곤(坤)은 지극히 고요하고 덕이 방정(方正)하다.[71] 하늘은 굳세게 움직여 운행을 쉬지 않으니, 분명하게 드러나 쉬지 않는다. 따라서 악(樂)은 하늘에 비유되는 것이 마땅하다. 땅은 부드러우면서 고요하여 처한 곳에서 움직이지 않으니, 분명하게 드러나 움직이지 않는다. 따라서 예는 땅에 비유되는 것이 마땅하다. 천지가 있은 뒤에 만물이 생겼으니, 만물의 정(情)은 움직이지 않으면 고요하다. 그런데 예악도 이와 같다. 악은 움직임을 주로 하나 마음속에서 나오므로 고요하고, 예는 고요함을 주로 하나 아래에서 교류하므로 움직인다.

만물이 천지 사이에 가득하여 혹 같은 종류로 모이고 혹 무리로 나뉘며, 움직이다가 때로 고요하고, 고요하다가 때로 움직인다. 한번 움직이고 한번 고요하여 옛것에 집착하지 않음이 가는 데마다 예악 아닌 것이 없으니, 예악의 정을 아는 성인이 아니면 누가 이것을 궁구(窮究)할 수 있

---

69 대본에는 '非動不靜'으로 되어 있으나, 사고전서『樂書』에 의거하여 '非動則靜'으로 바로잡았다.

70 건(乾)은~않고:『周易』乾卦 10.

71 곤(坤)은~방정(方正)하다:『周易』坤卦 18.

겠는가? 그러므로 이어서 "성인이 이를 예악이라고 하였다"라고 한 것이다. 그러하니 예악이 천지의 부모가 아니며, 성인이 예악의 군사(君師)가 아니겠는가?

'분명하게 드러나 쉬지 않는 것은 하늘이고, 분명하게 드러나 움직이지 않는 것은 땅이다'라는 것은 『주역』의 "문을 여는 것을 건(乾)이라 하고 문을 닫는 것을 곤(坤)이라 한다"[72]는 것과 같은 뜻이다. '한 번 움직이고 한 번 고요한 것은 천지 사이의 만물이다'라는 것은 『주역』의 "한 번 닫고 한번 여는 것을 변(變)이라 한다"[73]라는 것과 같은 뜻이다.

악은 드러나는 것을 주로 하나 처음에 머물지 않은 적이 없으니, 장주(莊周)가 《함지악(咸池樂)》에 대해 "그윽하고 어두운 근원의 세계에 조용히 머문다"[74]라고 한 것이 이것이다. 예는 머무는 것을 주로 하나 처음에 드러나지 않은 적이 없으니, 여기(「樂記」)에서 '분명하게 드러나 움직이지 않는 것은 땅이다'라고 한 것이 이것이다.

---

72 『周易』 繫辭上傳 11.
73 『周易』 繫辭上傳 11.
74 『莊子』 天運 14-3.

권15 예기훈의(禮記訓義)

악기(樂記)

악기(樂記)

15-1. 昔者, 舜作五絃之琴, 以歌南風.
옛날에 순임금이 오현금을 만들어 《남풍(南風)》을 노래하였다.[1]

　瀆天地之和莫如樂, 窮樂之趣莫如琴. 蓋八音以絲爲君, 絲以琴爲君,
而琴又中暉爲君, 所以禁淫邪, 正人心者也. 洞越練朱之制, 雖起於羲
農, 而作五絃以歌南風, 合五音之調, 實始於舜而已. 爾雅釋樂 : "宮謂
之重, 商謂之敏, 角謂之經, 徵謂之迭. 羽謂之抑." 蓋宮音重而尊, 商音
明而敏, 角音約而易制, 徵音泛而不流, 羽音渙散而抑. 被之五絃之琴,

1　『禮記』樂記 19-7.

則五音無適不調矣.

舜以之歌南風, 亦不過詠父母生養之德, 以解吾憂而已, 何以明之?
凱風美孝子之盡道, 南陔美孝子相戒[2]以養, 況舜之孝大足以配天, 至
足以配地, 其歌南風之意, 亦誠在此. 豈特解民慍, 阜民財而已乎? 且南
風者生養之氣, 琴者夏至之音, 舜以生養之德, 播夏至之音, 始也其親
底豫而天下化, 終也底豫而天下之爲父子者定. 古人所謂: "琴音調而
天下治, 夫治國家而弱人民者,[3] 無若乎五音." 其在玆歟! 揚[4]子曰: "舜
彈五絃之琴而天下化." 傳曰: "舜彈五絃之琴, 詠南風之詩, 不下堂而
天下治." 自非能樂與天地同意, 何以與此? 然則舜爲南風之歌, 其興也
勃焉, 紂爲北鄙之聲, 其廢也忽焉, 亦足監矣.

由是觀之, 五絃之琴以應五音, 蓋不可得而損益也. 聲存而操變則有
之矣. 後世振奇好異之士, 或記: "陶唐氏有少宮少商之調" 或記: "周
王有文絃武絃之名", 因益之爲七絃, 以應七始之數. 其說蓋始於虞[5]書,
而曼衍於左氏國語. 是不知'虞[6]書之在治忽, 有五聲六律八音' 而無七
始, 豈爲左氏者求其說不得而遂傅會之邪?

천지의 화(和)를 깊이 이해하는 데는 악(樂)만한 것이 없고, 악의 운치
를 궁구(窮究)하는 데는 금(琴)만한 것이 없다. 대개 팔음(八音)에서는 사(絲
∶현악기)를 으뜸으로 여기고, 사(絲)에서는 금(琴)을 으뜸으로 여기고, 금
에서는 중휘(中暉)를 으뜸으로 여긴다. 음탕하고 사악한 것을 금지하여
사람의 마음을 바르게 해주기 때문이다. 공명통 바닥의 구멍을 크게 하
고 명주실을 쪄서 현을 만드는 제도는 복희씨와 신농씨에서부터 시작되
었으나, 오현금을 만들어서 《남풍(南風)》을 노래하여 오음(五音)과 조화되

---

2 대본에는 '成'으로 되어 있으나, 사고전서 『樂書』에 의거하여 '戒'로 바로잡았다.
3 대본에는 '夫治國家而弱人民者'가 없으나, 문맥상 『史記』에 의거하여 보충하였다.
4 대본에는 '楊'으로 되어 있으나, 사고전서 『樂書』 119-4에 의거하여 '揚'으로 바로잡
   았다.
5 대본에는 '夏'로 되어 있으나, 『書經』에 의거하여 '虞'로 바로잡았다.
6 대본에는 '夏'로 되어 있으나, 『書經』에 의거하여 '虞'로 바로잡았다.

게 한 것은 실로 순임금에서부터 시작되었다.

『이아(爾雅)』「석악(釋樂)」에 "궁을 중(重), 상을 민(敏), 각을 경(經), 치를 질(迭), 우를 억(抑)이라 한다"[7]라고 하였다. 궁음은 무겁되 존귀하며, 상음은 밝되 민첩하며, 각음은 간략하되 다스리기 쉬우며, 치음은 마음대로 하되 방종에 흐르지 않으며, 우음은 흩어지되 억제된다는 뜻이니, 이를 오현금으로 연주하면 오음(五音)이 언제나 조화를 이루게 된다.

순임금이 오현금을 타면서 노래한 《남풍》은 또한 낳아서 길러준 부모의 덕을 읊어서 근심을 푼 것이다. 어떻게 이것을 밝힐 수 있는가? 《개풍(凱風)》[8]은 효도를 극진히 한 것을 찬미한 것이고, 《남해(南陔)》[9]는 효자가 서로 경계하여 부모를 봉양함을 찬미한 것이다. 하물며 순임금의 효는 하늘과 충분히 짝할만하고 땅과 지극히 짝할만하니, 《남풍》을 노래한 뜻도 또한 진실로 여기에 있는 것이다. 어찌 다만 백성들의 노여움을 풀어주고 백성들을 풍족하게 해줄 뿐이었겠는가?[10]

《남풍》은 생육(生育)하는 기(氣)이고, 금(琴)은 하지(夏至)의 음(音)이다. 순임금이 생육하는 덕으로 하지의 음인 금을 연주하니, 처음엔 그 어버이가 기뻐하여 천하가 감화되었고, 나중엔 그 어버이가 기뻐하여 천하의 아버지와 아들 사이가 안정되었다.[11] 옛 사람이 "금(琴)의 음(音)이 고르면 천하가 다스려진다. 나라가 다스려지고 백성들을 안정되게 하는 것은 오음(五音)만한 것이 없다"[12]라고 말한 것은 이 때문이다.

7　『爾雅』釋樂 7-1.
8　『詩經』邶風 / 凱風.
9　『詩經』小雅 / 鹿鳴之什 / 亡詩序.
10　『孔子家語』卷8 辯樂解 第35.「昔者, 舜彈五弦之琴, 造南風之詩. 其詩曰 : 南風之薰兮可以解吾民之慍兮 南風之時兮 可以阜吾民之財兮【옛날 순임금이 오현금을 타면서 《남풍시》를 지었다. 그 시에 말하기를 "남풍이 훈훈하게 불어옴이여! 우리 백성의 노여움을 풀어 주리라. 남풍이 때맞춰 불어옴이여! 우리 백성의 재물을 풍성하게 해주리라"라고 하였다.】
11　처음엔~안정되었다 :『孟子』離婁上 7-28.
12　『史記』46 / 1889쪽.

양자(揚子)가 "순임금이 오현금을 타니 천하가 감화되었다"라고 말하고, 전(傳)에 "순임금이 오현금을 타면서 《남풍》의 시를 읊으니, 당(堂)을 내려가지 않고도 천하가 다스려졌다"라고 하였다. 악이 천지와 같은 마음이 아니라면, 어떻게 이와 같이 될 수 있었겠는가? 이는 순임금이 《남풍가》를 짓자 성대하게 흥기되었고, 주(紂)가 《배비지성(北鄙之聲)》을 짓자 갑자기 망하게 된 것에서 잘 알 수 있다.

이로 보건대, 오음(五音)에 응하는 오현금의 현수(絃數)를 제멋대로 줄이거나 늘려서는 안 된다. 성(聲)이 있으니 조(操)를 변화시키는 일이 있을 수는 있다. 그러나 후세에 기이한 것을 좋아하는 사람들이 "도당씨(陶唐氏 : 요임금) 때 소궁(少宮)·소상(少商)의 조(調)가 있었다"라는 기록과 "주나라 왕 때 문현·무현이란 이름이 있었다"라는 기록에 근거하여 현을 늘려 칠현금(七絃琴)을 만들어, 칠시(七始)[13]의 수에 응하였는데, 이 설은 「우서(虞書)」에서 시작되어 좌씨의 『국어』에서 더 부연된 것이다.[14] 이는 「우서」에 '정치의 잘잘못을 살피는 것이 오성(五聲)·육률(六律)·팔음(八音)에 있다'[15]고 하였지, 칠시(七始)가 없었던 것을 몰랐기 때문에 빚어진 실수이다. 아마 좌씨가 이 설을 제대로 이해하지 못하여 견강부회(牽强附會)한 것 같다.

15-2. 夔始制樂以賞諸侯. 故天子之爲樂也, 以賞諸侯之有德者也, 德盛而敎尊, 五穀時熟, 然後賞之以樂.

---

13 칠시(七始) : 황종·임종·태주는 천지인(天地人)의 시(始)이고 고선·유빈·남려·응종은 사시(四時)의 시(始)이다.〈『小學紺珠』律歷類〉

14 『國語』周語下 3-7. 「王曰 : "七律者何?" 對曰 "…… 自鶉及駟七列, 南北之揆七同. 凡人神以數合之, 以聲昭之. …… 於是乎有七律【주(周) 경왕(景王)이 물었다. "7율이 어떻게 정해진 것이오? …… 순화성(鶉火星)에서 천사(天駟)에 이르기까지 7개의 별자리가 있고, 남쪽에서 북쪽까지 관측하면 7개의 별이 음률에 합치합니다. 모든 인사(人事)와 천도(天道)가 7이란 수에 합치되므로 7개의 소리로 이를 밝힌 것입니다. …… 이에 7율이 있게 된 것입니다."】

15 『書經』虞書 / 益稷 1.

기(夔)가 처음으로 악(樂)의 제도를 만들어 제후에게 상(賞)을 주었다.
따라서 천자가 악을 만든 것은 덕이 있는 제후에게 상을 주기 위해서이
다. 덕이 성대하여 가르침이 높으며 오곡(五穀)이 때에 맞게 잘 익은 뒤에
야 악으로 제후들을 포상했다.[16]

昔舜使重黎擧夔於草莽之中, 以爲樂正. 重黎又欲益求人, 舜謂之曰
: "聖人爲能和[17], 樂之本也.[18] 夔能和之以平[19]天下, 若夔者一而足矣."
遂命典樂, 敎冑子, 八音克諧, 無相奪倫, 信乎, 夔之達乎樂矣! 舜君之
聖者也, 作琴歌南風, 所以合乎天. 夔臣之明者也, 制樂賞諸侯, 所以合
乎人. 和同天人之際而無間, 此所以醇天地育萬物和天下也.

天下有道, 禮樂自天子出, 天下無道, 禮樂自諸侯出. 舜之時, 大道之
行久矣, 禮樂不自諸侯出而自天子. 故諸侯有德, 天子得爲樂以賞之,
非剛克之道也, 以柔克遇之而已, 與詩彤弓錫有功諸侯稱天子, 同意.
夫德者性之端, 樂者德之華. 德盛於內而日新, 敎尊於外而日隆, 則人
和於下矣. 五穀種之美而以時熟焉, 則天地之和應於上矣. 人和於下,
天地應於上, 則德敎治而民氣樂, 其賞之樂, 以彰有德, 不亦宜乎? 與經
言民有德而五穀昌, 然後正六律和五聲, 同意. 且夔之爲樂, 薦之郊廟,
鬼神享, 作之朝廷, 庶尹諧, 立之學官, 天下服, 近足以儀覽德之鳳凰,
遠足以舞難馴之百獸, 豈特賞諸侯而已哉? 彼然而言之者, 因歌南風而
發, 亦見賞以春夏之意也. 祭統發爵賜服必於夏禘, 以順陽義, 意協於
此.

然賞諸侯以樂, 前此無有也, 後此則因夔而已. 故以始制言之, 此後
世所以推爲樂祖而祭之瞽宗歟! 王制曰 : "天子賜諸侯樂則以柷將之, 賜

16　『禮記』樂記 19-7, 8.
17　대본에는 '知'로 되어 있으나, 『呂氏春秋』에 의거하여 '和'로 바로잡았다.
18　대본에는 '而'로 되어 있으나, 『呂氏春秋』에 의거하여 '也'로 바로잡았다.
19　대본에는 '和'로 되어 있으나, 사고전서 『樂書』에 의거하여 '平'으로 바로잡았다.

伯子男樂則以鼗將之”, 舜賞諸侯之樂, 雖無經見, 其大致亦不是過也.

此言德盛而敎尊, 文王世子言德成而敎尊, 何也? 易不云乎? “成言乎艮.” 終物始萬物, 莫盛乎艮. 成德則終始無虧, 盛德則終始惟一. 德成而敎尊, 世子之事也, 德盛而敎尊, 諸侯之事也, 文王敎世子以禮樂, 將以成其德. 故以德成言之, 天子賞諸侯以樂, 將以崇其德. 故以德盛言之, 及其成功一也. 均謂之尊不亦可乎?

옛날에 순임금이 중(重)과 여(黎)[20]에게 초야에 있는 기(夔)를 천거하게 하여 악정(樂正)으로 삼았다. 중과 여가 또 다른 사람을 구하려 하자, 순임금이 “성인은 조화롭게 할 수 있으니, 이것이 악의 근본이다. 기는 조화롭게 하여 천하를 화평하게 할 수 있으니, 기와 같은 사람 1명이면 충분하다”[21]라고 하고, 전악(典樂)으로 삼아 주자(冑子)를 가르치게 하되, 팔음(八音)의 악기가 잘 어울려 서로 저마다 지닌 조리(條理)를 빼앗지 않도록 했으니,[22] 참으로 기는 악에 통달하였다!

훌륭한 임금인 순이 금(琴)을 만들어 《남풍(南風)》을 노래하여 하늘과 화합하고, 현명한 신하인 기가 악을 제작하여 제후에게 포상하여 사람과 화합하니, 하늘과 사람이 화합하여 틈이 없었다. 그리하여 천지와 순수하게 화합하고 만물을 기르고 천하를 화평하게 하였다.[23]

천하에 도(道)가 있으면 예악이 천자로부터 나오고, 천하에 도가 없으면 예악이 제후로부터 나온다.[24] 순임금 때에는 대도(大道)가 오랫동안 행해졌으므로 예악이 제후로부터 나오지 않고 천자로부터 나왔다. 제후가 덕이 있으면 천자가 악을 만들어 상을 주었다. 이는 강(剛)으로 다스린 것이 아니라 유(柔)로 다스린 것이니,[25] 『시경』에 '천자가 공(功)이 있는

---

20 중(重)과 여(黎): 중(重)은 소호(少昊)의 후손으로 희씨(羲氏)이고, 여(黎)는 고양(高陽)의 후손으로 화씨(和氏)이다.〈『書經』周書 / 呂刑 2의 蔡沈 註〉

21 『呂氏春秋』卷22 愼行論 第2 / 察傳.

22 『書經』虞書 / 舜典 3.

23 천지와~되었다: 『莊子』天下 33-1.

24 천하에~나온다: 『論語』季氏 16-2.

제후에게 동궁(彤弓)을 하사한다'[26]라고 한 것과 같은 뜻이다.

덕은 성(性)의 싹이고, 악은 덕의 꽃이다.[27] 덕이 안에서 성대하여 날로 새로워지고, 가르침이 밖에서 높아져 날로 융성해지면, 아래에서 사람들이 화목해진다. 오곡의 씨를 뿌려서 때에 맞게 익은 것은 위에서 천지가 화응(和應)한 것이다. 사람이 아래에서 화목하고 천지가 위에서 응했으면, 덕교(德敎)가 행해져 백성들이 행복한 것이니, 악을 상으로 주어 유덕한 사람을 드러내는 것이 또한 마땅하지 않은가? 이는 경(經)에 "백성이 덕이 있고 오곡이 번창한 뒤에 육률(六律)을 바르게 하고, 오성(五聲)을 조화시킨다"[28]라고 한 것과 같은 뜻이다.

또 기(夔)가 만든 악을 교묘(郊廟)에 올리면 귀신이 흠향하고, 조정에서 연주하면 관원들이 화목하며, 학교에서 가르치면 천하가 감복하여, 가깝게는 유덕한 봉황이 기품있게 날아오고, 멀게는 길들이기 어려운 온갖 짐승들을 춤추게 할 수 있었으니, 어찌 다만 제후들에게 상을 줄 따름이었겠는가? 그렇게 말한 것은 '《남풍》을 노래하였다'라고 한 것에 이어서 봄·여름에 상을 주었다는 뜻을 보인 것이다. 「제통(祭統)」에 '여름 제사인 체(禘)를 지낼 때 제후에게 작위(爵位)와 의복(衣服)을 하사했으니, 만물을 생육시키는 양의(陽義)를 따른 것이다'[29]라고 한 것도 그 뜻이 이와 합치된다.

그런데 이 앞서는 제후에게 악을 포상한 적이 없고 기(夔)로부터 비롯되었으므로 '처음으로 악의 제도를 만들었다'라고 한 것이다. 그러므로 후세에 기를 악조(樂祖)로 간주하여 고종(瞽宗)에서 제사지냈다. 「왕제(王制)」에 "천자가 제후에게 악을 하사할 때에는 축(柷)을 쳐서 명을 전달하

---

25 강(剛)으로~것이니:『書經』周書 / 洪範 7.「三德, 一曰正直, 二曰剛克, 三曰柔克, 平康正直, 彊弗友剛克, 燮友柔克, 沈潛剛克 高明柔克」

26 『詩經』小雅 / 彤弓, 毛序.「彤弓, 天子錫有功諸侯也.」

27 덕은~꽃이다:『禮記』樂記 19-15.

28 『禮記』樂記 19-22.

29 『禮記』祭統 25-21.

고, 백(伯)·자(子)·남(男)에게 악을 하사할 때에는 도(鼗)를 쳐서 명을 전달한다"[30]라고 했으니, 순임금이 제후에게 상으로 준 악에 대한 기록이 경전에 보이지는 않지만, 그 대강은 또한 이에 지나지 않을 것이다.

여기(「樂記」)에서는 '덕이 성대하여 가르침이 높다'라고 했는데, 「문왕세자」에서는 '덕이 이루어져 가르침이 높다'[31]라고 한 것은 어째서인가? 『주역』에 "간괘(艮卦)에서 이루어진다"[32]라고 하지 않았던가? 만물을 마치고 시작하게 하는 것으로 간괘보다 더 성대한 것이 없다. 이루어진 덕[成德]은 처음부터 끝까지 이지러짐이 없는 것이고, 성대한 덕[盛德]은 처음부터 끝까지 한결같이 하는 것이다. 따라서 '덕이 이루어져 가르침이 높다'는 것은 세자의 일이고, '덕이 성대하여 가르침이 높다'는 것은 제후의 일이다. 문왕이 세자에게 예악을 가르친 것은 덕을 이루게 하려는 것이므로, '덕이 이루어지다'라고 말하였고, 천자가 제후에게 악을 포상하는 것은 덕을 융성하게 하려는 것이므로 '덕이 성대하다'라고 말한 것이다. 그러나 그 공을 이루는 데에 이르면 마찬가지이므로, 똑같이 '가르침이 높다[教尊]'라고 말한 것이다.

15-3. 故其治民勞者, 其舞行綴遠, 其治民逸者, 其舞行綴短. 故觀其舞, 知其德, 聞其諡, 知其行也.

백성을 다그쳐 수고롭게 한 자는 무인(舞人)이 적어 춤 행렬의 간격이 넓고, 백성을 편안하게 한 자는 무인(舞人)이 많아 춤 행렬의 간격이 좁다.[33] 따라서 춤을 보면 그 덕을 알며, 시호(諡號)를 들으면 그 행실을 안다.[34]

---

30 『禮記』 王制 5-24.
31 『禮記』 文王世子 8-8.
32 『周易』 說卦傳 5.
33 『禮記集說大全』에 따르면, 웅씨(應氏)는 "백성들을 위해 수고롭게 일한 자는 춤 행렬이 길고 태만하게 한 자는 춤의 행렬이 짧다"라고 풀이하여 진양과 반대로 풀이하고 있다.

周官 : "大胥以六樂之會正舞位, 小胥巡舞列." 經曰 : "行[35]其綴兆, 行列得正焉." 蓋位則鄰也, 所以爲綴, 列則偹也, 所以位行. 正之以辨[36] 其序, 巡之以肅其慢, 則治民勞者鄰遠而偹寡, 德殺故也, 治民逸者鄰 短而偹多, 德盛故也, 非故不同, 凡各稱德而已. 天子之於諸侯, 生則旌 以舞, 沒則表以謚, 觀其舞之行綴, 足以知臨民之德, 聞其謚之異同, 足 以知爲治之行. 然則爲諸侯者, 孰不敏德敦行, 以法天下後世爲哉?

夫舞所以節八音, 八音克諧而樂成焉. 故舞必以八人爲列, 自天子達 於士, 降殺以兩. 衆仲曰 : "天子用八, 諸侯用六, 大夫四, 士二." 鄭伯納 晉悼公女樂二八, 晉賜魏絳以一八. 用是推之, 服虔所謂'天子八八諸侯 六八大夫四八士二八', 不易之論也. 然則舞行綴遠豈六偹歟, 舞行綴短 豈四偹歟? 預謂'凡天子諸侯大夫士之舞一列[37]遞減二人, 至士四人而 止', 豈復成樂舞邪?

世衰道微, 禮樂交喪於天下, 諸侯僭天子者有之, 大夫僭諸侯者有之, 及其甚也, 大夫不僭諸侯而僭天子, 陪臣不僭大夫而僭諸侯. 魯公初去 八佾獻六羽, 諸侯僭天子, 而知反正者也. 季氏舞八佾於庭, 大夫僭天 子而不知反正者也. 彼豈知舜以樂舞賞諸侯之意哉?

言舜樂始歌而終舞者, 蓋樂者天地之和也. 溢乎心而以歌聲之, 充乎 體而以舞容之. 詠歌之不足, 則不知手之舞之, 則歌爲樂之端, 舞爲樂 之成. 書謂琴瑟以詠其歌也, 語謂樂則韶舞其舞也, 始歌終舞其樂之序 歟! 熊氏以歌南風爲凱風, 司馬遷以舞之行綴爲行級, 失之矣.

然舜之時固有謚矣, 檀弓以爲周道何也? 曰舜時生而有號, 死或襲之 以爲謚, 不若周道號謚之有別也.

『주례』에 "대서(大胥)는 육악(六樂)[38]을 연주할 때 무위(舞位)를 바르게

<hr>

34 『禮記』樂記 19-8.
35 대본에는 '舞'로 되어 있으나, 사고전서 『樂書』와 『禮記』에 의거하여 '行'으로 바로잡
    았다.
36 대본에는 '辨'으로 되어 있으나, 사고전서 『樂書』에 의거하여 '辨'으로 바로잡았다.
37 대본에는 '則'으로 되어 있으나, 사고전서 『樂書』에 의거하여 '列'로 바로잡았다.

하고,[39] 소서(小胥)는 춤 대열을 순찰한다"[40]라고 하고, 『예기』에 "철조(綴
兆)[41]에서 움직여 행렬을 바르게 한다"[42]라고 하였다. 무위(舞位)는 찬(鄼)
이니 춤추는 자의 위치[綴]이고, 무열(舞列)은 일(佾)이니 춤추는 자의 행렬
이다. 바르게 하여 차서를 분변하고 순찰하여 태만한 것을 경계했으니,
백성들을 다그쳐 수고롭게 하면 찬(鄼)의 간격이 넓고 일(佾)이 적은 것은
그 덕이 적기 때문이고, 백성들은 편하게 하면, 찬(鄼)의 간격이 좁고 일
(佾)이 많은 것은 그 덕이 성대하기 때문이다. 이는 고의로 달리 한 것이
아니라 각기 그 덕에 맞게 한 것일 따름이다.

천자가 제후에 대하여, 살아 있을 때는 춤을 내려주어 표창하고, 죽은
뒤에는 시호(諡號)를 내렸다. 따라서 춤의 행렬을 살펴보면 백성을 다스
린 덕을 알 수 있고, 시호를 들으면 다스린 행실을 알 수 있다. 그러하니
어느 제후인들 덕을 힘쓰고 행실을 돈독히 하여 천하 후세에 본보기가
되려고 하지 않겠는가?

춤은 팔음(八音)에 맞추어 추니, 팔음이 잘 조화되어야 악이 이루어진
다. 그러므로 춤은 반드시 8인으로 열(列)을 만들어, 천자로부터 사(士)에
이르기까지 2줄씩 감해 내려간다. 그러므로 중중(衆仲)[43]이 "천자는 팔일
(八佾), 제후는 육일(六佾), 대부는 사일(四佾), 사는 이일(二佾)을 쓴다"[44]라
고 했는데, 정백(鄭伯)이 진(晉) 도공(悼公)에게 여악(女樂) 2×8(16)인을 바치
자, 도공이 위강(魏絳)[45]에게 1×8(8)인을 내려주었던 것이다.[46] 이로 보건

---

38 육악(六樂): 『周禮』春官 / 大司樂 1에 따르면, 육악은 《운문대권(雲門大卷)》 또는 《운
   문(雲門), 《대함(大咸)》 또는 《함지(咸池)》, 《대소(大韶)》, 《대하(大夏)》, 《대호(大
   濩)》, 《대무(大武)》이다. 정현(鄭玄)은 『주례』에 注를 내면서 악곡 순으로 황제(黃
   帝)·요(堯)임금·순(舜)임금·우왕(禹王)·탕왕(湯王)·무왕(武王)의 악으로 풀이하
   였다.
39 『周禮』春官 / 大胥 0.
40 『周禮』春官 / 小胥 0.
41 철조(綴兆): 철은 춤추는 자의 위치이고, 조는 춤추는 영역이다.
42 『禮記』樂記 19-25.
43 중중(衆仲): 노나라 은공 때의 대부.
44 『春秋左氏傳』隱公 5년(7).

대, 복건(服虔)[47]이 "천자는 8×8(64)인, 제후는 6×8(48)인, 대부는 4×8(32)인, 사(士)는 2×8(16)인을 쓴다"라고 한 것은 바꿀 수 없는 정론(定論)이다.

한편 혹자의 주장대로 춤 행렬의 간격이 넓은 것이 어찌 육일이며, 춤 행렬의 간격이 좁은 것이 어찌 사일이겠는가?[48] 또한 두예(杜預)[49]가 "천자·제후·대부·사의 일무는 1열을 2인씩 줄여서 선비에 이르러서는 4인이 된다"라고 한 것이 어찌 악무(樂舞)를 이룰 수 있겠는가?[50]

세상이 쇠퇴하고 도(道)가 희미해져서 예악이 천하에 없어지니, 제후 중에 천자를 참칭(僭稱)하는 자가 생기고, 대부 중에 제후를 참칭하는 자가 생겼으며, 심하게는 대부들이 제후를 참칭하는 것이 아니라 천자를 참칭하기도 하고, 배신(陪臣)[51]이 대부를 참칭하는 것이 아니라 제후를 참

---

45   위강(魏絳) : 춘추시대 진(晉)나라 사람으로, 위장자(魏莊子)라고도 한다. 벼슬은 중
     군사마(中軍司馬)·하군주장(下軍主將)을 지냈으며, 도공(悼公) 때 융족(戎族)과의
     화친을 성사시켜 진나라를 다시 강성하게 만들었다.

46   정백(鄭伯)이~것이다.『春秋左氏傳』襄公 11년(5).「鄭人賂晉侯 …… 歌鐘二肆, 及
     其鎛·磬·女樂二八. 晉侯以樂之半賜魏絳, 曰 : "子敎寡人和諸戎狄以正諸華, 如樂之
     和, 無所不諧. 請與子樂之"【정나라 사람이 진후(晉侯)에게 뇌물을 보냈는데, …… 가
     종(歌鐘) 2사(肆), 박(鎛)과 경(磬), 여악(女樂) 16명이었다. 진후는 악기와 악공의 반
     을 위강에게 하사하면서 말하였다. "그대가 과인에게 여러 융적(戎狄)과 화친하여
     중원의 제후를 바로잡도록 가르쳤기 때문에 8년 동안 아홉 번 제후들과 회합하면서
     음악이 조화되듯이 화합하지 않은 적이 없었으니, 그대와 더불어 즐기고자 한다."】

47   복건(服虔) : 후한(後漢)의 고문경학자(古文經學者)로『춘추좌씨전해의(春秋左氏傳解
     詁)』을 저술하였다.

48   '行綴遠'과 '行綴短'을 각각 '육일(六佾)'과 '사일(四佾)'로 풀이하는 응씨(應氏)의 설을
     반박하는 것이다.

49   두예(杜預) : 222~284. 진(晉) 무제(武帝) 때 탁지상서(度支尙書)에 제수되었으며, 지
     략이 풍부하여 두무고(杜武庫)라고 불리었다. 후에 진남대장군(鎭南大將軍)에 임명
     되고, 오(吳)나라를 평정한 공로로 당양현후(當陽縣侯)에 봉해졌다.『春秋左氏經傳
     集解』·『春秋釋例』등을 지었다.

50   진양은 춤은 팔음(八音)에 절도를 맞추는 것이므로, 열(列)은 8인이어야 한다고 생각
     했다. 그리하여 '천자는 8×8인, 제후는 6×8인, 대부는 4×8인, 사(士)는 2×8인으로
     이루어진 일무(佾舞)를 쓴다'는 복건의 설을 따랐으므로, '천자는 8×8인, 제후는 6×
     6인, 대부는 4×4인, 사(士)는 2×2인으로 이루어진 일무를 쓴다'라고 하여 열(列)과
     일(佾)의 수를 같은 것으로 보는 두예의 설을 비판하였다.

51   배신(陪臣) : 대부의 가신(家臣).

칭하기도 하였다. 노(魯) 은공(隱公)이 팔일무를 버리고 육일(六佾)의 우무(羽舞)를 사당에 바친 것[52]은 제후가 천자를 참칭하다가 바로잡을 줄을 안 것이고, 계씨(季氏)가 뜰에서 팔일무를 추게 한 것[53]은 대부가 천자를 참칭하면서 바로잡을 줄을 모른 것이다. 저들이 어찌 순임금이 제후에게 악무(樂舞)를 상으로 내려준 뜻을 알겠는가?

순임금의 악(樂)을 말할 때 처음에는 노래를 언급하고 마지막에는 춤을 언급한 것은[54] 악이 천지의 조화이기 때문이다. 마음에 기쁨이 넘쳐서 노래를 부르고 그것이 온몸에 가득 차서 춤을 추게 되는 것이다. 노래하는 것만으로는 부족하여 자신도 모르게 손을 너울너울 흔들게 되니, 노래는 악의 싹이고 춤은 악의 완성이다.

『서경』에 "금·슬을 타며 읊는다"[55]라고 한 것은 노래이고, 『논어』에 "악(樂)은 소무(韶舞)를 춘다"[56]라고 한 것은 춤이다. 따라서 처음에 노래를 하고 끝에 춤을 추는 것은 악의 순서이다. 웅씨(熊氏)가 《남풍》을 《개풍(凱風)》이라 한 것과 사마천(司馬遷)이 춤의 행철(行綴)을 행급(行級)이라 한 것[57]은 잘못이다.

순임금 때 이미 시호(諡號)가 있었는데, 「단궁(檀弓)」에서 시호를 주나라 예법이라고 한 것[58]은 무엇 때문인가? 순임금 때는 생전의 호칭을 사

---

52   노(魯)~것: 『春秋左氏傳』 隱公 5년(7). 은공이 9월에 자신의 서모인 중자(仲子)의 사당을 짓고 중중(衆仲)의 견해를 받아들여 육일무(六佾舞)를 썼다.
53   계씨(季氏)가~것: 『論語』 八佾 3-1.
54   『禮記』 樂記 19-7에서는 순임금이 오현금을 만들어 남풍을 노래한 것에 대해 언급했고, 『禮記』 樂記 19-8에서는 제후에게 상으로 춤을 내려준 것에 대해 언급하고 있다.
55   『書經』 虞書 / 益稷 2.
56   『論語』 衛靈公 15-11.
57   「樂記」에 행철(行綴)이라 한 것이 『史記』에는 행급(行級)으로 되어 있다. 『史記』 樂書 24 / 1197쪽. 「昔者舜作五弦之琴, 以歌南風. 夔始作樂, 以賞諸侯. 故天子之爲樂也, 以賞諸侯之有 德者也. 德盛而敎尊, 五穀時孰, 然后賞之以樂. 故其治民勞者, 其舞行級遠. 其治民佚者, 其舞行級短. 故觀其舞 而知其德, 聞其諡而知其行.」
58   『禮記』 檀弓上 3-54. 「幼名, 冠字, 五十以伯仲, 死諡, 周道也【어릴 때는 이름을 부르고 관례를 하면 자를 부르며, 50세가 되면 백씨·중씨로 부르며, 죽으면 시호를 부르는 것이 주나라 예법이다.】」

후에 그대로 답습하여 시호로 삼았으므로, '생전의 호칭과 죽은 뒤의 시호를 달리 쓴 주나라 예법'만 못하기 때문이다.

15-4. 大章章之也, 咸池備矣, 韶繼也, 夏大也, 殷周之樂盡矣.

《대장(大章)》은 밝게 빛난다는 뜻을, 《함지(咸池)》는 완비되었다는 뜻을, 《소(韶)》는 계승한다는 뜻을, 《하(夏)》는 위대하다는 뜻을, 은(殷)의 《대호(大濩)》와 주(周)의 《대무(大武)》는 인사(人事)에 최선을 다한다는 뜻을 지니고 있다.[59]

堯命瞽瞍作大章, 以其煥乎其有文章也. 黃帝命營援作咸池, 以其感物而潤澤之也. 蓋五帝之樂莫著於黃帝, 至堯修而用之, 然後一代之樂備. 故曰: "大章章之也, 咸池備矣." 舜紹堯之俊德, 而以后夔作韶. 禹成治水之大功, 而以皐陶作夏. 成湯能護民於塗炭而澤之, 故伊尹爲之作濩焉. 武王以武定禍亂而正之, 故周公爲之作武焉. 是帝樂莫備於堯舜, 而王樂至三王, 無復餘蘊矣. 故曰: "韶繼也, 夏大也, 殷周之樂盡矣." 此三代之道所以具, 異乎堯之所謂備也.

堯曰大章, 又曰雲門大卷者, 雲門樂之體也, 大章大卷樂之用也. 雲之爲物, 出[60]則散而成章, 其仁所以顯, 入則聚而爲卷, 其智所以藏. 堯之俊德, 就[61]之如日, 望[62]之如雲, 雲門之實也. 其仁如天, 大章之實也, 其智如神大卷之實也. 雲門大章大卷, 堯之天道格于上者也. 咸池, 堯之地道格于下者也. 韶則舜繼堯之樂也, 繼其天道如天之無不覆幬, 繼其地道如地之無不持載, 雖甚盛德, 蔑以加於此矣.

磬作韶者. 凡六樂皆文之以五聲, 播之以八音, 而磬居一焉. 自文之

五聲言之, 聲之上聲所以紹五聲也. 自播之八音言之, 韶之左音所以紹八音也. 舜欲[63]聞五聲八音在治忽, 槪見於此.

周官六樂皆謂之大, 此特言夏大者. 禮以時爲大, 故六樂同謂之大. 以道別之, 則禹之本始王道亦可謂之大矣. 五帝殊時, 不相沿樂, 此特以堯舜言之何哉? 曰書斷自唐虞, 樂斷自堯舜, 聖人定書正樂之意也.

요임금이 고수(瞽瞍)에게 명하여 《대장(大章)》을 짓게 한 것은 예악과 법도가 찬란하게 빛났기 때문이다.[64] 황제(黃帝)가 영원(營援)에게 명하여 《함지(咸池)》를 짓게 한 것은 만물을 감화시켜 윤택하게 했기 때문이다. 오제(五帝)의 악은 황제의 악보다 더 뚜렷한 것이 없는데, 요임금 때에 이르러 더욱 발전시키어 한 시대의 음악이 완비되었다. 그러므로 '《대장》은 밝게 빛난다는 뜻을, 《함지》는 완비되었다는 뜻을 지니고 있다'라고 한 것이다. 순임금은 요임금의 뛰어난 덕을 계승했으므로, 후기(后夔)가 《소(韶)》를 지었다.

우왕은 치수(治水)의 큰 공을 이루었으므로 고요(皐陶)가 《하(夏)》를 지었다. 탕왕은 백성들을 도탄에서 보호하여 윤택하게 했으므로 이윤(伊尹)이 《호(濩)》를 짓고, 무왕은 무력으로 난을 평정하여 바르게 했으므로 주공이 《무(武)》를 지었다.

따라서 제악(帝樂)은 요·순의 악보다 더 완비된 것이 없고, 왕악(王樂)은 삼왕(三王)에 이르러 더 이상 미진한 것이 없게 되었다. 그러므로 '《소(韶)》는 계승한다는 뜻을, 《하(夏)》는 위대하다는 뜻을, 은(殷)의 《대호(大濩)》와 주(周)의 《대무(大武)》는 인사(人事)에 최선을 다한다는 뜻을 지니고 있다'라고 하였다. 삼대(三代)의 도(道)가 구비된 것은 요임금의 도가 완비된 것과는 다르다.

요임금 악을 《대장(大章)》이라 하기도 하고 《운문대권(雲門大卷)》이라 하기도 하는데 《운문》은 악의 체(體)이고 《대장》·《대권》은 악의 용(用)

---

63   대본에는 '後'로 되어 있으나, 사고전서 『樂書』에 의거하여 '欲'으로 바로잡았다.
64   예악과~ 때문이다: 『論語』 泰伯 8-19.

이다. 구름의 속성은 밖으로 나가면 흩어져 빛나니 인(仁)이 나타난 바이고, 안으로 들어가면 모여서 뭉쳐지니 지혜가 간직된 바이다. 요임금의 뛰어난 덕은 가까이 다가가면 햇살처럼 따사롭고 멀리서 바라보면 만물을 촉촉이 적셔주는 구름과 같았으니, 이는 《운문》의 실상이다. 또한 하늘처럼 인자하였으니, 이는 《대장》의 실상이고, 신처럼 지혜로왔으니,[65] 이는 《대권》의 실상이다. 즉, 《운문》·《대장》·《대권》은 요임금의 천도(天道)가 위(하늘)에 이른 것이고, 《함지》는 요임금의 지도(地道)가 아래(땅)에 이른 것이다.[66]

《소(韶)》는 순임금이 요임금을 계승한 악이다. 천도(天道)를 계승하여 하늘이 만물을 덮어 감싸지 않음이 없는 것처럼 하고, 지도(地道)를 계승하여 땅이 만물을 싣지 않음이 없는 것처럼 했으니,[67] 아무리 성대한 덕일지라도 이보다 더 성대할 수는 없다.

소(韶)는 소(聲)로도 쓴다. 육악(六樂)은 모두 오성(五聲)으로 문채내고 팔음(八音)으로 연주되었는데, 《소(聲)》는 그중의 하나이다. 오성으로 문채낸 것에 초점을 맞추어 말할 때는 '聲'라고 하니, 윗부분에 있는 '聲'이 바로 오성을 의미한다. 팔음(八音)으로 연주하는 것에 초점을 맞추어 말할 때는 '韶'라고 하니, 왼편에 있는 '音'이 바로 팔음을 의미한다. '순임금이 오성과 팔음을 듣고서 정치의 잘잘못을 살피고자 했던 것'[68]을 여기(韶와 聲의 글자 구성)에서 파악할 수 있다.

『주례』에서는 육악(六樂)의 명칭에 모두 '대(大)'를 붙였는데,[69] 여기(『禮

---

65   『史記』1/15쪽.「帝堯者, 放勳. 其仁如天, 其知如神. 就之如日, 望之如雲.」
66   『書經』虞書/堯典 1.「曰若稽古帝堯, 曰放勳, 欽明文思安安, 允恭克讓, 光被四表, 格
      于上下【옛 제요(帝堯)를 상고하건대 공(功)이 크시니, 공경하고 밝고 문채롭고 생각
      함이 편안하고 편안하시며 진실로 공손하고 능히 겸양하시어 광채가 사표(四表)에
      입혀졌으며 상하(上下: 하늘과 땅)에 이르렀다.】」
67   땅이~하였으니 :『禮記』中庸 31-29.
68   『書經』虞書/益稷 1.
69   『周禮』春官/大司樂 1.「以樂舞敎國子, 舞雲門大卷·大咸·大聲·大夏·大濩·大
      武.」

記』「樂記」)에서는 《하(夏)》만 '위대하다(大)'고 하였다. 예는 시대에 맞게 하는 것을 중시했으므로 육악의 명칭에 모두 '대(大)'를 붙였다. 그러나 도(道)로 구별하면, 우왕이 왕도(王道)를 시작한 것을 또한 위대하다고 할 수 있다.

오제(五帝)는 때가 달라 서로 악을 그대로 이어받지 않았는데,[70] 여기에서 요·순만 거론한 것은 무엇 때문인가?[71] 『서경』이 앞 시대를 생략하고 요·순부터 시작한 것처럼,[72] 악에 대한 설명도 앞 시대를 생략하고 요·순부터 시작한 것이니, 성인(聖人)이 『서경』을 정(定)하고 『악경(樂經)』을 바르게 한 뜻이다.

15-5. 天地之道, 寒暑不時則疾, 風雨不節則饑. 教者民之寒暑也, 教不時則傷世, 事者民之風雨也, 事不節則無功. 然則先王之爲樂也, 以法治也善則行象德矣.

천지의 도는 추위와 더위가 때에 맞지 않으면 병들고, 바람과 비가 절도에 맞지 않으면 흉년이 든다. 교화는 백성에게 추위와 더위 같은 것이므로, 교화가 때에 맞지 않으면 세상의 풍속을 해치고, 일은 백성에게 바람과 비와 같은 것이므로, 일이 절도에 맞지 않으면 공(功)을 이루지 못한다. 따라서 선왕이 악을 지어서 천지의 도를 법으로 삼아 잘 다스리니, 백성의 행실이 임금의 덕을 본받았다.[73]

一陰一陽天地之道也. 運爲四時, 則寒暑相推而歲成焉. 散而育萬物,

---

70 오제(五帝)가~않았는데 : 『禮記』 樂記 19-5.
71 진양은 『樂書』 15-4에서 《대장(大章)》과 《함지(咸池)》를 모두 요임금 음악으로 보고, 아울러 《운문대권(雲門大卷)》도 요임금 음악으로 보기 때문에 이렇게 말한 것이다. 그러나 『樂書』 5-3과 13-5에서 진양은 《대장》을 요임금 악, 《함지》를 황제악으로 서술하기도 하였다. 반면에 후한의 정현(鄭玄)은 『周禮注疏』에서 '《운문대권(雲門大卷)》은 황제(黃帝)의 악, 《함지(咸池)》는 요(堯)의 악이다'라고 주(注)를 달았다.
72 『書經』이 堯典·舜典부터 시작된 것을 말한다.
73 『禮記』 樂記 19-9.

則風雨相資而化興焉. 樂道天地之和, 而其教與事實體之也. 蓋寒暑所以生成萬物, 而風雨又所以輔成歲功也. 教所以化成天下, 而事又所以輔成治功也. 是教者民之寒暑, 不可不時, 事者民之風雨, 不可不節. 寒暑不時而愆伏, 其能不疾而傷世乎? 風雨不節而淒苦. 其能不饑而無功乎? 以迹求之, 春誦夏弦春合舞秋合聲, 以至先王之所著君子之所廣以成教者, 孰非法寒暑之時邪? 凡樂之事, 或以聲展之, 或以舞正之, 以至律小大之稱, 比終始之序, 以象事行, 孰非法風雨之節邪? 然則先王爲樂, 法寒暑風雨之治, 教有時事有節以善民心如此, 則民之行也未有不象上之德矣.

在易益之九五, 上則有孚惠心, 下則有孚惠我德, 豈非以法治也善則民之行象德歟? 若夫以法治也不善, 則教不時, 有所謂傷世, 事不節, 有所謂無功, 尙何行象德之有乎? 易曰: "成象之謂乾, 效法之謂坤", 則象於法爲畧, 法於象爲詳. 上法而下象之, 則先王處己可謂詳, 待人可謂略矣.

한번 음(陰)이 되고 한번 양(陽)이 되는 것은 천지의 도이다. 이것이 운행하여 사시(四時)가 되는데 추위와 더위가 서로 번갈아 밀려와 한 해를 이루고,[74] 흩어져서 만물을 기르는데 바람과 비가 서로 도와 만물의 화생(化生)이 일어난다. 악(樂)의 도(道)는 천지를 조화롭게 하는데, 교화와 일은 이를 실현하게 한다. 추위와 더위는 만물을 생성시키는데, 바람과 비는 한 해의 농사를 도와서 이루게 한다.

교화는 천하를 화성(化成)시키고 일은 치공(治功)을 도와서 이루게 한다. 교화는 백성에게 추위와 더위와 같은 것이니 때에 맞지 않으면 안 되며, 일은 백성에게 바람과 비와 같으니 절도에 맞지 않으면 안 된다. 추위와 더위가 때에 맞지 않아 겨울이 따뜻하고 여름이 서늘하면 병이 나서 세상을 상하게 하지 않겠는가? 바람과 비가 절도에 맞지 않아 바람이 지나

---

74 추위와~이루고:『周易』 繫辭下傳 5.

치게 세게 불거나 비가 오래 내리면 흉년이 들어 아무런 결실이 없지 않겠는가? 이로 보건대, 봄에 시를 암송하고 여름에 현악기를 타며,[75] 봄에 합무(合舞)를 하고 가을에는 합성(合聲)을 하는 것에서부터[76] 선왕이 덕을 드러내고 군자가 이를 넓혀서 교화를 이루는 것에 이르기까지 어느 것인들 추위와 더위의 때를 본받지 않은 것이 있는가?

악에 관한 일에서 혹 소리를 살피고[77] 혹 춤을 바르게 하여,[78] 작고 큰 음률을 알맞게 조율하고 종시(終始)의 차서를 배열하여, 이것으로 일과 행실을 상징하는 것[79]에 이르기까지 어느 것인들 바람과 비의 절도를 본받지 않은 것이 있는가?

따라서 선왕이 추위와 더위 및 바람과 비의 알맞은 것을 본받아 악을 지어 교화를 때에 맞게 하고 일을 절도에 맞게 하여 백성의 마음을 착하게 한 것이 이와 같았으니, 백성의 행실이 임금의 덕을 본받지 않음이 없었다.

『주역』의 익괘(益卦) 구오(九五)에 "윗사람은 믿음을 갖고 은혜를 베풀고, 아랫사람은 믿음을 갖고 임금의 덕을 은혜롭게 여긴다"[80]라고 하였으니, 어찌 천지의 도를 법으로 삼아 잘 다스리면 백성의 행실이 임금의 덕을 본받는다는 것이 아니겠는가? 천지의 도를 본받아 잘 다스리지 못하면, 교화가 때에 맞지 않아 이른바 세상의 풍속을 해치고, 일이 절도에 맞지 않아 이른바 공을 이루지 못할 것이니, 어떻게 임금의 덕을 본받겠는가?

『주역』에 "상(象 : 日月星辰)을 이룬 것은 건(乾)이고 법(法 : 山川草木)을 나타내는 것은 곤(坤)이다"[81]라고 하였으니, 상은 법에 비해 간략하고 법은

---

75   봄에~타며:『禮記』文王世子 8-2.
76   봄에~것에서부터:『周禮』春官 / 大胥 0.
77   『周禮』春官 / 大司樂 3.「凡樂事, 大祭祀宿縣, 遂以聲展之.」
78   『周禮』春官 / 大胥 0.「大胥, …… 以六樂之會正舞位.」
79   작고~것:『禮記』樂記 19-12.
80   『周易』益卦 12.

상에 비해 상세하다. 윗사람이 천지의 도를 법(法)으로 삼고 아랫사람이
그 덕을 본받았으니, 선왕이 자신에 대해서는 철저하고 남에 대해서는
관대했던 것이다.

---

81 『周易』 繫辭上傳 5.

권16 예기훈의(禮記訓義)

악기(樂記)

악기(樂記)

16-1. 夫豢豕爲酒, 非以爲禍也, 而獄訟益繁, 則酒之流, 生禍也. 是故, 先王因爲酒禮, 壹獻之禮, 賓主百拜, 終日飮酒, 而不得醉焉. 此先王之所以備酒禍也.

무릇 돼지를 기르고 술을 빚음은 화란(禍亂)을 일으키려는 것이 아니지만, 송사(訟事)가 더욱 많아지니, 술의 폐단이 지나쳐 화(禍)를 낳은 것이다. 이에 선왕이 주례(酒禮)를 만들어, 1헌(一獻)의 예(禮)일지라도 빈객(賓客)과 주인이 백배(百拜)하게 하니, 종일 술을 마셔도 취하지 않았다. 이는 선왕이 술로 인한 화(禍)를 대비한 방법이다.[1]

---

1   『禮記』 樂記 19-10.

天食人以五氣, 地食人以五味. 豕天産也, 酒地味也, 豢豕而食, 所以養陰, 爲酒而飮, 所以養陽. 飮食雖人之大欲, 不能不速訟, 陰陽雖人之資養, 不能不爲寇. 然則豢豕爲酒, 所以爲禮, 非以爲禍, 而獄訟益繁, 則酒之流湎生禍, 亦已大矣. 莊周謂‘以禮飮酒始乎治, 常卒乎亂者’, 此也. 先王知其然, 於書有彛酒之戒・群飮之誅, 於禮有幾酒之察・屬飮之禁, 猶以爲未也, 又寓教戒之意, 於器皿之間. 彛皆有舟, 其載有量, 尊皆有罍, 其鼓有節. 爵以角, 觥以兕, 以至傷而爲觴, 單而爲觶, 孤而爲觚, 夌而爲酸, 散而爲散, 正而爲禁, 無非備酒禍也. 故因是爲酒禮, 則饗以訓恭儉. 爵盈而不敢飮, 爲禮而已, 酒正所謂‘共賓客之禮酒’, 是也. 燕以示慈惠而謂之飮[2]酒, 酒人所謂‘共賓客之飮酒’, 是也.

古之人饗禮, 上公九獻, 侯伯七獻, 子男五獻. 凡大國之孤, 執皮帛以繼小國之君, 凡諸侯之卿, 其禮各下其君等二等, 以下及其士大夫, 皆如之. 禮記[3]曰 “三獻之介, 君專席而酢焉.” 季孫宿曰 “得賜不過三獻.” 由此推之, 孤同子男之君五獻, 卿大夫下其君之等三[4]獻. 則一獻之禮, 非士之燕禮, 士之饗禮而已. 一獻之禮, 非不簡也, 而賓主至於百拜, 終日飮酒, 非不久也, 而不得醉焉. 是以華實副爲禮, 而以進爲文者也. 然則先王爲禮, 以備酒禍, 可謂至矣. 言士之饗禮如此, 則自士而上可知也.

今夫饗禮以仁賓客, 豈獨備禍邪? 蓋僞不去, 則誠不著, 不足爲禮之經故也. 彼昧是者, 以賓主百拜爲華, 日昃不飮爲過. 抑何不知, 先王爲禮之意! 春秋之時, 晉[5]侯享季孫宿, 以加邊之禮, 鄭伯享趙孟,[6] 具五

2 대본에는 ‘飮’로 되어 있으나, 사고전서 『樂書』에 의거하여 ‘飮’으로 바로잡았다.
3 대본에는 ‘器’로 되어 있으나, ‘記’로 바로잡았다.
4 대본에는 ‘二’로 되어 있으나 사고전서 『樂書』에 의거하여 ‘三’으로 바로잡았다.
5 대본에는 ‘魯’로 되어 있으나, 사고전서 『樂書』와 『春秋左氏傳』에 의거하여 ‘晉’으로 바로잡았다.
6 대본에는 ‘伯’으로 되어 있으나, 사고전서 『樂書』와 『春秋左氏傳』에 의거하여 ‘孟’으로 바로잡았다.

獻之籩豆焉. 是以子男之禮, 享大夫也. 豈禮意歟? 此言 "終日飮酒而
不得醉", 詩言 "厭厭夜飮, 不醉無歸者". 終日飮而不得醉, 爲行饗禮故
也, 不醉無歸, 爲燕同姓故也.

하늘은 사람에게 오기(五氣)[7]를 먹이고, 땅은 사람에게 오미(五味)를 먹
인다.[8] 돼지는 하늘이 만들어낸 산물이고 술은 땅이 만들어낸 맛이다. 돼
지를 길러서 먹는 것은 음덕(陰德)을 기르는 것이고, 술을 빚어서 마시는
것은 양덕(陽德)을 기르는 것이다.[9] 먹고 마시는 것은 사람들이 매우 원하
는 것이지만 그로 인해 송사(訟事)가 초래되기도 하고, 음(陰)과 양(陽)은
사람들에게 삶의 원동력이 되지만 빼앗는 일이 발생하기도 한다. 그러니
돼지를 기르고 술을 빚는 것은 예(禮)를 행하려는 것이고 화란을 일으키
려는 것이 아니지만 송사가 빈번히 발생하니, 술에 지나치게 빠져서 화
(禍)를 초래한 것이 너무 심하다. 장주(莊周)가 "예를 갖추어 술을 마시는
경우에도 처음에는 서로 기쁜 마음으로 시작하다 마침내는 서로 노여워
하는 마음으로 끝난다"[10]라고 한 것이 이것이다.

선왕이 이를 잘 알았으므로 『서경』에 '술을 습관적으로 늘 마시지 말
라는 경계'[11]와 '떼지어 술마시고 간악한 짓을 하는 자에 대한 엄한 처
벌'[12]이 실려 있고, 『주례』에 '지나치게 많은 양이나 알맞은 때가 아닌

7 　오기(五氣): 화(火)·수(水)·목(木)·금(金)·토(土)의 오행의 기(氣).
8 　하늘은~먹인다: 『黃帝內經素問』 권3.
9 　사람에게 있는 음기(陰氣)와 양기(陽氣)를 각각 음덕(陰德)과 양덕(陽德)이라 한다.
　　육생(六牲: 말·소·양·돼지·개·닭)처럼 음양이 배합해서 생긴 것이 천산(天産)
　　이고, 쌀·콩·밀·차조처럼 사람이 심어서 생긴 것이 지산(地産)이다. 음기는 허
　　(虛)해서 음만 있으면 나약하므로 동물을 먹어서 활동적으로 만들어야 하는데, 지나
　　치면 성(性)을 상하게 하므로 중정(中正)한 예로써 조절한다. 양기는 가득찬 것이어
　　서 양만 있으면 부산하므로 식물을 먹어서 고요하게 해야 하는데, 지나치면 성(性)
　　을 상하게 하므로 화평한 악으로 조절한다. (『周禮注疏』 春官 / 大宗伯 11 鄭玄의
　　注)
10 　『莊子』 人間世 4-2.
11 　『書經』 周書 / 酒誥 1.
12 　『書經』 周書 / 酒誥 3.

경우에 술을 팔고 사는 것에 대한 철저한 감찰[13]이 실려 있고, '연달아 술 마시는 것을 금지했으나, 이것만으로는 부족하다고 여기어, 또 경계하는 뜻을 기명(器皿)에 붙여 놓았다.

이(彝)라는 술잔에는 모두 주(舟)라는 받침이 있어서 술의 양(量)을 기재(記載)하고, 준(尊)이라는 술단지에는 뇌(罍)라는 술그릇이 있어서 분량을 조절하였다. 작(爵)이라는 술잔은 뿔로 만들고, 굉(觥)[14]이라는 술잔은 무소뿔로 만드는데, 과음(過飮)하면 몸이 상한다는 뜻으로 술잔 이름을 상(觴)이라 하고, 외톨이가 될 수 있다는 뜻으로 치(觶)[15]라 하고, 외롭게 된다는 뜻으로 고(觚)[16]라 하고, 몸을 해친다는 뜻으로 잔(醆)이라 하고, 산만해진다는 뜻으로 산(散)[17]이라 하고, 바르게 해야 한다는 뜻으로 금(禁)이라 하였으니, 술로 인한 화(禍)를 대비하지 않음이 없었다.

그러므로 이로 인해 주례(酒禮)를 만들었으니, 향연을 베풀어 공경과 검소를 가르쳤으며, 술잔을 채우기는 하나 감히 마시지 않고 예를 행했을 따름이니, 「주정(酒正)」에 이른바 '빈객을 대접할 예주(禮酒)를 바친다'[18]는 것이 이것이다. 잔치를 베풀어 자애로운 은혜를 보이는 것을 음주(飮酒)라고 하니, 「주인(酒人)」에 이른바 '빈객을 대접하는 음주(飮酒)를 바친다'[19]는 것이 이것이다.

옛사람들이 향례(饗禮)를 행할 적에 상공(上公)은 9헌(九獻)을 하고, 후(侯)·백(伯)은 7헌, 자(子)·남(男)은 5헌을 하였다. 대국(大國)의 고(孤)[20]는 피백(皮帛)을 잡고 소국(小國)의 임금에 버금가는 예를 쓰고, 제후의 경(卿)은 그 예를 각각 그 임금보다 2등급 낮추며, 아래로 사대부에 이르기까

---

13 『周禮』秋官 / 萍氏 0.
14 굉(觥) : 〈그림 2-8 참조〉.
15 치(觶) : 〈그림 2-9 참조〉.
16 고(觚) : 〈그림 2-10 참조〉.
17 산(散) : 〈그림 2-11 참조〉.
18 『周禮』天官 / 酒正 0.
19 『周禮』天官 / 酒人 0.
20 고(孤) : 삼공에 버금가는 벼슬.

지 모두 이와 같이 하였다.[21]

『예기』에 "제후의 사자(使者)를 접대하여 3헌의 예를 베풀 때에는 임금인 자신도 자리를 하나만 깔고 앉아 술을 권한다"[22]라고 하였고, 계손숙(季孫宿)은 "임금께서 베풀어주시는 접대를 받을 때 3헌을 넘으면 안 된다"[23]라고 하였다. 이로 보건대, 고(孤)는 자·남과 같이 5헌을 하고 경대부는 그 임금보다 등급을 낮추어 3헌을 한다. 따라서 1헌의 예는 사(士)의 연례(燕禮)가 아니고 향례(饗禮)일 뿐이다.

1헌의 예는 간단하지만 빈객과 주인이 여러 차례 절했으므로, 종일 술마시는 것이 오랜 시간이지만 취하지 않았다. 꾸밈과 실질을 부합하게하여 예를 만들고, 나아감(進)을 문채로 삼았기 때문이다. 선왕이 예를 만들어 술로 인한 화(禍)를 대비한 것이 지극하다고 이를만 하다. 사(士)의향례(饗禮)가 이와 같으니, 사(士) 이상은 미루어 알 수 있다.

향례(饗禮)는 빈객에게 인(仁)을 베푸는 것이니,[24] 어찌 화란(禍亂)을 방비할 뿐이겠는가? 거짓을 제거하지 않으면 정성(精誠)이 드러나지 않아예의 경(經)이 되지 못한다. 이를 모르는 자는 빈객과 주인이 백배(百拜)하는 것을 겉치레라 하고, 의식이 끝나지 않아 해가 기울도록 술을 마시지 못하는 것을 너무 지나치다고 하니,[25] 선왕이 예를 제정한 뜻을 어찌

---

21 향례(饗禮)를~하였다:『周禮』秋官 / 大行人 2,3.
22 『禮記』郊特牲 11-2.
23 노나라 계손숙이 '노나라가 거(莒)나라를 차지한 일을 진(晉)이 묵인해준 것'에 대해감사를 표하기 위하여 진나라에 갔다. 진나라에서 지나치게 성대하게 접대하자 계손숙은 "접대를 받되 3헌(獻)을 넘으면 안 되는데 지나치게 성대하니 지체 낮은 신하로서는 감당할 수 없습니다"라며 사양하였다.〈『春秋左氏傳』昭公 6年(4)〉
24 향례(饗禮)는~것이니:『禮記』仲尼燕居 28-5.
25 『法言』修身 3-16.「禮多儀. 或曰: 日旲不食肉, 肉必乾. 日旲不飮酒, 酒必酸. 賓主百拜而酒三行, 不已華乎. 曰: 實無華則野, 華無實則賈, 華實副則禮【예에 많은 의식절차가 있다. 이에 대해 어떤 사람이 "의식이 시작된 후 해가 기울도록 끊지 않아 주연(酒宴)을 베풀지 못하니 고기를 먹지 못하여 고기는 말라버리고 해가 기울도록 술을 마시지 못하여 술은 시어집니다. 그러다가 주연이 시작되어도 빈객과 주인이 수없이 절을 하고 나서야 술을 세 번 돌리니, 너무 꾸밈이 심하지 않습니까?"라고 하니, "실질만 있고 꾸밈이 없으면 촌스럽고, 꾸미기만 하고 실질이 없으면 허황되고,

이다지도 모르는가!

춘추시대에 진후(晉侯)가 계손숙을 접대할 때 규정된 것보다 변(籩)·두(豆)를 많이 쓰고,[26] 정백(鄭伯)이 조맹(趙孟)을 접대할 때 5헌(五獻)의 예에 쓰는 변·두를 갖춘 것[27]은 자(子)·남(男)의 예로 대부를 접대하고자한 것이니, 어찌 예의 뜻에 합치되겠는가?

여기(「樂記」)에서는 "종일 술을 마셔도 취하지 않았다"라고 했는데, 『시경』에서는 "느긋이 밤에 술을 마심이여! 취하지 않으면 돌아가지 않도다"라고[28] 하였다. 종일토록 마셔도 취하지 않은 것은 향례(饗禮)를 행했기 때문이고, 취하지 않으면 돌아가지 않은 것은 동성(同姓)의 친척에게 사사로이 잔치를 베푼 것이기 때문이다.

16-2. 故酒食者, 所以合歡也. 樂者所以象德也, 禮者所以綴淫也. 是故, 先王有大事, 必有禮以哀之, 有大福, 必有禮以樂之, 哀樂之分, 皆以禮終.

그러므로 술과 음식은 여럿이 기쁨을 나누기 위한 것이다. 악(樂)은 덕을 본받기 위한 것이고 예는 음란을 막기 위한 것이다. 그러므로 선왕은 대사(大事)가 있으면 반드시 예로써 슬퍼했고 대복(大福)이 있으면 반드시 예로써 즐거워하여, 슬픈 일과 즐거운 일을 모두 예로써 마치었다.[29]

荀卿曰 "爲之鐘鼓管磬琴瑟竽笙, 使足以合歡定和而已." 蓋酒食禮之物, 而物非禮也. 合歡樂之官, 而官非樂也. 酒食以合歡, 則禮之所

　　　꾸밈과 실질이 서로 부합되어야 예에 맞습니다'라고 답했다.】

26　춘추시대에~쓰고: 『春秋左氏傳』 昭公 6년(4).

27　진나라 조맹과 노나라 숙손표와 조나라 대부가 정나라로 들어갔다. 정백(鄭伯)이 이
　　들을 접대할 때, 5헌의 예에 쓰는 변두를 갖추었는데, 조맹이 이를 사양하므로 1헌
　　의 예를 썼다.〈『春秋左氏傳』 昭公 1년(4)〉

28　『詩經』 小雅 / 湛露.

29　『禮記』 樂記 19-10.

施, 樂未嘗不有以通之也, 知樂幾於禮, 則樂之所施, 禮未嘗不有以節
之也. 然合歡以爲樂, 非特樂其情而已, 必有以象德, 而形容之也. 酒食
以爲禮, 非特淫其德而已, 必有以綴淫而攣屬之也.

在易之需言‘君子以飮食燕樂’, 酒食合歡之意也. 豫言‘先王作樂崇
德’, 樂以象德之意也. 曲禮曰‘富貴而知好禮則不驕不淫’, 禮以綴淫之
意也. 先王於事之大者, 必有禮以哀之, 於福之大者, 必有禮以樂之. 死
亡凶札禍災, 天事之大者也, 圍敗寇亂, 人事之大者也. 大宗伯皆以凶
禮哀之, 所謂有大事必有禮以哀之也. 以脤膰[30]之禮, 親兄弟之國而與
之同福祿, 以慶賀之禮, 親異姓之國而與之和安樂, 所謂有大福必有禮
以樂之也.

彼哀而我哀之, 彼樂而我樂之. 哀樂之分, 雖異情, 而皆以禮終, 則禮
達而分定矣. 孰謂禮者先王爲之以强世哉? 老氏以爲忠信之薄而亂之
首, 蓋亦有爲而言. 然樂所以象德, 又言‘樂章德’, 禮所以綴淫, 又言‘刑
以防淫者’, 象以像之, 所以形容之也, 章以彰之, 所以著明之也, 禮以
綴淫, 而使之不縱, 刑以防淫, 而使之不溢, 相爲表裏故也.

순경(荀卿)은 "종(鐘)・고(鼓)・관(管)・경(磬)・금(琴)・슬(瑟)・우(竽)・생
(笙)을 만든 것은 여럿이 기쁨을 나누어 화목하도록 하기 위한 것이다"[31]
라고 하였다. 술과 음식은 예를 행할 때 쓰는 물품이지만 물품 자체가
예(禮)인 것은 아니다. 여럿이 기쁨을 나누는 것은 악(樂)의 기능이지만
기능 자체가 악(樂)인 것은 아니다.

‘술과 음식으로 여럿이 기쁨을 나눌 수 있는 것’은 예를 베풀 때에 악
이 두루 미치기 때문이다. ‘악을 알면 예에 가까워지는 것’[32]은 악을 베
풀 때에 예로 조절하기 때문이다. 따라서 여럿이 기쁨을 나누며 악을 행
하는 것은 그 정을 즐겁게 할 뿐만 아니라 반드시 덕을 본떠 형용하고,

---

30 대본에는 ‘燔’으로 되어 있으나, 『주례』에 의거하여 ‘膰’으로 바로잡았다.

31 『荀子』富國 10-6.

32 『禮記』樂記 19-1.

술과 음식으로 예를 행하는 것은 그 덕을 윤택하게 할 뿐만 아니라 반드시 음란을 막아 꽉 매두는 것이다.

『주역』의 수괘(需卦)에 "군자가 이로써 마시고 먹으며 잔치 벌여 즐긴다"[33]라고 했으니, 술과 음식으로 여럿이 기쁨을 나눈다는 뜻이다. 예괘(豫卦)에 "선왕이 악을 지어 덕을 숭상한다"[34]라고 했으니, '악으로 덕을 본뜬다'는 뜻이다. 「곡례」에 "부귀하면서도 예를 좋아할 줄을 알면 교만하거나 음란해지지 않는다"[35]라고 했으니, '예로 음란을 막는다'는 뜻이다.

선왕은 대사(大事)가 있으면 반드시 예로써 슬퍼하고, 대복(大福)이 있으면 반드시 예로써 즐거워하였다. 수명이 다하여 죽거나 돌림병으로 요절하거나 천재지변(天災地變) 등은 하늘의 일 가운데서 큰 것이고, 적에게 포위되어 패하거나 외적이 침략하는 것은 사람의 일 가운데서 큰 것이다. 「대종백(大宗伯)」에 '모두 흉례(凶禮)로 슬퍼했다'[36]는 것이 이른바 '대사(大事)가 있으면 반드시 예로써 슬퍼했다'는 것이다. '신번(脤膰)[37]의 예로 형제의 나라들과 친하게 지내어 복록(福祿)을 함께 하고, 경하(慶賀)의 예로 성(姓)이 다른 나라들과 친하게 지내어 더불어 편안하고 즐겁게 지냈다'[38]는 것이 이른바 '대복(大福)이 있으면 반드시 예로써 즐거워한다'는 것이다.

저들이 슬퍼하면 나도 슬퍼하고, 저들이 즐거워하면 나도 즐거워한다. 슬픈 일과 즐거운 일은 정(情)이 다르지만 모두 예로 마치면, 예에 통달하여 분수가 정해진다. 누가 '예는 선왕이 만들어서 세상 사람들에게 강요한 것이다'라고 말했는가? 노자가 "예란 충신(忠信)이 얄팍해진 상태에

---

33 『周易』需卦 3.
34 『周易』豫卦 3.
35 『禮記』曲禮 1-7.
36 『周禮』春官 / 大宗伯 3.
37 신번(脤膰) : 제사 지낸 고기를 제후국에 나누어 주는 일.
38 『周禮』春官 / 大宗伯 6.

서 행하는 것으로 혼란이 일어나는 시초가 된다"³⁹라고 말한 것은 역시
그럴 만한 이유가 있어서 한 말이다.

악(樂)은 덕을 본뜬 것인데 또한 "악은 덕을 빛낸다"⁴⁰라고도 하고, 예
는 음란을 막는 것인데 또한 "형벌로 음란을 막는다"⁴¹라고도 한 것은
본떠서 형상을 나타내어 형용하는 것과 빛내서 드러내어 뚜렷하게 밝히
는 것이 서로 표리가 되고, 예로 음란을 막아서 방종하지 않게 하는 것
과 형벌로 음란을 막아서 범하지 않게 하는 것이 서로 표리(表裏)가 되기
때문이다.

16-3. 樂也者, 聖人之所樂也, 而可以善民心. 其感人深, 其移風易
俗. 故先王著其敎焉.

악이란 성인이 즐기는 것으로 백성의 마음을 선량하게 할 수 있다. 따
라서 사람을 깊이 감동시켜 풍속을 아름답게 바꾸므로, 선왕이 악을 통
해 가르침을 세웠다.⁴²

聖人之於樂, 非志於獨樂而, 將以爲治也. 顯之爲德敎, 可以善民心,
妙之爲道化, 可以感人深. 善民心, 則惻隱羞惡之心達, 而爲仁義, 恭敬
是非之心達, 而爲禮智, 有若泉之始達也. 感人深, 則動蕩血脈, 通流精
神, 非若水之可測也. 詩曰: "宜民宜人", 語曰: "節用而愛人使民以時",
則人有十等非特民也. 善民心, 則通賤者之欲而已, 貴者不與焉. 感人
深, 則貴賤雖在所感. 而風俗或未周焉. 孔子曰: "移風易俗, 莫善於
樂." 由是觀之, 百里不同之風, 其氣有剛柔, 千里不同之俗, 其習有善

---

39 『道德經』38. 인위적인 덕을 의도적으로 추구하지 않고 진실한 덕을 보존하는 자는
     자연에 순응하여 무위(無爲)한다. 그러나 이런 진실한 덕이 사라진 혼란한 세상에서
     는 어떤 목적의식을 가지고 인의예지(仁義禮智)를 추구하게 된다는 뜻이다.
40 『禮記』樂記 19-17.
41 『禮記』坊記 30-1.
42 『禮記』樂記 19-10.

惡. 樂之善民心感人深, 則至剛之風可移而爲柔, 至惡之俗可易而爲善.
移風而使之化, 易俗而使之變, 爲樂之效如此. 而先王著之以爲敎, 則
一道德, 同風俗, 天下爲一家, 中國爲一人矣. 豈非以防民情而敎之和
邪? 然樂行而倫淸, 卒乎移風易俗, 天下皆寧者, 此也.

是篇, 始之以聖人所樂之情, 終之以先王著敎之文, 非備內聖外王之
道, 孰能與如此? 夏政多辟, 受德昏淫, 樂北里之哇, 悅傾宮之艷, 靡靡
然以常舞爲風, 朝歌爲俗, 而不知所以移易之者, 豈不爲聖王罪人乎?

樂則移風易俗, 詩止於移風俗, 何也? 曰:詩仁言也, 樂仁聲也. 仁言
不如仁聲之入人也深, 故其異如此. 雖然風可得而移, 俗可得而易, 人
之風俗也, 修其敎, 不易其俗, 齊其政, 不易其宜, 天之風俗也. 記之言
樂, 或曰先王著其敎, 或曰君子成其敎者, 蓋樂之爲敎, 著必有驗乎微,
成必有驗乎虧. 著其微者, 非一世之積, 故言先王, 成其虧者, 非成德者
不能, 故言君子.

성인은 악(樂)을 행함에, 홀로 즐기는 데 뜻을 두지 않고 이를 통하여
치도(治道)를 실현하고자 하였다. 뚜렷하게 덕교(德敎)가 행해지면 백성의
마음을 선량하게 할 수 있고, 신묘하게 도(道)로써 감화시키면 사람을 깊
이 감동시킬 수 있다. 백성의 마음이 선량해지면, 측은지심(惻隱之心)과
수오지심(羞惡之心)이 생겨나 인(仁)·의(義)를 행하고, 공경지심(恭敬之心)과
시비지심(是非之心)이 생겨나 예(禮)·지(智)를 행하는 것이,[43] 샘물이 샘솟
듯 해진다. 따라서 사람이 깊이 감동되면 혈맥이 뛰고 정신이 통하여 흐
르는 것이, 물의 깊이를 헤아릴 수 있는 것과는 비교가 안 된다.

『시경』에 "백성에게 마땅하게 대하시고 사람에게 마땅하게 대하시도
다"[44]라고 하고, 『논어』에 "쓰는 것을 절약하고 사람을 사랑하며 농번기

---

43 측은지심(惻隱之心)은 인(仁)의 단서요, 수오지심(羞惡之心)은 의(義)의 단서요, 사양
    지심(辭讓之心)은 예(禮)의 단서요, 시비지심(是非之心)은 지(智)의 단서이다.(『孟子』
    公孫丑上 3-6)
44 『詩經』大雅 / 假樂.「假樂君子, 顯顯令德. 宜民宜人, 受祿于天【아름답고 즐거운 군
    자여! 밝고 밝은 훌륭한 덕이 있네. 백성에게 잘하고 사람에게 잘하니 하늘에서 복

(農繁期)를 피하여 백성을 부려야한다"[45]라고 했으니, 열 등급의 사람[46]에는 백성이 포함될 뿐만이 아니다. 따라서 '백성의 마음을 선량하게 한다'는 것은 천한 자의 욕망을 바른 길로 유도한다는 뜻일 뿐, 귀한 자는 포함되지 않는다. 그러나 '사람을 깊이 감동시킨다'는 것은 귀한 자나 천한 자를 모두 감동시킨다는 뜻이다.

풍속이 혹 바르지 않을 경우, 공자는 "기풍(氣風)을 옮기고 습속(習俗)을 바꾸는 데는 악(樂)보다 더 나은 것이 없다"[47]라고 하였다. 이로 보건대, 100리 지역의 같지 않은 기풍은 그 기(氣)에 강유(剛柔)가 있어서이고, 1000리 지역의 같지 않은 습속은 그 습관에 선악이 있어서이다. 그러나 악(樂)으로 백성의 마음을 선량하게 하고 사람을 깊이 감동시키면, 지극히 강한 기풍을 옮겨서 부드럽게 할 수 있고, 지극히 나쁜 습속을 바꿔서 선량하게 할 수 있다. 기풍을 옮겨서 감화시키고 습속을 바꿔서 변하게 하니, 악의 효과가 이처럼 크다.

따라서 선왕이 악을 세워 교화하니, 도덕이 한결 같아지고 풍속이 같아지며 천하가 한 집안처럼 되고 중국이 한 사람처럼 되었다. 이는 백성의 정이 나쁜 데로 흐르는 것을 막아서 화(和)를 가르쳤기 때문이 아니겠는가? '악이 시행되면 윤리가 맑아져 마침내 풍속이 바뀌어 천하가 다 편안해지는 것'[48]은 이 때문이다.

이 편(篇)은 '성인이 악을 즐거워하는 정(情)'으로 시작하여 '선왕이 악을 통해 가르침을 세웠다'는 문장으로 끝맺었으니, 내면으로는 성인이면

을 받도다.].

45 『論語』學而 1-5.
46 『春秋左氏傳』昭公 7년(2). 「무우(無宇)가 말하였다. "하늘에는 갑일(甲日)에서 계일(癸日)까지 열흘의 날짜가 있고, 사람에게는 열 등급의 위계(位階)가 있어서 낮은 사람은 높은 이를 섬기고 높은 사람은 신(神)을 섬깁니다. 그러므로 왕은 공(公)을, 공은 대부(大夫)를, 대부는 사(士)를, 사는 조(皂)를, 조는 여(輿)를, 여는 예(隷)를, 예는 요(僚)를, 요는 복(僕)을, 복은 대(臺)를 신하로 삼습니다."」
47 『孝經』廣要道章 12.
48 『禮記』樂記 19-13.

서 밖으로는 왕이 되는 내성외왕(內聖外王)의 도[49]를 갖춘 자가 아니면, 누가 이같이 할 수 있겠는가? 하(夏)나라 정치는 지나치게 편벽되었으며, 수덕(受德 : 紂王의 이름)은 어리석고 음탕하여 북리(北里)와 같은 음란한 춤을 즐기고[50] 경궁(傾宮) 같은 화려한 전각(殿閣)[51]을 좋아하여 퇴폐적으로 늘 춤추는 것이 기풍(氣風)이 되고, 아침부터 음탕하게 노래하는 것[52]이 습속(習俗)이 되어서 풍속을 바꿀 줄 몰랐으니, 어찌 성왕(聖王)의 죄인이 아니겠는가?

악은 풍속을 옮기고 바꾸지만 시는 풍속을 옮기는 데에 그치는 것[53]은 왜인가? 시는 인언(仁言)이고 악은 인성(仁聲)인데, 인언은 인성처럼 마음속으로 깊게 파고들어가지 못하므로,[54] 이와 같이 다른 것이다. 기풍을 옮기고 습속을 바꿀 수 있는 것은 사람의 풍속이고, 교화를 닦아도 습속을 바꾸지 못하고 정사를 잘 해도 마땅함을 바꾸지 못하는 것은 하늘의 풍속이다.

『예기』에 "악을 통해 선왕이 가르침을 세웠다"[55]라고도 하고, "군자가 악을 넓혀 가르침을 이룬다"[56]라고도 했다. 대개 악을 통한 교화는 반드시 미미한 데서 세워지고, 반드시 이지러진 데서 이루어진다. 미미한 것을 세우는 것은 한 세대에 쌓을 수 있는 것이 아니므로 '선왕'이라고 말

---

49 내성외왕(內聖外王)의 도:『莊子』天下 33-1.
50 은나라의 마지막 임금인 주(紂)는 술·음악·여자를 지나치게 좋아하였다. 사연(師延)에게 음탕한 가락을 새로 짓게 하여, 북리(北里)의 춤과 퇴폐적인 음악을 즐기었다. 사구(沙丘)에 수많은 악공들과 광대들을 불러들이고, 술로 연못을 만들고 고기를 매달아 숲을 만들고, 벌거벗은 남녀들이 그 안에서 서로 쫓아다니게 하면서 밤새도록 술을 마시며 놀았다.〈『史記』殷本紀 3 / 105쪽〉
51 경궁(傾宮) : 주왕(紂王)이 지은 화려한 궁전.
52 주왕은 조가(朝歌)와 배비(北鄙)라는 음악을 즐기다가 죽음에 이르고 나라를 망치게 되었다. '조가'는 이른 아침부터 노래한다는 뜻이고, '배비'는 배반하고 천박하다는 뜻이다.〈『史記』樂書 24 / 1235쪽〉
53 『毛詩』周南 / 關雎, 毛序.「先王以是經夫婦, 成孝敬, 厚人倫, 美教化, 移風俗.」
54 인언(仁言)은~못하므로:『孟子』盡心上 13-14.
55 『禮記』樂記 19-10.
56 『禮記』樂記 19-15.

했고, 이지러진 것을 온전하게 하는 것은 덕을 이룬 자가 아니면 할 수 없으므로 '군자'라고 말한 것이다.

16-4. 夫民有血氣心知之性, 而無哀樂喜怒之常, 應感起物而動. 然後心術形焉. 是故志微噍殺之音作, 而民思憂. 嘽諧慢易繁文簡節之音作, 而民康樂. 粗厲猛起奮末廣賁之音作, 而民剛毅. 廉直勁正莊誠之音作, 而民肅敬. 寬裕肉好順成和動之音作, 而民慈愛. 流辟邪散狄成滌濫之音作, 而民淫亂.

사람에게 혈기(血氣)와 심지(心知)의 일정한 성(性)이 있지만, 희로애락(喜怒哀樂)의 정은 일정하지 않아서 물(物)에 자극받아 응해서 움직인 뒤에 마음의 작용으로 나타난다. 그러므로 다급하면서 가늘며 메마르고 쇠미한 음(音)이 유행하면, 백성들이 시름에 잠긴다. 느긋하고 조화로우며 완만하고 평이하며 장식이 다채롭고 절주가 간략한 음이 유행하면 백성들이 편안하고 즐거워진다. 거칠고 사나우며 힘차게 시작하여 떨치며 끝맺는 격앙된 음이 유행하면 백성들이 굳세진다. 맑고 곧으며 굳세고 바르며 장엄하고 정성스런 음이 유행하면 백성들이 공손해진다. 느긋하고 여유 있으며 윤기 있고 부드러우며 순조롭고 조화로운 음이 유행하면 백성들이 자애로워진다. 방탕하고 편벽되며 어그러지고 산만하며 뒤죽박죽이고[57] 분별없는 음이 유행하면 백성들이 음란해진다.[58]

民生而靜, 有血氣心知之常性, 應感起物而動, 無哀樂喜怒之常情. 以有常之性, 託無常之情, 則心術之形, 固非我也, 實自物而已. 蓋樂以音變, 音以民變. 是故, 志微噍殺之音作, 而民憂思, 哀心所感然也. 嘽諧慢易煩文簡節之音作, 而民康樂, 樂心所感然也. 粗厲猛起奮末廣賁

---

57 『禮記集說大全』에서 진호(陳澔)는 狄成을 '지나치게 길다'는 의미의 逖成으로 풀이했으나, 본고는 진양(陳暘)의 설을 따라 번역했다.
58 『禮記』 樂記 19-11.

之音作, 而民剛毅, 怒心所感然也. 廉直勁正莊誠之音作, 而民肅敬, 敬心所感然也. 寬裕肉好順成和動之音作, 而民慈愛, 愛心所感然也. 流辟邪散狄成滌濫之音作, 而民淫亂, 喜心所感然也. 由前, 則以心論聲而其辭[59]略, 由後, 則以音論民[60]〈而其辭詳. 此其序所以不同也. 總而論之, 其音作而民思憂, 亡國之音也. 其音作而民康樂, 治世之音也. 其音作而民淫亂, 亂世之音也. 治世之音, 居亂亡之中者, 以謂世治而不知戒, 不亡則亂矣, 此記樂者之微意也.

今夫肉倍好者璧也, 好倍肉者瑗也, 肉好如一, 旋而不可窮者環也. 肉好之音, 豈其音旋而不可窮邪! 樂音謂之狄, 猶夷狄, 謂之狄, 以有禽獸之道也. 順成之音, 則其音順而治, 狄成之音, 則其音逆而亂.

사람이 태어나 고요할 때는 혈기(血氣)와 심지(心知)의 본성이 일정하나, 물(物)에 자극받아 움직일 때는 희로애락(喜怒哀樂)의 정(情)이 일정하지 않다. 따라서 일정한 본성을 일정하지 않은 정(情)에 의탁하면, 마음의 작용으로 나타나는 것은 참된 나가 아니고 실로 상황에 따라 변하는 물(物)일 따름이다.

대개 악(樂)은 음(音)으로 인해 변하고, 음(音)은 백성으로 인해 변한다. 그러므로 다급하면서 가늘며 메마르고 쇠미한 음(音)이 유행하면, 백성들이 시름에 잠기는 것은 슬픈 마음이 느껴져서 그렇게 된 것이다. 느긋하고 조화로우며 완만하고 평이하며 다채롭게 꾸미고 절주가 간략한 음이 유행하면 백성들이 편안하고 즐거워지는 것은 즐거운 마음이 느껴져서 그렇게 된 것이다. 거칠고 사나우며 힘차게 시작하여 떨치며 끝맺는 격앙된 음이 유행하면 백성들이 굳세지는 것은 노한 마음이 느껴져서 그렇게 된 것이다. 맑고 곧으며 굳세고 바르며 장엄하고 정성스런 음이 유

---

59 대본에는 '辟'으로 되어 있으나, 사고전서 『樂書』에 의거하여 '辭'로 바로잡았다.
60 대본에는 '而其辭詳'에서부터 '肅肅赫赫應'까지 없으나, 사고전서 『樂書』에 의거하여 보충하였다. 즉 대본에는 '16-4' 중간에서 '16-5' 중간까지 빠져 있다. 보충한 부분에는 〈 〉 표시를 하였다.

행하면 백성들이 공손해지는 것은 공경하는 마음이 느껴져서 그렇게 된 것이다. 느긋하고 여유 있으며 윤기 있고 부드러우며 순조롭고 조화로운 음이 유행하면 백성들이 자애로워지는 것은 사랑하는 마음이 느껴져서 그렇게 된 것이다. 방탕하고 편벽되며 어그러지고 산만하며 뒤죽박죽이고 분별없는 음이 유행하면 백성들이 음란해지는 것은 기쁜 마음이 느껴져서 그렇게 된 것이다. 소리가 생기기 이전의 마음에서 빚어진 결과를 말할 때는 마음으로 소리를 논하는 것이므로 그 말이 간략하고,[61] 음(音)이 생긴 이후에 음에서 빚어진 결과를 말할 때는 음으로 백성을 논하는 것이므로 그 말이 상세하다. 이는 그 순서가 같지 않기 때문이다.

총괄해서 논하면, 백성들을 시름에 잠기게 하는 음은 망국(亡國)의 음이고, 백성들을 편안하고 즐겁게 하는 음은 치세(治世)의 음이고, 백성들을 음란하게 하는 음은 난세(亂世)의 음이다. 치세의 음을 난세의 음과 망국의 음 사이에 둠으로써,[62] 세상이 잘 다스려지고 있다 하더라도 경계하지 않으면 망하거나 어지러워진다는 것을 암시하고 있으니, 이는 「악기(樂記)」를 기록한 자의 깊은 뜻이다.

고리 모양의 둥근 옥(肉好)에서 가장자리가 구멍보다 배나 큰 것은 벽(璧)이고, 구멍이 가장자리보다 배나 큰 것은 원(瑗)[63]이며, 구멍의 반경과 가장자리 폭의 너비가 똑같아서, 돌면 끝이 없는 것은 환(環)[64]이다. 그렇지만 둥근 옥처럼 윤기 있고 부드러운 음은 어찌 끝이 없겠는가?

악음(樂音)을 '적(狄)'이라고 표현한 것은 이적(夷狄)과 같기 때문이니 '적(狄)'이라는 표현은 금수(禽獸)와 같다는 뜻이다. 순조로운 음[順成之音]

---

61 『禮記』樂記 19-1.「是故其哀心感者, 其聲噍以殺. 其樂心感者, 其聲嘽以緩. 其喜心感者, 其聲發以散. 其怒心感者, 其聲粗以厲. 其敬心感者, 其聲直以廉. 其愛心感者, 其聲和以柔.」
62 '嘽諧慢易繁文簡節之音'에 대한 설명이 '志微噍殺之音'과 '流辟邪散狄成滌濫之音' 사이에 있는 것을 가리킨다.
63 원(瑗) : 구멍은 크고 가장자리는 좁은 옥. 사람을 초빙할 대 사용하는 옥.
64 환(環) : 〈그림 6-3 참조〉.

이란 그 음이 순조롭게 잘 어울리는 것이고, 뒤죽박죽인 음[狄成之音]이란 그 음이 거슬리고 혼란스러운 것이다.

16-5. 是故, 先王本之情性, 稽之度數, 制之禮義. 合生氣之和, 道五常之行.

이런 까닭으로 선왕이 정(情)과 성(性)에 근본하여, 5성과 12율의 도수 (度數)를 헤아리고, 예의(禮義)를 제정하였다. 그리하여 생기(生氣)의 화 (和)를 합치고, 오상(五常)[65]의 행실을 인도하였다.[66]

凡樂生於音, 而人心存焉, 凡音生於人心, 而情性係焉. 故其音角者, 情喜而性仁. 其音商者, 情怒而性義. 其音徵者, 情樂而性禮. 其音羽者, 情悲而性智. 其音宮者, 情恐而性信. 則自人有血氣心知之性, 以至五者之音作而民應之, 無非本之情性也. 蓋樂者根之人心本之情性, 其在度數則枝葉而已.

故求樂必自五音始, 求五音必自黃鍾始. 自黃鍾之長, 而以黍累之, 則別於分, 忖於寸, 蒦於尺, 張於丈, 信於引, 而五度審矣. 自黃鍾之數, 而以一推之, 則紀於一, 協於十, 長於百, 大於千, 衍於萬, 而五數備矣.

然度數之在天下, 被之於文, 則久而必息, 寓之節奏, 則久而必絶, 要在稽之而已. 稽之勿疑, 則其數足以正其度而音正矣. 旣稽之度數, 使百度得數而有常, 又制之禮義, 使百體齊運而順正, 其大足以合天地生氣之和而不乖, 其微足以道人性五常之行而不悖, 則天下之理得, 而成位乎其中矣. 今夫至陽赫赫, 至陰肅肅, 赫赫發[67]>[68]乎地, 肅肅出乎天, 兩者交通, 成和而物生焉者, 生氣之和也. 樂有以合而同之. 宮動脾, 而

---

65 오상(五常): 인(仁)·의(義)·예(禮)·지(智)·신(信).
66 『禮記』 樂記 19-12.
67 사고전서『樂書』에는 '應'으로 되어 있으나, 『莊子』에 의거하여 '發'로 바로잡았다.
68 대본에는 '正乎地'로 되어 있으나, 문맥이 통하지 않을 뿐 아니라 사고전서『樂書』에 도 '正'이 없으므로, '正'을 삭제했다.

和正信, 商動肺, 而和正義, 角動肝, 而和正仁, 徵動心, 而和正禮, 羽
動腎, 而和正智者, 五常之行也. 樂有以道而達之. 故天地訢合, 陰陽相
得, 區萌達, 羽翼奮, 胎生者不殰, 卵生者不殈, 合生氣之和之效也. 樂
行而倫清, 耳目聰明, 血氣和平, 移風易俗, 天下皆寧, 道五常之行之效
也. 所謂樂通[69]倫理, 如此而已.

然人之情性, 在禮爲中和, 在易爲利貞.[70] 利貞天德也, 中和人道也.
說天者莫辨乎易, 說人者莫辨乎禮. 故其別若此. 聖人作樂以應天, 此
言先王者, 自內言之爲聖, 自外言之爲王, 其實一也.

악(樂)은 음(音)에서 생기는데, 인심(人心)이 거기에 담겨있다. 음은 인심
에서 생기므로 정(情)·성(性)과 연관된다. 그러므로 각음(角音)의 경우 정
(情)은 기쁨, 성(性)은 인(仁)과 연관되고, 상음(商音)의 경우 정은 분노, 성
은 의(義)와 연관되며, 치음(徵音)의 경우 정은 즐거움, 성은 예(禮)와 연관
되고, 우음(羽音)의 경우 정은 비애, 성은 지(智)와 연관되며, 궁음(宮音)의
경우 정은 두려움, 성은 신(信)과 연관된다. 따라서 '사람에게 혈기(血氣)
와 심지(心知)의 일정한 성(性)이 있는 것'에서부터 '다섯 종류의 음이 일
어나 백성이 감응하는 것'에 이르기까지 정(情)·성(性)에 근본하지 않은
것은 없다. 악(樂)은 인심에 뿌리를 두고 정(情)·성(性)에서 우러나온 것
이므로, 도수(度數)는 지엽일 따름이다.

악에 대한 이해는 반드시 5음(五音)에서 시작하고, 5음에 대한 이해는
반드시 황종에서 시작한다. 황종의 길이는 기장을 쌓아 정하니, 분(分)으
로 구별하고, 촌(寸)으로 헤아리며, 척(尺)으로 재며, 장(丈)으로 베풀며, 인
(引: 10丈)으로 헤아려 아니,[71] 5등급의 척도 체계가 상세하다. 황종의 수
는 1로부터 미루어 나가니, 1이 실마리가 되고, 10에서 알맞게 되며, 100
에서 길어지고, 1000에서 커지며, 10000에서 넘치니,[72] 5등급의 수가 완

---

69 대본에는 '道'로 되어 있으나, 사고전서 『樂書』에 의거하여 '通'으로 바로잡았다.
70 대본에는 '正'으로 되어 있으나 사고전서 『樂書』에 의거하여 '貞'으로 바로잡았다.
71 분(分)으로~아니:『前漢書』권21上 律歷志.

비되어 있다.

그러나 천하에서 도수를 살펴보면, 문채를 낸 것은 시간이 지나면 반드시 사라지고, 절주를 한 것은 시간이 지나면 끊어지니, 요컨대 헤아리는 데 있을 따름이다. 헤아려 틀림이 없으면, 그 수(數)가 족히 척도를 바르게 하여 음(音)이 바르게 된다. 따라서 도수를 헤아리면 백도(百度)가 합당한 수(數)를 얻어 떳떳하게 된다. 또 예의를 제정하여 백체(百體)를 가지런하게 움직여 순하고 바르게 하면, 크게는 천지(天地) 사이에 있는 생기(生氣)의 화(和)를 합쳐 이치에 어그러지지 않게 하고, 작게는 인성(人性)에 간직되어 있는 오상(五常)의 행실을 인도하여 어긋나지 않게 하니, 천하의 이치를 체득하여 하늘과 땅 사이에 우뚝 서게 된다.

지양(至陽)은 밝게 빛나고 뜨거우며 지음(至陰)은 고요하고 차다. 밝게 빛나고 뜨거운 양기가 땅에서 나와 하늘로 올라가고 고요하고 찬 음기가 하늘에서 나와 땅으로 내려와 이 두 기(氣)가 서로 통해서 화합을 이루어 만물이 생기는 것[73]이 생기(生氣)의 화(和)이다.

악(樂)은 화합하여 같게 한다. 그러므로 궁(宮)은 비장(脾臟)을 움직여 신(信)[74]을 화정(和正)하게 하고, 상(商)은 폐를 움직여 의(義)를 화정(和正)하게 하고, 각(角)은 간을 움직여 인(仁)을 화정(和正)하게 하고, 치(徵)는 심장을 움직여 예(禮)를 화정(和正)하게 하고, 우(羽)는 신장(腎臟)을 움직여 지(智)를 화정(和正)하게 하는 것[75]이 오상(五常)의 행실이다.

악은 도(道)로 이르게 한다. 그러므로 천지가 교감(交感)하여 화합하고 음양이 서로 조화를 이루어 새싹이 움트고 새들이 날개를 퍼덕거리며 태생하는 동물들이 낙태되지 않고 난생하는 것이 알이 깨져 죽지 않는 것[76]은 생기의 화(和)를 합친 효과이다. 악이 시행되어 윤리가 맑아져 이

72　1이~넘치니 :『前漢書』권21上 律歷志.
73　지음(至陰)은~생기는 것 :『莊子』田子方 21-4.
74　『史記』에는 '信'이 아니라 '聖'으로 되어 있다.
75　궁(宮)은~것 :『史記』樂書 24 / 1236쪽.
76　천지가~것 :『禮記』樂記 19-20.

목이 총명하게 되고 혈기가 화평하게 되어 풍속이 바뀌어 천하가 모두 편안하게 되는 것[77]은 오상(五常)의 행실을 인도한 효과이니, 이른바 '악이 윤리와 통하는 것'[78]이 이와 같다.

그런데 사람의 정(情)·성(性)은 예에서는 중화(中和)가 되고 역(易)에서는 이정(利貞)이 된다. 이정(利貞)은 하늘의 덕이고 중화(中和)는 사람의 도이다. 하늘을 설명하는 데 역(易)보다 더 잘 분변할 수 있는 것이 없고, 사람을 설명하는 데 예(禮)보다 더 잘 분변할 수 있는 것이 없다. 그러므로 그 구별이 이와 같다.

앞(「樂書」 14-2)에서는 "성인(聖人)이 악을 지어서 하늘에 응한다"[79]라고 했는데, 여기(「樂書」 16-5)에서는 악을 짓는 자를 '선왕(先王)'이라 하였다. 그러나 내면의 덕으로 말하면 성인(聖人)이 되고 외부의 지위로 말하면 왕이 되는 것이니, 실은 하나이다.

16-6.[80] 使之陽而不散, 陰而不密, 剛氣不怒, 柔氣不懾, 四暢交於中, 而發作於外, 皆安其位, 而不相奪也.

양(陽)이 흩어지지 않고 음(陰)이 응축되지 않게 했으며, 강기(剛氣)가 노하지 않고 유기(柔氣)가 두려워하지 않게 했다. 사기(四氣)가 마음속에서 서로 펼쳐져 밖으로 발현되면, 모두 그 자리를 편히 여겨 서로 침탈하지 않는다.[81]

夫樂者音之所由生, 其本在人心之感於物也. 故喜心感者, 其聲發以散, 哀心感者, 其聲礁以殺, 是陽易失之散, 陰易失之密. 怒心感者, 其

---

77   악이~것 :『禮記』樂記 19-13.
78   『禮記』樂記 19-1.
79   『禮記』樂記 19-6.
80   대본상으로는『樂』16-5이나, 사고전서『樂書』에 의거하여 한 항목을 보충했으므로 16-6이 된다.
81   『禮記』樂記 19-12.

聲粗以厲, 愛心感者, 其聲和以柔. 是剛氣易失之怒, 柔氣易失之懾.

先王知樂之感人如此. 故合天地生氣之和, 道人性五常之行, 使之陽氣宜散而不散, 陰氣宜密而不密, 一適天地之和以暢之而已. 周語言'氣無滯陰亦無散陽', 是也. 剛氣宜怒而不怒, 柔氣宜懾而不懾, 一適人性之和以暢之而已. 記言'樂行倫清血氣和平', 是也.

周官典同, 掌六律六同之和, 以辨陰陽之聲. 陂聲散, 險聲斂, 正聲緩. 陂則陽而散, 險[82]則陰而密. 陽而不至於散, 陰而不至於密, 其正聲之緩乎! 論陰陽如此, 則剛柔可知矣. 凡四暢交於一體之中, 而發作於一體之外, 則陰陽皆安其位, 而陽不奪陰而散, 陰不奪陽而密, 剛柔皆安其位, 而柔不奪剛而懾, 剛不奪柔而怒. 夫然則聲應相保而爲和, 細大不踰而爲平, 而樂之道歸焉耳.

書以八音克諧無相奪倫, 爲舜樂之成, 詩以笙磬同音以籥不僭, 爲周樂之美, 皆此意歟! 記言宮商角徵羽之音, 而曰 : "五者皆亂, 迭相陵, 謂之慢." 然則五音皆亂, 非所謂皆安其位, 迭相陵, 非所謂不相奪. 是亦怒怨哀思之音而已, 豈記所謂治世之音安以樂哉?

剛柔言氣, 而陰陽不言者, 陰陽氣之大者也, 於氣言剛柔, 則陰陽舉矣. 陰陽之氣, 自得之於天者言之, 剛柔之氣, 自得之於地者言之.

악이란 음으로 말미암아 생기니, 그 근본은 인심이 외물(外物)에 감응하는 데에 있다. 그러므로 기쁨을 느끼는 자는 그 소리가 퍼지면서 흩어지고, 슬픔을 느끼는 자는 그 소리가 메마르면서 쇠미하다. 양기(陽氣)는 쉽게 흩어지는 경향이 있고, 음기(陰氣)는 쉽게 응축되는 경향이 있기 때문이다. 분노를 느끼는 자는 그 소리가 거칠면서 사납고, 사랑을 느끼는 자는 그 소리가 온화하면서 부드럽다. 강기(剛氣)는 쉽게 노하는 경향이 있고, 유기(柔氣)는 쉽게 두려워하는 경향이 있기 때문이다.

이와 같이 선왕은 악이 사람을 감동시키는 것을 알았기 때문에, 천지

---

82 대본에 '斂'으로 되어 있으나, 문맥상 '險'이어야 통하므로 '險'으로 바로잡았다.

(天地) 사이에 있는 생기(生氣)의 화(和)를 합치고 인성(人性)에 간직되어 있는 오상(五常)의 행실을 인도하여, 흩어지는 속성을 지닌 양기(陽氣)를 흩어지지 않게 하고, 응축되는 속성을 지닌 음기(陰氣)를 응축되지 않게 하여서, 한결같이 천지의 화(和)에 어울리게 하여 화창하게 했을 따름이다. 「주어(周語)」에 "적체된 음기(陰氣)도 없고 또한 흩어진 양기(陽氣)도 없다"[83]라고 한 것이 이것이다. 분노의 속성을 지닌 강기(剛氣)를 노하지 않게 하고, 두려움의 속성을 지닌 유기(柔氣)를 두려워하지 않게 하여서, 한결같이 인성(人性)의 화(和)에 어울리게 하여 화창하게 했을 따름이다. 『예기』에 "악이 행해지면 인륜이 맑아지고 혈기가 화평해진다"[84]라고 한 것이 이것이다.

주관(周官)의 전동(典同)은 6율(六律)과 6동(六同)의 화(和)를 관장해서 음양(陰陽)의 소리를 분별했다. 종(鐘)의 형체가 한쪽으로 치우쳐 있으면 소리가 산만하고, 기울어 있으면 소리가 안으로 기어들고, 알맞으면 소리가 완만하다.[85] 한쪽으로 치우치면 양(陽)이 흩어지고, 기울면 음(陰)이 응축되니, 양(陽)이면서도 흩어지는 데 이르지 않고 음(陰)이면서도 응축되는 데 이르지 않는 것은 알맞게 나오는 완만한 소리이다. 음양의 소리를 논한 것이 이와 같으니 강(剛)·유(柔)를 알 수 있다.

무릇 음·양·강·유의 네 기운이 마음속에서 화창하게 펼쳐져 밖으로 발현되면, 음양이 모두 그 자리를 편히 여겨, 양기(陽氣)가 음기(陰氣)를 침탈하여 흩어지지 않고, 음기가 양기를 침탈하여 응축되지 않으며, 강유가 모두 그 자리를 편히 여겨, 유기(柔氣)가 강기(剛氣)를 침탈하여 두려워하지 않고, 강기가 유기를 침탈하여 분노하지 않는다. 따라서 소리가 응하여 서로 보전하여 조화를 이루고, 가는 소리와 큰 소리가 서로 넘지 않아 공평하게 되니,[86] 악의 도(道)가 귀결된다.

83　『國語』周語下 3-6.

84　『禮記』樂記 19-13.

85　『周禮』春官 / 典同 0.

『서경』에서 팔음(八音)의 악기가 잘 어울려 서로 저마다 지닌 조리(條理)를 빼앗지 않는 것을 순임금의 훌륭한 악(樂)으로 여기고[87] 『시경』에서 생(笙)과 경(磬)이 조화롭게 울리고 약무(籥舞)가 어지럽지 않은 것을 주나라의 아름다운 악으로 여긴 것[88]은 모두 이와 같은 뜻이다!

『예기』에 "궁·상·각·치·우의 오음이 모두 어지러워 서로 능멸하는 것을 만(慢)이라 일컫는다"[89]라고 하였다. 오음이 모두 어지럽다는 것은 이른바 '모두 그 자리를 편히 여기는 것'이 아니고, 서로 능멸한다는 것은 이른바 '서로 침탈하지 않는 것'이 아니다. 이런 음악은 분노와 원망에 차있고 시름에 잠긴 음악이니, 어찌 『예기』에 이른바 '치세(治世)의 편안하고 즐거운 음악'[90]이겠는가?

본문에서 강유(剛柔)에 대해서는 기(氣)라는 말을 썼는데 음양(陰陽)에 대해서는 쓰지 않은 것은 음양은 기(氣)가 크므로, 강유에 기(氣)를 말했으면 음양도 아울러 거론된 셈이기 때문이다. 즉, 음양의 기는 하늘에서 얻어진 기(氣)를 말하고, 강유의 기는 땅에서 얻어진 기를 말한다.

---

86   소리가～되니 : 『國語』 周語下 3-6.
87   『書經』 虞書 / 舜典 3.
88   『詩經』 小雅 / 鼓鐘.
89   『禮記』 樂記 19-1.
90   『禮記』 樂記 19-1.

권17 예기훈의(禮記訓義)

악기(樂記)

악기(樂記)

17-1. 然後立之學等, 廣其節奏, 省其文采, 以繩德厚, 律小大之稱,
比終始之序, 以象事行, 使親疏貴賤長幼男女之理, 皆形見於樂. 故
曰 樂觀其深矣.

  그런 뒤에 악학(樂學)의 교육과정을 세워, 그 절주를 넓히고 문채를 간
략하게 하여,[1] 사람이 본래 지니고 있는 후한 덕을 바르게 했으며, 소대
(小大)의 기준을 밝히고 종시(終始)의 순서를 알맞게 하여, 이것으로 일과
행실을 상징하여 친소(親疏)·귀천(貴賤)·장유(長幼)·남녀의 이치가 모

―――――――

1　『禮記集說大全』에서 진호(陳澔)는 "省其文采, 省察其音曲之辭, 使五聲之相和相應,
　　若五色之雜以成文采也"라고 하여 '省'을 '살피다'로 풀이하였으나, 여기서는 진양의
　　설을 따라 번역하였다.

두 악(樂)에 드러나도록 했다. 그러므로 '악에서 보는 바가 심오하다'고
말하는 것이다.[2]

教不可陵節, 學不可躐等. 先王之於樂, 本之情性以爲情, 稽之度數
以爲文, 制之禮義以爲文飾, 非獨以善吾身, 又將以教諸人也. 故始之
以中和祇庸孝友之樂德, 中之以興道諷誦言語之樂語, 終之以二帝三
王之樂舞, 始之以十三舞勺, 中之以成童舞象, 終之以二十舞大夏. 其
立之樂等, 用其才之差, 而使習之如此.

抑又使之廣其節奏, 而不爲簡節之音, 省其文采, 而不爲繁文之樂,
則德之忠實, 而端厚者, 故足繩之使不淫矣. 周官小師掌六樂之節, 鐘
師掌九夏之奏, 節奏之辨也. 樂之止有節, 其作有奏, 兩者合而成文, 則
文采而. 采爲文之實, 文爲采之華. 節奏文采, 均聲之節而已. 君子動
其本, 然後治其飾. 治飾之道, 欲始博而終約. 始博之節奏, 不可以不
廣, 終約之文采, 不可以不省. 廣節奏, 省文采, 以繩德厚, 則能使人復
性之靜, 而不逐物之動. 又何窮人欲, 滅天理之有? 誠推而行之, 通萬世
而無弊矣.

律述此者也, 比輔此者也. 樂之於天下, 其體固有小大, 其用固有終
始, 蓋難以一隅擧. 述之以小大之稱, 則大小相成, 而無輕重之不等, 輔
之以終始之序, 則終始相生, 而無先後之不倫. 以此象乎事行, 則事容
有小大終始矣.

繩德厚以爲性, 象事行以爲行, 則越之聲音, 形之動靜, 一遠一近而
親疏之理存焉, 一上一下而貴賤之理存焉, 一先一後而長幼之理存焉,
一內一外而男女之理存焉. 能使是理莫不形見於樂, 豈不原於律小大
之稱, 比終始之序, 以使之邪?

統而論之, 先王本之情性, 則合生氣之和, 道五常之行, 使夫陰陽剛

柔, 皆安其位, 而不相奪, 所以觀其和之深也. 稽之度數, 則立之學等,
廣其節奏, 省其文采, 以繩德厚, 而使之戒謹, 所以觀其德之深也. 制之
禮義, 則律小大之稱, 比終始之序, 以象事行, 而使之可則. 所以觀其事
之深也. 使之親疏貴賤長幼男女之理, 皆形見於樂, 所以觀其理之深也.
故曰: "樂觀其深矣."

乃若芒忽而無形, 幽昏而無聲, 居於杳冥而已, 則又樂深之又深. 載
道而與之俱, 微妙玄通, 且將不可識, 況得而觀之乎?

교육은 정해진 절차를 뛰어 넘으면 안 되고, 학습은 등급을 뛰어 넘으
면 안 된다. 선왕이 악을 지을 때, 정(情)·성(性)에 근본하여 정(情)을 표
현하고, 도수(度數)를 헤아려 문채를 내며, 예의(禮義)를 제정하여 문식(文
飾)한 것은 자신을 착하게 할 뿐 아니라 사람들을 교화시키려는 것이다.
그러므로 처음에는 중(中)·화(和)·지(祇)·용(庸: 떳떳함)·효(孝)·우(友)
등의 악덕(樂德)을 익히고, 중간에는 흥(興)·도(道)·풍(諷)·송(誦)·언
(言)·어(語) 등의 악어(樂語)를 익히며, 마지막에는 이제삼왕(二帝三王)의
악무(樂舞)[3]를 익히게 하였고,[4] 13살에는 《작(勺)》을 추고, 성동(成童: 15살
이상)에는 《상(象)》을 추며, 20살에는 《대하(大夏)》를 추게 했으니, 악학의
교육과정을 세워 재능의 차이에 따라 익히게 한 것이 이와 같다.

또 그 절주를 넓혀서 지나치게 단조로운 음(音)을 연주하지 않고, 문채
를 간략하게 하여 지나치게 번잡한 악(樂)을 연주하지 않음으로써, 덕을
충실하고 돈독하게 했으므로, 본래 지니고 있는 덕을 바르게 하여 음란

---

3   『周禮』 春官 / 大司樂에 「以樂舞教國子, 舞雲門大卷大咸大韶大夏大濩大武」라고 하
     였는데, 진양은 《운문대권(雲門大卷)》·《대함(大咸)》을 요임금의 악, 《대소(大韶)》
     를 순임금의 악, 《대하(大夏)》를 우왕의 악, 《대호(大濩)》를 탕왕의 악, 《대무(大武)》
     를 무왕의 악으로 풀이하였으므로, 이제삼왕(二帝三王)의 악이라는 표현한 것이다.
     그러나 『樂書』 5-3과 13-5에서는 '黃帝之咸池'라 하여 《함지》를 황제의 악이라고 표
     현한 곳도 있다. 참고로 『周禮注疏』에서 정현은 《운문대권》을 황제의 악, 《함지》를
     요임금의 악, 《대소》를 순임금의 악, 《대하》를 우왕의 악, 《대호》를 탕왕의 악, 《대
     무》를 무왕의 악으로 풀이하였다.
4   처음에는~하였고: 『周禮』 春官 / 大司樂 1.

해지지 않게 하였다. 주관(周官)의 소사(小師)가 육악(六樂)의 절도를 관장하고,[5] 종사(鐘師)가 구하(九夏)의 악을 관장한 것이[6] 절주를 분변한 것이다. 악을 그칠 때엔 절도 있게 하고 시작할 때는 화락(和樂)하게 연주하여, 절도 있게 맺는 것[節]과 화락하게 연주하는 것[奏]이 합해져 아름다움을 이루면 문채(文采)가 난다. 채(采 : 광채)는 문(文)의 열매이고 문(文)은 채(采)의 꽃이다. 절주와 문채는 다 같이 소리를 꾸미는 것일 따름이다.

군자는 근본을 움직인 뒤에 꾸민다. 꾸미는 도는 처음에는 펼쳐나가다가 끝에 가서는 요약하는 것이다. 따라서 처음에 펼쳐나가는 절주는 넓게 하지 않을 수 없고, 끝에 마무리 짓는 문채는 간략하게 하지 않을 수 없다. 절주를 넓히고 문채를 간략하게 하여, 본래 지니고 있는 후한 덕을 바르게 하면, 사람들이 본성의 고요함을 회복하고 외물(外物)의 움직임을 좇지 않을 것이니, 어찌 인욕(人欲)을 맘껏 채우고 천리(天理)를 없애겠는가? 진실로 이를 미루어 행하면 만세(萬世)토록 폐단이 없을 것이다.

율(律)은 이를 밝히는 것이고, 비(比)는 이를 도와서 알맞게 하는 것이다. 악(樂)은 천하에 있어서, 그 체(體)에 진실로 소대(小大)가 있고 그 용(用)에 진실로 종시(終始)가 있으니, 대개 한쪽만을 행하기는 어렵다. 소대(小大)의 기준을 밝히면 대소(大小)가 서로 이루어져 경중(輕重)이 알맞지 않음이 없고, 종시(終始)의 순서를 알맞게 하면 종시가 서로 낳아서 선후가 맞지 않음이 없으니, 이것으로 일[事]과 행실[行]을 상징하면, 일에 소대(小大)와 종시(終始)가 있게 된다.

본래 지니고 있는 후한 덕을 바르게 한 것이 성(性)이고, 일과 행실을 상징한 것이 행실이니, 성음(聲音)으로 표현하고 동정(動靜)으로 형용하되,

---

5　『周禮』春官 / 小師 0.「掌六樂聲音之節與其和.」
6　『周禮』春官 / 鐘師 0. 구하(九夏)는 《왕하(王夏)》·《사하(肆夏)》·《소하(昭夏)》·《납하(納夏)》·《장하(章夏)》·《제하(齊夏)》·《족하(族夏)》·《개하(祴夏)》·《오하(驁夏)》이다.

한번 멀리 하고 한번 가까이 하는 사이에 친소(親疏)의 이치가 있고, 한번 올리고 한번 내리는 사이에 귀천의 이치가 있으며, 한번 먼저 하고 한번 뒤에 하는 사이에 장유의 이치가 있고, 한번 안으로 하고 한번 밖으로 하는 사이에 남녀의 이치가 있게 된다. 이런 이치가 악(樂)에 드러나지 않음이 없는 것은 소대의 기준을 밝히고 종시의 순서를 알맞게 했기 때문이 아니겠는가?

통괄해서 논하면, 선왕이 정(情)과 성(性)에 근본하여 생기(生氣)의 화(和)를 합치고 오상(五常)의 행실을 인도하여 음(陰)·양(陽)·강(剛)·유(柔)가 모두 그 자리를 편히 여겨 서로 침탈하지 않는 데서 화(和)의 깊이를 볼 수 있다. 도수를 헤아리어 악학의 교육과정을 세워 절주를 넓히고 문채를 간략하게 하여 본래 지니고 있는 후한 덕을 바르게 하여 삼가는 데서 덕의 깊이를 볼 수 있다. 예의를 제정하여 소대의 기준을 밝히고 종시의 순서를 알맞게 하여, 일과 행실을 상징하여 본받을 만하게 하는 데서 일의 깊이를 볼 수 있다. 친소·귀천·장유·남녀의 이치가 모두 악에 드러나게 하는 데서 이치의 깊이를 볼 수 있다. 그러므로 '악에서 보는 바가 심오하다'고 말하는 것이다.

그러나 어슴푸레하여 아무 형체가 없고[7] 그윽하고 어두운 가운데 아무 소리도 없이 그윽하고 어두운 근원의 세계에 머물러 있는[8] 악은 깊고도 깊으며, 도(道)를 싣고 도와 일체가 되는 경지[9]는 미묘하고 심원하여 알 수 없거늘, 하물며 볼 수 있겠는가?

17-2. 土敝則草木不長, 水煩則魚鼈不大, 氣衰則生物不遂. 世亂則禮慝而樂淫. 故其聲哀而不莊, 樂而不安, 慢易以犯節, 流湎以忘本. 廣則容姦, 狹則思欲, 感條暢之氣, 而滅平和之德. 是以君子賤之也.

---

7   어슴푸레하여 아무 형체가 없고:『莊子』至樂 18-1.
8   그윽하고~있는:『莊子』天運 14-3.
9   도(道)를~경지:『莊子』天運 14-3.

땅을 가꾸지 않아 황폐해지면 풀과 나무가 자라지 못하고, 시도 때도 없이 그물질하여 물결이 요동치면 물고기와 자라가 크지 못하고, 기(氣)가 쇠하면 생물이 제대로 이루어지지 못한다. 이처럼 세상이 혼란하면 예가 사특(邪慝)해지고 악이 음란해진다. 그러므로 그 소리가 슬프기만 하고 장경(莊敬)하지 못하며, 즐겁되 편안하지 못하며, 태만하고 경솔하여 절도(節度)를 범하고, 방종에 흐르고 빠져 근본을 잊어버린다. 넓으면 간사함을 받아들이고, 좁으면 탐욕스런 생각을 하여 화창한 기(氣)를 손상시키고 화평한 덕을 없애버린다. 그러므로 군자는 이를 천하게 여긴다.[10]

土非作乂則敝, 敝則草木爲之不長. 水非適可則煩, 煩則魚鼈爲之不大. 氣非充盛則衰, 衰則生物爲之不遂. 世非平治則亂, 亂則禮慝而樂淫. 此天地自然之理, 人道必至之患也.

蓋禮以順人情爲善, 一有不順, 是慝禮已. 樂以適中正爲雅, 一有不適, 是淫樂已. 禮慝不足以善物, 樂淫不足以化俗. 故其聲哀矣, 外貌爲之不莊, 其聲樂矣, 中心爲之不安, 或慢易以簡節, 反以犯其節, 或流湎以逐末, 反以忘其本. 廣則嘽緩而容姦以亂正, 狹則急數而思欲以害道. 如此則感動條暢之順氣, 而殄滅和平之至德, 其何以動四氣之和, 奮至德之光乎? 是以君子賤之也. 蓋同異相濟爲和, 高下一致爲平. 詩曰: "神之聽之, 終和且平." 易曰: "聖人感人心, 而天下和平."

國語曰: "物得其常曰樂極, 極[11]之所集曰聲, 聲應相保曰和, 細大不踰曰平." 則陽而不散, 陰而不密, 剛氣不怒, 柔氣不懾, 是和之德也. 四暢交於中, 而發作於外, 皆安其位, 而不相奪, 是平之德也. 感條暢之氣, 而滅平和之德, 非治世之樂也, 亂世之音而已. 君子賤之, 不亦宜乎?

---

10 『禮記』 樂記 19-12.
11 대본에는 '樂'으로 되어 있으나, 『國語』에 의거하여 '極'으로 바로잡았다.

荀卿有云："先王貴禮樂, 而賤邪音. 其在序官也, 修憲命, 審詩商, 禁淫聲, 以時順修, 使夷俗邪音, 不敢亂雅, 太師之事也." 由是觀之, 禮慝而樂淫, 雖有司失職, 亦世亂所致而已. 然則君子賤之, 其有意於復先王所貴者邪. 傳不云乎："煩手淫聲, 滔湮心耳, 君子賤之." 又曰："樂所以成政也. 故先王貴之." 史記以條暢之氣爲滌蕩之氣, 是不知, 商人滌蕩其聲, 所以爲盛美之意也.

땅을 가꾸지 않으면 황폐해지고, 황폐해지면 풀과 나무가 자라지 못한다. 적당한 때에 그물질을 하지 않으면 물이 시도 때도 없이 요동치고, 물결이 요동쳐 물고기와 자라가 불안하게 이리저리 피해 다니게 되면 크지 못한다. 기(氣)가 왕성하지 못하면 쇠하게 되고, 쇠하면 생물이 제대로 이루어지지 못한다. 세상이 잘 다스려지지 않으면 혼란해지고, 혼란하면 예가 사특해지고 악이 음란해진다. 이는 천지자연의 이치로서, 사람이 살면서 겪게 되는 근심거리이다.

대체로 예는 인정(人情)을 따르는 것을 훌륭하게 여기니, 만일 인정을 따르지 않으면 사특한 예이다. 악은 중정(中正)에 맞는 것을 아정(雅正)하게 여기니, 만일 중정에 맞지 않으면 음란한 악이다. 예가 사특하면 만물(萬物)을 선(善)하게 할 수 없고, 악이 음란하면 풍속을 아름답게 바꿀 수 없다. 이런 경우 소리가 슬프면 외모가 그 때문에 장경(莊敬)하지 않고, 소리가 즐거우면 마음이 그 때문에 안정되지 않는다. 혹 태만하고 경솔하여 절차를 지나치게 간략하게 하다가 도리어 절도(節度)를 범하고, 혹 방종에 흐르고 빠져 말단적인 것을 좇다가 도리어 근본을 잊는다.

넓으면 해이해져 간사함을 받아들여 정의를 어지럽히고, 좁으면 조급하게 탐욕스런 생각을 하여 도(道)를 해친다. 이렇게 되면 화창한 순기(順氣)를 손상시키어 화평한 지덕(至德)을 없애니, 어떻게 사기(四氣 : 陰·陽·剛·柔)를 조화롭게 움직이고, 지덕(至德)의 광채를 떨칠 수 있겠는가? 그러므로 군자가 이를 천하게 여기는 것이다. 대체로 동(同)과 이(異)를 서로 어울리게 하는 것이 화(和)이고, 고(高)와 하(下)를 일치시키는 것이 평

(平)이다. 『시경』에 "신(神)이 들어주어 마침내 화평하게 되리라"[12]라고 했고, 『주역』에 "성인(聖人)이 인심을 감동시켜 천하가 화평해진다"[13]라고 했다.

『국어』에 "만물이 떳떳함을 얻은 것을 즐거움의 극치라 하고, 즐거움의 극치가 모인 것을 정성(正聲)이라 하며, 성(聲)이 응하여 서로 보전해주는 것을 화(和)라 하고, 세성(細聲)과 대성(大聲)이 서로 침탈하지 않는 것을 평(平)이라 한다"[14]라고 했으니, 양(陽)이 흩어지지 않고 음(陰)이 응축되지 않으며, 강기(剛氣)가 노하지 않고 유기(柔氣)가 두려워하지 않으면, 이것이 화(和)의 덕이다. 사기(四氣)가 마음속에서 화창하게 교류하여 밖으로 발현되어, 모두 그 자리를 편히 여겨 서로 침탈하지 않으면, 이것이 평(平)의 덕이다. 화창한 기운을 손상시키어 화평한 덕을 없애는 것은 치세(治世)의 악(樂)이 아니라 난세(亂世)의 음(音)일 따름이니, 군자가 천하게 여기는 것이 또한 마땅하지 않은가?

순경이 "선왕은 예악을 귀하게 여기고 사음(邪音)을 천하게 여기었다. 그러므로 관직의 임무를 정할 때에, 법령을 밝히고 시가(詩歌)를 살피며 음란한 음악을 금하여 때에 맞게 정비하여, 오랑캐의 저속한 사음(邪音)이 감히 아악을 어지럽히지 못하게 하는 것은 태사(太師)[15]의 직분(職分)이다"[16]라고 하였다.

이로 보건대, 예가 사특하고 악이 음란한 것은 유사(有司)가 일을 제대로 못해 빚어진 일이긴 하지만, 또한 세상이 혼란하여 생긴 일이기도 하다. 그러하니 군자가 이를 천하게 여기는 것은 선왕이 귀하게 여긴 바를

---

12 『詩經』 小雅 / 伐木.
13 『周易』 咸卦 2. 「天地感而萬物化生, 聖人感人心而天下和平, 觀其所感而天地萬物之情, 可見矣【천지가 감동하여 만물이 화생(化生)하고 성인(聖人)이 인심을 감동시켜 천하가 화평하니, 감동하는 바를 보면 천지 만물의 정을 볼 수 있으리라.】」
14 『國語』 周語下 3-6.
15 태사(太師) : 악관(樂官)의 장(長).
16 『荀子』 樂論 20-5.

회복하기 위해서이다.

전(傳)에 "손을 요란하게 흔들고 소리를 음란하게 질러서 마음과 귀를 방탕에 젖게 하는 것을 군자는 천하게 여긴다"[17]라고 하지 않았던가? 또 말하기를 "악은 정치를 이루는 근원이 된다. 그러므로 선왕이 귀하게 여긴다"[18]라고도 했다. 『사기(史記)』에는 '조창지기(條暢之氣)'가 아닌 '척탕지기(滌蕩之氣)'로 쓰여 있는데,[19] 이는 '은나라 사람들이 소리를 울려 퍼지게 하는 것[滌蕩]을 성대하고 아름답게 여겼던 사실'[20]을 몰랐기 때문이다.

17-3. 凡姦聲感人, 而逆氣應之, 逆氣成象, 而淫樂興焉. 正聲感人, 而順氣應之, 順氣成象, 而和樂興焉. 倡和有應, 回邪曲直, 各歸其分. 而萬物之理, 各其類相動也.

무릇 간성(姦聲)이 사람을 감응시키면 역기(逆氣)가 응하고, 역기가 형상을 이루어 음란한 음악이 일어난다. 정성(正聲)이 사람을 감응시키면 순기(順氣)가 응하고, 순기가 형상을 이루어 화평한 음악이 일어난다. 선창과 화답에 응함이 있어서 회사곡직(回邪曲直)이 각각 그 분수에 따라 귀결되니, 만물의 이치가 각기 선악의 유(類)에 따라 서로 감응하여 움직이는 것이다.[21]

聲樂之象也, 其發而感人, 不能無姦正. 氣體之充也, 其出而感聲, 不能無逆順. 蓋樂者天地之和, 正聲之所止是也, 而姦聲則乖此而已. 人者天地之委和, 順氣之所鍾者也, 而逆氣則反此而已.

然氣合於無, 象見於有, 相感而文生. 文之所生, 則象之所見也, 象之

---

17 『春秋左氏傳』昭公 원년(12).
18 『國語』周語下 3-7.
19 『史記』樂書 24 / 1209쪽. 「感滌蕩之氣 而減平和之德 是以君子賤之也.」
20 『禮記』郊特牲 11-27. 「殷人尚聲 臭味未成 滌蕩其聲」
21 『禮記』樂記 19-13.

所見, 則樂之所形也. 易曰 : "見乃謂之象, 形乃謂之器也." 凡姦聲感人, 而逆氣應之, 逆氣成象, 而淫樂興焉, 則新樂之發, 非治世之音也. 正聲感人, 而順氣應之, 順氣成象, 而和樂興焉, 則古樂之發, 非亂世之音也.

今夫命有正有不正, 性有善有不善, 道有君子有小人, 德有凶有吉. 然則聲有姦正・氣有逆順・樂有淫和, 不亦感應自然之符耶? 聲之姦正, 旣異其所倡, 則氣之逆順, 亦異其所和, 可謂倡和有應矣. 逆氣成象而淫樂興, 順氣成象而和樂興, 可謂回邪曲直各歸其分矣. 凡此非特人爲然, 萬物有成理而不說, 亦莫不各以氣類相感動也. 古之人, 當春而叩商弦以召南呂, 涼風忽至, 草木成實, 及秋而叩角弦以激夾鐘, 溫風徐回, 草木發榮, 當夏而叩羽弦以召黃鍾, 雪霜交下, 川池暴沍, 及冬而叩徵弦以激蕤賓, 陽光熾烈, 堅冰立散, 將終²²命宮而總四弦, 則景風翔, 慶雲浮, 甘露降, 醴²³泉涌. 以至瓠巴鼓瑟,²⁴ 而鳥舞魚躍, 師曠奏角而雲行雨施, 鄒衍吹律而寒谷黍滋, 豈非萬物之理各以類相動邪?

荀卿曰 : "凡姦聲感人, 而逆氣應之, 逆氣成象, 而亂生焉, 正聲感人, 而順氣應之, 順氣成象, 而治生焉. 唱和有應, 善惡相象. 故君子謹其所去就也." 樂記本樂之和淫 言之, 繼之以回邪曲直各歸其分, 荀卿本世之治亂言之, 繼之以善惡相象, 相爲終始故也. 君子於此可不謹所感乎?

성(聲)은 악(樂)의 상(象)이니,²⁵ 발(發)하여 사람을 감응시킴에 간성(姦聲)과 정성(正聲)이 없을 수 없다. 기(氣)는 몸을 채우는 것이니, 나와서 성(聲)에 감응됨에 역기(逆氣)와 순기(順氣)가 없을 수 없다. 악이란 천지의 조화이므로²⁶ 정성(正聲)이 깃들어야 하니, 간성(姦聲)은 이에 어긋날 뿐이다.

22　대본에는 '終歲'로 되어 있으나, 『列子』에 의거하여 '將終'으로 바로잡았다.
23　대본에는 '澧'로 되어 있으나, 사고전서 『樂書』에 의거하여 '醴'로 바로잡았다.
24　대본에는 '琴'으로 되어 있으나, 『韓詩外傳』 권6과 『樂書』 41-3에 의거하여 '瑟'로 바로잡았다.
25　『禮記』 樂記 19-16.
26　악이란 천지의 조화이므로 : 『禮記』 樂記 19-4.

사람이란 천지가 조화로움을 맡긴 존재이므로[27] 순기(順氣)가 모여야 하니, 역기(逆氣)는 이와 반대일 뿐이다.

그런데 기(氣)는 무(無)와 합하고[28] 상(象)은 유(有)에 나타나는데, 서로 감응하여 문채가 생긴다. 문채가 생기면 상(象)으로 나타나고, 상(象)으로 나타나면 악(樂)으로 형용된다. 『주역』에 "나타난 것을 상(象)이라 하고 형체를 기(器)라 한다"[29]라고 했다. 무릇 간성이 사람을 감응시키면 역기가 응하고 역기가 상(象)을 이루어 음란한 음악이 일어난다. 따라서 신악(新樂)은 치세(治世)의 음악이 아니다. 정성(正聲)이 사람을 감응시키면 순기가 응하고 순기가 상을 이루어 화평한 음악이 일어난다. 따라서 고악(古樂)은 난세(亂世)의 음악이 아니다.

명(命)에 정(正)과 부정(不正)이 있으며, 성(性)에 선(善)과 불선(不善)이 있으며, 도(道)에 군자와 소인이 있으며, 덕에 흉(凶)과 길(吉)이 있다. 그렇다면 성(聲)에 간(姦)과 정(正)이 있고, 기(氣)에 역(逆)과 순(順)이 있으며, 악(樂)에 음(淫)과 화(和)가 있는 것은 자연히 감응하여 나타난 결과가 아니겠는가? 간성과 정성이 선창하는 것이 다름에 따라 역기와 순기가 화답하는 것이 다르므로, '선창과 화답에 응함이 있다'고 일컬은 것이다. 역기가 상을 이루면 음란한 음악이 일어나고 순기가 상을 이루면 화평한

---

27 『莊子』知北遊 22-4.「舜問乎丞曰：“道可得而有乎？” 曰：“汝身非汝有也, 汝何得有夫道？” 舜曰：“吾身非吾有也, 孰有之哉？” 曰：“是天地之委形也, 生非汝有, 是天地之委和也, 性命非汝有, 是天地之委順也. 孫子非汝有, 是天地之委蛻也"【순임금이 승(丞)에게 물었다. “도(道)를 가질 수 있습니까？” 승이 말했다. “당신의 몸뚱이도 당신 것이 아닌데 당신이 어떻게 도를 가질 수 있겠습니까？” 순임금이 말했다. “내 몸뚱이가 내 것이 아니라면 누구 것이란 말이오？” 승이 말했다. “그것은 천지자연이 모습을 맡긴 것입니다. 삶이 당신의 것이 아니라 천지자연이 조화로움을 맡긴 것이며, 성명(性命)이 당신의 것이 아니라 천지자연이 순조로움을 맡긴 것입니다. 자손들이 당신의 것이 아닙니다. 천지자연이 허물을 맡긴 것입니다.】

28 『列子』제4편 仲尼.「亢倉子曰：“我體合於心, 心合於氣, 氣合於神, 神合於無"【경창자가 말하였다. “제 몸은 마음과 합하고, 마음은 기(氣)와 합하며, 기는 신(神)과 합하고, 신은 무(無)와 합합니다."】

29 『周易』繫辭上傳 11.

음악이 일어나므로, '회사곡직(回邪曲直)이 각각 그 분수에 따라 귀결된다'
고 한 것이다.

사람이 하는 일만 이런 것이 아니다. 만물은 이루어진 이치를 가지고
있으면서 말하지 않을 뿐이니,[30] 만물 또한 각각 기류(氣類)로 서로 감동
하지 않음이 없다. 옛사람이 봄에 상현(商弦)을 타서 남려를 부르니 서늘
한 바람이 홀연히 불어와 초목이 열매를 맺고, 가을에 각현(角弦)을 타서
협종을 격동시키니 따스한 바람이 살며시 감돌아 초목이 꽃을 피우고,
여름에 우현(羽弦)을 타서 황종을 부르니 눈서리가 휘몰아치고 냇물이 갑
자기 얼어붙고, 겨울에 치현(徵弦)을 쳐서 유빈을 격동시키니 햇볕이 쩽
쩽 비치어 단단한 얼음이 녹아버리고,[31] 그만 마치고자 궁(宮)에 명해서
사현(四弦)을 총괄하게 하니, 상서로운 바람이 불고 오색구름이 떠다니며
감로(甘露)가 내리고 단물이 샘솟았으며,[32] 호파(瓠巴)가 슬(瑟)을 연주하자
새가 춤추고 물고기가 뛰어 올랐으며, 사광(師曠)이 각조(角調)의 악곡을
연주하자 구름이 몰려와 비가 내리고,[33] 추연(鄒衍)[34]이 율관을 불자 추운
골짜기에서 기장이 자라났으니, 어찌 만물의 이치가 각각 유(類)로써 서
로 움직인 것이 아니겠는가?

그러므로 순경은 "무릇 간성이 사람을 감응시키면 역기(逆氣)가 응하
고, 역기가 상(象)을 이루면 혼란스러워진다. 정성이 사람을 감응시키면

---

30 만물은~뿐이니 : 『莊子』 知北遊 22-2.
31 상(商)은 가을, 각(角)은 봄, 치(徵)는 여름, 우(羽)는 겨울에 배합된다. 남려는 8월,
    협종은 2월, 황종은 11월, 유빈은 5월에 해당되니, 각각 가을, 봄, 겨울, 여름의 율이
    된다.
32 옛사람이~샘솟았으며 : 『列子』 권5. 정(鄭)나라의 사문(師文)이 사양(師襄)에게 금을
    배우고 나서, 터득한 경지이다.
33 춘추시대 장님 악사인 광(曠)이 진(晉)나라 평공(平公)을 위하여 《청각(清角)》을 연
    주하자 서북쪽에서 구름이 일어나고 비바람이 몰아치며 폭우가 쏟아졌다. 그 후 진
    평공은 병이 들어 앓아누웠고 진나라에는 큰 가뭄이 3년 동안 이어졌다고 한다.
34 추연(鄒衍) : 전국시대 제(齊)나라의 사상가로 음양오행설을 주창하였다. 『주운편(主
    運篇)』을 저술하였고, 『한서』 예문지에 『추자(鄒子)』, 『추자종시(鄒子終始)』 등의 책
    을 썼다는 기록이 있으나 전하지 않는다.

순기(順氣)가 응하고, 순기가 상(象)을 이루면 평안해진다. 선창하고 화답
하는데 응함이 있고, 선과 악이 서로 형상을 이루니, 군자는 행동거지를
삼간다"라고 했다.[35]

「악기(樂記)」에서는 '화평한 음악과 음란한 음악에 대해 말한 다음에
회사곡직(回邪曲直)이 각각 그 분수에 따라 귀결된다는 것으로 맺었으며,
순경은 세상의 치란(治亂)에 대해 말한 다음에 선과 악이 서로 형상을 이
룬다는 것으로 맺었다. 이는 서로 인과관계가 되기 때문이니, 군자가 감
응되는 바를 삼가지 않을 수 있겠는가?

17-4. 是故君子反情以和其志, 比類以成其行. 姦聲亂色不留聰明,
淫樂慝禮不接心術, 惰慢邪辟之氣不設於身體. 使耳目鼻口心知百
體, 皆由順正 以行其義.

그러므로 군자는 정(情)을 바른 곳으로 돌이키어 그 뜻을 조화롭게 하
고, 선악(善惡)의 유(類)를 판단하여 행실을 이룬다. 간성(姦聲)과 난색(亂
色)이 총명(聰明)을 가리지 않게 하고, 음란한 악과 사특(邪慝)한 예가 마음
에 접촉하지 않게 하며, 태만하고 편벽된 기(氣)가 몸에 배지 않도록 한
다. 그리하여 귀·눈·코·입·심지(心知)의 온몸 전체가 다 온순하고
바른 길을 따라 의(義)를 행한다.[36]

天下之情, 以正聲感之則和, 以姦聲感之則蕩. 天下之行, 以非類成
之則惡, 以正類 成之則善. 能反情以和其志, 則好濫之音莫能淫, 燕女
之音莫能溺, 其心一於和而已. 能比類, 以成其行, 則以道制欲, 而不以
欲忘道, 其迹一於善而已. 君子之於樂, 智及之而其志成於和, 仁能守
之而其行歸於善, 則其德全矣. 德全則性全, 而耳目聰明者, 性全故也.
性全則神全, 而心術內通者, 神全故也. 性全矣, 雖有姦聲亂色, 必去之

---

35   『荀子』 樂論 20-7.
36   『禮記』 樂記 19-13.

而不留. 神全矣, 雖有淫樂慝禮, 必郤之而不接.

然姦聲可以爲淫樂, 而淫樂不止於姦聲, 亂色可以爲慝禮, 而慝禮不
止於亂色. 姦聲亂色, 其入人也淺, 不能累吾聰明於其外, 淫樂慝禮, 其
入人也深, 不能蔽吾心術於其內. 夫然則惰慢邪辟之氣, 不設於身體,
使夫耳徹爲明, 鼻徹爲顫, 口徹爲甘, 心徹爲知, 知徹爲德, 而百體所
由, 無逆而非順, 無邪而非正, 以行吾義, 防淫泆而已. 尙何淫樂慝禮之
有乎? 傳曰'樂音君子之所養義者'此也.

若夫天機不張而五官皆備, 則天樂而已, 聖人之事也, 君子之由順正,
蓋又不足道. 然則君子反情, 以和其志, 豈徒然哉? 以之成己, 則比類以
成其行, 以之成物, 則廣樂以成其敎, 要之以反爲文, 一也.

천하의 정(情)은 정성(正聲)에 감응하면 화평해지고, 간성(姦聲)에 감응
하면 방탕해진다. 천하의 행실은 잘못된 행동을 하면 악(惡)해지고, 바른
행동을 하면 선(善)해진다. 정(情)을 바른 곳으로 돌이키어 그 뜻을 조화
롭게 하면, 방탕한 가락이 음란하게 하지 못하고, 호색적인 가락이 쾌락
에 빠뜨리지 못하므로, 그 마음이 늘 조화롭다. 선악을 분별하여 행실을
이루면 도(道)로써 욕망을 제어하여 욕망 때문에 도를 잃지 않으므로, 그
행실이 늘 선하다.

군자에게 있어서 악은, 지혜가 미치어 뜻을 조화롭게 하고 인(仁)으로
지키어 행실을 선에 귀결되게 함으로써 덕을 온전하게 하는 것이다. 덕
이 온전하면 성(性)이 온전하니, 이목이 총명한 것은 성(性)이 온전하기
때문이다. 성(性)이 온전하면 정신이 온전하니, 마음이 안으로 통하는 것
은 정신이 온전하기 때문이다. 성(性)이 온전하면 간성(姦聲)과 난색(亂色)
이 있을지라도 반드시 그것을 멀리하여 가까이 하지 않고, 정신이 온전
하면 음란한 음악과 사특한 예가 있을지라도 반드시 그것을 물리쳐서
접하지 않는다.

그런데 간성이 음란한 음악으로 되는 것이지만, 음란한 음악은 간성
에 그치지 않는다. 난색이 사특한 예로 되는 것이지만 사특한 예는 난색

에 그치지 않는다. 따라서 간성과 난색이 사람에게 끼치는 영향은 얕아서 총명을 밖에서 해치지만, 음란한 악과 사특한 예가 사람에게 끼치는 영향은 깊어서 마음을 안에서 가리운다.[37]

그러나 태만하고 편벽된 기를 몸에 배지 않도록 하여, 귀를 밝게 하고, 후각(嗅覺)을 예민하게 하고, 미각(味覺)을 달게 하며, 마음을 지혜롭게 하고, 지혜를 덕스럽게 하면, 모든 몸가짐과 마음가짐이 이치에 어그러짐이 없고 거짓됨이 없어서, 의(義)를 행하고 음일(淫佚)을 막을 따름이니, 어찌 음란한 음악과 사특한 예가 영향을 끼칠 수 있겠는가? 전(傳)에 "악음(樂音)은 군자가 의(義)를 기르는 것이다"[38]라고 한 것이 이것이다.

천기(天機)[39]를 인위적으로 펼치지 않아도 오관(五官)[40]이 모두 활동하는 것은 천락(天樂)[41]이다.[42] 이는 성인(聖人)의 일이니, '군자가 온순하고 바른 길을 따른다'는 것은 말할 필요도 없다. 군자가 정을 바른 데로 돌이키는 것이 어찌 뜻만 조화롭게 할 뿐이겠는가? 자신의 인격을 성숙시키니, 선악의 유(類)를 판단하여 바른 행실을 이루는 것이 그것이다. 다른 사람의 인격을 성숙시키니, 음악을 넓혀서 가르침을 이루는 것[43]이 그것이다. 요컨대 바른 데로 돌이키는 것을 아름다움으로 삼는다는 점에서 마찬가지이다.

17-5. 然後發以聲音, 而文以琴瑟, 動以干戚, 飾以羽旄, 從以簫管, 奮至德之光, 動四氣之和, 以著萬物之理.

37　대본에 '不能累吾聰明於其外' '不能蔽吾心術於其內'으로 되어 있으나, 문맥이 통하지 않아 '不'을 무시하고 번역하였다.

38　『史記』樂書 24 / 1236쪽.

39　천기(天機) : 하늘에서 부여받은 타고난 오성(悟性). 자연의 조화(造化).

40　오관(五官) : 사람의 다섯 감각 기관인 귀·눈·코·입·마음.

41　천락(天樂) : 마음 깊숙한 곳에서 우러나오는 천연의 즐거움. 화(和)를 체득하여 우러나오는 즐거움으로서 일시적이거나 상대적인 즐거움과는 다르다.

42　천기(天機)를~천락(天樂)이다 : 『莊子』天運 14-3.

43　음악을 넓혀서 가르침을 이루는 것 : 『禮記』樂記 19-15.

그런 뒤에야 성음(聲音)으로 나타내고, 금(琴)·슬(瑟)로 문채내며, 간(干)·척(戚)으로 움직이고, 우(羽)·모(旄)로 꾸미며, 소(簫)·관(管)으로 뒤따르게 하여, 지덕(至德)의 광채를 떨치고 사기(四氣: 陰陽剛柔)가 조화롭게 움직여, 만물의 이치를 드러낸다.[44]

君子之於樂, 反情以和其志, 比類以成其行, 本之情性也. 姦聲亂色, 不留聰明, 淫樂慝禮, 不接心術, 惰慢邪辟之氣, 不設於身體, 稽之度數也. 使耳目鼻口心知百體, 皆由順正以行其義, 制之禮義也. 本之情性以爲情, 稽之度數以爲文, 制之禮義 以爲節, 則樂之道備矣. 夫然後發以聲音而爲德音之音, 文以琴瑟而爲德之器, 動以干戚而爲武德之容, 飾以羽旄而爲文德之容, 從以簫管而爲備成之樂, 則性術之變盡矣. 此詩所以有簫管備擧之說歟!

以書推之, 夏擊鳴球搏拊琴瑟以詠, 爲堂上之樂, 下管鼗鼓至簫韶九成, 爲堂下之樂. 則發以聲音, 文以琴瑟, 堂上之樂也. 動以干戚, 飾以羽旄, 從以簫管, 堂下之樂也. 琴瑟作於堂上, 象廟朝之治, 簫管作於堂下, 象萬物之治. 則德自此顯, 足以奮至德之光, 氣自此調, 足以動四氣之和. 夫然則可以贊化育, 而與天地參矣. 萬物之理, 何微而不著乎?

呂氏春秋謂: "朱襄氏, 使士達作五絃之琴, 以和陰陽, 以定群生." 白虎通亦謂 "瑟君父有節臣子有義,[45] 然後四時和萬物生." 由一器推之如此, 則備成之樂, 足以奮至德之光, 動四氣之和, 以著萬物之理, 其勢然也. 黃帝張樂於東庭之野, 奏之以人, 徵之以天, 行之以禮義, 建之以太淸, 四時迭起, 萬物循[46]生, 則又進乎此矣.

荀卿曰: "鳳凰秋秋,[47] 其翼若干, 其聲若簫." 簫以比竹爲之, 其狀鳳

44　『禮記』樂記 19-13.
45　대본에는 '有君臣之節父子之義'로 되어 있으나, 『白虎通義』에 의거하여 '君父有節臣子有義'로 바로잡았다.
46　대본에는 '類'로 되어 있으나, 사고전서 『樂書』에 의거하여 '循'으로 바로잡았다.
47　대본에는 '于飛'로 되어 있으나, 『荀子』解蔽 21-3에 의거하여 '秋秋'로 바로잡았다.

翼, 其音鳳聲. 大者二十三管, 小者十六管. 是簫雖有管而非管, 夏至之
音也. 管則合兩以致用, 象簫而非簫, 十二月之音也. 周官之於簫管, 敎
之以小師, 播之以瞽矇, 吹之以笙師, 則簫管, 異器而同用, 要皆堂下之
樂而已. 燕禮: "下管新宮." 記曰: "下管象", 以管爲堂下之樂, 則簫亦
可知也. 荀卿謂: "君子以鐘鼓道志, 以琴瑟樂心, 動以干戚, 飾以羽旄,
從以磬管." 周頌謂: "鐘鼓喤喤, 磬管鏘鏘." 是皆合堂上下之樂而雜論
之, 非分而序之故也.

군자가 악을 행함에 정(情)을 바른 데로 돌이키어 뜻을 화(和)하게 하
며, 선악의 유(類)를 판단하여 행실을 이루는 것은 정성(情性)에 근본을 둔
것이다. 간성(姦聲)과 난색(亂色)이 총명을 가리지 않게 하며, 음란한 음악
과 사특한 예가 마음에 접촉하지 않게 하며, 태만하고 편벽된 기(氣)가
몸에 배지 않도록 하는 것은 도수(度數)를 헤아리는 것이다. 귀·눈·
코·입·심지(心知)의 온몸 전체가 다 온순하고 바른 길을 따라 의(義)를
행하는 것은 예의를 만드는 것이다. 정성(情性)에 근본하여 정(情)을 표현
하고 도수를 헤아려 문채내며 예의를 만들어 절도를 삼으면, 악(樂)의 도
가 갖추어진다.

그런 뒤에 성음(聲音)으로 발하여 덕음(德音)을 내고, 금(琴)·슬(瑟)로 문
채내어 덕기(德器)를 연주하며, 간(干)·척(戚)을 들고 활기차게 춤추어 무
덕(武德)의 모습을 표현하고, 우(羽)·모(旄)를 들고 우아하게 춤추어 문덕
(文德)의 모습을 표현하며, 소(簫)·관(管)을 연주해서 훌륭하게 갖추어진
음악(備成之樂)을 이루면, 성술(性術)의 변화가 여기에 다 표현된다. 이 때
문에 『시경』에 '소(簫)·관(管)을 갖추어 연주하도다'[48]라는 시구가 있게
된 것이다.

『서경』으로 미루어 보건대, 축(柷)·어(敔)·옥경(玉磬)·박부(搏拊)·금
(琴)·슬(瑟)을 연주하며[49] 노래하는 것은 당상악(堂上樂)이고, 당하에서 관

---

48   『詩經』周頌 / 有瞽.
49   『書經集傳』에 주를 낸 채침(蔡沈)은 알격(戛擊)과 박부(搏拊)를 '치다'와 '어루만지다'

(管)·도(鼗)·고(鼓)를 연주하는 것을 비롯하여 소소(簫韶)를 9번 연주하는 것 등은 당하악(堂下樂)이다.[50] 따라서 성음으로 나타내고 금·슬로 문채 내는 것은 당상악이고, 간·척으로 움직이고 우·모로 꾸미며 소·관으로 뒤따르게 하는 것은 당하악이다.

당상에서의 금·슬 연주는 조정의 다스림을 상징하고, 당하에서의 소·관 연주는 만물의 다스림을 상징한다. 따라서 덕이 여기에서 드러나면 족히 지덕(至德)의 광채를 떨치고, 기(氣)가 여기에서 조화되면 족히 사기(四氣)[51]의 화(和)를 움직인다. 그리하여 천지의 화육(化育)[52]을 도와서 천지와 더불어 참여하게 되니,[53] 만물의 이치가 아무리 미미한 것이라도 드러나지 않겠는가?

『여씨춘추』에 "주양씨(朱襄氏 : 상고시대의 炎帝)가 사달(士達)에게 오현금을 만들게 하여 음양을 조화시키고 만물을 안정시켰다"[54]라고 했고, 『백호통의(白虎通義)』에서도 또한 "슬(瑟)에 임금과 아버지의 절도가 있고 신하와 자식의 의리가 있은 다음에 사시(四時)가 조화를 이루고 만물이 생육된다"[55]라고 하였다. 하나의 악기를 미루어 본 것이 이와 같으니, 훌륭하게 갖추어진 음악이 족히 지덕(至德)의 광채를 떨치고 사기(四氣)의 화(和)를 움직여 만물의 이치를 드러냄은 당연하다.

황제(黃帝)가 동정(東庭)의 들녘에서 음악을 연주했는데, 먼저 인간 세상의 규율에 따라 연주하고 자연의 흐름에 따라 소리를 울리게 하고, 예의의 질서를 갖추고 연주했으며, 태청(太淸 : 天道)의 맑고 맑은 무위자연

라는 뜻의 동사로 풀이하고, 진양은 어(敔)·축(柷)·부(拊)와 같은 악기로 풀이하여, 서로 다르다. 본고에서는 진양의 설을 따라 번역하였다.

50 『書經』虞書 / 益稷 2. 「蘷曰 : 戛擊鳴球, 搏拊琴瑟以詠, 祖考來格, 虞賓在位, 群后德讓, 下管鼗鼓, 合止柷敔, 笙鏞以間, 鳥獸蹌蹌, 簫韶九成, 鳳皇來儀.」

51 사기(四氣) : 음(陰)·양(陽)·강(剛)·유(柔).

52 화육(化育) : 천지 자연이 만물을 변화시키고 자라게 함.

53 천지의~되니 : 『禮記』 中庸 31-21.

54 『呂氏春秋』 月令 / 仲夏紀 第5.

55 『白虎通義』 제6편 禮樂.

432 역주 악서(譯註樂書) 1

의 경지에 맞게 그것을 세우니, 사시(四時)가 교대로 일어나 만물이 그에 따라 생겨나듯 하였다.[56] 이는 위에서 말한 음악보다 한 발 더 앞선 것이다.

순경이 "봉황새가 너울너울 나니 그 날개는 방패와 같고 그 소리는 소(簫)와 같다"[57]라고 했으니, 관대를 나란히 엮어서 소(簫)[58]를 만들면 그 모양은 봉황의 날개와 같고 그 소리는 봉황 울음소리와 같기 때문이다. 큰 것은 23관(管)이고 작은 것은 16관이니 이것이 바로 소(簫)이다. 소(簫)는 관대를 엮어 만들었지만 관(管)[59]이 아니고, 하지(夏至)의 음(音)이다.[60] 이와 반면에 관(管)은 2개의 관대를 잇대어 사용하여 소(簫)를 본떴지만 소(簫)가 아니고, 12월의 음이다.[61]

『주례』에서는 소(簫)와 관(管)에 대하여 '소사(小師)가 가르치고,[62] 고몽(瞽矇)이 연주하고,[63] 생사(笙師)가 분다'[64]라고 했으니, 소와 관이란 악기는 같이 쓰인다. 요컨대 모두 당하악이다. 「연례(燕禮)」에 "당하에서 관(管)[65]으로 《신궁(新宮)》을 연주한다"[66]라고 하고, 『예기(禮記)』에 "당하에

---

56 황제(黃帝)가~하였다 : 『莊子』 天運 14-3.
57 『荀子』 解蔽 21-3.
58 소(簫) : 〈그림 1-14 참조〉.
59 관(管) : 관대 둘을 붙여서 만든 악기이다. 〈그림 1-15 참조〉
60 『白虎通義』 제6편 禮樂에 따르면, '소(簫)는 중려의 기(氣)를 낸다'고 하였다. 중려는 여름인 4월에 해당하므로 하지(夏至)의 음(音)이라고 한 것 같다. 한편으로는 소(簫)의 형태는 봉황 날개를 닮았는데, '남주작(南朱雀)'이란 말에서 보듯이 새는 남방에 해당하므로 하지의 음이라 했을 것이다.
61 『風俗通義』에 관(管)을 '12월의 음'이라고 설명한 글이 있다. 『風俗通義』(漢 應劭 撰) 권6. 「管漆竹長一尺六孔, 十二月之音也.」
62 『周禮』 春官 / 小師 ○. 소사(小師)는 고(鼓)·도(鼗)·축(柷)·어(敔)·훈(塤)·소(簫)·관(管)·현(弦)·노래를 가르치는 일을 관장한다.
63 『周禮』 春官 / 瞽矇 ○. 고몽(瞽矇)은 도(鼗)·축(柷)·어(敔)·훈(塤)·소(簫)·관(管)·현(弦)·노래를 연주하는 일을 관장한다.
64 『周禮』 春官 / 笙師 ○. 생사(笙師)는 우(竽)·생(笙)·훈(塤)·약(籥)·소(簫)·지(篪)·적(篴)·관(管) 등을 부는 방법을 가르치는 일을 관장한다.
65 문맥으로 볼 때 진양은 여기서 '管'을 2개의 관대를 붙여 만든 특정 악기로 파악하고 있으므로, 진양의 설을 따라 번역하였다. 마찬가지 이유로 바로 이어지는 문장에서

서 관으로 《상(象)》을 연주한다"⁶⁷라고 하여, 관을 당하악으로 삼았으니, 소(簫) 또한 알 수 있다.

순경이 "군자는 종(鐘)·고(鼓)로 뜻을 인도하고, 금·슬로 마음을 즐겁게 하며, 간(干)·척(戚)으로 움직이고 우(羽)·모(旄)로 꾸미며, 경(磬)·관(管)으로 따르게 한다"⁶⁸라고 하고, 「주송(周頌)」에 "종·고가 조화롭게 울리며 경(磬)·관(管)이 쟁쟁히 울리도다"⁶⁹라고 했는데, 이는 모두 당상악과 당하악을 합해서 논한 것이고, 나누어서 서술한 것이 아니다.

도 관악기가 아닌 '관'으로 번역하였다.

66   『儀禮』燕禮 6-31.
67   『禮記』文王世子 8-13.
68   『荀子』樂論 20-8.
69   『詩經』周頌 / 執競.

권18 예기훈의(禮記訓義)

악기(樂記)

악기(樂記)

18-1. 是故淸明象天, 廣大象地, 終始象四時, 周還象風雨.

그러므로 청명(淸明)한 소리는 하늘을 본뜬 것이고, 광대(廣大)한 소리는 땅을 본뜬 것이며, 시작과 끝은 사시(四時)를 본뜬 것이고, 두루 도는 춤동작은 비와 바람을 본뜬 것이다.[1]

天職氣覆, 而淸明象之上達者也, 地職形載, 而廣大形之旁礴者也.
運行乎天地之間, 一變一通而終則有始者, 其四時乎, 一散一潤而周則
復還者, 其風雨乎. 樂之道, 本末具擧, 情文兼盡, 其聲淸而不可溷, 明

---

1   『禮記』 樂記 19-13.

而不可掩者, 仰有以象乎天也, 非特人聲而已. 其體廣而不可極, 大而不可圍者, 俯有以象乎地也, 非特鐘鼓而已. 六舞終於大武, 始於雲門, 八音終於革木, 始於金石, 六律終於無射, 始於黃鍾, 六同終於夾鍾, 始於大呂, 皆象乎四時也, 非特宮羽而已. 五聲六律十二管, 還相爲宮, 舞動其容, 以要鐘鼓俯會之節, 千變萬化, 惟意所適, 皆象乎風雨也, 非特舞之一端而已.

雖然用此象彼, 則異體而同用, 猶非其至也. 語其至, 則樂行而倫淸, 皎然而文明, 則淸明與天爲一矣. 和正以廣, 其大必易, 則廣大與地²爲一矣. 比終始之序, 動四氣之和, 則終始與四時俱矣. 鼓之以雷霆, 奮之以風雨, 則周還與風雨俱矣. 豈曰象之而已哉?

若夫黃帝張樂於洞庭之野, 建之以太淸, 燭之以日月之明, 復居於窈冥而已, 則淸明不足多也. 以物爲量, 儻然立於四虛之道, 則復動於無方而已, 則廣大不足多也. 四時迭起, 萬物循生, 其卒無尾, 其始無首, 則終始不足多也. 一盛一衰, 一淸一濁, 行流散徙, 所常無窮, 則周旋不足多也. 記之所言, 姑道所象之末節云爾.

蓋樂之有是四象, 猶易之有四象, 易有四象, 所以示人神矣, 樂有四象, 所以示人明矣. 經解曰 : "潔靜精微易敎也, 廣博易良樂敎也." 斯不亦示人神明之辨歟? 荀卿有之 "其淸明象天, 其廣大象地, 其俯仰周旋,³ 有似於四時." 言之詳略, 與此不同者, 各有攸趣也.

하늘의 직분은 기(氣)를 덮는 것이니, 청명(淸明)은 위로 천명(天命)을 깨닫는 것을 상징하고, 땅의 직분은 형체를 싣는 것이니, 광대(廣大)는 널리 가득 찬 것을 형용한다. 하늘과 땅 사이를 운행하는데 변하기도 하고 통하기도 하면서 마치면 시작하는 것은 사시(四時)이고, 흩어지기도 하고 적시기도 하면서 두루 돌고나서 다시 도는 것은 비와 바람이다.

---

2 대본과 사고전서 『樂書』에 모두 '天地'로 되어 있으나, 문맥상 '地'가 마땅하므로, '天'을 삭제했다.

3 대본에는 '隨還'으로 되어 있으나, 『荀子』에 의거하여 '周旋'으로 바로잡았다.

악(樂)의 도(道)는 본(本)과 말(末)이 모두 갖추어 있고, 정(情)과 문(文)이 모두 극진하다. 소리가 맑아서 흐리게 할 수 없고 밝아서 가릴 수 없는 것은 하늘을 우러러 본떴기 때문이니, 단순히 사람의 목소리일 뿐만이 아니다. 형체가 넓어서 끝이 없고 커서 에워쌀 수 없는 것은 땅을 굽어보며 본떴기 때문이니, 단순히 종(鐘)·고(鼓)의 소리일 뿐만이 아니다. 육무(六舞)[4]가 《대무(大武)》로 끝나고 《운문(雲門)》으로 시작하며, 팔음(八音)이 혁목(革木)으로 끝나고 금석(金石)으로 시작하며, 육률(六律)[5]이 무역으로 끝나고 황종으로 시작하며, 육동(六同)[6]이 협종으로 끝나고 대려로 시작하는 것은 모두 사시(四時)를 본뜬 것이니, 단순히 궁(宮)·우(羽)일 뿐만이 아니다. 5성 6율의 12율관이 돌아가며 서로 궁(宮)이 되고, 그 용모를 움직여 춤추어 종(鐘)·고(鼓)에 맞추어 구부리고 펼치는 절도를 다채롭게 변화시켜 오직 뜻 가는 대로 하는 것은 비와 바람을 본뜬 것이니, 단순히 춤의 한 단면일 뿐만이 아니다.

그런데 이것으로 저것을 본뜨는 것은 체(體)가 다르고 용(用)만 같은 것이니, 지극한 것은 아니다. 지극한 것을 말하자면, 악(樂)이 행해져서 윤리가 맑아지고 환하게 문채가 밝아, 청명(淸明)한 것이 하늘과 하나가 되고, 화평정대하게 퍼져나가 커진 것이 반드시 평이하여, 광대(廣大)한 것이 땅과 하나가 되고, 시작과 끝의 차서를 배열하여 사기(四氣 : 陰陽剛柔)를 조화롭게 움직여, 시작과 끝이 사시(四時)와 함께하고, 우레로 고동시키고 비바람으로 분발시켜, 주선(周還)이 비바람과 함께하는 것이니, 어찌 본뜬다고 할 뿐이겠는가?

4　육무(六舞) : 황제(黃帝)의 《운문대권(雲門大卷)》, 요임금의 《함지(咸池)》 또는 《대함(大咸)》, 순임금의 《대소(大韶)》, 우왕(禹王)의 《대하(大夏)》, 탕왕(湯王)의 《대호(大濩)》, 무왕(武王)의 《대무(大武)》를 말한다.

5　육률(六律) : 황종·태주·고선·유빈·이칙·무역. 음고(音高)의 순서로 열거한 것이다.

6　육동(六同) : 대려·응종·남려·임종·중려·협종. 육동은 육려(六呂)와 같은 뜻이며, 육률과 합성(合聲)이 되는 순서로 열거하였다. 예를 들면 대려는 황종과, 응종은 태주와 합성된다.

황제(黃帝)가 동정(洞庭)의 들녘에서 연주한 음악은, 태청(太淸 : 天道)의 맑고 맑은 무위자연의 경지에 맞게 그것을 세우고, 해와 달의 밝음을 따라 밝게 연주하다가 다시 그윽하고 심원한 근원의 세계에 머물렀으니,[7] 청명이라는 말로는 이를 표현하기에 부족하다. 대상 사물의 있는 그대로에 순응하여 흐리멍덩 넋이 나간 채 사방으로 끝없이 터진 큰 길 가운데 서서 다시 일정한 방향 없이 움직였으니,[8] 광대라는 말로는 이를 표현하기에 부족하다. 사시(四時)가 교대로 일어나면 만물이 그에 따라 생겨나듯 하며, 음악을 마치는 곳이 어디인지 알 수 없으며 시작이 어디인지도 알 수 없었으니,[9] 종시(終始)라는 말로는 이를 표현하기에 부족하다. 성대해지기도 하고 쇠미해지기도 하며 맑아지기도 하고 탁해지기도 하며 자유자재로 흐르고 이리저리 옮겨 다녀서 일정함이 끝이 없었으니,[10] 주선(周旋)이라는 말로는 이를 표현하기에 부족하다. 따라서 「악기(樂記)」에서는 짐짓 본뜬 것의 말절을 말했을 따름이라고 할 수 있다.

　악(樂)에 이러한 사상(四象)[11]이 있는 것은 역(易)에 사상(四象)[12]이 있는 것과 같다. 역의 사상(四象)은 사람에게 보이는 바가 신묘하고, 악의 사상(四象)은 사람에게 보이는 바가 분명하다. 「경해(經解)」에 "맑고 고요하면서 정미(精微)한 것은 역(易)의 가르침이요, 넓으면서 평이하고 선량한 것은 악(樂)의 가르침이다"[13]라고 했으니, 이 또한 사람과 신명(神明)의 분변을 보여주는 것이 아니겠는가? 순경이 "청명한 것은 하늘을 본뜬 것이고, 광대한 것은 땅을 본뜬 것이며, 숙이기도 하고 쳐들기도 하며 주선(周旋)하는 것은 사시(四時)와 비슷하다"[14]라고 했는데, 말하는 것이 상세함과

7　황제(黃帝)가~머물렀으니 : 『莊子』 天運 14-3.

8　대상~움직였으니 : 『莊子』 天運 14-3.

9　사시(四時)가~없었으니 : 『莊子』 天運 14-3.

10　성대해지기도~없었으니 : 『莊子』 天運 14-3.

11　청명(淸明)・광대(廣大)・종시(終始)・주선(周還)을 가리킨다.

12　태양(太陽)・소양(小陽)・태음(太陰)・소음(小陰).

13　『禮記』 經解 26-1.

14　『荀子』 樂論 20-8.

간략함이 이것(「樂記」)과 다른 것은 각각 추구하는 바가 있기 때문이다.

18-2. 五色成文而不亂.
오색이 문채를 이루어 어지럽지 않다.[15]

樂之於天下, 寓之節奏爲五聲, 著之文采爲五色. 蓋聲出於脾, 合口
而通之, 謂之宮. 聲出於肺, 開口而吐之, 謂之商. 聲出於肝, 而張齒湧
吻, 謂之角. 聲出於心, 而齒合吻開, 謂之徵. 聲出於腎, 而齒開吻聚,
謂之羽. 宮土也, 其性員而居中. 故主合, 有若牛之鳴窌者矣. 商金也,
其性方而成器. 故主張, 有若羊之離群者矣. 角木也, 其性直而崇高. 故
主湧, 有若鷄之鳴木者矣. 徵火也, 其性烈而善燭. 故主分, 有若豕之負
駭者矣. 羽水也, 其性潤而澤物. 故主吐, 有若馬之鳴野者矣.

五聲之於樂, 近取諸身以盡性, 遠取諸物以窮理如是, 則節奏合爲文
采, 莫不雜比成文而不亂矣. 五色成文而不亂, 則宮爲君, 足以御臣, 商
爲臣, 足以治民, 角爲民, 足以興事, 徵爲事, 足以成物, 羽爲物, 足以
致用矣. 然則各得其所, 不相陵犯, 而無㳞㳠之音矣. 聲成文謂之音, 豈
不信然? 苟五聲皆亂而不成文, 迭相陵犯而不相爲經, 不亦淫慢之音
乎? 不言五聲而言五色者, 爲聲成文而言故也.

천하에서 악(樂)이 절주로 표현된 것은 오성(五聲)이고, 문채로 나타난
것은 오색(五色)이다. 대개 소리가 지라에서 나와 입을 다물고 통해서 나
오는 것을 궁(宮)이라 하고, 소리가 폐에서 나와 입을 열어 토해내는 것
을 상(商)이라 하고, 소리가 간에서 나와 이를 벌려 입술을 솟구쳐 내는
것을 각(角)이라 하고, 소리가 심장에서 나와 이[齒]를 맞물고 입술을 벌려
내는 것을 치(徵)라 하고, 소리가 콩팥에서 나와서 이를 벌리고 입술을
오무려 내는 것을 우(羽)라 한다.

---

15 『禮記』 樂記 19-13.

궁은 흙에 해당하니, 그 성질이 둥글고 가운데에 위치하므로 합(合)을 주장하여 소가 움 속에서 우는 것과 같다. 상은 쇠에 해당하니, 그 성질이 네모나고 그릇을 이루므로 벌리는 것[張]을 주장하여 양이 무리에서 떨어져 나가는 것과 같다. 각은 나무에 해당하니, 그 성질이 곧고 높은 것을 숭상하므로 솟구치는 것[湧]을 주장하여 닭이 나무에서 우는 것과 같다. 치는 불에 해당하니, 그 성질이 맹렬하고 밝게 비추므로 갈라짐[分]을 주장하여 돼지가 깜짝 놀라는 것과 같다. 우는 물에 해당되니, 그 성질은 축축하고 사물을 윤택하게 하므로 토하는 것[吐]을 주장하여 말이 들에서 우는 것과 같다.

악에서 오성(五聲)이 가까이는 자신에서 취해 그 성(性)을 다하고, 멀리는 물건에서 취해 그 이치를 궁구하기를[16] 이와 같이 했으므로, 절주를 합해서 문채낸 것이 아름답게 조화되어 어지럽지 않다.

오색(五色)이 문채를 이루어 어지럽지 않으면, 궁은 임금이 되어 족히 신하를 부리고, 상은 신하가 되어 족히 백성을 다스리고, 각은 백성이 되어 족히 일을 일으키고, 치는 일이 되어 족히 물(物)을 이루고, 우는 물(物)이 되어 족히 용도에 맞게 쓰인다. 그리하여 각기 제 자리에 편안하여 서로 능멸하지 않아 가락이 막히어 조화롭지 않은 음(音)이 없게 된다. '성(聲)이 문채를 이룬 것을 음(音)이라 한다'[17]라고 한 것이 참으로 마땅하지 않은가?

참으로 오성이 모두 어지러워 문채를 이루지 못하고 서로 능멸하여 떳떳하지 못하면 음란한 음악이 되지 않겠는가? 그런데 본문에서 오성을 말하지 않고 오색을 말한 것은 앞에서 '성(聲)이 문채를 이룬다'고 말했기 때문이다.

---

16 옛날 포희씨가 천하에 왕 노릇할 때에 우러러 하늘의 상(象)을 관찰하고 굽어 땅의 법(法)을 관찰하며, 새와 짐승의 문(文)과 천지(天地)의 마땅함을 관찰하며, 가까이는 자신에서 취하고 멀리는 물건에서 취하여, 이에 비로소 팔괘를 만들어 신명(神明)의 덕을 통하고 만물의 정(情)을 분류하였다.〈『周易』繫辭下傳 2〉

17 『禮記』樂記 19-1.「情動於中, 故形於聲, 聲成文, 謂之音.」

18-3. 八風從律, 而不姦.

팔풍(八風)이 율을 따라서 간사하지 않다.[18]

揚雄曰 : "剛割匏竹革木土金, 擊石彈絲, 以和天下, 捖擬之八風." 左氏之論八音 則曰 : "以遂八風." 論舞則曰 : "節八音而行八風." 白虎通曰 : "八風象八卦." 由是觀之, 八風象八卦者也, 其所以擬而遂之者八音, 所以節而行之者八佾之舞而已.

蓋主朔[19]易者坎也, 故其音革, 其風廣莫. 爲果蓏者艮也, 故其音匏, 其風融. 震爲竹, 故其音竹, 其風明庶. 巽爲木, 故其音木, 其風淸明. 兌爲金, 故其音金, 其風閶闔. 乾爲玉, 故其音石, 其風不周. 瓦土器也, 故坤音瓦, 而風涼. 蠶火精也, 故離音絲, 而風景.

是正北之風從黃鍾之律, 而黃鍾冬至之氣也. 東北之風從大呂太蔟之律, 而大呂太蔟大寒啓蟄之氣也. 正東之風從夾鍾之律, 而夾鍾春分之氣也. 東南之風從姑洗仲呂之律, 而姑洗仲呂穀雨小滿之氣也. 正南之風從蕤賓之律, 而蕤賓夏至之氣也. 西南之風從林鍾夷則之律, 而林鍾夷則大暑處暑之氣也. 正西之風從南呂之律, 而南呂秋分之氣也. 西北之風從無射應鍾之律, 而無射應鍾霜降小雪之氣也. 豈非傳所謂樂生於風之謂乎? 八方之風周於十二律如此, 則順氣應之, 和樂興, 而正聲格矣. 尙何姦聲之有乎? 傳曰 : "律呂不易無姦事也", 如此而已.

大司樂以六律六同五聲八音六舞, 大合樂. 凡六樂, 文之以五聲, 播之以八音. 大師 掌六律六同以合陰陽之聲, 皆文之以五聲宮商角徵羽, 皆播之以八音金石土革絲木匏竹. 以是求之, 五色成文而不亂, 文之以五聲之和也, 八風從律而不姦, 播之以八音之諧也, 百度得數而有常, 節之以十二律之度也.

吳季札觀樂於魯而曰 : "五聲和, 八風平, 節有度, 守有序, 盛德之所

18　『禮記』樂記 19-13.

19　대본에는 '翔'으로 되어 있으나, 문맥상 맞지 않으므로 '朔'으로 바로잡았다.

同也." 五色成文而不亂, 五聲和之謂也, 八風從律而不姦, 八風平之謂
也, 百度得數而有常, 節有度守有序之謂也. 昔人嘗謂, '顓帝始作樂風
承雲之樂, 以效八風之音' '舜以夔爲樂正, 正六律, 和五聲, 以通八風,
而天下服', 此之謂歟!

且古人之制聲律, 蓋皆有循而體自然, 不可得而損益者也. 何則? 五
聲在天爲五星, 在地爲五行, 在人爲五常. 以五聲可益而爲七音, 然則
五星之於天·五行之於地·五常之於人, 亦可得而益之乎? 十有二律,
以應十有二月之氣. 以十二律可益而爲六十律·三百六十律. 然則十二
月之於一歲, 亦可得而益之乎? 劉焯以京房爲妄, 田琦以何妥爲當, 可
謂知理矣.

양웅(揚雄)은 "포(匏)·죽(竹)·혁(革)·목(木)·토(土)·금(金)을 다듬어 악
기를 만들어, 석경(石磬)을 치고 현악기를 타서 천하를 화(和)하게 하는 것
은 팔풍(八風)에 비유된다"[20]라고 하였다. 좌씨(左氏 : 左丘明)는 팔음(八音)을
논하면서 "팔풍을 이루었다"[21]라고 하고, 춤을 논하면서 "팔음을 절주(節
奏)해서 팔풍을 행한다"[22]라고 했으며, 『백호통의(白虎通義)』에서는 "팔풍
은 팔괘(八卦)를 상징한다"라고 하였다. 이로 보건대, 팔풍은 팔괘를 상징
하며, 이를 본떠서 만든 것이 팔음(八音)이고, 이를 절주에 맞추어 추는
것이 팔일무(八佾舞)이다.

삭역(朔易)[23]을 주관하는 것은 감괘(坎卦)이니,[24] 그 음(音)은 혁(革)이고
바람은 광막풍(廣莫風 : 北風)이다. 열매를 맺게 하는 것은 간괘(艮卦)이니,[25]

---

20 『太玄經』(漢 揚雄 撰) 권9 玄掜.
21 『國語』周語下 3-6.
22 『春秋左氏傳』隱公 5년(7).
23 삭역(朔易) : 다시 소생함. 달이 그믐이 되었다가 초하루가 되고, 겨울철에 한 해의
    농사가 끝나 옛것을 버리고 새것으로 바꾸는 것과 같다. 〈『書經』虞書 / 堯典 2 蔡沈
    註〉
24 감괘(坎卦)는 북방의 물(水)을 상징하므로 소생(蘇生)의 뜻이 있는 삭역(朔易)을 주관
    하는 것이다.
25 간괘(艮卦)는 진괘(震卦)에서 초효(初爻)에 있던 양(陽)이 위의 3효까지 밀고 올라간

그 음은 포(匏)이고 바람은 융풍(融風 : 東北風)이다. 진괘(震卦)는 대나무를 상징하니, 그 음은 죽(竹)이고 바람은 명서풍(明庶風 : 東風)이다. 손괘(巽卦)는 나무를 상징하니, 그 음은 목(木)이고 바람은 청명풍(清明風 : 東南風)이다. 태괘(兌卦)는 쇠를 상징하니, 그 음은 금(金)이고 바람은 창합풍(閶闔風 : 西風)이다. 건괘(乾卦)는 옥(玉)을 상징하니, 그 음은 석(石)이고 바람은 부주풍(不周風 : 西北風)이다. 와(瓦)는 토기(土器)이니, 곤괘(坤卦)의 음은 와(瓦)이고 바람은 양풍(涼風 : 西南風)이다. 누에는 화정(火精)이니, 이괘(離卦)의 음은 사(絲)이고 바람은 경풍(景風 : 南風)이다.

정북풍은 황종율을 따르니, 황종은 동지(冬至)의 기(氣)이다. 동북풍은 대려와 태주율을 따르니, 대려와 태주는 대한(大寒)과 계칩(啓蟄)의 기이다. 정동풍은 협종율을 따르니, 협종은 춘분(春分)의 기이다. 동남풍은 고선과 중려율을 따르니, 고선과 중려는 곡우(穀雨)와 소만(小滿)의 기이다. 정남풍은 유빈율을 따르니, 유빈은 하지(夏至)의 기이다. 서남풍은 임종과 이칙율을 따르니, 임종과 이칙은 대서(大暑)와 처서(處暑)의 기이다. 정서풍은 남려율을 따르니, 남려는 추분(秋分)의 기이다. 서북풍은 무역과 응종율을 따르니, 무역과 응종은 상강(霜降)과 소설(小雪)의 기이다. 이는 전(傳)에 이른바 '악(樂)은 바람에서 생긴다'[26]는 것이 아니겠는가?

팔방의 바람이 12율을 도는 것이 이와 같으면, 순기(順氣)가 응하고 화평한 음악이 일어나 정성(正聲)이 이를 것이니, 어찌 간성(奸聲)이 있을 수 있겠는가? 전(傳)에 '율려가 팔풍과의 배합을 바꾸지 않으면 간사한 일이 없게 된다'[27]라고 한 것은 이 때문이다.

대사악(大司樂)은 육률(六律)·육동(六同)·오성(五聲)·팔음(八音)·육무(六舞)로 대합악(大合樂)을 하는데, 육악(六樂)은 오성으로 문채내고 팔음으로

상(象)으로 양(陽)이 자기 능력껏 힘을 발휘한 것이니, 식물로 보면 열매를 맺은 모양이다.

26   『淮南子』권9. 主術訓「樂生於音, 音生於律, 律生於風, 此聲之宗也」
27   『國語』周語下 3-7.「律呂不易, 無姦物也.」

연주한다.[28] 태사(大師)는 육률과 육동으로 음양합성(陰陽合聲)을 관장하는
데, 모두 오성인 궁·상·각·치·우로 문채내고, 팔음인 금(金)·석
(石)·토(土)·혁(革)·사(絲)·목(木)·포(匏)·죽(竹)으로 연주한다.[29] 이로
살펴보건대, '오색이 문채를 이루어 어지럽지 않다'는 것은 오성을 조화
롭게 하여 문채내는 것이고, '팔풍이 율을 따라서 간사하지 않다'는 것은
팔음을 어울리게 하여 연주하는 것이며, '백도(百度)가 수(數)를 얻어서 떳
떳함이 있다'는 것은 12율의 도수로 절제하는 것이다.

오나라의 계찰(季札)[30]이 노나라에서 악(樂)을 관람하고서, "오성(五聲)이
조화롭고 팔풍이 평온하며 절주에 법도가 있고 악기의 연주에 차례가
있으니 성덕(盛德)이 모인 것이다"[31]라고 했으니, '오색이 문채를 이루어
어지럽지 않다'는 것은 '오성이 조화롭다'는 것을 뜻하고, '팔풍이 율을
따라서 간사하지 않다'는 것은 '팔풍이 평온하다'는 것을 뜻하며, '백도
(百度)가 수를 얻어서 떳떳함이 있다'는 것은 '절주에 법도가 있고 악기의
연주에 차례가 있다'는 것을 뜻한다.

옛사람이 일찍이 '전제(顓帝)[32]가 처음으로 《승운지악(承雲之樂)》을 지어
서 팔풍의 음(音)을 본받았다'[33]라고 하고, '순임금이 기(夔)를 악정(樂正)
으로 삼아서 육률을 바르게 하고 오성을 조화시켜 팔풍과 통하게 하자,
천하가 감복하였다'[34]라고 한 것은 이를 두고 말한 것일 것이다!

---

28 『周禮』 春官 / 大司樂 1.

29 『周禮』 春官 / 大師 0.

30 계찰(季札) : B.C. 575~B.C. 485. 중국 춘추시대 오나라의 현자(賢者)이다. 오나라 합
    려왕의 막내 아들로 후계자의 물망에 올랐으나 사양하였다. 연릉(延陵)에 봉해져 연
    릉계자로 불렸다. 노나라에 가던 길에 서나라를 지나게 되었는데, 서나라 임금이 그
    의 검(劍)을 부러워하는 기색을 보이자, 지금 노나라로 가는 길이라 줄 수 없지만 돌
    아갈 적에는 주고 가야겠다고 생각했다. 돌아오는 길에 들렀더니 서나라 임금이 죽
    고 없었으므로 검을 그 무덤 위에 놓음으로써 약속을 지켰다고 한다.

31 『春秋左氏傳』 襄公 29년(13)

32 전제(顓帝) : 황제(黃帝)의 손자인 전욱(顓頊)으로 20세에 제위(帝位)에 올라 78년 동
    안 임금의 자리에 있었다고 함. 고양씨(高陽氏).

33 『呂氏春秋』 卷5 仲夏紀 第5 / 古樂.

또 옛사람은 성율(聲律)을 제정할 적에 자연의 이치를 따르고 본받아 손익(損益)하지 않은 것은 무엇 때문인가? 오성(五聲)은 하늘에서는 오성(五星)이 되고, 땅에서는 오행(五行)[35]이 되며, 사람에게서는 오상(五常)[36]이 된다. 그런데 오성(五聲)을 칠음(七音)으로 늘릴 수 있다면, 하늘의 오성(五星), 땅의 오행, 사람의 오상도 또한 늘릴 수 있는가?

12율은 12월의 기(氣)와 응한다. 그런데 12율을 60율과 360율로 늘릴 수 있다면, 1년의 열두 달도 또한 늘릴 수 있는가? 유작(劉焯)[37]이 경방(京房)[38]을 망령되다고 여겼고, 전기(田琦)[39]가 하타(何妥)[40]를 옳다고 여겼으니, 이치를 안다고 할 수 있다.

18-4. 百度得數而有常.
백도(百度)가 합당한 수를 얻어 떳떳함이 있다.[41]

---

34 『書經』虞書 / 舜典 3.

35 오행(五行) : 수(水)·화(火)·목(木)·금(金)·토(土).

36 오상(五常) : 사람이 지켜야 할 다섯 가지 도리. 인(仁)·의(義)·예(禮)·지(智)·신(信).

37 유작(劉焯) : 544~610. 수대(隋代)의 경학자·천문학자. 유헌지(劉獻之)의 삼전제자(三傳弟子)로서 웅안생(熊安生)에게 『예기(禮記)』를 배웠다. 당시 유현(劉炫)에 버금가는 명성을 얻어 '이류(二劉)'로 병칭되었다. 『황극력(皇極曆)』·『역서(曆書)』등을 저술했고, 『오경술의(五經述議)』가 있으나 전하지 않는다.

38 경방(京房) : B.C. 77~B.C. 37. 경방역학(京房易學)의 개창자로 주로 재이(災異)에 대해 강론하였다. 율관과 율관후기법(律管候氣法)과 자신의 역법을 결합시키고자 하였으며, 종래의 12율을 확대해서 60율을 개발하였다. 전한시대의 율력사상(律曆思想)은 12율에 입각한 것으로 태초력(太初曆) 이래 유흠(劉歆)의 삼통력(三統曆), 양웅(揚雄)의 태현(太玄)과 함께 천지인 모두를 관통하는 원리로 활발하게 전개되었으나, 60율의 등장으로 12율의 절대성이 뒤흔들려 율력사상의 붕괴를 재촉하였다.

39 전기(田琦) : 당나라 안문(雁門 : 지금의 山西代縣) 사람으로 여남(汝南)의 태수를 지냈다. 『역대명화기(歷代名畵記)』·『당서예문지(唐書藝文志)』·『도회보감(圖繪寶鑑)』을 편찬했다.

40 하타(何妥) : 서역인으로 북주(北周) 무제(武帝) 때 태학박사를 지냈고, 수(隋) 문제(文帝) 때 국자박사(國子博士)가 되었다. 음률에 밝았고 성품이 강직했다. 『주역강소(周易講疏)』13권, 『효경의소(孝經義疏)』3권, 『문집(文集)』10권을 편찬했다. 수대(隋代)의 궁정음악은 대부분 하타가 정한 것이다.

凡物以三成, 聲以五立.⁴² 以三參五, 而八數成矣, 人以八尺爲尋. 物以八竅卵生, 故凡十二律之音, 皆隔八生焉. 道生一則奇而爲陽, 一生二則偶而爲陰, 二生三則參和而爲沖氣. 故日⁴³三成胐, 月三成時, 歲三成閏, 祭以三飯爲禮, 喪三⁴⁴踊爲節, 兵重三軍之制, 國重三卿之治. 以三參物而九⁴⁵數成矣. 故十有二律之寸, 而黃鍾稱是焉.

蓋天地中數五, 地之中數六. 五六相合, 而生黃鍾. 黃鍾子之氣, 十一月建焉, 而辰在星紀, 其數八十一. 大呂丑之氣, 十二月建焉, 而辰在玄枵, 其數七十六. 太蔟寅之氣, 正月建焉, 而辰在娵訾, 其數七十二. 夾鐘卯之氣, 二月建焉, 而辰在降婁, 其數六十八. 姑洗辰之氣, 三月建焉, 而辰在大梁, 其數六十四. 仲呂巳之氣, 四月建焉, 而辰在實沈, 其數六十. 蕤賓午之氣, 五月建焉, 而辰在鶉首, 其數五十七. 林鍾未之氣, 六月建焉, 而辰在鶉火, 其數五十四. 夷則申之氣, 七月建焉, 而辰在鶉尾, 其數五十一. 南呂酉之氣, 八月建焉, 而辰在壽星, 其數四十八. 無射戌之氣, 九月建焉, 而辰在大火, 其數四十五. 應鐘亥之氣, 十月建焉, 而辰在析木, 其數四十二.

是先王因天地陰陽之氣, 辨十有二辰, 卽十有二辰, 生十有二律, 其長短有度, 其多寡有數, 而天下之度數出焉. 要之皆黃鍾以本之也. 傳曰 "律所以立均出度." 揚雄曰 "泠竹爲管, 室灰爲候, 以揆百度, 百度旣設, 濟⁴⁶民不誤." 然則百度得數而有常, 豈不原於十二律邪? 說者以

41 『禮記』樂記 19-13.
42 대본에는 '律'로 되어 있으나, 『淮南子』天文訓에 의거하여 '立'으로 바로잡았다.
43 대본에는 '曰'로 되어 있으나, 문맥상 '日'로 바로잡았다. 사고전서 『樂書』에는 이 부분이 빠져 있다.
44 대본에는 '二'로 되어 있으나, 문맥상 '三'이 맞다. 사고전서 『樂書』에는 이 부분이 빠져 있다.
45 대본에는 '凡'으로 되어 있으나, 『樂書』103-1에 의거하여 '九'로 바로잡았다. 사고전서 『樂書』에는 이 부분이 빠져 있다.
46 대본에는 '齊'로 되어 있으나, 사고전서 『樂書』및 『太玄經』에 의거하여 '濟'로 바로잡았다.

百刻爲百度, 何其誤也? 五音有變宮變徵之數, 琴絃有少[47]宮少商之調, 皆非先王制樂度數之常也, 抑其變而已. 豈不流於鄭聲之淫乎?

무릇 물(物)은 3으로 이루어지고, 성(聲)은 5로 성립되니, 3을 5에 합하면 8이란 수가 이루어진다. 따라서 사람은 8척의 키를 심(尋)[48]으로 삼는다. 알에서 태어난 새는 8개의 구멍[49]을 지니고 있으므로, 12율의 음은 모두 여덟씩 간격[50]을 두고 생긴다.[51]

도(道)는 1을 낳으니, 홀수로 양(陽)이 된다. 1이 2를 낳으니, 짝수로 음이 된다. 2가 3을 낳으니, 서로 화합하여 충기(沖氣)[52]가 된다.[53] 그러므로 3일이 지나면 초승달이 되고, 3달이 지나면 한 계절을 이루고, 3년이 지나면 윤달을 이룬다. 제사는 삼반(三飯)[54]으로 예를 삼고, 상(喪)은 삼용(三踊)[55]으로 절도를 삼고, 군대는 삼군(三軍)의 제도를 중요시하고, 나라에서는 삼경(三卿)[56]의 정치를 중하게 여긴다. 3이 만물에 참여하면 9가 이루어진다. 그러므로 12율관의 길이는 9촌인 황종관을 기준으로 삼는다.

---

47 대본에는 '多'로 되어 있으나, 사고전서『樂書』에 의거하여 '少'로 바로잡았다.

48 심(尋) : 8척의 길이. 보통 사람의 키가 8척이다. 8척의 2배인 16척은 상(常)이다. 심상은 대수롭지 않고 예사롭다는 뜻이다.

49 사람은 아홉 구멍(눈·코·귀의 여섯 구멍과 입·항문·요도의 세 구멍)을 갖고 있는데, 새 종류는 항문과 요도가 구분되지 않아 8구멍을 갖고 있다.

50 난생(卵生)하는 것은 8구멍을 가졌는데, 율을 처음 만들 때 봉황 울음소리를 본떴으므로 그 음이 8씩 간격을 두고 생겨났다고 한다.(『淮南子』권3 天文訓) 12율의 음고(音高) 순서는 황종·대려·태주·협종·고선·중려·유빈·임종·이칙·남려·무역·응종이다. 12율이 생기는 순서는 황종부터 차례로 여덟을 세어 나가면 얻어진다. 즉 황종부터 여덟을 세어 나가면 임종에 이르고, 임종에서 여덟을 세어 나가면 태주에 이르고, 태주에서 여덟을 세어 나가면 남려에 이르며, 남려에서 여덟을 세어 나가면 고선에 이르며, 나머지도 이와 마찬가지로 여덟을 세어 나가면, 상생(相生)되는 율의 순서는 황종·임종·태주·남려·고선·응종·유빈·대려·이칙·협종·무역·중려가 된다.

51 무릇~생긴다 : 『淮南子』天文訓에 이와 비슷한 내용이 나온다.

52 충기(沖氣) : 음과 양의 두 기운이 부딪쳐서 조화를 이룬 기운.

53 도(道)는~된다 : 『道德經』 42.

54 삼반(三飯) : 세 번 음식을 올리는 것.

55 삼용(三踊) : 발을 세 번 구르는 것으로 임금이 죽었을 때의 상례이다.

56 삼경(三卿) : 태사(太師)·태부(太傅)·태보(太保), 또는 영의정·좌의정·우의정.

대개 하늘의 중수(中數)는 5이고 땅의 중수는 6이므로,[57] 5와 6이 합하여 황종을 낳는다. 황종은 자(子)의 기(氣)로 11월 건(建)[58]이며, 신(辰 : 해와 달이 만나는 곳)은 성기(星紀)에 있고, 그 수는 81이다. 대려는 축(丑)의 기로 12월 건이며, 신(辰)은 현효(玄枵)에 있고, 그 수는 76이다. 태주는 인(寅)의 기로 정월 건이며, 신(辰)은 추자(娵訾)에 있고, 그 수는 72이다. 협종은 묘(卯)의 기로 2월 건이며, 신은 강루(降婁)에 있고, 그 수는 68이다. 고선은 진(辰)의 기로 3월 건이며, 신은 대량(大梁)에 있고, 그 수는 64이다. 중려는 사(巳)의 기로 4월 건이며, 신(辰)은 실침(實沈)에 있고, 그 수는 60이다. 유빈은 오(午)의 기로 5월 건이며, 신은 순수(鶉首)에 있고, 그 수는 57이다. 임종은 미(未)의 기로 6월 건이며, 신은 순화(鶉火)에 있고, 그 수는 54이다. 이칙은 신(申)의 기로 7월 건이며, 신은 순미(鶉尾)에 있고, 그 수는 51이다. 남려는 유(酉)의 기로 8월 건이며, 신은 수성(壽星)에 있고, 그 수는 48이다. 무역은 술(戌)의 기로 9월 건이며, 신은 대화(大火)에 있고, 그 수는 45이다. 응종은 해(亥)의 기로 10월 건이며, 신은 석목(析木)에 있고, 그 수는 42이다.[59]

이는 선왕이 천지음양(天地陰陽)의 기(氣)로 인해 12진(辰)을 분별하고, 12진에 나아가 12율을 낳음으로써, 장단(長短)의 도(度)와 다과(多寡)의 수(數)가 생기어 천하의 도수(度數)가 나온 것이니, 요컨대 모두 황종을 근본으로 삼은 것이다.

전(傳)에 "율(律)은 균(均)[60]을 세워 도량형(度量衡)을 내는 것이다"[61]라고 하고, 양웅(揚雄)은 "영죽(泠竹)[62]으로 관(管)을 만들고, 토실(土室)에서 관에

57 홀수는 양(陽)이고 짝수는 음(陰)이므로, 1·3·5·7·9는 천수(天數)가 되고 2·4·6·8·10은 지수(地數)가 된다.
58 건(建) : 음력 매월 초하루에 북두칠성의 자루가 가리키는 방향.
59 황종은~42이다 : 『周禮』春官 / 大師 0 鄭玄 注 참조.
60 균(均) : 길이가 7척이 되는 나무에 줄을 매어 악기를 조율하는 데 쓰이는 기구이다.
61 『國語』周語下 3-7.
62 영죽(泠竹) : 영윤(泠倫, 伶倫이라고도 씀)이 잘라서 율관을 만들었다는 해곡(嶰谷)의 대를 가리킨다. 『한서』「율력지」맹강(孟康)의 주에 의하면 해곡의 대는 홈이 안팬

채운 재를 움직이는 것을 보고 기(氣)를 살펴서 백도(百度)를 헤아린다. 백도가 시행되면 백성을 이끌어가는 데 잘못이 없을 것이다"[63]라고 했으니, 그렇다면 '백도가 합당한 수(數)를 얻어 떳떳함이 있다'는 것이 어찌 12율에 근원한 것이 아니겠는가? 따라서 정현(鄭玄)이 백각(百刻)[64]을 백도(百度)로 설명한 것[65]은 터무니없는 설이다.

오음(五音)에 변궁과 변치의 수(數)가 있고 금현(琴絃)에 소궁(少宮)과 소상(小商)[66]의 조(調)가 있는 것은 모두 선왕이 제정한 악의 정상적인 도수(度數)가 아니고 변(變)일 따름이니, 어찌 음란한 정성(鄭聲)으로 흐르지 않겠는가?

18-5. 小大相成, 終始相生, 倡和淸濁迭相爲經.
작거나 큰 것이 서로 이루어주고, 끝과 시작이 서로 낳으며, 선창하고 화답하며 청성과 탁성을 내는 것이 번갈아 서로 경(經: 주축)이 된다.[67]

先王之作樂, 文之以五聲之和, 播之以八音之諧, 節之以十有二律之度. 則聲音律呂發越於樂縣之間, 其體有小大, 不相廢而相成, 其用有終始, 不相戾而相生, 一倡一和 一淸一濁, 迭相爲經, 而所常未始有窮也.

蓋音莫不有適而衷也者適也. 太淸則志危, 以危聽淸, 則耳谿極, 谿極則不鑒, 不鑒則竭矣. 太濁則志下, 以下聽濁, 則耳不收, 不收則不搏, 不搏則怒矣. 皆非所謂適也. 一淸一濁, 迭相爲經, 要合淸濁之衷而

대라 하였고, 또 일설에는 해곡은 곤륜산 북쪽 골짜기의 이름이라 하였다.
63 『太玄經』 권7 玄瑩.
64 백각(百刻): 하루를 100으로 나눈 시각. 1각은 14분 24초가 된다.
65 『禮記』 樂記 19-13에 대해 정현(鄭玄)은 '百度百刻也, 言日月晝夜不失正也【백도는 백각이다. 해와 달, 낮과 밤이 바름을 잃지 않는다는 것을 말한 것이다】'라고 주석하였다.
66 소궁(少宮)은 문현(文絃)이고 소상(少商)은 무현(武絃)이다. 금은 본래 5현이었는데, 문왕과 무왕이 각각 1줄을 추가하여 7현이 되었다고 한다.
67 『禮記』 樂記 19-13.

已, 安往而不適哉?

百度得數而有常, 有常之常也. 倡和淸濁迭相爲經, 無常之常也. 有
常以爲體・無常以爲用, 非知眞常者, 孰能究此? 鄭氏謂'蕤賓至應鍾
爲淸, 黃鍾至仲呂爲濁', 豈所謂迭相爲經之意邪?

선왕이 악(樂)을 지을 적에 오성(五聲)을 조화롭게 하여 문채내고, 팔음
(八音)을 어울리게 해서 연주하며, 12율을 정확하게 내어 꼭 맞게 했다.
성음(聲音)과 율려(律呂)가 악현(樂縣)에서 발현되어, 작거나 큰 체(體)는 서
로 무너뜨리지 않고 이루어주며, 마치거나 시작하는 용(用)은 서로 어그
러뜨리지 않고 낳으며, 선창하고 화답하며 청성(淸聲)과 탁성(濁聲)을 내는
것이 번갈아 경(經 : 주축)이 되어, 떳떳함이 궁진(窮盡)하지 않았다.

대개 음이 마음에 즐겁게 받아들여지는 것은 알맞기 때문이다. 음이
너무 높으면 마음이 불안하니, 불안한 마음으로 청성을 들으면 귀가 멍
해지고, 귀가 멍해지면 살피지 못하며, 살피지 못하면 마음이 고갈된다.
음이 너무 낮으면 마음이 까라지니, 까라진 마음으로 탁성을 들으면 귀
에 들어오지 않고, 귀에 들어오지 않으면 집중하지 못하고, 집중하지 못
하면 화가 난다. 이런 것들은 모두 이른바 알맞은 것이 아니다.[68] 청성과
탁성이 번갈아 경(經)이 되는 것은 요컨대 청탁(淸濁)을 어울리게 하는 것
이니, 어느 경우에나 알맞지 않겠는가?

백도(百度)가 합당한 수(數)를 얻어서 떳떳함이 있는 것은 변함이 없는
떳떳함이요, 선창하고 화답하며 청성과 탁성을 내는 것이 번갈아 주축이
되는 것은 일정하지 않은 떳떳함이다. 변함이 없는 것[有常]을 체(體)로 삼
고, 일정하지 않은 것[無常]을 용(用)으로 삼는 것은 참으로 떳떳함을 아는
자가 아니면 누가 알 수 있겠는가? 정씨가 '유빈에서 응종까지는 소리가
높고, 황종부터 중려까지는 소리가 낮다'라고 한 것은 아마 이른바 '번갈
아 서로 경(經)이 된다'는 뜻일 것이다.

68　음이 너무~아니다:『呂氏春秋』仲夏紀 第五.

18-6. 故樂行而倫清, 耳目聰明, 血氣和平, 移風易俗, 天下皆寧.

악이 행해지면 인륜이 맑아지고 귀와 눈이 밝아지며 혈기가 화평해지고 아름다운 풍속으로 바뀌어 천하가 모두 편안해진다.[69]

莊子曰 : "不雜則淸, 莫動則平." 樂行而倫淸, 則八音克諧, 無相奪倫, 其倫之固已淸, 而無患矣, 確乎鄭衛之音, 莫能入而雜之也. 以之行乎一身, 耳目聰明於其外, 血氣和平於其內, 則中國雖大, 若出乎一人矣. 以之行乎天下, 移風易俗於其始, 天下皆寧於其終, 則天下雖廣, 若出乎一家矣. 國語曰 : "夫樂必聽和而視正, 聽和則聰, 視正則明.[70]" 其耳目聰明之謂乎! 傳曰 : "樂者所以動蕩血脈, 通流精神, 而和正心." 其血氣和平之謂乎!

昔王豹處淇而河西善謳, 緜駒處高唐, 而齊右善歌, 夫以匹夫之歌, 且能感人深如此, 又況人君, 擅天下利勢, 而以先王之樂感人, 未有不移風易俗者矣. 太伯之於吳, 率以仁義, 化以道德, 而風俗移易, 擧欣欣然遷善, 遠罪而不自知. 一國尙爾, 況天下乎! 楚越以好勇之風. 成輕死之俗, 而有蹈水越火之歌. 鄭衛以好淫之風. 成輕蕩之俗, 而有桑間濮上之曲. 姦聲尙爾, 況和樂乎! 孔子曰 : "移風易俗, 莫善於樂", 信矣. 荀卿言'樂行而志淸', 自人言之也, 此言'樂行而倫淸', 自樂言之也.

장자는 "물의 본성은 이물질이 섞이지 않으면 맑고 움직이지 않으면 평온하다"[71]라고 했다. 악(樂)이 유행하여 인륜이 맑아지면 팔음(八音)의 악기가 잘 어울려 서로 저마다 지닌 조리(條理)를 빼앗지 않고, 인륜이 참으로 맑아져 아무런 걱정이 없으면 정(鄭)나라나 위(衛)나라의 음(音)이 들어와 섞일 수 없다.

---

69 『禮記』樂記 19-13.
70 대본에는 '聽和視正則聽則明'으로 되어 있으나, 문맥이 통하지 않아 『國語』에 의거하여 '聽和則聰視正則明'으로 바로잡았다.
71 『莊子』刻意 15-3.

악이 자기 한 몸에 행해지면 밖으로는 귀와 눈이 밝아지고 안으로는 혈기가 화평해지니, 나라가 비록 크나 마치 한 사람에게서 나온 것과 같을 것이다. 악이 온 천하에 행해지면 처음엔 풍속이 아름답게 바뀌고 결국엔 천하가 모두 편안해질 것이니, 천하가 비록 넓다 해도 마치 한 집안에서 나온 것과 같을 것이다.

『국어』에 "악을 행함에 반드시 조화로운 것을 듣고 바른 것을 보아야 한다. 조화로운 것을 들으면 귀가 밝아지고 바른 것을 보면 눈이 밝아진다"[72]라고 했는데, 이는 '귀와 눈이 밝아진다'는 것을 이른 것이다. 전(傳)에 "악이란 혈맥을 뛰게 하고 정신을 통하여 흐르게 해서 마음을 화평하고 바르게 한다"[73]라고 했는데, 이는 '혈기가 화평해진다'는 것을 이른 것이다.

옛날에 왕표(王豹)가 기수(淇水)에 살았는데, 그 일대인 하서(河西) 지역 사람들이 노래를 잘했고, 면구(緜駒)가 고당(高唐)에서 살았는데 그 일대인 제나라 서쪽 사람들이 노래를 잘했으니,[74] 보통 사람의 노래로도 오히려 사람들을 깊이 감동시킴이 이와 같은데, 임금이 천하의 이익과 권세를 마음대로 구사해서 선왕의 악으로 사람을 감화시키면 풍속을 아름답게 바꾸지 못할 리 없다. 태백(太伯)[75]이 오나라에서 인의(仁義)로 통솔하고 도덕으로 교화하니, 풍속이 아름답게 바뀌어 온나라 백성들이 자신도 모르는 사이에 모두 즐거이 선행을 하고 죄를 멀리 하였다. 조그만 나라도 오히려 이러한데 하물며 천하이랴!

초나라와 월나라는 용맹을 좋아하는 기풍이 있어서 죽음을 가볍게 여

---

72 『國語』周語下 3-6.
73 『史記』樂書 24 / 1236쪽.
74 왕표(王豹)가~잘했으니 : 『孟子』告子下 12-6.
75 태백(太伯) : 주나라 태왕(太王 : 古公亶父)의 장남. 주나라의 기초를 고공단보가 닦았는데, 주나라를 다스릴 사람으로 3남의 아들인 창(昌 : 문왕)을 염두에 두고 있었다. 이를 알고 장남인 태백과 차남인 중옹(仲雍)이 남쪽에 있는 오나라로 피했다. 태백이 오나라의 수장(首長)이 되었는데, 아들이 없어서 중옹이 계승하고 그 뒤는 중옹의 자손이 계승했다.

기는 습속이 만연했으므로 '물로 뛰어들고 불을 뛰어 넘는다'라는 내용의 노래가 있었다. 정나라와 위나라는 음란함을 좋아하는 기풍이 있어서 경박하고 음탕한 습속이 만연했으므로 '복수(濮水)라는 강가의 뽕나무 밭에서 애인과 만난다'라는 내용의 곡이 있었다. 간성(姦聲)도 오히려 이렇게 영향을 끼치는데 화평한 음악은 어떻겠는가! 공자가 "풍속을 바꾸는 데는 악(樂)보다 좋은 것이 없다"[76]라고 했는데, 맞는 말이다.

순경이 "악이 행해지면 뜻이 맑아진다"[77]라고 한 것은 사람 위주로 말한 것이고, 여기서 "악이 행해지면 인륜이 맑아진다"라고 한 것은 악(樂) 위주로 말한 것이다.

18-7. 故曰 "樂者樂也." 君子樂得其道, 小人樂得其欲, 以道制欲, 則 樂而不惑. 以欲忘道, 則惑而不樂.

그러므로 "악이란 즐거움이다"라고 한 것이다. 군자는 도를 얻음을 즐거워하고 소인은 욕망을 얻음을 즐거워한다. 도로 욕망을 제어하면 즐겁되 혼란스럽지 않고 욕망으로 도를 잊으면 미혹되어 즐겁지 않다.[78]

人生而靜, 天之性也, 率之則爲道. 感物而動, 人之情也, 徇之則爲欲. 君子所樂, 樂得其性而已, 故言道. 小人所樂, 樂得其情而已, 故言欲. 以道制欲, 是順性者也, 故 樂而不惑. 以欲忘道, 是犯性者也, 故惑而不樂.

孔子聞韶, 其樂至於三月不知肉味, 魏文聽古樂, 其惑至於倦而欲寐, 則君子小人之情覩矣. 齊景公欲比先王之觀, 晏子告以先王, 無流連之樂・荒亡之行, 卒使之作君臣相悅之樂, 誠以君子之道, 事其君, 欲其以道制欲, 而不以欲忘道也. 齊不亦晏子罪人乎?

---

76 『孝經』廣要道章 12.
77 『荀子』樂論 20-8.
78 『禮記』樂記 19-14.

사람이 태어나면서 간직하고 있는 고요한 마음은 하늘로부터 받은 성
(性)이니,[79] 이를 따르면 도(道)가 된다. 외물(外物)에 감응하여 움직인 것은
사람의 정(情)이니, 이를 따르면 욕망이 된다. 군자가 즐거워하는 바는 그
본성을 얻음을 즐거워할 따름이므로 도(道)라고 말하고, 소인이 즐거워하
는 바는 그 정을 얻음을 즐거워할 따름이므로 욕망이라고 말한 것이다.
도로 욕망을 제어하면, 이는 본성을 따르는 것이니 즐겁되 혼란스럽지
않고, 욕망으로 도를 잊으면, 이는 본성을 범하는 것이니 미혹되어 즐겁
지 않게 된다.

공자가 순임금의 《소악(韶樂)》을 듣고 너무나 즐거워 세달 동안이나
고기 맛을 알지 못하기까지 했으며,[80] 위(魏) 문후(文侯)가 고악(古樂)을 듣
고서 너무나 권태로워 눕고 싶기까지 했으니,[81] 군자와 소인의 정을 볼
수 있다. 제(齊) 경공(景公)이 선왕의 관광(觀光)을 본받고자 하니, 안자(晏
子)가 "선왕은 지나친 쾌락과 황망(荒亡)한 행동이 없었다"라고 말하여,
마침내 인군과 신하가 서로 좋아하는 음악을 짓도록 했으니,[82] 진실로
군자의 도로 인군을 섬기는 것은 도로 욕망을 제어하고 욕망으로 도를
잊지 않게 하고자 하는 것이다. 그러니 제나라 사람이 또한 안자의 죄인
이 아니겠는가?[83]

---

79   사람이~성(性)이니 : 『禮記』 樂記 19-1.

80   공자가~했으며 : 『論語』 述而 7-14.

81   위(魏) 문후(文侯)가~했으니 : 『禮記』 樂記 19-21.

82   제 경공이 어떻게 해야 선왕의 관광(觀光)을 본받을 수 있을지 안자(晏子)에게 물으
     니, 안자가 '선왕은 지나친 쾌락을 탐닉하지 않았으며, 밖에 나가 백성들을 살펴서
     부족한 것을 도와주었다'라고 답하자, 경공이 기뻐하며 교외로 나가 머물고 창고를
     열어 부족한 백성들을 도와주고, 태사를 불러 '군신이 서로 좋아하는 음악을 지으라'
     고 하였는데, 지금의 《치소(徵招)》와 《각소(角招)》가 이것이다.〈『孟子』 梁惠王下
     2-4〉

83   제나라의 이미(犁彌)란 자가 안자의 덕에 위배되는 행동을 했다는 뜻이다. 노후(魯
     侯)가 제후(齊侯)와 축기에서 회합을 가졌는데, 공구(孔丘)가 정공을 따라가 도왔다.
     이미가 제후에게 '내인(萊人)'을 시켜서 무기로 노후를 위협하면 임금님 뜻대로 할
     수 있을 것'이라고 부추기자 제후가 그의 말에 따랐다. 그러자 공구가 두 나라의 임
     금님이 우호를 맺는 자리에 변방 오랑캐 포로가 무기로 어지럽게 하는 것은 예를

18-8. 是故君子反情, 以和其志, 廣樂以成其敎. 樂行而民鄕方, 可以觀德矣.

이러므로 군자는 정(情)을 바른 곳으로 돌이키어 뜻을 화(和)하게 하고, 악을 넓혀서 가르침을 이룬다. 악이 행해져서 백성이 바른 도리를 지향하면 덕을 볼 수 있다.[84]

經曰: "樂者情之不可變." 荀卿曰: "樂者和之不可變." 是情爲和之本, 和爲情之用. 君子反情以和其志, 則是志以道寧, 而其仁足以成己. 廣樂以成其敎, 則是以樂敎和, 而其智足以成物. 樂敎行於上, 而民鄕方於下, 則上所廣之敎, 無非德敎, 下所鄕之方, 莫不背僞趨德, 豈不可以觀之哉? 古之諸侯必德盛敎尊, 然後賞之以樂, 子貢之稱孔子知其德必始於聞樂, 亦本諸此.

傳曰: "樂中平, 則民和而不流, 樂肅莊, 則民齊而不亂. 如是則百姓莫不安其處, 樂其鄕, 以至足其上矣." 樂行而民鄕方, 其敎有至於此, 可謂入人深, 化人速矣. 蓋樂之於天下, 所以同民心, 出治道, 廣之足以成敎, 行之足以成政. 然則聲音之道, 庸詎不與政相通[85]邪? 樂行而倫淸, 鄭衛之音, 不可得而雜也, 樂行而民鄕方, 天下之俗, 有可而易也.

경에 "악이란 변경할 수 없는 정(情)이다"[86]라고 했고, 순경은 "악이란 변경할 수 없는 화(和)이다"[87]라고 했는데, 정은 화(和)의 근본이고, 화(和)는 정의 작용이다. 군자가 정을 바른 곳으로 돌이키어 뜻을 화(和)하게 하면, 뜻이 도(道)에 편안하므로 인(仁)이 자신을 완성시키게 된다.

악을 넓혀서 가르침을 이루면, 악의 가르침이 화(和)하므로 지(智)가 다

---

84 『禮記』 樂記 19-15.
85 대본에는 '治道'로 되어 있으나, 사고전서 『樂書』에 의거하여 '相通'으로 바로잡았다.
86 『禮記』 樂記 19-18.
87 『荀子』 樂論 20-9.

잃는 짓이라며 비난하니 제후가 무기를 든 사람들을 나가게 했다.(『春秋左氏傳』定公 10년(2))

른 사람을 완성시킨다. 악의 가르침이 위에서 행해져 백성이 아래에서 바른 도리를 지향하면, 윗사람이 넓힌 가르침이 덕교(德敎) 아닌 것이 없고, 아랫사람들이 지향하는 바가 거짓을 버리고 덕을 좇지 않음이 없을 것이니, 어찌 덕을 볼 수 없겠는가? 옛적에 덕이 많고 가르침이 높은 제후에게 악(樂)을 상으로 주었으며, 자공이 공자를 찬미하면서 '악을 들으면 그 사람의 덕을 알 수 있다'[88]라고 했으니, 또한 이에 근본한 것이다.

전(傳)에 "악이 중정(中正)하고 화평하면 백성들이 온화하여 방종에 흐르지 않고, 악이 엄숙하고 장중하면 백성들이 질서가 있어 혼란스럽지 않다. 이와 같이 되면, 백성들은 그의 거처에서 편안하게 지내고 바른 도리를 즐거워해서, 임금에 대해 지극히 만족할 것이다"[89]라고 했다. '악이 행해져서 백성이 바른 도리를 지향한다'는 것은 가르침이 그와 같은 결과를 가져온 것이니, '악이 사람에게 끼치는 영향이 깊어서 감화가 빠르다'[90]라고 할 만하다.

대체로 악은 천하에서 민심을 합하여 치도(治道)를 실현시키는 것이니,[91] 이를 넓혀 가르침을 이루고 이를 행하여 정사를 이룬다. 그러하니 성음(聲音)의 도가 어찌 정치와 서로 통하지 않겠는가? 악이 행해져 인륜이 맑아지면 정나라나 위나라의 음(音)이 섞일 수 없고, 악이 행해져 백성들이 바른 도리를 지향하면 천하의 풍속이 아름답게 바뀔 수 있다.

---

88 『孟子』 公孫丑上 3-2.
89 『荀子』 樂論 20-5.
90 『荀子』 樂論 20-5.
91 민심을~것이니 : 『禮記』 樂記 19-1.

권19 예기훈의(禮記訓義)

악기(樂記)

악기(樂記)

19-1. 德者性之端也, 樂者德之華也.

덕은 성(性)의 싹이고 악(樂)은 덕의 꽃이다.[1]

　天命之謂性, 率性之謂道, 得道之謂德, 則德固不足盡性之全, 特性
之端而已. 仁之實, 事親是也, 義之實, 從兄是也, 樂之實, 樂斯二者是
也. 則樂固不足旣德之實, 特德之華而已. 以德爲性之端, 則道其性之
本歟! 以樂爲德之華, 則德其樂之實歟! 先王作樂以崇德, 奏之於詩爲
德言, 詠之於歌爲德音, 形之於舞爲德容. 故堯之大章 · 舜之大韶 · 禹

之大夏·湯之大濩, 豈皆足以旣德之實邪? 不過形容其英華而已. 由是
觀之, 明君務以德稱樂, 而日趨於治, 其本先立矣, 暴君務以樂蕩德, 而
日趨於亂, 其本先亡矣. 德本也, 樂末也, 知所本末, 可與論樂矣. 樂爲
德之華, 其不可去如此.

老子曰 : "五音令人耳聾." 莊子亦曰 : "擢亂六律, 鑠絶竽瑟, 塞瞽曠
之耳, 而天下人始含其明矣." 非老莊與聖人異意也, 方其求末以復本,
其言不得不爾. 夏以榮華爲功, 秋以毀折反根, 其意亦何異此? 莫非華
也, 禮爲道之華, 樂爲德之華.

하늘이 명한 것을 성(性)이라 이르고, 성(性)을 따르는 것을 도(道)라 이
르고,[2] 도를 얻은 것을 덕이라 이르니, 덕은 진실로 성(性)을 온전히 표현
하기에는 부족하고 성의 싹일 따름이다. 인(仁)의 실체는 어버이를 섬기
는 것이고, 의(義)의 실체는 형을 따르는 것이며, 악(樂)의 실체는 이 두
가지를 즐기는 것이니,[3] 악은 진실로 덕의 실체가 되기에는 부족하고 덕
의 꽃일 따름이다. 덕은 성(性)의 싹이고 도(道)는 성의 근본이며, 악은 덕
의 꽃이고 덕은 악의 실체이다!

선왕은 악을 지어 덕을 높였으니, 시(詩)로 읊은 것은 덕언(德言)이고,
노래로 부른 것은 덕음(德音)이며, 춤으로 춘 것은 덕용(德容)이다. 그러므
로 요의 《대장(大章)》, 순의 《대소(大韶)》, 우의 《대하(大夏)》, 탕의 《대호(大
濩)》가 모두 어찌 덕의 실체이겠는가? 덕의 빛나는 모습을 형용한 것에
지나지 않는다.

이로 보건대, 명철한 임금은 덕으로 악(樂)과 어울리기를 힘써 날로 치
세(治世)로 나아갔으니, 근본을 먼저 확립했기 때문이다. 폭군은 악(樂)으
로 덕을 무너뜨리기를 힘써 날로 난세(亂世)로 곤두박질쳤으니, 근본을
먼저 무너뜨렸기 때문이다. 덕은 근본이요 악은 말단이다. 근본과 말단
을 알면, 더불어 악을 논할 만하다. 악은 덕의 꽃이니, 멀리 하면 안 된

---

2   하늘이~이르고:『禮記』中庸 31-1.
3   인(仁)의~것이니 :『孟子』離婁上 7-27.

다.

노자는 "오음(五音)은 사람의 귀를 멀게 한다"[4]라고 하고, 장자는 또 "육률(六律)의 가락을 없애버리고 우(竽)와 슬(瑟)을 태워버리며 장님악사인 광(曠)[5]의 귀를 막아 버리면 천하 사람들이 밝은 귀를 간직하게 될 것이다"[6]라고 하였다. 그러나 노자와 장자가 성인과 뜻을 달리한 것이 아니라, 말단적인 폐단을 구제하여 근본을 회복하려면, 이처럼 강하게 말하지 않을 수 없었기 때문이다. 여름에 꽃이 피어 무성한 것과 가을에 낙엽져서 뿌리로 돌아오는 것이, 그 뜻이 어찌 이와 다르겠는가? 모두 꽃을 피우기 위한 것이니, 예는 도(道)의 꽃이고 악은 덕의 꽃이다.

19-2. 金石絲竹, 樂之器也.
금(金)·석(石)·사(絲)·죽(竹)은 악의 그릇이다.[7]

樂出於虛, 寓於實. 出於虛則八音冥於道, 寓於實則八音麗於器. 器具而天地萬物之聲, 可得而考焉. 故凡物之盈於天地之間, 若堅若脆, 若勁若靭, 若實若虛, 若沈若浮, 皆得效其響焉. 故八物各音而同和也. 自葛天氏作八闋之樂, 少昊氏效八風之調, 而八音固已大備. 後世雖有作者, 皆不能易玆八物矣.

金聲舂容, 秋分之音也, 而莫尙於鐘. 石聲溫潤, 立冬之音也, 而莫尙於磬. 絲聲纖微, 夏至之音也, 而莫尙於琴瑟. 竹聲淸越, 春分之音也, 而莫尙於管籥. 匏聲崇聚, 立春之音也, 而笙竽繫焉. 土聲函胡, 立秋之音, 而壎缶繫焉. 革聲隆大, 冬至之音也, 而鼗鼓繫焉. 木聲無餘, 立夏之音也, 而柷敔繫焉. 然金多失之重, 石多失之輕, 絲失之細, 竹失之

---

4   『道德經』 12.
5   사광(師曠) : 춘추시대 진(晉)나라 평공(平公)의 태사(太師)였다. 사(師)는 태사, 즉 악관의 장(長)이라는 뜻이다.
6   『莊子』 胠篋 10-1.
7   『禮記』 樂記 19-15.

高, 匏失之長, 土失之下, 革失之洪, 木失之短. 要之, 八音不相奪倫, 然後其樂和而無失也.

記論八音多矣. 擧其始言之不過曰: "施於[8]金石" 要其終言之不過曰: "匏竹在下" 兼始中終言之則曰: "金石絲竹, 樂之器也." 乃若論其詳, 舍周官太師之職, 何以哉? 蓋樂器重者從細, 輕者從大, 大不踰宮, 細不踰羽. 細大之中則角而已. 莫重於金, 故尙羽. 莫輕於瓦絲, 故尙宮. 輕於金重於瓦絲者石也, 故尙角. 匏竹非有細大之從也, 故尙議. 革木非有淸濁之變也, 故一聲.

然金石則土類, 西凝之方也, 故與土同位於西. 匏竹則木類, 東生之方也, 故與木同位於東. 絲成於夏, 故琴瑟在南. 革成於冬, 故鼗鼓在北. 大師之序八音, 以金石土爲先, 革絲次之, 木匏竹爲後者. 蓋西者以秋言之時[9], 聲之方也, 虛者樂所自出, 聲之本也. 故音始於西, 而成於東. 於西則金石先於土者, 以陰逆推其所始故也. 於東則匏竹後於木者, 以陽順序其所生故也. 革絲居南北之正, 先革後絲者, 豈亦先虛之意歟! 此言樂之器, 荀卿言所以道德者, 德待[10]器而後達故也.

악은 허(虛)에서 나와 실물에 의탁한 것이다. 허(虛)에서 나온다는 것은 팔음(八音)[11]을 깊이 도(道)에서 구한 것이고, 실물에 의탁한다는 것은 팔음을 그릇에 짝한 것이다. 그릇이 구비되어야 천지만물의 소리를 살필 수 있다. 그러므로 단단하거나 무른 것, 딱딱하거나 질긴 것, 실(實)하거나 허(虛)한 것, 가라앉거나 뜨는 것 등, 천지를 채우고 있는 물(物)이 모두 소리를 울리는 것을 본떠서, 팔물(八物)이 각각 음(音)을 내어 조화를

---

8   대본에는 '之'로 되어 있으나, 『禮記』에 의거하여 '於'로 바로잡았다.
9   대본에는 '秋時言之'로 되어 있으나, 『樂書』 75-1과 『禮記集說』(宋 衛湜 撰) 卷39에 의거하여 '秋言之時'로 바로잡았다.
10   대본에는 '時'로 되어 있으나, 『荀子』에 의거하여 '待'로 바로잡았다.
11   팔음(八音): 악기의 소재가 되는 금(金)・석(石)・사(絲)・죽(竹)・포(匏)・토(土)・혁(革)・목(木)의 8종류 물질을 가리키며, 때로 8종류 물질로 만든 악기를 뜻하기도 한다.

이루도록 했다. 갈천씨(葛天氏)[12]가 여덟 곡을 만들고[13] 소호씨(少昊氏)[14]가 팔풍(八風)의 곡조를 연주한 때부터 팔음(八音)이 크게 갖추어졌으므로, 후세에 어떤 악기를 만든다 해도 팔물(八物)을 바꾸지는 못했다.

금성(金聲)이 차분하고 우렁찬 것은 추분의 음이기 때문이니, 종(鐘)이 대표적인 악기이다. 석성(石聲)이 따스하고 윤기가 있는 것은 입동의 음이기 때문이니, 경(磬)이 대표적인 악기이다. 사성(絲聲)이 가늘고 작은 것은 하지의 음이기 때문이니, 금·슬이 대표적인 악기이다. 죽성(竹聲)이 맑고 멀리 퍼지는 것은 춘분의 음이기 때문이니, 관(管)·약(籥)이 대표적인 악기이다. 포성(匏聲)이 여러 소리가 동시에 나는 것은 입춘의 음이기 때문이니, 생(笙)·우(竽)가 이에 속한다. 토성(土聲)이 널리 감싸는듯한 것은 입추의 음이기 때문이니, 훈(壎)·부(缶)가 이에 속한다. 혁성(革聲)이 웅장한 것은 동지의 음이기 때문이니, 도(鼗)·고(鼓)가 이에 속한다. 목성(木聲)이 여운(餘韻)이 없는 것은 입하의 음이기 때문이니, 축(柷)·어(敔)가 이에 속한다.

그런데 쇠로 만든 악기 소리는 자칫하면 지나치게 무거울 수 있고, 돌로 만든 악기 소리는 자칫하면 지나치게 가벼울 수 있으며, 실로 만든 악기 소리는 자칫하면 지나치게 가늘 수 있고, 대로 만든 악기 소리는 자칫하면 지나치게 높을 수 있으며, 박으로 만든 악기 소리는 자칫하면 지나치게 길 수 있고, 흙으로 만든 악기 소리는 자칫하면 지나치게 낮을 수 있으며, 가죽으로 만든 악기 소리는 자칫하면 지나치게 클 수 있고, 나무로 만든 악기 소리는 자칫하면 지나치게 짧을 수 있다. 따라서 팔음이 서로 저마다 지닌 조리(條理)를 빼앗지 않아야 음악이 조화되어, 소리

---

12 갈천씨(葛天氏) : 중국 전설상의 임금으로 세상을 교화하여 태평하게 다스렸다고 한다.
13 갈천씨(葛天氏)가~만들고 : 『呂氏春秋』 仲夏紀 제5. 갈천씨의 여덟 곡명은 《재민(載民)》·《현조(玄鳥)》·《수초목(遂草木)》·《분오곡(奮五穀)》·《경천상(敬天常)》·《건제공(建帝功)》·《의지덕(依地德)》·《총만물지극(總萬物之極)》이다.
14 소호씨(少昊氏) : 중국 전설상의 임금으로 황제(黃帝)의 아들이다. 이름은 현효(玄囂) 또는 지(摯)이고, 호는 금천씨(金天氏)라고 한다.

가 자칫 지나치게 되는 잘못이 없게 된다.

『예기』에 팔음을 논한 데가 많다. 팔음 중 처음을 들어서 '금(金)·석(石)의 악기로 연주한다'[15]라고 하기도 하고, 팔음 중 마지막을 맺어서 '포(匏)·죽(竹)의 악기가 당하(堂下)에 있다'[16]라고 하기도 했으며, 팔음의 처음·중간·끝을 겸해서 '금(金)·석(石)·사(絲)·죽(竹)은 악의 그릇이다'라고 하기도 하였다. 그러나 상세히 말한 것으로는 『주례』「태사(太師)」만한 것이 없다[17]

대개 묵직한 소리를 내는 악기는 가는 소리를 따르고, 가벼운 소리를 내는 악기는 큰 소리를 따르는데, 커도 궁(宮)을 넘지 않고 가늘어도 우(羽)를 넘지 않는다. 가는 소리와 큰 소리의 중간은 각(角)이다. 금(金)은 가장 묵직한 소리를 내는 악기이므로 우를 숭상하며, 사(絲)는 가장 가벼운 소리를 내는 악기이므로 궁을 숭상하며, 금(金)보다는 가볍고 사(絲)보다 묵직한 소리를 내는 석(石)은 각을 숭상한다. 포(匏)·죽(竹)은 가늘거나 큰 소리를 따르지 않고 조화를 숭상하며, 혁(革)·목(木)은 청탁(淸濁)의 변화가 없이 한 가지 소리만 낸다.[18]

그런데 금(金)·석(石)은 토류(土類)이고 서방은 결실을 맺는 방위이므로[19] 금·석은 토와 함께 서방에 위치하며,[20] 포(匏)·죽(竹)은 목류(木類)이고 동방은 낳는(生) 방위이므로 포·죽은 목과 함께 동방에 위치한다.[21]

---

15 『禮記』樂記 19-4.
16 『禮記』郊特牲 11-5.
17 『周禮』春官 / 大師 0에 "皆播之以八音 金石土革絲木匏竹"이라 하여, 처음에 금(金)·석(石)을 말하고, 중간에 토(土)·혁(革)·사(絲)·목(木), 마지막에 포(匏)·죽(竹)을 말하였다.
18 대개~낸다: 『國語』周語下 3-6.
19 서쪽은 계절로는 가을에 해당하는데 가을은 곡식이나 과일이 영글어 단단해지는 때이다.
20 팔음도설(八音圖說)에 따르면 토(土)는 남서쪽, 금(金)은 서쪽, 석(石)은 서북쪽에 위치하고 있다.
21 팔음도설(八音圖說)을 따르면 포(匏)는 북동쪽, 죽(竹)은 동쪽, 목(木)은 남동쪽에 위치하고 있다.

사(絲)는 여름에 이루어지므로[22] 금·슬은 남방에 위치하며, 혁(革 : 가죽)
은 겨울에 이루어지므로[23] 도(鼗)·고(鼓)는 북방에 위치한다.

태사(大師)가 팔음을 순서매길 적에 금(金)·석(石)·토(土)를 앞에 두고,
혁(革)·사(絲)를 그 다음에 두고, 목(木)·포(匏)·죽(竹)을 뒤에 두었다.[24]
그 이유는 서방은 계절로는 가을에 해당되고, 사(事)로는 언(言)에 해당되
어 소리의 방위이고, 허(虛)는 악이 나오는 근원으로 소리의 근본인데, 음
(音)은 서방에서 시작하여 동방에서 이루어지기 때문이다. 서방에서 금·
석을 토보다 앞에 둔 것은 음(陰)은 시작한 바를 거슬러가기 때문이다.[25]
동방에서 포·죽을 목보다 뒤에 둔 것은 양(陽)은 낳는 것을 순서대로 하
기 때문이다.[26] 혁(革)·사(絲)는 정북과 정남에 위치하는데, 혁(革)을 앞에
두고 사(絲)를 뒤에 둔 것 또한 어쩌면 허(虛)를 우선시한 뜻일 것이다.[27]

여기에서는 금·석·사·죽을 악의 그릇이라고 했으나 순경이 덕을 인
도하는 것[28]이라고 한 것은 그릇(악기)을 통하여 덕에 도달하기 때문이다.

〈19-3.[29] 詩言其志也, 歌咏其聲也, 舞動其容也.

시는 뜻을 말한 것이고, 노래는 소리를 길게 읊은 것이며, 춤은 용모를
움직인 것이다.[30]

---

22 누에가 봄에 뽕잎이 나올 무렵이면 유충이 되었다가 여름이 되면 3일 자고 1주일 먹
     기를 세 번 반복한 다음에 고치집을 지으므로, 고치실이 얻어지는 때는 한여름이다.
23 겨울에 사냥이 허락되어 짐승의 가죽을 얻을 수 있기 때문이다.
24 『周禮』春官 大師 0.「大師, 掌六律六同以合陰陽之聲, …… 皆文之以五聲宮商角徵羽,
     皆播之以八音金石土革絲木匏竹.」
25 金(서)·石(서북)은 절기상 추분과 입동에 해당하고 土(남서)는 입추에 해당한다.
26 목(木, 남동)은 입하에 해당하고, 포(匏, 북동)·죽(竹, 동)은 절기상 입춘과 춘분에
     해당한다.
27 그런데 금(金)·석(石)은~것이다 :『禮書』(宋 陳祥道 撰) 권117.
28 『荀子』樂論 20-8.「金石絲竹 所以道德也.」
29 대본에『악서』19-3과 19-4 전반부가 빠져 있다. 19-3은 사고전서『樂書』에 의거하여
     〈 〉표시를 하고 보충하였으나, 19-4 전반부는 사고전서『樂書』에도 빠져 있어서 궐
     문(闕文)으로 남겨두었다.
30 『禮記』樂記 19-15.

在心爲志, 發言爲詩. 詩也者, 言之合於法度, 而志至焉者也. 故詩之所言在志, 不在聲. 怒則爭鬪, 喜則詠歌, 歌也者志之所甚可, 而聲形焉者也. 故歌之所詠在聲, 不在志. 哀則辟踊, 樂則舞蹈, 舞也者蹈厲有節而容成焉者也. 故舞之所動非志也, 非聲也, 一於容而已矣. 以詩序求之, ‘詩者志之所之. 情動於中, 而形於言’, 詩言其志也. ‘言之不足, 故嗟嘆之, 嗟嘆之不足, 故永歌之’, 歌咏其聲也. ‘歌咏不足, 故不知手之舞之, 足之蹈之’, 舞動其容也.

蓋詩爲樂之章, 必待歌之抗墜端折, 然後其聲足以合奏. 歌爲樂之音, 必待舞之周旋屈伸, 然後其容足以中節. 歌登於堂而合奏, 舞降於庭而中節, 則至矣盡矣, 不可以有加矣. 其化豈有不神, 其神豈有不盡邪? 記曰: “歌之爲言者, 長言之也. 說之故言之, 言之不足故長言之.” 均是歌也, 或長其言, 或咏其聲, 以言心聲故也. 歌先之, 舞次之者, 樂以無所因爲上, 有所待爲下故也.

古之敎六詩者, 以六德爲之本, 以六律爲之音. 以六德爲本, 故自樂器推而上之, 及於德者性之端, 樂者德之華也. 以六律爲音, 故自樂器推而下之, 及於歌咏其聲, 舞動其容也. 由是觀之, 聖人非惡歌也, 惡其酣爾, 非惡舞也, 惡其屢爾. 故酣街恒舞, 商書儆之, 屢舞躚躚, 周詩刺之.

然則書美舜樂則曰: “詩言之, 歌永言, 聲依永, 律和聲.” 而不及舞, 大司樂序周樂, 則奏律歌呂而舞六樂者, 豈非帝者德全而樂簡, 王者業大而樂備故邪? 揚雄曰: “周之禮樂, 庶事之備”, 信乎!

마음속에 있으면 뜻이 되고 말로 나타내면 시가 되니, 시란 법도에 맞게 말하여 뜻을 나타내는 것이다. 그러므로 시에서 말하는 것은 뜻이지 소리가 아니다. 화나면 싸우고 기쁘면 흥얼거리니, 노래란 벅차오르는 뜻을 소리로 나타낸 것이다. 그러므로 노래에서 읊는 것은 소리이지 뜻이 아니다. 슬프면 가슴을 치고 발을 구르며, 즐거우면 손을 너울거리고 발을 경쾌하게 움직이니, 춤이란 장단에 맞추어 힘차게 발을 디뎌 아름다운 몸짓을 만들어내는 것이다. 그러므로 춤에서 움직이는 것은 뜻도 아니고 소리도 아니며 오로지 몸짓일 뿐이다.

시서(詩序)를 살펴보면, '시는 뜻이 가는 바이다. 정(情)이 마음속에서 움직여 말로 형용된다'라고 했으니, 시는 뜻을 말한 것이다. '말로는 부족하므로 감탄하며 감탄으로는 부족하여 소리를 길게 늘여 노래한다'라고 했으니, 노래는 소리를 길게 읊은 것이다. '노래로는 부족하므로 자신도 모르게 손을 흔들고 발을 구르게 된다'[31]라고 하였으니 춤은 용모를 움직인 것이다.

대개 시가 악장(樂章)으로 쓰일 때, 반드시 노래가 하늘로 오를 듯 하기도 하고 땅에 떨어질 듯하기도 하며 단정하게 이어지다가 꺾이기도 해야 절주에 합치된다. 노래가 악음(樂音)으로 쓰일 때, 반드시 춤이 돌기도 하고 꺾기도 하며 굽히기도 하고 펴기도 해야 그 몸짓이 절도에 맞는다. 당(堂) 위에서 노래를 불러 절주에 합치되고 당 아래 뜰에서 춤을 추어 절도에 맞으면, 지극하여 더할 것이 없으니, 그 교화가 어찌 신묘하지 않을 것이며, 그 신묘함이 어찌 지극하지 않겠는가?

「악기(樂記)」에 "노래란 말을 길게 읊는 것이다. 기쁘므로 말하고, 말하는 것만으로는 부족하므로 길게 읊는다"[32]라고 하였다. 노래를 설명하면서, 혹은 "말을 길게 읊은 것이다"라고도 하고, 혹은 "소리를 길게 읊은 것이다"라고도 한 것은 말이란 마음의 소리[心聲]이기 때문이다. 노래를 먼저 말하고 춤을 다음에 말한 것은 악(樂)에서는 도구[악기]를 매개로 하지 않고 바로 이루어지는 것[노래]을 높게 여기고, 도구가 있어야만 이루어지는 것[춤]을 낮게 여기기 때문이다.

옛날에 육시(六詩)[33]를 가르친 자는 육덕(六德)[34]을 근본으로 삼고, 육률(六律)을 음(音)으로 삼았다.[35] 육덕을 근본으로 삼았으므로 악기를 연주하

---

31 『詩經』周南 / 關雎, 毛序.
32 『禮記』樂記 19-26.
33 육시(六詩) : 풍(風)·아(雅)·송(頌)·부(賦)·비(比)·흥(興).
34 육덕(六德) : 사람이 지켜야 할 여섯 가지 덕. 지(知)·인(仁)·성(聖)·의(義)·충(忠)·화(和).

여 '덕이 성(性)의 실마리가 되고 악이 덕의 꽃이 되는 형이상의 단계'에 이르렀고, 육률을 음(音)으로 삼았으므로 악기를 연주하여 '노래하고 춤추는 형이하의 단계'에 이르렀다.

이로 보건대, 성인은 노래를 싫어한 것이 아니라 술에 빠져 취하는 것을 미워했고, 춤을 싫어한 것이 아니라 빈번히 해롱거리는 것을 미워한 것이다. 그러므로 '술에 취해 거리에서 노래하고 시도 때도 없이 춤추는 것'을 「상서(商書)」에서 경계했고,[36] '빈번히 해롱해롱 춤추는 것'을 주나라 시(詩)에서 풍자했다.[37]

『서경』에서 순임금 음악을 찬미한 것에는 "시는 뜻을 말한 것이요, 노래는 말을 길게 읊은 것이요, 성(聲)은 길게 읊은 것에 의지한 것이요, 율(律)은 성(聲)을 조화시키는 것이다"[38]라고 하여 춤을 언급하지 않았는데, 「대사악(大司樂)」에서 주나라 악을 순서대로 열거할 것에는 '율(律)을 연주하고 여(呂)를 노래하며 육악(六樂)을 춤춘다'[39]라고 하여 춤을 언급하였다. 이는 제(帝 : 堯·舜)는 덕이 온전하고 악(樂)이 간단하며, 왕(王 : 禹·湯·武)은 업적이 크고 악이 갖추어졌기 때문이 아니겠는가? 양웅(揚雄)이 "주나라의 예악은 여러 가지가 잘 갖추어져 있다"[40]라고 했는데, 일리가 있다.

---

35 『周禮』春官 / 大師 0. 「大師 …… 敎六詩曰風曰賦曰比曰興曰雅曰頌. 以六德爲之本. 以六律爲之音.」

36 이윤이 태갑에게 '궁중에서 시도 때도 없이 춤추고 실내에서 술에 취해 노래하는 것을 무풍(巫風)이라 하고, 재화와 여색에 빠지고 유람과 사냥을 일삼는 것을 음풍(淫風)이라 하며, 성인의 말씀을 업신여기고 덕있는 이를 멀리하는 것을 난풍(亂風)이라 이르는데, 이 삼풍(三風) 중 한 가지라도 경사(卿士)가 행하면 집안이 망하고, 임금이 행하면 나라가 망하게 될 것이다'라고 경계하였다.〈『書經』商書 / 伊訓 3〉

37 처음엔 위의(威儀)가 반반하다가 술에 취해서는 위의(威儀)가 경망해지는 것을 풍자하였다.〈『詩經』小雅 / 賓之初筵〉

38 『書經』虞書 / 舜典 3.

39 『周禮』春官 / 大司樂 1.

40 『法言』問神 5-21.

19-4. 〈누락됨. 사고전서 『樂書』에도 없음〉

大夏而上, 文舞〉也, 類皆執羽. 大濩而下武舞也, 類皆執干. 則大舞
必用小舞之儀, 小舞不必用大舞之章. 征誅揖遜之義, 盡於此矣. 非窮
神知化, 孰究之哉? 然則大司樂 祀天神祭地祇有歌, 致天神地祇則無
歌, 小師大祭祀大饗登歌, 小祭祀小樂事則不登歌, 何也? 曰 : 致天神地
祇無歌, 猶天神之不祼也, 小祭祀小樂事不登歌, 猶小祭祀之不興舞也.

《대하(大夏)》 이상은 문무(文舞)이니, 대체로 모두 춤출 적에 꿩깃[羽]을
잡는다. 《대호(大濩)》 이하는 무무(武舞)이니 대체로 모두 방패를 잡는다.
대무(大舞)는 반드시 소무(小舞)[41]의 의물(儀物)을 쓰지만 소무(小舞)는 반드
시 대무(大舞)의 의장(儀章)을 쓰지는 않는다.[42] 정벌하여 베거나 읍하여
사양하는 뜻이 여기(文舞와 武舞)에 다 표현되어 있으니, 신(神)을 궁구해서
변화를 아는 사람이 아니면 누가 이를 알 수 있으리오?

대사악(大司樂)이 천신(天神)에 제사하고 지기(地祇)에 제사지낼 때에 노
래가 있는데,[43] 천신과 지기를 이르게 하는 강신(降神) 절차에는 노래가
없으며,[44] 소사(小師)가 대제사(大祭祀)와 대향(大饗)에서는 당상에 올라가
노래하는데, 소제사(小祭祀)와 소악사(小樂事)에는 당상에 올라가 노래하지
않는 것[45]은 어째서인가? 천신과 지기를 이르게 하는 강신 절차에 노래
가 없는 것은 천신의 강림을 빌기 위해 땅에 술을 뿌리지 않는 것과 같

---

41 대무(大舞)는 《운문(雲門)》《함지(咸池)》《대소(大磬)》《대하(大夏)》《대호(大濩)》
《대무(大武)》를 가리키고, 소무(小舞)는 《불무(帗舞)》《우무(羽舞)》《황무(皇舞)》《모
무(旄舞)》《간무(干舞)》《인무(人舞)》를 가리킨다. (『周禮』春官 / 大司樂 1; 樂師 0)

42 대하(大夏)~않는다: 『禮書』 권129.

43 『周禮』春官 / 大司樂 1. 「大司樂 …… 乃奏黃鍾歌大呂舞雲門以祀天神. 乃奏大族歌應
鍾舞咸池以祭地示.」

44 『周禮』春官 / 大司樂 2. 「凡樂圜鍾爲宮黃鍾爲角大族爲徵姑洗爲羽, 雷鼓雷鼗, 孤竹之
管, 雲和之琴瑟, 雲門之舞, 冬日至於地上之圜丘奏之, 若樂六變則天神皆降可得而禮
矣. 凡樂函鍾爲宮大族爲角姑洗爲徵南呂爲羽, 靈鼓靈鼗, 孫竹之管, 空桑之琴瑟, 咸池
之舞, 夏日至於澤中之方丘奏之, 若樂八變則地示皆出可得而禮矣.」

45 소사(小師)가~것: 『周禮』春官 / 小師 0.

고, '소제사와 소악사에 당상에 올라가 노래하지 않는 것'은 '소제사에서
는 춤추지 않는 것'[46]과 같다,

19-5. 樂者心之動也, 聲者樂之象也, 文采節奏聲之飾也. 君子動其
本, 樂其象, 然後[47]治其飾.
　악은 마음의 움직임이고, 소리는 악의 상(象)이며, 문채와 절주는 소리
의 문식(文飾)이다. 군자는 근본을 움직여 상을 악으로 만든 뒤에 문식을
다스린다.[48]

　容從聲生, 聲從志起, 志從心發. 是知詩與歌舞合而爲樂, 皆本於心
焉. 蓋心者道之主宰, 反者道之動. 樂以反爲文, 體道之動者也. 故曰:
"樂者心之動者也." 人心之動, 物使之然. 感於物而動, 故形於聲, 形於
聲, 則有嚮於器, 而非器, 猶爲之象而已. 故曰: "聲樂之象也." 靑與赤
謂之文, 五色備謂之采, 則文於采爲略, 采於文爲備. 止樂謂之節, 作樂
謂之奏, 則奏於樂爲始, 節於樂爲終. 要皆非聲之質也, 聲之飾而已. 故
曰: "文采節奏, 聲之飾也."
　君子致樂治心, 則易直子凉之心, 油然生矣, 動其本之謂也. 施於金
石, 越於[49]聲音, 樂其象之謂也. 省其文采, 廣其節奏, 治其飾之謂也.
君子之於樂, 以動其心爲本, 則樂其象者幹也, 治其飾者末也. 以樂其
聲爲象, 則動其本者道也, 治其飾者器也. 幹則非本非末, 而本末待之
而立, 道則非象非器, 而象器待之而成. 然則君豈不爲道之幹邪?
　樂必於先奏而後節, 此先節後奏, 何也? 曰六經之道, 同歸, 而禮樂之
明爲急. 禮勝則離, 而以進爲文. 故曲禮, 以毋不敬爲先. 樂勝則流, 而

46　『周禮』 地官 / 舞師 0.
47　대본에는 '然後'가 없으나, 『禮記』에 의거하여 보충하였다.
48　『禮記』 樂記 19-16.
49　대본에는 '之'로 되어 있으나, 사고전서 『樂書』와 『禮記』에 의거하여 '於'로 바로잡았
　다.

以反爲文. 故作樂, 以節先乎奏. 節先乎奏, 與書'先戛後擊同意. 荀卿
論禮, 亦謂節奏陵而文. 然以禮爲節則是, 以之爲奏則非矣.

몸짓은 소리를 따라 움직여지고, 소리는 뜻을 따라 일어나며, 뜻은 마
음을 따라 발생한다. 따라서 시(詩)·가(歌)·무(舞)가 합하여 악이 되는데,
모두 마음에 근본한 것임을 알 수 있다. 대개 마음은 도(道)를 주재하는
것이고, 돌아감[反]은 도의 움직임이다.[50] 악이 '돌아감'으로 문채를 삼은
것은 도의 움직임을 체득한 것이다. 그러므로 '악은 마음의 움직임'이라
고 한 것이다.

마음이 움직이는 것은 외물(外物)이 그렇게 만든 것이다. 외물에 감응
(感應)되면 마음이 움직여 소리로 형용되고, 소리로 형용되면 악기에 울
림이 있게 되거니와, 악기가 아니더라도 상(象)을 이루게 된다. 그러므로
'소리는 악의 상'이라고 한 것이다.

청색(青色)과 적색(赤色)을 문(文)이라 하고,[51] 오색이 갖추어진 것을 채
(采)라고 하니, 문은 채보다 간략하고, 채는 문보다 갖추어진 것이다. 악
을 그치는 것을 절(節)이라고 하고 연주하는 것을 주(奏)라고 하니, 주는
음악의 시작이고 절은 음악의 마침이나, 요컨대 모두가 소리의 본질이
아니라 소리를 문식하는 것일 따름이다. 그러므로 '문채와 절주는 소리
의 문식'이라고 한 것이다.

'군자가 악(樂)을 지극하게 행하여 마음을 다스리면, 평이하고 바르며
자애롭고 선량한 마음이 구름이 뭉게뭉게 피어오르듯 생긴다'[52]는 것은
근본을 움직인 것을 일컫는다. '금석(金石)의 악기로 연주하고 성음(聲音)
으로 표현한다'[53]는 것은 상(象)을 악으로 만드는 것을 일컫는다. '문채를

---

50   『道德經』 40. 「反者, 道之動, 弱者, 道之用, 天下萬物生於有, 有生於無【되돌아감은 도
     의 움직임이다. 부드럽고 약한 것은 도의 작용이니 천하 만물은 있음에서 나오고 있
     음은 없음에서 나온다.】」
51   청색(青色)과 적색(赤色)을 문(文)이라 하고:『周禮』 冬官 / 畫繢 0.
52   『禮記』 樂記 19-23.
53   『禮記』 樂記 19-4.

간략하게 하고 절주를 넓힌다'⁵⁴는 것은 문식을 다스리는 것을 일컫는다.

군자가 악을 행함에 마음을 움직이는 것으로 근본으로 삼으니, 상(象)을 악으로 만드는 것은 줄기이고, 문식을 다스리는 것은 말단이다. 소리를 악으로 만들어 상을 삼으니, 근본을 움직이는 것은 도(道)이고, 문식을 다스리는 것은 기(器)이다. 줄기는 근본도 아니고 말단도 아니나 근본과 말단은 줄기를 기다려 성립되고, 도는 상(象)도 아니고 기(器)도 아니나 상(象)과 기(器)는 도를 기다려 성립된다. 그렇다면 군자는 어찌 도의 줄기가 되지 않겠는가?

악은 반드시 먼저 연주한(奏) 뒤에 그치는 것(節)인데, 여기에서 그치는 것을 앞에 두고 연주하는 것을 뒤에 두어 '절주'라고 한 것은 왜인가? 육경(六經)⁵⁵의 도는 귀결점이 같은데 예악을 밝히는 것을 급선무로 삼는다. 예가 지나치면 인심이 떠나므로 나아가는 것을 문채를 삼았다. 그리하여 「곡례(曲禮)」에 '공경하지 않음이 없다'⁵⁶라는 것을 맨 먼저 말하였다. 악이 지나치면 방종에 흐르므로 돌아가는 것을 문채로 삼았다. 그리하여 악을 지을 적에 그치는 것을 연주하는 것보다 우선시한 것이다. 그치는 것(節)을 연주하는 것(奏)보다 우선시한 것은 『서경』에서 '어(敔)를 문질러 악을 그치게 한다(戞)'는 말을 먼저하고, '축(柷)을 쳐서 악을 시작하게 한다(擊)'는 말을 나중에 한 것⁵⁷과 같은 뜻이다. 순경이 예(禮)를 논할 때 또한 "예의 절주(節奏)가 엄밀하면 문채가 난다"⁵⁸라고 했는데, 예를 나타내는 말로 '절(節)'이라고 한 것은 옳지만 '주(奏)'라고 한 것은 부적합하다.

---

54 『禮記』樂記 19-12.
55 육경(六經) : 시경(詩經)・서경(書經)・예기(禮記)・악경(樂經)・주역(周易)・춘추(春秋).
56 『禮記』曲禮上 1-1.
57 『書經』虞書 / 益稷 2.「夔曰: "戞擊鳴球, 搏拊琴瑟以詠."」
58 『荀子』致士 14-6.「節奏陵而文, 生民寬而安【예의 절도가 엄밀하면 문채가 나고, 백성의 생활은 관대하면 편안하다.】」

악기(樂記)

20-1. 先鼓以警戒, 三步以見方, 再始以著往, 復亂以飭歸. 奮疾而
不拔, 極幽而不隱, 獨樂其志, 不厭其道, 備擧其道, 不私其欲. 情見
而義立, 樂終而德尊. 君子以好善, 小人以聽過. 故曰[1] "生民之道, 樂
爲大焉."

먼저 북을 두드려 사람들을 경계시키고, 세 걸음을 떼어서 춤추는 방
법을 보인다. 다시 시작하여 앞으로 나아갈 바를 밝히고, 마지막에 질서
정연하게 돌아간다. 춤 동작이 빠르되 지나치게 빠르지는 않고, 지극히
은미하더라도 숨기지는 않으니, 홀로 그 뜻을 즐거워하고 그 도를 싫어

하지 않으며, 그 도를 갖추어 행하고, 욕망을 사사로이 하지 않는다. 그리하여 정(情)이 나타남에 의(義)가 확립되고, 악(樂)이 끝남에 덕이 높아진다. 따라서 악을 통해 군자는 양심(良心)을 감발(感發)하여 선(善)을 좋아하고 소인은 사심(私心)을 씻어 허물을 고친다. 그러므로 "백성을 기르는 길은 악이 크다"라고 하는 것이다.[2]

凡兵以鼓進以金止. 大武之樂, 先鼓以警戒, 出而治兵也. 三步以見方, 武始而北出也. 再始以著往, 再成而滅商也. 復亂以飭歸, 入而振旅也. 奮疾而不拔, 太公之志也. 極幽而不隱, 周召之治也. 獨樂其志, 不厭其道, 志以道寧也. 備擧其道, 不私其欲, 以道制欲也. 凡此又舞動其容而已.

乃若詩發乎情, 則情見而義立者, 武王仗義以平亂也. 歌陳乎德, 則樂終而德尊者, 武王偃武以修文也. 義立則天下歸之以爲王, 德尊則天下宗之以爲君. 君子履之, 莫不惡惡而好善, 小人視之, 莫不懋功而聽過. 移風易俗, 天下皆寧, 由此其本也. 然則生民之道, 有不以樂爲大乎? 此六樂所以均謂之大歟! 荀卿曰 "樂者治人之盛者也, 而墨子非之, 則墨子之於道, 猶瞽之於白黑·聾之於淸濁·之楚而北求也" 斯言信矣. 孔子曰 : "民之所由生禮爲大." 又曰 : "所以治愛人, 禮爲大." 由此觀之, 生民之道, 豈特樂爲大哉? 雖禮亦然. 故曰 : "先王之道禮樂, 可謂盛矣."

孔子曰 : "武盡美矣, 未盡善也." 可欲之謂善, 翦商之事, 非人所欲, 故有厭而不樂者矣. 然武王獨樂其志, 不厭其道, 豈私一己之慾爲哉? 果斷濟功, 以天下之心爲心而已. 若韶則旣盡美矣, 又盡善也, 雖甚盛德, 蔑以加於此. 孔子聞之於後世, 猶足樂而忘味, 獨樂而不厭, 蓋有不足言者矣. 且先鼓以警戒, 非特行師爲然, 視學亦如之. 故文王世子曰 :

---

2   『禮記』 樂記 19-16.

"天子視學, 大昕鼓徵, 所以警衆也."

모든 군대는 북을 치면 전진하고 징을 치면 멈추니, 《대무(大武)》에서 먼저 북을 두드려 사람들을 경계시킨 것은 전투에 나가고자 군대를 정비한 것이다. 세 걸음 떼어서 춤추는 방법을 보인 것은 전쟁이 시작되어 북쪽으로 출정(出征)한 것이다. 다시 시작하여 앞으로 나아갈 바를 밝힌 것은 다시 이루어 상나라를 멸망시킨 것이다. 마지막에 질서정연하게 돌아간 것은 본국으로 돌아와 군대를 정돈한 것이다. 빠르되 지나치게 빠르지 않은 것은 강태공의 뜻이다. 지극히 은미하되 숨기지 않은 것은 주공과 소공의 다스림이다. 홀로 그 뜻을 즐거워하고 그 도(道)를 싫어하지 않은 것은 도(道)로 편안히 하는 것에 뜻을 둔 것이다. 그 도를 갖추어 행하고 욕망을 사사로이 하지 않은 것은 도로 욕망을 제어한 것이다. 《대무》는 이 모든 것을 춤동작으로 표현한 것이다.

시는 정(情)을 표현하는 것이다. 따라서 정이 나타남에 의(義)가 확립된 것은 무왕이 의리로 난을 평정했기 때문이다. 노래는 덕을 나타내는 것이다. 따라서 악이 끝남에 덕이 높아진 것은 무왕이 무(武)를 거두고 문(文)을 닦았기 때문이다. 의가 확립되면 천하 사람들이 다 귀의(歸依)하여 왕으로 삼고, 덕이 높아지면 천하 사람들이 그를 종주(宗主)로 삼아서 인군으로 삼는다.

군자가 이것(樂)을 행하면 악(惡)을 미워하고 선(善)을 좋아하지 않을 수 없으며, 소인이 이것을 보면 공(功)을 힘쓰고 허물을 고치지 않을 수 없다. 풍속이 바뀌어 천하가 모두 편안한 것은 근본적으로 이것에 연유한 것이다. 그러므로 백성을 기르는 길은 악이 크지 않겠는가? 이것이 육악(六樂)의 명칭에 모두 '대(大)'를 붙인 이유이다.[3]

순경이 "악은 사람을 올바로 다스리는 성대한 것이거늘 묵자(墨子)는 이를 부정했으니, 도에 대한 묵자의 태도는 장님이 희고 검은 것을 모르

---

[3]   『周禮』春官 / 大司樂 1. 「以樂舞敎國子, 舞雲門大卷・大咸・大磬・大夏・大濩・大武.」

는 것과 같고, 귀머거리가 높고 낮은 소리를 분별하지 못하는 것과 같으며, 남쪽의 초나라를 가려고 하면서 북쪽으로 향하는 것과 같다"[4]라고 했으니, 일리가 있는 말이다. 그런데 공자는 "백성들이 말미암아 살아가는 데는 예가 크다"[5]라고 하고, 또 "사람에 대한 사랑을 키우는 것은 예가 크다"[6]라고 했다. 이로 보건대, 백성을 기르는 길은 악(樂)만 큰 것이 아니라 예 또한 마찬가지로 크다. 그러므로 "선왕이 예악을 인도한 것이 성대하다고 이를 수 있다"[7]라고 한 것이다.

공자가 "《대무(大武)》는 지극히 아름답지만 지극히 선(善)하지는 못하다"[8]라고 하였다. 하고자 할 만한 것을 선(善)이라 이른다.[9] 상나라를 치는 일은 사람들이 원한 것이 아니었으니, 이를 싫어하여 좋아하지 않는 자가 있었다. 그러나 무왕은 홀로 그 뜻을 즐거워하고 그 도를 싫어하지 않았으니, 어찌 자기 욕망을 사사로이 채우려는 것이었겠는가? 과단성 있게 공을 이루고, 천하의 마음을 자기 마음으로 삼았을 따름이다.

《소(韶)》와 같은 것은 지극히 아름답고 또 지극히 선(善)하니,[10] 아무리 성대한 덕이라 할지라도 이보다 나을 수는 없다. 후세에 공자가 《소》를 들었을 적에 이를 즐거워하여 고기 맛까지 잊을 정도였으니, 홀로 그 뜻을 즐거워하고 그 도를 싫어하지 않았다는 것은 족히 말할 것도 없다.

또 먼저 북을 두드려 사람들을 경계시킨 것은 다만 행군(行軍)할 적에만 그렇게 한 것이 아니라 국학(國學)을 시찰할 때에도 또한 이와 같이 하였다. 그러므로 「문왕세자」편에 "천자가 국학을 시찰할 때 아침 일찍 북을 치는데, 학사(學士)들을 불러서 준비시키기 위함이다"[11]라고 하였다.

---

4   『荀子』 樂論 20-8, 20-4.
5   『禮記』 哀公問 27-1.
6   『禮記』 哀公問 27-2.
7   『禮記』 樂記 19-25.
8   『論語』 八佾 3-25.
9   하고자~이른다 : 『孟子』 盡心下 14-25.
10 소(韶)와~선(善)하니 : 『論語』 八佾 3-25.
11 『禮記』 文王世子 8-13.

20-2. 樂也者施也, 禮也者報也.
악이란 베푸는 것이고 예란 보답하는 것이다.[12]

樂由天作, 禮以地制, 別而言之. 樂者天地之和, 禮者天地之序, 合而
言之. 自其別言之, 樂由陽來天道也, 禮由陰作地道也. 天覆萬物, 施其
德以養之, 與而不取. 故曰 : "樂也者施也." 地載萬物, 因其材而長之,
與而取之. 故曰 : "禮也者報也." 詩於上帝祈而不報, 於社稷則報之而
已, 亦是意也. 自其合言之, 春夏散天地仁氣而之[13]乎施, 秋冬斂天地義
氣而歸乎報, 施者天下之至德, 報者天下之大利. 仁近於樂而主施, 義
近於禮而主報, 亦是意也. 雖然樂以施爲主, 而不遺於報, 故以之章德
又所以反始也. 禮以報爲主, 而不遺於施, 故禮尙往來而務施報也. 故
曰 : "禮之報·樂之反, 其義一也." 樂施而禮報, 猶易所謂闢戶, 謂之乾,
闔戶謂之坤也. 樂施而有報, 禮報而有施, 猶易所謂一闔一闢, 謂之變也.

'악(樂)은 하늘을 말미암아 지어지고 예(禮)는 땅을 본받아 만들어졌
다'[14]라고 한 것은 구별해서 말한 것이며, '악은 천지의 조화이고 예는
천지의 질서이다'[15]라고 한 것은 합해서 말한 것이다.

구별해서 말하면 악은 양(陽)으로 말미암아 나온 것이니 천도(天道)이
고, 예는 음(陰)으로 말미암아 만들어진 것이니 지도(地道)이다. 하늘이 만
물을 덮어 그 덕을 베풀어 기르는 것은 은혜를 베풀기만 하고 취하지는
않는 것이므로 '악이란 베푸는 것'이라고 하였다. 땅이 만물을 실어서 그
재질로 인하여 자라게 하는 것은 은혜를 베풀고 성과물을 취하는 것이
므로 '예란 보답하는 것'이라고 하였다. 시(詩)에 '상제(上帝)에게 기도는
하되 보답하지는 않는다'[16]라고 한 구절과 '사직에 보답한다'[17]라고 한

---

12 『禮記』樂記 19-17.
13 대본에는 '見'으로 되어 있으나, 사고전서 『樂書』와 『禮記集說』에 의거하여 '之'로 바
　　로잡았다.
14 『禮記』樂記 19-4.
15 『禮記』樂記 19-4.

구절이 나오는데, 또한 이런 뜻이다.

합해서 말하면, 봄·여름에는 천지의 인기(仁氣)를 발산시켜 베풀고, 가을·겨울에는 천지의 의기(義氣)를 거두어 보답한다. 베풂은 천하의 지덕(至德)이고 보답은 천하의 대리(大利)이다. '인(仁)은 악에 가까워 베풂을 주로 하고, 의(義)는 예에 가까워 보답을 주로 한다'는 것도 또한 이러한 뜻이다.

그렇지만 악은 베풂을 위주로 하지만 보답도 빠뜨리지 않는다. 그러므로 악으로 덕을 빛나게 하는 것은 또 시초로 돌아가는 바도 된다. 예는 보답을 위주로 하지만 베풂도 빠뜨리지 않는다. 그러므로 예는 오고 가는 것을 숭상하여 베풀고 보답하는 것을 힘쓴다.[18] 따라서 '예의 보답과 악의 돌아감은 그 뜻이 같다'[19]라고 한 것이다.

'악은 베풀고 예는 보답한다'는 것은 『주역』에서 "문을 여는 것을 건(乾)이라 하고 문을 닫는 것을 곤(坤)이라고 한다"[20]라고 한 것과 같고, '악은 베풂을 위주로 하되 보답이 있고, 예는 보답을 위주로 하되 베풂이 있다'는 것은 『주역』에서 "한번 닫고 한번 여는 것을 변(變)이라 한다"[21]라고 한 것과 같다.

20-3. 樂樂其所自生, 禮反其所自始也. 樂章德, 禮報情反始也.
악은 생겨난 근원을 즐거워하는 것이고, 예는 시작된 근원으로 돌아가는 것이니, 악은 덕을 빛내는 것이고, 예는 정에 보답하여 시초로 돌아가는 것이다.[22]

---

16 《희희(噫嘻)》는 봄여름에 상제(上帝)에 풍년을 기원하는 제사를 지내는 시이다. 〈『詩經』周頌 / 噫嘻, 毛序〉

17 《양사(良耜)》는 가을에 사직에 보답하는 시이다. 〈『詩經』周頌 / 良耜, 毛序〉

18 예는~힘쓴다: 『禮記』曲禮上 1-7.

19 『禮記』樂記 19-23.

20 『周易』繫辭上 11.

21 『周易』繫辭上 11.

22 『禮記』樂記 19-17.

先王因德以作樂, 緣情以制禮, 則德也者, 樂之所自生, 情也者, 禮之所自始. 樂樂其所自生, 所以章德, 施之道也. 禮反其所自始, 所以報情, 報之道也. 豈萬物並作, 各歸其根之意歟! 離而言之則然, 合而言之, 一於反始而已. 樂主章德, 非無情也, 故曰 : "樂也者, 情之不可變者也." 禮主報情, 非無德也, 故曰 : "禮樂皆得謂之有德."

此言 "樂樂其所自生, 禮反其所自始." 禮器言 "禮也者, 反其所自生, 樂也者, 樂其所自成." 檀弓言 "樂樂其所自生, 禮不忘其本." 其不同, 何也? 曰 : 物之在天下, 乾始之, 坤生之, 春生之, 秋成之, 始之然後生, 生之然後成, 自然之序也, 而禮樂如之. 禮器主乎禮, 故先言, 禮也者反其所自生, 而以樂樂其所自成, 繼之. 樂記主乎樂, 故先言, 樂樂其所自生, 而以禮反其所自始, 繼之. 然則禮不言所自成, 樂不言所自始者, 蓋天下之理, 粗而顯者, 聖人未嘗不欲微之, 以之神. 妙而幽者, 聖人未嘗不欲闡之, 以之明. 禮也者微而之神, 故推而上之, 有及於所自始. 樂也者闡而之明, 故推而下之, 有至於所自成. 是禮由陰作, 陰則能生而已, 成歲功者, 不與焉. 樂由陽來, 陽則主成歲功, 而生亦得而兼之, 君統臣功之意也. 若夫檀弓之論禮樂, 主太公五世反葬於周, 言之. 故變始而言本, 以人本乎祖故也.

선왕은 덕(德)으로 인해 악을 짓고, 정(情)으로 인해 예를 만들었으니, 덕이란 악이 생겨난 근원이고, 정이란 예가 시작된 근원이다. 악은 생겨나게 된 근원을 즐거워하고 덕을 빛내는 것이니 베풂의 도이고, 예는 시작된 근원으로 돌아가고 정에 보답하는 것이니 보답의 도이다. 어쩌면 '만물이 어울려 생겨났다가 결국에는 각기 뿌리로 돌아간다'[23]는 뜻인가! 나누어서 말하면 이렇지만, 합해서 말하면 한결같이 시초로 돌아갈 따름이다.

악은 덕을 빛내는 것을 위주로 하나 정이 없는 것은 아니다. 그러므로

---

23 『道德經』16.

"악이란 변할 수 없는 정(情)이다"[24]라고 하였다. 예는 정에 보답하는 것을 위주로 하나 덕이 없는 것은 아니다. 그러므로 "예와 악을 모두 체득한 자를 유덕(有德)하다고 한다"[25]라고 하였다.

여기에서는 "악은 생겨나게 된 근원을 즐거워하는 것이고, 예는 시작된 근원으로 돌아가는 것이다"라고 했는데, 「예기(禮器)」에서는 "예란 생겨나게 된 근원으로 돌아가는 것이고, 악이란 이루게 된 근원을 즐거워하는 것이다"[26]라고 하고, 「단궁(檀弓)」에서는 "악은 생겨나게 된 근원을 즐거워하는 것이고, 예는 그 근본을 잊지 않는 것이다"[27]라고 하여, 서로 같지 않은 것은 무엇 때문인가?

만물이 천하에 있어서, 건(乾)은 시작하게 하고 곤(坤)은 낳게 하며, 봄은 낳게 하고 가을은 이루게 한다. 시작한 뒤에 낳고, 낳은 뒤에 이루는 것이 자연의 질서이니, 예악이 그러하다. 「예기(禮器)」에서는 예를 위주로 하므로, '예란 생겨나게 된 근원으로 돌아가는 것이다'라고 먼저 말하고, 이어서 '악은 이루게 된 근원을 즐거워하는 것이다'라고 말한 것이며, 「악기(樂記)」에서는 악을 위주로 하므로 '악은 생겨난 근원을 즐거워하는 것이다'라고 먼저 말하고, 이어서 '예는 시작된 근원으로 돌아가는 것이다'라고 말한 것이다.

예에서 이루게 된 근원을 말하지 않고 악에서 시작된 근원을 말하지 않은 것은 대개 천하의 이치가 크고 뚜렷이 드러난 것은 성인이 그것을 은미하게 만들어서 신묘하게 하려고 하지 않은 적이 없고, 미묘하고 그윽한 것은 성인이 그것을 드러내어 밝게 하려고 하지 않은 적이 없기 때문이다. 예는 은미하고 신묘하게 만든 것이므로, 위로 올려서 시작된 근원에 미치게 하였고, 악은 드러내어 밝게 한 것이므로, 아래로 낮추어서

---

24 『禮記』樂記 19-18.
25 『禮記』樂記 19-1.
26 『禮記』禮器 10-31.
27 『禮記』檀弓上 3-26.

이루게 근원에 이르게 한 것이다.

　예는 음(陰)으로 말미암아 만들어진 것인데, 음(陰)은 낳을 수만 있고 한해의 공을 완성시키는 데는 참여하지 않는다. 악은 양(陽)으로 말미암아 나온 것인데, 양(陽)은 한해의 공을 이루는 것을 주관하면서 낳는 것도 겸하니, 바로 임금이 신하의 공을 통괄하는 의미이다.

　「단궁(檀弓)」에서 예악을 논한 것은 태공(太公)의 자손들이 5대(代) 동안에 주나라에 돌아가서 장례를 지낸 것을 위주로 한 것이다.[28] 그러므로 '예는 시작된 근원으로 돌아가는 것이다'라고 한 것을 변경하여 '예는 그 근본을 잊지 않는 것이다'라고 했으니, 사람은 조상에 근본을 두었기 때문이다.[29]

28　『禮記』 檀弓上 3-26.
29　강태공이 제나라의 영구(營丘)에 분봉되었지만, 주나라에서 태사(太師)로 일했으므로 그가 죽자 그 자손들이 감히 자신의 근본을 잊지 않고 5대 동안 제나라에서 주나라로 돌아가 장사지냈다.

권21 예기훈의(禮記訓義)

악기(樂記)

악기(樂記)

21-1. 所謂大輅者, 天子之車也.
대로(大輅)는 천자가 타는 수레이다.[1]

　書曰 : "大輅在賓階面." 禮器·郊特牲曰 : "大輅繁纓一就." 明堂位曰 : "乘大路. 大路商路也." 孔子曰 : "乘商之路." 則商尙質, 其大路則木路而已. 周尙文, 其大路豈玉路歟! 周馭玉路者, 謂之大馭, 則玉路爲大²路明矣. 大輅天子之車, 所以贈諸侯, 蓋商制非周制也. 雜記 : "諸侯之賵, 有乘黃大路", 則諸侯之大路, 蓋金路, 非玉路木路也. 金路謂之

───────────────────

1　『禮記』樂記 19-17.
2　대본에 '木'으로 되어 있으나, 사고전서 『樂書』에 의거하여 '大'로 바로잡았다.

大路, 猶然諸侯謂之大侯也. 春秋傳稱: "王賜晉文公以大路之服" "祝鮀言 先王分魯衛晉以[3]大路" "王賜鄭子僑叔孫豹以大路", 杜氏以賜魯衛晉之大路, 爲金路, 賜鄭子僑叔孫豹之大路, 爲革木二路, 於義或然. 何以明之? 玉路大路也, 以其於四路, 爲大故也. 金路綴路也, 以其綴於玉路故也. 先路象路也, 以其行道所先故也. 次路革路木路也, 以其次於象路故也.

蓋[4]周天子之路以玉爲大, 諸侯以金爲大, 大夫以革木爲大, 其爲大同, 其所以爲大異矣. 大路一就, 先路三就, 則次路容有五就七就者矣. 鄭氏釋[5]禮, 以七就爲誤, 是不知書以次路兼革木二路之意也. 史遷樂書,[6] 易車爲輿, 是不知, 車可以統輿, 輿不可以兼車之意也. 世本云: "奚仲始造車." 考之易理,[7] 伏羲畫卦, 寓大輿之象, 有虞氏之路, 有鸞車之制, 奚仲夏之車正而已, 安得謂之始造乎?

『서경』에 "대로(大輅)는 빈계(賓階: 西階)에 남향으로 두었다"[8]라고 하고, 「예기(禮器)」와 「교특생(郊特牲)」에 "대로(大路: 大輅)는 말의 배띠와 가슴걸이 장식끈을 한 가닥으로 한다"[9]라고 했으며, 「명당위(明堂位)」에 "대로를 탄다.[10] 대로는 상나라 수레이다"[11]라고 하고, 공자는 "상나라 수레를 탄다"[12]라고 했는데, 상나라는 질박한 것을 숭상했으니, 상나라의 대로(大路)는 목로(木路)이다. 주나라는 문채를 숭상했으니, 그 대로는 옥로(玉路)[13]

---

3   대본에는 '文'으로 되어 있으나, 사고전서 『樂書』에 의거하여 '以'로 바로잡았다.
4   대본에는 없으나, 사고전서 『樂書』에 의거하여 '蓋'를 보충하였다.
5   대본에는 '禪'으로 되어 있으나, 사고전서 『樂書』에 의거하여 '釋'으로 바로잡았다.
6   대본에는 '耆'로 되어 있으나, 사고전서 『樂書』에 의거하여 '書'로 바로잡았다.
7   대본에는 '禮'로 되어 있으나, 사고전서 『樂書』에 의거하여 '理'로 바로잡았다.
8   『書經』 周書 / 顧命 3.
9   『禮記』 禮器 10-10; 『禮記』 郊特牲 11-1.
10 『禮記』 明堂位 14-4.
11 「명당위」에는 '大路商路也'라는 구절이 나오지 않는다. 그런데 진양이 많이 참조한 『禮書』 권135(宋 陳祥道 撰)에 '明堂位曰大路商路也'라고 하였으므로, 이를 그대로 따르는 바람에 오류가 생긴 것이다.
12 『論語』 衛靈公 15-11.

일 것이다. 그런데 주나라에서 옥로(玉路)를 모는 자를 대어(大馭)라고 했으니,[14] 옥로 또한 대로임이 분명하다.

대로(大輅)는 천자의 수레로서 제후에게 선물로 주는 것인데, 이는 상나라 제도이지, 주나라 제도가 아니다. 「잡기(雜記)」에 "제후에게 보내는 부의(賻儀)에 4필의 황마(黃馬)와 대로(大路)가 있다"[15]라고 했는데, 제후의 대로는 대개 금로(金路)이고 옥로(玉路)나 목로(木路)가 아니다.

금로를 대로라고 호칭한 것은 여러 종류의 과녁을 대후(大侯)라고 범칭(汎稱)한 것과 같다.[16] 『춘추좌씨전』에 "왕이 진문공(晉文公)에게 대로(大路)의 복장을 하사하였다."[17] "대축(大祝) 타(鮀)가 '선왕이 노나라·위나라·진나라에 대로(大路)를 나누어 주었다'라고 말하였다."[18] "왕이 정자교(鄭子僑)와 숙손표(叔孫豹)에게 대로를 하사하였다"[19]라고 한 것에 대해, 두씨(杜氏)가 노나라·위나라·진나라에 하사한 대로를 금로(金路)로, 정자교와 숙손표에게 하사한 대로를 혁로(革路)와 목로(木路)로 풀이했는데, 이치상 맞는 것 같다. 어떻게 이를 밝힐 수 있는가? 옥로(玉路)는 대로(大

---

13 옥로(玉路): 〈그림 6-4 참조〉.

14 『周禮』夏官 / 大馭 0.

15 『禮記』雜記上 20-21.

16 『詩經』小雅 / 賓之初筵. 「大侯旣抗, 弓矢斯張【과녁[大侯]을 세워놓고 활에 화살 재어 당기도다.】」

17 『春秋左氏傳』僖公 28년(3).

18 정공 4년에 위나라의 대축 타가 주나라의 장홍(萇弘)에게 말하였다. "선왕께서는 덕을 숭상하셨습니다. …… 주공께서 왕실을 도와 천하를 바르게 했고, 주 왕실에 친밀히 하였으므로, 그 아들 노공(魯公)에게 대로(大路)·대기(大旂) …… 등을 나누어 주었고 …… 강숙(康叔)에게는 대로(大路)·소백(少帛)·천패(綪茷)·전정(旃旌) …… 등을 나누어 주었으며, …… 당숙(唐叔)에게는 대로(大路)·밀수지고(密須之鼓) …… 등을 나누어 주었습니다."(『春秋左氏傳』定公 4년(1))

19 양공 19년 4월에 정나라의 공손채(公孫蠆)가 세상을 떠났다. 6월에 진후(晉侯)가 왕에게 '진(秦)을 정벌할 때 공손채가 공을 세웠다'라고 하며 포상을 요청하자, 왕이 공손채에게 대로(大路)를 추후에 하사했다.(『春秋左氏傳』襄公 19년(7)) 양공 24년에 제나라사람이 주나라의 겹(郟)에 성을 쌓았다. 노나라의 목숙(穆叔)이 주에 가서 성을 쌓은 일을 하례하자, 왕이 그에게 대로(大路)를 하사했다.(『春秋左氏傳』襄公 24년(11))

路)이니, 4종류의 수레 중 가장 크기 때문이다. 금로(金路)는 철로(綴輅)이니, 옥로를 잇기 때문이다. 상로(象路)는 선로(先路)이니, 길 가는 것을 먼저 하기 때문이다. 혁로(革路)와 목로(木路)는 차로(次路)이니, 상로(象路) 다음에 있기 때문이다.

주나라에서 수레는 천자의 경우 옥을 큰 것으로 여기고, 제후의 경우 금(金)을 큰 것으로 여기며, 대부의 경우 가죽(革)과 나무(木)를 큰 것으로 여기니, '대(大)'라고 한 점은 같으나, 그 대(大)가 되는 바는 다르다.

말의 배띠와 가슴걸이 장식끈이 대로(大路)의 경우 한 가닥이고, 선로(先路)의 경우 세 가닥이니, 차로(次路)는 분명히 다섯 가닥이나 일곱 가닥일 것이다.[20] 정현(鄭玄)은 『예기』를 주석하면서 '차로(次路)의 말 배띠와 가슴걸이 장식끈이 일곱 가닥이라는 것은 잘못이다'라고 했으나, 이는 차로(次路)라고 쓴 것이 혁로와 목로 둘을 뜻한다는 것을 몰랐기 때문이다. 사마천의 『악서』에서는 대로를 '천자지거(天子之車)'라 하지 않고 '천자지여(天子之輿)'라고 했는데,[21] 이는 거(車)는 여(輿)를 포괄할 수 있지만 여는 거를 포괄할 수 없음을 몰랐기 때문이다.

『세본(世本)』[22]에 "해중(奚仲)이 처음으로 수레를 만들었다"라고 했으나, 역리(易理)를 살펴보건대, 복희씨가 괘를 그릴 적에 대여(大輿)의 상(象)을 기탁했으며,[23] 유우씨(有虞氏)의 수레에 난거(鸞車)가 있었으니,[24] 해중은 하나라의 거정(車正)[25]일 따름이지, 어찌 처음으로 수레를 만든 자이겠는가?

---

20 『禮記』禮器 10-10에서는 '次路繁纓七就'라 하고, 『禮記』郊特牲 11-1에서는 '次路五就'라고 하였다.

21 『史記』樂書 24 / 1201쪽. 「所謂大路者, 天子之輿也. 龍旂九旒, 天子之旌也. 靑黑緣者, 天子之葆龜也. 從之以牛羊之群, 則所以贈諸侯也.」

22 세본(世本) : 한나라 유향(劉向)이 지은 책이나 현재 존재하지 않는다.

23 『周易』說卦傳 12.

24 『禮記』明堂位 14-11.

25 거정(車正) : 거복(車服)에 관한 일을 맡은 관직.

21-2. 龍旂九旒, 天子之旌也.

9개의 깃술[九旒]을 단 용기(龍旂)[26]는 천자의 정(旌)이다.[27]

周官司常 : "日月爲常, 交龍爲旂, 全羽爲旞, 析羽爲旌." 別之則旌旂
異制, 合之則旂亦可謂之旌. 爾雅曰 : "素錦綢杠, 纁帛縿. 素陞龍于縿,
練旒九. 節[28]以組, 維以縷." 蓋揭旗以杠, 綢杠以錦, 正幅爲縿, 屬縿爲
旒, 旒亦謂之縿. 旂[29]以纁, 則旒騂矣, 左傳謂, 縞[30]茷是也. 升龍素, 則
降龍靑矣. 曲禮謂, 左靑龍是也. 靑陽也, 仁之色也, 素陰也, 義之色也.
陽上而降, 陰下而升, 交泰之道也, 君德之用存焉.

商頌曰 : "龍旂十乘", 則龍旂九旒, 所以象火. 火而養信, 蓋商天子之
旌, 非周制也. 周制則巾車 : "王乘玉路, 建太常十有二旒以祀." 郊特牲
曰 : "旂十有二旒, 龍章而設日月, 象天也." 日月爲常, 諸侯亦謂之常,
'行人, 公侯伯子男建常'是也. 交龍爲旂, 天子之常, 亦謂之旂, 月令,[31]
'天子載大旂'是也. 同是常也, 天子謂之大常, 同是旂也, 天子謂之大
旂, 尊卑之等然也. 司馬法, 爲旗章, 夏以日月上明, 商以虎上威, 周以
龍章上文, 不亦誤乎?

『주례』「사상(司常)」에 "해와 달을 그린 것이 상(常)이고, 두 마리 용을

26　기(旂) : 〈그림 5-2 참조〉.

27　『禮記』樂記 19-17.

28　대본에는 飾으로 되어 있으나, 『爾雅』에 의거하여 '節'으로 바로잡았다.

29　대본에는 '節'으로 되어 있으나, 사고전서 『樂書』에 의거하여 '旂'으로 바로잡았다.

30　대본에는 '舊'로 되어 있으나, 『春秋左氏傳』에 의거하여 '縞'로 바로잡았다.

31　대본에는 '觀禮'로 되어 있으나, 『儀禮』觀禮에는 '天子載大旂'라는 구절이 나오지 않
　　는다. 그러나 『禮記』月令에는 다음과 같이 위와 같은 구절이 나온다. 6-3.「天子居
　　靑陽左个, 乘鸞路, 駕倉龍, 載靑旂, 衣靑衣, 服倉玉. 食麥與羊, 其器疏以達」, 6-36.「天
　　子居明堂左个, 乘朱路, 駕赤駵, 載赤旂, 衣朱衣, 服赤玉. 食菽與雞, 其器高以粗.」
　　6-60.「天子居大廟大室, 乘大路, 駕黃駵, 載黃旂, 衣黃衣, 服黃玉. 食稷與牛, 其器圜以
　　閎」, 6-62.「天子居總章左个, 乘戎路, 駕白駱, 載白旂, 衣白衣, 服白玉. 食麻與犬, 其
　　器廉以深.」6-94.「天子居玄堂左个, 乘玄路, 駕鐵驪, 載玄旂, 衣黑衣, 服玄玉. 食黍與
　　彘, 其器閎以奄.」이에 의거하여 대본의 '觀禮'를 '月令'으로 바로잡았다.

그린 것이 기(旂)이며, 전우(全羽)로 장식한 것이 수(旞)[32]이고, 석우(析羽)[33]로 장식한 것이 정(旌)이다"[34]라고 했으니, 엄격히 구별하여 말하면 정(旌)과 기(旂)의 제도는 다르다. 그러나 합해서 말하면 기(旂)도 정(旌)이라고 할 수 있다.

『이아(爾雅)』에 "흰 비단으로 깃대를 둘러싸고, 붉은 비단으로 깃폭[縿]을 만든다. 깃폭에 날아오르는 용을 흰색으로 그리는데, 붉은 깃술은 9개이다. 끈으로 장식하며, 실로 묶는다"[35]라고 했으니, 대체로 깃발은 깃대로 게양하는데 비단으로 깃대를 감싼다. 정폭(正幅)으로 깃폭을 삼고, 깃폭에 이어 깃술을 다는데, 깃술도 삼(縿)이라 부른다. 붉은 비단으로 패(斾)를 만들면 깃술도 붉다. 『좌씨전』에 '천패(綪茷 : 붉은 깃발)'[36]라고 한 것이 이것이다.

하늘로 올라가는 용은 흰색이고 땅으로 내려오는 용은 푸른색이니, 『곡례』에 '좌청룡(左靑龍)'[37]이라고 한 것이 이것이다. 푸른색은 양(陽)이며 인(仁)을 뜻하고, 흰색은 음(陰)이며 의(義)를 뜻한다. '양이 위에 있으면서 내려오려 하고 음이 아래에 있으면서 위로 오르려하는 것이 서로 사귀어 태평해지는 도(道)'이니 군덕(君德)의 용(用)이 거기에 존재한다.

상송(商頌)에 "용기(龍旂)를 꽂은 10대의 수레"[38]라는 말이 나오는데, 9개의 깃술을 단 용기(龍旂)는 불을 상징하며, 불은 신(信)을 기른다. 이는 상나라 천자의 정(旌)이고 주나라 제도가 아니다. 주나라 제도에 대해서는 「건거(巾車)」에 "왕은 옥로(玉路)를 타며, 12개의 깃술이 달린 태상(大

32　수(旞) : 깃대의 꼭대기에 오색의 새털로 장식한 기(旗).
33　석우(析羽) : 기를 장식하는 술 모양의 깃털.
34　『周禮』 春官 / 司常 0.
35　『爾雅』 釋天 8-46.
36　『春秋左氏傳』 定公 4년(1).
37　『禮記』 曲禮 1-37. 「行, 前朱鳥而後玄武, 左靑龍而右白虎【군대의 행진에 앞에는 주조(朱鳥), 뒤에는 현무(玄武), 왼쪽에는 청룡(靑龍), 오른쪽에는 백호(白虎)를 그린 깃발을 든다.】
38　『詩經』 商頌 / 玄鳥.

常)³⁹이라는 깃발을 세우고 제사지낸다'⁴⁰라고 하고, 「교특생(郊特牲)」에 "기(旂)에 12개의 깃술이 있고, 용의 문양과 해와 달을 그린 것은 하늘을 상징한다'⁴¹라고 했기 때문이다.

해와 달을 그린 깃발이 상(常)인데, 제후의 깃발도 상(常)이라고 한다. 「대행인(大行人)」에 '공(公)·후(侯)·백(伯)·자(子)·남(男)이 상(常)을 세운다'⁴²라고 한 것이 이것이다. 용을 그린 깃발이 기(旂)인데, 천자의 상(常)도 또한 기(旂)라고 한다. 「월령(月令)」에 '천자가 대기(大旂)를 수레에 세운다'⁴³라고 한 것이 이것이다. 같은 상(常)이지만 천자의 경우는 대상(大常)이라 하고, 같은 기(旂)이지만 천자의 경우는 대기(大旂)라고 하는 것은 존비의 등급 때문이다.

사마법(司馬法)⁴⁴에 '기(旗)의 문양을 만들 때, 하나라는 해와 달을 그려 밝음을 숭상했고, 상나라는 범을 그려 위엄을 숭상했으며, 주나라는 용을 그려 문채를 숭상했'고 한 것은 틀린 것이 아니겠는가?

21-3. 青黑緣者, 天子之寶龜也, 從之以牛羊之群, 所以贈諸侯也.
청흑색으로 가선이 둘러진 것은 천자의 보귀(寶龜)⁴⁵이다. 딸려 보내는 소와 양의 무리는 제후에게 보내는 예물이다.⁴⁶

周官 : "龜人掌六龜之屬. 各有名物, 天龜曰靈屬, 地龜曰繹屬, 東龜曰果屬, 西龜曰雷屬, 南龜曰獵屬, 北龜曰若屬, 各以其方之色與其體, 辨之." 公羊傳曰 : "龜青純." 何休曰 : "龜甲鬐也, 千歲之龜青鬐." 然則

---

39   태상(大常) : 〈그림 5-3 참조〉.
40   『周禮』 春官 / 巾車 0.
41   『禮記』 郊特牲 11-20.
42   『周禮』 秋官 / 大行人 2.
43   『禮記』 月令 6-3; 6-36; 6-60; 6-62; 6-94.
44   사마법(司馬法) : 군정(軍政)에 관한 법.
45   보귀(寶龜) : 길흉을 점칠 때 사용하는 거북등딱지.
46   『禮記』 樂記 19-17.

六龜之色, 蓋亦各視其觜而已. 爾雅 : "龜有十種, 寶龜居焉." 禮器 : "諸侯以龜爲寶, 家不寶龜." 儀禮 : "大夫士祭筮而已." 由是觀之, 寶龜則天子諸侯之禮也. 天子尺有二[47]寸, 諸侯八寸, 而[48]大夫不預焉. 此臧文仲居蔡所以爲僭,[49] 〈逸禮言大夫六寸, 未免爲誤也. 蓋易有卦而象緣之, 衣有依而系緣之, 龜有甲而觜緣之. 靑入爲黑, 北方之色也, 而智於是乎藏. 黑出爲靑, 東方之色也, 而仁於是乎顯. 靑黑緣天子之寶龜, 爲其能顯仁藏智也.

天子之贈諸侯, 以大輅·龍旂·寶龜爲正, 牛羊之群則從之而已. 凡以報其所施, 禮樂之道也. 以其有安民之德, 故報以天子之車. 以其有君民之德, 故報以天子之旌. 以其有守國之智, 故報以天子之龜. 以其有養民之道, 故報之以牛羊之群. 車服以庸, 其意如此. 司馬遷, 易寶爲葆, 亦好奇之過也.

『주례』에 "귀인(龜人)은 6종류의 거북 등속(等屬)을 관장한다. 각기 명칭과 특징이 있으니, 천귀(天龜 : 玄)를 영속(靈屬), 지귀(地龜 : 黃)를 역속(繹屬), 동귀(東龜 : 靑)를 과속(果屬), 서귀(西龜 : 白)를 뇌속(雷屬), 남귀(南龜 : 赤)를 엽속(獵屬), 북귀(北龜 : 黑)를 약속(若屬)이라고 한다. 이는 각기 그 방위색과 몸체로 분변한 것이다"[50]라고 하고, 『공양전(公羊傳)』에 "거북의 가장자리가 청색으로 둘러져있다"[51]라고 했는데, 하휴(何休)[52]가 "거북등딱지에 수염이 나는데 천년을 산 거북은 푸른 수염이 난다"라고 말했으니, 그렇다면 6종류의 거북이 색은 각기 수염을 보면 된다.

『이아(爾雅)』에 "거북에는 10종류가 있는데 보귀(寶龜)가 그중의 하나이

47 대본에는 '一'로 되어 있으나, 사고전서 『樂書』에 의거하여 '二'로 바로잡았다.
48 대본에는 '士'로 되어 있으나, 사고전서 『樂書』에 의거하여 '而'로 바로잡았다.
49 대본은 『樂書』 권21이 여기에서 끝나지만, 사고전서 『樂書』에 의거하여 이하의 내용을 보충했다.
50 『周禮』 春官 / 龜人 0.
51 『春秋公羊傳』 定公 8년(13).
52 하휴(何休) : 129~182. 동중서(董仲舒)의 사전제자(四傳弟子)로 육경을 깊이 연구하였으며, 17년에 걸쳐 『춘추공양해고(春秋公羊解詁)』를 지었다.

다"53라고 하였고, 「예기(禮器)」에 "제후는 거북등딱지를 보물로 삼지만 대부는 감히 거북등딱지를 보물로 삼지 못한다"54라고 하였으며, 『의례(儀禮)』에 "대부(大夫)와 사(士)를 제사지낼 때 점대로 점을 친다"라고 하였다. 이로 보건대, 보귀는 천자와 제후의 예이다.

천자의 보귀는 1척 2촌이고, 제후의 보귀는 8촌이며, 대부는 해당사항이 없다. 이 때문에 장문중(臧文仲)55이 큰 거북을 보관한 것에 대해 참람하다고 비난한 것이다.56 「일례(逸禮)」에서 대부의 거북을 6촌이라고 말한 것은 잘못이다.

대개 주역의 괘는 단사(彖辭)로 구분되고, 옷은 신분에 따라 띠로 구분되며, 거북등딱지는 수염으로 구분된다. 푸른빛이 도는 흑색은 북방의 색이니 지(智)가 간직되어 있고, 검은빛이 도는 청색은 동방의 색이니 인(仁)이 드러난다. 따라서 청흑색으로 가선이 둘러진 천자의 보귀는 인(仁)을 드러내고 지(智)를 간직하고 있는 것이다.

천자가 제후에게 보내는 예물은 대로(大輅)・용기(龍旂)・보귀(寶龜) 등이 정식이고, 소와 양의 무리는 부수적으로 딸려 보내는 것일 따름이다.

베풀어준 바에 보답하는 것은 예악의 도이다. 제후들이 백성들을 편안하게 해준 덕이 있으므로, 천자의 수레로 보답하고, 제후들이 백성들에게 임금 노릇을 잘한 덕이 있으므로 천자의 정(旌)으로 보답하며, 제후들이 나라를 잘 지킨 지혜가 있으므로 천자의 거북으로 보답하며, 백성을 잘 기른 도가 있으므로 소와 양의 무리로 보답했다. 수레와 의복으로 공을 표창한 뜻57이 이와 같다.

---

53 『爾雅』釋魚 16-42. 「一曰神龜, 二曰靈龜, 三曰攝龜, 四曰寶龜, 五曰文龜, 六曰筮龜, 七曰山龜, 八曰澤龜, 九曰水龜, 十曰火龜.」
54 『禮記』禮器 10-8.
55 장문중(臧文仲) : 노나라 대부 장손씨(臧孫氏)로 이름은 신(辰)이다.
56 공자는 '장문중이 큰 거북을 보관하면서 기둥머리 두공(枓)에는 산모양을 조각하고 들보 위 동자기둥에는 수초(水草)를 그린 것'을 비난했다.(『論語』公冶長 5-18)
57 5년에 한번 천자가 순수하고, 동・서・남・북의 제후가 각각 한 해씩 돌아가며 내조(來朝)했는데, 공이 있는지 살핀 다음 수레와 의복으로 공을 표창했다.(『書經』虞書

사마천이 보귀(寶龜)의 '보(寶)'를 '보(葆)'[58]로 바꾸어 쓴 것은 기이한 것을 지나치게 좋아한 것이다.

21-4. 樂也者, 情之不可變者也, 禮也者, 理之不可易者也.
악이란 변경할 수 없는 정(情)이고,[59] 예란 바꿀 수 없는 이치이다.[60]

在天有性命之理, 在人有性命之情. 樂天道也, 必成之以人. 故曰 :
"樂也者, 情之不可變者也." 禮人道也, 必成之以天. 故曰 : "禮也者, 理
之不可易者也." 經曰 : "樂者, 人情之所不免也." "禮也者理也." 其意
如此. 對而言之則然, 通而言之, 樂通倫理, 非特主乎情, 禮緣人情, 非
特主乎理.

變則革而不徇故, 易則化而不離形, 則變之於易爲重, 易之於變爲輕.
樂重而禮輕, 故於樂言變, 於禮言易. 莊周於命言不可變, 於性言不可
易, 其意亦由是也. 彼變禮易樂者, 何足以知此?

하늘에는 성명(性命)의 이치가 있고 사람에게는 성명(性命)의 정(情)이
있다. 악은 천도(天道)이나, 반드시 사람의 정으로 이루어진다. 그러므로
"악이란 변경할 수 없는 정(情)이다"라고 말한 것이다. 예는 인도(人道)이
나, 반드시 하늘의 이치로 이루어진다. 그러므로 "예란 바꿀 수 없는 이
치이다"라고 말한 것이다. 『예기』에 "악이란 인정상 없을 수 없는 것이
다."[61] "예란 이치이다"[62]라고 한 것이 바로 이런 뜻이다. 대조해서 말하
면 이렇지만, 통괄하여 말하면 악은 윤리와 통하여[63] 정(情)만을 주장하

/ 舜典 2)

58 『史記』樂書 24 / 1201쪽. 「靑黑緣者, 天子之葆龜也. 從之以牛羊之群, 則所以贈諸侯.」
59 악(樂)은 마음(中)에서 나오는데, 절도에 맞는 정(情)에 근본하므로 '情之不可變'이라
고 했다. 절도에 맞는 정은 화(和)라고 할 수 있다. 따라서 『荀子』樂論 20-91에서는
「樂也者, 和之不可變」라고 하였다.
60 『禮記』樂記 19-18.
61 『禮記』樂記 19-23.
62 『禮記』仲尼燕居 28-7.

지 않고, 예는 인정에 연유하여 이치만을 주장하지 않는다.

변(變)은 완전히 변하여 옛 형태가 남아 있지 않는 상태이고, 역(易)은 변하기는 했으나 형체를 벗어나지는 않는 상태이니, 변(變)은 역(易)에 비해 중하고, 역은 변에 비해 가볍다. 악이 중요하고 예가 가벼우므로, 악에서 '변(變)'을 말하고, 예에서 '역(易)'을 말하였다. 장주(莊周)가 '명(命)은 변경할 수 없다'고 말하고, 성(性)은 '바꿀 수 없다'[64]고 말했으니, 그 뜻이 또한 이에 연유한다. 예를 변경하고 악을 바꾸는 무리들이 어찌 이런 뜻을 알 수 있겠는가?

21-5. 樂統同, 禮辨異. 禮樂之說, 管乎人情矣.
악은 같은 것을 통합하고 예는 다른 것을 변별한다. 예악의 설(說)은 인정에 의해 관할된다.[65]

樂出於天地之和, 莫適而非同, 禮出於天地之別, 莫適而非異. 樂之統同, 非求同於樂也, 因其自同本和以統之而已. 禮之辨異, 非求異於禮也, 因其自異別宜以辨之而已. 同有所統, 異有所辨, 而禮樂之說, 蓋有所不能忘焉. 然禮樂法而不說, 亦不過管乎人情者而已. 荀卿曰 "樂合同, 禮別異, 禮樂之統, 管乎聖人[66]矣." 蓋統之必有宗, 故言管乎聖人. 說之不過乎人情, 故言管乎人情. 是人情者禮樂之管, 而聖人又人情之管也. 記有言禮樂之事與道, 有言禮樂之情與文, 有言禮樂之原與說者, 事不若道之妙, 文不若情之深, 說不若原之遠也. 禮樂之說, 與少儀工游於說, 臬氏爲鐘有說, 同意.

악은 천지의 화(和)에서 나왔으니 어느 것이나 같지 않은 것이 없고,

<hr />

63 악은 윤리와 통하여 : 『禮記』樂記 19-1.
64 『莊子』天運 14-7.
65 『禮記』樂記 19-18.
66 사고전서 『樂書』에는 '聖人'으로 되어 있으나, 『荀子』에는 '人心'으로 되어 있다. 그러나 아래 문맥과의 연결을 위해 바로잡지 않고 그대로 두었다.

예는 천지의 구별에서 나왔으니 어느 것이나 다르지 않은 것이 없다. '악은 같은 것을 통합한다'는 것은, 악에서 의도적으로 같아지기를 구한 것이 아니라, 본래 같아서 화(和)에 근본하여 통합한 것이다. '예가 다른 것을 변별한다'는 것은 예에서 의도적으로 달라지기를 구한 것이 아니라, 본래 달라서 마땅함을 구별하여 변별한 것이다. 같은 것을 통합하고 다른 것을 변별하니, 예악의 설은 소홀히 할 수 없다.

예악은 모범으로 삼지만 쉽게 설명할 수 없다.[67] 그러나 또한 인정에 의해 관할될 따름이다. 그런데 순경은 "악은 같은 것을 통합하고 예는 다른 것을 구별한다. 예악의 법통[統]은 성인에 의해 관할된다"[68]라고 말하였다. 대개 법통은 반드시 종주(宗主)가 있어야 하므로 성인에 의해서 관할된다고 말하고, 설(說)은 인정에 지나지 않으므로 인정에 의해 관할된다고 말한 것이다. 즉, 인정은 예악을 관할하고 성인은 인정을 관할한다.

『예기』에 '예악의 일과 도(道)'에 대해 말한 것이 있고, '예악의 정(情)과 문채'에 대해 말한 것이 있으며, '예악의 근원과 설(說)'에 대해 말한 것이 있는데, 일은 도(道)가 묘한 것만 같지 못하고, 문채는 정이 깊은 것만 같지 못하며, 설은 근원이 심원한 것만 같지 못하다. '예악의 설'이라고 할 때의 설은, 「소의(少儀)」에 "공인(工人)은 기술상의 설(說)에 전념한다"[69]라고 한 것과 「부씨(鳧氏)」에 "종을 만드는 기술상의 설이 있다"[70]라고 한 것과 같은 뜻이다.

---

67 예악은~없다:『荀子』勸學 1-10.
68 『荀子』樂論 20-9.「樂合同, 禮別異. 禮樂之統, 管乎人心矣.」;『荀子』에는 '管乎人心矣'로 되어 있으나, 문맥상 바로잡지 않고『樂書』에 기록된 대로 번역하였다.
69 『禮記』少儀 17-15.「士依於德, 游於藝. 工依於法, 游於說【선비는 덕에 의지하고 예(藝)에 전념한다. 이는 공인(工人)이 기술상의 법칙에 의지하고 기술상의 설에 전념하는 것과 같다.】」
70 『周禮』冬官 / 鳧氏 0.

21-6. 窮本知變, 樂之情也.

근본을 궁구하여 변화를 아는 것은 악의 정(情)이다.[71]

樂者音之所由生, 其本在人心之感於物也. 故本於哀心感者, 其聲之變也噍以殺. 本於樂心感者, 其聲之變也嘽以緩. 本於喜心感者, 其聲之變也發以散. 本於怒心感者, 其聲之變也粗以厲. 至於敬心感者, 其聲直以廉. 愛心感者, 其聲和以柔. 要之, 皆非性也, 感於物而後動, 則情而已. 此窮人心之本, 知聲音之變, 所以爲樂之情也. 易以窮神知化, 爲德之盛, 則窮本知變, 其樂情之至歟!

今夫禮樂之情同. 禮非無情也, 其情不過合敬而已. 樂非無經也, 其經特倡和淸濁, 迭相爲之而已. 此言窮本知變, 荀卿言窮本極變者. 知言其始, 極言其終.〉

악(樂)이란 음(音)으로 말미암아 생기는 것이니, 그 근본은 인심이 물(物)에 감응하는 데에 있다. 그러므로 슬픔을 느끼면 소리가 메마르면서 쇠미하게 되고, 즐거움을 느끼면 소리가 밝으면서 완만해지고, 기쁨을 느끼면 소리가 퍼지면서 흩어지게 되고, 분노를 느끼면 소리가 거칠면서 사납게 되고, 공경을 느끼면 소리가 곧으면서 맑고, 사랑을 느끼면 소리가 온화하면서 부드럽다.[72]

요약컨대, 이는 모두 성(性)이 아니고 물(物)에 감응한 뒤에 움직인 것이니, 정(情)일 따름이다. 따라서 인심의 근본을 궁구하여 성음의 변화를 아는 것은 악의 정(情)이다. 『주역』에 "신(神)을 궁구하여 조화(造化)를 아는 것은 성대한 덕이다"[73]라고 했으니, 근본을 궁구하여 변화를 아는 것은 지극한 악정(樂情)이다! 예악의 정(情)은 같다. 즉, 예에 정이 없는 것이 아니라 그 정은 서로 공경하는 것이며, 악에 경(經)이 없는 것이 아니라

---

[71] 『禮記』 樂記 19-19.

[72] 『禮記』 樂記 19-1.

[73] 『周易』 繫辭下傳 5.

그 경(經)은 창화청탁(倡和淸濁)을 서로 번갈아 하는 것이다.

　여기에서는 '근본을 궁구하여 변화를 아는 것'을 말했으나 순경은 '근본을 궁구하여 변화를 지극하게 하는 것'[74]을 말했다. 아는 것은 시작을 말하고 지극하게 하는 것은 끝을 말한다.

---

[74] 『荀子』樂論 20-9.「禮樂之統, 管乎人心矣. 窮本極變, 樂之情也, 著誠去僞, 禮之經也.」

권22 예기훈의(禮記訓義)

악기(樂記)

악기(樂記)

22-1. 著誠去僞, 禮之經也.

진실됨을 드러내고 거짓을 없애는 것은 예의 경(經 : 법칙)이다.[1]

　誠者性之德, 僞者性之賊. 著誠則正人足以副其誠. 去僞則邪人足以防其失. 君子之於禮, 有所竭情盡愼, 致其敬而誠若, 非著誠歟? 以五禮防萬民之僞, 而敎之中, 非去僞歟? 禮天之經也. 著誠去僞, 則全於天眞, 而不汨[2]於人僞, 其於禮之經也, 何有? 書所謂‘天秩有禮’者, 此也. 孔子曰 : "禮也者, 敬而已矣." 孟子 : "陳善閉邪, 謂之敬." 陳善所以著

1　　『禮記』 樂記 19-19.
2　　대본에는 '湛'으로 되어 있으나, 사고전서 『樂書』에 의거하여 '汨'로 바로잡았다.

人之誠. 閉邪所以去人之僞. 然則所謂敬者, 豈不爲禮之經乎? 夫禮釋
回增美質, 領惡而全好, 與比同意. 荀卿謂 : "生於聖人之僞", 是亦不爲
知隆禮者也. 極而論之, 豈惟禮去僞哉? 雖樂亦不可爲僞矣. 凡物有微
著有去取. 言著誠則僞在所微矣. 言去僞則誠在所取矣.

진실됨은 성(性)의 덕이요, 거짓은 성(性)의 적(賊)이다. 진실됨을 드러
내는 것은 바른 사람이 정성을 펴는 길이고, 거짓을 없애는 것은 사악한
사람이 잘못을 막는 길이다.[3] 군자가 예를 행함에 정(情)을 다하고 정중
하게 하여서 공경과 정성을 다하니,[4] 진실됨을 드러내는 것이 아니겠는
가? 오례(五禮)로 만민의 거짓을 막고 중정(中正)을 가르치니,[5] 거짓을 없
애는 것이 아니겠는가?

예는 하늘의 경(經 : 법칙)이다.[6] 진실됨을 드러내고 거짓을 없애면 천진
(天眞)함을 온전히 하여서 허위에 빠지지 않을 것이니, 예의 경에 무슨 어
려움이 있으리오? 『서경』에 이른바 "하늘이 차례를 지어 예를 두었다"[7]
라고 한 것이 이것이다.

공자는 "예란 공경할 따름이다"[8]라고 하고, 맹자는 "선(善)을 베풀어
사심(邪心)을 막는 것을 경(敬)이라 이른다"[9]라고 하였는데, 선을 베푸는
것은 사람의 진실됨을 드러내는 것이고, 사심(邪心)을 막는 것은 사람의
거짓을 없애는 것이다. 그러하니 이른바 공경이 어찌 예의 경(經)이 되지
않겠는가? '예는 사악한 것을 없애고 아름다운 바탕을 증진시키는 것이

---

3   『前漢書』 권22 / 禮樂志. 「正人足以副其誠, 邪人足以防其失.」
4   군자가~다하니 : 『禮記』 禮器 10-22.
5   오례(五禮)로~가르치니 : 『周禮』 地官 / 大司徒 17.
6   『春秋左氏傳』 昭公 25년(3). 「簡子曰 : "敢問, 何謂禮?" 對曰 : "吉也聞諸先大夫子産曰 :
    '夫禮, 天之經也, 地之義也, 民之行也.' 天地之經, 而民實則之."【간자가 "감히 묻습니
    다. 무엇을 예라고 합니까?"라고 하니, 자대숙(子大叔 : 游吉)이 답했다. "제가 선대부
    자산에게 들으니, '예는 하늘의 법칙[經]이고 땅의 도리[義]이고 사람들이 본받아 행
    하는 것이다'라고 했으니, 천지의 법칙을 사람들이 본받는 것입니다."】
7   『書經』 虞書 / 皐陶謨 1.
8   『孝經』 廣要道章 12.
9   『孟子』 離婁上 7-1.

며.[10] 악(惡)을 극복하여 선(善)을 온전하게 하는 것이다'[11]라고 한 것이 이와 같은 뜻이다. 그런데 순경이 "예의(禮義)는 성인의 노력으로 생겨난 것이다"[12]라고 한 것은 융성한 예를 알지 못하기 때문이다. 엄밀하게 말하자면, 어찌 예만이 거짓을 없애는 것이겠는가? 악(樂) 또한 거짓으로 할 수 없는 것이다.[13]

물(物)은 없애기도 하고 드러내기도 하며 버리기도 하고 취하기도 하니, '진실됨을 드러낸다'는 말에는 '거짓을 없앤다'는 뜻이 내포되어 있고, '거짓을 없앤다'는 말에는 '진실됨을 취한다'는 뜻이 내포되어 있다.

22-2. 禮樂偵天地之情, 達神明之德, 降興上下之神, 而凝是精粗之體, 領父子君臣之節. 是故大人擧禮樂, 則天地將爲昭焉.

예악은 천지의 정(情)을 본뜨고, 신명(神明)의 덕에 통달하여, 하늘의 신을 내려오게 하고 땅의 신을 올라오게 해서,[14] 모든 만물의 크고 작은 것들을 이루게 하며, 부자(父子)와 군신(君臣)의 절도를 다스린다. 이런 까닭으로 대인이 예악을 행하면 천지가 밝아진다.[15]

天地先禮樂而形, 禮樂後天地而作. 故天地陰陽之情, 禮樂得以偵而出之也. 蓋天地之道, 其明爲禮樂, 其幽爲神明. 其位爲上下, 其物爲精粗, 內之爲父子, 外之爲君臣. 先王原天地之序以制禮, 道天地之和以作樂. 偵天地之情於後, 而使幽者闡, 達神明之德於外, 而使顯者微. 神之在上而不可知也, 則降而下之, 在下而不可知也, 則興而上之. 夫然

---

10 예는~것이며:『禮記』禮器 10-1.

11 악(惡)을~것이다:『禮記』仲尼燕居. 28-5.

12 『荀子』性惡 23-7.「應之曰:凡禮義者, 是生於聖人之僞, 非故生於人之性也.」

13 악(樂)~것이다:『禮記』樂記 19-15.

14 예악으로 제사지내 귀신을 감복시켜 천신(天神)과 지기(地祇) 등을 오르내리게 한다는 뜻이다.

15 『禮記』樂記 19-19, 20.

後陰陽交通, 而物體之精粗有所凝矣. 父父子子君君臣臣, 而人倫之大
節有所領矣. 凝與唫則凝形, 同義. 領與領天下國家, 同義.

今夫禮則有常, 而天地所常之情, 見於恒, 樂則有感, 而天地所感之
情, 見於咸, 則偵天地之情也. 夫天宙然示人神矣, 而樂率之以從天, 夫
地佗然示人明矣, 而禮居之以從地, 則達神明之德也. 六變而天神降,
八變而地祇出, 皆可得而禮焉, 是樂也而禮與焉. 德産之致也精微, 而
物體之精者凝焉, 德發揚詡萬物, 而物體之粗者凝焉. 是禮也而樂與焉,
則凝是精粗之體也. 禮則異數, 樂則異文, 而父子君臣之節, 莫不統是
焉, 則領父子君臣之節也.

蓋聖人相天地以成能者也, 故制作禮樂而天地官矣. 大人配天地, 以
成位者也, 故舉禮樂而天地將爲昭焉. 自偵天地之情, 至領父子君臣之
節, 則禮樂之所同. 自天地之訴合, 至卵者不殈, 則樂之所獨. 在易咸恒
萃[16]皆言天地萬物之情, 大壯止言天地之情, 與比同意. 太史公以偵天
地之情, 爲順天地之誠, 非也.

천지는 예악보다 앞서 형성되었고, 예악은 천지가 형성된 뒤에 만들
어졌다. 그러므로 예악은 천지·음양의 정을 본떠서 나타내었다. 대개
천지의 도는 밝게는 예악이 되고, 그윽하게는 신명(神明)이 되며, 위치로
는 위와 아래가 되고, 물(物)로는 정밀한 것과 거친 것이 되며, 안으로는
부자관계가 되고, 밖으로는 군신관계가 된다. 선왕이 천지의 질서에 근
원하여 예를 제정하고, 천지의 화(和)를 인도해서 악을 지었다.

그리하여 속에 있는 천지의 정(情)을 본떠 그윽한 것을 밝히고, 밖에
있는 신명의 덕에 통달하여 드러난 것을 은미하게 하며, 위에 있어서 알
수 없는 신을 아래로 내려오게 하고, 아래에 있어서 알 수 없는 신을 위
로 올라오게 하였다. 그런 뒤에 음양이 교통(交通)하여 만물의 크고 작은
것들이 이루어지고, 아비가 아비답고 자식이 자식다우며 임금이 임금답

16　대본에는 '恤在'로 되어 있으나, 사고전서 『樂書』에 의거하여 '恒萃'로 바로잡았다.

고 신하가 신하다워서 인륜의 대절(大節)이 다스려졌다. '이루어진다凝'
는 것은 '숨을 들이쉬면 형(形)이 이루어진다'[17]는 것과 같은 뜻이고, '다
스린다領'는 것은 '천하국가를 다스린다'는 것과 같은 뜻이다.

예에 떳떳함이 있는데 천지의 떳떳한 정이 항괘(恒卦)에 보이고, 악에
감응이 있는데 천지의 감응하는 정이 함괘(咸卦)에 보이니, 예악은 천지
의 정을 본뜬 것이다. 하늘은 넓고도 커서 사람에게 신묘함을 보여주는
데 악이 이를 좇아 천도(天道)를 따르고, 땅은 아늑하게 만물을 실어서 사
람에게 분명함을 보여주는데 예가 이에 머물러 지도(地道)를 따르니, 예
악은 바로 신명의 덕에 통달한 것이다.

악을 6변(六變)하면 천신(天神)이 내려오고 8변(八變)하면 지기(地祇)가 나
와서 예를 올릴 수 있다.[18] 이는 악이 연주되는 가운데 예가 있는 것이다.

천지의 덕이 만물을 낳는 이치는 정밀하고 미묘하여[19] 물체의 정밀한
것이 이루어지고, 천지의 덕이 발양(發揚)되어 만물에 널리 미치어[20] 물체
의 거친 것이 이루어지니, 이는 예가 행해지는 가운데 악이 있는 것이다.
이렇게 하여 만물의 크고 작은 것이 이루어진 것이다.

등급에 따라 예우(禮遇)를 달리하고 악의 문채를 달리해서, 부자와 군
신간의 절도를 통괄하지 않음이 없는 것이 부자와 군신의 절도를 다스
리는 것이다.

대개 성인은 천지를 도와서 공(功)을 이룬 자이므로 예악을 제작해서
천지가 제 직분을 하게 하고, 대인은 천지와 짝해서 지위를 이룬 자이므
로 예악을 행하여 천지를 밝게 한다.

'천지의 정을 본뜨는 것'에서부터 '부자와 군신의 절도를 다스리는 것'
까지는 예악을 함께 말하고, 그 뒤를 이어 '천지가 교감(交感)하여 화합하

---

17 『太玄經』권7 玄攤. 「噓則流體, 唅則凝形【숨을 내쉬면 체(體)가 흐르고 들이쉬면 형
     (形)이 이루어진다.】」
18 악을~있다: 『周禮』春官 / 大司樂 2.
19 천지가~미묘하여: 『禮記』禮器 10-17.
20 천지의~미치어: 『禮記』禮器 10-17.

는 것'에서부터 '알이 깨져 부화(孵化)되지 않는 것'까지는 악만을 말했는데, 『주역』의 함괘(咸卦)·항괘(恒卦)·췌괘(萃卦)에서 천지만물의 정(情)을 말하고,[21] 대장괘(大壯卦)에서 천지의 정만을 말한 것[22]도 이와 같은 뜻이다.

태사공(太史公)이 '예악은 천지의 정(情)을 본뜬다'라고 하지 않고 '천지의 성(誠)을 따른다'[23]라고 한 것은 잘못이다.

22-3. 天地訢合, 陰陽相得, 煦嫗覆育萬物, 然後草木茂, 區萌達, 羽翼奮, 角觡生, 蟄蟲昭蘇, 羽者嫗伏, 毛者孕鬻, 胎生者不殰, 而卵生者不殈, 則樂之道歸焉耳.

천지가 교감(交感)하여 화합하고 음양이 서로 조화를 이루어, 만물을 따뜻하게 감싸고 덮어 기른 뒤에, 초목이 우거지고, 싹이 움트며, 새들이 날개를 퍼덕거리고, 짐승의 뿔이 솟아나며, 겨우내 칩거해 있던 생물들이 소생하며, 날짐승이 알을 품고, 길짐승이 잉태해 기르며, 태생(胎生)[24] 동물이 낙태되지 않고, 난생(卵生)동물이 알이 깨져 부화(孵化)되지 않는 일이 없으니, 곧 악의 도가 귀결된 것이다.[25]

天地者萬物之父母也, 陰陽者萬物之男女也. 天地訢合而化醇, 陰陽相得而化生, 其於煦嫗覆育萬物也, 何有? 自物之無情者言之, 草木則暢茂, 區萌則上達. 自物之有情言之, 羽翼奮, 則凡排空而飛者擧矣, 角

---

21 『周易』 咸卦 2. 「象曰：咸感也 …… 天地感而萬物化生, 聖人感人心而天下和平, 觀其所感, 而天地萬物之情可見矣.」; 『周易』 恒卦 2. 「象曰：恒久也 …… 日月得天而能久照, 四時變化而能久成, 聖人久於其道而天下化成, 觀其所恒, 而天地萬物之情可見矣.」; 『周易』 萃卦 2. 「象曰：萃聚也 …… 順天命也 觀其所聚 而天地萬物之情可見矣.」

22 『周易』 大壯 2. 「象曰：大壯, 大者壯也, 剛以動, 故壯. 大壯, 利貞, 大者正也. 正大而天地之情可見矣.」

23 『史記』 樂書 24／1202쪽. 「窮本知變, 樂之情也. 著誠去僞, 禮之經也. 禮樂順天地之誠, 達神明之德, 降興上下之神, 而凝是精粗之體, 領父子君臣之節.」

24 태생(胎生)：어미 뱃속에서 어느 정도의 발육을 한 후에 개체로서 태어나는 일.

25 『禮記』 樂記 19-20.

絡生, 則凡撼實而走者擧矣, 蟄蟲昭蘇, 則 鱗介之物逡矣, 羽者嫗伏,
毛者孕鬻, 則羽毛之物蕃矣. 九竅者胎生, 無內敗之殰, 八竅者卵生, 無
外裂之殈, 則樂之道歸焉矣.

蓋有生不生, 有化不化. 不生者能生生, 不化者能化化. 然則所謂樂
之道, 豈非不生而生生, 不化而化化者邪? 經曰 : "樂者天地之和. 和故
百物皆化." 又曰 : "大樂與天地同和. 和故百物不失." 則羽者嫗伏, 毛
者孕鬻, 百物皆化之意也. 胎生者不殰, 卵生者不殈, 百物不失之意也.
樂之於物如此, 則凡變而有所致, 且得無是理哉? 昔黃帝張樂於洞庭之野,
而萬物至於循生, 則又進乎此矣. 此言'天地訢合 陰陽相得', 先天地後陰
陽. 上言'陰陽相摩 天地相蕩', 先陰陽後天地者. 蓋天地體也, 陰陽用也.
自樂之出體致用言之, 故先天地. 自樂之攝用歸體 言之, 故先陰陽.

천지는 만물의 부모이고, 음양은 만물의 남녀이다. 천지가 교감하여
화합하면 화순(化醇)[26]해지고, 음양이 서로 조화를 이루면 화생(化生)[27]하
니, 만물을 따뜻하게 감싸고 덮어 기르는 데에 무슨 어려움이 있겠는가?
무정(無情)한 생물의 경우, 초목이 우거지고 싹이 움트며, 유정(有情)한 생
물의 경우, 새들이 날개를 퍼덕거려 하늘을 날아다니고, 짐승의 뿔이 솟
아나 힘차게 달리며, 칩거해있던 벌레들이 소생하여 비늘과 단단한 등딱
지가 있는 생물이 완성되며, 날짐승이 알을 품고 길짐승이 잉태하여 온
갖 짐승들이 번식하는데, 9개의 구멍을 지닌 포유류가 잉태하여 뱃속에
서 잘못되는 일이 없고, 8개의 구멍을 지닌 조류가 알을 품어 깨지거나
곯는 일이 없으면, 악의 도가 귀결된 것이다.

태어나는 것과 태어나지 않는 것이 있고, 변화하는 것과 변화하지 않
는 것이 있다. 태어나지 않는 것은 태어나는 것을 태어나게 해주며, 변화
하지 않는 것은 변화하는 것을 변화하게 해준다.[28] 그렇다면 이른바 '악

---

26 화순(化醇) : 변화하여 순수하게 됨.
27 화생(化生) : 변화하여 생겨남.
28 태어나는~해준다 : 『列子』 제1편 天瑞.

의 도'는 어찌 태어나지 않는 것이어서 태어나는 것을 태어나게 해주며, 변화하지 않는 것이어서 변화하는 것을 변화하게 해주는 것이 아니겠는가?

『예기』에 "악은 천지의 조화이다. 조화로우므로 백물이 모두 화생(化生)한다"[29]라고 하고, 또 "대악(大樂)은 천지와 조화를 함께 한다. 조화로우므로 백물(百物)이 본성을 잃지 않는다"[30]라고 하였다. 날짐승이 알을 품고 길짐승이 잉태해 기르는 것은 '백물이 모두 화생한다'는 뜻이고, 태생(胎生)동물이 낙태되지 않고 난생(卵生)동물이 알이 깨져 부화되지 않는 일이 없는 것은 '백물이 본성을 잃지 않는다'는 뜻이다. 악이 만물에 대해서 이와 같으니, 악을 6변·8변·9변을 해서 천신(天神)·지기(地祇)·인귀(人鬼)를 이르게 하는 것도 이런 이치가 아니겠는가? 그런데 옛날에 황제(黃帝)가 동정(洞庭)의 들녘에서 음악을 연주할 적에 만물이 그에 따라 생겨나듯 한 것[31]은 이보다 한 차원 높은 것이다.

여기에서는 '천지가 교감하여 화합하고 음양이 서로 조화를 이룬다'고 하여, 천지를 먼저 말하고 음양을 뒤에 말했는데, 앞에서는 '음과 양이 서로 부딪치고, 하늘과 땅의 기운이 서로 움직인다'[32]라고 하여, 음양을 먼저 말하고 천지를 뒤에 말했다. 대개 천지는 체(體)이고 음양은 용(用)이다. 여기에서는 악이 체(體)에서 나와 용(用)을 이루는 차원에서 말했으므로 천지를 먼저 말한 것이고, 앞에서는 악이 용(用)을 조화롭게 하고 체(體)로 돌아가는 차원에서 말했으므로 음양을 먼저 말한 것이다.

22-4. 樂者非謂黃鍾大呂絃歌干揚也, 樂之末節也, 故童子舞之. 鋪筵席, 陳尊俎, 列籩豆, 以升降爲禮者, 禮之末節也, 故有司掌之. 樂師辨乎聲詩, 故北面而絃. 宗祝辨乎宗廟之禮, 故後尸. 商祝辨乎喪

---

29   『禮記』樂記 19-4.
30   『禮記』樂記 19-2.
31   황제(黃帝)가~것:『莊子』天運 14-3.
32   『樂書』14-7.『禮記』樂記 19-6.

禮, 故後主人. 是故, 德成而上, 藝成而下, 行成而先, 事成而後. 是故
先王有上有下有先有後, 然後可以有制於天下也.

악의 본질은 황종·대려의 율에 맞춰 현악기를 타며 노래 부르거나
방패와 도끼를 들고 춤추는 것이 아니다. 이런 것들은 악의 말절이므로
동자가 춤춘다. 연(筵)·석(席)³³을 펴며 준(尊)·조(俎)³⁴를 진열하고 변
(籩)·두(豆)³⁵를 나열하고, 계단을 오르내리면서 예를 하는 것은 예(禮)의
말절이므로 유사(有司)가 맡는다. 악사(樂師)는 성시(聲詩)를 변별하므로
북면(北面)하여 현악기를 연주하고, 종축(宗祝)은 종묘의 예를 분별하므
로 시동(尸童)³⁶ 뒤에 서고, 상축(商祝)은 상례(喪禮)를 분별하므로 상주(喪
主)의 뒤에 선다. 이 때문에 덕을 이룬 자는 위에 있고 기예를 이룬 자는
아래에 있으며, 행실을 이룬 자는 앞에 있고 일을 이룬 자는 뒤에 있는
다. 그러므로 선왕은 위아래와 앞뒤를 분별한 뒤에 천하에 제도를 시행
할 수 있었다.³⁷

陽六爲律而黃鍾其首也. 陰六爲呂而大呂其首也. 古之作樂, 必奏律
而歌呂, 則黃鍾大呂合而和聲者也. 絃之以琴瑟, 歌之以雅頌, 堂上之
樂也. 盾謂之干, 鉞謂之揚, 武舞執焉, 堂下之樂也.

蓋樂之本在人心, 禮之本在人情, 一管乎人君而已. 故黃鍾大呂以爲
律, 絃歌以爲聲, 干揚以爲器, 則樂之末節, 而非其本者也. 故童子舞
之, 童子習末故也. 鋪筵席, 司几筵之職也. 陳尊俎, 司尊彝·內外饔之
職也. 列籩豆, 籩人醢人之職也. 卽是而以升降爲禮, 則禮之末節, 而非

---

33 연(筵)·석(席) : 연(筵)과 석(席)은 깔개 자리의 종류인데, 연은 밑에 깔고 석은 그
    위에 깐다.
34 준(尊)·조(俎) : 준(尊)은 준(樽)과 같은 것으로 술통이며, 조(俎)는 나무로 만든 제기
    (祭器)이다.
35 변(籩)·두(豆) : 변은 대를 결어 만든 제기(祭器)이고, 두는 나무로 만든 제기이다.
36 시동(尸童) : 제사 때 신(神)을 대신하는 아이. 후세에는 화상(畵像)을 썼다.
37 『禮記』 樂記 19-20.

其本者也. 故有司掌之, 司伺末故也.

仲尼之告子張, 不以鋪几筵升降酌獻酬酳爲禮, 而以言而履之爲禮. 不以行綴兆興羽籥作鐘鼓爲樂, 以行而樂之爲樂. 君子力此二者, 以南面而立. 是以天下太平也. 周官大師掌六律六同, 以合陰陽之聲, 以敎六詩焉. 則得乎聲詩之意, 南面而立者, 人君也. 辨乎聲詩之用, 北面而弦者, 樂師而已. 樂師北面而弦,[38] 與司盟北面而詔明神, 同意. 今夫吉禮五, 而莫先於祭. 凶禮三, 而莫重於喪. 尸象神者也, 而宗廟之敬繫焉. 主人主喪者也, 而致喪之哀繫焉. 大[39]祝掌六祝之辭, 以事鬼神祇, 辨六號九祭, 逆尸相尸禮, 則辨宗廟之禮, 後尸而相之者, 宗祝之職也. 古者, 祝習夏禮, 謂之夏祝, 習商禮, 謂之商祝. 故士喪禮 : "主人入卽位, 商祝襲祭服褖衣次", 繼之 : "主人襲反位, 商祝掩瑱設幎目", 則辨喪禮, 後主人而相之者, 商祝之職也.

蓋禮樂之於天下, 得之斯爲德, 行之斯爲行, 能之斯爲藝, 執之斯爲事. 德必有行, 而行不全德者有矣, 藝必兼事, 而事不全藝者有矣. 郊特牲曰 : "禮之所尊, 尊其義也. 失其義, 陳其數, 祝史之事也. 知其義, 而敬守之, 天子之事也." 祭統曰 : "禘嘗之義大矣. 明其義者君也, 能其事者臣也." 由是觀之, 禮樂之本在人君, 而其末繫於童子有司樂師. 是德成而上, 藝成而下也. 宗廟之敬在尸, 而致喪之哀在主人, 祝也者, 相尸主以接神者也, 特後之以辨其事而已. 是行成而先, 事成而後也. 先王有制於天下, 使諸侯朝, 萬物服體, 而百官莫敢不承事者, 豈他哉? 不過上先下後, 不失本末之施而已. 莊周有之, 本在於上, 末在於下, 要在於主, 詳在於臣, 其大致然也.

양(陽)의 소리 여섯이 율(律)이 되는데[40] 황종이 그 첫째요, 음(陰)의 소

---

38   대본에는 '立'으로 되어 있으나, 사고전서 『樂書』에 의거하여 '弦'으로 바로잡았다.

39   대본에는 '六'으로 되어 있으나, 사고전서 『樂書』에 의거하여 '大'로 바로잡았다.

40   12율 중, 황종(黃鍾) · 태주(太簇) · 고선(姑洗) · 유빈(蕤賓) · 이칙(夷則) · 무역(無射)이 양률(陽律)이다.

리 여섯이 여(呂)가 되는데[41] 대려가 그 첫째이다. 옛날에 악을 지을 적에 반드시 율(律)의 악조(樂調)로 연주하고 여(呂)의 악조로 노래하게 했으니, 황종과 대려는 음양합성(陰陽合聲)이 되어 소리가 조화된다. 금(琴)·슬(瑟)을 타고 아(雅)·송(頌)을 노래하는 것은 당상악(堂上樂)이다. 방패인 간(干)과 도끼인 양(揚)을 들고 추는 무무(武舞)는 당하악(堂下樂)이다.

악의 근본은 인심(人心)에 있고 예의 근본은 인정(人情)에 있으니, 예악과 같은 근본적인 것은 한결같이 인군(人君)이 관장한다. 황종·대려와 같은 악조, 금·슬에 맞추어 부르는 노래, 방패와 도끼를 들고 추는 무무(武舞)는 악의 말절이지 근본이 아니다. 따라서 동자(童子)가 춤을 추니, 동자는 말단적인 것을 익힌 자이기 때문이다.

연(筵)·석(席)을 펴는 일은 사궤연(司几筵)의 직분이고, 준(尊)·조(俎)를 진열하는 일은 사준이(司尊彝)·내옹(內饔)·외옹(外饔)의 직분이며, 변(籩)·두(豆)를 나열하는 일은 변인(籩人)·해인(醢人)의 직분이다. 이런 일을 하고자 계단을 오르내리며 예를 행하는 것은 예의 말절이지 근본이 아니다. 그러므로 유사(有司)가 이를 관장하니, 유사는 말단적인 것을 살피는 자이기 때문이다.

중니(仲尼)는 자장(子張)에게 '안석과 대자리를 펴고, 계단을 오르내리며, 잔을 올리거나 잔을 주고받는 것이 예의 본질이 아니라, 말하고 실천하는 것이 예의 본질이다. 춤추는 행렬을 만들어 우약(羽籥)을 들고 춤추며, 종고(鐘鼓)를 연주하는 것이 악의 본질이 아니라, 행하여 즐기는 것이 악의 본질이다. 군자가 이 두 가지를 힘써서 남면(南面)하면 천하가 태평하다.'[42]라고 하고, 『주례』에 "태사(大師)는 육률(六律)과 육동(六同)을 관장해서 음양의 소리를 합쳐서 육시(六詩)를 가르친다"[43]라고 했으니, 성시

---

41 12율 중, 대려(大呂)·협종(夾鍾)·중려(仲呂)·임종(林鍾)·남려(南呂)·응종(應鍾)
    이 음려(陰呂)이다.
42 『禮記』 仲尼燕居 28-9.
43 『周禮』 春官 / 大師 0.

(聲詩)의 뜻을 터득하여 남면(南面)하여 다스리는 자는 인군이고, 성시(聲詩)의 용도를 구분해서 북면(北面)하여 현악기를 타는 자는 악사(樂師)이다. 악사가 북면하여 현악기를 타는 것은 사맹(司盟)이 북면하여 신명(神明)에 고하는 것[44]과 같은 뜻이다.

길례(吉禮)에 5가지가 있는데 제사보다 우선하는 것이 없고, 흉례(凶禮)에 3가지가 있는데 상(喪)보다 중요한 것이 없다. 시동(尸童)은 신(神)을 상징하는 자이니, 종묘에서 공경의 대상은 시동이다. 상주는 상(喪)을 당한 자이니, 치상(致喪)[45]에서 슬픔의 주체는 상주이다.

대축(大祝)은 육축(六祝)[46]의 사(辭)를 관장하여 인귀(人鬼)·천신(天神)·지기(地祇)를 섬기고, 육호(六號)[47]와 구제(九祭)[48]를 분별하며, 시동을 맞이하여 시동의 예(禮)를 도와주는 관직이다.[49] 따라서 종묘의 예를 분별하여 시동의 뒤에서 도와주는 일은 종축(宗祝)의 직분이다.

옛날에 하(夏)나라 예를 익히는 축관(祝官)을 하축(夏祝)이라 하고, 상(商)나라 예를 익히는 축관을 상축(商祝)이라 했다. 「사상례(士喪禮)」에 "상주가 들어와 자리에 나아가면 상축(商祝)이 제복(祭服)과 단의(褖衣)[50] 감으로 염습(殮襲)한다"[51]라고 하고, 이어서 "주인이 염습한 뒤에 자리로 돌아오면 상축이 진(瑱 : 귀막이 옥)으로 귀를 막고 멱목(幎目)[52]으로 얼굴을 싸서 맨다"[53]라고 하였다. 따라서 상례(喪禮)를 분별하여 주인의 뒤에서 돕는 일은 상축(商祝)의 직분이다.

---

44 『周禮』秋官 / 司盟 0.
45 치상(致喪) : 부모의 상에 극진한 슬픔으로 거상(居喪)하는 것이다.
46 육축(六祝) : 순축(順祝)·연축(年祝)·길축(吉祝)·화축(化祝)·서축(瑞祝)·책축(筴祝).
47 육호(六號) : 신호(神號)·귀호(鬼號)·기호(祇號)·생호(牲號)·자호(齍號)·폐호(幣號).
48 구제(九祭) : 명제(命祭)·연제(衍祭)·포제(炮祭)·주제(周祭)·진제(振祭)·유제(擩祭)·절제(絶祭)·요제(繚祭)·공제(共祭).
49 대축(大祝)은~관직이다 : 『周禮』春官 / 大祝 0.
50 단의(褖衣) : 검정 옷에 붉은 단을 두른 사(士)의 예복, 또는 사(士)의 아내의 명복(命服).
51 『儀禮』士喪禮 12-11~12.
52 멱목(幎目) : 소렴(小殮) 때 시체의 얼굴을 싸서 매는 검은 헝겊.
53 『儀禮』士喪禮 12-12~13.

대개 천하에서 예악을 체득하면 덕(德)이 되고, 실천하면 행(行)이 되고, 능(能)하면 예(藝)가 되고, 집행하면 일[事]이 된다. 덕은 반드시 행(行)을 겸비하나, 행(行)은 덕을 온전히 갖추지 못하기도 하며, 예(藝)는 반드시 일을 겸비하나, 일은 예(藝)를 온전히 갖추지 못하기도 한다.

「교특생(郊特牲)」에 "예(禮)가 존귀한 것은 그것이 지니고 있는 의의(意義)가 존귀하기 때문이다. 그 의의를 모른 채 수(數)만을 진설하는 것은 축관(祝官)과 사관(史官)이 하는 일이고, 그 의의를 알고서 공경히 지키는 것은 천자가 하는 일이다"[54]라고 하였으며, 「제통(祭統)」에 "체(禘)와 상(嘗)의 의의는 크다. 그 의의를 명확히 아는 자는 인군이고 그 일을 능히 하는 자는 신하이다"[55]라고 하였다.

이로 보건대, 예악의 근본은 인군에게 있고, 그 말단은 동자(童子)·유사(有司)·악사(樂師)에게 달려 있다. 이 때문에 덕을 이룬 자는 위에 있고 예(藝)를 이룬 자는 아래에 있는 것이다. 종묘의 공경은 시동에게 있고, 치상(致喪)의 슬픔은 주인에게 있으며, 축관은 시동과 주인을 도와 신(神)과 접하는 자로서 단지 시동과 주인의 뒤에서 일을 분별할 따름이다. 이 때문에 행실을 이룬 자는 앞에 있고 일을 이룬 자는 뒤에 있는 것이다.

선왕이 천하에 제도를 시행하여, '제후로 하여금 알현하도록 하고, 만물이 이치에 맞도록 하며, 백관으로 하여금 직책을 충실히 이행하지 않을 수 없게 한 뜻'[56]이 어찌 다른 것이겠는가? 위나 앞에 있게 하며, 아래나 뒤에 있게 하여 본말을 잃지 않게 한 것에 불과할 따름이다. 장자가 "근본은 위에 있고 말단은 아래에 있으며, 중요한 것은 임금에게 있고 상세한 것은 신하에게 있다"[57]라고 한 것은 대체로 이와 같은 뜻이다.

54　『禮記』郊特牲 11-24.
55　『禮記』祭統 25-21.
56　『禮記』仲尼燕居 28-9.
57　『莊子』天道 13-2.

권23 예기훈의(禮記訓義)

악기(樂記)

악기(樂記)

23-1. 魏文侯問於子夏曰 "吾端冕而聽古樂, 則唯恐臥, 聽鄭衛之音, 則不知倦. 敢問, 古樂之如彼何也, 新樂之如此何也?"

위 문후가 자하에게 물었다. "내가 현단복(玄端服)[1]과 면류관 차림으로 고악(古樂)을 들으면 눕게 될까 두렵지만 정(鄭)·위(衛)의 음(音)을 들으면 지루한 줄 모르겠다. 감히 묻건대, 고악(古樂)이 저와 같은 것은 무엇 때문이며, 신악(新樂)이 이와 같은 것은 무엇 때문인가?"[2]

---

1 현단복(玄端服) : 검은 빛의 예복(禮服)으로 제사지낼 때 천자·제후·사대부가 모두 입었다. 〈그림 3-4 참조〉
2 『禮記』 樂記 19-21.

樂之於天下, 中則和, 過則淫. 故黃帝之咸池‧堯之大章‧舜禹之韶
夏‧商周之濩武, 其聲足樂而不流, 其文足論而不息. 此所謂中則和,
古樂之發也. 鄭之好濫‧宋之燕女‧衛之促數‧齊之傲辟, 慢易以犯
節, 流湎以忘本. 此所謂過則淫, 新樂之發也.

今夫中人以下, 可以語下, 亦可以語上. 以上語之, 則倦而不樂, 以下
語之, 則樂而不倦. 故魏武之於徐無鬼, 聞詩書禮樂則未嘗啓齒, 聞相
狗馬則大悅. 秦孝公之於商鞅, 聞帝王之道, 未嘗槪意, 聞霸道則前席.
是'聽言則對 誦言如醉'. 古之下流者皆然. 豈特魏文之於樂哉? 莊周曰
:“大聲不入俚耳, 折楊[3]‧皇荂,[4] 則嗑然而笑.” 豈是謂邪!

蓋文侯之於古樂則在所外而唯恐臥, 於新樂則在所內而不知倦. 此
其間所以有彼此之辭也. 然則聽樂必端冕, 何邪? 曰: 端取其端以正己
也, 冕取其俛以接物也. 諸侯玄端以祭, 則端冕諸侯之祭服也. 文侯以
祭服聽樂, 猶檜君以朝服逍遙, 其好鄭衛之音, 不已甚乎? 古者, 端衣或
施於冠, 或施於冕. 冠禮'冠者玄端緇布冠, 旣冠易服玄冠玄端' 特牲禮
'主人冠端[5]玄' 內則'子事父母, 冠緌纓端韠' 公西華曰'宗廟之事如會
同, 端章甫' 以至晉侯端委以入武宮‧晏平中端委以立虎門, 端之施於
冠者也. 荀子'端衣玄裳絻而乘路', 大戴禮'武王端冕受丹書', 與此所謂
端冕, 端之施於冕者也. 要之, 皆非朝服, 而朝服則天子以素, 諸侯以
緇, 未聞以玄[6]端也. 鄭氏釋儀禮謂玄端則朝服之衣易其裳爾, 釋玉藻
曰:“朝服玄端素裳.” 不知奚據而云. 雜記:“襲朝服一玄端一. 襚禮, 受
朝服自西階, 受玄端自堂.” 然則玄端不得爲朝服, 明矣.

악이 천하에 있어서, 중정(中正)하면 화평하고 지나치면 음란하다. 그
러므로 황제(黃帝)의 《함지(咸池)》, 요임금의 《대장(大章)》, 순임금의 《대소

---

3 대본에는 '析揚'으로 되어 있으나, 『莊子』에 의거하여 '折楊'으로 바로잡았다.
4 대본에는 '華'로 되어 있으나, 『莊子』에 의거하여 '荂'로 바로잡았다.
5 대본에는 '冕'으로 되어 있으나, 『儀禮』에 의거하여 '端'으로 바로잡았다.
6 대본에는 '元'으로 되어 있으나, 사고전서 『樂書』에 의거하여 '玄'으로 바로잡았다.

(大韶)》, 우왕의 《대하(大夏)》, 상나라의 《대호(大濩)》, 주나라의 《대무(大武)》는 그 소리가 즐겁되 방종에 흐르지 않고, 그 문채가 족히 논할만하여 그치지 않으니, 이것이 이른바 '중정하여 화평한 것'으로 고악(古樂)이 발현된 것이다.

정나라의 방탕한 가락, 송나라의 호색적(好色的)인 가락, 위나라의 빠른 가락, 제나라의 편벽된 가락은 모두 거만하고 경솔하여 절도를 범하며 방종에 흐르고 빠져서 근본을 잊은 것이니, 이것이 이른바 '지나쳐서 음란한 것'으로 신악(新樂)이 발현된 것이다.

보통사람 이하에게 천박한 이야기를 할 수도 있고 고상한 이야기를 할 수도 있는데, 고상한 이야기를 하면 지겨워하며 즐거워하지 않고, 천박한 이야기를 하면 즐거워하며 지겨운 줄 모른다. 그러므로 위(魏) 무후(武侯)가 시(詩)·서(書)·예(禮)·악(樂)에 대한 이야기를 들을 때엔 웃지 않다가 개와 말을 감정(鑑定)하는 이야기를 들을 때엔 크게 기뻐한 일[7]이 「서무귀(徐無鬼)」에 나오며, 진(秦) 효공(孝公)[8]이 상앙(商鞅)[9]에게서 제왕의 도를 들을 때엔 별 관심을 기울이지 않다가 패도(覇道)를 들을 때엔 귀를 기울여 들었던 것이다. 이것이 "순종하는 말에만 대답하고 풍간(諷諫)하는 말은 취한듯이 건성으로 듣는다"[10]는 것이다. 옛날에 하류의 사람들

---

7 위(魏) 무후(武侯)가 서무귀(徐無鬼)로부터 '욕망을 가득 채우고 감정에 따라 행동하고자 하면, 성명(性命)의 정(情)이 병들게 될 것이다'라는 이야기를 들을 때 언짢아하며 아무런 말도 하지 않다가 '질이 낮은 개는 그저 배부르기만 하면 되고, 최상의 개는 자기의 존재도 잊는다. 한 나라의 뛰어난 말은 먹줄로 선을 친 듯 곧게 나아가고, 원을 그리듯 둥글게 돌지만, 천하의 뛰어난 말은 자기 존재도 잊고 질풍같이 달려 어디에 있는지조차 모른다'라는 이야기를 듣고는 크게 기뻐하며 웃었다. 〈『莊子』徐無鬼 24-1〉

8 진(秦) 효공(孝公) : 재위 B.C. 361~B.C. 338. 진나라 제25대 왕. 위기의 진나라를 이어받아 패자의 야망을 품고 상앙을 등용하여 진 제국의 기틀을 마련하였다.

9 상앙(商鞅) : B.C. 390~B.C. 338. 전국시대 위(衛)나라 왕의 소실(小室)에게서 태어난 연유로 공손앙(公孫鞅)으로 불리웠다. 진(秦) 효공(孝公)에 의해 국상(國相)에 임용되어 신법(新法)을 추진하여 진의 세력을 강화시켰다. 공손앙의 업적을 표창하기 위해, 진 효공은 상(商) 지방의 땅 15읍을 그에게 하사하고, 그를 상군(商君)으로 호칭하였으므로, 상앙(商鞅)으로 불리게 된 것이다.

이 다 그러했던 것이지, 어찌 위 문후의 악에 대한 태도만 그러했겠는 가? 장주(莊周)가 "훌륭한 음악(大聲)은 촌사람들의 귀에 들리지 않지만, 《절양(折楊)》이나 《황과(皇荂)》 같은 속악(俗樂)은 환성을 지르며 웃어대고 좋아한다"[11]라고 말한 것은, 아마 이것을 일컫은 것이리라.

문후는 고악(古樂)에 대해서는 문외한이라 눕게 될까 두려워했지만, 신 악에 대해서는 관심이 많아 지루한 줄 몰랐으니, 이 때문에 '저것'과 '이 것'이라고 말한 것이다. 그런데 악을 들으면서 반드시 현단복과 면류관 을 착용한 것은 무엇 때문인가? 단(端)은 그 단정함을 취해서 자기를 바 르게 하는 것이고, 면(冕)은 그 힘씀(俛)을 취해서 외물(外物)을 대하는 것 이다. 제후는 현단복(玄端服) 차림으로 제사지내니, 현단복과 면류관은 제 후의 제복(祭服)이다. 문후가 제복차림으로 악을 들은 것은 회군(檜君)이 조복(朝服)차림으로 산보한 것과 같으니, 정·위의 음(音)을 좋아한 것은 너무 심하지 않은가?

옛날에 단의(端衣)를 입을 적에 혹 관(冠)을 쓰기도 하고 혹은 면(冕)을 쓰기도 하였다. 관례(冠禮)를 할 때 당사자가 현단복과 치포관(緇布冠)을 착용했다가[12] 관례를 마치면 현관(玄冠)과 현단복으로 갈아입었으며,[13] 특 생례(特牲禮)를 할 때 주인이 현관과 현단복을 착용했다.[14] 「내칙(內則)」에 "아들이 부모를 섬길 때 관을 쓰고 갓끈을 드리우며 현단복을 입고 무릎 덮개를 착용한다"[15]라고 하고, 공서화(公西華)가 "종묘제사나 제후들의 회 동에 현단복과 장보관(章甫冠)을 갖추고 예를 돕는 일을 하고 싶다"[16]라고 했으며, 진후(晉侯)는 현단복과 위모(委貌)[17]를 착용하고 무궁(武宮)에 들어

---

10 『詩經』 大雅 / 桑柔.
11 『莊子』 天地 12-14.
12 『儀禮』 士冠禮 1-8.
13 『儀禮』 士冠禮 1-16.
14 『儀禮』 特牲饋食禮 15-1.
15 『禮記』 內則 12-2.
16 『論語』 先進 11-24.
17 위모(委貌) : 주대의 검은 비단으로 만든 관.

갔고,[18] 안평중은 현단복과 위모를 착용하고 호문(虎門)에 섰다.[19] 이상은
단의(端衣)에 관을 쓴 실례(實例)이다. 『순자』에 "단의(端衣)에 현상(玄裳)을
입고 면류관을 쓰고 수레를 탄다"[20]라고 하고, 『대대례(大戴禮)』에 "무왕
이 현단복과 면류관 차림으로 단서(丹書)를 받았다"라고 하고, 여기에서
(『樂記』)는 '현단복과 면류관 차림'이라고 하였다. 이상은 단의에 면류관
을 쓴 실례이다.

요컨대, 이는 모두 조복(朝服)이 아니다. 조복은 천자의 것은 희고 제후
의 것은 검은데, 현단복(玄端服)이라는 것은 들은 적이 없기 때문이다. 정
씨는 『의례』를 주석하면서 "현단(玄端)은 조복(朝服)에서 상(裳)을 바꾼 것
이다"라고 하고, 「옥조(玉藻)」를 주석하면서 "조복은 현단(玄端)과 소상(素
裳)이다"라고 했는데, 무엇을 근거로 이렇게 말했는지 모르겠다. 「잡기(雜
記)」에 "제후의 습(襲)은 조복(朝服) 하나, 현단(玄端) 하나 …… 등 아홉겹으
로 한다"라고 하고, "제후의 죽음에 의복을 보내는 수레(襚禮)를 행할 때
사신(使臣)은 서계(西階)에서 조복을 받고, 당상에서 현단복을 받는다"[21]라
고 했으니, 현단복은 분명히 조복이 아니다.

23-2. 子夏對曰 "今夫古樂, 進旅退旅, 和正以廣, 弦匏笙簧, 會守拊
鼓."

자하가 대답했다. "고악(古樂)은 무열(舞列)의 진퇴가 질서정연하고, 가
락이 화평정대(和平正大)하게 퍼져나가며, 금·슬과 생황[22]은 부(拊)[23]와
북(鼓)이 울린 뒤에 연주됩니다."[24][25]

18　『國語』周語上 1-14.

19　『春秋左氏傳』昭公 10년(2).

20　『荀子』哀公 31-1.

21　『禮記』雜記上 20-21.

22　'弦'은 '絃'으로 금·슬이 이에 속한다. '匏'는 박을 뜻하는데 생황이 이에 속한다.
　　금·슬은 당상의 악기이고, 생황은 당하의 악기이다.

23　부(拊) : 〈그림 1-16 참조〉.

24　1430년(세종 12)에 박연이 다음과 같이 상소한 글이 있다. "당상악(堂上樂)은 먼저

古者舞列, 天子八, 諸侯六, 大夫四, 士二. 旅之爲義, 生於師旅之旅, 其陳足以成列也. 其陳以成列, 則衆故也. 然則所謂進旅退旅, 豈非行其綴兆要其節奏而進退成列邪? 正聲感人, 而和樂興焉, 姦聲感人, 而淫樂興焉. 其樂和而不淫, 其聲正而不姦者, 以志意廣故也. 廣則容姦, 狹則思欲. 以廣而後和正, 雖廣而不容姦矣. 進旅退旅, 進退得齊焉, 和正以廣, 志意得廣焉.

抑又作之堂上, 弦之以琴瑟, 作之堂下, 匏之以笙簧. 堂上非特琴瑟也, 又會守拊焉, 堂下非特笙簧也, 又會守鼓焉. 夫乘水者付之泭, 作樂者付之拊. 磬之或擊或拊, 磬聲大小之辨也, 拊之或搏或拊, 拊聲大小之辨也. 搏拊之搏, 有父之用焉. 荀卿曰 : "縣一鐘而尙拊." 大戴禮曰 : "縣一磬而尙拊." 則拊設於一鐘一磬之東, 其衆器之父歟! 學記曰 : "鼓無當於五聲, 五聲弗[26]得不和." 荀卿曰 : "鼓樂之君", 則鼓以作樂, 其衆聲之君歟!

蓋衆謂之會, 待謂之守. 堂上之樂衆矣, 其所得以作者, 在拊, 堂下之樂衆矣, 其所待以作者, 在鼓. 會守拊鼓, 則衆樂備擧矣. 然堂上則門內之治, 以拊爲之父, 堂下則門外之治, 以鼓爲之君. 內則父子, 外則君臣, 人之大倫也, 而樂實有以合和之. 古樂之發, 修身及家, 平均天下, 如此而已, 與夫新樂之發, 俳優侏儒獶雜子女, 不知父子者, 豈不有間乎?

今夫拊之爲器, 韋表糠裏, 狀則類鼓, 聲則和柔, 唱而不和, 非徒鏗鏘

부(拊)를 치니, 부(拊)란 악기는 노래보다 먼저 쓰이는 것입니다. 진양(陳暘)이 말하길, '당상악은 부(拊)소리를 기다려 시작하고, 당하악(堂下樂)은 북소리를 기다려 시작하나니, 대개 당상인 문안을 다스리는 것은 부로 하고, 당하인 문밖을 다스리는 것은 북으로 한다. 안에서는 부자(父子) 사이가, 밖에서는 군신(君臣) 사이가 사람의 큰 윤리인데, 이것을 음악이 실제로 본뜬 것이다'라고 했습니다."〈『世宗實錄』권47, 세종 12년 2월 19일(庚寅)〉

25 『禮記』樂記 19-21.

26 대본에는 '非'로 되어 있으나, 사고전서 『樂書』와 『禮記』에 의거하여 '弗'로 바로잡았다.

而已. 書傳謂 以韋謂鼓・白虎通謂拊革而糠, 是也. 其設則堂上, 書所謂搏拊是也. 其用則先歌, 禮所謂登歌則令奏撃拊是也라. 書謂之搏拊, 明堂位謂之拊搏者, 以其或拊或搏, 莫適先後故也.

옛날에 무열(舞列)은 천자는 8일(佾), 제후는 6일, 대부(大夫)는 4일, 사(士)는 2일이었다. 여(旅)는 '사려(師旅)'[27]의 여(旅)에서 나왔으니, 늘어서서 행렬을 이룬다는 뜻이다. 늘어서서 행렬을 이룬 것은 인원이 많기 때문이다. 이른바 '진퇴가 질서정연하다'는 것은 어찌 춤추는 동작이 절주에 맞아서 진퇴가 행렬을 이룬 것이 아니겠는가?

정성(正聲)이 사람을 감응시키면 화평한 음악이 일어나고, 간성(姦聲)이 사람을 감응시키면 음란한 음악이 일어난다.[28] 음악이 화평하여 음란하지 않고, 그 소리[聲]가 정대(正大)하여 간사하지 않은 것은 그 뜻이 넓기 때문이다.

넓으면 해이해져 간사함을 용납하고, 좁으면 조급하게 탐욕을 품기 마련인데, 넓게 한 뒤에도 화평정대한 것은 넓어도 간사함을 용납하지 않았기 때문이다. 진퇴가 질서정연하여 나아가고 물러섬이 가지런한 것은 가락이 화평정대하게 퍼져나가 뜻이 넓어졌기 때문이다.

한편 당상에서는 금・슬을 타고 당하에서는 생황을 부는데, 당상에서 금・슬을 연주하기에 앞서 부(拊)를 두드리고, 당하에서 생황을 연주하기에 앞서 북을 두드린다. 물에 뜨는 자가 뗏목[泭]에 의지하듯이[泭之], 악을 연주하는 자는 부(拊)에 의지한다. 경을 '세게 치기[撃]'도 하고 '가볍게 치기[拊]'도 하는 것은 경 소리의 크고 작음을 분별한 것이고, 부를 '세게 치기[搏]'도 하고 '가볍게 치기[拊]'도 하는 것은 부 소리의 크고 작음을 분별한 것이다.

'박부(搏拊)'의 '박(搏)'은 넉넉하게 한다는 뜻으로[29] 아버지의 역할을

---

27 사려(師旅): 군대. 고대의 군대 편제에 사(師)는 2500명, 여(旅)는 500명인 데서 나온 말이다

28 정성(正聲)이~일어난다: 『禮記』樂記 19-13.

한다. 순경이 "특종(特鐘)을 설치하고 부(拊)를 그 동쪽에 진설한다"[30]라고 하고, 『대대례(大戴禮)』에 "특경(特磬)을 설치하고 부(拊)를 그 동쪽에 진설한다"라고 하였다. 부를 특종과 특경의 동쪽에 진설한 것은 부(拊)가 뭇 악기의 아버지가 되기 때문이다!

「학기(學記)」에 "북소리는 오성(五聲)에 해당되는 것이 없지만 오성이 북소리를 얻지 못하면 조화되지 않는다"[31]라고 하고, 순경은 "북은 뭇 악기의 임금이다"[32]라고 했으니, 북을 쳐서 음악을 시작하게 한 것은 북이 뭇 악기의 임금이 되기 때문이다!

대개 많은 것을 '회(會)'라고 하고, 기다리는 것을 수(守)라고 한다. 당상에 악기가 많이 있지만 부(拊)의 신호를 기다려 연주하고, 당하에 악기가 많이 있지만 북의 신호를 기다려 연주한다. 즉 뭇 악기가 부와 북이 울리기를 기다려 일제히 연주하는 것이다. 그런데 당상은 집안의 다스림을 상징하므로 부(拊)는 아버지가 되고, 당하는 집밖의 다스림을 상징하므로 북은 임금이 된다. 안에서는 부자관계가, 밖에서는 군신관계가 사람의 큰 윤리이므로, 악(樂)에서도 이를 상징하여 화합하게 한 것이다.

고악(古樂)이 발현함에 자신을 수양하여 집안을 가지런하게 하고 천하를 화평하게 함이 이와 같으니, 신악(新樂)이 발현함에 광대가 잡희(雜戲)를 벌이어 남녀가 분별없이 뒤섞여 부자(父子)의 도리를 알지 못하는 것과는 어찌 차이가 나지 않겠는가?

부(拊)는 무두질한 가죽으로 겉을 싸고 속에 겨를 집어넣은 악기로서, 모양은 북과 비슷하고 소리는 부드러우며, 선창(先唱)만 하고 화답하지는 않으니, 한갓 소리만 낼 뿐이 아니라 상징하는 바가 있다. 『서전(書傳)』에 "무두질한 가죽으로 북을 만든다"[33]라고 하고, 『백호통의(白虎通義)』에

---

29 『樂書』116-1에 의거하여 '從旁'라는 구절을 보충하여 번역하였다.
30 『荀子』禮論 19-6.
31 『禮記』學記 18-10.
32 『荀子』樂論 20-10.
33 『尚書大傳』(漢 伏生 撰) 권1 夏書.

"부는 가죽으로 둘러싸고 겨를 넣는다"라고 한 것이 이것이다. 당상에 진설하니, 『서경』에 이른바 "박부(搏拊)"[34]라고 한 것이 이것이다. 노래에 앞서 연주되니, 『주례』에 이른바 "당상(堂上)에서 노래할 때 부(拊)를 치도록 명령한다"[35]라고 한 것이 이것이다.

『서경』에서는 "박부(搏拊)"라고 하고, 「명당위」에서는 "부박(拊搏)"이라 한 것은 세게 치거나[搏] 가볍게 치는 것[拊]이 선후가 정해져 있는 것이 아니기 때문이다.

23-3. 始奏以文, 復亂以武, 治亂以相, 訊疾以雅. 君子於是語, 於是道古, 修身及家, 平均天下. 此古樂之發也.

문무(文舞)로 시작하여 무무(武舞)로 마치며,[36] 상(相)을 두드려 악곡을 잘 마무리짓고, 아(雅)[37]를 두드려 춤이 빨라지는 것을 경계하였습니다. 이에 군자는 도리를 말하고 옛일을 말하여, 자신을 닦아 집안에 미치며 이를 넓혀 천하를 화평하게 하였습니다. 이것은 고악이 발현된 것입니다.[38]

周官大司樂敎國子, 舞雲門大卷·大咸·大磬·大夏·大濩·大武. 大夏而上文舞也, 大濩而下武舞也. 古之樂舞, 始奏以文, 復亂以武. 維淸奏象舞其文也, 武奏大武其武也. 文先之武次之, 有安不忘危之意, 而揖遜征誅之義盡矣. 豈非莊周所謂文武倫經[39]邪? 治亂以相之亂, 與武亂之亂同, 訊疾以雅之訊, 與三刺之訊同. 然干

---

34 『書經』虞書 / 益稷 2. 「夔曰 : "戛擊鳴球, 搏拊琴瑟以詠, 祖考來格, 虞賓在位, 群后德讓."」

35 『周禮』春官 / 大師 0.

36 진호(陳澔)는 '始奏以文 復亂以武'에서 문(文)과 무(武)를 각각 북[鼓]과 금요(金鐃)로 풀이하였으나, 진양은 문무(文舞)와 무무(武舞)로 보았다.

37 상(相)과 아(雅)는 북의 종류이다.〈그림 1-17, 1-18 참조〉

38 『禮記』樂記 19-21.

39 대본에는 '經綸'으로 되어 있으나, 『莊子』에 의거하여 '倫經'으로 바로잡았다.

羽之舞, 雜然並奏, 容有失行列而不治, 甚疾速而不刺者矣. 是故治亂以相, 有文明以節之, 使之和而不流也. 訊疾以雅, 有法度以正之, 使之奮而不拔. 荀卿之論舞, 以謂目不自見, 耳不自聞, 然而治俯仰詘信, 進退遲速, 莫不廉制, 盡筋骨之力, 以要鐘鼓俯會之節, 而靡有悖逆者, 在相與雅而已. 書曰'常舞于宮', 無相以節之故也. 詩曰'屢舞傲傲', 無雅以正之故也. 樂終於舞如此, 則樂終而德尊. 故明樂之君子, 於是語以告之, 道古以明之, 而君子小人, 未有不好善而聽過者矣. 文王世子曰 '大樂正 敎舞干戚語說', 鄕射記曰'古者於旅也語', 不過如此, 修身及家平均天下而天下皆寧矣.

然相之爲器, 所以節文舞也. 蓋生於春不相之相, 笙師掌敎春是已. 昔梁王築城, 以小鼓爲節, 而役者以杵和之, 蓋其遺制也. 鄭氏謂相以節樂則是, 謂之爲拊則非. 豈惑於方言以糠爲相之說歟! 雅之爲器, 所以正武舞也, 笙師掌敎雅以敎祴樂是已. 賓出以雅, 欲其醉不失正也. 工舞以雅, 欲其訊疾不失正也. 賓出以雅, 有祴夏之樂, 則工舞以雅, 其樂可知矣. 二鄭氏論雅制, 類皆約漢法爲言, 疑其有所受之. 周官以興道諷誦言語爲樂語, 此特說語與道, 古者豈擧上下見中之意邪?

주관(周官)의 대사악(大司樂)이 국자(國子)에게 《운문대권(雲門大卷)》·《대함(大咸)》·《대소(大磬)》·《대하(大夏)》·《대호(大濩)》·《대무(大武)》를 가르쳤는데,[40] 《대하》 이상은 문무(文舞)이고 《대호》 이하는 무무(武舞)이다. 옛날에 악무(樂舞)는 문(文)으로 시작하고 무(武)로 마치었으니, 《유청(維淸)》[41]을 노래하고 《상무(象舞)》를 추는 것은 문(文)이고 《무(武)》[42]를 노래하고 《대무(大武)》를 추는 것은 무무(武舞)이다.

문(文)을 먼저 하고 무(武)를 다음에 하는 것은 편안한 시기에 위태함을 잊지 않는다는 뜻이니, 겸양과 정벌의 뜻을 극진히 한 것이다. 어찌 장주

40 『周禮』春官 / 大司樂 1.
41 유청(維淸) : 문왕(文王)을 찬미한 시로 『詩經』周頌에 나온다.
42 무(武) : 무왕(武王)을 찬미한 시로 『詩經』周頌에 나온다.

(莊周)가 이른바 '문(文)과 무(武)가 차례로 펼쳐진다'[43]고 한 것이 아니겠는가?

'치란이상(治亂以相)'의 란(亂)은 '무란(武亂)'[44]의 란과 같고, '신질이아(訊疾以雅)'의 신(訊)은 '삼자지신(三刺之訊)'[45]의 신과 같다. 무무(武舞)와 문무(文舞)를 여럿이 추다보면 때로 행렬이 흐트러지고 지나치게 빨라져서 조심하지 않기도 하므로, 상(相)을 두드려 악곡을 잘 마무리지어 문채나면서 절도 있게 하여 화평하되 방종에 흐르지 않게 하였고, 아(雅)를 두드려 빨라지는 것을 경계하여 법도가 있으면서 바르게 함으로써, 빨라도 지나치게 빠르지 않게 하였다.

순경이 춤에 대해 '눈은 자신을 볼 수 없고 귀는 자신을 듣지 못하나, 고개를 숙이거나 쳐들고 몸을 굽히거나 펴고 나아가거나 물러가고 천천히 하거나 빨리 하는 것이 절도에 맞지 않음이 없고, 종과 북의 절주에 맞추어 힘차게 움직이는 것이 어그러짐이 없다'[46]라고 말했는데, 이는 상(相)과 아(雅) 덕택이다. 『서경』에 "항상 궁중에서 춤을 춘다"[47]라고 한 것은 상(相)으로 절제하지 않았기 때문이고, 『시경』에 "지나치게 춤추어

---

43 『莊子』天運 14-3.
44 『禮記』樂記 19-23. 「武亂皆坐, 周召之治也【《대무(大武)》의 마지막에 모두 꿇어앉는 것은 주공·소공이 문덕(文德)으로 잘 다스린 것을 상징한 것이다.】」
45 『周禮』秋官 司刺 0. 「司刺, 掌三刺三宥三赦之法, 以贊司寇聽獄訟. 壹刺曰訊群臣, 再刺曰訊群吏, 三刺曰訊萬民. 壹宥曰不識, 再宥曰過失, 三宥曰遺忘. 壹赦曰幼弱, 再赦曰老旄, 三赦曰蠢愚. 以此三法者求民情斷民中, 而施上服下服之罪然後刑殺【사자(司刺)는 세 번 묻고 세 번 너그럽게 생각하고 세 번 사면해 주는 법을 관장하여 사구(司寇)가 송사(訟事)를 판결하는 일을 보좌한다. 여러 신하에게 묻고, 여러 관리에게 다시 묻고, 만백성에게 또 다시 묻는다. 처음에 '알지 못해서였으리라'고 너그럽게 생각하고, 다시 '과실이라' 너그럽게 생각하고, 또 다시 '건망증이라'고 너그럽게 생각한다. 어린아이를 사면하고, 노인을 사면하며, 모자란 사람을 사면한다. 이상 3가지 법으로 민정(民情)을 헤아리고 백성의 마음을 판단하여 상복(上服 : 상체에 가하는 형벌)과 하복(下服 : 하체에 가하는 형벌)의 죄를 시행한다. 그런 연후에도 개과천선하지 않으면 사형에 처한다.】」
46 『荀子』樂論 20-10.
47 『書經』商書／伊訓 3.

비틀비틀하네"⁴⁸라고 한 것은 아(雅)로 바로잡지 않았기 때문이다.

춤으로 악(樂)을 끝맺는 것이 이와 같으니, 악이 끝나면 덕이 높아진다. 그러므로 악에 밝은 군자가 의리를 이야기하고 옛일을 말함에, 군자와 소인이 선(善)을 좋아하지 않거나 허물을 고치지 않는 자가 없었던 것이다. 「문왕세자」에 "대악정(大樂正)이 간척무(干戚舞：武舞)와 어설(語說)을 가르친다"⁴⁹라고 하고, 「향사기(鄕射記)」에 "옛날에는 술을 마실 때 여수(旅酬)⁵⁰에 이르러서야 이야기를 나눌 수 있었다"⁵¹라고 한 것은 이와 같은 것에 지나지 않는다. 따라서 자신을 수양하여 집안을 가지런하게 하고 천하를 고르게 다스려 모두 편안하게 하였다.

그런데 상(相)이란 악기는 문무(文舞)를 절제하는 것이다. '용불상(舂不相：이웃이 상(喪)을 당하면 절구질할 때 힘을 돋우기 위해 장단 맞춰 소리를 지르지 않는다)'⁵²의 상(相)에서 나왔으니, "생사(笙師)가 용(舂)을 가르치는 것을 관장한다"⁵³는 것이 이것이다. 옛날에 양왕(梁王)이 성을 쌓을 적에 소고(小鼓)로 장단을 맞추었고, 부역하는 사람들이 공이[柞]로 화답했는데, 용(舂)은 이렇게 해서 생겨난 것이다. 정씨가 상(相)을 '음악을 절도 있게 하는 악기'로 본 것은 옳으나, 상을 부(拊)로 본 것은 틀렸다. "겨로 상(相)을 만들었다"⁵⁴라고 하는 방언(方言)의 설(說)에 미혹되었기 때문일 것이다.

아(雅)라는 악기는 무무(武舞)를 바로 잡는 것이다. "생사(笙師)가 아(雅)를 가르치는 일을 관장해서 개악(祴樂)을 가르친다"⁵⁵라고 한 것이 이것이다. 빈(賓)이 나갈 때에 아(雅)를 치는 것은 술에 취했어도 바름을 잃지 않게 하려는 것이고, 악공이 춤출 때 아(雅)를 치는 것은 빠르게 추어도

---

48 『詩經』 小雅 / 賓之初筵.
49 『禮記』 文王世子 8-3.
50 여수(旅酬)：의식이 끝난 후 술잔을 자유로이 서로 권하며 마시는 것.
51 『儀禮』 鄕射禮 5-52.
52 『禮記』 曲禮上 1-35.
53 『周禮』 春官 / 笙師 0.
54 『禮記註疏』 권38 「今齊人或謂穅爲相.」；『續方言』 卷上 「齊人謂穅爲相.」
55 『周禮』 春官 / 笙師 0.

바름을 잃지 않게 하려는 것이다. 빈이 나갈 때 아(雅)를 치고 《개하(祴夏)》를 연주하였으니, 악공이 아(雅)에 맞추어 춤출 때 연주한 음악을 짐작할 수 있다.

2명의 정씨가 아(雅)의 제도를 논한 것은 모두 한나라 제도를 요약해서 말한 것이니, 받아들여도 될지 의문이다. 『주례』에서 '흥(興)·도(道)·풍(諷)·송(誦)·언(言)·어(語)'를 악어(樂語)로 삼았는데,[56] 여기에서 다만 '어(語)'와 '도(道)'만을 설명한 것은 옛날에 아마 위와 아래를 들어서 그 가운데의 것을 보인 뜻일 것이다.

23-4. 今夫新樂, 進俯退俯, 姦聲以濫, 溺而不止, 及優侏儒獶雜子女, 不知父子. 樂終, 不可以語, 不可以道古. 此新樂之發也.

신악(新樂)은 무열(舞列)의 진퇴가 들쭉날쭉하며, 간성(姦聲)이 넘쳐흐르고 음일(淫佚)에 빠져들어 걷잡을 수 없으며, 광대가 잡희(雜戲)를 벌이는데 남녀가 분별없이 뒤섞여 부자(父子)의 도리를 알지 못하니, 악이 끝나더라도 도리를 말할 수 없고 옛일을 말할 수 없습니다. 이것은 신악이 발현된 것입니다."[57]

荀卿曰: "鄭衛之音, 使人之心淫, 舞韶歌武, 使人之心莊." 然則新樂之異古, 其來尙矣. 形於動靜, 則進俯退俯, 其陳不足以成列也. 發於聲音, 則姦聲以濫, 溺而不止, 其聲不足以合奏也. 豈非政散民流, 誣上行私, 而不可止之謂邪? 蓋古[58]樂之發, 始奏以文, 復亂以武, 而不聞及優侏儒也, 治亂以相, 訊疾以雅, 而不聞獶雜子女也, 弦匏笙簧, 會守拊鼓, 而不聞不知父子也. 夫然後足以使長幼男女之理·父子君臣之節, 皆形見於樂而有別矣, 其有不可以語且道古邪? 文王世子曰 '旣歌而語

---

56 『周禮』春官 / 大司樂 1.
57 『禮記』樂記 19-22.
58 대본에는 '方'으로 되어 있으나, 사고전서 『樂書』에 의거하여 '古'로 바로잡았다.

以成之 言父子君臣長幼之道,⁵⁹ 合德音之致者', 此也. 若夫及優侏儒 獶雜子女, 不知父子, 如檀⁶⁰長卿所爲, 古無有也, 君子不道也. 不過知 聲而不知音, 知舞而不知節, 禽獸之歸而已. 豈知夾谷之會,⁶¹ 孔子所以 請誅, 齊人之饋, 孔子所以遂行歟? 古樂言始奏以見終, 新樂言樂終以 見始, 互發故也.

순경이 말하기를 "정(鄭) · 위(衛)의 음(音)은 사람의 마음을 음탕하게 하지만, 《소(韶)》를 추고 《무(武)》⁶²를 노래 부르는 것은 사람의 마음을 장중하게 한다"⁶³라고 하였으니, 신악(新樂)과 고악(古樂)은 아주 오래전부터 달랐다.

동정(動靜)으로 형용된 모습은 진퇴가 들쭉날쭉하여 제대로 행렬을 이루지 못하고, 노래로 발현된 소리는 간성(姦聲)이 넘쳐흐르고 음일(淫佚)에 빠져들어 걷잡을 수 없어 합주할만 하지 않으니, 어찌 "정치가 어수선하고 백성들이 방종에 흘러 윗사람을 속이고 사욕(私欲)을 부려도 이를 막지 못한다"⁶⁴는 것이 아니겠는가?

고악(古樂)이 발현하면, 문무(文舞)로 시작하여 무무(武舞)로 마치므로 광대의 잡희가 끼어들 여지가 없고, 상(相)을 두드려 악곡을 바르게 마무리 짓고, 아(雅)를 두드려 춤이 빨라지는 것을 경계하므로 남녀가 분별없이 뒤섞일 여지가 없으며, 금·슬과 생황이 부(拊)와 북(鼓)이 울린 뒤에 연주되므로 부자의 도리를 모를 수 없다. 따라서 장유(長幼)와 남녀의 이치 및 부자(父子)와 군신(君臣)의 도리가 모두 악에 표현되어 구별이 있으니, 도리와 옛일을 말하지 않겠는가? 「문왕세자」에 "노래가 끝나면 의리에 맞

---

59 대본에는 '節'로 되어 있으나, 사고전서 『樂書』와 『禮記』에 의거하여 '道'로 바로잡았다.
60 대본에는 '禮'로 되어 있으나, 사고전서 『樂書』에 의거하여 '檀'으로 바로잡았다.
61 대본에는 '戱'로 되어 있으나, 『春秋左氏傳』에 의거하여 '會'로 바로잡았다.
62 《소(韶)》는 순임금의 음악이고 《무(武)》는 무왕의 음악이다.
63 『荀子』 樂論 20-6.
64 『禮記』 樂記 19-1.

는 이야기를 나누어 천자의 양로례(養老禮)를 이루게 한다. 부자·군신·
장유의 도리를 이야기하여 덕음(德音)의 극치에 합치한다"[65]라고 한 것이
이것이다.

단장경(檀長卿)이 우스꽝스럽게 개와 원숭이 흉내를 낸 것처럼[66] 광대
가 잡희(雜戱)를 벌이어 남녀가 분별없이 뒤섞여 부자(父子)의 도리를 알
지 못한 일이 예전에는 없었으므로, 군자가 이에 대해 말하지 않았다. 이
는 성(聲)은 알아도 음(音)을 알지 못하고, 춤은 알아도 절도(節度)를 알지
못하는 것에 지나지 않으니, 금수(禽獸)에 귀착될 따름이다. 그들이 어찌
협곡의 모임에서 공자가 내인(萊人)을 비난한 이유와 제나라 사람이 향연
을 베풀고자 했으나 공자가 받지 않고 그냥 떠난 이유[67]를 알겠는가?

고악에서는 '악을 시작하는 것[始奏]'을 말하여 마지막을 보였고, 신악
에서는 '악이 끝나는 것[樂終]'을 말하여 처음을 보였으니, 서로 상호보완
하는 것이다.

---

65 『禮記』文王世子 8-13.

66 한(漢) 선제(宣帝) 때 황후의 아버지 허광한(許廣漢)이 집을 새로 지어 조정 대신들
    을 초대해 주연을 베풀었다. 술이 거나하게 취하자 대신들이 추태를 부리기 시작하
    였는데, 구경(九卿) 중 한 사람인 단장경(檀長卿)이 개와 원숭이가 싸우는 모습을 흉
    내내는 바람에 좌중은 순식간에 폭소로 뒤덮었다.〈『前漢書』권77〉

67 노나라 정공(定公)이 제후(齊侯)와 협곡(夾谷)에서 회합을 가졌다. 이미(犁彌)가 제
    후에게 포로인 내인(萊人)을 시켜 무기로 노후(魯侯)를 위협하도록 권유하자, 제후
    가 그의 말에 따랐다. 이에 노후(魯侯)를 모시고 있던 공자가 '두 나라의 임금이 우
    호를 맺는 자리인데, 오랑캐 포로가 무기를 가지고 어지럽게 구는 것은 제나라 임금
    님이 제후(諸侯)들에게 군림하는 도리가 아닙니다'라며 비난하자, 제후(齊侯)가 즉시
    무기를 든 사람을 나가게 했다. 맹약을 마치고 나서 제후가 정공에게 향연을 베풀고
    자 하다가, 공자가 예에 맞지 않는 일이라고 하자 그만 두었다.〈『春秋左氏傳』定公
    10년(2)〉

권24 예기훈의(禮記訓義)

악기(樂記)

악기(樂記)

24-1. 今君之所問者樂也, 所好者音也, 夫樂者與音相近而不同.

지금 임금께서 물으신 것은 악(樂)이지만, 좋아하시는 것은 음입니다.
악이란 음과 서로 비슷한듯 하지만 같지 않습니다.[1]

古以德音謂之樂, 今以溺音爲之, 則非樂也, 淫亂之音而已. 是樂與
音固相近而不同也. 文侯所問在樂, 所好在音, 是知音而不知樂. 直衆
庶之見爾, 非君子之道也. 孔子惡鄭聲之亂雅, 及顔淵問爲邦, 而告之
以韶舞爲可, 則鄭聲爲可放, 其貴禮樂, 賤邪音如此. 是子夏所學則孔

---

[1]　『禮記』樂記 19-22.

子也. 然則文侯聽古樂惟恐臥, 聽鄭衛之音而不知倦, 必叩其兩端而竭
焉, 以盡陳善閉邪之道. 孰謂子夏不知, 尊夫子之道而敬其君歟? 孟子
以齊王不能同樂於民. 故語之以今樂猶古, 所以引而進之也. 子夏以文
侯好音而不知樂, 故對之以今樂異古, 所以抑而攻之也.

옛날에는 덕음(德音)을 악(樂)으로 여겼으나, 지금은 익음(溺音)을 악(樂)
으로 여긴다. 그러나 이는 악(樂)이 아니라 음란한 음(音)일뿐이니, 이것이
'악은 음과 서로 비슷한듯 하지만 같지 않다'는 것이다. 문후(文侯)가 물
은 것은 악이나 좋아하는 것은 음이니, 이것이 '음은 알아도 악은 알지
못한다'[2]는 것이다. 음(音)은 보통사람들에게 애호되나 군자의 도는 아니
다.

공자는 정성(鄭聲)이 아악(雅樂)을 어지럽히는 것을 미워했으며,[3] 안연
이 나라를 다스리는 것에 대해 문자 순임금의 《소무(韶舞)》를 추고 정성
(鄭聲)을 내쳐야 한다고 답했으니,[4] 예악을 귀하게 여기고 사특한 음(音)을
천하게 여긴 것이 이와 같았다. 자하는 바로 공자에게 가르침을 받은 자
이다. 문후는 고악(古樂)을 들으면 눕게 될까 두렵고 정(鄭)·위(衛)의 음
(音)을 들으면 지루한 줄 몰랐는데, 자하가 양 쪽을 다 실례로 들어 선(善)
을 베풀고 사(邪)를 막는 방법을 소상히 설명했으니, 누가 자하더러 공자
의 도를 높이고 그 임금을 공경할 줄 모른다고 말할 수 있겠는가?

맹자는 제(齊) 선왕(宣王)이 백성들과 즐거움을 함께 하지 않는다고 여
겼으므로, 금악(今樂)과 고악(古樂)이 같음을 말하여,[5] 제 선왕의 생각을
이끌어 선(善)으로 나아가게 하고자 했고, 자하는 문후가 음(音)은 좋아하
지만 악(樂)은 알지 못한다고 여겼으므로, 금악(今樂)과 고악(古樂)이 다름
을 말하여 문후의 생각을 바꾸고자 한 것이다.

---

2   『禮記』樂記 19-1.
3   공자는~미워했으며 : 『論語』陽貨 17-16.
4   안연이~답했으니 : 『論語』衛靈公 15-11.
5   『孟子』梁惠王下 2-1.

24-2. 文侯曰 "敢問何如?" 子夏對曰 "夫古者, 天地順而四時當, 民有德而五穀昌, 疾疢不作而無妖祥, 此之謂大當. 然後聖人作爲父子君臣, 以爲紀綱, 旣正紀綱, 天下大定. 然後正六律, 和五聲, 絃歌詩頌, 此之謂德音, 德音之謂樂. 詩曰 '莫其德音, 其德克明. 克明克類, 克長克君, 王此大邦, 克順克俾. 俾于文王, 旣德靡悔, 旣受帝祉, 施于孫子' 此之謂也."

문후가 "어떻게 다른가?"라고 묻자, 자하가 답하였다. "옛날에 천지가 화순(和順)하여 사시(四時)가 알맞고, 백성이 덕이 있어 오곡이 풍성하게 잘 자라며, 질병이 일어나지 않아 요상(妖祥)한 기운이 없었으니, 이것을 대당(大當)이라 합니다. 그런 뒤에 성인이 부자(父子)와 군신(君臣) 관계를 제정하여 기강을 세웠고, 기강이 바로잡히자 천하가 크게 안정되었습니다. 그 뒤에 육률(六律)을 바르게 하고, 오성(五聲)을 조화시켜, 금·슬에 맞추어 시송(詩頌)을 노래했습니다. 이를 덕음(德音)이라 하고, 덕음을 악(樂)이라고 하는 것입니다. 『시경』에 '그 덕음을 맑게 하니, 더욱 덕이 밝으셨네. 능히 시비(是非)를 살피시고 선악(善惡)을 분간하시니, 더욱 어른답고 임금다우시도다! 이 큰 나라의 왕이 되시어 순리에 맞게 하고 백성들을 친애하셨도다. 문왕에 이르러 그 덕에 더욱 흠이 없으시니, 상제(上帝)의 복을 받아 자손만대에 뻗쳤네'[6]라고 했으니, 이를 이르는 것입니다.[7]

天地非四時不運, 民非五穀不養. 則四時者天地之使候[8]也, 穀者民之司命也. 蓋天地以順動, 則四時不忒. 是天地順理, 然後四時各當其分也. 德者成和之修, 則民有德, 人之和也, 而五穀昌, 天地之和. 應之也如此, 災害不生而無疾疢, 禍亂不作而無妖祥. 合是數者, 無適而不

---

6   『詩經』大雅 / 皇矣.
7   『禮記』樂記 19-22.
8   대본에는 '侯'로 되어 있으나, 사고전서 『樂書』에 의거하여 '候'로 바로잡았다.

當, 則三才之理得, 豈不謂之大當乎? 天下大當, 然後作爲父子君臣之禮, 以爲紀綱, 蓋人倫之至也. 與夫新樂之發, 獿雜子女不知父子, 以亂人之大倫者, 異矣.

荀卿曰 "禮者法之大分, 類之綱紀也." 故一家紀綱在父子, 天下紀綱在君臣. 內外相維, 而紀綱正, 則天下之動貞[9]夫一而大定矣. 在易, 旣濟定也, 本於剛柔正而位當. 家人家道正也, 而終於天下定. 然則天下大當而禮可行, 天下大定而樂可作, 固其時. 夫然後正六律而使之和聲, 和五聲而使之協律, 絃之琴瑟, 歌之詩頌, 則中聲所止, 無非盛德之形容焉, 庸詎不爲德音之樂邪? 周官大師掌敎六詩, 以六德爲之本, 以六律爲之音, 瞽矇掌鼓琴瑟九德六詩之歌, 以役大師, 此之謂也.

周之世世修德, 莫若文王, 詩之形容文王之德, 莫若靈臺, 而靈臺所美又不過'虡業維樅 賁鼓維鏞 矇瞍奏公而已' 然則文王之樂樂, 豈不原於德音邪? 且王季以一諸侯之微, 卒能比文王而德靡悔,[10] 以王大邦受帝祉, 施孫子如此其盛者, 貊其德音故也.

魏文果能放溺而好德, 則古樂之道, 是誠在我德成而上. 比雖文王亦我師也, 患不閑邪存誠以馴致之爾. 由是知子夏之於君, 夫豈以其不能而遂賊之邪? 蓋作爲父子君臣, 以爲紀綱者禮也. 作爲鼗鼓椌楬[11]壎箎, 以爲德音者樂也. 識其文者, 能述而明, 知其情者, 能作而聖. 均謂之聖人, 不亦可乎?

今夫古樂之發, 六律固正矣, 而後世四淸興焉, 律之所以不正也. 五聲固和矣, 而後世二變興焉, 聲之所以不和也. 然四淸之名, 起於鐘磬縣之二八之文, 非古制也. 豈鄭氏傳會漢得石磬十六, 而妄爲之說邪! 二變之名, 起於六十律旋宮之言, 非古制也. 豈京房傳會左氏七音以奉

9　대본에는 '正'으로 되어 있으나, 사고전서『樂書』와『周易』에 의거하여 '貞'으로 바로잡았다.

10　대본에는 '比德文王而靡悔'로 되어 있으나, 문맥이 잘 통하지 않으므로 '比文王而德靡悔'로 바로잡았다.

11　대본에는 '控揭'로 되어 있으나, 사고전서『樂書』에 의거하여 '椌楬'로 바로잡았다.

五聲之說邪! 是不知左氏所謂七音則八音也. 八音以土爲主. 是以金石絲竹匏土革木, 皆待之而後和焉. 故虞書・樂記・國語之論八音, 皆虛土音, 以爲之主, 猶之天地之數五十有五, 而大衍虛其五之意也. 由是觀之, 樂之音有八, 雖謂之七音可也, 孰謂合二變而七之乎?

前說‘詩言其志, 歌詠其聲’ 此說‘絃歌詩頌’ 先後不同, 何也? 曰, 前則本詩而爲歌, 故詩爲先, 與書‘詩言志, 歌永言’同意. 此則本所歌之詩言之, 故詩爲後, 與瞽矇‘絃歌誦詩’同意. 至於以貊爲莫, 比爲俾, 其亦傳聞之誤歟!

천지는 사시(四時)가 아니면 운행되지 않고, 백성은 오곡(五穀)이 아니면 살 수 없으니, 사시는 천지의 절후(節侯)를 지켜주고, 곡식은 백성의 목숨을 지켜준다. 대개 천지가 화순하게 움직여야 사시가 어긋나지 않으니, 천지가 순조로워야 사시가 각각 알맞게 된다.

덕이란 화(和)를 닦아서 이룬 것이니,[12] 백성이 덕이 있는 것은 사람이 화(和)한 것이고, 오곡이 풍성하게 잘 자라는 것은 천지가 화(和)한 것이다. 응하는 것이 이와 같으므로, 재해가 발생하지 않아 질병이 없고, 화란(禍亂)이 일어나지 않아 요상(妖祥)한 기운이 없게 된다. 여러 가지 것들이 모두 마땅하면, 삼재(三才 : 天地人)의 이치가 얻어진 것이니, 어찌 대당(大當)이라 일컫지 않겠는가? 천하가 크게 마땅한 뒤에 부자와 군신의 예(禮)를 만들어 기강을 세우면, 인륜이 지극해진다. 이는 신악(新樂)이 발현하여 남녀가 분별없이 뒤섞이고 부자(父子)의 도리를 알지 못하여 인륜을 어지럽히는 것과는 다르다.

순경은 "예는 법의 근본으로서 여러 가지 일의 기강이다"[13]라고 했는데, 한 집안의 기강은 부자(父子)에 달려 있고 천하의 기강은 군신(君臣)에 달려 있다. 안팎이 서로 기강이 잡히어 기강이 바르면, 천하의 움직임이 근본을 바르게 하여,[14] 크게 안정된다.

---

12 덕이란~것이니 : 『莊子』 德充符 5-4.
13 『荀子』 勸學 1-8.

역(易)의 기제괘(既濟卦)에서 바르게 정해지는 것[15]은 근본적으로 강유(剛柔)가 바르고 자리가 마땅하기 때문이다.[16] 가인괘(家人卦)에서 가도(家道)가 바르게 되면 마침내 천하가 안정된다.[17] 따라서 천하가 크게 마땅할 때 참으로 예를 행할 수 있고, 천하가 크게 안정될 때 참으로 악을 지을 수 있다. 그런 뒤에 육률(六律)을 바르게 하여 소리를 조화롭게 하고, 오성(五聲)을 조화시켜서 율에 어울리게 하여, 금·슬을 타면서 시송(詩頌)을 노래하면, 중성(中聲)에 깃들인 바가 모두 성덕(盛德)을 형용한 것일 터이니, 어찌 덕음(德音)의 악이 되지 않겠는가? 주관(周官)의 태사(大師)가 육시(六詩)[18]의 교육을 관장하는데, 육덕(六德)[19]으로 근본을 삼고 육율(六律)로 음(音)을 삼은 것과[20] 고몽(瞽矇)이 금·슬 연주와 구덕(九德)과 육시(六詩)의 노래를 관장하는데, 태사(大師)의 명을 따른 것[21]은 이것을 가리킨다.

주나라에서 대대로 덕을 닦은 자는 문왕(文王)만한 이가 없고, 시(詩)에서 문왕의 덕을 형용한 것은 《영대(靈臺)》만한 것이 없다. 《영대》에 "악기틀(虡)에 업(業)[22]과 종(樅)[23]이 있고, 분고(賁鼓: 큰북)와 용(鏞: 큰종)이 있네. 장님악공들이 풍악을 울리도다"[24]라고 찬미했으니, 문왕이 즐긴 악(樂)이 어찌 덕음(德音)에 근본을 둔 것이 아니겠는가? 또 왕계(王季)[25]는

---

14 천하의~하여 : 『周易』 繫辭下傳 1.

15 『周易』 雜卦傳 0.

16 『周易』 既濟卦 2.

17 『周易』 家人卦 2.

18 육시(六詩) : 풍(風)·부(賦)·비(比)·흥(興)·아(雅)·송(頌).

19 육덕(六德) : 지(知)·인(仁)·성(聖)·의(義)·충(忠)·화(和).

20 『周禮』 春官 / 大師 0.

21 『周禮』 春官 / 瞽矇 0.

22 업(業) : 거(虡)에 가로댄 나무를 순(栒)이라 하는데, 업(業)은 순 위에 있는 큰 판자이다. 〈그림 1-19 참조〉

23 종(樅) : 종이나 북을 두드릴 때 쓰는 각퇴(角槌). 〈그림 1-20 참조〉

24 『詩經』 大雅 / 靈臺.

25 왕계(王季) : 태왕(太王)의 장자인 태백(太伯)이 왕계의 아들 문왕에게 천명(天命)이 있음을 알고 오(吳)나라로 가서 돌아오지 않았다. 그리하여 태왕이 죽자 태왕의 소

보잘 것 없는 미약한 제후에 불과했으나, 마침내 문왕에 이르러 그 덕이 더욱 흠이 없게 되고, 큰 나라의 왕이 되어 상제(上帝)의 복을 받아 이와 같이 성대하게 자손만대에 뻗친 것은 덕음(德音)을 맑게 했기 때문이다.

위 문후가 익음(溺音)을 멀리하고 덕을 좋아하게 되었으니, 고악(古樂)의 도(道)는 진실로 나에게 있는 덕을 이루어 높여주는 것이다. 자하가 위 문후에게 한 일은 '문왕 또한 나의 스승이다'[26]라고 한 고사에 견줄 수 있으니, 간사함을 막고 정성(精誠)을 보존하여[27] 점차로 지선(至善)에 이르지 못할까 염려한 것이다. 이로 보건대, 어찌 자하가 임금에 대해서 성군(聖君)이 될 만한 자질이 아니라 하여 그를 용렬한 임금으로 남게 했겠는가?

대개 부자와 군신관계를 제정하여 기강으로 삼은 것은 예(禮)이고, 도(鼗)·고(鼓)·강(椌)·갈(楬)·훈(壎)·지(箎)를 만들어서 덕음으로 삼은 것은 악(樂)이다. 문(文)을 아는 자는 능히 계술(繼述)하여 명인(明人)이 되고, 정(情)을 아는 자는 능히 지어서 성인(聖人)이 되니,[28] 다 같이 성인이라 이르는 것이 또한 옳지 않겠는가?

고악(古樂)은 6율(六律)이 진실로 바른데 후세에 사청성(四淸聲)을 두어 율이 바르지 않게 되고, 오성(五聲)이 진실로 조화로운데 후세에 이변성

자(小子)인 왕계가 계승했고 문왕에 이르러 주나라가 크게 일어났다.

26 등(滕) 문공(文公)이 세자시절에 맹자를 뵈었는데, 맹자는 성선(性善)을 말하였다. 그러나 당시 사람들이 사람의 성(性)이 본래 선(善)함을 알지 못하여 성현을 바라서 미칠 수 없다고 여겼으므로, 세자 또한 '성선(性善)'을 확신하지 못하였다. 그리하여 다시 맹자를 뵈러 오자, 맹자는 "성간(成覸)이 제 경공에게 '성현도 장부(丈夫)이며 나도 장부이니, 내 어찌 성현을 두려워하겠는가.' 하였고, 안연이 '순임금은 어떤 분이고 나는 어떤 사람인가. 훌륭한 일을 하는 자는 또한 순임금과 같다' 하였으며, 공명의(公明儀)가 '주공이「문왕은 나의 스승이다」라고 하셨으니, 주공이 어찌 나를 속이겠는가라고 하였습니다"라고 설명하면서, '성선(性善)'을 거듭확신시켰다.(『孟子』滕文公上 5-1)

27 간사함을~보존하여 :『周易』乾卦 14.

28 『禮記』樂記 19-3.「故知禮樂之情者能作. 識禮樂之文者能述. 作者之謂聖, 述者之謂明. 明聖者, 述作之謂也.」

(二變聲 : 변치 · 변궁)을 두어 소리가 조화롭지 않게 되었다. 사청성이란 이름은 '종(鐘)과 경(磬)을 16개 매달았다'라는 글에서 유래되었으나, 고제(古制)가 아니다. 아마 정씨가 '한나라에서 16매의 석경(石磬)을 얻었다'[29]라는 글을 보고, 견강부회하여 멋대로 설을 만들었을 것이다.

이변성이란 이름은 '60율이 돌아가며 궁이 된다'라는 말에서 유래되었으나, 고제가 아니다. 아마 경방(京房)이 '칠음(七音)으로 오성(五聲)을 바르게 한다'[30]라고 한 『좌씨전』의 구절을 견강부회한 것이리라. 이는 『좌씨전』의 칠음(七音)은 팔음(八音)을 뜻한다는 것을 몰랐기 때문이다. 팔음은 토(土)로 주장을 삼으므로, 금(金) · 석(石) · 사(絲) · 죽(竹) · 포(匏) · 토(土) · 혁(革) · 목(木)이 모두 토(土)를 기다린 뒤에 조화를 이룬다. 그러므로 「우서(虞書)」 · 「악기(樂記)」 · 『국어(國語)』에서 팔음을 논할 적에 모두 토음(土音)을 빼고 서술했으니,[31] 이는 천지(天地)의 수가 55[32]인데 대연수(大衍數)[33]는 이에서 5를 뺀 것과 같은 뜻이다. 이로 보건대, 악기의 재질

---

29 『通鑑節要』漢書 / 成帝 綏和元年. 「犍爲郡於水濱得古磬十六枚. 議者以爲善祥.」

30 『春秋左氏傳』昭公 25年 (3). 「簡子曰 : '敢問, 何謂禮?' 對曰 : " …… 天地之經, 而民實則之. 則天之明, 因地之性, 生其六氣, 用其五行. 氣爲五味, 發爲五色, 章爲五聲. 淫則昏亂, 民失其性. 是故爲禮以奉之, …… 爲九歌八風七音六律, 以奉五聲"【간자가 "무엇을 예라 합니까?'라고 물으니, 자대숙(子大叔)이 "천지의 법칙을 사람이 본받는 것입니다. 하늘의 밝음을 본받고 땅의 본성을 따라야 하는 것은 하늘이 사람들을 기르기위해 육기(六氣)를 내고 오행(五行)을 쓰기 때문입니다. 氣가 오미가 되고, 오색이되고, 오성이 되는데, 지나치게 탐하면 혼란하여 백성들이 본성을 잃습니다. 그러므로 오례를 제정하여 본성을 유지하게 하고, …… 구가(九歌) · 팔풍(八風) · 칠음(七音) · 육률(六律)을 만들어 오성(五聲)을 바르게 하였습니다."】

31 예를 들면 『禮記』 樂記 19-22에서 종성(鐘聲) · 석성(石聲) · 사성(絲聲) · 죽성(竹聲) · 고비지성(鼓鼙之聲) 만을 언급하고 토성(土聲)을 언급하지 않았다.

32 천지(天地)의 수 : 천(天)1, 지(地)2, 천3, 지4, 천5, 지6, 천7, 지8, 천9, 지10이니, 합하면 천(天)의 수가 25, 지(地)의 수가 35로서 도합 55가 된다.

33 대연수(大衍數) : 하도(河圖)의 중궁(中宮)에 있는 천수(天數) 5를 지수(地數) 10과 곱하여 얻은 수이다. 그러나 점칠 때 실제로 쓰는 수는 49이다. 천지의 수 55는 천지의체수(體數)와 용수(用數)를 겸한 수이고, 대연수 50은 체수 5를 빼고 용수만 이야기한 것이다. 대연수 50에서 1을 빼는 것은 그 1이 대연수의 체수이기 때문이다. 대연수 50은 짝수이고 그 용수(用數)인 49는 홀수이다. 짝수인 50은 1을 내놓아야만 홀수가 되어 작용할 수 있다.

은 8종류이지만 때로 칠음(七音)이라 한 것이다. 그런데 누가 엉뚱하게 칠음을 '오성(五聲)'에 이변성(二變聲)을 합한 칠성(七聲)'으로 풀이했는가?

앞에서는 "시는 뜻을 말하는 것이고, 노래는 소리를 길게 읊조리는 것이다"[34]라고 했는데, 여기에서는 "금·슬에 맞추어 시송(詩頌)을 노래한다"라고 하여, 서로 다른 것은 무엇 때문인가? 앞에서는 시를 근본으로 하여 노래했으므로 시를 먼저 말한 것이니, 『서경』에 "시는 뜻을 말한 것이고, 노래는 말을 길게 한 것이다"[35]라고 한 것과 같은 뜻이다. 여기서는 노래로 불리운 시를 말한 것이므로 시를 뒤에 말한 것이니, 「고몽(瞽矇)」에 "현악기를 타면서 노래하고 시를 외운다"[36]라고 한 것과 같은 뜻이다.

'맥(貊)'이 '막(莫)'으로 되고 '비(比)'가 '비(俾)'로 된 것은 잘못 전해진 것이다.[37]

24-3. "今君之所好者, 其溺音乎!" 文侯曰 "敢問溺音, 何從出也?" 子夏對曰 "鄭音好濫淫志, 宋音燕女溺志, 衛音趨數煩志, 齊音敖辟喬志. 此四者, 淫於色而害於德. 是以, 祭祀弗用也. 詩云'肅雍和鳴, 先祖是聽'夫肅肅敬也, 雍雍和也, 夫敬以和, 何事不行?"

임금께서 좋아하시는 것은 익음(溺音)입니다"라고 하니, 문후가 "익음(溺音)은 어디서 나왔는가?"라고 묻자, 자하가 대답하였다. "정나라 음은 방탕하여 뜻을 음란하게 하고, 송나라 음은 호색적이어서 뜻을 관능적 쾌락에 빠지게 하고, 위나라 음은 빨라서 뜻을 번잡하게 하고, 제나라 음

---

34 『禮記』 樂記 19-15.

35 『書經』 虞書 / 舜典 3.

36 『周禮』 春官 / 瞽矇.

37 『詩經』 大雅 / 皇矣에는 「貊其德音. 其德克明, 克明克類, 克長克君. 王此大邦, 克順克比. 比于文王, 其德靡悔, 旣受帝祉, 施于孫子」로 되어 있는데, 『禮記』 樂記 19-22에는 「詩云, '莫其德音, 其德克明, 克明克類, 克長克君. 王此大邦, 克順克俾. 俾于文王, 其德靡悔, 旣受帝祉, 施于孫子」로 되어 있는 것을 설명한 것이다.

은 오만하고 편벽되어 마음을 교만하게 하니, 이 네 가지는 모두 여색에 음란하여 덕을 해칩니다. 이 때문에 제사에 쓰지 않습니다. 『시경』에 '엄숙하면서도 화락(和樂)하여 조화롭게 울리니 선조께서 들으시도다'라고 했습니다. 대저 숙(肅)은 엄숙하게 공경하는 것이고, 옹(雝)은 화평한 것이니, 대체로 공경하고 화평하면 무슨 일인들 행해지지 않겠습니까?"[38]

夫樂者音之所由生, 其本在人心之感於物也. 故在音爲樂, 在心爲志.[39] 鄭音好濫而志從以淫. 宋音燕女而志從以溺. 衛音趨數而志從以煩. 齊音敖辟而志從以喬. 志淫則心蕩, 志煩則心亂, 志溺則心下, 志喬則心高, 皆非中聲所止, 非所以爲德音之樂也. 蓋樂所以放淫, 亦所以誨淫, 所以章德, 亦所以敗德. 故放淫章德, 古樂之發也. 古樂之發, 肅肅乎其敬, 而制之以禮, 雝雝乎其和, 而制之以義. 如此則外不淫色, 內不害德, 擧而措之天下, 何事不行? 況用之祭祀, 而先祖不是聽邪? 書謂'八音克諧, 無相奪倫, 神人以和者' 此也. 新樂之發反是, 其何以行之哉? 鄭衛齊宋之樂, 均出於溺音. 詳而論之, 鄭之音淫於宋, 衛之音淫於齊. 故魏文侯問鄭衛, 而不及齊宋. 細而別之, 衛之淫風流行, 又不若鄭國之盛. 故孔子對顏淵‧與惡其亂雅, 又略衛而語鄭也. 子夏言齊音之淫色害德, 本衰世言之, 師乙謂齊音見利而讓,[40] 本盛時言之.

무릇 악(樂)이란 음(音)으로 말미암아 생기는 데, 그 근본은 인심이 외물에 감응되는 데에 있다.[41] 그러므로 음에서 악이 만들어지고, 마음에서 뜻이 나온다. 정나라 음은 방탕하므로 뜻이 이에 영향을 받아 음란해지

---

38 『禮記』 樂記 19-22.
39 대본에는 '本'으로 되어 있으나, 사고전서 『樂書』에 의거하여 '志'로 바로잡았다.
40 대본에는 '遜'으로 되어 있으나, 사고전서 『樂書』에 의거하여 '讓'으로 바로잡았다.
41 『禮記』 樂記 19-1.

고, 송나라 음은 호색적이므로 뜻이 이에 영향을 받아 관능적 쾌락에 빠지고 위나라의 음은 빠르므로 뜻이 이에 영향을 받아 번잡해지고, 제나라 음은 오만하고 편벽되므로 뜻이 이에 영향을 받아 교만해진다. 뜻이 음란하면 마음이 방탕해지고, 뜻이 번잡하면 마음이 어지러워지며, 뜻이 관능적 쾌락에 빠지면 마음이 비루해지고, 뜻이 교만하면 마음이 오만해진다. 이는 모두 중성(中聲)이 머무는 바가 아니므로, 덕음(德音)의 악이 되지 못한다.

악은 음란을 물리치기도 하고 또한 음란을 가르치기도 하며, 덕을 빛내기도 하고 덕을 망가뜨리기도 한다. 음란을 쫓아내고 덕을 빛내는 것은 고악(古樂)이다. 고악이 발현하면, 엄숙하게 공경하기를 예(禮)로써 알맞게 하고, 화락하게 즐기기를 의(義)로써 알맞게 한다. 이와 같이 하면 밖으로는 색(色)에 음란하지 않고 안으로는 덕을 해치지 않으니, 이를 들어서 천하에 조처하면 무슨 일인들 행하지 못하겠는가? 더구나 이를 제사에 쓰면 선조가 이를 듣지 않겠는가? 『서경』에 "팔음(八音)의 악기가 잘 어울려 서로 저마다 지닌 조리(條理)를 빼앗지 않으면 신(神)과 사람이 화합할 것이다"[42]라고 한 것이 이것이다.

신악(新樂)이 발현하면 이와 반대이니, 어떻게 이를 쓸 수 있겠는가? 정(鄭)·위(衛)·제(齊)·송(宋)의 악은 다 같이 익음(溺音)에서 나온 것이다. 그러나 자세히 논한다면, 정나라 음은 송나라 것보다 음란하고, 위나라 음은 제나라 것보다 음란하므로, 위 문후가 정·위의 음만 묻고 제·송의 음은 언급하지 않았다. 세세하게 구별하면, 위나라의 음란한 풍속은 정나라의 퇴폐적인 풍속에 비해서는 양반이므로, 공자가 나라를 다스리는 방법에 대해 안연에게 답할 때[43]와 아악을 어지럽히는 것을 미워한다

---

42 『書經』 虞書 / 舜典 3.
43 안연이 나라를 다스리는 것을 묻자, 공자가 '하나라의 책력을 행하고, 은나라의 수레를 타며, 주나라의 면류관을 쓰며, 음악은 소무(韶舞)를 행하며, 정나라 음악을 추방하고, 말 잘하는 사람을 멀리 해야 한다고 대답하였다. 〈『論語』 衛靈公 15-11〉

고 말할 때,[44] 위나라는 생략하고 정성(鄭聲)만 언급했다.

　자하가 '제나라 음은 여색에 음란하여 덕을 해친다'라고 말한 것은 쇠퇴한 시기에 초점을 맞추어 말한 것이고, 사을이 '제나라 음은 이익을 보고 양보한다'[45]라고 말한 것은 성대한 시기에 초점을 맞추어 말한 것이다.

44　공자는 "나는 자색(紫色)이 주색(朱色)을 빼앗는 것을 미워하며, 정성(鄭聲)이 아악을 어지럽히는 것을 미워하며, 말 잘하는 사람이 나라를 전복시키는 것을 미워한다"라고 하였다. 〈『論語』陽貨 17-16〉

45　『禮記』樂記 19-26.

권25 예기훈의(禮記訓義)

악기(樂記)

악기(樂記)

25-1. 爲人君者, 謹其所好惡而已矣, 君好之則臣爲之, 上行之則民
從之. 詩云 '誘民孔易' 此之謂也.

자하가 위 문후에게 말하였다. "임금이 된 자는 호오(好惡)를 삼가야만
합니다. 임금이 좋아하면 신하들이 행하고, 윗사람이 행하면 백성들이
그것을 따라 합니다. 『시경』에 '백성을 인도하기가 매우 쉽다네'라고 한
것은 이를 두고 한 말입니다.[1]

君者臣之倡, 上者下[2]之儀. 故君以心好之, 則臣未有不爲之於朝. 上

---

1   『禮記』樂記 19-22.
2   대본에는 '民'으로 되어 있으나, 사고전서 『樂書』에 의거하여 '下'로 바로잡았다.

以迪行之, 則民未有不從之於下. 然則人君之於民, 所以開而發之者, 豈難也哉? 不過謹吾好惡示之, 使知禁而已. 上之好惡, 可不謹歟? 子夏之於詩, 仲尼蓋嘗悅而進之, 不可謂不達其意矣. 始以貊其德音, 美王季之德, 中以肅雍和鳴, 頌成王之樂, 終又以誘民孔易, 勉之. 是子夏之於魏, 欲使是君爲成周之君, 是民爲成周之民. 彼其用心, 不亦仲尼欲爲東周之意乎?

文侯誠能移溺音之好, 而好是德音, 內以和志, 外以成敎, 則樂行而民嚮方, 天下皆寧矣, 豈特魏哉? 患不能平其好惡, 反周道之正而已. 然子路之於祭, 君子以爲知禮, 子夏之於魏, 君子以爲知樂. 至孔子論帝王之禮樂, 不以告回者語之, 夫豈以二子, 爲不知之邪? 要之, 得禮樂以成德, 克允蹈而行之者, 惟回而已. 莊周亦謂 : "回忘禮樂." 孰謂周也詭於聖人?

임금은 신하의 선도자(先導者)이고, 윗사람은 아랫사람의 모범이다. 그러므로 임금이 마음으로 좋아하면 신하들이 조정에서 행하지 않음이 없고, 윗사람이 행하면 백성들이 아래에서 따라 행하지 않음이 없으니, 임금이 백성의 마음을 움직여 행하게 하는 데 무슨 어려움이 있겠는가? 호오(好惡)를 신중히 하여 이를 보여줌으로써 하지 말아야 할 것을 알게 하기만 하면 되는 것이다. 그러니 윗사람이 호오를 삼가지 않을 수 있겠는가?

자하의 시에 대한 소견을 중니가 일찍이 기뻐하고 북돋아 주었으니,[3] 자하가 시의 본뜻에 통달하지 못했다고 할 수 없다. 그런 자하가 처음에는 '덕음(德音)을 맑게 하였네'라고 하여 왕계(王季)의 덕을 찬미하였고, 중간에는 '엄숙하면서도 화락(和樂)하여 조화롭게 울리네'라고 하여 성왕(成王)의 악(樂)을 찬미하였으며, 끝에 가서는 '백성을 인도하기가 매우 쉽

---

3   자하가 "'예쁜 웃음에 보조개가 예쁘며 아름다운 눈에 눈동자가 선명함이여! 흰 비
    단에 채색한다'는 것은 무엇을 말한 것입니까?'라고 물으니, 공자가 "그림 그리는 일
    은 흰 비단을 마련하는 것보다 뒤에 하는 것이다'라고 답하였다. 자하가 "예(禮)는
    충신(忠信)보다 뒤에 한다는 뜻이군요?'라고 말하자, 공자가 말하였다. "나를 흥기시
    키는 자는 상(商:子夏)이로구나! 시를 함께 말한 만하다." 《論語》八佾 3-8)

다네'라고 하여 권면하였다. 이는 자하가 위(魏)나라 임금을 성주(成周)⁴의 임금처럼 만들고, 위나라 백성을 성주의 백성처럼 만들고자 한 것이니, 자하의 마음 씀씀이는 '중니가 자신을 초빙한 나라를 동주(東周)처럼 훌륭한 나라로 만들려는 마음'⁵과 같은 것이 아니겠는가?

진실로 문후가 익음(溺音)을 좋아하는 마음을 옮기어 덕음(德音)을 좋아해서, 안으로 뜻을 화(和)하게 하고 밖으로 교화(敎化)를 펼치면, 악(樂)이 행해져 백성이 바른 도리를 지향하여 천하가 모두 편안하게 되리니, 어찌 위나라만 편안해지겠는가? 따라서 천하를 편안하게 하는 길은 호오(好惡)를 바르게 하여 주나라의 바른 도(道)를 회복하는 것이다.

자로가 제사지낸 것을 보고 군자가 '예를 안다'고 여겼고,⁶ 자하가 위 문후에게 악을 설명한 것을 보고 군자가 '악을 안다'고 여겼다. 공자가 제왕의 예악을 논하는 데 이르러서, 안회에게 알려주었던 것⁷을 자로와 자하에게 설명하지 않았다고 해서, 어찌 이 두 사람이 예악을 모른다고 단정할 수 있겠는가?

요컨대, 예악을 체득해서 덕을 이루고 능히 이를 실천한 자는 안회뿐이다. 그런데 장주(莊周)가 "안회는 예악을 잊는 경지에 이르렀다"⁸라고

---

4 성주(成周) : 무왕(武王)이 은의 주왕(紂王)을 멸하고 호경(鎬京)에 도읍을 정하였는데, 이를 종주(宗周)라 하고, 무왕이 죽고 성왕(成王)이 뒤를 이어 주공(周公)이 섭정하면서 낙양(洛陽)에 동도(東都)를 정한 것을 성주(成周)라 한다. 즉, 주공이 성왕을 보좌하여 주나라가 흥성하던 시대를 일컫는다.

5 공산불요(公山弗擾)가 비읍(費邑)을 거점으로 반란을 일으키고 공자를 불렀다. 이를 못마땅하게 여기는 자로에게 공자가 말하였다. "어찌 하릴없이 나를 부르겠느냐? 나는 그 나라를 동주(東周)처럼 훌륭하게 만들 것이다." (『論語』 陽貨 17-4)

6 계씨 집에서 제사지낼 때 첫새벽부터 시작한 것이 밤 늦도록 지속되니, 모두 지쳐서 경건하게 지낼 수 없었다. 다른 날 자로가 이 제사에 참여하면서 방식을 고쳐서 일찍 끝낼 수 있었다. 공자는 이 말을 듣고 "누가 유(由 : 자로)에게 예를 모른다고 하였느냐?"라고 말하였다. (『禮記』 禮器 10-37)

7 안연이 나라를 다스리는 것을 묻자, 공자가 '하나라의 책력을 행하고, 은나라의 수레를 타며, 주나라의 면류관을 쓰고, 순임금 악인 소무(韶舞)를 춤추며, 정나라 음악을 추방하고 말 잘하는 사람을 멀리 해야 한다'고 대답하였다. (『論語』 衛靈公 15-11)

8 안회가 공자에게 "인의(仁義)를 잊었습니다"라고 말하니, 공자가 "좋긴 하나 아직 멀

말했다고 해서 성인을 속였다며 장주를 비난할 자는 아무도 없다.

25-2. 然後聖人作爲鞉鼓椌楬壎箎. 此六者德音之音也. 然後鐘磬竽瑟[9]以和之, 干戚旄狄以舞之. 此所以祭先王之廟也, 所以獻酬酳酢也, 所以官序貴賤各得其宜也, 所以示後世有尊卑長幼之序也.

그런 뒤에 성인이 도(鞉)·고(鼓)·강(椌)·갈(楬)·훈(壎)·지(箎)를 만들었으니, 이 여섯 가지는 덕음(德音)의 악기입니다. 그런 뒤에 종(鐘)·경(磬)·우(竽)·슬(瑟)로 조화롭게 하고, 방패와 도끼를 들고 무무(武舞)를 추고, 모(旄)와 꿩깃[狄]을 들고 문무(文舞)를 추었습니다. 이런 음악으로 선왕의 사당에 제사지내고, 헌수(獻酬)·윤작(酳酢)[10]을 행했으며, 관직의 등급과 신분의 귀천이 각각 마땅함을 얻게 하고, 존비(尊卑)와 장유(長幼)에 차서(次序)가 있음을 후세에 보였던 것입니다.[11]

見乃謂之象, 形乃謂之器. 聖人作樂, 以發諸聲音者寓之象, 以稽諸度數者寓之器. 是故作革以爲鞉鼓, 而鞉所以兆奏鼓者也, 作木以爲椌楬, 而楬所以止合樂者也, 作土爲壎, 而始有所乎倡. 作竹爲箎, 而終有所乎和, 則播鞉而鼓從之, 中聲以發焉, 擊椌而楬止之, 中聲以節焉, 吹壎而箎應之, 中聲以和焉. 蓋絲歌詩頌, 中聲之所止也, 而謂之德音, 則

었다"라고 평했다. 다른 날 안회가 "예악(禮樂)을 잊었습니다"라고 말하니, 공자는 또한 "좋긴 하나 아직 멀었다"라고 평했다. 그 뒤 안회가 "좌망(坐忘)하게 되었습니다"라고 말하자, 공자는 깜짝 놀라 낯빛을 고치며 물었다. "좌망이란 어떤 것이냐?" 안회가 답했다. "사지백체(四肢百體)를 잊어버리고 이목의 감각 작용을 물리치고 육체를 떠나고 지각 작용을 버리고서 대통(大通)의 세계와 같아지는 것입니다." 공자가 말했다. "대통의 세계와 같아지면 좋아하고 싫어하는 것이 없어지고, 큰 도의 변화와 함께 하면 집착하는 것이 없어지니, 너는 현명하구나. 나는 너의 뒤를 따르고자 한다."〈『莊子』大宗師 6-9〉

9   대본에는 '笙'으로 되어 있으나 사고전서 『樂書』와 『禮記』에 의거하여 '瑟'로 바로잡았다.

10   헌수(獻酬)·윤작(酳酢) : 술을 권하여 서로 잔을 주고받는 일.

11   『禮記』 樂記 19-22.

鼗鼓控揭壎箎, 中聲之所出也, 謂之德音之音, 不亦宜乎? 樂以中爲紀,
而樂德以中爲始. 故國語之論八音不過曰 "道之以中德, 詠之以中音."
然則德音之音, 豈不存於中聲歟?

聖人旣作爲六者之器, 以寓德音之樂, 抑又越之金石以爲鐘磬, 宣之
匏絲以爲竽瑟, 所以諧其聲, 舞武以干戚, 舞文以旄狄, 所以動其容. 則
八音克諧, 無相奪倫, 而神人奚適不和哉? 此所以祭先王之廟, 而幽足
以交於神, 獻酬酳酢, 而明足以交於人, 行之當時, 而官序貴賤莫不得
其宜, 示之後世, 而尊卑長幼莫不得其序也, 何害德淫色之有? 孰謂古
樂之發, 不可用之祭祀邪? 大司樂奏宗廟之樂, 始於鼗鼓管瑟, 終於九
德之歌, 九磬之舞者, 此也.

今夫樂之在器, 以鼓爲君, 以相爲臣,¹² 在聲, 以宮爲君, 以商爲臣.
歌在上而貴, 舞在下而賤. 凡理之形見於樂者, 未有不寓貴賤尊卑長幼
之意. 是樂之所樂, 而禮未嘗不行於其間, 不亦知樂幾於禮之意歟?

不言柷敔而言椌楬者, 柷以中虛爲用而聲出焉, 故又謂之椌, 敔以伏
虎爲形, 而聲伏焉, 故又謂之楬. 蓋聲之出也, 樂由之合焉, 聲之伏也,
樂由之止焉, 亦陰陽¹³之義也. 書不云乎合止柷敔?

나타난 것을 상(象)이라 하고 형체를 기(器)라 한다.¹⁴ 성인이 악(樂)을
제작할 때, 성음(聲音)을 내어 상(象)을 표현하고 도수(度數)를 헤아려 악기
를 만들었다. 가죽을 다루어 도(鼗)·고(鼓)를 만들었으니, 도(鼗)는 북을
칠 것을 예시(豫示)하는 악기이다. 나무를 깎아서 강(椌)과 갈(楬)을 만들었
으니, 갈(楬)은 합악(合樂)을 그치게 하는 악기이다. 흙을 빚어서 훈(壎)을
만들었으니, 처음에 선창하는 악기이다. 대를 잘라서 지(箎)를 만들었으
니 나중에 화답하는 악기이다. 따라서 도(鼗)를 흔들고 나서 북을 치면
중성(中聲)이 나오고, 강(椌)으로 시작된 합악을 갈(楬)로 그치게 하면 중성

12 　대본에는 '相'으로 되어 있으나, 문맥상 '臣'이 분명하므로 '臣'으로 바로잡았다.
13 　대본에 '隔'으로 되어 있으나, 사고전서 『樂書』에 의거하여 '陽'으로 바로잡았다.
14 　『周易』 繫辭上傳 11.

이 절제되며, 연주되고 있는 훈 소리에 지(篪)가 응하여 화답하면 중성이 조화롭게 된다. 금·슬을 타며 시송(詩頌)을 노래하면 중성이 깃들이므로 덕음(德音)이라 부르는데, 도(鞉)·고(鼓)·강(椌)·갈(楬)·훈(壎)·지(篪)에서 중성이 나오니, 이를 '덕음(德音)의 악기'라고 일컫는 것이 또한 마땅하지 않은가?

악(樂)은 중(中)을 기강으로 삼으므로 악덕(樂德)[15]은 중(中)으로 시작된다. 그러므로 『국어』에서 팔음(八音)을 논하면서 "말하는 것이 중덕(中德)에 부합하고, 읊조리는 노래가 중음(中音)에 부합한다"[16]라고 했을 따름이니, 덕음(德音)의 악기 소리가 어찌 중성을 내는 데 있지 않겠는가?

성인이 6가지 악기를 만들어 덕음(德音)의 악(樂)을 표현하고서, 또 금(金)·석(石)으로 종(鐘)·경(磬)을 만들고 포(匏)·사(絲)로 우(竽)·슬(瑟)을 만들었으니, 소리를 잘 어울리게 하기 위함이고, 방패와 도끼를 들고 무무(武舞)를 추고, 모(旄)와 꿩깃을 들고 문무(文舞)를 추었으니, 용모를 단정하게 하기 위함이다.

따라서 팔음의 악기가 잘 어울려 서로 저마다 지닌 조리(條理)를 빼앗지 않았으니, 신(神)과 사람이 어디에 간들 화합하지 않았겠는가? 이런 음악으로 선왕의 사당에 제사지내어 그윽하게 신과 교류하고, 헌수(獻酬)·윤작(酳酢)을 행하여 밝게 사람과 교류했으며, 당시에 행하여 관직의 등급과 신분의 귀천이 마땅함을 얻지 않음이 없고, 후세에 보여 존비(尊卑)와 장유(長幼)가 차서를 얻지 못함이 없었으니, 어찌 덕을 해치고 여색에 음란했겠는가? 누가 고악(古樂)을 제사에 쓸 수 없다고 말할 수 있겠는가? '대사악(大司樂)이 종묘악을 연주할 때 도(鞉)·고(鼓)·관(管)·슬(瑟)로 시작하고 《구덕지가(九德之歌)》와 《구소지무(九韶之舞)》로 마친 것'[17]이

---

15   악덕(樂德): 중(中)·화(和)·지(祗)·용(庸)·효(孝)·우(友).(『周禮』 春官 / 大司樂 1)
16   『國語』 周語下 3-6.
17   『周禮』 春官 / 大司樂 2.「凡樂, 黃鍾爲宮·大呂爲角·大蔟爲徵·應鍾爲羽, 路鼓路鞉, 陰竹之管, 龍門之琴瑟, 九德之歌, 九韶之舞, 於宗廟之中奏之, 若樂九變, 則人鬼可得而禮矣.」

바로 제사악의 실례이다.

악에 있어서 악기의 경우 북이 임금이 되고 상(相)[18]이 신하가 되며, 소리의 경우 궁(宮)이 임금이 되고 상(商)이 신하가 되며, 당상에서 부르는 노래는 귀하고 당하에서 추는 춤은 천하니, 이치가 악에 드러나 귀천·존비·장유의 뜻이 표현되지 않음이 없다. 이것이 악을 즐기는 가운데 예가 행해지지 않은 적이 없는 것이니, '악의 본질을 알면 예의 본질에 가까워진다'[19]는 뜻이 아니겠는가?

축(柷)·어(敔)라고 하지 않고 강(椌)·갈(楬)이라고 한 이유는 축은 나무통 가운데를 비워 소리가 나오므로 '비어있다'는 의미로 강(椌)이라 하고, 어(敔)는 엎드린 호랑이 형상을 만들어 소리가 숨으므로 '막는다'는 의미로 갈(楬)이라 한 것이다.[20] 소리가 나오면 그로 말미암아 음악이 합주되고, 소리가 숨으면 그로 말미암아 음악이 그치니, 또한 음(陰)·양(陽)의 뜻이다. 『서경』에서도 "축과 어로 합주하고 그친다"[21]라고 하지 않았는가?

25-3. 鐘聲鏗, 鏗以立號, 號以立橫, 橫以立武. 君子聽鐘聲, 則思武臣. 石聲磬, 磬以立辨, 辨以致死. 君子聽磬聲, 則思死封疆之臣. 絲聲哀, 哀以立廉, 廉以立志. 君子聽琴瑟之聲, 則思志義之臣. 竹聲濫, 濫以立會, 會以聚衆. 君子聽竽笙簫管之聲, 則思畜聚之臣. 鼓鼙之聲讙, 讙以立動, 動以進衆. 君子聽鼓鼙之聲, 則思將帥之臣. 君子之聽音, 非聽其鏗鏘而已也, 彼亦有所合之也."

종소리는 견강하니[鏗], 견강한 소리는 호령을 일으키고, 호령은 충만한 기(氣)를 일으키고, 충만한 기는 무(武)를 일으킵니다. 따라서 군자가

18 　상(相) : 〈그림 1-17 참조〉.
19 　『禮記』樂記 19-1.
20 　'椌'의 구성 요소인 '空'에는 '비어 있다'는 뜻이 담겨 있고, '楬'의 구성요소인 '曷'에는 '막는다'는 뜻이 담겨 있다.
21 　『書經』虞書 / 益稷 2.

종소리를 들으면 무신(武臣)을 생각합니다.

석성(石聲)은 가볍고 맑으니[磬], 가볍고 맑은 소리는 변별을 일으키고, 변별함으로써 목숨을 바치게 됩니다. 따라서 군자가 경(磬)소리를 들으면 봉강(封疆: 국경)을 지키다 죽은 신하를 생각합니다.

사성(絲聲)은 슬프니, 슬픈 소리는 청렴한 마음을 일으키고, 청렴한 마음은 뜻을 일으킵니다. 따라서 군자가 금·슬의 소리를 들으면 뜻이 올바른 신하를 생각합니다.

죽성(竹聲)은 멀리 퍼지니, 멀리 퍼지는 소리는 모으는 것을 일으키고, 모으는 것은 뭇 사람들을 모이게 합니다. 따라서 군자가 우(竽)·생(笙)·소(簫)·관(管)의 소리를 들으면 기르고 모으는 신하를 생각합니다.

고(鼓)·비(鼙)의 소리는 시끌벅적하니, 시끌벅적한 소리는 움직이게 하고, 움직이게 하는 것은 무리를 나아가게 합니다. 따라서 군자가 고·비의 소리를 들으면 장수(將帥)의 신하를 생각합니다. 군자가 음을 들을 때는 악기가 내는 견강하거나 맑은 소리만 듣는 것이 아니라 악기 소리로 인해 마음에 느껴지는 바가 있는 것입니다."[22]

古者, 上農拆土出金以爲鐘. 上工磨石出玉以爲磬. 鐘, 於五行爲金, 於五事爲言, 於五藏爲氣, 於五性爲義. 金則奏而爲鏗鏘,[23] 言則發而爲號令. 直其氣所以立橫,[24] 方其義所以立武, 此其聽聲所以思武臣也. 磬, 於八音爲石, 於八卦爲乾. 石則其形曲折而有別, 乾則其行剛健而不陷. 有別所以立辨, 不陷所以致死, 此聽其聲所以思死封疆之臣也. 琴瑟則靜好, 而其音同出於絲. 絲聲則噍殺而哀, 潔靜而廉, 依義以立志而已, 此聽其聲所以思志義之臣也. 竽笙簫管則發猛, 而其音同出於

22 『禮記』樂記 19-22.
23 대본에는 '鐘鎗'으로 되어 있으나, 사고전서 『樂書』에 의거하여 '鏗鏘'으로 바로잡았다.
24 대본에는 '橫'으로 되어 있으나, 사고전서 『樂書』에 의거하여 橫을 撗으로 바로잡았다.

竹. 竹聲則動濁而濫, 合比而會, 有聚衆之義焉, 此聽其聲所以思畜聚之臣也. 鼓爲樂之君, 而鼗則卑者所鼓, 其爲革聲一也. 士譁而讙, 群趨而動, 有進衆之義焉, 此聽鼓鼗之聲所以思將帥之臣也.

蓋有死封疆之臣, 則外足以保疆場. 有志義之臣, 則內足以厲風俗. 有畜聚之臣, 其衆足以順治. 有勇武將帥之臣, 其威足以無敵. 爲國之道無競, 惟人而已. 君子之於音, 聽之在心, 不在耳. 彼其音之所發, 亦誠有所合之也. 豈在悅鄭衛之鏗鏘而已哉? 魏文侯之爲君, 蓋不知此, 子夏所以深諭之也.

合而論之, 言鐘聲鼓鼗之聲, 則知絲之爲琴瑟, 竹之爲竽笙簫管也. 言絲聲竹聲, 則知鐘之爲金, 鼓鼗之爲革也. 言石聲磬, 則金聲鐘之類見矣. 言竹聲濫, 則石聲淸之類見矣. 匏竹異制, 言竹則匏在其中矣. 革木一聲, 言革則木在其中矣. 就八者, 單出言之, 故謂之聲. 曲[25]聽其雜比言之, 故謂之音. 聽音必言君子者, 惟君子爲能知樂故也. 八音不言土者, 以七音待土贊之, 而後和故也. 鄭康成以石聲磬, 當爲磬字之誤, 豈經旨哉? 勁.

於傳有之:"金聲鏗, 鏗以立橫, 橫以勁[26]武. 金聲正, 則人思武矣. 石聲磬, 磬以立別, 別以致死. 石聲正, 則人思死節矣. 絲聲哀, 哀以立廉, 廉以立志. 絲音正, 則人將立操矣. 竹音濫, 濫以立會, 會以聚衆. 竹音正, 則人思和洽矣. 土音濁, 濁以立太, 太以含育. 土音正, 則人思寬厚. 革音讙, 讙以進衆. 革音正, 則人思毅勇. 匏音啾, 啾以立淸, 淸以忠謹. 匏音正, 則人思恭愛. 木音直, 直以立正, 正以寡欲. 木音正, 則人思潔己." 亦足發明此矣. 古人嘗謂:"與其有聚斂之臣, 寧有盜臣." 然則畜聚之臣, 何足思哉? 蓋畜聚之臣, 則畜衆而使之聚, 若鄕遂之官是已, 非所謂聚斂之臣也. 聚斂之臣, 孔子嘗欲鳴鼓而攻之, 則子夏學於孔子者

---

25 대본에는 '由'로 되어 있으나, 사고전서 『樂書』 106-2에 의거하여 '曲'으로 바로잡았다.
26 대본에는 '動'으로 되어 있으나, 사고전서 「樂書」 및 『禮書』에 의거하여 '勁'으로 바로잡았다.

也, 其肯語而思之乎?

琴瑟之音言哀, 鼓鼙之音言讙者, 蓋琴瑟 夏至之音, 一陰生之時也, 鼓鼙[27]冬至之音, 一陽生之時也. 陽主樂, 陰主哀, 陽主讙, 陰主靜. 此其音所以不同.

옛날에 상농(上農)[28]이 땅을 파서 쇠를 캐어 종을 만들었고, 상공(上工)[29]이 돌을 갈아서 경을 만들었다. 종(鐘)은 오행(五行)에서는 금(金)이 되고, 오사(五事)[30]에서는 말(言)이 되며, 오장(五藏)에서는 폐(肺)가 되고, 오성(五性)[31]에서는 의(義)가 된다. 금(金 : 鐘)은 연주되어 건강한 소리를 내고, 말은 나와서 호령이 된다. 기(氣)를 곧게 하면 충만해지고, 의(義)를 지향하면 무(武)를 세운다. 그러므로 그 소리를 들으면 무신을 생각하게 된다.

경(磬)은 팔음(八音)에서는 돌(石)이 되고, 팔괘에서는 건괘(乾卦)가 된다. 돌로 만든 경은 그 모습이 'ㅅ'자 형으로 꺾어져 구별이 있고, 건괘는 행실이 강건(剛健)하여 무너지지 않는다. 구별이 있으면 분변(分辨)하고, 무너지지 않으면 목숨까지도 바친다. 그러므로 그 소리를 들으면 봉강을 지키다 죽은 신하를 생각하게 된다.

금·슬의 음색은 고요하면서 아름다운데, 그 음(音)은 다 같이 실(絲)에서 나왔다. 실 소리는 애절하고 작아 슬프며, 깨끗하고 고요해서 맑으니 의리에 따라 뜻을 세울 뿐이다. 그러므로 그 소리를 들으면 뜻이 올바른 신하를 생각하게 된다.

우(竽)·생(笙)·소(簫)·관(管)의 음색은 힘찬데, 그 음은 다 같이 대(竹)에서 나왔다. 대 소리는 활발히 움직여 멀리 퍼지고, 합하여 모아 많은 사람들을 모이게 하는 뜻이 있다. 그러므로 그 소리를 들으면 기르고 모으는 신하를 생각하게 된다.

---

27 대본에 '鼙鼓'로 되어 있으나, 사고전서 『樂書』에 의거하여 '鼓鼙'로 바로잡았다.

28 상농(上農) : 훌륭한 농부.

29 상공(上工) : 뛰어난 기술자.

30 오사(五事) : 모(貌)·언(言)·시(視)·청(聽)·사(思). 〈『書經』周書 / 洪範 3〉

31 오성(五性) : 인(仁)·의(義)·예(禮)·지(智)·신(信). 〈『白虎通義』제30편 情性〉

고(鼓)는 악기 중의 임금이고, 비(鼙)는 낮은 사람이 치는 악기이나, 가죽으로 만든 점은 같다. 군사들이 시끌벅적하게 떠들고 여러 사람들이 뛰어 달려가 많은 사람들을 나아가게 하는 뜻이 있다. 그러므로 고·비의 소리를 들으면 장수의 신하를 생각하게 된다.

대개 국경에서 죽음을 각오하는 신하가 있으면 밖에서 국경을 보존할 수 있고, 뜻이 올바른 신하가 있으면 안에서 바른 풍속을 권면할 수 있으며, 기르고 모으는 신하가 있으면 뭇사람을 순조롭게 다스릴 수 있고, 용감한 장수가 있으면 그 위엄을 대적할 자가 없다. 따라서 나라를 다스리는 가장 좋은 방법은 오직 사람에게 달려 있을 따름이다.

군자가 음악을 듣는 것은 마음에 있고 귀에 있지 않으므로, 소리를 들으면 마음에 또한 합치되는 바가 있으니, 어찌 정·위의 음란한 음악을 마냥 즐거워하겠는가? 위 문후가 임금이 되어 이를 알지 못했으므로, 자하가 깊이 깨우쳐준 것이다.

종합해서 논하건대, 종소리와 고(鼓)·비(鼙)의 소리를 말했으니, 사(絲)는 금·슬이고, 죽(竹)은 우(竽)·생(笙)·소(簫)·관(管)임을 알 수 있으며, 사(絲)와 죽(竹)을 말했으니, 종은 금(金)이고, 고(鼓)·비(鼙)는 혁(革)임을 알 수 있다. 석성(石聲)을 경(磬)이라고 말했으니 금성(金聲)은 종의 종류임을 보여주며, 죽성(竹聲)을 멀리 퍼진다고 말했으니 석성(石聲)은 맑다는 것을 보여준다. 포(匏)·죽(竹)은 제도가 다르지만, 죽(竹)을 말하면 암암리에 포(匏)도 포함된다.[32] 혁(革)·목(木)은 다 같이 음고(音高)가 없이 한 소리만 나므로, 혁(革)을 말하면 암암리에 목(木)도 포함된다.[33]

---

[32] 죽성(竹聲)에 우(竽)·생(笙)·소(簫)·관(管)이 언급되어 있는데, 엄밀히 말하면 우(竽)와 생(笙)은 박에 여러 개의 관대를 꽂은 악기이므로, 팔음 중 포(匏)에 속한다.

[33] 『禮記』樂記 19-26에 팔음 중 금(金)·석(石)·사(絲)·죽(竹)·혁(革)만 언급되어 있는 것에 대해, 진양은 '죽(竹)을 설명한 악기에 우(竽)·생(笙)이 들어 있으니, 실질적으로 포(匏)가 포함되어 있으며, 혁(革)은 음고(音高)가 없는데, 목(木)도 또한 음고가 없이 한 소리만 나니, 혁(革)에 목(木)도 포함되어 있다'고 풀이하였다. 토(土)가 빠져 있는 이유는 아래에 설명되어 있다.

팔음(八音)의 설명은 개별적으로 내는 악기소리에 초점을 맞추었으므로 '성(聲)'이라 하였고, 악곡은 여러 종류의 악기가 서로 어우러져 내는 것을 듣는 것이므로 음(音)이라 하였다. '청음(聽音)' 앞에 '군자'라는 말을 넣은 것은 군자만이 악(樂)을 알 수 있기 때문이다.

　팔음(八音)에서 토(土)를 말하지 않은 것은 칠음(七音)이 토(土)의 도움이 있어야 조화롭게 되기 때문이다.[34] 한편 정현은 '석성경(石聲磬)'의 구절에 대해 경(磬)은 경(罄)[35]의 오자(誤字)라고 주장하였는데, 어찌 경서(經書)의 뜻이겠는가?

　전(傳)에 이르기를, "금성(金聲)은 견강하다. 견강한 소리는 충만한 기(氣)를 일으키고, 충만한 기는 굳세다. 따라서 금성이 바르면, 사람들은 무(武)를 생각한다. 석성(石聲)은 청아하다. 청아한 소리는 변별을 일으키고, 변별은 죽을 각오까지 하게 한다. 따라서 석성이 바르면, 사람들은 절개를 지키다 죽는 것을 생각한다. 사성(絲聲)은 슬프다. 슬픈 소리는 청렴한 마음을 일으키고 청렴한 마음은 뜻을 일으킨다. 따라서 사음(絲音)이 바르면, 사람들은 지조를 세운다. 죽음(竹音)은 멀리 퍼진다. 멀리 퍼지는 소리는 모으는 것을 일으키고, 모으는 것은 뭇사람들을 모이게 한다. 따라서 죽음(竹音)이 바르면, 사람들은 화협할 것을 생각한다. 토음(土音)은 탁(濁)하다. 탁한 소리는 큰 것을 일으키고, 큰 것은 품어서 기른다. 따라서 토음이 바르면, 사람들은 너그러운 것을 생각한다. 혁음(革音)은 시끌벅적하다. 시끌벅적한 소리는 무리를 나아가게 한다. 따라서 혁음이 바르면, 사람들은 굳세고 용감한 것을 생각한다. 포음(匏音)은 갸날프다.

34　'1년을 360일로 보고, 봄·여름·가을·겨울에 해당하는 목(木)·화(火)·금(金)·수(水)에 72일씩 배당하고, 나머지 72일은 중앙의 토(土)에 배당하는데, 목·화·금·수는 각각 토의 18일씩을 배당받아야 원활하게 작용을 할 수 있다'는 사상과 연관이 있는듯하다.

35　문맥상 '경(磬)'이라고 하거나 아니면 '경(罄)'이라고 하거나 간에 모두 의성어로 풀이되므로 서로 차이가 나지 않는다. 그러나 정현이 굳이 '경(罄)'이 맞다고 주장한 이유는 이 글자에 포함된 부(缶)가 질흙을 구어서 만든 악기를 뜻하므로 토(土)의 의미가 담길 수 있다고 판단했기 때문인 듯하다.

갸날픈 소리는 맑은 것을 일으키고, 맑은 것은 충성스럽고 삼간다. 따라서 포음이 바르면, 사람들은 공경하고 사랑할 것을 생각한다. 목음(木音)은 곧다. 곧은 소리는 바른 것을 일으키고, 바른 것은 욕심을 적게 한다. 따라서 목음이 바르면, 사람들은 자신의 마음을 깨끗하게 할 것을 생각한다"[36]라고 하였으니, 명쾌한 설명이다.

옛사람이 일찍이 "취렴지신(聚斂之臣)을 기를진댄, 차라리 도둑질하는 신하를 두라"[37]고 말한 바 있다. 그렇다면 '축취지신(畜聚之臣)'을 어떻게 풀이할 것인가? '축취지신'은 뭇사람을 길러서 모이게 하는 자로서 고을 사람들을 너그럽게 포용하는 향(鄕)·수(遂)[38]의 관원과 같은 것이지, 세금을 마구 거두는 '취렴지신'이 아니다. 공자는 세금을 마구 거두는 신하에 대해서 일찍이 북을 울려 죄를 성토하고자 하였다.[39] 자하는 공자에게 배운 사람이니, 자하가 '축취지신'을 말할 때 어찌 세금을 마구 거두는 신하를 뜻했겠는가?

금·슬의 음(音)은 슬프고, 고(鼓)·비(鼙)의 음은 시끌벅적하다고 했는데, 대개 금·슬은 하지의 음(音)으로 일음(一陰)이 생기는 때이고, 고·비는 동지의 음(音)으로 일양(一陽)이 생기는 때이기 때문이다. 양(陽)은 즐거움을 주로 하고 음(陰)은 슬픔을 주로 하며, 양은 시끌벅적함을 주로 하고 음은 고요함을 주로 하므로, 그 음(音)이 다르다.

---

36 『禮書』(宋 陳祥道 撰) 卷117 八音. 『禮書』에서는 이를 위(魏) 명제(明帝)가 말한 것이라고 기록해놓았다.

37 『禮記』 大學 42-2. 맹헌자(孟獻子)의 말이다.

38 향(鄕)·수(遂) : 주대(周代) 행정구역의 이름.

39 계씨(季氏)가 주공(周公)보다 부유한데도 구(求)가 그를 위해 세금을 마구 거두어 재산을 더 늘려주자, 공자가 말하였다. "구는 우리 무리가 아니니, 소자들아! 북을 울려 죄를 성토함이 옳다."〈『論語』 先進 11-17〉

권26 예기훈의(禮記訓義)

악기(樂記)

악기(樂記)

26-1. 賓牟賈侍坐於孔子, 孔子與之言及樂曰 : "夫武之備戒之已久何也?" 對曰 : "病不得衆也." "咏嘆之淫液之何也?" 對曰 : "恐不逮事也." "發揚蹈厲之已蚤何也?" 對曰 : "及時事也." "武坐致右憲左, 何也?" 對曰 : "非武坐也." "聲淫及商何也?" 對曰 : "非武音也." 子曰 : "若非武音, 則何音也?" 對曰 : "有司失其傳也, 若非有司失其傳, 則武王之志荒矣." 子曰 : "唯. 丘之聞諸萇弘, 亦若吾子之言, 是也."

빈모고(賓牟賈)가 공자를 모시고 앉아 있을 때 공자가 그와 더불어 이야기하다가 악에 미치었다. 공자가 "《대무(大武)》를 시작할 때 북을 울려 오래 경계하는 것은 어째서인가?"라고 물으니, 빈모고가 답하였다. "무왕이 주왕(紂王)을 토벌할 때 사람들의 지지를 얻지 못할까 근심해서입니다."

"그러면 길게 부르며 탄식하여 간절한 바람이 끊이지 않고 이어지는 것은 어째서인가?"

"주왕을 치기 위해 달려오는 사람들이 때맞추어 오지 못할까 걱정해서입니다."

"춤추는 사람들이 아주 재빠르게 손을 뻗어 떨치고 발을 세차게 구른 것은 어째서인가?"

"그때의 기세를 타고 단숨에 무찌르려는 상황을 나타낸 것입니다."

"《대무》에서 춤추는 사람이 앉아서 오른쪽 무릎을 땅에 대고 왼쪽 다리를 세우는 것은 어째서인가?"

"무인(武人)은 무릎을 꿇지 않습니다."

"그 소리에 탐욕이 들어있어 상나라를 넘보는 것 같은 것은 어째서인가?"

"그것은 《대무》의 악곡이 아닙니다."

"《대무》의 악곡이 아니면 무슨 음(音)인가?"

"유사(有司)가 잘못 전해준 것입니다. 그가 잘못 전해준 것이 아니라면 무왕의 뜻이 거칠어진 것입니다."

이에 대해 공자가 말했다. "그렇다! 내가 장홍(萇弘)에게서 들은 것도 자네의 말과 같으니, 자네의 말이 옳다."[1]

古之善論兵者, 以齊之技擊, 不可遇魏之武卒. 魏之武卒, 不可遇秦之銳士. 秦之銳士, 不可當桓[2]文之節制. 桓文之節制, 不可敵武王之仁義. 仁則愛人, 而惡人之害之也. 義則循理, 而惡人之亂之也. 未有下不得人和, 上不得天時者矣. 夫豈以衆之不得爲病, 事之不逮爲恐, 時之不及爲慮哉? 其所以備戒如此者, 出而與民同患, 人之所畏, 不可不畏

1   『禮記』樂記 19-26.
2   대본에는 '威'로 되어 있으나, 사고전서 『樂書』에 의거하여 '桓'으로 바로잡았다.

爾. 觀其誓師之辭曰:"肆予小子, 誕以爾衆士, 殄殲乃讎, 爾衆士其尚迪果毅, 以登乃辟. 功多有厚賞, 不迪有顯戮." "尙弼予一人, 永淸四海. 時哉弗可失." 其意亦可見矣.

人之左手足, 不如右强, 則左者無事於用, 而右者有事於用也. 武舞之行列亂矣, 而皆坐. 是致其有用者, 憲其無用者, 以文止[3]武而已, 非所謂武坐也. 故賓牟賈之言, 孔子無取焉. 故曰 "武亂皆坐, 周召之治也."

武王之勝商, 遏劉應天順人而已, 非利天下也. 尙何聲淫及商之有乎? 武樂之聲, 淫及商, 非武王之志然也, 有司失其傳而已. 故賓牟賈之言, 孔子有取焉爾. 故曰 "唯丘聞諸萇弘, 亦若吾子之言, 是也." 然則賓牟賈之言樂及此, 與夫蘇夔言聲而不及雅者異矣라.

옛날에 병법(兵法)을 잘 논평하는 자들은, '제(齊)의 치고 찌르는 기격술(技擊術)[4]은 위(魏)의 무졸(武卒)[4]을 당해내지 못하고, 위의 무졸은 진(秦)의 정예병을 당해내지 못하며, 진의 정예병은 제(齊) 환공(桓公)과 진(晉) 문공(文公)의 절제된 군대를 당해내지 못하고, 환공과 문공의 절제된 군대는 무왕(武王)의 인의(仁義)와 대적할 수 없다'[5]라고 하였다.

인(仁)은 사람을 사랑하는 것이므로 사람을 해치는 것을 미워하고, 의(義)는 이치를 따르는 것이므로 이치를 어지럽히는 것을 미워한다. 그러므로 인의를 갖춘 자는 아래로 인화(人和)를 얻지 못하고 위로 천시(天時)를 얻지 못한 적이 없으니, 어찌 사람들의 지지를 얻지 못할까 근심하고, 사람들이 때맞추어 오지 못할까 걱정하며, 그 때의 기세를 타지 못할까 염려하겠는가? 경계하기를 이같이 오래하는 것은, 전투에 나가 백성들과 걱정을 함께 하므로 백성들이 두려워하는 것을 두려워하지 않을 수 없

---

3   대본에는 '王'으로 되어 있으나, 사고전서 『樂書』에 의거하여 '止'로 바로잡았다.

4   무졸(武卒): 위나라에서 갑옷과 쇠뇌 및 음식을 갖추고 100리 길을 가는 것을 시험하여 뽑은 군사.

5   『尙書全解』(宋 林之奇 撰) 권14. 湯書.

기 때문이다. 무왕이 군사들에게 맹세한 말을 살펴보면, "그래서 이 사람이 대군(大軍)으로 원수를 섬멸하려는 것이니, 그대 군사들은 부디 과감하고 굳세게 나아가 임금의 업을 이루어 주시오 공이 많은 자에겐 후한 상을 내릴 것이고, 나아가지 않는 자는 여러 사람들 앞에서 죽일 것이다"[6]라고 하였으며, "나를 보필하여 사해(四海)를 길이 맑게 하라. 이때를 놓쳐서는 안 된다"[7]라고 하였으니, 그 뜻을 볼 수 있다.

사람의 왼쪽 손발은 오른쪽만큼 강하지 못하니,[8] 왼쪽 손발은 잘 쓰이지 않고 오른쪽 손발이 주로 쓰인다. 무무(武舞)의 춤이 끝나면 모두 앉는데, 이때 유용(有用)한 오른쪽 무릎을 땅에 대고 잘 쓰지 않는 왼쪽 다리를 세우는 것은 문(文)으로 무(武)를 그치게 한 것을 상징한 것이지, 이른바 '무인(武人)은 무릎을 꿇지 않는 것'이 아니다. 그러므로 빈모고의 이 말을 공자는 인정하지 않고, "《대무》의 마지막에 모두 무릎을 꿇은 것은 주공(周公)과 소공(召公)의 다스림을 상징한다"라고 말하였다.

무왕이 상나라를 정벌한 것은 더 이상의 살육을 막아 하늘에 응하고 인심에 순응한 것이지, 천하를 차지하려는 데 뜻을 둔 것이 아니었으니, 어찌 소리에 탐욕이 들어있어 상나라를 넘볼 뜻이 있었겠는가?《무악(武樂)》의 소리에 탐욕이 들어 있어 상나라를 넘보는 것 같은 것은 무왕의 뜻이 그러했기 때문이 아니라, 유사가 잘못 전해주었기 때문이다, 그러므로 공자가 빈모고의 이 말을 인정하여, "그렇다! 내가 장홍에게서 들은 것도 자네의 말과 같으니, 자네의 말이 옳다"라고 말한 것이다. 그렇다면 빈모고가 악에 대하여 이정도까지 말한 것은 소기(蘇夔)[9]가 성(聲)을 말하였으나 아(雅)에 이르지 못한 것[10]과는 다르다.

---

6   『書經』周書 / 泰誓下 2.
7   『書經』周書 / 泰誓上 2.
8   사람의~못하니 :『周易經傳集解』(宋 林栗 撰) 권4. 師卦 六四.
9   소기(蘇夔) : 수나라 때 사람으로 종률(鐘律)에 정통했다. 수나라의 음악은 소기의 논의를 많이 따랐다.
10   『中說』(隋 王通 纂) 권1.「子在長安, 楊素蘇夔李德林皆請見. 子與之言, 歸而有憂色.

26-2. 賓牟賈起, 免席而請曰 "夫武之備戒之已久, 則既聞命矣. 敢問, 遲之遲而又久何也?" 子曰 "居! 吾語女. 夫樂者象成者也, 總干而山立, 武王之事也. 發揚蹈厲, 太公之志也. 武亂皆坐, 周召之治也. 且夫武始而北出. 再成而滅商. 三成而南. 四成而南國是疆. 五成而分, 周公左, 召公右. 六成復綴以崇天子. 夾振之而駟伐, 盛威於中國也. 分夾而進, 事蚤濟也. 久立於綴, 以待諸侯之至也.

빈모고가 일어나 자리에서 비켜서서 묻기를 "《대무(大武)》에서 춤을 시작할 때 북을 울려 경계하기를 오래하는 것에 대해서는 잘 알았습니다만, 감히 묻사오니, 천천히 또 오래하는 것은 어째서입니까?"라고 하니, "앉아라. 내가 너에게 말해주겠다. 무릇 악(樂)이란 공(功)이 이루어진 것을 형상한 것이다. 방패를 잡고 산처럼 우뚝 서있는 것은 무왕의 일이고, 손을 뻗어 떨치고 발을 세차게 구르는 것은 태공(太公)의 뜻이고, 《대무(大武)》의 마지막에 모두 무릎 꿇은 것은 주공과 소공이 천하를 잘 다스린 것을 나타낸다.

또 《대무》의 춤은 처음에 북쪽으로 나아가고,[11] 재성(再成)에 상나라를 멸망시키고, 3성에 남쪽으로 돌아오고, 4성에 남국의 경계를 정하고, 5성에 지역을 나누어 주공이 왼쪽을 맡고 소공이 오른쪽을 맡으며,[12] 6성에 제자리로 돌아와 무왕을 천자로 높인 것을 형상한 것이다.

門人問子. 子曰 "素與吾言, 終日言政而不及化. 變與吾言, 終日言聲而不及雅. 德林與吾言, 終日言文而不及理【문중자(文中子 : 왕통의 시호)가 장안에 있을 때, 양소·소기·이덕림이 뵙기를 청했다. 문중자가 그들과 더불어 이야기 하다가 돌아왔는데 근심하는 빛이 역력했다. 문인이 문중자에게 물으니, 문중자가 답하였다. "양소와 이야기를 하였는데 종일 정치에 대해서만 말하고 교화에는 미치지 못하였고, 소기와 이야기를 하였는데 종일 음악 소리에 대해서만 말하고 아악에는 미치지 못하였으며, 이덕림과 이야기하였는데 종일 문(文)에 대해서만 말하고 이치에는 미치지 못하였기 때문이다.】"

11 무왕이 호경에서 북쪽으로 주왕(紂王)을 치러 나감을 형용한 것이다. 주왕은 포악한 정치를 하여 백성의 원망을 사다가 목야의 전투에서 무왕에게 패한 은나라의 마지막 임금이다.

12 섬(陝)의 동쪽 지방은 주공이 주관하고, 섬의 서쪽 지방은 소공이 주관하였다.

탁(鐸)을 흔들고 4마리의 말이 끄는 병거(兵車)를 타고 달리면서 싸우는 동작을 하는 것은 온 나라에 위엄을 성대하게 펼친 것을 상징하고, 대열을 나누어 전진하는 것은 일을 빨리 이룬 것을 상징하며, 오랫동안 춤추는 자리에 서있는 것은 제후가 오기를 기다린 것을 상징한다.[13]

兵者不祥之器, 而干者非伐人之兵也. 總干而山立, 其象武王征而不伐之意歟! 君無爲而逸, 臣無不爲而勞. 總干而山立, 象武王征而不伐之事, 以君逸故也. 發揚蹈厲, 象太公時維鷹揚之志, 以臣勞故也. 孔子語魯太師之樂, 以翕如爲作, 以繹如爲成. 是樂以始作以變成, 武王之樂六成, 則六變而已. 始而北出, 三步以見方也. 再成而滅商, 再始以著往也. 三成而南, 自北而南也. 四成而南國是疆, 正域彼江漢汝墳也. 五成而分, 周公左召公右, 不私其欲也. 六成復綴以崇天子, 樂終而德尊. 樂象武功之成如此而已. 蓋不疆南國, 而分陝[14]以治未可也. 不分陝以治, 而使之復綴以崇天子未可也. 分治繫於臣, 故別而爲二. 復綴統於君, 故合而爲一. 然始而北出爲治兵, 所以尙威武也. 終夾振之而駉伐, 盛威於中國, 則入爲振旅, 所以反尊卑也. 蓋大武之舞, 以鼓進, 以金止. 以鼓進則分左右夾而進之, 所以欲事功之蚤濟也. 以金止則久立於綴兆之位而遲之, 所以待諸侯之至也. 其所以如此者, 匪棘其欲也, 致天討, 除人害, 以對于天下而已.

然則武樂六成, 韶樂九成何也? 曰二與四爲六而坤用之, 兩地之數也. 一三五爲九而乾用之, 參天之數也. 武武樂也, 而屬乎陰, 其成以兩地之數. 韶文樂也, 而屬乎陽, 其成以參天之數. 象成莫大乎形, 而數如之, 亦節奏自然之符也.

병기(兵器)는 상서(祥瑞)롭지 못한 도구이지만, 방패는 사람을 치는 병기가 아니니, 방패를 잡고 산처럼 우뚝 서 있는 것은 잘못을 바로잡되

---

13 『禮記』樂記 19-23.
14 대본에는 '陜'으로 되어 있으나, 문맥상 '陝'으로 바로잡았다.

사람을 직접 치지는 않은 것을 의미한다. 임금은 무위(無爲)하므로 편하고, 신하는 하지 않는 일이 없어서 수고롭다. 방패를 가지고 산처럼 우뚝 서있는 것은 무왕이 주왕(紂王)의 잘못을 바로잡되 직접 치지는 않은 것을 상징하니, 임금은 마음을 고요히 하고 심사숙고 하여 바르게 나아갈 방향을 제시하는 자이기 때문이다. 손을 뻗어 떨치고 발을 세차게 구르는 것은 태공이 그 당시 하늘을 쏜살같이 나는 매처럼 웅혼한 기상을 펼쳤던 것을 상징하니, 신하는 이리 저리 발로 뛰어 수고를 하는 자이기 때문이다.

공자가 노나라 태사(太師 : 악관)에게 악이란 오음·육률을 합쳐서 시작하고 구슬을 꿴 것처럼 잘 이어서 완성하는 것이라고 설명한 바 있다.[15] 악은 시작한 다음 변하여 완성되는 것이니, '무왕의 악 6성(六成)'이란 6번 변한다는 뜻이다. '처음에 북쪽으로 나아간 것'은 세 걸음 떼어서 춤추는 방법을 보인 것이다.[16] '재성(再成)에 상나라를 멸망시킨 것'은 다시 시작하여 앞으로 나아감을 밝힌 것이다.[17] '3성에 남쪽으로 돌아온 것'은 북쪽에서 남쪽으로 철수한 것이다. '4성에 남국의 경계를 정한 것'은 저 양자강과 한수(漢水) 및 여분(汝墳)의 지역을 바르게 한 것이다. '5성에 지역을 나누어 주공이 왼쪽 지역을 맡고 소공이 오른쪽 지역을 맡은 것'은 욕망을 사사로이 하지 않은 것이다. '6성에 제자리로 돌아와 무왕을 천자로 높인 것'은 악이 끝남에 덕이 높아진 것이다. 무공(武功)을 이룬 것을 악으로 형상한 것이 이와 같았다.

남국의 경계를 바로잡지 않았으면 섬(陝) 지역을 나누어 맡은 일을 할 수 없었을 것이며, 섬 지역을 나누어 맡지 않았으면, 제자리로 돌아와 천자로 높이는 일도 할 수 없었을 것이다. 나누어 맡은 일은 신하와 관계되므로 구별하여 둘로 되었다가, 제자리로 돌아와서는 임금에게 통합되

---

15 공자가~있다:『論語』八佾 3-23.

16 세~것이다:『禮記』樂記 19-16.

17 다시~것이다:『禮記』樂記 19-16.

므로 합해서 하나로 되었다. 처음에 북쪽으로 나아가 전쟁할 때는 위무 (威武)를 숭상하였으나, 마지막에 탁(鐸)을 흔들고 4마리의 말이 끄는 병거(兵車)를 타고 달리면서 싸워 온 나라에 위엄을 성대하게 떨치고 본국으로 들어와 군대를 정돈하고서는 존비(尊卑)를 회복하였다.[18]

《대무》를 춤출 때 북을 두드리면 전진하고 징을 치면 그친다. 북소리에 따라 전진할 때 좌우로 대열을 나누어 전진하는 것은 일을 빨리 이루려는 것이고, 징소리에 따라 그칠 때 오랫동안 춤추는 자리에 서있는 것은 제후가 오기를 기다리는 것이다. 이같이 한 까닭은 욕망을 급히 이루지 않고 정당하게 응징하고 해로운 것을 제거하여 천하의 기대에 부응하기 위한 것이다.

《대무》는 6성을 하고 《소악(韶樂)》은 9성을 한 이유는 무엇인가? 2·4를 합한 수 6은 곤효(坤爻)에 쓰니, 두 개의 지수(地數)로 이루어졌다. 1·3·5를 합한 수 9는 건효(乾爻)에 쓰니, 세 개의 천수(天數)로 이루어졌다. 《대무》는 무악(武樂)으로서 음(陰)에 속하므로 두 개의 지수로 이루어지고, 《소(韶)》는 문악(文樂)으로서 양(陽)에 속하므로 세 개의 천수로 이루어진 것이다. 상(象)이 이루어지는 것은 형(形)보다 더 큰 것이 없는데, 수(數)가 이와 같으니 절주 또한 자연스럽게 꼭 들어맞는다.

26-3. 且女獨未聞牧野之語乎? 武王克殷反商, 未及下車, 而封黃帝之後於薊, 封帝堯之後於祝, 封帝舜之後於陳. 下車, 而封夏后氏之後於杞, 投殷之後於宋.

자네는 목야(牧野)[19]의 이야기를 들어보지 못했는가? 무왕이 은나라

18　『爾雅』 釋天 8-45. 「出爲治兵, 尙威武也. 入爲振旅, 反尊卑也【군대가 출동하여 전쟁을 하면 위무(威武)를 숭상하고, 철수하여 들어와 군대를 정돈하면 존비(尊卑)를 회복한다.】」 전쟁터에서는 젊은 사람이 앞장서고 나이든 사람이 뒤에 있지만, 전쟁을 마치고 돌아와서는 다시 나이든 사람이 앞에 있고 젊은 사람이 뒤에 있게 됨을 말한다.

19　목야(牧野): 주나라 무왕이 은나라 주왕(紂王)을 토벌한 지역. 지금의 하남성 기현

주왕(紂王)을 토벌하고 상(商)[20]으로 들어가 수레에서 내리기도 전에 황제
(黃帝)의 후손을 계(薊)에 봉하고, 요임금의 후손을 축(祝)에 봉하고, 순임
금의 후손을 진(陳)에 봉했다. 수레에서 내려서는 하후씨(夏后氏)의 후손
을 기(杞)에 봉(封)하고, 은나라의 후손을 송(宋)에 옮겨 살게 하였다[投].[21]

昔武王誅殘賊反牧野, 非心利天下以棘吾欲也, 棘於裂地, 封先代之
後, 與之共守而已. 蓋黃帝爲有熊, 而封其後於薊, 帝堯爲陶唐, 而封其
後於祝, 帝舜爲有虞, 而封其後於陳, 所以備三恪也. 禹爲夏后而別氏,
姓姒氏,[22] 契爲商, 姓子氏,[23] 或封杞, 或封宋, 所以備二代也. 帝德也,
封之備三恪, 崇德故也. 王業也, 封之備二代, 尊業故也. 帝則德備事
簡, 不必修其禮物焉, 雖不待下車封之可也. 王則業大事煩, 必修其禮
物, 然後可以封, 雖然欲不待下車, 信乎其未能矣.

均是二王之後, 一則以封, 一則以投, 何邪? 曰 古者, 在賢則封之, 不
賢則投之. 禹之後, 非若武庚以三監叛也, 封之以仁, 所以崇先代. 投之
以義, 所以戒後世. 孔子定書正禮, 皆斷自唐虞, 此封先代之後, 必及黃
帝者, 豈二帝三王之君, 皆出於黃帝故邪! 與商周禘嚳同意. 史記幷襃[24]
封神農之後於焦言之, 第弗深考爾.

옛날에 무왕(武王)이 잔학한 적(賊)을 베고 목야로 돌아왔으니, 천하를
차지하여 자신의 욕망을 채우는 데 급급했던 것이 아니라, 땅을 나누어
서 선대 제왕의 후손을 봉해서 그들과 함께 지켜나가기에 급급했을 따
름이었다.

대개 황제(黃帝)의 국호는 유웅(有熊)이니 그 후손을 계(薊)에 봉하고, 요

　　(淇縣)의 남방.
20　상(商) : 은나라의 수도.
21　『禮記』樂記 19-23.
22　대본에 '別以姒氏'로 되어 있으나, 『史記』에 의거하여 '別氏, 姓姒氏'로 바로잡았다.
23　대본에 '姓, 而別以子氏'로 되어 있으나, 『史記』에 의거하여 '姓子氏'로 바로잡았다.
24　대본에 '論'으로 되어 있으나, 『史記』에 의거하여 '襃'로 바로잡았다.

임금의 국호는 도당(陶唐)이니 그 후손을 축(祝)에 봉하며, 순임금의 국호는 유우(有虞)이니 그 후손을 진(陳)에 봉하여 삼각(三恪)[25]을 갖추었다. 또 우왕의 국호는 하후(夏后)이니, 위의 임금들과 씨(氏)는 다르나 성(姓)은 다 같이 사(姒)이고, 설(契)[26]의 국호는 상(商)이니 성은 자(子)인데,[27] 혹은 기(杞)에 봉하고 혹은 송(宋)에 봉하여 이대(二代)를 갖추었다.

제(帝)는 훌륭한 덕을 지닌 자의 호칭이다. 그들의 후손을 봉해서 삼각(三恪)을 갖춘 것은 덕을 숭상했기 때문이다. 왕(王)은 훌륭한 업적을 이룬 자의 호칭이다. 그들의 후손을 봉해서 이대(二代)를 갖춘 것은 왕업을 존중했기 때문이다. 제는 덕이 갖추어져 일이 간단하여 예물을 마련할 필요가 없으므로, 수레에서 내리기도 전에 봉할 수 있었다. 그러나 왕은 업적이 커서 일이 번다(煩多)하여 반드시 예물을 마련한 뒤에야 봉할 수 있으므로, 수레에서 내리기 전에 봉할 수 없었다.

그런데 다 같이 왕의 후손인데 우왕의 후손에 대해서는 '봉했다(封)'고 하고 탕왕 의 후손에 대해서는 '옮겨 살게 하였다(投)'고 한 것은 무엇 때문인가? 옛날에 현명한 자는 봉했지만 현명하지 못한 자는 옮겨 살게 하였다. 우왕의 후손은 무경(武庚)[28]처럼 삼감(三監)[29]과 함께 반란을 일으키

---

25 삼각(三恪) : 새 왕조가 선대 왕조의 자손을 제후로 봉하는 일. 주나라 무왕이 황제·요·순의 후손을 공경하여 봉한 데서 유래한다.

26 설(契) : 상나라를 세운 탕왕의 조상.

27 황제(黃帝)로부터 순(舜)·우(禹)에 이르기까지 모두 같은 성(姓)인데도 그 국호를 각기 달리하여 각자 밝은 덕을 분명히 밝히었다. 그러므로 황제는 유웅(有熊), 전욱(顓頊)은 고양(高陽), 제곡(帝嚳)은 고신(高辛), 요(堯)는 도당(陶唐), 순(舜)은 유우(有虞), 우(禹)는 하후(夏后)가 되어 씨(氏)를 달리하고 있지만 성은 모두 사씨(姒氏)이다. 설은 상(商)나라 시조인데 성은 자씨(子氏)이고, 기(棄)는 주(周)나라 시조인데 성은 희씨(姬氏)이다.(『史記』 五帝本記 1 / 45쪽)

28 무경(武庚) : 은(殷) 주왕(紂王)의 아들. 주(周) 무왕(武王)이 은을 멸하고 은의 제사를 받들도록 하였는데, 무왕이 죽자 삼감(三監)과 함께 반란을 일으켰으므로 주공(周公)에게 죽임을 당하였다. 그리하여 대신 미자(微子 : 紂王의 庶兄)가 송의 제후로 봉해졌다.

29 삼감(三監) : 무왕이 은나라의 주왕(紂王)을 토벌 한 후, 주왕의 아들 무경(武庚)을 은후(殷侯)에 봉하여 은의 도성에 살도록 하고, 무왕의 형제인 관숙선(管叔鮮), 채숙도

지 않았으므로, 인(仁)으로 봉하여 선대를 높인 반면에 무경은 반란을 일
으켰으므로 탕왕의 후손은 의(義)로 옮겨 살게 하여 후세를 경계하였던
것이다.

공자가 『서(書)』를 정하고 『예(禮)』를 바로 잡을 때, 모두 당우(唐虞 : 요
순)에서 끊었는데,[30] 여기에서는 선대의 후손을 봉할 때 황제(黃帝)를 언
급한 것은 아마 이제(二帝 : 요순)와 삼왕(三王)이 모두 황제에게서 나왔기
때문일 것이다. 상나라와 주나라에서 제곡(帝嚳)에게 체(禘) 제사를 올린
것과 같은 뜻이다. 그런데 『사기』에서 '신농씨의 후손을 초(焦)에 봉했
다'[31]라고 서술한 것은 깊이 고찰하지 않은 것이다.

26-4. 封王子比干之墓, 釋箕子之囚, 使之行商容而復其位, 庶民弛
政, 庶士倍禄. 濟河而西, 馬散之華山之陽, 而弗復乘, 牛散之桃林之
野, 而弗復服, 車甲釁而藏之府庫, 而弗復用, 倒載干戈, 包之以虎皮,
將帥之士使爲諸侯, 名之曰建櫜. 然後天下知武王之不復用兵也.

왕자 비간(比干)[32]의 묘를 봉분(封墳)하고, 기자(箕子)[33]를 석방하여 그에
게 상용(商容)[34]을 찾아가 지위를 회복시켜주도록 했다. 서민을 폭정에서
풀어 주고, 서사(庶士)에게는 녹봉을 배로 올려 주었다. 황하를 건너 서쪽
에 있는 주나라로 돌아와[35] 말을 화산(華山)[36]의 남쪽[37]에서 풀어놓아 다

(蔡叔度), 곽숙처(霍叔處)를 파견하여 무경을 감시하도록 하였는데, 이들의 관직명
　　이 '삼감(三監)'이다.

30　요순 이전의 사실은 합리적이지 않은 것이 많으므로 도태시킨 것을 말한다.

31　『史記』周本記 4 / 127쪽. 「封諸侯, 班賜宗彝, 作分殷之器物. 武王追思先聖王, 乃襃封
　　神農之後於焦, 黃帝之後於祝, 帝堯之後於薊, 帝舜之後於陳, 大禹之後於杞.」

32　비간(比干) : 주왕(紂王)의 숙부. 주왕의 악정(惡政)을 간하다가 죽임을 당했다.

33　기자(箕子) : 은의 태사(太師)로 주왕(紂王)의 숙부. 주왕의 포학을 여러 번 간하다가
　　되레 종의 신분이 되었다. 기(箕) 땅에 봉해진 데서 기자라 이르는데, 은이 망한 뒤
　　조선으로 달아나서 기자조선을 세웠다는 전설과 함께 평양에 사당이 있다.

34　상용(商容) : 상나라의 현인(賢人)으로 주왕(紂王)에게 간언(諫言)했다가 서인으로 강
　　등되었다.

35　주왕(紂王)의 수도 조가(朝歌)는 황하의 동쪽에 위치했는데, 주(周)나라의 수도인 호

시는 타지 않았고, 소를 도림(桃林)의 들에 풀어놓아 다시는 부리지 않았으며, 수레와 갑옷은 피바르는 의식[卹]을 행하여 창고에 갈무리하여 다시는 쓰지 않았고, 방패와 창을 거꾸로 실어 호랑이가죽으로 쌌으며, 장수들을 제후로 삼았으니, 이를 '건고(建櫜)'라 한다.[38] 그러자 천하 사람들은 무왕이 다시는 병력(兵力)을 쓰지 않으리라는 것을 알았다.[39]

商王賊虐諫輔, 而比干以諫死, 囚奴正士, 而箕子以智奴, 剝喪元良, 而商容以仁隱. 皇天震怒, 命武王誅之. 夫豈使之利廣土衆民爲哉? 蘄於繼絶世, 獲仁人而已. 以謂旣死者不可復作, 封其墓, 以旌異之可也. 生者猶可因任, 囚者釋之, 而使以德隱者起之而復其位, 急親賢故也. 商政之施於民者可謂虐矣, 弛之使從寬所以安之, 祿之加於士者可謂薄矣, 倍之使加厚所以勸之, 急先務故也. 書曰 "乃反商政, 政由舊"者, 此歟!

馬者兵介之用, 散之華山而弗復乘, 牛者引重之具, 散之桃林而弗復服, 示天下不復用兵畜矣. 車甲所以備敵者也, 釁而藏之於府庫, 干戈所以勝敵者也, 倒載而包之以虎皮, 示天下不復用兵械矣. 將帥之士, 使之列爵分土而爲諸侯, 示天下不復用武臣矣. 凡此名之曰建櫜, 而實以偃兵也. 荀卿曰 "古者, 明王之擧大事, 立大功也, 大事已博,[40] 大功已立, 則君享其成, 群臣享其功. 是以爲善者勸, 爲不善者沮." 如此而

경(鎬京)은 황하의 서쪽에 위치했다.

36　화산(華山) : 섬서성(陝西省) 화음현(華陰縣)에 있는 산. 오악(五岳)의 하나로서 서쪽의 산악을 대표한다.

37　양(陽) : 산에서는 남쪽을, 강에서는 북쪽을 양(陽)이라고 한다.

38　진호(陳澔)가 주를 낸 『예기집설』에서는 "건(建, jiàn)은 건(鍵, jiàn)으로 읽으니 잠근다는 뜻이고, 고(櫜)는 병기를 넣어두는 기구이니, 병기를 모두 전대에 깊숙이 넣어두어 쓰지 않는다는 뜻이다. '名之曰建櫜'라는 한 구절은 마땅히 '虎皮'와 '將帥'라는 문구 사이에 있어야 한다"고 하였다. 그러나 '건고(建櫜)'를 병기를 갈무리하여 두고 장수를 제후로 삼는 평화로운 상황을 표현하는 말로 보면 굳이 바꾸지 않아도 의미가 통한다.

39　『禮記』樂記 19-23.

40　대본에는 '擧'로 되어 있으나, 『荀子』에 의거하여 '博'으로 바로잡았다.

已.

考工記言 "橐之欲其約也." 詩曰 "載橐弓矢." 蓋旗之爲物, 令士卒者也. 令士卒以用之爲常, 其建之則必揭而用之. 橐之爲物, 約弓矢者也. 約弓矢以不用爲常, 其建之則必束而不用矣. 故建之與旗同, 其所以建之與旗異.

然則武成以歸馬華山, 放牛桃林, 爲先, 釋箕子囚, 封比干墓, 式商容閭, 爲後, 與此異何邪? 曰昔者廐焚, 孔子問以傷人爲先, 而馬次之, 先人後物. 古之君子皆然, 夫詎武王偃兵, 獨先物後賢邪? 是知武成簡編錯誤, 而記之所載爲不失其序. 此言箕子比干而不及微子者, 豈以微子之賢姑存之, 以代武庚爲商後故邪! 此先比干後箕子者, 豈以箕子之行正, 不若比干輔相之爲至邪? 與孟子論賢人之序同意. 書先箕子後比干者, 以比干之死, 在箕子爲奴之後也與! 孔子論三仁之序同意.

封二王之後, 所以戒後世之爲君者. 封比干之墓, 所以勸後世之爲臣者. 式商容之閭, 言其始. 行商容而復其位, 言其終. 釋者以商容爲商之禮樂, 失之遠矣.

상(商)나라 왕은 간쟁하는 신하에게 포학하게 했으니, 비간(比干)은 간쟁하다가 죽임을 당했다. 올바른 선비를 가두어 노예로 삼았으니 기자(箕子)는 지혜로써 짐짓 미친 체했으므로 죽음은 피했으나 노예가 되었다. 원량(元良)은 지위를 박탈당하고,[41] 상용(商容)은 인(仁)을 실천하고자 은둔했다. 그리하여 하늘이 진노하여 무왕에게 명하여 주(紂)를 토벌하도록 한 것이다. 어찌 그로 하여금 넓은 토지와 많은 백성들을 취하도록 한 것이겠는가? 끊어진 대(代)를 잇고 어진 사람을 구하기를 바란 것이었다. 이미 죽은 자를 다시 살릴 수는 없으니 그 묘를 봉분해서 정표(旌表)하였

---

41 원량(元良)은 미자(微子)를 가리킨다. 미자는 제을(帝乙)의 장자(長子)이며 주(紂)의 서모형(庶母兄)이다. 기자(箕子)가 옛날에 "미자가 나이가 많고 또 어질다" 하여 제을에게 미자를 세울 것을 권하였는데, 제을이 이를 따르지 않고 끝내 주왕(紂王)을 세웠다. 미자는 주왕이 포학하여 나라가 위태로워질 것을 알고 선조의 제사를 받들고자 종묘의 제기(祭器)를 안고 도망했다.

다. 살아있는 자는 그대로 임명하면 되니, 수감된 기자를 석방하여 그로 하여금 은둔한 상용을 나오게 하여 지위를 회복시켰으니, 현인(賢人)을 가까이 하는 것을 급하게 여겼기 때문이었다.

백성들에게 시행한 상나라의 정사가 포학했으므로 관대하게 하여 그들을 편안하게 해주고, 사(士)에게 준 녹봉(祿俸)이 너무 박했으므로 배로 올려주어 권장했으니, 먼저 시급히 힘써야 할 일이기 때문이다. 『서경』에 "상나라의 정치를 뒤집고 옛날 정치를 따랐다"[42]라고 한 것이 이것이다.

말은 군대에서 쓰는 것인데 화산에 풀어놓아 다시는 타지 않았고, 소는 무거운 짐을 끄는 수단인데 도림에 풀어놓아 다시는 부리지 않음으로써, 더이상 군대용으로 가축을 쓰지 않을 것임을 천하에 보였다. 수레와 갑옷은 적을 대비하는 것인데 피바르는 의식을 행하여 창고에 갈무리해두고, 방패와 창은 적을 무찌르기 위한 것인데 거꾸로 싣고 호랑이 가죽으로 싸둠으로써, 다시는 병기를 쓰지 않을 것임을 천하에 보였다. 장수들에게 작위와 땅을 나누어 주고 제후로 삼아서 다시는 무신(武臣)을 쓰지 않을 것임을 천하에 보였다. 이런 일들을 건고(建囊)라고 하니, 실제는 군대를 해산한 것이다.

순경이 "옛날에 명철한 왕이 큰 사업을 일으키고 큰 공을 세워서 큰 사업이 널리 이룩되고 큰 공이 세워지면, 임금은 그 성과를 누리고 뭇 신하들은 그 공을 누렸다. 그러므로 착한 일을 한 사람은 권면되고 착하지 않은 일을 한 사람은 기세가 꺾였다"[43]라고 한 것이 바로 이와 같은 것이다.

「고공기(考工記)」에 "싸두는 것[囊]은 묶어놓는 것이다"[44]라고 하고, 『시경』에 "활과 화살을 활집에 넣었도다[囊]"[45]라고 하였다. 대개 기(旗)란 병

---

42 『書經』周書/武成 2.
43 『荀子』彊國 16-3.
44 『周禮』冬官/函人 0.

사를 명령하는 것으로, 병사에게 명령할 때 쓰는 것이 상식이니, '기를 잡는다(建之)'는 것은 반드시 들어 올려 쓰는 것이다. 그러나 활집이란 활과 화살을 묶어놓는 것으로, 활과 화살을 묶으면 쓰지 않는 것이 상식이니, '활집을 잡는다(建之)'[46]는 것은 반드시 묶어서 쓰지 않는 것이다. 그러므로 잡는다는 점은 기(旗)와 같으나, 잡는 이유는 기와 다르다.

그런데 「무성(武成)」에서는 '말을 화산으로 돌려보내고 소를 도림에 풀어놓은 것'을 먼저 말하고 '기자를 석방하고, 비간의 묘에 봉분(封墳)하고 상용의 마을에 가서 공경을 표한 것'[47]을 뒤에 말하여, 이것(「樂記」)과 다른 것은 무엇 때문인가? 옛날에 마구간에 불이 났을 때 공자는 무엇보다도 먼저 사람이 다쳤는지 묻고 말(馬)은 그 다음이었으니,[48] 사람을 우선시하고 짐승을 뒤로 한 것이다. 옛날의 군자들은 모두 그러했거늘, 어찌 무왕이 군대를 해산할 적에 유독 짐승을 먼저하고 현인을 뒤로 했겠는가? 따라서 「무성」의 편집이 잘못 되고 「악기」의 기록이 순서에 맞음을 알 수 있다.

여기(「악기」)에서 기자와 비간만을 말하고 미자를 언급하지 않은 것은 아마 미자의 현명함을 염두에 두었다가 무경(武庚)을 대신해서 상나라의 후사(後嗣)로 삼으려 했기 때문일 것이다. 여기에서 비간을 기자보다 먼저 언급한 것은 아마 기자가 정의를 행한 것이 비간이 지극하게 보좌한 것만 못하기 때문일 것이다. 이는 맹자가 현인을 논평한 순서와 같은 뜻이다.[49] 『서경』에서 기자를 비간보다 먼저 언급한 것은 비간의 죽음이 기자가 노예가 된 뒤의 일이었기 때문일 것이다. 이는 공자가 세 인자(仁

45　『詩經』周頌 / 時邁.

46　建에는 '세우다' '간직하다' '잡다' 등 여러 가지 뜻이 있다.

47　『書經』周書 / 武成 1,2.

48　마구간에~다음이었으니 : 『論語』鄕黨 10-11.

49　맹자는 "미자(微子)·미중(微仲)·왕자 비간(比干)·기자(箕子)·교격(膠鬲)은 다 현인이었다. 이들이 서로 더불어 주왕(紂王)을 보좌했으므로 오랜 뒤에야 나라를 잃었다"라고 하였다.(『孟子』公孫丑上 3-1)

者)에 대해서 논평한 순서와 같은 뜻이다.[50]

우왕과 탕왕의 후손을 봉한 것은 훗날의 임금을 경계하기 위한 것이고, 비간의 묘에 봉분한 것은 후세의 신하를 권면하기 위한 것이다. '상용의 마을에 가서 공경을 표한 것'은 처음을 말한 것이고, '상용에게 가서 그의 지위를 회복시켜준 것'은 그 뒷일을 말한 것이다. 따라서 주석자(註釋者)가 상용을 상나라 예악으로 파악한 것[51]은 큰 잘못이다.

50　미자(微子)는 떠나가고, 기자(箕子)는 종이 되고, 비간(比干)은 간(諫)하다가 죽었다.(『論語』 微子 18-1)

51　'使之行商容'에 대한 풀이를 정현(鄭玄)은 『禮記注疏』 권39에서 '行猶視也, 使箕子視商禮樂之官【기자로 하여금 상나라 예악의 관원을 보게 하였다】'라고 하였다.

권27 예기훈의(禮記訓義)

악기(樂記)

악기(樂記)

27-1. 散軍而郊射, 左射貍首, 右射騶虞, 而貫革之射息也.

군대를 해산시키고 교(郊)에서 활을 쏘는데, 좌학(左學)에서 활을 쏠 때에는 《이수(貍首)》에 절도를 맞추고, 우학(右學)에서 활을 쏠 때에는 《추우(騶虞)》에 절도를 맞추었으며, 갑옷을 꿰뚫는 활쏘기를 폐지했다.[1]

武王翦商之後, 六軍之士皆散歸之六鄉, 而天子諸侯始講郊射之禮. 盖六遂之地謂之野, 六鄉之地謂之郊. 古者虞庠在國之西郊, 而諸侯之學亦在郊, 則知郊射必於郊之學. 武王克商, 行郊射之禮, 猶卽商學而

---

1   『禮記』 樂記 19-23.

已. 何則? 周人之學有東西, 無左右. 商人之學有左右, 無東西. 地道尊右而卑左. 故諸侯郊射於左學, 以貍首爲節, 天子郊射於右學, 以騶虞爲節也. 然君子之於射, 有揖遜之取, 有勇力之取. 不主皮之射, 揖遜之取也. 貫革之射, 勇力之取也. '散軍郊射而貫革之射息', 則尚揖遜, 不尚勇力矣.

今夫貍之爲物, 其性善搏, 其行則止而擬度焉. 射者必持弓矢審固, 奠而後發, 亦擬度之意也. 騶虞見於召²南, 而貍首無所經見. 逸詩有之 : "曾孫侯氏四正具擧. 大夫君子凡以庶士小大莫處, 御于君所以燕以射, 則燕則譽." 豈貍首之詩邪? 檀弓曰 : "貍首之班然, 執女手之卷然." 豈貍首之歌邪?

貍首樂御而射以禮, 則小大御于君所, 而會之有時而然也. 故射義曰 : "諸侯以貍首爲節, 樂時會也." 騶虞義獸也, 又其色白. 宜正以殺爲事而不殺, 是亦仁之至也, 騶虞樂仁. 而殺以時, 則庶類蕃殖, 而朝廷治. 朝廷治, 則百官備, 而無曠職矣. 故射義曰 : "天子以騶虞爲節, 樂官備也." 儀禮大射 '樂正命大師奏貍首' 鄕射 '奏騶虞', 盖亦如此.

무왕이 상나라를 멸망시킨 후에 육군(六軍)³의 군사를 모두 육향(六鄕)⁴으로 돌려보내고, 천자와 제후가 비로소 교(郊)에서 사례(射禮)를 익혔다. 대개 육수(六遂)⁵의 지역을 야(野)라 하고 육향(六鄕)의 지역을 교(郊)라 한다. 옛날에 우상(虞庠)⁶은 도읍의 서교(西郊)에 있었고, 제후의 학교 또한

---

2   대본에는 '周'로 되어 있으나, 『詩經』에 의거하여 '召'로 바로잡았다.

3   육군(六軍) : 천자의 군대인 75,000명. 군제(軍制)에서 12,500명을 군(軍)이라 하는데 왕은 6군(軍)이고, 대국(大國)은 3군, 차국(次國)은 2군, 소국(小國)은 1군이다. (『周禮』夏官 / 司馬 0)

4   육향(六鄕) : 주대(周代)에 대사도(大司徒)가 관장한 행정구역으로 왕기(王畿) 밖 100리 이내에 있음. 5가(家)가 1비(比), 5비가 1려(閭), 4려가 1족(族), 5족이 1당(黨), 5당이 1주(州), 5주가 1향(鄕)이 된다. 육향은 75,000가(家)이다.

5   육수(六遂) : 주대(周代)에 수인(遂人)이 관장하던 행정구역으로 왕기(王畿) 밖 100리에서 200리 안에 있다. 5가(家)가 1린(隣), 5린이 1리(里), 4리가 1찬(酇), 5찬이 1비(鄙), 5비가 1현(縣), 5현이 1수(遂)가 된다. 육수는 75,000家이다.

6   우상(虞庠) : 주나라의 소학(小學) 이름. 주나라의 소학은 유우씨(有虞氏)의 학교[庠]

교(郊)에 있었으니, 교사(郊射)는 반드시 교(郊)에 있는 학교에서 했음을 알 수 있다.

무왕이 상나라를 이기고 나서 교사례(郊射禮)를 행한 장소는 상나라 학교였다. 왜냐하면 주나라 학교는 동(東)·서(西)의 구별은 있으나 좌(左)·우(右)의 구별은 없고, 상나라 학교는 좌·우의 구별은 있으나 동·서의 구별은 없기 때문이다.[7] 지도(地道)가 오른쪽이 높고 왼쪽이 낮으므로, 제후는 좌학에서 활을 쏘고 《이수(貍首)》로 절도를 삼았으며, 천자는 우학에서 활을 쏘고 《추우(騶虞)》로 절도를 삼았다.

군자의 활쏘기에는 읍손(揖遜)을 취하는 것과 용력(勇力)을 취하는 것이 있는데, 과녁을 명중시켜 가죽을 뚫는 것을 위주로 하지 않는 활쏘기는 읍손을 취한 것이고, 갑옷을 꿰뚫는 것을 위주로 하는 활쏘기는 용력을 취한 것이다. '군대를 해산시키고 교(郊)에서 사례(射禮)를 하는데, 갑옷을 꿰뚫는 활쏘기를 폐지했다'는 것은 읍손을 숭상하고 용력을 숭상하지 않은 것이다.

살쾡이[貍]란 짐승은 그 성질이 먹잇감을 잘 잡는데, 잡을 때는 멈추어서 이리 저리 살핀다. 활 쏘는 자들이 활과 화살을 잡고서 자세히 살펴서 자세를 확실하게 취한 뒤에 쏘는 것도 또한 살쾡이가 이리저리 살피는 것과 같은 의도이다.

《추우(騶虞)》[8]는 「소남(召南)」에 보이는데, 《이수(貍首)》는 경서(經書)에

　　를 바탕으로 하였으므로 우상이라 하였다.

7　유우씨(有虞氏)는 상상(上庠)에서 국로(國老)를 봉양했고, 하상(下庠)에서 서로(庶老)
　　를 봉양했으며, 하후씨(夏后氏)는 동서(東序)에서 국로를 봉양했고 서서(西序)에서
　　서로를 봉양했다. 은나라 사람은 우학(右學)에서 국로를 봉양했고, 좌학(左學)에서
　　서로를 봉양했다. 주나라 사람은 동교(東膠)에서 국로를 봉양했고, 우상(虞庠)에서
　　서로를 봉양했다.〈『禮記』王制 5-50〉

8　『詩經』召南 / 騶虞.「彼茁者葭. 壹發五豝, 于嗟乎騶虞, 彼茁者蓬. 壹發五豵, 于嗟乎
　　騶虞【저 무성한 갈대에 한 번 화살을 쏘아 암퇘지 다섯을 잡노니, 아! 이것이 추우로
　　다. 저 무성한 쑥대에 한 번 화살을 쏘아 햇돼지 다섯을 잡노니, 아! 이것이 추우로
　　다】. 추우(騶虞)는 살아있는 것을 먹지 않는 인수(仁獸)이다. 남국의 제후가 문왕의
　　교화를 받아 백성을 사랑하고 그 은택이 만물에까지 미쳐서 초목이 무성하고 금수

보이지 않는다. "증손후씨(曾孫侯氏)가 사정(四正)⁹을 모두 들었도다! 대부
군자(大夫君子)와 서사(庶士) 등 높고 낮은 관원들이 자기 처소에 있지 않
고 임금 계신 곳에 모여 있도다. 연례(燕禮)를 하고 또 활을 쏘니 즐겁고
도 영예롭도다"¹⁰라고 한 일시(逸詩)가 있는데, 이것이 《이수》의 시일지
도 모른다. 「단궁(檀弓)」에 "살쾡이의 머리[貍首]처럼 아롱지고 여자의 손
을 잡은 것처럼 부드럽구나"¹¹라고 했는데, 이것이 《이수》의 노래일지도
모른다.

　《이수》는 임금을 모시고 예로써 활 쏘는 것을 즐거워하는 시이니, 모
든 관원이 임금 계신 곳으로 모인 것은, 모이는 것이 때가 있기 때문이
다. 그러므로 「사의(射義)」에 "제후는 《이수》에 절도를 맞추니 때에 임금
과 모이는 것을 즐거워한 것이다"¹²라고 하였다.

　추우는 의로운 짐승으로 그 색이 희다. 살아가기 위해서는 죽이는 것
이 짐승의 본능이지만 추우는 살아있는 것을 죽이지 않는다.¹³ 이 또한
인(仁)이 지극한 것이니, 추우는 인(仁)을 즐거워하는 짐승이다. 죽이는 것
을 때에 알맞게 하면 온갖 부류가 번식하여 조정이 잘 다스려지고, 조정
이 잘 다스려지면 관원이 제대로 갖추어져 직무에 소홀함이 없다. 그러
므로 「사의(射義)」에 "천자는 《추우》에 절도를 맞추니 관원이 갖추어졌
음을 즐거워한 것이다"¹⁴라고 하였다. 『의례』에서 대사(大射)에 악정(樂正)
이 태사(大師)에게 명하여 《이수》를 연주하게 한 것과, 향사(鄕射)에 《추

　　가 풍부하였는데, 이것이야말로 참으로 추우와 같다고 노래한 시이다.

9　사정(四正) : 사례(射禮)에서 활쏘기 전에 정작(正爵 : 술)을 들어 빈객(賓客) · 국군(國
　　君) · 경(卿) · 대부(大夫)에게 바치는 일.
10　『禮記』 射義 46-6.
11　공자가 친구인 원양(原壤)의 어머니 상(喪)에 관(棺) 손질하는 것을 도왔는데, 원양
　　이 손질된 나무를 두드리며 "내가 노랫소리에 감정을 맡기지 못한 지가 오래되었구
　　나"라고 말하고, "나무의 무늬는 살쾡이 머리처럼 아롱지고 나무의 결은 여자의 손
　　을 잡은 것 같이 부드럽구나" 하고 노래 불렀다.〈『禮記』 檀弓下 4-72〉
12　『禮記』 射儀 46-3.
13　추우는 살아있는 것을 먹지 않는다고 한다.〈『詩經』 召南 / 騶虞 朱子註〉
14　『禮記』 射儀 46-3.

우》를 연주하게 한 것은,[15] 바로 이 때문이다.

27-2. 裨冕搢笏, 而虎賁之士說劒也.

고(孤)[16]와 경대부가[17] 비면(裨冕)차림으로 홀(笏)[18]을 꽂고, 호분(虎賁)[19]의 무사들은 허리에 찬 칼을 풀었다.[20]

周官司服, 公之服自袞冕而下, 如王之服, 侯伯之服自鷩冕而下, 如公之服, 子男之服自毳冕而下, 如侯伯之服, 孤之服自希冕而下, 如子男之服, 卿大夫之服自玄冕而下, 如孤之服. 由是觀之, 子男之君, 視公侯伯爲卑, 而孤卿大夫, 又視子男爲卑. 此子男之君, 所以與孤卿大夫同服裨冕也. 裨之爲言埤也. 埤與裨皆非正, 卑道故也. 玉藻言'諸侯裨冕以朝'[21] 儀禮言'侯氏裨冕', 擧侯伯以見子男[22]也. 荀卿言'大夫裨冕'記言'大夫冕而祭於公', 擧大夫以見孤卿也.

古者虎賁之士雖多, 其所以統之者, 不過下大夫二人而已. 武王勝商之後, 天子郊射, 以騶虞爲節, 諸侯郊射, 以貍首爲節, 而貫革之射息, 孤卿大夫服裨冕搢笏, 而虎賁之士說劒, 則偃武修文之意可見矣.

古之造字[23]者, 武欲止, 旗欲偃, 干欲立, 戈欲倒, 弓欲弛, 矢欲入, 劍欲歛. 然則虎賁之士說劍, 固武王所欲也. 彼其用之者, 豈所欲哉? 鄭康成謂'裨衣袞之屬也' 孔穎達因謂'天子六服, 以大裘爲上, 其餘爲裨',

---

15 『儀禮』大射 7-34; 鄕射禮 5-38.

16 고(孤): 삼공(三公)에 버금가는 벼슬.

17 고(孤)와 경대부가 비면(裨冕) 차림에 홀을 꽂았다는 진양 설을 따라 번역했다.

18 홀(笏): 〈그림 3-5 참조〉.

19 호분(虎賁): 주대(周代)에 왕을 앞뒤에서 호위하고 왕궁을 수비하는 일을 맡은 부대.〈『周禮』夏官 / 虎賁氏 0〉

20 『禮記』樂記 19-23.

21 대본에는 '祭'로 되어 있으나, 『禮記』에 의거하여 '朝'로 바로잡았다.

22 대본에는 '子男以見侯伯'으로 되어 있으나, 문맥이 통하지 않아 '侯伯以見子男'으로 바로잡았다.

23 대본에는 '士'로 되어 있으나, 사고전서 『樂書』에 의거하여 '字'로 바로잡았다.

不亦誤乎?

『주례(周禮)』「사복(司服)」에 "공(公)의 복장은 곤면(袞冕)[24] 이하부터 왕의 복장과 같으며, 후(侯)·백(伯)의 복장은 별면(鷩冕)[25] 이하부터 공의 복장과 같으며, 자(子)·남(男)의 복장은 취면(毳冕)[26] 이하부터 후·백의 복장과 같으며, 고(孤)의 복장은 치면(希冕)[27] 이하부터 자·남의 복장과 같으며, 경대부의 복장은 현면(玄冕) 이하부터 고(孤)의 복장과 같다"[28]라고 했다. 이로 보건대, 자·남 신분의 군주는 공·후·백에 비해 낮고, 고와 경대부는 자·남에 비해 낮다. 이때문에 자·남 신분의 군주는 고·경대부와 함께 비면을 입는 것이다.[29] 비(裨: 돕는다)라는 말은 비(埤: 낮은 담)와 같다. 비(埤)와 비(裨)는 모두 정(正: 책임자)이 되지 못하니, 낮기 때문이다.

「옥조(玉藻)」에 "제후는 비면(裨冕) 차림으로 조회한다"[30]라고 하고, 『의례』에 "후씨(侯氏)가 비면 차림을 한다"[31]라고 한 것은 후·백을 거론했지만 자·남을 아울러 보인 것이다. 순경이 "대부는 비면 차림을 한다"[32]라고 하고, 『예기』에 "대부는 면류관을 쓰고 공(公)의 사당에 제사지낸

---

24   곤면(袞冕): 9章服.〈그림 3-6 참조〉

25   별면(鷩冕): 7章服.〈그림 3-7 참조〉

26   취면(毳冕): 5章服.〈그림 3-8 참조〉

27   치면(希冕): 3章服.〈그림 3-9 참조〉

28   『周禮』春官 / 司服 0.

29   『周禮』春官 / 司服 0에 "왕이 하늘의 상제(上帝)와 오제(五帝)에게 제사지낼 때는 대구(大裘)를 입고 면류관을 쓰며, 선왕에게 제사지낼 때는 곤면(袞冕) 차림을 하고, 선공(先公)에게 제사지낼 때나 빈객을 접대하거나 활쏘기 할 때는 별면(鷩冕) 차림을 하고, 사망(四望)이나 산천에 제사지낼 때는 취면(毳冕) 차림을 하고, 사직이나 오사(五祀)에 제사지낼 때는 치면(絺冕) 차림을 하고, 여러 소소한 제사에서는 현면(玄冕) 차림을 한다"라고 하였는데, 『禮記集說大全』曾子問 7-1 陳澔 註에서는 "천자·제후의 육복(六服) 중에서 대구(大裘)를 제외한 나머지 오복(五服)을 낮대(卑)는 의미를 취해 비면(裨冕)이라고 한다"라고 풀이하였다. 그러나 진양은 이와 달리 후(侯)·자(子)·남(男)·고(孤)·경대부 등이 입는 것으로 파악했다. 대구(大裘)와 현면(玄冕): 〈그림 3-10, 3-11 참조〉.

30   『禮記』玉藻 13-2.

31   『儀禮』覲禮 10-5.

32   『荀子』富國 10-4.

다"[33]라고 한 것은 대부만을 거론했지만 고와 경까지 아울러 보인 것이다.

옛날에 호분(虎賁)의 무사들이 비록 많았으나, 통솔자는 하대부(下大夫) 2인뿐이었다.[34] 무왕이 상나라를 이긴 뒤에 천자가 교(郊)에서 활을 쏠 때 《추우》에 절도를 맞추고, 제후가 교에서 활을 쏠 때 《이수》에 절도를 맞추었으며, 갑옷을 꿰뚫는 활쏘기를 폐지하고, 고(孤)·경대부가 비면(裨冕) 차림으로 홀을 꽂고, 호분의 무사들이 칼을 풀어놓았으니, 무력을 쓰지 않고 문교(文敎)를 닦아 교화에 힘쓴 뜻을 볼 수 있다.

옛날에 글자를 만든 자는 '무(武)'에 그치고자 하는 뜻을 담았고,[35] '기(旗)'에 눕혀놓고자 하는 뜻을 담았으며, '간(干 : 방패)'에 세워놓고자 하는 뜻을 담았고, '과(戈 : 창)'에 거꾸로 놓고자 하는 뜻을 담았으며, '궁(弓 : 활)'에 느슨하게 하고자 하는 뜻을 담았고, '시(矢 : 화살)'에 넣어두고자 하는 뜻을 담았으며, '검(劒)'에 거두어 두고자 하는 뜻을 담았다. 호분의 무사들이 칼을 풀어 놓은 것은 진실로 무왕이 바라던 것이었다. 무왕이 부득이 무력을 쓰긴 하였으나, 어찌 그가 원한 것이었겠는가.

정강성(鄭康成 : 鄭玄)이 "비의(裨衣)는 곤룡포 종류이다"라고 한 것으로 인해 공영달(孔穎達)이 "천자의 육복(六服) 중에 대구(大裘)가 상의(上衣)가 되고 그 나머지는 비의(裨衣)가 된다"라고 풀이한 것은 잘못이다.

27-3. 祀乎明堂而民知孝, 朝覲然後諸侯知所以臣, 耕藉然後諸侯知所以敬. 五者天下之大敎也.

천자가 명당(明堂)에서 제사지내니 백성들이 효도할 줄 알게 되었으며, 조근(朝覲)[36]한 뒤에 제후들이 신하의 도리를 알게 되었으며, 몸소 적

---

33 『禮記』雜記上 20-12.
34 『周禮』夏官 / 司馬 0.
35 '武'는 '戈'와 '止'가 결합되어 만들어진 글자이다.
36 조근(朝覲) : 천자가 제후를 만나보는 것.

전(籍田)[37]을 간 뒤에 제후들이 공경할 줄 알게 되었다. 이 다섯 가지는 천하의 큰 가르침이다.[38]

天子以保四海爲孝, 諸侯以保社稷爲孝. 是四海之民爲重, 而諸侯之社稷次之也. 孝經'宗祀文王於明堂, 以配上帝', 則嚴父之孝莫大於此天子以孝致明堂之祀, 而四海之民莫不觀化而知孝, 老吾老以及人之老故也. 不然, 則臣子恩薄而倍死忘生者衆矣. 故曰: "祀乎明堂而民知孝也." 存省聘頻臣之禮也, 朝覲宗遇君之禮也. 大宗伯以賓禮親邦國, 而朝覲居其一. 朝春以圖天下之事, 覲秋以比邦國之功. 然後諸侯不敢逸[39]於制節, 抑又知謹度以修臣道焉. 不然, 則君臣之位失, 諸侯之行惡, 而倍畔侵陵之敗起矣. 故曰: "朝覲然後諸侯知所以臣也." 公田謂之藉, 借民力治之故也. 王所親耕謂之藉, 借民力終之故也. 四海之內各以其職來助祭, 而王必躬耕以共齋盛者, 以爲祭不自致, 則如不祭. 以此率諸侯, 事其先君, 夫孰不知所以敬哉? 不然, 則瀆神祀, 困民財, 而天下將有不藉之譏矣. 故曰: "耕藉然後諸侯知所以敬也."

道千乘之國者, 莫先於敬事而信. 故成王戒諸侯於朝, 以敬爾在公爲始, 誥康叔於國, 以式克敬典爲重, 則諸侯知所以敬, 固當務之爲急也. 言孝則知敬之爲養, 言臣則知孝之爲子. 武王一擧事, 而天下知所以父子君臣上下之敎, 得非有言前之信合外之誠然邪? 自郊射而息貫革之射, 冕笏而說虎賁之劍, 偃武之敎也. 祀明堂以敎孝, 朝覲以敎臣, 耕藉以敎敬, 修文之敎也. 五者並行於天下, 豈不爲敎之大者歟?

祭義言 "祀乎明堂. 所以敎諸侯之孝. 食三老五更於太學, 所以敎諸侯之弟. 祀先賢於西學, 所以敎諸侯之德. 耕藉所以敎諸侯之養. 朝覲

37　적전(籍田) : 임금이 백성의 힘을 빌려 경작하는 토지로, 농사를 장려하기 위하여 임금이 몸소 밭을 갈아 시범을 보였으며, 거기서 수확한 곡식으로 종묘에 제사지냈다. '藉'와 '籍'은 서로 통용되어 쓰인다.
38　『禮記』樂記 19-23.
39　대본에 '一'로 되어 있으나, 문맥이 통하지 않아 '逸'로 바로잡았다.

所以敎諸侯之臣. 爲天下之大敎五." 與此詳略不同, 何也? 曰 繼治者
其道同, 繼亂者其道變. 祭義論先王治世之常法, 故以食老更祀先賢,
次於祀明堂. 以耕藉先於朝覲者, 以諸侯資孝弟以成德. 然後能盡爲人
臣子之道, 而民不與焉. 樂記論武王牧野, 一時之權宜. 故以偃武爲先,
修文爲後, 使民知孝爲先, 諸侯知敬爲後. 抑又將帥之士使爲諸侯, 未
必知朝覲, 又急於耕藉. 此施敎[40]所以不純乎先王之序也, 與宣王之雅
不純文武之序, 同意.

今夫夏后氏世室·商人重屋·周人明堂, 論治世常法, 而曰祀乎明堂
可也, 武王牧野之事, 亦曰祀明堂可乎? 曰 明堂之制, 周法然也, 武王
牧野之事, 未必有是, 記者言之, 豈追成周之制言之歟? 文王爲西伯之
時, 而詩以皐門應門·造舟爲梁, 追美之義, 愜於此

천자는 사해(四海)를 보존하는 것이 효(孝)이며, 제후는 사직을 보존하
는 것이 효이다. 즉, 사해의 백성이 중요하고 제후의 사직은 그 다음이
다.[41] 『효경』에 "문왕(文王)을 높이 받들어 명당(明堂)에서 제사지내어 상
제(上帝)에 배향(配享)했다"[42]라고 했으니, 아버지에 대한 효가 참으로 막
대하다. 천자가 효로 명당에서 제사를 지극하게 지내면, 사해의 백성이
이를 보고 감화되어 효도할 줄 알게 되니, 우리집 어른을 공경하여 다른
모든 이들의 어른을 공경하는 데에 이르기 때문이다. 그렇게 하지 않으
면, 신자(臣子)가 은혜에 야박하여 죽은 사람을 배반하고 살아있는 사람
을 잊어버리는 경우가 많게 될 것이다. 그러므로 '천자가 명당에서 제사
지내니 백성들이 효도할 줄 알게 되었다'라고 한 것이다.

안부를 묻고자 천자를 찾아가 뵙는 것은 신하의 예이고, 제후를 만나
보는 것[朝覲宗遇][43]은 임금의 예이다. 대종백(大宗伯)은 빈례(賓禮)로 제후국

---

40 대본에는 '敬'으로 되어 있으나, 사고전서 『樂書』에 의거하여 '敎'로 바로잡았다.
41 맹자는 "백성이 가장 귀중하고, 사직이 그 다음이고, 임금은 가벼운 것이다"라고 말
     하였다.〈『孟子』盡心下 14-14〉
42 『孝經』聖治章 9.
43 봄에 만나는 것을 조(朝), 여름에 만나는 것을 종(宗), 가을에 만나는 것을 근(覲), 겨

과 친목을 도모하는 일을 하는데, 조근(朝覲)은 그중의 하나이다. 봄에 천자가 제후를 만나 천하의 일을 도모하고, 가을에 제후를 만나 제대로 수행하였는지 점검하였다. 그런 뒤에 제후들이 감히 예절에 소홀하지 않고 또한 법도를 삼갈 줄 알아 신하의 도리를 닦게 되는 것이다. 그렇게 하지 않으면, 군신의 위계질서가 무너지고 제후가 나쁜 짓을 벌여 배반하고 능멸하는 패악(悖惡)이 일어날 것이다. 그러므로 '조근(朝覲)한 뒤에 제후들이 신하의 도리를 알게 되었다'라고 한 것이다.

공전(公田)을 '적(藉)'[44]이라고 하니, 백성의 힘을 빌려서 짓기 때문이고, 왕이 친히 경작하는 것 또한 '적(藉)'이라고 하니, 백성들의 힘을 빌려서 마치기 때문이다. 사해(四海) 안의 각 제후들이 와서 제사를 돕고, 왕이 반드시 몸소 밭을 갈아서 자성(齍盛 : 제물)을 마련하는 것은 제사를 친히 지내지 않으면 제사지내지 않은 것과 같이 여기기 때문이다.[45] 제후를 인솔하고 몸소 경작한 제물로 선군(先君)을 섬기면, 누구인들 공경할 줄 모르겠는가? 그렇게 하지 않으면, 신에게 올리는 제사가 부실해지고 백성의 재산이 부족해지며 세상 사람들이 적전을 갈지 않는다고 비난하게 될 것이다. 그러므로 '몸소 적전을 간 뒤에 제후들이 공경할 줄 알게 되었다'라고 한 것이다.

천승(千乘)의 나라[46]를 다스리는 자가 일을 경건하게 하여 미덥게 하는 것보다 더 먼저 할 것은 없다.[47] 그러므로[48] 조정에서 제후를 경계할 때

　　울에 만나는 것을 우(遇)라 한다.〈『周禮』春官 / 大宗伯 4〉
44　藉에는 '깔다', '의지하다', '빌리다'라는 뜻이 있기 때문이다.
45　제사를 친히~ 때문이다:『論語』八佾 3-12.
46　천승(千乘)의 나라 : 병거(兵車) 천승(千乘)을 낼 만한 나라로 제후국을 뜻한다.
47　공자는 "천승의 나라를 다스리되 일을 경건하게 하여 미덥게 하며, 쓰기를 절제하여 백성을 사랑하며, 백성을 부리기를 때에 맞게 하여야 한다"라고 하였다.〈『論語』學而 1-5〉
48　대본에는 성왕(成王)이라는 말이 나오나, 이를 빼고 번역하였다. 바로 이어 나오는 강고(康誥)는 성왕이 아니라 무왕이 강숙(康叔 : 무왕의 아우)에게 고한 글이라는 채침(蔡沈)의 설이 있기 때문에 혹 혼동될까 염려해서이다.

'경건하게 직무를 다할지어다'[49]라는 말로 시작했고, 도읍에서 강숙(康叔)에게 고할 때 '법을 공경할지어다'[50]라는 말로 엄하게 하였다. 제후는 공경할 줄 아는 일은 진실로 시급히 힘써야 하는 것이다. '효'라고 말했으니, 공경이란 봉양하는 것임을 알 수 있고, '신하'라고 말했으니, 효란 자식 노릇을 바르게 하는 것임을 알 수 있다. 무왕이 한번 거사를 행하자 천하에 부자(父子)·군신(君臣)·상하(上下)의 가르침이 이루어졌으니, 말하기 이전에 이미 형성되었던 신뢰가 밖의 정성과 합치되어 그렇게 된 것이 아니겠는가?

교(郊)에서 사례(射禮)를 행하여 갑옷을 꿰뚫는 활쏘기를 폐지하고, 면류관을 쓰고 홀을 꽂고 예를 행하여 호분(虎賁)의 무사들이 허리에 찬 칼을 풀어놓도록 한 것은 무력을 쓰지 말도록 한 가르침이다. 명당에서 제사지내어 효를 가르치고, 조근(朝覲)하여서 신하의 도리를 가르치며, 적전을 갈아서 공경을 가르친 것은 문덕을 닦도록 한 가르침이다. 이 다섯 가지를 천하에 행한 것이 어찌 가르침의 큰 공효(功效)가 아니겠는가?

「제의(祭義)」에 "명당에서 제사지내는 것은 제후들에게 효도를 가르치기 위함이고, 태학에서 삼로(三老)·오경(五更)[51]에게 음식을 대접하는 것은 제후들에게 어른 공경을 가르치기 위함이고, 서학(西學)에서 선현(先賢)에게 제사지내는 것은 제후들에게 덕을 가르치기 위함이고, 천자가 몸소 적전을 가는 것은 제후들에게 신령을 봉양할 것을 가르치기 위함이고, 조근(朝覲)하는 것은 제후에게 신하의 도리를 가르치기 위함이다. 이는 천하를 다스리는 큰 가르침 다섯 가지이다"[52]라고 하여, 여기(「樂記」)에서

---

49 『詩經』周頌 / 臣工.
50 『書經』周書 / 康誥 4.
51 삼로(三老)·오경(五更): 고대에 천자가 부형의 예로써 우대한 덕망 높은 어른. 하늘이 삼신(三辰: 해·달·별)과 오성(五星: 木星·火星·金星·水星·土星)으로 천하를 밝힌 것에서 뜻을 취했다. 정현(鄭玄)은 삼로와 오경을 각 1명으로 보고, 채옹(蔡邕)과 진양(陳暘)은, 3명과 5명으로 본다.
52 『禮記』祭義 24-36.

말한 것과 꼭 같지 않은 것은 무엇 때문인가?

치세(治世)를 잇는 자는 다스리는 방도를 같게 하나, 난세(亂世)를 잇는 자는 다스리는 방도를 바꿔야 하기 때문이다. 「제의」는 선왕치세의 상법(常法)을 논한 것이므로, '삼로·오경에게 베푸는 음식대접'과 '선현에 대한 제사'를 '명당에서의 제사' 다음에 언급하였다. '몸소 적전을 가는 것'을 조근(朝覲)보다 먼저 언급한 것은 제후들이 효제(孝弟)를 바탕으로 해서 덕을 이룬 뒤에야 신하의 도리를 다할 수 있기 때문이다. 「제의」에서 말한 다섯 가지 가르침에는 백성은 언급되어 있지 않다.

「악기(樂記)」에 서술된 '무왕이 목야에서 한 일'은 한 때의 권도로 행한 것이므로, 무기를 쓰지 않는 일을 먼저 하고 문덕을 닦는 일을 나중에 했으며, 백성들이 효를 알게 하는 일을 먼저 하고 제후들이 공경을 알게 하는 일을 뒤에 했다. 장수를 제후로 삼은 자 중에는 조근(朝覲)을 모르는 자도 있으므로 적전을 가는 것보다 급하게 여겼으므로 가르치는 순서가 선왕(先王)이 정해놓은 순서를 따르지 않게 된 것이다.[53] 이는 중흥한 임금인 선왕(宣王)의 아(雅)는[54] 건국한 임금인 문왕과 무왕의 아(雅)와 내용이 다른 것과 같다.

하후씨(夏后氏)는 세실(世室)에서, 은나라 사람은 중옥(重屋)에서, 주나라

---

53 선왕이 정한 순서는 「제의(祭義)」에 나타난 것을 가리킨다. 「제의(祭義)」에서는 경적(耕藉)을 먼저 하고 조근(朝覲)을 뒤에 하였다.

54 소아(小雅)의 《육월(六月)》《채기(采芑)》《거공(車攻)》《길일(吉日)》《홍인(鴻雁)》《정료(庭燎)》《면수(沔水)》《학명(鶴鳴)》《기보(祈父)》《백구(白駒)》《황조(黃鳥)》《아행기야(我行其野)》《사간(斯干)》《무양(無羊)》이 선왕(宣王)을 읊은 시이다. 성왕(成王)과 강왕(康王)이 별세한 뒤 주나라 왕실이 점점 쇠미해지고, 팔세(八世)에 여왕(厲王)이 폭정으로 백성에게 추방당했다. 이에 험윤(玁狁)이 침략해 들어와 경읍(京邑)에 가까이 다다랐다. 여왕이 죽고 아들 선왕(宣王)이 즉위한 다음 윤길보(尹吉甫)에 명하여 북벌(北伐)하게 한 것을 읊은 시가 《육월》이다. 만형(蠻荊)이 배반하자 선왕이 방숙(方叔)에게 명하여 남정(南征)하게 한 것을 읊은 시가 《채기》이다. 《거공》은 선왕이 옛날 제도를 회복한 것을 읊고, 《길일》은 선왕의 사냥을 찬미했고, 《홍안》은 만민이 이산(離散)하여 살 곳을 얻지 못하였는데, 선왕 때에 모두 살 곳을 얻게 되었음을 찬미했고, 《사간》은 선왕이 궁실을 이룬 것을 읊은 시, 《무양》은 선왕이 가축을 잘 기름을 읊은 시이다.

사람은 명당(明堂)에서 세상을 다스리는 떳떳한 법을 논했으니, 명당에서 제사지낸 것은 맞지만, 무왕이 목야에서 주(紂)를 칠 때도 '명당에서 제사지냈다'라고 한 것이 옳겠는가? 명당이라는 제도는 주나라 때의 법이니, 무왕이 목야에서 주를 칠 당시에는 이 제도가 없었을 것이나, 기록한 자가 이를 말한 것은 아마도 성주(成周)[55] 때의 제도를 소급해서 말한 것이리라. 문왕이 서백(西伯)이었을 때의 일인데도, 시(詩)에서는 "고문(皐門)을 세우고, 응문(應門)[56]을 세우도다."[57] "배를 만들어 다리를 놓았도다"[58]라고 하여, 소급하여 찬미한 뜻도 이와 마찬가지이다.

27-4. 食三老五更於大學, 天子袒而割牲, 執醬而饋, 執爵而酳, 冕而總干, 所以教諸侯之弟也.

삼로(三老)와 오경(五更)에게 태학에서 음식을 대접할 때 천자가 웃옷의 한쪽 어깨부분을 드러내고[59] 희생을 썰고, 절인 고기를 집어 권유하고, 술잔을 잡고 따라 주었으며, 면류관을 쓰고 방패를 들고 춤을 추었으니, 제후에게 공경을 가르치는 방법이다.[60]

天地人之數以三成以五備. 故天統三辰五星於上, 地統三極五行於

下，人統三德五事於其中. 然則三老五更之數, 亦視諸此. 王建國必立三卿, 鄉飲酒必立三賓, 養老必立三老. 故禮運曰 "三公在朝, 三老在學." 三賓之於鄉·三卿之於國·三公之於朝, 皆非一人爲之, 則三老五更之於學, 豈皆以一人名之邪? 後世以尉元爲三老, 游明根爲五更之類, 皆以一人爲之, 非古意也. 古者, 十年以長則父事之, 五年以長則兄事之, 況老更乎? 三老有成人之德, 近於父者也, 先王以父道事之. 五更更事之久, 近於兄者也, 先王以兄道事之.

然君者所事也, 非事人者也. 其所以事人, 不過親袒割牲, 執醬而饋, 執爵而酳以禮之, 冕而總干以樂之而已. 以此教諸侯, 然而有不弟者未之有也. 今夫養老之禮, 五十養於鄉, 六十養於國, 七十養於學, 則食之於大學, 七十者而已. 有虞氏以燕禮, 夏后氏以饗禮, 商人以食禮, 則以食禮食之者, 商人而已. 文王世子言 : "天子視學, 釋奠於先老, 遂設三老五更群老之席位焉, 適饌, 省醴養老之珍具, 遂發咏焉." 言親袒割牲, 則適饌可知. 言執醬而饋, 則珍具可知. 言執爵而酳, 則省醴可知. 言冕而總干, 則發咏可知. '凡大合樂必遂養老', 豈非天子視學之禮邪?

武王牧野之事, 以五教爲急, 食老更爲緩, 故其序如此. 祭義亦於五教之後, 語及是者, 所繼之教, 雖治亂不同, 及其成功, 一也. 彼播棄不廸者, 譏之於書, 召之訊夢者, 刺之於詩, 亦豈知先王所以食老更之意哉?

射有左右學鄉學也, 食老更於太學國學也. 學記言黨庠術序, 繼之以國有學, 與此同意. 然則養老, 有虞氏以深衣, 夏后氏以燕衣, 周人以玄衣. 食禮而服縞者, 惟商人爲然. 縞衣非冕服. 必冕而總干者, 以舞者樂之成, 故特服冕, 所以重其事也. 冕而總干施於食禮, 而記稱食嘗無樂者, 考之於詩, 商頌言顧予烝嘗, 而有鐘鼓鞉鼓管磬之聲, 周雅言以徃烝嘗, 而有鼓鐘送尸之樂, 則嘗非無樂也. 周官, 凡饗食, 樂師·鐘師奏燕樂, 籥師鼓羽籥之舞, 則食非無樂也. 謂之食嘗無樂, 蓋非商周制歟!

천지인(天地人)의 수는 3으로 이루어지고 5로 갖추어진다. 그러므로 하늘은 삼신(三辰 : 해·달·별)과 오성(五星)[61]을 위에서 통괄하고, 땅은 삼극(三極)[62]과 오행(五行)[63]을 아래에서 통괄하며, 사람은 삼덕(三德)[64]과 오사(五事)[65]를 그 가운데에서 통괄한다. 삼로(三老)와 오경(五更)의 수도 또한 여기에 견줄 수 있다.

왕은 나라를 세움에 반드시 삼경(三卿)을 세우며, 향음주례(鄕飮酒禮)를 행함에 반드시 삼빈(三賓)을 세우며, 양로(養老)를 행함에 반드시 삼로(三老)[66]를 세운다. 그러므로 「예운(禮運)」에 "삼공(三公)이 조정에 있고, 삼로(三老)가 태학에 있다"[67]라고 하였다. 고을의 삼빈(三賓)과 나라의 삼경(三卿)과 조정의 삼공(三公)이 모두 한 사람을 가리키는 용어가 아닌데, 태학의 삼로·오경이 어찌 한 사람을 가리키는 명칭이겠는가?[68] 후세에 위원(尉元)[69]을 삼로로 삼고, 유명근(游明根)[70]을 오경으로 삼은 경우는 삼로와 오경이 각각 한 사람의 직책을 뜻하니, 옛 뜻에 맞지 않는다.

옛날에 자신보다 10살이 많으면 아버지로 섬기고 5살이 많으면 형으로 섬겼거늘,[71] 삼로·오경은 말할 나위가 있겠는가? 삼로는 성인(成人)의

---

61 오성(五星) : 금성(金星)·목성(木星)·수성(水星)·화성(火星)·토성(土星).
62 삼극(三極) : 천재(天才)·지재(地才)·인재(人才).
63 오행(五行) : 만물을 구성하는 금(金)·목(木)·수(水)·화(火)·토(土)의 다섯 원소.
64 삼덕(三德) : 천(天)·지(地)·인(人)의 덕.
65 오사(五事) : 수신(修身)하는 다섯 가지의 일. 곧 모(貌)·언(言)·시(視)·청(聽)·사(思).
66 삼로(三老) : 한 지방의 장로(長老)로서 그 지방의 교화를 맡은 사람.
67 『禮記』 禮運 9-29.
68 정현(鄭玄)은 삼로와 오경을 각 1인으로 보았으나, 진양(陳暘)은 이를 부정하여 채옹(蔡邕)처럼 3인과 5인으로 보았다.
69 위원(尉元) : 자는 구인(苟仁)이며, 북위(北魏) 헌문제(獻文帝) 때 지절도독동도제군사(持節都督東道諸軍事)를 지냈고, 산양군객구공(山陽郡開國公)에 봉해지고 삼로(三老)에 임명되었다.
70 유명근(游明根) : 북위 사람으로 자는 지원(志遠)이며, 연주자사(兗州刺史) 대홍려경(大鴻臚卿)을 지냈고, 신태후(新泰侯)에 봉해졌다. 오경에 올라 벽옹례(辟雍禮)를 행하였다.
71 『禮記』에서는 진양과 달리 10살 연상이면 형으로 섬긴다고 하였다.(『禮記』 曲禮上 1-12)

덕을 갖추어 아버지에 가까우므로 선왕이 아버지를 섬기는 도리로 섬기고, 오경은 세상일에 경륜이 많아 형에 가까우므로 형을 섬기는 도리로 섬기었다.

그러나 임금은 섬김을 받는 자이지 섬기는 자가 아니다. 그러므로 임금이 사람을 섬길 때는 웃옷의 한쪽 어깨부분을 드러내고 희생을 썰며 절인 고기를 집어 권유하고 술잔을 잡고 따라 주어 예우(禮遇)하고, 면류관을 쓰고 방패를 들고 춤추어 즐겁게 해줄 따름이다. 이렇게 제후들을 가르치는데도 어른을 공경하지 않을 자는 없을 것이다.

양로례(養老禮)는 50세인 자는 향학(鄕學)에서 하고, 60세인 자는 국중(國中 : 도성)의 소학(小學)에서 하며, 70세인 자는 태학에서 한다. 따라서 태학에서 음식대접을 받았다면 70세인 것이다. 노인 봉양을 유우씨(有虞氏 : 순임금)는 연례(燕禮)로 하였고, 하후씨(夏后氏)는 향례(饗禮)로 하였으며, 상나라 사람은 사례(食禮)[72]로 하였으니,[73] 사례(食禮)로 노인에게 음식 대접한 것은 상나라뿐이다.

「문왕세자」에 "천자가 국학(國學)을 시찰할 때 선로(先老)에게 석전제(釋奠祭)를 지내고, 삼로・오경과 군로(群老)의 자리를 위차(位次)에 맞게 마련한다. 음식을 차려 놓은 곳에 직접 가서 단술과 노인을 봉양할 진수(珍羞)를 살핀다. 마침내 음악이 연주되고 노래가 시작된다"[74]라고 하였다. 따라서 '천자가 웃옷의 한쪽 어깨부분을 드러내고 희생을 썬 것'은 음식을 차려 놓은 곳에 직접 간 것이고, '절인 고기를 집어 권유한 것'은 진수를 갖춘 것이며, '술잔을 잡고 따라 준 것'은 단술을 살핀 것이고, '면류관을

---

72 연례(燕禮)는 술을 한 잔 바치는 예가 다 끝나면 모두 앉아 술을 마셔서 취하는 데까지 이르며, 희생으로는 개 한 마리를 쓴다. 향례(饗禮)는 짐승을 통째로 올려놓고 먹지는 않으며 잔을 가득 채우고 마시지는 않는다. 앉지도 않고 서서 존비(尊卑)의 순서로 술을 따른다. 사례(食禮)는 밥과 안주에 술상을 차리더라도 마시지는 않는다. 그 예가 밥이 주가 되므로 사례라고 한다.《『禮記集說大全』王制 5-48 陳澔 註)

73 『禮記』王制 5-48.「凡養老, 有虞氏以燕禮, 夏后氏以饗禮, 殷人以食禮, 周人修而兼用之. 五十養於鄕, 六十養於國, 七十養於學, 達於諸侯.」

74 『禮記』文王世子 8-13.

쓰고 방패를 들고 춤춘 것'은 음악이 연주되고 노래가 시작된 것임을 알 수 있다. 따라서 '대합악(大合樂)을 하면서 양로례(養老禮)를 행한 것'[75]은 어찌 천자가 국학을 시찰하는 예의 일환으로 행한 것이 아니겠는가?

　무왕이 목야에서 한 일은, 다섯 가지 가르침[76]을 우선적으로 시행하고, 삼로·오경에 대한 사례(食禮)를 그 다음에 시행했으므로, 그 서술한 순서가 이와 같다. 「제의(祭義)」에서 다섯 가지 가르침 뒤에 삼로·오경의 봉양을 언급하여[77] 목야의 일과 순서가 같은 이유는, 가르침은 치세와 난세에 따라 다르지만 공(功)을 이룬 것에 미쳐서는 같기 때문이다. 『서경』에서 '은나라 폭군 주(紂)가 노인들을 버리고,[78] 도(道)를 이행하지 않은 것'[79]을 비난하고, 『시경』에서 '임금이 시도 때도 없이 부른 것'[80]과 '점몽관(占夢官)에게 물어본 것'[81]을 풍자한 것 또한 어쩌면 선왕이 삼

---

75 『禮記』文王世子 8-6.

76 갑옷을 꿰뚫는 활쏘기와 무사들의 무력을 쓰지 않도록 한 것 및 효, 신하의 도리, 공경을 가르친 것.

77 『禮記』祭義 24-36,37. 「祀乎明堂, 所以教諸侯之孝也. 食三老五更於大學, 所以教諸侯之弟也, 祀先賢於西學, 所以教諸侯之德也. 耕藉, 所以教諸侯之養也. 朝覲, 所以教諸侯之臣也. 五者天下之大教也. 食三老五更於大學, 天子袒而割牲, 執醬而饋, 執爵而酳, 冕而摠干, 所以教諸侯之弟也. 是故鄉里有齒, 而老窮不遺, 强不犯弱, 衆不暴寡, 此由大學來者也.」

78 『書經』周書/泰誓中 1.「今商王受力行無度, 播棄犁老, 昵比罪人, 淫酗肆虐, 臣下化之, 朋家作仇, 脅權相滅, 無辜籲天, 穢德彰聞【지금 상왕 수가 무도한 일을 힘써 행하여 노인들을 버리고 죄인들을 가까이하며, 음탕하고 술주정하여 사나움을 부리니, 신하들이 이에 동화되어 집집마다 붕당을 지어 원수가 되어서 권세를 빌어 위협하여 서로 망하게 하니, 죄 없는 자들이 하늘에 부르짖어 더러운 덕이 드러나 알려졌다.】」

79 『書經』周書/牧誓中 2.「今商王受, 惟婦言是用, 昏棄厥肆祀弗答, 昏棄厥遺王父母弟不迪, 乃惟四方之多罪逋逃, 是崇是長, 是信是使, 是以爲大夫卿士, 俾暴虐于百姓, 以姦宄于商邑【지금 상왕 수가 부인(妲己)의 말을 따라, 얼이 빠져서 지내야 할 제사를 버려 보답하지 않으며, 아우들을 버려 도를 이행하지 않고, 사방에 죄가 많아 도망해온 자들을 높이고 우두머리로 삼으며 믿고 부려서 이들로 대부와 경사를 삼아 백성들에게 포학하게 하고 상나라 읍에서 못된 짓만 하고 있다.】」

80 『詩經』齊風/東方未明.「東方未明, 顚倒衣裳. 顚之倒之, 自公召之【아직 동트기 전 허둥지둥 의상을 거꾸로 입었네. 허둥지둥 의상을 거꾸로 입은 것은 임금이 부르기 때문이다.】」이것은 임금이 절도가 없음을 풍자한 시이다.

81 『詩經』小雅/正月.「謂山蓋卑, 爲岡爲陵. 民之訛言, 寧莫之懲. 召彼故老, 訊之占夢.

로·오경에게 음식을 대접한 뜻을 알았기 때문일 것이다.[82]

활쏘기를 한 좌학(左學)과 우학(右學)은 향학(鄕學)이고, 삼로·오경을 대접한 태학은 국학(國學)이다. 「학기(學記)」에 "당(黨)에는 상(庠)이 있고, 술(術)에는 서(序)가 있다"라고 하고 이어서 "도읍에 학(學)이 있다"[83]라고 한 것은 이와 같은 뜻이다.

그런데 양로례(養老禮)를 행할 때 유우씨는 심의(深衣)[84]를 입고, 하후씨는 연의(燕衣)[85]를 입고, 주나라 사람들은 현의(玄衣)[86]를 입었다. 양로례에서 사례(食禮)로 대접하면서 호의(縞衣)[87]를 입은 자는 상나라 사람뿐이다.[88] 호의(縞衣)는 면복(冕服)[89]이 아니다. 그런데 삼로·오경을 태학에서 대접할 때 '면류관을 쓰고 방패를 들고 춤을 춘 것'은 춤이 악의 완성이므로 특별히 면류관을 쓴 것으로서, 그 일을 중시한 것이다.

사례(食禮)로 대접할 때 분명히 면류관을 쓰고 방패를 들고 춤을 추었는데, 『예기』에 "사례(食禮)와 상제(嘗祭)[90]에 음악이 없다"[91]라고 하여 서

具曰予聖, 誰知烏之雌雄【산을 모두 낮다고 말하지만, 봉우리도 있고 언덕도 있네. 백성들의 뜬소문을 편안히 여겨 징계하지 않네. 저 늙은 신하를 부르고 점몽관에게 물어본들 입을 모아 성군이라 찬사만 하니, 까마귀의 암수를 어찌 분간하리요?】이 것은 대부(大夫)가 유왕(幽王)을 풍자한 시이다.

82 삼로·오경을 대접하는 것은 그들로부터 덕화(德化)를 받기 위함이다.
83 『禮記』學記 18-2.
84 심의(深衣) : 흰색이며 상의와 하의가 이어져 있으며, 검정 비단으로 가선을 두른 옷이다.
85 연의(燕衣) : 흑색 옷이다. 하후씨는 검은 색을 숭상하였다.
86 현의(玄衣) : 조복(朝服)으로서 검은색 상의(上衣)에 흰색 하의(下衣)이다. 하나라는 검은색을 숭상했으므로 의상이 모두 검고, 은나라는 흰색을 숭상했으므로 모두 희며, 주나라는 겸용했으므로 검은색 상의에 흰색 하의를 입었다.〈『禮記集說大全』王制, 陳澔 註〉
87 호의(縞衣) : 흰색 생명주로 만든 심의(深衣)이다.〈『禮記集說大全』王制, 陳澔 註〉
88 『禮記』王制 5-50.「有虞氏皇而祭, 深衣而養老. 夏后氏收而祭, 燕衣而養老. 殷人冔而祭, 縞衣而養老. 周人冕而祭, 玄衣而養老.」
89 면복(冕服) : 대부 이상의 귀인이 입었던 예모(禮帽)와 예복(禮服).
90 상제(嘗祭) : 가을에 수확한 햇곡식을 신에게 올리는 제사.
91 『禮記』郊特牲 11-3.

로 상치(相馳)된다. 『시경』을 살펴보면, 상송(商頌)에 '증제(烝祭)와 상제(嘗祭)를 돌아보소서'라는 구절과 함께 '종(鐘)·고(鼓)·도(鞉)·관(管)·경(磬)을 연주한다'는 구절이 나오며,[92] 주아(周雅)에 '가서 증제를 지내고 상제를 지내도다'라는 구절과 함께 '종을 쳐서 시동(尸童)을 전송한다'는 구절이 나오니,[93] 상제(嘗祭)에 음악이 없지 않았다. 또 『주례』에 모든 향례(饗禮)와 사례(食禮)에 악사(樂師)와 종사(鐘師)가 연악(燕樂)을 연주하고,[94] 약사(籥師)가 우약무(羽籥舞)에 북을 쳤으니,[95] 사례(食禮)에 음악이 없지 않았다. 그렇다면 '사례와 상제에 음악이 없는 것'은 상나라나 주나라 제도가 아니라는 결론이 나온다.

27-5. 若此則周道四達, 禮樂交通, 則夫武之遲久不亦宜乎?

이같이 했으므로 주나라의 도(道)가 사방으로 퍼지고, 예악이 창달했다. 따라서 《대무(大武)》를 천천히 오래 연주하는 것이 또한 마땅하지 않은가?"[96]

樂者德之聲. 舞者德之容. 武王偃武修文之後習射, 服冕祀明堂, 講朝覲, 耕藉田, 食老更, 而禮樂之教交修于天下. 是雖因於商人, 而周之制作實兼修而用之, 則周道四達禮樂交通. 而樂舞之遲, 猶四時之運, 陽積而成暑, 非一日也. 孔子謂武, '盡美矣, 未盡善也.' 盡美矣故其成必久, 未盡善故非所以爲備樂. 何獨至久立於綴而疑之歟? 路之四達謂之逵, 道之四達謂之皇. 故誅賞廢興資此以成, 禮樂刑政資此以備. 然則周道四達亦可知.

---

92 『詩經』商頌 / 那.
93 『詩經』小雅 / 楚茨.
94 『周禮』春官 / 樂師 0. 「饗食諸侯, 序其樂事, 令奏鐘鼓令相, 如祭之儀.」; 鐘師 0. 「祭祀饗食奏燕樂.」
95 『周禮』春官 / 籥師 0.
96 『禮記』樂記 19-23.

음악은 덕의 소리이고, 춤은 덕의 모습이다. 무왕이 무력을 접고 문덕을 닦게 되면서 사례(射禮)를 익히고, 면복차림으로 명당에서 제사지내며, 조근(朝覲)을 익히고, 적전을 갈며, 삼로·오경에게 음식을 대접하여, 예악의 가르침을 천하에 널리 폈다. 이는 상나라에서 말미암은 것이긴 하지만, 주나라에서 실정에 맞게 제작하여 썼으므로 주나라의 도가 사방으로 퍼지고 예악이 창달했던 것이다. 악무(樂舞)를 천천히 오래 연주하는 것은 사시(四時)의 운행에서 양(陽)의 기운이 쌓여 더워지는 것이 하루아침에 이루어지지 않는 것과 같은 이치이다.

공자가 《대무(大武)》를 "지극히 아름답지만 지극히 선(善)하지는 못하다"[97]라고 평하였다. 지극히 아름답다고 했으니, 그것을 이루는 데 반드시 오랜 시일이 걸렸을 것이며, 지극히 선하지는 못하다고 했으니 완비된 음악은 아니다. 그렇지만 무슨 이유로 유독 춤추는 자리에 오래 서있는 것에 대해서 의심하는가?[98]

길이 사방으로 통하는 것을 '한길[逵]'이라 하고, 도(道)가 사방으로 통하는 것을 '큰길[皇]'이라 한다. 처벌과 포상 및 폐지와 부흥이 이것(道)을 바탕으로 이루어졌고, 예(禮)·악(樂)·형(刑)·정(政)이 이것을 바탕으로 완비되었으니, 주나라의 도가 사방에 퍼졌음을 또한 알 수 있다.

---

97 『論語』 八佾 3-25.
98 무왕이 천하를 차지하는 것을 이롭게 여겨 상나라를 정벌했다고 의심하는 견해를 부정하는 말이다.

권28 예기훈의(禮記訓義)

악기(樂記)

악기(樂記)

28-1. 君子曰 "禮樂不可斯須去身. 致樂以治心, 則易直子諒之心,
油然生矣. 易直子諒之心生則樂, 樂則安, 安則久, 久則天, 天則神.
天則不言而信, 神則不怒而威, 致樂以治心者也."

군자가 말하였다. "예악을 잠시도 몸에서 떼면 안 된다. 악의 이치를
다하여 마음을 다스리면 평이하고 곧고 자애롭고 선량한 마음이 무럭무
럭 생겨나고, 평이하고 곧고 자애롭고 선량한 마음이 생겨나면 즐겁고,
즐거우면 편안하고, 편안하면 오래 가고, 오래 가면 마음이 하늘과 같아
지고, 하늘과 같아지면 신(神)과 같아진다. 마음이 하늘과 같아져 말하지
않아도 신뢰를 받고 신과 같아져 노하지 않아도 위엄이 있는 것은 악의
이지를 다하여 마음을 다스린 결과이다."[1]

陂則險, 平則易, 邪則曲, 正則直. 易則易知, 性之所以爲智也. 直則
內敬, 性之所以爲禮也. 子者天性之愛, 所以爲仁也. 諒者天性之誠, 所
以爲信也. 蓋性者心之地, 心者天之君, 神之舍者也. 致樂以治心, 而易
直子諒之心油然生矣. 易直子諒之心生, 則於性之所受者能樂. 於性之
所受者能樂, 則於事之所遇者能安. 此易所謂樂天安土之意也. 於事之
所遇者能安, 則不失其所, 而其德可久矣. 此坤之安貞吉, 老子謂地久
之意也.

孔子曰 : "智者樂, 仁者壽." 又曰 : "仁者安仁, 智者利仁." 則樂者智
者之道也, 安者仁者之道也. 易曰 : "可久則賢人之德." 孟子曰 : "聖人
之於天道", 則久者賢人之地道也, 天者聖人之天道也. 神則聖而不可
知, 雖陰陽且不能測, 況於人乎? 老子曰 : "人法地, 地法天, 天法道, 道
法自然." 由是觀之, 久則地道, 天則天² 道. 然則仁智有人道, 而神有不
爲自然者邪? 蓋不離於宗謂之天, 不離於精謂之神.

古之學者, 自仁率之, 至於天道, 自善充之, 至於神, 致樂以治心, 而
至於天, 則神固其理也. 孟子曰 : "樂則生矣, 生則惡可已?" 荀卿曰 :
"誠心守仁則形, 形則神." 如此而已. 今夫待言而信者, 以人有慁故也,
天則無待於言而信立矣. 待怒而威者, 以人有情故也, 神則無待於怒而
威矣. 易曰 : "不言而信, 存乎德行." 又曰 : "神武不殺." 書曰 : "德威惟
畏." 荀子曰 : "至³德, 嘿然而喩, 不怒而威." 樂也者, 章德者也, 豈待言
而後信, 怒而後威邪? 子思論 : "至誠不息則久, 卒至於不見而章, 不動
而變, 無爲而成." 其意亦何異此?

離而言之, 天與神異, 合而言之則一. 故莊子曰 : "神而不可不爲者天
也." 易曰 : "觀天之神道而四時不忒." 是已. 老子言'天乃道 道乃久' 此
言'久則天 天則神'者, 豈久者又天道之始終歟! 記有之 : "不閉其久是

1   『禮記』樂記 19-23.
2   대본에는 '大'로 되어 있으나, 사고전서 『樂書』에 의거하여 '天'으로 바로잡았다.
3   대본에는 '立'으로 되어 있으나, 『荀子』에 의거하여 '至'로 바로잡았다.

天道也." 蓋天可以兼地, 地不可以兼天, 猶形而上者, 可以言器, 形而下者, 不可以言道.

　마음이 삐뚤면 음험하고, 공정하면 평이하며, 거짓되면 굽고, 바르면 곧다. 평이는 알기 쉬운 것이니, 성(性)을 바탕으로 지(智)를 행한 것이다. 곧음은 마음가짐이 공경스러운 것이니, 성(性)을 바탕으로 예(禮)를 행한 것이다. 자애는 천성(天性)적으로 사랑하는 것이니, 인(仁)의 바탕이 된다. 선량은 천성적으로 성실한 것이니, 신(信)의 바탕이 된다. 성(性)은 마음의 바탕이고, 마음은 하늘의 임금이자 신(神)의 집이다.

　악의 이치를 다하여 마음을 다스리면, 평이하고 곧고 자애로우며 선량한 마음이 무럭무럭 생겨나고, 평이하고 곧고 자애로우며 선량한 마음이 생겨나면, 천성(天性)이 받아들인 바가 즐겁고, 천성이 받아들인 바가 즐거우면 하는 일마다 편안하니, 이것이 『주역』에 이른바 '천리(天理)를 즐거워하고 처지를 편안히 여긴다'[4]는 뜻이다. 하는 일마다 편안하면 바르게 처신하여 그 덕이 오래갈 수 있다. 이것이 곤괘(坤卦)에서 '편안하고 곧으면 길(吉)하다'[5]라고 한 것이고, 노자가 '땅은 오래 간다'[6]라고 한 뜻이다.

　공자가 "지자(智者)는 즐거워하고 인자(仁者)는 오래 산다"[7]라고 하고, 또 "인자(仁者)는 인(仁)을 편안히 여기고 지자(智者)는 인을 이롭게 여긴다"[8]라고 했으니, 즐거움은 지자의 도(道)이고, 편안함은 인자의 도이다. 『주역』에 '오래 가는 것은 현인(賢人)의 덕이다'[9]라고 하고, 『맹자』에 '성

4 　『周易』繫辭上傳 4.「樂天知命, 故不憂. 安土敦乎仁, 故能愛【천리(天理)를 즐거워하고 천명(天命)을 알기 때문에 근심하지 않으며, 처지를 편안히 여기어 인(仁)을 돈독히 하기 때문에 사랑할 수 있는 것이다.】」

5 　『周易』坤卦 1.

6 　『道德經』7.

7 　『論語』雍也 6-23.

8 　『論語』里仁 4-2.

9 　『周易』繫辭上傳 1.「易則易知, 簡則易從, 易知則有親, 易從則有功, 有親則可久, 有功則可大, 可久則賢人之德, 可大則賢人之業【평이하므로 쉽게 알 수 있고 간략하므로

인에게 천도(天道)는 명(命)이며 성(性)이다'¹⁰라고 했으니, '오래 가는 것'은 현인의 지도(地道)이고, '마음이 하늘과 같은 것'은 성인의 천도(天道)이다.

'신(神)이란 성스러워 알 수 없는 것'¹¹이니, 음양(陰陽)도 오히려 헤아릴 수 없거늘 하물며 사람에 있어서랴? 노자가 "사람은 땅을 본받고, 땅은 하늘을 본받으며, 하늘은 도(道)를 본받고, 도는 자연을 본받는다"¹²라고 했으니, 이에 비추어 볼 때 오래 지속하는 것은 지도(地道)이고, 마음이 하늘과 같은 것은 천도(天道)이다. 그렇다면 인(仁)·지(智)는 인도(人道)이고, 신(神)은 바로 자연이 되지 않겠는가? 대개 도(道)의 대종(大宗)에서 벗어나지 않는 것을 하늘이라 하고, 도의 정수(精髓)에서 벗어나지 않는 것을 신(神)이라 한다.¹³

옛날에 배우는 자들은 인(仁)을 따라서 천도(天道)에 이르고, 선(善)을 확충해서 신(神)에 이르며, 악의 이치를 다하여 마음을 다스려 하늘에 이르렀으니, 신(神)은 바로 이치이다. 맹자는 "즐거워하면 이러한 마음이 생겨날 것이니, 생겨난다면 이러한 행실을 어찌 그만둘 수 있겠는가?"¹⁴라고 하고, 순경은 "정성스런 마음으로 인(仁)을 지키면, 그것이 겉으로 드러나고, 겉으로 드러나면 신묘해진다"¹⁵라고 했으니, 이같이 할 따름

쉽게 따를 수 있다. 쉽게 알므로 친근함이 있고, 쉽게 따르므로 공(功)을 이룰 수 있다. 친근함이 있으므로 오래갈 수 있고 공(功)이 있으므로 광대할 수 있다. 오래가는 것이 현인(賢人)의 덕이요 광대한 것이 현인의 공업(功業)이다.】

10   『孟子』盡心下 14-24.「仁之於父子也, 義之於君臣也, 禮之於賓主也, 智之於賢者也, 聖人之於天道也, 命也, 有性焉. 君子不謂命也【인(仁)이 부자간 있어서, 의(義)가 군신간에 있어서, 예(禮)가 빈주간(賓主間)에 있어서, 지(智)가 현자(賢者)에 있어서, 성인이 천도(天道)에 있어서는 명(命)이나 본성(本性)에 있다. 그러므로 군자는 명(命)이라 이르지 않는다.】

11   『孟子』盡心下 14-25.

12   『道德經』25.

13   『莊子』天下 33-1.「不離於宗, 謂之天人. 不離於精, 謂之神人. 不離於眞, 謂之至人, 以天爲宗, 以德爲本, 以道爲門, 兆於變化, 謂之聖人.」

14   『孟子』離婁上 7-27.

15   『荀子』不苟 3-9.

이다.

말을 하고 나서야 신뢰를 받는 것은 사람에게 흠이 있기 때문이다. 반면에 하늘은 말하지 않아도 신뢰를 받는다. 노한 뒤에야 위엄이 서는 것은 사람에게 정(情)이 있기 때문이다. 반면에 신은 노하지 않아도 위엄이 선다. 『주역』에 "말하지 않아도 신뢰를 받는 것은 덕행 때문이다"[16]라고 하고, 또 "신령스런 무(武)를 지니고서도 죽이지 않는다"[17]라고 하였으며, 『서경』에 "덕으로 위엄을 보이니 두려워한다"[18]라고 하고, 순경은 "지극한 덕을 지니고 있어서 아무 말 하지 않아도 남들을 깨우쳐 주고, 노하지 않아도 위엄이 선다"[19]라고 하였다. 악이란 덕을 빛내는 것이니, 어찌 말을 한 뒤에 신뢰를 받으며, 노한 뒤에 위엄이 서겠는가? 자사(子思)가 논하기를 "지성(至誠)은 쉬지 않으니, 오래 지속되어서 마침내 보여주지 않아도 드러나며, 움직이지 않아도 변하며, 인위적으로 하지 않아도 이루어진다"[20]라고 하였으니, 그 뜻이 또한 이것과 무엇이 다른가?

나누어서 말하면 하늘과 신이 다르고, 합해서 말하면 하나이다. 그러므로 장자가 "신묘하지만 닦지 않을 수 없는 것이 하늘이다"[21]라고 하고, 『주역』에 "하늘의 신도(神道)를 관찰함에 사시(四時)가 어긋나지 않는다"[22]라고 한 것이 이것이다.

노자가 "하늘은 도이고 도는 오래 간다"[23]라고 했는데, 여기서도 "오래 가면 마음이 하늘과 같아지고, 하늘과 같아지면 신(神)과 같아진다"라고 했으니, 오래 가는 것은 천도(天道)의 시종(始終)이라 할 수 있다. 따라서 『예기』에 "막힘없이 오래 가는 것이 천도(天道)이다"[24]라고 했다.

---

16 『周易』繫辭上傳 12.
17 『周易』繫辭上傳 11.
18 『書經』周書 / 呂刑 2.
19 『荀子』不苟 3-9.
20 『禮記』中庸 31-24.
21 『莊子』在宥 11-5.
22 『周易』觀卦 彖傳.
23 『道德經』16.

대개 하늘은 땅을 아우를 수 있으나, 땅은 하늘을 아우를 수 없으니, 형이상의 것은 형체[器 : 오관으로 볼 수 있는 것]를 말할 수 있으나, 형이하의 것은 도를 말할 수 없는 것과 같은 이치이다.

28-2. 致禮以治躬則莊敬, 莊敬則嚴威.

예를 다하여 몸을 다스리면 장경(莊敬)해지고, 장경하면 엄위(嚴威)해 진다.[25]

孔子曰 : "臨之以莊則敬." 是莊爲敬之始, 而敬不止於莊. 書曰 : "嚴恭寅畏." 傳曰 : "有威可畏, 謂之威", 則嚴爲威之始而威不止於嚴. 蓋身主信, 躬主詘. 致禮以治躬, 則自卑而尊人, 撙節退讓以明之而已, 非主乎信者也, 其於治躬也, 何有? 然貌肅則莊敬, 重則嚴威. 是嚴威以莊敬爲本, 莊敬以嚴威爲文也. 禮也者, 資莊敬以爲敎, 待威嚴而後行. 然樂記先嚴而後威, 先後之序也, 曲禮先威而後嚴, 重輕之序也. 致禮以治躬, 則馴致有漸, 不得不以先後序之, 班朝治軍·涖官行法, 則分守致嚴, 不得不以重輕序之.

공자가 "장중(莊重)하게 임하면 백성들이 공경한다"[26]라고 했으니, 장 중(莊重)이 공경의 시초가 되지만 공경은 장중에 그치지 않는다.『서경』에 "엄숙하고 공손하며 공경하고 두려워한다"[27]라고 하고, 전(傳)에 "위의(威 儀)가 있어 두려워할 만한 것을 위엄이라고 일컫는다"라고 했으니, 엄숙 은 위엄의 시초가 되지만 위엄은 엄숙에 그치지 않는다.

대개 신(身)은 펴는 것을 주로 하고, 궁(躬)은 굽히는 것을 주로 한다. 예를 지극히 하여 자기 몸을 다스리면 스스로를 낮추어 남을 존중하고,

---

24 『禮記』哀公問 27-7.
25 『禮記』樂記 19-23.
26 『論語』爲政 2-20.
27 『書經』周書 / 無逸 1.

절제하고 겸양하여 덕을 밝힐 따름이고 펴는 것을 주로 하지 않으니, 몸을 다스리는 데에 무슨 어려움이 있겠는가?

그런데 모습이 엄숙하면 장경(莊敬)하고 진중(鎭重)하면 엄위(嚴威)하니, 엄위는 장경을 근본으로 삼고 장경은 엄위를 문채로 삼는다. 예란 장경을 바탕으로 가르치고 위엄을 갖춘 뒤에 행해진다. 「악기」에서 엄(嚴)을 앞에 쓰고 위(威)를 뒤에 쓴 것은 선후의 순서를 따른 것이고 「곡례」에서 위(威)를 먼저 쓰고 엄(嚴)을 뒤에 쓴 것은[28] 경중(輕重)의 순서를 따른 것이다. 예를 지극하게 해서 몸을 다스리는 것은 점차로 이루어지는 것이니, 선후를 기준으로 하지 않을 수 없고, 조정에서 신하들의 위차(位次)를 정하고 군대를 통솔하며 벼슬에 임하고 법을 시행하는 것은 직분을 엄히 하는 것이니, 경중(輕重)을 기준으로 하지 않을 수 없기 때문이다.

28-3. 心中斯須不和不樂, 而鄙詐之心入之矣. 外貌斯須不莊不敬, 而易慢之心入之矣.

마음속이 잠시라도 화락(和樂)하지 않으면 비루하고 간사한 마음이 들어오고, 외모가 잠시라도 장경(莊敬)하지 않으면 경솔하고 거만한 마음이 들어온다.[29]

樂由中出而本乎心, 則和樂者心之發於天眞者也. 禮自外作而見乎貌, 則莊敬者貌之形於肅括者也. 故致樂以治心, 心中斯須不和不樂, 而鄙詐之心入之矣. 致禮以治躬, 外貌斯須不莊不敬, 而易慢之心入之矣. 況其久者乎? 周之末造, 鹿鳴廢則和樂缺矣, 菁莪廢則無禮儀矣. 況能治心於內, 治躬於外, 以全所謂一體者乎?

---

28 『禮記』曲禮上 1-6.「班朝治軍, 涖官行法, 非禮威嚴不行【조정에서 신하들의 위차(位次)를 정하고 군대를 통솔하며 벼슬에 임하고 법을 시행하는 데에도 예가 아니면 위엄이 행해지지 않는다.】」

29 『禮記』樂記 19-23.

然鄙詐之心反乎子諒者也, 易慢之心反乎莊敬者也. 言反乎子諒者, 推而上之, 以見易直. 言反乎莊敬者, 推而下之, 以見嚴威. 言之法也. 且古人於禮樂不可以斯須去身, 斯須去身, 而爲心害如此, 況三年不爲, 其害將如之何哉? 宰我之說, 蓋有爲而言. 記言, 鄙詐易慢之心, 以內明外也. 太史公言, 暴慢姦邪之行, 以外明內也.

악은 마음속에서 나와 마음에 근본한 것이니, 화락(和樂)이란 마음이 천진(天眞)하게 드러난 것이다. 예는 밖에서 만들어져 모습으로 나타난 것이니, 장경(莊敬)이란 모습이 엄숙하고 법도에 맞게 나타난 것이다.

그러므로 악의 이치를 다하여 마음을 다스려야 하니, 마음속이 잠시라도 화락하지 않으면 비루하고 간사한 마음이 들어오기 때문이다. 예를 다하여 몸을 다스려야 하니, 외모가 잠시라도 장경하지 않으면 경솔하고 거만한 마음이 들어오기 때문이다. 잠시라도 이러한데, 오래도록 화락하지 않고 장경하지 않으면 어떻겠는가?

주나라 말기에 《녹명(鹿鳴)》이 폐기되자 화락(和樂)이 결여되고, 《청청자아(菁菁者莪)》가 폐기되자 예의가 없어졌는데,[30] 이와 반대로 마음을 안에서 다스리고 몸을 밖에서 다스려 이른바 일체(一體)를 온전히 한 자는 어떻겠는가?

비루하고 간사한 마음은 자량(慈諒)과 반대이고, 경솔하고 거만한 마음은 장경(莊敬)과 반대이다. 자량과 반대되는 것을 말한 것은 이를 미루어 마음을 닦으면 평이하고 곧은 마음을 볼 수 있기 때문이고, 장경과 반대되는 것을 말한 것은 이를 미루어 행실을 닦으면 엄위(嚴威)한 태도를 볼 수 있기 때문이니, 이것이 말하는 기술이다.

또 옛사람은 예악을 잠시도 몸에서 떼지 않았다. 잠시라도 예악을 몸에서 떼면 마음을 해치는 것이 이와 같은데, 하물며 3년을 하지 않으면 그 해(害)가 어느 정도이겠는가? 재아(宰我)가 그런 말을 한 데는 나름의

---

30   녹명(鹿鳴)이~없어졌는데: 『詩經』 小雅 / 六月, 毛序.

까닭이 있어서이다.[31] 「악기(樂記)」에서 '비루하고 간사하며 경솔하고 거만한 마음'을 말한 것은 안(마음)으로써 밖(행실)을 밝히기 위한 것이고, 태사공(太史公)[32]이 '횡포하고 거만하며 간사한 행실'[33]을 말한 것은 밖으로써 안을 밝히기 위한 것이다.

28-4. 故樂也者動於內者也, 禮也者動於外者也. 樂極和, 禮極順, 內和而外順, 則民瞻其顏色而弗與爭也, 望其容貌而民不生易慢焉. 故德輝動於內, 而民莫不承聽, 理發諸外, 而民莫不承順. 故曰 致禮樂之道, 擧而錯之天下無難矣.

그러므로 악이란 안에서 움직이고, 예란 밖에서 움직이는 것이다. 악이 지극히 화(和)하고, 예가 지극히 순(順)하여 안의 마음이 화하고 밖의 행실이 순하면, 백성들이 그 낯빛을 보고 서로 다투지 않을 것이며, 그 용모를 쳐다보고 백성들에게 경솔하고 거만한 마음이 생겨나지 않을 것이다. 그러므로 덕휘(德輝)가 안에서 움직이면 백성 중에 명령을 받들고 듣지 않는 사람이 없게 되며, 이치가 밖에서 발현되면 백성 중에 명령을 받들고 순종하지 않는 사람이 없게 된다. 그러므로 '예악의 도를 다하면, 천하에 베풀고 조처함에 어려울 것이 없다'라고 한 것이다.[34]

禮樂之於天下, 辨上下之位, 則禮交動乎上, 樂交應乎下, 相通以致

---

31 재아는 3년 동안 예를 행하지 않으면 예가 무너지고, 3년 동안 음악을 익히지 않으면 음악이 무너질 것이니, 3년상은 너무 길다고 말하였다.〈『論語』陽貨 17-19〉

32 태사공(太史公) : 역사 기록을 맡은 관리의 존칭. 여기서는 사마천(司馬遷, B.C. 145~B.C. 86?)을 가리킨다. 사마천은 한 무제 때 아버지의 뒤를 이어 태사령이 되어 『사기(史記)』를 쓰기 시작하였다. 후에 이릉(李陵)을 변호한 일로 하옥되어 궁형(宮刑)에 처해졌다가 출옥 후 중서령(中書令)에 임명되어 『사기』 130권을 완성하였다.

33 『史記』樂書 24 / 1236쪽. 「故君子不可須臾離禮, 須臾離禮則暴慢之行窮外. 不可須臾離樂, 須臾離樂則姦邪之行窮內【그러므로 군자는 잠시도 예를 떠나서는 안 된다. 만일 잠시라도 예를 떠나게 되면 횡포하고 거만한 행실이 밖을 부식시키고, 잠시라도 악을 떠나게 되면 간사한 행실이 마음을 부식시키게 된다.】」

34 『禮記』樂記 19-23.

用也. 定內外之分, 則樂動於內, 禮動於外, 相辨以立體也. 其爲體用雖殊, 而所以職乎動, 則一而已. 豈非天下之動貞夫一歟? 記者兩言之, 爲更端異故也. 今夫保合大和者, 其乾乎, 天下至順者, 其坤乎! 樂由天作, 未有不本乾之和. 禮以地制, 未有不本坤之順. 樂非特和而已, 有以極天下之和也. 禮非特順而已, 有以極天下之順也. 曾子言: "君子動容貌, 斯遠暴慢矣, 正顏色, 斯近信矣." 誠信達之於顏色, 恭敬達之於容貌. 君子內和於心, 以達誠信, 則民瞻其顏色而弗與爭焉, 以內信外也. 外順於貌, 以達恭敬, 則望其容貌而民不生易慢之心焉, 以外直內也. 曲禮曰: "執爾顏, 正爾容." 祭義曰: "有愉色者, 必有婉容." 冠義曰: "禮義之始, 在於正容體, 齊顏色." 是顏色之於容貌爲內, 容貌之於顏色爲外. 故於內和之樂, 言顏色, 外順之禮, 言容貌.

樂也者, 德之不可匿者也, 故德輝動乎內, 而民莫不承聽. 禮也者, 理之不可易者也, 故理發諸外, 而民莫不承順. 君子所爲, 民視聽而以之者也, 豈不爲民之耳目乎? 揚雄曰 "天之肇降生民,[35] 使其目見耳聞, 是以視之禮, 聽之樂. 如視不禮, 聽不樂, 雖有民焉得而塗諸?" 可謂知此矣. 由是觀之, 致禮樂之道, 擧而錯之天下之民無難矣. 患內不用志, 外不用力焉耳. 子張問政, 孔子對之: "君子明於禮樂, 擧而錯之而已." 然則致禮樂之道, 擧而錯之天下, 則安上治民移風易俗, 猶反掌耳, 爲政豈難哉? 此孔子將爲政於衛, 所以深悼禮樂之不興也.

樂雖主和, 未嘗不順, '和順積中'是也. 禮雖主順, 未嘗不和, '禮之用和爲貴', 是也. 樂雖章德, 而禮非不以德, 人而無禮, 焉以爲德是也. 禮雖主理, 而樂非不以理, 樂通倫理是也. 樂也者動於內, 禮也者動於外, 主禮樂言之. 樂所以修內, 禮所以修外, 主教世子言之.

천하에서 예악을 상하의 위치로 분별하면, 예는 위에서 교류하여 움직이고 악은 아래에서 교류하여 응함으로써, 서로 통하여 용(用)을 지극

---

35 대본에는 '臣'으로 되어 있으나, 사고전시 『樂書』에 의거하여 '民'으로 바로잡았다.

하게 한다. 안팎의 구분으로 정하면, 악은 안에서 움직이고 예는 밖에서 움직임으로써, 서로 분별하여 체(體)를 세운다. 체와 용이 되는 것이 서로 다르나, 움직임을 주관하는 것은 하나일 따름이니, 천하의 움직임은 항상 하나가 아니겠는가?[36] 그런데 기록하는 자가 둘(예악)로 말한 것은 실마리가 다르기 때문이다.

대화(大和)를 보합(保合)하는 것은 건괘(乾卦)이고,[37] 천하에서 지극히 순한 것은 곤괘(坤卦)이다.[38] 악은 하늘을 말미암아 지어졌으므로 건괘의 화(和)에 근본하지 않음이 없고, 예는 땅의 도(道)로 제정되어 곤괘의 순(順)에 근본하지 않음이 없다. 따라서 악은 그 자체가 화(和)할 뿐만이 아니라 천하의 화(和)를 지극히 하며, 예는 그 자체가 순(順)할 뿐만이 아니라 천하의 순(順)을 지극히 한다.

증자가 "군자는 용모를 움직임에 사납고 거만함을 멀리하며, 낯빛을 바르게 함에 신실(信實)함에 가깝게 해야 한다"[39]라고 말한 것은 성신(誠信)이 낯빛에 가득하고 공경(恭敬)이 용모에 넘쳐흐르는 것이다. 군자가 안의 마음이 화(和)하여 성신에 도달하면 백성들이 그 낯빛을 보고서 다투지 않는 것은 내면이 외면을 미덥게 하기 때문이다. 밖의 용모가 순하여 공경에 도달하면 백성들이 그 용모를 쳐다보고 경솔하고 거만한 마음을 품지 않는 것은 외면이 내면을 바르게 하기 때문이다.

「곡례」에 "낯빛을 온화하게 유지하고 용모를 바르게 해야 한다"[40]라고 하고, 「제의(祭義)」에 "낯빛이 즐거운 자는 반드시 유순한 용모를 지닌다"[41]라고 했으며, 「관의(冠義)」에 "예의(禮義)의 시작은 용모를 바르게 하

---

36 천하의~아니겠는가:『周易』繫辭下傳 1.「天地之道, 貞觀者也, 日月之道, 貞明者也, 天下之動, 貞夫一者也.」
37 『周易』乾卦 9.
38 『周易』繫辭下傳 12.
39 『論語』泰伯 8-4.
40 『禮記』曲禮上 1-19.
41 『禮記』祭義 24-13.

고, 낯빛을 가지런히 하는 데에 있다"⁴²라고 했으니, 낯빛은 용모에 대해서 내면이 되고, 용모는 낯빛에 대해서 외면이 된다. 그러므로 마음을 화평하게 하는 악에서는 낯빛을 말하고, 밖의 행실을 순(順)하게 하는 예에서는 용모를 말한 것이다.

악이란 숨길 수 없는 덕이니, 덕휘(德輝)가 안에서 움직이면 백성 중에 명을 듣지 않는 사람이 없게 된다. 예란 바꿀 수 없는 이치이니, 이치가 밖에서 발현되면 백성 중에 명령을 받들고 순종하지 않는 사람이 없게 된다. 군자가 하는 바를 백성들이 보고 듣고서 따라 하니, 어찌 백성의 이목(耳目)이 되지 않겠는가? 양웅이 "하늘이 처음 백성을 냈을 때 눈으로 보게 하고 귀로 듣게 함으로써 그들에게 예를 보고 악을 듣게 하였다. 보는 것이 올바른 예가 아니고 듣는 것이 올바른 악이 아니라면, 어찌 백성들을 사특한 것으로부터 막아 소박하고 순진하게 할 수 있겠는가?"⁴³라고 했으니, 이를 안 것이다.

이로 보건대, 예악의 도를 다하면 천하의 백성에게 조처함에 어려울 것이 없으니, 안으로 뜻을 다지지 않고 밖으로 힘을 기울이지 않을까 걱정하면 될 뿐이다. 자장(子張)이 정사(政事)에 대해 물으니, 공자가 "군자가 예악을 밝혀서 그것을 들어서 백성에게 조처할 따름이다"⁴⁴라고 답하였다. 예악의 도를 다하여 그것을 천하의 백성에게 조처하면, 윗사람을 편안하게 하고 백성을 다스리며 풍속을 아름답게 바꾸는 것이 손바닥을 뒤집는 것처럼 쉬울 것이니, 정사를 하는 것이 어찌 어렵겠는가? 이 때문에 공자가 위나라에서 정사를 하려고 할 적에 예악이 흥기되지 않은 것을 매우 안타까워했던 것이다.⁴⁵

---

42 『禮記』 冠義 43-1.
43 『法言』 問道 4-18.
44 『禮記』 仲尼燕居 28-9.
45 『論語』 子路 13-3.「子路曰 "衛君待子而爲政, 子將奚先?" 子曰 "必也正名乎!" 子路曰 "有是哉. 子之迂也! 奚其正?" 子曰 " …… 名不正則言不順, 言不順則事不成, 事不成則 禮樂不興, 禮樂不興則刑罰不中, 刑罰不中則民無所措手足【자로가 여쭈었다. "위나라

악은 화(和)를 주로 하지만 순하지 않은 적이 없으니 : "화순(和順)이 마음에 쌓인다"⁴⁶라고 한 것이 이것이고, 예는 순(順)을 주로 하지만 화(和)하지 않는 적이 없으니 "예의 용(用)은 화(和)가 귀함이 된다"⁴⁷라고 한 것이 이것이다.

악은 덕을 빛내는 것이지만, 예도 덕으로써 하지 않는 것이 아니니 "사람으로서 예가 없으면 어찌 덕을 행할 수 있으리오?"⁴⁸라고 한 것이 이것이다. 예는 이치를 주로 한 것이지만, 악도 이치로써 하지 않는 것이 아니니, "악은 윤리와 통한다"⁴⁹라고 한 것이 이것이다.

'악은 안에서 움직이고 예는 밖에서 움직인다'라고 한 것은 예악을 위주로 말한 것이고, '악은 안(마음)을 닦고 예는 밖을 닦는다'⁵⁰라고 한 것은 세자를 가르치는 것을 위주로 말한 것이다.

임금이 선생님을 기다려 정치를 하려고 하니, 선생님께서 장차 무엇을 먼저 하시겠습니까?' 공자가 답하였다. "반드시 명분을 바로잡을 것이다." 자로가 말하였다. "선생님은 참으로 우활하십니다. 어찌 명분을 바로잡을 수 있겠습니까?" 공자가 말하였다. " …… 명분이 바르지 않으면 말이 순하지 않고, 말이 순하지 않으면 일이 이루어지지 못하고, 일이 이루어지지 못하면 예악이 흥하지 못하고, 예악이 흥하지 못하면 형벌이 합당하지 못하고, 형벌이 합당하지 못하면 백성이 손발을 둘 곳이 없게 된다."]

46　『禮記』樂記 19-15.「情深而文明, 氣盛而化神, 和順積中, 而英華發外, 唯樂不可以爲僞【정이 깊으면 문채가 밝고, 기가 성하면 변화가 신묘하며, 화순이 마음에 쌓이면 영화가 밖으로 발하니, 악은 거짓으로 할 수 없다.】」

47　『論語』學而 1-12.

48　『法言』問道 4-4.

49　『禮記』樂記 19-1.

50　『禮記』文王世子 8-8.

권29 예기훈의(禮記訓義)

악기(樂記)

악기(樂記)

29-1. 樂也者動於內者也, 禮也者動於外者也.¹ 故禮主其減, 樂主其盈, 禮減而進, 以進爲文, 樂盈而反, 以反爲文. 禮減而不進則銷, 樂盈而不反則放. 故禮有報而樂有反.² 禮得其報則樂, 樂得其反則安. 禮之報 · 樂之反, 其義一也.

악이란 안에서 움직이는 것이고 예란 밖에서 움직이는 것이다. 그러므로 예는 덜어냄[減 : 절제]을 주로 하고, 악은 채움[盈 : 기쁨]을 주로 한다.

---

1   대본에는 '禮也者動於外者也, 樂也者動於內者也'로 되어 있으나, 사고전서 『樂書』와 『禮記』에 의거하여 '樂也者動於內者也, 禮也者動於外者也'로 바로잡았다.
2   대본에는 없으나, 사고전서 『樂書』와 『禮記』에 의거하여 '禮有報而樂有反'을 보충하였다.

예는 덜어내지만 나아가서[進], 나아감을 문채[文]로 삼고, 악은 채우지만 돌아가서[反], 돌아감을 문채로 삼는다. 예는 덜어내기만 하고 나아가지 않으면 소진(消盡)하고, 악은 채우기만 하고 돌아가지 않으면 방탕(放蕩)해진다. 그러므로 예에는 보답이 있고 악에는 돌아감이 있다. 예는 보답을 얻으면 즐겁고, 악은 돌아감을 얻으면 편안하니, 예의 보답과 악의 돌아감은 그 뜻이 하나이다.[3]

禮樂之於天下, 無主不止, 無文不行. 故其情則中有主而能止, 其文則外有正而能行. 是主減主盈者, 禮樂之情也, 以進以反者, 禮樂之文也. 言減則盈爲增, 言盈則減爲虛, 言進則反爲退, 言反則進爲出. 禮主虛以減, 則人情之所憚行, 必以進爲文, 所以推而進之也. 豈卑者擧之, 罄者與之之意歟! 樂主增以盈, 則人情之所樂趨, 必以反 爲文, 所以抑而退之也. 豈高者下之, 饒者取之之意歟! 今夫禮以地制, 未嘗不主減. 然而饗必至於百拜, 儀必至於三千, 則'禮減而進, 以進爲文'可知. 樂由天作, 未嘗不主盈, 然而合樂必止三終, 奏韶必止九成, 則'樂盈而反, 以反爲文'可知.

以易言之, 上者陽之位, 下者陰之位, 陽上進, 陰下退, 則於卦爲復. 禮主其減, 樂主其盈者, 復之道也. 外者陽之域, 內者陰之域. 陽內入陰外出, 則於卦爲姤. 禮以進爲文, 樂以反爲文者, 姤之道也. 在風之蟋蟀, 儉必欲中禮, 樂必欲無荒, 在雅之楚茨, 禮儀欲其旣備, 鐘鼓欲其旣戒, 亦此意歟!

禮減而不進, 則人病於難爲, 不足以致富, 銷之道也. 樂盈而不反, 則人病於太侈, 不足以致謹, 放之道也. 銷則鑠於外物, 不能以自强, 入於魯人之跛倚者有之, 然則禮也者其可以無進乎? 放則逐於外物, 不能以自反, 入於魏侯之忘倦者有之, 然則樂也者其可以無反乎? 故禮得其報,

---

3   『禮記』樂記 19-23.

其情樂而不惑, 樂得其反, 其情安而不危. 禮之報情, 樂之反始, 其數雖異, 其義一也. 孔子言'謙以制禮', 繼之'復以自知' '豫以作樂', 繼之'嚮晦入宴息.', 義愜於此. 史遷謂 '君子以謙退爲禮', 而不知其文主進, '以減損爲樂' 而不知其情主盈, 未爲深於禮樂者也.

郊特牲言 '春禘秋嘗·春饗孤子秋食耆老, 其義一者', 以禘嘗饗食, 有春秋陰陽之義也. 言'天先乎地·君先乎臣, 其義一者', 以天地君臣, 有先後尊卑之義也. 此言'禮之報·樂之反, 其義一者' 以禮樂有報反之義也, 其義同, 其所以爲義異.

천하에 예악은 주체가 없으면 머무르지 않고, 문채가 없으면 행해지지 않는다. 따라서 그 정(情)은 마음속에 이를 받아들일 주체가 있어야 머물 수 있고, 문채는 밖에 정확한 표적이 있어야 행해질 수 있다.[4] 덜어냄을 주로 하는 것과 채움을 주로 하는 것은 예악의 정(情)이고, 나아감과 돌아감은 예악의 문채이다.

'덜어냄[減]'을 말했으니 '영(盈)'은 늘리는 것이고, '채움[盈]'을 말했으니 '감(減)'은 비우는 것이다. '나아감[進]'을 말했으니, 반(反)은 물러나는 것이고, '돌아감[反]'을 말했으니 '진(進)'은 나아가는 것이다.

예가 비움을 위주로 하여 덜어내기만 하면 인정상 행하기를 꺼리게 되므로 반드시 나아감을 문채로 삼아 밀어서 나아가게 했으니, 이는 아마 낮은 것은 들어올리고 빈 것은 채워준다[5]는 뜻일 것이다! 악이 늘리는 것을 위주로 하여 채우기만 하면 인정상 앞으로 마구 나아가는 것을 좋아하게 되므로 반드시 돌아감을 문채로 삼아 억제해서 물러나게 했으니, 이는 아마 높은 것은 낮게 하고 넉넉한 것은 거두어들인다[6]는 뜻일

---

4 『莊子』天運 14-5. 「使道而可以與人, 則人莫不與其子孫. 然而不可者, 无佗也, 中无主而不止, 外无正而不行【만일 도(道)가 남에게 줄 수 있는 것이라면 사람들이 그것을 자손들에게 주지 않는 자가 없을 것이다. 그런데 그렇게 하지 못하는 것은 다름이 아니라 마음속에 도를 받아들일 주체가 없으면 도가 와서 머물지 않고 바깥에 도가 향할 만한 정확한 표적이 없으면 도가 가지 않기 때문이다.】」
5 낮은~채워준다:『太玄經』권7 玄攡.

것이다!

　예는 땅을 본받아 만들어져[7] 덜어냄을 주로 하지 않은 적이 없으나, 향례(饗禮)에서 백배(百拜)를 하고 위의(威儀)가 3천 가지나 된다.[8] 따라서 예는 덜어내지만 나아가서, 나아감을 문채로 삼음을 알 수 있다. 악은 하늘을 말미암아 지어져[9] 채움을 주로 하지 않은 적이 없으나, 합악(合樂)은 반드시 세 번만 하고 그치고,[10] 《소소(簫韶)》는 반드시 9성(九成)만 하고 그친다.[11] 따라서 악은 채우지만 돌아가서, 돌아감을 문채로 삼음을 알 수 있다.

　『주역』으로 말하면, 위는 양(陽)의 자리이고 아래는 음(陰)의 자리인데, 양(陽)이 위로 나아가고 음(陰)이 아래로 물러나면 복괘(復卦)가 된다.[12] 예가 덜어냄을 주로 하고 악이 채움을 주로 하는 것은 복괘의 도이다. 밖은 양의 영역이고 안은 음의 영역인데, 양이 안으로 들어오고 음이 밖으로 나가면 구괘(姤卦)가 된다.[13] 예가 나아감을 문채를 삼고 악이 돌아감을 문채로 삼는 것은 구괘의 도이다. 국풍(國風)의 《실솔(蟋蟀)》[14]이 검약하되 예에 맞게 하고자 하고 즐기되 넘침이 없게 하고자 한 것과 소아(小

6　높은~들인다: 『太玄經』 권7 玄攡.

7　예는 땅을 본받아 만들어져: 『禮記』 樂記 19-4.

8　『禮記』에 '경례(經禮) 삼백 가지와 곡례(曲禮) 삼천 가지가 있다'고 하고, '예의(禮儀) 삼백 가지와 위의(威儀) 삼천 가지가 있다'고 하였다.〈『禮記』 禮器 10-22, 中庸 31-26〉

9　악은 하늘을 본받아 지어져: 『禮記』 樂記 19-4.

10　『禮記』 鄕飮酒義 45-9.「工入升歌三終, 主人獻之, 笙入三終, 主人獻之, 間歌三終, 合樂三終, 工告樂備, 遂出.」

11　『書經』 虞書 / 益稷 2.「下管鼗鼓, 合止柷敔, 笙鏞以間, 鳥獸蹌蹌, 簫韶九成, 鳳皇來儀」

12　곤괘(䷁)에서 음(陰) 하나가 아래로 물러나고 양(陽) 하나가 위로 나오면 복괘(䷗)가 된다.

13　건괘(䷀)에서 양(陽) 하나가 안으로 들어가고 음(陰) 하나가 밖으로 나가면 구괘(䷫)가 된다.

14　『詩經』 唐風 / 蟋蟀.「蟋蟀在堂, 歲聿其莫. 今我不樂, 日月其除. 無已大康, 職思其居. 好樂無荒, 良士瞿瞿【귀뚜라미가 당(堂)에서 우니 이 해도 이미 저물어가네. 지금 우리가 즐기지 않으면 세월이 덧없이 흘러가리. 그러나 너무 편안하지 않겠는가? 직분을 생각하여 즐기지만 넘침이 없도록 어진 선비는 돌아본다네.】」

雅)의 《초자(楚茨)》[15]가 예의를 갖추고자 하고 종(鐘)·고(鼓)를 울려 경계하고자 한 것 또한 이와 같은 뜻이다.

예가 덜어내기만 하고 나아가지 않으면 사람들이 하기 어려운 것에 짓눌려 성대하게 하지 못하니, 이것이 소진(消盡)되는 길이다. 악이 채우기만 하고 돌아가지 않으면 사람들이 너무 지나친 것에 이골이 나 삼가지 못하니, 이것이 방탕해지는 길이다. 소진되면 외물에 무너져 스스로 견디지 못하므로, 노나라 사람처럼 비스듬히 기대고 제사지내는 자[16]가 있게 될 것이니, 예에 나아감이 없어서야 되겠는가. 방탕하면 외물을 좇느라 자신을 돌아보지 못하므로, 위후(魏侯)처럼 음란한 음악을 듣고 권태로운 줄 모르는 자[17]가 있게 될 것이니, 악에 돌아감이 없으면 되겠는가.

그러므로 예가 보답을 얻으면 그 정이 즐거워서 미혹되지 않고, 악이 돌아감을 얻으면 그 정이 편안해서 위태롭지 않으니, 예가 정에 보답하는 것과 악이 처음으로 돌아가는 것이 그 수(數)는 비록 다르나 그 뜻은 한 가지이다.

공자가 "겸(謙)으로 예를 제정한다"라고 하고, 이어서 "복(復)으로 스스

---

15 『詩經』小雅 / 楚茨.「禮儀旣備, 鐘鼓旣戒. 孝孫徂位, 工祝致告. 神具醉止, 皇尸載起. 鼓鍾送尸, 神保聿歸. 諸宰君婦, 廢徹不遲. 諸父兄弟, 備言燕私【예의를 이미 갖추고 종과 북을 울려 경계하면, 효손(孝孫)이 자리로 나아가고 축관이 제사를 마치었음을 고하도다. 신(神)이 모두 취한지라 황시(皇尸)가 일어나거늘, 종을 쳐 전송하니 신보(神保:尸)가 돌아가도다. 제재(諸宰)와 군부(君婦)가 재빨리 제사상을 물리니, 집안 어른과 형제가 잔치해서 정을 나누도다.】

16 『禮記』禮器 10-37.「季氏祭, 逮闇而祭, 日不足, 繼之以燭. 雖有强力之容, 肅敬之心, 皆倦怠矣. 有司跛倚以臨祭, 其爲不敬大矣【계씨가 제사지내는데 날이 밝기 전부터 시작하여 어둡도록 끝나지 않아 촛불을 켜고 계속하였다. 제사가 너무 오래 지속되니 비록 단련된 몸가짐과 경건한 마음이 있다고 하더라도 모두 지쳤다. 유사가 몸을 비스듬히 기대고 제사지냈으니, 그 공경하지 못함이 매우 심하다.】」

17 『禮記』樂記 19-21.「魏文侯問於子夏曰: "吾端冕而聽古樂, 則唯恐臥. 聽鄭衛之音, 則不知倦. 敢問古樂之如彼何也? 新樂之如此何也?【위문후가 자하에게 물었다. "내가 단면(端冕)을 갖추고 고악(古樂)을 들으면 눕게 될까 두렵지만 정나라와 위나라의 음악을 들으면 권태로운 줄 모르니, 고악이 저 같은 것은 어째서이며, 신악(新樂)이 이 같은 것은 어째서입니까?】」

로 안다"[18]라고 했으며,[19] "예(豫)로 악을 제정한다"[20]라고 하고, 이어서 "날이 어두워지면 방안에 들어가 편히 쉰다"[21]라고 했으니, 그 뜻이 여기에 합치된다.

그러나 사마천은 "군자는 겸양으로 예를 한다"라고 하여 예의 문채가 나아감을 주로 하는 것을 알지 못했고, "감손(減損)으로 악을 한다"[22]라고 하여, 악의 정(情)이 채움을 주로 하는 것을 알지 못했으니, 예악을 깊이 안 사람이 아니다.

「교특생(郊特牲)」에 "봄에 체제(禘祭)를 지내고 가을에 상제(嘗祭)를 지내는 것과 봄에 고자(孤子)에게 향례(饗禮)를 베풀고 가을에 기로(耆老)에게 사례(食禮)를 베푸는 것은 그 뜻이 하나이다"[23]라고 말한 것은 체제·상제 및 향례·사례에 봄과 가을, 음과 양의 뜻이 있기 때문이다. "하늘이 땅보다 앞서는 것과 임금이 신하보다 앞서는 것은 그 뜻이 하나이다"[24]라고 말한 것은 천지와 군신에 선후(先後)와 존비(尊卑)의 뜻이 있기 때문이다. 여기(「악기」)에서 "예의 보답과 악의 돌아감은 그 뜻이 하나이다"라고 말한 것은 예악에 보답과 돌아감의 뜻이 있기 때문이니, 의미는 같지만 그렇게 하게 된 이유는 다르다.

29-2. 夫樂者樂也, 人情之所不能免也. 樂必發於聲音, 形於動靜, 人之道也. 聲音動靜, 性術之變盡於此矣.

악(樂)이란 즐거움이니, 인정상 없을 수 없는 것이다. 즐거우면 반드시 성음(聲音)으로 나타내고 동정(動靜: 동작)으로 형용하는 것이 사람의 도

---

18 하늘로부터 부여받은 성품을 회복하는 것이 스스로 아는 것이다.
19 『周易』繫辭下傳 7.
20 『周易』豫卦 3.
21 『周易』隨卦 3.
22 『史記』24 / 1175~1176쪽.
23 『禮記』郊特牲 11-3.
24 『禮記』郊特牲 11-25.

(道)이다. 성술(性術 : 마음의 작용)의 변화는 성음과 동정에서 다 드러난다.[25]

君子小人同樂而異得. 故曰 : "樂者樂也, 君子樂得其道, 小人樂得其欲." 人情同樂而合道. 故曰 : "樂者樂也, 人情之所不能免也. 必發於聲音, 形於動靜, 人之道也." 蓋樂發於聲音爲歌, 於動靜爲舞. 歌舞皆人所爲, 道實在焉. 道之所在, 性實藏焉, 然則人道.

著於聲音動靜, 非性術之常也, 特其變者爾. 有言心術, 有言性術者, 道無所不行, 而術則述其末焉. 喜怒哀樂所以形者, 非心之本, 心之末而已. 聲音動靜所以變者, 非性之本, 性之末而已. 此心與性, 所以皆謂之術. 孟子曰 : '盡其心者, 知其性', 則心術者性術之用, 性術者心術之體. 言'性術之變, 盡於此矣' 尙何底蘊之有乎?

군자와 소인은 즐기는 것이 같아도 얻는 것은 다르므로 "악이란 즐거움이다. 군자는 도를 얻음을 즐거워하고 소인은 욕망을 얻음을 즐거워한다"[26]라고 하였다. 인정은 함께 즐기면 도(道)에 합치되므로 "악이란 즐거움이니, 인정상 없을 수 없는 것이다. 성음(聲音)으로 나타내고 동정(動靜)으로 형용하는 것이 사람의 도이다"라고 한 것이다. 대개 즐거움은 성음으로 발현되면 노래가 되고, 동정으로 발현되면 춤이 된다. 노래와 춤은 모두 사람들이 하는 행위인데, 도(道)가 실로 존재하고, 도가 존재하는 곳에는 성(性)이 실로 간직되어 있으므로, 사람의 도가 되는 것이다.

성음과 동정으로 나타나는 것은 성술(性術 : 마음의 작용)의 고요하고 떳떳한 면[常]이 아니라 외물에 감응하여 변한 것[變]일 뿐이다. 심술(心術)이라고도 하고 성술(性術)이라고도 하는데, 도(道)는 행해지지 않는 바가 없으나, 술(術)은 그 말단적인 것이다. 희로애락(喜怒哀樂)으로 드러난 것은 마음의 근본이 아니라 마음의 말단일 뿐이고, 성음과 동정으로 변한 것

---

25 『禮記』 樂記 19-23.
26 『禮記』 樂記 19-14.

은 성(性)의 근본이 아니라 성의 말단일 뿐이다. 이것이 심과 성에 모두 술자를 붙인 까닭이다. 『맹자』에 "그 마음을 다하는 자는 그 성(性)을 안다"[27]라고 했으니, 심술이란 성술의 용(用)이고, 성술이란 심술의 체(體)이다. "성술의 변화가 여기에서 다 드러난다"라고 했으니, 어찌 마음속에 맺힌 것이 있겠는가?

29-3. 故人不耐無樂, 樂不耐無形, 形而不爲道, 不耐無亂. 先王耻其亂, 故制雅頌之聲以道之, 使其聲足樂而不流, 使其文足論而不息, 使其曲直繁瘠廉肉節奏, 足以感動人之善心而已矣, 不使放心邪氣得接焉. 是先王立樂之方也.

그러므로 사람은 즐거움이 없을 수 없고, 즐거움은 형용하지 않을 수 없다. 형용하되 인도하지 않으면 난잡해진다. 선왕은 그 난잡함을 부끄럽게 여겨 아(雅)와 송(頌)의 성음을 지어 인도하여, 그 소리를 즐거우면서도 방종에 흐르지 않게 하고, 문(文)[28]을 논할 만하여 그치지 않게 했으며, 부드럽고 강하며 화사하고 조촐하며 맑고 탁한 소리를 풀고 맺는 것이 사람의 선한 마음을 감동시킬 수 있도록 했을 뿐, 방자한 마음과 사특한 기운이 접하지 않게 했으니, 이것이 선왕이 악을 세운 방법이다.[29]

情動於中而形於言, 人之所以爲詩也. 情樂於內而形於外, 人之所以爲樂也. 凡此 天機之發而不能自已, 非有以使之然也. 是人而不耐無樂, 樂不耐無形. 形而不爲之道達, 則始乎治, 常卒乎亂矣. 先王得不制爲雅頌之聲以道之乎? 蓋王政廢興, 在雅不在風. 盛德形容, 在頌不在雅. 制爲雅頌之聲以道之, 則審樂足以知政, 聞樂足以知德.

---

27 『孟子』盡心上 13-1.
28 진양은 '문(文)'을 문체로 해석하였으나, 방각(方慤)은 '이치'로 해석하였다. (『禮記集說大全』 陳澔 集說)
29 『禮記』樂記 19-23, 24.

使其聲足樂而不流, 取是以節之也, 使其文足論而不息, 取是以行之
也. 然聲, 樂之象, 非樂之道也, 故可樂. 樂而至於不流, 得非以道制象
者乎? 文樂之飾, 非樂之情也, 故可論. 論而至於不息, 得非以情成文者
乎? 聲足樂而不流, 故安. 文足論而不息, 故久.

中正之雅不過是爾, 此所以能使曲直・繁瘠・廉肉・節奏, 足以感動
人之善心, 不使放心邪氣得接焉. 確乎多哇之鄭不能入也. 蓋廉直之音
作, 而民肅敬. 繁簡之音作, 而民康樂. 肉好之音作, 而民慈愛. 先王制
爲雅頌, 以道曲直繁瘠廉肉之聲, 抑又節奏合而成文. 其有不足感動人
之善心邪? 今夫心中斯須不和不樂, 而鄙詐之心入之矣. 況放心得接乎!
姦聲感人, 逆氣應之, 而淫樂興焉. 況邪氣得接乎! 先王反情以和其志,
廣樂以成其敎, 凡淫溺之樂不接於心術, 邪僻之氣不設於身體, 卒於奮
至德之光, 動四氣之和, 以著萬物之理者, 立樂之效也, 墨子非之奈何?

雖然先王制雅頌之聲以道之, 不過發之聲音, 形之動靜, 特樂之一方,
非道之大全也. 語其大全, 則道可載而與之俱. 林[30]樂而無形, 則人不能
無樂, 樂而不能無形, 不足道也. 幽昏而無聲, 則其聲足樂而不流, 其文
足論而不息, 不足道也. 充滿天地, 包裹六極, 則感動人之善心, 不足道
也. 動於無方, 居於窈冥, 則立樂之方, 不足道也.

上文論六音, 此及廉直繁簡肉好, 而不及噍殺粗厲滌濫者, 不合雅頌
之聲故也.

정(情)이 마음에서 움직여 말로 형용되므로 사람이 시를 짓게 되고, 정
이 안에서 즐거워 밖으로 형용되므로 사람이 악을 짓게 된다. 이는 천기
(天機)가 발동되어 절로 그린 되는 것이지 고의로 하는 것이 아니다. 이것
이 '사람은 즐거움이 없을 수 없고, 즐거움은 형용하지 않을 수 없다'는
것이다. 형용하되 잘 인도하지 않으면 조리 있게 시작해도 항상 난잡하
게 끝나니, 선왕이 아와 송의 성음을 지어 인도하지 않을 수 있었겠는

---

[30] 대본에는 '休'로 되어 있으나, 『莊子』에 의거하여 '林'으로 바로잡았다.

가? 왕정의 흥망을 읊은 것은 풍(風)이 아니라 아(雅)이고, 성대한 덕을 형용한 것은 아(雅)가 아니라 송(頌)이므로, 아와 송의 성음을 제정하여 인도한 것이다. 따라서 악을 살피면 정치를 알 수 있고, 악을 들으면 덕을 알 수 있다.

'그 소리를 즐거우면서도 방종에 흐르지 않게 한다'는 것은 이를 취해서 절제하는 것이다. '문(文)을 논할 만하여 사라지지 않게 한다'는 것은 이를 취해서 시행하는 것이다. 성(聲)은 악(樂)의 상(象)이지 악(樂)의 도(道)가 아니다. 그러므로 즐길 수 있다. 즐거우면서도 방종에 흐르지 않는 것은 도로써 상(象)을 절제하기 때문이 아니겠는가? 문(文)은 악의 꾸밈이지 악의 정(情)이 아니다. 그러므로 논할 수 있다. 논하여 그치지 않는 것은 정에 바탕을 두고 문채를 이루었기 때문이 아니겠는가? 소리가 즐거우면서도 방종에 흐르지 않으므로 편안하고, 문채가 논할 만하여 그치지 않으므로 오래가는 것이다.

중정(中正)한 아(雅)는 이에 지나지 않는다. 즉, 부드럽고 강하며 화사하고 조촐하며 맑고 탁한 소리를 풀고 맺는 것이 사람의 선한 마음을 감동시킬 수 있도록 할 뿐, 방자한 마음과 사특한 기운을 접하지 않게 하니, 음란한 정성(鄭聲)이 들어갈 여지가 전혀 없다. 대개 반듯하고 곧은 음(音)이 유행하면 백성이 엄숙하고 공경하게 되며, 장식이 다채롭고 절주가 간략한 음이 유행하면 백성이 편안하고 즐겁게 되며, 윤기 있고 부드러운 음이 유행하면 백성이 자애롭게 되는데,[31] 선왕이 아와 송을 지어 부드럽고 강하며 변화하고 조촐하며 맑고 탁한 소리를 인도하고 절주를 합하여 문채를 이루었으니, 사람의 선한 마음을 감동시키지 않았겠는가?

마음속이 잠시라도 화락하지 않으면 비루하고 속이는 마음이 들어가거늘,[32] 하물며 방자한 마음을 접할 때임에랴! 간성(姦聲)이 사람을 감응시키면 역기(逆氣)가 응하여 음란한 음악이 일어나거늘,[33] 하물며 사특한

---

31   반듯하고~되는데 : 『禮記』 樂記 19-11.
32   마음속이~들어가거늘 : 『禮記』 樂記 19-23.

기운을 접할 때임에랴!

선왕이 정(情)을 바른 곳으로 돌이키어 그 뜻을 화(和)하게 하고, 악(樂)을 넓혀 교화를 이루어서 음란한 악이 심술에 접하지 않게 하고 사벽(邪僻)한 기운이 몸에 배지 않도록 하여, 마침내 지덕(至德)의 광채를 떨치고, 사기(四氣:陰陽剛柔)가 조화롭게 움직여 만물의 이치를 나타내게 되는 것[34]은 악을 세운 효과이거늘, 묵자가 그르다고 하였으니[35] 웬말인가?

그러나 선왕이 아와 송의 성음을 지어 인도한 것은 성음으로 나타내고 동정으로 형용한 것에 지나지 않으니, 악의 한 방법일 뿐이고 도(道)의 온전한 전체는 아니다. 온전한 전체란 바로 '도에 내 몸을 싣고 더불어 하나가 되는 것'[36]이다. '만물의 합주가 일어나 모두 즐거워하여 성난 소리를 찾을래야 찾을 수 없는 것'[37]에 비하면, '사람은 즐거움이 없을 수 없고 즐거우면 형용하지 않을 수 없는 것'은 말할 것이 못된다. '그윽하고 어두운 가운데 아무 소리도 없는 것'[38]에 비하면, '그 소리가 즐거우면서도 방종에 흐르지 않고, 그 문(文)이 논할 만하여 사라지지 않는 것'은 말할 것이 못된다. '천지 사이에 충만하여 넓은 우주를 감싸는 것'[39]에 비하면, '사람의 선한 마음을 감동시키는 것'은 말할 것이 못된다. '무한한 경지에서 움직여 다니다가 그윽하고 어두운 근원의 세계에서 조용히 머무는 것'[40]에 비하면, '악을 세운 방법'은 말할 것이 못된다.

앞에서는 여섯 종류의 음(音)[41]에 대해 말했으나, 여기에서는 반듯하고

---

33   간성(姦聲)이~일어나거늘:『禮記』樂記 19-13.

34   선왕이~것:『禮記』樂記 19-13.

35   『墨子』권8 非樂.

36   『莊子』天運 14-3.

37   『莊子』天運 14-3.

38   『莊子』天運 14-3.

39   『莊子』天運 14-3.

40   『莊子』天運 14-3.

41   여섯 종류의 음(音): 반듯하고 곧은 음(音), 장식이 다채롭고 절주가 간략한 음, 윤기 있고 부드러운 음, 메마르고 쇠미한 음, 거칠고 사나운 음, 분수에 지나친 음.(『禮記』樂記 19-11)

곧으며 장식이 다채롭고 절주가 간략하며 윤기 있고 부드러운 음만 언급하고, 메마르고 쇠미하며 거칠고 사나우며 분수에 지나친 음을 언급하지 않은 것은 이런 것들은 아와 송의 소리에 합치되지 않기 때문이다.

권30 예기훈의(禮記訓義)

악기(樂記)

악기(樂記)

30-1. 是故樂在宗廟之中, 君臣上下同聽之則莫不和敬, 在族長鄕
里之中, 長幼同聽之則莫不和順, 在¹閨門之内, 父子兄弟同聽之則莫
不和親.

이런 까닭으로 악을 종묘에서 연주하여 군신 상하가 함께 들으면 모
두 화경(和敬)하며, 족장이 있는 향리에서 연주하여 장유(長幼)가 함께 들
으면 모두 화순(和順)하며, 규문(閨門) 안에서 연주하여 부자 형제가 함께
들으면 모두 화친(和親)해진다.²

---

1   대본에는 없으나, 『禮記』에 의거하여 '在'를 보충하였다.
2   『禮記』 樂記 19-25.

聖人作爲君臣上下父子兄弟長幼, 以爲紀綱, 紀綱旣正, 天下大定.
然後正六律, 和五聲, 律小大之稱, 比終始之序, 使君臣上下父子兄弟
長幼之理, 皆形見於樂. 合生氣之和, 道五常之行, 使主敬主親主順之
道, 皆會歸於和. 是故祭祀奏之宗廟之中, 君臣上下同聽之, 莫不和敬
而不慢, 射鄕奏之族長鄕里之中, 長幼同聽之, 莫不和順而不逆, 燕私
奏之閨門之內, 父子兄弟同聽之, 莫不和親而不疏, 經所謂樂極和・傳
所謂聽和則聰者, 此也. 蓋宗廟之中, 未施敬而人敬, 以和敬在心故也.
事兄悌, 其順可移於長, 以和順在行故也. 父子之道, 出於天性, 以和親
在性故也. 然樂之感人也深, 其化人也速. 父子兄弟和親於閨門, 樂之
化行乎一家也. 長幼和順於族長鄕里, 樂之化行乎鄕邃也. 君臣上下和
敬於宗廟, 樂之化行乎一國與天下也. 古樂之發修身及家平均天下, 如
此而已. 若夫新樂之發, 獶雜子女不知父子, 況君臣上下兄弟長幼者乎?

大司樂 "凡樂, 冬日至, 於地上之圓丘奏之, 則天神皆降. 夏日至, 於
澤中之方丘奏之, 則地祇皆出. 於宗廟之中奏之, 則人鬼可得而禮." 言
在宗廟之中, 則圓丘方澤之祭可知矣. 儀禮, 凡鄕飮鄕射燕禮皆用樂.
大師大祭祀, 帥瞽登歌令奏擊拊, 下管播樂器令奏鼓棟, 大饗亦如之.
言在族長鄕里之中, 則朝廷之上燕饗可知矣. 爾雅, 宮中之門謂之闈,
小者謂之閨, 而燕禮有房中之樂. 豈非作於閨門之內者歟? 昔齊桓公閨
門之內縣樂, 亦其遺制也.

然化之行也, 必自貴而賤, 自外而內. 故先君臣上下, 而長幼次之, 父
子兄弟爲後. 荀卿, 先君臣父子兄弟, 而後及長少者, 尊尊而後親親, 親
親而後長長, 治之序也.

성인이 군신(君臣)・상하(上下)・부자(父子)・형제(兄弟)・장유(長幼)의 관
계를 제정하여 기강을 세웠으니, 기강이 바르게 되면 천하가 크게 안정
된다. 천하가 크게 안정된 후에 육률(六律)을 바르게 하고 오성(五聲)을 조
화시켜 소대(小大)의 기준을 밝히고 종시(終始)의 순서를 알맞게 하여, 군
신・상하・부자・형제・장유의 이치가 모두 악(樂)에 드러나도록 했으

며, 생기(生氣)의 화(和)를 합치고 오상(五常)의 행실을 인도하여[3], 공경하고 친하며 순종하는 도(道)가 모두 화(和)로 귀결되도록 하였다.

그러므로 제사지낼 때 종묘에서 음악을 연주하여 군신상하가 함께 들으면 모두 화경(和敬)하여 거만하지 않으며, 향사례(鄕射禮)를 행할 때 족장이 있는 향리에서 연주하여 장유가 함께 들으면 모두 화순(和順)하여 거스르지 않으며, 사사로이 즐길 때 규문(閨門) 안에서 연주하여 부자·형제가 함께 들으면 모두 화친(和親)하여 멀어지지 않으니, 경(經)에 이른바 "악이 지극히 화평하다"[4]라고 한 것과 전(傳)에 이른바 "화평한 음악을 들으면 총명해진다"[5]라고 한 것이 이것이다.

대개 종묘에서 공경을 강요하지 않아도 사람들이 공경하는 것은[6] 화경(和敬)이 마음에 있기 때문이고, 형을 공손히 섬기어 다른 웃어른에게도 순종할 수 있는 것은 화순(和順)이 몸에 배어 있기 때문이며, 부자(父子)의 도가 천성(天性)에서 나오는 것은 화친(和親)이 성(性)에 있기 때문이다.

악이 사람을 감동시키는 것은 깊고, 사람을 감화시키는 것은 빠르다. 규문 안에서 부자·형제가 화친한 것은 악이 한 집안을 감화시킨 것이고, 족장이 있는 향리에서 장유가 화순(和順)한 것은 악이 마을을 감화시킨 것이고, 종묘에서 군신·상하가 화경(和敬)한 것은 악이 한 나라와 천하를 감화시킨 것이다. 고악(古樂)이 자신을 수양하는 것에서 시작하여 집안에 미치고 천하를 화평하게 하는 것이 이 같을 따름이다. 그러나 신악(新樂)이 발현하면 남녀가 분별없이 뒤섞여 부자(父子)의 도리를 알지 못하니, 하물며 군신·상하·형제·장유이겠는가?

「대사악(大司樂)」에 "동지에 땅 위의 원구(圓丘)에서 악을 연주하면 천

---

3 성인이~인도하여 : 『禮記』 樂記 19-12; 19-22.
4 『禮記』 樂記 19-23.
5 『國語』 周語下 3-6.
6 『禮記』 檀弓下 4-58.

신(天神)이 모두 내려오고, 하지에 못 가운데 방구(方丘)에서 연주하면 지기(地祇)가 모두 나오며, 종묘에서 연주하면 인귀(人鬼)에게 예를 올릴 수 있다"[7]라고 했으니, 여기(「樂記」)에서 '종묘'만 말했지만 원구와 방택(方澤)에서의 제사도 해당됨을 미루어 알 수 있다.

『의례』에 따르면 향음주례(鄕飮酒禮)·향사례(鄕射禮)·연례(燕禮)에 모두 악을 쓰고, 『주례』에 "태사(大師)가 대제사(大祭祀)에 고몽(瞽矇 : 장님악공)을 인솔하여 당상에서 노래 부를 때 부(拊)를 치도록 명하고, 당하악(下管)에서 악기를 연주할 때 인고(揀鼓)를 치도록 명하는데, 대향(大饗)에서도 이와 같이 한다"[8]라고 했으니, 여기에서 '족장이 있는 향리'만 말했지만 조정의 연례(燕禮)와 향례(饗禮)도 해당됨을 미루어 알 수 있다.

『이아』에 "궁중의 문을 위(闈)라 하고, 작은 문을 규(閨)라고 한다"[9]라고 하고, 연례(燕禮)에 방중악(房中樂)이 있었으니, 방중악이 어찌 규문 안에서 연주된 것이 아니겠는가? 옛날에 제(齊) 환공(桓公)이 규문 안에 악기를 매단 것도 또한 그 유제(遺制)이다.

감화는 반드시 귀한 사람에서 시작되어 천한 사람에게 퍼져 나가고, 밖에서 안으로 퍼져 나간다. 그러므로 군신과 상하를 먼저 말하고, 장유를 그 다음에 말하고 부자와 형제를 맨 나중에 말했다. 그런데 순경이 군신·부자·형제를 먼저 말하고 장유를 그 뒤에 언급한 것[10]은, 높은 이를 높인 뒤에 친한 이를 친하고, 친한 이를 친한 뒤에 어른을 어른으로 대우한 것이니, 이는 다스리는 순서를 따른 것이다.

30-2. 故樂者審一以定和, 比物以飾節, 節奏合以成文. 所以合和父子君臣, 附親萬民也. 是先王立樂之方也.

---

7 『周禮』春官 / 大司樂 2.
8 『周禮』春官 / 大師 0.
9 『爾雅』釋宮 5-17.
10 『荀子』樂論 20-2.「故樂在宗廟之中, 君臣上下同聽之, 則莫不和敬, 閨門之內, 父子兄弟同聽之, 則莫不和親, 鄕里族長之中, 長少同聽之, 則莫不和順.」

그러므로 악이란 하나를 살펴서 화(和)를 정하고, 악기를 배열하여 절주를 꾸미며, 절주를 합하여 문채를 이루는 것이다. 그러므로 부자와 군신을 화합시키고 만민을 친하게 하니, 이것이 선왕이 악을 세운 방법이다.[11]

一者數之所始, 物者器之所寓. 一雖不足以盡樂, 而樂未離數, 不可以不審. 物雖不足以顯樂, 而樂未離器, 不可以不比. 今夫天得一以淸, 地得一以寧, 樂得一以和. 然則將欲定和, 其可不審一乎? 獸有比肩, 不比不行, 禽有比翼, 不比不飛. 況樂欲節節, 其可不比物乎?

蓋五聲所以爲一者, 以宮爲之君也, 十二律所以爲一者, 以黃鍾爲之本也. 故審宮聲則五聲之和定, 審黃鍾則十二律之和定, 審一以定和也. 金石以動之, 絲竹以行之, 革木以節之, 比物以節節也. 節以止樂, 而奏以作之, 一節一奏, 合雜以成文采, 節奏合而成文也. 指八音而言, 謂之比音, 指八音之物而言, 謂之比物, 其實一也.

審一以定和者, 樂之情. 比物以節節者, 樂之節. 節奏合而成文者, 樂之文. 三者備矣, 在閨門之內, 所以合和父子也, 在宗廟之中, 所以合和君臣也, 在族長鄕里之中, 所以附親萬民也. 合和父子君臣, 則天下如出乎一家, 附親萬民, 則中國如出乎一人, 先王立樂之方不過如此. 自所立之始言之, 制雅頌之聲以道之, 至不使放心邪氣得接焉, 是也. 自所立之成言之, 樂在宗廟之中, 至合和父子, 附親萬民, 是也. 由前則先君臣後父子, 重輕之序也, 與曲禮論非禮不定之序, 同意. 由後則先父子後君臣, 先後之序也, 與易序卦論禮義有所措之序, 同意.

此言先王立樂之方, 荀卿言立樂之術. 儒行曰: "合志同方, 營道同術." 莊子曰: "天下之治方術者多矣." 方則在物一曲而有所嚮, 非所以爲全也. 術則述其末而行之, 非所以爲本也. 二者之言, 相爲表裏爾. 若

11　『禮記』樂記 19-25.

夫論樂之全而不域於一方, 論樂之本而不蔽於末節, 又非先王所得而
立之也.

하나란 수(數)의 시작이고, 물체는 그릇의 집이다. '하나'가 악을 극진
히 할 수는 없지만 악은 수와 분리될 수 없으므로 살피지 않을 수 없고,
물체가 악을 뚜렷이 나타낼 수는 없지만 악은 악기와 분리될 수 없으므
로 배열하지 않을 수 없다. 하늘은 하나를 얻어서 맑고 땅은 하나를 얻
어서 편안하며[12] 악은 하나를 얻어서 조화를 이룬다. 따라서 조화를 이
루려면 그 하나를 살피지 않을 수 있겠는가?

비견수(比肩獸)라는 짐승은 나란히 짝을 짓지 않으면 다니지 못하고,[13]
비익조(比翼鳥)라는 새는 나란히 짝을 짓지 않으면 날지 못하거늘,[14] 하물
며 악이 절주를 꾸미려면 악기를 나란히 배열하지 않을 수 있겠는가?

대개 오성(五聲)이 하나가 되는 것은 궁(宮)이 임금이기 때문이고, 12율
이 하나가 되는 것은 황종(黃鍾)이 근본이기 때문이다. 궁의 소리를 살피
면 오성이 조화로워지고, 황종을 살피면 12율이 조화로워지니, 이것이
바로 하나를 살펴서 조화를 정하는 것이다.

금(金)·석(石)으로 음악을 시작하고, 사(絲)·죽(竹)으로 진행하며, 혁
(革)·목(木)으로 맺는 것이 '악기를 배열하여 절주를 꾸민다'는 것이다.
맺어서 악을 그치고 풀어서 진행하는데, 한번 맺고 한번 푸는 것이 합해
지고 섞여서 문채를 이루는 것이 '절주를 합하여 문채를 이룬다'는 것이

---

12   하늘은~편안하며:『道德經』39.
13   『爾雅』釋地 9-35.「西方有比肩獸焉, 與邛邛岠虛比, 爲邛邛岠虛齧甘草, 卽有難, 邛邛
      岠虛負而走, 其名謂之蹷【서방에 비견수가 있다. 공공거허(邛邛岠虛)와 함께 다니며
      공공거허를 위해 맛있는 풀을 씹어준다. 만약 위급한 일이 있을 때면 공공거허가 등
      에 업고 달리는데 그 이름을 궐(蹷)이라고 한다.】 주에 따르면 궐은 앞발은 쥐 같고
      뒷발은 토끼 같아서 천천히 가거나 빨리 가거나 간에 넘어지거나 자빠진다고 한다.
14   『爾雅』釋地 9-34.「南方有比翼鳥焉, 不比不飛, 其名謂之鶼鶼【남방에 비익조(比翼鳥)
      가 있다. 나란히 짝을 짓지 않으면 날지 못하는데 그 이름을 겸겸(鶼鶼)이라고 한
      다.】 주에 따르면 암수가 각각 눈 하나와 날개 하나만 있어서 짝을 지어야만 날 수
      있다고 한다.

다. 팔음(八音)을 가리켜 말할 때는 '비음(比音)'[15]이라 하고, 팔음의 물체를 가리켜 말할 때는 '비물(比物)'이라고 하나, 실은 하나이다.

하나를 살펴서 조화를 정하는 것은 악의 정(情)이고, 악기를 배열해서 절주를 꾸미는 것은 악의 절(節)이며, 절주를 합하여 문채를 이루는 것은 악의 문채이니, 이 세 가지가 갖추어지면 규문 안에서는 부자간이 화합하고, 종묘에서는 군신이 화합하고, 족장이 있는 향리에서는 만민이 친근하게 된다. 부자와 군신 사이가 화합하면 천하가 한 집안 사람 같고, 만민이 친근하면 중국이 한 사람에게서 나온 것과 같이 된다. 선왕이 악을 세운 방법은 이와 같을 따름이다.

악을 세운 처음을 말하면 '아(雅)와 송(頌)의 성음을 지어 인도하여 방자한 마음과 사특한 기운이 접하지 않게 하는 것'[16]이고, 악의 성과를 말하면 '악을 종묘에서 연주하여 부자(父子)간이 화합하고 만민이 친해지는 것'[17]이다.

앞(『악서』 30-1)에서 군신을 먼저 언급하고 부자를 뒤에 언급한 것은 경중(輕重)의 순서이니, 「곡례」의 '예가 아니면 정해지지 않는 순서'[18]와 같다. 뒤(『악서』 30-2)에서 부자를 먼저 언급하고 군신을 뒤에 언급한 것은 선후(先後)의 순서이니, 『주역』 「서괘(序卦)」의 '예의가 행해지는 순서'[19]와 같다.

여기에서는 '선왕이 악을 세운 방법[方]'을 말했으나, 순경은 '악을 세

---

15 『禮記』樂記 19-1. 「凡音之起, 由人心生也. 人心之動, 物使之然也. 感於物而動, 故形於聲. 聲相應, 故生變, 變成方, 謂之音. 比音而樂之, 及干戚羽旄, 謂之樂.」

16 『禮記』樂記 19-24.

17 『禮記』樂記 19-25.

18 『禮記』曲禮上 1-6. 「君臣上下父子兄弟, 非禮不定【임금과 신하, 윗사람과 아랫사람, 부자와 형제 사이는 예가 아니면 정해지지 않는다.】」

19 『周易』序卦傳 2. 「有天地然後, 有萬物, 有萬物然後, 有男女, 有男女然後, 有夫婦, 有夫婦然後, 有父子, 有父子然後, 有君臣, 有君臣然後, 有上下, 有上下然後, 禮義有所錯【천지가 있은 뒤에 만물이 있고, 만물이 있은 뒤에 남녀가 있고, 남녀가 있은 뒤에 부부가 있고, 부부가 있은 뒤에 부자가 있고, 부자가 있은 뒤에 군신이 있고, 군신이 있은 뒤에 상하가 있고, 상하가 있은 뒤에 예의가 행해질 곳이 있다.】」

운 술(術)',20을 말했다. 「유행(儒行)」에 '선비는 뜻을 합하여 방법을 같이 하고, 도(道)를 영위함에 술(術)이 같다'21라고 하고 『장자』에 "천하에 방술(方術)을 추구하는 사람은 많다"22라고 하였다. 그런데 방(方)은 물(物)의 한 측면으로 향하는 것이니 전체가 아니고, 술(術)은 말단을 좇아서 행하는 것이니 근본이 아니다. 따라서 방(方)과 술(術)은 서로 표리(表裏)가 된다. 악의 전체를 논하여 한쪽 방향에 국한되지 않고, 악의 근본을 논하여 말절에 가리지 않는 것은 선왕이 행할 수 있는 경지는 아니다.

30-3. 故聽其雅頌之聲, 志意得廣焉, 執其干戚, 習其俯仰詘伸, 容貌得莊焉, 行其綴兆, 要其節奏, 行列得正焉, 進退得齊焉.

그러므로 아(雅)와 송(頌)의 성음을 들으면 마음과 뜻이 넓어지고, 방패와 도끼를 잡고 춤을 추면서 고개를 숙이거나 쳐들고 몸을 굽히거나 펴는 동작을 익히면 용모가 장엄해지고, 춤추는 동작이 절주에 맞으면 행렬이 바르게 되고 진퇴(進退)가 가지런해진다.23

季札觀周樂於魯, 歌大雅曰 : "廣哉! 熙熙乎!" 歌頌曰 : "至矣哉! 廣而不宣." 師乙言樂於賜, 謂 : "廣大而靜者, 宜歌大雅, 寬而靜者, 宜歌頌." 是雅爲王政之興, 頌爲王功之成, 其體未嘗不廣也. 況聽其聲乎!

蓋內之爲志意, 外之爲容貌, 陳之爲行列, 變之爲進退. 聽雅頌之聲, 則知反情以和志, 故志意得廣焉. 執其干戚, 習其俯仰詘伸, 則不至慢易以犯節, 故容貌得莊焉. 行其綴兆, 要其節奏, 則回邪曲直, 各歸其分, 故行列得正焉, 進退得齊焉.

然雅頌之聲, 詩之歌也. 干戚, 舞之器也. 俯仰詘伸, 舞之容也. 綴兆,

---

20   『荀子』樂論 20-3. 「故樂者, 天下之大齊也, 中和之紀也, 人情之所必不免也. 是先王立樂之術也, 而墨子非之, 奈何?」

21   『禮記』儒行 41-17.

22   『莊子』天下 33-1.

23   『禮記』樂記 19-25.

舞之位也, 節奏, 聲之飾也. 言雅頌則風擧矣, 言干戚則羽籥擧矣, 言俯仰詘伸則疾舒擧矣, 言綴兆則遠短擧矣, 言節奏則文采擧矣.

耳之所聽, 志意得廣而有容, 手之所執·體之所習, 容貌得莊而有敬, 足之所行·心之所要, 行列得正, 可畏而愛之, 進退得齊, 可則而象之. 如此則五官皆備, 而天樂全矣. 其於出則征誅, 入則揖遜, 天下莫不聽而從服也, 何有? 荀卿謂 : "歌淸盡, 舞意天道兼", 繼之 : "目不自見, 耳不自聞, 然而治俯仰屈信進退遲[24]速, 莫不廉制, 盡筋骨之力, 以要鐘鼓俯會之節." 如此而已. 有言制雅頌之聲, 有言聽雅頌之聲者. 制其聲以爲樂章者在先王, 聽而得之以廣志意者, 豈特先王而已哉?

계찰(季札)[25]이 노나라에서 주나라 음악을 관람할 때, 대아(大雅)를 노래하자, "광대하고도 화락(和樂)합니다!"라고 하였고, 송(頌)을 노래하자, "지극합니다! 뜻이 광대하나 스스로 드러내지 않습니다"[26]라고 하였으며, 사을이 사(賜 : 子貢)에게 악에 대해 말하기를, "광대하면서 고요한 자는 대아를 노래함이 마땅하고, 너그러우면서 고요한 자는 송을 노래함이 마땅합니다"[27]라고 하였다. 아(雅)는 왕의 정사가 융성한 것을 노래한 것이고 송(頌)은 왕의 공업(功業)이 이루어진 것을 노래한 것이어서 그 체(體)가 일찍이 광대하지 않은 적이 없으니, 그 성음을 들으면 어떻겠는가!

대개 안에서는 마음과 뜻이 되고, 밖에서는 용모가 되며, 늘어서면 행렬이 되고, 변화시키면 나아가고 물러나는 동작이 된다. 아와 송의 성음을 들으면 정(情)을 바른 데로 돌이켜서 마음을 조화롭게 할 줄 알게 되므로 마음과 뜻이 넓어지고, 방패와 도끼를 잡고 춤을 추면서 고개를 숙이거나 쳐들고 몸을 굽히거나 펴는 동작을 익히면 경솔하게 절도를 범하는 데 이르지 않으므로 용모가 장엄해지며, 춤추는 동작이 절주에 맞

24 　대본에는 '疾'로 되어 있으나, 『荀子』에 의거하여 '遲'로 바로잡았다.
25 　계찰(季札) : B.C. 575~B.C. 485. 오나라 합려왕의 막내아들로, 후계자의 물망에 올랐으나 이를 사양하고 주나라 문물을 관광하고자 노나라에 갔다.
26 　『春秋左氏傳』 襄公 29년(13).
27 　『禮記』 樂記 19-26.

으면 회사곡직(回邪曲直)이 각각 그 분수로 돌아가므로 행렬이 바르고 나아가고 물러나는 동작이 가지런해지는 것이다.

아와 송의 성음은 시를 노래하는 것이고, 방패와 도끼는 춤출 때의 무구(舞具)이고, 우러러보고 내려다보고 굽히고 펴는 것은 춤추는 모습이고, 철조(綴兆)는 춤추는 자리이고, 절주는 성음을 꾸미는 것이다. 따라서 아와 송만 말했지만 풍(風)도 포함되고, 방패와 도끼만 말했지만 꿩깃과 약(籥)도 포함되며, 우러러보고 내려다보고 굽히고 펴는 동작만 말했지만 빨리하고 느리게 하는 동작도 포함되고, 춤추는 자리만 말했지만 춤추는 행렬의 간격이 넓거나 좁은 것28도 포함되며, 절주만 말했지만 문채도 포함된다.

귀로 들어서 마음과 뜻이 넓어져 관대해지고, 손으로 무구(舞具)를 잡고 몸을 움직여 용모가 장엄해지고 공경스러워지며, 발을 디딜 때 마음을 모아 행렬을 바르게 하여 경외(敬畏)하고 사랑할만하며, 나아가고 물러나는 동작이 가지런하여 본받을만하면,29 오관(五官)30의 기능이 갖추어

---

28 『禮記』樂記 19-8. 「故其治民勞者, 其舞行綴遠. 其治民逸者, 其舞行綴短」 진양(陳暘)의 설을 따르면, '백성을 다그쳐서 힘들게 한 자는 무인(舞人)이 적어 춤 행렬의 간격이 넓고, 백성을 편안하게 한 자는 무인(舞人)이 많아 춤 행렬의 간격이 좁다'로 번역되고, 응씨(應氏)의 설을 따르면, '백성을 다스리는 데 부지런히 한 제후는 춤추는 행렬이 길고, 백성을 다스리는 데 게으른 제후는 춤추는 행렬이 짧다'로 번역된다.

29 『春秋左傳』 襄公 31년(13). 「公曰 : "善哉! 何謂威儀?" 對曰 : "有威而可畏謂之威, 有儀而可象謂之儀. 君有君之威儀, 其臣畏而愛之, 則而象之, 故能有其國家, 令聞長世. 臣有臣之威儀, 其下畏而愛之, 故能守其官職, 保族宜家. 順是以下皆如是, 是以上下能相固也」[위후(衛侯)가 "훌륭한 말이다. 무엇을 일러 위의(威儀)라고 하는가?"라고 묻자, 북궁문자(北宮文子)가 답하였다. "위엄이 있어 사람들이 두려워할 만한 것을 '위(威)'라 하고, 예의(禮儀)가 있어 사람들이 본받을 만한 것을 '의(儀)'라 합니다. 임금에게 임금의 위의(威儀)가 있으면 신하들이 경외(敬畏)하고 사랑하여 본받습니다. 그러므로 그 국가를 보존하여 아름다운 명성을 세상에 오래도록 전합니다. 신하에게 신하의 위의가 있으면 그 아랫사람들이 경외하고 사랑합니다. 그러므로 능히 그 관직을 지켜 가족을 보호하고 가정을 화목하게 합니다. 군신(君臣)으로부터 내려오면서 부자(父子)·형제·부부·붕우에 이르기까지 모두 각각의 위의가 있습니다. 그러므로 윗사람과 아랫사람의 사이가 안정되어 유대가 견고해질 수 있는 것입니

져 천락(天樂)[31]이 온전해진다.[32] 나라 밖으로 나가서는 불의(不義)를 행하는 나라를 정벌하고, 안으로 들어와서는 서로 공손하게 사양하면, 천하 사람들이 명령을 듣고 복종하지 않는 사람이 없을 터이니,[33] 나라를 다스리는 데 무슨 어려움이 있겠는가?

순경이 "노랫소리는 극도로 청아하고, 춤의 뜻은 천도(天道)를 겸하고 있다"[34]라고 하고, 계속해서 "눈은 스스로 보지 못하고 귀는 스스로 듣지 못하나, 고개를 숙이거나 쳐들고 몸을 굽히거나 펴고 나아가거나 물러나며 천천히 하거나 빨리 하는 동작이 절도에 맞지 않음이 없고, 힘차게 종과 북의 절주에 맞추어 움직이는 동작이 어그러짐이 없다"[35]라고 하였는데, 이같이 할 따름이다.

"아와 송의 성음을 짓는다"[36]라고 한 데도 있고, "아와 송의 성음을 듣는다"[37]라고 한 데도 있으니, 성음을 지어 악장으로 삼는 자는 선왕뿐이지만, 그것을 듣고 마음과 뜻을 넓히는 자는 어찌 선왕뿐이겠는가?

30-4. 故樂者天地之命, 中和之紀, 人情之所不能免也.

그러므로 악이란 천지의 명(命)이요, 중화(中和)의 벼리이며, 인정(人情)

다.]」

30   오관(五官) : 귀・눈・입・코・마음.
31   천락(天樂) : 사람들과 조화되는 것이 인락(人樂)이고, 하늘과 조화되는 것이 천락(天樂)이다. 만물을 산산이 조각내면서도 스스로 사납다고 여기지 않고 은택이 만세(萬世)에 미쳐도 스스로 어질다 여기지 않으며, 아득히 먼 상고(上古)보다 더 오래되었으면서도 스스로 장수했다고 여기지 않으며, 하늘과 땅을 덮어주고 실어주며 뭇 사물의 모양을 새기고서도 스스로 기술이 뛰어나다고 여기지 않으니, 이를 일러 천락이라 한다. 천락이란 성인의 마음으로 천하 만물을 기르는 것이다.(『莊子』天道 13-2)
32   『莊子』天運 14-3. 「五官皆備, 此之謂天樂.」
33   나라~터이니 : 『荀子』樂論 20-3.
34   『荀子』樂論 20-10.
35   『荀子』樂論 20-10.
36   『樂書』 29-3.
37   『樂書』 30-3.

에 없을 수 없는 것이다.[38]

樂出於虛, 藏於無, 天地麗於實, 形於有. 實必受命於虛, 有必受命於
無. 此樂所以能生天地, 非天地所生也. 萬物非天地不生, 天地非樂不
生, 則樂者天地之命也. 今夫始天始地者, 太始也, 樂有以著之, 以至六
變而天神降, 八變而地祇出. 自非能命天地, 而不命於天地, 孰能與此?
莊周謂'調之以自然之命'者, 幾是歟!

喜怒哀樂未發, 而爲中者性也, 天下之大本存焉, 發皆中節, 而爲和
者情也, 天下之達道存焉. 先王作樂, 以情性爲綱, 以中和爲紀, 無中以
紀之, 則蕩而至於過, 無和以紀之, 則異而至於乖. 古之神瞽, 考中聲而
量之以制度. 所道者中德, 所詠者中聲, 使夫德音不愆, 以合神人, 以中
紀之也. 合生氣之和, 道五常之行, 使夫陽而不散, 陰而不密, 剛氣不
怒, 柔氣不懾, 以和紀之也.

經曰 : "樂也者節也." 又曰 : "樂至則無怨." 節則不過, 所以爲中, 無
怨則不乖, 所以爲和. '中和之發, 在哲民情而已.', 此人情之所不能免
也. 然樂之道, 推而上之, 以觀其妙, 斯爲天地之命, 推而下之, 以觀其
微, 斯爲中和之紀. 以樂爲中和之紀, 則禮者中之紀而已. 與易於乾言
變化, 於坤特言化, 同意. 此言天地之命, 自其妙言之, 荀卿言 天下之
大齊, 自其粗言之. 要之, 終於中和之紀, 皆不可得而異也. 禮器'以禮
爲衆之紀, 紀散則衆亂', 則樂爲中和之紀, 紀散則樂淫矣.

악은 허(虛)에서 나와 흔적이 없어지며, 천지(天地)는 실(實)에 의지하여
유형(有形)으로 나타난다. 실(實)은 반드시 허(虛)의 명(命)을 받고, 유(有)는
반드시 무(無)의 명(命)을 받는다. 따라서 악(樂)이 천지를 낳은 것이지, 천
지에서 악이 생긴 것이 아니다. 만물은 천지가 아니면 생기지 않고, 천지
는 악이 아니면 생기지 않으니, 악은 천지의 명(命)이다.

---

[38] 『禮記』樂記 19-25.

하늘이 시작되고 땅이 시작되는 것은 태시(太始)이니, 악이 그것을 나타내어 6변(六變)하면 천신(天神)이 내려오고, 8변(八變)하면 지기(地祇)가 나온다. 스스로 천지를 명할 수 있는 것은 아니므로 천지로부터 명을 받지 않으면 누가 이것에 참여할 수 있겠는가? 장주(莊周)가 "자연의 명(命)에 따라 조절하였다"[39]라고 말한 것이 아마 이것일 것이다!

희로애락(喜怒哀樂)의 정(情)이 발(發)하지 않아 중(中)의 상태에 있는 것이 성(性)이니, 천하의 대본(大本)이 거기에 존재하며, 발하여 모두 절도에 맞아 화(和)한 것이 정(情)이니, 천하의 공통된 도가 거기에 존재한다.[40] 선왕이 악을 지을 적에 정성(情性)으로 강(綱 : 큰 벼리)을 삼고 중화(中和)로 기(紀 : 작은 벼리)를 삼았으니, 중(中)으로 벼리를 삼지 않으면 방탕하여 지나치게 되고, 화(和)로 벼리를 삼지 않으면 빗나가 어긋나게 된다.

옛날에 신고(神瞽)[41]가 중성(中聲)을 헤아려 제도를 만들었는데,[42] 말하는 것이 중용의 덕(德)에 부합하고, 노래하는 것이 중성(中聲)에 합치되어, 덕음(德音)이 어그러지지 않아 신과 사람이 화합한 것[43]은 중(中)으로 벼리를 삼았기 때문이다. 생기(生氣)의 화(和)를 합치고 오상(五常)의 행실을 인도하여 양(陽)이 흩어지지 않고 음(陰)이 응축되지 않게 하며, 강기(剛氣)가 분노하지 않고 유기(柔氣)가 두려움에 이르지 않게 한 것[44] 화(和)로 벼리를 삼았기 때문이다.

경(經)에 "악이란 절제하는 것이다"[45]라고 하였고, 또 "악이 지극하면 원망이 없다"[46]라고 하였다. 절제하면 지나치지 않아 중(中)이 되고, 원망이 없으면 어긋나지 않으니, 화(和)가 된다. 중화(中和)의 발현은 백성의

39　『莊子』 天運 14-3.

40　희로애락(喜怒哀樂)의~존재한다:『禮記』 中庸 31-1.

41　신고(神瞽) : 전설상의 고대 악관으로 훗날 음악의 시조로 숭앙됨.

42　옛날에~만들었는데:『國語』 周語下 3-7.

43　말하는~것:『國語』 周語下 3-6.

44　생기(生氣)의~것:『禮記』 樂記 19-12.

45　『禮記』 仲尼燕居 28-7.

46　『禮記』 樂記 19-1.

정(情)을 아는 데 있을 따름이니[47] 이 때문에 악은 인정에 없을 수 없는 것이다.

그런데 악의 도는 미루어 올라가 그 묘한 것을 관찰하니, 이것이 곧 천지의 명(命)이고, 미루어 내려가 그 은미한 것을 관찰하니, 이것이 곧 중화(中和)의 벼리[紀]이다. 악은 중화(中和)의 벼리가 되지만, 예는 중(中)의 벼리일 뿐이다. 이는 『주역』의 건괘(乾卦)에서 변화(變化)를 말했지만[48] 곤괘(坤卦)에서는 화(化)만 말한 것[49]과 같은 뜻이다.

여기에서 악을 '천지(天地)의 명(命)'이라고 말한 것은 신묘한 차원에서 말한 것이고, 순경이 '천하를 크게 바로잡는 것'[50]이라고 말한 것은 거친 차원에서 말한 것이다. 그러나 두 경우 모두 '중화의 벼리'로 마치었으니, 서로 다르지 않다.

「예기(禮器)」에 "예(禮)는 뭇사람의 벼리이다. 벼리가 흩어지면 뭇사람이 어지러워진다"[51]라고 했으니, 악은 중화의 벼리이고 벼리가 흩어지면 악이 음란해질 것이다.

47　중화(中和)의~따름이니:『法言』法言序 14-9.

48　『周易』乾卦 9.「乾道變化, 各正性命, 保合大和, 乃利貞【건도가 변화함에 각각 성명(性命)을 바르게 하니, 대화(大和)를 보합(保合)하여 이에 정(貞)함이 이롭다.】」

49　『周易』坤卦 18.「文言曰：坤至柔而動也剛, 至靜而德方, 後得主利而有常, 含萬物而化光, 坤道其順乎! 承天而時行【문언에 말하였다. "곤괘는 지극히 유순하되 움직임이 강하고, 지극히 고요하되 덕이 방정하니, 뒤에 하면 얻어서 이로움을 주장하여 떳떳함이 있으며 만물을 포용하여 화(化)함이 빛나니, 곤도(坤道)가 순하구나! 하늘을 받들어 때로 행한다."】」

50　『荀子』樂論 20-3.「故樂者, 天下之大齊也, 中和之紀也, 人情之所必不免也【그러므로 악이란 천하를 크게 가지런히 하는 것이요, 중화의 벼리이니 인정에 반드시 없을 수 없는 것이다.】」

51　『禮記』禮器 10-20.

권31 예기훈의(禮記訓義)

악기(樂記)

악기(樂記)

31-1. 夫樂者, 先王之所以飾喜也, 軍旅鈇鉞者, 先王之所以飾怒
也. 故 先王之喜怒, 皆得其僑焉, 喜則天下和之, 怒則暴亂者畏之. 先
王之道, 禮樂可謂盛矣.

　악은 선왕이 기쁨을 꾸미는 것이고, 군대와 부월(鈇鉞)¹은 선왕이 노여
움을 꾸미는 것이다. 그러므로 선왕의 기쁨과 노여움은 모두 지지자를
얻었으니, 선왕이 기뻐하면 천하가 화응(和應)하고, 노하면 난폭한 자들
이 두려워했다. 선왕의 도에서 예와 악은 성대하다고 할 수 있다.²

1　부월(鈇鉞) : 형구(刑具)로 쓰이는 작은 도끼와 큰 도끼.
2　『禮記』 樂記 19-25.

藝有六, 樂居一焉. 禮有五, 軍居一焉. 樂由陽來而喜者陽也, 禮由陰作而怒者陰也. 形而上者謂之道, 形而下者謂之器, 則樂者道也, 鈇鉞者器也. 荀卿曰 : "凡禮軍旅飾威也." 以飾喜爲樂, 則飾怒爲禮矣, 以鈇鉞爲禮之器, 則鐘鼓爲樂之器矣. 先王以樂飾喜, 樂以天下者也, 故天下安治者, 莫不和之以爲樂焉. 以禮飾怒, 憂以天下者也, 故天下暴亂者, 莫不畏之以爲威焉. 孟子言'今王鼓樂於此, 百姓聞之, 擧欣欣然有喜色', 所謂樂所以飾喜也. 繼之'相告曰吾王庶幾無疾病歟', 所謂'喜則天下和之也.' 言'王赫斯怒, 爰整其旅.', 所謂軍旅鈇鉞, 所以飾怒也. 繼之一怒而安天下之民, 所謂怒則暴亂者, 畏之也. 先王之於喜怒, 未嘗容私, 皆得其儕[3]焉. 夫豈爲道之過哉? 由是, 知先王之道, 禮樂正其盛者也.

'有子謂先王之道 以禮之用 和爲美', 則兼樂言之, 有不爲盛者乎? 然而墨子非之, 豈不猶之楚而北求也哉? 此言喜怒得其儕, 荀卿言得其齊者. 儕之爲言類也, 齊之爲言中也. 喜怒得其儕, 則喜怒必以其類矣, 與春秋傳謂喜怒以類, 同意. 喜怒得其齊, 則喜怒必適於中矣, 與中庸謂喜怒未發謂之中, 同意.

악(樂)은 육예(六藝)[4] 중의 하나이고, 군례(軍禮)는 오례(五禮)[5] 중의 하나이다. 악(樂)은 양(陽)으로 말미암아 나온 것이니 기쁨은 양(陽)이고, 예(禮)는 음(陰)으로 말미암아 만들어진 것이니 노여움은 음(陰)이다. 형이상(形而上)의 것을 도(道)라 하고, 형이하(形而下)의 것을 기(器)라고 하니,[6] 악은 도(道)이고, 부월(鈇鉞)은 기(器)이다. 순경은 "예란 군대에서 위엄을 꾸미는 것이다"[7]라고 하였다. 기쁨을 꾸미는 것이 악이라면 노여움을 꾸미는 것은 예이다. 부월은 예를 행하는 도구이고, 종(鐘)·고(鼓)는 악을 행하는

3　대본에는 '齊'로 되어 있으나, 사고전서 『樂書』에 의거하여 '儕'로 바로잡았다.

4　육예(六藝) : 예(禮)·악(樂)·사(射)·어(御)·서(書)·수(數).

5　오례(五禮) : 길례(吉禮)·가례(嘉禮)·빈례(賓禮)·군례(軍禮)·흉례(凶禮).

6　형이상(形而上)의~하니 : 『周易』 繫辭上傳 12.

7　『荀子』 禮論 19-15.

도구이다.

선왕이 악으로 기쁨을 꾸밀 때는 천하로써 즐거워하므로, 천하에 화순(和順)한 자들이 화응(和應)하여 기뻐하지 않는 자가 없고, 예로 노여움을 꾸밀 때는 천하로써 근심하므로, 천하에 난폭한 자들이 두려워하여 벌벌 떨지 않는 자가 없었다.

맹자가 "왕께서 여기서 음악을 연주하시면 백성들이 듣고서 모두 흔연히 기뻐하는 기색이 있다"[8]라고 말한 것이 이른바 '악이란 기쁨을 꾸미는 것'이다. 이어서 "서로 '우리 왕께서 행여 질병이 없으신가?'라고 말한 것"[9]이 이른바 '선왕이 기뻐하면 천하가 화응한 것'이다. "왕께서 혁연(赫然)히 노하시어 군대를 정비했다"[10]라고 말한 것이 이른바 '군대와 부월은 노여움을 꾸미는 것'이다. 이어서 "문왕이 한번 노하시어 천하의 백성을 편안히 하셨다"[11]라고 말한 것이 이른바 '선왕이 노하면 난폭한 자들이 두려워한 것'이다. 따라서 선왕이 기뻐하고 노여워함에 일찍이 사심(私心)을 용납하지 않았으므로 모두 지지자를 얻었으니, 도(道)를 펼침에 무슨 허물이 있겠는가? 이를 통해 선왕의 도에서 예와 악이 참으로 성대한 것이었음을 알 수 있다.

유자(有子)가 선왕의 도에 대해 '예(禮)의 용(用)은 화(和)를 아름답게 여긴다'라고 한 것[12]은 악을 겸해서 말한 것이니, 성대하지 않은가? 그런데 묵자가 악을 비난한 것은 어찌 '남쪽의 초나라로 가고자 하면서 북쪽으로 향하는 것'처럼 어리석지 않은가?

여기에서는 "선왕의 기쁨과 노여움이 모두 지지재(儕)를 얻었다"라고 말했는데, 순경은 "중정(中正)을 얻었다"[13]라고 말하였다. '제(儕)'는 유(類

---

8   『孟子』梁惠王下 2-1.
9   『孟子』梁惠王下 2-1.
10   『孟子』梁惠王下 2-3.
11   『孟子』梁惠王下 2-3.
12   『論語』學而 1-12.
13   『荀子』樂論 20-4 「先王喜怒皆得其齊焉. 是故喜而天下和之, 怒而暴亂畏之【선왕은 기

: 事理)이고, '제(齊)'는 중(中)이다. "기쁨과 노여움이 지지자를 얻었다"라는 것은 기뻐하고 노여워하기를 반드시 사리대로 하는 것이니,[14] 『춘추좌씨전』에 "기뻐하고 노여워하기를 사리대로 했다"[15]라고 한 것과 같은 뜻이다. "기쁨과 노여움이 중정을 얻었다"라는 것은 기뻐하고 노여워하기를 반드시 알맞게 하는 것이니, 『중용』에 "기뻐하고 노여워하는 정(情)이 아직 발(發)하지 않은 것을 중(中)이라고 한다"[16]라고 한 것과 같은 뜻이다.

31-2. 子贛見師乙而問焉曰 : "賜聞聲歌各有宜也. 如賜者, 宜何歌也?" 師乙曰 : "乙賤工也. 何足以問所宜? 請誦其所聞, 而吾子自執焉. 夫歌者, 直己而陳德也. 動己而天地應焉, 四時和焉, 星辰理焉, 萬物育焉.

자공(子贛)이 사을(師乙)을 만나서 물었다. "제가 들으니, '노래는 각자 개성에 맞는 것이 있다'고 하는데, 저 같은 사람에게는 어떤 노래가 마땅합니까?" 사을이 대답했다. "저는 미천한 악공인데, 어찌 저에게 마땅한 바를 물으십니까? 제가 들은 바를 말씀드릴 테니 당신이 스스로 선택하십시오. 대체로 노래란 자신을 곧게 하여 덕을 펼치는 것입니다. 그리하여 자기를 움직여 천지가 감응하고 4계절이 조화(調和)를 이루며, 별들이 바르게 운행하고 만물이 잘 길러지는 것입니다.[17]

周官'大司樂宗廟奏九德之歌', '瞽矇掌九德六詩之歌, 以役大師', 記

뻐하고 노여워함이 모두 중도에 맞았다. 그러므로 기뻐하면 천하가 화응하고 노하면 난폭한 자들이 두려워하였다.]」

14 기뻐해야 할 때 기뻐하고 노여워해야 할 때 노여워하는 것이 사리대로 기뻐하고 노하는 것이다.

15 『春秋左氏傳』宣公 17년(2).

16 『禮記』中庸 31-1.

17 『禮記』樂記 19-26.

曰: "弦歌詩頌, 此之謂德音", 則詩言其志, 德音之所止也, 歌咏其聲, 德音之所形也. 人之生也直, 而德則直心而行之. 歌以發德, 而德則直己而陳之. 直己則循理而無所詘, 不亦簡乎? 陳德則因性而無所隱, 不亦易乎? 易簡而天地之理得, 成位乎其中矣. 然則歌之所發, 豈自外至哉? 在易之坤曰: "六二之動, 直以方也." 動以靜息, 直以動顯. 故萬物直乎東則六二[18]之動而已. 是直己者必動, 而動己者直在其中矣.

人之歌也, 與[19]陰陽相爲流通, 物象相爲感應. 故聲和則形和, 形和則氣和, 氣和則象和, 象和則物和. 動己而天地應焉, 其形和也. 四時和焉, 其氣和也. 星辰理焉, 其象和也. 萬物育焉, 其物和也. 三才相通而有感, 有感斯應矣. 四時變化而不乖, 不乖斯和矣. 星辰各有度數而不亂, 能勿理乎? 萬物各有成理而自遂, 能勿育乎? 黃帝張樂於洞庭之野, 奏之以陰陽之和, 燭之以日月之明, 四時迭起, 萬物循生, 信乎歌之氣盛而化神矣. 秦靑聲振林木, 響遏行雲, 亦幾是歟!

師乙賤工也, 對子贛之問, 有及於此. 是知古之審聲以知音, 審音以知樂者. 豈特君子哉?

『주례』에 "대사악(大司樂)이 "종묘에서 《구덕지가(九德之歌)》를 연주한다"[20]라고 하고, "고몽(瞽矇)이 구덕(九德)과 육시(六詩)[21]의 노래를 관장하며 태사(大師)의 명에 따라 연주한다"[22]라고 하였으며, 『예기』에 "금·슬에 맞추어 시송(詩頌)을 노래하는 것을 덕음(德音)이라 한다"[23]라고 하였다. 따라서 뜻을 말한 시는 덕음이 깃들인 것이고, 소리를 읊은 노래는 덕음이 형용된 것이다.

사람이 타고난 이치는 곧으니,[24] 덕은 마음을 곧게 해서 행하는 것이

---

18 대본에는 없으나, 문맥상 '六二'를 보충하였다.

19 대본에는 '無'로 되어 있으나, 사고전서 『樂書』에 의거하여 '與'로 바로잡았다.

20 『周禮』春官 / 大司樂 2.

21 육시(六詩): 풍(風)·부(賦)·비(比)·흥(興)·아(雅)·송(頌).

22 『周禮』春官 / 瞽矇 0.

23 『禮記』樂記 19-22.

다. 노래는 덕을 발현하는 것이며, 덕은 자기를 곧게 해서 펼치는 것이다. 자기를 곧게 하는 것은 이치를 따를 뿐 굽히지 않는 것이니 또한 간단하지 않은가? 덕을 펼치는 것은 본성을 따를 뿐 숨기지 않는 것이니 또한 쉽지 않은가? 평이하고 간결하면 천지의 이치를 얻게 되니, 천지 가운데에서 마땅한 바의 바른 자리에 머물 수 있게 된다.[25] 그러니 노래가 어찌 마음을 모으지 않고 발성이나 기교로 하는 것이겠는가?

『주역』의 곤괘에 "육이(六二)의 움직임이 곧고 또 방정하다"[26]라고 했으니, 움직임은 고요함으로써 쉬고, 곧음은 움직임으로써 나타난다. 그러므로 '만물이 동쪽에서 곧게 되는 것'[27]은 육이의 움직임일 따름이다. 따라서 자신을 곧게 하는 자는 반드시 움직이며, 자기를 움직이는 것은 곧음이 그 가운데 있기 때문이다.

사람의 노래는 음양과 서로 유통(流通)하고 물상(物象)과 서로 감응하는 것이다. 그러므로 소리가 조화로우면 형(形)이 조화롭고, 형(形)이 조화로우면 기(氣)가 조화롭고, 기가 조화로우면 상(象)이 조화롭고, 상(象)이 조화로우면 물(物)이 조화롭다. 자기를 움직여 천지가 감응하는 것은 형(形)이 조화로운 것이고, 4계절이 조화로운 것은 그 기가 조화로운 것이고,

---

24 『論語』雍也 6-19. 「子曰 : 人之生也直, 罔之生也, 幸而免【공자가 말하였다. "사람은 타고난 이치가 곧다. 곧지 않으면서도 생존하는 것은 죽음을 요행히 벗어난 것이다."】

25 평이하고~된다 : 『周易』繫辭上傳 1. 사람이 하늘과 땅의 평이하고 간결한 도(道)를 체득하여 천지의 도에 참여함으로써 천지 가운데 자리를 얻어 당당히 삼재(三才)의 일원이 된다는 뜻이다.

26 『周易』坤卦 7.

27 『太玄經』권9 玄文. 「罔北方也, 冬也, 未有形也. 直東方也, 春也, 質而未有文也. 蒙南方也, 夏也, 物之脩長也, 皆可得而載也. 酋西方也, 秋也, 物皆成象而就也. 有形則復於無形, 故曰冥. 故萬物罔乎北. 直乎東, 蒙乎南, 酋乎西, 冥乎北【망(罔)은 북방이고 겨울이며 형상이 없다. 직(直)은 동방이고 봄이며 질박하여 문채가 없다. 몽(蒙)은 남방이고 여름이며 만물이 성장하여 모두 얻어서 싣는다. 추(酋)는 서방이고 가을이며 만물이 형상을 이루어 나간다. 유형은 무형으로 돌아가므로 명(冥)이라 한다. 그러므로 만물은 북쪽에서 없어진다. 동쪽에서 곧게 나오고, 남쪽에서 성장하고 서쪽에서 성숙하고, 북쪽에서 숨는다.】

별들이 바르게 운행하는 것은 그 상(象)이 조화로운 것이고, 만물이 잘 자라는 것은 그 물(物)이 조화로운 것이다.

그리하여 삼재(三才 : 天地人)가 서로 통하여 느끼게 되고, 느끼면 응하게 된다. 사시(四時)가 변화하면서 어긋나지 않으니, 어긋나지 않으면 조화로운 것이다. 별들이 각각 도수가 있어서 어지럽지 않으니, 바르게 운행하지 않겠는가? 만물에는 각각 이치가 있어 저절로 성취되니, 잘 자라지 않겠는가? 황제(黃帝)가 동정(洞庭)의 들판에서 연주하였는데, 음양의 조화에 따라 연주하고 해와 달의 밝음에 따라 환하게 연주하자, 사시가 번갈아 일어나고 만물이 그에 따라 생겨났으니,[28] 참으로 노래의 기(氣)가 성대하면 변화가 신묘해지는 것이다. 진청(秦青)의 슬픈 노래가 숲의 나무를 흔들고 그 음향이 떠가는 구름을 멈추게 한 것[29]도 거의 이와 비슷한 것이다!

사을은 천한 악공이지만 자공의 물음에 답한 것이 이 같은 경지에 이르렀으니, 옛날에 소리를 살펴서 음을 알고 음을 살펴 악을 알았던 자이니,[30] 어찌 다만 군자일 뿐이었겠는가?

31-3. 故寬而静·柔而正者, 宜歌頌. 廣大而静·疏達而信者, 宜歌大雅. 恭儉而好禮者, 宜歌小雅. 正直而静·廉而謙者, 宜歌風.

그러므로 너그러우면서 고요하고 부드러우면서 바른 자는 송(頌)을 노래함이 마땅하고, 광대(廣大)하면서 고요하고 활달하면서 미더운 자는 대아(大雅)를 노래함이 마땅하고, 공손하고 검소하면서 예를 좋아하는 자는 소아(小雅)를 노래함이 마땅하고, 정직하면서 고요하고 청렴하면서 겸손한 자는 풍(風)을 노래함이 마땅합니다.[31]

---

28   황제(黃帝)가~생겨났으니 : 『莊子』 天運 14-3.
29   『列子』 권5 湯問.
30   소리를~자이니 : 『禮記』 樂記 19-1.
31   『禮記』 樂記 19-26.

人之受命於無, 莫不具五行之氣, 成形於有, 莫不備五行之聲, 氣異異聲, 聲異異歌, 歌異異宜. 此聲歌所以各有宜, 而宜定者不出所位也.

中庸曰: "寬裕溫柔, 足以有容, 齊莊中正, 足以有敬." 又曰: "寬柔以教, 不報無道, 南方之强也, 君子居之." 是寬柔者, 君子之容德也, 靜正者, 君子之敬德也. 以仁存心, 而不失之寬柔, 仁德莫盛焉. 以禮存心, 而不失之靜正, 禮德莫盛焉. 頌者美盛德之形容者也. 故寬而靜·柔而正者, 宜歌之.

雅以政而後成, 政以德而後善. 君子之德, 有小大, 大則崇化. 其體廣大, 嫌於離靜以卽動, 不可不鎭之以靜. 其用疏達, 嫌於去信以近誣, 不可不成之以信. 大雅德逮黎庶, 政之大者也. 故廣大而靜·疏達而信者, 宜歌之. 小則川流. 其性恭儉以爲德, 其情[32]好禮以爲行. 恭儉而知好禮, 則恭而能安, 不失之太[33]遜, 儉而能廣, 不失之太陋. 小雅譏小己之得失, 政之小者也. 故恭儉而好禮者, 宜宜歌之.

頌之所以爲頌者, 雅積之也, 雅之所以爲雅者, 風積之也. 正直爲正, 正曲爲直. 洪範之論君德, 以正直爲始, 論王道, 以正直爲終. 正直則不倚於剛, 亦不倚於柔, 一適乎中而已. 易曰: "六二之動, 直以方也." 象曰: "直其正也". 正直則離靜以動, 不濟之以靜, 則其正不足以有守, 其直不足以有行矣. 不汚以爲廉, 而不以物累己, 不亢以爲謙, 而不以己絶物, 廉而濟之以謙, 則廉不失之隘, 謙不失之輕矣. 正直而靜, 君子之德性也. 廉而謙, 君子之德行也. 風出於德性, 繫一人之本者也. 故正直而靜·廉而謙者, 宜歌之. 以書之九德考之, 寬而靜則寬而栗也, 柔而正則柔而立也, 廣大而靜·廉而謙則簡而廉也, 疏達而信則剛而塞也, 恭儉則愿而恭也, 好禮則亂而敬也, 正直而靜則直而溫也.

昔季札觀周樂於魯, 爲之歌頌, 曰: "至矣哉! 直而不倨, 曲而不屈, 近而不偪, 遠而不攜, 遷而不淫, 復而不厭, 哀而不愁, 樂而不荒, 用而

---

32 대본에는 '性'으로 되어 있으나, 『樂書』 152-3에 의거하여 '情'으로 바로잡았다.
33 대본에는 '大'로 되어 있으나, 사고전서 『樂書』에 의거하여 '太'로 바로잡았다.

不匱, 廣而不宣, 施而不費, 取而不貪, 處而不底, 行而不流, 盛德之所
同也." 非寬而靜·柔而正者, 能之乎? 爲之歌大雅, 曰: "廣哉, 熙熙乎!
曲而有直體, 文王之德也." 非廣大而靜·疏達而信者, 能之乎? 至於歌
小雅, 則曰: "美哉! 思而不貳, 怨而不言, 其周德之衰乎!" 歌周南召南,
則曰: "美哉! 始基之矣, 然勤而不怨." 歌豳, 則曰: "美哉, 蕩蕩乎! 然
樂而不淫." 季札之論頌與大雅則是, 論小雅與風, 未容無失也. 小雅,
周之所以致逸樂之盛者也, 孰謂德之衰乎? 關雎, 樂而不淫者乎, 孰謂
勤而不怨乎? 豳俗, 勤而不怨者也, 孰謂樂而不淫乎? 然則歌之所宜,
頌則寬而靜, 大雅則廣大而靜者. 蓋歌以聲爲本, 聲以靜爲容. 此歌風
雅頌, 所以皆本於靜歟!

　사람이 무(無)에서 생명을 받을 적에 오행(五行)의 기(氣)를 갖추지 않음
이 없고, 유(有)에서 형상을 이룰 적에 오행의 소리를 갖추지 않음이 없
다. 따라서 기(氣)가 다르면 소리가 다르고, 소리가 다르면 노래가 다르
며, 노래가 다르면 마땅한 것도 다르다. 이것이 노래에 각각 마땅함이 있
는 이유이니, 마땅함이 정해지면 제 자리에서 벗어나지 않는다.

　『중용』에 "너그럽고 넉넉하고 따뜻하고 부드러우면 포용할 수 있고,
경건하고 장중하고 어느 한쪽으로 치우치지 않고 바르면 공경함을 지닐
수 있다"[34]라고 하고, 또 "너그럽고 부드럽게 가르치고, 무도(無道)함에
보복하지 않는 것은 남방의 강함이니, 군자가 처신하는 바이다"[35]라고
하였으니, 너그럽고 부드러운 것은 군자의 포용하는 덕이고, 고요하고
바른 것은 군자의 공경하는 덕이다. 인(仁)으로 마음을 보존해서 너그러
움과 부드러움을 잃지 않으면, 인덕(仁德)이 그보다 더 성대할 수 없고,
예로 마음을 보존해서 고요함과 바름을 잃지 않으면 예덕(禮德)이 그보다
더 성대할 수 없다. 송(頌)은 성대한 덕을 찬미한 것이므로 너그러우면서
고요하며 부드러우면서 바른 자가 노래함이 마땅하다.

34　『禮記』中庸 31-29.
35　『禮記』中庸 31-5.

아(雅)는 정사(政事)를 펼친 뒤에 이루어지고, 정사는 덕을 펼친 뒤에 선(善)하게 된다. 군자의 덕에는 크고 작은 것이 있는데, 대덕(大德)은 화(化)를 숭상한다. 그 체(體)가 광대하여, 고요함에서 벗어나 움직일 조짐이 있으므로 고요함으로 누르지 않으면 안 된다. 그 용(用)이 활달하여, 신의(信義)를 버리고 허탄(虛誕)해질 조짐이 있으므로 신의로 이루지 않으면 안 된다. 대아(大雅)는 덕이 백성들에게 미치는 것으로 정사(政事) 중에서 큰 것이므로, 광대하면서 고요하고 활달하면서 미더운 자가 노래함이 마땅하다.

소덕(小德)은 냇물의 흐름처럼 맥락이 분명하고 쉼이 없다.[36] 그 성(性)은 공검(恭儉)을 덕으로 삼고, 그 정(情)은 예를 좋아하는 것을 행실로 삼는다. 공손하고 검소하면서도 예를 좋아할 줄 알면 공손하면서도 편안하여 지나치게 겸손한 실수를 하지 않고, 검소하면서도 넓어서 지나치게 비루한 실수를 하지 않는다. 소아(小雅)는 한 개인의 득실(得失)을 비평한 것으로 정사 중에서 작은 것이므로, 공손하고 검소하면서 예를 좋아하는 자가 노래함이 마땅하다.

송(頌)이 송(頌)답게 되는 것은 아(雅)가 쌓였기 때문이고,[37] 아(雅)가 아(雅)답게 되는 것은 풍(風)이 쌓였기 때문이다. 곧은 것을 반듯하게 유지하는 것이 정(正)이고 굽은 것을 반듯하게 하는 것이 직(直)이니, 「홍범(洪範)」에서 군덕(君德)을 논한 것은 정직으로 시작하고[38] 왕도(王道)를 논한 것은 정직으로 마쳤다.[39] 정직은 강함에도 기대지 않고 부드러움에도 기

---

36 『禮記』中庸 31-29.「萬物並育而不相害, 道並行而不相悖, 小德川流, 大德敦化, 此天地之所以爲大也【만물이 함께 자라면서 서로 해치지 않고, 도가 함께 행하면서 서로 어긋나지 않는다. 소덕(小德)은 냇물의 흐름처럼 쉬지 않고, 대덕(大德)은 화(化)를 도타이 한다. 천지는 이러한 덕이 있기에 위대한 것이다.】」

37 생전에 덕을 많이 쌓아, 그것이 소아(小雅)와 대아(大雅)로 불리면, 사후(死後)에 송(頌)으로 찬미되기 때문이다.

38 『書經』周書 / 洪範 7.「三德, 一曰正直, 二曰剛克, 三曰柔克.」

39 『書經』周書 / 洪範 6.「無偏無陂, 遵王之義. 無有作好, 遵王之道. 無有作惡, 遵王之路. 無偏無黨, 王道蕩蕩, 無黨無偏, 王道平平, 無反無側, 王道正直. 會其有極, 歸其有

대지 않고 오로지 중도(中道)에 적합하게 할 뿐이다. 따라서 『주역』에 "육이(六二)의 움직임이 곧고 또 방정하다"[40]라고 하였고, 상(象)에 "곧음은 바름이다"[41]라고 하였다.

정직은 고요함을 떠나 움직이는 것이니, 고요함으로 구제하지 않으면 그 바름을 지킬 수 없고 그 곧음을 행할 수 없다. 행실을 더럽히지 않고 청렴하게 하여 재물로 인해 자신의 덕에 누(累)를 끼치지 않고, 교만하지 않고 겸손하여 자신의 아집(我執)으로 인해 남들과 관계가 끊어지지 않게 하여, 청렴하되 겸손으로 구제하면 청렴해도 편협한 실수를 하지 않고 겸손해도 경솔한 실수를 하지 않게 된다. 정직하면서도 고요한 것은 군자의 덕성(德性)이고, 청렴하면서도 겸손한 것은 군자의 덕행(德行)이다. 풍(風)은 덕성(德性)에서 나온 것으로 한 사람의 근본과 연관되어 있으므로, 정직하면서도 고요하고 청렴하면서도 겸손한 자는 국풍을 노래함이 마땅하다.

『서경』에서 말하는 구덕(九德)[42]과 비교해보건대, '너그럽고도 고요한 것'은 '너그러우면서도 위엄이 있는 것'이고, '부드러우면서도 바른 것'은 '부드러우면서도 꿋꿋한 것'이고, '광대하면서도 고요하고 청렴하면서도 겸손한 것'은 '간략하면서도 청렴한 것'이고, '활달하면서도 미더운

極【편벽되지 않고 기울지 말아서 왕의 의(義)를 따르며, 사사로이 좋아하지 말아서 왕의 도(道)를 따르며, 사사로이 미워하지 말아 왕의 길을 따르라. 편벽되지 않고 편들지 않으면 왕도가 탕탕하며, 편들지 않고 편벽되지 않으면 왕도가 평평하며, 상도(常道)에 위배되지 않고 기울지 않으면 왕도가 정직할 것이니, 그 극(極)에 모여 그 극에 돌아올 것이다.】

40　『周易』 坤卦 7.
41　『周易』 坤卦 20.
42　『書經』 虞書 / 皐陶謨 1. 「皐陶曰 : 都亦行有九德 …… 寬而栗, 柔而立, 愿而恭, 亂而敬, 擾而毅, 直而溫, 簡而廉, 剛而塞, 彊而義, 彰厥有常吉哉【고요가 말하였다. "아! 행실에 아홉 가지 덕이 있습니다. …… 너그러우면서도 위엄이 있고, 부드러우면서도 꿋꿋하고, 성실하면서도 공손하고, 다스리면서도 공경하고, 온순하면서도 굳세고, 곧으면서도 온화하고, 간략하면서도 청렴하고, 굳세면서도 착실하고, 강하면서도 의(義)를 좋아하는 것입니다. 이런 덕이 몸에 드러나고 언제나 그러하면 길(吉)한 사람입니다."】」

것'은 '굳세면서도 착실한 것'이고 '공손하고 검소한 것'은 '성실하면서도 공손한 것'이고, '예를 좋아하는 것'은 '다스리면서도 공경하는 것'이고, '정직하면서도 고요한 것'은 '곧으면서도 온화한 것'이다.

옛날에 계찰(季札)이 노나라에서 주나라 음악을 관람할 때, 송(頌)을 노래하니, "지극하도다! 강직하되 거만하지 않고, 완곡하되 비굴하지 않으며, 친근하되 핍박하지 않고, 멀되 사이가 벌어지지 않으며, 옮겨다녀도 정도(正道)를 벗어나지 않고, 자꾸 반복해도 싫어하지 않으며, 슬프되 수심에 휩싸이지 않고, 즐거워하되 황음(荒淫)하지 않으며, 써도 부족하지 않고, 광대하되 스스로 드러내지 않으며, 은혜를 베풀되 낭비하지 않고, 취(取)하되 탐하지 않으며, 편안히 거처하되 정체하지 않고, 행하되 방종에 흐르지 않으니, 성대한 덕이 깃들여있다"[43]라고 했으니, '너그러우면서도 고요하며 부드러우면서도 바른 자가 아니면 할 수 있겠는가?

대아(大雅)를 노래하자, "광대하고도 화락하도다! 완곡하지만 곧은 바탕이 있으니, 문왕의 덕을 노래한 것이다"라고 평했으니,[44] '광대하면서도 고요하며 활달하면서도 미더운 자가 아니면 할 수 있겠는가?

소아(小雅)를 노래하자, "아름답도다! 문왕·무왕의 덕을 생각하여 배반하는 마음이 없고 원망하면서도 말을 입 밖에 내지 않으니, 주나라 덕이 쇠할 때의 노래이다!"라고 하고, 국풍(國風)인 주남(周南)·소남(召南)을 노래하자, "아름답도다! 처음 기반을 닦을 때의 노래이다. 백성들이 수고로워도 원망하지 않음을 볼 수 있다"라고 하고, 빈풍(豳風)을 노래하자, "아름답도다! 호탕함이여! 즐거워하되 지나치지 않다"라고 평했으니,[45] 계찰이 송(頌)과 대아(大雅)를 논평한 것은 옳지만, 소아(小雅)와 풍(風)을 논평한 것에 대해서는 실수가 없다고는 할 수 없다.

소아는 주나라가 편안하고 즐거웠던 성대한 시기의 노래이니, 어느

---

43   옛날에~깃들여있다 : 『春秋左氏傳』襄公 29년(13).
44   대아(大雅)를~평했으니 : 『春秋左氏傳』襄公 29년(13).
45   소아(小雅)를~평했으니 : 『春秋左氏傳』襄公 29년(13).

누가 '덕이 쇠했다'라고 평할 수 있겠는가?《관저(關雎)》는 즐거워하되 너무 지나치지 않게 한 노래이니, 어느 누가 '수고로워도 원망하지 않는 다'라고 평할 수 있겠는가? 빈(豳)의 풍속은 수고로워도 원망하지 않았으 니, 어느 누가 '즐거워하되 지나치지 않다'라고 평할 수 있겠는가?

그러므로 노래마다 마땅함이 있다. 송(頌)은 너그러우면서 고요한 자 에게 알맞고, 대아(大雅)는 광대하면서 고요한 자에게 알맞다. 대개 노래 는 소리를 근본으로 삼고, 소리는 고요함을 모습으로 삼으니, 이것이 풍·아·송이 고요함[靜]에 근본을 두는 이유이다.

31-4. 肆直而慈愛者, 宜歌商.
솔직하면서 자애로운 자는 상음(商音)을 노래함이 마땅합니다.[46]

五帝之聲, 不可得而見. 所可見於書者, 不過 '詩言志, 歌永言而已.' 商人識之, 蓋不得其詳, 所得而歌之者, 不過五帝之遺聲而已. 商之聲, 其體肆而不拘, 直而不屈, 其用則恤下以爲慈, 利物以爲愛. 則肆直義 也, 慈愛仁也. 仁之實, 盡於事親, 義之實, 盡於事兄. 樂也者, 節文仁 義而已, 然則歌商之音, 非肆直而慈愛者, 豈所宜哉?

昔曾子商歌, 莊周悅而與之, 甯戚商歌, 齊桓悅而用之. 聞其聲, 知其 德性然也. 蓋肆直而慈愛者, 存乎仁義, 臨事而屢斷者, 存乎勇. 具仁義 之道而勇以行之, 此所以爲天下達德也.늘 顧豈不賢者能歌之乎?

오제(五帝)[47] 때의 노랫소리는 들어 볼 수 없고, 『서경』에 "시는 뜻을 말한 것이고, 노래는 말을 길게 하여 읊조린 것이다"[48]라고 쓰여 있을 뿐 이다. 상나라 사람들이 오제의 악을 상세히 아는 것은 아니고, 오제(五帝)

---

46 『禮記』 樂記 19-26.
47 오제(五帝): 황제(黃帝)·전욱(顓頊)·제곡(帝嚳)·요(堯)·순(舜)이다.〈『史記』 五帝 本紀〉 소호(少昊)·전욱(顓頊)·제곡(帝嚳)·요(堯)·순(舜)이라는 설도 있다.〈『帝王 世紀』(晉 皇甫謐 撰)〉
48 『書經』 虞書 / 舜典 3.

의 유성(遺聲 : 전해온 소리)을 노래하는 것에 불과할 따름이다. 상나라의 노래는 그 체(體)는 거리낌이 없어 구애받지 않고, 곧아서 굽히지 않지만, 그 용(用)은 아랫사람을 불쌍히 여겨서 인자하고, 남을 이롭게 하여서 아낀다. 거리낌이 없고 곧은 것은 의(義)이고 인자하고 아끼는 것은 인(仁)이다. 인(仁)의 실제는 어버이를 섬기는 데에 있고, 의(義)의 실제는 형을 섬기는 데에 있다.[49] 악(樂)이란 인과 의를 절문(節文)한 것이니, 그렇다면 상음(商音)을 노래하는 것은 솔직하고 자애로운 자가 아니면 어찌 마땅하겠는가?

옛날에 증자가 상나라의 노래를 부르자 장주가 그것을 기뻐하면서 인정하였고,[50] 영척(寧戚)이 상나라의 노래를 부르자 제 환공이 기뻐하면서 그를 등용했으니,[51] 노랫소리를 듣고 덕성(德性)을 알아챘기 때문이다.

솔직하면서 자애로운 것은 인의(仁義)에 있고, 일에 임해서 곧잘 결단하는 것은 용(勇)에 있다. 인의(仁義)의 도를 갖추고 용감하게 이를 행하면, 천하의 달덕(達德)[52]을 갖춘 자가 될 것이니, 현명하지 못한 자가 어찌 이를 노래할 수 있겠는가?

49　인(仁)의~있다:『孟子』離婁上 7-27.
50　『莊子』讓王 28-9.「曾子居衛, 縕袍无表 …… 正寇而纓絶, 捉衿而肘見, 納屨而踵決. 曳縰而歌商頌, 聲滿天地, 若出金石. 天子不得臣, 諸侯不得友. 故養志者忘形, 養形者忘利, 致道者忘心矣【증자가 위나라에 살고 있었다. 입고 있던 솜옷은 겉이 다 닳아 떨어져 속이 보일 정도였으며 …… 갓을 바로 쓰려 하면 갓끈이 끊어지고, 옷깃을 여미려 하면 옷이 찢어져 팔꿈치가 드러나고 신을 신으려 하면 신의 뒤축이 터져버릴 지경이었다. 그런데도 뒤축 터진 신발을 질질 끌면서 상송(商頌)을 노래하면, 그 노랫소리는 천지 사이에 가득 차고, 마치 종·경을 연주한 것처럼 맑게 울려퍼졌다. 천자도 그를 신하로 삼을 수 없었으며, 제후들도 그를 친구로 삼지 못했다. 그러므로 뜻을 소중히 여겨 기르는 사람은 자신의 형체를 잊고, 형체를 잘 기르는 사람은 세속의 이해득실을 잊고, 근원적인 도를 체득한 사람은 마음마저 잊는다.】
51　영척이 수레 아래에서 상나라 노래를 부르자 환공이 환하게 깨닫는 바가 있어, 그를 등용하여 정치를 맡겼다. 노래를 통해 더없이 맑은 기운이 마음속으로 깊이 들어왔기 때문이다.〈『淮南子』권9 主術訓; 권10 繆稱訓〉
52　달덕(達德):고금을 통하여 변하지 않는 도리.

31-5. 溫良而能斷者, 宜歌齊.

온량(溫良)하면서 과단성이 있는 자는 제음(齊音)을 노래함이 마땅합니다.[53]

太公之於齊, 其文足以附衆而溫良, 其武足以制衆而能斷. 溫良者仁
之本, 能斷者 義之用, 三代之道不過如此 蓋三代得天下以仁, 未嘗不
始於溫良. 行仁以義, 未嘗不始於能斷. 故湯之代虐以寬, 溫良也. 布昭
聖武, 能斷也. 言湯如此, 則夏周可知.

季札之歌齊曰 : "泱泱乎大風也哉! 表東海者, 其太公乎! 國未可量
也." 傳曰 : "仁而無武, 無能達也, 溫良而能斷, 則仁且有武而能達矣.
彼國其可量哉?" 齊之音溫良而已, 非若頌之寬而靜也, 能斷而已, 非若
商之臨事而屢斷也. 然則歌之者有不貴於此歟?

태공(太公)이 제나라에 있을 때, 그의 문덕(文德)은 많은 사람들을 친근
히 하여 온량(溫良)하였고, 무덕(武德)은 족히 많은 사람들을 제어하여 과
단성이 있었다. 온량은 인(仁)의 근본이고, 과단성은 의(義)의 용(用)이다.
삼대(三代 : 하 · 은 · 주)의 도는 이와 같은 것에 지나지 않았다. 대개 삼대
는 천하를 인(仁)으로 얻었으니, 일찍이 온량에서 시작하지 않은 것이 없
고, 의(義)로 인(仁)을 행하였으니 일찍이 과단(果斷)에서 시작하지 않은 것
이 없다. 그러므로 탕임금이 사나움을 너그러움으로 대신한 것은 온량이
고, 성무(聖武)를 널리 편 것[54]은 과단이다. 탕임금에 대해 이와 같이 말했
으니, 하나라와 주나라에 대한 것도 알 수 있다.

계찰이 제나라의 노래에 대하여 "성음이 성대하여 대국의 풍도(風度)
가 있어 동해(東海) 제후의 모범이 될 만하니, 태공(太公) 후손의 노래이다.

---

53   『禮記』 樂記 19-26.
54   탕임금이~것 : 『書經』 商書 伊訓 1. 「惟我商王, 布昭聖武, 代虐以寬, 兆民允懷【우리
     상나라 임금이 성무(聖武)를 널리 펴서 너그러움으로 포악함을 대신하시니, 만민이
     진심으로 따르게 되었던 것입니다.】」

나라의 운수가 한량없이 오래 지속될 것이다!"⁵⁵라고 평하였다. 전(傳)에 "인자하기만 하고 무(武)가 없으면 통달할 수 없는데, 온량하면서도 과단 성이 있으면 인자하면서도 무(武)가 있어서 능히 통달할 수 있으니, 제나 라의 운수가 한량이 있겠는가?"라고 하였다. 제음(齊音)이 온량할 따름이 라면 너그러우면서도 고요함을 길러주는 송(頌)만 못할 것이고, 과단성만 있을 따름이라면 일에 임해서 결단하는 용기를 길러주는 상음(商音)만 못 할 것이다. 그러므로 노래하는 자들이 이를 귀하게 여기지 않을 수 있겠 는가?

---

55 『春秋左氏傳』襄公 29년(13).

권32 예기훈의(禮記訓義)

악기(樂記) · 잡기(雜記) · 상대기(喪大記) · 제의(祭義) · 제통(祭統)

악기(樂記)

32-1. 商者五帝之遺聲也, 商人識, 故謂之商. 齊者三代之遺聲也, 齊人識之, 故謂之齊. 明乎商之音者, 臨事而屢斷. 明乎齊之音者, 見利而讓. 臨事而屢斷勇也, 見利而讓義也. 有勇有義, 非歌孰能保此?

상음(商音)은 오제(五帝)의 유성(遺聲)이니, 상나라 사람들이 이를 기억하여 전했으므로 상음이라 하고, 제음(齊音)은 삼대(三代)의 유성이니, 제나라 사람들이 이를 기억하여 전했으므로 제음이라 했습니다. 상음(商音)에 밝은 자는 일에 임해서 결단을 잘하고, 제음(齊音)에 밝은 자는 이익을 보고서 양보하니, 일에 임해서 결단을 잘하는 것은 용(勇)이고, 이익을 보고서도 양보하는 것은 의(義)입니다. 노래가 아니면 누가 용과 의를 보전할 수 있겠습니까?[1]

文久而滅, 節奏久而絶, 故商非全五帝之聲, 齊非全三代之聲, 特其遺聲而已. 文之五聲謂之聲, 播之八音謂之音, 歌也者詠聲以諧音者也. 故明乎商之音者, 臨事而屢斷, 勇以行之故也. 明乎齊之音者, 見利而遜, 義以守之故也. 勇者正直之德, 義者剛克之德. 歌者直己而陳德者也, 非歌, 孰能保此勿失乎?

周人兼用六代之樂, 而正考甫得商頌於周之太師, 得非五帝之遺聲乎? 周之禮樂, 盡在於魯, 而魯太師摯適齊, 得非三代之遺聲乎? 遺聲, 與記所謂遺味遺音之遺異, 與傳所謂遺直遺愛之遺同. 子贛達於政, 非不能臨事而屢斷也. 累於貨殖, 未必能見利而讓也. 然則子贛所宜歌, 亦可知矣. 其曰商之遺聲, 疑衍文歟!

문물은 오래되면 없어지고 음악의 절주는 오래되면 소멸되기 마련이므로,[2] 상나라가 오제(五帝)의 성음을 온전히 간직한 것은 아니고 제나라가 삼대(三代)의 성음을 온전히 간직한 것은 아니다. 다만 유성(遺聲:전해온 소리)을 알 뿐이다. 오성(五聲)을 문채낸 것을 성(聲)이라 하고, 팔음(八音)으로 연주한 것을 음(音)이라 한다. 노래란 성(聲)을 읊어서 음(音)과 조화시키는 것이다.

상음(商音)에 밝은 자가 일에 임해서 결단을 잘하는 것은 용(勇)으로 이를 행하기 때문이고, 제음(齊音)에 밝은 자가 이익을 보고 양보하는 것은 의(義)로 이를 지키기 때문이니, 용(勇)은 정직의 덕이고 의(義)는 강극(剛克)[3]의 덕이다. 노래는 자기를 곧게 하여서 덕을 펼치는 것이니, 노래가 아니면 어떻게 이것을 보전하여 잃지 않을 수 있겠는가?

주나라 사람들은 육대(六代)의 음악을 겸해서 썼으니, 정고보(正考甫)가 주나라의 태사(太師)에게서 얻은 상송(商頌)이[4] 오제(五帝)의 유성(遺聲)이

---

1   『禮記』樂記 19-26.

2   문물은~마련이므로:『荀子』非相 5-10.

3   강극(剛克): 굳셈으로써 다스림.

4   대부 정고부(正考甫)가 송(宋) 대공(戴公, B.C. 799~B.C. 766) 때 상송(商頌) 12편을 주나라 태사에게 얻어 돌아와 그 선왕에게 제사하였는데, 공자가 시를 엮을 때 7편

아니겠는가? 주나라의 예악은 모두 노나라에 있었는데, 노나라의 태사 지(摯)가 제나라에 갔으니,[5] 그가 전해준 것이 바로 삼대의 유성이 아니겠는가? '유성(遺聲)'에서 '유(遺)'의 뜻은『예기』에 이른바 '유미(遺味)·유음(遺音)'[6]에서 아쉽다는 뜻으로 쓰인 '유(遺)'와는 다르고, 전(傳)에 이른바 '유직(遺直)'[7]·유애(遺愛)'[8]에서 '전해 내려오다'는 뜻으로 쓰인 '유(遺)'와 같다.

자공은 정사(政事)에 통달하였으니 일에 임해서 결단을 잘하지 못한 것은 아니었으나, 재산을 불렸으니[9] 이익을 보고 반드시 양보했다고는 할 수는 없다. 그렇다면 자공이 어떤 노래를 해야 마땅한지도 알 수 있을 것이다.

'상지유성(商之遺聲)'이라는 구절은 아마 연문(衍文)일 것이다.[10]

32-2. 故歌者, 上如抗, 下如隊(墜), 曲如折, 止如槁木, 倨中矩, 句中

이 망실되었으므로,『시경』에는 5편만 수록되어 있다.(『詩經集傳』商頌 / 朱子 註)

5   『論語』微子 18-9.

6   『禮記』樂記 19-1.「是故, 樂之隆, 非極音也, 食饗之禮非致味也. 淸廟之瑟, 朱絃而疏越, 壹倡而三歎, 有遺音者矣, 大饗之禮, 尙玄酒而俎腥魚, 大羹不和, 有遺味者矣.」

7   『春秋左氏傳』昭公 14년(7).「宣子問其罪於叔向. 叔向曰 : " …… 雍子自知其罪, 而賂以買直, 鮒也鬻獄, 邢侯專殺, 其罪一也. …… " 乃施刑侯而尸, 雍子與叔魚於市. 仲尼曰 : "叔向, 古之遺直也"[선자(宣子)가 이들의 죄를 숙향(叔向)에게 묻자, 숙향이 말했다. " …… 옹자(雍子)는 자기에게 죄가 있는 줄을 알면서도 뇌물을 써서 승소(勝訴)했고, 부(鮒 : 叔魚)는 뇌물을 받고 부당하게 판결했고, 형후(邢侯)는 사람을 함부로 죽였으니, 그들의 죄는 같습니다. …… " 이에 형후를 죽여 진시(陳尸)하고, 옹자와 숙어의 시체를 저자에 내놓아 모든 사람이 보게 했다. 이 일에 대하여 중니는 말했다. "숙향은 고인(古人)의 유풍(遺風)이 있는 정직한 사람이다.]

8   『春秋左氏傳』昭公 20년(9).「及子産卒, 仲尼聞之, 出涕曰 : "古之遺愛也"[자산이 세상을 떠나자, 중니는 그 소식을 듣고 눈물을 흘리면서 말했다. "그는 고인(古人)의 유풍(遺風)이 있는 인애(仁愛)한 사람이다."]

9   『論語』先進 11-18.「賜不受命, 而貨殖焉, 億則屢中[사(賜)는 명을 순히 받아들이지 않고 재물을 늘렸으나, 생각하는 것은 자주 적중하였다.]

10   『禮記』樂記 19-26에는 '商之遺聲也. 商人識之, 故謂之商'으로 되어 있는데, 진양은 '商之遺聲也'를 연문(衍文)이라 생각하여 이를 생략했으므로,『악서』32-1에는 보이지 않는다.

鉤, 纍纍乎端如貫珠. 故歌之爲言也, 長言之也. 說之, 故言之, 言之不足, 故長言之, 長言之不足, 故嗟嘆之, 嗟嘆之不足, 故不知手之舞之足之蹈之也." 子貢問樂.

　그러므로 노래란 높아질 때는 하늘로 올라가는 듯하고, 낮아질 때는 땅으로 떨어지는 듯하며, 구부러질 때는 꺾이는 듯하고, 그칠 때는 마른 나무와 같으며, 살짝 구부러질 때는 곱자[矩]에 맞는 듯하고, 심하게 구부러질 때[句]는 갈고리에 맞는 듯하며, 즉 이어질 때는 단정히 구슬을 꿰어 놓은 것 같습니다. 그러므로 노래란 길게 읊는다는 뜻입니다. 기쁘므로 말하고, 말하는 것만으로는 부족하므로 길게 읊고, 길게 읊는 것만으로는 부족하므로 감탄하며, 감탄하는 것만으로는 부족하므로 자신도 모르는 사이에 손을 너울거리고 발을 구르는 것입니다." 자공문악(子貢問樂).[11]

　性術之變發諸聲音爲歌, 形諸動靜爲舞. 歌咏其聲, 則終始有倫. 先王登之於堂, 所以貴人聲也. 舞動其容, 則蹈厲有節. 先王降之於庭, 所以極歡心也. 蓋永言之歌, 上則揚之如抗, 下則垂之如隊, 曲則屈之如折, 止則立如槁木, 倨則折還中矩, 句則回旋中鉤, 纍纍乎端如貫珠則繹如以成矣. 是歌之爲言, 長言之也. 長言之不足, 其聲不能無嗟, 其氣不能無歎, 嗟歎之不足, 則手之所舞足之所蹈, 發於天機自動, 亦孰知其所以然而然哉?

　經曰 : "凡音由人心生也. 感於物而動, 故形於聲, 聲相應, 故生變, 變成方, 謂之音. 比音而樂之, 及干戚羽旄, 謂之樂." 是歌出於聲音文采, 而爲樂之始, 舞見於干戚羽旄, 而爲樂之成. 故孔子論舜之樂, 而曰韶舞, 周頌序文王之樂, 而曰象舞, 然則舞豈不爲樂之成歟? 故記樂者, 至舞而終焉. 周官樂師以六舞教國子, 而終於人舞, 豈亦記樂者之意歟!

11　『禮記』樂記 19-26.

此與詩序, 先手舞後足蹈, 孟子先足蹈後手舞者. 自情動於中形於外言之, 則始而有終, 故手舞先足蹈. 自樂之惡可已言之, 則終而復始, 故足蹈先手舞.

觀仲尼門人, 或詠歌於雩縈, 或弦歌於武成, 或執干而舞, 或正坐而弦, 或援琴而成聲, 或登木而託音, 其所問及樂者子貢而已, 豈子貢達於詩, 仲尼嘗悅而進之歟! 然子貢知問而不知樂, 子夏知樂而不知能, 正知而忘之者其回也歟!

子貢問樂有其目而忘其辭, 不過若詩之南陔崇丘, 書之藁飫汨作, 周禮之司祿司空, 論語之問王知道, 皆闕文爾, 學者置而勿論可也.

성술(性術)의 변화가 성음(聲音)으로 발현된 것이 노래이고, 동작으로 형용된 것이 춤이다. 노래는 소리를 읊는 것이니, 시작하고 마치는 것이 차서가 있다. 선왕이 당(堂)에 올라가 노래하게 한 것은 사람의 소리를 귀하게 여긴 것이다. 춤은 용모를 움직이는 것으로 발을 딛는 것이 절도가 있다. 선왕이 뜰로 내려가 춤추게 한 것은 기쁜 마음을 극진히 표현한 것이다.

말을 길게 하여 부르는 노래가 높아질 때에는 하늘로 올라가듯 드날리고, 낮아질 때에는 땅으로 떨어지듯 드리우며, 구부러질 때에는 꺾이듯 굽고, 그칠 때에는 마른 나무처럼 딱 서며, 살짝 구부러질 때에는 곱자(矩)에 맞듯이 꺾이고, 심하게 구부러질 때[句]에는 갈고리에 맞듯이 돌며, 죽 이어질 때에는 단정히 구슬을 꿰어 놓은 것처럼 하면, 죽 이어져서 한 곡이 완성된다.

노래란 길게 읊는 것이다. 길게 읊는 것만으로 부족하면 그 소리가 감탄하지 않을 수 없고 그 기(氣)가 떨치지 않을 수 없으며, 감탄하고 떨치는 것으로 부족하면 저절로 신명에서 우러나와 손을 흔들고 발을 구르게 되니, 누가 그렇게 되는 까닭을 알아서 의도적으로 하는 것이겠는가?

경(經)에 "음(音)이 일어나는 것은 마음으로 말미암아 생긴 것이다. 마음이 물(物)에 감응하면 움직이어 소리[聲]로 형용되고, 소리[聲]가 서로 응

하여 변화가 생긴다. 변화된 여러 소리가 아름답게 조화되어 방(方 : 곡조)
을 이룬 것을 음(音)이라 하고, 음을 배열하여 악기로 연주하며, 방패와
도끼를 들고 무무(武舞)를 추고 꿩깃과 모(旄)를 들고 문무(文舞)를 추는 것
을 악(樂)이라고 한다"[12]라고 했으니, 이는 성음(聲音)을 문채내어 노래하
는 것이 악의 시초가 되고, 방패와 도끼 및 꿩깃과 모(旄)를 들고 춤추는
것이 악의 완성이 됨을 말해준다. 그러므로 공자가 순임금의 악으로
《소무(韶舞)》[13]를 꼽았고, 문왕을 찬미한 주송(周頌) 서(序)에서 '《상무(象
舞)》'[14]를 거론했으니, 춤이 어찌 악의 완성이 아니겠는가? 그러므로 악
에 대한 서술이 춤으로 마친 것이다. 『주례』에 악사(樂師)가 국자(國子)에
게 육무(六舞)를 가르친다는 것이 기록되어 있는데 인무(人舞)가 마지막에
서술되어 있으니,[15] 기록한 자가 의도적으로 그렇게 했을 것이다.

여기에서와 『시경』 서(序)[16]에서는 손을 너울거리는 것을 먼저 말하고
발을 구르는 것을 뒤에 말했는데, 『맹자』에서는 발을 구르는 것을 먼저
말하고 손을 너울거리는 것을 뒤에 말했다.[17] 정(情)이 마음속에서 움직
여 밖에서 형용되는 관점에서 보면, 시작한 다음 끝을 맺게 되므로, 손을
너울거리는 것을 발을 구르는 것보다 먼저 말한 것이다. '즐거워하는 마
음을 어찌 그만 둘 수 있는가'라는 관점에서 보면, 한 곡조를 마치고 다
시 시작하게 되므로, 발을 구르는 것을 손을 너울거리는 것보다 먼저 말
한 것이다.

중니의 문인을 살펴보건대, 기우제를 지내는 제단 뒤에서 노래한 자
도 있고,[18] 무성(武成)에서 현악기를 타며 노래한 자도 있으며,[19] 방패를

---

12 『禮記』 樂記 19-1.
13 『論語』 衛靈公 15-11.
14 『詩經』 周頌 / 維淸, 毛序. 「維淸奏象舞【유청은 《상무》를 연주한 것이다.】
15 『周禮』 春官 / 樂師 0. 「樂師, 掌國學之政以敎國子小舞. 凡舞有帗舞, 有羽舞, 有皇舞,
    有旄舞, 有干舞, 有人舞.」
16 『詩經』 周南 / 關雎, 毛序.
17 『孟子』 離婁上 7-27. 「孟子曰 : "仁之實, 事親是也, 義之實, 從兄是也. …… 樂之實, 樂
    斯二者, 樂則生矣, 生則惡可已也, 惡可已, 則不知足之蹈之手之舞之."」

잡고 춤춘 자도 있고,[20] 단정히 앉아서 현악기를 탄 자도 있으며,[21] 금(琴)
을 당겨서 소리를 이룬 자도 있고,[22] 손질해둔 나무를 두드리며 노랫소
리에 감정을 맡긴 자도 있었는데,[23] 악에 대해서 물은 사람은 자공뿐이

18 『論語』先進 11-24.「"點, 爾何如?" 鼓瑟希, 鏗爾, 舍瑟而作, 對曰 : "…… 莫春者, 春服
   既成, 冠者五六人童子六七人, 浴乎沂, 風乎舞雩, 詠而歸." 夫子喟然嘆曰 : "吾與點
   也"[점아, 너는 어떻게 하겠느냐?' 하시자, 그는 슬을 타던 것을 멈추고, 마지막 당
   하는 소리로 끝을 맺고, 슬을 놓으며 일어나 대답하였다. "…… 늦봄 날씨가 따뜻할
   때 봄옷을 차려입고 5~6명의 어른과 동자 6~7명을 데리고 기수에 가서 목욕하고
   기우제를 지내는 제단 뒤에서 바람 쐬고 노래하면서 돌아오겠습니다." 공자께서 아!
   하고 감탄하시며 "나도 증점의 그런 뜻에 찬동한다" 하셨다.]

19 자유(子游)가 무성(武城)의 읍재(邑宰)가 되어 예악(禮樂)을 가르쳤기 때문에 고을
   사람들이 모두 현악(弦樂)에 맞추어 노래를 불렀다.〈『論語』陽貨 17-3〉

20 『莊子』讓王 28-12.「孔子窮於陳蔡之間, 七日不火食, …… 子路子貢入. 子路曰 : "如此
   者可謂窮矣!" 孔子曰 : "是何言也! 君子通於道之謂通, 窮於道之謂窮. 今丘抱仁義之道
   以遭亂世之患, 其何窮之爲? ……" 孔子削然反琴而弦歌, 子路抗然執干而舞[공자가
   진나라와 채나라 사이에서 궁지에 빠져 7일간이나 익힌 음식을 먹지 못했다. 명아
   주 국에 쌀가루도 넣지 못했다. …… 자로와 자공이 방으로 들어왔는데 자로가 먼저
   말했다. "이와 같은 경우는 곤궁한 처지에 빠졌다고 말할 수 있겠습니다." 공자가 말
   했다. "도대체 무슨 말인가? 군자는 도에 통한 것을 통(通)이라 하고, 도에 막힌 것
   을 궁(窮)이라 한다. 지금 나는 인의(仁義)의 도를 품고 난세(亂世)의 재난을 당했을
   뿐인데, 그것이 어찌 곤궁함이 되겠는가? ……" 공자가 편안한 모습으로 금을 끌어
   당겨서 다시 뜯으면서 노래 부르자, 자로가 씩씩한 모습으로 방패를 잡고 춤을 추었
   다.]

21 『莊子』讓王 28-8.「原憲居魯, 環堵之室, 茨以生草, 蓬戶不完, 桑以爲樞, 而甕牖二室,
   褐以爲塞., 上漏下濕, 匡坐而弦歌[공자의 제자 원헌이 노나라에 살고 있었다. 그 집
   은 사방 1장 밖에 되지 않는 작은 집인데, 잡초로 지붕을 이었으며, 쑥대로 엮은
   출입문도 엉성하기 짝이 없었다. 뽕나무로 지도리를 만들고 깨진 항아리로 들창을
   만든 방이 두 개인데, 낡은 누더기 조각으로 바람을 막고 있었다. 위에서는 비가 새
   고 밑에서는 습기가 차는데, 그런 방에서 단정히 앉아 현악기를 타며 노래하였다.]

22 『禮記』檀弓上 3-52.「子張既除喪而見, 予之琴, 和之而和, 彈之而成聲, 作而曰 : "先王
   制禮不敢不至焉[자장이 부모상을 마치고 공자를 뵈었다. 공자가 금을 주니 조율하
   여 화음을 이루고, 타서 곡조를 이루었다. 공자가 일어나서 말하였다. "너는 일찍이
   슬픔을 다했지만 선왕이 제정한 예를 따르느라 감히 예에 이르지 않을 수 없었구
   나."]

23 『禮記』檀弓下 4-72.「孔子之故人曰原壤, 其母死, 夫子助之沐椁. 原壤登木, 曰 : "久矣
   予之不託於音也." 歌曰 : "貍首之班然, 執女手之卷然." 夫子爲弗聞也者而過之. 從者曰
   : "子未可以已乎?" 夫子曰 : "丘聞之, 親者毋失其爲親也, 故者毋失其爲故也"[공자의 오
   랜 친구 중에 원양이란 자가 있었는데, 그의 어머니가 죽었을 때 공자가 곽재(槨材)

었다. 이는 자공이 시에 통달한 것을 중니가 일찍이 기뻐해서 격려했기 때문인 것 같다.[24] 그러나 자공은 악에 대해 물을 줄은 알았지만 악을 몰랐고, 자하는 악을 알았지만[25] 능하지는 못했다. 악을 잘 알면서도 이를 의식하지 않고 잊은 자는 회(回)이다![26]

'자공문악(子貢問樂)'[27]이 제목만 있고 내용이 없는 것은, 『시경』의 《남해(南陔)》·《숭구(崇丘)》와 『서경』의 「고어(藁飫)」·「골작(汨作)」과 『주례』의 「사록(司祿)」·「사공(司空)」과 『논어』의 「문왕(問王)」·「지도(知道)」[28]가 모

<hr />

손질을 도왔다. 원양이 손질해둔 나무를 두드리며 "내가 노랫소리에 감정을 맡기지 못한 지가 오래되었구나"라고 말하고 "나무무늬는 살쾡이 머리처럼 아롱지고 나뭇결은 여자의 손을 잡은 것 같이 부드럽구나" 하고 노래 불렀다. 공자가 듣지 않은 척하고 지나가니 공자를 따르던 자가 물었다. "선생님은 그와 절교하지 않으십니까?" 공자가 답하였다. "내가 듣건대 친족을 대함에 어떤 일이 있어도 친척으로서의 정을 끊지 말고, 오랜 친구를 대함에 친구로서의 우정을 버리지 말아야 한다."]

24 『論語』學而 1-15. 「子貢曰: "貧而無諂, 富而無驕, 何如?" 子曰: "可也, 未若貧而樂, 富而好禮者也." 子貢曰: "詩云如切如磋, 如琢如磨, 其斯之謂與?" 子曰: "賜也始可與言詩已矣. 告諸往而知來者"[자공이 말하였다. "가난하되 아첨함이 없으며, 부유하되 교만함이 없으면 어떻습니까?" 공자께서 말씀하시기를 "괜찮으나 가난하면서도 즐거워하며, 부유하면서 예(禮)를 좋아하는 자만은 못하다" 하셨다. 자공이 말하였다. "시경에 '절단해 놓은 듯하며, 다시 그것을 간 듯하며, 쪼아놓은 듯하며, 다시 그것을 간 듯하다' 하였으니, 이것을 말함일 것입니다." 공자께서 말씀하셨다. "사(賜)=子貢)는 비로소 더불어 시를 말할 만하구나! 지나간 것을 말해주자 올 것을 아는구나."]

25 자하가 위 문후에게 악에 대해 설명한 바 있다.(『禮記』樂記 19-21)

26 『莊子』大宗師 6-9. 「顏回曰: "回益矣." 仲尼曰: "何謂也?" 曰: "回忘仁義矣." 曰: "可矣, 猶未也." …… 他日, 復見曰: "回益矣." 曰: "何謂也?" 曰: "回坐忘矣." 仲尼蹴然曰: "何謂坐忘?" 顏回曰: "墮肢體, 黜聰明, 離形去知, 同於大通, 此謂坐忘"[안회가 말했다. "저는 더 나아간 것 같습니다." 중니가 말했다. "무슨 말인가?" 안회가 말했다. "저는 인의를 잊어버렸습니다." 중니가 말했다. "좋기는 하지만 아직은 멀었다." …… 다른 날 다시 공자를 뵙고 말했다. "저는 더 나아간 것 같습니다." 중니가 말했다. "무슨 말인가?" 안회가 말했다. "저는 좌망(坐忘)의 경지에 도달했습니다." 중니가 깜짝 놀라 얼굴빛을 고치면서 말했다. "무엇을 좌망이라 하는가?" 안회가 말했다. "사지백체를 다 버리고 이목의 감각작용을 물리치고 육체를 떠나고 지각작용을 없애서 대통(大通)의 세계와 같아졌을 때 이것을 좌망이라 합니다."]

27 『樂書』32-2.

28 『논어』는 노나라에 전해 내려오는 것과 제나라에 전해 내려오는 것이 있다. 한국에서 주로 읽히는 것은 노나라에 전해 내려오는 것이다. 제나라 것에는 「요왈」 이후 「문악」과 「지도」편이 더 있다.

두 제목만 있고, 내용이 없는 것과 같으니, 학자는 그대로 두고 논하지 않는 것이 옳다.

잡기(雜記)

32-3. 父有服, 宮中子不與於樂. 母有服, 聲聞焉不舉樂. 妻有服, 不舉樂於其側. 大功將至, 辟琴瑟. 小功至, 不絕樂.

아버지가 상복(喪服)을 입고 있으면 같은 집에 사는 아들은 음악을 가까이 하지 않고, 어머니가 상복을 입고 있으면 음악을 듣기는 하되 음악을 연주하지 않으며, 아내가 상복을 입고 있으면 그 곁에서는 음악을 연주하지 않는다. 상복을 입은 대공(大功)[29]의 친척이 찾아올 때는 금·슬을 치우지만, 소공(小功)[30]의 친척이 찾아올 때는 음악을 끊지 않아도 된다.[31]

父生我者也, 尊而不親. 故父有服, 宮中子不得與於聞樂, 況舉樂乎? 母鞠我者也, 親而不尊. 故母有服, 不得以舉樂, 雖聲聞焉可也. 妻齊我者也, 敵體而已. 故妻有服, 不舉樂於其側, 雖不於其側, 舉之可也. 是人子有服於母, 其情殺於父, 而於妻又殺於母也.

樂不止於琴瑟, 而琴瑟特常御者而已. 曲禮曰: "君子無故, 不徹琴瑟." 大功之親有服, 其將至則爲有故矣, 雖辟琴瑟可也. 未至則不必辟琴瑟矣. 小功之親有服, 雖不至絕樂, 其將至又可知矣. 雖然小功至, 不

---

29 대공(大功): 9개월간 입는 복(服)으로 종형제자매·중자부(衆子婦)·중손(衆孫)·질부(姪婦)·남편의 조부모·백숙부모 등의 상(喪)에 입는다.

30 소공(小功): 5개월 동안 입는 복. 종조부모(從祖父母)·재종형제·종질(從姪)·종손(從孫) 등의 상에 입는다.

31 『禮記』 雜記下 21-30.

絶樂. 若夫於己有小功之喪, 議而及樂, 又禮之所棄也. 古者, 由命士以上, 父子異宮, 謂之宮中子, 是與父同宮者也, 異宮之子雖與於樂不亦可乎?

아버지는 나를 낳아준 분으로서 존경하되 친밀하지는 않다. 그러므로 아버지가 상복(喪服)을 입고 있으면 같은 집에 사는 아들은 음악을 듣지 않아야 하는데, 하물며 음악을 연주하는 것이겠는가? 어머니는 나를 길러준 분으로서 친밀하되 존경하지는 않는다. 그러므로 어머니가 상복을 입고 있으면 음악을 연주하지 않아야 하지만 듣는 것은 괜찮다. 아내는 나와 동등한 자로서 존비의 구분이 없다. 그러므로 아내가 상복을 입고 있으면 그 곁에서는 음악을 연주하지 않아야 하지만 그 곁이 아닌 경우는 연주해도 괜찮다. 자식된 자가 어머니 상(喪)을 당하면, 슬픔이 아버지의 상보다 덜하고 아내의 경우는 어머니 상보다 덜하기 때문이다.

악기에 금·슬만 있는 것이 아니지만 금·슬은 특히 늘 가까이 두고 연주하는 악기이므로, 「곡례」에 "군자는 변고가 없으면 금·슬을 거두지 않는다"[32]라고 하였다. 상복을 입고 있는 대공(大功)의 친척이 찾아오는 것은 변고가 있는 것이니, 금·슬을 치우는 것이 옳으나, 그가 이르지 않았을 때는 금·슬을 치울 필요가 없다. 상복을 입고 있는 소공(小功)의 친척에 대해서는 음악을 끊지 않아도 되니, 그가 찾아오는 경우에 어찌 할지는 미루어 알 수 있다. 소공의 친척이 찾아올 때는 음악을 끊지 않지만 자신이 소공상(小功喪) 상을 당했을 경우 이야기를 나누다가 악을 언급하는 것은 예에 어긋난다.

옛날에 명사(命士)[33] 이상은 아버지와 아들이 거처를 달리 하였다.[34] '궁중자(宮中子)'는 아버지와 같은 집에 사는 아들이다. 따라서 거처를 달리하는 아들은 악을 가까이 하더라도 괜찮지 않겠는가?

---

32 『禮記』 曲禮 2-10. 「士無故不徹琴瑟.」
33 명사(命士) : 작명(爵命)을 받은 선비.
34 명사(命士)~하였다:『禮記』 內則 12-7.

32-4. 君於卿大夫, 比葬不食肉, 比卒哭不擧樂. 爲士, 比殯不擧樂.

임금은 경대부에 대해서는 장사(葬事)를 지낼 때까지 고기를 먹지 않고, 졸곡제(卒哭祭)에 이르기까지 음악을 연주하지 않는다. 사(士)에 대해서는 빈소(殯所)를 차릴 때까지 음악을 연주하지 않는다.[35]

諸侯五月而葬, 同等至, 七月而卒哭. 大夫三月而葬, 同位至, 五月而卒哭. 士三月而葬, 外姻至, 是月而卒哭. 君之喪五日而殯, 大夫三日而賓, 士二日而殯. 君於卿大夫, 比葬不食肉, 比卒哭不擧樂, 則比殯可知矣. 爲士, 比殯不擧樂, 則比葬比卒哭可知矣. 王制言三日而殯, 合大夫士庶言之, 豈先王禮意哉?

제후는 5달이 지나 장사를 지내니, 동맹국에서 조문을 오고, 7달이 지나 졸곡제(卒哭祭)를 지낸다. 대부는 3달이 지나 장사를 지내니, 같은 지위에 있는 자들이 조문을 오고, 5달이 지나 졸곡제를 지낸다. 사(士)는 3달이 지나 장사를 지내니, 인척(姻戚)이 조문을 오고, 그 달에 졸곡제를 지낸다.[36] 임금의 상(喪)은 5일이 지나 빈소를 차리고, 대부의 경우는 3일이 지나 빈소를 차리고, 사(士)의 경우는 2일이 지나 빈소를 차리는데,[37] 임금이 경대부에 대해서 장사를 지낼 때까지 고기를 먹지 않고, 졸곡제에 이르기까지 음악을 연주하지 않으니, 빈소를 차릴 때까지 어떻게 해야 할지 알 수 있다. 사(士)에 대해서는 빈소를 차릴 때까지 음악을 연주하지 않으니, 장사를 지낼 때까지 어떻게 해야 할지 알 수 있다. 그런데 「왕제(王制)」에서는 3일이 지나 빈소를 차리는 경우에 대부·사(士)·서인(庶人)을 모두 포함시켰으니,[38] 어찌 선왕이 예를 제정한 뜻이겠는가?

---

35 『禮記』雜記下 21-35.
36 『春秋左氏傳』隱公 원년(5)에는 다음과 같이 되어 있다. 「天子七月而葬, 同軌畢至. 諸侯五月, 同盟至. 大夫三月, 同位至. 士踰月, 外姻至.」
37 임금의~차리는데: 『禮記』喪大記 22-24~26.
38 『禮記』王制 5-29. 「大夫士庶人三日而殯, 三月而葬.」

상대기(喪大記)[39]

32-5. 疾病, 君大夫徹縣, 士去琴瑟.

사람이 병들어 위독해지면, 임금과 대부(大夫)는 악현(樂縣)[40]을 철거하고, 사(士)는 금·슬을 거둔다.[41]

古者父母有疾, 琴瑟不御, 笑不至矧. 則君大夫士之親疾, 如之何不徹縣去琴瑟乎? 先王之制, 天子宮縣, 諸侯軒縣, 大夫判縣, 士特縣. 君與大夫雖尊卑不同, 其徹樂縣一也, 士不徹縣而去琴瑟, 豈未命之士歟! 曲禮曰: "大夫無故不徹縣, 士無故不徹琴瑟." 然則君大夫徹縣, 士去琴瑟, 豈有故然歟!

옛날에 "부모가 병환 중이면 금·슬을 타지 않으며, 잇몸이 보일 정도로 크게 웃지 않는다"[42]라고 했으니, 임금·대부·사(士)가 부모의 병환 중에 어찌 악현을 철거하지 않고 금·슬을 거두지 않겠는가?

선왕의 제도에 천자는 궁현(宮縣), 제후는 헌현(軒縣), 대부는 판현(判縣), 사는 특현(特縣)을 진설하였다. 임금과 대부는 존비가 다르지만 악현을 철거한다는 점은 같은데, 사가 악현을 철거하지 않고 금·슬을 거두는 것은 임금으로부터 임명받은 신분이 아니기 때문일 것이다.

「곡례(曲禮)」에 "대부는 변고가 없으면 악현을 철거하지 않고 사는 변고가 없으면 금·슬을 거두지 않는다"[43]라고 했으니, 임금과 대부가 악

---

39 대본에는 대기(大記)로만 되어 있으나, 『禮記』에 의거하여 상대기(喪大記)로 바로잡았다.

40 악현(樂縣): 종(鐘)·경(磬)을 비롯한 여러 악기를 진설한 것을 가리킨다. 신분에 따라 궁현(宮縣)·헌현(軒縣)·판현(判縣)·특현(特縣)의 구별이 있다.

41 『禮記』 喪大記 22-1.

42 『禮記』 曲禮上 1-29.

43 『禮記』 曲禮下 2-10.

현을 철거하고 사가 금·슬을 거두는 것은 변고가 있기 때문이다.

32-6. 祥而外無哭者, 禫而內無哭者, 樂作矣故也.
대상(大祥)⁴⁴을 지내면 중문(中門) 밖에서 곡(哭)하지 않고, 담제(禫祭)⁴⁵를 지내면 중문 안에서도 곡하지 않으니, 음악을 연주해도 된다.⁴⁶

昔魯人朝祥而暮歌, 孔子以爲踰月則其善也, 孟獻子禫縣而不樂, 孔子以爲加於人一等矣, 蓋朝祥暮歌者, 於禮爲不及. 故必踰月然後善, 禫縣而不樂者, 於禮爲過. 故不謂之知禮, 特謂加於人一等而已. 故祥而縞, 是月⁴⁷禫, 徙月樂. 然則祥外無哭者·禫而內無哭者, 非樂當作之時也, 祥而踰月, 禫而徙月, 樂作之時也, 祥禫而樂作, 豈先王因人情而爲之節文邪?

옛날에 노나라 사람 중에 아침에 대상(大祥)을 지내고 저녁에 노래 부른 자가 있었는데, 공자는 "한 달이 지난 뒤에 노래했더라면 좋을 걸 그랬다"라고 논평했다.⁴⁸ 맹헌자(孟獻子)가 담제를 지내고 종·경을 매달아 놓기만 하고 연주하지 않았는데, 공자는 "보통 사람들보다 한 등급 뛰어나다"라고 논평했다.⁴⁹ 아침에 대상을 지내고 나서 저녁에 노래를 부른 것은 예(禮)에 미치지 못한 것이므로 '한 달이 지난 뒤에 노래했더라면 좋을 걸 그랬다'라고 하고, 담제를 지내고 종·경을 매달아 놓기만 하고 연주하지 않은 것은 예에 지나친 것이므로 '예를 안다'고 논평하지 않고 '보통 사람들보다 한 등급 뛰어나다'라고 말한 것이다.

---

44 대상(大祥): 부모상을 당한 지 만 2년이 지난 재기일(再忌日)에 지내는 제사. 내상(內喪)이 먼저 있으면 첫 기일(忌日)에 지낸다.
45 담제(禫祭): 대상(大祥) 후 한 달을 건너뛰어 지내는 제사. 담제 이후 상주(喪主)는 평상으로 돌아간다. 내상(內喪)이 먼저 있으면 15개월째 지낸다.
46 『禮記』 喪大記 22-58.
47 대본에는 '日'로 되어 있으나, 사고전서 『樂書』에 의거하여 '月'로 바로잡았다.
48 노나라~논평했다: 『禮記』 檀弓上 3-16.
49 맹헌자(孟獻子)가~논평했다: 『禮記』 檀弓上 3-22.

대상(大祥)을 지내면 호관(縞冠)을 쓰고 같은 달에 담제를 지내며,[50] 달을 넘겨서 음악을 연주하는 것이니,[51] 대상을 지낸 뒤 중문(中門) 밖에서 곡(哭)하지 않고 담제(禫祭)를 지낸 뒤 중문 안에서 곡하지 않는다고 해서 음악을 연주해도 되는 때는 아니다. 대상을 지내고 한 달을 건너뛰거나 담제를 지내고 그 달을 넘겨야만 음악을 연주해도 되는 때이다. 대상과 담제를 지낸 달에 음악을 연주하는 것이 어찌 선왕이 인정에 맞게 절문(節文)한 것이겠는가?

제의(祭義)

32-7. 樂以迎來, 哀以送往. 故禘有樂, 而嘗無樂.

봄에는 부모의 혼령이 오는 것을 기쁘게 맞이하여 제사지내고, 가을에는 혼령이 돌아가는 것을 슬프게 전송한다.[52] 그러므로 봄제사인 체(禘)에는 악(樂)이 있고, 가을제사인 상(嘗)에는 악이 없다.[53]

---

50 『禮記集說大全』檀弓上 3-22, 3-110의 집설에 따르면, 마씨(馬氏)는 "3년상의 경우 초상을 치른 지 25개월에 대상과 담제를 지내어 같은 달에 지내고, 기년상의 경우 13개월에 대상을 지내고 15개월에 담제를 지내어 대상과 담제를 서로 다른 달에 지낸다"라고 하였으나, 진호(陳澔)는 "3년상의 경우에도 대상은 25개월에, 담제는 27개월째 지낸다"라고 하여, 대상을 지내고 한 달을 건너 뛰어 담제를 지낸다고 하였다. 그러나 진양(陳暘)은 진호와 달리 대상을 지낸 달에 담제를 지낸다고 하였다.(『樂書』 1-8「蓋三年之喪, 則久矣. 故祥月而禫者, 以義斷恩也.」)

51 대상(大祥)을~것이니 :『禮記』檀弓上 3-110.

52 봄에 비와 이슬이 내려 만물이 싹이 트면 군자는 돌아가신 부모를 만나는 듯한 기분에 젖어 기쁘게 맞이하여 제사지내고, 가을에 서리와 이슬이 내려 만물이 쇠락하면 군자는 돌아가신 부모의 혼령 또한 떠난다는 상념에 젖어, 제사를 마친 후 슬프게 전송하는 것이다.

53 『禮記』祭儀 24-1.

春爲陽中, 萬物以生. 故禘於春, 以象陽義, 是以有樂焉. 秋爲陰中,
萬物以成. 故嘗於秋, 以象陰義, 是以無樂焉. 先王之於祖宗, 迎來則樂
作, 情在於樂也. 送往則樂闋, 情在於哀也. 舜之作樂, 祖考來格, 周之
作樂, 先祖是聽. 樂以迎來如此, 則送往可知矣.

蓋一陰一陽天之道也, 一哀一樂人之情也. 君子合諸天道, 豈他求
哉? 反吾情而已矣. 此主祭祀而言, 故禘有樂而嘗無樂, 郊特牲兼饗食
而言. 故饗禘有樂, 而食嘗無樂.

봄은 양중(陽中)인 때로서 만물이 생겨난다. 따라서 봄에 지내는 체제
(禘祭)는 양의(陽義)를 본뜬 것이니, 악(樂)을 연주한다. 가을은 음중(陰中)인
때로서 만물이 이루어진다. 따라서 가을에 지내는 상제(嘗祭)는 음의(陰義)
를 본뜬 것이니, 악을 연주하지 않는다.

선왕이 선조가 오는 것을 맞이할 적에 악을 연주한 것은 즐겁기 때문
이고, 선조가 돌아가는 것을 전송할 적에 악을 연주하지 않은 것은 슬프
기 때문이다. 순임금 때 악을 연주하자 조고(祖考)가 와서 이르렀고,[54] 주
나라에서 악을 연주하자 선조가 이를 들었다.[55] 선조가 오는 것을 즐겁
게 맞이한 것이 이와 같으니, 선조가 돌아가는 것을 전송한 경우도 미루
어 알 수 있다.

한번 음(陰)이 되고 한번 양(陽)이 되는 것은 하늘의 도(道)이고, 한번
슬프고 한번 즐거운 것은 사람의 정(情)이다. 군자는 천도(天道)에 합치되
게 할 뿐이니, 어찌 다른 데서 구하겠는가? 정(情)을 바른 데로 돌이킬 따
름이다.

여기에서는 제사를 위주로 말했으므로, '봄제사인 체(禘)에는 악(樂)이
있고 가을제사인 상(嘗)에는 악이 없다'라고 하였고, 「교특생」에서는 향

---

54 순임금~이르렀고:『書經』虞書 / 益稷 2.
55 『詩經』周頌 / 有瞽.「 …… 喤喤厥聲, 肅雝和鳴, 先祖是聽. 我客戾止, 永觀厥成【쟁쟁
한 그 소리가 엄숙하고 화(和)하게 울리니 선조께서 들으시고, 우리 손님도 오시어
이루어진 것을 길이 보시네.】」

례(饗禮)[56]와 사례(食禮)[57]를 겸해서 말했으므로 '봄에 행하는 향례와 체제에는 음악이 있고, 가을에 행하는 사례와 상제에는 음악이 없다'[58]라고 하였다.

32-8. 祭之日, 樂與哀半. 饗之必樂, 己至必哀.

제삿날에는 즐거움과 슬픔이 반반이다. 제물을 바쳐 부모의 혼령을 섬기는 동안은 즐거우나, 제사를 마칠 때가 되면 슬프다.[59]

君子之於親, 生事之以禮. 故事之之日, 喜與懼半, 所謂'父母之年不可不知, 一則以喜, 一則以懼' 是也. 死祭之以禮. 故祭之之日, 樂與哀半, 所謂'饗之必樂, 己[60]至必哀' 是也. 已至必哀, 原其始也, 哀以送往, 要其終也.

군자가 어버이에 대해서 살아계실 때에는 예(禮)로 섬긴다.[61] 그러므로 섬길 때 기쁨과 두려움이 반반이니, 이른바 "어버이의 나이는 알지 않으면 안 되니, 한편으로는 기쁘고 한편으로는 두렵다"[62]라고 한 것이 이것이다. 돌아가신 뒤에는 예로 제사지낸다.[63] 그러므로 제사지낼 때 즐거움과 슬픔이 반반이니, 이른바 '제물을 바쳐 부모의 혼령을 섬기는 동안은 즐거우나, 제사를 마칠 때가 되면 슬프다'라고 한 것이 이것이다.

'제사를 마칠 때가 되면 슬프다'는 것은 처음에 초점을 맞춘 것이고, '혼령이 돌아가는 것을 슬프게 전송한다'[64]는 것은 끝에 초점을 맞춘 것이다.

---

56 향례(饗禮) : 봄에 고자(孤子 : 나랏일로 죽은 사람의 자손)에게 향응(饗應)을 베푸는 것.
57 사례(食禮) : 가을에 기로(耆老)에게 음식을 대접하는 것.
58 『禮記』 郊特牲 11-3.
59 『禮記』 祭儀 24-8
60 대본에는 '而'로 되어 있으나, 사고전서 『樂書』에 의거하여 '已'로 바로잡았다.
61 살아계실 때에는 예(禮)로 섬긴다 : 『論語』 爲政 2-5.
62 『論語』 里仁 4-21.
63 돌아가신 뒤에는 예로 제사지낸다 : 『論語』 爲政 2-5.
64 『禮記』 祭儀 24-1.

제통(祭統)

32-9. 君子非有大事也, 非有恭敬也, 則不齊. 及其將齊也, 防其邪物, 訖其嗜欲, 耳不聽樂. 故記曰 : "齊者不樂" 言不敢散其志也.

군자는 대사(大事)가 있거나 공경할 일이 있는 경우가 아니면 재계(齊戒)하지 않는다. 재계할 때는 외물(外物)을 막고 욕망을 끊으며 음악을 듣지 않는다. 그러므로 기(記)에 "재계하는 자는 음악을 하지 않는다"[65]라고 했으니, 감히 뜻을 산란하게 하지 않음을 말한다.[66]

祭祀之齊, 君子所以致精明之德. 心不苟慮, 必依於道, 手足不苟動, 必依於禮. 夫然後可以交神明矣. 其將齊也, 不敢聽樂以散其志, 況已齊者乎? 周官膳夫, 王以樂侑食, 而齊則不樂者, 此其意歟! 然此祭祀之齊, 非心齊也. 心齊則聖人以神明其德, 是已. 彼其哀樂欲惡將簡之而弗得, 尙何物之能累哉? 雖然知致一於祭祀之齊, 則其於心齊也庶幾焉.

제사지내기 전에 재계하는 것은 군자가 순수하고 맑은 덕에 이르기 위해서이다. 마음은 구차하게 생각하지 않고 반드시 도리에 따라 생각하며, 손발은 구차하게 움직이지 않고 반드시 예에 따라 움직인다. 이렇게 한 뒤에야 신명과 교류할 수 있다.[67] 재계할 때에 감히 악(樂)을 들어 뜻을 산란하게 하지 않는데, 하물며 이미 재계한 자이겠는가?

주관(周官)의 선부(膳夫)는 평소에 악으로 왕에게 식사를 권하지만,[68] 재계할 때는 음악을 쓰지 않으니, 마음을 전일(專一)하게 하기 위해서이다. 그러나 이것은 제사지낼 때의 재계이고 마음의 재계[心齊]는 아니다.[69] 마

65　『禮記』曲禮上 1-32.

66　『禮記』祭統 25-5.

67　제사지내기~있다 : 『禮記』祭統 25-5.

68　『周禮』天官 / 膳夫 0.

69　『莊子』人間世 4-1. 「顔回曰 : "回之家貧, 唯不飮酒不茹葷者數月矣. 如此, 則可以爲齋

음의 재계는 '성인이 그 덕을 신명(神明)하게 하는 것'[70]이다. 이런 경지에서는 슬퍼하고 기뻐하며 좋아하고 싫어하는 감정을 분별하려 해도 할 수 없으니, 어떤 외물(外物)로 누를 끼칠 수 있겠는가? 그러나 제사지낼 때의 재계를 전일(專一)하게 하다 보면 마음의 재계에 가까워질 수 있다.

32-10. 及入舞, 君執干戚就舞位, 君爲東上, 冕而總干, 率其群臣以樂皇尸. 是故天子之祭也, 與天下樂之, 諸侯之祭也, 與竟內樂之. 冕而總干, 率其群臣以樂皇尸, 此與竟內樂之之義也.

임금이 사당에 들어가 친히 춤을 출 때 방패와 도끼를 잡고서 춤추는 자리에 나아가는데, 동쪽을 윗자리로 삼으며, 면복(冕服) 차림으로 방패를 잡고 뭇신하를 인솔하고 황시(皇尸)를 즐겁게 한다. 그러므로 천자의 제사는 천하와 함께 즐거워하는 것이고, 제후의 제사는 경내(境內)의 백성과 함께 즐거워하는 것이니, 면복 차림으로 방패를 들고 뭇신하를 이끌고 황시를 즐겁게 하는 것은 경내의 백성과 함께 즐거워한다는 뜻이다.[71]

尸所以象神, 而皇尸則君而尊之者也. 故尸在廟門外則疑於臣, 廟中

乎?' 曰: "是祭祀之齋, 非心齋也." 回曰: "敢問心齋" 仲尼曰: "若一志, 无聽之以耳而聽之以心, 无聽之以心而聽之以氣! 耳止於聽, 心止於符. 氣也者, 虛而待物者也. 唯道集虛. 虛者, 心齋也"【안회가 말했다. "저는 집안이 가난하여 술을 전혀 마시지 않고 훈채를 먹지 못한 지 몇 달이 되었으니 이 정도면 재계했다고 할 만하지 않습니까?' 중니가 말했다. "그것은 제사지낼 때의 재계이지 마음의 재계[心齋]는 아니다." 안회가 말했다. "마음의 재계는 무엇인지 감히 여쭙니다." 중니가 말했다. "너는 너의 뜻을 전일하게 하여, 귀로 듣지 말고 마음으로 듣도록 해야 한다. 그 다음에는 마음으로 듣지 말고 기(氣)로 들어야 한다. 귀는 감각적인 소리를 듣는 데에 그치고, 마음은 지각하는 것에 그칠 뿐이지만, 기(氣)란 마음을 비워서 사물을 기다리는 것이다. 도(道)는 오직 마음을 비운 곳에 모일 따름이다. 마음을 비우는 것이 마음의 재계이다."】

70 『周易』繫辭上傳 11.
71 『禮記』祭統 25-6.

則全於君, 君在廟門外則疑於君, 入廟門則全於臣. 天子諸侯之於尸,
非特備禮物以薦之, 抑又就舞位以樂之. 蓋廟中在天子則天下之象也,
在諸侯則境內之象也. 故天子之祭, 冕而總干, 率其群臣以樂皇尸, 非
徒樂之, 所以與天下樂之也. 諸侯之祭, 冕而總干, 率其群臣, 亦與境內
樂之而已. 天子樂以天下, 諸侯樂以境內, 孰謂獨樂勝於與人, 與少勝
於與衆哉? 故記曰 : "禮樂之施於金石, 越於聲音, 用於宗廟, 則此所以
與民同也" 若夫所以與人異, 則動於無方, 居於窈冥, 林[72]樂而無形, 幽
昏而無聲, 載道而與之俱矣.

古者人君之於廟享, 籍則親耕, 牲則親殺, 酒則親獻, 尸則親迎, 然則
樂則親舞不爲過矣. 此言皇尸, 以道名之, 詩言公尸, 以德明之.

시(尸)[73]는 신(神)을 상징하는 시동(尸童)이니, 황시(皇尸)는 임금처럼 높
이는 자이다. 시동은 묘문(廟門) 밖에서는 신하이지만 묘(廟) 안에서는 임
금에 비견되는 반면에 임금은 묘문 밖에서는 임금이지만 묘문으로 들어
오면 신하에 비견된다.[74] 따라서 천자와 제후는 시(尸)에게 예물을 갖추
어 올릴 뿐만 아니라 춤추는 자리에 나아가 시를 즐겁게 한다.

묘(廟) 안이 천자에게는 천하의 상징이 되고 제후에게는 경내(境內)의
상징이 된다. 그러므로 천자가 제사지낼 때 면복 차림으로 방패를 들고
뭇신하를 인솔하고 황시를 즐겁게 하는 것은 황시를 즐겁게 할 뿐만 아
니라 천하와 함께 즐거워하는 것이다. 제후가 제사지낼 때 면복 차림으
로 방패를 들고 뭇신하를 인솔하는 것은 또한 경내의 백성과 함께 즐거
워하는 것이다. 천자는 천하의 백성들과 더불어 즐거워하고 제후는 경내
의 백성들과 더불어 즐거워하니, 어느 누가 '홀로 즐기는 것이 사람들과
더불어 즐기는 것보다 더 나으며, 소수의 사람들과 즐기는 것이 여러 사
람들과 더불어 즐기는 것보다 낫다'고 말하겠는가?

---

72 대본에는 '休'로 되어 있으나 『莊子』에 의거하여 '林'으로 바로잡았다.
73 시(尸) : 제사지낼 때 신위 대신으로 교의에 앉히는 어린 아이.
74 시동은~비견된다. 『禮記』 祭統 25-12.

그러므로 『예기』에 "금(金)·석(石)의 악기[75]로 연주하고, 성음(聲音)으로 표현하며 종묘에 쓴 것은 백성들과 예악을 함께 한 것이다"[76]라고 하였다. 그러나 무한한 경지에 움직여 다니다가 그윽하고 어두운 근원의 세계에 조용히 머무르고, 만물의 합주가 일어나 모두 즐거워하여 성난 소리를 찾을래야 찾을 수 없으며, 그윽하고 어두운 가운데 아무 소리도 없고, 도(道)를 싣고 도와 일체가 되는 경지[77]는 백성과 달리 한다.

옛날에 임금이 종묘에 제사지낼 때, 적전(籍田)을 몸소 갈고 희생(犧牲)을 몸소 죽이고 술을 몸소 올리고 시(尸)를 몸소 맞이했으니,[78] 몸소 춤추는 것이 지나친 것이 아니다. 여기서 황시(皇尸)라고 말한 것은 도(道)로써 이름붙인 것이고, 『시경』에서 공시(公尸)[79]라고 말한 것은 덕(德)으로써 밝힌 것이다.

---

75 쇠로 만든 악기에 특종(特鐘)·편종(編鐘)·요(鐃)·탁(鐸) 등이 있고, 돌로 만든 악기에 특경(特磬)·편경(編磬)이 있다.

76 『禮記』樂記 19-4.

77 무한한~경지 : 『莊子』天運 14-3.

78 『禮記』祭統 25-12에 '君迎牲而不迎尸, 別嫌也. 尸在廟門外則疑於臣, 在廟中則全於君. 君在廟門外則疑於君, 入廟門則全於臣, 全於子. 是故不出者, 明君臣之義也'라 하여 묘문 밖으로 나가 시(尸)를 맞이하지 않는다고 하였으니, 여기서 '임금이 시(尸)를 몸소 맞이한다'라고 한 것은 묘문 안에서 맞이하는 것을 뜻할 것이다.

79 『詩經』大雅 / 鳧鷖.

권33 예기훈의(禮記訓義)

제통(祭統) · 경해(經解) · 중니연거(仲尼燕居)

제통(祭統)

33-1. 夫祭有三重焉, 獻之屬莫重於祼, 聲莫重於升歌, 舞莫重於武
宿夜, 此周道也. 凡三道者所以假於外, 而以增君子之志也, 故與志
進退. 志輕則亦輕, 志重則亦重. 輕其志而求外之重也, 雖聖人弗能
得也. 君子之祭也必自盡也, 所以明重也. 道之以禮, 以奉三重, 而薦
諸皇尸, 此聖人之道也.

제사에는 세 가지 중요한 것이 있다. 헌작(獻爵)으로는 신의 강림을 빌
며 땅에 술을 뿌리는 관(祼)보다 더 중요한 것이 없고, 음악으로는 승가
(升歌)[1]보다 더 중요한 것이 없으며, 춤으로는 《무숙야(武宿夜)》[2]보다 더

---

1   승가(升歌) : 당상(堂上)에서 노래하는 일.
2   무숙야(武宿夜) : 무왕(武王)이 주(紂)를 정벌할 때 은나라 교외(郊外)에서 묵으며 사

중요한 것이 없다. 이것은 주나라의 도(道:禮)이다. 대체로 이 세 가지 도
는 외물(外物)에 가탁(假託)하여 군자가 신을 공경하는 뜻을 더한 것이므
로, 뜻과 더불어 진퇴한다. 즉, 뜻이 얕으면 세 가지 도가 또한 얕아지고,
뜻이 깊으면 세 가지 도가 또한 깊어진다. 뜻이 얕으면서 외물에서 깊은
것을 구하는 것은 성인(聖人)일지라도 불가능하다. 그러므로 군자는 제
사지낼 때 반드시 정성을 다해서 세 가지 도의 깊은 본질을 밝힌다. 예
(禮)로써 인도하여 세 가지 중요한 것을 받들어 황시(皇尸)에게 올렸으니,
이것이 성인의 도(道)이다.[3]

禮莫大於祭祀, 祭祀莫重於三道. 故祼所以降其神, 歌所以詠其聲,
舞所以動其容. 獻之屬有九而莫重於祼, 是以降神者爲重, 凡獻卿大夫
及群有司皆其輕者也. 聲莫重於升歌, 是以貴人聲者爲重, 凡見於下管
象武之器皆其輕者也. 舞莫重於武宿夜, 是以當時者爲重, 凡見於前代
者皆其輕者也. 凡此周道爲然. 若夫夏商之禮, 則獻不必重祼, 聲不必
重升歌, 舞不必武宿夜矣.

祭之有是, 假諸物而在外者也, 君子之志, 資諸己而在內者也. 德盛
者其志重, 德薄者其志輕. 志重於內, 凡假於外者安得不重邪, 志輕於
內, 凡假於外者安得不輕邪? 聖人之祭, 必假三重以增其志. 故其祭也
必身自盡以明重, 然後奉之以禮而薦諸皇尸, 則三重之道得矣, 苟輕其
志, 以求外之重, 雖聖人弗能得也, 況下是者乎?

祭有三重則周之所獨, 天下有三重則夏商所同. 言周道, 又言聖人之
道, 言三道, 又言三重者, 禮樂之道大備於周, 而[4]聖人之道亦不過禮樂
而已, 知此禮樂之情者能作, 所以謂之聖也. 然禮樂之道成於三, 謂之

졸(士卒)이 모두 가무(歌舞)하며 주공단(周公旦)을 기다렸다는 고사를 악무(樂舞)로
만든 것이다.

3   『禮記』 祭統 25-7.
4   대본에는 '正'으로 되어 있으나, 사고전서 『樂書』에 의거하여 '而'로 바로잡았다.

三道, 自由而行者言之, 謂之三重, 自時所尙者言之.

예(禮)는 제사보다 더 중요한 것이 없고,[5] 제사는 세 가지 도(道)보다 더 중요한 것이 없다. 관(祼)은 신(神)을 강림하게 하는 것이고, 노래는 소리를 읊는 것이고, 춤은 용모를 움직이는 것이다. 아홉 번의 헌작(獻爵) 중에서 관(祼)보다 더 중요한 것은 없다. 이는 신이 강림하는 것이 중하고, 경대부와 유사(有司)에게 술을 주는 것은[6] 가볍기 때문이다. 음악에서는 승가(升歌)보다 더 중요한 것이 없다. 이는 사람의 목소리를 귀하게 여기는 것[7]이 중하고, 당하악(下管)에서 《상(象)》과 《대무(大武)》[8]를 연주하는 악기는 가볍기 때문이다. 춤에서 《무숙야(武宿夜)》보다 더 중요한 것이 없다. 이는 당시의 것이 중하고 전대(前代)의 것은 가볍기 때문이다. 주나라의 도(道)는 이러했다.

그러나 하(夏)나라와 상(商)나라의 예(禮)에서는 헌작에서 관(祼)을 반드시 중요하게 여기지는 않았고, 음악에서 승가를 반드시 중요하게 여기지는 않았으며, 춤에서 《무숙야》를 반드시 중요하게 여기지는 않았다.

제사에서 이런 것들은 외물에 가탁(假託)하여 밖에 있지만, 군자의 뜻은 자신의 덕에 바탕을 두어 안에 있다. 따라서 덕이 성대한 자는 그 뜻이 깊고, 덕이 얇은 자는 그 뜻이 가볍다. 안의 뜻이 깊으면 외물에 가탁하는 것이 어찌 깊지 않겠으며, 안의 뜻이 얇으면 외물에 가탁하는 것이 어찌 얇지 않겠는가? 성인이 제사를 지낼 때는 반드시 세 가지 중요한 것에 가탁하여 신을 공경하는 뜻을 더했으니, 제사에 반드시 정성을 다

---

5   예(禮)는~없고:『禮記』祭統 25-1.
6   『禮記』祭統 25-14.「尸飮五, 君洗玉爵獻卿, 尸飮七, 以瑤爵獻大夫. 尸飮九, 以散爵獻士及群有司[시(尸)가 다섯 차례 헌작(獻爵)을 마시면 임금이 옥작(玉爵)을 씻어서 그것을 경에게 주고, 시가 일곱 차례 마시면 임금이 요작(瑤爵)으로 대부에게 술을 주며, 시가 아홉 차례 마시면 임금이 산작(散爵)으로 사(士)와 유사에게 술을 준다.]」
7   『禮記』郊特牲 11-5.「歌者在上, 匏竹在下, 貴人聲也.」
8   『禮記』文王世子 8-13의 '下管象, 舞大武.' 明堂位 14-5의 '升歌淸廟, 下管象, 朱干玉戚, 冕而舞大武, 皮弁素積, 裼而舞大夏.' 仲尼燕居 28-6의 '下而管象示事也'라는 구절에 근거하여 '象武'를 《상(象)》과 《대무(大武)》로 번역하였다.

해서 세 가지 중요한 것의 깊은 본질을 밝혔다. 그런 뒤에 예로 받들어 황시(皇尸)에게 올렸으니, 세 가지 중요한 것의 도(道)를 체득한 것이다. 그 뜻을 가벼이 하고서 외물에서 깊은 것을 구한다면, 성인일지라도 할 수 없을 것인데, 하물며 그보다 못한 자들이겠는가?

제사에 세 가지 중요한 것이 있는 것은 주나라뿐이지만, 천하에 세 가지 중요한 것이 있음은 하나라와 상나라도 마찬가지이다.[9]

주나라의 도를 말하고 또 성인의 도를 말했으며, 세 가지 도를 말하고 또 세 가지 중요한 것을 말한 것은 예악의 도가 주나라에서 크게 갖추어졌는데 성인의 도(道) 또한 예악에 지나지 않기 때문이다. 따라서 예악의 정(情)을 아는 자는 창작할 수 있으므로 '성(聖)'이라 불리우는 것이다. 예악의 도가 셋으로 이루어진 것에 대해 '세 가지 도[三道]'라고 일컬은 것은 행실의 준칙(準則)이라는 관점에서 말한 것이고, '세 가지 중요한 것[三重]'이라고 일컬은 것은 당시에 숭상한 관점에서 말한 것이다.

33-2. 昔者, 周公旦有勳勞於天下, 周公旣沒, 成王康王追念周公之所以勳勞者, 而欲尊魯. 故賜之重祭, 外祭則郊社是也, 內祭則大嘗禘是也. 夫大嘗禘升歌淸廟, 下而管象, 朱干玉戚以舞大武, 八佾以舞大夏, 此天子之樂也. 康周公, 故以賜魯也, 子孫纂之, 至於今不廢, 所以明周公之德, 而又以重其國也.

옛날에 주공 단(周公旦)이 천하에 공로가 있었다. 주공이 죽자 성왕(成王)과 강왕(康王)은 주공의 공로를 추념(追念)하여 노나라를 높이고자 하였다. 그러므로 노나라에 외제(外祭)와 내제(內祭)를 허락했으니, 외제는 교(郊)와 사(社)[10]이고, 내제는 대상(大嘗)과 대체(大禘)이다. 대상과 대체를

---

9   『禮記』中庸 31-28. 「王天下有三重焉, 其寡過矣乎![천하를 통치함에 세 가지 중요한 것이 있으니, 이것을 잘 행하면 허물이 적을 것이다.]북송의 학자 여대림(呂大臨)은 세 가지 중요한 것을 의례(議禮)·제도(制度)·고문(考文)으로 보았다.

10   교사(郊社) : 교(郊)는 하늘에 지내는 제사이고 사(社)는 땅에 지내는 제사이다.

지낼 때 당(堂)에 올라 《청묘(清廟)》를 노래 부르고, 아래에서 관악기로 《상(象)》을 연주하며, 붉은 방패와 옥으로 장식한 도끼를 들고 《대무(大武)》를 추고 팔일(八佾)로 《대하(大夏)》를 추는데, 이것은 천자의 악이다. 주공을 기리기 위해서 이를 노나라에 하사했는데, 자손이 이를 이어서 지금까지도 폐지하지 않은 것은 주공의 덕을 세상에 널리 밝히고 또 노나라를 빛내기 위함이다.[11]

禮以祭祀爲先, 樂以歌舞爲備. 郊社天子外祭之重者, 大嘗禘天子內祭之重者. 天子秋嘗以享先王謂之大嘗, 夏禘以享先王謂之大禘. 則諸侯嘗禘不得謂之大矣, 周公之廟得用天子之禮, 雖祭祀以之可也. 清廟頌文王清明之德, 歌於堂上以示之, 維清 奏文王象舞之事, 管於堂下以示之. 大武武王之樂也, 朱干玉戚以舞之, 所以象征誅. 大夏姒禹之樂也, 八佾以舞之, 所以象揖遜. 周公之廟得用天子之樂, 雖歌舞以之可也. 大嘗禘用天子禮樂如此, 則郊社可知矣. 周公封於魯, 而不之魯. 魯之子孫纂之, 于今不廢, 用之周公廟, 足以明周公之德. 用之魯公廟, 雖欲尊魯以重其國, 未免爲僭矣. 孔子曰: "我觀, 魯之郊禘非禮也, 周公其衰矣."

記言升歌清廟者四, 仲尼燕居主於饗賓, 文王世子祭統明堂位主[12]於祭祀, 何也? 老子曰: "天得一以清." 莊子曰: "天無爲以之清." 樂記曰: "清明象天." 則清者天德也. 莊子: "不明於天者不純於德." 又曰: "不雜則清." 文王之德之純, 清矣而不雜, 則天之德文王之德也. 賓客主恭, 祭祀主敬. 恭則不侮人, 而立賓以象天, 所以恭之也. 敬則不慢神, 而對越在天, 所以敬之也. 荀卿曰: "歌清盡." 以清盡之, 升歌清廟之詩, 用之大饗, 則天其賓, 用之祭祀, 則天其神, 恭敬之至也.

예에서는 제사가 핵심이고 악에서는 가무(歌舞)가 중요하다. 교(郊)와

---

11   『禮記』 祭統 25-23.
12   대본에는 '主'가 없으나, 사고전서 『樂書』에 의거하여 보충하였다.

사(社)는 천자의 중요한 외제(外祭)이고, 대상(大嘗)과 대체(大禘)는 천자의 중요한 내제(內祭)이다. 천자가 선왕에게 가을 제사를 지내는 것을 대상(大嘗)이라 하고, 선왕에게 여름 제사를 지내는 것을 대체(大禘)라고 한다. 제후의 상(嘗)과 체(禘)에는 '대(大)'를 붙일 수 없으나, 주공의 사당에는 천자의 예를 쓰므로 이를 쓸 수 있었다.

《청묘(淸廟)》[13]는 문왕의 청명(淸明)한 덕을 찬송한 것으로 당상에서 노래 불러 그 덕을 보인 것이고, 《유청(維淸)》[14]은 문왕의 《상무(象舞)》[15]의 일을 연주한 것으로 당하에서 관악기로 연주하여 그 일을 보인 것이다. 《대무(大武)》는 무왕의 악으로서 붉은 방패와 옥으로 장식한 도끼를 들고 춤추어 정벌을 형상화한 것이고, 《대하(大夏)》는 사우(姒禹)[16]의 악으로서 팔일(八佾)로 춤추어 읍양을 형상화한 것이다. 주공의 사당에는 천자의 악을 쓸 수 있으므로, 이것들을 춤추고 노래해도 괜찮다. 대상(大嘗)과 대체(大禘)에 천자의 예악을 쓴 것이 이와 같으니, 교(郊)와 사(社)의 경우도 미루어 알 수 있다.

주공은 노(魯)나라에 봉해졌지만 노나라에 가지는 않았다. 노나라의 자손들이 이를 이어서 지금까지도 폐지하지 않고 주공의 사당에서 이를 써서 주공의 덕을 밝힌 것이다. 그러나 주공이 아닌 다른 노나라 임금들의 사당에서도 이를 쓴 것은 노나라를 높이어 빛내기 위함이나, 이는 참람(僭濫)함을 면치 못한다. 이 때문에 공자는 "노나라의 교(郊)와 체(禘)는 예에 어긋나니, 주공의 가르침이 쇠해진 것이다"[17]라고 하였다.

『예기』에 '당에 올라 《청묘》를 노래한다'라는 구절이 4번 나오는데, 「중니연거」에서는 빈(賓)을 대접하는 것을 설명할 때 나오고,[18] 「문왕세

---

13 『詩經』周頌 / 淸廟.
14 『詩經』周頌 / 維淸.
15 상무(象舞) : 적을 찌르고 치는 것을 형상한 춤이다.
16 사우(姒禹) : 사씨(姒氏)인 우왕. 우왕의 아버지 곤(鯀)이 요임금의 숭백(崇伯)이 되었을 때 사(姒)라는 성(姓)을 하사받았다.
17 『禮記』禮運 9-10.

자」·「제통」·「명당위」에서는 제사를 지내는 것을 설명할 때 나왔다.[19] 이는 무엇 때문인가? 노자(老子)는 "하늘은 하나를 얻어서 맑게 되었다"[20] 라고 했고, 장자(莊子)는 "하늘은 무위(無爲)하므로 그 때문에 맑다"[21] 라고 했으며 「악기」에서는 "맑고 밝은 것은 하늘을 본뜬 것이다"[22]라고 했으니, 맑음은 하늘의 덕이다. 장자는 "천도(天道)에 밝지 못한 자는 덕이 순수하지 못하다"[23]라고 했고, 또 "잡것이 섞이지 않으면 맑다"[24]라고 했다. 문왕 덕의 순수함[25]은 맑으며 사심(私心)이 섞이지 않은 것이니, 하늘

---

18   『禮記』仲尼燕居 28-6.「子曰 : …… 兩君相見, 揖讓而入門, 入門而縣興, 揖讓而升堂, 升堂而樂闋, …… 入門而金作, 示情也. 升歌淸廟, 示德也. 下而管象, 示事也【공자가 말하였다. "두 나라 임금이 서로 볼 때에는 읍양하고 나서 문에 들어가고 문에 들어가면 음악이 연주된다. 읍양하고 나서 당에 오르고 당에 오르면 음악이 끝난다. …… 문에 들어갈 때 종으로 음악을 연주한 것은 정(情)을 보인 것이고 당에 올라《청묘》를 노래한 것은 덕을 보인 것이고 당하에서 관악기로《상(象)》을 연주한 것은 일을 보인 것이다.】

19   『禮記』文王世子 8-13.「天子視學 …… 祭先師先聖焉. 有司卒事反命. 始之養也, 適東序, 釋奠於先老, 遂設三老五更群老之席位焉. 適饌省醴養老之珍具, 遂發咏焉, 退修之以孝養也. 反, 登歌淸廟, 旣歌而語, 以成之也. ……【천자가 국학을 시찰할 때는 …… 선사(先師)와 선성(先聖)에게 석전제(釋奠祭)를 지낸다. 유사가 일을 마치고 천자에게 복명(復命)한다. 처음 학교를 세우고 양로례(養老禮)를 행할 때는 천자가 동서(東序)에 가서 선로(先老)에게 석전제를 지내고, 삼로(三老)·오경(五更)·군로(群老)의 자리를 위차(位次)에 맞게 마련하고, 음식을 차려 놓은 곳에 몸소 가서 단술과 노인을 봉양할 진수(珍羞)를 살핀다. 마침내 음악이 연주되고 노래가 시작되면 천자는 물러나와 단술을 노인들에게 바친다. 천자로부터 단술을 받은 노인들이 제자리로 돌아가면 악공이 당상(堂上)에서《청묘(淸廟)》를 노래한다. 노래가 끝나면 의리에 맞는 이야기를 나누어 천자의 양로례를 이루게 한다.】
       『禮記』明堂位 14-5.「季夏六月, 以禘禮祀周公於大廟, 牲用白牡 …… 升歌淸廟, 下管象, 朱干玉戚冕而舞大武【계하(季夏) 6월에 체례(禘禮)로써 주공을 태묘에서 제사지낸다. 희생으로는 흰 황소를 쓴다. …… 악공이 당에 올라《청묘》를 노래하고 당하에서는《상(象)》을 관악기로 연주하고 면복(冕服) 차림으로 붉은 방패와 옥으로 장식된 도끼를 들고《대무(大武)》를 춤춘다.】

20   『道德經』39.
21   『莊子』至樂 18-1.
22   『禮記』樂記 19-13.
23   『莊子』在宥 11-5.
24   『莊子』刻意 15-3.
25   『詩經』周頌 / 維天之命.「維天之命, 於穆不已. 於乎不顯, 文王之德之純. ……【하늘

의 덕이 바로 문왕의 덕이다.

　빈객의 대접은 공손을 위주로 하고, 제사는 공경을 위주로 한다.[26] 공손은 사람을 무시하지 않는 것이니, '빈(賓)을 세워 하늘을 본뜬 것'[27]은 빈을 공손하게 대하기 위함이다. 공경은 신에게 태만하지 않는 것이니, '하늘에 계신 분을 높이 모시는 것'[28]은 공경하게 대하기 위함이다. 순경(荀卿)이 "노랫소리는 그지없이 맑은 것이다"[29]라고 한 것은 맑음을 극진히 하는 것이다. 따라서 《청묘》의 노래를 대향(大饗)에 쓴 것은 빈(賓)을 하늘로 여겨 지극히 공손하게 되기 때문이고, 제사에 쓴 것은 신(神)을 하늘로 여겨 지극히 공경하게 되기 때문이다.

경해(經解)

　33-3. 孔子曰 : "入其國, 其敎可知也. 其爲人也溫柔敦厚, 詩敎也. 疏通知遠, 書敎也. 廣博易良, 樂敎也. 潔靜精微, 易敎也. 莊儉恭敬, 禮敎也. 屬辭比事, 春秋敎也. 故詩之失愚, 書之失誣, 樂之失奢, 易之失賊, 禮之失煩, 春秋之失亂. 其爲人也溫柔敦厚而不愚, 則深於詩者也. 疏通知遠而不誣, 則深於書者也. 廣博易良而不奢, 則深於樂者也. 潔靜精微而不賊, 則深於易者也. 莊儉恭敬而不煩, 則深於

의 명(命)이 심원(深遠)하니, 아! 드러나지 않았는가. 문왕의 덕의 순수함이여! ……】
26　빈객의~한다:『禮記』少儀 17-20.
27　『禮記』鄕飮酒義 45-13.「鄕飮酒之義, 立賓以象天, 立主以象地.」빈(賓)은 주인이 존경하는 바이므로 '하늘을 본뜬다'라고 하고, 주인은 음식을 빈에게 봉양하므로 '땅을 본뜬다'라고 한 것이다.
28　『詩經』周頌 / 淸廟.
29　『荀子』樂論 20-10.

禮者也. 屬辭比事而不亂, 則深於春秋者也."

공자가 말하였다. "그 나라에 들어가면 교화(教化)의 여부를 알 수 있다. 그 사람됨이 온유하고 돈후한 것은『시경』의 가르침이고, 정사(政事)에 통달하여 멀리까지 내다보는 것은『서경』의 가르침이며, 마음이 넓어서 편안하고 온순한 것은『악경』의 가르침이고, 심성이 맑고 이치가 정미(精微)한 것은『역경』의 가르침이며, 엄숙하고 검소하며 공경스런 것은『예경』의 가르침이고, 역대 왕과 성현의 말씀에 밝고 사물을 비교하여 판단을 올바르게 하는 것은『춘추』의 가르침이다.

그러므로『시경』의 뜻을 잃으면 어리석어지고,『서경』의 뜻을 잃으면 거짓되게 되고,『악경』의 뜻을 잃으면 사치스러워지고,『역경』의 뜻을 잃으면 대자연의 법도를 해치게 되며,『예경』의 뜻을 잃으면 번잡해지고,『춘추』의 뜻을 잃으면 어지러워진다.

사람됨이 온유하고 돈후하면서 어리석지 않으면『시경』에 통달한 자이고, 정사에 통달하여 멀리까지 내다보면서 거짓되지 않으면『서경』에 통달한 자이며, 마음이 넓어서 편안하고 온순하면서 사치스럽지 않으면『악경』에 통달한 자이고, 심성이 맑고 정미하면서 대자연의 법도를 해치지 않으면『역경』에 통달한 자이며, 엄숙하고 검소하고 공경스러우면서 번잡하지 않으면『예경』에 통달한 자이고, 역대 왕과 성현의 말씀에 밝고 사물을 비교하여 판단을 올바르게 하면서 어지럽지 않으면『춘추』에 통달한 자이다.[30]

六經之道, 同歸禮樂之用爲急. 大樂必易, 廣博易良而不奢, 深於樂教者也. 大禮必簡, 莊儉恭敬而不煩, 深於禮教者也. 然奢者樂之失, 煩者禮之失. 極其深, 救其失, 則禮樂之教常興而不廢. 然則入其國, 其教有不知之邪? 荀卿曰 : "琴靜好, 瑟易良" 然則易良樂教也. 豈特瑟之一

30　『禮記』經解 26-1.

器而已哉?

육경(六經)의 도(道)는 모두 예악의 실행을 급선무로 여기는 것으로 귀착된다. 대악(大樂)은 반드시 쉬우니,[31] 마음이 넓어서 편안하고 온순하며 사치스럽지 않으면『악경』의 가르침에 통달한 것이다. 대례(大禮)는 반드시 간단하니,[32] 엄숙하고 검소하고 공경스러우며 번잡하지 않으면『예경』의 가르침에 통달한 것이다. 사치는『악경』의 뜻을 잃은 것이고, 번잡은『예경』의 뜻을 잃은 것이다. 통달한 것을 극진히 하여 잘못을 구제하면, 예악의 가르침이 항상 흥기되어 무너지지 않으니, 그 나라에 들어가면 교화가 행해졌는지의 여부를 알지 못하겠는가? 순경(荀卿)이 "금(琴)은 맑으면서 아름답고 슬(瑟)은 편안하면서 온순하다"[33]라고 했지만, 편안하면서 온순한 것은『악경』의 가르침이니, 어찌 슬이라는 악기에만 해당되겠는가?

33-4. 其在朝廷則道仁聖禮義之序, 燕處則聽雅頌之音, 行步則有環佩之聲, 升車則有鸞和之音.

조정에서는 인(仁)과 성(聖) 및 예(禮)와 의(義)의 차서를 말하고, 한가히 있을 때는 아(雅)와 송(頌)의 음(音)을 듣고, 걸어다닐 때는 패옥(佩玉)[34]의 소리를 듣고, 수레를 탈 때는 난화(鸞和)[35]의 음(音)을 듣는다.[36]

天子之於天下, 禮樂不可斯須去身, 言而履之無非禮也, 行而樂之無非樂也. 蓋仁入而爲聖聖德也, 禮入而爲義賢德也. 天子在朝廷之上,

---

31 대악(大樂)은 반드시 쉬우니 :『禮記』樂記 19-1.
32 대례(大禮)는 반드시 간단하니 :『禮記』樂記 19-1.
33 『荀子』樂論 20-10.「瑟易良, 琴婦好.」
34 패옥(佩玉) : 허리에 차는 장식용 옥. 오른쪽에 차는 옥은 치성(徵聲)과 각성(角聲)에 해당하고, 왼쪽에 차는 옥은 궁성(宮聲)과 우성(羽聲)에 해당한다.(『禮記』玉藻 13-18)
35 난화(鸞和) : 임금의 수레에 다는 방울.
36 『禮記』經解 26-1.

由仁聖禮義之序, 在閨之內, 聽雅頌之音, 行步於堂, 有環佩之聲, 升車
於道, 有鸞和之音, 確乎鄭衛不能入也. 周官 '樂師之敎樂儀, 行以肆
夏, 趨以采薺, 車亦如之. 環拜[37]以鐘鼓爲節" 則環拜佩環而拜也, 車亦
如之不無鸞和之音矣. 二者皆以鐘鼓爲節, 以環佩之聲·鸞和之音, 孰
不以鐘鼓爲節哉?

천자가 천하를 다스릴 때 예악을 잠시라도 멀리해서는 안 되므로, 말
하고 행하는 것이 예(禮) 아닌 것이 없고, 행하고 즐거워하는 것이 악(樂)
아닌 것이 없다. 대개 인(仁)을 통해 성(聖)을 이루는 것은 성인의 덕이고,
예(禮)를 통해 의(義)를 이루는 것은 현인의 덕이다. 천자가 조정에서는
인(仁)과 성(聖) 및 예(禮)와 의(義)의 차서를 말하고, 규문(閨門) 안에서는
아와 송의 음을 듣고, 당(堂)에서 걸어 다닐 때는 패옥의 소리를 듣고, 길
에서 수레를 탈 때는 난화의 음을 들으면, 정(鄭)·위(衛)의 음란한 음악
이 전혀 비집고 들어갈 수 없다.

『주례』에 "악사(樂師)가 악의(樂儀)를 가르쳐서, 당상(堂上)에서 다소곳이
걸을 때는 《사하(肆夏)》에 맞추고, 문 밖에서 성큼성큼 걸을 때는 《채제
(采薺)》에 맞추게 한다. 수레를 탈 때도 이와 같이 한다. 환배(環拜)는 종
(鐘)·고(鼓)에 맞추어 절도 있게 한다"[38]라고 했는데, '환배'란 패옥을 차
고 절하는 것이고, '수레를 탈 때 이와 같이 한다'는 것은 난화의 음이
있는 것이다. 이 둘을 모두 종·고에 맞추어 절도 있게 했으니, 패옥의
소리와 난화의 음, 어느 것인들 종·고에 맞추어 절도 있게 하지 않았겠
는가?

---

37 대본에는 '環佩'로 되어 있으나, 사고전서 『樂書』와 『周禮』에 의거하여 '環拜'로 바로
잡았다.
38 『周禮』 春官 / 樂師 0.

중니연거(仲尼燕居)

33-5. 樂得其節.
악(樂)이 절도에 맞게 된다.[39]

禮樂之於天下, 未嘗不相爲終始. 故禮得樂然後和, 樂得禮然後節.
故孔子曰 : "樂也者節也." 樂得其節, 則政事得其施, 樂失其節, 則政事
失其施. 是聲音之道未嘗不與政通也. 故審聲以知音, 審音以知樂, 審
樂以知政, 舍君子何以哉?

예와 악은 천하에 있어서 일찍이 서로 시종(始終)이 되지 않은 적이 없
었다. 그러므로 예는 악을 얻은 뒤에 조화를 이루고, 악은 예를 얻은 후
에 절도에 맞는다. 그러므로 공자는 "악은 절도이다"[40]라고 말하였다. 악
이 절도에 맞으면 정사(政事)를 잘 시행할 수 있지만 절도를 잃으면 정사
를 제대로 시행할 수 없다. 성음(聲音)의 도(道)는 일찍이 정치와 통하지
않은 적이 없다. 그러므로 성(聲)을 살펴서 음(音)을 알고, 음을 살펴서 악
을 알며, 악을 살펴서 정치를 알게 되니,[41] 이것을 버리고서는 군자가 어
떻게 정치를 잘 할 수 있겠는가?

33-6. 子曰 : "愼聽之女三人者! 吾語女禮. 猶有九焉, 大饗有四焉.
苟知此矣. 雖在畎畝之中事之, 聖人已. 兩君相見, 揖讓而入門, 入門
而縣興. 揖讓而升堂, 升堂而樂闋. 下管象武夏籥序興, 陳其薦俎, 序
其禮樂, 備其百官. 如此而後, 君子知仁焉. 行中規, 還中矩, 和鸞中
采齊,[42] 客出以雍, 徹以振羽. 是故君子無物而不在禮矣. 入門而金作

---

39 『禮記』仲尼燕居 28-5.
40 『禮記』仲尼燕居 28-7.
41 『禮記』樂記 19-1.

示情也, 升歌淸廟示德也, 下而管象示事也. 是故古之君子不必親相
與言也, 以禮樂相示而已."

공자가 말하였다.

"예(禮)를 말할 터이니 너희 세 사람[43]은 신중하게 들도록 하라. 예에
는 앞에서 설명한 것 이외에도 아홉 가지가 더 있는데, 대향(大饗)[44]에 네
가지가 있다. 진실로 이것을 알아두어라. 시골에서 지내더라도 이것을
힘쓰면 성인(聖人)이 된다. 두 나라 임금이 서로 만날 때는 읍양(揖讓)하고
나서 문에 들어가는데, 문에 들어서면 종(鐘)·경(磬)의 음악이 연주된
다. 읍양하고 나서 당(堂)에 오르는데, 당에 오르면 음악이 그친다. 당하
에서 관악기로 《상(象)》을 연주하고, 《대무(大武 : 武舞)》[45]와 《하약(夏籥 :
文舞)》을 차례로 춘다. 천조(薦俎)를 진설하고, 예악을 차례로 진행하며,
백관(百官)을 구비한다. 이와 같이 한 뒤에야 군자는 인(仁)을 알게 된다.

몸을 돌릴 때는 원을 그리듯이 하고 꺾어 갈 때는 직각을 그리듯이 하
며, 수레방울 소리가 《채제(采齊)》에 맞는다. 손님이 나갈 때는 《옹(雍)》
을 노래하며, 음식상을 물릴 때는 《진우(振羽)》를 노래한다. 그러므로 군
자는 어느 경우에나 예를 행하는 것이다.

문에 들어설 때 종을 연주하는 것은 정(情)을 보이는 것이고, 당에 올
라 《청묘(淸廟)》를 노래하는 것은 덕을 보이는 것이며, 당하(堂下)에서 관
악기로 《상(象)》을 연주하는 것은 일을 보이는 것이다. 그러므로 옛날에
군자는 서로 만날 때 말이 필요 없었고 오직 예악으로 서로의 뜻을 보였
을 따름이다.[46]

---

42 대본에는 '采薺'로 되어 있으나, 사고전서 『樂書』와 『禮記』에 의거하여 '采齊'로 바로
   잡았다.
43 공자의 제자인 자장(子張)·자공(子貢)·자유(子游)를 가리킨다.
44 대향(大饗) : 조회하러 온 제후에게 베푸는 향연.
45 『禮記』文王世子 8-13의 '下管象, 舞大武.' 明堂位 14-5의 '升歌淸廟, 下管象, 朱干玉
   戚, 冕而舞大武, 皮弁素積, 裼而舞大夏.' 仲尼燕居 28-6의 '下而管象示事也'라는 구절
   에 근거하여 '象武'를 《상(象)》과 《대무(大武)》로 번역하였다.
46 『禮記』仲尼燕居 28-6.

大饗之禮, 兩國之君相見, 不必親相與言也, 以禮樂相示而已. 揖遜而入門禮也, 入門而縣興樂也. 揖遜而升堂禮也, 升堂而樂闋樂也. 下管象武夏籥序興樂也, 陳其薦俎備其百官禮也. 語曰: "人而不仁, 如禮何, 人而不仁, 如樂何?" 是禮見於揖遜, 而爲仁之容, 樂見於興闋, 而爲仁之聲. 大饗所以仁賓客者也, 接以禮者, 必樂之以樂, 樂以樂者, 必節之以禮. 苟明乎此, 而後君子知仁焉. 至於行中規, 還中矩, 則饗禮之末儀也. 和鸞中采薺, 客出以雍, 徹以振羽, 則饗樂之末節也. 言無物而不在禮, 則樂可知矣. 德成而上, 故升歌於堂上. 事成而下, 故管象於堂下.

金於四時爲秋. 秋於天爲旻, 在五行爲義, 義於德爲和. 旻者情之閔, 和者情之利. 故入門而金作, 所以示情也. 禮器曰: "內金示和也." 又曰: "金次之見情也", 亦此意歟! 今夫禮有吉凶軍賓嘉之五者, 合大饗之四而九焉. 先儒以金再作升歌淸廟下管象武, 爲大饗有四, 於義或然.

觀春秋之時, 一言之不讎, 一拜之不中, 而兩國爲之暴骨, 是無他. 禮廢樂壞, 無以示之故也. 然則諸侯相見之禮, 得用王者淸廟象武之樂何邪? 曰: 諸侯具王者之體而微者也, 斯須之饗, 用王者之樂不亦可乎? 傳曰'禮盛可以進取者'此也.

是篇始之聖人, 終之君子, 聖人作禮樂者也, 作者之謂聖, 術者之謂明. 子張子貢子[47]游之於禮樂, 蓋未能豫. 是故, 仲尼綴言及此, 欲其由述者之明, 以及乎作者之聖而後止. 荀卿曰: "學止諸至足曰聖." 然則聖人誨人不倦之意, 於此見矣.

書曰: "羽畎夏翟." 詩曰: "左手執籥, 右手秉翟." 周官有羽籥之舞, 言籥則知夏之爲翟矣. 翟雉五色備爲夏, 言夏籥序興, 則羽籥之舞以序而興, 所謂興羽籥是也. 以夏籥爲羽籥之文舞, 則武爲干戚之武舞矣. 先武舞後文舞者, 周家以武勝敵, 以文守之序也.

47　대본에는 '言'으로 되어 있으나, 문맥상 '子'가 분명하므로 '子'로 바로잡았다.

대향(大饗)의 예(禮)에서 두 나라 임금이 서로 만날 때 말이 필요 없이 예악으로 뜻을 보였을 따름이다. 읍양(揖讓)하고 문으로 들어가는 것은 예이고, 문에 들어서면 종(鐘)·경(磬)의 음악이 연주되는 것은 악이며, 읍양하고 당(堂)에 오르는 것은 예이고, 당에 오르면 음악이 그치는 것은 악이다. 당하에서 관악기로《상(象)》을 연주하고《대무(大武)》와《하약(夏籥)》을 차례로 추는 것은 악이고, 천조(薦俎)를 진설하고 백관(百官)을 구비하는 것은 예이다.

『논어』에 "사람으로서 불인(不仁)하면 예가 무슨 소용이며, 사람으로서 불인하면 악이 무슨 소용이겠는가?"[48]라고 했으니, 읍양의 태도로 표현되는 예는 인(仁)의 용모이고, 종·경을 연주하고 그치는 것으로 표현되는 악은 인(仁)의 소리이다. 대향은 빈객(賓客)에게 인(仁)을 베푸는 것이니,[49] 예로 대접하는 것은 반드시 악으로 즐겁게 하고, 악으로 즐겁게 하는 것은 반드시 예로 절제한다. 진실로 이를 밝게 안 뒤에야 군자가 인을 아는 것이다.

몸을 돌릴 때 원을 그리듯이 하고 꺾어 갈 때 직각을 그리듯이 하는 것은 향례(饗禮)의 말의(末儀)이다. 수레 방울 소리가《채제(采齊)》에 맞고, 손님이 나갈 때《옹(雍)》을 노래하며, 음식상을 물릴 때《진우(振羽)》를 노래하는 것은 향악(饗樂)의 말절(末節)이다. 어느 절차에나 예가 있지 않은 경우는 없으니, 악도 미루어 알 수 있다. 덕을 이룬 자는 윗자리에 있으므로[50] 당 위에서 노래하고, 일을 이룬 자는 아랫자리 있으므로 당 아래에서 관악기로《상(象)》을 연주하는 것이다.

금(金)은 사시(四時) 중 가을에 해당되는데, 가을은 하늘로는 민(旻: 가을 하늘)이다. 또한 오행(五行) 중 의(義)에 해당되는데, 의(義)는 덕으로는 화(和)이다. 민(旻)은 연민의 정(情)이고 화(和)는 조화의 정이므로, 문에 들어

---

48 『論語』八佾 3-3.
49 『禮記』仲尼燕居 28-5.
50 덕을~있으므로:『禮記』樂記 19-20.

설 때 종을 연주하는 것은 정을 보이기 위함이다. 「예기(禮器)」에 "제후국에서 바친 금(金)을 받아들여 진열한 것은 제후의 화순함을 보이는 것이다"라고 하고, 또 "금(金)을 그 다음에 진설하는 것은 정(情)을 드러내는 것이다.[51][52]라고 했으니, 또한 이러한 뜻일 것이다.

예(禮)에는 길례(吉禮)·흉례(凶禮)·군례(軍禮)·빈례(賓禮)·가례(嘉禮)의 5가지가 있으니, 대향(大饗)의 4가지를 합쳐서 9가지가 된다. 그런데 선유(先儒)는 '종을 두 차례 연주하는 것, 당상에서 《청묘》를 노래하는 것, 당하에서 관악기로 《상》을 연주하는 것, 《대무》를 추는 것을 대향의 4가지로 여기니',[53] 혹 그럴 수도 있겠다.

춘추시대를 살펴보면, 알맞지 않은 한 마디 말이나 적합하지 않은 한 번의 절 때문에 두 나라가 싸워 해골이 이리저리 뒹굴게 되는 일이 벌어지곤 했다. 이는 다름이 아니라 바로 예가 폐지되고 악이 허물어져 서로의 뜻을 보일 방법이 없었기 때문이다. 그런데 제후의 상견례에 《청묘》·《상》·《대무》처럼 왕의 악(樂)을 쓰는 것은 무엇 때문인가? 제후는 왕의 체통을 갖추었으되 미약한 것뿐이니, 잠깐 동안의 향연(饗宴)에 왕의 악을 쓰는 정도는 괜찮기 때문일 것이다. 전(傳)에 "예를 성대하게 하기 위해 한 단계 높여도 괜찮다"[54]라고 한 것이 이것이다.

이 편(篇)은 성인으로 시작하여 군자로 마쳤다. 성인은 예악을 만든 자이다. 만드는 자를 '성(聖)'이라 하고 전술(傳述)하는 자를 '명(明)'이라 한다. 자장·자공·자유는 예악에 참여하지 못했으므로 중니가 군자로 말을 맺었으니, 전술하는 명인(明人)의 단계에서 창작하는 성인의 단계에까지 끌어올리고자 함이다. 순경이 "학문이 지극히 충족된 상태에 이른 것을 성(聖)이라 한다"[55]라고 했는데, 사람 가르치기를 게을리 하지 않은 성

---

51 『禮記』禮器 10-34.
52 금은 환하게 물건을 비추기 때문에 정을 드러내줄 수 있는 것으로 간주되었다.
53 『禮記』仲尼燕居 28-6에 대한 정현(鄭玄)의 주(注).
54 궁중 비빈의 대례복인 원삼(圓衫)이 일반인의 혼례복으로 허용되는 것을 예로 들 수 있다.

인의 뜻[56]을 여기에서 볼 수 있다.

『서경』에 "공물(貢物)로 우산(羽山) 골짜기에서 나는 하적(夏翟 : 오색의 꿩깃)을 바쳤다"[57]라고 하고, 『시경』에 "왼손에 약(籥)을 잡고 오른손에 적(翟 : 꿩깃)을 잡고 춤을 추도다"[58]라고 했는데, 『주례』에 우약무(羽籥舞)가 나온다.[59] 따라서 '하약(夏籥)'에서 하(夏)는 적(翟)이 됨을 알 수 있다. 오색을 갖춘 꿩깃을 하(夏)라고 하니, '하약서흥(夏籥序興)'이란 《우약무》를 차례에 맞게 추는 것이다. 이른바 '우약무를 춘다'[60]고 한 것이 이것이다. 《하약》은 바로 꿩깃과 약을 들고 추는 문무(文舞)이고, 《대무》는 바로 방패와 도끼를 들고 추는 무무(武舞)이다. 무무를 먼저 추고 문무를 나중에 춘 것은 주나라가 무공으로 적(敵)을 무찌르고, 문덕으로 나라를 지켰기 때문이다.

55 『荀子』解蔽 21-15.
56 『論語』述而 7-2.「子曰 : "默而識之, 學而不厭, 誨人不倦, 何有於我哉?"【공자가 말하였다. "묵묵히 기억하며 배우기를 싫어하지 않으며 사람 가르치기를 게을리 하지 않는 것, 이중 어느 것이 나에게 있다고 할 수 있겠는가?"】
57 『書經』夏書 / 禹貢 4.
58 『詩經』邶風 / 簡兮.
59 『周禮』春官 / 籥師 0.「籥師, 掌敎國子舞羽吹籥. 祭祀則鼓羽籥之舞.」
60 『禮記』仲尼燕居 28-9.「爾以爲必行綴兆, 興羽籥作鍾鼓然後謂之樂乎? 言而履之, 禮也. 行而樂之, 樂也.」

권34 예기훈의(禮記訓義)

중니연거(仲尼燕居) · 공자한거(孔子閒居)

중니연거(仲尼燕居)

34-1. 子曰 "禮也者理也, 樂也者節也. 君子無理不動, 無節不作.
　　공자가 말하였다. "예(禮)란 이치이고 악(樂)이란 절도이다. 군자는 이치가 없으면 움직이지 않고 절도가 없으면 행하지 않는다.[1]

　禮煩則亂, 非所以爲理也. 樂勝則流, 非所以爲節也. 故曰 : "禮也者理也, 樂也者節也" 君子循理而動, 無動而非中也, 應節而作, 無作而非和也. 故曰 : "君子無理不動, 無節不作" 一動一作而禮樂存焉, 顧豈小人所能與哉?

1　『禮記』仲尼燕居 28-7.

蓋詩出於人情, 禮緣人情而爲之節文, 則與於詩者未有不及於禮. 故不能詩, 於禮必失²之無序, 能無謬乎? 樂不徒作, 必有禮焉, 則知樂者未有不幾於禮. 故不能樂, 於禮必失之無文,³ 能無素乎? 人而無德, 焉以爲禮? 則道以德者, 未有不齊以禮. 故薄於德, 於禮必失之無實, 能無虛乎? 人之於詩樂, 有能有不能, 其於德則足乎己, 無待於外, 非有能有不能也. 特所得有厚薄而已.

예가 까다로우면 혼란해지는 것은⁴ 이치에 맞지 않기 때문이다. 악이 지나치면 방종에 흐르는 것은⁵ 절도에 맞지 않기 때문이다. 그러므로 '예란 이치이고 악이란 절도이다'라고 말한 것이다. 군자는 이치에 따라 행동하므로 행동하는 것마다 알맞지 않은 것이 없고, 절도에 응하여 행하므로 행하는 것마다 조화롭지 않은 것이 없다. 그러므로 '군자는 이치가 없으면 움직이지 않고 절도가 없으면 행하지 않는다'고 말한 것이다. 군자는 움직이고 행하는 것마다 예악에 합치하니, 이를 어찌 소인이 할 수 있겠는가?

시(詩)는 인정(人情)에서 나온 것이고, 예는 인정으로 말미암아 절문(節文)한 것이니, 시를 아는 자가 예에 미치지 못한 경우는 없다. 따라서 시를 이해하지 못하면 예에 두서가 없어 어긋나게 될 것이다. 악은 단순히 연주되는 것이 아니라 반드시 예가 포함되어 있으니, 악을 아는 자가 예를 모른 경우는 없다.⁶ 따라서 악을 알지 못하면 예에 문채가 없어 너무 질박할 것이다. 사람이 덕이 없으면 어찌 예를 행하겠는가? 그러므로 덕으로 인도하는 자가 예로 가지런히 하지 않은 경우는 없다. 따라서 덕이 부족하면 예에 실상이 없어 공허해질 것이다.

---

2   대본에는 '夫'로 되어 있으나 사고전서 『樂書』에 의거하여 '失'로 바로잡았다.
3   대본에는 '義'로 되어 있으나 사고전서 『樂書』에 의거하여 '文'으로 바로잡았다.
4   예가 까다로우면 혼란해지는 것은: 『書經』 商書 / 說命中 1.
5   악이 지나치면 방종에 흐르는 것은: 『禮記』 樂記 19-1.
6   『禮記』 樂記 19-1. 「是故不知聲者不可與言音, 不知音者, 不可與言樂, 知樂則幾於禮矣.」

사람이 시(詩)와 악(樂)에 있어서는 유능할 수도 있고 유능하지 못할 수도 있으나, 덕에 있어서는 자기 자신과 관련된 것이어서 외적 요인과 별상관이 없으므로, 유능함과 유능하지 못함이 있는 것이 아니라 다만 덕을 얼마나 체득했는가가 있을 뿐이다.

34-2. 子曰 : "制度在禮, 文爲在禮, 行之其在人乎!" 子貢越席而對曰 : "敢問夔其窮與?" 子曰 : "古之人與! 古之人也. 達於禮而不達於樂,⁷ 謂之素, 達於樂而⁸ 不達於禮, 謂之偏. 夫夔達於樂而不達於禮. 是以傳於此名也, 古之人也."

공자가 말하였다. "제도는 예(禮)에 있고, 문위(文爲)⁹도 예에 있으나, 이를 행하는 것은 사람에게 달려 있다." 자공(子貢)이 자리를 비키면서 대답하였다. "감히 여쭙건대, 기(夔)는 예에 궁했습니까?" 공자가 말하였다. "그는 옛날의 훌륭한 사람이다. 그는 옛날의 훌륭한 사람이다. 예에는 통달했는데 악에 통달하지 못한 것을 너무 질박하다고 하고, 악에는 통달했는데 예에 통달하지 못한 것을 편벽되다고 한다. 기(夔)는 악에는 통달했으나 예에는 통달하지 못했으므로 그런 평판이 전해진 것이지만 그는 옛날의 훌륭한 사람이다."¹⁰

樂之於天下, 稽之度數, 莫不有制度, 求之情文, 莫不有文爲. 制度文爲雖同出於樂, 要其所以制度文爲, 實在禮焉. 推而行之, 其不在人乎? 由是觀之, 凡禮樂之道, 未嘗不相爲表裏, 一人而兼禮樂者, 其古有德之成人歟! 語曰 : "文之以禮樂, 亦可以爲成人矣."

蓋達於禮, 不達於樂, 是直有質而無文以飾之也, 君子謂之素. 達於

---

7   대본에는 '達於禮未達於樂'으로 되어 있으나, 사고전서 『樂書』 및 『禮記』에 의거하여 '達於禮而不達於樂'으로 바로잡았다.
8   대본에는 없으나, 『禮記』에 의거하여 '而'를 보충하였다.
9   문위(文爲) : 사람으로서 품격 있게 행동하는 모든 일.
10 『禮記』 仲尼燕居 28-8.

樂, 不達於禮, 是失之沈湎而無禮以正之也, 君子謂之偏. 夔雖達於樂
而不達於禮, 非不知制度文爲也, 謂之偏可矣, 謂之窮可歟? 觀夔教冑
子以直寬剛簡之德, 達¹¹之以溫柔, 戒之以無虐無傲, 則以樂禮教和亦
不過如此. 是夔固非不知禮也, 特禮不勝於樂而已, 彼其於樂, 雖粗而
偏, 然以名論實, 亦未免爲滯古, 不知合變之人也, 子貢以爲窮惡可哉?

천하에 악은 도수(度數)를 상고했으므로 제도가 있지 않음이 없고, 정
문(情文)을 구했으므로 문위(文爲)가 있지 않음이 없다. 제도와 문위가 다
같이 악에서 나왔지만, 제도와 문위가 된 이유는 실로 예에 있으니, 이를
미루어 행하는 것은 사람에게 있지 않겠는가? 이로 보건대, 모든 예악의
도는 서로 표리(表裏)가 된다. 한 사람이 예악을 겸해 통달한 자는 그야말
로 옛날의 유덕(有德)한 성인(成人)이다. 그러므로 『논어』에 "예악으로 문
채내면 또한 성인(成人)이 될 수 있다"¹²라고 한 것이다.

대개 예에는 통달했으나 악에 통달하지 못하면, 이는 바탕[質]은 훌륭
하나 문채로 꾸미지 못한 것이므로, 군자가 이를 일러 너무 질박하다고
평하였다. 악에는 통달했으나 예에 통달하지 못하면, 이는 방종에 빠져
예로 바르게 하지 못한 것이므로, 군자가 이를 일러 편벽되다고 평하였
다.

기(夔)는 악에 통달하고 예에는 통달하지 못했으나, 그가 제도와 문위
를 모른 것은 아니니, 편벽되다고 말하는 것은 괜찮지만, 궁하다고 말하
는 것은 너무 심하다. 살펴보건대, 기가 주자(冑子)에게 정직[直]·관대
[寬]·강직[剛]·간략[簡]의 덕을 가르칠 때, 온유(溫柔)함으로써 통달하게 하

---

11 대본에는 '達德'으로 되어 있으나, 사고전서 『樂書』에 의거하여 '德達'로 바로잡았다.
12 『論語』憲問 14-12. 「子路問成人. 子曰 : "若臧武仲之知, 公綽之不欲, 卞莊子之勇, 冉
   求之藝, 文之以禮樂, 亦可以爲成人矣." 曰 : "今之成人者何必然? 見利思義, 見危授命,
   久要不忘平生之言, 亦可以爲成人矣"【자로가 성인(成人)을 여쭙자, 공자가 말하였다.
   "장무중의 지혜와 공작의 탐욕하지 않음과 변장자의 용맹과 염구의 예능에다가 예
   악으로 문채내면 또한 성인이 될 수 있다. 그러나 지금의 성인은 어찌 반드시 그러
   하겠느냐? 이로움을 보고 의(義)를 생각하며 위태함을 보고 목숨을 바치며 오랜 약
   속에 평소의 말을 잊지 않으면 또한 성인이 될 것이다."】

고 사납거나 오만하지 않도록 경계했다.[13] 악례(樂禮)로 화(和)를 가르친
것도 이에 지나지 않으니,[14] 기(夔)가 전혀 예를 모른 것이 아니라 다만
악보다 더 많이 알지 못하여, 악에 있어서 편벽되었을 뿐이다. 이름으로
실상을 논하면, 또한 옛것에 구속되어 임기응변(臨機應變)을 모르는 사람
이긴 하지만, 자공이 궁하다고 여긴 것이 어찌 옳겠는가?

34-3. 子張問政, 子曰:"師乎! 前吾語女乎! 君子明於禮樂, 擧而錯
之而已." 子張復問, 子曰:"師! 爾以爲必鋪几筵, 升降·酌獻·酬酢,
然後謂之禮乎? 爾以爲必行綴兆, 興羽籥作鐘鼓, 然後謂之樂乎? 言
而履之禮也, 行而樂之樂也, 君子力此二者, 以南面而立. 夫是以天
下太平也, 諸侯朝, 萬物服體, 而百官莫敢不承事矣."

자장이 정치에 대해 물으니 공자가 말하였다.

"사(師:자장의 이름)야! 내가 전에 네게 말하지 않았더냐? 군자는 예악
을 밝게 알아 그것을 시행할 뿐이다."

이에 자장이 다시 물으니, 공자가 말하였다.

"사야, 너는 반드시 안석(案席)과 대자리를 펴고, 오르내리며 신에게
잔을 올리고 손님과 주인 사이에 잔을 주고받은 연후에야 이를 일러 예
라고 생각하느냐? 너는 반드시 춤추는 행렬을 만들고, 꿩깃과 약(籥)을
들고 춤추며, 종(鐘)·고(鼓)를 울린 연후에야 이를 일러 악이라고 생각하
느냐? 말하고서 이를 실행하는 것이 예이고, 행하고서 이를 즐기는 것이
악이다. 군자는 이 두 가지를 힘써서 남면(南面)하여 설 뿐이다. 그러므로
천하가 태평하여, 제후가 조회하고 만물이 도리를 따르며 백관이 감히
맡은 바 직책을 다 하지 않는 일이 없는 것이다."[15]

---

13 기가~경계했다:『書經』虞書/舜典 3. 「帝曰:"夔, 命汝典樂, 敎冑子, 直而溫, 寬而
栗, 剛而無虐, 簡而無傲."」
14 『周禮』地官/大司徒 4. 「四曰, 以樂禮敎和則民不乖.」
15 『禮記』仲尼燕居 28-9.

子張問政, 孔子語之, 君子明於禮樂, 舉而錯之而已. 以禮樂不可斯須去身, 身立則政立故也. 蓋修身之道, 以踐言爲始, 而和行終之. 言而履之, 是能踐言者也, 非禮而何? 行而樂之, 是能和行者也, 非樂而何? 在易, 上乾下兌, 而於卦爲履, 君子踐言以爲禮也. 苟力此不怠, 南面而立, 則諸侯朝, 萬物服體, 而百官莫敢不承事矣. 夫是之謂太平, 治之至也. 樂記曰 : "揖讓而天下治, 禮樂之謂也." 如此而已.

孰謂鋪几筵升降, 酌獻酬酢, 然後謂之禮. 行綴兆興羽籥作鐘鼓, 然後謂之樂乎? 樂記曰 : "樂者非謂黃鍾大呂弦歌干揚也, 樂之末節也, 故童者舞之. 鋪筵席陳尊俎, 列籩豆, 以升降爲禮者, 禮之末節也, 故有司掌之." 由此觀之, 子張必以鋪几筵之類爲禮, 作鐘鼓之類爲樂, 未免乎以末節論之也. 子張能莊不能同, 而難與並爲仁, 是蔽於末而不知本者也. 故孔子由其問政而語及是者, 欲其由末深本故也.

자장이 정치에 대해 물으니, 공자가 "군자는 예악을 밝게 알아서 그것을 시행할 뿐이다"라고 답하였다. 예악을 잠시도 멀리 하지 않아 자신을 바로 세우면 정치도 바로 세울 수 있기 때문이다. 대개 수신(修身)하는 방법은 말을 실천하는 것으로 시작해서 행실을 조화롭게 하는 것으로 마치는 것이다. 말하고서 이를 실행하는 것이 바로 말을 실천하는 것이니, 예가 아니고 무엇이겠는가? 행하고서 이를 즐기는 것이 바로 행실을 조화롭게 하는 것이니, 악이 아니고 무엇이겠는가?

『주역』에서 위가 건괘(乾卦☰)이고 아래가 태괘(兌卦☱)이면, 리괘(履卦䷄)가 되는데, 군자는 말을 실천하는 것을 예로 삼는다. 진실로 이를 힘써 게을리 하지 않고 남면(南面)하여 서면, 제후들이 조회하고 만물이 이치를 따르며 백관이 감히 맡은 바 직책을 다 하지 않는 일이 없다. 이를 태평하다고 이르니, 다스림의 지극한 경지이다. 그러므로 「악기」에 "읍양하여 천하를 다스리는 것은 예악을 일컫는다"[16]라고 했으니, 이와 같이

16   『禮記』樂記 19-1.

할 따름이다.

누가 안석(案席)과 대자리를 펴고, 오르내리며 신에게 잔을 올리고, 손님과 주인 사이에 잔을 주고받는 것을 예라 이르는가? 춤추는 행렬을 만들고, 꿩깃과 약(籥)을 들고 춤추며, 종(鐘)·고(鼓)를 울린 연후에야 악이라고 이르는가? 「악기」에 "악이란 황종·대려의 율에 맞춰 현악기를 타며 노래 부르거나 방패와 도끼를 들고 춤추는 것을 뜻하는 것이 아니다. 이런 것들은 악의 말절이므로 동자가 춤춘다. 연석(筵席)[17]을 펴며 준조(尊俎)[18]를 진열하고 변두(籩豆)[19]를 나열하고, 계단을 오르내리면서 예를 하는 것은 예(禮)의 말절이므로 유사(有司)가 맡는다"라고 하였다. 이로 보건대, 자장은 필시 안석과 대자리를 펴는 것을 예로 여기고, 종·고를 연주하는 것을 악으로 여겼으니, 말절로 예악을 논했음을 면치 못한다. 자장은 씩씩하기는 하나 남들과 어울릴 줄 몰라서[20] 인(仁)을 함께 행하기는 어려웠으니, 이는 말절에 가려 본질을 몰랐기 때문이다. 공자가 정치에 대한 질문에 답하면서 예악을 언급한 것은 자장이 말절로 말미암아 본질을 탐구하기를 바랐기 때문이다.

공자한거(孔子閒居)

34-4. 孔子閒居, 子夏侍. 子夏曰 : "敢問, 詩云,'凱弟君子! 民之父

17 연석(筵席) : 연(筵)과 석(席)은 깔개 자리의 종류인데, 연(筵)은 밑에 깔고 석(席)은 그 위에 깐다.
18 준조(尊俎) : 준(尊)은 준(樽)과 같은 것으로 술통이며, 조(俎)는 나무로 만든 제기(祭器)이다.
19 변두(籩豆) : 변우 대를 결어 만든 제기(祭器)이고, 두는 나무로 만든 제기이다.
20 자장은~몰라서 : 『列子』仲尼 第4.

母'何如, 斯可謂民之父母矣?" 孔子曰 : "夫民之父母乎? 必達於禮樂
之原, 以致五至而行三無, 以橫於天下, 四方有敗, 必先知之, 此之謂
民之父母矣."

子夏曰 : "民之父母旣得而聞之矣, 敢問何謂五至?" 孔子曰 : "志之
所至, 詩亦至焉, 詩之所至, 禮亦至焉, 禮之所至, 樂亦至焉, 樂之所
至, 哀亦至焉, 哀樂相生. 是故正明目而視之, 不可得而見也, 傾耳而
聽之, 不可得而聞也. 志氣塞乎天地, 此之謂五至."

子夏曰 : "五至旣得而聞之矣, 敢問何謂三無?" 孔子曰 : "無聲之
樂·無體之禮·無服之喪, 此之謂三無." 子夏曰 : "三無旣得略而聞
之矣, 敢問何詩近之?" 孔子曰 : "夙夜基命宥密, 無聲之樂也, 威儀逮
逮不可選也, 無體之禮也, 凡民有喪匍匐救之, 無服之喪也."

子夏曰 : "言則大矣美矣盛矣, 言盡於此而已乎?" 孔子曰 : "何爲其
然也? 君子之服之也, 猶有五起焉." 子夏曰 : "何如?" 孔子曰 : "無聲
之樂氣志不違, 無體之禮威儀遲遲, 無服之喪內恕孔悲. 無聲之樂氣
志旣得, 無體之禮威儀翼翼, 無服之喪施及四國. 無聲之樂氣志旣從,
無體之禮上下和同, 無服之喪以畜萬邦. 無聲之樂日聞四方, 無體之
禮日就月將, 無服之喪純德孔明. 無聲之樂氣志旣起, 無體之禮施及
四海, 無服之喪施于孫子."

공자가 한가히 있을 때 자하가 모시고 있었는데, 자하가 묻기를, "감
히 여쭙겠습니다.『시경』에 '화락한 군자여! 백성의 부모로다'라고 하였
는데, 어떻게 해야 백성의 부모라 할 수 있습니까?" 공자가 말하였다.
"백성의 부모 말인가? 반드시 예악의 근본에 통달하여 오지(五至)를 이루
고 삼무(三無)를 행하여 널리 천하에 펴고, 사방에 재앙의 조짐이 있을 때
는 반드시 먼저 아는 것을 백성의 부모라고 한다."

자하가 또 물었다. "백성의 부모에 대해서는 들어서 알겠습니다. 감히
여쭙건대, 무엇을 오지(五至)라고 합니까?" 공자가 말하였다. "뜻이 이르
는 곳에 시(詩) 또한 이르며, 시가 이르는 곳에 예 또한 이르며, 예가 이르

는 곳에 악이 또한 이르며, 악이 이르는 곳에 슬픔이 또한 이르러 슬픔과 즐거움이 서로 낳는다.[21] 그런 까닭에 눈을 똑바로 뜨고 보려고 해도 볼 수 없고, 귀를 기울여 들으려 해도 들을 수 없으며, 오직 뜻과 기운이 천지 사이에 충만하여 이르는 것이므로 오지라 한다."

자하가 물었다. "오지(五至)에 대해서는 들어서 알겠습니다. 감히 여쭙건대, 무엇을 삼무(三無)라고 합니까?" 공자가 말하였다. "소리 없는 음악, 형체 없는 예, 복(服) 없는 상(喪)을 삼무라 한다."

자하가 또 물었다. "삼무에 대해서는 대략 들었습니다. 감히 여쭙건대, 어떤 시가 이에 가깝습니까?" 공자가 말하였다. "'밤낮으로 천명(天命)을 크게 하고 안정시켰네'[22]라고 한 것은 소리 없는 음악이요, '위의(威儀)가 성대하여 흠잡을 것이 없네'[23]라고 한 것은 형체 없는 예이며, '이웃이 상(喪)을 당하면 급히 달려가 위로하였네'[24]라고 한 것은 복(服)없는 상이다."

자하가 말하였다. "말씀이 아름답고 성대합니다. 다 말씀하신 것입니까?" 공자가 말하였다. "어찌 그렇겠느냐? 군자가 하는 일에 아직 오기(五起)가 있다." 자하가 물었다. "오기란 무엇입니까?" 공자가 말하였다 "소리 없는 음악은 기운과 뜻이 어그러지지 않고, 형체 없는 예는 위의(威儀)가 차분하며, 복(服) 없는 상(喪)은 남의 마음을 헤아려 몹시 슬퍼한다. 소리 없는 음악은 기운과 뜻이 조화롭고, 형체 없는 예는 위의가 엄

---

21 백성에 대한 생각이 지극하면 이를 실천에 옮겨 예가 이루어지고, 예가 지극하면 반드시 악이 있어 화평하며, 악은 즐거움이니 한마음으로 즐기다보면 슬픔도 같이 나누게 된다는 것이다.

22 『詩經』周頌 / 昊天有成命. 성왕이 문왕·무왕의 뒤를 이어 밤낮으로 덕을 쌓아 천명을 받들어 안정된 정치를 한 것을 노래한 시이다. 정치가 안정되어 백성이 편안하여 즐거운 것이 소리 없는 음악이다.

23 『詩經』邶風 / 柏舟. 위의(威儀)가 하나도 잘못된 것이 없어서 취사선택할 것이 없다는 것은 스스로 돌이켜보아 아무런 잘못이 없는 것이다. 이것이 바로 형체 없는 예이다.

24 『詩經』邶風 / 谷風.

숙하고, 복 없는 상은 사방 나라에 미친다. 소리 없는 음악은 기운과 뜻이 순조롭고, 형체 없는 예는 상하가 화동(和同)하며, 복 없는 상은 만방(萬邦)을 기른다. 소리 없는 음악은 날로 사방에 들리고, 형체 없는 예는 날로 진보하고 달마다 발전하며, 복 없는 상은 지순한 덕이 몹시 밝다. 소리 없는 음악은 기운과 뜻을 흥기(興起)시키고, 형체 없는 예는 사해에 미치며, 복 없는 상은 자손에게까지 미치는 것이다."[25]

凱者喜也, 樂之所由生也. 弟者順也, 禮之所由生也. 君子之於禮樂, 豈他求哉? 不過擧斯心, 措諸彼而已, 然則不達禮樂之原, 惡足爲民父母乎? 蓋凱弟出於君子之德性, 而禮樂皆得, 斯謂之有德矣. 然達於禮而不達於樂, 君子謂之素, 達於樂而不達於禮, 君子謂之偏, 爲其不達禮樂之原故也. 苟達禮樂之原, 則致五至, 行三無, 以橫於天下無自不可矣.

志之所至, 詩亦至焉, 詩之所至, 禮亦至焉, 禮之所至, 樂亦至焉, 樂之所至, 哀亦至焉, 此之謂五至. 無聲之樂, 無體之禮, 無服之喪, 此之謂三無. 致五至而至於志氣塞乎天地, 不亦大乎? 行三無而至於施及四海, 施于孫子, 不亦遠乎?

子夏可與言詩. 至於門人事洒掃應對進退之末, 是雖達詩人之意, 末必達禮樂之原也. 故孔子因其所問而告之, 以致五至行三無, 反覆以詩明之, 蓋所以長其善, 救其失也. 然言五至, 禮必先樂, 言三無, 樂必先禮, 何也? 曰 : 五至爲粗矣, 致之必自此以至妙, 故先乎禮. 三無爲妙矣, 行之必自此以之粗, 故先乎樂.

개(凱)란 기뻐함이니 악(樂)이 이로 말미암아 생겨나고, 제(弟)란 공순함이니 예가 이로 말미암아 생겨난다. 군자가 예악을 어찌 다른 데서 구하겠는가? 이 마음을 들어서 저기에 조처할 따름이다. 그러니 예악의 근원

---

25 『禮記』孔子閒居 29-1~4.

에 통달하지 않으면 어찌 백성의 부모가 되겠는가? 기쁘고 공순한 마음
이 군자의 덕성(德性)에서 나와 예악을 모두 체득한 것을 유덕(有德)하다
고 한다. 이와 달리 예에는 통달했으나 악에 통달하지 못한 경우는 군자
가 이를 '너무 질박하다'고 하고, 악에는 통달했으나 예에 통달하지 못한
경우는 군자가 이를 '편벽되다'고 하니, 예악의 근원에 통달하지 못했기
때문이다. 진실로 예악의 근원에 통달하면 오지(五至)를 이루고, 삼무(三
無)를 행하여, 널리 천하에 펴는 것이 전혀 어렵지 않다.

　뜻이 이르는 곳에 시 또한 이르고, 시가 이르는 곳에 예 또한 이르며,
예가 이르는 곳에 악이 또한 이르고, 악이 이르는 곳에 슬픔이 또한 이
르는 것을 오지(五至)라 한다. 소리 없는 음악, 형체 없는 예, 복(服) 없는
상(喪)을 삼무(三無)라 한다. 오지를 이루어 뜻과 기운이 천지 사이에 충만
하면, 또한 크지 않겠는가? 삼무를 행하여 사해에 미치고 자손에게까지
미치면, 또한 원대하지 않겠는가? 자하는 함께 시를 말할 만한 사람이
나,[26] 그의 문인들은 물을 뿌려 쓸고 응대(應對)하며 나가고 물러나는 말
단적인 일을 일삼았으니,[27] 이는 자하가 시인의 뜻에는 통달하였으나 예
악의 근원에는 통달하지 못했기 때문이다. 그러므로 공자가 자하의 질문
에 대해 '오지(五至)를 이루고 삼무(三無)를 행하는 것'으로 답하고, 반복
하여 시로 설명했으니, 장점을 북돋아주고 부족한 점은 고쳐주기 위해서
이다.

26　『論語』八佾 3-8. 「子夏問曰 : "巧笑倩兮, 美目盼兮, 素以爲絢兮, 何謂也?" 子曰 : "繪事
　　後素" 曰 : "禮後乎! 子曰 : 起予者商也. 始可與言詩已矣"[자하가 물었다. "'예쁜 웃음에
　　보조개가 예쁘며 아름다운 눈에 눈동자가 선명함이여! 흰 비단으로 채색을 한다' 하
　　였으니, 무엇을 말한 것입니까?' 공자께서 말씀하셨다. "그림 그리는 일은 흰 비단을
　　마련하는 것보다 뒤에 하는 것이다." 자하가 "예(禮)는 충신(忠信)보다 뒤에 하는 것
　　이겠군요?' 하고 말하자, 공자께서 말씀하셨다. "나를 흥기(興起)시키는 자는 상(商 :
　　子夏)이로구나! 비로소 함께 시(詩)를 말할 만하다."]

27　『論語』子張 19-12. 「子游曰 : "子夏之門人小子, 當灑掃應對進退則可矣, 抑末也. 本之
　　則無, 如之何?"[자유가 말했다. "자하의 문인 제자들이 물을 뿌려 쓸고 응대하며 나
　　가고 물러나는 것은 잘하나, 이는 말단이라 근본이 없으니 어찌 하겠는가?"]

그런데 오지를 말할 때는 예를 악보다 앞세우고, 삼무를 말할 때는 악을 예보다 앞세운 것은 무엇 때문인가? 오지는 거친 것이어서, 이를 이루려면 반드시 거친 것에서 묘한 것으로 나아가야 하므로 예를 먼저 말한 것이다. 삼무는 미묘한 것이어서, 이를 행하려면 반드시 미묘한 것에서 거친 것으로 나아가야 하므로 악을 먼저 말한 것이다.

권35 예기훈의(禮記訓義)

중용(中庸)·간전(間傳)[1]·투호(投壺)·유행(儒行)

중용(中庸)

35-1. 雖有其位, 苟無有德, 不敢作禮樂焉, 雖有其德, 苟無其位, 亦
不敢作禮樂焉.

천자의 지위를 가지고 있을지라도 성인(聖人)의 덕이 없으면 감히 예
악을 짓지 못하며, 성인의 덕을 가지고 있을지라도 그 지위가 없으면 또
한 감히 예악을 짓지 못한다.[2]

聖人之大寶曰位, 天下之至善曰德, 位待德而後興, 德資位而後叙.

---

1   대본에는 '喪服四制'로 되어 있으나 『禮記』에 의거하여 '간전(間傳)'으로 바로잡았다.
2   『禮記』 中庸 31-27.

雖外有尊位, 苟內無盛德以居之, 雖內有盛德, 苟外無尊位以行之, 皆非所謂德爲聖人, 貴爲天子也, 況敢作禮樂乎? 蓋德者得也, 禮樂皆得謂之有德. 唐虞之著·周家之備, 是無他, 德位兼隆而已. 仲尼非無盛德也, 於禮則執而不敢制, 於樂則正而不敢作, 無尊位故也. 周公非有尊位也, 制禮作禮, 頒度量而天下大服, 攝政故也. 由是觀之, 位有餘於德, 德有餘於位者, 如之何敢作禮樂哉?

성인의 큰 보배를 지위라 하고,[3] 천하의 지극한 선(善)을 덕이라 하니, 지위는 덕이 있어야 빛나고, 덕은 지위에 힘입어야 펼쳐진다. 외면의 높은 지위에 있을지라도 내면의 성대한 덕이 없이 지위만 차지하고 있거나, 내면의 성대한 덕이 있을지라도 외면의 높은 지위가 없이 덕을 펼치고자 하는 것은 이른바 '덕은 성인(聖人)이 되고 존귀함은 천자가 된 경우'[4]가 아니니, 감히 예악을 지을 수 있겠는가?

대개 덕이란 체득한 것이니, 예악을 모두 체득한 것을 유덕하다고 한다.[5] 요순이 뚜렷한 업적을 세우고 주나라 왕실이 제도를 완비한 것은 다름이 아니라 덕과 지위가 모두 성대했기 때문이다. 중니가 성대한 덕이 없었던 것은 아니지만 예를 지키기만 하고 감히 제작하지 못하고 악을 바로잡기만 하고 감히 짓지 못한 것은 높은 지위가 없었기 때문이다. 주공(周公)이 높은 지위가 없었지만 예악을 제작하고 도량형을 반포하여 천하가 이를 따르게 한 것은 성왕(成王)이 어려서 섭정(攝政)했기 때문이다. 이로 보건대, 덕이 지위에 못 미치거나 지위가 덕에 못 미치면 어떻게 감히 예악을 제작할 수 있겠는가?

3　『周易』繫辭下傳 1.
4　『禮記』中庸 31-10.「子曰 : "舜其大孝也與! 德爲聖人, 尊爲天子, 富有四海之內, 宗廟饗之, 子孫保之"[공자가 말하였다. "순임금은 대효(大孝)를 행하신 분이시다. 덕은 성인이 되시고, 존귀함은 천자가 되시고, 부(富)는 사해(四海)의 안을 소유하시어, 종묘 제사를 지내시며, 자손을 보전하셨다.]」
5　대개～한다 : 『禮記』樂記 19-1.

간전(間傳)[6]

35-2. 斬衰衰唯而不對, 齊衰對而不言, 大功言而不議, 小功緦麻議而不及樂, 此哀之發於言語者也.

참최상(斬衰喪)[7]에는 묻는 말에 '예'라고 답은 하지만 응대(應對)는 하지 않고, 자최상(齊衰喪)[8]에는 응대는 하지만 먼저 말을 걸지는 않는다. 대공상(大功喪)[9]에는 말은 걸지만 의논은 하지 않고, 소공상(小功喪)[10]과 시마상(緦麻喪)[11]에는 의논은 하지만 즐기는 데에 이르지는 않는다. 이는 슬픔이 언어에 나타난 것이다.[12]

唯者應而不[13]對, 而對不止於唯. 對者答而不[14]言, 而言不止於對. 言則直述而不議, 而議不止於言. 議則論說而不及樂, 而樂不止於議. 斬衰之哭, 若往而不反, 故唯而不對. 齊衰之哭, 若往而反, 故對而不言. 大功之哭, 三曲而偯, 故言而不議. 小功緦麻, 哀容可也, 故議而不及樂. 哀之發於聲音言語如此, 夫豈僞哉? 凡稱情以爲文, 發於天機自然

---

6 대본에는 '喪服四制'로 되어 있으나, 『禮記』에 의거하여 '간전(間傳)'으로 바로잡았다.

7 참최상(斬衰喪) : 참최는 3년상에 입는 상복으로 매우 거친 생베로 짓되 아랫단을 접어서 꿰매지 않으며, 아버지·남편·맏아들·시아버지의 상에 입는다.

8 자최상(齊衰喪) : 자최는 거친 생베로 짓되 아랫단을 좁게 접어 꿰맨 것이다. 어머니상에는 3년을 입으나, 아버지가 살아계신데 어머니가 돌아가신 경우에는 1년을 입는다. 증조부모 상에는 5달, 고조부모상에는 3달을 입는다.

9 대공상(大功喪) : 9달 입는 복(服)으로 종형제자매·중자부(衆子婦)·중손(衆孫)·질부(姪婦)·남편의 조부모·백숙부모 등의 상사에 입는다.

10 소공상(小功喪) : 5달 입는 복. 종조부모(從祖父母)·재종형제(再從兄弟)·종질(從姪)·종손(從孫) 등의 상사에 입는다.

11 시마상(緦麻喪) : 3달 입는 복(服)으로 종증조(從曾祖)·삼종형제(三從兄弟)·중증손(衆曾孫)·중현손(衆玄孫)의 상사에 입는다.

12 『禮記』間傳 37-3.

13 대본에는 '不'이 없으나, 문맥상 '不'을 보충하였다.

14 대본에는 '不'이 없으나, 문맥상 '不'을 보충하였다.

而已.

喪服四制, 論五服之喪, 正與此同. 特緦小功之喪, 其序與此異者. 此以降殺爲序, 故小功先於緦. 喪服四制以輕重爲序, 故緦先於小功.

'유(唯)'라는 것은 '예'라고 답은 하지만 응대하지는 않는 것이니, 응대(應對)는 '예'라고 답하는 것에 그치지 않는다. 응대는 대답은 하지만 먼저 말을 걸지는 않는 것이니, 말을 거는 것은 응대하는 것에 그치지 않는다. 말을 거는 것은 진술하기는 하지만 의논하지는 않는 것이니, 의논은 말을 거는 것에 그치지 않는다. 의논은 논하거나 설명하기는 하지만 즐기는 데 이르지는 않으니, 즐거운 대화는 의논에 그치지 않는 것이다.

참최상에서 곡(哭)은 실신(失神)했다가 다시 깨어나지 못한 듯이 하므로 '예'라고 응수하기는 해도 대답하지는 않는다. 자최상에서 곡은 실신했다가 깨어난 듯이 하므로 대답은 하되 다른 말은 하지 않는다. 대공상에서 곡은 소리가 꺾이듯 흐느끼므로 말은 하되 의논하지는 않는다. 소공상과 시마상에서는 슬픈 내색만 하면 되므로 의논은 하되 즐기는 데 이르지는 않는다. 슬픔이 성음(聲音)과 언어에 나타나는 것이 이와 같으니,[15] 어찌 거짓으로 하겠는가? 정(情)에 알맞게 표현하는 것이니, 절로 그렇게 되는 천기(天機)[16]에서 우러나온 것일 뿐이다.

「상복사제(喪服四制)」에서 오복(五服)의 상(喪)을 논한 것은 여기(「間傳」)에서와 같으나 다만 시마와 소공상에서 그 순서가 다른 것[17]은 여기에서는 강쇄(降殺)를 기준으로 순서를 매겼으므로 소공이 시마보다 앞에 있고, 「상복사제」에서는 경중(輕重)을 기준으로 순서를 매겼으므로 시마가 소공보다 앞에 있는 것이다.

---

15 『禮記』 間傳 37-2. 「斬衰之哭若往而不反, 齊衰之哭若往而反, 大功之哭三曲而偯, 小功緦麻哀容可也. 此哀之發於聲音者也.」
16 천기(天機) : 선천적으로 타고난 기질.
17 『禮記』 喪服四制에는 「斬衰之喪, 唯而不對. 齊衰之喪, 對而不言. 大功之喪, 言而不議. 緦小功之喪, 議而不及樂.」으로 되어 있다.

투호(投壺)

35-3. 投壺之禮, 主人奉矢, 司射奉中, 使人執壺. 主人請曰: "某有枉矢哨壺, 請以樂賓." 賓曰: "子有旨酒嘉肴, 某旣賜矣, 又重以樂, 敢辭." 主人曰: "枉矢哨壺不足辭也, 敢固以請." 賓曰: "某旣賜矣, 又重以樂, 敢固辭." 主人曰: "枉矢哨壺不足辭也, 敢固以請." 賓曰: "某固辭不得命, 敢不敬從?"

賓再拜受, 主人般還曰: "辟." 主人阼階上拜送, 賓盤還曰: "辟." 已拜受矢, 進卽[18]兩楹間, 退反位, 揖賓就筵. 司射進度壺, 間以二矢半, 反位設中, 東面執八算興. 請賓曰: "順投爲入, 比投不釋, 勝飮不勝者, 正爵旣行, 請爲勝者立馬, 一馬從二馬, 三馬旣立, 請慶多馬." 請主人亦如之. 命弦者曰: "請奏貍首, 間若一." 大師曰: "諾."

투호(投壺)의 예(禮)는, 주인이 화살을 받들고, 사사(司射)[19]가 중(中)[20]을 받들고 사람을 시켜서 병[壺][21]을 잡게 한다. 주인이 "저에게 구부러진 화살과 비뚤어진 병이 있는데, 이것으로 손님을 즐겁게 해드리고자 합니다"라고 청하면, 손님이 "좋은 술과 맛있는 안주로 충분히 대접받았는데 또 투호로 즐겁게 해주신다고 하시니 사양하겠습니다"라고 말한다. 주인이 "구부러진 화살과 비뚤어진 병은 사양할 만한 것이 못되니, 어서 하십시오"라고 말하면, 손님이 "충분히 대접 받았으니 투호는 감히 사양하겠습니다"라고 말한다. 주인이 "구부러진 화살과 비뚤어진 병은 사양할 만한 것이 못되니, 감히 굳이 청합니다"라고 말하면, 손님이 "아무리 굳

---

18 대본에는 없으나, 사고전서 『樂書』와 『禮記』에 의거하여 '卽'을 보충하였다.
19 사사(司射) : 투호(投壺)의 예(禮)를 맡은 사람.
20 중(中) : 투호에 쓰는 산(算)가지를 담는 그릇. 나무로 새겨 동물의 모양을 만들고 위에는 둥그렇게 해서 산가지를 담기에 편리하게 했다. 산가지는 경기에 이겼을 때 하나씩 세우는 조그만 나뭇가지이다. 〈그림 4-1 참조〉
21 병[壺] : 〈그림 4-2 참조〉.

이 사양해도 허락을 얻지 못하니, 감히 공손히 따르지 않겠습니까?"라고 말한다.

손님이 재배(再拜)하고 화실을 받고자 하면, 주인이 황송해 하며 옆으로 피하면서 사양한다고 말한다. 주인이 조계(阼階:東階) 위에서 절하고 보내면 손님이 옆으로 피하면서 사양한다고 말한다. 손님이 절하고 화살을 받으면, 주인이 두 기둥 사이에 나아가 투호 장소를 살핀 뒤 자리로 돌아와 손님에게 읍(揖)하고 투호(投壺)하는 자리에 나아가게 한다.

사사(司射)가 나아가 병 놓을 곳을 마련하는데, 간격은 화살 2개 반 정도의 거리로 한다. 제자리로 돌아와 중(中)을 놓고 동향하여 산가지 8개를 집고 일어난다. 손님에게 청하기를, "화살을 단지에 잘 넣으십시오. 거듭 던져서 넣은 경우는 무효입니다.[22] 이긴 자가 진 자에게 술을 마시게 할 것인데 정작(正爵)[23]이 행해질 때 이긴 자를 위해 말[馬][24]을 세우겠습니다. 하나의 말[馬]이 2개의 말을 따라 3개의 말이 서면,[25] 말이 많은 것을 경하하겠습니다"라고 하고, 주인에게 청하는 것도 이와 같이 한다.

현악기 연주자[弦者]에게 "《이수(貍首)》[26]를 연주해서 화살을 절도 있게 던질 수 있도록 하라" 명하면, 태사(大師)가 "그렇게 하겠습니다"라고 답한다.[27]

古者投壺之禮, 大致與射相爲表裏. 故鄕射之禮, 命太師奏騶虞, 間

22 　비투(比投): 투호는 손님과 주인이 한 번씩 교대로 하는 것인데, 비투는 상대방이 화살을 던지기 전에 거듭 던지는 것이다. 거듭 던진 경우는 화살이 단지에 잘 들어갔어도 계산하지 않는다.

23 　정작(正爵): 이긴 자가 이기지 못한 자에게 먹이는 술잔. 정당한 예로 먹이기 때문에 정작이라고 한다.

24 　말[馬]: 〈그림 4-3 참조〉.

25 　투호의 예에서는 3개의 말[馬]을 1성(成)으로 친다. 이긴 자가 2개의 말을 얻고 진 자가 1개의 말을 얻었을 때에는 1개의 말을 얻은 자가 2개의 말을 얻은 자에게 말을 주도록 되어 있어서, 결국 2개의 말을 가진 자가 3개의 말을 획득하게 된다.

26 　이수(貍首): 일시(逸詩)의 편명.

27 　『禮記』投壺 40-1~6.

若一. 投壺之禮, 命弦者曰: "請奏貍首, 亦間若一." 以投壺射之細故也. 大射, 樂正命大師奏貍首. 蓋貍之爲物, 其性善搏, 其行則止而擬度焉, 投壺者必奠而後發, 亦猶是也. 貍首之詩無所經見, 唯逸詩有 "曾孫侯氏四正具擧, 大夫君子凡以庶士. 小大莫處, 御于君所, 以燕以射, 則燕則譽." 豈貍首之詩邪? 檀弓曰: "貍首之班然,²⁸ 執女手之卷然.²⁹" 豈貍首之歌邪?

貍首之於射, 樂御而射以禮, 則投壺之義亦如之. 觀鄕射: "工四人二瑟, 瑟先, 相者皆左何瑟, 面鼓執³⁰越內弦, 右手相." 則知命弦者, 何瑟之工也. 觀大師掌六律六同, 皆文之以五聲, 播之以八音, 則知大師曰諾者, 以奏貍首必諧六律六同五聲八音也. 命弦者請奏貍首, 間若一, 大師曰諾, 其節比於樂也. 命酌者曰諾, 其容比於禮也. 噫! 君子之於禮樂, 不可斯須去身如此, 後世有驕豪之樂亦本於是歟!

옛날에 투호례(投壺禮)는 대체로 사례(射禮)와 서로 표리(表裏)가 되었으니, 향사례(鄕射禮)에서는 태사(太師)에게 "《추우(騶虞)》를 연주해서 활을 절도 있게 쏠 수 있도록 하라"라고 명하고, 투호례에서는 "《이수(貍首)》를 연주해서 화살을 절도 있게 던질 수 있도록 하라"라고 명하였다. 투호는 사례의 작은 것에 속하기 때문이다. 대사례(大射禮)에서는 악정(樂正)이 태사에게 《이수》를 연주하도록 명하였다. 대개 살쾡이[貍]라는 짐승은 속성이 먹잇감을 잘 잡으며, 잡을 때는 멈추어서 이리 저리 살피는 것인데, 화살 던지는 자들이 자세를 확실하게 취한 뒤에 쏘는 것이 또한 이와 같기 때문에 《이수》를 연주하는 것이다.

《이수》라는 시는 경서(經書)에 보이지 않는다. 일시(逸詩)에 "증손후씨(曾孫侯氏)가 사정(四正)³¹을 모두 들었도다! 대부군자(大夫君子)와 서사(庶士)

---

28 대본에는 '夰'로 되어 있으나, 사고전서 『樂書』와 『禮記』에 의거하여 '然'으로 바로잡았다.
29 대본에는 '夰'로 되어 있으나, 사고전서 『樂書』와 『禮記』에 의거하여 '然'으로 바로잡았다.
30 대본에는 '挎'로 되어 있으나 사고전서 『樂書』에 의거하여 '執'으로 바로잡았다.

등 높고 낮은 관원이 자기 처소에 있지 않고 임금 계신 곳에 모여 있도다. 연례(燕禮)를 하고 또 활을 쏘니 즐겁고도 영예롭도다"³²라고 했는데, 어쩌면 이것이 《이수》의 시일 것이다. 「단궁(檀弓)」에 "살쾡이의 머리[狸首]처럼 아롱지고 여자의 손을 잡은 것처럼 부드럽구나!"³³라고 했는데, 어쩌면 이것이 《이수》의 노래일 것이다.

사례에서 《이수》는 그에 맞추어 음악을 연주하고 예를 갖추어 활을 쏘게 하는 의미가 있는데, 투호에서도 또한 같다. 「향사(鄕射)」에 "악공은 4명인데 그중 2명은 슬공(瑟工)이다. 슬공(瑟工)이 먼저 올라가고, 상(相: 보조하는 사람)이 모두 왼손으로 슬을 받쳐 드는데, 슬 타는 쪽을 마주 대하여 슬 밑판의 구멍에 손가락을 끼고 잡아서 줄이 안쪽을 향하게 하며, 오른손으로는 악공을 돕는다"³⁴라고 했으니, '현악기 연주자에게 명한다'라고 할 때의 현악기 연주자는 슬을 받쳐든 악공임을 알 수 있다.

"태사(大師)는 육률(六律)·육동(六同)을 관장하여 오성(五聲)으로 문채내고 팔음(八音)으로 연주한다"³⁵라고 했으니, 태사가 그렇게 하겠다고 답한 것은 《이수》를 육률·육동·오성·팔음으로 조화롭게 연주하는 것임을 알 수 있다.

현악기 연주자에게 《이수》를 연주해서 화살을 절도 있게 던질 수 있도록 하라고 명하면, 태사가 그렇게 하겠다고 답했으니, 그 절도를 악에 맞도록 한 것이다. 술 따르는 자에게 명하면 그렇게 하겠다고 답했으

---

31 사정(四正): 사례(射禮)에서 활쏘기 전에 정작(正爵: 술)을 들어 빈객(賓客)·국군(國君)·경(卿)·대부(大夫)에게 바치는 일.

32 『禮記』射義 46-6. 「故詩曰: "曾孫侯氏, 四正具擧. 大夫君子, 凡以庶士, 小大莫處, 御于君所. 以燕以射, 則燕則譽." 言君臣相與盡志於射, 以習禮樂, 則安則譽也. 是以天子制之, 而諸侯務焉. 此天子之所以養諸侯而兵不用, 諸侯自爲正之具也.」

33 공자가 친구인 원양(原壤)의 어머니 상(喪)에 관(棺)의 손질을 도왔는데, 원양이 손질된 나무를 두드리며 "내가 노랫소리에 감정을 맡기지 못한 지가 오래되었구나"라고 말하고 "나무무늬는 살쾡이 머리처럼 아롱지고 나뭇결은 여자의 손을 잡은 것 같이 부드럽구나!" 하고 노래 불렀다.〈『禮記』檀弓下 4-72〉

34 『儀禮』鄕射禮 5-11.

35 『周禮』春官 / 大師 0.

694 역주 악서(譯註樂書) 1

니,³⁶ 그 용모를 예에 맞도록 한 것이다. 아! 군자가 예악을 잠시도 몸에서 멀리하지 않음이 이와 같으니, 후세의 《교호악(驍壺樂)》³⁷도 이에 근본한 것이다.

35-4. 鼓○○○○□□○○○□³⁸ 半○□○○○○□□□○魯鼓, ○□○○○□□○□○□□○○○□□○半○○○○○□□薛鼓. 取半以下爲投壺禮, 盡用之爲射禮. 司射庭長及冠士立者, 皆屬賓黨, 樂人及使者童子, 皆屬主黨. 魯鼓○○○○□□○○半○□○□○○○□○○□, 薛鼓○○○○○○□○□○□○○○□○○□□○半○○○□○○□○.

고(鼓)는 ○□○○□□○□○○□ 반(半)○□○□○○○□□□○는 노고(魯鼓)이다. ○□○○○□□○□○□□○○○□□○ 반(半)○□○○○□□○은 설고(薛鼓)이다. 반(半) 이하를 취하여 투호례(投壺禮)로 삼고, 모두 써서 사례(射禮)로 삼는다, 사사(司射)·정장(庭長) 및 관사(冠士)·입자(立者)는 모두 손님의 당(黨)에 속하고, 악인(樂人) 및 사자(使者)와 동자(童子)는 모두 주인의 당(黨)에 속한다. 노고(魯鼓)는 ○□○○○□□○ 반(半)○□○□○○○□□□○○□○이다. 설고(薛鼓)는 ○□○○○○□○□○□○○○□○○□□○ 반(半)○□○□○○○□○이다.³⁹

少儀曰: "侍射則約矢, 侍投則擁矢, 勝則洗而以請, 客亦如之." 是投壺之禮, 大致與射禮無異者, 特繁簡不同爾. 以魯薛鼓節論之, 圓者擊

36 『禮記』投壺 40-9.「命酌曰: "請行觴." 酌者曰: "諾." 當飲者皆跪奉觴曰: "賜灌." 勝者跪曰: "敬養."」
37 교호악(驍壺樂): 청상악(淸商樂)의 한 곡명.
38 대본에는 '○□와 같은 부호가 없으나, 사고전서『樂』에 의거하여 보충하였다. 이후도 마찬가지이다.
39 『禮記』投壺 40-15.

鼙, 方者擊鼓. 取半以下爲投壺禮, 盡用之爲射禮, 聞鼓節, 則知其事矣. 魯薛所令之辭所制之鼓, 雖見於經, 其詳不可得而知也.

觀春秋之時, 齊晉之君盖嘗講. 此中行穆子相之, 晉侯先. 穆子曰: "有酒如淮, 有肉如坻, 寡君中此, 爲諸侯師." 中之. 齊侯舉矢曰: "有酒如澠, 有肉如陵, 寡人中此, 與君代興." 古人以此行燕禮, 爲會同之, 主於其中否以卜興衰, 其重投壺之禮如此, 則魯薛之詳亦不是過也.

「소의(少儀)」에 "윗사람을 모시고 활쏘기를 할 때는 감히 번갈아 가면서 화살을 뽑지 않고 한꺼번에 4개를 잡고 쏘며, 윗사람을 모시고 투호를 할 때는 4개의 화살을 모두 손에 쥐고 던진다.[40] 이기면 술잔을 씻어서 술을 따라 권하는데, 손님에게도 이와 마찬가지로 한다"[41]라고 했으니, 투호례(投壺禮)는 대략 사례(射禮)와 같고, 단지 복잡하고 간단한 차이가 있을 뿐이다.

노고(魯鼓)와 설고(薛鼓)의 절주를 논하면, 원은 비(鼙)를 치는 것이고, 네모는 고(鼓)를 치는 것이다. 반 이하를 취해 투호례에 쓰고, 모두 취해 사례에 쓰니, 북의 절주를 들으면 어느 것인지 알 수 있다. 노(魯)나라와 설(薛)나라에서 제자(弟子)에게 명령하는 말[42]과 제작된 북에 대해서 경서(經書)에 실려 있긴 하나 자세한 것은 알 수 없다.

춘추시대를 살펴보건대, 제(齊)나라와 진(晉)나라 임금이 일찍이 강화(講和)를 맺고 연회를 하였는데 중행목자(中行穆子)가 도왔다. 투호할 때 진후(晉侯)가 먼저 던지게 되자, 목자가 "술은 회수(淮水)처럼 많고 고기는 모래섬처럼 쌓였도다! 우리 임금님께서 화살을 던져 병에 들어가면 제후

---

40 이와 반면에 윗사람은 화살을 땅위에 놓고 하나씩 집어서 던진다.
41 『禮記』少儀 17-9.
42 『禮記』投壺 40-14. 「魯令弟子辭曰: "毋憮, 毋敖, 毋偝立, 毋踰言! 偝立踰言有常爵." 薛令弟子辭曰: "毋憮, 毋敖, 毋偝立, 毋踰言! 若是者浮"【노나라에서 제자에게 명령하는 말에 "거만하지 말고 희롱하지 말며 등지고 서지 말며 멀리서 말하지 마라. 등지고 서서 멀리서 말하는 자에게는 벌주(罰酒)를 내릴 것이다'라고 했고, 설나라에서 제자에게 명령하는 말에 '거만하지 말고 희롱하지 말며 등지고 서지 말며 멀리서 말하지 마라. 이와 같이 하는 자에게는 가득 채운 벌주를 내릴 것이다'라고 하였다.】

들의 수장이 되시리라"라고 말했는데, 화살이 병 속으로 들어갔다. 다음에는 제후(齊侯)가 화살을 손에 들고, "술은 승수(澠水)처럼 많고 고기는 언덕처럼 쌓였도다! 내 화살이 병에 들어가면 진나라 임금과 번갈아 가며 흥성하리라"라고 말했다.[43] 이로 보면, 옛사람들이 연례(燕禮) 때 투호를 하였고, 회동해서 화살을 병에 던져 적중(的中) 여부로 흥쇠를 점쳤으니, 투호례를 중히 여긴 것이 이와 같았다. 노나라와 설나라의 자세한 이야기도 이에 지나지 않을 것이다.

유행(儒行)

35-5. 禮節者仁之貌也, 歌樂者仁之和也.
예절(禮節)이란 인(仁)의 모습이고, 가악(歌樂)이란 인(仁)의 조화이다.[44]

周官掌禮樂以春官, 禮樂資仁以立也. 大饗之禮備其禮樂繼之, 君子知仁焉, 禮樂待仁以行也. 孔子曰: "人而不仁, 如禮何? 人而不仁, 如樂何?" 是仁爲禮樂之本, 禮樂爲仁之文也. 有禮斯有節, 有歌斯有樂. 樂記曰: "合情飾貌禮樂之事也" 禮節所以飾貌, 故爲仁之貌. 歌樂所以合情, 故爲仁之和. 貌外也, 禮自外作故也. 和內也, 樂由中出故也.

語曰: "文之以禮樂, 亦可以爲成人矣." 儒行之論儒者十五, 而以仁與禮樂終焉, 則成人之道盡於此矣. 孔子未嘗與門人以仁與禮樂, 所與特顔子一人而已. 然則顔子之去聖人, 其出入亦不遠矣. 莊周謂'回忘仁義禮樂' 豈其然哉? 合之, 禮樂皆本於仁. 離之, 仁近於樂, 義近於禮矣.

---

43 『春秋左氏傳』昭公 12년(4).
44 『禮記』儒行 41-18.

孔子以孝悌爲仁之本, 孟子以事親爲仁之實, 從兄爲義之實, 其致一也.

주관(周官)에서 춘관(春官)이 예악을 관장한 것은, 예악은 인(仁)을 바탕으로 확립되기 때문이다.[45] 대향(大饗)의 예에서 예악을 갖추어 시행하면 군자가 인(仁)을 알게 되는 것[46]은 예악은 인을 바탕으로 하여 행해지기 때문이다. 공자가 "사람으로서 불인(不仁)하면 예가 무슨 소용이며, 사람으로서 불인하면 악이 무슨 소용이겠는가?"[47]라고 했으니, 인은 예악의 근본이고, 예악은 인의 문채이다. 따라서 예가 있으면 절도가 있게 되고 노래가 있으면 즐거움이 있게 된다.

「악기」에 "정(情)을 합치고 모습을 꾸미는 것은 예악의 일이다"[48]라고 했으니, 예절은 모습을 꾸미는 일이므로 인(仁)의 모습이라 하고, 가악은 정을 합치는 일이므로 인(仁)의 조화라고 한 것이다. 모습은 외면이니, 예는 밖에서 만들어지는 것이기 때문이다. 화(和)는 내면이니, 악은 마음에서 나오는 것이기 때문이다.

『논어』에 "예악으로 문채내면 또한 성인(成人)이 될 수 있다"[49]라고 하고, 「유행(儒行)」에 유자(儒者)를 논한 것이 15건(件)이 있는데 인과 예악으로 마쳤으니, 성인(成人)의 도가 여기에서 극진하다. 공자가 일찍이 문인들 중 인과 예악을 인정한 자는 없고 안자(顔子) 한 사람만 인정했으니, 안자는 성인(聖人)에서 멀지 않은 자이다. 『장자』에 '회(回 : 안자)는 인의예악(仁義禮樂)을 잊었다'[50]라고 했는데, 어찌 그럴 리 있겠는가? 합해서 말하면 예악은 인에 근본하고, 분리해서 말하면 인은 악에 가깝고 의(義)는 예에 가깝다. 공자는 효제(孝悌)를 인의 근본으로 삼았고,[51] 맹자는 어버

---

45 봄은 방위로는 동(東), 성(性)으로는 인(仁), 행(行)으로는 목(木)에 해당한다. 따라서 춘관(春官)이라는 명칭에는 '인(仁)'을 바탕으로 하고 있다'라는 뜻이 내포되어 있다.
46 대향(大饗)의~것 :『禮記』仲尼燕居 28-6.
47 『論語』八佾 3-3.
48 『禮記』樂記 19-1.
49 『論語』憲問 14-12.
50 『莊子』大宗師 6-9.
51 『論語』學而 1-2.

이 섬기는 것을 인의 실상으로 삼고 형을 따르는 것을 의(義)의 실상으로
삼았으나,[52] 도달점은 하나이다.

---

[52] 『孟子』離婁上 7-27.

권36 예기훈의(禮記訓義)

향음주의(鄕飮酒義)·사의(射義)·빙의(聘義)

향음주의(鄕飮酒義)

36-1. 工入, 升歌三終, 主人獻之. 笙入三終, 主人獻之. 間歌三終, 合樂三終, 工告樂備, 遂出. 一人揚觶, 乃立司正焉, 知其能和樂而不流也.

"악공이 들어와 당에 올라 세 곡조의 노래를 마치면, 주인이 술을 올리고, 생(笙) 연주자가 들어와 세 곡조를 마치면, 주인이 술을 올린다. 당상과 당하에서 노래와 연주를 번갈아 세 번 하여 마치고, 합악(合樂)을 세 번 하여 마치면, 악공이 악을 모두 연주했음을 보고하고 나간다. 1인이 치(觶)[1]를 들고 사정(司正)을 세우니, 화락(和樂)하되 방종에 흐르지 않음

---

1   치(觶) : 〈그림 2-9 참조〉.

을 알 수 있다."²

"鄕飮酒之禮, 工升自西階, 北面坐, 相者東面坐, 遂授瑟乃降.' 所謂
工入也. '工歌鹿鳴四牡皇皇者華." 所謂升歌三終也. "卒歌, 主人獻工.
工左瑟, 一人拜, 不興受爵, 主人阼階上拜送爵. 薦脯醢, 使人相祭. 工
飮不拜旣爵, 授主人爵. 衆工則不拜受爵, 祭飮. 辯有脯醢, 不祭. 大師
則爲之洗, 賓介降, 主人辭降. 工不辭洗." 所謂主人獻之之禮也. "笙入,
堂下磬南北面立, 樂南陔白華華黍." 所謂笙入三終也. "主人獻之於西
階上, 一人拜, 盡階, 不升堂受爵, 主人拜送爵. 階前坐祭立飮, 不拜,
旣爵, 升受主人爵. 衆笙則不拜受爵, 坐祭立飮. 辯有脯醢, 不祭." 亦主
人獻之之禮也. "乃間歌魚麗笙由庚, 歌南有嘉魚笙崇丘, 歌南山有臺
笙由儀." 所謂間歌三終也. "乃合樂周南關雎葛覃卷耳·召南鵲巢采蘩
采蘋." 所謂合樂三終也. "工告于樂正曰正³歌備, 樂正告於賓, 乃降."
所謂工告樂備遂出也. "作相爲司正, 司正洗觶, 升自西階, 阼階⁴上北
面, 受命於主人. 主人曰 '請安於賓' 司正告於賓, 賓禮辭許." 所謂一人
揚觶, 乃立司正也.

由此觀之, 歌者在上, 故升歌堂上. 匏竹在下, 故笙入堂下. 間歌則笙
歌間作, 與升歌異矣, 合樂則聲音並奏, 又不特歌而已. 然皆三終者, 以
主於詩篇. 亦樂成於三, 以反爲文之意也. 孔子謂魯太師曰 "樂其可知
也, 始作翕如也, 縱之純如也, 皦⁵如也, 繹如也以成." 豈非樂成於三之
意歟? 然樂勝則流, 必有禮以節之. 故工入升歌三終, 笙入三終, 皆繼
之, 以主人獻之者, 以禮節樂於其始也. 間歌三終, 合樂三終, 必繼之以
一人揚觶, 乃立司正者, 以禮節樂於其終也. 鄕飮酒之禮, 作樂以行禮,

2   『禮記』鄕飮酒義 45-9.
3   대본에는 '曰正'이 없으나, 『儀禮』에 의거하여 보충하였다.
4   대본에는 '階'가 없으나, 사고전서 『樂書』와 『儀禮』에 의거하여 보충하였다.
5   대본에는 '皥'으로 되어 있으나, 사고전서 『樂書』와 『論語』에 의거하여 '皦'로 바로잡
     았다.

由禮以節樂, 則賓主之情, 斯和樂而不流矣.

以儀禮考之, 鄕飮酒之禮, 凡言洗觶實觶奠觶執觶, 皆責之司正, 則揚觶者不過一人而已, 苟卿以二人言之, 豈惑於射義公罔之裘序點二人, 揚觶而遂誤歟?

「향음주례(鄕飮酒禮)」에 "악공이 서계(西階)를 통해 올라가 북향하여 앉으면, 상(相: 보조하는 사람)이 동향하여 앉아서 악공에게 슬(瑟)을 건네고 내려온다"[6]라고 한 것이 이른바 '악공이 들어온다'는 것이다. "악공이 《녹명(鹿鳴)》·《사모(四牡)》·《황황자화(皇皇者華)》를 노래한다"[7]라고 한 것이 이른바 '당에 올라 세 곡조의 노래를 마친다'는 것이다.

"노래를 마치면 주인이 악공들에게 술을 준다. 악공이 슬을 왼쪽에 내려놓고, 악공 중 우두머리 1인이 주인에게 절하고 일어나지 않은 채 작(爵)[8]을 받으면, 주인이 동계 위에서 작을 배송(拜送)한다.[9] 포(脯: 말린 고기)와 젓을 차려놓으면, 사람을 시켜 악공이 제(祭)[10] 지내는 것을 돕도록 한다. 악공은 술을 마시고 잔을 비운 후 절하지 않고, 빈 작을 주인에게 돌려준다. 우두머리 1인을 제외한 일반 악공들은 절하지 않고 작을 받아 제(祭)를 지내고 마신다. 일반 악공들에게도 포와 젓을 차려주는데 제(祭)를 지내지 않는다.

태사(大師)가 있으면 그를 위해 작을 씻는다. 빈(賓)과 개(介)가 주인을 따라 당에서 내려오면 주인이 사양한다. 악공(太師)은 주인이 작을 씻는 것을 사양하지 않는다"[11]라고 했으니, 이것이 이른바 '주인이 술을 올리는 예'이다.

"생(笙) 연주자가 들어와 당하(當下)의 경(磬) 남쪽에서 북향하여 서서

---

6   『儀禮』 鄕飮酒禮 4-11.
7   『儀禮』 鄕飮酒禮 4-11.
8   작(爵): 〈그림 2-12 참조〉.
9   배송(拜送)은 술을 권유하는 의미로 절하는 것을 가리킨다.
10   제(祭): 첫 숟가락의 음식을 신에게 바치는 제의(祭儀) 습속이다.
11   『儀禮』 鄕飮酒禮 4-11.

《남해(南陔)》·《백화(白華)》·《화서(華黍)》를 연주한다"[12]라고 한 것이 이른바 '생 연주자가 들어와 세 곡조를 마친다'는 것이다.

"주인이 서계(西階) 위에서 생 연주자에게 술을 올린다. 생 연주자 중 우두머리 1인이 절하고 계단의 가장 윗층까지 올라가는데 당 위에는 오르지 않는다. 작(爵)을 받으면, 주인이 작을 배송(拜送)한다. 계단 앞에 앉아 제(祭)를 지내고 서서 마시는데 절을 하지는 않는다. 다 마시면 올라가 주인에게 빈 작을 돌려준다. 우두머리를 제외한 일반 생 연주자는 절을 하지 않고 작을 받은 뒤 앉아서 제(祭)를 지내고 서서 마신다. 이들에게 포와 젓을 차려주는데 제(祭)를 지내지는 않는다"[13]라고 했으니, 이 또한 이른바 '주인이 술을 올리는 예'이다.

"당상(堂上)에서 《어리(魚麗)》를 노래하면 당하에서 생(笙)으로 《유경(由庚)》을 불고, 당상에서 《남유가어(南有嘉魚)》를 노래하면 당하에서 생으로 《숭구(崇丘)》를 불고, 당상에서 《남산유대(南山有臺)》를 노래하면 당하에서 생으로 《유의(由儀)》를 분다"[14]라고 한 것이 이른바 '당상과 당하에서 노래와 연주를 번갈아 세 번하여 마친다'는 것이다.

"주남(周南)의 《관저(關雎)》·《갈담(葛覃)》·《권이(卷耳)》와 소남(召南)의 《작소(鵲巢)》·《채번(采蘩)》·《채빈(采蘋)》을 합악(合樂)한다"[15]라고 한 것이 이른바 '합악(合樂)을 세 번 하여 마친다'는 것이다.

"악공이 악정(樂正)에게 '정가(正歌)'를 모두 연주하였습니다'라고 보고하면, 악정이 이를 빈(賓)에게 알리고 내려온다"[16]라고 한 것이 이른바 '악공이 악을 모두 연주하였음을 보고하고 나간다'는 것이다.

"상(相)으로 하여금 사정(司正)을 맡게 한다. 사정이 치(觶)를 씻고 서계(西階)로부터 올라와 동계(東階) 위에서 북향하여 주인의 명을 받는다. 주

---

12 『儀禮』 鄕飮酒禮 4-12.
13 『儀禮』 鄕飮酒禮 4-12.
14 『儀禮』 鄕飮酒禮 4-13.
15 『儀禮』 鄕飮酒禮 4-14.
16 『儀禮』 鄕飮酒禮 4-14.

인이 '빈(賓)들께서는 편안히 앉으시길 바랍니다'라고 말하면, 사정이 이를 빈들에게 알린다. 빈들은 예로 사양하다가 허락한다"[17]라고 했으니, 이것이 이른바 '1인이 치(觶)를 들고 사정(司正)의 역할을 한다'는 것이다.

이로 보건대, 노래하는 사람은 위에 있으므로 당상에 올라가 노래하고, 포(匏)·죽(竹)의 악기는 아래에 있으므로 생 연주자가 들어가 당하에서 연주하는 것이다. '간가(間歌)'는 생 연주와 노래를 당상과 당하에서 교대로 하는 것이어서 '승가(升歌)'와는 다르다. 합악(合樂)은 포·죽의 악기와 노래를 같이 연주하는 것이어서, 노래만하는 것과는 다르다. 그런데 모두 '세 번 하여 마친다'라고 한 것은 시편(詩篇)을 위주로 말한 것이다. 또한 악이 셋으로 이루어진 것은 돌아가는 것[反]을 아름답게 여기는 뜻이다. 공자가 노나라 태사(太師)에게 "악은 알 수 있으니, 시작할 때 여러 악기가 합하여 소리를 내고, 울려 퍼짐에 소리가 어우러져 조화롭고 각각의 음들이 분명하며, 계속 이어져 한 곡이 완성된다"[18]라고 했으니, 어찌 '악이 셋으로 이루어진 뜻'이 아니겠는가?

악이 지나치면 방종에 흐르게 되므로 반드시 예로 절제한다. 그러므로 악공이 들어와 당에 올라 세 곡조의 노래를 마쳤을 때와 생 연주자가 들어와 세 곡조를 마쳤을 때 모두 그 뒤를 이어 주인이 술을 올린 것은 처음부터 예로 악을 절제한 것이다. 당상과 당하에서 노래와 연주를 번갈아 세 번 하여 마치고, 합악을 세 번 하여 마쳤을 때, 반드시 그 뒤를 이어 1인이 치(觶)를 들고 사정(司正)을 세운 것은 마지막까지 예로 악을 절제한 것이다. 향음주례를 할 때 악으로 예를 행하고 예로 악을 절제하므로, 빈과 주인의 정이 화락하되 방종에 흐르지 않는 것이다.

『의례』를 상고해보건대, 향음주례에서 치(觶)를 씻고 치에 술을 따르고 치를 내려놓고 치를 잡는 것을 모두 사정이 하므로, 치를 드는 사람은 1인뿐인데, 순경이 2인이라고 말한 것은,[19] 어쩌면 「사의(射義)」에서

---

17   『儀禮』 鄕飮酒禮 4-15.
18   『論語』 八佾 3-23.

'공망지구(公罔之裘)와 서점(序點) 2인으로 하여금 치(觶)를 들게 한 것'[20]과 착각하여 실수한 것 같다.

사의(射義)

36-2. 故射者進退周旋[21]必中禮. 內志正, 外體直, 然後持弓矢審固, 持弓矢審固, 然後可以言中, 此可以觀德行矣. 其節天子以騶虞爲節, 諸侯以貍首爲節, 卿大夫以采蘋爲節, 士以采蘩爲節. 騶虞者樂官備也, 貍首者樂會時也, 采蘋者樂循法也, 采蘩者樂不失職也. 是故天子以備官爲節, 諸侯以時會爲節, 卿大夫以循法爲節, 士以不失職爲節. 故明乎其節之志, 而不失之事, 則功成而德行立, 德行立則無暴亂之禍矣, 功成則國安. 故曰 : "射者所以觀盛德也."

활 쏘는 자는 진퇴와 주선을 반드시 예에 맞게 해야 한다. 안으로 뜻이 바르고 밖으로 모습이 곧은 뒤에야 활과 화살을 잡는 것이 확고하다. 활과 화살을 잡은 것이 확고해야 맞히는 것을 말할 수 있다. 그러므로 이것으로 덕행을 볼 수 있는 것이다. 천자는 《추우(騶虞)》로 절도를 삼으며, 제후는 《이수(貍首)》로 절도를 삼으며, 경대부는 《채빈(采蘋)》으로 절도를 삼고, 사(士)는 《채번(采蘩)》으로 절도를 삼는다. 《추우》는 관원이 갖추어졌음을 즐거워하는 것이고, 《이수》는 때에 임금과 모이는 것을 즐거워하는 것이며, 《채빈》은 법을 따름을 즐거워하는 것이고, 《채번》은 직책을 잃지 않음을 즐거워하는 것이다. 그러므로 천자는 관원을 갖

---

19 『荀子』樂論 20-11. 「間歌三終, 合樂三終, 工告樂備, 遂出. 二人揚觶, 乃立司正.」
20 『禮記』射義 46-8. 「又使公罔之裘序點揚觶而語.」
21 대본에는 없으나, 『禮記』에 의거하여 '周旋'을 보충하였다.

추는 것으로 절도를 삼고, 제후는 때에 천자와 모이는 것으로 절도를 삼으며 경대부는 법을 따르는 것으로 절도를 삼으며, 사는 직책을 잃지 않는 것으로 절도를 삼는다.

그러므로 절도의 뜻에 밝아서 그 일을 잘못하지 않는다면, 공이 이루어지고 덕행이 확립된다. 덕행이 확립되면 폭란(暴亂)의 화(禍)가 없고 공이 이루어지면 나라가 편안하다. 그러므로 "사례(射禮)는 성대한 덕을 보기 위한 것이다"라고 한 것이다.[22]

古者, 君臣相與盡志於射, 以習禮樂. 內志正外體直, 其容體比於禮, 其節比於樂. 故周官樂師, 凡射王[23]以騶虞爲節, 諸侯以貍首爲節, 大夫以采蘋爲節, 士以采蘩爲節. 射人, 以射法治射儀, 王以六耦射三侯, 三獲三容, 樂以騶虞九節. 諸侯以四耦射二侯, 二獲二容, 樂以貍首七節. 孤[24]卿大夫以三耦射一侯, 一獲一容, 樂以采蘋五節. 士以三耦射豻侯, 一獲一容, 樂以采蘩五節.

自天子達於士, 名位不同, 節亦異數, 蓋所以定志而明分也. 故明乎其節之志以不失其事, 則功成而德行立, 德行立則無暴亂之禍而國安矣, 其有不可以觀盛德乎? 易曰 : "終萬物始萬物者莫盛乎艮." 是艮者物之終始也, 射者人之終始也. 終始惟一, 時乃日新, 其於觀盛德也何有? 鐘師, 凡射, 王奏騶虞, 諸侯奏貍首, 卿大夫奏采蘋, 士奏采蘩. 王道成於騶虞, 則王奏之可也. 大夫妻能循法度於采蘋, 則大夫奏之可也. 至於采蘩, 夫人不失職之詩, 而士奏之可乎! 曰王制, 天子元士, 視附庸之君, 其用諸侯夫人之詩, 亦在所可也. 蓋士則事人, 爵之尤卑者也, 卑者不嫌於抗尊. 故先王制禮, 多推而進之, 是以齊冠不嫌於同諸侯, 齊車不嫌於同大夫, 況射節乎? 不言卿孤, 則以射人見之矣.

22　『禮記』射義 46-2, 3.
23　대본에는 없으나,『周禮』에 의거하여 '王'을 보충하였다.
24　대본에는 없으나, 사고전서『樂書』와『周禮』에 의거하여 '孤'를 보충하였다

옛날에 임금과 신하는 활쏘기에 뜻을 다하여 예악을 익혔다.[25] 안으로 뜻이 바르고 밖으로 모습이 곧으면, 용모는 예에 맞고 절도(節度)는 악에 맞으므로 『주례』「악사(樂師)」에 "사례(射禮)에서 왕은 《추우》로 절도를 삼고, 제후는 《이수》로 절도를 삼고, 대부(大夫)는 《채빈》으로 절도를 삼고, 사(士)는 《채번(采蘩)》으로 절도를 삼는다"[26]라고 하였다.

「사인(射人)」에 "사법(射法)으로 사의(射儀)를 행한다. 왕은 육우(六耦)로 3개의 후(侯: 과녁)를 쏘는데, 3개의 획(獲)[27]과 3개의 용(容)[28]이 있으며, 음악은 《추우》 9절에 맞춘다. 제후는 사우(四耦)로 2개의 후(侯)를 쏘는데, 2개의 획과 2개의 용이 있으며, 음악은 《이수》 7절에 맞춘다. 고(孤)·경(卿)·대부(大夫)는 삼우(三耦)로 1개의 후(侯)를 쏘는데, 1개의 획과 1개의 용이 있으며, 음악은 《채빈》 5절에 맞춘다. 사(士)는 삼우(三耦)로 간후(豻侯)[29]를 쏘는데, 1개의 획과 1개의 용이 있으며, 음악은 《채번》 5절에 맞춘다"[30]라고 하였다.

천자로부터 사에 이르기까지 지위가 다르므로 절도(節度) 또한 다르게 하는 것은 뜻을 정하고 분수를 밝히기 위해서이다. 그러므로 절도의 뜻에 밝아서 그 일을 잘못하지 않으면, 공이 이루어지고 덕행이 확립되며, 덕행이 확립되면 폭란(暴亂)의 화가 없고 나라가 편안해지니, 성대한 덕을 볼 수 없겠는가? 『주역』에 "만물을 마치고 만물을 시작하는 것이 간(艮)보다 성대한 것이 없다"[31]라고 했으니, 간괘는 만물의 시종(始終)이 된

---

25 『禮記』射義 46-6.
26 『周禮』春官 / 樂師 0.
27 획(獲) : 사례(射禮) 때 화살이 과녁에 맞은 것을 알리기 위하여 드는 기(旗).
28 용(容) : 사례(射禮) 때 화살을 막는 방풍 역할을 하는 것으로, 작은 병풍처럼 생긴 가죽 가리개.
29 간후(豻侯) : 들개 가죽으로 장식한 과녁.〈그림 4-4 참조〉
30 『周禮』夏官 / 射人 2.
31 『周易』說卦傳 6. 문왕후천팔괘(文王後天八卦)에 따르면 '간(艮)'은 동북방에 해당하므로, 만물의 변화를 매듭짓고 새로 시작하는 곳으로 간방보다 더 성대한 곳이 없다고 한 것이다.

다. 활쏘기 또한 사람의 시종(始終)이 된다. 시종 한결같이 하는 것이 바로 날로 새로워지는 것이니,[32] 성대한 덕을 보는 데에 무슨 어려움이 있겠는가?

「종사(鐘師)」에 "사례(射禮)에서 왕이 쏠 때에는 《추우》를 연주하고, 제후가 쏠 때는 《이수》를 연주하며, 경대부가 쏠 때는 《채빈》을 연주하고, 사(士)가 쏠 때에는 《채번》을 연주한다"[33]라고 하였다. 《추우》[34]는 왕도(王道)가 이루어진 것을 읊은 것이니 왕에게 연주하는 것이 마땅하고, 《채빈》[35]은 대부의 아내가 법도를 잘 따랐음을 읊은 것이니 대부에게 연주하는 것이 마땅하며, 《채번》[36]은 부인이 직분을 잃지 않았음을 읊은 것이니 사(士)에게 연주하는 것이 마땅하다.

「왕제(王制)」에 "천자의 원사(元士)는 부용(附庸)[37]에 준한다"[38]라고 했으니, 원사에게는 제후 부인의 시를 써도 괜찮다. 사(士)는 사람을 섬기는 자이니, 관작(官爵)이 매우 낮다. 낮은 자는 존귀한 자와 겨루는 것을 혐의(嫌疑)하지 않아도 되므로 선왕이 예를 제정할 적에 사(士)를 많이 올려 예우하였다. 그러므로 사(士)의 재관(齊冠)[39]을 제후와 같게 하는 것을 혐의하지 않고, 재거(齊車)[40]를 대부와 같게 하는 것을 혐의하지 않았으니,

---

32 시종~것이니 : 『書經』 商書 / 咸有一德 3.
33 『周禮』 春官 / 鍾師 0.
34 추우(騶虞) : 『詩經』 召南의 편명. 추우는 짐승 이름으로 흰 호랑이와 같은데 검은 무늬가 있고 살아있는 것을 먹지 않는다고 한다. 毛序에 "인(仁)함이 추우와 같으면 왕도가 이루어진다"라고 하였다.
35 채빈(采蘋) : 『詩經』 召南의 편명. 毛序에 "대부의 아내가 법도를 잘 따랐음을 읊은 것이다. 법도를 따른다면 선조를 받들고 제사를 올릴 수 있을 것이다"라고 하였다.
36 채번(采蘩) : 『詩經』 召南의 편명. 毛序에 "부인이 직분을 잃지 않았음을 읊은 것이다. 부인이 제사를 받들면 직분을 잃지 않을 것이다"라고 하였다.
37 부용(附庸) : 제후국에 딸린 작은 나라.
38 『禮記』 王制 5-1.
39 제후의 재관(齊冠)은 현관(玄冠)에 붉은 끈을 달고, 사(士)의 재관은 현관(玄冠)에 연둣빛 끈을 단다. 〈『禮記』 玉藻 13-11〉
40 대부와 사(士)의 재거(齊車)는 수레 앞의 가로지른 막대를 사슴가죽으로 덮어씌우고 표범가죽으로 그 가장자리를 장식한다. 〈『禮記』 玉藻 13-4〉

하물며 사례(射禮)의 질도이겠는가? 경(卿)과 고(孤)[41]를 말하지 않는 것은 「사인(射人)」[42]에 언급되어 있기 때문이다.

36-3. 是故, 古者天子以射選諸侯卿大夫士. 射者男子之事也, 因而飾之以禮樂也. 故事之盡禮樂而可數爲以立德行者, 莫若射. 故聖王務焉. 是故古者天子之制, 諸侯歲獻貢士於天子, 天子試之於射宮. 其容體比於禮, 其節比於樂, 而中多者得與於祭. 其容體不比於禮, 其節不比於樂, 而中小[43]者不得與於祭. 數與於祭, 而君有慶. 數不與於祭, 而君有讓. 數有慶而益地, 數有讓而削地. 故曰: "射者射爲諸侯也." 是以諸侯君臣盡志於射, 以習禮樂, 夫君臣習禮樂而以流亡者, 未之有也.

故詩曰: "曾孫侯氏四正具擧. 大夫君子凡以庶士, 小大莫處, 御於君所, 以燕以射則燕則譽." 言君臣相與盡志於射, 以習禮樂, 則安則譽也. 是以天子制之, 而諸侯務焉. 此天子之所以養諸侯而兵不用, 諸侯自爲正之具也.

그러므로 옛날에 천자는 사례(射禮)로 제후(諸侯)・경대부(卿大夫)・사(士)를 뽑았다. 활쏘기는 남자의 일로서 예악으로 문식(文飾)한 것이다. 그러므로 일 중에서 예악을 극진히 하여 자주 할 만하고 덕행을 세울 수 있는 것은 사례(射禮)와 같은 것이 없다. 그러므로 훌륭한 임금들은 이를 힘썼다. 옛날 천자의 제도에 제후는 해마다 사(士)를 천자에게 추천했고, 천자는 이들을 사궁(射宮: 學宮)에서 시험했다. 몸가짐이 예에 맞고 절도(節度)가 악에 맞아서 과녁을 많이 맞힌 자는 제사에 참여하게 하고, 몸가짐이 예에 맞지 않고 절도가 악에 맞지 않아서 과녁을 적게 맞힌 자는 제

사에 참여하지 못하게 했다. 자주 제사에 참여하게 되면, 이들을 추천한 제후는 상(賞)을 받고, 자주 제사에 참여하지 못하게 되면 이들을 추천한 제후는 문책을 받았다. 자주 상을 받으면 영토가 넓어지고, 자주 문책을 받으면 영토가 깎였다. 그러므로 "사후(射侯)[44]란 활을 쏘아서 제후가 되는 것이다"라고 한 것이다. 따라서 제후국의 군신(君臣)은 활쏘기에 마음을 쏟아서 예악을 익혔으니, 군신이 예악을 익혀서 망한 경우는 없다.

그러므로 시에 "증손후씨(曾孫侯氏 : 제후)여! 사정(四正)[45]을 모두 들었도다! 대부군자(大夫君子)와 서사(庶士) 등 높고 낮은 관원들이 자기 처소에 있지 않고 임금 계신 곳으로 와서 연례(燕禮)를 하고 사례(射禮)를 하니, 즐겁고도 영예롭도다!"라고 한 것은 임금과 신하가 함께 사례에 마음을 다하여 예악을 익히는 일이 편안하고 영예로운 것임을 말한 것이다. 그리하여 천자가 이 같은 제도를 만들고 제후가 힘썼던 것이다. 이것이 바로 천자가 제후를 길러 무력을 쓰지 않고 제후 스스로 바르게 되는 방법이다.[46]

古者男子生, 用桑弧蓬矢六, 以射天地四方, 所以示男子之有事也. 天子爲是, 以射 選諸侯卿大夫士. 必先察其有志於其所事, 然後因飾以禮樂焉. 蓋禮樂皆得, 謂之有德, 飾之以禮樂, 則德行立, 亦可以爲成人矣. 然則行同能耦者, 可不以是別之乎? 古者以禮射, 則張侯而主之以德, 以力射則張侯而主之以獲. 故天子大射謂之射侯. 射中則得爲諸侯而與祭, 不中則不得爲諸侯而不與祭. 與祭者, 君有慶而益他, 不與祭者, 君有責而削地. 則射雖於德行爲末, 而諸侯習禮樂實在焉, 豈非天

44　대본과 『禮記』 射義 46-5에 사자(射者)로 되어 있으나, 『禮記』 射義 46-9에 「故天子之大射謂之射侯, 射侯者射爲諸侯也.」란 구절이 나오므로, 사후(射侯)로 번역하였다. 사후(射侯)는 천자의 대사(大射)를 가리킨다.

45　사정(四正) : 사례(射禮)를 하기에 앞서 연례(燕禮)를 할 때, 정작(正爵)을 들어서 빈(賓) · 임금 · 경(卿) · 대부에게 드리는 것을 말한다.

46　『禮記』 射義 46-4~6.

子所以養諸侯而兵不用, 諸侯自爲正之具也哉?

書大傳稱: "諸侯之於天子, 三年一貢士, 一適謂之好德, 再適謂之賢賢, 三適謂之有功, 一不適謂之過, 再不適謂之傲, 三不適謂之誣. 其適也, 有衣服弓矢秬鬯虎賁之賞, 其不適也, 有絀爵之罰." 蓋亦表裏於此矣.

儀禮鄉射合樂, 大射者不合樂者, 鄉射屬民, 欲以同其意, 大射擇士與祭, 欲以嚴其事故也.

옛날에 남자가 태어나면 뽕나무활로 쑥대화살 6개를 천지사방에 쏜 것은 천지사방이 남자가 마땅히 뜻을 세워 일할 곳임을 보인 것이다.[47] 이 때문에 천자는 활쏘기로 제후·경대부·사를 뽑고, 반드시 먼저 일삼는 바에 대한 의지를 살핀 뒤에 예악으로 문식(文飾)했던 것이다. 예악을 모두 체득한 사람을 유덕하다고 하니,[48] 예악으로 문식하면 덕행이 확립되어 성인(成人)이 될 수 있다. 따라서 행실이 같아 엇비슷한 자들을 이것으로 구별할 수 있지 않겠는가?

옛날에 예사(禮射)는 후(侯:과녁)를 설치하여 덕을 위주로 살폈고, 역사(力射)는 후(侯)를 설치하여 점수를 위주로 살폈다. 그러므로 천자의 대사(大射)를 사후(射侯)라고 했으니, 활을 쏘아 과녁을 맞히면 훌륭한 제후로 인정되어 제사에 참여하고, 과녁을 맞히지 못하면 훌륭한 제후로 인정받지 못하여 제사에 참여하지 못했기 때문이다.[49] 제사에 참여한 자는 상을 받아 영토가 넓어지고, 제사에 참여하지 못한 자는 문책 받고 영토가 깎였다. 활 쏘는 것이 덕행의 말단이지만 제후가 예악을 익히는 것이 실로 여기에 있으니, 어찌 이것이 '천자가 제후를 무력을 쓰지 않고 제후 스스로 바르게 되는 방법'이 아니겠는가?

『서대전(書大傳)』에 "제후가 천자에게 3년마다 사(士)를 추천하는데, 사

---

47 남자가~것이다: 『禮記』 射義 46-11.
48 예악을~하니: 『禮記』 樂記 19-1.
49 천자의~때문이다: 『禮記』 射義 46-9.

(士)가 한 번 적합하면, 추천한 제후를 '덕을 좋아한다'고 평가하고, 두 번 적합하면, '현인을 대우할 줄 안다'고 평가하며, 세 번 적합하면, '공(功)이 있다'고 평가한다. 사가 한 번 적합하지 않으면, 추천한 제후를 '잘못이 있다'고 평가하고, 두 번 적합하지 않으면, '업신여긴다'고 평가하고, 세 번 적합하지 않으면, '허망하다'고 평가한다. 적합한 경우는 의복·궁시(弓矢)·거창(秬鬯)[50]·호분(虎賁)[51]을 상으로 주고, 적합하지 않은 경우는 관직을 박탈하는 벌을 내린다"[52]라고 했으니, 대개 또한 이것과 표리(表裏)가 된다.

의례에서 향사(鄕射)의 경우에는 합악(合樂)을 하는데, 대사(大射)의 경우에는 합악을 하지 않는 이유는 향사는 백성들의 일이므로 그 마음을 하나로 합치기 위해서이고, 대사는 사(士)를 뽑아서 제사에 참여시키는 것이므로 그 일을 엄숙하게 하기 위해서이다.

36-4. 孔子曰 : "射者何以射? 何以聽? 循聲而發, 發而不失正鵠者, 其唯賢者乎! 若夫不肖之人, 則彼將安能以中?"

공자가 말하였다. "활 쏘는 자는 어떻게 활을 쏘고 어떻게 음악을 듣는가? 음악에 맞추어 쏘아서 정곡(正鵠)을 벗어나지 않는 자는 현인 뿐이다! 불초한 사람이 어떻게 맞힐 수 있겠는가?"[53]

畵謂之正, 栖皮謂之鵠. 鵠之爲物, 遠擧而難中, 射以及遠中鵠爲善. 故正鵠欲其不失, 所以爲賢也. 射者何以射? 爲不主皮而射也. 何以聽? 爲循樂節之聲而發也. 郊特牲曰 : '射之以樂也' 如此而已. 蓋不主皮而射, 則其容體比於禮, 循聲而發則其節, 比於樂, 禮樂由賢者出. 故持弓

---

50 거창(秬鬯) : 울금향(鬱金香)과 기장으로 빚은 술.
51 호분(虎賁) : 용맹스러운 병사.
52 『尙書大傳』(松陽縣 敎諭孫馜 輯) 권3.
53 『禮記』 射義 46-13.

失審固, 可以言中. 若夫不肖之人事勇力, 忘禮樂, 彼將安能中哉? 故孔子曰 : "射不主皮, 爲力不同科, 古之道也."

此先何以射而後何以聽, 主禮而言也. 郊特牲先何以聽而後何以射, 主樂而言也.

과녁에서 그림을 그려놓은 부분을 정(正)이라 하고, 가죽을 붙여놓은 부분을 곡(鵠)이라 한다. 과녁은 멀리 설치하면 맞히기 어려우니, 활을 쏘아 멀리 있는 과녁을 맞히는 것은 뛰어난 것이다. 그러므로 정곡을 벗어나지 않고자 하는 노력은 덕을 수행하는 현인의 길과 통한다.

활쏘기는 어떻게 해야 하는가? 과녁의 가죽을 뚫는 것을 중요하게 여기지 않고 쏘아야 한다. 어떻게 음악을 들어야 하는가? 악절(樂節)에 맞추어 시위를 당겨야 한다. 「교특생」의 '음악을 들으며 활을 쏘는 것'[54]은 이와 같이 할 따름이다.

과녁의 가죽을 뚫는 것을 중요하게 여기지 않고 활을 쏘면 몸가짐이 예에 맞고, 음악에 맞추어 쏘면 절도(節度)가 악에 맞으니, 예악은 현인으로부터 나오는 것이다. 활과 화살을 잡은 것이 정밀하고 확고해야 맞힐 수 있는 것이다. 불초한 사람은 용력(勇力)을 일삼고 예악을 잊으니, 저가 어찌 맞힐 수 있겠는가? 그러므로 공자는 "활쏘기에서 가죽 뚫는 것을 주장하지 않음은 체력이 동등하지 않기 때문이니, 이것이 옛날의 활 쏘는 도(道)이다"[55]라고 하였다.

여기에서 '어떻게 활을 쏘는가'가 앞에 있고 '어떻게 음악에 맞추는가'가 뒤에 있는 것은 예를 위주로 말한 것이고, 「교특생」에서 '어떻게 음악에 맞추는가'가 앞에 있고, '어떻게 활을 쏘는가'가 뒤에 있는 것은 악을 위주로 말한 것이다.

54　『禮記』 郊特牲 11-15, 「孔子曰 : "射之以樂也, 何以聽? 何以射?"」
55　『論語』 八佾 3-16.

빙의(聘義)

36-5. 垂之如隊, 禮也. 叩之其聲淸越以長, 其終詘然, 樂也.

옥을 드리우면 떨어질 것 같은 것은 예(禮)이고,[56] 옥을 두드리면 그 소리가 맑게 일어나 길게 이어지다가 마칠 때는 끊어지듯 단아하게 그치는 것은 악(樂)이다.[57]

義近禮, 仁近樂. 仁義人道也, 禮樂資之以爲本. 禮樂人文也, 仁義資之以爲用. 垂之如隊禮也, 以卑爲尙故也. 叩之其聲淸越以長, 其終詘然樂也, 以反爲文故也. 君子比德於玉而禮樂與焉. 豈非禮樂皆得, 謂之有德歟?

의(義)는 예(禮)에 가깝고 인(仁)은 악(樂)에 가깝다. 인과 의는 사람의 도리이니, 예악은 이에 힘입어 근본이 되는 것이다. 예악은 인문(人文)이니, 인의는 예악에 힘입어 작용된다. 드리우면 떨어질 것 같은 것은 예이니, 낮춤을 숭상하기 때문이다. 두드리면 그 소리가 맑게 일어나 길게 이어지다가 마칠 때는 끊어지듯 단아하게 그치는 것은 악이니, 돌아가는 것을 아름다움으로 여기기 때문이다. 군자가 덕을 옥에 비유하는 것은 옥에 예악의 속성이 있기 때문이다. 따라서 예악을 모두 체득한 사람을 어찌 유덕하다고 하지[58] 않겠는가?

---

56 옥은 무겁기 때문에 이것을 드리우면 마치 떨어질 것 같다. 그 모습이 내 몸을 낮추어 남을 공경하는 태도와 같으므로, '예(禮)'라고 한 것이다.

57 『禮記』 聘義 48-11.

58 예악을~하지 : 『禮記』 樂記 19-1.

부록

악기(樂器)

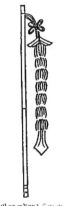

1-1 백로깃[鷺]『樂書』권170

1-2 도끼[戚]『악서』권170

1-3 생(笙)『樂書』권123

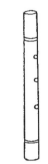

1-4 약(籥)『樂書』권169

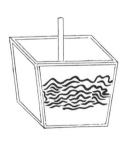

1-5 축(柷)『樂書』권124

1-6 도(鼗)『樂書』권117

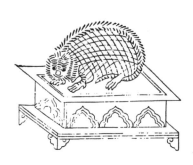

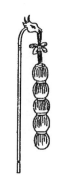

1-7 어(敔)『樂書』권124

1-8 꿩깃[羽], 적(翟)『樂書』권168

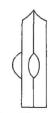

1-9 주간(朱干)『三禮圖集注』권7

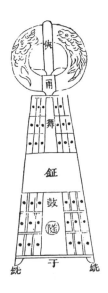

1-10 모(旄)『樂書』권168

1-11 종(鐘)『樂書』권109

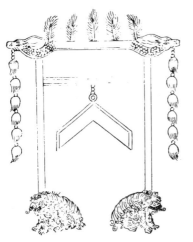

1-12 경(磬)『樂書』권112   1-12『樂書』권112

언소(䇾簫)

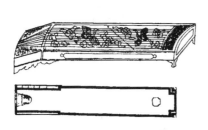

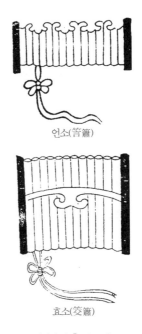

효소(筊簫)

1-13 악기구멍과 슬(瑟)『樂學軌範』권6   1-14 소(簫)『樂書』권121

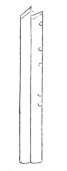

1-15 관(管)『樂書』권122

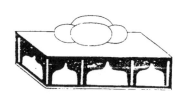

1-16 부(拊)『樂書』권116

1-17 상(相)『樂書』권169

1-18 아(雅)『樂書』권169

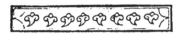

1-19 업(業)『樂書』권124

1-20 종(樅)『樂書』권124

예기(禮器)

2-1 상준(象尊)

관조(梡俎)

궐조(嶡俎)

2-2 조(俎) 『三禮圖集注』 권13

시정(豕鼎)

양정(羊鼎)

우정(牛鼎)

2-3 정(鼎) 『三禮圖集注』 권13

2-4 변(籩) 『三禮圖集注』 권13

2-5 두(豆) 『三禮圖集注』 권13

2-6 보(簠)『三禮圖集注』권13

2-7 궤(簋)『三禮圖集注』권13

2-8 굉(觥)『三禮圖集注』권12

2-9 치(觶)『三禮圖集注』권12

2-10 고(觚)『三禮圖集注』권12

2-11 산(散)『三禮圖集注』권12

2-12 작(爵)『三禮圖集注』권12

관면(冠冕)

3-1 패옥(佩玉) 『三禮圖集注』 권8

3-2 피변(皮弁) 『三禮圖集注』 권1

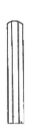

3-3 환규(桓圭) 『三禮圖集注』 권10

3-4 현단복(玄端服) 『三禮圖集注』 권1

3-5 홀(笏)『三禮圖集注』권8   3-6 곤면(袞冕)『三禮圖集注』권1

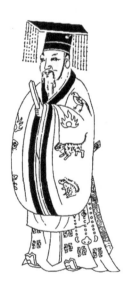

3-7 별면(鷩冕)『三禮圖集注』권1   3-8 취면(毳冕)『三禮圖集注』권1

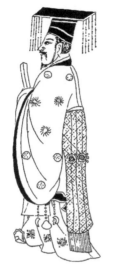

3-9 치면(希冕)『三禮圖集注』권1

3-10 대구(大裘)『三禮圖集注』권1

3-11 현면(玄冕)『三禮圖集注』권1

사례(射禮)

4-1 중(中) 『三禮圖』 권4

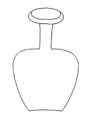

4-2 병[壺] 『三禮圖』 권4

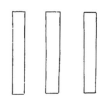

4-3 말[馬] 『三禮圖』 권4

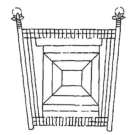

4-4 간후(豻侯) 『三禮圖集注』 권6

의장(儀仗)

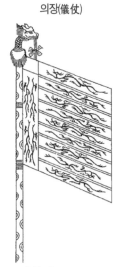

5-1 정(旌) 『禮器圖』

5-2 기(旂) 『三禮圖集注』 권9

5-3 태상(大常) 『三禮圖集注』 권9

기타

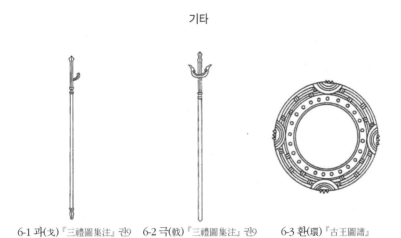

6-1 과(戈)『三禮圖集注』권9   6-2 극(戟)『三禮圖集注』권9   6-3 환(環)『古玉圖譜』

6-4 옥로(玉路)『三禮圖集注』권9